I0762470

A E
& I

El asesinato de Platón

Autores Españoles e Iberoamericanos

Marcos Chicot

El asesinato de Platón

Planeta

Obra editada en colaboración con Editorial Planeta – España

Diseño de la colección: © Compañía
Composición: Realización Planeta

Bajo el sello editorial PLANETA M.R.
Avenida Presidente Masarik núm. 111,
Piso 2, Polanco V Sección, Miguel Hidalgo
C.P. 11560, Ciudad de México
www.planetadelibros.com.mx

Primera edición impresa en España: octubre de 2020
ISBN: 978-84-08-23242-1

Primera edición impresa en México: marzo de 2026
ISBN: 978-607-39-3998-0

Impreso en los talleres de Litográfica Ingramex, S.A. de C.V.
Centeno núm. 162-1, colonia Granjas Esmeralda, Ciudad de México
Impreso en México - *Printed in Mexico*

A mi querido hijo Daniel,
por tu bondad, tu esfuerzo, y tu cariño.
Y a mis queridas Lucía y Lara,
por los mismos maravillosos motivos.
Sois la mejor familia que podría haber tenido.

Existir es crear la existencia de los demás.

Esparta, siglo IV a. C.

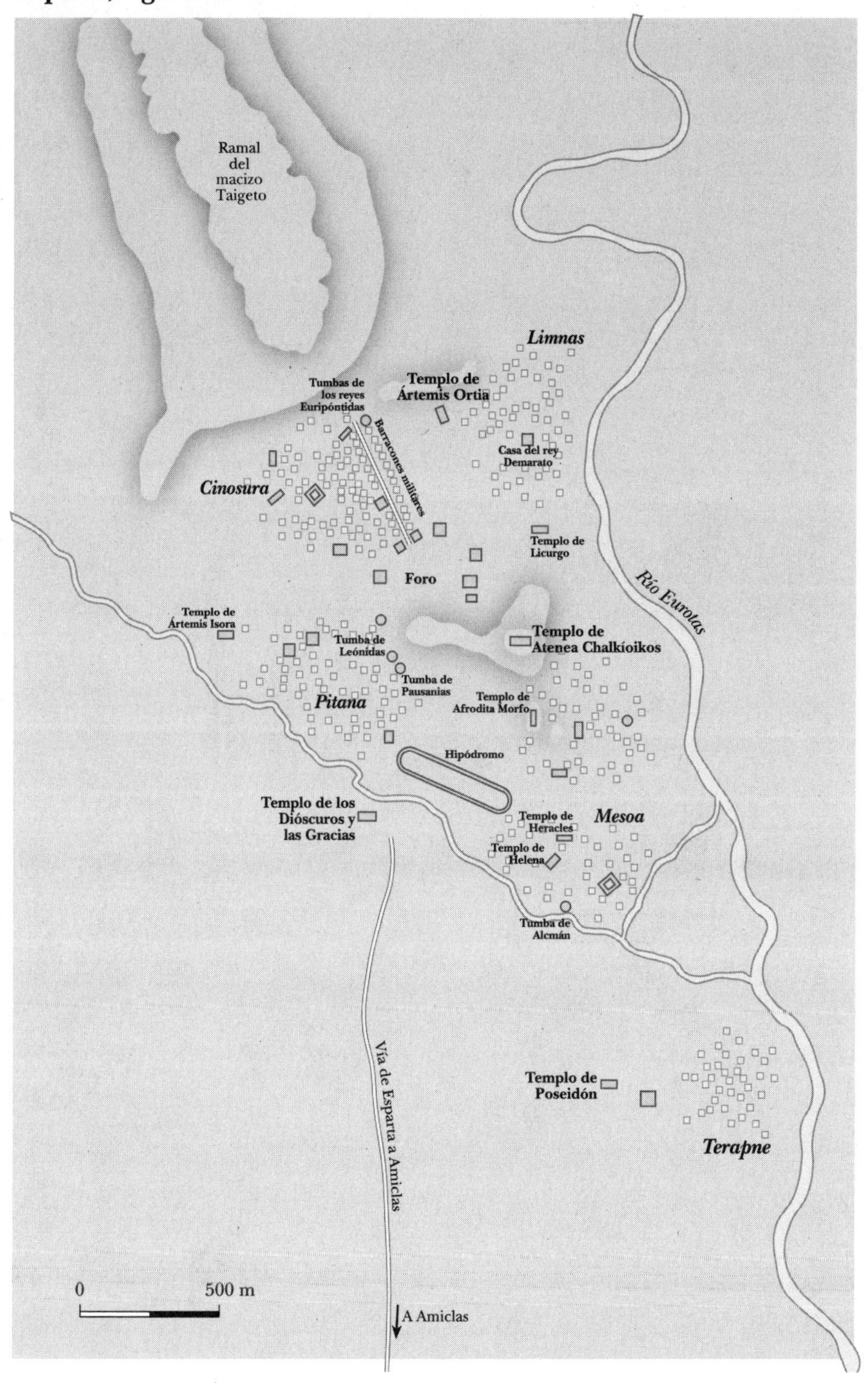

Atenas, siglo IV a. C.

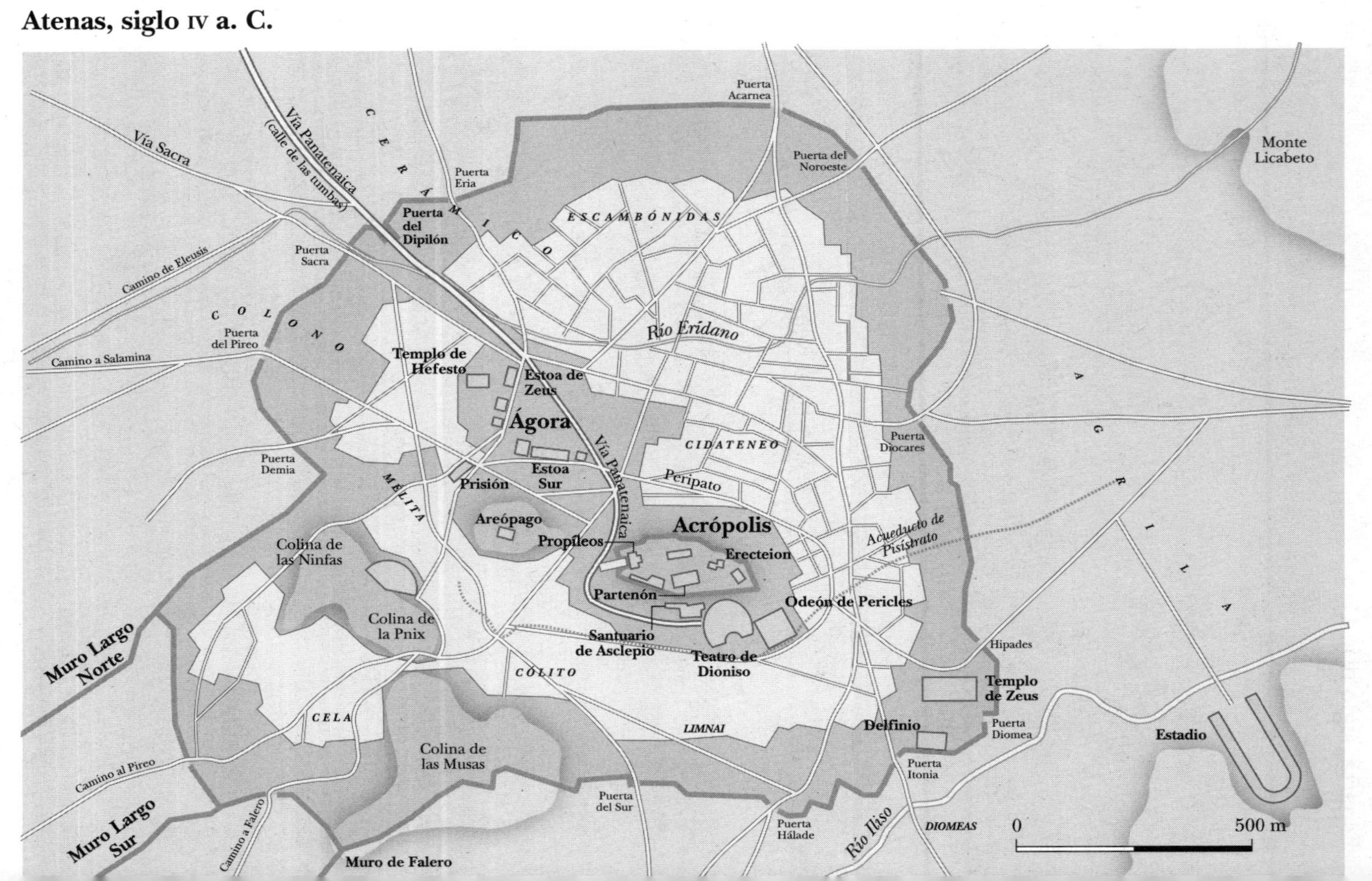

Muros Largos entre Atenas y el Pireo

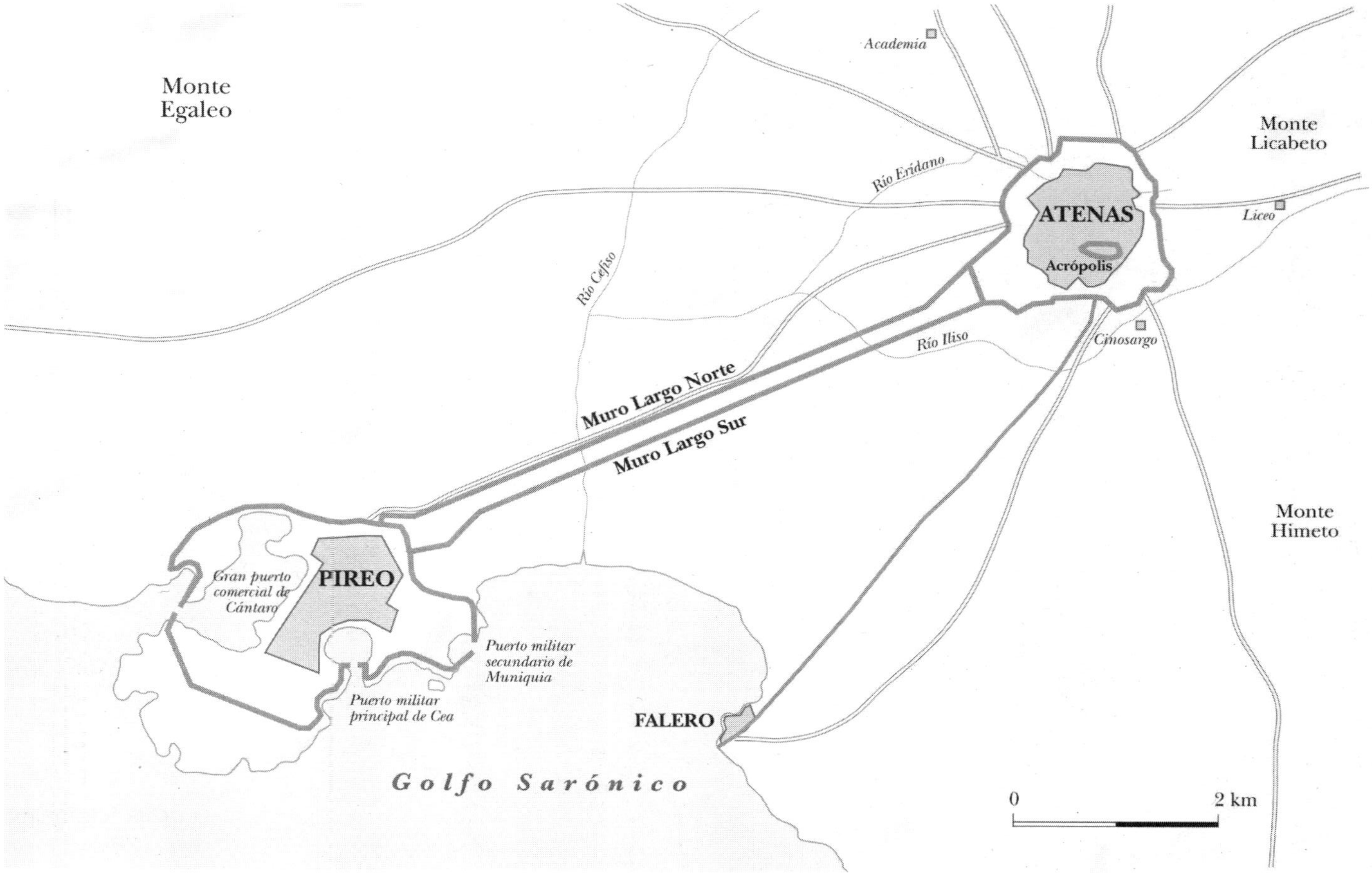

Siracusa, siglo IV a. C.

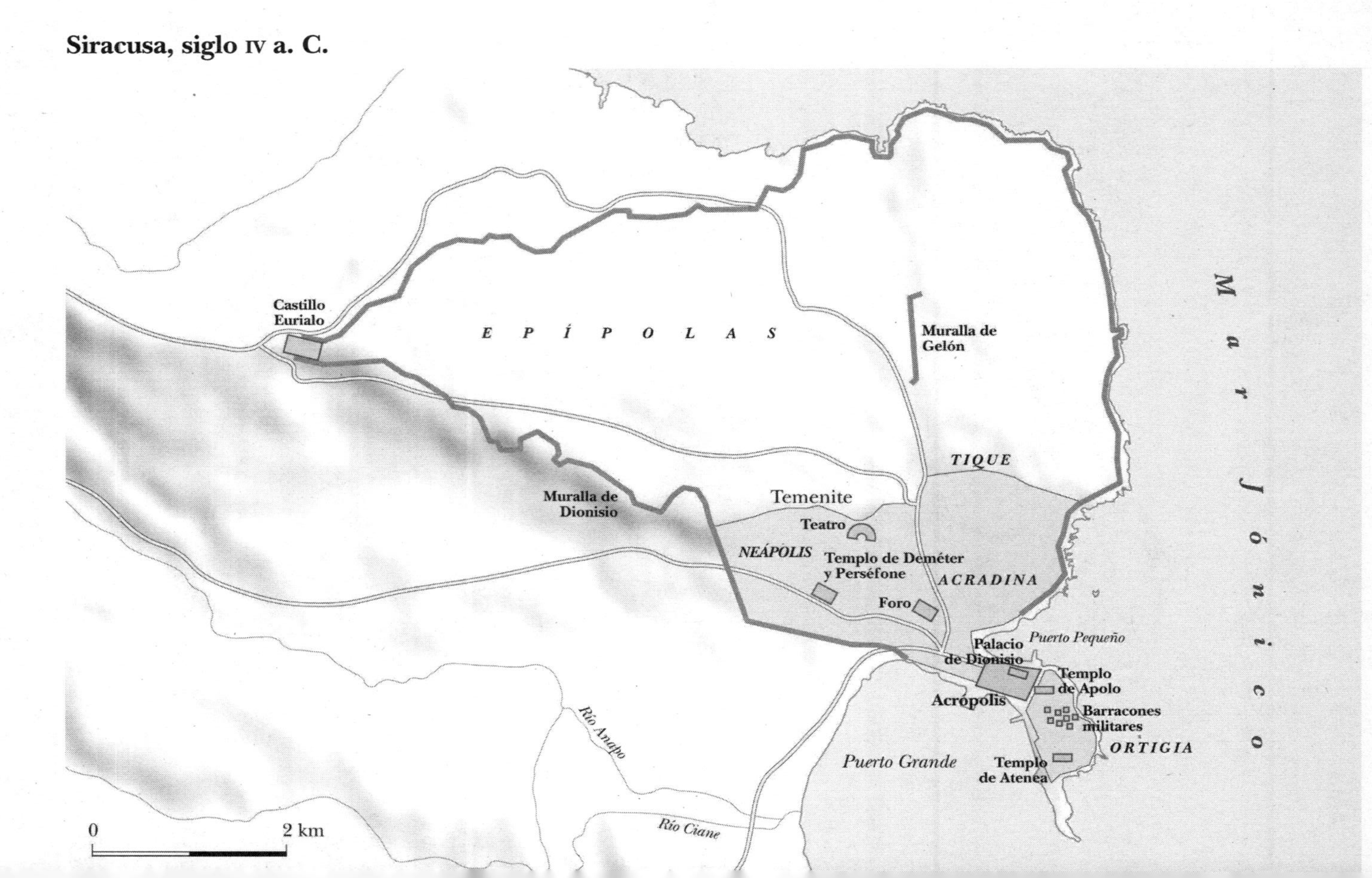

Grecia y Magna Grecia, siglo IV a. C.

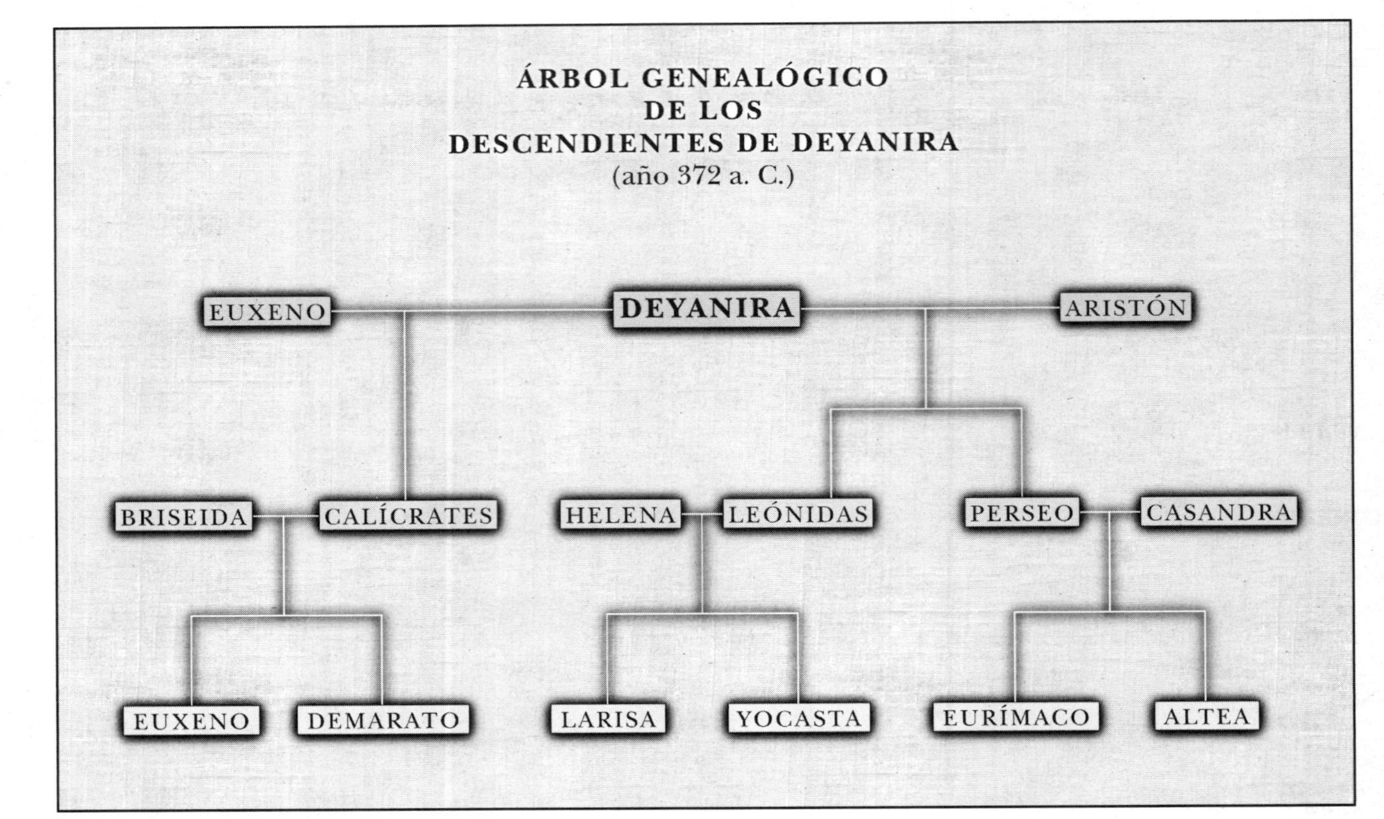
ÁRBOL GENEALÓGICO
DE LOS
DESCENDIENTES DE DEYANIRA
(año 372 a. C.)
EUXENO
DEYANIRA
ARISTÓN
BRISEIDA
CALÍCRATES
HELENA
LEÓNIDAS
PERSEO
CASANDRA
EUXENO
DEMARATO
LARISA
YOCASTA
EURÍMACO
ALTEA

Nota preliminar

La mayoría de los personajes y hechos descritos en esta novela son reales y han sido recreados rigurosamente de acuerdo a la documentación disponible sobre la Época Clásica. La trama también contiene un hilo de ficción, cuyos elementos han sido elaborados en concordancia con las fuentes históricas. De este modo, todo lo que se narra ocurrió o pudo haber ocurrido tal como se relata.

Platón

Platón es el filósofo más influyente de la historia occidental.

Fue discípulo de Sócrates, y su vida transcurrió en la Época Clásica. En ese período casi milagroso, los griegos crearon la democracia, alcanzaron la perfección en escultura, arquitectura y literatura, y desarrollaron extraordinariamente numerosas áreas del saber como la medicina, la historia y la filosofía. Atenas fue el centro cultural de aquella época, y en el 387 a. C. Platón fundó allí la Academia, la institución educativa más importante de todos los tiempos.

Se considera que la Academia es la precursora de las universidades. El objetivo de Platón al fundarla, con un planteamiento único en su época, fue instruir e investigar sobre los principales campos del conocimiento. Entre las materias tratadas se contaban las matemáticas, la astronomía, la educación y el lenguaje, la dialéctica, la ética, la psicología y la política.

Las academias de la era moderna toman el nombre y el espíritu de la Academia platónica. A su vez, ésta se denominó así por Academo, un héroe mitológico cuya tumba se creía que estaba junto al terreno que compró Platón para abrir su escuela.

El emperador romano Justiniano, al considerar que la religión clásica griega en la que se enmarcaba la Academia suponía una amenaza para el cristianismo, la clausuró definitivamente en el año 529 d. C., nueve siglos después de que la fundara Platón.

En el ámbito de la política, el propósito de Platón al crear la Academia era formar a los futuros gobernantes, convencido de que el único modo de que los hombres alcancen la paz es uniendo la política y la filosofía, de manera que los pueblos estén gobernados mediante la razón y la sabiduría.

Platón no dudó en arriesgar la vida persiguiendo este sueño.

Enciclopedia Universal, Socram Ofisis, 1931

Prólogo

Atenas, octubre de 372 a. C.

«¡No os lo llevéis, dioses!»

El dolor se incrementó y Altea sintió que su vientre se desgarraba. Sus dedos estrujaron la túnica y se dobló hacia delante.

«Os lo suplico, no os llevéis también a este niño.»

Se encontraba en su segundo mes de embarazo, y en las dos ocasiones anteriores había abortado antes de completar el primer trimestre. Se mantuvo doblada mientras el sudor resbalaba por su rostro congestionado. Cuando los dioses se apiadaron de ella y el dolor comenzó a remitir, abrió los ojos.

Estaba sentaba en su dormitorio; la luz dorada de las lámparas de aceite revelaba a sus pies el cepillo que había dejado caer; en la mesa que tenía delante se alzaba el espejo de plata que le había regalado Platón por su boda.

Dirigió la mirada a las figuras delicadamente labradas que coronaban el espejo: Afrodita, diosa de la fertilidad, danzaba alegre con su hijo Eros.

—Afrodita —susurró con la voz temblándole—, concédeme la bendición de ser madre.

A la angustia por los abortos anteriores se sumaba la opresión de la culpa: había perdido varios años fértiles por haberse casado mucho más tarde de lo habitual en una ateniense. Su boda con Calipo se había celebrado hacía cuatro años, teniendo ella veintitrés, cuando lo normal hubiera sido que se casara alrededor de los quince en un matrimonio concertado. Sus padres, Perseo y Casandra, le habían permitido esperar hasta encontrar a alguien a quien realmente quisiera, como habían hecho ellos.

Inspiró hondo y se acercó al espejo. Tenía que disipar la tensión de su semblante o su esposo se daría cuenta de lo agitada que estaba.

«Calipo todavía no debe saber que vuelvo a estar embarazada.»

Procuró calmar la respiración mientras mantenía la mirada fija en su reflejo. Sus ojos plateados, tan inusualmente claros como los de su padre, recobraron poco a poco la firmeza habitual.

—Todo va a ir bien —murmuró.

Se sirvió un poco de agua de una jarra, cogió la copa y bebió despacio. Después se agachó para recoger el cepillo y vio que el mango de marfil se había quebrado.

Al incorporarse, la sobresaltó una presencia silenciosa a su espalda.

—¡Melisa!

La esclava permaneció un momento observando inexpresiva a su ama. Tenía un par de años menos que Altea y llevaba el pelo muy corto, como correspondía a su condición de esclava, lo que hacía resaltar sus grandes ojos negros y una nariz ganchuda que la afeaba.

—El amo dice que queda poco para que comience la ceremonia —declaró con una voz tan fría como su mirada—. Y que no quiere hacer esperar a Platón.

Los labios de Melisa se redujeron a una línea fina después de hablar y Altea pensó que parecía un ave de presa. Le desagradaba su actitud, pero librarse de ella le resultaría muy difícil porque estaba estrechamente ligada a la familia de Calipo.

—Dile que sólo tardaré un momento.

Cubrió con las manos su vientre dolorido y contempló a través del espejo a la esclava, que se alejó sin responder. Melisa era el ama de llaves y además le había calentado la cama al padre de Calipo a lo largo de varios años, desde que había enviudado hasta que había muerto, de manera que durante mucho tiempo había sido la mujer más importante de la casa.

«Me considera una intrusa.»

Procuró no pensar en la esclava y aguantó el dolor mientras terminaba de peinarse. Después abrió un pequeño cofre en el que guardaba sus objetos de tocador. Para sujetar sus cabellos negros, escogió una cinta de un tono gris claro similar al de sus ojos.

Se observó en el espejo. El pecho le había crecido a causa del embarazo y subió el escote ajustando el broche que sostenía la túnica en el hombro.

Antes de levantarse, miró a la diosa de la fertilidad y le suplicó de nuevo que la ayudara.

Melisa esperó hasta que sus señores abandonaron la casa. Entró en la alcoba de su ama, comprobó que la jarra que había sobre la mesa de tocador estaba vacía y se la llevó a la cocina.

«Parecía que le dolía el vientre», se dijo complacida mientras recordaba el semblante crispado de Altea.

Dejó la jarra en el suelo, la rellenó con el agua de un cántaro y añadió una cucharada de miel. Después accedió a la despensa y metió la mano detrás de unos sacos de cereal para sacar un pequeño cuenco que había escondido hacía un rato. Se aseguró de que no había ningún otro esclavo que pudiera verla, volcó el contenido del cuenco en la jarra y removió el agua con los dedos.

Lo que había añadido era una infusión de hierbas abortivas, un veneno suave con el que había conseguido que se malograran los anteriores embarazos de Altea.

Regresó a la alcoba y dejó la jarra en la mesa de tocador de su ama.

Altea y su marido recorrieron de la mano la calle que bajaba desde el barrio aristócrata hasta el ágora, la plaza donde se situaba el principal mercado de la ciudad. No resultaba habitual ver a un ateniense y su esposa caminando juntos, pero la mayoría de la gente ya se había acostumbrado a su comportamiento poco ortodoxo.

Era media mañana, la hora de mayor concurrencia en el ágora. En el aire flotaba el bullicio de cientos de atenienses regateando, mercaderes que anunciaban a gritos sus productos y una procesión de esclavas que aprovechaban para parlotear mientras se dirigían a la Casa de la Fuente con sus cántaros sobre la cabeza. El movimiento de la multitud originaba una tenue nube de polvo que Altea y Calipo atravesaron mientras avanzaban por la vía Panatenaica, la mayor avenida de la ciudad.

Los ojos de Altea no se levantaban del suelo. La preocupación por el embarazo agarrotaba su cuerpo y seguía con un dolor sordo en el vientre. Temió que Calipo se diera cuenta e intentó distraerse mirando el entorno. El elevado número de mendigos en los bordes de la calzada la sorprendió. La mayoría eran refugiados de Platea, la ciudad que la poderosa Tebas había destruido el año anterior.

—Pobre gente. —Pasaron junto a una mujer muy joven que sostenía un bebé de rostro mugriento que no se movía. Se preguntó si estaría dormido o muerto—. Qué horror tener que huir sin nada, y ni siquiera poder soñar con regresar a tu patria porque ésta ya no existe.

Calipo contempló las túnicas raídas y las miradas humilladas de los refugiados.

—Hay que contener a Tebas. —Su tono firme no lograba ocultar su inquietud—. Si no lo consigue Esparta, tendremos que hacerlo nosotros o terminaremos como estos desdichados.

Los espartanos llevaban mucho tiempo intentando doblegar a los tebanos, pero éstos no sólo resistían, sino que parecían invencibles y cada año se volvían más ambiciosos. Tebas estaba a sólo dos días de marcha de Atenas y muchos atenienses estaban convencidos de que ellos serían su próximo objetivo.

Dejaron a los mendigos atrás cuando enfilaron la callejuela que llevaba a la casa de Perseo. Altea seguía pensando en aquella vivienda como la de sus padres, pese a que su madre había fallecido hacía cinco años. Se detuvieron ante la puerta y Calipo golpeó dos veces con el llamador, un pequeño puño de bronce que el tiempo había oscurecido. Habían quedado en recoger a Perseo para ir juntos a la Academia; iban a celebrar el decimoquinto aniversario de su fundación consagrando una estatua nueva a Academo, el héroe legendario que había dado nombre a la escuela.

Calipo iba a volver a llamar, pero se detuvo al oír el roce irregular de los pasos de Perseo, que abrió la puerta un momento después.

—Calipo, Altea, me alegra veros. —Los ojos de Perseo, de un gris ceniza similar al de sus cabellos, se iluminaron mientras contemplaba a su hija—. Pasad, Platón está con nosotros.

Saludaron a Perseo y encontraron en el patio a Platón, que se levantó de un banco de piedra y se acercó a ellos con una sonrisa poco habitual en su rostro sobrio. Altea sintió que su angustia se atenuaba en presencia del filósofo. Platón tenía cincuenta y cinco años, diez menos que Perseo, aunque su cabello también era gris y sobre su frente nacían unas amplias entradas. Ya no era un hombre joven, pero seguía siendo casi tan robusto como cuando su entrenador de lucha le había cambiado el nombre de Aristocles por el mote de Platón —en referencia a sus anchas espaldas[1]—, por el que casi todo el mundo lo conocía.

—Salud, amigos míos. —Alzó una mano al saludarlos con su voz pausada—. Los dioses deben de apreciarme cuando, además de concederme la celebración de hoy, me otorgan vuestra compañía.

—Sin duda te aprecian, Platón, casi tanto como nosotros —contestó Altea devolviéndole la sonrisa. Atisbó un fondo de inquietud bajo la apariencia serena de Platón, pero contuvo el impulso de preguntarle y se volvió hacia su padre—. ¿Va a venir Eurímaco?

El semblante de Perseo se ensombreció y miró hacia el interior de la vivienda.

—Voy a avisarlo. Ha pasado mala noche, y no sé si...

Se alejó sin completar la frase. Abrió con cuidado la puerta de su hijo y entró en la habitación.

En el patio se hizo un silencio incómodo. Calipo carraspeó y se puso a repasar con Platón algunos detalles del acto de esa

1. *Platón* (Πλάτων) proviene de πλατος, 'ancho, amplio'.

mañana. Altea se apartó de ellos y se acercó al horno de cerámica, una construcción encalada que ocupaba una de las esquinas.

«Pobre Eurímaco. —El año anterior, mientras su hermano se encontraba de campaña con el ejército, su esposa Alesia había enfermado y había muerto en pocos días—. Alesia estaba embarazada de seis meses», recordó, y se estremeció al evocar el grito de dolor de su hermano cuando regresó a Atenas y le dieron la noticia.

Eurímaco empezó a beber poco después. Entre su padre y ella lo convencieron de que se trasladara por un tiempo a la casa familiar, con la esperanza de que alejarse del entorno en el que había vivido con su esposa lo beneficiara. Eurímaco comenzó a ayudar en el negocio de cerámica, pero también siguió bebiendo.

«La mitad de las veces que lo veo está ebrio», se dijo Altea mientras negaba con la cabeza.

Desplazó la puerta del horno, se asomó al interior y comprobó que estaba vacío. Desde la vivienda llegó una respuesta áspera y se volvió hacia la habitación de su hermano, pero no salió nadie. Aguardó un momento, rodeó el horno y accedió al taller, donde se torneaban las vasijas y se almacenaban tras cocerse.

En la zona de almacén apenas había vasijas, lo cual era extraño, y arrugó el ceño.

Oyó la voz de su hermano en el patio y se apresuró a salir. Estaba junto a los demás, con la túnica arrugada, la barba desaliñada y dos palmos más de altura que cualquiera de ellos. Parecía un animal salvaje, un minotauro aturdido en medio de hombres civilizados.

Nada más acercarse a él percibió el olor del alcohol en su respiración. Le besó la mejilla barbuda y buscó su mirada, pero los ojos enrojecidos de Eurímaco la rehuyeron. Poco después abandonaron la casa y bajaron por la callejuela en dirección a las murallas. Perseo y Calipo iniciaron una conversación animada con Platón, mientras que Eurímaco y ella caminaron detrás en un silencio triste que sólo alteraba el crujir de las sandalias sobre la tierra.

«Estoy embarazada, Eurímaco. —Lo miró de reojo y sintió una gran pena por no poder hablar con él. Antes de que su esposa muriera y comenzara a beber, Eurímaco había sido su mejor amigo y confidente—. Voy a intentar que nadie se dé cuenta de mi embarazo hasta que llegue al cuarto mes. Y si aborto de nuevo... —imaginó a su bebé pugnando por sobrevivir en su inhóspito vientre y sus ojos se humedecieron—, si aborto de nuevo, procuraré que tampoco se entere nadie. Aunque será difícil teniendo a Melisa en casa.»

Su hermano caminaba con la mirada en el suelo, completamente ajeno a su entorno.

«Tengo miedo, Eurímaco. Sabes que tener hijos es uno de los principales deberes de todo ateniense. —Una lágrima bajó por su mejilla—. Tengo miedo de que también se me muera este bebé, y de que Calipo me repudie por ello y se busque otra esposa.»

Atravesaron el Dipilón, la puerta doble de las murallas que constituía el principal acceso a Atenas, y se alejaron de la ciudad por la calle de las tumbas. En sus márgenes se encontraban las lápidas y monumentos funerarios de los ciudadanos más ilustres. Platón procuraba mostrarse animado, era un gran día para la Academia y todo el mundo estaba pendiente de él, pero no podía dejar de pensar en el vaticinio que había recibido el día anterior.

«Un vaticinio de esperanza y muerte..., ¿qué debo hacer?»

Había acudido al ágora, donde tenían su puesto oficial algunos de los adivinos más prestigiosos de Atenas, y había consultado a uno de ellos sobre el futuro de la Academia y de todo su proyecto filosófico. Quince años atrás había creado la Academia como un lugar en el que profundizar en el estudio de diversas materias y divulgar ese conocimiento. No obstante, su objetivo principal, al que había dedicado varias de sus obras, era influir en el gobierno de las ciudades, y que en lugar de gobernar la tiranía o la retórica persuasiva de los demagogos lo hicieran la justicia, la virtud y la sabiduría. Tenía la esperanza de que, si formaba en su doctrina a los futuros gobernantes, y unía así la política y la filosofía, se conseguirían gobiernos más justos que mejorarían la vida de todos los ciudadanos.

El adivino le cobró cinco dracmas, sacrificó una paloma en un pequeño altar y le extrajo las vísceras.

—Las señales son claras —le dijo mientras examinaba el reflejo de la luz en el hígado, que era liso y brillante—. Veo una gran oportunidad, en una gran ciudad... —Platón se regocijó; estaba convencido de que se trataba de Atenas—. Sucederá algo que parecía imposible... —El adivino dejó caer unas gotas de sangre sobre un brasero y el humo se elevó hacia Platón—. No hay duda, tú estás en el centro de todo lo que ocurrirá. —Observó el bazo de la paloma y frunció el ceño. Lo cogió para examinarlo por ambos lados y negó con la cabeza—. Parece que habrá un gran crimen, y será cometido por alguien muy cercano. —Partió el bazo con un pequeño cuchillo y volvió a negar—. También veo más muertes..., muchísimas más.

Platón sabía que la función del adivino era interpretar las señales que enviaban los dioses, y que a veces éstas no mostraban lo que iba a ocurrir, sino tan sólo lo que podía ocurrir.

«Ni siquiera sé si se refería a Atenas o a Siracusa», se dijo con inquietud. Esa misma mañana había recibido una carta de Siracusa, la más poblada de las ciudades griegas. Le solicitaban que acudiera para influir en su gobierno tiránico, bajo el que sufrían cientos de miles de habitantes. Sin embargo, él ya había viajado allí hacía quince años, justo antes de fundar la Academia, y había estado a punto de perder la vida.

«Sería una locura que regresara a Siracusa.»

Continuaron avanzando por la calle de las tumbas. Cada pocos pasos se acercaban atenienses que lo saludaban efusivamente y luego se incorporaban al grupo en su trayecto a la Academia.

«Los políticos siempre quieren impregnarse del prestigio ajeno», pensó resignado. Muchos de los hombres que lo saludaban llevaban túnicas lujosas, lucían gruesos anillos de oro y dejaban un halo de perfume caro. La mayoría no había asistido nunca a las clases de la Academia, pero ningún ciudadano relevante quería perderse aquella celebración de una institución cuyo renombre había sobrepasado hacía tiempo las fronteras de Atenas.

«Acuden para ver y ser vistos. —Respondió con una inclinación de cabeza al saludo de uno de los líderes del partido democrático—. Pero algunos oirán con atención mi discurso, y puede que les despierte interés y regresen dentro de unos días.»

Pasaron junto al muro exterior del gimnasio, se adentraron en un pequeño pinar y poco después divisaron el recinto de la Academia.

—Hay miles de personas —murmuró Calipo asombrado.

Platón se limitó a asentir mientras continuaban hacia la entrada. Un murete de piedra rectangular rodeaba los terrenos pertenecientes a la escuela. En el interior habían levantado algunas viviendas y otras edificaciones sencillas que servían de aula, un pórtico para poder pasear y conversar protegidos del mal tiempo, y en el extremo más alejado se erigía un pequeño templo circular dedicado a las Musas. También había varias estatuas repartidas por los jardines, una de las cuales se encontraba en una plazoleta tapada por una tela.

La masa de gente se abrió mientras Platón avanzaba hacia aquella figura sin descubrir. Se trataba de una obra en mármol que representaba a Academo. Iba a sustituir a la deteriorada escultura de madera que había estado allí más de un siglo.

«Espero que el héroe nos perdone haber tardado tanto en honrarlo con una estatua adecuada.» Al menos tenía la certeza de que todos los asistentes iban a quedar impresionados; el escultor Praxíteles había realizado un trabajo prodigioso.

Junto al pedestal de la estatua habían colocado una tarima alta de madera. Subió los escalones y contempló a la multitud. Las conversaciones se habían reducido a murmullos expectantes, pero todavía se veía gente acudiendo presurosa por el bosquecillo que rodeaba la escuela. Tampoco había llegado el escultor, que sería el encargado de descubrir su propia obra.

«La Academia nunca ha estado tan concurrida», se dijo sin que su rostro mostrara ninguna alegría. Hacía casi tres décadas que la voluble Atenas había ordenado la muerte de su maestro Sócrates. Ahora los atenienses lo trataban a él con un enorme respeto por hacer básicamente lo mismo que había hecho su maestro: utilizar la razón para perseguir el verdadero conocimiento, más allá de las opiniones o intereses de cualquier individuo.

Además del público atraído por el evento, se hallaban presentes más de un centenar de discípulos. Atenas atravesaba el período de mayor esplendor cultural desde la guerra del Peloponeso. Los más pesimistas aseguraban que aquella época dorada estaba a punto de terminar, convencidos de que el ejército invencible de Tebas caería sobre la ciudad al año siguiente. Aunque Platón no creía que el peligro fuera tan inminente, también a él le preocupaba que en la escena griega hubiera aparecido otro rival tan poderoso.

Un joven discípulo se acercó para avisarle de que el escultor acababa de llegar.

—Muy bien. Di a los músicos que se preparen.

El joven se alejó y él avanzó hasta el borde de la tarima. En las primeras filas se encontraban algunos de sus discípulos más allegados, entre ellos su viejo amigo Perseo, Eurímaco con su aspecto hosco y Altea, su querida y brillante Altea, la primera mujer que había admitido en la Academia.

«Le ocurre algo», pensó al advertir su expresión tensa. Altea se percató de que se estaba fijando en ella y bajó apresuradamente la mirada.

Platón reprimió el impulso de acercarse. Trataría de hablar con Altea más tarde, ahora tenía que dar el discurso e inaugurar la escultura de Academo. Hizo una señal y dos hombres con sendas trompetas se colocaron a los lados de la estatua. Alzaron sus instrumentos, hicieron sonar una nota larga y vibrante y los volvieron a bajar.

Mientras el silencio se extendía como una ola que avanzara hacia el bosque, Platón se dijo que quizás Sócrates estaría orgulloso. Era la primera vez en su vida que lo pensaba, y la sobriedad de su rostro se atenuó con aquel inusual atisbo de vanidad.

«Querido Sócrates, ojalá estuvieras a mi lado en este momento.»

Levantó una mano y los últimos murmullos se extinguieron. El viento se había detenido como si también quisiera escuchar. Platón sentía la responsabilidad de que sus palabras fueran a llegar a innumerables hombres y mujeres que lo seguían con devoción no sólo en Atenas, sino a lo largo de toda Grecia, Italia, Siracusa...

Su ánimo titubeó al recordar el vaticinio del día anterior y la carta que le pedía que regresara a Siracusa. De pronto la luz disminuyó y alzó la mirada al cielo con el ceño fruncido. En medio del azul intenso, una nube solitaria se había desplazado hasta tapar el sol.

En ese momento, un águila cruzó por delante de la nube planeando a baja altura.

«El águila de Zeus...», se dijo Platón con un estremecimiento. Aquel animal representaba al rey de los dioses, y a menudo los adivinos consideraban que Zeus los enviaba para advertir sobre el futuro.

El águila giró la cabeza hacia él, abrió el pico y chilló por dos veces.

PRIMERA PARTE

—

371 - 367 a. C.

Capítulo 1
Atenas, abril de 371 a. C.

Altea notó que el bebé comenzaba a salir de su interior. Se retorció sobre el lecho y unas manos le sujetaron los brazos con dureza.

—¡Quieta! —El susurro áspero de aquella mujer la asustó—. Deja que salga.

La criatura apretaba contra sus huesos, forzaba su cuerpo de un modo insoportable. La tensión se incrementó aún más y de pronto sintió que sus caderas se descoyuntaban con un crujido sordo.

El espasmo de dolor hizo que los dedos de la mujer se le clavaran con más fuerza. Notó un cuerpo largo y viscoso que se deslizaba pesadamente contra la cara interna de su muslo, surgiendo de ella sin cesar.

Consiguió levantar la cabeza y sintió que el horror la aplastaba.

La serpiente era gruesa y oscura. Seguía saliendo de su interior, pero la parte delantera ya había llegado al suelo y reptaba en dirección a la puerta. La cabeza afilada se volvió hacia ella con la boca entreabierta. Tenía sus mismos ojos plateados y una lengua delgada que se agitaba entre los colmillos.

El corazón de Altea se detuvo al escuchar su voz sibilante:

—Madre...

Despertó gritando.

Sentía a la serpiente emergiendo de sus entrañas, bajando con un roce incesante entre sus piernas. Pataleó frenética para huir hacia la parte superior de la cama sin dejar de gritar.

La oscuridad se disolvió y en la alcoba apareció la esclava Melisa con una lámpara de aceite. Altea miró en la cama sin encontrar al animal que acababa de salir de su cuerpo. Apartó la túnica de un tirón y mostró sus muslos desnudos y la piel sudorosa de su vientre preñado de ocho meses.

—¿Otra pesadilla, mi señora?

«¿Qué...?»

Escrutó la habitación sin responder. No podía ser sólo un sueño, todavía sentía el dolor del brutal alumbramiento, el contacto de aquel reptil enorme...

—Voy a avisar al amo Calipo.

Melisa vio que su señora se giraba hacia ella, aturdida y con las manos crispadas sobre su voluminoso embarazo. En la penumbra sus ojos le parecieron transparentes, tan extraños como los de una criatura del reino de los muertos. Le dirigió a su ama una sonrisa tranquilizadora, encendió con su lámpara otra de pie largo que había en una esquina y salió de la alcoba.

Al alejarse, su sonrisa se disipó como si la arrastrara un viento de invierno. Se esforzaba con Altea porque Calipo le había pedido que tuviera un trato más cálido con ella en los meses finales del embarazo.

«Es una mujer débil.»

Avanzó descalza por el pasillo enlosado mientras protegía la llamita con una mano. Despreciaba a las atenienses de clase alta como Altea, que desde el nacimiento recibían todo lo que necesitaban sin tener que esforzarse. Ella había nacido esclava, pues a su madre la capturaron estando embarazada y los hijos de los esclavos no pertenecían a sus padres, sino a sus amos. En su caso permitieron que su madre se ocupara de ella, probablemente porque era el modo más barato de criar a una niña hasta que tuviera la edad de realizar el mismo trabajo que su madre: satisfacer cada día a quince o veinte clientes del prostíbulo.

Se detuvo frente a la puerta de Calipo y se quedó escuchando. Mientras lo hacía, sus dedos subieron instintivamente hasta el amuleto que colgaba de su cuello por una tira de cuero. Era el único regalo que le había hecho su madre, al cumplir cinco años. Tan sólo se trataba de un trozo pulido de hueso de vaca, pero le había asegurado que la protegería toda su vida.

«Al menos conseguí librarme del prostíbulo.»

En casi todos los recuerdos de su niñez su madre estaba llorando. Incluso cuando se recostaba unas pocas horas por las mañanas no dejaba de gemir con los ojos cerrados. Había muerto cuando ella tenía nueve años y su cuerpo todavía no se había desarrollado, por lo que el dueño del establecimiento decidió venderla para obtener un rendimiento rápido. Por fortuna la compró la madre de Calipo y el único hombre con el que tuvo que acostarse fue el padre de Calipo, que además sólo se acercó a ella tras enviudar y casi siempre la trató con amabilidad.

Desde el pasillo no oía nada. Se acercó a la puerta y habló con voz queda:

—Mi amo, soy Melisa.

Aguardó unos instantes. Iba a volver a llamar a su señor, pero cambió de idea. Desplazó la tela basta de su túnica para que sus pechos se vieran mejor, apoyó la mano en la puerta y empujó con suavidad.

Cuando el hueco fue suficiente, se deslizó en el interior.

La alcoba y el lecho de Calipo eran los que habían pertenecido a su padre, así que los conocía muy bien. Su amo yacía mirando hacia el lado contrario y se quedó contemplándolo. Dormía sin que apenas se oyera su respiración. Acercó un poco más la lámpara e imaginó que apartaba la túnica de dormir de Calipo y se pegaba a su cuerpo. Su amo se ejercitaba regularmente con las armas y tenía una musculatura compacta.

«Disfrutaría más conmigo que con su esposa.»

Altea era una mujer muy bella, pero el cuerpo de Melisa era más voluptuoso. Cuando atravesaba Atenas para coger agua en la Casa de la Fuente, notaba el efecto que producía en la mayoría de los hombres, las miradas lascivas, los comentarios soeces que le dirigían más a menudo que a otras esclavas.

Se sentó con mucho cuidado en el borde del lecho. Calipo respiró profundamente sin llegar a darse la vuelta.

«Yo tendría que ser tu esposa.»

Hubo un tiempo, con doce o trece años, en que soñaba con que aquello se hiciera realidad. Calipo tenía unos veinticinco y había dejado de mirarla como a una niña. Cuando volvía de montar y ella se apresuraba a acercarle una copa de agua, él ya no sólo se limitaba a agradecérselo, sino que le dedicaba un par de minutos de conversación. Melisa respondía con gravedad, tratando de hablar como lo haría una buena esposa ateniense, soñando con que lo era en ese momento. Después pasaba el día imaginando que Calipo le concedía la libertad para luego casarse con ella.

Todo cambió cuando el viejo señor de la casa enviudó y decidió que la pequeña Melisa caldearía la soledad de sus últimos años. Entonces Calipo se volvió más distante y las conversaciones desenfadadas desaparecieron para siempre. Tras morir el anciano, ella recobró la esperanza, pero Calipo siguió tratándola como a una esclava y finalmente metió en la casa a la maldita Altea.

Se volvió hacia la puerta; le parecía haber oído algo y por un momento temió que apareciera su señora.

«No se atreverá a salir de su cuarto —pensó con desdén—. Debe de seguir en la cama, temblando como una niña.»

Hasta ese último embarazo había mantenido la esperanza de que Calipo repudiara a Altea. En las dos ocasiones anteriores había conseguido que perdiera a los niños gracias a las hierbas abortivas que le ponía en el agua; sin embargo, esta vez no había funcionado.

«Tendría que haber incrementado la cantidad al ver que superaba el primer trimestre. —Pero aquellas hierbas eran venenosas; si Altea caía enferma, podían sospechar de ella—. Y a mí no me repudiarían, me echarían a los perros si supieran que ya he matado a dos posibles herederos.»

Siguió mirando a Calipo mientras reflexionaba.

Finalmente decidió arriesgarse. A partir de ese día, duplicaría la dosis de hierbas.

Altea cerró los ojos y se concentró en las sensaciones que le pudiera transmitir su hijo.

Al cabo de un momento los abrió desesperada. No sentía al bebé, lo único que notaba era un dolor punzante que mantenía su tripa tensa. Cerró de nuevo los ojos, intentó relajarse y frente a ella apareció como un fogonazo la cabeza de ojos plateados del enorme reptil. Se sujetó el vientre con ambas manos y miró hacia la luz de la lámpara. Le avergonzaba despertar a Calipo en mitad de la noche por una pesadilla, pero a la vez deseaba que acudiera cuanto antes.

La serpiente era el símbolo de Apolo, dios de la profecía y de la sanación. Sus sueños podían significar que iba a tener un hijo con dotes proféticas, quizás con un don para sanar...

«También pueden augurar que el niño va a nacer deforme.»

Contempló su vientre hinchado y trató de visualizar dentro un bebé sano. Los dos abortos anteriores habían resultado muy duros, todavía echaba dolorosamente de menos a esos hijos no nacidos. Los había imaginado en sus brazos muchas veces antes de perderlos y esos recuerdos eran tan vívidos que parecían reales.

«A ti no voy a perderte», pensó mientras se abrazaba el cuerpo.

Sintió una nueva punzada en el vientre y su rostro se crispó.

No le había hablado a Calipo del contenido de sus pesadillas. Él querría consultar su significado con un intérprete de sueños o algún adivino, como solía hacer la gente, pero ella no quería. De algún modo sentía que si sacaba sus miedos al exterior se podían volver reales, como si concretarlos en palabras pudiera proporcionarles una existencia en el mundo físico.

«Tampoco le he hablado de mis sueños a Platón.»

Eso le hacía sentir que traicionaba el vínculo especial que había entre ellos. Platón era amigo de su padre desde los tiempos de Sócrates, la había visto nacer y durante su infancia había sido para ella como un tío de carácter sobrio, a la vez amable y un tanto torpe con los niños. En la adolescencia habían tenido menos trato, pero aquello había cambiado hacía seis años con la muerte de su madre. Casandra había sido para ella el centro de su vida y su marcha la dejó completamente perdida. En aquel momento Calipo todavía no era su marido, su hermano Eurímaco se encontraba de expedición con el ejército y Perseo estaba tan afectado que no se daba cuenta de que su hija se estaba hundiendo. El único que supo llegar hasta ella y encontrar el modo de ayudarla fue Platón, y desde entonces ella había acudido a la Academia prácticamente a diario.

«Llevo varias semanas sin asistir.» El embarazo apenas la dejaba dormir desde hacía dos meses y estaba tan agotada que resultaba absurdo plantearse el largo paseo hasta la Academia. Además, bastante reparo despertaba ya la presencia de una mujer como para asistir tan hinchada que parecía que iba a ponerse de parto en cualquier momento.

«Vamos, pequeño, muévete.»

El bebé seguía sin dar señales de vida y se volvió hacia la puerta con el rostro cubierto de sudor.

«Maldita sea, Calipo, ¿dónde estás?»

Calipo suspiró y se removió hasta quedar boca arriba. Sus párpados se entreabrieron y dio un respingo al ver a su esclava Melisa, que estaba sentada en el borde de la cama y se puso de pie rápidamente.

—¿Qué ocurre? —Incorporó el cuerpo con brusquedad—. ¿Es el niño? ¿Viene ya?

—No, mi señor. —Melisa sonrió a su amo, que la miraba con los ojos hinchados de sueño—. No pasa nada, es sólo una pesadilla.

—¿Otra pesadilla? —murmuró Calipo—. Pobre Altea... —Salió de la cama, tomó la lámpara de las manos de la esclava y se alejó pesadamente por el pasillo.

Melisa esperó hasta que la luz se desvaneció por completo. Entonces volvió a sentarse en el lecho de Calipo y deslizó lentamente la mano sobre el colchón, absorbiendo el calor que había dejado el cuerpo de su amo.

Calipo entró en la alcoba de su esposa, dejó la lámpara sobre la mesa de tocador y se arrodilló junto a la cama.

—¿Te encuentras bien?

Altea le sostuvo la mirada y asintió conteniendo las repentinas ganas de llorar. No quería decirle que no sentía al niño, ni que tenía un dolor en el vientre que no remitía.

Calipo la estrechó entre sus brazos.

—¿Has tenido otra pesadilla? —Ella volvió a asentir—. ¿Recuerdas de qué se trataba?

Altea respiró profundamente contra el cuello de su marido. No quería hablarle de aquella serpiente monstruosa.

—Ha sido igual que las otras veces: hay algo que me aterra, pero al despertar no lo recuerdo. —Se apartó para mirar a su esposo; sus ojos de color miel siempre le mostraban ternura—. Siento que Melisa te haya despertado. Yo no lo hubiera hecho, pero creo que he gritado y ella me ha oído.

—No te preocupes. Al menos ahora parece que está más pendiente de ti. —Le acarició la barbilla—. Quizás se haya ablandado al ver que vas a ser madre.

Altea bajó la mirada. Sospechaba que el cambio de actitud de Melisa se debía a que Calipo la había reprendido, pero le parecía injusto hacerlo notar. De un modo u otro, estaba siendo más amable con ella.

—¡Ah...! —Abrió mucho los ojos y se miró el vientre. Un bulto recorría la carne apretando desde su interior—. ¡Pon la mano! —Calipo colocó la palma sobre su piel y ella notó que el bebé golpeaba con firmeza. Aquellos golpes correspondían al movimiento de un niño, no al cuerpo de una serpiente.

—¡Vaya, qué fuerza! —rio Calipo—. Va a ser un guerrero temible.

Altea puso la mano encima de la de su esposo. Sabía que los dos abortos habían afectado mucho a Calipo, y también que su orgullo y su sentido del deber como ateniense hacían que estuviera desesperado por tener un heredero.

«Puede que nazca una niña», se dijo sin cambiar la expresión. Imaginaba que para su esposo sería una decepción, sobre todo después de haber tenido tantas dificultades para que el embarazo siguiera adelante, aunque él nunca lo reconocería. De todos modos, ahora sabía que podía tener hijos. La amenaza del repudio se alejaba, y si en esta ocasión no era un niño, ya lo sería más adelante.

Observó a Calipo, que seguía embelesado con los golpes que daba el bebé.

«Lo importante es que nazca bien —se dijo sintiendo una nueva punzada de angustia—. Os lo ruego, Afrodita y Atenea, Hera y Deméter, que nazca sano.»

Un crujido débil hizo que mirara hacia la puerta.

En la penumbra del pasillo le pareció distinguir, apartándose con rapidez, la túnica oscura de Melisa.

Capítulo 2

Atenas, abril de 371 a. C.

Platón dejó la carta sobre la mesa y apoyó la espalda contra el respaldo de la silla. Se quedó mirando el costoso pergamino, marcado con el sello de Dion de Siracusa, y su ceño se arrugó todavía más.

«Por todos los dioses, Dion, te dije que no regresaría.»

Apoyó los codos en el grueso tablero de madera y tiró distraídamente de su barba grisácea. La carta había quedado junto a la vela de sebo y la luz hacía destacar los trazos fuertes y rectos de la escritura de su amigo. El tono era tan entusiasta como el ánimo de los hombres antes de una batalla en la que confían obtener la victoria:

«Dion desea salud a Platón de Atenas.

¡Oh, amigo! Nuestra oportunidad ha llegado al fin y debes prepararte para retornar a Siracusa. Sé que estas palabras podrían costarme la vida, acusado falsamente de conspirar, pero no puedo expresarme de otro modo sino afirmando que en esta hora tenemos una oportunidad única. ¡La filosofía la tiene! La divinidad ha querido que mi cuñado, el tirano Dionisio, haya sufrido un grave empeoramiento de su salud y se tema por su vida. Si falleciera, el gobierno de Siracusa recaería probablemente en su hijo mayor, mi sobrino Dionisio el Joven, de quien tanto te he hablado y a quien tanto he hablado de ti...»

—La filosofía tiene una oportunidad —murmuró Platón al tiempo que releía las primeras líneas. Hasta ese momento toda su doctrina política consistía en teorías, obras escritas, clases y debates con sus discípulos..., pero su objetivo era producir cambios reales—. Dion, qué bien sabes tejer redes de las que no puedo escapar.

Se levantó y caminó por su austera vivienda de la Academia, donde cada vez pasaba más noches en lugar de ir a dormir a su casa de Atenas. Al cabo de un rato se detuvo en medio de la estancia y su mirada regresó a la carta. En su interior el desasosiego se mezclaba con el contagioso entusiasmo de las palabras de Dion.

«Yo fui quien prendió en él la llama de la filosofía —tuvo que reconocer—. En último término, seré el responsable tanto si me arrastra a hacer realidad un sueño... como a morir.»

Abrió la puerta y salió a la noche tranquila de la Academia. No se distinguía ninguna voz, pero sabía que todavía habría muchos discípulos conversando en los jardines o en el pórtico.

«La filosofía no debería ser peligrosa... —Las arrugas de su frente se acentuaron mientras contemplaba la penumbra silenciosa—. No, es todo lo contrario: si eludiera los peligros, no sería una verdadera filosofía. Y entonces no tendría la capacidad de cambiar el mundo.» La mayor inspiración para su sueño político era el logro, único en la historia, del gran Pitágoras, quien un siglo y medio antes había gobernado sobre una decena de ciudades basándose en su filosofía de igualdad, armonía y justicia. No obstante, tampoco olvidaba que el gobierno de Pitágoras terminó cuando sus enemigos políticos organizaron una conspiración que derrocó sus gobiernos y provocó una masacre de filósofos.

Frente a él se alzaba el pequeño templo circular que habían erigido a las Musas, las nueve diosas a quienes estaba consagrada la Academia. Su primer impulso fue entrar en busca de inspiración, pero necesitaba aire fresco y se alejó por una senda que discurría entre árboles.

Llegó a la plazoleta en la que habían colocado la estatua de Academo y alzó la vista hacia el cielo estrellado. En ese momento recordó que el día de la inauguración de la escultura un águila los había sobrevolado, se había girado hacia él y había chillado como si lanzara un aviso.

«Ese día recibí la primera carta de Dion en la que me hablaba de volver a Siracusa.»

Consideraba que el águila era una señal que había enviado Zeus, pero había consultado a un par de sacerdotes y la conclusión no había sido clara.

—A menudo los dioses envían sus señales a quien tiene grandes propósitos que ellos quieren que se lleven a cabo —le había dicho el primer sacerdote, antes de asegurar que el águila había sido una advertencia sobre el porvenir de la Academia. Sin embargo, el otro sacerdote había afirmado que la señal estaba relacionada con los peligros de regresar a Siracusa.

Continuó hasta un pequeño claro entre árboles altos, un lugar recóndito en donde se ubicaba una pequeña estatua de Atenea. Los rayos de la luna tropezaban con las ramas y no llegaban al rostro de la diosa, cuyos rasgos no alcanzaba a distinguir. Cerró los ojos y se abstrajo del rumor del riachuelo que se deslizaba entre los árboles. Las cartas que le remitía Dion avivaban los recuerdos de su primer viaje a Siracusa, hacía dieciséis años, en el que habían estado a punto de acabar con su vida. En aquella época ya tenía intención de fundar una escuela en Atenas, pero antes quería conocer de primera mano algunas de las comunidades pitagóricas de la Magna Grecia[1]. Como primer destino escogió Crotona, donde visitó la primera de las comunidades fundadas por Pitágoras. El gran maestro había encabezado desde allí la hermandad que durante tres décadas había gobernado sobre ciudades que en total sumaban un millón de habitantes. Sin embargo, la comunidad de Crotona había perdido casi toda su influencia y ahora la principal comunidad pitagórica era Tarento, que visitó a continuación. Allí estableció amistad con Arquitas, un importante político y destacado pitagórico con el que pasó jornadas enteras conversando de filosofía.

Después de recorrer el sur de Italia, viajó a Sicilia y recaló en Siracusa, la principal ciudad de la isla. El tirano Dionisio llevaba dos décadas gobernando y ya había convertido Siracusa en la ciudad más poderosa de la Magna Grecia.

Platón recordaba vivamente los primeros días que pasó en aquella ciudad, cuando nada hacía presagiar el peligro que se cernía sobre él. Arquitas le puso en contacto con algunos de

1. La Magna Grecia son las colonias que los griegos establecieron en el sur de Italia y Sicilia.

los ciudadanos más relevantes y éstos lo acogieron con grandes muestras de respeto. En uno de los debates que organizaron sus anfitriones conoció a Dion, un joven de veinte años que le fascinó de inmediato, cuya hermana era una de las dos esposas del tirano Dionisio. El ambiente de Siracusa desagradaba a Platón, con festines continuos donde se comía y bebía en exceso, una suntuosidad obscena y una devoción insaciable por los placeres carnales. En la corte aquellos vicios se exacerbaban y ése era el ambiente en el que vivía Dion, pero al conocer a Platón reaccionó como si llevara toda la vida esperando aquel encuentro. Mostró un interés y una capacidad por la filosofía que Platón no había hallado antes en ningún discípulo y decidió adoptar de inmediato el estilo de vida que propugnaba, en el que la disciplina y la virtud se colocaban por encima de los placeres.

Aquellas conversaciones se sucedieron con regularidad y el entusiasmo de Dion se acrecentó cuando se adentraron en el terreno político.

—Créeme, Dion —recapituló Platón una tarde que estaban hablando a solas—. Los males de los hombres no tendrán fin hasta que los gobernantes sean verdaderos filósofos. —Ya le había hablado a Dion de su idea de diseñar un sistema educativo para formar a los hombres destinados a gobernar, hombres que se guiarían por la idea del bien público y a quienes a veces se refería como «filósofos reyes».

En aquel momento Dion lo interrumpió.

—Platón, en pocos días me has hecho abrazar la verdad, de la que antes me encontraba tan lejos. Creo que si hablaras con mi cuñado Dionisio, nuestro caudillo, podría derivarse de ello un gran bien. Le he solicitado que te reciba en la corte y tu fama ha hecho que esté ansioso por conversar contigo.

Platón dudó, no creía que la juventud de Dion le permitiera ser realista sobre el interés que podía tener un tirano sobre la verdadera filosofía. No obstante, se dijo que quizás Dionisio lo sorprendiera; y si en verdad había alguna posibilidad de influir sobre un gobernante tan poderoso, era su deber tratar de aprovecharla.

El tirano Dionisio ordenó que prepararan uno de los salones de su palacio e invitó a varios cortesanos para agasajarlos con el espectáculo de aquel filósofo, de quien todo el mundo hablaba con una admiración creciente. Dion, por su parte, se ocupó de hacer correr la voz entre familiares y amigos aristócratas, y cuando Platón llegó al salón lo encontró abarrotado con casi un centenar de miembros de la corte y hombres principales de Siracusa.

La actitud de Dionisio le llamó la atención nada más entrar. El tirano, un hombre rubio bastante robusto, parecía muy complacido. Todos los invitados se acercaban hasta su asiento, un ostentoso trono de madera labrada con remates de marfil, y lo felicitaban por aquel entretenimiento.

«He venido a hablar, no a hacer piruetas —pensó Platón—. Veremos si eso te agrada.»

Comenzó razonando sobre la virtud. Su auditorio lo escuchaba en un silencio sólo alterado por el tintineo de la vajilla de plata y el trajín de los camareros, pues al parecer ni siquiera en una conferencia de filosofía podían concebir los siracusanos dejar de comer y beber. Dionisio, con el rostro permanentemente encarnado por su vida excesiva, atendía la conferencia con mucho interés.

Cuando el discurso viró hacia el tema de la justicia se hizo evidente que aquello no complacía al tirano. Los asistentes escuchaban a Platón con manifiesta admiración mientras éste afirmaba que la vida feliz sólo puede ser la de los justos, en tanto que la de los injustos resulta infeliz y miserable.

Dionisio, sintiéndose aludido, se removió en el asiento. Platón se daba cuenta del efecto que producían sus palabras, no sólo en el tirano sino en todos los hombres poderosos que lo estaban escuchando absortos, de modo que continuó:

—De la misma manera, el derecho que proporciona la fuerza no es conveniente por sí mismo, a no ser que el más fuerte destaque también por su virtud.

Dionisio enrojeció aún más y adelantó su corpachón hasta el borde del asiento.

—Dime, filósofo —escupió con desprecio—, ¿a qué has venido a Siracusa?

Platón respondió con calma.

—En busca de un hombre de bien.

—Pues parece que no lo has encontrado, ¿no es así?

Dionisio aguardó la respuesta de Platón con una sonrisa que dejaba ver sus dientes apretados. A alguien se le cayó una copa y el sonido metálico reverberó en el ambiente tirante de la sala.

—Creo que es suficiente —el joven Dion se apresuró a ponerse en pie—, ya seguiremos con la filosofía en otro momento. —Hizo un gesto a los camareros para que llenaran de nuevo las copas, agarró a Platón y lo sacó de la sala sin que Dionisio se opusiera.

—Lo lamento —dijo mientras conducía a Platón a toda prisa por los pasillos del palacio—. Casi todos te escuchaban embelesados, pero... mi cuñado Dionisio...

—Dionisio es el tirano, hemos sido ingenuos al esperar otra reacción. Cuanto más poderoso es un hombre, más le disgusta oír ideas que no se amolden a sus opiniones o a sus intereses.

Dion asintió avergonzado, sin aminorar su paso vivo.

—¿Tanta premura significa que estoy en peligro?

—Es mejor no detenerse a averiguarlo —respondió Dion con una sonrisa nerviosa. Cruzaron una puerta y accedieron a un jardín con flores de vivos colores rodeado por una muralla alta—. Hay una galera en el puerto que se dirige al Egeo con algunos pasajeros y zarpa esta misma tarde. Te podrá dejar en Atenas. Yo me encargaré de hacerte llegar el equipaje; si no da tiempo a cargarlo en este barco, te lo enviaré en el siguiente que salga para tu ciudad.

Cruzaron el jardín, atravesaron la muralla y bajaron una empinada escalera que desembocaba en el puerto. Platón se giraba de vez en cuando hacia atrás, pero no apareció ningún soldado para apresarlo. Dion habló con el capitán del barco y después pidió a Platón que se quedara en la bodega hasta que zarparan. El filósofo se ocultó en las entrañas de la galera y no se percató de que media hora más tarde llegó a la nave un enviado del tirano Dionisio. Llevaba un mensaje para el hombre más importante de aquel barco: un embajador de Esparta llamado Polis que regresaba a Grecia con una escolta de varios soldados.

—Dionisio solicita que te desvíes un poco al final de tu ruta y vayas a Egina, y que en esa isla entregues a Platón para que lo hagan esclavo.

El tirano tenía informantes por todas partes y había sabido que el filósofo estaba oculto en esa galera antes de que Dion abandonara el puerto. El embajador espartano no planteó ninguna objeción. A fin de cuentas, Siracusa era un aliado valioso de Esparta, y Platón un ciudadano de la rival Atenas.

El enviado sonrió antes de concluir su mensaje:

—Dionisio añade que no te preocupes por Platón. Dice que, como es un filósofo tan justo y virtuoso, será igual de feliz llevando una vida de esclavo.

La risa de los hombres atravesó el casco de madera y llegó hasta Platón. Al cabo de un rato notó que la galera abandonaba el puerto de Siracusa y experimentó un gran alivio. Aguardó en la bodega hasta que cayó la noche, y sólo entonces se decidió a subir a cubierta. Localizó al capitán y le extrañó que rehuyera su mirada. Cuando se dirigía hacia él, se le acercó el embajador espartano con un par de soldados.

—Platón el filósofo... —Lo contempló con curiosidad mientras uno de los soldados se aseguraba de que no llevaba armas bajo la túnica. Le pusieron las manos a la espalda y comenzaron a atárselas—. Te informo de que tu nuevo destino es Egina. Sé que no es lo que deseabas, pero al menos llegarás con vida si no me causas problemas.

Ciñeron el nudo con fuerza y Platón reprimió un gesto de dolor. A partir de ese momento obedeció las órdenes que le dieron y se quedó sentado en la cubierta. Egina estaba en guerra con Atenas y habían dictado un bando por el que todos los atenienses que arribaban a la isla eran hechos esclavos de inmediato. El destino parecía reservarle una vida de esclavitud sirviendo a algún egineta... o posiblemente una muerte cercana, dado el odio que los habitantes de Egina habían acumulado hacia los atenienses a lo largo de generaciones.

Cuando llegaron a la isla, el embajador espartano y sus soldados lo condujeron al mercado de esclavos del puerto. Estuvo un par de horas esperando bajo un sol implacable mientras vendían por lotes a varios remeros capturados por piratas eginetas. Al llegar su turno, lo subieron a la tarima elevada todavía con las muñecas atadas.

El rugido de odio de la multitud hizo que se le erizara la piel.

«Está claro que han hecho correr la voz de que soy ateniense.»

—¿Alguien quiere tener de esclavo a un verdadero ciudadano de Atenas? —El mercader era un hombre orondo que sudaba a chorros. Lo señaló con un ademán teatral mientras esperaba la respuesta de los compradores.

—¡Lo queremos muerto! —gritó alguien—. ¡Rompedle la cabeza!

Un hombre mayor se apoyó en la base de la tarima y escupió hacia Platón. Atenas había expulsado de la isla a todos sus habitantes al principio de la guerra del Peloponeso. Muchos de ellos habían pasado veinticinco años sin poder pisar su patria, hasta que la derrota de Atenas en aquella guerra les había permitido regresar.

—Nada impide que se la rompáis vosotros. —El mercader de esclavos tenía que gritar para hacerse oír entre las voces airadas—. Sin embargo, el afortunado primero tendrá que comprarlo. Su precio de salida es de tres minas[2].

Lanzaron una piedra y Platón apartó la cara en el último instante, pero no pudo evitar que le hiciera un arañazo en el pómulo. Notó que la sangre le bajaba como una lágrima roja y se apresuró a inclinar la cabeza para tratar de limpiarse con la túnica.

«La visión de la sangre y el miedo es lo que hace que los lobos se decidan a atacar a su presa», se dijo mientras observaba los rostros enfurecidos de la multitud.

El mercader ordenó a dos sirvientes que se colocaran delante de él y se adelantó con las manos alzadas. La carne que le colgaba de los brazos tembló al agitarlos.

—Si alguien lo hiere, tendrá que quedárselo y pagar su precio.

2. Una mina eran cien dracmas, y una dracma es lo que podía ganar en un día un remero o un jornalero.

Algunos de los hombres de las primeras filas estaban manteniendo un debate acalorado. Platón no entendió lo que decían, pero distinguió algunas cifras y se sobrecogió al comprender lo que estaba ocurriendo.

«Por Apolo, me quieren comprar entre varios para lincharme...»

Al fondo había un egineta ataviado con una túnica reluciente, confeccionada con el carísimo lino de Amorgos, que llevaba un rato observándolo. Platón sintió un rayo de esperanza, pero poco después el hombre negó con la cabeza y se alejó.

«En otro lugar, un ciudadano acomodado me compraría como pedagogo de sus hijos. Pero aquí no soy una buena inversión, saben que a la primera ocasión alguien me mataría.»

—Ofrecemos ciento veinte dracmas.

El mercader contempló disgustado a los eginetas que había junto a la tarima.

—De ningún modo. El precio de salida es de trescientas dracmas, ya lo habéis oído.

Platón percibió una ligera vacilación en la voz del mercader. Probablemente él también se había dado cuenta de que se había marchado el único hombre que podía haber ofrecido una buena suma.

—Ciento treinta —insistió el más corpulento de los que habían pujado.

El mercader oteó por encima de la multitud antes de responder.

—Lo siento, pero tres minas es su precio mínimo. Si no hay ninguna puja seria, tendré que retirarlo y venderlo otro día.

«Me temo que no tienes muchas opciones, mercader —se lamentó Platón—. La ley de Egina no te permite venderme en otra ciudad.» Además, el mercader no querría correr el riesgo de que aquellos hombres asaltaran por la noche el lugar donde almacenaba a los esclavos.

Los eginetas que se habían unido para pujar eran cinco, pero había muchos más contemplando la subasta y uno de ellos se acercó al grupo. Hablaron un rato y el hombre corpulento alzó la voz entusiasmado:

—Te ofrecemos ciento ochenta dracmas.

Platón advirtió que el mercader sonreía. No iba a aceptar aquella puja, pero veía que había otros interesados que no tardarían en unirse a los pujadores.

«Zeus poderoso, dentro de un momento estaré en manos de esos hombres...»

Oyó que un egineta se sumaba al grupo aportando treinta dracmas, y después otro más con veinte. El mercader arengó a la muchedumbre para que se unieran más compradores, y de pronto les llegó un grito lejano:

—¡Dos mil dracmas!

Todo el mundo se volvió hacia el hombre rollizo que se acercaba corriendo. Llevaba una vistosa túnica de franjas rojas y amarillas ceñida por un cinturón ancho de cuero, y resoplaba como un caballo a punto de reventar.

—Dos mil... —llegó a la tarima y se dobló con las manos apoyadas en los muslos—, dos mil dracmas.

El mercader contempló a la multitud con expresión de sorpresa. Nadie reaccionaba, aunque la frustración crispaba el rostro de los que habían estado pujando.

—¿Estás seguro? —El mercader se inclinó hacia el recién llegado—. ¿Veinte minas de plata?

—Sí. Pero acaba la subasta ahora mismo y llévalo a mi barco. Te pagaré cuando estemos en él.

El mercader se acercó al embajador de Esparta, que estaba esperando a que terminara la subasta para cobrar la comisión que habían acordado. Intercambiaron unas palabras y se pusieron en marcha escoltados por los soldados del embajador. Varios eginetas cogieron piedras y los siguieron, aunque se mantenían a una distancia prudente de las armas de los espartanos. Al llegar al barco, el comprador pidió que metieran a su nuevo esclavo en la bodega mientras contaban el dinero.

Platón se quedó solo en la oscuridad, con las manos todavía atadas a la espalda.

«Han soltado amarras», advirtió al cabo de un rato.

Oyó varios golpes contra el casco y supuso que eran las piedras de los eginetas. El impulso de los remeros hizo que el barco girara y después comenzaron a avanzar en línea recta. En ese momento apareció el hombre al que ahora pertenecía.

Descendió por la estrecha escalerilla y se acercó a él con un cuchillo afilado en las manos.

—Anicérides —Platón se dio la vuelta para ofrecer las muñecas atadas al recién llegado—, nunca me había alegrado tanto de verte.

Capítulo 3

Atenas, abril de 371 a. C.

Platón abrió los ojos y contempló la estatua de mármol de Atenea. La luna había ascendido y ahora iluminaba la expresión serena de la patrona de Atenas.

«Los dioses me protegieron en el primer viaje a Siracusa. —El hecho de que estuviera en Egina su viejo amigo Anicérides de Cirene sin duda había sido fruto de la intervención divina—. ¿Me salvarían una segunda vez?»

Había refrescado y se frotó los brazos mientras se apartaba de la estatua de la diosa para iniciar el camino de regreso.

Unos meses después de estar en Siracusa había fundado la Academia, y al cabo de un año ya tenía discípulos provenientes de una docena de ciudades. Esbozó una sonrisa al recordar la carta que recibió entonces del tirano Dionisio, cuando la Academia comenzaba a destacar entre todas las escuelas del mundo griego.

«Me pidió que no hablara mal de él, ése era todo su interés en la filosofía.»

Le había remitido a Dionisio una escueta respuesta, diciendo que en la Academia no tenían tanto tiempo libre como para hablar sobre él.

Atravesó la plazoleta de Academo sin dejar de pensar en la carta que había recibido de Dion. No quería partir de Atenas, tenía que ocuparse de la Academia, que cada día contaba con más discípulos. Además, en Atenas estaban sus hermanos y sobrinos, sus amigos...

Se acordó de pronto de que faltaba poco para que Altea diera a luz.

«Hace tiempo que no hablo con ella, mañana mismo iré a visitarla.»

Rezaba con frecuencia a los dioses para que esta vez el embarazo terminara bien. Altea tenía una gran fuerza interior, más de lo que ella sospechaba, pero también era una mujer muy sensible y los dos abortos previos le habían hecho mella. Platón recordaba que tras la muerte de su madre se había quedado tan hundida que su padre pensó que también iba a perderla a ella.

«Perseo me pidió que intentara ayudarla.»

Altea había dejado de salir a la calle y apenas hablaba ni comía. Una tarde, él acudió a su casa y se presentó ante ella.

—Acompáñame —le pidió sin darle explicaciones.

Ella se dejó conducir hasta la Academia, apática como un cuerpo sin alma. Entraron en una habitación en la que sólo había un citarista que comenzó a tocar una música de ritmo lento y repetitivo, una melodía de pocas notas que poco a poco se fue metiendo en la cabeza de Altea como si se la susurraran al oído. Platón colocó las manos en sus hombros e hizo que se balanceara durante largo rato al ritmo de aquella música, ejecutando una danza simple y monótona como una planta marina a la que mece el oleaje.

Las siguientes tardes regresó a por ella y la danza se repitió. Al cuarto día, Altea sintió mientras se balanceaba que el dolor subía desde su estómago como la lava de un volcán. Todo su cuerpo se agitó y rompió a llorar violentamente. Platón la sostuvo en pie, sin permitir que se dejara caer como ella pretendía.

—Lo estás haciendo muy bien, Altea. La música y la danza, debidamente ejecutadas, templan el alma y confieren salud al cuerpo. Estás recorriendo el camino adecuado.

Tras unas semanas acudiendo a la Academia, Altea aceptó la propuesta de asistir a las conferencias públicas que impartía Platón. Un día se quedó para participar en el debate posterior, y cuando regresaban caminando a Atenas él le hizo un ofrecimiento que la sorprendió:

—¿Quieres asistir como oyente a las clases que voy a impartir mañana?

Aquellas clases estaban reservadas a los discípulos avanzados de la Academia, aquellos que profundizaban en los aspectos complejos de su filosofía. Invitarla como oyente no implicaba necesariamente ir más allá, pero ella intuyó acertadamente que había visto algo en su interior y quería probarla, y que si pasaba la prueba le propondría que se convirtiera en discípula.

«La primera discípula de mi Academia», se dijo Platón con orgullo.

Altea continuó asistiendo a sus clases y estudió duramente a lo largo de varios meses. Finalmente le planteó las pruebas que debían superar sus discípulos y ella las pasó todas de un modo brillante. Desde entonces asistía con regularidad a las clases reservadas a los discípulos avanzados y participaba en los debates posteriores igual que los demás.

«Los primeros días había una luz mortecina en su interior, y acabó deslumbrándonos.»

Le había pedido a Altea que asistiera a algunas conferencias para mantenerla ocupada, consciente de que era suficientemente inteligente como para comprender los temas que se trataban, pero su evolución posterior lo había impresionado.

«Es una mujer sorprendente..., aunque los sentimientos son su talón de Aquiles.»

Imaginó que en ese momento estaría durmiendo en su casa, y volvió a rogar a los dioses que su embarazo llegara hasta el final sin incidentes.

Platón entró en su vivienda de la Academia, alargó la mecha de la lámpara para agrandar la llama y se sentó de nuevo frente a la carta de Dion.

«La situación política es otro de los obstáculos para marcharme ahora.»

Se pasó una mano por la barba mientras pensaba en ello. La Asamblea de ciudadanos había votado a favor de que Atenas participara en una conferencia entre ciudades que se iba a celebrar en Esparta con el objetivo de alcanzar una paz general. Al día siguiente iban a enviar a Tebas una embajada para pedirles que acudieran con ellos.

«Si en vez de conseguir la paz, nos abocamos de nuevo a la guerra...» No era fácil predecir lo que sucedería. En último extremo, él mismo tendría que combatir. Tenía cincuenta y seis años y cualquier ciudadano podía ser llamado a filas hasta que cumpliera los sesenta.

Esbozó una mueca y se subió el borde de la túnica para frotarse la gruesa cicatriz que recorría su muslo izquierdo. Cuando le molestaba mucho se acordaba de la batalla en la que lo habían herido, hacía veinte años, durante la guerra de Corinto. Como miembro de una familia acomodada, él formaba parte del estrato cívico y militar de los caballeros, lo que implicaba pagar más impuestos que un hoplita y aportar su propia montura. En aquella batalla, las filas de su ejército se habían roto y él protegía desde su caballo la huida de los soldados de infantería. Era un día muy caluroso, llevaba horas combatiendo y estaba tan deshidratado que ni siquiera sudaba. En la campiña sólo quedaban algunos hombres rezagados. La mayoría había soltado los escudos, lo que revelaba que su intención ya no era reagruparse, sino tan sólo salvar la vida.

A un centenar de pasos distinguió a un par de soldados atenienses que trataban de poner a salvo a dos compañeros heridos. Pertenecían a la infantería ligera, por lo que no tenían yelmos ni corazas de bronce como los hoplitas, tan sólo petos de cuero o de lino endurecido. Vio que dos hoplitas enemigos corrían hacia ellos, clavó los talones en su fatigada montura y se lanzó al galope.

Los hoplitas estaban a punto de caer sobre los soldados atenienses cuando se dieron cuenta de que Platón se les echaba encima. Se protegieron con los escudos y dirigieron sus lanzas hacia él. Platón había arrojado sus dos jabalinas al principio de la batalla, por lo que arremetió con la espada desenvainada.

¡Por Atenas!

Los hoplitas levantaron los escudos y Platón se desvió en el último instante para esquivar las puntas de bronce de sus lanzas. Miró hacia los soldados atenienses y vio que avanzaban con mucha lentitud, apenas habían cobrado ventaja. Dio media vuelta a su caballo y arremetió de nuevo.

Uno de los hoplitas trató de clavarle la lanza a su montura, pero él desvió el arma con la espada y su caballo golpeó el escudo enemigo. El hoplita cayó al suelo y Platón sintió que la lanza del otro arañaba su coraza. Se alejó unos pasos y volvió a encararlos.

El hoplita que había caído se puso de pie ayudado por su compañero. Platón se mantuvo frente a ellos, con la espada baja para indicarles que si dejaban escapar a los soldados no los atacaría. Durante un momento se limitaron a mirarse mientras los atenienses se alejaban, pero de repente apareció al galope un jinete enemigo que pretendía atacar a los soldados que huían.

—¡Vamos, Hermes! —Platón espoleó su montura para cortar la trayectoria de su adversario, que mantuvo la velocidad como si le retara para ver quién se apartaba antes.

En el último momento su enemigo tiró de las riendas y Hermes se rozó con el otro caballo al pasar delante de él. Platón le hizo dar la vuelta con un giro cerrado. Cuando se lanzaba de nuevo al ataque, vio que los dos hoplitas corrían hacia ellos.

«Por Apolo, tengo que derribarlo antes de que lleguen.»

Golpeó con fuerza la espada de su rival, pero era un buen guerrero y detuvo su acometida sin problemas. Espoleó a Hermes para que se pegara al otro caballo y atacó con desesperación. Aunque el jinete flaqueó, antes de que consiguiera herirlo tuvo que girarse para desviar la lanza de uno de los hoplitas. Lo embistió con el caballo y consiguió derribarlo. Después tiró de las riendas y Hermes comenzó a pisotearlo. Los cascos resonaron contra la coraza y el hombre gritó cuando el caballo le aplastó una rodilla.

Platón hizo que el caballo se encabritara para detener al segundo hoplita, se revolvió sobre la silla de tela y consiguió detener a duras penas la espada del jinete. Paró otro golpe, y de pronto estalló en su muslo un dolor lacerante. El hoplita le había clavado la lanza hasta el hueso. Se inclinó hacia delante y acertó con la espada en la mano de su enemigo. Hermes se encabritó con violencia cuando el otro jinete lo pinchó en el cuello y Platón estuvo a punto de caer. Consiguió enderezarse, paró un ataque del jinete y golpeó con todas sus fuerzas. Un instante después, su visión se ennegreció. Su espada surcó el aire en vano y notó un golpe en la coraza.

Las fuerzas lo abandonaron y se dio cuenta de que caía. Soltó la espada y se abrazó al cuello de Hermes.

—Sácame de aquí —murmuró mientras su sangre empapaba el pelaje del animal.

No veía nada, y cuando el mundo se convirtió en un bamboleo violento ni siquiera estaba seguro de si continuaba sobre su montura.

Al cabo de un rato se desvaneció, y no fue consciente de que caía del caballo.

«Afortunadamente estaba cerca del campamento», recordó mientras acariciaba su cicatriz. Los médicos del ejército consiguieron detener la hemorragia. Cuando logró ponerse en pie, lo condecoraron porque su acción había salvado la vida de los cuatro hombres a los que perseguían los soldados enemigos.

Bajó la túnica para ocultar la cicatriz y abrió un pequeño arcón. Sacó un pergamino nuevo, más tosco que la lujosa vitela que le había enviado Dion, y lo estiró con ambas manos.

«No podré tomar una decisión hasta que haya pasado la conferencia de paz y sepa si tengo que volver a combatir. —Alisó mecánicamente el pergamino—. Aunque a mi edad es improbable que me llamen a filas...» Se quedó inmóvil al darse cuenta de que se estaba planteando seriamente viajar a Siracusa, en caso de que fuera cierto que podría instruir al futuro gobernante.

Entonces se acordó del presagio del águila.

«Lo primero que tengo que hacer es volver a consultar.»

Cogió una caña afilada y mojó la punta en tinta negra. Había demasiadas incógnitas y no quería albergar esperanzas, pero era difícil reprimirlas ante la perspectiva de formar como filósofo rey a alguien que ya ostentaba un enorme poder.

«Si ocurriese, eso podría decidir el destino de pueblos enteros, más aún que la conferencia de paz de Esparta.»

Si ocurriese..., pero era casi imposible. Lo más probable, si intentaba influir sobre un tirano, era que lo matara el propio tirano o alguno de los cortesanos que lo rodeaban.

Dejó que cayese en el tintero una gota del espeso pigmento, acercó la caña al pergamino y echó una última ojeada a la carta de Dion.

«Si la filosofía tiene una oportunidad, la humanidad entera la tiene.»

El sueño político de Platón

Platón intentó definir a través de su obra filosófica el mejor sistema de gobierno posible, el más justo y que produjese el mayor bienestar al mayor número de ciudadanos. Además, no se limitó a la especulación teórica, sino que trató de llevar a la práctica ese ideal de gobierno.

En su juventud se planteó dedicarse a la política para combatir los males de la demagogia, que tanto daño había causado en Atenas, pero tras una serie de decepciones se mantuvo al margen y dedicó su vida a la filosofía. Su gran objetivo, el sueño que lo acompañó hasta su muerte, fue concebir un modo de gobierno que diera lugar a Estados orientados al bien común, en los que imperara la justicia y que trajesen la paz a los pueblos. Frente a los demagogos que exaltan a las masas para obtener el poder y utilizarlo a su conveniencia, Platón proponía que gobernaran aquellos que no ambicionasen el poder y hubieran seguido un largo proceso de formación que los convirtiera en los más aptos para gobernar. De ese modo, se elegiría a los gobernantes igual que a los médicos, a quienes no se escoge por aclamación popular, sino por su aptitud para ejercer la medicina. Su propuesta de unir la filosofía y la política oponía el razonamiento a la retórica persuasiva de los demagogos, la justicia frente a la corrupción, y la sabiduría frente a los peligros de la ignorancia y la necedad de los malos gobernantes.

La gran ocasión de convertir en realidad su sueño político surgió en Siracusa, un poderoso Estado que a la larga supondría para Platón tantas oportunidades como peligros.

Enciclopedia Universal, Socram Ofisis, *1931*

Capítulo 4

Esparta, mayo de 371 a. C.

Calícrates se arrodilló frente a la tumba de Deyanira.

«Madre, hoy hace veinte años que te fuiste.»

En una mano sostenía una copa con un vino viejo de color sangre. Se inclinó y colocó la otra mano sobre la hierba. Había enterrado a Deyanira él mismo, junto a un grueso roble a las afueras de Esparta, acomodándola sobre una cama de hojas de olivo como si fuera un soldado caído en la batalla.

«Sólo le faltaba la capa escarlata», se dijo con un gesto triste parecido a una sonrisa. A los espartiatas que morían en combate los envolvían antes de inhumarlos en las capas con las que luchaban. Su madre había recibido sepultura con una sencilla túnica blanca, pero no necesitaba más para que él supiera que su valor y coraje no habían sido menores que los de cualquiera de los héroes a los que honraban en Esparta.

Contempló la sencilla piedra alisada a modo de lápida, del tamaño de una mano abierta. La luz del ocaso mostraba que no había ningún nombre inscrito en ella. Tan sólo estaba permitido en el caso de fallecidos en combate y ganadores olímpicos, así como para las mujeres que morían durante el parto y los sacerdotes. Al enterrar a su madre, él había trazado el nombre de Deyanira con un dedo sobre la hierba. Estaba seguro de que a los dioses les parecería adecuado.

«Me salvaste la vida, madre. —Su mirada descendió hasta la copa, donde su reflejo era una sombra que flotaba en el vino, una silueta negra en la que no se apreciaba que tuviera el pelo blanco. Suspiró y volvió a mirar la hierba—. Me salvaste varias veces, y yo no supe protegerte.»

Su padre había fallecido cuando él tenía cuatro años y a su

madre la habían obligado a casarse con el hermano de su padre, Aristón, un hombre grande como un cíclope, bestial y lleno de odio. Tanto su madre como él habían sido víctimas de Aristón, pero él se había limitado a aguantar, ciñéndose al ideal del soldado espartano, mientras que ella se había enfrentado a su marido en numerosas ocasiones.

Alzó la copa con ambas manos.

«Madre protectora, recibe este tributo, y te ruego que sigas velando por tus hijos y por los hijos de tus hijos.»

Derramó el vino lentamente sobre la tumba. Él ahora tenía dos hijos que habían alcanzado recientemente la edad para combatir. Y dos sobrinas pequeñas por parte de su medio hermano Leónidas, que era hijo de Deyanira y del brutal Aristón.

«Leónidas...»

Apretó los labios intentando no dejarse llevar por el desprecio que le inspiraba su hermano de madre. Leónidas parecía la reencarnación de Aristón por su físico descomunal y por el odio que profesaba a Calícrates. Había pasado la vida tratando de perjudicarlo, pero afortunadamente tenía veinte años menos que él y siempre había sido su inferior jerárquico en el ejército de Esparta.

Las arrugas de su rostro se suavizaron cuando pensó en su otro hermano de madre.

«Perseo... —Recordó sus ojos grises extraordinariamente claros, más aún que los de Deyanira—. No sé si seguirá vivo.» Solía preguntárselo cuando visitaba la tumba de su madre. Ya habían pasado cerca de tres décadas desde la última vez que lo había visto, sin que Perseo advirtiera su presencia.

«Tenía un hijo pequeño que se llamaba Eurímaco, y su mujer estaba a punto de dar a luz de nuevo.»

Calícrates había guardado siempre el secreto del origen de Perseo. Su hermano había sido llevado a Atenas cuando era un bebé, y no sabía que sus padres no eran atenienses, sino espartanos. Si aquello se desvelara, la vida de Perseo y de sus hijos podría correr peligro en Atenas.

Dejó la copa en el suelo y apoyó ambas manos sobre la hierba. Aún eran anchas y fuertes, pero la piel parecía cuero agrietado y estaba salpicada de manchas oscuras.

«Madre, tu temor fue siempre que en una batalla entre Atenas y Esparta tus hijos se mataran entre sí. Puedes estar tranquila, eso ya no va a ocurrir. Yo soy un anciano, tengo setenta años, y si Perseo sigue vivo rondará los sesenta y cinco. Ninguno tenemos ya edad de combatir.»

La rabia crispaba el semblante de Leónidas cuando entró en el gran comedor.

Se irguió después de traspasar el umbral y su cabeza rozó una viga. Por un momento pensó que lo más prudente sería dirigirse a una de las mesas del fondo, pero decidió sentarse donde siempre lo hacía, en la mesa del rey Agesilao, pese a que éste era la causa de su ira.

—Atenas y Tebas han respondido que acudirán a la conferencia de paz que propuso Agesilao —le había dicho esa tarde uno de sus compañeros de barracón, confirmando sus peores temores.

«¡No tenemos que firmar la paz con Atenas —estuvo a punto de gritar—, tenemos que arrasar Atenas!»

Se planteó incluso no acudir a la *syssitía*, la comida comunal en la que participaban a diario todos los espartiatas, pero ni siquiera los reyes podían ausentarse sin una razón de peso. En esta ocasión, el otro rey que gobernaba conjuntamente Esparta no estaría porque se encontraba de expedición con el ejército.

El salón era alargado y en un extremo había una gran chimenea. Hacía calor y no la habían encendido, así que la única luz la proporcionaban las antorchas que se repartían por las paredes y humeaban hacia el techo ennegrecido. Leónidas llegó a la mesa de Agesilao y escogió un asiento libre a tres puestos del monarca.

«Lo que tenemos que hacer no es buscar una paz general, sino lograr una alianza temporal con Tebas para acabar con los atenienses. —Habían tenido su oportunidad en la guerra del Peloponeso, cuando aniquilaron su armada y sitiaron sus murallas, pero la habían desaprovechado y Atenas se había rehecho—. La próxima vez no hay que dejar ni una sola piedra en pie. Tendríamos que matar a todos los atenienses y vender a sus mujeres y niños. —Rechinó los dientes con tanta fuerza que varios hombres se volvieron hacia él—. Atenas tiene que desaparecer.»

Agesilao movió la cabeza para saludarlo, sin llegar a interrumpir la animada conversación que mantenía con los dos jóvenes que estaban sentados a su izquierda.

«Deberían haber reservado esa posición para algún oficial veterano», se dijo Leónidas. El hecho de que se tratara de los hijos de Calícrates acentuaba su desagrado, aunque imaginaba que los habían sentado ahí porque ese día celebraban el rito anual de emborrachar a los esclavos ilotas que servían en el comedor. El propósito era mostrar a los jóvenes espartiatas el ridículo que uno ofrecía al estar borracho.

Se fijó en que ya había varios esclavos que parecían afectados por la bebida. Un par de oficiales se ocupaba de que todos los ilotas bebieran una copa tras otra mientras servían a sus amos. No obstante, aún era muy pronto, el verdadero espectáculo empezaría un poco más tarde.

Recorrió con la mirada las filas de espartanos y su expresión se volvió más adusta.

«Hipócritas.»

Parecían cumplir las reglas que había instaurado Licurgo hacía siglos, tras recibirlas directamente del dios en el oráculo de Delfos: todos vestían con la misma austeridad, de modo que por su aspecto no se supiera quién tenía más y quién menos; también se mostraban frugales en la mesa, y se suponía que evitaban todo vicio y ponían siempre los intereses de Esparta por encima de cualquier ambición personal.

«Hipócritas, hipócritas, hipócritas.»

La realidad era que los generales y a menudo los monarcas aprovechaban sus campañas en el extranjero para acumular riquezas e influencia personal. Los botines de guerra y los sobornos de los reyes persas habían introducido en las últimas décadas un elemento de avaricia y corrupción en Esparta, que en opinión de Leónidas era el origen de todos sus problemas.

Se frotó la barbilla, haciendo que su barba crepitara como

paja seca, y volvió a mirar a sus sobrinos sin disimular la aversión que le producían.

«Se están convirtiendo en los cachorros favoritos de Agesilao, igual que Calícrates es su mano derecha.»

Su hermano se había retirado a los sesenta años de su puesto de general del ejército, pero ahora era uno de los treinta integrantes del Consejo de Ancianos, lo que, unido a la confianza que depositaba en él Agesilao, lo convertía en uno de los hombres más poderosos y respetados de Esparta.

«¿Dónde está Calícrates?» Miró a uno y otro lado sin encontrarlo. En ese momento se le acercó uno de los ilotas, con su casco de piel de perro sobre el cráneo pelado y la túnica a medio muslo. Llevaba una olla que apoyó en la cadera y usó un cazo para llenar su cuenco de caldo negro, el guiso espartano al que la sangre y el vino avinagrado prestaban su color oscuro.

Leónidas dio un sorbo, contempló los trozos humeantes de tripa de cerdo y apartó el cuenco.

Su mirada sombría se dirigió de nuevo hacia los hijos de su hermano.

Capítulo 5

Atenas, mayo de 371 a. C.

Perseo cojeaba ostensiblemente mientras se apresuraba por las estrechas calles de Atenas. Dobló una esquina y agarró con fuerza el cayado para avanzar por la empinada calle de los cuchilleros.

«Vamos, ya queda poco.»

Hacía un par de semanas que había regresado de Tebas la misión diplomática. La respuesta de los tebanos había sido esperanzadora: iban a acudir a la conferencia de paz que se celebraría en Esparta. El Consejo de Atenas le había pedido a Perseo que formara parte de la delegación que representaría a la ciudad en la conferencia, pero en aquel momento en lo último que pensaba era en el viaje a Esparta.

«¿Habrá nacido ya?»

Su hija había salido de cuentas hacía dos días y esa mañana él había enviado un mensajero para recabar noticias.

—El parto ya se ha iniciado —le había informado el muchacho tras regresar jadeando de la casa de Altea.

—¿Sabes si ya ha llegado la partera? ¿Mi hija está bien?

—La partera está con ella, pero no me han dicho nada más.

Perseo le había dado otra moneda de cobre al mensajero y ahora era él quien resoplaba mientras se acercaba a la pequeña mansión familiar de Calipo. Antes de salir de su casa había ido a la habitación de Eurímaco para preguntarle si lo acompañaba, pero en el interior olía tanto a alcohol que ni se había molestado en intentar despertarlo.

«Que los dioses sean benévolos, Altea lleva varios días con muy mal aspecto.»

La tarde anterior su hija tenía el color de la cera y estaba exhausta, aunque seguía apretando con coraje sus labios pálidos. Perseo rezaba a todos sus ancestros, héroes y dioses para que ni ella ni la criatura sufrieran daño alguno.

Se detuvo frente a la mansión y golpeó la puerta con el extremo de su cayado. Se enjugó el sudor de la frente, aguardó un momento y volvió a golpear.

—Ya voy.

Perseo reconoció la voz del esclavo portero y al cabo de un momento la puerta se abrió.

—¿Cómo está mi hija?

—No lo sé, señor. La partera lleva tiempo con ella.

El esclavo se echó a un lado y Perseo atravesó rápidamente el patio. Entró en el edificio, recorrió un corto pasillo y llegó a la habitación de Altea. Dentro hacía más calor y el aire húmedo olía a una desagradable mezcla de romero, espliego y sudor ácido. Su hija yacía boca arriba y a su lado había una mujer de pie, muy delgada y con el pelo gris, que se frotaba las manos con un trapo.

—Hola, papá. —Altea sonrió desde la cama con una expresión serena y dos lunas violáceas bajo los ojos.

La partera se volvió hacia Perseo y le ofreció una sonrisa amplia en la que apenas sobrevivían algunos dientes amarillos.

—Vaya, Perseo, el campeón olímpico. —La voz alegre era ronca y un poco ahogada, como si tuviera alguna enfermedad de garganta—. Es un honor conocerte en persona. —Realizó una breve inclinación de cabeza, a la que Perseo correspondió, y luego sus cejas alborotadas se alzaron un poco—. Por Apolo que con esos ojos nadie puede negar que Altea es tu hija. —Soltó una risita seca—. Ésa es una duda que me plantean muchos padres.

Perseo señaló un poco confuso el vientre abombado de su hija.

—El niño...

—Todavía no hay niño, o niña, ni lo habrá hasta mañana. —La partera ladeó la cabeza mientras contemplaba a Altea—. O esta noche, como muy pronto. —Dejó el trapo sobre la tapa de un arcón—. Yo de momento no tengo nada más que hacer aquí.

—Agua...

El susurro de Altea hizo que Perseo se girara para buscar una jarra y advirtió que en una esquina se encontraba Melisa. La esclava se acercó en silencio, llenó un vaso y se lo dio a su ama. Altea lo bebió con avidez y luego recostó la cabeza con los ojos cerrados.

Perseo le pidió a Melisa que le sirviera también a él. Notó el dulzor de la miel y un amargor de hierbas que no consiguió identificar. A menudo se añadía algo al agua para mejorar el sabor con que llegaba por los conductos de Atenas, pero le dejó en la boca un gusto poco agradable.

La partera se sentó en el borde del lecho y tomó la mano de Altea, que entreabrió los párpados y sonrió débilmente.

—Procura descansar y beber mucha agua. Eso os mantendrá fuertes a ti y al bebé.

Altea asintió y volvió a cerrar los ojos. La partera salió con Perseo de la alcoba y se detuvo en la penumbra del pasillo.

—Se queja bastante de dolor de estómago. Es un dolor común a partir de la mitad del embarazo, así que yo no le daría mucha importancia. Su mayor problema es que está agotada, me ha dicho que tiene pesadillas y que duerme muy poco desde hace tiempo. No obstante, es una mujer fuerte y muy valiente, aguantará bien. —Remató sus palabras con un gruñido apreciativo. Pocas de las mujeres que atendía mostraban la serenidad de Altea, menos aún si eran primerizas y con dos abortos previos.

—¿Sabes cómo está el niño?

—Ahora mismo no se mueve, pero al pegar la oreja al vientre de Altea se oye su corazón con claridad. Todo parece ir bien.

Perseo notó que su cuerpo se destensaba como una vela al amainar el viento y dio gracias a los dioses.

—¿Puedo quedarme con ella?

—Le he dado un bebedizo suave para que descanse, que es lo que necesita ahora. Cuanta menos gente haya a su alrededor, mejor. —Perseo asintió resignado y la partera mostró de nuevo su sonrisa desdentada—. Me alegra ver que nuestro héroe de Atenas es además un buen padre. —Le puso en el brazo una mano nudosa—. No hay de qué preocuparse, hoy va a ser un día tranquilo. Y ahora... —miró alrededor—, necesito que alguien me lleve a hablar con el esposo de Altea.

Perseo se percató de que todavía no había visto a Calipo, pese a que en las últimas visitas siempre lo encontraba junto a su hija.

La partera pareció leer su pensamiento.

—Estaba con Altea cuando yo he llegado, pero le han anunciado una visita inesperada.

—Bien... —Perseo dudó un momento—. Acompáñame.

El esclavo que le había abierto seguía junto a la puerta exterior. Perseo le pidió que avisara a su amo y el hombre se apresuró a obedecer. Desde un lateral del patio se accedía a una sala de trabajo a la que se acercó para llamar. Antes de que lo hiciera, se oyeron en el interior unos gritos con los que alguien le reclamaba a Calipo la devolución de unos préstamos vencidos.

El esclavo titubeó, pero Perseo le insistió con un gesto y golpeó la puerta. Las voces se callaron y al cabo de un momento salió Calipo. Sus ojeras eran casi tan pronunciadas como las de Altea y estaba sofocado.

La partera le dio la misma información que a Perseo y dijo que regresaría al atardecer si no la avisaban antes por algo urgente. La acompañaron a la puerta, y al quedarse a solas Perseo tuvo la sensación de que Calipo quería regresar a su reunión lo antes posible.

—Me voy a la Academia. —Su yerno asintió, era obvio que no le prestaba atención—. Después acudiré a la Asamblea, en la que se elegirán los embajadores que viajarán a Esparta. —Un nuevo asentimiento—. Platón me dijo ayer que también iría a la Asamblea, ¿quieres venir con nosotros?

—Eh... No. No creo que pueda. —Calipo lo miró por fin a los ojos. Su sonrisa era tensa como la cuerda de un arco—. Tengo que quedarme aquí, con Altea. —Por un instante su mirada se desvió, pero no en la dirección de la habitación de su esposa, sino hacia la sala de trabajo.

—De acuerdo. Volveré después de la Asamblea.

Perseo se despidió y salió a la calle. Mientras se alejaba, volvió la cabeza hacia la mansión.

«¿Será muy grave lo de los préstamos?», se preguntó con inquietud.

Capítulo 6

Atenas, mayo de 371 a. C.

Al llegar a la Academia, Perseo alzó la vista hacia el frontón de la entrada. En la viga de piedra que lo sostenía resaltaba una inscripción que Platón había hecho tallar con grandes letras:

«No entre nadie que no sepa geometría.»

Se sintió un poco intimidado, como cada vez que se fijaba en aquellas palabras. Realmente no se prohibía a nadie el acceso a la Academia —otra cosa era que Platón llegara a admitirte como discípulo—, pero con esa frase tan contundente su amigo estaba expresando que era imprescindible formarse en matemáticas, internarse en su mundo perfecto e inmaterial, para poder empezar a pensar como un verdadero filósofo.

Pasó entre las dos columnas que daban acceso al recinto y avanzó por una senda flanqueada de pinos jóvenes. Un poco más adelante, saludó a un par de discípulos que se dirigían con una mula cargada de víveres hacia los establos de la Academia. A su derecha se encontraba el largo pórtico que Platón había hecho construir para conversar bajo su sombra en verano y a su abrigo en invierno. A través de sus columnas divisó varios grupos aislados, y en un extremo una congregación numerosa que atendía las explicaciones de un maestro.

«Eudoxo», lo reconoció Perseo. Era uno de los maestros más brillantes, y se dedicaba en exclusiva a la enseñanza y la investigación de elementos matemáticos. Los visitantes ocasionales solían sorprenderse de que en la Academia se hablara tanto de matemáticas, pero Perseo sabía la gran importancia que tenían para Platón.

«Las matemáticas nos muestran el mundo real», había escuchado decir en varias ocasiones a su amigo. Torció el gesto;

creía entender a qué se refería con esas palabras, pero él no tenía la aguda inteligencia de su hija Altea y a menudo se quedaba atrás cuando Platón profundizaba en sus ideas.

El sendero trazaba una curva y después se bifurcaba. El ramal de la derecha conducía a un terreno que habían despejado para construir un pequeño jardín, con una plazoleta central en la que se ubicaba la estatua de Academo que habían inaugurado hacía unos meses. El tramo que conducía a la casa de Platón era el de la izquierda, pero Perseo se desvió hacia el jardincillo. Todavía quedaban un par de horas para que comenzara la Asamblea.

Enfrente de la estatua vio a cuatro hombres ejecutando una danza sencilla al compás del punteo de una cítara. Alzó el cayado para saludar al citarista, un hombre delgado con la barba corta un tanto descuidada. Se trataba de Espeusipo, que además de ser sobrino de Platón era uno de sus discípulos más destacados. La pieza que interpretaban se basaba en una danza sacerdotal egipcia que habían adaptado para ofrendar al héroe Academo.

Se acercó al pedestal y contempló la estatua disfrutando tanto como la primera vez que la había visto. El autor, Praxíteles, había conseguido dotar de ligereza al pesado mármol y transmitir la sensación de movimiento. Academo se apoyaba en su lanza con el brazo izquierdo y ese apoyo había permitido a Praxíteles esculpir al héroe con la cadera ladeada; de ese modo curvaba el cuerpo en un gesto natural que liberaba a la obra de la rigidez que solían tener las esculturas.

«Es como si estuviera a punto de hablar...»

Se movió despacio alrededor del héroe. Las facciones de Academo eran suaves, miraba al frente con serenidad y sus labios parecían ir a revelar algún secreto. La sensación de realismo se acentuaba por la minuciosidad con la que Praxíteles había representado las ondulaciones del cabello y los pliegues de la túnica que sobresalía por los bordes de la coraza. Perseo se acercó un poco más. El pintor que había rematado la obra había conseguido realzar la expresividad del rostro y brindar con sus pinceles la impresión de que lo que se veía no era piedra, sino piel, tela y metal.

Se alejó de la estatua y retomó el camino pensando en sus hijos. Cuando eran pequeños solía llevarlos a ver los nuevos cuadros o esculturas de Atenas y les explicaba la técnica que habían utilizado los artistas.

«Eurímaco mostraba más interés por la pintura, como yo de niño; en cambio, a Altea siempre le ha gustado más la escultura.» Con el paso de los años ambos habían demostrado ser bastante hábiles pintando cerámicas, y Eurímaco también tenía talento para modelarlas.

«Eurímaco...»

Sus piernas se volvieron más pesadas y ralentizó el paso. Durante muchos años su hijo había trabajado en el taller sin retrasarse un solo día ni proferir una queja. Él había creído que algún día tomaría las riendas del negocio.

«La muerte de su esposa lo rompió por dentro.»

Eurímaco empezó a beber, pero al principio siguió trabajando. Ahora se pasaba los días borracho y desde hacía alrededor de un año también le robaba. En unas ocasiones se trataba de algunas dracmas, en otras de cerámicas que desaparecían y que su hijo debía de vender por su cuenta. Sospechaba que, además de beber, había comenzado a perder dinero apostando a los dados o en las peleas de gallos del Pireo. Se lo había recriminado varias veces, pero su hijo se revolvía con la agresividad de una fiera acorralada y luego se encerraba aún más en sí mismo.

—No sé cómo ayudarlo —murmuró débilmente.

En los últimos meses había tenido que pedir dinero a algunos amigos para poder pagar al ayudante del taller. A Altea no le había dicho nada, no quería añadir una preocupación más a su complicado embarazo. Además, no quería humillar de ese modo a Eurímaco. Seguía esperando, o al menos pidiendo a los dioses, que llegara el día en que su hijo decidiera reconducir su vida.

Bordeó el Templo de las Musas y el camino terminó poco después en la puerta de Platón. Llamó con los nudillos, pero no obtuvo respuesta.

—Soy Perseo, ¿estás ahí?

Aguardó un momento y abrió la puerta. Platón se encontraba en su mesa de trabajo, con la ventana que había frente a él abierta de par en par. Tenía la cabeza apoyada en una mano mientras leía un rollo de papiro.

—Platón...

Su amigo siguió leyendo sin apartar la vista del papiro, bisbiseando las palabras en una suerte de rezo. Al cabo de un momento se giró hacia él, pero no parecía que lo estuviera viendo.

—¿Perseo? —reaccionó por fin—. Ah, discúlpame. —Alzó una mano y se levantó para recibirlo—. Estaba repasando la *Apología de Sócrates*. Arquitas de Tarento me ha pedido que le envíe una copia, y antes de entregar el original al copista me he puesto a echarle un vistazo. —Se volvió hacia el rollo de papiro frunciendo el ceño—. Ha sido como si el pasado se convirtiera en presente.

—Si quieres, espero fuera hasta que termines.

—Tengo que acabar de repasarla antes de irnos, pero quédate conmigo, por favor. Tú también estuviste allí y puede que necesite la ayuda de tus recuerdos.

Platón regresó a su asiento, desenrolló un poco más el papiro y se enfrascó de nuevo en la lectura. La *Apología de Sócrates* era la primera obra que había escrito para ser publicada. En ella narraba el juicio a Sócrates y su discurso de defensa ante el tribunal cuando, por su actividad de filósofo, lo acusaron de impiedad y pidieron la pena de muerte.

Perseo miró alrededor y advirtió que el arcón de la pared de su derecha tenía la tapa levantada. Platón guardaba allí obras filosóficas y literarias. Se acercó y echó un vistazo a las etiquetas de piel que pendían de los estuches cilíndricos de cuero endurecido.

«Medea, Orestes... Electra, Sísifo...» Aquellas eran obras de Eurípides; Platón tenía sus rollos de papiro ordenados por autores. Siguió ojeando el arcón y llegó a las obras del propio Platón, de las que el filósofo conservaba los originales.

«Fedón», leyó apesadumbrado. En aquella obra Platón narraba los últimos momentos de Sócrates. Tomó la etiqueta y se quedó mirándola abstraído. Sócrates había sido amigo de su padre, y al morir éste, se había hecho cargo de él.

«Me quedé huérfano con quince años», pensó con tristeza. Sócrates se había convertido entonces casi en un segundo padre.

—¿Cuántos años han pasado? —preguntó Platón a su espalda.

Perseo comprendió que su amigo le preguntaba por el juicio y muerte de Sócrates.

—Veintiocho.

—Veintiocho —repitió Platón con aire ausente—. Por Zeus, veintiocho años... —Asintió varias veces mientras giraba los discos de madera de los extremos del rollo para seguir leyendo.

Perseo dejó la etiqueta del *Fedón* y cogió la del siguiente estuche.

«*Eutifrón.* —Pasó a la de al lado—. *Cármides.*» Allí había una fortuna en libros. Un rollo de papiro egipcio de buena factura, untado por el reverso con aceite de cedro para protegerlo de la humedad y la polilla, podía costar varias docenas de dracmas. A eso había que sumarle el trabajo de un buen copista, que multiplicaba el valor del libro, por no hablar de que Platón guardaba allí sus propios originales.

«*Crátilo.*» Al leer aquel título, Perseo recordó cuando Platón, impactado por la muerte de Sócrates, declaró que dedicaría su vida a transmitir el pensamiento de su maestro. Las primeras obras que publicó reflejaban la dialéctica genial de Sócrates, así como su búsqueda de definiciones universales sobre ideas como la verdad, la piedad y la justicia. Sin embargo, en obras posteriores como el *Crátilo,* Platón iba más allá de reflejar el pensamiento de su maestro y transmitía ya sus propias ideas.

Se volvió cuando Platón empezó a leer las palabras que Sócrates había pronunciado durante su juicio:

—*No sé lo que hay después de la muerte, no sé si es un bien o un mal. Lo que sí sé es que la injusticia y abandonar nuestros deberes son los mayores males, y jamás caeré en ellos por temor a la muerte.* —Platón suspiró sin apartar la vista del papiro—. ¿Lo recuerdas?

Perseo apoyó una mano en su hombro y asintió. Durante el juicio de su querido Sócrates, Platón y él habían estado en la primera fila del público. Delante de ellos tenían al jurado a un lado y a Sócrates al otro, defendiéndose de las acusaciones en lo alto del estrado.

—No había nadie más tozudo que él. —Perseo se inclinó sobre la *Apología,* buscó en el texto y leyó—: *Os amo y os respeto, atenienses, pero mientras viva no dejaré de filosofar.* —Negó con la cabeza al tiempo que oía como un eco el tono sereno de Sócrates, en aquel momento en que su vida dependía de que pusiera a los jueces de su lado—. No sé cuántas veces le repitió al jurado que nada le haría conducirse de otro modo.

Platón acarició las letras del papiro.

—Era el más justo de los hombres. Ni siquiera la posibilidad de morir podía desviarle un ápice de sus principios.

Eurímaco llevaba un rato despierto, aunque seguía con los ojos cerrados.

Estaba tan dolorido y agotado que parecía que lo estuvieran aplastando contra el lecho. No obstante, sabía que la sensación de culpa y la necesidad de beber seguirían intensificándose hasta obligarlo a salir de la cama.

Empezó a temblarle una mano y la apretó contra el colchón sin conseguir detener el temblor. La metió debajo del cuerpo y se puso a pensar en lugares de la casa donde pudiera haber vino o dinero escondido.

«No voy a encontrar nada», se dijo enseguida. Su padre ya no traía vino a la casa, ni siquiera para hacer libaciones a los dioses. Y le había cogido dinero tantas veces que ya no cometía el error de dejar algo a su alcance.

Su respiración se fue acelerando y el temblor se extendió por todo el cuerpo. Se movió sobre el colchón mientras resoplaba y consiguió sentarse en el borde de la cama. Su túnica estaba muy manchada y tenía un par de desgarrones. Dejó escapar un gruñido cansado al darse cuenta de que había dormido sin descalzarse. Llevaba unos zapatos de piel de tres dracmas, confeccionados con una sola pieza que iba cosida a una gruesa suela de cuero, pero tan desgastados que ambos estaban abiertos por el lateral.

Se puso de pie, y antes de que diera el primer paso le subió desde el estómago una fuerte náusea. Se tambaleó hacia una esquina tratando de contener las arcadas, se apoyó en la pared y vomitó sobre el suelo de tierra un líquido marrón tan ácido que le dejó los dientes rechinando.

—Dioses...

Se pasó una mano por la boca y la barba y se la secó en la túnica. Salió al patio, lo cruzó con los ojos entrecerrados para protegerse del sol y entró en el taller.

Alexias, el ayudante de su padre, estaba trabajando en el torno y se sobresaltó cuando lo vio aparecer. Eurímaco recorrió el taller sin que se dijeran nada. En una repisa había varias copas sencillas en las que la arcilla todavía estaba secándose. En otra, destinada a las cerámicas ya horneadas, una copa más grande y con asas lucía un bonito dibujo de una citarista que destacaba en rojo sobre el esmalte negro del resto de la copa.

Eurímaco se preguntó cuánto podría obtener por ella. En ese momento se dio cuenta de que ya no oía el torno. Notó un movimiento a su espalda y se apresuró a coger la cerámica justo antes de que lo intentara el ayudante.

—Suéltala. —Alexias lo agarró del brazo y tiró para recuperar la copa, pero abultaba la mitad que él y ni siquiera lo movió—. Es la única que tenemos para vender.

Eurímaco se cambió la cerámica de mano y sacudió el brazo para librarse del ayudante. Lo empujó más fuerte de lo que pretendía y el hombre rodó por el suelo. Pensó en disculparse, pero pasó delante de él sin hacerlo, se agachó para pasar bajo el dintel y salió del taller.

—¡Le estás destrozando la vida a tu padre! —gritó Alexias desde el suelo—. ¡Eres un miserable!

Eurímaco se detuvo junto al horno y entornó sus ojos enrojecidos. La ira que ardía como un incendio en su interior se avivaba por momentos. Sabía que el ayudante no tenía la culpa, igual que sabía que si se daba la vuelta lo mataría.

Pensó en el vino que lo esperaba en el Pireo, en los dados que quizás le permitirían recuperar algo de lo que había perdido...

Atravesó el patio y salió a la calle.

La Academia de Platón se encontraba a seis estadios[1] de las murallas de Atenas. Mientras recorrían esa distancia, Perseo se fijó en la multitud que avanzaba con ellos por la vía Panatenaica para asistir a la Asamblea. La gran mayoría eran pequeños campesinos que aprovechaban la caminata para comer y compartían entre ellos sus provisiones de aceitunas, vino, cebollas y ajos. El subsidio de media dracma por acudir a la Asamblea atraía a muchos ciudadanos con pocos recursos, lo que garantizaba que nunca hubiera menos de seis o siete mil asistentes.

«Parecemos una marea de refugiados.»

Siempre resultaba impresionante ver aquella muchedumbre entrando lentamente en la ciudad; no obstante, Perseo advertía en el tono de las conversaciones que el ambiente era menos tenso de lo habitual. Ya se había decidido que Atenas apoyaría una paz global en la conferencia de Esparta, así que no habría grandes discusiones para decidir entre la paz y la guerra como en otras ocasiones.

Platón y él iban a la cabeza del grupo, y tras ellos Espeusipo y otros discípulos discutían animadamente algo relacionado con matemáticas y astronomía. Observó el semblante ceñudo de Platón. Su amigo había permanecido en silencio desde que habían abandonado la Academia. El aire melancólico que lo caracterizaba en su juventud había dado paso a una gravedad y una tendencia al ensimismamiento que hacían que muchos de sus discípulos no se atrevieran a interrumpirlo cuando lo veían sumido en sus cavilaciones.

«¿Cómo eran aquellos versos que le dedicó Anfis, el poeta cómico?»

Al cabo de un momento, consiguió recordarlos:

> Oh, Platón, que nada sabes,
> sino nublar el rostro
> frunciendo tu solemne frente
> de arrugas, como una concha.

1. Poco más de un kilómetro.

Aquel poemilla le había hecho sonreír en otras ocasiones, pero no ahora que estaba tan preocupado por Eurímaco y Altea. Alzó la mirada sobre las murallas de Atenas hasta la estatua de bronce de Atenea Prómacos. Destacaba de un modo grandioso entre el relumbrante mármol de los templos de la Acrópolis. La diosa protectora, equipada con coraza y escudo, mantenía la lanza levantada mientras vigilaba el horizonte. Algunos rizos escapaban de su yelmo de guerrera y enmarcaban un cuello largo y esbelto que realzaba su amenazadora belleza.

Perseo le dirigió una plegaria para que protegiera a sus hijos y luego se volvió hacia Platón.

—Dime, ¿qué te inquieta tanto?

Su amigo echó un vistazo hacia los discípulos que los seguían antes de responder.

—Siracusa.

—¿Has recibido respuesta de Dion?

—No. Aún no. —Se ajustó la túnica al hombro—. Quizás sea pronto, apenas hace un mes que le escribí.

—¿Sigues decidido a ir?

Platón asintió lentamente.

—Debo hacerlo. Si Dionisio el Joven está tan dotado y tan interesado en la filosofía como asegura Dion, sería una cobardía y una traición a todo aquello en lo que creo no ocuparme de su formación.

«El proyecto del filósofo rey.» Perseo compartía la ilusión por aquel ideal de Platón, pero le desagradaba la idea de que su amigo arriesgara la vida por él.

—No pongo en duda la buena voluntad de Dion. —Aunque no lo había tratado personalmente, Platón le había hablado de él con entusiasmo—. Pero lo poco que he oído de Dionisio el Joven no me invita a la esperanza.

Platón avanzó unos pasos sin decir nada. No conocía al hijo del tirano, pues sólo era un niño de diez años cuando él estuvo en Siracusa. Desde entonces el muchacho había crecido prácticamente encerrado en un ala del palacio. Su padre lo mantenía aislado del resto de la corte para asegurarse de que no lo involucraban en alguna conspiración. Los rumores que llegaban a Atenas sobre él hablaban de un joven superficial y poco interesado en gobernar, pero Dion insistía en cada carta que enviaba en que tenía mucho potencial e interés en los valores de su filosofía.

—Me he ofrecido a ir a Siracusa si se dan las circunstancias adecuadas —respondió finalmente—. Hasta que no reciba la respuesta de Dion aclarando qué ocurre en la corte, no tomaré una decisión definitiva. —El día anterior había hablado en el Pireo con unos marineros recién llegados de Siracusa. No habían confirmado el fallecimiento de Dionisio el Viejo, todo lo que se sabía era que llevaba semanas enfermo.

—Por los dioses, Platón, no hace falta que te recuerde que la última vez que te invitaron a la corte siracusana te vendieron como esclavo. Estuviste a punto de morir. No dudo de Dion, pero él no puede garantizar tu seguridad en la corte de un tirano, y menos en un momento tan inestable como el de la sucesión.

—Lo sé, y te agradezco que te preocupes por mí. —Levantó las manos para disculparse—. Pero ahora preferiría que aplazáramos este debate. Al menos hasta que reciba la carta de Dion confirmando el cambio de poder... y también que Dionisio el Joven sigue interesado en mis ideas sobre la organización de un Estado.

Perseo apretó los labios para contener una réplica.

—Bien. Como quieras.

Continuaron en silencio hacia la puerta por la que cruzarían las murallas de Atenas. A Platón no le gustaba zanjar de ese modo la conversación, pero había otro elemento que lo inquietaba aún más y que no quería revelar a nadie.

«Los dioses siguen advirtiéndome en contra de ese viaje.»

La semana anterior había acudido a la Acrópolis y había ofrecido un cordero a la diosa Atenea con la esperanza de obtener un augurio favorable sobre su marcha a Siracusa. El sacerdote había sacrificado el cordero en el gran altar de Atenea y después había examinado las vísceras.

—Los signos no son propicios —le había asegurado al terminar—. Además, deberías mantenerte alerta, el peligro puede venir de una persona a la que aprecias.

Capítulo 7

Esparta, mayo de 371 a. C.

Calícrates se apoyó en una rodilla y con un gemido de esfuerzo se puso de pie.

El valle estaba cubierto de nubes en las que el rojo fuego se estaba apagando para dar paso a un gris plomizo. A su derecha, a un centenar de pasos, unas cuantas jóvenes espartanas que acababan de terminar su entrenamiento se bañaban desnudas en el río Eurotas.

«Mi madre siempre vencía cuando disputaban carreras en los entrenamientos.» Se acordaba de cuando regresaba con su batallón y veía a su madre en el río con las demás mujeres. Era evidente que las otras la admiraban y eso lo llenaba de orgullo, pero seguía desfilando sin girar la cabeza ni variar la expresión.

«Estaba bien adiestrado», se dijo con tristeza.

Contempló a las jóvenes, que estaban salpicándose agua como si fueran niñas, y sus labios sonrieron sin que lo advirtiera. Un momento después se alejó en dirección a Esparta. A su espalda quedó el monte Taigeto, en cuya falda se encontraba el pequeño cementerio donde reposaba Deyanira.

Antes de acudir a la *syssitía* pasó por su casa para dejar la copa. Su esposa Briseida estaba desplumando una gallina con rápidos tirones que marcaban la musculatura de sus brazos. Ya había cumplido los cincuenta, pero hasta hacía pocos años ninguna espartana había sido capaz de superarla en lanzamiento de jabalina.

Cruzaron la mirada y se saludaron con un breve gesto. Su relación siempre había sido correcta, y tan carente de pasión que ambos agradecieron que ella dejara de ser fértil. Aquello los liberaba del deber de engendrar soldados, que constituía la esencia de todo matrimonio espartano. No obstante, él siempre le estaría agradecido. Briseida había criado muy bien a sus dos hijos, al menos hasta que a los siete años se los habían llevado a los barracones militares para comenzar la *agogé*, la severa instrucción que convertía a los espartanos en los soldados más temidos del mundo. También le agradecía lo bien que había cuidado de Deyanira durante sus últimos meses, cuando se iba apagando plácidamente y apenas podía levantarse de la cama.

—Me voy ya.

Su mujer murmuró una despedida sin dejar de arrancar plumas. Calícrates salió a la calle y se apresuró hacia el comedor comunal sabiendo que llegaba tarde.

Nada más entrar oyó risas y exclamaciones burlonas, lo que contrastaba con la sobriedad habitual de la *syssitía*.

«Había olvidado que ésta es la noche en la que emborrachan a los ilotas.»

Los esclavos de Esparta a los que llamaban *ilotas* eran griegos procedentes de la región de Mesenia. Aquella región se encontraba al otro lado del macizo del Taigeto y sus fértiles tierras constituían la base del sistema económico espartano. Hacía siglos que Esparta había esclavizado a los mesenios; desde entonces, éstos estaban obligados a cultivar los lotes de tierra que recibían los ciudadanos espartanos al cumplir treinta años. Además de cultivar tierras, muchos hombres y mujeres ilotas servían como esclavos en las casas particulares de Esparta, prestaban servicios públicos o acompañaban como sirvientes a los soldados durante las campañas militares. Gracias a los ilotas, los espartanos podían dedicar todo su tiempo al entrenamiento militar.

Calícrates advirtió que sus hijos Euxeno y Demarato estaban junto al rey y le habían reservado un sitio. No se percataron de su llegada porque estaban atentos a un esclavo que avanzaba tambaleándose y con los brazos separados para no caer.

—Siento el retraso, mi señor.

El rey Agesilao hizo un gesto quitando importancia y Calícrates se sentó junto a sus hijos. Al verlos al lado del rey, experimentó un repentino ramalazo de orgullo.

«A Agesilao le gusta sermonear a los jóvenes la noche de la borrachera de los ilotas», se dijo para enfriar su vanidad.

Euxeno tenía veintidós años y sólo había combatido en pequeñas escaramuzas, mientras que Demarato acababa cumplir veinte y todavía no había pisado un campo de batalla. Pero el rey los había escogido para que se sentaran junto a él porque eran unos combatientes formidables a los que pocos veteranos podían derrotar cuando entrenaban con lanzas embotadas y espadas de madera.

«Agesilao también los favorece porque son mis hijos.» No tenía sentido negarlo; él era uno de los treinta Ancianos, como general había sido condecorado en numerosas ocasiones, y su abuelo paterno había sido uno de los primos del gran rey Arquidamo, de modo que por las venas de sus hijos también corría algo de sangre real.

Un ilota cayó al suelo, trató de levantarse y volvió a caerse. Se quedó tendido, completamente inmóvil, y se lo llevaron a rastras en medio de un griterío de burlas e insultos. Calícrates se inclinó para hablar con sus hijos, pero estaban atentos a algo que decía el rey, así que llamó la atención de un esclavo para que le sirviera caldo negro. En su mesa todo el mundo estaba conversando excepto Leónidas, que permanecía reconcentrado en su cuenco de comida sin que apenas lo hubiera tocado.

«Siempre ha sido un monstruo lleno de rencor. —Su hermano Leónidas se había puesto una y otra vez del lado de Aristón cuando maltrataba a Deyanira, y después de que su padre muriera dejó de hablar con ella—. Odiaba a nuestra madre por haber intentado matar a Aristón..., que es lo que tenía que haber hecho yo mucho antes.»

Siguió mirando a Leónidas. Incluso sentado sacaba una cabeza a los demás soldados. En ese momento, su hermano se giró hacia sus hijos y endureció la expresión.

«Maldito seas, Leónidas, olvídate de ellos.»

Calícrates intuía que el hecho de que su hermano sólo tuviera hijas era suficiente para que aborreciera a Demarato y

Euxeno. La presión sobre los espartanos para que tuvieran hijos varones era mayor que nunca. El número de soldados en edad de combatir llevaba más de un siglo disminuyendo. Hacía dos generaciones, durante la guerra del Peloponeso, alcanzaban los tres mil y ahora sólo eran mil trescientos. En los ejércitos que comandaban cada vez había más mercenarios y soldados aliados y menos ciudadanos de Esparta.

Un ilota muy joven, pálido como un cadáver, perdió el equilibrio y se apoyó en la espalda del hombre que estaba sentado a la derecha de Leónidas. Consiguió reprimir una arcada y se llevó la mano a la tripa, con los ojos muy abiertos y un hilo de saliva colgando de la boca. De pronto su cuerpo se convulsionó y vomitó un chorro de vino y restos de comida que alcanzó de lleno a su hermano.

Leónidas se volvió hacia el esclavo con la cabellera y la barba goteando vómito. La tensión de sus músculos revelaba el esfuerzo que hacía para contenerse.

—Vete —murmuró Calícrates desde el otro lado de la mesa.

El ilota estaba tan borracho y aterrado que no podía moverse. Lo único que hacía era balbucear una disculpa lloriqueante y negar con la cabeza sin cesar. Durante unos instantes nadie reaccionó, como si un hechizo hubiera detenido el tiempo. La pausa se prolongó y Calícrates albergó la esperanza de que su hermano perdonara la vida al muchacho... hasta que se alzó la risa de Demarato.

Leónidas tiró la silla al levantarse, agarró al ilota de la túnica y lo alzó por encima de su cabeza. Soltó un rugido salvaje y lo estrelló contra el suelo reventándolo por dentro. Después se agachó, agarró el cadáver del cuello y lo alzó como si fuera un conejo recién cazado.

—¡Esto es lo que quedará de Esparta si no reaccionamos! —Se giró con el esclavo en alto; la sangre caía hacia el suelo desde su boca y sus oídos—. Somos los descendientes de Heracles, pero cada vez nos parecemos más a este ilota; cada vez somos más débiles por traicionar los principios que hace cinco siglos nos legó Licurgo, ¡las tradiciones que nos colocaron por encima de Atenas y de cualquier otra ciudad, y nos convirtieron en el pueblo más respetado del mundo!

Calícrates miró de reojo al rey, que observaba a Leónidas con el ceño fruncido. Su hermano se giraba a uno y otro lado para dirigirse a toda la sala con los ojos tan abiertos como si estuviera enajenado.

—¡El vino nos hace débiles, todos los vicios nos hacen débiles! —Mientras gritaba, agitaba al esclavo y la cabeza se balanceaba lanzando una lluvia de gotas rojas—. ¡Pero el oro nos hace aún más débiles! —Se volvió hacia el rey, abrió la mano y dejó caer al esclavo—. El honor. —De pronto parecía cansado y mucho más sereno—. El honor es lo único que puede salvarnos.

Leónidas les dio la espalda y se alejó a través del comedor silencioso. Calícrates se volvió hacia sus hijos y advirtió que lo estaban siguiendo con la mirada.

En el rostro de Euxeno se veía el rechazo, pero el de Demarato reflejaba admiración.

Capítulo 8

Atenas, mayo de 371 a. C.

Las murallas de Atenas parecían crecer a medida que el grupo de Platón se acercaba.

Tenían treinta pies de altura, doce de espesor y rodeaban completamente la ciudad como un anillo de piedra. A lo largo de sus almenas se repartían decenas de torreones, y en lo alto un pasillo recorría su perímetro y permitía que los soldados las patrullaran. Adosados a la muralla surgían desde el suroeste de la ciudad dos muros paralelos —los Muros Largos— que se prolongaban hasta llegar al puerto del Pireo. Su longitud era de más de treinta estadios y formaban entre ellos un pasillo de casi un estadio de anchura[1].

Tras la derrota de la guerra del Peloponeso, los espartanos los habían obligado a derribar los Muros Largos, que permitían que la ciudad resistiese cualquier asedio terrestre al poder aprovisionarse a través de esa conexión amurallada con el mar. Durante la siguiente década, Esparta controló con mano de hierro las principales ciudades Estado griegas, pero la dureza de ese sometimiento provocó que varias de ellas se rebelaran y estalló una nueva guerra. En el transcurso de esa contienda, Atenas se había hecho con una nueva flota y había reconstruido los Muros Largos.

Platón se volvió hacia atrás y contempló la Academia con aprensión. Las poderosas murallas de Atenas y los Muros Lar-

1. El estadio ático equivalía a 174 metros. Ésa era la anchura aproximada del pasillo que formaban entre sí los Muros Largos durante sus casi seis kilómetros de longitud.

gos permitirían que la ciudad estuviera a salvo en caso de asedio, pero no así su escuela.

«Si nos atacan Esparta o Tebas, tendremos que abandonar la Academia.»

Atenas había impulsado una liga marítima contra Esparta hacía seis años. Se trataba de una alianza diferente a la que habían comandado durante la guerra del Peloponeso, en la que los miembros eran súbditos obligados a pagar tributos. Esta vez la relación entre los aliados era de igualdad, y en los dos primeros años consiguieron sumar más de setenta miembros.

«Parece increíble que al principio Tebas formara parte de la alianza», se dijo Platón. Aquello había durado poco, muy pronto los tebanos mostraron su intención de ser una gran potencia militar, atrajeron o sometieron a casi todas las poblaciones de la región circundante de Beocia y destruyeron Platea, cuya población se había refugiado en Atenas.

«Ahora somos tres potencias: Esparta y su liga del Peloponeso, nosotros con nuestra nueva alianza y Tebas liderando a todos los beocios.» Estaba claro que Esparta tenía el ejército de tierra más temible y que ellos volvían a dominar los mares, pero el poder de Tebas crecía con una rapidez inquietante.

Platón se percató de que Perseo se apoyaba cada vez más en su cayado. Estaban llegando a la puerta Dipilón, la más importante de las quince que se abrían en las murallas de Atenas.

—¿Te encuentras bien? ¿Quieres que paremos?

—No te preocupes. —Perseo no pudo evitar una mueca al dar el siguiente paso. Una flecha espartana le había atravesado la rodilla cuando era joven, y también le daba guerra el hombro que se había descoyuntado en una batalla naval—. Supongo que se avecinan lluvias, ya sabes que me duele cuando cambia el tiempo.

Cruzaron la puerta Dipilón y Perseo mantuvo el paso con evidente esfuerzo mientras recorrían la vía Panatenaica. Llegaron al ágora, torcieron a la derecha y continuaron hasta alcanzar la colina Pnix. Allí se alzaba el nuevo recinto para celebrar las Asambleas que habían erigido tras la guerra del

Peloponeso. Se trataba de un anfiteatro de piedra donde las gradas no se habían montado sobre la propia ladera, como era habitual, sino opuestas a ella. Eso dotaba al recinto de un graderío enfrentado a la ladera de la colina, con paredes circulares muy altas, al que se accedía desde la ciudad a través de dos largas escaleras de piedra.

En aquel momento las escaleras estaban tan concurridas que en su base se aglomeraba la gente esperando para subir. Varios esclavos escitas armados con largos bastones desanimaban a quien quisiera colarse o empujar y mantenían la cola bastante ordenada.

Espeusipo, el sobrino de Platón, se acercó a Perseo cuando el grupo se detuvo.

—¿Es cierto que el Consejo te ha pedido que vayas a Esparta?

—Así es, supongo que piensan que incluir una vieja gloria olímpica en nuestra embajada puede resultar positivo. —Avanzaron un par de pasos hasta el pie de la escalera—. Pero les he dicho que no voy a ir.

Los ojos saltones de Espeusipo se abrieron más de lo habitual. Ser embajador era una ocasión de ganar prestigio e influencia dentro y fuera de tu ciudad. Casi nadie rechazaba la oportunidad.

—Mi hija está a punto de dar a luz después de un embarazo complicado —explicó Perseo. «Y no soy tan ambicioso como tú», pensó al ver el gesto de extrañeza de Espeusipo—. Además, ya ves que no estoy en mi mejor momento de forma —añadió levantando el cayado.

Subieron algunos escalones y volvieron a detenerse.

—¿Crees que la conferencia de paz será exitosa? —preguntó Espeusipo. Él pasaba todo su tiempo en la Academia, rodeado de filósofos, mientras que Perseo a veces acudía a los pórticos del ágora y allí hablaba de política con los hombres más influyentes de la ciudad.

—Espero que sí, pero la paz depende ahora de Tebas. Tanto Esparta como nosotros nos hemos agotado en los últimos años luchando en el oeste. La mayoría de los ciudadanos diría que hemos ganado nosotros, y es cierto que mantenemos despejadas las rutas comerciales occidentales, pero ha sido una victoria ruinosa. Nuestras arcas necesitan desesperadamente la paz. En cambio, Tebas lleva años rechazando todos los ataques de Esparta, anexionando ciudades e incrementando su riqueza. —Se quedó pensativo—. Los tebanos todavía no son un rival para Esparta por tierra ni para nosotros por mar, pero hace tanto que nadie los derrota que comienzan a considerar invencible a su general Epaminondas, y eso los vuelve más audaces.

Algunos hombres se volvieron hacia ellos al oír el nombre del general tebano. No sólo en Tebas, sino también en Atenas se empezaba a oír que Epaminondas tenía una naturaleza sobrehumana. Durante varios años había seguido al filósofo pitagórico Lisis de Tarento —quien afirmaba que Epaminondas había sido con mucho su mejor discípulo—, y además estaba dotado de unas extraordinarias capacidades políticas y militares. Era uno de los generales que habían rechazado los repetidos intentos de Esparta de invadirlos, y también uno de los principales artífices de la alianza de la que ya formaban parte casi todas las ciudades de Beocia.

Alcanzaron lo alto de la escalera y Perseo contempló el recinto de la Asamblea. Los hombres circulaban en hileras por los pasillos y se agrupaban por el graderío en función de su afinidad política, su profesión, o simplemente con los amigos con los que habían acudido. La facción más numerosa era la del partido demócrata, que seguía añorando a Pericles seis décadas después de su muerte. Los aristócratas se colocaban cerca del estrado central, aunque no solían ser muy beligerantes; eran conscientes de que la época de las aventuras oligárquicas había quedado muy atrás.

La sesión transcurrió sin incidencias y el listado de embajadores que había preparado el Consejo se aprobó por una amplia mayoría.

«Si hubiera aceptado formar parte de la embajada, dentro de unos días viajaría a Esparta», se dijo Perseo con el estómago encogido. Nunca había estado en Esparta, y se preguntó cómo habría sido viajar allí y tomar parte en las negociaciones.

La ensoñación acabó cuando pensó que su hijo debería estar con él en la Asamblea, y no borracho en su dormitorio.

«El dolor y la rabia lo están enloqueciendo.» Bajó la mirada, ignorando al orador que hablaba desde el estrado. En los ojos de Eurímaco cada vez encontraba menos a su hijo y más a un animal lleno de ira.

Abandonaron el recinto de la Pnix y Platón propuso a todo el grupo que comieran en su casa de Atenas. Perseo dudó si aceptar, le dolía la pierna y estaba cansado, pero finalmente decidió acompañarlos. Poco después, mientras pasaban frente al altar de los doce dioses, atisbó a una mujer mayor que se internaba a toda prisa en una de las calles que daban a la vía Panatenaica.

El siguiente latido llenó sus venas de un miedo helado. Se había dado cuenta de que por aquella calle se llegaba a la casa de su hija, y de que aquella mujer era la partera.

«¡Altea!»

Ignoró el dolor de su rodilla y echó a correr.

Capítulo 9

Atenas, mayo de 371 a. C.

Dolor.

—¡Altea, despierta!

Confusión, angustia, dolor...

Su vientre se endurecía como una roca, una masa de lava ardiente que la abrasaba y se solidificaba.

—¡Despierta, necesito que empujes!

Recobró la consciencia jadeando, ahogándose. El ácido del vómito le quemaba la garganta.

—Es una serpiente —gimió.

—Altea, estás delirando. —El rostro de la partera era una calavera, sus ojos dos piedras negras que desde las cuencas hundidas trataban de retener su mirada—. Tienes mucha fiebre, pero necesito que te mantengas consciente. —La mujer alzó la vista por detrás de ella y siguió hablando con su voz ronca—: Levántale la cabeza y mójale la cara y el cuello.

Altea notó que colocaban un cojín grueso de lana bajo su nuca. Alguien le pasó un paño húmedo por la frente y vio que se trataba de Melisa. La esclava le limpió el vómito de la mejilla y el cuello con movimientos rápidos, sin que su rostro reflejara ninguna emoción.

Su vientre volvió a tensarse y levantó la cabeza mientras respiraba entre dientes. Había dos mujeres jóvenes junto a la partera, una sostenía una bandeja con paños limpios y la otra se inclinaba hacia delante con una lámpara de aceite. La preocupación contraía los rostros de ambas.

—Oh, dioses... —Altea gruñó de dolor—. Mi hijo...

—¡Empuja! ¡Por Atenea, empuja!

La cabellera desordenada de la comadrona se agitaba al

gritar por encima del vientre abombado de Altea, que apretó cuanto pudo y sintió que iba a volver a desmayarse. Sacudió la cabeza, tomó aire y empujó de nuevo con todas sus fuerzas.

—Bien, querida. Lo estás haciendo muy bien.

La partera le apoyó una mano en el muslo. Ella agradeció el contacto y las palabras de ánimo, pero notaba que la mujer estaba tan preocupada como sus ayudantes.

A través de la puerta abierta llegó la voz profunda de Calipo. Discutía con alguien. Anteriormente se había presentado Perseo muy alterado y la partera lo había obligado a esperar fuera.

—¡Altea! —Calipo se detuvo un instante en la entrada. El cuerpo desnudo de su esposa brillaba por el sudor y un rubor enfermizo teñía sus mejillas.

La partera se dirigió a él con impaciencia desde la base de la cama:

—Todo el mundo tiene que esperar fuera, también el padre.

Calipo la ignoró y se arrodilló junto a su esposa. Melisa se apartó para hacerle sitio.

—Lo siento, acaban de avisarme. Esta mañana tuve que irme a una maldita reunión.

Altea asintió, recordaba haber oído a su marido peleándose a gritos con otros hombres antes de marcharse. Sus manos apretaron las de Calipo y él le besó la frente.

—No siento al niño desde ayer. —El miedo hacía que la voz de Altea temblara.

—La partera dijo que eso era normal. —Calipo se giró hacia ella—. ¿No es así?

—Sí. —La mujer lo miró sin ocultar su resentimiento. Los hombres jamás asistían al parto de sus esposas, y desde luego ella prefería que fuese así. Su expresión se suavizó cuando se dirigió a Altea—: El niño ya está encajado para salir, por eso apenas puede moverse.

Altea asintió con los labios apretados y buscó la seguridad de los ojos de su marido.

—Esta mañana el estómago ha empezado a dolerme más, y de pronto han comenzado las contracciones y me he puesto a sangrar.

—No te preocupes. —Calipo besó sus labios resecos—. ¿Cómo está mi mujer? —le preguntó a la comadrona.

—Necesita expulsar el bebé. —La partera mojó las manos en un cuenco con aceite de oliva que tenía a sus pies, metió la punta de los dedos en el interior de Altea y palpó la cabeza de la criatura—. Hasta que no dé a luz no podré parar la hemorragia.

El semblante de Altea se crispó con la siguiente contracción. La piel de la cara y el cuello se le oscureció hasta convertirse en una congestión granate y Calipo temió que no fuera a resistir.

—Ya está muy cerca. —La comadrona palpó entre las piernas de Altea con sus manos aceitosas. Luego se giró hacia sus ayudantes y Calipo la oyó murmurar que el niño era muy grande.

Altea dejó de hacer fuerza cuando remitió la contracción. Sintió que la habitación giraba y que comenzaba a caer. Dejó que sus ojos se cerraran y se aferró a la mano de Calipo. Las voces parecieron alejarse más y más. No las distinguía, aunque todavía percibía el tono tranquilizador de su marido. Su cuerpo volvió a contraerse, ajeno a su voluntad y a su agotamiento. Obligó a su mente a ignorar aquel dolor enloquecedor, tomó aire y empujó tan fuerte como era capaz. La criatura que llevaba dentro apretaba de tal modo contra sus huesos que no creía que pudiera salir de ella sin romperla.

La presión cedió y de nuevo regresó. Ella seguía agarrada a la mano de Calipo como si estuviera colgando en un abismo oscuro. La tensión aumentó todavía más y sintió que se desgarraba. Sus pesadillas se hicieron realidad y por un instante notó que emergía de su interior la monstruosa serpiente Pitón.

Abrió los ojos de golpe. Sus pupilas se habían dilatado tanto que Calipo apenas distinguía el anillo plateado del iris.

—Ya está saliendo la cabeza. —Calipo se inclinó hacia los pies de la cama y volvió a mirarla con los ojos brillantes—. Tiene el pelo tan negro como tú.

Altea dejó escapar una mezcla de risa y sollozo. Quería oír de una vez el llanto de su bebé, que se lo pusieran en el pecho y sentir que su esposo lo quería, fuese niño o niña.

Miró a la partera y vio su ceño fruncido, sintió que sus dedos grasientos le forzaban la carne con una intensidad que se le antojó desesperada. Sus entrañas se contrajeron de nuevo como si las aplastara el puño de un gigante. Gritó y empujó, y volvió a gritar y a apretar con las pocas fuerzas que le quedaban.

El relámpago de dolor fue brutal.

En medio de aquel estallido le llegó el presagio de estar muriendo.

De pronto, todo había terminado.

—Mi bebé...

Melisa apareció en su campo de visión y pasó un paño por su frente empapada. Los ojos de la esclava se detuvieron un momento en los suyos antes de desviarse hacia los pies del lecho. Altea siguió su mirada. Calipo le seguía sosteniendo las manos pero estaba inclinado hacia la partera.

—¿Qué ocurre?

Nadie le respondió. La partera estaba moviendo el cuerpecillo de su bebé y le daba pequeños golpes. El rostro huesudo de la mujer estaba crispado y negaba con la cabeza sin cesar.

—¡¿Qué ocurre?! —chilló Altea.

Las manos de su esposo la apretaron con más fuerza.

—Es un niño —musitó Calipo. La tensión de sus músculos hacía que le temblaran los brazos.

La mujer entregó el bebé a una de sus ayudantes y volvió a sentarse entre las piernas de Altea.

—Está muerto.

—¡No, no! —El grito desgarrado de Altea erizó los brazos de la partera—. ¡Sálvalo! ¡Inténtalo, sálvalo!

La mujer estaba tratando de contener la hemorragia y la miró sin levantar la cabeza.

—Es imposible, lleva horas muerto.

—No...

La mente de Altea se detuvo, su rostro quedó congelado en una mueca de espanto. No fue capaz de reaccionar hasta que Calipo le sacudió las manos con suavidad.

—Tendremos más hijos. —Las lágrimas que bajaban por su rostro se perdían en la barba. Altea nunca lo había visto llorar.

Calipo la abrazó y ella lloró con él. En medio de la desolación sintió una corriente de agradecimiento hacia su esposo; sabía que muchos hombres repudiarían a una mujer que por tercera vez hubiera fallado en darles un hijo.

—Lo lamento. —Algo en el tono de la partera hizo que Altea y Calipo giraran la cabeza para mirarla. La mujer habló de nuevo, con las manos ensangrentadas y un velo de tristeza en la mirada—: Lo lamento mucho, pero Altea no volverá a tener hijos.

Capítulo 10

Atenas, mayo de 371 a. C.

Melisa no recordaba haber sentido jamás tanta felicidad.

«Gracias, Afrodita; gracias, dioses inmortales. —Estaba tumbada en su jergón y sus ojos se movían en la oscuridad mientras revivía lo que había sucedido en las últimas horas—. Gracias, gracias...»

La tensión en el rostro de la comadrona la había mantenido en vilo durante los últimos momentos del parto. Cuando la mujer extrajo aquella criatura inmóvil y silenciosa, ella se inclinó sobre Altea para secarle la frente con un paño y luego contempló a la partera conteniendo la respiración.

—¡¿Qué ocurre?! —chilló Altea.

El miedo en la voz de su señora hizo que Melisa se irguiera un poco más. La criatura estaba oscura y seguía sin moverse. Ella observó a Calipo para ver cómo reaccionaba, y vio que su amo apretaba con fuerza las manos de su esposa.

—Es un niño —musitó.

Entonces la partera les dijo que estaba muerto, que llevaba horas muerto, y su amo hizo algo que derrumbó las esperanzas de Melisa.

«Altea acababa de perder a su heredero, y él se puso a tranquilizarla.»

Para empeorar las cosas, se dio cuenta de que Calipo comenzaba a llorar. Nunca lo había visto mostrar tanta debilidad ni tanta ternura con su esposa. Afortunadamente, la partera estaba a punto de comunicarles una noticia tan maravillosa que ni siquiera había soñado con ella:

—Lo lamento mucho, pero Altea no volverá a tener hijos.

En aquel momento ella sintió una explosión de júbilo y no pudo evitar que sus labios se abrieran en una sonrisa.

«Menos mal que nadie estaba pendiente de mí..., pero yo vi muy bien lo que ocurrió a continuación.»

Aunque las manos de Calipo se mantuvieron junto a las de su esposa, ya no la estaba agarrando. Los dedos estaban abiertos, inertes. Si Altea no hubiera sujetado las manos de su esposo, éstas se habrían deslizado hasta salir de la cama.

«La ha rechazado. —Melisa sonrió extasiada, estaba a punto de echarse a reír—. Puede que él mismo todavía no se haya dado cuenta, pero en su interior ya la ha repudiado.»

Altea se deshizo en un llanto amargo mientras aferraba las manos de Calipo. En cambio, los ojos de él se secaron como dos piedras y su mirada se quedó atrapada en el vientre yermo de su esposa.

«Hablará con sus amigos y le dirán que tiene que repudiar a Altea. —Apretó contra su pecho el pequeño amuleto de hueso que llevaba atado al cuello—. Puede que espere a que se restablezca, pero al final la rechazará.»

La partera y sus ayudantes pasaron toda la tarde trabajando para detener la hemorragia. Al ponerse el sol, la mujer aseguró que el hijo muerto era lo que había estado haciendo mal a Altea y que su vida ya no corría peligro. Le dio un brebaje para que descansara y le bajara la fiebre, y poco a poco los sollozos de Altea se hicieron más débiles.

Cuando se durmió, Calipo alzó la vista por primera vez:

—¿Estás segura de que mi esposa no puede tener más hijos?

La partera le sostuvo la mirada y asintió. Calipo se incorporó despacio, se apartó del lecho y abandonó la alcoba sin mirar a Altea.

«Yo soy la que tiene que dar un hijo a Calipo. —Melisa se llevó el amuleto a los labios y lo besó—. Afrodita, diosa del amor y la seducción, diosa de la fertilidad, dirige las flechas de tu hijo Eros hacia Calipo y hazme fecunda para él.»

El horizonte pasó del negro al gris turbio de un amanecer nublado y Melisa cayó en un duermevela. Mientras estaba dormida soñó lo mismo que cuando estaba despierta: Altea había regresado con su padre y ella era la señora de la casa de Calipo, madre de sus herederos, dueña de sus esclavos, una mujer rica, respetada y libre.

El único sonido que se percibía en la alcoba era la respiración lenta y trabajosa de Altea. Sobre la mesa de tocador, junto al espejo de Afrodita, un plato recogía las cenizas ya frías de las hierbas que la partera había hecho que quemaran para purificar el ambiente.

Melisa abrió un poco más la puerta de Altea. Una esclava adolescente, de rasgos toscos y el cuerpo tan huesudo como el de un chico, dormía profundamente en la silla que había al lado de la cama de su ama. Cerró la puerta y se dirigió a la cocina.

La cocinera, una esclava mayor llamada Apolonia, había colocado sobre el fuego del hogar una olla con agua que estaba empezando a hervir. En otro recipiente, más pequeño, había mezclado aceite y vino con un poco de garo, la valiosa salsa salada de tripas de pescado. No había reparado en la presencia de Melisa y siguió dándole la espalda mientras añadía dos huevos de gallina.

«Cómo le tiemblan las manos.»

Melisa frunció el ceño y se quedó observando. La mujer le puso la tapa al recipiente y lo levantó para meterlo en la olla de agua hirviendo. Sus manos dieron una pequeña sacudida, lo golpeó contra el borde y se le resbaló. Se apresuró a meter las manos en la olla para intentar que el recipiente no se volcara, pero cayó de lado y salpicó agua hirviendo sobre sus brazos.

—¡Ay!

Melisa se abalanzó sobre la anciana, que había comenzado a secar sus quemaduras con un trapo.

—Has estropeado el desayuno del señor. ¡Prepáralo de nuevo!

Apolonia la miró sin decir nada y luego agachó la cabeza. En la piel arrugada de sus antebrazos habían aparecido vetas encarnadas. Melisa se apartó de ella y comprobó la vasija donde almacenaban la salsa que tanto apreciaba su amo.

—Sabes cuánto cuesta el garo. Como sigas desperdiciándolo, vas a tener problemas.

—Tendré más cuidado.

La anciana mantuvo la mirada en el suelo. Melisa la contempló con la ligera repulsión que sentía hacia los ancianos que ya no podían hacer bien su trabajo, y salió para seguir haciendo la ronda matinal.

En aquella mansión había llegado a haber una docena y media de esclavos, pero ahora sólo eran la mitad. El padre de Calipo había sido un hombre conservador que se conformaba con que sus rentas agrícolas declinaran poco a poco, sin hacer caso de sus amigos más decididos ni de su hijo, que le instaban a invertir en otros negocios.

Melisa se aseguró de que todos los esclavos estaban despiertos y aguardó cerca de la alcoba de Calipo. Cuando su amo salió, se acercó a él.

—Siento mucho lo ocurrido, mi señor.

—Gracias, Melisa. —Calipo se quedó mirándola en silencio. Sus ojeras estaban hinchadas y tanto su boca como su mirada eran un lamento de derrota y tristeza.

Ella no pudo evitar pensar en las hierbas que le había dado a Altea, y que probablemente habían sido la causa de que el bebé muriera.

«No puede ver mis pensamientos», se dijo al tiempo que esbozaba una sonrisa cautelosa. Calipo seguía sin decir nada, no sabía si porque sospechaba algo o sólo porque estaba aturdido.

—¿Cómo se encuentra mi esposa? —preguntó finalmente.

—Está descansando, mi señor. Acabo de estar con ella y dormía tranquila.

—Bien... —Calipo tenía los ojos vidriosos. Se quedó un momento abstraído y luego volvió a fijarse en Melisa—. ¿Hay algo más? ¿Algún problema en la casa?

—Nada que requiera atención en este momento... Aunque pronto habrá que hacer algo con la cocinera. Está muy mayor y cada vez estropea más comidas. Creo que habría que plantearse comprar una nueva.

La mirada de Calipo se tensó.

—Sigue pendiente de ella. Si no puede ocuparse de la cocina, dentro de unos días iremos al mercado de esclavos.

—Sí, señor. —Melisa reprimió el júbilo que amenazaba con aflorar a su semblante. Altea estaría varios días sin poder salir a la calle, por lo que quizás sería ella la que fuese con Calipo.

«Como si fuera su esposa, eligiendo esclavos para que nos sirvan.»

Unos golpes resonaron en la puerta de la calle. Al otro lado del patio, el esclavo portero preguntó quién llamaba y se volvió hacia ellos.

—Es el administrador, señor.

El semblante de Calipo se oscureció aún más. Le hizo un gesto para que abriera y apareció un hombre con una túnica de lana marrón con ribete negro que le daba un aire distinguido. Su barba cana estaba tan pulcramente cortada como el cabello gris y sus labios gruesos mostraban una expresión seria.

—Los dioses te guarden, joven Calipo.

—Igualmente, Teógenes.

El administrador de su hacienda le cogió ambos brazos en un gesto de afecto. Llevaba casi cuarenta años al servicio de la casa, desde los tiempos del padre de su padre. La tarde anterior ya había estado allí, expresando sus condolencias por las desgracias acaecidas y tratando asuntos urgentes.

—Vamos. —Calipo dejó a Melisa en el patio, se dirigió a la sala de trabajo y le abrió la puerta a Teógenes—. ¿Has conseguido un acuerdo? —espetó antes de que el administrador tomara asiento.

—No. —Teógenes dudó un momento y luego se sentó—. No admiten ninguna prórroga, quieren hacer efectivas las garantías cuanto antes.

Calipo se pasó una mano por la cara. Había heredado dos granjas cerca de Eleusis, que tenía arrendadas, y tres viviendas en Atenas en las que vivían de alquiler algunos artesanos con sus familias. Aquellas rentas eran su única fuente de ingresos, y en los últimos meses había puesto todas las propiedades como garantía de créditos para invertir en el comercio marítimo.

—¿Seguimos sin noticias de los otros barcos?

En total participaba en tres expediciones comerciales; sabían que una de las embarcaciones había sido apresada por los piratas a los que protegía el gobierno de Egina, mientras que las otras dos naves no habían dado señales de vida.

—Tendrían que haber regresado hace semanas. —Teógenes miró al cielo nublado a través de la ventana. Él había hecho todo lo posible para que Calipo no arriesgara tanto en aquellos embarques, pero su joven cliente no quería resignarse a vivir de unas rentas en declive como había hecho su padre—. Tienes que transferir la propiedad de las granjas o te denunciarán.

—De las granjas y de las casas de Atenas.

Aquello fue más un lamento amargo que una pregunta y Teógenes suspiró. El grueso de las rentas procedía de las granjas, pero había intentado negociar para conservar al menos el alquiler de las viviendas. Era el único modo de que Calipo pudiera mantener a los esclavos y a su esposa en la mansión que pertenecía a su familia desde hacía varias generaciones.

—Así es. —Le dolía en el alma tener que decir aquello. Conocía a Calipo desde que había nacido y sabía que los dioses acababan de arrebatarle a su hijo y lo habían condenado a no tener descendencia. Pero no había modo de suavizar la realidad—. Lo has perdido todo.

Capítulo 11
Atenas, mayo de 371 a. C.

La fiebre remitió dos días después de que su hijo muriera.

Altea notó que la realidad cambiaba de textura; se volvió más precisa, más intensa, y de inmediato comenzó a añorar el refugio brumoso del delirio.

«¿Dónde está Calipo?»

No había hablado con su esposo desde la hora aciaga del parto. Sabía que después se había sentado algunas veces junto a su cama, pero ella había estado tan débil que no había podido hablar ni apenas entender lo que le decía.

—¿Dónde está Calipo? —No sabía si antes lo había preguntado en voz alta y esta vez se esforzó para que su voz agrietada resultara audible.

No hubo respuesta.

Giró la cabeza con dificultad y vio que la silla de la esclava estaba vacía. No había nadie más en la habitación. Se sintió mareada y cerró los ojos.

«Mi hijo está muerto. —Apartó aquellas palabras de su mente, pero se mantuvo la sensación devastadora de vacío y pérdida. Un momento después, acudieron otras palabras que incrementaron su dolor—: No puedo ser madre.»

Notó que las lágrimas le ardían en los ojos y los abrió; no quería llorar en la oscuridad.

Trató de recordar el semblante de Calipo junto a su lecho, adivinar lo que pasaba por su mente desde que las palabras de la partera habían destrozado su futuro.

Al cabo de un rato desistió.

«¿Dónde está?»

Le vino un recuerdo vago de la tarde anterior. Su marido

había entrado en la habitación con un sacerdote. Previamente habían hecho un sacrificio en el patio y habían recorrido toda la casa asperjando agua lustral para purificarla de la doble contaminación del nacimiento y de la muerte. Se acordaba de Calipo sentado junto a ella, hablándole.

—¿Qué me dijo? —susurró.

No se acordaba de las palabras exactas, pero sí del mensaje.

«El niño ya está enterrado.»

Cubrió su vientre con las manos y comenzó a sollozar. Sentía los movimientos y golpes de su bebé con la misma viveza que si se estuvieran produciendo en ese momento.

La puerta se entornó y apareció el rostro hombruno de la esclava que solía sentarse junto a ella.

—Mi señora, ha venido el filósofo Platón.

Altea trató de calmarse, pero no conseguía dejar de llorar.

—Dile... —Iba a pedir que se marchara, cuando recordó que Platón había sido el único capaz de sacarla del agujero en el que había caído tras la muerte de su madre—. Ofrécele un poco de agua y después dile que entre.

Fijó la mirada en una de las vigas del techo y respiró del modo profundo y sosegado que Platón le había enseñado cuando era adolescente. Cada inspiración le devolvía un poco de coraje, pero cada expiración se lo arrebataba de nuevo.

Cuando entró Platón, seguía sollozando.

—Oh, Altea... —Tomó asiento a su lado y le cogió una mano—. Vamos, vamos, pequeña.

Altea rompió a llorar abiertamente. Su padre había estado con ella esa mañana y había conseguido calmarla un poco, pero ahora que la fiebre se había ido y su mente se había aclarado, el dolor resultaba aplastante. Expresó entre lloros todo su horror y su angustia, y Platón se mantuvo a su lado hasta que el agotamiento apaciguó su llanto.

—¿Has visto a mi marido? —susurró después de estar un rato en silencio. De lo único que no le había hablado a Platón era de su temor a que Calipo la repudiara—. Hace varias horas que no lo veo.

—He preguntado por él y tus esclavos me han dicho que

se fue después de comer. Si no está contigo, sin duda es porque está encargándose de algún asunto urgente. —Platón se quedó un momento pensativo—. El otro día lo vi con Teógenes, vuestro administrador. Quizás está ocupándose de alguna cuestión de las granjas.

Altea asintió mirando al techo.

—¿Qué voy a hacer, Platón? —Tomó aire y dejó escapar un largo suspiro que terminó en un nuevo sollozo—. ¿Qué voy a hacer?

—Lo mismo que yo. —Altea ladeó la cabeza para mirarlo—. Ya he cumplido cincuenta y seis años y no tengo hijos ni creo que los vaya a tener ya. He luchado varias veces en nombre de Atenas, pero pienso que mi mayor aportación a la ciudad es la Academia y mi dedicación a la filosofía. Tú eres una mujer extraordinaria y una de las personas más inteligentes y más dotadas para la filosofía que conozco. Cuando tengas fuerzas para volver a la Academia, me gustaría que comenzaras a impartir clases.

Los labios de Altea se curvaron en una fugaz sonrisa. Aquello le sonaba a broma.

—¿Una mujer dando clases en la Academia? —Escrutó el rostro de Platón y se dio cuenta de que lo decía en serio. Iba a añadir algo más, pero una nueva oleada de dolor hizo que las lágrimas volvieran a brotar.

Desvió el rostro hacia la ventana y lloró en silencio. Sabía que las muestras de emoción hacían que Platón se sintiera incómodo; no debía de haberle resultado fácil ir a visitarla. Poco a poco notó que sus párpados se volvían más pesados y dejó que se cerraran.

—Una maestra en la Academia... —Entreabrió los ojos—. Gracias, has conseguido que durante un momento piense en otra cosa.

—Hablaba en serio, pero ahora estás muy cansada. —Platón besó su frente, un gesto que nunca habría hecho en público, y se puso de pie—. Mañana volveré y seguiremos hablando.

Antes de que llegara a la puerta, ésta se abrió y apareció Melisa. Sus ojos se detuvieron un instante en el filósofo y rápidamente bajó la mirada.

—Señora, ha venido Eurímaco.

Platón se giró hacia Altea.

—¿Quieres que le diga a tu hermano que necesitas descansar?

—No. —Casi no podía mantener los ojos abiertos, pero hacía más de un año que apenas se comunicaba con Eurímaco. Su hermano se había vuelto un ser torturado, ebrio de alcohol y sufrimiento, que cada vez estaba más lejos de todos—. Por favor, dile que pase.

Eurímaco encogió la cabeza y los hombros para atravesar el vano de la puerta. Debajo de la barba y el bigote encrespados se distinguían sus labios tensos. Se sentó en la silla que había junto a la cama, se quedó un momento mirando al suelo y después alzó la vista.

—Siento mucho lo que te ha pasado.

Sus ojos marrones estaban húmedos y enrojecidos. Altea notó el olor a vino que flotaba siempre a su alrededor, pero no parecía estar borracho. Su mirada era cálida, atenta, y por primera vez en mucho tiempo sintió que estaba en contacto con el hombre bueno que siempre había amado.

—Gracias, hermano mayor.

Eurímaco sonrió. Su hermana lo llamaba así con intención burlona cuando era una niña y él un adolescente que pretendía que lo tratara como a un adulto. Con una delicadeza extraña en un hombre tan grande, le puso una mano en la frente y la mantuvo allí.

—Parece que no tienes fiebre.

Altea negó y cerró los ojos, disfrutando del contacto de su hermano.

—Te echo de menos.

Notó que la mano de su hermano se tensaba antes de retirarse. Cuando abrió los ojos, Eurímaco había bajado la cabeza y su expresión se había endurecido.

«Piensa que lo estoy censurando.»

Alargó el brazo y cogió sus dedos.

—Me alegra que estés aquí.

Eurímaco se llevó a los labios la mano de su hermana, la besó y se miraron en silencio. De pequeño había envidiado los ojos de plata pulida de Altea porque eran iguales que los de su padre; ahora el contraste con las ojeras oscuras hacía que parecieran dos lagos transparentes entre sus párpados hinchados. Alrededor de los ojos había pequeñas manchas moradas donde las venitas se habían reventado durante el esfuerzo del parto. En el centro, las pupilas eran tan negras y profundas que sintió que ella podía ver el interior de su alma.

Apartó la vista y se miró las manos. Le habían dicho que el bebé de su hermana había nacido muerto, pero podía no ser cierto. «Quizás la engañaron... La partera se lo llevó y luego lo vendió. La han engañado como me hicieron a mí.»

Alzó el rostro hacia Altea.

«¿Has visto el cadáver de tu hijo? —Entreabrió los labios, pero las palabras se le atascaron en la boca—. Te han mentido, te lo han robado.»

El modo en que lo miraba su hermana aumentó su turbación y dudó de si las imágenes que vislumbraba de la partera llevándose el bebé de Altea, y de otra partera sacando hace años a su hijo vivo de las entrañas de su esposa, eran recuerdos o sólo distorsiones de su mente.

Irguió el cuerpo y se apartó de su hermana. Su expresión volvía a ser pétrea, su mirada perdida y confusa. Necesitaba alejarse, el deseo de beber para dejar de pensar y de recordar se estaba volviendo insoportable.

—Me temo que no soy una buena compañía. —Su tono se había vuelto distante y apagado—. Es mejor que me vaya.

—No, por favor...

Eurímaco rehuyó la mirada de su hermana, salió de la habitación y abandonó la casa.

En el exterior se había extinguido la claridad del crepúsculo. Un viento húmedo y suave que provenía del mar limpiaba el olor a estiércol y desperdicios de la ciudad. Al caer la noche se volvía peligroso caminar por las retorcidas calles de Atenas, y las pocas personas con las que se cruzaba Eurímaco eran grupos de jóvenes u hombres de clase alta acompañados de esclavos que portaban antorchas o candiles. Las conversaciones desaparecían cuando lo veían acercarse con su tamaño descomunal y su aspecto desastrado.

Al llegar a la vía Panatenaica, alguien lo reconoció.

—Que los dioses te guarden, Eurímaco, hijo de Perseo.

Respondió al saludo alzando una mano sin llegar a detenerse. Aquel hombre era el general Foción; él había servido bajo su mando en la batalla naval de Naxos, hacía cinco años.

«Seguro que piensa que soy un borracho. —No se lo recriminaba, él también lo pensaba—. Y que soy una vergüenza para mi padre.»

Se giró sin dejar de andar. Foción se alejaba con sus acompañantes hacia la Acrópolis, ataviado con la túnica sobria que lo caracterizaba. También habían asistido juntos a algunas clases de la Academia, donde el general había sido un asiduo discípulo de Platón.

«Hace mucho que no voy a la Academia..., más de un año», se dio cuenta un tanto sorprendido.

Avivó el paso hacia las murallas. Quería salir de Atenas e ir al Pireo por el exterior de la ciudad, así se cruzaría con menos gente que si iba por los Muros Largos.

Al acercarse a la puerta Dipilón vio que había media docena de soldados haciendo guardia. La muralla que rodeaba Atenas formaba allí un repliegue y se adentraba en forma de U hacia el interior de la ciudad. De ese modo se formaba un pasillo de cincuenta por veinticinco pasos en cuyo fondo se encontraban dos gruesas puertas de madera y bronce. Si algún enemigo intentaba llegar a las puertas desde el exterior, estaría rodeado por tres de sus lados de murallas desde las que le lloverían flechas, piedras y brea hirviendo.

Los soldados estaban agrupados junto a la única puerta abierta. Eurímaco sabía que también había guardias en lo alto de las murallas, aunque en la oscuridad no los distinguía. Saludó con un gesto a los soldados, cruzó la puerta y continuó avanzando por el exterior de la ciudad. A partir de ese punto la vía Panatenaica se convertía en el principal camino que unía Atenas con el resto de Grecia. En el área más próxima a las murallas se ubicaba el cementerio del Cerámico, el más importante de Atenas. El tramo de la vía Panatenaica que lo atravesaba se conocía como *calle de las tumbas* y estaba flanqueado de lápidas y monumentos dedicados a los muertos.

Tras caminar doscientos pasos, se detuvo frente a un grupo funerario. La primera tumba pertenecía a Eurímaco el Viejo, su abuelo paterno, de quien había recibido el nombre. Yacía bajo una vasija ancha de mármol que representaba el oficio de alfarero.

«Su esposa está enterrada en el Peloponeso», recordó. Él no los había conocido, pero su padre hablaba de su abuelo como si hubiera sido el mejor hombre del mundo.

Junto a la vasija de mármol había una estela con el relieve de una mujer escribiendo. De ese modo se destacaba la afición a la literatura de su madre, Casandra, y el hecho de que fuera hija del gran Eurípides.

Avanzó hasta la siguiente tumba y se dejó caer de rodillas.

«Mi pequeña Alesia... —La estatua mostraba a su esposa sosteniendo en brazos a su bebé—. Tendría que haber estado con vosotros y no os habría ocurrido nada.»

Atenas recurría de forma creciente a mercenarios y soldados aliados para formar sus ejércitos; no obstante, hacía un par de años muchos hoplitas de la edad de Eurímaco habían sido llamados a combatir en la campaña de Corcira. Dejaron los oficios a los que se dedicaban durante su vida civil y pasaron cuatro meses acosando a la flota y el ejército de la alianza espartana.

Dos semanas antes de zarpar, Eurímaco y su esposa descubrieron que iban a tener un hijo.

«Alesia tenía sólo diecinueve años.»

A su esposa le preocupaba que fuera a partir con el ejército, pero la perspectiva de ser madre la hacía tan feliz que enseguida se echaba a reír de nuevo. La última semana apenas salieron de la cama y Eurímaco la recordaba desnuda junto a él, con los pechos henchidos por la gestación y la piel resplandeciendo como una diosa.

—Alesia... —Gimió al recordar el amor que había siempre en su mirada—. Mi pequeña Alesia...

No había visto su cadáver. Le dijeron que un brote de peste había acabado con ella unos días antes de que él regresara y que habían tenido que quemar su cuerpo. Se suponía que él tenía que creer que allí estaban enterradas sus cenizas.

Un manto ralo de nubes velaba la luz de la luna. Eurímaco apenas percibía el fulgor espectral del mármol de las estatuas, pero le pareció que Alesia estrechaba al bebé para protegerlo de él.

«Perdóname.» Tenía que haber evitado que le ocurriera ningún daño. Alesia confiaba ciegamente en él, decía que poseía la fuerza de un dios y que a su lado siempre estaría a salvo.

—Perdóname. —Se inclinó hacia delante y golpeó la tierra con la frente—. Perdóname, perdóname... —Siguió golpeando el suelo mientras veía a Alesia cubierta de llagas, retorciéndose en su lecho. Oía su voz llamándolo a gritos, convencida de que regresaría a tiempo de salvarlos.

Se detuvo con la cabeza apoyada contra la tierra.

«No pueden volver a la vida. No merezco su perdón.»

Se incorporó despacio, con la frente llena de arañazos que goteaban sangre. Dio la espalda a las estatuas, pasó entre dos sepulcros y atravesó la campiña en dirección al Pireo. La luna se asomó entre las nubes como un ojo que quisiera observarlo. La Academia se encontraba al oeste, a tan sólo tres estadios, y Eurímaco vislumbró entre la vegetación algunas antorchas que desde aquella distancia parecían polillas. Apresuró el paso; estar sobrio dolía, y la visita a su hermana había incrementado su angustia.

Al cabo de un rato, le pareció oír el ruido de alguien que se movía cerca de él.

Oteó alrededor sin ver a nadie.

«Si yo no los veo, ellos a mí tampoco.»

No estaba muy seguro de aquello, por lo que se agachó para coger un palo grueso. Los sonidos se volvieron más espaciados, más cautelosos. Siguió caminando sin dejar de escudriñar el entorno hasta que distinguió una sombra y el brillo de unos ojos que se aproximaban.

Se oyó un gruñido grave y las sombras se multiplicaron.

«¡Por Ares, son perros salvajes!»

El animal que lideraba la manada se detuvo frente a Eurímaco. Ahora podía apreciar sus colmillos y el enorme tamaño propio de un moloso, el perro de guerra que los persas utilizaban en sus ejércitos. Caminó hacia atrás para que no lo rodearan, pero algunos animales corrieron hasta situarse a su espalda.

—Malditos seáis —masculló sintiendo una oleada de rabia.

Sopesó su arma y desplazó un poco el agarre. Distinguía bien a los animales más claros, pero los oscuros parecían desaparecer cuando se quedaban quietos.

Uno de los perros que tenía detrás se lanzó contra él y le mordió encima del talón. Eurímaco se revolvió con un grito y consiguió partirle el espinazo de un golpe seco. En ese momento varios animales lo atacaron. Volteó el palo y alcanzó a uno de ellos en la cabeza; un instante después, otro al que le faltaba una oreja le clavó los colmillos en el antebrazo izquierdo. Eurímaco golpeó con fuerza, pero sólo alcanzó el vacío. El animal acometió de nuevo, rápido como una serpiente, y él le dio una patada en el pecho. Notó que las costillas se quebraban y el perro cayó como un fardo a varios pasos.

El moloso retrocedió sin dejar de gruñir y los otros dos perros que quedaban en pie se alejaron con él.

—¡¿Ahora queréis escapar?!

Echó el brazo hacia atrás y lanzó su arma con todas sus fuerzas. El moloso encogió su cuerpo musculoso, pero el palo lo golpeó en el lomo y sus patas traseras se doblaron. Eurímaco arremetió contra los perros gritando. Los dos más pequeños desaparecieron en la oscuridad y el moloso trató de seguirlos; al darse cuenta de que no podía correr, se dio la vuelta y saltó hacia su atacante con sus enormes mandíbulas abiertas.

Eurímaco le dio un puñetazo y sintió bajo los nudillos el chasquido del cráneo.

Una hora más tarde, llegó a las murallas del Pireo.

Los guardias que custodiaban la puerta lo conocían y no le cortaron el paso, aunque le preguntaron por las heridas y la sangre.

—Unos perros —masculló sin detenerse.

A diferencia de Atenas, en el Pireo las calles eran rectas y ordenadas, y Eurímaco tomó una que conducía directamente al mar. Solía hablarse del «puerto del Pireo», pero en realidad el Pireo constituía en sí mismo una importante población que formaba con Atenas una ciudad doble. Los Muros Largos hacían de cordón umbilical a través del cual Atenas se nutría de los productos que llegaban a alguno de los tres puertos del Pireo. El destino de Eurímaco era el barrio de Cántaro, donde la mayoría de los edificios eran posadas, tabernas y prostíbulos, todos ellos igual de poco recomendables.

Entró en una taberna de fachada oscura llamada El Remero Alegre y pidió una jarra de vino puro; no lo quería rebajado con agua, que era como se tomaba habitualmente. Cruzó el salón y se sentó en una mesa apartada. La luz más cercana procedía de una lámpara de aceite que colgaba de una clavija de la pared a varios pasos de él, lo que impedía apreciar la naturaleza de la mugre pegajosa que cubría las mesas y el suelo.

Cuando le trajeron el vino, rechazó la copa que le ofrecía la camarera, cogió la jarra y bebió la mitad del contenido.

—Qué mierda de vino —murmuró esbozando una mueca.

Se pasó una mano por la barba para escurrir las gotas, se apoyó en la mesa y notó un fuerte escozor en el brazo izquierdo. Dobló el codo y en la luz mortecina distinguió dos rajas profundas que iban desde la mitad del antebrazo hasta la muñeca. Aunque ya apenas sangraban, sabía que la mordedura de un perro podía causar gangrena.

Agarró el borde inferior de su túnica y tiró para arrancar un poco de tela, pero se detuvo al sentir un aguijonazo en la mano. En dos de los nudillos tenía un corte y uno de ellos estaba hinchado.

«Maldita sea, la mano de la espada.»

Abrió y cerró los dedos un par de veces. Todos se movían, aunque el índice no se estiraba del todo. Rasgó la túnica con cuidado y arrancó una banda de tela; la mojó en el vino puro, frotó las heridas del antebrazo y se restregó los cortes de los nudillos.

Cogió la jarra y dio varios tragos antes de acordarse de que también lo habían mordido en el talón. Derramó un poco de vino sobre la tela y se agachó para limpiarse las heridas.

—Qué manera de desperdiciar nuestro mejor vino.

Eurímaco levantó la mirada. El recién llegado era alto, con músculos de remero y una barba negra y espesa que apenas se interrumpía antes de llegar a la pelambre del pecho.

—Tirteo, tú sólo tienes un vino, y ni siquiera merece ese nombre. —Volvió a mojar el trozo de túnica y comenzó a vendarse el antebrazo—. Pero por lo menos sirve para esto.

La sonrisa del tabernero estaba deformada por una larga cicatriz que bajaba desde su mejilla derecha hasta cortar la comisura de los labios. Sus ojillos oscuros examinaban a Eurímaco de un modo que contradecía su tono amistoso.

—Deja que te ayude. —Se inclinó para ceñir la banda de tela en el antebrazo y la anudó con destreza—. Ya está. ¿Quieres un poco más de vino? —Se giró sin esperar a que respondiera e hizo un gesto a una de las camareras—. A ésta invita la casa.

Eurímaco dejó escapar un gruñido de agradecimiento y bebió el resto de la jarra. Cuando la dejó sobre la mesa, la camarera la cambió por otra llena.

—¿Vienes a echar una partida? —Tirteo señaló con la cabeza el otro extremo de la sala, donde varios hombres apostaban a los dados.

—No. —El tabernero levantó las cejas y Eurímaco se quedó mirando su vino—. Tal vez cuando acabe esta jarra.

—Tal vez. —Tirteo lo contempló en silencio y la sonrisa de sus labios retorcidos se volvió desdeñosa—. Muy bien, ahí estaremos.

Eurímaco esperó a que se alejara, tomó la jarra y bebió varios tragos. Después palpó la pequeña bolsa de monedas que llevaba en el bolsillo de la túnica y su ceño se frunció todavía más. Un cliente había acudido directamente al taller de su padre para adquirir un ánfora mediana, y allí estaba el dinero de la venta.

«Mi padre ni siquiera se ha enterado de que venía un cliente.» Desde que había muerto el hijo de Altea, su padre se pasaba el día encerrado en su habitación. Sólo salía para visitar a Altea, y él lo había oído llorar varias veces a través de la pared de su cuarto.

Miró hacia las mesas en las que se estaba jugando. Hasta ese momento se había querido engañar diciéndose que le daría a su padre el dinero del ánfora.

«Le he cogido mucho más. —Negó con la cabeza—. Si tuviera una buena racha...» Su rostro se crispó y apretó la jarra como si quisiera reventarla. La levantó y bebió con ansia mientras dos regueros morados corrían por su cuello.

El vino se terminó y le indicó a una camarera que le trajera más. Apoyó los codos en la mesa y hundió la cara en las manos mientras esperaba. Comenzaba a sentirse aturdido y agradeció que el dolor y la culpa se amortiguaran un poco. Notó que se adormecía y deseó soñar con su esposa, pero en la oscuridad surgió la imagen de Altea en su lecho, tal como la había visto ese día. Estaba sufriendo y él se alejaba de ella para que no se diera cuenta de que robaba a su padre.

Su cabeza se bamboleó y se irguió de golpe. Estaba solo en aquel rincón de la taberna, tenía la cara empapada de sudor y una jarra llena de vino frente a él. Del otro extremo del salón llegaban las exclamaciones de la partida de dados y a un par de mesas de la suya había dos hombres que se entretenían hablando de la guerra.

—... prefiero que siga todo igual —estaba diciendo uno de ellos—. A mí me dan una dracma diaria por remar, pero, si los trirremes se quedan en puerto, no cobro.

Eurímaco recordó que estaba a punto de celebrarse una conferencia de paz en Esparta. Bebió un trago de vino y se quedó escuchando la conversación.

—No tenemos dinero para mantener a los ejércitos —dijo el otro hombre—, y si seguimos combatiendo con Esparta, al final será Tebas quien se aproveche. Lo que nos vendría bien sería que Esparta y Tebas lucharan entre sí.

—¿Por qué? —replicó su acompañante—. Si Esparta se centra en Tebas, aplastará a los tebanos, y entonces seremos su único enemigo. Los espartanos podrían asediarnos y tendríamos que hacinarnos tras las murallas, como con Pericles en la guerra del Peloponeso. Sufriríamos otra vez epidemias de peste y largos asedios, con la diferencia de que ahora el tesoro está vacío.

—Por Apolo, subestimas a Epaminondas. —El hombre dio una palmada en la mesa—. Esparta no puede vencer a Tebas sin debilitarse, y es entonces cuando deberíamos atacar Esparta. O al menos negociar con ellos otro acuerdo de paz en términos más ventajosos.

Eurímaco dio un trago a su vino, se levantó con la jarra en la mano y cruzó el salón.

«Quizás lo mejor sería que me enviaran a la guerra. —Se detuvo un momento para beber de nuevo—. Pero antes tengo que devolver a mi padre todo lo que le he cogido.» Era consciente de que lo había arruinado. Ya no podía pagar a su ayudante, y sin lo último que le había quitado ni siquiera podría comprar arcilla.

Tirteo se puso de pie y le ofreció su sonrisa quebrada.

—Eurímaco, hijo de Perseo. —El rostro de Eurímaco se contrajo con una mueca de disgusto al escuchar a aquel miserable pronunciar el nombre de su padre—. Me alegra que hayas decidido unirte a nosotros.

Eurímaco dejó su jarra sobre la mesa. Sacó una moneda de plata y la arrojó junto a los dados.

Capítulo 12

Esparta, junio de 371 a. C.

«Esta conferencia decidirá el destino del mundo griego... y quizás la vida de mis hijos.»

Calícrates observó con inquietud a los enviados de las ciudades que iban a participar en la conferencia de paz. Eran alrededor de un millar y estaban esperando a que abrieran la sesión los éforos, los magistrados que representaban a la Asamblea de Esparta.

«Si no llegamos a un acuerdo, la guerra entre Atenas, Esparta y Tebas será devastadora.»

Se habían reunido en la explanada donde celebraban en Esparta las Asambleas, a los pies del pequeño promontorio coronado por el templo de Atenea Chalkíoikos —'la de la casa de bronce'—. Estaban presentes todos los espartanos que formaban la Asamblea, además de los embajadores de las distintas ciudades. Calícrates podía percibir la calma tensa del grupo de atenienses, la agitación que predominaba entre los aliados de Esparta y el orgullo en la actitud de los tebanos, que se arremolinaban alrededor del general que comenzaba a adquirir rango de leyenda.

«Epaminondas.»

La mañana era muy calurosa y Calícrates se secó el sudor del cuello mientras examinaba al héroe de los tebanos. Se encontraba a veinte pasos de él, en el otro lado del círculo que formaban los asistentes a aquella conferencia. Tenía unos cuarenta y cinco años, una gran corpulencia natural y además se ejercitaba asiduamente en los gimnasios, como hacían todos los hombres de Tebas. A pesar de que lideraba la pujante región de Beocia, se mantenía detrás de un grupo de beocios de rango inferior, en una discreta segunda línea desde donde parecía analizarlo todo.

Sus miradas se cruzaron y Epaminondas inclinó brevemente la cabeza.

«Es un enemigo peligroso. —Calícrates era incapaz de leer su expresión. Sabía que Epaminondas entrenaba a diario con tanta dureza como el mejor de los espartanos, pero también que había estudiado con algunos de los mejores filósofos pitagóricos y que él mismo era un filósofo notable—. Dicen que es incorruptible, y que vive como un pobre a pesar de que procede de una familia pudiente.» Siempre había pensado que los rumores exageraban, pero ya no estaba tan seguro.

En la primera fila de los ciudadanos de Esparta destacaba Leónidas como un gigante entre niños. Por el modo en que miraba a los embajadores de Atenas, daba la impresión de que estaba conteniéndose para no saltar sobre ellos.

«Mi hermano votará en contra de cualquier propuesta que incluya firmar la paz con los atenienses.»

Calícrates se fijó en la túnica de Leónidas y le pareció que no ocultaba armas, pero su hermano era capaz de destrozar a varios hombres usando sólo las manos.

Uno de los éforos surgió de la multitud, se acercó al estrado de madera y comenzó a subir los peldaños. El silencio era tan completo que se podía distinguir el rumor del río Eurotas, que flanqueaba la ciudad a tres estadios de distancia. El éforo pronunció las fórmulas protocolarias para abrir la Asamblea e indicó que en primer lugar hablarían los embajadores de Atenas.

Un ateniense llamado Calias lo sustituyó en el estrado, carraspeó un par de veces e inició su discurso:

—Varones espartanos...

Calícrates lo conocía de otras ocasiones en las que Calias había acudido a Esparta para representar a Atenas. Era un hombre petulante, de una cordialidad artificiosa, que pertenecía a una de las más ilustres familias de su ciudad.

«Siempre me ha parecido desagradable —los mesurados movimientos del ateniense en el estrado parecían demasiado ensayados—, pero no puedo negar que es un buen diplomático.»

—... no veo que nosotros pensemos unas cosas y vosotros otras —estaba diciendo Calias—, sino que ambos estamos dolidos por la destrucción de Platea y Tespias. ¿Cómo, entonces, no va a ser natural que seamos amigos recíprocos más que enemigos?

Se oyó un revuelo airado procedente de los tebanos. El embajador ateniense se estaba dirigiendo en exclusiva a los espartanos, y utilizaba como elemento de interés común los actos de guerra de Tebas, que tanto Atenas como Esparta rechazaban.

Calícrates observó a los tebanos y se giró discretamente hacia su izquierda. El rey Agesilao encabezaba el Consejo de Ancianos con una expresión hermética.

«La postura de Agesilao en contra de Tebas está clara. Las posiciones estarían más equilibradas si también estuviera aquí el rey Cleómbroto, que es más partidario de la paz.»

El Consejo de Ancianos estaba compuesto de treinta miembros: veintiocho espartanos notables de más de sesenta años más los dos reyes de Esparta. Sin embargo, Cleómbroto se encontraba en ese momento con parte del ejército en Fócide, al oeste de la región de Beocia. Tebas había comenzado a realizar expediciones contra los focidios y Cleómbroto había acudido allí para contenerlos.

Para concluir su intervención, Calias propugnó la paz entre Esparta y Atenas haciendo referencia al mito de Triptólemo, el antepasado de los atenienses que había recibido de Deméter —diosa de la agricultura— un carro alado para sembrar trigo por el mundo. Triptólemo, pese a ser ateniense, había comenzado el reparto por los antepasados de los espartanos.

La referencia a los mitos comunes siempre causaba efecto en los hombres más devotos, pero Calícrates vio con preocupación que la reacción al discurso era tibia. Calias regresó con su embajada y otro ateniense se dirigió a la tribuna.

«Autocles —lo reconoció Calícrates. También había acudido a Esparta como embajador en otras ocasiones—. Seguro que no deja indiferente a la Asamblea.»

Autocles alzó su voz potente nada más subir al estrado:

—Varones espartanos, no ignoro que lo que voy a decir no os va a complacer. Sin embargo, me parece que aquellos que buscan una amistad duradera deben comunicarse entre sí los desacuerdos que los llevan a la guerra. Vosotros siempre decís que las ciudades tienen que quedar independientes, pero vosotros mismos, espartanos, sois el principal obstáculo a la independencia. —Las protestas que se alzaron entre los ciudadanos de Esparta le hicieron detenerse, pero luego continuó con mayor energía—: Los hombres de las ciudades que forman vuestra alianza deben acompañaros a luchar donde les digáis. ¿Qué tiene que ver eso con la independencia?

Calícrates se fijó en Epaminondas mientras Autocles proseguía. Los tebanos y el resto de los beocios jaleaban el discurso crítico con Esparta, pero su líder se mantenía imperturbable.

Autocles concluyó el discurso criticando algunos comportamientos tiránicos de Esparta en el pasado y reclamando un comportamiento más justo para poder alcanzar un acuerdo de paz. El silencio hostil de los espartanos lo acompañó mientras bajaba del estrado. Entre los enviados de las ciudades aliadas de Esparta también reinaba el silencio, pero en los semblantes y los gestos de muchos de ellos se podía leer que estaban de acuerdo con las palabras de Autocles.

El último de los atenienses que intervino fue Calístrato, un renombrado general que también era famoso por sus habilidades como orador. Tenía un tono firme y tranquilo que resultaba persuasivo.

—Varones espartanos, considero que no se puede afirmar que no se hayan cometido errores tanto por nuestra parte como por la vuestra. No obstante, no creo que no se deba tratar nunca más con los que yerran, pues ningún hombre pasa por la vida sin errar.

Se oyeron algunos murmullos de asentimiento. A pesar de ser ateniense, el prestigio militar de Calístrato lograba que la mayoría lo escuchara con respeto. Calícrates había hablado con él el día anterior y le había transmitido lo que pensaba la mayoría de los espartanos, con el fin de que amoldara su discurso y lograran el objetivo que tenían en común.

El ateniense abordó uno de los puntos que habían tratado:

—Sé que algunos quieren impedir que lleguemos a un acuerdo y pregonan que no hemos venido por desear la paz, sino por temor al dinero del Gran Rey.

Surgieron algunos reproches, pero a Calícrates le pareció que eran minoritarios. El rey persa interfería a menudo en las guerras entre los griegos para favorecer sus propios intereses. En las últimas semanas se había propagado en Esparta el rumor de que Atenas no quería la paz, sino tan sólo ganar tiempo por temor a que el dinero persa fluyera de nuevo hacia Esparta.

—El Gran Rey quiere que todas las ciudades griegas sean independientes, y eso mismo pedimos nosotros; por lo tanto, ¿por qué íbamos a temerlo?

Los reproches se repitieron, esta vez más débiles. Tan sólo una veintena de hombres alrededor de Leónidas siguió protestando todas las declaraciones de Calístrato.

—¿De dónde podríamos esperar alguna dificultad si fuéramos amigos? ¿Quién sería capaz de molestarnos por tierra si fuerais nuestros aliados? ¿Y quién podría amenazaros a vosotros por mar si nosotros estuviéramos de vuestra parte? Si no hacemos ahora la paz, algún día volveremos a desearla; ¿por qué esperar a ese momento, cuando ya estemos agotados por una multitud de males, y no firmarla antes de que ocurra algo irremediable? Yo censuro a aquellos que son tan amigos de la disputa que no cesan hasta haber sido derrotados, y también a aquellos jugadores de dados que cuando ganan algo juegan el doble, pues veo que la mayor parte de los que hacen eso se quedan sin recursos. Es necesario que nosotros no nos empeñemos en ganarlo o perderlo todo, sino que seamos amigos recíprocos cuando todavía estamos bien y tenemos éxitos. Si hiciéramos esto, nos volveríamos aún más fuertes que en cualquier tiempo pasado.

«Ha sido un final muy acertado», se dijo Calícrates mientras contemplaba los aplausos y gritos a favor de la mayoría de los congregados.

Un par de horas más tarde, cuando el último orador bajó del estrado, los representantes de todas las ciudades abandonaron la reunión para que la Asamblea de espartanos debatiera. Calícrates se reunió con el resto del Consejo de Ancianos y los éforos, y el rey Agesilao les expuso las condiciones que quería proponer a la Asamblea. Estuvieron de acuerdo en que todas las partes que suscribieran la paz tendrían que licenciar las tropas de mar y de tierra, retirar los gobernadores y las guarniciones de las ciudades que tuvieran bajo su dominio, y dejar éstas independientes. El único punto en el que hubo algo de discrepancia antes de aceptarlo, pues difería de los anteriores acuerdos de paz, fue en el de dar libertad para que cada parte decidiera si luchaba contra quien atacase a otro de los firmantes del tratado.

Tras ponerse de acuerdo, uno de los éforos subió al estrado para exponer a todos los ciudadanos de Esparta los pormenores del tratado de paz y que lo votaran. Leónidas protestó con fiereza cuando el éforo comenzó a enumerar las cláusulas.

«Mi hermano preferiría que muriera hasta el último espartano antes que pactar una tregua con Atenas», pensó Calícrates. El grupo de incondicionales de Leónidas siguió protestando hasta el momento de la votación, pero el acuerdo logró el apoyo de una gran mayoría de la Asamblea.

A continuación llamaron a los embajadores que habían acudido a Esparta y comenzó el proceso de aprobación entre todas las ciudades. El rey Agesilao pronunció el juramento de paz tanto en nombre de los espartanos como en el de sus aliados. En cambio, Atenas y las ciudades de su alianza lo fueron jurando una por una, cada una en su nombre.

Cuando le llegó el turno a Tebas, Calícrates contuvo la respiración.

El general Epaminondas se acercó al rey Agesilao sin la humildad que mostraban muchos representantes ante el monarca espartano, pero tampoco con altivez. La atención de todos los presentes estaba puesta en cada uno de sus movimientos. Epaminondas se volvió hacia sus hombres, encaró después al rey y pronunció el juramento.

«¡Por Apolo, lo hemos conseguido!»

Calícrates contempló aliviado cómo inscribían el nombre de Tebas en la estela de piedra que recogía el acuerdo. En las últimas semanas había hablado con otros Ancianos, había debatido con el rey y los éforos, y había hecho todo lo posible para asegurarse el apoyo de algunos de los espartanos más influyentes, aquellos capaces de arrastrar decenas de votos en la Asamblea. Sin duda, el esfuerzo había merecido la pena.

Se le acercaron varios hombres con los que intercambió felicitaciones, y en cuanto pudo se reunió con sus hijos.

—¡Venid aquí! —Los rodeó con los brazos y los estrechó sintiéndose feliz—. Me temo, Demarato, que de momento vas a seguir sin pisar un campo de batalla.

Su hijo pequeño se encogió de hombros y le dirigió una sonrisa burlona.

—Ya llegará el momento, no podrás evitar todas las guerras.

—Pero lo intentaré, siempre que el acuerdo sea positivo para Esparta. No olvides que las victorias en la paz se alcanzan con menos bajas que las victorias en la guerra.

Su hijo Euxeno rio.

—Y tú no olvides que somos espartanos, no filósofos.

—No es tan mala cosa ser filósofo y guerrero, recuerda que Epaminondas es ambas cosas. —Buscó con la mirada a los enviados atenienses—. Quiero hablar con algunos embajadores. Vosotros id a casa y decidle a vuestra madre que seguiréis en Esparta durante un tiempo. No lo demostrará, pero se alegrará.

Antes de que sus hijos se marcharan, Leónidas surgió de la multitud y avanzó hacia ellos con una expresión tan furiosa como si fuera a embestirlos.

—Te felicito, hermano, sé que este acuerdo es en buena medida obra tuya. —Leónidas acercó su rostro al de Calícrates—. La obra de un traidor.

Euxeno dio un paso hacia su tío, pero Calícrates le puso una mano en el hombro para que retrocediera y se dirigió a su hermano con un tono que no admitía réplica:

—General, retírate.

Leónidas irguió el cuerpo.

—Esto no quedará así. —Su mirada gélida los envolvió a los tres—. Lo juro por los dioses.

Helena se puso alerta al percibir el ruido de la puerta exterior.

El puchero borboteaba al fuego mientras su esclava removía su contenido arrodillada en el suelo. Sus hijas Yocasta, de cuatro años, y Larisa de nueve, dejaron sobre la mesa las telas que estaban cosiendo y se quedaron mirándola.

—¿Qué ocurre, mamá? —preguntó la pequeña Yocasta.

—Es vuestro padre.

Siempre lo detectaba antes que ellas. Al cabo de un momento, sus palabras se vieron corroboradas cuando apareció Leónidas en la cocina.

Las niñas lo miraron en silencio, habían aprendido que no debían molestar a su padre cuando estaba enfadado, y era evidente que en ese momento lo estaba. Helena se dirigió a la esclava sin levantarse de la silla. Se encontraba en los últimos días de embarazo y le costaba moverse.

—Quilonis, sirve agua a tu señor. —No apartaba la vista de su esposo, atenta para anticiparse a sus deseos y que no se enojara más.

Leónidas se sentó a la mesa con sus enormes músculos tensos y la mirada perdida. La esclava dejó una copa de cerámica delante de él y retrocedió un paso.

—Vete —le ordenó Helena.

Quilonis se inclinó hacia su ama y obedeció. Un casco de piel de perro cubría su cabeza rapada y su cuerpo apenas estaba tapado por una prenda corta de cuero, que era lo que debían llevar los esclavos ilotas en Esparta como recordatorio de su estado animal. Era una mujer mayor, de casi cincuenta años, a la que Helena había tomado aprecio por el afecto con que trataba a sus hijas. Quería que saliera de la cocina para evitar que su esposo descargara su enfado en ella. En una ocasión había roto una vasija y Leónidas le había dado un bofetón que la había lanzado contra la pared. La mujer había estado sangrando de un oído durante varios días y desde entonces no oía por ese lado.

Helena siguió observando a su marido, que dio un trago al agua sin prestar atención a la esclava que salía. Otros espartanos poseían varios esclavos, pero ellos sólo tenían una, pese a que Leónidas era un general que había participado en varias campañas, y a que muchos oficiales se enriquecían en ellas gracias a los botines de guerra, a los presentes o a los sobornos.

«Leónidas se cortaría un brazo antes que aceptar algo que no le correspondiera.» Nunca hablaban de nada que no fuera un tema doméstico, pero su marido a veces se quejaba en voz alta de que en las últimas décadas Esparta se había degenerado. Decía que era imprescindible recuperar los valores tradicionales que les habían proporcionado la grandeza y la primacía entre los pueblos griegos.

Helena sintió que su hijo se movía y estiró el cuerpo en la silla para aliviar la presión.

«Un hombre que no fuera como él no se hubiese casado conmigo.» A pesar de que Leónidas tenía parte de sangre real y ella pertenecía a una familia humilde, él la había escogido porque su madre había parido seis varones saludables, además de a ella. Por desgracia, hasta el momento Helena sólo había tenido tres niñas: una que los dioses le habían arrebatado el primer año de vida, y después Larisa y Yocasta.

Leónidas seguía perdido en sus pensamientos, con las cejas hundidas y la boca contraída en una mueca amarga.

—Padre, mira este vestido.

Yocasta extendió el brazo hacia Leónidas con una sonrisa de orgullo y sus grandes ojos marrones expectantes. En la mano sostenía un retal de lana cosido de forma que tuviera la misma apariencia que el propio vestido de la niña.

Leónidas cogió el vestidito con dos dedos y lo examinó brevemente.

—¿Lo has hecho tú sola?

—No, me ha ayudado...

—La he ayudado yo —se apresuró Helena. No quería que se enterara de que había sido la esclava.

Leónidas miró a Helena y después a Yocasta.

—Está bien que practiques. —Se levantó, fue hasta el hogar y echó el vestidito a las llamas—. Pero no que pierdas el tiempo. —Regresó a su silla seguido por la mirada resentida de su hija—. Como eres una niña, no puedes convertirte en un soldado, ni vas a estar desde los siete años sometida a una dura instrucción militar. No arriesgas la vida y tus obligaciones son más ligeras, pero debes esforzarte en la casa tanto como los varones en el campo de entrenamiento. Se acabaron los juegos, ¿has entendido?

Yocasta sostuvo su mirada rígida, pero después reparó en la expresión de advertencia de su madre y agachó la cabeza.

—Sí, señor. —Se puso a ayudar a su hermana, que estaba rematando el borde de una túnica, y la cocina quedó en silencio.

Helena permanecía atenta a Leónidas, una montaña de músculos al lado de los delgados cuerpecillos de sus hijas, y le vino a la mente la única ocasión en la que había hablado con la madre de su esposo.

«Deyanira era una anciana a la que quedaba un año de vida, y yo tenía... doce años.»

Casi todas las mujeres de Esparta evitaban el contacto con Deyanira, que solía ir sola a pasear por el monte Taigeto o a bañarse en la orilla del Eurotas. Helena había oído a las mayores cuchichear sobre ella, la mayor parte de las veces palabras de desprecio, aunque en el tono y en las miradas se notaba un fondo de respeto e incluso de admiración.

Aquel día Deyanira estaba sentada en la orilla del río, desnuda junto a su túnica mientras el agua le lamía los pies y el sol calentaba su piel. Helena había participado en una carrera con un grupo de jóvenes espartanas y estaban dándose un chapuzón para refrescarse. Se entretuvo un rato nadando y de pronto advirtió que se encontraba delante de Deyanira. Miró hacia donde se encontraba su grupo y se dio cuenta de que la orilla trazaba una curva y la vegetación impedía que la vieran.

Tras dudar un momento, salió del río y se acercó procurando que su sombra no cubriera el rostro de Deyanira. El pelo largo de la anciana era grisáceo, casi blanco, y en su rostro vuelto al sol se dibujaba una sonrisa plácida. Helena se quedó quieta y observó la piel morena y el cuerpo delgado, que parecía tener veinte años menos. La leyenda afirmaba que nunca había habido una espartana tan veloz y resistente en la carrera ni con un lanzamiento de jabalina tan poderoso.

La sonrisa de Deyanira se expandió ligeramente.

—Hola. —Abrió los ojos y a Helena le impresionó su color plateado—. ¿Cómo te llamas?

—Helena. —Estaba muy nerviosa, pero el semblante de Deyanira era amable, acogedor. Dudó un momento y finalmente señaló el vientre de Deyanira—. ¿Quién te hizo eso?

Deyanira continuó sonriendo sin que sus ojos se apartaran de los de Helena. Medio palmo de cicatriz hendía la carne de su vientre.

—Un hombre malo, hace mucho tiempo.

Helena reunió fuerzas para preguntar lo que tantas veces había oído sin llegar a creérselo:

—¿Era tu esposo?

Los ojos de Deyanira se entornaron ligeramente y Helena sintió que la estaba evaluando. La anciana asintió una sola vez.

—Sí. Lo era.

—¿Por qué lo hizo?

—Aristón era un monstruo, y quería matar a mis hijos. —A pesar de sus palabras, la voz de Deyanira era tan suave y tranquila que a Helena le pareció que estaba oyendo a una diosa—. Merecía que lo matara, y lo intenté, pero no lo logré. Entonces él trató de matarme a mí, y ya ves que tampoco lo consiguió.

Helena sólo era una niña de doce años y en la educación que había recibido atentar contra el marido era como cometer sacrilegio. A pesar de ello, experimentó una corriente de complicidad hacia Deyanira.

—Quizás sea mejor que te vayas. —Deyanira movió la cabeza hacia el bullicio que hacían las otras jóvenes río abajo—. Puedes tener problemas por hablar conmigo.

Aquel encuentro sólo duró un par de minutos, pero a lo largo de la vida de Helena ninguna otra persona le había causado una impresión tan profunda como Deyanira. «Cómo me alegré cuando al cabo de los años mis padres me anunciaron que me iba a casar con uno de sus hijos. —Por supuesto, ellos no mencionaron a Deyanira, sino a su marido Aristón, que había sido un general importante y tenía sangre real—. Qué ilusa fui.» Esperaba encontrar en su esposo un eco del espíritu sereno y sabio que había percibido en Deyanira; sin embargo, no tardó en descubrir que Leónidas había heredado no sólo el físico descomunal, sino también la forma de ser de Aristón, y que era su hermano Calícrates quien poseía la amabilidad y el equilibrio de Deyanira.

«Ojalá hubiese sido al revés», se dijo. Pero Calícrates era veinte años mayor que Leónidas y tenía su propia esposa e hijos.

Helena suspiró. Al menos le hacía ilusión saber que por las venas de sus hijas corría la sangre de Deyanira.

«Leónidas adoraba a Aristón y odiaba a su madre. —Observó de reojo a su esposo, que estaba apurando la copa de agua—. Si supiera lo que pienso de ellos...»

Leónidas dejó la copa en la mesa y desplazó la mirada hasta su mujer. Las arrugas de su ceño se suavizaron, movió la silla y se colocó junto a Helena.

—Déjame.

Helena apartó las manos de su vientre y él colocó las suyas, que abarcaron su embarazo igual que si estuviese cogiendo una enorme calabaza. Notó que su vientre se tensaba, como cada vez que él la tocaba, pero su esposo siguió palpando y apretando con las puntas de sus grandes dedos.

El bebé se movió un poco y Leónidas soltó un gruñido satisfecho.

—Bien. Muy bien, Aristón.

Helena se estremeció al oír ese nombre que consideraba ignominioso, y que Leónidas había escogido como un modo de honrar a su padre. Unos meses atrás, él había encargado un sacrificio en el altar de Ártemis Ortia y todo había transcurrido perfectamente: el cordero había expuesto el cuello, como si aceptara ser sacrificado, y al rajar su carne tierna la sangre había salpicado el altar. Después el adivino había examinado las vísceras y le había mostrado a Leónidas el hígado del cordero, bien formado y con la superficie completamente lisa.

—Tu hijo será un varón —había asegurado—, un gran guerrero con toda la fuerza y la nobleza de su raza.

La alegría y el orgullo habían hecho reír a Leónidas. Aunque su padre había muerto a manos de algún ateniense cuando él era sólo un adolescente, recordaba el respeto que todos le tenían y los combates de entrenamiento donde vencía con facilidad a tres adversarios más jóvenes. Cuando le comunicó a Helena el dictamen de los adivinos, ella no tuvo dudas de que tendrían un varón que destacaría como guerrero, pero desde entonces rezaba en secreto a los dioses para que sólo se pareciera en el nombre a aquel hombre brutal con el que había estado casada Deyanira.

Larisa y Yocasta habían interrumpido su labor para mirar a su padre. Nunca antes lo habían visto mostrar afecto.

—Matarás a muchos enemigos de Esparta. —Leónidas acercó la cara al vientre de Helena—. Y gracias a ti, los atenienses volverán a temblar al oír el nombre de Aristón.

Capítulo 13

Atenas, junio de 371 a. C.

Habían pasado nueve días desde el parto.

Altea permanecía sumergida en un mundo de colores mustios y sonidos amortiguados. Una tristeza fría tiraba de ella hacia abajo, como si Hades la reclamara desde el inframundo. Cada vez que tenía que moverse, parecía que su cuerpo hubiera adquirido la pesadez del bronce.

Esa mañana había pedido que le sacaran una silla al patio y estaba sentada con el rostro vuelto al sol y los ojos cerrados. En la luz anaranjada de sus párpados evocó a su madre: la larga trenza negra, sus labios alegres y los ojos avellana siempre pendientes de ella. Mientras la contemplaba, recordó las palabras de Platón:

«Tu madre habría querido que fueras feliz.»

Asintió al tiempo que absorbía la fuerza ardiente del sol. Aquellas palabras le habían servido cuando su madre había muerto, y tenían que volver a servirle ahora.

«Haré todo lo que pueda. —Vio que su madre le sonreía para proporcionarle coraje—. Te lo prometo.»

Apoyó las manos en las rodillas y reunió toda su voluntad para ponerse de pie. Cuando lo logró, se quedó mirando su vientre abultado, el malogrado cobijo de su bebé.

La tentación de dejarse caer sobre la silla fue casi irresistible.

«No. —Miró hacia la puerta de la calle—. Tengo que salir de casa.»

Avanzó despacio por el patio. Quería ir a la casa taller de su padre, las últimas veces que él la había visitado tenía mal aspecto y hacía dos días que no lo veía.

«Eurímaco sólo vino una vez, hace una semana —recordó—, y no sé nada de él desde entonces.» Temía que la situación de Eurímaco hubiera empeorado y eso estuviese afectando a su padre.

Normalmente salía de la mansión acompañada por una de las esclavas y el esclavo que hacía de guardián. Sin embargo, Calipo se lo había llevado junto con Melisa —no le había dicho adónde iban—, así que pidió al esclavo portero que fuera con ellas.

Salieron al exterior y caminó despacio por las polvorientas calles de Atenas. El pensamiento de darse la vuelta era constante, pero consiguió recorrer el barrio del Cerámico sin detenerse hasta llegar a la casa de su padre.

—¡Altea, hija mía! —En el rostro de Perseo había alegría, pero también desconcierto. Ella se percató de que dudaba un instante antes de decirle que pasara.

Les pidió a sus esclavos que aguardaran en el exterior. Cuando se quedaron a solas en el patio, junto al horno blanco y panzudo, su padre la contempló con una sonrisa que no disimulaba la fatiga de su rostro.

—Me alegro mucho de que te hayas animado a salir de casa.

Altea le sostuvo la mirada. El duelo por su hijo muerto era como un viento helado que soplara sin cesar en su interior, pero se esforzó para que su semblante no lo reflejara.

—Mamá me habría dicho que siguiera adelante. Y eso es lo que voy a hacer.

—Siempre has sido muy valiente, estoy muy orgulloso.

Perseo le besó la frente y la abrazó. Ella apoyó la cara en su hombro y dejó escapar un suspiro profundo.

—Platón me ha sugerido que dé clases en la Academia —murmuró.

Su padre arqueó las cejas.

—¡Vaya! Me parece una idea fantástica.

—No voy a hacerlo. No me veo capaz.

—¿Por qué no? Estoy convencido de que serías uno de los mejores profesores de la Academia.

Altea se apartó un poco y sus ojos plateados se reflejaron en los de su padre.

—Dices eso porque soy tu hija, pero en Atenas nadie aceptaría que una mujer fuera maestra.

—No olvides que muchos de los hombres que asisten a la Academia no son de Atenas, sino de ciudades donde la mujer tiene más libertad que en la nuestra.

—Más libertad sí, y en ese sentido me gustaría vivir en Mileto, por ejemplo; pero tampoco allí las mujeres dan clase de filosofía a los hombres. Y aunque una parte de los asistentes a la Academia no sean de Atenas, la mayoría sí lo son.

—Yo no estoy...

—Déjalo, papá. —De pronto se sentía muy cansada—. Creo que me resultaría difícil dar clase a mujeres bien dispuestas, y no quiero ni imaginármelo con hombres a los que mi presencia ofendiera. —Miró alrededor, necesitaba sentarse. En la esquina contraria al horno había una mesa y un par de asientos bajos de piedra, pero le llamó la atención la mesa de trabajo que tenían en el patio para pintar las vasijas a la luz del sol. Sobre ella había una bandeja ancha de arcilla que sería una fuente de comida cuando la cocieran en el horno, aunque aún estaba a medio pintar.

Su vista fue más allá y se detuvo en la puerta cerrada de la habitación de su hermano.

—¿Eurímaco? —Imaginaba que estaría durmiendo la última borrachera, pero la respuesta de su padre la sorprendió.

—Ha vuelto a su casa.

—¿Por qué?

—Bueno... —Perseo bajó la mirada y se quedó callado, con el rostro tenso.

Un nuevo temor asaltó a Altea.

—¿Dónde está tu empleado? —preguntó al tiempo que se acercaba a la puerta del taller.

—Alexias se ha ido.

Altea se volvió hacia él asombrada. Aquel empleado llevaba varios años trabajando con su padre y la relación entre ellos siempre había sido muy buena.

—¿Por qué, papá?

—Porque no podía pagarle. —Apartó la mirada al responder. Aquello era injusto con Alexias, que se había marchado porque estaba harto de ver cómo lo arruinaba su hijo, y también de ser el único que se enfrentaba a Eurímaco.

Altea entró en el taller y su padre la siguió. Las mesas y estanterías destinadas a acoger las cerámicas terminadas estaban vacías, igual que los depósitos de arcilla y la artesa donde la amasaban.

—Pero ¿qué...? —Contempló la mesa de tornear desocupada, los restos de arcilla reseca—. ¿Qué ha pasado? —Aunque la cerámica ática había sufrido una fuerte competencia de los ceramistas del sur de Italia, la calidad de las piezas de su padre siempre le había permitido sobrellevar las crisis mejor que la mayoría de los alfareros de Atenas.

La expresión avergonzada de Perseo le hizo comprender.

—¡Ha sido Eurímaco! —exclamó con rabia.

Su padre cerró los ojos y asintió.

—Desde hace tiempo me coge dinero. —La pena humedecía su voz—. Al principio eran sólo unas dracmas, pero en las últimas semanas se ha dedicado a vender las vasijas. —Miró directamente a su hija. Las lágrimas estaban a punto de derramarse de sus ojos—. También ha ido a cobrar a los clientes que tenían pagos pendientes y se lo ha quedado todo.

Altea estaba consternada.

—¿Cómo ha podido hacerte eso, papá? —Lo estrechó entre los brazos y por primera vez no le pareció el hombre fuerte con el que siempre se había sentido protegida—. ¡Maldito, maldito sea!

—No es él. —Altea sintió contra su cuerpo la vibración de la voz llorosa de su padre—. Desde que murió su esposa, no es él.

—¡Por todos los dioses, papá! —Se apartó con el rostro enrojecido por la cólera—. ¡Yo acabo de perder un hijo, y nunca seré madre, y no me he convertido en una borracha ni en una ladrona que roba a su propio padre!

—Lo sé. —Perseo lloraba con los hombros hundidos y los brazos colgando a lo largo del cuerpo—. Lo siento. Lo siento mucho.

—Oh, papá. —Lo abrazó de nuevo—. No llores, por favor. Tú no tienes la culpa.

Sin embargo, no pudo evitar pensar que su padre podría haber contratado guardias para que Eurímaco no accediera a la casa taller, y también haber hablado con los clientes deudores para que no entregaran el dinero a su hijo. Pero sin duda quería evitar que se conociera públicamente lo que estaba haciendo Eurímaco, en qué se había convertido.

«Nunca haría nada que nos perjudicara a Eurímaco o a mí.»

Contempló de nuevo el taller mientras abrazaba a su padre. A causa de su embarazo había estado mucho tiempo sin ir, pero ahora se daba cuenta de que desde hacía varios meses le había parecido que estaba muy vacío. Se acordó de cuando ella era una niña y había tres o cuatro operarios afanándose en preparar la arcilla, pintar las piezas y moldearlas mientras su padre se ocupaba de las pinturas más ricas de algunas vasijas grandes.

«No queda nada. Ni un vaso sencillo, ni un pegote de arcilla.»

Las palabras del administrador resonaban en la mente de Calipo como los truenos de una gran tormenta:

«Lo has perdido todo.»

Apenas distinguía el entorno mientras avanzaba por las calles del Pireo, seguido por Melisa y el más corpulento de sus esclavos.

«Los alquileres, las granjas, las casas de Atenas...» Lo único que conservaba de momento era la mansión familiar, pero también tenía que venderla para hacer frente a las deudas.

Se quedó parado y sus esclavos aguardaron a un par de pasos.

«Todo... —El dolor constante de su pecho se agudizó y sintió que le costaba respirar—. ¿Cómo es posible, dioses, que merezcamos semejante castigo?»

El embarazo había sido muy complicado y se había planteado que el niño podía morir, pero se decía que si aquello ocurría lo superarían y seguirían intentándolo, igual que habían hecho tras los dos abortos previos. Sin embargo, la noticia de la esterilidad de Altea había resultado tan impactante que no encontraba el modo de asumirla.

—¿Qué vas a hacer? —le había preguntado uno de sus amigos hacía un par de noches.

Calipo había permanecido en silencio, frotándose la barba hasta que le escoció la piel. Sabía que le estaba sugiriendo que repudiara a Altea.

—Lo que quiero es ayudarla. No he sido capaz de hablar con ella, pero tiene que estar pasándolo todavía peor que yo. —La mirada insistente de su amigo le hizo continuar—. No puedes entender lo que hay entre nosotros. Si fuera necesario, bajaría al mundo de los muertos a rescatarla, como hizo Orfeo con Eurídice.

Su amigo se encogió de hombros. Nunca había comprendido que un hombre estuviera tan enamorado de su mujer.

—Todo eso me parece muy bien, pero supongo que no estás dispuesto a renunciar a tener un heredero.

Calipo apartó la mirada sin responder y su amigo continuó:

—¿Por qué no dejas embarazada a tu esclava Melisa? Con un poco de cuidado, lo podrías hacer pasar por hijo de tu esposa.

—¿Cómo le voy a hacer eso a Altea?

Su tono malhumorado zanjó el asunto, pero sabía que estaba ante un dilema irresoluble. Además, aquella condena de los dioses había levantado entre Altea y él una barrera, tan invisible como infranqueable, que el desastre en los negocios empeoraba aún más.

«Zeus poderoso, ¿qué puedo hacer?»

Los gritos cercanos del mercado de esclavos hicieron que se percatara de que estaba parado en medio de la calle. Recordó su objetivo y siguió avanzando. Necesitaba una buena cocinera para poder ofrecer banquetes, un acto social tan habitual como imprescindible en la alta sociedad ateniense. El ambiente de un simposio era el marco idóneo en el que cultivar relaciones, establecer alianzas políticas y cerrar negocios. Su última esperanza era que alguno de los hombres más acaudalados que conocía, alguien que todavía no estuviese al tanto de que se había arruinado, le permitiera participar en un embarque marítimo u otro negocio rápido sin obligarlo a poner el dinero por delante. Para ello necesitaba poder agasajarlos en banquetes donde pareciese que su situación económica era desahogada.

«Es nuestra última oportunidad de escapar de la miseria.» Le producía repulsión actuar como un estafador, pero no quería resignarse a perderlo todo, ni tampoco confesar a Altea su situación real y causarle aún más sufrimiento.

—Si también esto sale mal... —murmuró. En ese caso, ya sólo quedarían dos alternativas: la cárcel o escapar de Atenas.

La calle desembocó en el mercado del puerto de Cántaro —el puerto civil del Pireo—, y Calipo divisó la tarima donde a lo largo de la mañana subirían a hombres, mujeres y niños para ser vendidos. Su ánimo empeoró al constatar que había más compradores de lo habitual.

«Confían en que la conferencia de paz de Esparta sea exitosa.»

Aún no les habían llegado noticias, pero la mayoría pensaba que se habría alcanzado un acuerdo. Eso siempre hacía subir los precios; la gente escondía su plata durante las guerras y la gastaba con alegría en tiempo de paz.

—Siguiente lote, tres remeros capturados en un barco pirata. —El mercader se acercó al borde de la tarima. Los hombres que estaba ofreciendo permanecían al fondo con las manos atadas y miraban al público con indiferencia—. Su aspecto es inmejorable, no lo podéis negar. En ningún lugar se rema con tanta intensidad como en las tripas de una embarcación dedicada al pirateo.

Comenzaron las pujas y Calipo pasó de largo hasta llegar al redil donde guardaban a los esclavos. Entre los guardias que los vigilaban había un hombre encorvado que repasaba una tablilla y de vez en cuando levantaba la cabeza hacia su mercancía.

—Que los dioses te acompañen, mercader. —El hombre alzó una ceja con suspicacia—. ¿Vas a vender hoy alguna cocinera?

El rostro del mercader se animó y señaló a una mujer sentada en un extremo del grupo de esclavos.

—Ahora mismo va a salir ésa. Ha pasado la mitad de su vida en la cocina de un príncipe etrusco y la otra mitad en la Magna Grecia. Puede cocinar cualquier plato griego, o sorprender a tus invitados con recetas etruscas, poco vistas por aquí pero muy sabrosas.

Los mercaderes de esclavos siempre exageraban, aunque no solían mentir del todo, al menos los que tenían un puesto fijo como aquél. Si el esclavo ocultaba alguna enfermedad o no tenía en absoluto las habilidades anunciadas, se podía reclamar su devolución.

—¿Qué precio tiene de salida?

El mercader consultó su tablilla.

—Doscientas dracmas.

—Está bien, muchas gracias. —Calipo se dio la vuelta disimulando su contrariedad. El día anterior había vendido uno de los últimos recuerdos de su madre, una gruesa pulsera de oro por la que le habían pagado ciento noventa dracmas. En total, había conseguido reunir doscientas diez.

Regresaron a la zona del público y aguardó hasta que la cocinera apareció en la tarima. Cuando el subastador anunció que la puja comenzaba en doscientas dracmas, él se apresuró a hacer su oferta con voz firme:

—¡Doscientas diez!

Contuvo la respiración. A veces un comprador enérgico disuadía a otros compradores al dar la impresión de que estaba dispuesto a elevar mucho el precio.

—Doscientas treinta —ofertó un hombre a su derecha.

Calipo se quedó mirando a la tarima con impotencia. Sentía la mirada inquisitiva de Melisa a su espalda. Una tercera puja subió a doscientas cincuenta y poco después el precio llegó a trescientas. Fingiendo despreocupación, Calipo se giró y descubrió en el rostro de Melisa una expresión de extrañeza.

—He pensado que en realidad no necesitamos una cocinera nueva. Sería un riesgo, porque es difícil que sea tan buena como la nuestra. Sólo necesitamos a alguien que pueda ayudarla.

—Sí, señor. —Melisa inclinó la cabeza con la misma docilidad de siempre, aunque en sus ojos había una sombra de duda.

La cocinera se vendió por cuatrocientas sesenta dracmas y Calipo se acercó de nuevo a hablar con el mercader.

—¿Tienes alguien que cueste poco y sirva de ayudante de cocina?

El mercader examinó a aquel hombre que tanto escatimaba en la compra de un esclavo pese a vestir sandalias de cuero fino y una túnica cara. Sus ojos fueron más allá de Calipo y centellearon con codicia.

—Tengo otra cocinera, extraordinaria, que calculo que se venderá por cuatrocientas o quinientas dracmas. Te la daré sin sacarla a subasta, y añadiré otras trescientas dracmas, a cambio de tu esclava.

Calipo se dio la vuelta y vio que Melisa palidecía, rígida como una cariátide, con los ojos dilatados por el miedo.

Altea permaneció un rato abrazada a su padre en medio del taller vacío.

Se acordó de la bandeja que había visto en la mesa del patio, deshizo el abrazo y salió con su padre al exterior.

—¿Qué ocurre con esta pieza?

—La dejó Alexias a medias. He intentado terminarla, pero no soy capaz, he perdido demasiada vista.

Altea la cogió para examinarla mejor. Era una fuente para servir pescado muy bien torneada, de formas regulares y grosor uniforme. La calidad de la arcilla había permitido que la pieza secara manteniendo sus proporciones, lo que la dotaba de gran simetría.

Perseo señaló debajo de una de las asas, donde había algunos trazos irregulares de pintura.

—Ni siquiera soy capaz de hacer unos dibujos geométricos en el borde. Estaba pensando en pintarla toda de negro. Sería un desperdicio, Alexias hizo un trabajo muy bueno con el torno, pero al menos podría venderla por tres o cuatro dracmas.

—Es una pieza excelente. —Altea la devolvió a la mesa—. Si la pintas toda de negro, tendría un aspecto extraño y perdería casi todo su valor. Con un buen dibujo central valdría diez o veinte veces más. —Buscó los ojos de su padre—. Puedo intentar pintarla yo.

Perseo alzó las cejas. Altea dibujaba muy bien de pequeña, e incluso había pintado algunas piezas menores. No obstante, aquélla era una bandeja de gran tamaño, los requerimientos técnicos variaban y además su hija llevaba varios años sin coger un pincel. Por otra parte, si no quedaba bien, se podía recubrir toda la pintura con el pigmento que con el horneado se convertiría en una capa de esmalte negro.

—Te lo agradezco mucho —respondió con un suspiro—, pero tampoco tengo madera para cocerla.

Altea se dio la vuelta y se dirigió a la puerta con decisión. Se podía pedir a un vecino alfarero que cociera la pieza, pero el mejor horno de toda Atenas era el de su padre. Además, pocos controlaban tan bien el proceso de cocción como él. Utilizar su horno era el único modo de estar seguros de que los colores quedaban bien fijados y tenían el tono e intensidad adecuados.

Sus esclavos se pusieron de pie cuando la vieron aparecer.

—Id al mercado. —Sacó dos dracmas de plata que le había dado Calipo para comprar comida—. Conseguid leña y traedla aquí.

—¿Gastamos todo? —preguntó el esclavo.

—Sí, las dos dracmas.

—Hija mía... —protestó su padre mientras los esclavos se alejaban.

—No te preocupes, sabes que Calipo tiene dinero de sobra.

Perseo había dispuesto en la mesa del patio varios pinceles y algunos cuencos. Contenían las disoluciones de agua, arcilla y minerales que con el calor del horno se transformarían en esmaltes de color rojizo, blanco o negro. Altea tomó asiento frente a ellos, y en ese momento se dio cuenta de lo agotada que estaba. Cerró los ojos para descansar unos instantes antes de coger un pincel; después mojó la punta en el cuenco del pigmento negro y comenzó a trazar líneas finas cerca del borde. Esa parte la cubriría posteriormente de negro, pero ahora necesitaba que su mano recordara cómo se dibujaba sobre una superficie de arcilla moldeada.

—Papá, ¿se sabe algo de la conferencia de paz de Esparta? —preguntó mientras humedecía de nuevo el pincel. Normalmente Calipo la mantenía al tanto de esas cuestiones, pero desde el parto su marido mantenía un doloroso distanciamiento.

—Debió de celebrarse ayer, así que hasta dentro de tres o

cuatro días no regresarán los embajadores. Aunque supongo que el primer mensajero llegará antes, quizás sepamos algo mañana.

—En caso de que no haya acuerdo... —Bajó el pincel y miró a su padre—. ¿Crees que podrían alistar a Eurímaco y Calipo?

Los alistamientos se realizaban por edades y normalmente comenzaban por los más jóvenes. En aquel momento Eurímaco tenía treinta y cuatro años y Calipo treinta y ocho.

—Ya sabes que eso depende de si se produce o no una gran batalla terrestre —le respondió su padre. Cada vez era más habitual utilizar mercenarios, que estaban disponibles a miles debido a que las continuas guerras provocaban que muchos hombres se especializaran en ese modo de ganarse la vida—. Sólo enviaremos a nuestros hombres si se trata de una batalla decisiva para el destino de la ciudad.

Altea realizó varios trazos, más largos que los anteriores, y volvió a dejar el pincel.

—Pero a la cabeza de nuestros ejércitos siempre van oficiales de Atenas.

Perseo se limitó a asentir y Altea siguió practicando con el pincel. Sabía que su padre pensaba lo mismo que ella: tanto Eurímaco como Calipo eran oficiales condecorados, y aunque había muchos oficiales y no tenían por qué llamarlos a ellos, sus probabilidades eran más altas.

Perseo se situó detrás de su hija para no distraerla mientras trataba de ganar confianza con la pintura. Todos los días rezaba para que no llamaran a filas a su hijo. Tenía la intuición de que, si entablaba combate, Eurímaco arremetería contra el ejército enemigo hasta que lo mataran.

Los esclavos regresaron junto a un dependiente del puesto de leña que tiraba de una mula cargada con dos grandes capazos. Perseo empezó a llenar la cámara de combustión del horno y Altea se quedó pensando en la figura que intentaría dibujar en la superficie interior de la fuente. Tenía que ser algo al alcance de sus posibilidades, y al mismo tiempo lo suficientemente hermoso y refinado para que su padre pudiera vender la bandeja a buen precio. Alzó la vista y vio cómo encajaba con cuidado los leños para que la combustión fuese perfecta. La pena por su bebé muerto era como un agujero en su alma que sentía que nunca se llenaría, pero intentar ayudar a su padre suponía un pequeño bálsamo.

Suspiró y comenzó a trazar el relieve de la figura.

Melisa contenía la respiración mientras aguardaba la respuesta de Calipo.

—Mi esclava no está en venta —dijo finalmente su amo.

—Te daré por ella cuatrocientas dracmas —insistió el mercader—. Más la cocinera, que por cierto es la mejor que he tenido en mucho tiempo.

El corazón de Calipo se aceleró. Notaba la mirada de Melisa clavada en su espalda. Si la oferta hubiese sido por el otro esclavo, no lo habría dudado un momento.

«Aunque tampoco serviría de nada. No salvaría la casa ni con diez veces más.»

—No. Y no insistas. No necesito una cocinera, me basta con alguien barato que pueda hacer de ayudante de cocina. ¿Tienes alguien así?

El mercader echó un último vistazo a Melisa y soltó el aire apenado.

—Está bien. —Señaló hacia el grupo de esclavos—. Ese joven ha trabajado varios años en un palacio de Siracusa. Hacía un poco de todo, ayudaba en la despensa, en la cocina... ¡Davo!

El muchacho se sobresaltó. El mercader le hizo un gesto y se acercó encogido como un perro apaleado. Tenía la piel algo más clara que los griegos y estaba muy delgado, era evidente que nadie iba a pujar mucho para destinarlo a tareas donde se requiriera la fuerza.

—Tú has trabajado de ayudante en una cocina, ¿verdad?

El muchacho alzó sus ojos hacia el mercader y los bajó inmediatamente.

—Sss... sí, señor.

—¿Está sano? —preguntó Calipo.

—Hasta hoy lo estaba. —El mercader dio un golpecito en la barbilla del esclavo—. Levanta la cara.

El muchacho hizo lo que le ordenaban y sus ojos pasaron rápidamente del mercader a Calipo antes de volver al suelo. Sus rasgos eran finos y regulares, lo que sumado al cuerpo esbelto le daba un aspecto algo afeminado. No obstante, no parecía tener problemas de salud.

—¿Cuántos años tienes?

—Unos diecinueve, señor —respondió el esclavo sin mirarlo.

«No parece que tenga más de dieciséis», se dijo Calipo arrugando el ceño.

—¿Por cuánto va a salir?

—Su precio de salida son cien dracmas, pero esperaba que subiera hasta doscientas. Puedes llevártelo sin pujar si me das ciento cincuenta. Ni una menos.

Calipo asintió pensativo. «Tal vez podría conseguirlo por la mitad. —Siempre existía la posibilidad de que nadie pujara por el precio de salida y el mercader tuviera que rebajarlo—. Pero también podría quedarme sin nada.» Se giró hacia el bullicio del mercado y de nuevo tuvo la impresión de que había más compradores de lo habitual.

—¿Qué te parece? —le preguntó a Melisa, que todavía parecía asustada.

La esclava miró de arriba abajo al muchacho para darse tiempo a pensar. Estaba claro que su amo tenía algún problema económico; si opinaba en contra de aquella compra, lo estaría dejando en una situación incómoda.

—Creo que podría servir de ayuda, señor.

Hicieron la transacción y se alejaron del redil con el muchacho caminando entre Melisa y el esclavo guardián. Al pasar junto a la tarima, Calipo se fijó en una adolescente de piel canela a la que acababan de desnudar. Tenía los hombros encorvados y las manos cruzadas delante del sexo. Cuando las pujas se enfriaron, el subastador la golpeó con su vara larga entre los omóplatos haciendo que echara bruscamente los hombros hacia atrás, lo que provocó que sus pechos se proyectaran hacia delante. Un truco sencillo que como siempre provocó nuevas pujas y logró que alcanzara rápidamente las cuatrocientas dracmas.

Calipo observó de reojo a Melisa.

«Por ella podrían darme más de mil.»

El interés del esclavista lo había sorprendido, aunque en el fondo no le extrañaba. Melisa era inteligente y un ama de llaves eficaz, pero además tenía un aura de animal salvaje que unida a su cuerpo llamativo formaba una combinación que a pocos hombres dejaba indiferente.

«Cuando era adolescente, yo mismo pensaba en ella a menudo.» Había dejado de desearla al enamorarse de Altea, pero era innegable que su ama de llaves mantenía un extraordinario atractivo sexual.

Se volvió hacia sus sirvientes, que lo seguían en fila india. Melisa caminaba tras él con la espalda recta y la barbilla alta, algo impropio de una esclava aunque habitual en ella. Su rostro mostraba una sonrisa difícil de interpretar. Detrás avanzaba, triste y cabizbajo, el muchacho que tendría que ayudar en los banquetes a la cocinera que se estaba quedando ciega.

Calipo lo contempló con inquietud y continuó hacia su casa con el corazón encogido.

Capítulo 14

Atenas, junio de 371 a. C.

«¿Cómo se llama el ama de llaves de Altea...?»

Platón visualizó el rostro de aquella esclava mientras subía la inmensa rampa escalonada que conducía hasta lo alto de la colina de la Acrópolis.

—Melisa —murmuró al recordar su nombre.

Sabía que pertenecía a Calipo desde hacía mucho tiempo, pero apenas se había fijado en ella hasta el día en que visitó a Altea y le sugirió que diera clases en la Academia. Le había extrañado la frialdad con que se comportaba la esclava, teniendo en cuenta las recientes tragedias que habían caído sobre la casa.

«Cuando traté de captar su mirada, apartó los ojos como si ocultara un secreto.»

Se detuvo en el último escalón y miró hacia atrás. La escalinata por la que estaba ascendiendo era una obra magnífica: tenía una longitud de cien pasos y una anchura de treinta, y estaba dividida en dos por una rampa lisa por la que en ese momento subía lentamente un carro tirado por dos bueyes.

Espeusipo llegó a su altura y se detuvo resoplando.

—Querido tío, creía que veníamos a la Acrópolis para asistir a un sacrificio, no a realizar una marcha militar.

—En mi época la juventud era más resistente —se burló Platón.

Iban a acudir al sacrificio que había organizado la escuela de Isócrates, la segunda más importante de Atenas después de la Academia. Habían cumplido veinte años e Isócrates había decidido festejarlo con un gran sacrificio público y una donación al tesoro del Partenón.

Platón terminó la ascensión junto a su sobrino y cruzaron entre las columnas de los Propíleos, el acceso a la Acrópolis con forma de templo. Recorrieron su interior y salieron por el otro extremo, de nuevo al aire libre. Atravesar los Propíleos suponía pasar del área profana de Atenas al área sagrada de su Acrópolis, y la semejanza de su entrada con un templo reforzaba la sensación de estar accediendo a un santuario.

—Espeusipo, me gustaría hacerte una pregunta sobre Altea. Cuando os comuniqué que le había propuesto dar clases te mostraste conforme, pero no dijiste cómo crees que reaccionaría el público y quisiera saber tu opinión.

—¿Ya ha confirmado que va a dar clase?

—No, y no la veo decidida a hacerlo. —Se adentraron en la Acrópolis, que aquella mañana estaba bastante concurrida—. De todos modos, aunque ahora no se vea capaz, me gustaría que algún día lo intentara.

Espeusipo se rascó la cabeza mientras reflexionaba.

—Si Altea, o cualquier otra mujer, se presentara en la Asamblea pretendiendo tomar la palabra como un hombre, todo el mundo se mofaría de ella. Por otra parte, tus discípulos estamos acostumbrados a que Altea participe en los debates de la Academia... —Se encogió de hombros—. Lo cierto es que no tengo ni idea, Platón, sólo sé que nadie se quedaría indiferente.

—Ten en cuenta que muchos de los hombres que acuden a las conferencias, aunque no sean discípulos, han leído algunas de mis obras en las que argumento que las mujeres por naturaleza pueden hacer las mismas tareas que los hombres.

—Una idea escrita en un papiro resulta menos amenazante que una mujer subida en una tarima para darte lecciones. —Espeusipo observó a su tío. A veces le parecía que pasar tanto tiempo absorto en sus ideas disminuía su perspectiva sobre las relaciones sociales—. Además, muchos admiran tus obras a pesar de lo que dices sobre las mujeres, no gracias a ello.

Platón asintió un poco confuso.

—Bien, te agradezco el punto de vista. Si Altea decide dar clase, yo estaré con ella y ya veremos qué sucede.

Se acercó a la estatua de bronce de Atenea Prómacos y las

arrugas de su frente se suavizaron. Aquélla era una de las obras maestras de Fidias, al que consideraba el mejor escultor de todos los tiempos.

«Su belleza la hace aún más temible.»

La diosa erguía sus imponentes cincuenta pies de altura sobre un gran pedestal, lo que la dotaba de mayor majestuosidad. Mantenía su mirada severa en el horizonte, con la lanza levantada como un aviso constante para los enemigos de Atenas. Lo primero que veían los barcos que se acercaban a la ciudad era el reflejo dorado de la punta de su arma y las crines que rematan su yelmo de guerrera. Desde su posición, Platón apreciaba la barbilla recta y firme admirablemente esculpida por Fidias, la coraza que le protegía el pecho con la imagen de Medusa labrada, y la túnica larga que un cinturón ceñía al talle y después colgaba suelta hasta casi cubrir las sandalias.

—Hay mucha gente —comentó Espeusipo.

Platón miró hacia el gran altar de Atenea, situado al otro lado de la Acrópolis, y luego señaló a su derecha.

—Será mejor que vayamos por ahí, nos acercaremos rodeando el Partenón.

Pasaron por delante del frontal de ocho columnas del templo dedicado a Atenea Partenos —Atenea Virgen—, el más famoso de todas las ciudades griegas. Hacía casi ocho décadas que Pericles había encargado a Fidias dirigir la reconstrucción de la Acrópolis, que había sido destruida durante las guerras con los persas. El edificio principal de aquel inmenso proyecto era el Partenón, esbelto y armonioso pese a su gran tamaño. A su elegante belleza se sumaba la posición privilegiada sobre la colina de la Acrópolis, y el resultado era tan impactante que lo convertía en el símbolo del poder y la superioridad cultural de Atenas ante el mundo.

Se metieron entre el lateral del Partenón y el murete que recorría el perímetro de la Acrópolis. Platón se detuvo para asomarse a la ladera vertical de la colina. Cien codos más abajo se encontraba el teatro de Dioniso, con su graderío de piedra capaz de albergar catorce mil espectadores. La época de los grandes dramaturgos había quedado atrás y ahora solían reponerse las obras de escritores como Eurípides, el abuelo de

Altea, cuya fama era incluso mayor que la que había gozado en vida.

Su mirada fue más allá y contempló el manto de casas apretadas en el interior de las altas murallas. Las calles estrechas y enmarañadas de la ciudad apenas podían acoger más viviendas. Extramuros casi no había edificaciones, y tampoco entre los Muros Largos, que se prolongaban decenas de estadios hasta conectar Atenas con el puerto del Pireo.

—Espeusipo, tú sólo tenías cuatro años cuando derribaron los Muros. ¿Recuerdas algo?

—Sólo me acuerdo de que mis padres estaban abatidos. Y de que no me dejaban jugar fuera de las murallas. Eso excluía también el pasillo de los Muros Largos, que al derribarlos se convirtió en campo abierto hasta que los reconstruimos una década después, cuando yo ya era un adolescente.

—La culpa de que los últimos años de la guerra contra Esparta fueran tan desastrosos fue de los demagogos —le aseguró Platón—. Hombres como Alcibíades, Cleón y Cleofonte acudían a la Asamblea con la lección bien aprendida de que una multitud es un ser casi irracional, muy fácil de manipular si apelas a sus instintos más básicos y a sus pasiones más virulentas. —Negó lentamente con la cabeza—. Ten por seguro que no hay nada más peligroso que un político persuasivo al que no le interesan la verdad ni la justicia.

Platón se quedó ensimismado mientras recorría las murallas con la mirada. En su juventud pensó dedicarse a la actividad política, pero los acontecimientos lo alejaron de ella. Algunos de sus familiares formaron parte de la oligarquía conocida como los Treinta Tiranos, que gobernó brevemente al final de la guerra contra Esparta, y los desmanes cometidos por ese gobierno borraron todo su deseo de colaborar con ellos. Por otra parte, los defectos de la democracia ateniense, que en la práctica se reducía al gobierno de los demagogos más convincentes de cada momento, lo apartaron definitivamente de la política. El momento crucial fue cuando la propia democracia reaccionó contra la libertad de pensamiento de Sócrates y ordenó su muerte.

«En lugar de la retórica y la persuasión, deberían gobernar la razón y la sabiduría.» Movió la cabeza con tristeza. Sabía que aquel ideal era un sueño del que la democracia ateniense estaba demasiado lejos.

Terminaron de rodear el Partenón y el gran altar de Atenea apareció frente a ellos. Tenía una longitud de varios pasos, lo que permitía que se realizaran al mismo tiempo tres o cuatro sacrificios. Su estructura era escalonada y en la plataforma superior humeaba una capa de brasas.

—Ahí está Isócrates —señaló Espeusipo.

Se integraron en el nutrido grupo que contemplaba el sacrificio en un silencio respetuoso. Isócrates y sus dos docenas de seguidores —el total de los alumnos de su escuela— se habían puesto coronas de olivo y vestían túnicas plisadas de resplandeciente lino. Habían conducido hasta la Acrópolis un buey blanco, engalanado con cintas doradas que le colgaban del cuello y los cuernos, y lo habían entregado a los sacerdotes de Atenea para que lo inmolaran.

Mientras los ayudantes del sacerdote colocaban al buey en la posición adecuada, Platón observó el semblante satisfecho de Isócrates. Tenía unos diez años más que él y su padre había hecho fortuna con una fábrica de flautas, pero la guerra contra Esparta los había arruinado. Su opulencia actual procedía de los discursos que escribía para otros a cambio de grandes importes, y de la enorme suma de mil dracmas que cobraba a cada uno de sus alumnos.

«Enseña el arte de persuadir, como los sofistas, pero Atenas tendría un futuro más brillante si contara con más hombres como él.»

Isócrates dirigía una escuela de retórica, por lo que sus discípulos aprendían a vencer en los debates de la Asamblea o de los tribunales, pero a diferencia de los sofistas sus enseñanzas tenían una finalidad ética. Quería formar a los futuros dirigentes de Atenas y que éstos se guiaran por principios morales. Además, promovía la idea de una unión entre todas las ciudades griegas para defenderse de los persas.

El sacerdote cortó unos pelos de la nuca del buey y los arrojó a las brasas, donde se retorcieron chisporroteando. Dos de sus ayudantes agarraron los cuernos y otro colocó una vasija grande bajo el cuello del animal. El buey giró la cabeza, como si se ofreciera a ser inmolado, y aquel augurio favorable levantó un murmullo de satisfacción entre los asistentes. El sacerdote le seccionó la yugular con un corte rápido y los chorros de sangre manaron dentro de la vasija al ritmo de los latidos del corazón. Los ayudantes continuaron sujetando al buey, que no emitió ni un mugido de protesta mientras la blancura de su cuello se teñía de rojo brillante y la vida se le escapaba. Pasado un rato, se tumbó en el suelo y miró a la multitud con un parpadeo cada vez más débil. El sacerdote necesitó ayuda para levantar la vasija, la inclinó sobre el altar y la sangre cayó como una cascada por la superficie escalonada.

Platón esperó hasta que desollaron el buey y ofrecieron a los dioses los huesos de las patas cubiertos de grasa. Cuando comenzaron a humear sobre las brasas del altar, el sacerdote se retiró y él se acercó a Isócrates.

—Platón, me alegra ver que por fin has decidido apuntarte a mi escuela.

El filósofo sonrió ante la vieja broma.

—¿Para que me enseñes a convencer y me olvide de pensar?

Isócrates desechó sus palabras con un gesto burlón.

—¿De qué sirve pensar en geometría o astronomía en lugar de ocuparse de los problemas reales?

—Se llama *filosofía,* viejo amigo, amor por el conocimiento. El arte de razonar no es la retórica, sino la dialéctica, ella nos conduce al verdadero conocimiento. Y éste no es más que un destello si alguien nos lo impone en lugar de hacer que seamos nosotros mismos los que lleguemos a él.

—Alto, alto, infatigable Platón. ¿No ves mi corona de olivo? Hoy es día de festejos, no de debates, en los que además sabes que no saldrías bien parado.

Platón le estrechó la mano. Varias personas aguardaban a una distancia respetuosa con la intención de hablar con Isócrates y no quería acapararlo.

—Que los dioses sean contigo, Isócrates, y bendigan tu escuela por mucho tiempo.

Su amigo se lo agradeció con una inclinación de cabeza y Platón regresó con Espeusipo. Lo encontró hablando con unos amigos, y mientras esperaba a que terminara se entretuvo observando el pórtico de las Cariátides, las estatuas con forma de doncella que hacían las veces de columnas.

Alcámenes, el discípulo más brillante de Fidias, había recreado a la perfección los finos pliegues de las túnicas, igual que hacía su maestro en muchas de sus obras. El mármol parecía haberse convertido en una tela que ceñía delicadamente el cuerpo de cada doncella. Las Cariátides sostenían el enorme peso del techo de piedra del pórtico, pero transmitían una impresión de ligereza, de estar en pleno movimiento con los cuerpos relajados.

Platón torció el gesto al advertir que en algunos puntos la capa de pintura y cera que recubría la piel de las estatuas estaba desgastada.

«Dentro de poco habrá que pintarlas de nuevo.»

Alzó la mirada hacia el semblante serio de las doncellas. La falta de vida de su mirada le hizo pensar en los discípulos de los sofistas y su expresión se volvió más dura. Isócrates y él no sólo compartían los fines éticos de sus respectivas escuelas y la voluntad de formar a los futuros gobernantes, también coincidían en el desprecio que sentían por los sofistas, cuya especialidad era hacer aparecer como verdadero el argumento falso. Ambos consideraban que gran parte de los problemas de Atenas se debían al vacío moral provocado por ellos. Para los sofistas, términos como *bondad* y *justicia* carecían de sentido más allá de los intereses de cada persona, lo cual equivalía a negar la existencia de valores morales.

—No pareces muy contento de ver las Cariátides.

Platón se volvió hacia Espeusipo al tiempo que se censuraba que la irritación con los sofistas se hubiera reflejado en su rostro.

—Tengo que ir a ver a Leandro, el hijo de un amigo —continuó su sobrino—. Le dije que asistiría a su combate de lucha en el gimnasio de Cinosargo, y me ha pedido que lo lleve luego a conocer la Academia. Por cierto, me dijo que al pórtico del Cinosargo acuden desde hace unos días un par de sofistas que afirman saberlo todo y tienen mucho éxito entre los jóvenes.

Platón sabía que en los pórticos y las plazas públicas de la ciudad se podían encontrar al menos tres docenas de sofistas ofreciendo sus servicios. No iba a cambiar las cosas por disputar personalmente con ellos, y menos aún en Atenas, cuya democracia era el caldo de cultivo idóneo para que medraran esos farsantes. Además, ya se ocupaba de ponerlos en evidencia en varias de sus obras.

«Por otra parte —se dijo sin acabar de decidirse—, desenmascarar a un sofista siempre puede servir para abrir los ojos a algún incauto...»

—Vamos, te acompaño al gimnasio.

El sol los obligó a mantener los ojos entornados mientras descendían la escalinata de la Acrópolis. Al llegar abajo bordearon la colina hasta alcanzar el teatro de Dioniso y desde allí se dirigieron a las murallas.

—¿Dion no ha vuelto a escribirte? —preguntó Espeusipo.

Platón observó la mirada atenta de su sobrino. El carácter entusiasta de Espeusipo también se extendía a su proyecto de unir la filosofía y el poder político. Probablemente era, después de él, quien más deseo tenía de que aquel ideal se convirtiera en realidad.

—No he recibido más cartas... y ya ha pasado demasiado tiempo.

—¿Temes que Dion esté en apuros?

Platón dio unos pasos en silencio.

—El propio Dion me manifestó su preocupación por que Dionisio el Viejo lo acusara de estar manipulando a su hijo para conspirar contra él. —No olvidaba que hacía muchos años, tras la conferencia que había impartido en su palacio sobre la justicia y la virtud, el tirano había ordenado que lo vendieran como esclavo simplemente porque le habían molestado sus palabras—. Si Dionisio sospecha de Dion, ordenará su muerte al momento, sin detenerse porque sea el hermano de su mujer.

Espeusipo titubeó antes de volver a hablar:

—Si el tirano considera que Dion está conspirando por el

hecho de instruir a su hijo en tu filosofía..., ¿no pensará que tú también formas parte de esa conspiración?

Platón asintió. Su sobrino era perspicaz, no podía ocultarle aquel temor.

—Es posible. —Se giró hacia Espeusipo y retuvo su mirada—. Pero no quiero que nadie más se preocupe por esto, ¿de acuerdo?

—Por supuesto, no lo hablaré con nadie.

Cruzaron las gruesas murallas y encontraron a varios muchachos jugando en el terreno despejado. Eran vástagos de familias acomodadas, de entre siete y doce años, que disfrutaban de un descanso de sus lecciones diarias. Sus pedagogos los observaban mientras se refrescaban los pies en un riachuelo cercano.

Platón contempló los juegos y se preguntó en qué tipo de hombres se convertirían esos muchachos, y por lo tanto la futura Atenas.

«Una ciudad sólo puede ser tal como sean los ciudadanos que la componen.»

Algunos de esos muchachos seguirían educándose al llegar a la adolescencia, pero la mayoría llevaría una vida ociosa mientras sus padres buscaban una joven de buena familia con la que casarlos.

Varios chicos se habían tirado al suelo para jugar con unos cachorros de perro sin importarles que se ensuciaran sus túnicas cortas. Otros competían haciendo girar unas peonzas. Dos muchachos lanzaron una concha al aire, y cuando cayó al suelo mostrando quién era el perseguidor y quién el perseguido, uno de ellos echó a correr mirando hacia atrás y se chocó con Platón, que tuvo que sujetarse a Espeusipo para no caer.

—Perdón, señor.

Al momento llegó corriendo su pedagogo blandiendo un bastón largo de pomo curvo.

—¡Maldito muchacho, has golpeado a Platón, el filósofo más grande de Atenas!

El chico se encogió para recibir el golpe y Platón se interpuso.

—Déjalo. Prefiero que recuerde que Platón lo libró de un

bastonazo, no que hizo que se lo dieran. Quizás así se haga más amigo de la filosofía —añadió sonriendo al muchacho.

—Muy bien, señor. —El pedagogo inclinó la cabeza en una profunda reverencia—. Se hará como digas.

El chico contempló con los ojos muy abiertos a Platón, que le guiñó un ojo y continuó su camino junto a Espeusipo.

—La educación de los hijos es el más grande de todos los bienes —comentó mientras se acercaban al riachuelo—. De ella depende la felicidad de las familias, pues éstas caen o se levantan según los hijos sean viciosos o virtuosos.

Espeusipo señaló una amplia construcción cuadrangular de una sola planta que se alzaba en la otra orilla.

—Estoy seguro de que, cuando conozcas al joven Leandro, convendrás conmigo en que se encuentra entre los virtuosos.

Cruzaron el riachuelo por una sólida pasarela de madera. El gimnasio al que se acercaban tenía el nombre de Cinosargo a causa del antiguo templo junto al cual se había edificado. La leyenda contaba que un hombre llamado Dídimo se disponía a hacer un sacrificio a los dioses cuando un perro cogió la ofrenda y escapó con ella en la boca. Dídimo consultó un oráculo, preocupado por que los dioses se indignaran con él, y el oráculo le comunicó que debía erigir un templo a Heracles en el lugar donde el perro hubiera dejado la ofrenda. Aquel templo se conoció popularmente como el de Cinosargo —*kyon argos,* 'perro ágil'—, y el gimnasio cercano que se edificó posteriormente había recibido el mismo nombre.

—¡Por Apolo, ahí está Diógenes, el cínico! —exclamó Espeusipo—. Hacía meses que no lo veía.

A la sombra de uno de los cipreses que flanqueaban el gimnasio se había tumbado un hombre de unos cuarenta años. Llevaba el pelo más largo de lo habitual y vestía un manto sucio y arrugado de lana basta, que se había subido por encima de la cintura para estar más fresco sin importarle que se le vieran los genitales.

Cerca del filósofo había dos muchachos y tres hombres que lo contemplaban fascinados. Diógenes les echaba algún vistazo indiferente mientras mordisqueaba una pajita. Al cabo de un momento, se acuclilló sosteniendo la túnica con un brazo y defecó.

—¡Por Zeus, qué desagradable! —exclamó uno de los muchachos.

—¿Eso te parece? —preguntó Diógenes volviendo a tumbarse.

El chico enrojeció y bajó la mirada.

—Pues te diré que esta cagada me ha resultado bastante placentera. —Diógenes se acomodó en el suelo—. El placer libera del deseo, es decir, del desasosiego, y la felicidad consiste en un estado de calma. —Señaló al muchacho con la pajita—. Si quieres ser feliz, minimiza tus necesidades naturales, y las que aún te queden, satisfácelas lo antes posible. Y líbrate de tus estúpidos prejuicios. Tu escándalo es un puro artificio, una costumbre que, como todas las de la sociedad, sólo sirve para ceñir el comportamiento a lo que convencionalmente está bien o mal y olvidarse de lo que realmente está bien o mal.

—Diógenes... —intervino uno de los hombres tras un momento de silencio—. ¿Cómo puedes satisfacer todas tus necesidades si eres pobre?

—¿Te gustaría tener más dinero del que tienes?

—Sí, claro.

—Entonces yo soy rico y tú eres pobre, porque pobre es el que necesita más de lo que tiene.

Se tumbó de lado sobre la hierba, desentendiéndose de su público, y advirtió que Platón se acercaba a la puerta del gimnasio.

—¡Por los dioses, Platón, entra rápido! —Se tapó los ojos con una mano—. ¡Entra ya, tu vanidad me está cegando!

Platón optó por no hacerle caso y se internó en el Cinosargo con su sobrino.

—Me lo habían contado, pero nunca le había visto defecar en público. —Espeusipo sonreía entre divertido e incrédulo—. Desde luego, ha hecho honor al nombre de su escuela.

La escuela de los cínicos —*kynicos*, 'similares al perro'— tomaba su nombre del Cinosargo, donde se había fundado, así como del comportamiento de sus integrantes, que al igual que los perros prescindían de todo lujo, despreciaban las instituciones y actuaban sin atender las normas de decoro social.

—Es como si hubiera enloquecido —respondió Platón—. Su maestro Antístenes por lo menos se limita a hacer ostentación de su pobreza. —Antístenes era el fundador de la escuela, un viejo conocido que también había sido discípulo de Sócrates y por el que Platón no sentía mucha simpatía.

«La filosofía de los cínicos ha empobrecido las enseñanzas de Sócrates —se dijo disgustado—. Han convertido su austeridad en el elemento central de la doctrina cínica.» Para Sócrates, en cambio, la austeridad sólo era una consecuencia accesoria dentro de la búsqueda de conocimiento, profunda y ética, a la que había entregado su vida, y que él seguía desarrollando.

Llegaron a la galería y se asomaron a la zona central del gimnasio.

—Ya están compitiendo —dijo Espeusipo—. Vamos a acercarnos.

En el otro extremo del Cinosargo había dos círculos de tierra recién batida. En uno de ellos, dos jóvenes desnudos se agarraban de los brazos, cabeza contra cabeza, e intentaban derribarse con movimientos vigorosos. El aceite que impregnaba sus cuerpos dificultaba las maniobras de presa y volvían una y otra vez a la posición inicial.

—¿Leandro es uno de los que combate? —preguntó Platón.

—No, esos chicos son mayores. Leandro tiene catorce años, su pelea será un poco más tarde.

Avanzaron por el amplio pórtico lateral y se cruzaron con varios hombres que aprovechaban aquel espacio en sombra para pasear. Otros debatían en pequeños grupos o contemplaban los entrenamientos. Antiguamente sólo en Creta y en Esparta hacían ejercicio desnudos, pero Atenas y otras ciudades griegas habían adoptado también aquella costumbre que los demás pueblos contemplaban con extrañeza, igual que no entendían el aprecio de los griegos por el ejercicio, más allá de servir de preparación para la guerra, y tampoco comprendían su devoción por la belleza de un cuerpo joven y vigoroso, que una y otra vez reflejaban en la cerámica, la pintura y la escultura.

—Ahí está Leandro.

Platón miró hacia el grupo de jóvenes que indicaba su sobrino.

—El moreno alto, ¿verdad?

Espeusipo asintió en silencio. Leandro tenía una figura esbelta, de miembros largos y cadera estrecha, pero eso no impedía que la musculatura de su torso y de sus brazos estuviera bastante desarrollada. En su hermoso rostro destacaban los grandes ojos oscuros y una mirada sincera que no parecía percibir el interés que despertaba a su alrededor. Muchos de sus compañeros estaban pendientes de sus ejercicios de estiramiento, igual que buena parte de los hombres de la galería.

—¿Tiene mentor?

—Creo que no, me lo habría dicho su padre.

En algunas ocasiones un hombre maduro y un adolescente establecían una relación en la que el hombre se ocupaba personalmente de la formación del joven, así como de proporcionarle los contactos sociales y políticos que le servirían en el futuro. Entre los griegos había debate sobre si era admisible que esa relación llegara al plano físico, aunque, si el joven ya era mayor de edad, la relación estaba plenamente aceptada.

Espeusipo se detuvo en el lateral de la galería.

—Esperemos aquí. No quiero distraerlo antes del combate.

Platón observó con curiosidad la intensa actividad del Cinosargo, que hacía varios meses que no visitaba. El flautista del gimnasio marcaba el ritmo a unos jóvenes que se ejercitaban saltando a la comba. Otros se preparaban para el pugilato golpeando con los puños desnudos un saco lleno de semillas. En la esquina contraria, dos coros de hombres practicaban con bastante público y declamaban alternativamente el mismo pasaje de la *Ilíada*.

El *paidotriba*, responsable del entrenamiento de los jóvenes, señaló a Leandro con su vara larga y el muchacho se metió en uno de los círculos de tierra batida. Acababa de untarse de aceite y su piel morena relucía al sol. Frente a él se colocó su contrincante, que medía medio palmo menos y no era tan corpulento.

«Un rival difícil», se dijo Platón. Él mismo había destacado compitiendo en lucha cuando era un muchacho y no le había pasado desapercibido que aquel chico se movía con una elasticidad felina, como si su cuerpo apenas pesara.

Su impresión se confirmó poco después, cuando el muchacho hizo valer su mayor velocidad en dos ocasiones, derribando a Leandro y haciéndole una presa para que apoyara la espalda en el suelo. La tercera vez, sin embargo, Leandro se anticipó a su estrategia y se llevó el asalto.

—Aprende con rapidez —señaló Platón—. ¿Practica la lucha sólo para ejercitarse o se quiere dedicar profesionalmente a combatir?

—Su padre es zapatero y Leandro es su único hijo. Como diga que en lugar de ayudarlo en el oficio quiere dedicarse a la lucha, lo encadena a una mesa.

Platón asintió mientras observaba el combate. Hasta hacía pocos años, quienes disputaban las grandes competiciones, como los Juegos Olímpicos, compaginaban su entrenamiento con su profesión habitual. Sin embargo, cada vez había más hombres que se ganaban la vida dedicándose únicamente a la práctica deportiva, ocupando todo su tiempo en entrenar y en participar en cuantas competiciones pudieran. Esa dedicación exclusiva aumentaba su rendimiento, lo que obligaba a sus rivales a profesionalizarse a su vez para competir con ellos. Era una tendencia que tenía difícil vuelta atrás.

Leandro venció el cuarto asalto. Estaban empatados a dos y en el definitivo consiguió derribar a su oponente, pero éste arqueó el cuerpo y evitó que su espalda tocara el suelo. Leandro se colocó encima de él e intentó que su peso hiciera ceder a su rival.

«No quiere usar otros métodos más efectivos», se dijo Platón.

En aquella postura se podía clavar un codo o golpear con una rodilla de un modo poco limpio pero que raramente se sancionaba. Leandro se limitó a mantener el agarre y presionar para agotar a su adversario, pero éste se revolvió como una anguila y se colocó de lado haciendo que le saltara tierra a la cara. Después le retorció un brazo y consiguió que Leandro quedara debajo de él y perdiera el asalto final.

Espeusipo lo abordó cuando pasó por delante de ellos camino del vestuario.

—Has competido bien —le dijo después de presentarle a Platón.

—He perdido. —El muchacho tenía un raspón ensangrentado en la sien y su voz estaba llena de amargura.

—¿Crees que tu actuación debe entristecerte? —le preguntó Platón.

Leandro sabía que estaba ante un gran filósofo, por lo que meditó la respuesta. Cruzó una puerta abierta en la pared de la galería y un esclavo se le acercó con un estrígil, el instrumento de hoja curva con el que se quitaban la arena adherida al aceite de la piel.

—Mi *paidotriba* dice que tengo que ser más agresivo. —Se inclinó para que el esclavo le retirara la arena de la espalda—. Si le hubiera hecho caso, quizás habría vencido. Así que no sólo me han derrotado, sino que no he sido capaz de seguir las indicaciones de mi *paidotriba*. ¿Cómo podría estar contento después de eso?

—¿No es cierto que todo lo que aprueba la Asamblea, como la construcción de gimnasios, lo hace por el bien de la ciudad?

Leandro cogió el estrígil de las manos del esclavo y frunció el ceño mientras se quitaba la arena de los brazos.

Sí, es cierto.

—¿Y no es verdad que los gimnasios se construyen para que los ciudadanos se reúnan y practiquen el debate y la recitación, los coros y las carreras, la lucha y los lanzamientos; en definitiva, para que mejoren su disciplina, su habilidad y su fortaleza, y se hagan mejores ciudadanos?

—Sí, Platón, así es. —Leandro dejó el estrígil y el esclavo comenzó a pasar una esponja húmeda por su cuerpo para eliminar los restos de arena.

—Muy bien, muchacho, pues yo diría que tu combate ha

servido para ejercitar tu fuerza y tu técnica, y aprender de la de tu rival; para poner en práctica tu valor, pero también tu templanza, y para probar exitosamente tu disciplina y tu respeto a las normas o leyes de la lucha. Es decir, ha sido un buen entrenamiento para convertirte en mejor ciudadano. Y supongo que tú quieres convertirte en un ciudadano valioso para Atenas, ¿no es así?

—Claro que sí.

—En ese caso, ¿no crees que hay motivo para alegrarse, y también para felicitarte, por el combate de hoy?

Leandro arrugó el ceño un tanto sorprendido. Mientras pensaba en las palabras de Platón, cogió su túnica de un gancho de la pared y se la colocó sobre el cuerpo desnudo. Era un sencillo rectángulo de tela doblado en dos, con un agujero para la cabeza y una puntada en cada lado a la altura de la cadera.

—Tienes razón, Platón. —Sonrió con aire de resignación—. Aunque supongo que eso significa que seré mejor ciudadano que luchador.

Regresaron a la galería y vieron que en el extremo más cercano a la calle se había congregado un grupo numeroso. Escuchaban con atención a dos hombres jóvenes cuyas ostentosas túnicas de ribetes dorados delataban su condición de extranjeros.

—Son los sofistas que te comenté —advirtió Espeusipo.

Platón asintió sin responder y los condujo hacia el grupo. Cuando estaban pasando a través de ellos, el extranjero que estaba hablando en ese momento interrumpió su exposición.

—Joven Leandro, no te vayas aún. A mi hermano y a mí nos gustaría conversar contigo.

Platón se detuvo y disimuló una sonrisa. Había contado con que los sofistas consideraran a Leandro una presa idónea: su rostro reflejaba la inocencia de sus catorce años y tenía numerosos seguidores en aquel gimnasio que lo seguirían si decidía contratar las lecciones de aquellos hombres.

El muchacho se mostraba indeciso.

—¿Os parece bien? —les preguntó.

—¿Cómo podría ser de otro modo? —Platón advirtió que

el sofista de mayor edad se había quedado rígido al reconocerlo—. Estamos interesados en tu formación, y tengo entendido que estos hombres afirman saberlo todo y ser capaces de hacer igual de sabio a quien los escuche.

—Es tal como has dicho —aseguró con petulancia el extranjero más joven—. Dinos, Leandro, los que aprenden ¿son sabios o ignorantes?

El muchacho titubeó al sentir la atención de todos los presentes puesta en él.

—Son sabios —respondió finalmente.

—Y cuando tú y tus compañeros aprendíais con vuestro maestro de gramática, ¿sabíais ya las cosas que aprendíais?

—No, aún no las sabíamos.

—Luego no erais sabios cuando ignorabais estas cosas.

—Eso es.

—Puesto que no erais sabios, erais ignorantes.

—Es cierto.

—Por lo tanto, cuando aprendíais las cosas que no sabíais, las aprendíais siendo ignorantes.

—Sí, claro.

—Entonces son los ignorantes los que aprenden, Leandro, y no los sabios, como decías antes.

La mayoría del público comenzó a reír y a aplaudir. El otro sofista, antes de que Leandro reaccionara, le lanzó una nueva pregunta:

—Pero, Leandro, cuando vuestro maestro recita alguna cosa, los que aprenden lo que él recita ¿son sabios o ignorantes?

—Son sabios.

—Entonces, son los sabios los que aprenden y no los ignorantes, y por lo tanto has respondido mal a mi hermano.

Se alzaron nuevos aplausos y carcajadas en la galería. Platón consideró que había llegado el momento de intervenir:

—Alégrate, Leandro, pues en efecto has aprendido una valiosa lección, y al menos en eso sí debemos estar agradecidos a estos hombres. Ahora ya sabes que el método de los sofistas consiste en juegos de palabras, en jugar con la ambigüedad de algunos nombres para producir equívocos. En definitiva, en producir una falsa apariencia de verdad para persuadir a sus oyentes.

Los extranjeros intentaron replicar, pero Platón se desentendió de ellos y siguió hablando a Leandro mientras se dirigían hacia la salida.

—Como has visto, les gusta utilizar su engañosa ciencia para bromear en los pórticos de los gimnasios y de las plazas públicas, pero desdichadamente también la practican en los tribunales, haciendo prevalecer la injusticia sobre la justicia, y en la Asamblea de ciudadanos, tergiversando las leyes y corrompiendo la virtud de toda la ciudad.

Cruzaron la puerta del gimnasio, bajaron unos escalones y llegaron a la calle.

—Entonces... —Leandro miró hacia atrás, un poco confuso—, ¿por qué tienen tantos seguidores?

—Sólo los tienen entre aquellos que se les parecen. El resto de los hombres desprecia sus métodos y sus fines, y se abochornarían de refutar a los demás utilizando esos artificios.

Leandro apartó sus ojos oscuros. Se sentía avergonzado.

—Reconozco, Platón, que cuando los he visto otros días, rodeados de tantos hombres que parecían entusiasmados con sus palabras, sentía admiración por ellos.

—Escúchame bien, Leandro: un ídolo es sólo un hombre común rodeado de admiración ajena. Que la admiración de los demás sobre una persona no te impida nunca formarte tu propio criterio sobre ella.

Cruzaron el riachuelo y continuaron hacia las murallas de Atenas.

—Leandro —dijo Espeusipo—, tu padre quiere que acudas a la Academia para que aprendas a pensar, no para que otros te digan lo que debes pensar. Sin la debida formación, es casi imposible que un hombre sea capaz de adoptar una postura contraria a los argumentos de un sofista habilidoso, sobre todo si esto ocurre en medio de la Asamblea y el pueblo ruge enfervorizado a favor de esos argumentos.

—El mayor mal de nuestro sistema de gobierno, de nuestra democracia —siguió Platón—, son los grandes demagogos, los más hábiles sofistas metidos a políticos, que son capaces de mentir una y otra vez y seguir recibiendo el apoyo de la Asamblea de ciudadanos. Es muy difícil combatirlos, pues la verdad sólo es una y no siempre es apetecible. Quien dice la verdad está mucho más limitado en sus argumentos y en sus promesas que quien utiliza la mentira para argumentar y para prometer.

—¿En la Academia me haré sabio y eso me permitirá distinguir las mentiras de los sofistas?

—Sabio... —Platón escrutó la expresión de Leandro como si estuviera leyendo a través de sus rasgos—. No pretendas ser sabio, supondría una actitud de orgullo por el conocimiento que posees, en lugar de anhelo por adquirir nuevos conocimientos, que es la actitud del filósofo. El conocimiento es el único placer que siempre te hace bien y del que no puedes saciarte. Esfuérzate por avanzar en el camino del aprendizaje, y el propio avance supondrá una gran recompensa. Mi maestro Sócrates decía: «Sólo sé que no sé nada», y por eso el oráculo de Delfos declaró que él era el más sabio de todos los hombres, y no uno de los sofistas que afirman saberlo todo. Ser consciente de tu ignorancia, y tener la humildad necesaria para reconocerla, es el paso inicial imprescindible para empezar la búsqueda de conocimiento. En eso se centrarán tus primeras lecciones en la Academia.

Entraron en Atenas y avanzaron en silencio hacia la Acrópolis. Platón observó el semblante concentrado de Leandro y decidió dejarle que meditara en todo lo que habían hablado. Se sumió en sus propias reflexiones y regresó a su mente la inquietud de que Dionisio hubiera interceptado sus cartas y considerara que había conspirado contra él. Como todos los tiranos, Dionisio se había vuelto más y más paranoico con el paso de los años. Habían oído historias terribles sobre las represalias que tomaba contra quienes consideraba sus enemigos.

«Quizás debería contratar algunos guardias para la Academia.»

Capítulo 15

Esparta, junio de 371 a. C.

Al principio no prestaron atención al murmullo que llegaba desde el norte.

Calícrates y otros magistrados estaban despidiéndose de los embajadores atenienses en la llanura situada a las afueras de la ciudad. Las demás delegaciones habían abandonado Esparta durante la mañana —exceptuando a los tebanos, que se habían marchado la tarde anterior—, y se habían enviado mensajeros a todo el mundo griego para anunciar el acuerdo de paz alcanzado.

A unos pasos de Calícrates se encontraba el rey Agesilao. Le estaba agradeciendo al orador Calístrato su intervención en la Asamblea cuando el aviso llegó con claridad a sus oídos:

—¡Epaminondas se acerca por el camino del norte!

Las conversaciones desaparecieron y todo el mundo se quedó expectante. Poco después distinguieron con claridad al general tebano al frente de su delegación, que constaba de una veintena de hombres entre embajadores, sirvientes y soldados.

«Van armados», advirtió Calícrates.

De pronto se sentía desnudo sin su escudo ni su espada. El regreso de Epaminondas no auguraba nada bueno y se volvió instintivamente hacia su rey. Varios hoplitas de Esparta se estaban acercando a Agesilao, que observaba con gesto hosco el regreso de la embajada.

Calícrates se movió también para situarse junto al rey. Algunos tebanos llevaban lanzas y otros espadas, como Epaminondas, pero no se veía el brillo de las corazas y los yelmos. Trató de distinguir si ocultaban corazas debajo de las túnicas. Había cerca de cincuenta soldados espartanos con ellos, pero el éxito de un ataque inesperado no se basaba en la fuerza, sino en un exceso de confianza por parte de la presa.

Epaminondas levantó una mano y su grupo se detuvo a quince pasos. El general tebano se desenganchó el cinto, entregó la espada a uno de sus hombres y avanzó en solitario hasta quedar frente a Agesilao y Calícrates.

—Rey de Esparta, venimos a hacer una solicitud que sin duda nos concederéis, pues es justa.

Calícrates tenía que levantar la cabeza para mirar a Epaminondas. No era un gigante como Leónidas, pero a él le sacaba más de un palmo de altura y su corpulencia resultaba intimidante. Además, en su caso un mayor tamaño no implicaba una mayor torpeza. Quienes lo habían visto en el campo de batalla afirmaban que manejaba las armas con tanta destreza y velocidad que la vista no podía seguirlas.

«Leyendas», se dijo. Pero lo que se dijera no hacía el rumor menos inquietante.

—Habla, Epaminondas, hijo de Polimnio. —El tono del rey era más cordial que su mirada. En los últimos años había encabezado varios ataques contra Tebas sin conseguir doblegarla—. Vuestras palabras serán recibidas con tanta justicia como contengan.

El general tebano inclinó levemente la cabeza. Calícrates se mantenía alerta a lo que dijera o hiciera aquel filósofo guerrero que nunca había perdido una batalla.

—Tan sólo os pedimos que se rectifique un pequeño error. —Epaminondas hizo una pausa y el silencio pareció solidificarse alrededor de la mirada que sostenía con Agesilao—. El juramento de ayer lo realizamos en nombre de los tebanos, cuando deberíamos haberlo hecho en nombre de todos los beocios, a quienes, como bien sabes, representamos.

«Dioses, no...»

Calícrates se sintió abatido. Se oyeron algunas exclamaciones de protesta entre los hombres de Esparta y los embajadores atenienses, pero todos permanecieron atentos a la reacción del rey.

La voz de Agesilao fue tan afilada como el cuchillo de un sacrificio:

—General Epaminondas, las condiciones del acuerdo incluyen dejar las ciudades independientes. No sólo no puedes suscribir el acuerdo en nombre de otras ciudades, sino que el acuerdo te compromete a dejar libres al resto de las ciudades de Beocia.

—Entiendo, rey Agesilao, el espíritu general del acuerdo. Sin embargo, veo que estaba equivocado en cuanto a que podía contemplar la situación particular de algunas regiones. No siendo así, no tenemos problemas en refrendarlo sólo en nombre de Tebas... —las comisuras de los ojos de Epaminondas se crisparon de forma casi imperceptible—, siempre que Esparta haga lo mismo con relación a las ciudades del Peloponeso.

El desprecio contrajo el semblante de Agesilao. Los espartanos habían prestado el juramento en nombre de sus aliados como llevaban siglos haciendo en todos los acuerdos. La exigencia de Epaminondas significaba poner a Tebas a la altura de Esparta, menospreciando la hegemonía espartana que se prolongaba desde que habían vencido a los atenienses en la guerra del Peloponeso. En última instancia, implicaba exigir a Esparta que liberara la región de Mesenia, de donde provenían desde hacía siglos los esclavos ilotas y la tierra cuya riqueza permitía a los espartanos dedicar su vida al entrenamiento militar.

—Epaminondas —proclamó Agesilao en voz alta para que lo oyeran todos los presentes—, no cambiaremos ni una sola letra de lo que ha sido refrendado por todas las ciudades y grabado en las estelas de piedra. En todo caso, si no queréis figurar en el acuerdo de paz, borraremos de él el nombre de Tebas.

Se quedaron en silencio el uno frente al otro. Calícrates podía sentir los latidos en las venas de su cuello durante aquel momento crucial en el que se decidía la vida de miles de hombres. El general Epaminondas miraba al rey de Esparta, el gobernante más poderoso del mundo griego, con la expresión serena del hombre que sabe que hace lo correcto.

—Está bien. —Asintió con aire reflexivo—. Que así sea.

Al darse la vuelta, sus ojos se cruzaron con los de Calícrates, que percibió en ellos una voluntad férrea y se quedó mirando cómo se alejaba con los demás tebanos.

«Epaminondas ya sabía lo que iba a ocurrir —se dijo mientras pensaba afligido en sus hijos—. Si ha roto el acuerdo de paz es porque quiere la guerra.»

Capítulo 16

Atenas, junio de 371 a. C.

Altea se incorporó hasta quedar sentada en el borde de la cama.

«Es la primera vez que duermo toda la noche», pensó un poco aturdida. Se fijó en la luz que filtraba la cortina de lana y advirtió que ya había transcurrido la mitad de la mañana.

Pensó en su esposo y negó despacio con la cabeza. El silencio, salpicado estérilmente con algunas palabras amables, seguía creciendo entre ellos como un mar que separara dos islas.

«Tengo que hablar con él.»

Se levantó antes de que su decisión flaqueara. Salió de la alcoba y recorrió la mansión hasta llegar a la sala de trabajo de su esposo. Alzó la mano, venció un último titubeo y llamó con los nudillos.

—Adelante.

Había tantos documentos sobre la mesa que apenas se divisaba el tablero de madera oscura. Calipo había echado la silla hacia atrás como si quisiera alejarse de ellos. Estaba hundido en el asiento, con el mentón apoyado en una mano, círculos oscuros alrededor de sus ojos y una expresión desesperada.

—¡Altea! —Su vista se desvió un instante al contenido de la mesa y se puso de pie con rapidez.

Altea esbozó una sonrisa y escrutó sus ojos de color miel. Era evidente que la seguía queriendo, pero sabía que eso no era suficiente.

—¿Te encuentras bien? Pareces cansada.

—Estoy mejor. —Se llevó una mano al vientre—. Ya casi no me duele, y esta noche he dormido seguido. —Su esposo se esforzaba por mostrarse despreocupado, pero ella notaba su tensión—. Tú no parece que hayas descansado.

—Tienes razón. —Calipo desvió la mirada. Las dos últimas noches había acudido a banquetes en los que había sondeado a posibles candidatos para participar con ellos en negocios sin adelantar capital, ofreciendo como garantía propiedades que en realidad ya no le pertenecían. De momento, su búsqueda había sido en vano—. Apenas duermo, y he tenido cenas de trabajo que se han prolongado demasiado. —Su semblante se distendió un poco—. ¿Sabes que en la conferencia de paz se ha alcanzado un acuerdo entre todas las ciudades?

—Me enteré ayer por la tarde, cuando estaba en casa de mi padre. Espero que eso signifique que no tendrás que ir a luchar durante mucho tiempo.

—Sí, eso espero.

Mencionar el futuro hizo que ambos se quedaran callados. El silencio se prolongó y se volvió incómodo. Altea agachó la cabeza y los ojos de Calipo descendieron hasta su vientre, abultado como el de una madre reciente, aunque ella no lo era ni lo sería nunca. Colocó una mano bajo la barbilla de su esposa. Cuando ella alzó el rostro, él se acercó sosteniendo su mirada plateada. La tristeza que transmitían los ojos de Altea le hizo un nudo en la garganta.

—Altea, perdóname... Te quiero, y no he sabido...

Trató de decir algo más, pero fue incapaz. Ella sintió que el dolor que había intentado contener la desbordaba y comenzó a derramar lágrimas silenciosas que enseguida dieron paso a un llanto que agitaba su cuerpo. Calipo la estrechó entre sus brazos y permanecieron así hasta que ella se calmó. Él le besó el pelo y volvió a decirle que la quería y que sentía no haber estado a su lado, y ella susurró que no hacía falta que se disculpara, feliz al saber que no iba a repudiarla.

Cuando se separaron, Altea se quedó de nuevo en silencio. Estaba pensando en lo que les había ocurrido y prefería que de momento no hablaran del hijo que habían perdido ni de los que nunca llegarían. Se fijó en los papiros que cubrían la mesa y recordó la expresión de su esposo cuando había entrado en la sala. Intuyó que no quería que le preguntara por aquellos documentos, y en lugar de eso le contó la propuesta de Platón de que diera clases de filosofía, así como su intención de rechazarla.

—Tienes que aceptar —replicó Calipo—. Cuando estás en la Academia es como si brillaras, como si al estar allí los dioses te concedieran una energía especial. Además, no eres sólo una discípula aventajada, eres una buena filósofa.

Altea levantó las cejas, sorprendida por su vehemencia.

—Me alegra que digas eso, es una muestra innegable de que me quieres..., pero también es evidente que lo que dices no es cierto.

Calipo le puso las manos en los hombros.

—No digo que Platón no esté pensando en ayudarte cuando te lo ofrece, pero también sabe que puede ganar una magnífica maestra para la Academia. Desde luego —añadió sonriendo—, no me lo hubiera ofrecido a mí.

Altea vio a su esposo tan confiado que se lo planteó de nuevo. Se manejaba bastante bien en los debates de la Academia, pero temía quedarse en blanco al subir a la tarima, y sobre todo la asustaba que muchos hombres se rebelaran al ver que una mujer pretendía darles clase.

Aquel miedo había inclinado la balanza hasta ese momento, pero haber recuperado a Calipo hacía que se sintiera más segura.

«Por Apolo, si me echan, me voy, tampoco van a matarme. En cambio, no intentarlo es un fracaso que lamentaría siempre.»

—De acuerdo, me has convencido. —El orgullo en los ojos cansados de su esposo hizo que casi se echara a reír—. Voy a dar clases en la Academia.

Calipo la besó y al momento se apartó frunciendo el ceño.

—No sé si debería preocuparme. Estoy besando a un maestro de la Academia y me gusta.

Altea rio.

—Mientras no te confundas y beses a Platón...

—Creo que no me confundiré... —Calipo la rodeó con los brazos y esta vez el beso se prolongó.

Cuando deshicieron el abrazo, Altea recordó algo en lo que había estado pensando.

—Ayer pasé por delante de la cocina y vi que había un muchacho ayudando a la cocinera. Estaba tan cansada que no entré, pero me pareció demasiado joven para encargarse de la comida. ¿Lo has comprado para ayudar a Apolonia hasta que encuentres una buena cocinera que la sustituya?

Calipo torció el gesto.

—No recordaba que no habíamos hablado del nuevo esclavo. En realidad, lo he comprado con la idea de que con un buen ayudante podamos mantener a Apolonia activa durante otro par de años.

A Altea le resultó extraño. Tener una cocinera con mala vista y un ayudante tan joven suponía un riesgo frente a la alternativa de contar con otra cocinera en plenitud de facultades. Pero se limitó a asentir, no quería llevarle la contraria a Calipo en ese momento, y había otra cosa de la que quería hablarle.

—He pasado los dos últimos días en casa de mi padre. Su ayudante se ha ido, y ya sabes que Eurímaco... en estos momentos no le sirve de ayuda. —Su esposo sabía que Eurímaco bebía, pero no que había estado robando a Perseo—. El caso es que tiene problemas de liquidez, y me preguntaba si podrías darme cinco o diez dracmas para ayudarlo.

Calipo esbozó de inmediato una sonrisa tensa.

—Creía que el taller iba bastante bien. —Hizo un gesto de contrariedad—. Me temo que en este momento no tengo nada de dinero en casa. He tenido que destinar las rentas de las últimas semanas a realizar algunas reparaciones en las granjas, aparte de comprar el esclavo para la cocina.

Altea recordó que el administrador acudía a la casa con más frecuencia de lo habitual y supuso que habrían estado departiendo sobre las reparaciones de las que hablaba Calipo.

—Voy a ir luego a casa de mi padre, va a cocer una fuente para servir pescado. —Decidió no decirle que la había pintado ella, quería comprobar si Calipo creía al verla que el dibujo era obra de un pintor profesional—. Podrías comprársela cuando cobres alguna renta.

De nuevo aquella sonrisa apresurada.

—Claro..., pero nosotros ya tenemos varias fuentes, preguntaré entre mis amigos a ver si alguien quiere comprarla.

Altea decidió no insistir, aunque su padre necesitaba dinero con urgencia. Hacía falta arcilla y madera para el taller y su despensa estaba completamente vacía.

«Por ahora puedo llevarle algo de comida de nuestra casa.»

—¡Señor, ha llegado un mensajero! —anunció el esclavo portero desde el patio.

Salieron juntos y vieron a un hombre muy delgado y con el pelo rapado. Calipo lo reconoció enseguida, era el esclavo de confianza de uno de sus amigos, que ese mes formaba parte del Consejo de la Asamblea.

—¿Qué noticias traes?

—Me envía mi amo para decir que han llegado noticias nuevas desde Esparta. —Aquello los inquietó, igual que a Melisa y a otros dos esclavos que se encontraban en el patio—. Epaminondas se presentó al día siguiente de firmar el tratado de paz y sacó a Tebas del acuerdo.

—¡Maldito Epaminondas! —exclamó Calipo.

—¿Ahora qué va a ocurrir? —Altea agarró el brazo de su esposo. Temía que tuviera que ir a combatir contra Tebas.

—No lo sé. Esparta ahora mismo tiene un gran ejército en Fócide, cerca de Tebas... Pero no sabemos qué pretende Epaminondas... —Lo único seguro era que la guerra volvía a planear sobre todo el mundo griego—. Voy a ver si averiguo algo más.

Le dio a Altea un beso apresurado y salió a la calle.

Melisa entró en la cocina y preguntó mecánicamente por la preparación de la comida de los esclavos, pero ni siquiera oyó la respuesta.

«¿Por qué me castigas así, Afrodita? —Dio la espalda a la cocinera y su nuevo ayudante, no quería que percibieran su desesperación—. ¡Maldita sea, no puede ser!» Sin embargo, era cierto. Había visto que Altea entraba en la sala de trabajo de Calipo y se había quedado cerca de la ventana, procurando oír lo que decían. La mayoría de las palabras le habían llegado como un murmullo que no se entendía, pero había captado lo suficiente como para comprender que se habían reconciliado.

«¿Cómo es posible? ¿Cómo puede resignarse a una mujer que no puede darle un heredero?»

Se dio la vuelta y vio que el nuevo esclavo apartaba rápidamente la mirada de sus piernas. Ya le había sorprendido mirándola en otras ocasiones.

«Todos los hombres me desean, menos Calipo.»

En ese momento entró Altea. Saludó a la cocinera con un afecto que Melisa consideró impropio e interpeló directamente a su ayudante:

—¿Cómo te llamas, muchacho?

El esclavo apenas se atrevió a levantar los ojos del suelo.

—Soy..., soy Davo, mi señora.

Altea le sonrió. Le daba pena aquel joven de aspecto frágil, tan delgado que parecía que apenas le habían dado de comer desde hacía meses.

—En esta casa no te llamaremos así. —*Davo* era el término genérico para referirse a los esclavos que procedían de Dacia—. ¿Cuál es tu verdadero nombre?

El muchacho se quedó un momento callado. Se irguió un poco y alzó la mirada.

—Me llamo Céfiro, mi señora.

—Bien, pues así te llamaremos todos.

Céfiro agachó de nuevo la cabeza.

—Muchas gracias —murmuró.

—Puedes seguir con lo que estabas haciendo.

El esclavo se sentó para continuar machacando ajos en un mortero de piedra y Altea se dirigió a la cocinera.

—¿Cómo te encuentras, Apolonia?

—Muy bien, señora, muchas gracias.

Un velo blanco cubría sus ojos y Altea se preguntó cuánto vería, aunque cuando había entrado estaba cortando unos nabos en láminas y sus manos arrugadas se movían con soltura.

—¿Estás contenta con tu ayudante?

Apolonia sonrió mostrando la encía superior, donde sólo sobrevivían dos dientes amarillos.

—Yo tengo experiencia y él juventud, formamos un buen equipo.

Altea le devolvió la sonrisa. Apolonia llevaba más de cuarenta años con la familia de Calipo y le parecía un gesto noble que su marido quisiera que la esclava siguiera sintiéndose útil. No obstante, le daba la impresión de que Céfiro no iba a servirle de mucha ayuda, y le inquietaba que su marido diera un banquete importante y algo saliera mal.

—Hoy tampoco comeré aquí —les informó—. Voy a llevarme algo de comida a casa de mi padre.

Revisó el contenido de algunas vasijas de cerámica que había en el suelo y decidió llevarse una que contenía cuatro o cinco raciones de lentejas secas. Tomó también una torta de cebada y se puso a partir un trozo de queso.

A su espalda, Melisa la observaba con rabia al darse cuenta de lo animada que estaba tras la reconciliación con Calipo. También le irritaban las miradas furtivas que Céfiro dirigía a su señora.

«Pequeño cerdo, ¿también te excitas con una mujer recién parida?» Contempló a su ama e intentó verla como una mujer deformada por el embarazo, pero tuvo que reconocer que, al recobrar la salud, Altea había recuperado también su belleza. Comprendía que a Céfiro le afectara el hechizo de sus ojos y ella misma envidiaba su nariz y su barbilla, rectas y breves, y sobre todo su melena negra y espesa. Ella había nacido esclava y nunca había tenido el pelo largo, ni siquiera sabía qué aspecto tendría si pudiera dejárselo crecer.

Altea abandonó la cocina y Melisa se sentó en el suelo de tierra, muy cerca de la silla en la que estaba Céfiro. Se puso a revisar el contenido de algunas vasijas, pero mientras contaba rábanos y cebollas permanecía atenta al esclavo. Enseguida advirtió que el muchacho manejaba el mortero con un ritmo cada vez más lento.

«Sigue así, disfruta de lo que ves.»

Se rascó el pecho a través de la túnica, con aparente distracción, de manera que su carne generosa asomara aún más por el escote. El mazo del mortero se movía cada vez más despacio, golpeaba con menos fuerza...

Giró la cara de golpe y atrapó la mirada del muchacho clavada en su pecho.

—¡Puerco!

Le dio tal bofetón que lo tiró del asiento. El muchacho se revolvió en el suelo para intentar alejarse de ella y chocó con la silla de la cocinera. Melisa se puso de pie y lo señaló con un dedo acusador.

—Maldito cerdo, ¿no sabes hacer otra cosa que mirar a las mujeres? He visto cómo te comías con los ojos a la señora Altea. Si vuelves a mirarla, aunque sea por descuido, haré que te envíen a las minas.

Céfiro temblaba junto a la silla de Apolonia, que no se atrevía a intervenir.

—Yo soy el ama de llaves de esta casa, la persona de confianza del amo Calipo. —Melisa se acercó más y el esclavo se cubrió la cabeza con un brazo—. No olvides jamás que tu vida depende de mí.

Capítulo 17

Esparta, junio de 371 a. C.

Calícrates aguardaba junto a sus hijos a que comenzara la Asamblea de Esparta.

«Esta vez hay que votar a favor de la guerra.»

Los tres iban a apoyar con su voto una intervención militar contra Tebas. Era la única alternativa sensata en las circunstancias actuales, y esperaban que la mayoría de sus compatriotas se pronunciara en el mismo sentido.

En aquella ocasión sólo había ciudadanos de Esparta en la explanada de la Asamblea. Eran tan sólo unos cuantos cientos, pero estaban acostumbrados a decidir sobre el destino de cientos de miles. Habían formado un círculo, descalzos y vestidos únicamente con el *tribón,* la túnica corta de tejido basto propia de los espartanos. Se habían reunido para consensuar la respuesta que le darían al rey Cleómbroto, el otro monarca de Esparta, que permanecía con un enorme ejército cerca de Tebas. Al enterarse de que Epaminondas había sacado a los tebanos del acuerdo de paz, Cleómbroto había enviado mensajeros a la ciudad para solicitar instrucciones.

«No se atreve a decidir por sí mismo.» Calícrates no se lo reprochaba; en el pasado Cleómbroto había resuelto poner fin a dos campañas militares contra los tebanos y había sido duramente reprendido por ello. Si volvía a actuar de un modo que no satisficiera a la ciudad, se arriesgaba a ser condenado al exilio e incluso a la muerte.

El primero en acercarse al estrado fue Prótoo, un hombre bajo y vigoroso que rondaba los sesenta años. La Asamblea lo observó en silencio mientras subía los peldaños de madera. Prótoo tenía el respeto del pueblo, pero, aunque había afirmado que hablaría en su propio nombre, nadie dudaba de que iba a exponer el deseo del rey Cleómbroto.

—Varones espartanos, nuestra decisión debe ser acorde a los juramentos que acabamos de tallar en piedra. Hemos dado orden de que regresen gobernadores y guarniciones, igual que han hecho los atenienses, y eso es grato a los dioses. Del mismo modo, debemos licenciar al ejército según los juramentos. —Se levantó un rumor en la Asamblea que Prótoo ignoró—. Tan sólo después, si Tebas no deja que las ciudades que ahora tiene sometidas sean independientes, deberíamos volver a convocar a los aliados y que nos acompañen a luchar contra los tebanos. Pero sólo aquellos que quieran, pues eso es lo que hemos jurado y lo que está escrito en las estelas. Obrando de este modo, por lo tanto, los dioses nos serán más favorables, y no enojaríamos a las ciudades que ahora luchan a nuestro lado, pues no las obligaríamos a combatir contra su voluntad.

—¡Eso es una insensatez!

—¡Y una cobardía!

—¡Tú no eres adivino, los dioses están con nosotros!

Prótoo levantó las manos y trató de hacerse oír, pero la Asamblea siguió vociferando en su contra. Calícrates y sus hijos se habían sumado a los gritos, conscientes de que, cuando el griterío ponía de manifiesto que había una clara mayoría, los éforos consideraban que se había producido un voto válido.

El rey Agesilao observó la reacción de su pueblo, atravesó el círculo de hombres y pidió a los éforos que le concedieran la palabra.

—Hemos obedecido en todo a nuestros juramentos y a los dioses —proclamó tras sustituir a Prótoo en el estrado—. Pero sería una locura hacer regresar a nuestros soldados antes de que los tebanos desmovilicen su ejército. Lo que tenemos que hacer es mantenernos bien preparados y atacar a los tebanos si no liberan las ciudades que han sometido. ¿Estáis de acuerdo, espartanos?

El clamor favorable hizo innecesario el recuento de votos.

Después de la Asamblea, Calícrates fue convocado a la casa del rey Agesilao junto a los demás miembros del Consejo de Ancianos, los éforos y algunos generales, entre los que se encontraba Leónidas.

—No voy a andarme con preámbulos —declaró el rey cuando llegó el último convocado—. Doy por hecho que Epaminondas se va a enfrentar a nosotros. Y aunque nuestras fuerzas son muy superiores, la victoria se puede complicar si el ejército no actúa con la debida resolución.

Sus palabras fueron acogidas con un murmullo de aprobación. Todos eran soldados casi desde su nacimiento y conocían la importancia de que a lo largo de la cadena de mando se transmitiera disciplina y determinación. Sin necesidad de que Agesilao lo dijera, sabían que no confiaba en el rey Cleómbroto para aquella empresa. Los soldados de Esparta combatirían con arrojo aunque el mando se mostrara débil, pero la mayor parte del ejército estaba formada por soldados de ciudades aliadas que flaquearían si detectaban dudas en sus superiores.

—Quiero enviar una unidad de apoyo con algunos de nuestros generales más experimentados —continuó Agesilao—. He hablado con algunos de nuestros aliados y aportarán trescientos o cuatrocientos hombres. Por nuestra parte, enviaremos a los soldados de las diez primeras clases que tenemos en este momento en Esparta.

Calícrates bajó la cabeza y cerró los ojos. Las diez primeras clases eran los soldados de los veinte a los treinta años, por lo que también irían sus hijos Euxeno y Demarato.

Agesilao nombró a los generales que iba a enviar, y Calícrates se estremeció cuando el rey dijo el último nombre:

—General Leónidas, tú no puedes faltar en un enfrentamiento tan decisivo. Los hombres combaten con mayor ardor cuando saben que formas parte del ejército.

Leónidas se limitó a inclinar su cabeza de gigante. Su mujer estaba a punto de parir, pero le daba igual esperar unas semanas para ver al pequeño Aristón.

Calícrates dejó que transcurriera un momento para que su ansiedad no resultara evidente.

—Mi rey, me gustaría formar parte de esa campaña.

Agesilao se volvió hacia él.

—No quería forzarte a ello, pero me alegraría contar con alguien de tu experiencia en ese ejército.

Calícrates respondió con un ligero asentimiento. Agesilao no podía ir con ellos porque siempre tenía que permanecer en Esparta uno de los dos reyes. Si no fuera por eso, sus setenta y tres años no serían impedimento para que acudiera de buen grado a luchar contra Tebas. Calícrates tenía tres años menos, pero no poseía la naturaleza privilegiada de Agesilao; pese a que seguía entrenando y se mantenía en forma, ya no podía enfrentarse con garantías a soldados mucho más jóvenes. Iría en calidad de consejero, aunque el motivo de que se hubiera ofrecido era otro.

Le aterraba que sus hijos quedaran bajo el mando de Leónidas.

Capítulo 18

Atenas, junio de 371 a. C.

Eurímaco acarició el relieve de su moneda de plata.

En un lateral de la imagen figuraban las tres primeras letras de la palabra *Atenas,* y en el otro la luna y una ramita de olivo. En el centro, una lechuza, símbolo de la sabiduría, lo miraba con sus grandes ojos redondos.

«¿Vas a decirme que no debería estar aquí? —Se acercó un poco más a la lechuza—. Para eso no hace falta ser sabio.»

Le dio la vuelta a la pesada moneda, una gruesa e irregular tetradracma, y apareció el rostro de Atenea, diosa de la sabiduría y patrona de Atenas.

—Apuesto cuatro dracmas. —Arrojó la pieza sobre la mesa de madera oscura, ablandada tras años de absorber vino derramado, y aguardó a que Tirteo lanzara los dados. Ya llevaba un rato jugando y tenía en su bolsa algo más de la cantidad con la que había llegado a El Remero Alegre: cien dracmas, el resultado de vender las últimas vasijas de su padre. Se las había llevado antes de irse a vivir a su propia casa.

Por un momento pensó en la reacción de Altea cuando se enterara de que había robado a su padre.

«Tal vez ya se haya enterado.» Levantó la jarra, bebió varios tragos y dejó de pensar en su hermana.

La suerte le fue favorable y recuperó su moneda y otras cuatro dracmas. Las guardó en su bolsa de cuero, seguiría apostando con la misma pieza de plata. Aunque pensaba que en el fondo era una estupidez, no podía evitar tener la sensación de que algunas monedas traían suerte.

Terminó el vino de su jarra y una camarera se la cambió

por otra nueva. Mientras apostaba, le surtían con todo el vino gratis que quisiera.

«Vino gratis, pequeña lechuza. —Volvió a acariciar la figura—. Buen negocio, ¿verdad?»

El ave seguía contemplándolo impávida junto a la rama de olivo, el regalo que la diosa Atenea había hecho a la ciudad.

—Otra vez, cuatro dracmas.

La fortuna le favoreció de nuevo y su bolsa se volvió un poco más pesada.

—Parece que esa moneda te trae suerte. —Tirteo le dedicó una sonrisa que la cicatriz prolongaba hasta el pómulo—. ¿No quieres doblar la apuesta?

—No.

La tetradracma golpeó la madera con un sonido amortiguado. Además de Tirteo, a su mesa se sentaba el otro propietario de la taberna y dos jugadores más. Cuando los dados se detuvieron, uno de ellos se marchó profiriendo maldiciones.

Eurímaco había vuelto a ganar y recogió su moneda. Esta vez no retiró la ganancia, besó la tetradracma y la devolvió a la mesa.

—Doblo. Ocho dracmas.

Bebió un trago y esperó en tensión mientras los dados repiqueteaban contra las paredes del cubilete de madera. Estaba imaginando que venía una racha fuerte y se marchaba con una ganancia suficiente para reintegrar a su padre al menos lo que le había cogido en las últimas semanas. «No se lo he cogido, se lo he robado», se corrigió con aspereza. Esperaba poder devolvérselo, pero se merecía cada gota de culpabilidad que amargaba su sangre.

Volvió a ganar.

—¡Por Hades, hoy has venido dispuesto a arruinarnos! —Los ojillos de Tirteo se entornaron cuando sacó las ocho dracmas y se las entregó.

Eurímaco contempló el total de dieciséis que tenía frente a él, guardó la mitad y volvió a apostar ocho.

«Si gano, tendré cerca de ciento cincuenta», calculó.

En una mesa cercana también estaban jugando a los dados, aunque allí las apuestas eran menores y el juego lo controlaban un par de empleados de la taberna. En las demás mesas del salón había varios hombres comiendo y bebiendo, pero Eurímaco estaba convencido de que la principal fuente de ingresos de aquel antro era el juego.

Tirteo se entretuvo un momento con los dados en la mano. Eurímaco no le quitaba ojo.

—Tú estás bien relacionado —dijo el tabernero—, ¿qué crees que pasará al haberse roto el tratado de paz? ¿Vamos a cumplir nuestra parte del acuerdo?

—Yo no tomo las decisiones.

La sonrisa de Tirteo se deformó aún más. Los dados de hueso rodaron y Eurímaco volvió a ganar.

—Sin duda estás de suerte. Aquí tienes, otras ocho dracmas.

Se las guardó y repitió la apuesta.

—Tu amigo Platón tiene contactos en muchas ciudades —insistió Tirteo—. ¿No sabes qué pretende Epaminondas? —Eurímaco se encogió de hombros con una sensación desagradable, no quería que le hablaran de Platón—. Dicen que Epaminondas tiene intención de enfrentarse a Esparta. Pero, si vencen los espartanos, obtendrán de botín todas las riquezas de Tebas, su flota y miles de soldados. Y todo ello en nuestra frontera. Aunque hayamos acordado la paz con ellos, la posibilidad de lanzarnos un ataque sorpresa sería demasiado tentadora, ¿no crees?

Eurímaco posó en Tirteo sus ojos enrojecidos. No estaban en un banquete hablando de política entre amigos, sino en una partida en donde cada uno quería quedarse el dinero del otro.

—Tira los dados.

El tabernero le sostuvo la mirada sin alterar su expresión. Agitó los dados y los echó sobre la mesa.

—Esta vez pierdes.

Eurímaco se apresuró a poner su mano sobre las monedas.

—Espera. Quiero quedarme esta tetradracma, te daré otra.

Su moneda de la suerte funcionó durante las siguientes tres apuestas, lo que le reportó otras veinticuatro dracmas. «Ya tengo unas ciento setenta.» Se le pasó por la cabeza levantarse de la mesa, pero fue una idea muy fugaz, estaba aprendiendo a no creerse sus propias mentiras.

Dobló la apuesta, dieciséis dracmas por jugada, una cantidad que rara vez se veía en una partida. Los dioses lo regían todo, si de verdad querían que ganara, que lo demostraran, igual que habían demostrado preferir que en vez de gozar de una vida como padre y marido llorara a su mujer muerta y fuese un miserable borracho que había robado a su padre todo lo que tenía.

«A vuestra salud.» Elevó la jarra de vino antes de apurarla. En cuanto la dejó sobre la mesa, le pusieron otra llena.

Los dioses debían de estar contentos esa noche y permitieron que volviera a ganar. Dos jugadas después perdió, pero conservó su moneda y ganó las siguientes dos apuestas.

Acarició la moneda de la suerte y de pronto se le ocurrió que los grandes ojos de la lechuza se parecían a los de su hermana y su padre: ojos de plata, ojos sabios que atesoraban un conocimiento que a él se le escapaba. Le dio la vuelta y contempló absorto a Atenea, la diosa protectora.

—¿Protectora de qué? —murmuró al tiempo que arrojaba la moneda.

Perdió dos veces seguidas y luego volvió a ganar. Entonces se dio cuenta de que ya no tenía su moneda talismán, en algún momento había olvidado recogerla. Emitió una mezcla de suspiro y gruñido, una protesta cansada y ebria. La sensación oscura de la derrota se infiltró en sus venas y notó que su sangre se volvía fría y pesada.

«Las monedas no traen suerte, la suerte trae monedas.» Un viejo dicho entre los jugadores que no hizo que se sintiera mejor.

Ganó cuatro de las siguientes cinco veces, grandes apuestas de dieciséis dracmas cada una. En su bolsa ya había cerca de doscientas cincuenta dracmas y le pareció detectar inquietud en los ojillos maliciosos de Tirteo.

Siguió bebiendo y apostando, y se percató de que en la mesa sólo estaba él con los dos taberneros. No era consciente de cuándo se había ido el otro jugador.

Las rachas se sucedieron igual que el vino, y al cabo de algunas jugadas seguidas perdiendo le sorprendió lo poco que pesaba su bolsa.

«Otra vez tengo menos de cien dracmas. —La sensación oscura se volvió más intensa al pensar que ya no estaba jugando con ganancias, sino con el dinero que le había quitado a su padre. Al instante sus labios se torcieron en una sonrisa de desprecio—. Muchos cientos de dracmas tendría que ganar para no estar jugando con lo que le he robado.»

La plata siguió saliendo de su bolsa. Temió que aquella mala racha le hiciera perder todo y bajó las apuestas a ocho dracmas. En cada jugada se decía que lo mejor que podía hacer era irse cuando todavía le quedaban algunas decenas de dracmas. Con sesenta lamentó no haberse ido cuando tenía ochenta y se prometió que si volvía a esa cantidad se iría, y lo mismo se dijo cuando llegó a cuarenta y cuando sólo le quedaban veinte.

Vació la bolsa sobre la mesa.

—Veinte dracmas —contó Tirteo—. ¿Las apuestas de golpe?

Eurímaco se quedó callado. Era todo lo que tenía, y a su padre tampoco le quedaba nada. Sus manos se apoyaban en el borde de la mesa como si se asomara a un abismo.

—Las veinte.

Empujó las monedas con un movimiento torpe.

Los dados cayeron sobre la mesa.

Perdió.

Tirteo recogió las monedas. Su expresión era seria, excepto por la cicatriz que parecía reírse permanentemente de Eurímaco.

—Parece que tu plata se ha acabado. —Frunció los labios como si lamentara haberlo arruinado—. Ya sabes que, aunque no se lo permitimos a casi nadie, tú puedes jugar a crédito.

Eurímaco asintió sin apartar la mirada de los dados.

—Cincuenta dracmas.

Tirteo lo miró levantando una ceja.

—¿Cincuenta? —Se volvió hacia el otro tabernero, que expresó su conformidad con un breve gesto. Sacó un montoncito de monedas de plata y contó con rapidez—. Aquí las tienes.

Eurímaco no se molestó en guardarlas en su bolsa. Las puso a un lado y tomó unas cuantas.

—Quince dracmas.

Todas las lechuzas de aquellas monedas tenían los mismos ojos indiferentes. Cuando los dados se detuvieron, todas volaron a manos de Tirteo.

—Otras quince. —Las arrojó sobre la mesa casi compulsivamente. Esta vez ganó y volvió a tener cincuenta.

«Si consigo otras quince, devuelvo las cincuenta y me voy.»

Volvió a ganar, pero no se fue. La siguiente vez perdió y juró por los dioses que esta vez se iría si ganaba. Al perder bajó a treinta y cinco dracmas, que tres jugadas después se habían convertido en veinte.

Veinte dracmas era mucho dinero, casi lo que ganaban muchos jornaleros en un mes de trabajo, pero en ese momento no parecía nada. Mientras trataba de pensar, sintió un picor intenso en el antebrazo izquierdo y se rascó enérgicamente. A pesar de la borrachera notó un fuerte escozor y vio que una de las cicatrices que le habían hecho los perros todavía supuraba. Abrió la mano de la espada y comprobó que las heridas de sus nudillos seguían enrojecidas.

«El día que me atacaron los perros fue la última vez que vi a Altea.» Le extrañó acordarse de aquello en ese momento. No sabía si había ocurrido hacía diez días o un mes, pero le daba igual. Ya nada importaba.

Empujó las monedas hasta el centro de la mesa.

No mostró ninguna reacción cuando las perdió.

—Te hemos dejado cincuenta. ¿Quieres más?

Tirteo se quedó esperando. Al cabo de un rato, Eurímaco negó con la cabeza. El otro tabernero se levantó y un momento después regresó con un pequeño cofre. Guardaron en él las monedas y sacaron un papiro en el que estaba escrito el nombre de Eurímaco.

—Veamos... —Tirteo pasó el dedo por el papiro—. Aquí está. Con estas cincuenta, ya nos debes mil trescientas dracmas.

Eurímaco asintió una vez sin mirarlo. El antebrazo le escocía como si le estuvieran aplicando un hierro al rojo, pero no se movió.

—Ya sabes qué hay que hacer. —Tirteo anotó la cifra con una pequeña caña impregnada en tinta y luego le puso delante el papiro. Había una larga lista de cifras tachadas, cada vez de mayor importe, hasta llegar a la de mil trescientas dracmas.

Eurímaco cogió la caña que le tendía el tabernero y escribió su nombre al lado de aquel importe desmesurado.

Al ponerse de pie perdió el equilibrio. Tirteo intentó sujetarlo, pero él pesaba el doble; se cayó sobre una mesa vacía, quebró dos de las patas y rodó por el suelo.

—¿Estás herido? —Rechazó la mano de Tirteo y se puso a cuatro patas—. Esta mesa corre de nuestra cuenta, pero procura no romper más.

Algunos hombres rieron, hasta que Eurímaco se irguió por completo, con las aletas de la nariz dilatadas.

Tirteo se colocó frente a él y se aseguró de que captaba su mirada.

—Mil trescientas dracmas, Eurímaco. Es importante que lo recuerdes, porque nosotros no lo vamos a olvidar.

Capítulo 19

Atenas, junio de 371 a. C.

—¿Has vuelto a ver a Eurímaco? —le preguntó Altea a su padre.

Perseo negó con la cabeza. Estaban sentados en el patio de su casa taller, revisando unas copas de arcilla que ya se habían secado y había que pintar.

—No sé nada de él desde que se fue a vivir a su casa.

Altea dejó en la mesa la copa que estaba examinando. Le apenaba el tono pesaroso de su padre; ella sentía ante todo rabia por lo que Eurímaco le había hecho y temor de que se repitiera.

Perseo cogió un cuenco y se puso a preparar pigmento. En la zona de secado del taller aguardaban cuatro copas y sobre la mesa del patio tenían las dos que ya se habían secado por completo. Al perder agua su volumen había disminuido un poco, pero habían mantenido las proporciones intactas gracias a la uniformidad en el grosor de las paredes y a la homogeneidad de la arcilla. Altea iba a trazar una banda sencilla de dibujos geométricos, quizás con alguna palmeta, y Perseo pintaría de negro el resto de la superficie.

—Alexias —Altea inclinó el cuerpo hacia la puerta del taller—, ¿para cuántas copas nos queda arcilla?

—Para cuatro o cinco. —La voz del ayudante llegó desde el taller mezclada con el sonido del torno. Lo manejaba con habilidad y le imprimía una velocidad constante al pisar el pedal, lo cual era igual de necesario que saber cómo tenía que mojar la pieza mientras la moldeaba para evitar que se secara en exceso o se volviera demasiado blanda.

«Cuatro o cinco. —Altea hizo un cálculo rápido—. Eso está bien.»

Una semana antes habían sacado del horno la fuente de pescado pintada por ella. Aunque no era una obra de arte, el resultado había sido más que aceptable. Le pidió a un esclavo que la llevara a su casa para enseñársela a Calipo y éste alabó el resultado, pero no la compró. Altea no reveló que la pintura era suya y le solicitó que se la ofreciera a algún amigo; sin embargo, su marido seguía muy ocupado y apenas se habían visto desde entonces.

Afortunadamente, al tercer día su padre consiguió un comprador entre sus clientes más importantes. El hombre había comprado la fuente por veintiocho dracmas, y eso había sido suficiente para abastecer al taller de madera y arcilla y para volver a contratar al ayudante de su padre.

«Alexias aceptó con la condición de que Eurímaco no interfiera en el negocio.»

Altea observó a su padre, que estaba enfrascado en la elaboración de los pigmentos. El sonido del torno era música para sus oídos. Estaba orgullosa de que hubieran conseguido retomar la producción, y en cuanto cocieran las copas en las que estaban trabajando obtendrían un colchón de dinero para tres o cuatro semanas. Entonces su padre podría dedicarse a elaborar una de las grandes vasijas que habían dado fama al taller. Cuando la vendiera, dejaría atrás definitivamente la penuria provocada por Eurímaco.

Perseo alzó el rostro y encontró su mirada.

—Quedan un par de horas para tu clase. Cuando quieras nos vamos.

—De eso nada. —Altea cogió un pincel fino, lo mojó en uno de los cuencos que había preparado su padre y empezó a trazar una línea horizontal debajo del borde de la vasija—. Si llego a la Academia mucho antes, me pondré demasiado nerviosa. He leído una docena de veces *La república* y le he preguntado a Platón todo lo que se me ha ocurrido, pero estoy convencida de que se me olvidará todo si vuelvo a pensar en ello antes de que comience la clase.

Continuó pintando en la superficie de arcilla rojiza, delimitando poco a poco una franja con aquel pigmento que el horno transformaría en esmalte vitrificado de color negro. Después se decidió a dibujar una palmeta. Había estado practicando los días previos, y cuando terminó de trazar las delicadas curvas consideró que no había quedado mal.

—¿Qué te parece?

Perseo tomó la copa con cuidado, entornó los ojos y estiró el brazo para alejarla.

—No soy capaz de verla más de cerca, pero creo que está muy bien.

Altea comenzó una segunda palmeta mientras su padre entraba en el taller para hablar con Alexias. Agradecía que el dibujo le exigiera tanta concentración, así sólo pensaba en dominar el delicado avance de la flexible punta del pincel, el grosor de la capa de pigmento, la armonía del conjunto...

Cuando su padre regresó, había terminado la segunda palmeta y se la mostró.

—¿Hay alguna novedad sobre Esparta y Tebas? —preguntó mientras su padre examinaba el dibujo.

Perseo hizo un gesto de aprobación y dejó la copa sobre la mesa.

—Sabemos que los tebanos no han liberado ninguna de las ciudades ni han licenciado sus tropas. Y que los espartanos siguen manteniendo un gran ejército en Fócide. Da la impresión de que van a atacar Tebas, pero no resulta sencillo prever lo que va a ocurrir.

Altea se levantó y estiró su espalda dolorida. Aunque de momento Atenas no estaba implicada en esa guerra, era difícil que a medio plazo quedaran al margen. Por otra parte, las guerras afectaban al comercio y no quería que nada perjudicara la incipiente recuperación del negocio de su padre.

Avanzó hasta el horno de cerámica y apoyó una mano en la pared blanqueada.

—¿Cuánto tiempo tiene este horno? Creo que me dijiste que más de cien años.

—Así es. —Perseo lo contempló pensativo—. Lo construyó el abuelo de tu abuelo, hace unos ciento veinte años, y desde entonces sólo ha dejado de funcionar en dos ocasiones. La primera vez fue cuando los persas invadieron Atenas y hubo que evacuar la ciudad. Tu tatarabuelo y tu bisabuelo tuvieron que reparar después el horno, y lo hicieron tan bien que desde entonces se considera que es uno de los mejores de Atenas.

—¿Y la segunda vez? —preguntó al ver que su padre se quedaba callado.

—Fue cuando tu abuelo, mi padre, cerró el taller presionado por una crisis económica y se fue a trabajar a Argos durante un año.

—En ese viaje naciste tú.

—Eso es.

Altea pensó un momento en aquello. Luego se dirigió a su padre con una sonrisa nerviosa.

—Creo que ha llegado la hora.

Perseo le devolvió la sonrisa y se asomó al taller.

—Alexias, nos vamos. Mi hija tiene que impartir una conferencia como maestra de la Academia.

Calipo cruzó la puerta de su mansión y atravesó apresuradamente el patio soleado.

«Maldita sea, lo saben. —Se internó en el edificio en dirección a la cocina—. Ya lo saben todos.»

Había pasado la mañana en los pórticos de la plaza del ágora, conversando con fingida despreocupación con algunos de los hombres más ricos de Atenas.

«Han estado jugando conmigo. —Se llevó una mano al pecho sin dejar de avanzar. Los pinchazos eran cada día más fuertes—. Saben que estoy arruinado y que lo que quiero de ellos es que me dejen participar en sus negocios, no sus opiniones de mierda.»

Se detuvo al llegar a la puerta.

—¡Melisa! —La esclava dio un respingo al oír la voz tensa de su amo. Calipo entró en la cocina con gruesas gotas de sudor bajando por la piel enrojecida de su rostro. Advirtió que en la estancia también estaban la cocinera y el esclavo que había comprado para ayudarla y se dirigió a los tres.

—Puede que organice un banquete en los próximos días. —Había pedido al administrador que intentara llevar a su casa a alguien bien posicionado. Esperaba que al menos Teógenes tuviera éxito—. Quiero saber si seríamos capaces de celebrar un buen banquete o si tengo que contratar un cocinero para la ocasión.

La anciana Apolonia respondió con su voz tranquila:

—Si no se requieren muchos platos elaborados, podemos hacerlo nosotros.

—Eso es, no haría falta que fuera muy elaborado. —Calipo dudó, no quería reconocer su apurada situación ante los esclavos, pero tenía que impedir que incurrieran en gastos innecesarios—. Habría que preparar algo sabroso y... aparente. Ya sabéis, sin necesidad de utilizar ingredientes caros pero que cause buena impresión.

—Muy bien, señor.

Los esclavos se quedaron a la espera. Calipo suponía que consideraban extraño que fuese él y no Altea quien les hablaba de esos temas, pero, si le decía a su esposa que quería organizar un banquete minimizando los gastos, ella le haría preguntas.

—Ya os avisaré cuando sepa la fecha. Otra cosa, esta noche vendrá a cenar Teógenes, el administrador. No será un banquete, sólo estaremos nosotros dos, pero quiero ofrecerle algo digno, aunque se trate de una comida sencilla. ¿Tenemos lo necesario?

Melisa dudó. La despensa estaba medio vacía porque en los últimos días Altea se había encargado de la compra en un par de ocasiones y había regresado con las manos vacías. No obstante, cada vez era más evidente que Calipo tenía algún problema monetario, y lo que esperaba de su ama de llaves no eran acusaciones sino soluciones.

Le sorprendió que Céfiro se anticipara a su respuesta.

—Tenemos lo suficiente para preparar una buena cena, mi señor.

Calipo se giró hacia él, todavía con la mano apretada contra el pecho. Miró a la cocinera y a Melisa y ambas se mostraron de acuerdo.

—Muy bien, encargaos. —Se dirigió a Melisa antes de salir—: Si alguien me busca, estaré en la Academia.

Melisa inclinó la cabeza y mantuvo una expresión cálida

hasta que los pasos apresurados de Calipo se alejaron. Entonces su rostro se contrajo y avanzó con rapidez hacia Céfiro.

—¡Por Afrodita, ¿con qué demonios vais a preparar una buena cena?!

Céfiro se encogió como si esperara un golpe, pero no retrocedió.

—Al administrador le gusta la morralla de pescado, y creo...

—¡No tenemos pescado, ni dinero para comprarlo!

—Déjale que hable —intervino la cocinera.

Melisa se volvió hacia ella. Los labios arrugados de la anciana sonreían.

—No hace falta pescado —replicó Céfiro—. Podemos cortar nabos en tiras finas y freírlos con aceite de oliva y semillas de adormidera, lino y cilantro. Si se hace bien, en la boca no se nota la diferencia con la carne del pescado, y poniendo un poco más de semillas se disimula mejor y lo encontrarán aún más sabroso.

Melisa frunció el ceño y los miró a ambos, tan irritada como desconcertada.

—Más os vale que funcione.

Altea y su padre caminaban en silencio por la vía Panatenaica. Habían dejado atrás las murallas de Atenas y se encontraban cada vez más cerca de la Academia. Se cruzaron con un grupo de hombres y ella bajó la mirada, temía que le reprocharan lo que estaba a punto de hacer.

«Platón dijo que no se lo contaría a nadie —se intentó tranquilizar—. Sólo lo saben Calipo y mi padre.»

A cada paso que daban se sentía más inquieta. Sabía que era la primera vez que una mujer iba a ejercer de maestra en la escuela más importante de Atenas. Para intentar distraerse se fijó en la actividad del gimnasio que había cerca del recinto de la Academia. Se trataba de una construcción rectangular abierta por uno de sus extremos. De él surgieron varios atletas que continuaron corriendo por una pista de arena hasta completar la distancia de un estadio.

—¿Tú entrenabas siempre en este gimnasio? —le preguntó a su padre.

—Casi siempre. Mi *paidotriba* lo prefería a los otros gimnasios de Atenas. Aunque a veces íbamos al del Liceo para competir con algún muchacho que entrenaba allí. —El gimnasio del Liceo tomaba el nombre del santuario cercano dedicado a Apolo Liceo. Junto al de la Academia y el de Cinosargo, completaba el trío de los gimnasios más grandes de Atenas.

Altea observó a los corredores, que ahora escuchaban las indicaciones de su *paidotriba*. Éste señaló la pista con su bastón largo. Mientras los muchachos asentían a sus explicaciones, Altea imaginó que uno de aquellos chicos era su padre.

«Debió de correr por esa misma pista miles de veces antes de ir a Olimpia.»

Se volvió hacia Perseo mientras calculaba cuántos años habían transcurrido desde que se había convertido en un *olimpiónico,* vencedor en los Juegos Olímpicos.

«Fue en la olimpiada noventa y uno... Han pasado cuarenta y cinco años.»

Le sorprendió que fuera tanto tiempo. No obstante, el paso de los años había dejado su huella: además de cojear a causa de las viejas heridas, su padre caminaba algo encorvado y en su barba apenas quedaban briznas grises que enturbiaran el blanco. Le tomó la mano sintiendo hacia él un fuerte instinto protector. Un poco más adelante, se cruzaron con varios hombres que saludaron a su padre con respeto.

«La gloria olímpica es para siempre», pensó Altea, y eso le hizo sonreír. Su padre había vencido en la carrera del estadio, que se consideraba la prueba más importante de los Juegos y su ganador daba nombre a la Olimpiada. Aquélla se recordaría para siempre como la Olimpiada de Perseo de Atenas. La ciudad se lo agradecía de por vida con un asiento de honor en la primera fila del teatro, la posibilidad de comer en el Pritaneo —el edificio en el que se reunían y comían los hombres que presidían el Consejo—, así como con la exención de ciertos impuestos. Ella consideraba a su padre un héroe sin necesidad de que lo hiciera la ciudad, pero no por ello dejaba de resultarle grata la deferencia con que lo trataba todo el mundo.

Al llegar a la entrada de la Academia se fijó en la frase inscrita bajo el frontón. Aunque la conocía muy bien, ese día le prestó una atención especial.

«No entre nadie que no sepa geometría.»

Suspiró al pasar por debajo de aquellas palabras. La importancia de las matemáticas en el programa de estudios de Platón tenía una relación directa con la lección de filosofía que estaba a punto de impartir.

Una brisa templada mitigaba el calor de aquella mañana veraniega, pero Altea estaba sudando. Empezaba a lamentar que nadie supiera lo que iba a hacer.

«Eso hará que se produzca un mayor impacto cuando me suba a la tarima del maestro.»

Se dio cuenta de que estaba apretando con fuerza la mano de su padre y aflojó el agarre. Avanzaron a la sombra de unos pinos jóvenes y después junto al largo pórtico que recorría uno de los laterales de la Academia. Se distinguían varios grupos de discípulos debatiendo entre sí o con algunos maestros. También había visitantes ocasionales, pues el acceso a la Academia no estaba restringido aunque para asistir a muchas de las clases hubiera que ser discípulo.

Altea miró hacia el final del pórtico, donde habían levantado tres pequeñas edificaciones que servían de aulas, y se quedó petrificada.

—¿Qué ocurre? —preguntó su padre.

—¿Por qué hay tanta gente?

Perseo siguió su mirada. Frente a una de las aulas había congregadas unas cuarenta personas. Altea había esperado no tener que hablar delante de más de diez o doce.

Continuaron más despacio y Altea notó que por su espalda bajaban gotas de sudor. No ayudaba que se hubiera puesto una faja de tela alrededor del vientre para oprimirlo y evitar la impresión de que estaba embarazada de varios meses. Bastante conmoción supondría ver a una mujer de profesora, no quería que además pareciera que estaba encinta.

Platón vio que llegaban y se disculpó con las personas con las que estaba conversando.

—Altea, cuánto me alegra que hayas venido. Eso confirma mi suposición de que estabas preparada.

Ella se esforzó por sonreír.

—No me imaginaba que vendría tanta gente.

—Es una clase abierta a todo el mundo, y además versa sobre un tema que he publicado recientemente. Eso siempre atrae público.

En la mirada de Platón había un entusiasmo poco frecuente. «Espero no defraudarte», pensó Altea. Habían acordado que expondría el mito de la caverna, que se recogía en la última publicación de Platón, pero esa noche había tenido una pesadilla en la que no era capaz de pronunciar ni una palabra.

El público comenzó a ocupar sus asientos mientras ellos aguardaban fuera. Altea buscó a su esposo con la mirada. Le apenó no encontrarlo, pero no preguntó por él para que no supieran que había creído que asistiría.

Perseo besó a su hija antes de entrar y Altea se quedó en el exterior con Platón.

—Recuerda que estás entre amigos y además dominas la materia. —El filósofo cogió sus manos y les dio una breve sacudida—. Eres una maestra antes de entrar ahí, de otro modo no te habría sugerido que dieras clases.

Platón se metió en el aula y los murmullos de conversaciones desaparecieron. Cada vez que se dirigía al público, la expectación cargaba el ambiente de energía como antes de una tormenta eléctrica. Altea lo siguió, subió el escalón de la tarima de madera y se situó junto a él, ligeramente retrasada.

—Salud, amigos —comenzó Platón—, y gracias a todos por vuestra presencia. Esta mañana, tal como se ha anunciado, hablaremos de algunos de los principales elementos contenidos en el último tomo que he publicado de mi obra *La república*[1].

Altea apenas respiraba mientras observaba a los asistentes.

1. El título original de esta obra, la más relevante de Platón, es *Politeia,* cuyo significado aproximado es 'gobierno de la polis (ciudad Estado)'.

Después de dirigirle a ella algunas miradas de curiosidad, permanecían absortos en las palabras del filósofo. Bajó la mirada y se aseguró discretamente de que el vestido holgado y la faja ocultaban la curva de su vientre. De pronto notó que se mareaba y dejó de oír a Platón; miró alrededor, sintiendo que perdía el equilibrio, y retrocedió un par de pasos por la tarima hasta que su espalda contactó con la pared.

—... por eso —estaba diciendo Platón—, he querido que la lección de hoy sea impartida por Altea, una de las discípulas más brillantes que tenemos en la Academia.

Altea se dio cuenta de que la estaba señalando y percibió el rumor de asombro que se levantaba entre el público. Se apartó de la pared con paso inseguro y respiró un par de veces antes de lograr recuperar la voz. Decidió comenzar del modo que le había sugerido Platón, sin justificaciones por su presencia y directa a la materia, como lo haría cualquier otro profesor:

—En el pasaje de *La república* que vamos a tratar hoy —carraspeó e intentó imprimir firmeza a su hilo de voz—, Platón nos habla del conocimiento y de la ignorancia, así como de la situación de cada hombre con relación a ellos. Si estáis preparados para veros en el interior de una caverna, y sobre todo para imaginaros saliendo de ella, podemos comenzar.

Un silencio denso recibió sus palabras. No sabía hasta qué grado se debía al interés o a la hostilidad.

«Al menos tengo su atención.»

Por el rabillo del ojo vio que Platón permanecía de pie en el otro extremo de la tarima. De ese modo le prestaba su autoridad... y seguramente evitaba que muchos de los asistentes se levantaran de sus asientos y se marcharan.

—Imaginad una caverna subterránea —continuó—. Una caverna al final de la cual hay varios hombres que han sido encadenados desde su nacimiento, de tal modo que no pueden mover la cabeza y sólo son capaces de mirar hacia el fondo de la caverna. —Le alivió ver algunos asentimientos, estaban evocando lo que ella les pedía—. A la espalda de estos prisioneros suponed un fuego. Entre ellos y el fuego, imaginad un camino por el que pasan personas que llevan toda clase de objetos con los brazos en alto. Habría también un muro que taparía a estas personas, de manera que los prisioneros sólo podrían ver en el fondo de la caverna las sombras de los objetos.

Más asentimientos, más ceños fruncidos. No quería dar una impresión de debilidad mirando a Platón, pero Espeusipo y otros discípulos que conocía la alentaban con la mirada, igual que su padre. Antes de que continuara, entró Calipo y se dirigió al fondo de la sala tratando de que no se oyera su respiración jadeante.

—Como podéis imaginar —prosiguió más animada—, los prisioneros, obligados a mirar siempre la pared del fondo, sólo pueden ver las sombras de sí mismos y de los objetos que levantan detrás de ellos los porteadores. Siendo así, creerán que no existe otra realidad que esas sombras.

—¿Los prisioneros sólo han visto las sombras de la pared desde que nacieron? —preguntó un hombre que no era discípulo de la Academia.

—Así es. —Altea avanzó por la tarima para acercarse a él—. Los prisioneros no conocen otra realidad, y por lo tanto difícilmente pueden imaginarla. Pero suponed ahora que uno de ellos es liberado y lo obligan a avanzar hacia la zona del fuego. Sin duda sus ojos sufrirán, y además no comprenderá lo que está viendo. Si se le dice que hasta entonces sólo ha visto fantasmas, simples sombras, y que ahora tiene ante sí los objetos reales, ¿no creerá que eso no es cierto, y que las sombras que veía antes son más reales que los objetos que ahora se le muestran?

—Seguramente sí —respondió el mismo hombre. Muchos otros asentían.

—Y si se le obliga a mirar al fuego, ¿no le molestarán los ojos y preferirá volverlos hacia las sombras, que distinguirá con mayor claridad?

Los asentimientos se repitieron y ella continuó su exposición. Estaba tan absorta que apenas percibió que seguían entrando hombres hasta llenar la sala, y que después un grupo cada vez mayor se agolpaba junto a la puerta.

—Si hacemos que el prisionero recorra el camino escarpado que lo lleva fuera de la caverna, y lo ponemos bajo la luz del sol, ¿podrá ver en un principio alguno de los objetos que llamamos *reales*? —Esta vez el público negó—. Sin duda necesitará tiempo para acostumbrarse —afirmó Altea mientras caminaba por la tarima—. Primero será capaz de ver las sombras de los objetos, más adelante podrá ver su reflejo sobre las aguas, y por último los objetos directamente. En cuanto a la bóveda celeste, en primer lugar podrá contemplar de noche la luna y las estrellas, y finalmente el cielo de día. Sólo entonces comprenderá dónde se encuentra el sol y que él gobierna el mundo visible.

Advirtió que algunos hombres la observaban con frialdad; no obstante, la mayor parte del público estaba concentrado en sus explicaciones.

—Al recordar su vida anterior y a sus compañeros de esclavitud, que todavía vivirán en la ignorancia, este hombre liberado se regocijará de su propia suerte y se compadecerá de la de aquéllos. —Abarcó toda el aula con la mirada—. Y si regresa a la caverna, ¿no se reirán sus antiguos compañeros de sus palabras, considerando que ha perdido la vista, y no le dirán que, si intenta sacarlos de allí, lo matarán?

Altea vio que Platón agachaba la cabeza. Aunque no lo había hablado con él, imaginaba que había pensado en Sócrates al escribir sobre aquel hombre que trataba de sacar de la ignorancia a sus semejantes y éstos reaccionaban quitándole la vida.

—Con esta alegoría de la caverna —concluyó—, Platón nos expone la situación de los hombres. La caverna y sus sombras representan el mundo visible, el mundo de lo aparente, que percibimos mediante los sentidos. Y el prisionero que sale al exterior es el alma que se eleva, mediante la filosofía, hasta lo inteligible, que es el verdadero mundo real.

Había acordado con Platón parar en ese punto y no avanzar más en la exposición de *La república*. En el debate posterior, la mayoría de las preguntas se las dirigieron al filósofo, pero también le hicieron bastantes a Altea, que por fin se sentía a gusto sobre la tarima.

Cuando la clase acabó, Altea recibió felicitaciones de los

discípulos que conocía y también de algunos hombres con los que no había hablado nunca. Poco a poco se fue quedando sola con su padre y con su esposo, cuyo esfuerzo por aparentar despreocupación no impedía que ella notara que algo lo reconcomía.

«Todavía no ha asimilado que no podemos tener hijos —se dijo—. Necesita más tiempo.» De todas maneras, no podía estar segura de lo que pasaba por la cabeza de Calipo. Las pocas veces que le había preguntado había contestado con evasivas.

Platón se acercó a ellos con su sobrino.

—Si no estuviera delante mi tío Platón —declaró Espeusipo con su habitual actitud burlona—, diría que tu intervención ha estado a punto de eclipsarlo incluso en el debate. Ha sido tan sorprendente como interesante, y espero que estés dispuesta a impartir más clases.

Antes de que Altea pudiera responder, oyeron una voz seca:

—Platón.

Un grupo de diez o doce hombres se estaba acercando y Altea distinguió a varios de los que habían asistido a su clase. Entre ellos se encontraban algunos de los aristócratas más poderosos de Atenas.

—Decidme, ¿en qué puedo ayudaros?

El que estaba en cabeza era un hombre menudo de cejas pobladas llamado Estéfano, al que durante varios años seguidos habían elegido para ser uno de los diez estrategos que dirigían el ejército de Atenas. Hizo un gesto con la mano para abarcar a su grupo.

—Estamos muy interesados en tu filosofía, y la mayoría de nosotros posee alguna de tus obras, cuando no un hijo que asiste regularmente a las clases de tu Academia. —Platón asintió mientras observaba los semblantes adustos de aquellos hombres—. Ahora bien, al igual que en la Asamblea o entre los jueces de un tribunal no verás jamás un vestido de mujer, esperamos que no se vuelva a ver en el estrado de tus aulas. De otro modo, ni nosotros ni nuestros hijos ni nuestros amigos volveremos a acercarnos a tu escuela.

Platón respondió con frialdad.

—Has dejado muy clara vuestra postura, Estéfano.

—Bien. —El hombre le sostuvo un momento la mirada y se volvió hacia su grupo—. Vámonos.

Altea los contempló mientras se alejaban y agachó la cabeza con el ánimo hundido.

La Teoría de las Ideas

La teoría de las Ideas, o teoría de las Formas, es la base fundamental del pensamiento de Platón. El filósofo la expone con gran belleza literaria a partir de la alegoría o mito de la caverna, dentro de su obra *La república.*

En la teoría de las Ideas, Platón unifica las doctrinas anteriores de Heráclito y Parménides, que hasta entonces se consideraban antagónicas. Heráclito afirmaba que todo está en un proceso de cambio permanente y, por lo tanto, el conocimiento no es posible; en cambio, Parménides decía que el cambio es sólo aparente mientras que la realidad es inmutable y se puede conocer mediante la razón. Para hacer compatibles ambas doctrinas, la teoría de las Ideas afirma que la realidad se divide en el mundo sensible —o realidad aparente— y el mundo inteligible. El mundo sensible, al que accedemos mediante los sentidos, no nos puede proporcionar verdadero conocimiento. En cuanto al mundo inteligible, sede de las Ideas, sólo podemos acceder a él mediante la razón, y de ese modo logramos el auténtico conocimiento.

La teoría de las Ideas también integra la creencia de Sócrates en las definiciones universales, es decir, en realidades cognoscibles y permanentes.

Platón afirma que las cosas de nuestro mundo sensible —alterables y temporales— son copias imperfectas de las Ideas —entidades invariables y eternas, que tienen una existencia propia al margen de los hombres y del mundo material—. Las cosas del mundo sensible mantienen con las Ideas una relación de «participación» o «imitación». Las Ideas se dividen según Platón en una jerarquía ascendente: de cosas, matemáticas, de valores y, por último, la Idea suprema, la Idea del Bien, que engendra la verdad y la inteligencia y es la causa primera de todo lo bello y lo bueno que hay en el universo.

En la alegoría de la caverna, Platón nos muestra que para conocer la verdadera realidad —la de las Ideas del mundo inteligible— hay que ascender por los distintos niveles de conocimiento. A lo largo de este arduo proceso, el estudio de las matemáticas prepararía nuestra mente para la dialéctica, el método de inquisición de la filosofía, único modo de acceder a la Idea del Bien.

Para Platón, quien quiera conducirse sabiamente, tanto en la vida pública como en la privada, ha de tener fijos los ojos en la Idea del Bien.

La teoría de las Ideas ha tenido una enorme influencia en la filosofía posterior a Platón, así como en el desarrollo de la teología cristiana.

Enciclopedia Universal, Socram Ofisis, 1931

Capítulo 20

Atenas, junio de 371 a. C.

«No sé qué hacer. —Altea levantó un momento la vista hacia Perseo, que se estaba ocupando de la leña en la cámara de combustión del horno. Suspiró y volvió a dejar la mirada perdida en el suelo del patio—. Fui una ilusa al pensar que podía ignorar las tradiciones de Atenas sin que hubiera consecuencias.»

Su padre le había preguntado hacía un rato si pensaba volver a dar clase en la Academia.

—Me encantaría ser capaz de volver y enfrentarme al grupo de Estéfano —había respondido—. Pero no creo que pueda.

«¿Cómo voy a regresar después de lo que dijeron?» Se estremeció sólo de pensar que se subía de nuevo a la tarima.

Platón le había dicho el día anterior, después de que se fuera Estéfano, que la apoyaría cualquiera que fuese su decisión. Le estaba muy agradecida, pero en esta ocasión no bastaba con su apoyo. La experiencia podía ser terrible, y además no quería perjudicar a la Academia.

Entornó los ojos y poco a poco su respiración se fue acelerando.

«¡Maldita sea! —Se puso de pie con un ramalazo de rabia—. Acaban de pasarme cosas mucho peores, no pienso seguir pensando en esos hombres y dejar que me hundan de este modo.»

Caminó hasta el horno y se arrodilló junto a su padre. A ella le parecía que había la cantidad adecuada de madera y que los leños estaban perfectamente colocados; sin embargo, él examinó el resultado, metió un brazo por la portezuela e hizo girar dos de ellos para que la distribución resultara menos compacta.

—Ya está. —Perseo se volvió hacia su hija con una expresión satisfecha. Ya no podía pintar y le dolían las manos si pasaba mucho tiempo trabajando la arcilla, pero seguía dominando el proceso de cocer las vasijas—. Vamos a meter las copas.

Altea obedeció a su padre y entró en el taller. En total había diez vasijas repartidas en dos repisas. Eran unas copas sencillas cuyas exquisitas proporciones las hacían muy bellas, del tipo por el que los hombres ricos de Atenas o de otras ciudades estaban dispuestos a pagar bastantes dracmas. Si se cocían bien, el taller de su padre tendría asegurada la continuidad.

«Espero que no haya ningún problema o tendré que pedir dinero a Calipo para volver a empezar.»

Cogió dos vasijas y salió con ellas al patio. Agachó la cabeza, entró en la cámara de cocción del horno y las depositó con cuidado en la base. A través de los agujeros practicados en el suelo distinguió los leños que su padre acababa de colocar justo debajo, en la cámara de combustión.

Salió del horno y regresó al taller mientras su padre colocaba otras dos copas.

«Ésta puede quedar muy bonita», se dijo al observar el último dibujo que había hecho. En la franja rojiza que recorría la zona media de la vasija había alternado hojas de vid y racimos de uvas, todo ello entrelazado con algunas ramitas. Había pensado dibujar también un niño, pero todas las pruebas que había hecho le habían salido mal. Si las proporciones no resultaban naturales al dibujar hojas, e incluso animales, se notaba mucho menos que si se pintaban personas desproporcionadas. En eso su padre había poseído una destreza que ella no tenía, pero al menos se apañaba mejor de lo que había pensado con figuras más sencillas.

Detrás de ella, Alexias trabajaba con la arcilla que les quedaba para una última vasija. La amasaba una y otra vez para eliminar las burbujas que podían reventar la cerámica durante el proceso de cocción. Las piezas también podían quebrarse si había impurezas en la arcilla, si no se habían secado adecuadamente, si la temperatura en el horno subía o bajaba con demasiada brusquedad...

«Hefesto, dios del fuego, protege estas vasijas», se dijo Altea mientras llevaba otras dos al horno.

Sólo había una decena, así que no hizo falta apilarlas como en otras ocasiones, poniendo entre ellas trocitos de madera para que no se tocaran. Altea cerró la puerta del horno y su padre se agachó frente a la cámara de combustión con un palo largo y una lámpara de aceite. Prendió la punta del palo y lo fue metiendo debajo de la madera para que el fuego comenzara en varios puntos a la vez. Al principio no sería un fuego fuerte, así la arcilla perdería el agua que le quedaba antes de alcanzar la temperatura de ebullición. Bastaría con un par de horas gracias a que las vasijas eran finas y a que el calor de los últimos días había hecho que secaran muy bien.

—Ya ha empezado. —Perseo se acercó a su hija, le rodeó los hombros y soltó un suspiro cansado—. Ahora toca esperar, e ir vigilando el horno.

Durante un rato lo único que se oyó fue el suave crepitar de la leña seca y el ruido pastoso de la arcilla que Alexias amasaba en el taller.

—Hoy me voy a quedar todo el día —dijo Altea rompiendo el silencio—. Quiero ver cómo se cuecen.

Perseo alzó la vista para comprobar la posición del sol.

—Ten en cuenta que no podré apagar el horno hasta después de que anochezca.

Altea asintió sin apartar la vista del baile hipnotizante de las llamas. De pronto temió que su hermano Eurímaco acudiera al taller para llevarse las nuevas vasijas, y su vientre se contrajo como si volviera a estar de parto.

Eurímaco despertó tirado en el suelo de tierra de una calle del Pireo. El sol incidía directamente sobre él y estaba sudando a chorros. Logró ponerse a cuatro patas, con los cabellos y la barba apelmazados de tierra y de vómito, se arrastró hasta la sombra del otro lado de la calle y volvió a desplomarse.

Al cabo de unas horas, por encima del malestar físico y la

rabia contra sí mismo se impuso la urgencia de volver a beber. Se apoyó en una pared, consiguió levantarse y fue dando tumbos hasta que llegó a El Remero Alegre. Cuando entró se quedó junto a la puerta, incapaz de distinguir nada en la penumbra. Luego se tambaleó hasta la mesa más cercana.

—Aquí tienes.

Tirteo puso una jarra de vino en su mesa y lo dejó solo. Eurímaco necesitó ambas manos para llevarla temblando hasta la boca. La angustia se apaciguó un poco según el vino entraba en su cuerpo. Apartó la jarra para tomar aire y volvió a beber.

Al cabo de un rato le llevaron un cuenco humeante, un pedazo de pan correoso y otra jarra. Mojó el pan en el contenido del cuenco y comió con avidez. Llevaba varios días durmiendo en las calles del Pireo, comiendo y bebiendo lo que le daban en aquella taberna... y jugando todas las noches.

Se sintió amodorrado y los párpados empezaron a pesarle. Estaba atardeciendo y cada vez entraba menos claridad por la pequeña ventana que había junto a él. Bebió lo que quedaba de la segunda jarra, cerró los ojos y comenzó a dormitar.

Perseo apartó la piedra que taponaba la abertura de la pared del horno. Echó un vistazo al interior y se apartó.

—Mira cómo están.

Altea se acercó al agujero, del tamaño de su puño, y movió la cabeza para abarcar un mayor espacio de la cámara de cocción. Su padre había mantenido abierta la tapa superior del horno durante la primera fase del proceso. Gracias a eso, la circulación del aire hizo que la madera se quemase deprisa y la temperatura aumentara hasta que las copas adquirieron un vivo tono rojizo. Cuando estimó que había pasado suficiente tiempo, cerró la tapa y añadió leña verde, lo que había hecho que bajase la temperatura y la cámara de cocción se llenara de humo.

—Es precioso. —Era como estar mirando dentro de un volcán. Las paredes del horno refulgían con un tono anaranjado y contra ellas se recortaban las figuras de las vasijas, que ahora se habían vuelto completamente negras—. Se están cociendo bien, ¿verdad?

Su padre se asomó de nuevo.

—El humo ha impregnado muy bien las copas. —Miró a uno y otro lado antes de tapar la abertura con la piedra—. De momento, parece que no se ha resquebrajado ninguna. Dentro de un rato abriré otra vez la tapa superior y la temperatura volverá a aumentar. Ésa será la fase definitiva.

Una difusa sensación de peligro hizo que Eurímaco abriera los ojos.

Ya no entraba luz de la calle y había más gente en la taberna. Intentó tragar saliva, pero las paredes irritadas de su garganta se lo impidieron. Cogió la jarra y descubrió que estaba vacía. Buscó a Tirteo en vano y se quedó esperando con una ansiedad creciente.

Pasado un rato, el tabernero salió de una habitación privada que había junto a la cocina y se acercó a él.

—¡Por Morfeo, pensé que no ibas a despertar nunca! —La sonrisa cortada de Tirteo le revolvió el estómago—. Tenemos tu mesa preparada desde hace tiempo. —Señaló hacia el otro extremo, donde lo aguardaba el segundo tabernero junto a una jarra de vino dispuesta para él.

—Vamos.

Eurímaco cruzó el salón, hizo crujir la silla al cargar sobre ella su cuerpo descomunal y bebió mientras Tirteo se sentaba a su lado.

—Cincuenta dracmas —masculló con tono apático.

Los taberneros abrieron su cofre, le entregaron la cantidad que pedía e hicieron una anotación en el papiro que llevaba su nombre.

Comenzó apostando diez dracmas. La suerte se repartió equitativamente y durante un rato osciló entre una ganancia y una pérdida de veinte dracmas. Algunos hombres se habían acercado atraídos por el montante de las apuestas.

Perdió dos veces seguidas, se quedó con sólo veinte dracmas y las apostó de golpe mientras se decía que después de dos pérdidas lo más probable era que ganara. Cuando los dados golpearon las paredes del cubilete y rodaron por la mesa, se le hizo el vacío en el estómago.

—Mala suerte. —Tirteo recogió las monedas—. ¿Otras cincuenta?

—Sí.

Sintió un alivio que sabía absurdo cuando el montoncito de monedas retornó a su lado de la mesa. El tabernero terminó de anotar la cantidad en su papiro y reanudaron el juego.

—Veinticinco dracmas. —Alzó una mano—. Espera.

Colocó todas sus monedas de forma que mostraran la lechuza y las observó hasta que sintió que una de ellas lo estaba mirando. Era la sensación que buscaba para escoger una moneda, pero nunca la había experimentado con tanta fuerza. Incluyó esa lechuza entre las que apostó, y cuando vio que había ganado sintió una euforia repentina, una esperanza que bulló en su interior con el vigor de un caballo salvaje.

—Veinticinco.

Incluyó de nuevo su moneda de la suerte y no apartó los ojos de la mirada de la lechuza mientras los dados daban vueltas como la rueca del destino.

—¡Bien! —Agitó el puño y recogió las monedas. Ya tenía un centenar de dracmas. Dio un trago rápido al vino y volvió a jugar veinticinco dracmas, pero en el último momento quitó la moneda de la suerte y puso otra.

Esta vez perdió, y la satisfacción se mezcló con la amargura habitual.

—Cincuenta dracmas.

Empujó las monedas con determinación y se oyeron algunos murmullos. Ninguno de los espectadores había visto nunca una apuesta tan elevada.

Los dados se agitaron, rodaron y se detuvieron.

—¡No! —Eurímaco golpeó la mesa con el puño y volcó la jarra de vino. La taberna quedó en silencio y algunos de los hombres dieron un paso atrás.

Durante un momento nadie tocó el dinero de la apuesta. Eurímaco contempló su tetradracma, un trozo frío de plata con la misma lechuza acuñada que otra moneda cualquiera.

Hizo un gesto con la cabeza y Tirteo recogió sus cincuenta dracmas. Sólo le quedaban veinticinco.

—Cambia los dados.

Los labios del tabernero se retorcieron aún más.

—Como quieras.

Sacaron otros del cofre, esta vez de marfil, y Eurímaco pidió que se los dejaran para examinarlos. Parecían piezas compactas, sin ningún modo de trucarlos para alterar su resultado. Se los devolvió al tabernero y empujó hacia delante el dinero que le quedaba.

—Veinticinco dracmas.

Volvió a perder.

Se frotó la cara y entrelazó los dedos en el pelo, con la mirada fija en la mesa vacía. Apretó los puños con fuerza, haciéndose daño en el cuero cabelludo. Los taberneros cerraron su cofre y aguardaron.

—Cien dracmas —pidió Eurímaco.

Tirteo lo miró con frialdad.

—No.

Las primeras estrellas brillaban en el cielo cuando Perseo decidió comprobar si las vasijas habían terminado de cocerse.

Altea aguardó mientras su padre miraba a través de la abertura con el ceño fruncido. La espera se prolongó y temió que algo hubiera salido mal.

—Asómate.

Se acercó y examinó el interior resplandeciente. Ya no había una decena de vasijas negras; la última fase de la cocción, libre de humo y de mayor temperatura, había hecho que cada esmalte adquiriera su color definitivo. A través del agujero veía un conjunto de copas en las que brillaba el esmalte negro vidriado y la banda roja central lucía preciosa con sus dibujos de palmetas, hojas y racimos.

—Qué bonitas son...

Le recordaba las primeras veces que, siendo niña, su padre la había alzado en brazos para que mirara a través de esa misma abertura. Ahora, igual que entonces, tenía la sensación de estar contemplando un prodigio de los dioses, unas cerámicas a las que el poder del fuego había conferido una cualidad divina.

—Ya podemos apagarlo. —Perseo colocó la piedra que tapaba el agujero y besó la pared curva del horno, un gesto que su hija le había visto hacer en muchas ocasiones—. Ahora sólo hay que asegurarse de que la temperatura desciende despacio.

Altea abrazó a su padre y notó que desaparecía la tensión que había atenazado su cuerpo desde el día anterior. En ese momento no pensaba en lo que había ocurrido en la Academia, ni en que no podía tener hijos, ni en la amenaza de su hermano Eurímaco. Tan sólo se sentía cansada y feliz.

«Gracias, dioses protectores. El taller se ha salvado.»

Eurímaco se quedó paralizado al oír la respuesta de Tirteo.

—¿Qué..., qué quieres decir?

El tabernero extrajo del cofre el papiro con su nombre y señaló la última anotación.

—Con lo que has perdido hoy, ya nos debes tres mil dracmas.

Eurímaco contempló el listado de cifras crecientes. En su cabeza se agolparon recuerdos confusos de partidas en las que habían comenzado a dejarle jugar sin que pusiera una sola dracma.

—¿Cómo quieres que recupere si no me prestas más? —Sintió un violento rencor hacia todos los hombres que rodeaban la mesa y estaban siendo testigos de su humillación.

—Hay otro modo.

La mente de Eurímaco estaba espesa como la miel fría y se quedó mirando aturdido al tabernero. No entendía lo que le decía, pero tenía la sensación de haber avanzado a ciegas hacia una trampa.

De pronto creyó comprender. Aunque no tenía dinero, no era completamente pobre.

—Quieres mi casa de Atenas —masculló con desprecio. Era la casa en la que había sido feliz con su esposa, pero estaba tan llena de recuerdos dolorosos que no le importó mucho saber que la había perdido.

Tirteo negó con la cabeza. Había dejado de fingir amabilidad y contemplaba a Eurímaco como un lobo a su presa.

—Sigues sin comprender. —El tabernero apoyó los brazos en la mesa y se inclinó hacia delante—. Tu casa no vale ni la mitad. Pero hay algo que te pertenece, y con lo que podrías pagar tu deuda.

Los labios de Eurímaco se abrieron para negar, cuando un nuevo temor le revolvió las entrañas. Se quedó lívido.

—Me parece que acabas de adivinarlo. —Tirteo se inclinó un poco más hacia él. La mitad cortada de su boca no dejaba de sonreír—. Se trata de la casa taller de tu padre.

La espalda de Eurímaco chocó contra el respaldo.

—Estás confundido —consiguió responder—. La casa taller pertenece únicamente a mi padre. No hay manera de que yo pueda disponer de ella.

Tirteo movió la cabeza, esta vez sonriendo con los dos lados de la cara, y alargó las manos con las palmas hacia arriba.

—Eres el heredero de Perseo. Y tu padre es un hombre mayor. —Se encogió de hombros—. Puedes firmar un contrato con tus derechos como heredero. Con eso nos bastaría.

La garganta de Eurímaco se cerró. Apenas podía pensar.

—No. El horno... vale mucho más. Y es la casa de mi padre. —Movió la cabeza vigorosamente para negar—. De ningún modo, no voy a hacerlo.

Tirteo entrelazó los dedos.

—No has escuchado el resto de mi propuesta. —Eurímaco lo miró con recelo, temiendo lo que vendría a continuación—. Lo admito, la casa taller de tu padre contiene además el mejor horno de Atenas y eso vale más de tres mil dracmas. Nuestra propuesta es apostarlo todo a una única tirada de dados. —La codicia entornó los ojos del tabernero—. Si pierdes tú, nos cedes la propiedad futura de la casa taller. Si perdemos nosotros, cancelamos la deuda de las tres mil dracmas... y además te damos otras dos mil.

Eurímaco había escuchado a Tirteo sin dejar de negar, pero al oír la última parte se detuvo. Aunque no sabía cuánto le había quitado a su padre, dos mil dracmas sería suficiente para devolverle todo, un sueño con el que había dejado de soñar.

«No hay ninguna posibilidad de que gane. Tiene que ser una trampa. —Pero qué maravilloso sería si pudiera reintegrar lo robado y su padre lo perdonara—. No volvería a beber ni a jugar. Me dedicaría a ayudar a mi padre en el taller, como antes de que muriera Alesia.»

Todavía tardó un momento en decidirse.

—Acepto, con la condición de que tire yo los dados.

La cicatriz de Tirteo perdió algo de su rojez. Se volvió hacia el otro tabernero con una interrogación muda y su compañero asintió.

—Que así sea, por Zeus. —Tirteo recorrió a los asistentes con la mirada—. Sois testigos del acuerdo al que hemos llegado, y como tales firmaréis o declararéis ante un tribunal llegado el caso.

Eurímaco los observó mientras asentían: la mayoría eran marineros y también había algún empleado de la taberna. Le entregaron el cubilete de madera y los dados de marfil para que hiciera la tirada. Examinó de nuevo los dados, sin encontrar nada extraño, y los metió dentro del cubilete.

—Si gano, la deuda quedará cancelada y me daréis otras dos mil dracmas.

—Eso es. Y si ganamos, firmarás un contrato traspasándonos la propiedad futura de la casa taller de tu padre.

Eurímaco agitó el cubilete varias veces, lo hizo girar y golpeó la mesa con él dejando los dados dentro.

—Levántalo —pidió Tirteo con voz tensa.

Eurímaco dirigió una plegaria a los dioses y mostró el resultado.

Capítulo 21

Esparta, junio de 371 a. C.

—Anciano Calícrates, el hijo de tu hermano Leónidas está a punto de nacer —anunció el mensajero—. El rey Agesilao quiere que formes parte del comité que decidirá sobre el futuro del niño.

Calícrates dejó sobre la mesa el cuchillo de cocina que estaba afilando y se apresuró hacia la casa de Leónidas. Si un niño espartano nacía con algún defecto, su padre podía decidir que fuera abandonado en el monte Taigeto, donde sería pasto de las fieras. Sin embargo, en el examen del niño tenía que estar presente algún magistrado y validar la sentencia paterna. Como Leónidas tenía parte de sangre real, en el caso de sus hijos tenían que estar presentes uno de los monarcas de Esparta y algunos miembros del Consejo de Ancianos.

El sol caía con tanta fuerza que Calícrates ya estaba sudando cuando pasó junto al pequeño templo de Ártemis Ortia. Para los espartanos era la diosa de la fertilidad, entre otras atribuciones, y su santuario se consideraba el más importante de la ciudad. Calícrates lo contempló mientras avanzaba a través de la vegetación boscosa que lo rodeaba.

«Diosa Ártemis, recuerda la devoción que siempre te mostró mi madre, Deyanira, y haz que su nieto nazca sano.»

Más allá del templo, en la llanura que se extendía al norte de la ciudad, divisó a una unidad de falange practicando la maniobra de reversión de la marcha. Se trataba de uno de los procedimientos más difíciles y ningún ejército era capaz de ejecutarlo como el espartano. Sin aminorar el paso, observó la perfecta coordinación de las filas de soldados.

«Ésos son los hombres con los que partiré mañana.»

Las últimas noticias que les había enviado el rey Cleómbroto confirmaban que Epaminondas mantenía sus tropas en pie de guerra. Los tebanos tampoco habían liberado ninguna de las ciudades que habían conquistado, por lo que en Esparta habían decidido lanzar contra ellos el grueso de su ejército.

Echó un último vistazo a los hoplitas que se ejercitaban junto al río. Sabía que entre ellos se encontraban sus hijos, pero no era capaz de distinguirlos en medio de la formación cerrada de la falange.

«Será el primer combate de Demarato», se dijo preocupado. Hacía unos días, había acudido a su casa para decirle a su esposa que sus hijos se unirían al ejército de Cleómbroto y lucharían contra Tebas. Había encontrado a Briseida en el patio, con la jabalina en la mano, a punto de salir para entrenar con otras mujeres. Tenía un aspecto tan marcial como el de un soldado, y cuando recibió la noticia su rostro se iluminó con una expresión de orgullo.

En la casa de Leónidas había dos soldados apostados que se cuadraron al ver llegar a Calícrates. Pasó entre ellos y se dirigió a la sala principal. Su hermano estaba con el rey Agesilao y otros cuatro miembros del Consejo de Ancianos; levantó la vista al oír que entraba, pero lo ignoró y siguió hablando con uno de los Ancianos.

—¿Cómo está Helena? —le preguntó Calícrates a Agesilao.

—Hace un rato ha venido la ayudante de la partera. Ha dicho que todo marcha bien y que ya queda muy poco.

—Bien, pronto tendremos otro soldado.

—Y si es del tamaño de tu hermano, será como si tuviéramos cinco más.

Calícrates sonrió sin ganas.

«Otro Aristón.» Leónidas no había ocultado que los oráculos habían proclamado que sería un varón, ni que tenía la intención de llamarlo como su padre.

Su hermano estaba sirviendo vino a uno de los Ancianos mientras el resto conversaba. Se notaba la expectación, todos estaban esperando a que llegara la partera con el bebé para que lo examinaran. A través de la puerta abierta al patio llegaban apagados los gemidos de dolor de Helena.

Calícrates se quedó mirando hacia la puerta y evocó una situación similar que había vivido cuando era pequeño.

«Tan sólo tenía cuatro años», recordó. Su padre había muerto ocho meses antes y a su madre, Deyanira, la habían casado con Aristón, el hermano pequeño de su difunto esposo. Deyanira estaba a punto de dar a luz y Aristón se reunió en el salón principal de su casa con el entonces rey Arquidamo y varios Ancianos. Calícrates, por temor a su padrastro, se había escondido hacía horas debajo de la mesa de aquella sala. Cuando empezaron a llegar los hombres, no se atrevió a salir y se acurrucó rezando para que no lo descubrieran.

—¡Es tu hijo, Aristón! —se oyó que gritaba Deyanira desde su dormitorio—. Es tu hijo... —Un momento después entró la partera con un niño en brazos, lo depositó en la mesa bajo la cual se ocultaba Calícrates, y los Ancianos se acercaron para examinarlo.

—Es pequeño... —dijo uno de ellos dubitativo. Calícrates supo tiempo después que el niño era sietemesino y que Aristón sabía que era suyo. Sin embargo, había decidido rechazarlo porque por las fechas se podía pensar que era hijo de su difunto hermano, al que siempre había odiado.

Entre las patas de aquella mesa vio las piernas del rey Arquidamo, que se acercó para examinar al niño.

—¿Cómo está Deyanira? —preguntó el rey a la partera.

—Ha perdido bastante sangre, pero sobrevivirá. Es fuerte.

—¿Podrá tener más hijos?

—Yo no veo ningún problema, pero eso está en manos de Ártemis Ortia.

El rey dio un paso atrás, alejándose de la mesa. Calícrates podía sentir al bebé moviéndose justo encima de él. Su madre le contó más tarde que sus ojos eran plateados, tan claros que parecían transparentes, y con el paso de los años averiguaron que tomaría el nombre de Perseo.

—Llévatelo —ordenó Arquidamo.

La partera tardó un momento en reaccionar. Finalmente tomó al pequeño y salió con él rumbo al monte Taigeto, donde lo abandonaría.

El pequeño Calícrates vio desde su escondite que la sala se vaciaba, con la excepción de Aristón y el rey Arquidamo.

—Necesitamos hombres —dijo el rey fríamente.

—Eso nunca lo sería. —La voz de Aristón era muy tensa. Calícrates se apretujó bajo la mesa, seguro de que su padrastro le daría una paliza si lo descubría—. El año que viene Deyanira volverá a parir.

El rey suspiró al responder.

—Que así sea.

«Pero no fue así —pensó Calícrates volviendo a la realidad—. Mi madre tardó muchos años en tener otro hijo, hasta que nació Leónidas.»

Un nuevo grito de Helena, más intenso que los anteriores, hizo que se estremeciera.

«Pobre Helena. —Miró a su hermano, que se mostraba exultante—. Al menos a ella no le arrebatarán a su bebé. Leónidas no siente ningún afecto por su esposa ni por sus hijas, pero no hay nada que desee más que tener un hijo.»

Helena volvió a gritar y Calícrates pensó que las pequeñas Larisa y Yocasta estarían asustadas al oír a su madre. Debían de haberlas recluido en una habitación y no las dejarían salir hasta que todo acabara.

De pronto se oyó el llanto inconfundible de un bebé, fuerte y prolongado.

—Buen grito de guerra —bromeó uno de los Ancianos haciendo que los demás rieran.

Las voces alegres se fueron apagando y todos se quedaron mirando hacia la puerta. A Calícrates le inquietó que no se oyera ni al bebé ni a Helena. Todavía pasó un rato hasta que entró la partera con un bebé envuelto en un manto fino, lo depositó sobre la mesa y apartó las telas para que lo vieran bien.

—Es una hembra —declaró.

La decepción enfrió de golpe el ambiente de la sala. El primero de los Ancianos se acercó despacio a examinarla. Le contó los dedos de las manos y los pies, la giró a uno y otro lado y se apartó por si alguien quería realizar un examen más minucioso, que en el caso de un varón hubiera llevado a cabo él mismo.

—Está sana —afirmó la partera con sequedad.

Poco a poco todos se volvieron hacia Leónidas, que no se había acercado a la mesa.

«Ha aprendido a disimular —se dijo Calícrates mientras escrutaba el semblante de piedra de su hermano—, pero lo conozco bien. Si los dioses lo colocaran en este momento en un campo de batalla, destrozaría un ejército entero sólo con sus manos desnudas.»

Leónidas habló sin mirar a su hija. Tenía el tono severo de un sacerdote que interpreta un presagio.

—Sabéis que he realizado numerosos sacrificios. También he consultado oráculos y adivinos. Y los dioses en ningún momento han mencionado a esta niña. —Hizo una pausa y después alzó la voz—. Por eso declaro que la niña no forma parte de su proyecto para Esparta. —Los miró uno a uno, como si los retara a contradecir que lo que él afirmaba era la voluntad de los dioses. Calícrates agachó la cabeza para evitar su mirada—. Esparta tiene necesidad de hombres, de soldados, ¿de qué nos serviría una criatura inútil como ésta, que sólo es otra boca que alimentar en una casa en la que ya habitan tres mujeres?

«Quiere abandonar a su hija en el Taigeto.» Calícrates retrocedió un paso y se giró discretamente hacia el rey. A los demás miembros del Consejo de Ancianos les había sorprendido la declaración de Leónidas y comenzaron a argumentar en contra de aquel rechazo, pero lo hacían con tibieza. No querían llevar la contraria abiertamente al mejor soldado de Esparta, que además era un general a punto de partir a la batalla.

El rey Agesilao se percató de que trataba de hablarle y se inclinó hacia él.

—Mi rey —susurró Calícrates sin que nadie más lo oyera—, Leónidas no debe pensar que yo pretendo que esta niña viva, o la matará. —Ni siquiera se había acercado a ver a la pequeña para que su hermano no sospechara que le interesaba su porvenir—. Sólo tú puedes imponerle que la acepte, y te ruego que lo hagas.

Había utilizado un tono tan respetuoso como firme. El rey Agesilao detectó la advertencia que ocultaban sus palabras y se apartó sin mirarlo. Calícrates lo conocía muy bien y sabía que le irritaba que alguien tratara de imponerle su voluntad. No obstante, como miembro del Consejo de Ancianos él podía obstaculizar la autoridad del rey, y en un caso como ése incluso podía apelar a los sacerdotes y promover un juicio por impiedad.

Leónidas y los Ancianos seguían argumentando a favor y en contra de la niña mientras ésta agitaba los brazos con los ojos cerrados. Las velas de un candelabro de tres brazos derramaban su resplandor sobre ella. Calícrates aguardó en el extremo más oscuro de la sala y evitó la mirada de su hermano, que de vez en cuando volvía la cabeza hacia él.

El debate se prolongó sin que el rey interviniera. Leónidas estaba ganando posiciones entre los Ancianos. La partera se acercó a la pequeña y cubrió su cuerpecito con el manto.

—No nos compete a nosotros decidir. —Todos se quedaron en silencio al oír la voz del rey—. Los dioses son los únicos que conocen su propia voluntad y nosotros tan sólo procuramos interpretar las señales que nos hacen llegar. Como rey de Esparta, y como sacerdote de Zeus, declaro que los dioses no nos han dado a conocer su voluntad de que esta niña viva. —Calícrates levantó bruscamente la cabeza hacia el rey—. Pero tampoco nos han revelado que deba morir. Por ello, considero que para evitar contrariar la voluntad divina, más aún cuando nos encontramos a las puertas de una gran batalla en la que precisaremos del apoyo de los dioses, lo más prudente, general Leónidas, es que aceptes en tu familia a esta niña que ha nacido sin tara.

Leónidas irguió el cuerpo y se quedó mirando a su rey. Durante un momento sólo se oyó el sonido de su respiración, furiosa como el oleaje de un mar embravecido. Hizo un gesto seco hacia la partera y ésta se apresuró a coger a la niña para devolvérsela a su madre.

—Has hecho lo correcto —le dijo el rey.

Poco después abandonaron la sala, murmurando despedidas mientras Leónidas no apartaba los ojos de su hermano Calícrates.

En su mirada ardía un juramento.

Venganza.

Las manos temblorosas de Helena se alzaron para coger a su bebé.

Miró con ansiedad los ojitos cerrados, la nariz casi inapreciable, la boca diminuta que abría y cerraba mientras emitía un gemido lastimero.

—Mi hija... —Besó su cabecita entre sollozos. La habían tenido tanto tiempo fuera que ya creía que no volvería a verla.

—No debes preocuparte. —La comadrona apartó delicadamente un mechón de su frente húmeda—. Tu esposo ha aceptado a la niña.

Helena se mordió el labio mientras intentaba en vano contener las lágrimas. Leónidas debía de haberse llevado una enorme decepción al descubrir que no era el varón que esperaba, y había temido lo peor.

«Gracias, Ártemis Ortia; gracias, Afrodita.»

La partera comprobó que la hemorragia de Helena se había detenido y pidió a su ayudante que llamara a las otras hijas para que conocieran a su hermana. Al cabo de un momento, Yocasta y Larisa entraron en la alcoba y se abalanzaron sobre su madre. Yocasta no paraba de dar grititos de placer y la mayor estaba tan impresionada que era incapaz de decir nada.

—Volveré mañana por la mañana. —La partera contempló satisfecha a Helena, que lloraba de felicidad con sus tres hijas, y salió dejándolas solas.

Poco después entró Leónidas.

A Helena le aterrorizó la expresión que deformaba su rostro y envolvió con las manos al bebé. Su esposo avanzó hacia ella dando rápidas zancadas.

—¡Perra inútil!

La bofetada fue tan violenta que arrojó a Helena fuera de la cama. Durante un instante perdió la consciencia, sus brazos se aflojaron y el bebé rodó por el suelo de tierra.

«No...»

Sus hijas gritaban mientras ella intentaba coger a su bebé. Los pies enormes de Leónidas se acercaron y temió que aplastara a la pequeña. Yocasta se abrazó a la pierna de su padre, chillando mientras Helena apretaba a la recién nacida contra su pecho y se colocaba encima de ella para protegerla con su cuerpo desnudo.

Leónidas derribó de un manotazo a Yocasta. La niña cayó de espaldas y corrió a acurrucarse junto a su madre y su hermana Larisa.

—¡Malditas seáis! —Leónidas se dio la vuelta con un grito de animal enloquecido y cogió una pesada silla de madera.

Las niñas se apretaron contra su madre sin dejar de chillar. Helena volvió el rostro ensangrentado hacia su esposo y vio que alzaba la silla por encima de la cabeza.

—¡No!

Leónidas arqueó el cuerpo y su golpe brutal reventó al mismo tiempo la silla y la cama de su esposa.

Helena siguió temblando en el suelo. Intentaba que la sangre de su cara no cayera sobre el bebé mientras presentía en la espalda el golpe que las aplastaría. Oyó que su marido se alejaba y sacó un brazo para rodear a Yocasta.

La pequeña chilló de terror cuando su padre se volvió de nuevo hacia ellas.

Capítulo 22

Atenas, junio de 371 a. C.

Altea resistió el impulso de darse la vuelta cuando llegó a la entrada de la Academia.

Inspiró hondo y pasó entre las columnas con la cabeza agachada. Perseo y Calipo abrían la marcha mientras Espeusipo y otros dos discípulos de Platón la flanqueaban. Al caminar entre hombres más altos que ella quedaba oculta a los ojos de cualquiera que no se fijara con mucho detenimiento.

«No deben verme hasta el último momento. —Avanzaron en silencio por uno de los senderos de la escuela, envueltos en el habitual murmullo de conversaciones y el rumor del arroyo cercano—. Ahí están.»

Notó que sus músculos se agarrotaban. La conferencia que iba a dar tendría lugar en la misma sala en la que había hablado del mito de la caverna. En ese momento, Platón estaba acompañando al interior del aula a Estéfano y su grupo de aristócratas.

—Esperad.

El susurro receloso de Altea hizo que sus acompañantes se detuvieran. Si ella no se presentaba, sería Platón el que impartiera la conferencia. Aguardaron hasta que entró todo el público y luego se acercaron a la puerta del aula.

Medio centenar de hombres llenaba hasta el último rincón de la sala. Platón estaba en la tarima y en primera fila, con aire de orgullosa dignidad, se habían sentado los hombres a los que tanto temía Altea.

—Por Atenea, no voy a echarme atrás ahora.

Entró en el aula, cruzó la tarima y se detuvo frente al público.

Un par de horas antes, todavía no estaba segura de si acudiría a la Academia.

Se había presentado temprano en casa de su padre para estar con él cuando sacara las diez copas del horno. Perseo había ido controlando a lo largo de la noche que se enfriara progresivamente. Después de que ella llegara, abrió la puerta y se metió dentro de la cámara de cocción.

Altea aguardó en el patio conteniendo el aliento.

—Todavía queman un poco. —Perseo agachó la cabeza para salir. Tenía el rostro encarnado y sostenía una vasija con las puntas de los dedos.

Altea la cogió, sin importarle lo caliente que estaba, y la contempló con la boca entreabierta.

—Es preciosa... —La copa era sorprendentemente ligera. El esmalte que la recubría relucía como cristal negro. En la banda rojiza que recorría la superficie destacaban los dibujos alternos de hojas y racimos.

La giró para asegurarse de que no tenía grietas ni desconchones. Era una copa magnífica, sin una sola irregularidad.

—¿Están bien las demás?

—Creo que sí. —Su padre entró de nuevo en el horno. Al cabo de un rato, salió sudando y con otra copa en la mano—. No se ha roto ninguna, y mira ésta qué bonita es.

Era la última que había pintado Altea. El entrelazado de hojas y ramas de la franja central formaba una composición bella y equilibrada. Se sintió orgullosa, y le alegró tener la seguridad de que aquellas vasijas se venderían a muy buen precio.

«Ojalá las viera Eurímaco. —Su sonrisa se desvaneció un instante después—. No seas tonta, eso es precisamente lo que tenemos que evitar.»

Pensó que quizás sería más seguro guardar las vasijas en su casa hasta que se vendieran. Se volvió hacia su padre para decírselo, pero al ver su expresión radiante decidió no hablarle de Eurímaco en ese momento.

Estuvieron un rato sacando copas y colocándolas en las repisas del taller. Cuando Altea entró en el horno para coger la última, se detuvo con ella en las manos.

«Ya no tendré un hijo que aprenda el oficio de alfarero.»

Las manos le temblaron y sujetó con más fuerza la superficie caliente de la cerámica. Pensó en el bebé que había llevado en el vientre y con el que había hablado cada día durante el embarazo. Si su hijo existía en algún lugar del reino de los muertos, no quería que sintiera que era la causa de que su madre fuese desdichada.

«Atenea, diosa guerrera y protectora, préstame tu fuerza y tu valor.»

Salió del horno y llevó la vasija al taller. Cuando la estaba colocando en la repisa, llamaron a la puerta de la calle.

Se trataba de Calipo, que llevaba en las manos un pequeño fardo de tela. Espeusipo y otros dos discípulos de Platón lo acompañaban.

—He traído lo que me pediste.

Altea tomó el paquete de las manos de su esposo. Lo miró pensativa y asintió.

—Vamos a la Academia y veamos qué ocurre.

Platón avanzó por la tarima y se situó junto a Altea. En la sala se había alzado un pequeño tumulto de exclamaciones, algunas enojadas, otras divertidas, la mayoría de pura sorpresa.

Desde las sandalias hasta la túnica, Altea vestía igual que un hombre.

El filósofo vio que Estéfano y sus compañeros se removían en sus asientos. Iba a empezar a hablar, pero advirtió la determinación que tensaba los rasgos de Altea y dejó que fuera ella quien comenzara.

—En la última clase utilizamos el mito de la caverna para hablar de los objetos que podemos percibir con los sentidos. El mito también nos sirve para reflexionar sobre la verdadera realidad, la del mundo de las Ideas, que sólo podemos percibir con los ojos del alma. —La mirada de Altea se posó en sus detractores—. Los hombres encadenados en la caverna, que sólo perciben las sombras de los objetos, representan el estado de ignorancia de aquellos que sólo prestan atención a sus sentidos. Quien se encuentre sujeto a este engaño de los sentidos podría afirmar que yo soy un hombre por el hecho de vestir con ropa de hombre.

—No somos tan estúpidos como para pensar que eres un hombre —intervino con rabia Estéfano—. Eres una mujer ocupando el lugar de un maestro.

Altea negó con la cabeza. Su túnica larga era de color arena, igual que la que vestía Platón, lo que realzaba el efecto de que llevara vestimenta masculina.

—Si nos elevamos sobre las engañosas percepciones, advertimos que lo que define a un maestro es tener un determinado conocimiento y ser capaz de transmitirlo. La forma de mi cuerpo, igual que el tipo de ropa que lleve, pertenece al reino de lo material, al mundo de los sentidos.

Alguien sofocó una risa. Los compañeros de Estéfano se miraron entre sí y uno de ellos se dirigió a Altea mientras la señalaba.

—Dijimos que no toleraríamos que nos diera clase una mujer o...

—Dijisteis —lo interrumpió Altea— que no queríais volver a ver en el estrado del aula un vestido de mujer —se miró la túnica sonriendo—, y no lo estáis viendo. En cualquier caso, estamos aquí para hablar de filosofía, y Platón nos enseña en *La república* que la verdadera realidad es aquella que se encuentra más allá de lo que percibimos con los sentidos. Si sólo prestas atención a algunos signos superficiales, verás en mí a un hombre, y estarás confundido. Y si te empeñas en el error de desvelar la realidad con los sentidos, podrás decir que tienes delante a una mujer y no a un maestro, pero seguirás confundido. Lo que tienes delante es a alguien que conoce el tema del que estamos hablando y lo puede exponer a sus oyentes. Es decir, un maestro.

—Una mujer no puede enseñar filosofía a unos hombres —rebatió otro de los que estaban sentados en la primera fila.

—¿Quién lo dice?

—¡Lo digo yo! —El hombre se puso de pie.

—Sin embargo —repuso ella con calma—, Platón afirma en *La república* que no hay oficio alguno que sea propio únicamente de las mujeres. El varón engendra y la mujer pare, mas la naturaleza del hombre no difiere de la de la mujer con relación a las artes y los oficios.

Altea se volvió hacia Platón y todo el mundo dirigió su atención a él. El filósofo estaba encantado con el manejo de la situación por parte de su discípula y se limitó a asentir.

—Sirva este debate —prosiguió Altea— como alegoría de las dos maneras de ver de las que hablamos el último día. Y de cómo una de ellas conduce al conocimiento y la otra a la ignorancia. Sólo la mirada del alma nos lleva al verdadero conocimiento. Si por el contrario examinamos únicamente el mundo perceptible a través de los sentidos, nuestro juicio puede verse confundido al atender a la visión de unas vestiduras de hombre, o al sonido de una voz aguda de mujer. Y ni lo uno ni lo otro determinarán si en la tarima hay un maestro válido.

—¡Bravo! —exclamó alguien.

Las aclamaciones se multiplicaron y Altea se esforzó por contener la sonrisa que pugnaba por aflorar a su rostro. Rápidamente levantó las manos para que se detuvieran. Quería evitar en lo posible que Estéfano y sus hombres se sintieran humillados.

—He venido vestida de hombre para ilustrar la diferencia entre lo aparente y lo real, entre el engañoso mundo de los sentidos y el mundo de las Ideas. Ése fue el tema de la clase anterior, y la base sobre la que Platón sigue desarrollando su filosofía en su obra *La república,* como vamos a ver hoy.

Paseó la mirada por el auditorio y preguntó:

—¿Cómo se puede elevar el alma de lo aparente a lo real? ¿Cómo dejar atrás las tinieblas de la caverna y alcanzar la brillante luz del exterior?

Dejó que transcurriera un momento para que reflexionaran sobre esas preguntas, aunque sabía que quedarse callada suponía un riesgo. A pesar de sus ropas y de lo que había dicho, seguía siendo una mujer en un mundo de hombres. Un nuevo ataque podía apartarla de la posición excepcional que ocupaba sobre aquella tarima.

«Si me obligan a irme, será para siempre.»

Su voz llenó de nuevo la sala y alcanzó el exterior, donde se estaban congregando más espectadores.

—Para ascender por encima del mundo de las sombras, y superar así el estado de ignorancia, debemos acudir a una ciencia universal. Una ciencia de la que se sirven todas las artes y las demás ciencias, y que es preciso aprender antes que las demás.

—¿Qué enseña esa ciencia? —le preguntó Platón desde un lateral de la tarima.

Altea se volvió hacia él sonriendo. Su amigo y maestro había escrito *La república* como si fuera un diálogo entre Sócrates y otros interlocutores. Aquella obra no era como sus primeros diálogos, donde Platón se había dedicado a reflejar el pensamiento de su maestro. En *La república* seguía colocando a Sócrates en el papel de protagonista del diálogo, pero exponía sus propias ideas. A lo largo de la obra mostraba que un individuo o una sociedad que quieran ser verdaderamente dichosos deben ser justos, y que la política tiene que estar subordinada a la moral.

—La ciencia de la que hablamos enseña a conocer lo que es uno, dos y tres —dijo Altea citando las palabras de *La república*—. Es la ciencia de los números y del cálculo. ¿No es cierto que ninguna ciencia ni arte pueden prescindir de ella?

—Estoy de acuerdo —respondió Platón, igual que hacía en *La república* el interlocutor de Sócrates.

Altea continuó su explicación sobre la importancia de la aritmética, no sólo para las otras ciencias o para poder disponer adecuadamente un ejército, sino para que el verdadero filósofo se eleve hasta la esencia misma de las cosas.

—Por lo tanto, quien pretenda ser filósofo debe consagrarse a la ciencia de los números y el cálculo. Y no hacerlo de forma superficial, sino hasta que por medio de la pura inteligencia llegue a conocer la esencia de los números. Su objetivo no es servirse de esta ciencia en las compras y en las ventas, como hacen mercaderes y negociantes, sino facilitar al alma el camino que debe conducirla desde la esfera de las cosas perecederas hasta la contemplación de lo inmortal e inalterable.

Uno de los acompañantes de Estéfano levantó una mano antes de dirigirse a ella.

—Siempre me había preguntado por el significado de la

frase que hay grabada a la entrada de la Academia. Lo de que «No entre nadie que no sepa geometría». ¿Éste es el motivo?

Altea sintió una íntima satisfacción porque aquel hombre, que al principio era de los que más protestaba, le hubiera preguntado a ella y no a Platón.

—El pasaje de *La república* que estamos comentando muestra la importancia de las matemáticas para el filósofo. La ciencia del cálculo tiene la virtud de elevar el alma, pues la obliga a razonar sobre los números tal como son en sí mismos, sin consentir que los cálculos recaigan sobre números visibles y palpables. Esta ciencia obliga al alma a servirse del entendimiento para conocer la verdad.

—¿Podemos decir entonces que las matemáticas son como un entrenamiento para el alma?

—Un entrenamiento para la facultad del entendimiento que posee el alma. Así es.

El hombre se cruzó de brazos, orgulloso de su intervención, y Altea continuó:

—La geometría es otra ciencia dentro de las matemáticas, relacionada con la del cálculo de los números, que también mueve al alma a contemplar la esencia de las cosas. Esta ciencia tiene como objeto el conocimiento no de determinadas figuras físicas, sino de las Ideas eternas que representan. Trata sobre el Círculo, el Triángulo o el Cuadrado verdaderos y perfectos, no sobre un círculo, un triángulo o un cuadrado del mundo material, que siempre serán imperfectos. Por consiguiente, la geometría atrae al alma hacia la verdad, forma en ella el espíritu filosófico, obligándola a dirigir a lo alto su mirada en lugar de abatirla sobre las cosas de este mundo.

Después de señalar la importancia de la geometría de las figuras de dos dimensiones, Altea añadió la de los cuerpos de tres dimensiones. A continuación, siguiendo el texto de *La república,* puso la astronomía en el cuarto lugar entre las ciencias que un filósofo debe seguir como estudio preparatorio, y por último mencionó la música, que según los pitagóricos era hermana de la astronomía.

Había estado caminando por la tarima, y se detuvo en el

centro para explicarles que sólo después de esos estudios preparatorios el alma estaría lista para aprender la verdadera ciencia filosófica, aquella cuyo método irresistible disipaba las tinieblas que impedían distinguir lo verdadero de lo falso.

—Se trata de la dialéctica —declaró en medio de un silencio absoluto—. Una ciencia que pertenece únicamente al mundo espiritual. El que se dedica a la dialéctica se eleva, mediante el uso exclusivo de la razón, hasta la esencia de las cosas. Y si continúa elevándose gracias a sus indagaciones, y a través del pensamiento logra percibir la Idea del Bien, habrá llegado al final de los conocimientos inteligibles.

Los hombres que llenaban el aula se quedaron mirándola en silencio, igual que los que se agolpaban en el exterior. Aquel momento extraño se prolongó como si los dioses los hubieran convertido en estatuas. Altea se percató de que también Platón aguardaba la reacción del auditorio.

—¡Por Atenea —exclamó un hombre mientras se ponía de pie—, ha sido una exposición extraordinaria!

Se desató una tormenta de aplausos y se levantaron más hombres. Aquella respuesta emocionó a Altea, que inclinó la cabeza hacia su público sin dejar de fijarse en que Estéfano aplaudía como los demás pero mantenía una expresión rígida.

Al salir del aula estuvo un rato recibiendo enhorabuenas. En su ánimo se mantenía una sombra de incertidumbre, a la que se enfrentó cuando se le acercó Estéfano.

—Te están felicitando muchos hombres, Altea. Y yo también debo hacerlo por las dos lecciones que nos has dado hoy. —Ella se lo agradeció con cautela—. Es innegable que eres una mujer..., una persona con una gran capacidad para enseñar. —Las cejas de Estéfano se mantenían hundidas, pero la miró a los ojos antes de concluir—. Será un honor asistir a tu siguiente clase.

Capítulo 23

Siracusa, junio de 371 a. C.

Dion contempló desesperado la actividad del puerto.

«¡Maldita sea, debo encontrar el modo de escribir a Platón!»

Había salido de Siracusa para recorrer el puerto grande, que se extendía por toda la bahía al sur de la ciudad, con la esperanza de que no estuviera tan vigilado como el puerto pequeño. Sin embargo, el tirano Dionisio había desplegado cientos de mercenarios que revisaban a fondo cada uno de los barcos. En alguno de ellos, Dion había visto que los soldados rompían los sellos de todos los documentos y leían su contenido.

«También están leyendo los mensajes que llegan a la ciudad. Si Platón me escribe, su carta podría acabar en manos de Dionisio.»

El tirano había recobrado la salud hacía una semana. Su primera orden, todavía desde el lecho, fue que torturaran al cocinero y a los esclavos que habían servido en el banquete en el que había enfermado. Después de tres días de suplicio, todos murieron sin reconocer que hubieran puesto veneno ni dar nombres de cabecillas que hubiesen conspirado contra él.

«La única conspiración que existe está en la mente de Dionisio, pero eso es suficiente para que ahora nadie esté a salvo.»

Dion se alejó del puerto, cruzó las murallas para entrar de nuevo en la ciudad y mantuvo su montura al paso en dirección a la isla de Ortigia, que aunque la llamaran así no era una isla, sino una península unida por un estrecho istmo al resto de Siracusa. En Ortigia se había producido el primer asentamiento de colonos y allí se encontraban las viviendas y los templos más antiguos, además de la poderosa acrópolis en cuyo interior se ubicaba el palacio fortificado de Dionisio.

En la calle que estaba recorriendo había varios niños y le llamó la atención que ninguno jugara. Estaban tirados en el suelo, como animales abandonados, y al pasar lo seguían con rostros tristes y miradas apáticas.

«Deben de llevar días sin comer. —Las cosechas habían sido malas y el tirano acababa de subir los impuestos para reforzar el ejército—. Tengo que convencer a Dionisio de que vuelva a bajarlos, o al menos de que reparta algo de comida entre el pueblo.» Hablaría también con sus propios administradores para ver el modo de hacer llegar a los siracusanos el producto de sus granjas, pero él solo no podía alimentar a toda la población. Además, debía tener mucho cuidado con Dionisio; si se enteraba de que distribuía comida, podía acusarlo de hacerlo para perjudicar su imagen.

Llegó a las murallas del palacio y entregó su espada. Los guardias de la puerta lo cachearon para ver si tenía algún cuchillo oculto, pese a que era uno de los hombres más cercanos al tirano. Cuando terminaron, entró en el edificio y pensó en ir a ver a su sobrino Dionisio el Joven. Antes de que su padre se recuperara estaban avanzando en matemáticas, aunque Dion se daba cuenta de que él no tenía la capacidad de Platón para inspirar a un alumno y hacer que pasara del estudio de la realidad sensible a la comprensión del mundo inteligible. En cualquier caso, a partir del trabajo con las obras de Platón, quería que su sobrino comprendiera que, si llegaba a conocer la esencia de la virtud y la justicia, y se convertía en un gobernante guiado por esos principios, obtendría un vínculo de lealtad con el pueblo basado en el agradecimiento y el aprecio.

«Tiene que entender que ese vínculo es mucho más firme que el del temor y la violencia, aunque su padre insista en que éstas son las cadenas más fuertes para asegurar el mando.»

A través de la puerta abierta al jardín interior atisbó al tirano con varias personas. Retrocedió antes de que lo vieran porque quería ir primero a hablar con su sobrino, pero finalmente se dijo que lo más prudente sería mantenerse unos días alejado de él. El tirano podía acusarlo de conspirar si consideraba que pasaba demasiado tiempo con su primogénito.

«Sería capaz de acabar conmigo por una sospecha... y quizás también con su propio hijo.»

Accedió el jardín y se acercó al grupo. Había varios cortesanos con Dionisio, aduladores cuyo único objetivo era acumular poder y riquezas a la sombra de la tiranía. Dionisio decía que lo valoraba a él más que a los demás porque era el único que siempre le decía lo que pensaba, y eso era lo que iba a hacer también ese día. Cuando se quedaran a solas, le diría que tenía que evitar que su pueblo se muriera de hambre.

Un primo de Dionisio estaba relatando una de las últimas batallas contra Cartago. Para describir el terreno en el que habían combatido, se acercó a uno de los soldados de la escolta que acompañaba siempre a Dionisio, le cogió la lanza y comenzó a trazar líneas en la tierra del jardín.

Dion se dio cuenta de que el tirano se había quedado paralizado y su semblante había perdido el color. De pronto se lanzó sobre su primo y le arrancó la lanza de las manos.

—¡¿Cómo te atreves a empuñar un arma en mi presencia?!

—Dionisio, yo...

—¡Cállate, imbécil! —El tirano se giró con el arma en la mano y todos los cortesanos retrocedieron—. ¡Vosotros! —les gritó a los soldados de su escolta—. ¡Deberíais haberlo atravesado en cuanto ha cogido la lanza!

Los hombres bajaron la mirada sin saber qué decir. Dionisio avanzó con el rostro congestionado hacia el que le había entregado el arma a su primo.

—Y tú... —La mueca de odio se intensificó. Apretó con ambas manos el asta de la lanza, arremetió contra el soldado y se la incrustó en el pecho.

El soldado trastabilló hacia atrás y cayó de espaldas con los ojos muy abiertos. La lanza sobresalía de su cuerpo como un mástil e intentó arrancársela mientras tosía sangre.

Dion contempló con los dientes apretados cómo el tirano aferraba el arma y la hundía con más fuerza.

Capítulo 24

Atenas, junio de 371 a. C.

—Voy a quedarme en la Academia para escribirle otra carta a Dion —les dijo Platón a sus amigos.

—¿No ha respondido a tu anterior carta? —preguntó Altea, que seguía llevando la ropa de hombre con la que había dado la conferencia.

—No, y es un poco extraño, ya hace más de dos meses que la envié.

Calipo intentó tranquilizarlo:

—Lo último que hemos sabido es que el tirano Dionisio sigue grave, quizás Dion esté esperando a ver el desenlace de la enfermedad antes de responderte.

—Puede ser, pero prefiero escribirle de nuevo por si se hubiera extraviado mi última carta. —No quería compartir sus temores de que Dion pudiera tener problemas con el tirano... ni de que pudiera tenerlos él. Había descartado la posibilidad de contratar algunos guardias precisamente para evitar crear alarma.

Media hora más tarde, Calipo entró en su mansión con Perseo y Altea. Los dejó charlando en el patio y dio las últimas instrucciones para que prepararan su equipaje. Le había dicho a su mujer que tenía que irse tres o cuatro días a la cercana isla de Salamina para cerrar un acuerdo comercial.

«Siento mucho mentirte, mi querida Altea.»

Ordenó a los esclavos que ocultaran su equipamiento militar entre el resto del equipaje sin que lo viera su esposa. Al salir de la alcoba, se cruzó con Melisa. Pensó en darle instrucciones como ama de llaves para el caso de que su ausencia se prolongara, pero al final no le dijo nada, ya había tratado las cuestiones básicas con el administrador.

«Teógenes sabe qué tiene que hacer si no regreso.»

El administrador estaba buscando discretamente un comprador para la mansión. Calipo le había rogado que lo mantuviera en secreto, no quería que su mujer se enterara por otros de que lo habían perdido todo y ni siquiera tenían dónde vivir.

Cuando se despidieron, abrazó a Altea con fuerza. Después ordenó que se pusiera en marcha el carro con su equipaje y sus armas y echó a andar en dirección al Pireo.

«Hago esto por nosotros», pensó la última vez que se volvió para mirar a su esposa.

Altea y Perseo seguían en el patio cuando el sol se ocultó tras el horizonte. Ella se había quedado inquieta tras la partida de Calipo, y de pronto temió que no se tratara simplemente de desazón, sino de un mal presagio.

«Es un viaje comercial sin ningún riesgo —intentó tranquilizarse—. Estoy preocupada porque sigue mostrándose reservado. Y porque cada día está más delgado, parece que se está consumiendo.»

Su padre advirtió su inquietud e intentó distraerla rememorando la experiencia de haber dado clase vestida de hombre. Al final consiguió que se riera.

—Esta mañana, cuando Calipo me llevó la ropa a tu casa y me estaba vistiendo, me parecía que aparecer así en la Academia era una completa locura.

—El plan se te ocurrió a ti —le recordó su padre.

—Sí, pero Platón y tú os mostrasteis de acuerdo de inmediato.

Perseo se encogió de hombros.

—Sólo dije lo que me parecía, que era una gran idea.

—Supongo que tenías razón, pero tengo que reconocer que lo he pasado bastante mal al ver allí a los hombres de Estéfano.

—Los has impresionado a ellos tanto como a nosotros. —Perseo se dio cuenta de que se estaba haciendo de noche y se puso de pie—. Tengo que irme. Alexias habrá dejado secándose la copa que iba a moldear hoy y quiero revisarla antes de acostarme. Y también quiero ver de nuevo las maravillas que hemos sacado esta mañana del horno —añadió al tiempo que le guiñaba un ojo.

Altea no pudo evitar una sonrisa de orgullo.

—¿Crees que podrás sacar cinco dracmas por cada una?

—Mmm... Cinco dracmas es un buen precio, pero algunas son realmente bonitas y podrán venderse a diez o doce.

Altea lo acompañó hasta la puerta. Le alegraba haber ayudado a su padre, aunque la sombra de Eurímaco enfriaba un poco aquella sensación.

«Mañana convenceré a papá de que guarde las vasijas en mi casa.»

—Espera, voy a pedirle a un esclavo que te acompañe.

Perseo lo desechó con un gesto de la mano.

—Deja aquí a tus esclavos, que Calipo ya se ha llevado varios. Además, todavía hay algo de luz y habrá gente por las calles.

—Gracias por todo, papá.

—Gracias a ti. —Perseo aprovechó que el escalón de la entrada los dejaba a la misma altura y la abrazó—. Te quiero, hija mía. —Le dio un beso y se alejó en dirección al barrio del Cerámico.

La rodilla izquierda comenzó a fastidiarle poco después. Cuando estaba a mitad de camino, se detuvo y se apoyó en una pared.

«¡Ah, por Zeus! —Se apretó la articulación con las manos y comenzó a masajearla—. Maldito Aristón.» Aquel gigante espartano estaba muerto desde hacía décadas, pero el dolor de la rodilla se encargaba de que no lo olvidara.

Reanudó la marcha más despacio y arrastrando un poco la pierna. Al internarse en su calle se alegró de que no hubiera nadie que lo viera con un aspecto tan penoso. Llegó hasta la puerta de su casa, y cuando iba a abrir detectó por el rabillo del ojo un movimiento rápido.

Se giró y vio a varios encapuchados que se estaban abalanzando sobre él. El más adelantado alzó su garrote y la capucha se abrió revelando una cicatriz que iba desde el pómulo hasta el labio.

Perseo trató de protegerse con el brazo.

Su atacante fue más rápido y lo golpeó de lleno en la cabeza.

Capítulo 25

Atenas, junio de 371 a. C.

La ola se extendió por la arena hasta mojar las piernas de Eurímaco.

Su cuerpo se encontraba en la misma posición en la que había caído muchas horas antes. El agua regresó y le empapó los muslos sin que se moviera. La marea estaba subiendo y un grupo de gaviotas contemplaba el vaivén del mar cerca de él. Se empujaron entre sí al romper una ola más fuerte y sus graznidos enojados hicieron que los párpados de Eurímaco se abrieran una rendija.

Su mundo se llenó de arena..., vegetación..., el batir de las olas...

Cerró los ojos para refugiarse en la inconsciencia. Cuando el mar llegó hasta su pecho, entornó de nuevo los párpados. De pronto vio ante sí la última jugada de los dados e incorporó la cabeza.

«¡He perdido la casa taller de mi padre!»

Tenía arena pegada en la cara. Escupió la que se le había metido en la boca y se movió con un esfuerzo doloroso hasta acabar sentado.

—Mala suerte —le había dicho Tirteo la noche anterior.

El tabernero había recogido los dados mientras Eurímaco seguía con la mirada fija en la mesa, el cuerpo tan rígido como una estatua de bronce. Los hombres que habían estado contemplando la partida retrocedieron. Eurímaco se puso de pie con torpeza y tiró la silla. Se tambaleó hacia la puerta, y en cuanto salió a la calle comenzó a vomitar con arcadas tan violentas que parecía que se le iban a salir las tripas.

Al cabo de un rato oyó la voz de Tirteo a su espalda.

—Si quieres volver a llenarte el estómago, puedes hacerlo sin pagar.

El tabernero esperó sin obtener respuesta y luego se alejó. Los pensamientos de Eurímaco se deshacían en medio de la vorágine de culpa y asco de sí mismo. Finalmente se puso de pie y entró de nuevo en la taberna.

Bebió una jarra tras otra, impelido por una desesperación nueva. Comprendió que trataba de matarse de ese modo, y que estaba tan acostumbrado al vino que no lo conseguiría. Siguió bebiendo, pero lo paralizó la risa estridente de Tirteo. El tabernero estaba al otro lado del salón con algunos de sus hombres. Cada graznido de su risa se clavaba en el alma de Eurímaco al imaginar que se reiría del mismo modo cuando se quedaran con la casa taller de su padre.

La jarra reventó entre sus manos. Se levantó sin darse cuenta de que estaba sangrando, salió de la taberna y echó a correr. Apenas podía dar unos pasos sin caerse, pero se levantaba de nuevo y seguía corriendo. Cruzó las murallas del Pireo y continuó por el campo casi a ciegas, tratando de escapar de algo que no podía dejar atrás.

Notó bajo sus pies la blandura de una playa, a su izquierda la respiración del monstruo oscuro que era el mar. Cada vez avanzaba más despacio, la arena parecía querer tragárselo. Llegó al extremo de la playa, sus pies se enredaron con algo que lo hizo tropezar y se golpeó el costado. Volvió a vomitar y el vino le salió por la boca y la nariz. Creyó que iba a morir ahogado, pero los dioses no se lo concedieron. Trató de volver a ponerse en pie y al tercer intento cayó entre unos matorrales.

Notó que su consciencia se desvanecía, y deseó que fuera para siempre.

Eurímaco consiguió llegar a la puerta Dipilón poco después de que el sol se pusiera. Tenía que apoyarse en las paredes para no caerse, su túnica estaba tan desgarrada que parecía un gigante con harapos y la expresión de su rostro era la de alguien que ha enloquecido. Los soldados de la puerta dudaron si dejarle entrar, pero finalmente se lo permitieron y avanzó dando tumbos por la vía Panatenaica. En su mente se repetía la misma idea fija que tenía desde que había despertado en la playa.

«Tiene que desheredarme.»

Quería pedirle perdón a su padre, pero sobre todo convencerlo de que hiciera un testamento en el que dejase la casa taller a Altea y Calipo. Era el único modo de que no acabara en manos de los taberneros.

Enfiló la calle de su padre y le sorprendió verlo frente a la puerta de su casa. Cuando iba a llamarlo, aparecieron cuatro encapuchados desde el otro lado de la calle. Uno de ellos blandió un grueso garrote y su padre levantó un brazo para protegerse.

El impacto seco hizo que se estremeciera.

Echó a correr mientras su padre caía al suelo. Uno de los hombres levantó su garrote para rematarlo, pero Eurímaco se lanzó con los brazos abiertos y lo derribó junto a otros dos encapuchados. El cuarto asaltante retrocedió sorprendido. Al ver que no los atacaba nadie más, se le echó encima y descargó varios garrotazos. Eurímaco los detuvo desde el suelo con los brazos y uno de los golpes hizo que su antebrazo crujiera. El hombre empuñó el arma con las dos manos, y de repente se dobló sobre sí mismo cuando Perseo lo golpeó en el costado. El siguiente puñetazo impactó en su rostro y lo derribó.

Otros dos encapuchados se habían puesto en pie y se fueron contra Perseo, que se defendió a patadas y puñetazos como si tuviera treinta años menos. Eurímaco se apoyó en el muro y trató de levantarse. Uno de los hombres a los que había derribado se irguió más rápido que él y le dio un garrotazo en la sien. Cayó a cuatro patas y su enemigo alzó el arma para descargarla contra su cabeza.

—¡Él tiene que vivir, sólo hay que matar a Perseo!

«Esa voz...» Una patada en la cara hizo que Eurímaco se derrumbara de lado. Entre brumas vio a su padre peleando con dos hombres. Los garrotes alcanzaban cada vez con mayor contundencia su cuerpo y su rostro ensangrentado.

—Padre...

Se incorporó sobre las rodillas y las manos. Una nueva patada le partió una costilla y respondió lanzando su puño contra la pierna de su enemigo. La rodilla se quebró hacia atrás y el hombre cayó al suelo dando un alarido.

Eurímaco se puso de pie mientras su padre recibía dos garrotazos en la cabeza y caía como un peso muerto. Los encapuchados se inclinaron para seguir golpeándolo y él trató de embestirlos, pero apenas consiguió apartarlos y caer sobre el cuerpo de su padre. Se encogió para protegerlo como si fuera un caparazón y notó varios impactos, pero no sentía dolor. Los golpes cesaron de pronto y advirtió que se acercaba más gente. Los encapuchados se estaban alejando, tres de ellos arrastrando al que tenía la pierna rota.

—¡Padre! —Eurímaco buscó su mirada sin dejar de protegerle la cabeza con las manos. Alguien acercó una lámpara. Los labios entreabiertos de Perseo estaban aplastados y deformaban su expresión. La sangre manaba de las numerosas heridas abiertas en su rostro y en su cabeza, formando pequeños ríos que rodeaban la mirada sin vida de sus ojos de plata.

Capítulo 26

Atenas, junio de 371 a. C.

Al quedarse sola, la corazonada que Altea había experimentado sobre su marido se intensificó hasta producirle náuseas.

«Va a ocurrirle algo.»

Sentía aquel mal presagio como la música de un instrumento que sonara tan grave que sólo podía percibir su vibración. Entró en la alcoba de Calipo y se quedó mirando en derredor, sin saber qué buscaba. Su vista se detuvo en la caja del escudo y corrió a abrirla.

«¡Está vacía!»

Levantó la pesada tapa del arcón en el que Calipo guardaba sus armas y tampoco encontró la coraza ni el yelmo.

—Se ha ido a combatir —murmuró perpleja—. ¿Contra quién?

Se dirigió rápidamente a la cocina. Al verla entrar, Céfiro levantó la mirada hacia ella y al momento la apartó.

—Melisa... —Pensó en decir que Calipo se había llevado sus armas y preguntarle si sabía algo, pero en el último momento se contuvo y se quedó en silencio.

En el semblante de la esclava apareció un fugaz destello burlón.

«Si supiera algo, no me lo diría.» Altea se mordió el labio mientras los esclavos permanecían pendientes de ella, sin comprender qué estaba ocurriendo.

De repente alguien golpeó la puerta exterior con insistencia.

—¡Ya va! —oyeron que exclamaba el esclavo portero—. ¿Quién llama?

—Soy vecino de Perseo, el padre de tu señora.

Altea corrió hasta el patio.

—¡Abre, date prisa!

Había reconocido la voz de uno de los alfareros que vivía en la misma calle que su padre.

—Han atacado a tu padre y a tu hermano —dijo el hombre en cuanto abrieron—. Ha sido en la puerta de su casa.

Altea sintió que la tierra temblaba.

—¿Cómo están?

—Los han herido, pero no sé...

Altea echó a correr sin darle tiempo a terminar. El alfarero y el esclavo portero corrieron tras ella a través del laberinto de calles oscuras de Atenas. Todavía no le habían dado alcance cuando llegó a la calle de su padre.

Un grupo de vecinos se arremolinaba en torno a un cuerpo caído en el suelo.

—¡PAPÁ!

El aullido heló la sangre de todos los congregados. Altea se arrojó al suelo y agarró el cuerpo de su padre por los hombros.

—Papá... —Le pasó una mano por los cabellos y el rostro ensangrentados. Después levantó la cabeza hacia una mujer que estaba sentada junto a su padre—. ¿Está vivo?

La mujer negó suavemente.

—Apenas respira y no reacciona. Deberías despedirte de él.

—¡Oh, dioses! —Altea abrazó en su regazo la cabeza magullada de su padre—. ¡No os lo llevéis, por favor!

Miró alrededor con la mirada enturbiada por el llanto, pero no vio ningún otro cuerpo en el suelo.

—¿Y mi hermano? ¿Dónde está?

—Se ha marchado.

—¿Qué...? —Altea miró a la mujer sin comprender—. ¿No está herido? ¿Dónde ha ido?

—Sangraba bastante, y gritaba como si se hubiera vuelto loco. Me ha parecido entender que iba al Pireo para vengarse.

Altea meneó la cabeza y se inclinó sobre Perseo. Sus lágrimas se mezclaban con la sangre de su padre.

—Van a matarlo también —gimió. Luego se volvió desesperada hacia su esclavo—: Corre a la Academia, busca a Platón y dile lo que ha pasado. Pídele que vaya con soldados al Pireo e impida que maten a Eurímaco. ¡Date prisa!

El esclavo echó a correr mientras Altea se quedaba en el suelo llorando a su padre.

Platón escuchó las noticias que traía el esclavo y se apresuró a subirse a la mula que tenían en la Academia. Quizás si cabalgaba los treinta estadios que lo separaban del Pireo, llegaría antes que Eurímaco.

Su sobrino y otros discípulos insistieron en acompañarlo, pero él les pidió que fueran a Atenas y avisaran a los Once —los magistrados encargados de los arrestos y las prisiones—. También les dijo que después acudieran al puerto con un grupo de escitas, los esclavos públicos que realizaban funciones de policía. En realidad, sabía que todo eso llegaría demasiado tarde, lo que quería era alejar a sus discípulos de la violencia que intuía que iba a tener que afrontar.

Recorrió al trote los caminos de la Academia, pasó entre las columnas de la entrada y se lanzó al galope por la campiña en medio de la noche. Eurímaco era hijo de Perseo y lo conocía desde que había nacido. Aunque no tenía con él tanta relación como con Altea, era como si fuese de su propia familia.

«Si Perseo ha muerto... —El esclavo no había sabido aclararle ese punto, y sintió en el estómago un espasmo de dolor ante la posibilidad de perder a su amigo—. Al menos debo salvar a su hijo.»

A cada paso temía que la mula pisara mal y se quebrara una pata, pero continuó campo a través sin disminuir la velocidad.

«Eurímaco ha visto cómo machacan a golpes a su padre. —Probablemente estaría borracho, pero seguía teniendo el cuerpo de un coloso y era el mejor luchador de Atenas—. No está yendo al puerto para darle una paliza a alguien, lo que quiere es matar, y lo hará rápido.»

Dos soldados cruzaron sus lanzas en la puerta al ver que se acercaba al galope.

—¡Soy Platón, apartaos!

Uno de ellos retiró la lanza a tiempo y el fuste de la otra golpeó el hombro de Platón, que continuó al galope por una de las largas avenidas del Pireo hasta llegar a la zona de las tabernas. Allí bajó el ritmo y recorrió las calles mirando a través de las puertas y ventanas de los tugurios, atento a signos de pelea.

De pronto atisbó a treinta pasos una sombra enorme que desaparecía en el interior de un establecimiento llamado El Remero Alegre. Clavó sus talones en los flancos de la mula y vio que empezaban a salir hombres corriendo de la taberna. Al llegar a la puerta oyó gritos y golpes, descabalgó de un salto y se lanzó al interior.

Divisó mesas rotas, hombres ensangrentados en el suelo y a Eurímaco que rugía como una bestia mientras blandía en todas direcciones la pata arrancada de una mesa. Sangraba por varios cortes y trataba de avanzar hacia el fondo del salón, donde un hombre con la cara deformada por una cicatriz ordenaba con gritos aterrados a los demás que lo detuvieran. Uno de los que bloqueaban el avance de Eurímaco se abalanzó contra él armado con un cuchillo largo, pero recibió un estacazo que lo lanzó contra la pared. Otro consiguió pinchar con una espada el muslo de Eurímaco, que se revolvió y le rompió el brazo con su arma.

—¡Deteneos!

El grito potente de Platón contuvo momentáneamente la pelea..., hasta que el hombre que tenía más cerca arremetió contra él blandiendo una espada corta. Platón lo golpeó en el brazo para desviar el ataque y estrelló su puño contra la mandíbula del hombre, que se tambaleó hacia atrás. Un nuevo puñetazo lo hizo caer al suelo y Platón se le echó encima y le arrebató el arma.

Se puso de pie con la espada en la mano. Había oído que algunos hombres murmuraban su nombre. Avanzó hacia Eurímaco, que mantenía su arma en alto igual que los demás.

—Vengo a llevarme a este hombre.

Soltó la espada y se quedó mirando al individuo de la cara cortada. Algunos gritaron con rabia que los mataran a él y a Eurímaco.

—¡Silencio, yo doy las órdenes! —atajó Tirteo. Mantuvo la mirada de Platón mientras se devanaba los sesos, consciente de que la pelea podía volver a estallar en cualquier momento—. Eurímaco ha contraído una gran deuda de juego —dijo finalmente. Desde que Eurímaco había empezado a apostar en su taberna, su plan había sido quedarse con los derechos de herencia de la casa taller y después matar a Perseo. Evidentemente, el plan de obtener de ese modo una buena ganancia había quedado desbaratado—. Nos debe ocho mil dracmas... —señaló con su cuchillo los destrozos de la taberna—, que ahora se han convertido en diez mil.

Platón se giró hacia Eurímaco. Si se lanzaba de nuevo al ataque, ya no podría detenerlo y lo matarían. La ira hacía que no se derrumbara, pero respiraba con dificultad y estaba perdiendo mucha sangre. No sería capaz de hacer frente a la media docena de enemigos armados que aún se mantenía en pie a su alrededor.

—Yo asumo su deuda. —Tirteo exhibió su sonrisa retorcida al oír aquello, pero Platón sabía que tenerlo de su parte no sería suficiente para salir con vida del Pireo—. Te pagaré diez mil dracmas, y otras cien a cada hombre que haya luchado con Eurímaco, esté herido o no.

La expresión cambió en varios de los rostros y Platón supo que acababa de salvar la vida de ambos.

«Ahora tengo que convencer a Eurímaco.»

—Dejadme pasar —pidió a los hombres que lo rodeaban.

Se acercó tratando de captar la mirada aturdida de Eurímaco, que de pronto se irguió y en sus ojos volvió a arder la rabia.

—¡Han matado a mi padre!

—No. Tu padre está vivo. —No creía que fuera cierto, pero no veía otro modo de salvarlo.

Eurímaco se quedó inmóvil y parpadeó como si no lo hubiera entendido.

—¿Está vivo?

—Sí. Acompáñame.

Eurímaco bajó su arma hasta que tocó el suelo. Miró por última vez a Tirteo, dio media vuelta y cruzó la taberna con Platón dejando un reguero de sangre.

—No te olvides de tu deuda. —Las palabras de Tirteo siguieron a Platón—. Recuerda que sabemos dónde encontrarte.

Capítulo 27

Leuctra, julio de 371 a. C.

«Después de esta batalla, deberíamos atacar Atenas.»

Leónidas, con el yelmo levantado, contempló el inmenso ejército de espartanos y aliados de Esparta. Diez mil soldados de infantería y un millar de caballería ocupaban todo el ancho de la llanura de Leuctra, desde el flanco que recorría el río Asopo hasta el recodo que formaba el río Permeso. Aunque estaban a sólo doscientos cincuenta estadios de la ciudad de los atenienses, no iban a enfrentarse a ellos, sino al ejército tebano, que en esos momentos estaba formando al otro lado de la llanura.

El último destacamento enviado por Esparta, del que formaban parte Leónidas y Calícrates, se había incorporado al ejército la semana anterior. Calícrates se había encargado de disipar las reticencias del rey Cleómbroto a entrar en combate, recordándole las dos ocasiones anteriores en las que había sido duramente criticado por retirarse. Para eliminar las últimas reticencias de Cleómbroto, le había recordado que su propio padre, el antiguo rey Pausanias, había sido castigado con el exilio por algo similar. Tampoco había dejado de mencionar que la Asamblea podía condenar a un rey a la pena capital.

«No creo que Epaminondas quiera enfrentarse a nosotros en campo abierto. —Leónidas entrecerró los ojos mientras observaba el ejército enemigo—. Tienen la mitad de efectivos, sería un suicidio.»

Se dio la vuelta, levantó la lona de un carro de suministro y revisó su contenido. Uno de sus cometidos como general era estar al tanto de las existencias de alimentos y materiales necesarios para las tropas.

La mitad de las palas, hachas y hoces que necesitaban los zapadores para despejar los caminos estaban rotas. Era el resultado de haber atravesado los montes en lugar de utilizar los pasos de montaña, que sabían que estaban custodiados. Gracias a esa estrategia ahora se encontraban a tan sólo cincuenta estadios de Tebas. Constató que también escaseaban las correas de cuero para reparar el equipamiento de los soldados, el material médico, los afiladores y las raederas. Luego contó los tarros de cebada molida, las cebollas y los paquetes que contenían queso y carne salada.

«En una semana deberíamos conseguir nuevas provisiones o retirarnos.»

Sin girar la cabeza, se dirigió al hombre que aguardaba detrás de él:

—Esclavo, mis armas.

El sirviente se acercó a una mula y sacó de las alforjas de mimbre el escudo de Leónidas envuelto en su funda de cuero. Retiró la funda y le entregó a su amo el escudo, un disco de madera recubierto de bronce con una gran letra lambda en el centro. Leónidas pasó el brazo izquierdo por la abrazadera central y agarró el asa lateral. Ambas sujeciones eran de metal y estaban forradas con cuero para que no se clavaran en la carne.

El esclavo le entregó a continuación su lanza, un arma con una punta de bronce de un palmo de longitud, rematada con una contera pesada y puntiaguda que permitía usarla por ambos extremos. Leónidas la cimbreó para comprobar su equilibrio. Después se dio unos golpecitos con la contera en una greba, la pieza metálica que protegía la mitad inferior de la pierna.

—Esta greba, apriétala más.

El esclavo soltó las correas de cuero y las ciñó de nuevo con más fuerza.

—¿Ajusto la coraza, señor?

Leónidas movió los hombros y tensó los músculos del torso contra el acolchado de la pesada protección de bronce. También llevaba una túnica corta de lana debajo de la coraza, y encima la capa escarlata que distinguía a los hoplitas espartanos de los soldados de cualquier otra ciudad.

—No, la coraza está bien. Regresa al campamento con los carros de suministro.

El sirviente se unió de buen grado a la caravana formada por miles de esclavos, carpinteros, herreros, guarnicioneros, cocineros y demás personal de apoyo del ejército. Observarían la evolución de la batalla desde el campamento, sabiendo que también se decidía su destino. Leónidas contempló pensativo el desplazamiento de aquel contingente, tan numeroso como el propio ejército, y luego comenzó a recorrer el frente mientras se dirigía a la posición que ocupaban los hombres de Esparta.

Los setecientos hoplitas de la falange espartana constituían la unidad de élite de aquel ejército, y por ello se ubicaban a la derecha de todas las tropas. Cada soldado se protegía con el escudo del hombre que llevaba a la derecha y eso generaba una tendencia natural a que en el avance se produjera un desplazamiento hacia ese lado. Los espartanos eran los únicos capaces de marchar en línea recta, y al situarse a la derecha contenían la tendencia a desplazarse en diagonal del resto del ejército, logrando que las líneas se mantuvieran compactas y todos avanzaran de frente.

Leónidas cruzó entre grupos de soldados aliados, todavía con el yelmo subido para ver mejor el entorno, y rememoró la imagen que lo obsesionaba desde hacía días: su esposa sangrando en el suelo, abrazando aterrorizada a su niña recién nacida mientras sus otras dos hijas se agarraban a ella temblando.

«Nunca le había pegado. —Ralentizó el paso al recordar la rabia ciega que había sentido cuando había levantado una silla contra Helena con la intención de destrozar su cuerpo desnudo—. Por Heracles, estuve a punto de matarla.» Afortunadamente había conseguido controlarse lo suficiente para romper la silla contra la cama, y se había marchado después de maldecir a su esposa a gritos.

Despreciaba a Helena y nunca le perdonaría la humillación que le había infligido al darle una tercera niña. Era una mujer débil, que no se entrenaba con el suficiente vigor para parir un buen guerrero... «Pero estuve a punto de matarla; eso hubiera sido una afrenta a los dioses, y al código de honor que debe respetar todo espartano.»

Aquello le producía una sensación tan desagradable que a veces las náuseas le impedían comer. Además, los pensamientos sobre su esposa habían hecho que se replanteara la posición que siempre había mantenido respecto a su propia madre, Deyanira. Sabía que su padre la golpeaba, pero él había adorado a Aristón y nunca había dudado de que su conducta estuviera justificada. Sin embargo, ahora él mismo había estado a punto de matar a su esposa por un motivo que no lo justificaba.

«Madre...»

Deyanira había atentado contra la vida de Aristón, y por eso sí merecía morir, pero quizás no había merecido las palizas que había recibido a lo largo de su vida... ni que él mismo le hubiera mostrado tanta frialdad desde que era un niño.

«Calícrates fue el único que la trató con afecto.»

Desde el episodio con Helena, lo corroía por dentro la idea de que tal vez había juzgado mal a su madre. Eso le dejaba un sentimiento amargo de vacío y culpa. Nunca había experimentado algo así, y de algún modo le hacía odiar más a su hermano.

Se percató de que algunos soldados de otras ciudades lo miraban con recelo. Estaba acostumbrado a que su tamaño asombrara a quienes se cruzaban con él por primera vez, pero en algunos de los rostros era evidente la animadversión.

«No quieren combatir, sólo están aquí por temor a Esparta.»

No le importaba demasiado. También habría aliados de los tebanos que estaban en aquella llanura porque se habían visto obligados.

«Bastará con que nuestros aliados aguanten mientras nosotros rompemos las filas enemigas.»

Llegó a las líneas de Esparta y siguió avanzando hacia la posición del rey. Los sacerdotes que lo acompañaban en todo momento habían levantado un altar de madera y estaban preparando un sacrificio para recibir las señales de los dioses. Se consideraba que el rey procedía de un dios y por eso presidía todos los sacrificios públicos, pero los encargados de interpretarlos eran los adivinos. Si encontraban algún presagio negativo, los sacrificios se repetirían hasta que las señales se tornaran favorables. Y si no lo conseguían, darían la orden de retirada. Ningún ejército griego combatiría sin consultar antes a los dioses y recibir su bendición.

«Ahí está Calícrates.»

Frunció el ceño al ver a su hermano junto al rey Cleómbroto. Se había convertido en su sombra para asegurarse de que se cumplía la voluntad del rey Agesilao de combatir contra Tebas. El rey Cleómbroto, al igual que Leónidas, consideraba que su principal enemigo era Atenas y hubiera preferido ordenar la retirada.

Al acercarse más al altar, la expresión de Leónidas se oscureció.

Detrás de Calícrates, con sus armas relucientes y sus capas escarlatas, se encontraban los dos hijos de su hermano.

—Viene el tío Leónidas.

A Calícrates le molestó la excitación que vibraba en la voz de Demarato, su hijo pequeño, pero no buscó a su hermano con la mirada. Permanecía muy atento a los movimientos del sacerdote. Lo había amenazado previamente para que no tergiversara los resultados del sacrificio haciendo que se amoldara a los deseos del rey Cleómbroto de no combatir.

Los flautistas aceleraron el agudo trino de su melodía. En un cuenco de bronce, sobre el altar, ardía el fuego que nunca debía extinguirse. El portador de antorchas lo había traído desde Esparta, después de tomarlo del sacrificio favorable que había dado inicio a la expedición. Posteriormente había ardido en el altar del sacrificio que habían realizado antes de cruzar la frontera, y tras abandonar Esparta los había acompañado como un signo de la voluntad favorable de los dioses.

El sacerdote tomó el cuchillo sacrificial, lo acercó al cuello del cabrito y echó una rápida mirada a Calícrates y al rey, ambos igual de pendientes de lo que sucedía. La sangre brotó con fuerza, salpicando el altar, y Calícrates sonrió.

«Sigue así, sacerdote. No quiero trucos.»

Cuando el animal dejó de moverse, el sacerdote abrió sus entrañas y extrajo el hígado. Calícrates se estiró para verlo en detalle y no apreció ninguna tara en su forma o color ni en la disposición de sus venas. El sacerdote le dio la vuelta entre sus manos, una y otra vez, con evidente indecisión. Finalmente alzó el rostro, miró de reojo a Calícrates y se dirigió al rey Cleómbroto:

—El sacrificio ha sido grato a los dioses, las señales son propicias.

Cleómbroto suspiró sin disimular su decepción y Calícrates se preguntó si castigaría después a su sacerdote.

—Mi rey, se acerca un mensajero —avisó un hoplita.

Apenas había viento, lo que permitía seguir el rastro de polvo del jinete hasta su origen en las filas del ejército tebano. El caballo se detuvo a una treintena de pasos del altar y el jinete descabalgó. Dos hoplitas se aseguraron de que no llevaba armas y lo escoltaron hasta el rey.

Escucharon en silencio la solicitud de tregua del mensajero tebano, y luego Cleómbroto respondió con aplomo. Ya había asumido que eludir el combate implicaba ser acusado de traidor.

—No aceptamos una tregua, ni tampoco parlamentar. El único modo de evitar la batalla es con vuestra retirada inmediata y que Tebas cumpla nuestras exigencias: disolver su ejército y dejar libres a todas las ciudades.

—Así lo comunicaré.

El jinete tebano saltó sobre su montura y partió al galope hacia el otro extremo de la llanura. Cleómbroto se volvió hacia los oficiales de Esparta y los comandantes de las ciudades aliadas:

—No van a aceptar nuestras condiciones. Que todas las tropas se dispongan en formación de combate.

Calícrates se despidió del rey y buscó a sus hijos para hablar con ellos antes de retirarse al campamento. Por mucho que deseara combatir junto a ellos, tenía setenta años y su presencia sólo serviría para ponerlos en mayor peligro.

«Al menos combatirán desde la última fila.»

Todos los griegos formaban la falange con una profundidad de entre ocho y doce filas de hoplitas. La falange espartana estaba constituida por doce filas; Demarato y Euxeno, atendiendo a su juventud e inexperiencia, se ubicarían en la última fila y su función sería básicamente empujar para que la masa de hoplitas de Esparta hiciera retroceder a la falange tebana.

—Venid aquí, hijos míos. —El abrazo de Calícrates se vio entorpecido por las corazas metálicas, que él también llevaba puesta—. A menos que los tebanos se retiren, va a ser una gran batalla. No creo que dure mucho, tenemos casi el doble de soldados, pero nunca hay que confiarse. ¿De acuerdo? —Euxeno asintió muy serio. Demarato apretaba con fuerza el asta de su lanza, pero en sus ojos no había miedo a pesar de que se trataba de su primer combate—. Combatid con valor, no con temeridad, si queréis ser algún día tan viejos como yo. —Aquello les hizo sonreír. Eso era bueno—. Que Heracles sea con vosotros.

Se llevó un puño al pecho y ellos respondieron con el mismo gesto antes de alejarse con otros hoplitas. Sus capas de color escarlata y las largas crines que remataban sus yelmos infundirían terror al enemigo, pero para Calícrates seguían siendo dos niños a los que ansiaba proteger.

Dirigió una mirada recelosa a su hermano, que estaba hablando con el rey Cleómbroto. Leónidas comandaba la sección de falange en la que se encontraban sus hijos. Él había hablado con el rey para asegurarse de que Demarato y Euxeno se ubicarían en la zona más segura de la falange, pero con Leónidas no había cruzado una sola palabra desde que había nacido su tercera hija.

Dio media vuelta y se alejó hacia el campamento. Mientras tanto, Leónidas terminó de hablar con el rey y dedicó un rato a impartir instrucciones entre sus oficiales. Estaba satisfecho, se estaba convirtiendo en el hombre de confianza del rey Cleómbroto, igual que su hermano lo era del rey Agesilao. Cleómbroto estaba de acuerdo con él en dirigir un ataque sorpresa contra Atenas, después de que vencieran en aquella batalla y reforzaran su ejército con los mercenarios y las tropas de algunas ciudades que ahora luchaban junto a Tebas. La diferencia era que el rey hablaba de obligar a los atenienses a firmar un tratado más ventajoso para Esparta que el anterior, mientras que él soñaba con un gran ataque militar que acabara con los atenienses para siempre.

Leónidas despidió a sus oficiales, echó un vistazo al cielo despejado y se volvió hacia el campamento. Ya no distinguía a su hermano. Una mueca cruel apareció en su rostro, la disimuló con una sonrisa y caminó hasta la última fila de soldados.

—Demarato, vas a librar tu primer combate. ¿Crees que estás preparado?

Su sobrino se cuadró al momento.

—Sí, señor. Seré un digno hijo de Heracles.

Euxeno también se había cuadrado y observaba con inquietud a su hermano.

—Y dime, joven soldado, ¿prefieres oír a lo lejos el fragor de la batalla, o chocar tus armas con las del enemigo y cubrirte de honor?

Euxeno abrió la boca para intervenir, pero Demarato se le adelantó:

—El honor y el combate, señor.

—En ese caso..., ¿quieres combatir junto a tu general?

Los ojos de Demarato se abrieron con avidez, apenas podía creerse que podría acompañar al legendario Leónidas y verlo luchando en un combate real.

—Demarato... —le dijo su hermano.

—Nuestro padre quiere que estemos seguros —la agresividad de su tono sorprendió a Euxeno—, y ninguna posición es tan segura como estar junto a nuestro general. El enemigo huirá al verlo, será como combatir junto a Heracles. —Se volvió hacia su tío—. Es un honor aceptar, general.

—Muy bien, ven conmigo.

Leónidas se dio la vuelta y caminó despacio, regodeándose. Sabía lo que iba a ocurrir a continuación.

Un momento después, oyó tras él la voz de Euxeno:

—Mi general, quisiera combatir junto a mi hermano.

Capítulo 28
Leuctra, julio de 371 a. C.

Epaminondas llevaba toda la noche sin dormir, pensando en la batalla mientras sus ojos abiertos contemplaban el techo de lona de la tienda.

«¿Cómo combatir contra un ejército que nos duplica en número?»

Aquello parecía un problema de los que le planteaba su viejo maestro pitagórico, el filósofo Lisis de Tarento, pero ninguno de sus problemas era tan difícil de resolver como ése. El rey Cleómbroto había desplazado su enorme ejército hasta quedar a sólo cincuenta estadios de las murallas de Tebas. Además, entre los diez mil soldados desplegados al otro lado de la llanura de Leuctra había setecientos hoplitas espartanos, a los que nadie era capaz de vencer en igualdad de condiciones.

Todavía era noche cerrada cuando salió de la tienda. Avanzó a través del campamento mientras cruzaba algunas palabras con los vigías y otros hombres que tampoco podían descansar. Encontró despiertos a varios soldados del Batallón Sagrado y se sentó con ellos para repasar algunas tácticas de combate que habían practicado en los últimos días. El Batallón Sagrado estaba constituido por trescientos hombres que formaban ciento cincuenta parejas de amantes, cada una compuesta por un hombre mayor y otro joven. Era la unidad de élite del ejército tebano, y además de su excepcional entrenamiento, basaba su fuerza en que nadie combatía con tanto ardor como un amante, que haría cualquier cosa por proteger a su amado y por evitar mostrar cobardía ante él.

La conversación languideció al cabo de un rato y Epaminondas se encontró pensando en Atenas, adonde siempre había querido viajar. Envidiaba a Pelópidas, el comandante del Batallón Sagrado, que durante la ocupación espartana de Tebas había residido en la ciudad de los atenienses, mientras que él se había quedado en Tebas organizando el levantamiento contra Esparta y el regreso de los exiliados.

Cerró los ojos y se masajeó las sienes para mitigar un incipiente dolor de cabeza. Habría dado cualquier cosa por ir a Atenas y conocer a Platón, por tener ocasión de debatir con él en la célebre Academia.

«La Academia... —esbozó una sonrisa triste—, esos sueños pertenecen a otra vida, a otro Epaminondas.»

En la juventud se había dedicado durante bastantes años a profundizar en la doctrina pitagórica. Ahora deseaba hablar de mil cosas con el gran filósofo Platón, que también había recibido la influencia de Pitágoras, pero que había ido mucho más allá en multitud de campos.

«Al menos puedo leer sus libros», se dijo pensando en el volumen de *La república* que tenía en su tienda. Le parecía una obra prodigiosa, pero a la vez despertaba en él innumerables interrogantes que no tenía con quién compartir.

Su expresión se enfrió poco a poco. Si no moría en la batalla de esa jornada y algún día iba a Atenas, lo más probable era que no lo hiciese como estudiante, sino como conquistador.

«Daría la orden de que respetaran la vida de Platón. —Incluso podría ofrecer una recompensa a quien se lo llevara vivo, aunque era una orden difícil de cumplir durante la toma de una ciudad—. Sobre todo, si Platón decidiera tomar sus armas y luchar por Atenas, como probablemente haría.» Sabía que el filósofo había sido un guerrero notable, y que al menos en una ocasión lo habían condecorado por su valor.

En medio de aquellas divagaciones apenas se dio cuenta de que en el horizonte se habían apagado las estrellas y el cielo se teñía de gris claro. La lona que cerraba la tienda de Pelópidas, el comandante del Batallón Sagrado, se retiró bruscamente. Pelópidas era un hombre de valor probado en decenas de batallas, pero al ver a Epaminondas se acercó pálido como el alba y habló con un hilo de voz.

—Acabo de tener un sueño profético. Hay que reunirse de inmediato con los demás magistrados, debemos hacer algo terrible.

Epaminondas se puso en pie sin cuestionar las palabras del comandante. Los dioses a veces se manifestaban a través de los sueños, especialmente en momentos cruciales como aquél, y además Pelópidas era su mejor amigo y uno de los militares más valiosos de la historia de Tebas. Se apresuraron en busca de los adivinos y los beotarcas —el cuerpo de altos magistrados de Beocia del que Epaminondas formaba parte—, y Pelópidas comenzó a contarle el sueño por el camino.

—He visto a las Léuctridas, llorando sobre sus sepulcros. —Se quedó callado al revivir aquella imagen y Epaminondas lo animó a continuar. Las Léuctridas eran unas muchachas de aquella región que habían sido violadas por unos espartanos y después se habían quitado la vida. Su padre había acudido a Esparta para pedir castigo, y al no obtenerlo se había dado muerte sobre el sepulcro de sus hijas profiriendo terribles maldiciones contra los espartanos—. Mientras las muchachas se lamentaban, su padre ha aparecido y me ha lanzado una advertencia: si queremos alcanzar la victoria sobre nuestros enemigos, tenemos que sacrificar sobre el sepulcro de sus hijas una virgen rubia.

—¡¿Qué?! —Epaminondas se detuvo—. Por todos los dioses, sacrificar una muchacha en honor a otras es tan duro como injusto.

—Lo sé. —Pelópidas hizo un gesto de impotencia—. Pero no podemos ocultar una visión tan clara.

Continuaron en un silencio sombrío, y poco después se encontraban reunidos con los agoreros y los demás beotarcas. El sueño de Pelópidas provocó expresiones de horror en varios de los asistentes. Tebas estaba a cuarenta estadios, con un buen caballo se tardaría poco en llegar a la ciudad y regresar. Allí había varias doncellas rubias, incluyendo las hijas de dos de los presentes.

—No podemos ignorarlo —reclamaban algunos—. Recordad la victoria que se obtuvo gracias al sacrificio de Macaria, la hija de Heracles. Y lo mismo con el de Meneceo, hijo de Creonte, cuyo sacrificio al dios Ares ocasionó el triunfo de Tebas.

Otro de los magistrados alzó su voz indignado:

—No puede ser grato a los dioses un sacrificio tan bárbaro e injusto. No reinan los titanes ni los salvajes gigantes, sino Zeus, padre benévolo de los dioses y de los hombres. No es posible que haya un dios u otro ente superior que se complazca con la sangre de los hombres; y si lo hay, no debemos hacer caso a un ser tan brutal.

El debate se prolongó mientras los vigías acudían regularmente para proporcionar a Epaminondas información sobre los movimientos del ejército enemigo. De pronto se oyó un relincho. Una yegua se dirigía hacia ellos, se había escapado y continuó galopando hasta detenerse mansamente a su lado. Era muy joven y tenía las crines tan claras que resplandecían bajo los primeros rayos de la mañana.

Se quedaron mirándola, extrañados de que hubiera detenido su galope y ahora se mostrara tan dócil.

—¡Bienaventurado Pelópidas! —exclamó el adivino Teócrito—. La víctima ha venido a tu mano. No esperemos otra virgen, sírvete de la que el dios te ha presentado.

Todos mostraron su alegría y Pelópidas condujo a la yegua al sepulcro de las Léuctridas. Allí la degollaron haciendo que la hierba recogiera su sangre al tiempo que elevaban plegarias a los dioses y a las doncellas ultrajadas.

—¡La victoria es segura! —proclamó exaltado uno de los beotarcas que había temido que mataran a su hija.

El adivino Teócrito alzó una mano para reclamar prudencia.

—Sin duda es un gran signo el que hemos recibido, pero debemos tener cuidado con la interpretación de los oráculos. En la visión de Pelópidas se decía que teníamos que hacer este sacrificio si queríamos obtener la victoria. —Se volvió hacia el comandante—. ¿Fueron ésas las palabras exactas?

Pelópidas asintió, ya se lo había hecho repetir antes con todo detalle.

—Entonces —continuó Teócrito—, de lo que podemos estar seguros es de que no habríamos podido alcanzar la victoria si no hubiéramos realizado el sacrificio, pero nada nos la garantiza. Que la victoria sea posible no significa que sea segura.

El silencio que siguió a las palabras del adivino fue roto por Epaminondas:

—Teócrito tiene razón, pero no hace falta que hagamos estas matizaciones a la tropa. Ayer estaban a punto de insubordinarse, y en ese momento llegó la noticia de que habían desaparecido las armas del templo de Heracles en Tebas. De inmediato corrió la voz de que eso significaba que Heracles combatiría con nosotros y la moral se disparó. —Sólo Epaminondas sabía que el rumor era falso, había sido propagado por unos hombres a los que él había pagado—. Ahora basta con que digamos que se nos pedía un sacrificio para alcanzar la victoria, y que de un modo prodigioso se nos ha acercado la víctima para que la sacrifiquemos. Es un presagio inmejorable y redoblará el ardor con que los hombres irán a la batalla, si es que finalmente hay que combatir.

Todos se mostraron de acuerdo con Epaminondas, y en el campamento el ánimo se elevó al conocerse lo sucedido. Según avanzaba la mañana, no obstante, volvió a imponerse la realidad de que tenían frente a ellos a un ejército que casi los duplicaba en número. Los magistrados se reunieron con los altos oficiales del ejército y, tras un largo debate, acordaron enviar otro mensajero para solicitar una tregua al rey espartano. Cleómbroto volvió a dar una respuesta negativa y la mitad de los beotarcas propuso retirarse, pero Epaminondas sabía que algunas de sus ciudades aliadas mantenían allí sus tropas a regañadientes.

«Si nos retiramos ahora, nunca volveremos a disponer de esas tropas.»

Alzó la voz y todos se callaron para escucharlo.

—Ceder significaría perder todo lo que hemos conseguido y someternos completamente a Esparta. Debemos combatir ahora, no tiene sentido que lo demoremos más. —Recorrió con la mirada a los demás magistrados, que se mantuvieron en silencio asumiendo su autoridad, y después se volvió hacia los oficiales—. Pelópidas, generales, que vuestros hombres se preparen. Atacaremos al ejército espartano de inmediato.

Calícrates se estremeció cuando las trompetas difundieron la orden de que el ejército avanzara.

«Ares, protege a mis hijos. Que luchen con honor y conserven la vida.»

Apretó con fuerza su lanza mientras forzaba la vista en dirección al ejército. Se encontraba en el extremo del campamento situado más cerca de las tropas, junto al foso excavado para proteger una eventual retirada.

Sintió la vibración del suelo a través de sus botas de cuero y supo que la caballería se había lanzado al ataque. Los soldados de infantería ligera también se adelantarían a las falanges para hostigar al enemigo con sus proyectiles.

«No les pasará nada. —Sus viejos ojos recorrieron una vez más la retaguardia, cada vez más lejana, sin que llegara a divisar a sus hijos—. Ocupan la última posición y ni siquiera llegarán a combatir, tienen once filas de hoplitas delante de ellos.»

Euxeno marchaba a la izquierda de Demarato, en la segunda línea de la falange.

«Maldito idiota —pensó mientras miraba a su hermano a través de la visera del yelmo—. Ni siquiera se le pasa por la cabeza que nuestro tío nos haya colocado aquí con mala intención.»

Dos puestos a su derecha, en la primera fila, Leónidas ocupaba la posición más decisiva en la esquina de la falange, por donde las tropas enemigas podían rebasarlos y atacar su flanco. Euxeno observó el yelmo enorme, que sobresalía por entero sobre la masa compacta del resto del ejército. Aunque odiaba a su tío, no podía negar que resultaba reconfortante tenerlo cerca durante el combate.

Su caballería se estaba alejando de ellos, cuatro millares de cascos levantando una polvareda sobre la seca llanura. En Esparta los hombres más ricos criaban los caballos, que luego se entregaban para el combate a los soldados menos capaces. Al contrario que en Atenas, donde la caballería era un cuerpo aristocrático, los espartanos consideraban que el honor residía en el combate cuerpo a cuerpo y despreciaban la labor de los jinetes.

Euxeno continuó ajustando los pasos al ritmo que marcaban las flautas y escrutó con ansiedad la nube de polvo, tratando de distinguir a través de ella a sus enemigos.

Epaminondas encabezaba el ala izquierda de su ejército y se dirigía contra el extremo derecho de los espartanos. Sus jinetes acababan de lanzarse al ataque y la polvareda impedía distinguir la formación o los movimientos del otro ejército.

En buena parte sería una batalla a ciegas, como había previsto.

«Nuestra caballería tiene que vencer a la suya o no tendremos ninguna oportunidad.»

Entornó los ojos bajo el yelmo. Temía que sus jinetes se batieran en retirada y surgieran de pronto de la niebla de polvo. Su cuerpo de caballería era superior al espartano, tanto en número —mil quinientos efectivos frente a un millar— como en entrenamiento, pues en Tebas los jinetes practicaban durante todo el año con las monturas que llevarían al combate.

Siguieron avanzando por la llanura y tosió al respirar el polvo que habían levantado los caballos. A su derecha el Batallón Sagrado de Pelópidas mantenía la formación perfectamente alineada. Levantó una mano, y al bajarla los trompeteros lanzaron la orden de ataque para la infantería ligera.

Cientos de arqueros, honderos y hombres cargados con jabalinas se adelantaron a la marcha rítmica de la falange y echaron a correr hacia los espartanos.

Demarato estaba viviendo el mejor de sus sueños.

Se encontraba en la vanguardia del ejército más poderoso que se hubiera reunido en muchos años, con su hermano a la izquierda y su tío al alcance de su brazo derecho. Había oído mil historias de cómo Leónidas destrozaba un enemigo tras otro en el campo de batalla, y ahora iba a ser testigo privilegiado de aquello.

«Si fuera por mi padre, ni siquiera vería la sangre.»

El rey Cleómbroto estaba dos filas más atrás, rodeado por hombres de su guardia personal y con los trompeteros cerca para transmitir sus órdenes a todo el ejército. Demarato estaba convencido de que el rey se fijaría en él durante la batalla y le otorgaría su primera condecoración.

Oyó el estruendo terrible del combate de caballería, pero no fue capaz de distinguir más que una enorme masa oscura que se movía lentamente a través del polvo. Siguió avanzando al ritmo de los flautistas, perfectamente acompasado con Euxeno a la izquierda y su compañero de la derecha. Por encima del golpeteo rítmico de la marcha distinguía una algarabía de relinchos y gritos. Poco a poco la masa oscura se volvió más definida, el retumbar de los cascos se sintió más cerca. Miró a ambos lados: todos los yelmos apuntaban hacia delante, todos estaban pendientes de lo que estaba a punto de suceder.

De repente varias sombras se convirtieron en caballos que cabalgaban hacia ellos. Pertenecían a sus fuerzas y algunos consiguieron girar para escapar por los flancos de la falange, pero otros estaban en tal estado de pánico que acometieron contra la línea de hoplitas. Los *enomotarcas,* los comandantes de cada grupo de tres columnas, gritaban furiosamente para que las filas se abrieran y volvieran a cerrarse sin que hubiera heridos ni desbaratar el avance, pero no conseguían evitar que en algunos puntos los caballos chocaran derribando a varios soldados.

Demarato hizo valer su entrenamiento y reaccionó con sus compañeros como si fueran un solo hombre. Hasta entonces la marcha había sido similar a los entrenamientos que había llevado a cabo tantas veces, pero ahora sintió el impacto de un caballo contra su unidad y se oyeron los gritos de algunos heridos.

—¡Agáchate!

El aviso de su hermano le hizo encoger el cuello. Había estado exponiendo la garganta, el punto más vulnerable entre el yelmo y la coraza. Asintió brevemente en dirección a Euxeno y agradeció tenerlo a su lado, hombro con hombro, cuidando de él como siempre había hecho.

La caballería tebana surgió entre la niebla como un ejército espectral, una multitud de jinetes que se materializaban frente a ellos y les arrojaban jabalinas. Leónidas detuvo una con el escudo y se volvió hacia sus tropas.

—¡Mantened la formación!

Su grito poderoso dio nuevos ánimos a Demarato. Varios jinetes tebanos trataron de atacarlos por el flanco, pero los restos de su caballería y algunas tropas ligeras los contuvieron.

—¡Atención, flechas!

Al momento se oyó el repiqueteo de las puntas de bronce golpeando contra el metal de yelmos, escudos y corazas. El sonido era más amortiguado cuando se hundían en la carne que no estaba protegida. Demarato encogió más el cuello y entrecerró los ojos. Temía que alguna saeta entrara por el visor de su yelmo.

—¡Ya están cerca! —gritó Leónidas.

El polvo todavía no permitía ver a la infantería enemiga, pero ya podían oírlos. Los tebanos estaban entonando el peán, el canto guerrero en honor de Apolo, aunque Demarato apenas podía distinguir nada más que su propia respiración retumbando dentro del yelmo.

Algo le salpicó en los ojos y dejó de ver.

Parpadeó rápidamente y apareció ante él la carne destrozada y los huesos rotos del hombro del hoplita que tenía delante. Debía de haberle alcanzado la bola de plomo de un hondero, que con sus proyectiles del tamaño de una nuez eran capaces de acertar a un hombre a trescientos pasos.

—¡Déjame pasar!

El hoplita había soltado su lanza y empujaba hacia Demarato, que giró el cuerpo y tras adelantar al herido recuperó la posición en el siguiente paso. Detrás de él todos hicieron lo mismo.

—¡Ocupa su lugar! —ordenó Leónidas.

Demarato dio dos zancadas en el siguiente toque de flauta y se incorporó a la primera fila seguido por el resto de la columna. Ahora avanzaba junto a su tío formando parte del frente de ataque. Se giró para tratar de ver a su hermano y el reducido campo visual del yelmo se lo impidió. Miró angustiado hacia la nube de polvo mientras notaba los latidos del corazón golpeando en su cuello y en sus oídos.

El dolor estalló en su muslo izquierdo cuando apenas había dado una decena de pasos. Gritó sin aminorar el ritmo y desplazó el escudo un instante para mirarse la pierna. Tenía un círculo escarlata en mitad del muslo. Sabía que las bolas de plomo a veces se incrustaban en la carne y ésta se cerraba de inmediato, dejando apenas un pequeño agujero y el proyectil en el interior del músculo reventado. Resistió la tentación de volver a mirar. En la parte inferior del escudo llevaba cosido un faldón de cuero grueso y creía que la bola había golpeado en él antes de impactar contra su pierna. En cualquier caso, la herida no le impedía seguir avanzando.

Se giró hacia la izquierda. El frente de su ejército se mantenía bastante alineado, una enorme muralla humana que se desplazaba ocupando todo el ancho de la llanura.

Al volverse hacia delante, distinguió a través del polvo a los soldados de Tebas.

«Somos el doble que ellos», se dijo con la garganta reseca. Estaba chorreando sudor bajo el yelmo.

Las trompetas de su ejército vibraron con una nota estridente para transmitir la orden que acababa de dar el rey Cleómbroto.

Leónidas se giró hacia la falange:

—¡Espartanos, iniciad paso de carga!

Epaminondas agradecía a los dioses que la nube de polvo los hubiera mantenido ocultos hasta ese momento. Las tropas se ordenaban siempre de modo que las mejores unidades se ubicaran a la derecha, y solía vencer el primer ejército cuya ala derecha envolvía al enemigo. Sin embargo, en esta ocasión él había colocado las mejores tropas en el ala izquierda, con el Batallón Sagrado como principal fuerza de choque. Estaba convencido de que su única posibilidad era derrotar directamente a la falange espartana.

Por otra parte, no tenía sentido abarcar el mismo frente que un enemigo que los duplicaba en número, así que había adoptado otra táctica innovadora. Había dispuesto que su ejército tuviera un frente de poca profundidad y que avanzara en diagonal hacia el flanco espartano, ocultos por la polvareda para tratar de envolverlos antes de que se dieran cuenta de sus intenciones. Exceptuando a su ala izquierda, el resto de su ejército era tremendamente inferior, por lo que les había pedido que se fueran quedando cada vez más retrasados. Las únicas fuerzas que tenían que entrar en combate eran las tropas que él comandaba directamente.

El polvo comenzó a disiparse y vislumbró las capas escarlatas de la falange espartana.

«Rey Cleómbroto, uno de los dos moriremos en esta batalla.»

Dio la orden de iniciar el paso de carga al tiempo que acentuaban el movimiento en oblicuo para superar el flanco espartano.

—¡Soldados —gritó Pelópidas a su derecha—, a doble velocidad!

Las ciento cincuenta parejas de amantes del Batallón Sagrado se lanzaron al ataque con un ritmo frenético.

Euxeno advirtió los detalles del ataque enemigo y sintió que se le helaba la sangre. La mayor parte de aquel ejército estaba muy retrasado, con la salvedad del flanco que iba a chocar contra ellos. Allí marchaban los mejores hoplitas de Tebas con el Batallón Sagrado a la cabeza.

«¡Ares poderoso, ¿cuántas filas forman su falange?! —Resultaba difícil apreciarlo, pero eran más, muchas más que las doce de la falange espartana—. ¡Va a ser imposible contenerlos!»

Aquella extraña disposición de fuerzas resultaba alarmante, pero de todas las sorpresas que había ocultado la polvareda lo que más le atemorizó fue que la falange tebana estaba desplazándose más allá del ejército de Esparta.

El rey Cleómbroto también se percató y ordenó apresuradamente que la falange espartana se dividiera en dos con el fin de duplicar su anchura. La mitad más retrasada tenía que desplazarse a la derecha y después adelantarse para ampliar el frente. El ejército espartano era el único capaz de efectuar esa maniobra con rapidez y precisión en el campo de batalla; sin embargo, poco después de iniciar el movimiento se dieron cuenta de la endiablada velocidad de avance del Batallón Sagrado.

«Hemos cometido un terrible error», comprendió Euxeno.

La falange enemiga se les echó encima antes de que pudieran completar la división o revertir la maniobra. Euxeno encajó el hombro en el escudo justo antes de chocar e impulsó su lanza contra el cuello de un soldado enemigo. Sin saber si había alcanzado la carne, sintió el tremendo impacto de la embestida tebana como si una manada de toros hubiera arremetido contra ellos. El brazo del escudo se le aplastó contra la coraza al tiempo que sus pies se alzaban del suelo y se desplazaba hacia atrás.

Trató de apuntalarse y aguijoneó frenéticamente con su arma por encima de su compañero de la primera línea. Un tebano acertó con la lanza en su yelmo, justo encima de los ojos. Su cabeza se desplazó hacia atrás y dejó la garganta al descubierto. Antes de que pudiera reaccionar, notó que algo afilado hendía la carne de su cuello y un momento después sintió que la sangre le bajaba por la clavícula. Sin saber si se estaba desangrando, apretó con fuerza el asta de su lanza y redobló sus ataques.

En la primera fila veía a Demarato, con su escudo aplastado contra el de un tebano y descargando golpes sin cesar. A su derecha, en el extremo de la falange, su tío Leónidas alanceaba a sus enemigos con tanta fuerza que le bastaba con alcanzar sus yelmos para dejarlos inconscientes.

—¡Dioses!

El grito de Demarato estremeció a Euxeno. Un tebano le había clavado la lanza en el cuello y apretaba con fuerza para que penetrara más.

—¡No! —Euxeno concentró sus golpes en aquel tebano, ignorando las lanzas que buscaban los resquicios de sus protecciones. El hombre siguió impulsando y moviendo la lanza, destrozando la carne de su hermano pequeño, hasta que él consiguió pincharle el brazo y soltó el arma.

—¡Demarato!

Su hermano se volvió hacia él con una extraña lentitud. A través del yelmo, Euxeno pudo ver el miedo en sus ojos de niño.

Sus párpados se cerraron mientras se deslizaba hacia el suelo.

Los tebanos los hicieron retroceder y Euxeno vio con horror que el cuerpo de Demarato quedaba debajo de los pies de sus enemigos. En la columna de su hermano, los hoplitas avanzaron un puesto y el rey Cleómbroto apareció junto a él.

—Persevera, muchacho. Hay que vencer esta batalla.

Euxeno utilizó su dolor y su rabia para atacar sin descanso a los hoplitas del Batallón Sagrado: quería recuperar terreno y recobrar el cuerpo de su hermano. El frente de batalla se estabilizó gracias a la presencia de Leónidas y durante un rato el picoteo de las lanzas pareció volverse menos letal, como una granizada que sólo arañaba el metal que cubría a los soldados. De pronto, un rápido lanzazo rasgó el antebrazo de Cleómbroto. El rey dejó caer su arma y se encogió para protegerse, pero la punta de bronce de su enemigo atacó de nuevo y entró por el hueco de su ojo derecho.

El rey emitió un gruñido ronco y cayó de rodillas al lado de Euxeno. Se fue hacia delante y se quedó apoyado con las manos en el suelo, tiñendo la tierra de rojo con la sangre que salía por su visera. Los tebanos arreciaron su ataque, sabían que si se hacían con él habrían logrado media victoria; sin embargo, los espartanos defendieron a su rey con un ardor todavía mayor.

Euxeno no se dio cuenta de lo que había ocurrido, pero su compañero de primera línea soltó la lanza y cayó al suelo. Él se adelantó para ocupar su lugar, sin poder evitar pisar su cuerpo, y asestó dos lanzazos rápidos en el yelmo de un enemigo antes de que la presión lo inmovilizara. Su falange lo impulsó desde atrás y avanzó haciendo retroceder un paso al tebano que tenía delante. Sus yelmos chocaron y oyó la respiración jadeante de su enemigo. A su derecha, algunos espartanos rodeaban al rey tratando de protegerlo. Los tebanos concentraban su ataque contra esa posición y los cadáveres de ambos bandos se iban amontonando.

Avanzaron otro paso y su esperanza de llegar hasta Demarato aumentó. Le dolía el brazo de tanto golpear, pero incrementó la fuerza de sus ataques.

—¡Por el rey! ¡Por Esparta! —Los gritos de Leónidas enardecieron a los hoplitas espartanos y recuperaron terreno.

Euxeno consiguió incrustar su lanza en la axila de un tebano. El hombre trató de arrancársela, pero él apretó con furia. Un momento después sintió un pinchazo en el muslo. El enemigo que tenía enfrente se revolvía con el brazo derecho bajado y comprendió que lo estaba atacando con la espada. Antes de que pudiera reaccionar, le clavó la hoja en la cara interna del muslo y con un tirón brutal le desgarró hasta la ingle. Euxeno bajó el escudo, echó la cabeza hacia atrás y golpeó con su yelmo el del tebano, una y otra vez. Una nueva embestida de las dos falanges lo aplastó contra su enemigo en medio de un estruendo metálico. El tebano sangraba por la nariz y la boca mientras mostraba una sonrisa salvaje, sabiendo que lo había herido de gravedad.

Euxeno sintió que no podía tenerse en pie y cayó de rodillas.

«Padre...»

Las falanges se desplazaron, cayó al suelo y notó cómo lo pisoteaban.

Leónidas sangraba por una docena de heridas.

Su lanza se había partido y ahora luchaba con la espada, más larga y pesada que la de los demás soldados. Atacaba a izquierda y derecha rugiendo como una bestia, quebrando lanzas, golpeando yelmos y rajando hombros, pero era como pelear contra una muralla de piedra. Se enfrentaba al Batallón Sagrado por primera vez, y nunca había combatido contra unos hombres que mostraran semejante bravura ni lucharan con tanta compenetración.

A pocos hombres de distancia se encontraba Epaminondas, que combatía como si fuera el mismísimo Heracles. Quería enfrentarse a él, pero resultaba imposible avanzar entre los hoplitas del Batallón Sagrado, y si abandonaba su posición podía hacer que se rompiera todo el flanco espartano.

Se percató de que a su izquierda caía su sobrino Euxeno, igual que antes había caído Demarato, pero no dedicó un instante a pensar en ello. Todo su empeño estaba puesto en que consiguieran llevarse a Cleómbroto antes de que lo hiciera el ejército enemigo.

Cuando por fin lo lograron, le dio la impresión de que el rey estaba muerto.

«No vamos a resistir. —Lanzó varios mandobles rápidos y se giró a la izquierda—. Por Apolo, ¿qué hace el resto del ejército?»

Hasta ese momento había tenido la esperanza de que su ala izquierda venciera al débil flanco derecho enemigo y lo envolviera. Sin embargo, lo que vio lo dejó sin aliento. Las ciudades de la alianza espartana habían adelantado sus fuerzas hasta la línea del frente, pero Epaminondas había hecho que las tropas de sus aliados se quedaran muy atrás. De ese modo sólo hacía combatir a la falange de Tebas, a la que además había dotado de una profundidad de cincuenta hombres.

Comprendió que, por primera vez en su vida, era imposible que vencieran.

«Tengo que ordenar la retirada.»

Embistió con rabia y siguió luchando contra aquella marea imparable de soldados, consciente de que las masacres se producían al darle la espalda al enemigo para escapar. Miró de nuevo alrededor, buscando desesperado alguna alternativa, pero lo único claro era que la mitad de los hoplitas de Esparta se estaba desangrando en aquella llanura.

Calícrates escrutaba angustiado los rostros de todos los hombres que llegaban al campamento. Hacía un rato habían llevado el cadáver del rey Cleómbroto, por lo que sabía que era cuestión de tiempo que se retirara todo el ejército.

Se abalanzó sobre unos soldados.

—¿Habéis visto a mis hijos, a Euxeno y Demarato?

Negaron con la cabeza y continuaron alejándose. Poco después, llegó un hoplita de la misma promoción que su hijo mayor.

—¿Has visto a Euxeno? Estaba con su hermano Demarato, en la última línea de la falange.

El soldado agachó la cabeza antes de responder.

—Tus hijos no estaban en la retaguardia. El general Leónidas los colocó en la segunda línea. —Levantó la mirada un momento y volvió a apartarla—. Los dos han muerto.

—No puede... No...

—Lo siento.

El hoplita le puso una mano en el hombro y se alejó hacia el fondo del campamento. Calícrates se apoyó en su lanza con la espalda encorvada, cubrió su rostro con una mano y rompió a llorar.

Continuaron llegando soldados y Calícrates se dio cuenta de que nadie los estaba organizando. Comenzó a impartir órdenes con la voz quebrada. Los espartanos lo obedecían y se distribuían a lo largo del foso para defender el campamento, pero la mayoría de los soldados de las ciudades aliadas murmuraba una disculpa y seguía alejándose.

Poco después, vio que llegaba su hermano.

Cruzó el foso y corrió hacia Leónidas, que desenvainó la espada y se detuvo a esperarlo. Llevaba el yelmo calado y tenía los brazos y las piernas cubiertos de sangre. Calícrates inclinó su lanza hacia él, apretándola tan fuerte que le temblaban las manos. Sabía que no tenía ninguna posibilidad y que su hermano aprovecharía la oportunidad para matarlo alegando legítima defensa.

—Has matado a tus sobrinos. —Su voz ardía de odio—. Sufrirás por ello un castigo eterno.

Leónidas lo contempló con desprecio.

—¿Tus hijos valían más que el resto de los soldados de Esparta? —Señaló con la espada hacia el campo de batalla—. Cientos de nuestros mejores hoplitas acaban de dar la vida defendiendo a su ciudad y a su rey, ¿y tú vas a llorar por tus hijos?

El griterío de los soldados tebanos se acercaba. Calícrates seguía aferrando la lanza cuando su hermano pasó a su lado sin mirarlo, y se odió por no intentar clavársela.

La presencia de Leónidas en el campamento elevó el ánimo de los soldados espartanos. Los primeros enemigos alcanzaron el foso y su ataque desorganizado fue rechazado con facilidad. Mientras se reagrupaban, los magistrados y los generales de Esparta mantuvieron una reunión.

—No vamos a poder recobrar los cadáveres de nuestros hombres luchando —dijo uno de los éforos—. Tenemos que pedir una tregua.

—Eso implicaría reconocer nuestra derrota —declaró Leónidas con amargura—, y que los tebanos erijan un trofeo proclamando su victoria.

—Hemos perdido al menos la mitad de nuestros setecientos hoplitas —replicó el éforo—. Y nuestros aliados han perdido más de medio millar de hombres. No quieren volver a combatir..., y diría que algunos de ellos se alegran de que hayamos sido derrotados.

La urgencia de la situación hizo que el debate concluyera rápidamente y enviaron un mensaje a Epaminondas reconociendo la victoria de los tebanos. También solicitaban una tregua para recoger los cadáveres, después de lo cual el ejército de Esparta se retiraría de la región.

Calícrates se alejó hacia el interior del campamento. Tenía que rezar por sus hijos y prepararse para recuperar sus cuerpos.

Apenas había dado unos pasos cuando oyó a su espalda la voz de Leónidas:

—Yo he combatido junto a Euxeno y Demarato. —Calícrates se detuvo. Dudó un momento, y finalmente se dio la vuelta y levantó la mirada hacia el rostro de su hermano—. Tienes que saber que tus hijos han muerto llorando como cobardes.

Capítulo 29

Atenas, julio de 371 a. C.

Altea había perdido la esperanza de que su padre sobreviviera.

Los dos primeros días había vomitado varias veces sin recobrar la consciencia, con una fiebre tan elevada que los paños húmedos que le ponía en la frente se resecaban con rapidez. Al tercer día desaparecieron los vómitos y la fiebre y ella pensó que era una buena señal, pero los médicos le dijeron que eso indicaba que su cuerpo se había quedado sin energías y moriría en pocas horas.

«Se equivocaban», pensó con amargura.

Los días siguieron pasando sin que falleciera ni mostrara otros signos de vida que una respiración apenas perceptible, y entonces los médicos afirmaron que su alma había abandonado el cuerpo y que éste se apagaría lentamente. Daba la impresión de que en eso tenían razón, porque habían transcurrido tres semanas desde el ataque y su padre parecía haber perdido la mitad de su peso. Cuando lo movía en la cama para limpiarlo o derramar en su boca un poco de agua, le resultaba cada vez más liviano.

Se inclinó sobre el lecho y puso una mano en el hombro huesudo de Perseo.

—Papá —susurró.

El rostro de su padre, que al principio se había hinchado y amoratado hasta resultar irreconocible, ahora era una calavera cerúlea con algunas marcas rojizas. Resultaba extraño que sus heridas sanaran a la vez que moría.

Acarició el pómulo prominente y la mejilla hundida de su padre. Llevaba tres semanas viviendo en la casa taller, durmiendo junto a él en una manta extendida en el suelo. Había encargado a sus esclavos que la avisaran si regresaba Calipo, pero el aviso no había llegado.

«Me ha abandonado.»

Había repasado cientos de veces sus recuerdos de las últimas veces que habían estado juntos. Calipo siempre parecía estar pensando en otra cosa, y desde la tarde anterior comprendía por qué. Un hombre joven, vestido con una túnica de buen lino, había llamado a la puerta del taller preguntando por ella. Según dijo, trabajaba para Teógenes, el administrador de su marido.

—Los esclavos de vuestra casa me dijeron que estarías aquí.

Altea asintió extrañada. Llevaba noches sin apenas dormir y le costaba hilvanar los pensamientos.

—He conseguido un comprador —continuó el joven—. Pero necesito saber si vendéis la casa incluyendo los esclavos domésticos o no.

—¿Qué...? —Altea negó varias veces—. ¿Qué estás diciendo? ¿De qué casa hablas?

El empleado titubeó:

—Sabes que la casa está a la venta, ¿verdad?

—¡No! No está a la venta. —Según hablaba, su voz desfalleció al comprender que aquel hombre no estaba mintiendo.

—Tu marido... nos encargó que encontráramos un comprador.

—Calipo... —murmuró ella con una tristeza infinita. Le dijo al empleado que quería hablar con el administrador, y esa mañana el joven había aparecido de nuevo para informarla de que Teógenes iría por la tarde a su casa.

Altea sacó una cuchara con agua de un cuenco que había en el suelo, levantó la cabeza de su padre y vertió unas gotas entre sus labios resecos. Esperó un poco y luego le bajó con cuidado la cabeza.

Quería preguntarle al administrador dónde estaba Calipo, pero a la vez se daba cuenta de que eso daba igual. Ahora comprendía mejor el silencio en el que se había sumido tras saber que no podría tener hijos, así como las miradas huidizas incluso cuando ella creía que las cosas se habían arreglado entre ellos.

«Pero no... —su mente saltaba de un recuerdo a otro—, no entiendo cómo pudo fingir tan bien cuando dijo que me quería y que seguiríamos juntos.»

Si eso había sido mentira, todo su matrimonio lo había sido.

«Maldito seas, ¿cómo puedes haberme dejado tan sola?»

Había perdido a su bebé, estaba perdiendo a su padre, y también se había quedado sin hermano. Platón le había dicho que Eurímaco era el culpable del ataque que había sufrido su padre. Se había apostado a los dados la casa taller y habían intentado matar a su padre para que él heredara la casa y pagara la deuda. Platón había acogido a su hermano en la Academia, donde estaba reponiéndose de sus heridas, y ella había exigido que Eurímaco no fuera a casa de su padre bajo ninguna circunstancia, y que tampoco se acercara jamás a ella.

Contempló los ojos cerrados de Perseo y apretó los labios para contener un sollozo. Con mucha suavidad, acarició la piel fina de su mano exánime y después la envolvió entre las suyas.

—¡Oh, papá!

Se arrodilló en el suelo de tierra y lloró con la mejilla apoyada en la mano de su padre.

Al cabo de un rato, notó una presión en los dedos. Levantó la cabeza y su corazón casi se detuvo al ver los ojos de su padre abiertos. La miraba asustado, pero un momento después pareció reconocerla y su rostro enflaquecido se distendió con una sonrisa débil.

—Altea...

Eurímaco sintió que su brazo temblaba. Durante un rato se agitó con vida propia sobre el colchón de lana mientras él continuaba mirando al techo sin prestarle atención a su cuerpo. La mayoría de sus heridas habían sanado, pero aquellos temblores, igual que la ansiedad y una fiebre moderada, lo acompañaban día y noche.

La primera semana había sido mucho peor. Platón hizo

que lo ataran a la cama a partir del segundo día, cuando comenzó a gritar aterrado al ver cosas que no estaban en aquella habitación, como a su hijo muerto junto a otro centenar de niños no nacidos arrastrándose por el suelo hacia su cama. A veces tenía la suerte de desmayarse, y al despertar tenía los labios cubiertos de sangre seca porque se había mordido los carrillos o la lengua.

La segunda semana, cuando las visiones y las convulsiones remitieron, le quitaron las cuerdas.

—Platón, dame un cuchillo y déjame acabar con esto.

El filósofo lo miró con pena y se sentó en el borde de su lecho.

—El suicidio es un acto de cobardía. Tienes el deber de llevar a cabo el papel que los dioses te han asignado. —El semblante de Platón se templó con una sonrisa tibia—. Y es obvio que no es el papel que has estado llevando a cabo últimamente.

—Soy una maldición para los que me rodean. —Sabía que su padre estaba tan grave que moriría en cualquier momento. Lo que más deseaba en el mundo era volver a verlo, pero Altea había pedido que no se acercara a ellos y no tenía derecho a actuar contra su voluntad—. Sólo soy capaz de causar destrucción y dolor.

—Eso no es cierto. Eres una buena persona, siempre lo has sido, aunque desde que murió tu esposa y comenzaste a beber te hayas comportado de otro modo. No vuelvas a beber, y permite que disfrutemos de tu naturaleza amable y generosa como siempre hemos hecho.

Eurímaco volvió la cabeza hacia la pared, abrumado por la vergüenza. Platón había entregado once mil dracmas para pagar su deuda, pese a que no cobraba a sus alumnos y vivía sólo de lo que había heredado y de las donaciones puntuales de algunos amigos poderosos.

—He causado un daño irreparable, ¿cómo puedes decir que soy un buen hombre? Si alguna vez lo fui, ahora soy muy distinto de aquella persona.

—Recuerda las palabras de Pitágoras: el objetivo de todo hombre no debe ser llegar a un punto, sino avanzar desde donde está. Esfuérzate, día a día, y antes de lo que piensas volverás a estar orgulloso de ti.

«Orgulloso...» Se retorció en la cama, asqueado de sí mismo. Habían pasado dos semanas desde que Platón le había dicho aquello. Dentro de poco podría salir al exterior y se dedicaría a ayudar en la Academia todo lo que pudiera, pero jamás volvería a sentir orgullo.

Cerró los ojos y rezó a Zeus y a Hera por el alma de su padre. También les pidió que protegieran a su hermana, que tanto debía de estar sufriendo. Por último, les rogó por Platón. El filósofo le había dicho que en la taberna había dejado siete heridos, pero que no peligraba la vida de ninguno, y esperaba que las cien dracmas que habían recibido fuera suficiente para no volver a saber de ellos. Por otra parte, en las caras de los que le traían agua o comida podía leer que tenían miedo de que su presencia ocasionara alguna desgracia a la Academia. A dos de ellos les había oído cuchichear que Platón estaba en peligro por su culpa.

Poco antes de la hora de comer, Platón apareció en su habitación. Le abrió algunos vendajes, dijo que las heridas tenían buen aspecto y tomó asiento.

—¿Has visto a mi padre?

—Sí, he ido un rato esta mañana. No hay novedades.

El remordimiento impidió a Eurímaco preguntar también por su hermana y se quedó callado.

—Han llegado más noticias sobre la situación exterior —le informó Platón.

Eurímaco escuchó atentamente. Le habían puesto al corriente del resultado de la batalla de Leuctra y de los rumores que circulaban sobre las tácticas insólitas que habían utilizado los tebanos. No obstante, seguía sin comprender cómo podían haber vencido en campo abierto a una fuerza de espartanos mucho mayor. El mundo griego al completo estaba conmocionado.

«Si Epaminondas ha sido capaz de vencer a los espartanos, sin duda también podría derrotar a nuestro ejército.»

—Esta mañana el Consejo se ha reunido de urgencia en la Acrópolis —continuó Platón—. Han estado debatiendo sobre las consecuencias de la derrota de Esparta y la postura que debe adoptar Atenas. Mientras estaban reunidos, ha llegado un mensajero de Tebas. Durante un buen rato se ha dedicado a hablar, como si todavía no nos hubiéramos enterado, de la importante victoria que han conseguido en Leuctra. Por lo que me han contado, también ha estado recreándose en el hecho de que han matado a un tercio de todos los ciudadanos de Esparta en edad de combatir. En resumen, solicitaba ayuda para aplastar definitivamente a los espartanos.

—¿Qué ha respondido el Consejo?

—Los consejeros se han mostrado afligidos al escuchar sus palabras, y no sólo no han ofrecido ninguna ayuda, sino que tampoco lo han invitado a la tradicional comida de hospitalidad. El heraldo ha regresado a Tebas con las manos vacías, pero se cree que ahora los tebanos van a pedir ayuda a Jasón de Feras, el gobernante más poderoso de Tesalia.

—¿Qué crees que va a ocurrir?

Platón suspiró.

—Nadie había infligido una derrota semejante a los espartanos desde hacía siglos. Los tebanos deben de sentirse invencibles..., y lo cierto es que lo han sido desde que los comanda Epaminondas. —Se quedó pensativo—. Me temo que no se van a detener. Antes o después atacarán de nuevo, a los espartanos o a nosotros. Además...

Se detuvo al oír el ruido de la puerta y se volvió para ver quién era. Eurímaco también se giró hacia la persona que entraba.

—Altea... —Se incorporó ignorando el dolor y consiguió sentarse en el borde del lecho. Temía que su hermana hubiese acudido para decirle que su padre había muerto.

Altea avanzó hasta detenerse en mitad de la habitación. Su rostro demacrado estaba tenso y su mirada tenía una dureza que Eurímaco no le conocía.

—Nuestro padre ha despertado. —Apretó los labios antes de continuar—. Quiere verte.

Durante un momento Eurímaco fue incapaz de hablar.

—Gracias —susurró finalmente—. Le has salvado la vida. Su mano empezó otra vez a temblar mientras sostenía la mirada de su hermana—. Lo siento.

Altea lo contempló en silencio y se alejó de él.

—Te ha perdonado. —Se volvió hacia su hermano al llegar a la puerta—. Yo... —Su voz se quebró y negó con la cabeza—. Yo no puedo hacerlo.

Altea recorrió las calles de Atenas escoltada por dos de sus esclavos. Estaba aturdida por las emociones de aquel día y se preguntaba qué iba a suceder cuando llegara a su casa y se reuniera con Teógenes, el administrador de los bienes de su marido.

Cruzó la puerta de su vivienda y se detuvo como si hubiera visto una aparición.

—¡Calipo!

Su marido estaba dando algunas instrucciones a Melisa. Se volvió hacia ella mostrando una expresión radiante y se acercó con los brazos abiertos. Altea vio que tenía vendado el antebrazo izquierdo y algunos cortes en el derecho.

Antes de llegar a su altura, Calipo advirtió lo turbada que estaba y su semblante se volvió más grave.

—Altea, siento muchísimo lo que le ha ocurrido a tu padre. Aunque me he enterado de que hoy ha despertado —añadió con un tono que parecía pedirle permiso para alegrarse.

—Mi padre... ¡¿Dónde has estado tú?, maldita sea! ¡Has desaparecido tres semanas, y ayer me enteré de que has vendido la casa!

Calipo alzó las manos.

—Tranquila, te lo explicaré todo. —Se acercó a ella de nuevo como si fuera a abrazarla. Su sonrisa satisfecha irritó todavía más a Altea, que lo golpeó en el pecho con la palma abierta.

—¡No me digas que me tranquilice! ¿Dónde has estado todo este tiempo? ¿Y por qué has vendido la casa?

Calipo bajó la mirada y su frente se arrugó mientras decidía por dónde empezar. Altea se dio cuenta de que Melisa los observaba desde una esquina del patio.

—¡Déjanos solos!

Sabía que la esclava seguiría escuchando desde el pasillo que daba al patio, pero al menos no tendría que verla.

—Hace unos meses —empezó Calipo— invertí en un embarque comercial. Al principio no era mucho, pero aparecieron nuevos clientes y surgió la oportunidad de invertir mucho más. Parecía que se podía triplicar la inversión con relativa facilidad —añadió torciendo el gesto—. El caso es que pensé que era nuestra oportunidad para vivir con desahogo de una vez por todas... y pedí varios créditos para aumentar la inversión.

Altea movió la cabeza irritada. A ella siempre le había parecido más que suficiente con lo que tenían, pero Calipo no dejaba de pensar en los tiempos de su abuelo, que era uno de los mayores terratenientes de Atenas, y en que ni su padre ni él habían sido capaces de evitar el declive continuado de aquella fortuna.

—Hace un mes y medio —continuó su esposo—, en los días... en que perdimos a nuestro hijo, recibí la noticia de que los tres barcos de la expedición habían sido apresados por los piratas de Egina. Lo había perdido todo. No sólo los ahorros, sino también las granjas... e incluso esta casa.

—No me contaste nada —dijo Altea con una voz fría y resentida.

Calipo movió las manos hacia ella sin llegar a tocarla.

—Quería protegerte. —Parecía desesperado por que lo creyera, pero en ese momento Altea sentía que era incapaz de conectar con él—. Tú estabas sufriendo muchísimo, y yo hice todo lo posible por encontrar una solución. Quería resolverlo sin que te enteraras de nada.

«Por eso estabas tan ausente cuando más te necesitaba.» Altea no dejó que aquellas palabras salieran de sus labios. Contenían una parte de verdad, pero hubiera sido injusto negar el propio sufrimiento de Calipo por la pérdida de su hijo, y por el hecho de no poder tener descendencia.

Dejó que su esposo continuara hablando:

—Busqué alguna salida con mis socios, con el administrador, con posibles clientes... Y al final tomé una medida desesperada.

—¿Qué has hecho? —preguntó ella sin fuerzas. Su mirada recorrió las heridas de los brazos de Calipo y subió hasta sus ojos.

—Organizamos una expedición militar contra los piratas. Dos de los socios más ricos equiparon un trirreme, y yo me ofrecí para comandar el ataque. Conseguimos unos informadores que nos llevaron hasta la pequeña bahía de Egina donde se ocultaban los piratas, los atacamos y recuperamos dos de las tres naves. —No añadió que también se habían hecho con el considerable botín de otros robos que los piratas eginetas ocultaban en una cueva—. Fue una lucha encarnizada y murieron siete de nuestros mercenarios, pero los pillamos por sorpresa y cortamos todas sus vías antes de que pudieran pedir ayuda.

—Estás herido. —Altea rozó la venda de su antebrazo.

—No es nada, en unas semanas se habrá cerrado, y desde luego ha merecido la pena. —El entusiasmo volvió a hacer que su rostro se iluminara—. ¡Somos ricos, Altea! He duplicado todo lo que tenía y aún me queda una veintena de esclavos para vender. Mis socios han sido generosos en el reparto de esclavos para agradecer que yo haya arriesgado mi vida mientras ellos aguardaban el resultado de la expedición entre banquete y banquete.

—Entonces, ¿no vas a vender la casa?

—Ya no hace falta vender nada. Voy a cancelar todos los créditos, pagaré los recargos que haga falta y recuperaremos las granjas. Y esta casa —se giró y recorrió la vieja mansión familiar con una mirada intensa—, voy a hacer que la tiren y que hagan una más grande. Compraré el terreno que hay detrás, ampliaremos las cuadras, construiremos un segundo piso y más habitaciones para esclavos. —Soltó una carcajada antes de volverse hacia ella—. ¡Tendremos muchos más esclavos!

Altea negaba con la cabeza mientras lo contemplaba.

—No te das cuenta de que tendrías que habérmelo dicho.

—Pero... no te lo dije para protegerte. —La confusión de su voz dio paso a una ligera irritación—. Todo lo he hecho por nosotros, por ti.

—No soy una niña. Ni soy estúpida. —La falta de descanso y la tensión acumulada drenaron de golpe la energía de Altea. No podía seguir discutiendo, le costaba incluso mantenerse en pie. Dio un paso hacia delante y apoyó la cabeza en el pecho de Calipo—. Me has dejado muy sola. —Cerró los ojos y su voz se convirtió en un susurro—. No vuelvas a hacerlo.

Capítulo 30

Atenas, agosto de 371 a. C.

Eurímaco apenas respiraba mientras su padre daba los últimos retoques a las asas en las que llevaba dos días trabajando. Las grandes vasijas a veces se elaboraban en piezas separadas, y su padre siempre había sido muy hábil moldeando elegantes pies y asas de bellas formas y exquisita ornamentación.

—Muy bien, papá.

El punzón de madera temblaba ligeramente en las manos de Perseo, pero en cuanto tocaba la arcilla dejaba de hacerlo y trazaba con precisión las formas sinuosas que su espíritu artístico pretendía.

Eurímaco observó su rostro disimuladamente y sintió una profunda congoja.

«Qué delgado se ha quedado.»

Los ojos claros resaltaban más que antes, aunque ahora la concentración entrecerrara sus párpados llenos de arrugas. La barba blanca disimulaba la falta de color de sus labios y la flacidez de su rostro anguloso; en cambio, la túnica no podía ocultar que en cuestión de semanas había envejecido una década. Eurímaco había estado orgulloso de que su padre mantuviera una musculatura compacta con sesenta y seis años. Seguía teniendo esa edad, pero ahora sus brazos eran delgados y flácidos como los de alguien mucho mayor.

—¡Ah, por Atenea, ni siquiera veo lo que estoy haciendo! —Perseo arrojó el punzón de madera en la mesa—. Ya puedes pegarlas, o tirarlas, lo que te parezca más adecuado.

—Has hecho un gran trabajo. —Eurímaco examinó de cerca las asas. Tendría que hacer algunas correcciones menores antes de que las piezas se secaran, cuando su padre no lo viera—. Voy a pegarlas.

En la mesa reposaba el cuerpo de una gran crátera, una vasija destinada a contener vino que Eurímaco había moldeado hacía unos días. Ya se había secado lo suficiente para unir las piezas, así que tomó un punzón de metal e hizo unas muescas en los puntos de unión, primero en la vasija y luego en las asas. A continuación usó un pincel para untar un poco de arcilla líquida en las muescas de la vasija, cogió una de las asas y presionó contra el cuerpo de la crátera. Utilizó los dedos para apretar los bordes de las junturas, luego una herramienta fina y redondeada de madera para suavizar los rebordes, y por último pasó un paño para disimular las uniones.

—Me gusta verte trabajar.

Las palabras de Perseo oprimieron el pecho de Eurímaco. Le hacían pensar en el tiempo que había pasado robando a su padre en lugar de ayudarlo. Ahora había acordado con Platón y con su padre que pasaría la mitad del tiempo en el taller y la otra mitad trabajando en la Academia, y que asistiría a las clases y conferencias que Platón indicara.

Alexias salió al patio, pasó a su lado y entró en la cámara de cocción del horno. Sacó una vasija y regresó con ella al taller. Un mes atrás, cuando Eurímaco regresó y le agradeció lo que había hecho por su padre, el ayudante le había respondido con franqueza:

—No me des las gracias, tan sólo debes saber que si alguna vez veo que apareces por aquí ebrio, por mucho que lo sienta por tu padre me iré y no volveré jamás.

—No volverá a suceder.

«Y si vuelvo a probar el vino —se había dicho mientras Alexias asentía secamente—, he jurado a los dioses que acto seguido me meteré una espada en las tripas.»

Dio vueltas distraídamente a la segunda asa y la dejó sobre la mesa.

—He empezado a entrenar con la milicia —le dijo a su padre—. Quiero estar preparado para defender Atenas.

Perseo lo miró en silencio. Epaminondas se había vuelto todavía más peligroso al unirse a él las tropas tesalias de Jasón de Feras. El ejército espartano, descabezado tras la muerte del rey Cleómbroto, había tenido que regresar a toda prisa al Peloponeso para que no les cortaran el paso y los masacraran. Ahora toda Grecia esperaba el siguiente movimiento de los tebanos, y en Atenas eran muchos los que estaban convencidos de que se dirigirían contra su ciudad.

—Todos deberíamos estar preparados. —Perseo se miró los brazos enflaquecidos e hizo una mueca—. Pero creo que, si me pusiera una coraza y cogiera mi escudo, me caería de espaldas. Me quedaría en el suelo como una tortuga que no consigue darse la vuelta.

Eurímaco sonrió con tristeza. Le costaba acostumbrarse al aspecto avejentado de su padre, pero al menos seguía recuperándose y ese día caminaría por primera vez hasta la Academia. Platón iba a impartir una de sus conferencias que más público atraían, en la que hablaría sobre el alma, y su padre no quería perdérsela.

«Platón ha insistido en que yo también acuda a esa conferencia», se dijo pensativo.

Mojó con barro líquido las muescas de la vasija y se dispuso a pegar la segunda asa. Antes de que lo hiciera, oyó la puerta de la calle y levantó la mirada imaginando quién era.

«Altea.»

Dejó todo sobre la mesa, se levantó en silencio y se dirigió a la puerta. Sabía que su hermana no soportaba su presencia.

Cuando se cruzaron, ella lo detuvo poniéndole una mano en el brazo.

Altea observó el rostro de Eurímaco, aquellos rasgos que odiaba por el daño que le había hecho a su padre, y que últimamente le recordaban también a la persona bondadosa que tanto había amado.

—No te vayas. —Los ojos grises de Altea tenían un brillo helado—. Quédate, pero si alguna vez vuelves a quitarle a nuestro padre aunque sea un poco de arcilla, o le haces daño de algún modo...

—No lo haré, Altea.

Si lo haces... —Su voz era tan fría como sus ojos—. Juro que te mataré.

Platón llevaba largo rato meditando en la soledad de su vivienda de la Academia.

A menudo le inquietaba que quienes asistían a sus clases, o aquellos que leían sus obras, alcanzaran a entender sólo una parte de su pensamiento. Eso significaría que no comprendían su filosofía, porque al fragmentarla perdía su significado. Quizás la gran mayoría no captaba el fondo ético que subyacía a su doctrina, y que era en sí mismo el objetivo de su tarea como filósofo y de la creación de la Academia.

Su mano se movió lentamente y recorrió con un dedo el dibujo que tenía en la mesa: cinco trazos de tinta negra sobre papiro que formaban un pentáculo, la estrella de cinco puntas que los pitagóricos habían estudiado concienzudamente y que tantos secretos encerraba. Cerró los ojos y se concentró en la noción tosca e imperfecta de un pentáculo que se podía adquirir a través de la representación de uno, o de miles de ellos. Después elevó su mente hacia la Idea matemática, única y perfecta del Pentáculo. Experimentó una gran serenidad con esa transición y el aire escapó lentamente por sus labios entreabiertos. No estaba imaginando algo con características físicas, estaba percibiendo el Pentáculo a través del intelecto, el órgano de percepción del alma.

La tensión desapareció de su cuerpo hasta que dejó de ser consciente de él. Desde la perfección del universo matemático siguió elevándose, trascendiendo por el mundo de las Ideas hacia la Idea nutricia, la Idea del Bien, fuente de todas las Ideas perfectas y de su propia alma. Gracias a la relación entre la Idea del Bien y el alma, ésta podía ascender hasta aquello que la generaba y contemplar su esencia con la facultad del entendimiento.

Dieron dos golpes en la puerta.

Inspiró profundamente mientras dejaba que su mente se enfocara de nuevo en la percepción de los sentidos físicos, y al soltar el aire abrió los ojos. La puerta se entreabrió y le llegó la voz de su sobrino Espeusipo:

—Platón, ya es la hora.

Asintió sin volverse.

—Tardaré sólo un momento.

Volvió a quedarse solo y su vista se posó en el papiro en el que había trazado las figuras geométricas. Después se desvió hacia la carta que había llegado hacía unos días con la respuesta de Dion.

Evocó su contenido sin necesidad de desdoblar el pergamino.

«... la salud de Dionisio se ha restablecido, y vuelve a ser tan robusta como siempre...»

Meneó la cabeza mientras recordaba al hombre rubio que hacía muchos años lo había invitado a su palacio para hablar de filosofía; aquel individuo grueso de nariz encarnada que comía y bebía como tres hombres juntos y que había ordenado que lo vendieran como esclavo; el tirano que seguía gobernando Siracusa despóticamente, y que una vez más se había sobrepuesto a los graves problemas de salud que le causaban sus costumbres desaforadas.

«... sigo siendo el tutor del hijo de Dionisio, y aunque me entristece que tu venida se demore por un tiempo, tengo la dicha de comunicarte que a mi sobrino le ha entusiasmado la lectura del ejemplar de La república *que nos hiciste llegar.»*

Platón se puso de pie y contempló el sello con la marca de Dion.

«Que tu venida se demore por un tiempo...»

El sueño del filósofo rey se alejaba, quizás se desvanecía. Aunque había temido los riesgos que entrañaba regresar a Siracusa, su decepción era tan intensa que resultaba dolorosa.

El aula más grande de la Academia tenía todos los asientos ocupados, como era habitual en las conferencias que impartía Platón. El filósofo entró y advirtió que Perseo, Eurímaco y Altea estaban sentados juntos, aunque se notaba que los dos hermanos estaban incómodos.

«Diosa Hestia, fortalece los lazos de esta desventurada familia.»

En lugar de subir a la tarima, se acercó a ellos.

—Perseo, querido amigo. —Se inclinó y tomó sus manos—. ¿Te ha resultado muy fatigoso venir hasta aquí?

—Sólo he tardado unas veinte veces más que cuando era un muchacho y venía a entrenar al gimnasio.

Se le veía feliz sentado entre sus hijos, aunque a Platón le dio la impresión de que estaba más pálido que cuando iba a visitarlo a su casa.

—Altea, me han dicho que tu clase de ayer fue excelente. —Ella disimuló el orgullo que le producían las palabras de Platón. Todas las semanas impartía una o dos conferencias, ya sin la presencia del filósofo y vestida de mujer, y el público parecía muy satisfecho—. No veo a tu esposo, ¿va a venir?

—No puede, ya sabes que tiene nuevos socios y mantiene reuniones a todas horas.

Calipo había comprado otra granja y participaba en varios embarques comerciales, si bien no arriesgaba tanto como la última vez y decía que había aprendido a repartir el riesgo. En cuanto a los esclavos que había traído de Egina, se los había alquilado a la ciudad para que trabajaran en las minas de plata del monte Laurión. Las condiciones de vida de los trabajadores de las minas eran espantosas, pero sus esclavos eran jóvenes y fuertes. Si sobrevivían diez años, el rendimiento obtenido al alquilárselos a la ciudad sería superior que si los vendía en el mercado.

—Tu marido es el único hombre de Atenas casado con un gran maestro de la Academia. Esta noche le puedes transmitir lo que hablemos ahora.

Altea se esforzó por corresponder a la sonrisa de Platón.

«No creo que vea esta noche a Calipo», pensó mientras el filósofo subía a la tarima. Su marido se pasaba el día reunido con sus socios y por las noches solía acudir a banquetes. Siempre decía que eran el mejor lugar para fortalecer las relaciones comerciales y establecer contactos políticos. Altea lamentaba que no pasaran más tiempo juntos, pero al menos confiaba en Calipo y no le inquietaba que pudiera acostarse con las prostitutas o las esclavas de cama que sabía que estaban presentes en muchos de los banquetes.

Platón dio la bienvenida al público y se hizo un silencio absoluto antes de que comenzara la disertación sobre el alma. Su auditorio era consciente del privilegio que suponía escuchar al filósofo más importante de su época.

—Aquellos que permanecen en el interior de la caverna, en el mundo de las sombras, han olvidado que tienen un alma inmortal.

Ésa fue toda su introducción. El sonido de las palabras se desvaneció, pero su eco permaneció en las mentes de los asistentes. La mayoría había acudido a alguna de las conferencias que Altea o el propio Platón habían impartido sobre el mito de la caverna y la teoría de las Ideas.

El filósofo contemplaba desde el centro de la tarima a su audiencia, con el aire grave y un poco ensimismado que tenía siempre que hablaba de su doctrina.

—Os voy a referir la historia de un hombre llamado Er, natural de Armenia, que falleció en una batalla. Diez días más tarde, cuando recogieron los cadáveres, encontraron el suyo incorrupto. Lo llevaron a su casa, lo velaron durante el tiempo preceptivo y después lo colocaron sobre una pira funeraria. En ese momento, Er volvió a la vida.

Se oyeron algunas exclamaciones ahogadas y Altea asintió sin despegar los ojos de Platón. Ella había leído el mito de Er, que se exponía en el décimo libro de *La república,* pero nunca había asistido a una conferencia en la que el filósofo hablara sobre él.

—El armenio narró a los que lo rodeaban lo que había visto en el otro mundo —continuó Platón—. Relató que, tras morir en la batalla, su alma abandonó su cuerpo y llegó con muchas otras a un punto situado entre la tierra y el cielo. Allí había sentados unos jueces que enviaban a las almas de los justos a través de una abertura que se veía en el cielo, y a las de los injustos las hacían descender y meterse por otra abertura que había en la tierra. En cuanto a Er, los jueces dictaminaron que permaneciera con ellos, pues era preciso que fuese testigo de todo lo que ocurría en el otro mundo y lo comunicara después a los hombres.

Un murmullo de excitación recorrió el aula. Platón aguardó a que cesara antes de seguir:

—Er narró que las almas eran castigadas diez veces por cada injusticia que habían cometido, mientras que aquellos que habían llevado una vida virtuosa recibían en la misma proporción la recompensa por sus buenas acciones. Transcurridos mil años, las almas regresaban de la tierra y del cielo y se reunían de nuevo en el punto intermedio, excepto las de los peores tiranos y los más grandes criminales, que eran atadas, torturadas y enviadas al Tártaro para sufrir un castigo eterno.

Algunos de los asistentes se removieron inquietos mientras pensaban si en aquel momento merecerían una recompensa o un castigo por la vida que habían llevado. Otros se estremecían temiendo que alguno de sus actos los pudiera condenar a un castigo eterno en el Tártaro, la región del mundo de los muertos donde se llevaban a cabo los peores suplicios. No era lo mismo saber que aquello formaba parte de las creencias de su religión que oír de boca de Platón la historia de un hombre que había sido testigo directo. Se trataba de un mito, pero uno nunca podía estar seguro de cuánta verdad encerraban los mitos.

Platón siguió refiriendo la historia de Er y describió minuciosamente el lugar en el que las almas se reunían tras ser castigadas o premiadas. Explicó que después entraban de nuevo en un cuerpo mortal, y que ellas mismas escogían el género de vida que iban a llevar tras reencarnarse: una vida anónima o resplandeciente de gloria; propia de un tirano o sumida en la pobreza; célebre por su valor, belleza o nobleza, o carente de esos resaltes. También se podía escoger entre ocupar un cuerpo de hombre o de mujer, e incluso el de un animal.

—En definitiva —aseguró Platón—, cada alma es responsable de su propia elección, de la dicha o desgracia que le suponga la vida que escoge. Por ello, para no errar en esta elección, es preciso estudiar la condición del hombre y aprender a evitar la codicia, la ambición y otros anhelos que llevan a cometer y a sufrir males sin número. —Platón había estado caminando por la tarima. Ahora se detuvo y se adelantó hasta el borde—. Sólo mediante la filosofía se pueden conocer y someter los impulsos de nuestra naturaleza. El alma, en la vida presente así como en las futuras, debe aprender a situarse en un estado intermedio, evitando ambos extremos en su modo de ser y de obrar, y de esta manera alcanzará la felicidad.

Platón concluyó el mito de Er relatando que las almas, tras escoger su siguiente vida terrenal, bebían del río del olvido, unas y otras en distinta cantidad. La excepción a esa regla fue el alma de Er, a la que no se le permitió beber para que recordara todo lo que debía narrar. A continuación las almas se entregaron al sueño y fueron dispersadas como estrellas errantes hacia su destino, y de pronto Er se encontró dentro de su cuerpo, tendido sobre la pira funeraria y rodeado de sus familiares y amigos, a los que comenzó a relatar cuanto había visto.

—Más allá de la historia de Er —prosiguió Platón—, en cuanto al alma en sí misma, creo que podemos comprender su naturaleza estableciendo una comparación. Digamos que el alma se parece a un carro alado en el que se combinan las fuerzas del auriga que lo conduce y de los dos corceles que tiran de él. En las almas divinas, tanto el auriga como los corceles son excelentes y de buena raza, pero en los demás seres el bien y el mal se mezclan en su naturaleza. En la especie humana, uno de los corceles es excelente y de buena raza mientras que el otro es muy diferente. Y un carro así puede ser muy difícil de guiar.

Eurímaco frunció el ceño al sentir el aguijón de la culpabilidad. Sabía que aquella alegoría del carro alado formaba parte del *Fedro,* la última obra que había escrito Platón. Todavía no la había publicado pero le había permitido leer su borrador. Por eso sabía que el filósofo dividía el alma en tres partes, y que el auriga representaba su parte racional. En cuanto al buen corcel, representaba la parte irascible del alma, que cuando estaba bien dominada por la razón aportaba el valor propio de un guerrero. Platón lo mostraba como un corcel blanco de planta soberbia que amaba la gloria y el honor de un modo mesurado y obedecía al punto a la voz del auriga. Por último, la parte concupiscible o apetitiva del alma estaba representada por un corcel negro de ojos ensangrentados y aspecto tosco, que no prestaba atención al auriga y a duras penas obedecía al látigo. Al leer sobre este corcel, Eurímaco se había dado cuenta de que aquella imagen mostraba fielmente el desenfreno por el que se había dejado arrastrar durante tanto tiempo.

Observó discretamente a su padre. Temía que ya estuviera

demasiado fatigado, pero Perseo permanecía concentrado en las palabras de Platón. El filósofo estaba exponiendo en ese momento que los carros de las almas, cuando siguen a los dioses en su viaje hacia las regiones superiores, marchan con dificultad porque el corcel negro inclina el carro hacia la tierra.

—Las almas que mantienen un paso más regular vislumbran mejor la esencia divina de las Ideas, mientras que las que están más dominadas por un corcel impuro apenas las pueden entrever. Los aurigas menos hábiles no son capaces de evitar que se deterioren las alas del carro, y en lugar de alcanzar las regiones superiores, donde las alas se fortalecerían, caen a las regiones inferiores, uniéndose a un cuerpo y olvidando su naturaleza inmortal.

Eurímaco asintió, comprendía que aquel accidente era el origen de la unión entre cuerpo y alma.

—Las almas que hayan visto lo mejor posible las esencias divinas constituirán un hombre consagrado a la sabiduría, la belleza, las Musas y el amor. Las peores formarán al caer a tierra un sofista, un demagogo o un tirano. —Platón se detuvo de nuevo en medio de la tarima y su mirada se dirigió a Altea—. En definitiva, sólo aquellas almas que alcanzaron a ver las esencias pueden aspirar a una comprensión verdadera a partir de las sombras de este mundo, pues aprender no es otra cosa que recordar lo que nuestra alma ha visto anteriormente en el mundo de las Ideas.

Platón, padre de la Psicología

La palabra *psicología* proviene del término *psykhé,* con el que los griegos designaban aquello que abandona el cuerpo en el momento de morir.

Platón es el primer pensador que estudia en profundidad la *psykhé* o alma. Afirma que se divide en tres partes: la racional, la irascible y la concupiscible o apetitiva. El comportamiento de todo hombre se explicaría por el influjo o predominio de cada una de las partes. Para lograr la felicidad, hay que llegar a un equilibrio entre ellas, de modo que el alma racional modere la fogosidad del alma irascible y el apetito de placer y riquezas del alma concupiscible.

Según Platón, el cuerpo es la prisión del alma. También afirma que el alma es eterna e inmortal, y que se reencarna en sucesivos cuerpos. Al nacer olvida los conocimientos que poseía, y aprender no es sino recordar esos conocimientos.

En su teoría de las Ideas, el filósofo expone los distintos grados de conocimiento que puede alcanzar el ser humano: desde la mera opinión a partir de los objetos sensibles hasta el verdadero conocimiento, que sólo se puede alcanzar mediante un razonamiento dialéctico.

Basándose en su doctrina sobre el alma, Platón propuso un sistema educativo universal, público, y accesible por igual a hombres y mujeres.

Enciclopedia Universal, Socram Ofisis, 1931

Capítulo 31

Esparta, noviembre de 370 a. C.

«Por aquí entró la lanza que te mató, hijo mío.»

La mano de Calícrates tembló al rozar la muesca en el yelmo de Demarato. El bronce estaba arañado en el borde inferior, a la altura del cuello. Quizás aquello había servido para detener algo del ímpetu de la lanza tebana, pero no había podido evitar que destrozara la carne de su hijo.

La visión de los cuerpos de Euxeno y Demarato pisoteados en el campo de batalla seguía atormentándolo, pese a que había transcurrido más de un año desde aquel aciago combate. En virtud de la tregua los tebanos habían recogido sus cadáveres en primer lugar, de modo que, cuando él inició la búsqueda de sus hijos, sobre la llanura empapada de sangre sólo quedaban soldados del ejército de Esparta.

«Al primero que encontré fue a Euxeno.»

Los tebanos le habían despojado del yelmo, la coraza y el escudo, seguramente para usarlos de ofrenda a los dioses. Su hijo mayor tenía un corte en el muslo izquierdo, desde la rodilla hasta la ingle, abierto como una boca enorme que no parara de gritar. A tan sólo un par de pasos estaba Demarato. Sus brazos y sus piernas eran carne machacada por el peso de los hoplitas que habían combatido encima de él. Tenía la cabeza doblaba en un ángulo antinatural, y en el lado derecho del cuello se abría un agujero ancho y profundo, como si una jauría de lobos se hubiera disputado su carne.

«Era tu primera batalla, no deberías haber estado ahí.»

El semblante de Calícrates se oscureció mientras contemplaba los rasgos inexpresivos del yelmo. Leónidas había provocado la muerte de sus hijos haciendo que combatieran en las primeras filas, cuando por su escasa experiencia tenían que haberse situado en la retaguardia.

«Ahora estarían vivos.»

Cerró los ojos y trató de percibir el eco de sus voces en el silencio lúgubre de la vivienda familiar. Quería conservar su presencia en la memoria, pero cada día que pasaba sentía que estaban un poco más lejos.

«Leónidas me ha arrebatado a mis hijos, y no puedo hacer nada contra él.»

En Leuctra habían muerto cuatrocientos ciudadanos de Esparta, presentar una protesta habría supuesto una afrenta contra el resto de los caídos. Además, se suponía que los familiares de los fallecidos debían sentirse orgullosos. El día que llegó a Esparta el mensajero que llevaba la noticia de la derrota, acompañada de una lista con los nombres de los que habían perdido la vida en la batalla, los éforos dieron la orden de que continuaran las fiestas que se celebraban en esas fechas. Los familiares de los muertos se mostraron alegres y orgullosos, y los únicos que manifestaron su pesar fueron los allegados de los que habían sobrevivido.

La esposa de Calícrates entró en la sala y se detuvo al ver el yelmo de Demarato en las manos de su marido. Asintió mostrando su parecer, cogió la lámpara que había ido a buscar y salió sin decir nada. A Calícrates le habían contado que Briseida había sido la espartana que más orgullo había mostrado tras saber que sus hijos habían muerto combatiendo; sin embargo, desde entonces no había vuelto a pronunciar una sola palabra. No sabía si su mujer había perdido el habla o si su mudez era una ofrenda a los dioses, pero desde la muerte de sus hijos se había vuelto aún más severa en sus costumbres y dedicaba la mayor parte del día a visitar templos y a entrenar con un vigor que las más jóvenes no podían igualar.

Calícrates mojó un trozo de tela en aceite y comenzó a frotar la superficie del yelmo, que estaba cubierta de arañazos debido a los pisotones. A los hoplitas espartanos que se retiraban de una batalla la ley dictaba que se los nombrara *trésantes* —temblorosos—, con lo cual perdían la mayor parte de sus derechos de ciudadanía. Sin embargo, en Leuctra había muerto un tercio de los hoplitas de Esparta, no podían permitirse prescindir de más hombres, por lo que el rey Agesilao dictaminó que la ley durmiera ese día.

Exhaló un suspiro cansado al recordar las humillaciones sufridas después de la batalla. Habían escapado a duras penas de Beocia, marchando de noche, temerosos de un ataque que acabara con todos ellos. Afortunadamente, en Esparta el rey Agesilao ordenó que partieran en su ayuda todos los soldados hasta la clase cuarenta —sesenta años—, incluyendo los magistrados que se habían quedado en la ciudad para atender sus cargos. Después de encontrarse con aquel nuevo ejército, pudieron regresar a Esparta sin incidencias.

Siguió lustrando el yelmo de Demarato. Era todo lo que los tebanos habían dejado de las armas de sus hijos. Tras la batalla apenas quedaban restos del penacho de crines que adornaba el yelmo en lo alto, pero su mujer se había encargado de que lo sustituyeran por uno nuevo, igual al anterior, que ahora se erguía majestuoso desde lo alto de la frente hasta la nuca.

Pasó la mano por las crines teñidas de rojo que se elevaban un palmo sobre la superficie del yelmo.

—Esparta —murmuró.

Sólo quedaban novecientos hoplitas, cuando un siglo antes habían sido diez veces más numerosos. Dependían más que nunca de sus aliados, y también ahí se estaban debilitando. Al menos todavía ejercían un control férreo sobre Laconia, la región que abarcaba el valle del río Eurotas. Su protección natural eran los macizos que la flanqueaban: el Parnón y el Taigeto. En Laconia se encontraba Esparta, así como numerosas ciudades pequeñas que llevaban siglos sometidas. En el resto de las regiones del Peloponeso, casi todas sus ciudades habían sido tradicionalmente aliadas de Esparta.

«Hasta que llegó Epaminondas», se dijo con amargura. Después de la batalla de Leuctra se habían desatado a lo largo del Peloponeso numerosos conflictos civiles, en su mayoría en contra de los partidos aristócratas aliados de Esparta, que habían supuesto perder el apoyo de varias ciudades. En Arcadia, la región fronteriza con el norte de Laconia, unas cuantas ciudades que anteriormente eran aliadas de Esparta habían instaurado una confederación propia. El rey Agesilao había intervenido sin éxito contra la confederación arcadia, que además se había visto reforzada con la entrada del ejército de Epaminondas en el Peloponeso.

«Está destruyendo nuestro poder a conciencia.»

El general tebano no sólo apoyaba a la confederación arcadia, lo que implicaba tener un gran enemigo dentro del Peloponeso. Además había fundado Megalópolis, una nueva ciudad que se oponía al poder de Esparta, formada por la unión de decenas de aldeas y situada a tan sólo un centenar de estadios de la boca del valle del Eurotas.

Calícrates se puso de pie y llevó el yelmo, ahora reluciente por la capa de aceite, a una base de madera ubicada junto al altar familiar.

«Epaminondas nos sorprendió a todos en la batalla de Leuctra —desde entonces algunos afirmaban que era el mismísimo Ares, el dios de la guerra—, y nos está haciendo todavía más daño con sus movimientos políticos.»

La confederación arcadia se había vuelto tan arrogante que estaba intentando convencer a Epaminondas de que los atacaran en su propio territorio. Afortunadamente, las fronteras naturales de Laconia hacían el territorio inexpugnable —por eso la ciudad de Esparta carecía de murallas—, y en los cuatro siglos transcurridos desde la fundación del Estado espartano no había entrado un solo enemigo. Tan sólo se podía acceder a través de unos pasos estrechos cuya vigilancia habían reforzado en el último año.

Se arrodilló en el suelo de tierra, frente al altar, y rezó por Esparta y por sus hijos. Leónidas había tratado de herirlo diciendo que Demarato y Euxeno habían muerto llorando como cobardes, pero los conocía bien y estaba seguro de que no había sido así.

La plegaria se interrumpió mientras pensaba en su hermano. Siempre había procurado juzgar sus actos con benevolencia por respeto a su madre común, pero ya no consideraba que Leónidas fuera hijo de Deyanira.

«Sólo es un monstruo, como lo fue su padre, Aristón.»

Giró la cabeza al oír que llamaban a la puerta de la calle. Un esclavo abrió y él se puso de pie mientras se acercaban unos pasos apresurados.

—¡Mi señor! —Un joven hoplita se cuadró ante él haciendo el saludo militar—. El rey Agesilao pide que acudas inmediatamente a su presencia.

Calícrates se alarmó al ver la expresión del hoplita, que concluyó su mensaje sin apenas aliento:

—Epaminondas y los arcadios han atravesado los pasos de montaña y se acercan a Esparta.

Capítulo 32

Atenas, noviembre de 370 a. C.

Melisa observó a Céfiro sin que él lo advirtiera.

«Es sorprendente cómo ha cambiado.» El joven esclavo estaba llevando de la cocina a la despensa una tinaja llena de cebada que ella no habría podido mover, pero que él cargaba sin aparente esfuerzo. En el último año su cuerpo se había rellenado y cuando hacía fuerza sus músculos parecían tallados en piedra, aunque seguía siendo más esbelto que corpulento. También daba la impresión de ser más alto, no por haber crecido —ya no estaba en edad de hacerlo—, sino porque había dejado de caminar encogido como un perro apaleado.

Céfiro regresó de la despensa y comenzó a bromear con varios de los nuevos esclavos, algo que cuando lo compraron habría resultado inimaginable. Todos los sirvientes de la casa lo apreciaban y mostraban por él un respeto que desconcertaba a Melisa.

Las obras de la mansión habían terminado hacía tres meses y ahora era el doble de espaciosa. Además, habían pasado de tener diez esclavos a veinticinco. El año anterior sólo Calipo contaba con un sirviente personal, mientras que en este momento tanto él como Altea poseían dos, pese a que ella refunfuñara diciendo que no necesitaba tanta ayuda. También habían aumentado el número de camareras desde dos hasta cuatro, habían adquirido dos tañedoras de instrumentos para los banquetes, dos palafreneros, dos muchachas para ayudar al resto del servicio —ambas parecían enamoradas de Céfiro—, y un ayudante para la cocina, pues la vieja cocinera se había retirado y Céfiro se había convertido en el cocinero oficial. Además habían adquirido un ayudante para todo lo relacionado con el aprovisionamiento de la casa, y habían pasado de contar con un guardián a tener tres. Finalmente, habían comprado una segunda tejedora ya que, al contrario que la gran mayoría de las mujeres atenienses, Altea no se dedicaba a tejer.

—Céfiro.

La llamada seca de Melisa hizo que el joven se apartara de los demás esclavos y se apresurara a acercarse. Su expresión cambió con rapidez y su alegría despreocupada dio paso a una seriedad prudente. Ya no parecía tenerle miedo como cuando lo había abofeteado, pero Melisa podía captar su inquietud. Aunque eso solía resultarle gratificante, en aquel momento, sin saber por qué, también le molestó.

—¿Está todo lo que pedimos que compraran?

Antes de que Céfiro respondiera, Altea entró en la cocina haciendo que todo el mundo quedara en silencio.

—Seguid con lo que estabais haciendo, por favor. —Recalcó sus palabras con un gesto de la mano, incómoda por tener una decena de esclavos mirándola. Se acercó a la vieja cocinera, que estaba prácticamente ciega y pasaba la mayor parte del tiempo sentada en la cocina, y le tomó una mano mientras se acuclillaba para preguntarle cómo se encontraba.

La boca de Melisa se curvó en una mueca de desdén al ver a su ama mostrar un comportamiento tan impropio de una verdadera señora.

Después de hablar con Apolonia, Altea se acercó a Céfiro.

—Mi marido no cenará en casa, pero me gustaría que prepararas una liebre de la misma manera que la semana pasada. —Se quedó un momento pensativa—. No recuerdo todos los ingredientes, ¿con qué la condimentaste?

Céfiro respondió entusiasmado:

—Con cebolla picada muy fina, puerro, tomillo, ajedrea, silfio, vinagre, queso asado y pasas, mi señora. —Resplandecía cuando hablaba de comida, especialmente con Altea—. Hoy puedo añadir semillas de granada ácida... y un poco de cilantro, eso es. Quedará exquisita.

Altea rio.

—No sabía que se podían poner tantos ingredientes en un mismo plato. Está bien, hazlo como te parezca.

Los ojos plateados de Altea se desviaron hacia su ama de llaves y se despidió con un breve gesto antes de darse la vuelta. Melisa la siguió con la mirada; después se giró hacia Céfiro y vio que estaba contemplando a su ama con una sonrisa radiante.

Le dieron ganas de volver a abofetearlo.

Altea subió al segundo piso y entró en la sala de estudio que tenía ahora junto a su alcoba. Era muy luminosa gracias a que el robusto marco de madera de la ventana permitía que ésta fuese bastante grande. Calipo había acordado con el constructor una distribución de habitaciones tradicional, de modo que las estancias destinadas a las mujeres quedaban lo más lejos posible de la entrada de la casa.

Su mesa estaba pegada a la ventana, y a la derecha, en el suelo, había una estructura de madera con tres baldas anchas que acogían su biblioteca. Tomó del estante superior los rollos de papiro de algunos de los libros de *La república* y los puso en la mesa. Antes de sentarse, sus ojos se detuvieron en los viejos estuches de cuero agrietado que llenaban las dos últimas baldas.

«Qué lástima no haber conocido a mi abuelo», se dijo con una mezcla de orgullo y nostalgia.

Aquellos estuches cuarteados contenían los originales de todas las obras escritas por su abuelo Eurípides, el padre de su madre. Aunque había muerto siete años antes de que ella naciera, su madre le había hablado tanto de él que cuando leía aquellas obras le parecía escuchar la voz del gran dramaturgo.

Tomó asiento y volvió a mirar los libros de Eurípides. Su madre amaba la literatura y también había escrito algunas pequeñas obras. No se habían dado a conocer, pero Altea las conservaba como un tesoro, envueltas en paños de lino para proteger los papiros del polvo y la humedad. No había heredado la habilidad para la escritura de su madre, pero sí su afición por la lectura, y cada año releía al menos una vez todas las obras de su abuelo. Le fascinaba poder hacerlo siguiendo los trazos largos y enérgicos del gran Eurípides, igual que le maravillaba el hecho de que éste fuera su propio abuelo.

Volvió a los rollos de papiro que tenía sobre la mesa, sacó de su estuche el libro cuarto de *La república* y lo desenrolló mientras ojeaba rápidamente el texto. Lo conocía bastante bien, pero quería tomar algunos apuntes para las clases que impartiría la semana siguiente. Por primera vez versarían sobre la vertiente política de la filosofía de Platón.

«No nos hemos propuesto como fin la felicidad de una sola clase de ciudadanos, sino la de toda la sociedad.»

Ésa era una de las ideas centrales del pensamiento político de Platón. Estuvo un rato reflexionando sobre ella, hizo algunas anotaciones y siguió leyendo.

Tras cambiar de rollo, se detuvo en un pasaje del libro quinto con una sonrisa en los labios. Platón afirmaba que hombres y mujeres poseían las mismas facultades, y que por lo tanto lo natural y provechoso para el Estado era que las mujeres recibieran la misma educación y se dedicaran a los mismos oficios que los hombres. Aquello era lo opuesto a lo que se hacía en ese momento y que el filósofo consideraba contrario a la naturaleza:

«Lo que pretendemos establecer no es una ley imposible o un simple deseo, sino una ley acorde a la propia naturaleza. Por el contrario, lo que choca con la naturaleza es lo que se hace hoy en día...»

Siguió leyendo y tomando notas, y se adentró en la parte donde Platón hacía una propuesta detallada de la educación que debían recibir los ciudadanos, orientada a que cada uno se especializara en aquello para lo que tenía más dotes naturales. Aquellos pasajes incluían algunas reflexiones y consejos prácticos que apuntó para comentarlos en sus clases.

«Los ejercicios del cuerpo, ya sean forzosos o voluntarios, siempre aprovechan al cuerpo. En cambio, las lecciones que se hacen entrar por fuerza en el alma no conservan en ella ninguna fijeza.»

—Es cierto —murmuró.

Un poco más adelante, se detuvo para releer una frase:

«No emplees la violencia con los niños cuando les des las lecciones; haz de manera que se instruyan jugando.»

Continuó desenrollando el papiro y leyendo el diálogo del libro séptimo. Como siempre, Platón hacía que fuera el personaje de Sócrates el que conducía la conversación, en este caso mantenida con Glaucón, hermano de Platón. Después de exponer el modo de educar a todos los ciudadanos y seleccionar entre ellos a los más dotados para gobernar, Glaucón se mostraba satisfecho sobre el resultado de aquel diálogo:

«*—Sócrates, acabas de fabricar, como un hábil escultor, perfectos hombres de Estado.*

—Di también mujeres, mi querido Glaucón; pues no pienses que lo que he dicho vale para los hombres más que para las mujeres, siempre que éstas posean una aptitud conveniente.»

Altea volvió a sonreír. Agradecía aquellas ideas de Platón, pero no era capaz de imaginar que los hombres aceptaran que los gobernase una mujer.

«*Concededme, por lo tanto* —concluía Platón por boca de Sócrates—, *que nuestro proyecto de Estado y de gobierno no es un simple deseo. La ejecución es difícil, sin duda, pero es posible siempre que a la cabeza de los gobiernos estén verdaderos filósofos, que desdeñen los honores que con tanto ardor buscan los gobernantes actuales, y a cambio valoren la rectitud y el deber. Y que, poniendo la justicia por encima de todo, emprendan la reforma del Estado.*»

Altea contempló los rollos de papiro de *La república* con expresión soñadora. Un Estado gobernado por hombres y mujeres formados a lo largo de toda su vida hasta convertirse en filósofos..., un Estado que se rigiera por principios que hicieran desaparecer la injusticia y la corrupción, que buscara maximizar la felicidad y el bienestar de todas las clases sociales...

«Un mundo mejor gracias a la filosofía.»

Ésa era, en definitiva, la aspiración de Platón, que la mayoría de sus discípulos compartía con el mismo anhelo.

Volvió a leer el último pasaje y su expresión cambió de pronto. Aquellas palabras le habían hecho recordar un desagradable episodio del día anterior. Estaba paseando con Platón y otros discípulos, cerca de las murallas de Atenas, cuando un grupo de campesinos que salía de la ciudad les había cortado el paso con aire desafiante.

—Aquí viene Platón, el enemigo de la democracia —masculló uno de ellos.

—¿Cuándo quieres imponernos tu oligarquía? —El más

corpulento golpeó el suelo con un grueso bastón—. ¿Has llegado a un acuerdo con Esparta para derribar la democracia en Atenas?

Otro de los campesinos soltó una risa desdeñosa.

—Si esperas ayuda de Esparta, creo que no están atravesando su mejor momento.

Platón alzó las manos con aire conciliador.

—Soy un pensador, no un político, y lo que propongo es que todos los ciudadanos reciban una buena formación y se escoja a los mejores para gobernar. No creo que estéis en desacuerdo conmigo cuando afirmo, entre otras cosas, que no deberían gobernar aquellos que lo que desean es ante todo el poder.

—¡Mientes! —El campesino corpulento avanzó un paso hacia Platón y algunos discípulos se interpusieron—. Nos han contado lo que escribes en tus obras, ¿pretendes que creamos que no deseas convertirte en rey de Atenas?

—Me temo que quien os haya hablado de mis obras no las ha entendido bien. Os invito a venir cuando queráis a la Academia para conversar sobre todo esto.

—Puede que hagamos una visita a la Academia, pero no será para conversar. —El campesino alzó su bastón hacia ellos—. Acuérdate de los aristócratas de Argos muertos a garrotazos.

Aquello hizo que se estableciera entre los dos grupos un silencio tenso. En los últimos días habían llegado a la ciudad rumores sobre salvajes disturbios contra los aristócratas de Argos. Algunos hablaban de una verdadera masacre, pero todavía no contaban con información detallada.

El silencio se prolongó y Altea temió que aquellos hombres se abalanzaran sobre ellos en cualquier momento. Finalmente, el labriego escupió al suelo y avanzó con sus compañeros empujando con el hombro a los discípulos que no se apartaban a tiempo.

—Una vez más —se lamentó Platón cuando reanudaron la marcha—, hombres con ideas de otros en la cabeza en las que ellos mismos no han reflexionado. Eurípides dijo que la democracia es la dictadura de los demagogos, ¡y por Apolo que es difícil que una democracia no se convierta en una demagogia!

Altea comenzó a enrollar los pergaminos. En su semblante se reflejaba la preocupación de que el incidente del día anterior se repitiera con peores consecuencias.

Calipo se recostó en el triclinio y se apoyó de medio lado sobre un codo. Desde hacía un rato se limitaba a contemplar el banquete medio amodorrado y a disfrutar de la agradable sensación de haber alcanzado el éxito que llevaba toda la vida persiguiendo.

«Soy más rico de lo que llegó a ser mi abuelo», se dijo casi sorprendido. Siempre se había planteado superar a su padre, pero no había imaginado que también aventajaría a su abuelo, que era quien más había incrementado el patrimonio de la familia. Se miró la larga cicatriz del antebrazo izquierdo y casi lamentó que hubiera desaparecido el tono rojizo que la hacía destacar los primeros meses.

«Se ve menos, pero ya me ha proporcionado un gran rendimiento.»

Esa cicatriz era el recuerdo de que había arriesgado la vida para proteger su inversión, pero también la de muchos de los hombres pudientes que se emborrachaban en aquel salón. Ellos habían demostrado que sabían pagar sus deudas de agradecimiento al permitirle asociarse con ellos en varios negocios que resultaron muy lucrativos. Ahora se dedicaba a importar trigo, comerciaba con cartagineses y egipcios, poseía cuatro granjas más media docena de casas en alquiler entre Atenas y el Pireo, así como cincuenta esclavos en las minas por los que el Estado le pagaba más de tres mil dracmas al año.

«Todo gracias a esta cicatriz y a unos cuantos atenienses con más oro que valor.»

Una esclava joven de mirada tímida se acercó a la mesita baja que había frente a su triclinio. Se inclinó sobre su copa y la llenó con el oloroso vino de Biblos. Él contempló a la muchacha sin alterar su sonrisa aturdida y la siguió con la vista mientras atravesaba la sala para servir a otro invitado, pisando con sus pies descalzos un gran mosaico de brillantes teselas que mostraba a dos delfines saltando. El dueño de aquella mansión era Arneo, uno de los hombres más ricos de Atenas y también de los más ostentosos. Había alfombras de Babilonia debajo de todos los triclinios, los mullidos cojines en los que se recostaban desprendían perfume de Corinto, y en el ambiente flotaba un olor dulce a especias orientales en el que Calipo distinguía la mirra y la canela, quizás con un toque de nardo.

En las esquinas del mosaico cuatro grandes braseros mantenían la sala caldeada pese al viento frío que soplaba en el exterior. Un esclavo se acercó a ellos con un tubo de metal, metió la punta en las brasas y sopló para avivarlas. La temperatura se elevó un poco más y Calipo lo agradeció. Sintió que se adormecía, pero aquel agradable sopor se vio perturbado por una voz exaltada que provenía del otro lado de la sala. Se trataba de Filandro, un comerciante casi anciano al que la reciente revuelta de Argos había sorprendido en aquella ciudad.

—Creí que no iba a sobrevivir —les estaba diciendo a los hombres que tenía alrededor—. No he visto una locura semejante en toda mi vida.

Calipo había oído a Filandro contar la historia el día anterior, pero volvió a prestar atención. La llegada de Epaminondas al Peloponeso había provocado numerosos y sangrientos conflictos civiles en contra de los gobiernos aristócratas favorables a Esparta. No obstante, ninguno de aquellos episodios resultaba tan estremecedor como el ocurrido en Argos, que ya empezaba a conocerse como *la bastonada.*

—Ya sabéis que Argos era una ciudad tranquila —Filandro se volvió a uno y otro lado haciendo que se agitara el fleco de pelo grisáceo que circundaba su calva—, una democracia a la que se podía viajar y con la que resultaba seguro comerciar. Pero un grupo de demagogos, movidos por la envidia, el rencor y la codicia, empezó a instigar al pueblo contra todos aquellos que tuvieran más riqueza u honor que ellos. El ambiente se fue crispando, y las víctimas de estos ataques, temiendo que el pueblo se volviera contra ellos a causa de los demagogos, conspiraron para convertir la democracia en una aristocracia que los protegiera. Yo acababa de llegar a la ciudad cuando descubrieron a algunos de los conspiradores y comenzaron a torturarlos para que dieran una lista con todos los implicados. Uno de los detenidos, para eludir el suplicio, proporcionó una treintena de nombres. Ese mismo día los ejecutaron a todos sin investigación ni juicio alguno.

Todos los asistentes al banquete escuchaban en silencio. Se estaban preguntando si los demagogos de Atenas podrían llevar a cabo una acción similar contra ellos.

—Yo estaba alojado en casa de uno de mis socios —prosiguió Filandro—, y vivíamos aterrorizados, pendientes de cada ruido que viniera del exterior. No parábamos de recibir noticias de que habían entrado en casa de alguien que conocíamos y lo habían matado. Pero lo que no imaginábamos era que lo peor estaba por llegar. Los demagogos se enardecieron aún más al ver el poder que tenían, pues el pueblo los obedecía como si fueran dioses, sin nadie que cuestionara sus palabras. Entonces extendieron sus acusaciones a todo ciudadano que destacara por su riqueza o prestigio, y la ciudad enloqueció.

Filandro dirigió su mirada hacia el mosaico y se quedó en silencio. Al cabo de un rato, continuó en voz más baja sin mirar a nadie:

—Miles de hombres se echaron a las calles armados con bastones y garrotes. Buscaban a cualquiera que hubiera sido acusado. Aporrearon nuestra puerta, y al ver que no abríamos la tiraron abajo. Los hijos de mi socio, su esposa y yo mismo tratamos de protegerlo, pero nos derribaron a golpes y a él lo mataron en el patio a bastonazos, como si fuera un perro. —Se humedeció los labios resecos—. Hicieron lo mismo por toda la ciudad: arrancaban a los hombres de los brazos de sus familias y les rompían la cabeza delante de ellos. Los siguientes dos días preparamos el cadáver y lo velamos, y durante todo el tiempo, ya fuera de día o de noche, oíamos el retumbar de aquellos golpes terribles por todo Argos, y el coro de gritos de las familias de aquellos desgraciados. —Levantó la mirada hacia el hombre que tenía más cerca—. En esos dos días mataron a más de mil doscientos hombres.

—Por Zeus, no podía creerme que los rumores fueran ciertos —murmuró uno de los invitados.

Filandro se volvió hacia él.

—Tan ciertos como que el suelo de la ciudad se cubrió de rojo. Aunque no debería decir *ciudad,* pues aquello ya sólo era un conjunto de hombres reducidos al salvajismo. —Tomó su copa con manos temblorosas y bebió un trago—. Cuando pensé que volverían para matarnos a todos, la divinidad intervino. —Usó el dorso de la mano para enjugarse del bigote unas gotas de vino—. Los demagogos temieron perder el control de la situación y decidieron detener las acusaciones. Sin embargo, eso hizo sospechar al pueblo que las acusaciones previas habían sido falsas, y enfurecidos mataron también a los demagogos. Después parecieron despertar de su locura, cesaron completamente las ejecuciones y volvieron a respetar las leyes, que durante unos días habían dejado de existir.

Filandro siguió dando detalles de lo sucedido en Argos, pero Calipo no quiso seguir escuchándolo. Ya lo había oído contar una vez con todo detalle, prefería no pensar en aquella barbarie que de momento quedaba lejos de Atenas.

Se inclinó hacia la bandeja de golosinas que habían colocado en su mesa, escogió un pastelito de miel de tomillo y piñones tostados y lo acompañó con otro trago del vino de Biblos. Le resultó tan sabroso que cerró los ojos para concentrarse en el aroma que llenaba su boca. Después se decidió por un higo sumergido en almíbar de dátil, pero cuando iba a llevárselo a la boca se dio cuenta de que le estaban hablando.

—Calipo, ¿estás de acuerdo?

Dejó el higo y se chupó el almíbar de los dedos.

—Perdona, estaba distraído.

El hombre que le había hablado era Arneo, el propietario de la casa y su socio más importante. Estaba reclinado en un triclinio que hacía esquina con el suyo. Llevaba la túnica enrollada por la cintura, como todos los asistentes al banquete, y su voluminoso vientre tembló al soltar una carcajada.

—Por Dioniso, ¿te has quedado alelado con la música de mi esclava?

Calipo sonrió sin responder y echó un vistazo a la mujer

alta de piel tostada a la que se refería Arneo. Caminaba lentamente por el salón mientras extraía una música tranquila de las cuerdas de su cítara. Su túnica de color amarillo pálido estaba atada con un broche al hombro izquierdo y dejaba al descubierto su pecho derecho.

—Estaba hablando con Néstor sobre la votación de mañana —prosiguió Arneo bajando la voz. Néstor era arconte, uno de los más altos magistrados de Atenas y de los más influyentes a la hora de decidir el gasto militar—. Le estaba comentando que actualmente los piratas de Egina hacen más daño al comercio que los que operan en el Helesponto, por lo que la ciudad debería aumentar el número de trirremes destinados a esa zona. Tú has combatido a los piratas de Egina, sabes bien cómo actúan. ¿No estás de acuerdo en que habría que enviar más trirremes?

Calipo se recolocó en el triclinio para volverse hacia Néstor. El arconte rondaba los sesenta años y su piel blanquecina estaba llena de lunares y manchas. Ocupaba puestos de relevancia desde hacía muchos años y los atenienses lo respetaban por sus discursos serenos y juiciosos y por la gravedad de sus modales. Sin embargo, sus ojos mostraban ahora un brillo juguetón mientras disfrutaba del mejor vino que se podía encontrar en Atenas y mantenía una mano en el muslo de un esclavo muy joven al que había sentado en su triclinio.

Calipo le habló de los piratas de Egina y el arconte fingió escuchar con atención mientras su mano subía y bajaba por el muslo del esclavo. El joven le hizo una leve caricia, apenas rozando el lóbulo de su oreja, y el arconte se estremeció.

«Tan fácil de manejar como un cachorro», se dijo Calipo. Viendo la expresión del arconte, no le cabía ninguna duda de que se iba a aumentar la protección naval que Atenas brindaba a las rutas comerciales que a ellos les interesaban.

No habló mucho más con el arconte, el esclavo hacía su función mejor que él. Se acomodó de nuevo en el triclinio y cogió su copa, un *kilix* con asas y pie corto, muy ancho y poco profundo. Inspiró el aroma del vino y bebió con deleite.

Cuando iba a dejar el *kilix* sobre la mesita, se quedó mirando las figuras rojizas que lo adornaban. Tenía la sensación de que las había visto antes.

—Es del taller de tu suegro —le dijo Arneo—. Ya sabes que yo sólo tengo lo mejor.

—Es muy bonita. —Se preguntó si la habría pintado Altea. Ella le había contado que desde hacía tiempo se encargaba de algunos de los dibujos, aunque a los clientes no les revelaban que el pintor de las vasijas era una mujer—. Y todo lo que hayas pagado por ella me parece bien.

—Pagaría más de lo que cobran, su mercancía es excelente. Sobre todo desde que tu cuñado Eurímaco ha vuelto al taller.

Arneo no dijo nada más, pero Calipo se sintió incómodo. Todo el mundo sabía que Eurímaco había pasado una larga temporada entregado a la bebida. Se enderezó en el triclinio. Aunque la conducta de su cuñado era modélica desde que habían asaltado a Perseo, a él su aparente serenidad lo inquietaba. Por su experiencia militar sabía que algunos soldados se transformaban cuando luchaban a vida o muerte, había visto el fuego que ardía en sus ojos cuando el furor los enloquecía. En los ojos de Eurímaco veía en todo momento un reflejo de ese fuego, una especie de rescoldo que nunca se apagaba completamente.

«Altea piensa lo mismo que yo. Tampoco se fía.»

Su esposa no quería decirlo con esas palabras. Ella afirmaba que eran el dolor y la culpa lo que torturaba a Eurímaco en el fondo de su alma, e insistía en que su hermano se esforzaba por reparar los errores del pasado. Nadie podía negar que Eurímaco trabajaba como una mula en el taller y en la Academia, donde se había convertido en uno de los discípulos más cercanos de Platón pese a que no destacara por su perspicacia; sin embargo, la misma Altea reconocía que a veces la mirada de Eurímaco se perdía, como si su mente se hubiera ido a algún lugar que nadie más podía alcanzar.

Tomó el *kilix,* bebió de nuevo y se recostó con la sensación de estar ebrio. Aquellos banquetes eran verdaderos centros de poder donde se cerraban los grandes negocios y se movían los hilos de la política que proporcionaban seguridad a esos negocios. Disfrutaba mucho en ellos, pero también echaba de menos a su esposa cuando pasaban varios días en los que apenas se veían.

Acomodó un cojín y apoyó la cabeza en él. Su relación con Altea era similar a la que tenían antes de que su hijo naciera muerto. Aquel recuerdo funesto prácticamente se había desvanecido, y el hecho de no poder tener hijos tenía la consistencia incorpórea de una pesadilla; sabía que era una realidad, pero no había ningún indicio físico y había veces que casi lo olvidaba. Quería un heredero, por supuesto, pero ni siquiera había cumplido cuarenta años. Quizás, más adelante, podría adoptar al hijo de algún familiar o amigo que hubiera quedado huérfano.

El sonido de la cítara se acercó. Lo acompañaba el tintineo de las pulseras que adornaban los tobillos de la esclava.

—No te duermas —susurró la mujer. Se sentó en el borde de su triclinio y le puso una mano en el vientre. Los dedos eran largos y suaves, la palma irradiaba un calor que distendió sus músculos y casi le hizo ronronear. Recorrió con los ojos el perfil elegante de la esclava, bajó a su pecho desnudo y subió de nuevo hasta su mirada, inteligente y sensual. La mano comenzó a hacer círculos lentos, descendiendo poco a poco, y él notó que su cuerpo respondía con vigor.

Tomó la mano de la esclava, se incorporó en el triclinio y se puso de pie, lo que captó la atención de todos los presentes.

—Bella citarista, tus atenciones han despertado mi pasión, no puedo negarlo. —Dirigió la mirada hacia la erección que abultaba su túnica, lo que arrancó una carcajada general—. A pesar de ello, mi mayor deseo en este momento es regresar a casa con mi esposa.

Inclinó la cabeza con gentileza hacia la esclava y después hacia sus compañeros de banquete, que habían comenzado a abuchearlo.

—¿Qué ocurre, por Afrodita —se burló Arneo—, es que un discípulo de Platón tiene prohibidos los placeres?

Aquello le hizo sentir una vaga sensación de culpabilidad, hacía mucho tiempo que no acudía a la Academia. Hizo un gesto a los sirvientes de la puerta para indicar que llamaran a su esclavo y se cubrió los hombros con la túnica.

—Puedo asegurarte, querido Arneo, que he disfrutado

enormemente. —Se volvió hacia los demás comensales—. Y si algo me he dejado, no dejéis de aprovecharlo.

—¡Cuenta con ello! —gritó uno de los invitados.

—¡Por Zeus que lo haremos!

Calipo abandonó el salón riendo.

Capítulo 33

Esparta, noviembre de 370 a. C.

En Esparta se respiraba miedo por primera vez.

La gente corría de un lado a otro, los ancianos se agolpaban en los templos para rogar la ayuda de dioses y héroes, las mujeres gritaban desesperadas mientras contemplaban el humo de las aldeas y campos incendiados. Aquella nube negra se acercaba lenta e inexorable, igual que el fragor del inmenso ejército que avanzaba hacia ellos.

Calícrates estaba cruzando entre los grupos que miraban aterrados hacia el norte, por donde tres días antes el enemigo había entrado en Laconia. Epaminondas había dividido sus fuerzas en cuatro columnas y había atacado por cuatro puntos distintos. Cuando cayó el paso que estaba peor protegido, los demás no tardaron en hacerlo. Una vez superada la frontera natural de las montañas, las tropas enemigas se habían reagrupado al norte de Laconia y habían comenzado a descender por el valle devastando todo a su paso.

«Epaminondas es imprevisible hasta para atacar en invierno», pensó Calícrates mientras trataba de cubrirse los brazos con la capa escarlata. Las campañas bélicas casi siempre coincidían con el buen tiempo por la mayor facilidad de avanzar y proveerse. Además, solían tener una duración limitada que permitía a los hombres que trabajaban en el campo regresar para ocuparse de las cosechas. Por otra parte, muchos de los altos cargos se asignaban con carácter anual, como el de beotarca de Epaminondas, y sus titulares tenían que volver a su ciudad antes de que expirara el plazo o se exponían a graves penas.

«Epaminondas ya tendría que haber regresado a Tebas, pero parece que está por encima de las leyes de su ciudad.»

Le sorprendió distinguir a Briseida entre el gentío. Su esposa estaba sola, inmóvil como una roca que se yergue entre las olas agitadas. Contemplaba la humareda que se acercaba, como todos los demás, pero la apretada línea de sus labios y la fijeza de su mirada reflejaban una determinación tan fría como el viento que sacudía furiosamente sus túnicas.

Continuó su avance y entrecerró los ojos para protegerse de la ventisca hasta que llegó a la posición de Agesilao. Al rey lo acompañaban algunos generales y magistrados. En ese momento estaba escuchando a uno de los mensajeros que cada poco rato le traían novedades desde el norte.

«No está Leónidas», se alegró Calícrates.

—Todavía no han cruzado el Eurotas —le dijo el rey en cuanto lo vio—. Siguen bajando por la margen derecha del río.

—¿Tenemos más información sobre ellos?

Agesilao asintió con el rostro crispado por los embates del aire frío, que cada vez olía más a quemado.

—Está cayendo sobre nosotros el ejército más numeroso que hayamos visto nunca. —El rey esbozó una mueca de desdén—. Muchos de sus efectivos proceden de ciudades que hace un año combatían a nuestro lado. Epaminondas ha traído a la mayor parte del ejército tebano y se le han unido eleos, argivos y toda la confederación arcadia. También se han pasado a su bando muchos habitantes de Laconia. La última estimación es que Epaminondas cuenta con cuarenta mil hoplitas y treinta mil soldados de infantería ligera.

La magnitud del ejército enemigo superaba los peores temores de Calícrates. Decidió exponer la idea a la que llevaba todo el día dando vueltas, pese a que sabía que suscitaría una fuerte oposición.

—Necesitamos hombres desesperadamente. Los laconios que huyen de sus aldeas y vienen a Esparta apenas suman unos cientos. En cuanto a nuestros aliados, no llegarán más que unos pocos miles y tardarán varios días, probablemente demasiados. Nuestra única opción es mantener a Epaminondas al otro lado del Eurotas todo el tiempo que podamos. —Percibió la expectación y el recelo en los rostros que lo rodeaban—. Para conseguir los hombres necesarios, tenemos que ofrecer la libertad a todos los ilotas que estén dispuestos a combatir en nuestras filas.

Varios hombres protestaron a la vez.

—No podemos hacer eso —objetó uno de los generales—. Los ilotas no son de fiar; si vienen pocos no servirá de nada, y si acuden muchos será como tener al enemigo dentro de la ciudad.

Agesilao alzó una mano para imponer silencio.

—Ya había pensado en ello y no veo que tengamos alternativa. —Señaló hacia la llanura, por donde se acercaban grupos de refugiados que huían del ejército enemigo—. Nos superan en varios hombres por cada uno de los nuestros, y las únicas murallas que tenemos son nuestros escudos. —Se giró hacia los éforos, los únicos que podían oponerse a sus decisiones—. Propongo enviar ahora mismo mensajeros por toda Laconia para que vengan lo antes posible todos los ilotas que estén dispuestos a arriesgar su vida por Esparta a cambio de obtener la libertad.

Algunos generales mascullaron una protesta, pero lo hicieron mirando al suelo. Varios de ellos habían sido derrotados por Epaminondas en Leuctra cuando sus fuerzas eran más numerosas que las del general tebano. Los éforos se miraron entre sí mientras el viento les hacía llegar las maldiciones y lamentos de la población de Esparta agrupada en las afueras de la ciudad.

Finalmente dieron su consentimiento y los mensajeros partieron a caballo en todas direcciones.

Calícrates permaneció junto a Agesilao para valorar la información que recibían y organizar la distribución de los refugiados que llegaban sin cesar a su ciudad sin murallas. De vez en cuando se volvía hacia el norte y contemplaba las columnas de humo que ascendían hacia el cielo gris.

El inmenso ejército de Epaminondas estaba cada vez más cerca.

Dos días más tarde, quinientos hoplitas armados formaron en los límites de la ciudad, inmóviles bajo una lluvia helada que comenzaba a entremezclarse con nieve.

Frente a ellos, a medio centenar de pasos, se encontraba la gran muchedumbre de ilotas que había acudido para obtener la libertad.

«¡Por Zeus soberano, son más de seis mil hombres! —Calícrates se estremeció mientras contemplaba aquella multitud de hombres robustos de gesto hosco, curtidos en una vida de duro trabajo como esclavos de Esparta—. Tenemos aquí a más de la mitad de nuestro ejército, y aun así nos superan en doce a uno.»

El rey Agesilao permanecía a su lado en completo silencio, igual que los oficiales y los magistrados que los acompañaban. Tampoco se oía una voz entre los hoplitas ni en la masa de ilotas. Parecían dos ejércitos vigilándose, midiendo sus fuerzas mientras esperaban bajo la lluvia la orden de ataque.

—No podemos dejar que entren tantos en la ciudad —murmuró uno de los éforos.

—Si hacemos que se vayan —replicó Leónidas—, corremos el riesgo de que se unan a Epaminondas.

El silencio se prolongó mientras los hoplitas se mantenían completamente inmóviles y los esclavos se removían inquietos. Entre el susurro del aguanieve se percibía el rumor poderoso de las aguas invernales del Eurotas, el rugido lejano de los cánticos de guerra y los gritos salvajes de los saqueos. El ejército tebano había hecho un intento poco decidido de cruzar el río aprovechando un pequeño puente al norte de la ciudad, pero los habían rechazado. Finalmente habían pasado de largo por la margen derecha mientras los seguía desde la otra orilla la mitad del ejército espartano. El río bajaba crecido y sus riberas se habían cubierto de nieve la noche anterior; ahora resultaba más difícil vadearlo, por lo que esperaban que el siguiente intento se produjera más hacia el sur.

—Estos ilotas proceden de distintos puntos de Laconia —reflexionó Calícrates mientras el enorme ejército de esclavos seguía aguardando—, no están organizados. Propongo que evitemos que lo hagan, que los descabecemos.

—¿Quieres matar a sus cabecillas? —inquirió Agesilao.

—No, lo que sugiero es que con la excusa de una reunión militar pidamos que entren en la ciudad cien o doscientos hombres que ellos designen como sus líderes. Luego los invitamos, como si fuera un honor, a residir en los barracones militares. Y el resto de los ilotas, hasta que decidamos cómo utilizarlos, hacemos que acampen a diez o quince estadios, con una guarnición de hoplitas que los vigile y que impida que contacten con Epaminondas.

El rey se quedó pensando mientras las primeras escamas de nieve se adherían a su barba. Su mirada viajó de sus quinientos hoplitas a los seis mil ilotas.

—No tenemos otra opción, vamos a intentarlo.

—¡Silencio!

El susurro tajante de Licas, el oficial espartano de mayor rango en aquella reunión, cortó en seco la conversación mantenida en murmullos por sus compañeros.

Estaban en mitad de la noche y una pequeña vela en el centro de la mesa iluminaba con aire espectral los rostros tensos de los nueve hombres. Todos eran *hómoioi,* espartiatas de pleno derecho que servían como hoplitas en la falange de Esparta, donde además dos de ellos eran oficiales.

Licas se inclinó hacia la ventana, cuyos postigos de madera estaban cerrados, y escuchó con atención. Le había parecido oír un impacto amortiguado, pero ahora no percibía nada.

Otro de los hombres se levantó muy despacio de la mesa y se acercó a la puerta. Habían colocado un guardia en el exterior para que los avisara en caso de detectar algo sospechoso. Sabían que con aquella reunión arriesgaban sus vidas; pensaban que la política del rey Agesilao era la causa de todos los peligros que se cernían sobre Esparta y estaban conspirando para contactar con Epaminondas y ofrecerle la cabeza del rey. A cambio, el general tebano debía apoyar una oligarquía en la ciudad que a su vez cerraría con Tebas un tratado de paz que satisficiera a todos.

El soldado llegó a la puerta; los demás se pusieron en pie sin hacer ruido y llevaron las manos a la empuñadura de las espadas.

De repente la puerta saltó en pedazos.

Desenvainaron las armas, aterrados al distinguir las colosales dimensiones de Leónidas. El general arrolló al hombre que había junto a la puerta y avanzó seguido por más soldados.

Licas alzó las manos hacia ellos y otros lo imitaron.

—¡Nos rendimos!

—Traidores... —Leónidas clavó su espada en la cara del soldado más cercano, la extrajo con rapidez y seccionó el brazo de otro hombre que trataba de protegerse—, y además cobardes. —Volvió a golpear y alcanzó la cabeza de su víctima.

La sala se llenó de gritos y golpes metálicos contra las corazas que llevaban todos. Licas paró dos golpes de un atacante y lo apartó de una patada.

—¡Exigimos un juicio! —Por la puerta seguían entrando hombres de Leónidas—. ¡No podéis ejecutarnos sin juicio!

Nunca en la historia de Esparta se había aplicado la pena capital a un *hómoios* sin juicio previo, pero Leónidas mató a un tercer hombre y su espada siguió golpeando. El rey había hablado con los éforos al detectar aquella conspiración, y por la gravedad de las circunstancias habían acordado que ejecutarían a los conspiradores y harían desaparecer sus cuerpos. La versión oficial sería que habían muerto durante una misión, nadie hablaría de conjuraciones para no alentar otras.

Licas hirió en el hombro a uno de sus adversarios y golpeó los postigos de la ventana. Logró que se abrieran, pero antes de que pudiera escapar lo atacaron varios soldados y retrocedió hasta una esquina.

—¡Exijo justicia, o recibiréis el castigo de los dioses!

Su resistencia era tan feroz que consiguió herir a otro de sus enemigos. Muy pocos hombres podían rivalizar con él en la lucha a espada y tardó poco en herir a un tercer rival.

—Apartaos.

Los hombres de Leónidas obedecieron y el general se situó frente a Licas, que cambió de posición para tratar de mantenerlo a distancia.

—He hecho esto por Esparta. —Su espada temblaba ligeramente mientras la mantenía en alto—. Los dioses os condenarán a ti y a tu rey por lo que estáis haciendo.

El arma de su adversario se movió con tanta velocidad que

Licas sólo notó un tirón antes de ver que más allá de su muñeca únicamente había un muñón que escupía sangre.

Leónidas apoyó la punta de bronce de su arma en la garganta del oficial.

—Eres un traidor, a Esparta y a los dioses.

Sostuvo la mirada angustiada de Licas.

Después apretó con fuerza.

Capítulo 34
Esparta, noviembre de 370 a. C.

Epaminondas consiguió cruzar el río y la noticia infundió un nuevo pavor a la población de Esparta. Las aguas heladas del Eurotas, desbordadas en varios puntos, no habían bastado para contener al enemigo como muchos habían esperado.

Calícrates se convirtió en la sombra del rey y pasó dos días y dos noches dedicado a reorganizar las tropas defensoras mientras el enemigo se aproximaba, esta vez desde el sur, quemando todo aquello que pudiera arder. La llegada de refuerzos a Esparta había hecho que cada vez más oficiales quisieran pasar a la ofensiva, incapaces de soportar que el enemigo devastara impunemente su territorio. Calícrates se había opuesto a un ataque directo, al igual que el rey Agesilao a pesar de su carácter beligerante. El enemigo seguía siendo varias veces superior en número y luchar en campo abierto habría sido un suicidio.

El debate había terminado esa mañana, cuando Epaminondas se había presentado con todo su ejército a las puertas de la ciudad.

Calícrates, pese a sus setenta y un años, se puso la coraza y el yelmo y se incorporó a la falange de hoplitas. El viento gélido soplaba con fuerza y los fustigaba con una nube de diminutos cristales de hielo al tiempo que impregnaba todo con el olor de la muerte. Habían decidido utilizar las primeras casas de Esparta como una muralla discontinua. También habían aprovechado las irregularidades del terreno para disponer en formación defensiva las tropas de hoplitas, los seis mil ilotas y su modesta fuerza de caballería.

Desde su posición en la tercera línea de la falange, Calícrates examinó la formación enemiga a través de la rendija del yelmo.

«Epaminondas quiere que salgamos.»

El general tebano había formado en la llanura, al otro lado del hipódromo de Poseidón. Su ejército era tan extenso que apenas hubiera cabido entre las casas de Esparta. Los hoplitas de Tebas mantenían un orden perfecto junto al resto de las tropas de Beocia, en contraste con el desorden de los arcadios, eleos, argivos y otros pueblos que los acompañaban.

De pronto se oyeron algunas exclamaciones y Calícrates se giró para buscar su origen. Uno de los hoplitas de Esparta había abandonado la formación y caminaba con decisión hacia el enemigo.

«¡Por todos los dioses, es mi hijo Demarato!» Se quedó lívido al reconocer el yelmo con el penacho de crines rojas que tantas veces había tenido entre las manos. Su hijo Demarato, regresado de entre los muertos, avanzaba hacia el ejército de Epaminondas sin escudo y con una jabalina en cada mano.

—¿Quién es ese loco? —preguntó el rey Agesilao.

—Mi hijo —murmuró Calícrates sin que nadie lo oyera.

Entonces se dio cuenta de que en lugar de coraza su hijo llevaba un peto de cuero, y debajo de éste una túnica que conocía bien.

«¡Briseida!» Su esposa se había recogido el pelo y con el yelmo no se distinguía que era una mujer. La musculatura de su cuerpo rigurosamente entrenado correspondía a la de un soldado de complexión media. Nadie excepto Calícrates se dio cuenta de que no era un hoplita.

«Da la vuelta», rogó, sabiendo que no lo haría.

Briseida continuó recorriendo con paso firme el espacio entre los dos ejércitos. Un soldado de la caballería enemiga espoleó su montura contra ella y Calícrates vio que su mujer se detenía. El jinete levantó su lanza mientras se acercaba al trote y ella siguió sin moverse.

Los dos ejércitos permanecían absortos en aquel extraño espectáculo. El golpeteo de los cascos llegaba débilmente hasta Calícrates. Su mujer echó el brazo hacia atrás cuando su enemigo estaba a punto de alcanzarla y arrojó su arma. El jinete no llevaba coraza y la jabalina se le clavó en mitad del pecho. Cayó hacia atrás sobre el caballo, su espalda golpeó contra la grupa y rodó a los pies de Briseida levantando una pequeña nube de polvo.

Un millar de gargantas espartanas rugieron al unísono. La euforia llenó por un instante el pecho de Calícrates, pero se desvaneció de inmediato.

Cinco jinetes galopaban por la llanura en dirección a Briseida.

Su mujer se cambió de mano la jabalina que le quedaba, enroscó alrededor del asta la fina correa de cuero que tenía el arma y pasó dos dedos por la lazada final. Calícrates sabía que aquella correa imprimía a la jabalina un movimiento de rotación que daba estabilidad a su vuelo, y al mismo tiempo producía un efecto de palanca que duplicaba la fuerza del lanzamiento. Pero nada de eso le serviría frente a cinco jinetes.

Uno de ellos montaba un poderoso caballo de guerra tesalio y se adelantó al resto. Desde su posición, Calícrates distinguía que su casco abierto y su coraza eran de metal. El hombre dirigió su lanza hacia Briseida, como había hecho el soldado que yacía a los pies de su esposa, y se inclinó hacia delante para apuntalar el ataque.

La jabalina de Briseida salió disparada y se incrustó en el rostro del jinete.

El caballo pasó de largo mientras el soldado se llevaba las manos a la cara y se derrumbaba. Briseida se abalanzó sobre el primer muerto, agarró el asta de la jabalina que sobresalía de su pecho y tiró para arrancarla. Antes de que lo consiguiera, el siguiente jinete llegó a su altura con la espada desenvainada.

—¡Nooo! —el grito de Calícrates se prolongó mientras el yelmo con la cabeza de su esposa trazaba un arco en el aire y rodaba por el suelo.

Capítulo 35

Atenas, noviembre de 370 a. C.

La Asamblea que tendría lugar aquella tarde enviaría a Eurímaco a la guerra.

Él todavía no lo sabía mientras comprobaba en el taller la última remesa de arcilla. Cogió un pellizco de una artesa grande y lo frotó varias veces entre el índice y el pulgar.

—Creo que hay que añadir un poco más de mica —le indicó a Alexias.

El ayudante se acercó extrañado, cogió un poco de arcilla y la comprobó como había hecho Eurímaco.

—Es cierto, tienes buen ojo para esto.

Colocó un puñado de mica pulverizada sobre la malla fina de un tamiz y empezó a espolvorearla sobre la artesa. Habían comprado aquella arcilla a un vecino que la extraía de las fructíferas vetas del río Erídano, cerca de la ciudad. Tenía varios esclavos que excavaban grandes agujeros circulares donde colocaban los terrones de barro arcilloso, añadían agua y pisoteaban la mezcla hasta deshacer el barro. Luego esperaban a que el agua se filtrara en la tierra, retiraban las impurezas de la capa superior y recogían la siguiente capa, que era donde se quedaba la arcilla fina y rojiza que había dado fama a las cerámicas atenienses.

Eurímaco detuvo a Alexias, volteó y amasó la arcilla con sus grandes manos y después le pidió que continuara añadiendo el mineral pulverizado. Era necesario añadir algún material a la arcilla para que no fuera tan elástica e impermeable, de otro modo resultaría muy poco firme a la hora de moldearla y además sería demasiado alto el riesgo de que se resquebrajara durante la cocción. Otros ceramistas añadían polvo de arcilla ya cocida aprovechando las vasijas rotas. Daba buen resultado, pero la mica conseguía también que las vasijas mostraran, en las superficies que no se pintaban, un bonito reflejo según el ángulo desde el que incidiera la luz.

Perseo entró desde el patio e hizo una seña a Eurímaco.

—Corre, ya he abierto el horno y tu hermana va a entrar —le dijo con una sonrisa.

Eurímaco se limpió apresuradamente las manos con un trapo y se dirigió al patio. Altea estaba saliendo del horno y llevaba en las manos una pequeña figura que contemplaba con los ojos llenos de asombro.

—Lo has hecho para mí...

Eurímaco asintió con los labios apretados, temía que se le quebrara la voz si hablaba. Su relación se había restablecido hacía tiempo, pero él sentía que habían perdido algo, quizás para siempre, y ése era su modo de intentar recuperarlo.

«Se ha dado cuenta de lo que es.» Cuando ella tenía unos cuatro años y él diez, Altea se había caído en el patio. Él le retiró la tierra que se le había clavado en las rodillas y le limpió los arañazos con un paño húmedo, pero no consiguió que dejara de llorar. En un último intento por confortarla, le regaló su pertenencia más preciada: la primera figura que él había moldeado y que su padre había horneado para que adquiriera la resistencia de la cerámica cocida. Ahora le había hecho a Altea un carrito de arcilla igual al que le había regalado cuando eran unos niños.

Tragó saliva y señaló la tosca figura que sostenía su hermana.

—Me acuerdo de que te disgustaste mucho cuando lo perdiste. He tratado de hacerlo igual que el otro.

Altea sonrió extasiada. Al verlo entre las vasijas del interior del horno, había creído que estaba soñando porque el carrito era idéntico al de sus recuerdos. Tenía el tamaño de un puño, estaba esmaltado en negro con unas cenefas laterales y contaba con dos caballos rechonchos como los que había moldeado Eurímaco de niño.

—No sería capaz de distinguirlo del primero que me regalaste. —Le dirigió una mirada tierna—. Muchas gracias, hermano mayor.

Eurímaco asintió sin decir nada, aunque en sus ojos latían un anhelo y una necesidad que conmovieron el alma de Altea. Dejó el carrito en el suelo y abrazó a su hermano con fuerza. Notó que Eurímaco se estremecía, y por primera vez se sintió unida a él como antes de que provocara el ataque a su padre.

Siguieron abrazados sin apenas percatarse de que llamaban a la puerta, ni de que Perseo cruzaba el patio y después hablaba con alguien en el exterior.

Al cabo de un rato, su padre regresó preocupado.

—Han llegado unos embajadores de Esparta. El Consejo ya ha hablado con ellos y han convocado para esta tarde una Asamblea extraordinaria.

Céfiro metió la mano en el cubo de agua y sacó una anguila gruesa y muy larga, tan fresca que parecía viva. La dejó sobre la mesa de la cocina y usó un cuchillo largo que acababa de afilar para abrirla en canal con una serie de cortes precisos.

—Muchacho, tienes un don para preparar la comida.

El esclavo sonrió ante la observación de la antigua cocinera.

—Tú podrías hacer esto con los ojos cerrados, Apolonia.

—¿Te estás burlando de esta pobre vieja porque soy ciega?

Apolonia giraba la cabeza al hablar, pues ya sólo percibía con algo de nitidez por una pequeña zona lateral de su campo de visión. Céfiro le besó la mejilla y la sonrisa arrugada de la cocinera se estiró un poco más.

—¿Tratas de seducirme como a las pobres muchachas que revolotean todo el día a tu alrededor?

Céfiro rio, un poco cohibido. Era cierto que dos de las esclavas más jóvenes bromeaban sin cesar y se insinuaban con bastante descaro, aunque él no correspondiera a sus gestos.

—No te hagas ilusiones, Apolonia. Sólo te agradezco lo que me has enseñado.

La cocinera dejó escapar un ronroneo de gata vieja. Había desarrollado un cariño maternal por Céfiro, a quien había tratado de enseñar para que pudiera mantener su puesto de ayudante, antes de darse cuenta de que tras su timidez y su juventud se ocultaba un gran talento para la cocina y una larga experiencia muy bien aprovechada.

—¿Me puedes ir dando los higos?

Apolonia tanteó en la mesa, rodeó un cuenco con una mano y con la otra extrajo los higos sumergidos en una salsa espesa de vino y miel. Céfiro los fue tomando de su mano para ponerlos dentro de la anguila. Su amo Calipo había comprado otro esclavo que ayudaba en la cocina, pero él lo mantenía ocupado en tareas secundarias y seguía elaborando los platos con Apolonia.

—¿Qué estáis preparando?

Céfiro levantó la mirada al oír a Melisa.

—Anguila de Copais rellena de higos y envuelta en hojas de acelga. —No añadió que había macerado los frutos con vino y miel para satisfacer la afición de Altea por las comidas con un toque dulce. Sabía que mencionar a su ama o mostrarle deferencia irritaba a Melisa.

La esclava se acercó para observar la preparación. La anguila procedía del lago Copais, en Beocia, y debía de haber costado unas cuantas dracmas. Los higos eran de Atenas, los más caros y apreciados. Desde que la riqueza de su amo se había multiplicado sólo entraban en la casa los mejores ingredientes, y eso la llenaba de orgullo.

Céfiro siguió rellenando la anguila con dedos expertos y Melisa se agachó hasta que su cabeza estuvo a la altura del esclavo.

—Muy bien —comentó apreciativamente.

Él notó muy cerca el aliento cálido de Melisa, y cuando el ama de llaves se inclinó un poco más sintió que la agitación que le provocaba su presencia se disparaba. Desvió la vista y atisbó la suave piel canela de su cuello, ligeramente brillante por una fina capa de sudor. En una vena que lo cruzaba se adivinaba el palpitar de sus latidos. Deseó recorrerla con los labios para sentir la sangre ardiente de aquella mujer que era como un animal sensual y peligroso.

Se le resbaló un higo de los dedos y se apresuró a recogerlo sintiendo que enrojecía. Melisa seguía inclinada sobre la mesa y él tragó saliva. Notaba sus músculos en tensión y un impulso casi irresistible de volver a mirarla. Nunca la había tenido tan cerca, podía sentir la calidez sensual del cuerpo de la mujer a través de la túnica que le estaba rozando el brazo. Volvió a desviar la vista para mirar su cuello, descendió un poco más y su garganta se secó al vislumbrar la curva rotunda del inicio de los pechos. La túnica había quedado holgada al inclinarse Melisa, y Céfiro se arriesgó a desplazar el cuerpo con disimulo para ver un poco más.

«¡Oh, dioses!»

Se le erizó la piel de los brazos al contemplar la belleza de los senos de Melisa, una promesa de sensaciones divinas que él desconocía y que había imaginado muchas veces mientras se tocaba en el silencio de la noche, tendido en su lecho y soñando despierto con aquella carne prohibida.

Sus ojos saltaban, recorrían, se esforzaban por fijar aquellas imágenes en su mente para que no se borraran nunca. En los límites de aquella visión fascinante, apoyado contra el interior de la túnica, divisó un pezón oscuro y prominente. Sabía que si Melisa giraba la cabeza estallaría en cólera, quizás haría que lo azotaran, pero prolongó aquel momento de asombro y éxtasis un instante más, y luego otro, sin que ella se volviera.

Finalmente Melisa se incorporó despacio, sin que al parecer hubiera notado la agitación del joven esclavo cuyos dedos ahora temblaban mientras terminaban de rellenar la anguila. Se alejó hacia la puerta y al llegar allí se detuvo y se volvió. Céfiro mantuvo la cabeza gacha, atisbando sólo sus pies al tiempo que pedía a Apolonia hojas de acelga con las que envolver el pescado.

Poco después, sin que llegara a decir nada, Melisa salió de la cocina.

—Muchacho... —comenzó Apolonia al cabo de un rato.

Céfiro no respondió ni la miró. Intuía lo que iba a decirle.

—Céfiro, escúchame. —La mano de la cocinera avanzó hasta su brazo—. Melisa es un mal bicho. Si le caes en gracia, y me temo que eso está ocurriendo, puede mostrarse contigo encantadora, como ha hecho siempre con Calipo. —Él inclinó la cabeza y luego observó en silencio los ojos turbios de la anciana—. No olvides nunca, muchacho, que tiene un alma retorcida.

—Pero ¿cómo va...?

—¡Escucha! —reclamó ella con inesperada autoridad—.

No te subestimes, eres un esclavo, llevas túnica de esclavo y el cabello corto de un esclavo, pero tienes un rostro amable y un cuerpo joven y hermoso que despierta el deseo de las mujeres. Además eres inteligente y posees una habilidad extraordinaria para la labor de cocinero. Y lo que es todavía más importante para Melisa: todos los esclavos te respetan. Eso te coloca en una posición que a ella no le ha pasado inadvertida.

La anciana tomó la mano de Céfiro entre las suyas. Su voz agrietada era firme, pero también se notaba apenada.

—Si se encapricha contigo, tendrás que rechazarla sin despertar su rencor, aunque eso será difícil. Pero mucho más peligroso sería que la rechazaras después de haber compartido con ella su lecho.

Céfiro prestaba toda la atención que podía a sus consejos, aunque su respiración se había agitado al imaginar que Melisa pudiera llevarlo a su lecho. ¡Apolonia afirmaba que ella podía querer hacerlo!

—Quizás deberías emparejarte con una de las esclavas jóvenes. Son unas muchachas buenas y trabajadoras. Si haces tu elección rápidamente, y te muestras firme y seguro, Melisa no interferirá, sería demasiado humillante para ella intentarlo.

Céfiro oprimió suavemente la mano de Apolonia y luego retiró las suyas mientras pensaba en la advertencia de la anciana, con la garganta todavía reseca por la visión reciente de Melisa.

Melisa llegó al patio y pidió a un esclavo que sacara agua del pozo para llevarla a las cuadras. En la puerta de la vivienda se encontraban Altea y Calipo, parecía que ella acababa de llegar cuando él se disponía a salir. Estaban hablando de pie, con los dedos de una mano entrelazados.

Melisa se colocó junto al pozo de modo que pudiera escuchar lo que decían mientras el esclavo hacía bajar el cubo.

—... Asamblea extraordinaria... Esparta nos pide ayuda...

Las palabras de Calipo y Altea llegaban entrecortadas por el chirrido de la cuerda del pozo, pero se adivinaban inquietantes, como todas las noticias desde hacía tiempo. Los esclavos tenían su propia red de comunicación: lo que recogían de las conversaciones entre sus amos o al asistir con ellos a reuniones públicas lo transmitían unos a otros al encontrarse en los mercados, en la Casa de la Fuente o en cualquier lugar donde estuvieran varios esperando a sus amos.

«Tebas parece a punto de aplastar Esparta», comprendió Melisa. La perspectiva de que Tebas se convirtiera en la principal potencia griega le resultaba sobrecogedora. Espartanos y tebanos habían combatido con Atenas intermitentemente a lo largo de los años, pero su percepción era que Tebas era más agresiva, ambiciosa y cruel.

El esclavo comenzó a subir despacio el cubo lleno de agua. A Melisa le pareció que él también estaba atento a las palabras de Calipo y Altea. Los esclavos que vivían bien, como ellos, detestaban las guerras. Querían que hubiera estabilidad, que los negocios de sus amos marcharan bien, y sobre todo que éstos no murieran. Cuando eso ocurría, igual que si su ciudad era conquistada, los esclavos eran revendidos y cada cambio de dueño suponía lanzar de nuevo los dados del destino. Cambiar de propietario implicaba tener que agradar y satisfacer a uno o varios amos nuevos que podían ser amables, indiferentes o crueles. Podías acabar sirviendo en una vivienda lujosa o en un prostíbulo, atado a un remo u horadando la tierra de una mina como una lombriz humana el resto de tu vida.

Por lo que estaban oyendo, Calipo no sabía qué iban a decir los embajadores que habían llegado de Esparta. Su amo dejó de hablar de política, y el esclavo que había izado el cubo lo cogió del brocal y se alejó hacia las cuadras.

Melisa se quedó fingiendo que revisaba la cuerda del pozo. No podía dejar de mirar los dedos entrelazados de Altea y Calipo, aquel gesto de complicidad y afecto que le daba ganas de ponerse a gritar. Calipo se inclinó sobre su esposa y la besó en los labios. La risa de Altea alcanzó a Melisa y su rostro se crispó.

Cuando volvieron a besarse, apartó la mirada y se aferró al brocal del pozo.

Al cabo de un momento alzó la cabeza con una expresión resuelta.

Atravesó el patio y regresó a la cocina.

Capítulo 36

Atenas, noviembre de 370 a. C.

Perseo escuchaba con el corazón encogido la larga perorata del orador espartano. Si la embajada de Esparta lograba el apoyo de la Asamblea, Atenas enviaría un ejército para intentar ayudarlos contra Epaminondas y su hijo podría tener que partir con esa expedición.

—El orador está demasiado nervioso —comentó Platón, que había acudido con ellos a la Asamblea—. Desde hace un rato se está repitiendo y la gente se impacienta.

Perseo asintió, él también se había dado cuenta. Llevaban dos horas sentados en las gradas de piedra de la Pnix y hacía demasiado frío para estar tanto tiempo sin moverse. Todos llevaban mantos sobre las túnicas, pero soplaba un viento húmedo y había una espesa capa de nubes grises que no dejaba pasar el sol.

—Hace mucho que no te pregunto por Siracusa —le dijo a Platón—. ¿En qué situación se encuentra la posibilidad de que vayas a formar a Dionisio el Joven?

—Su padre sigue gozando de una salud excelente, así que nuestro proyecto sigue congelado. —Lo miró con expresión apenada—. Me costó hacerme a la idea de regresar a Siracusa, pero luego me di cuenta de que sería la mayor oportunidad que vaya a tener en mi vida de lograr un cambio relevante, que además serviría de referencia para las demás ciudades. —Esbozó una mueca triste al tiempo que se encogía de hombros—. Ya veremos qué ocurre. Dion dice que su sobrino sigue muy interesado en la parte política de mi filosofía, pero de momento sólo podemos esperar.

Se quedaron callados y Perseo se distrajo con sus propios

pensamientos. Poco después, las protestas airadas contra los embajadores de Esparta lo sobresaltaron.

—¡Marchaos!

—¡Nos pedís ayuda cuando sois débiles, y cuando os sentís fuertes nos enseñáis el escudo y la lanza!

Perseo se sujetó al antebrazo de Eurímaco, un poco aturdido por los gritos. El hombre que tenía delante se puso de pie y se giró hacia el público con los brazos en alto.

—¡Siempre hacen lo mismo! —exclamó con el rostro encarnado—. ¡No debemos fiarnos de los espartanos!

Docenas de gargantas secundaron sus gritos. Perseo murmuró algo y su hijo se inclinó para oírlo.

—Digo que no pinta bien para Esparta —repitió.

Eurímaco asintió mientras observaba a la multitud que llenaba el recinto circular de la Pnix. El quinto y último de los embajadores espartanos bajó del estrado tras haber utilizado argumentos similares a los de sus predecesores. Sólo había logrado cierta solidaridad al recordar que, después de la guerra del Peloponeso, Esparta se había opuesto al deseo de Tebas de arrasar Atenas hasta que no quedara una piedra en pie.

Alzó la voz para que Platón y su padre lo oyeran por encima del fuerte rumor de desaprobación.

—En las circunstancias actuales, lo más seguro para Atenas sería que fuéramos a luchar junto a los espartanos.

—Eso sería lo más razonable —convino Platón—, pero el pueblo no se mueve por argumentos razonables, sino por emociones. Esparta necesita un orador que sea capaz de exaltar a nuestra Asamblea.

Aguardaron mientras algunos hombres deliberaban junto a la tribuna, que se mantenía vacía. Perseo volvió su rostro cansado hacia la Acrópolis, en cuya cima los templos de los dioses se recortaban contra el cielo gris.

«Atenea protectora, aplaca a tu hermano Ares, dios de la guerra.»

La estatua de la diosa dirigía su mirada de bronce hacia el Peloponeso, quizás contemplando en ese momento el combate final entre los ejércitos de Esparta y Tebas.

Un nuevo orador subió al estrado. Se trataba de un aliado

de los espartanos, un corintio llamado Clíteles. Mientras hablaba, Perseo pensó en las inquietantes noticias que habían escuchado en aquella Asamblea. Epaminondas había bordeado Esparta tras arrasar la mitad de Laconia, había cruzado el Eurotas por el sur y había ascendido de nuevo para atacar la ciudad de los espartanos. Sobre lo que había ocurrido después había bastante confusión. Se decía que el ejército tebano se había detenido frente a las puertas de Esparta, y que un soldado espartano los había atacado en solitario. Había quien afirmaba que ese soldado había acabado él solo con un escuadrón de caballería. Otros llegaban a asegurar que el soldado era en realidad una mujer. Fuera como fuese, algunas tropas espartanas de infantería y de caballería habían lanzado después un ataque fulgurante que había conseguido que el ejército tebano se alejara momentáneamente de la ciudad. Más allá de eso, nadie sabía nada.

«Puede que estemos debatiendo sobre si vamos a socorrerlos, y que Esparta ya sólo sea una ciudad de muertos.»

El orador corintio recordó los últimos juramentos realizados por los atenienses, en virtud de los cuales debían ayudarlos. La apelación a ese compromiso de carácter divino levantó por primera vez gritos a favor de los espartanos. Sin embargo, las voces contrarias resonaban como un trueno que no cesara y se mostraban más poderosas.

—Su última baza —comentó Platón.

En el estrado apareció Proeles de Fliunte. Su ciudad era una de las aliadas de Esparta que más tenía que perder en caso de victoria tebana. Era un hombre pequeño y delgado, con la barba y los ralos cabellos grises muy cortos. Llevaba sobre la túnica una capa púrpura, lo que le daba un aire aristocrático, pero sus ademanes tranquilos y el tono franco de su voz inspiraban confianza.

—Varones atenienses, si los espartanos desaparecen del camino de los tebanos, éstos marcharán directamente contra vosotros, pues saben que sois el único obstáculo a que ellos manden sobre todos los griegos. —Proeles contempló a los diez mil ciudadanos de Atenas que llenaban las gradas. Con una sola frase había conseguido que los rumores casi se extinguieran—. Si enviáis vuestro ejército, no estaréis ayudando más a los espartanos que a vosotros mismos. Y sin duda sería más conveniente hacerlo cuando todavía hay aliados que se unirían a vosotros, en vez de combatir en solitario como tendréis que hacer si los espartanos son destruidos.

Perseo negó con la cabeza mientras observaba al hombre que hablaba con tanto aplomo desde el estrado. «Nos está lanzando una advertencia: si Esparta es destruida, nos dejarán solos en la lucha contra Tebas.»

El orador prosiguió:

—He oído las críticas lanzadas con ardiente vehemencia en esta Asamblea, que afirman que sostener a Esparta es ayudar a un futuro enemigo en caso de que recobre su poder. Sin embargo, yo os pregunto: ¿a quién se ha de temer más: a quien se ha hecho bien o a quien se ha hecho mal?

Dejó que su auditorio reflexionara sobre aquella cuestión y luego continuó con la misma firmeza:

—Cuando se es fuerte resulta conveniente realizar buenas acciones, para así recibir ayuda en caso de perder el poder. Y tened por seguro que, si socorréis ahora a los espartanos, los ganaréis como amigos para siempre.

Cada argumento era recibido con un murmullo expectante. Eurímaco notó en el brazo la tensión de la mano de su padre y colocó la suya encima. «Sabe que si Proeles convence a la Asamblea, podrían enviarme a combatir contra los tebanos.»

El orador proclamó que la historia demostraba el espíritu de sacrificio de Esparta por todos los griegos. Recurrió como era habitual al recuerdo del paso de las Termópilas, y también mencionó que los espartanos no habían permitido a los tebanos asolar Atenas cuando la ciudad había sido derrotada.

—Habéis sido, atenienses, muchas veces amigos y enemigos de los espartanos. Si ahora os acordáis más de los beneficios recibidos que de los perjuicios, les devolveréis el favor no sólo en vuestro nombre, sino en el de toda Grecia, porque por ella han arriesgado la vida en numerosas ocasiones. —Había pasado un siglo desde las Termópilas y Maratón, y de las grandes batallas de Platea y Salamina; sin embargo, la mención a aquellas célebres gestas, en las que Esparta y Atenas habían logrado expulsar al invasor persa —mientras que Tebas había colaborado con él—, fue suficiente para que Proeles inflamara el sentido de justicia y el ardor guerrero de la Asamblea.

Se apresuraron a votar antes de que la luz declinante dificultara el conteo de las manos alzadas. Perseo sentía que su deber cívico era pronunciarse a favor del envío de tropas, como hicieron Eurímaco y Platón, pero eso podía implicar mandar a su hijo a la guerra y no tuvo fuerza de ánimo para votar.

Finalmente se decidió enviar a Esparta un gran ejército comandado por el general Ifícrates, del que también formaría parte Eurímaco.

La situación era tan urgente que el ejército partiría esa misma noche.

Los ojos de Altea horadaban la oscuridad como si en el juego de sombras pudiera atisbar un vislumbre del destino. Notaba sobre su pecho el brazo pesado de su esposo. Le había pedido que durmieran juntos tras enterarse de que su hermano era uno de los hombres que iban a luchar contra el ejército de Epaminondas.

Movió el cuerpo y contuvo un quejido. Le dolía la espalda, pero en lugar de apartar el brazo de Calipo se pegó más a él. Como era habitual, la mayoría de los hombres que formarían el ejército serían mercenarios y soldados de ciudades aliadas, y tan sólo marcharían unos pocos cientos de ciudadanos atenienses. Aparte de los estrategos y algunos oficiales, el reclutamiento se efectuaba en función del año de nacimiento y eso había determinado que Eurímaco tuviera que partir y no tuviese que hacerlo Calipo.

«Dioses, sed clementes, no me arrebatéis ahora a mi hermano.»

En el abrazo de aquella mañana, después de que Eurímaco le regalara el carrito, había sentido por fin que lo recuperaba del todo. Eso le daba miedo, porque a los dioses les complacía jugar con los hombres y alimentar en vano sus esperanzas.

«Dar para quitar...» La palabra *crueldad* titiló en su consciencia, pero tuvo miedo de pensar que los dioses eran crueles. Podían ver sus pensamientos y castigar a su hermano por ello.

«Poderosos dioses que dirigís nuestras vidas, permitid que Eurímaco regrese.»

Su hermano había dejado de honrar a los dioses tras la muerte de su mujer. No realizaba sacrificios ni libaciones, no hacía ofrendas ni consultaba oráculos, vivía como si ellos no existieran y no mostraba ningún temor por ello. Pero ella sí tenía miedo de los dioses, de su poder, de su voluntad caprichosa y de su desprecio por el sufrimiento de los mortales.

Después de la Asamblea su hermano había ido a despedirse, pero tan sólo se habían visto un momento. El general Ifícrates estaba con los sacerdotes haciendo sacrificios y las tropas tenían que reunirse en la explanada de la Academia, cerca de la escuela de Platón, antes de marchar hacia Corinto. Todo había sido tan repentino que aún permanecía aturdida.

Se agarró con ambas manos al brazo de Calipo y siguió rogando a los dioses.

En ese mismo momento, en el primer piso de la mansión, Melisa avanzaba a tientas por un pasillo oscuro. Sus dedos apenas tocaban las paredes y se movía tan despacio que no producía ningún ruido. En el patio un esclavo hacía guardia con un pequeño fanal, pero su luz no llegaba hasta el pasillo que recorría Melisa.

Su mano encontró la puerta que estaba buscando y presionó con suavidad para abrirla un poco. La madera emitió un chirrido muy tenue y se detuvo a escuchar. Distinguió el sonido de algunas respiraciones, desplazó la puerta un poco más y se acuclilló. Estiró un brazo y rozó una cabeza cubierta de pelo corto.

—Céfiro —susurró. Sabía que ésa era su cama, junto a la puerta del primer cuarto de esclavos varones.

Notó que el joven se movía con brusquedad y luego se quedaba quieto. Al cabo de un momento, oyó un susurro receloso.

—¿Quién es?

—Soy Melisa —musitó—. Sal, tengo que hablarte.

Aguardó mientras percibía el roce que hacía el esclavo al incorporarse y luego sintió junto a ella su presencia.

—Ven.

Caminó por delante de él hasta la habitación individual que le correspondía como ama de llaves. Al abrir la puerta se distinguió el interior gracias a una pequeña vela de sebo que ardía sobre la mesa. En una esquina había un brasero de bronce cuyos gruesos rescoldos caldeaban la estancia y teñían las paredes con un resplandor rojizo.

Melisa se dio la vuelta y contempló con un atisbo de sonrisa el rostro somnoliento y perplejo del joven Céfiro.

—Quería hablar contigo desde hace tiempo, sin que nos interrumpan.

Céfiro asintió sin despegar los labios.

«Es como un muchacho en el cuerpo de un hombre.»

—Me gustaría expresarte mi respeto. —Las cejas de Céfiro se alzaron ligeramente—. En un año y medio te has ganado un lugar especial en esta casa, y ha sido por mérito propio. Has trabajado muy duramente y eso es algo que yo aprecio.

Le dirigió una sonrisa cálida y Céfiro le dio las gracias titubeando.

«Qué ingenuo es.» Aunque era su presa y estaba a punto de apretar el lazo, le inspiraba un sentimiento leve parecido a la ternura.

—Sé que al principio no te traté bien, pero mi responsabilidad es mantener la disciplina. Tengo que dejar claro a los nuevos esclavos que no se tolerará ningún comportamiento inadecuado.

Céfiro pensó que ella aludía a las miradas furtivas y bajó la mirada como un niño al que reprenden.

Melisa le alzó la barbilla con suavidad.

—Lo que quiero decirte es que eso ha quedado muy atrás. Tú y yo somos los dos sirvientes más valorados por los amos, deberíamos apoyarnos y sentir que confiamos el uno en el otro.

El semblante de Céfiro se distendió un poco y volvió a asentir. Los labios de Melisa se abrieron en una sonrisa alegre.

—¿Te parece bien que sellemos nuestro acuerdo con un beso?

La respiración de Céfiro se aceleró. Miró los labios de Melisa y luego de nuevo sus ojos oscuros sin atreverse a mover un músculo.

—Ven.

Céfiro se estremeció cuando la mano de Melisa rozó los cabellos cortos de su nuca y lo atrajo con delicadeza. La sensación de estar soñando se multiplicó al acercarse a los labios entreabiertos de la esclava. El contacto de su carne, tierna y húmeda, le pareció la sensación más dulce que había experimentado en su vida. Era la primera vez que besaba a una mujer, y llevaba mucho tiempo deseando a Melisa. Ella prolongó el beso, lo acarició lentamente con los labios e incorporó poco a poco el roce excitante de la lengua. Al contrario que él, sabía muy bien cómo hacerlo, no en vano su posición había dependido durante años de complacer al padre de Calipo.

Céfiro notó que su cuerpo reaccionaba bajo la túnica y se encogió avergonzado. Melisa retrocedió un poco, deshizo la lazada de su propia túnica y dejó que quedara suelta sin abrirse del todo.

—¿Quieres acariciarme?

Apartó la tela con mucha lentitud y dejó a la vista de Céfiro la piel cobriza de su vientre liso, el busto generoso que tantas veces había vislumbrado a hurtadillas, la cintura esbelta que al descender se ensanchaba en una curva irresistible. Tomó la mano del esclavo y la colocó sobre su cadera. Él sintió la calidez de aquella piel suave y la firmeza de su carne, que cedió ligeramente bajo sus dedos. Extasiado, bajó la mano por el lateral de su nalga y luego la subió muy despacio, acariciando aquella silueta de diosa hasta que acogió en la palma la deliciosa redondez de un seno.

A Melisa le sorprendió la intensidad con la que reaccionó su propio cuerpo. Sintió que su pezón se endurecía bajo la mano de Céfiro y respiró con fuerza por la boca entreabierta.

—Bésame el pecho.

Céfiro obedeció, dispuesto a aprovechar cada instante de aquel sueño del que temía despertar en cualquier momento.

Recorrió con los labios y la lengua la piel tersa de sus senos, apoyó la cara y aspiró su aroma íntimo y embriagador. Chupó con cuidado la carne sensible de sus pezones y ella arqueó la espalda con un jadeo. La boca del esclavo se volvió más ávida y Melisa notó relámpagos de placer que nacían en sus pechos y restallaban en su sexo. Tomó el rostro del esclavo entre las manos y lo besó impetuosamente. Le abrió la túnica, lo abrazó apretando contra él su cuerpo desnudo y le clavó las uñas en la espalda. Céfiro protestó, pero después agarró sus nalgas y la besó con mayor ardor.

—Espera.

Melisa dejó caer su túnica y desnudó también a Céfiro. Su mirada recorrió con deseo el cuerpo del esclavo, lo condujo al lecho e hizo que se tumbara boca arriba. El brasero hacía que la piel de ambos reluciera con un fulgor rojizo. Se acercó a Céfiro, pasó una pierna a cada lado de su cadera y descendió sobre él con un gemido profundo.

Capítulo 37

Tebas, febrero de 369 a. C.

—Epaminondas, tu juicio va a comenzar.

El general se levantó del jergón y cruzó con paso firme la celda en la que llevaba una semana encerrado. Pelópidas, el comandante del Batallón Sagrado y su mejor amigo, aguardaba en la puerta con los hombros caídos y una mirada cargada de pesadumbre.

«Quién podría haber vaticinado que mi propia ciudad iba a reclamar mi cabeza.»

Epaminondas salió al patio de la cárcel y guiñó los ojos al recibir el sol de Tebas. No se sentía su calor en aquella mañana gélida y le dio la impresión de que los muros encalados de la cárcel estaban hechos de nieve. Los soldados encargados de escoltarlo se cuadraron nada más verlo y los saludó con un breve asentimiento.

«Todos me dan por muerto», se dijo al observar sus expresiones sombrías.

Se pusieron en marcha y Pelópidas caminó a su lado mientras recorrían la amplia avenida que conducía a la sala del tribunal que iba a juzgarlo. Había dedicado la mayor parte de su encierro a reflexionar sobre todo lo acontecido desde que habían llegado a las puertas de Esparta. También había sacado tiempo para concluir la lectura de *La república* de Platón.

«*Zánganos armados de aguijón* —así llamaba Platón a la más peligrosa especie de demagogos—. Ellos son los responsables de que me encuentre en esta situación, a pesar de todo lo que he hecho por Tebas.»

Habían pasado tres meses desde que había llevado un ejército inmenso hasta la frontera de Esparta. Los espartanos evitaron un enfrentamiento abierto y se mantuvieron en el interior de su ciudad, por lo que después de alguna escaramuza ordenó que el ejército se retirara. Tenían otros objetivos valiosos, e intentar someter Esparta en esas condiciones habría tenido un coste humano demasiado alto.

«Ni siquiera sé si habríamos podido doblegarlos.» Los espartanos habrían defendido hasta la muerte cada piedra de su ciudad, que se extendía por una superficie demasiado amplia y estaba salpicada de barreras naturales. Además, habían recibido refuerzos desde el norte, entre ellos seis mil ilotas.

«Retirarse fue lo correcto», decidió una vez más. Podría haber aplastado a los espartanos con un ejército cohesionado, pero los arcadios, eleos, argivos y todos los pueblos que se habían unido a la expedición contra Esparta tenían la misma disciplina que una banda de forajidos. Se limitaban a incendiar, robar y violar, y las deserciones se multiplicaron en cuanto tuvieron las manos llenas de botín y la campaña se prolongó.

Tras retirarse de la ciudad, había conducido el ejército de nuevo hacia el sur, hasta alcanzar el puerto y el gran arsenal que los espartanos tenían en Gitio. Durante tres días se dedicaron a saquear e incendiar aquella infraestructura fundamental para el poder naval de Esparta. Después cruzaron el macizo del Taigeto y llevó sus tropas a la fértil región de Mesenia.

Sonrió con orgullo al recordar aquella acción. Esparta había esclavizado a los mesenios hacía siglos, y él los había liberado. No sólo había reparado una de las mayores injusticias jamás cometidas entre pueblos griegos, sino que había dado un golpe terrible a la economía espartana, que tan dependiente era de los esclavos y las tierras de Mesenia. Para que la liberación fuese definitiva, había permanecido el tiempo necesario para levantar alrededor de la vieja y abandonada capital de Mesenia cincuenta estadios de fuertes murallas que aprovechaban el relieve del terreno. Por último, había lanzado una convocatoria para los mesenios de todo el mundo, con la promesa de ciudadanía y tierras, y se habían presentado a miles.

—Todavía puedes escapar —susurró Pelópidas cuando divisaron el edificio del tribunal—. Estos soldados te son fieles y tengo más hombres y caballos preparados.

Epaminondas mantuvo el paso.

—Te lo agradezco, Pelópidas, pero sabes que no escaparé de Tebas.

Continuaron en silencio por la avenida empedrada, acompañados por el paso rítmico de los hoplitas que lo escoltaban y los gritos de respaldo de algunos ciudadanos que se habían apostado a lo largo de la calle. Epaminondas alzaba la mano para agradecer los apoyos mientras seguía pensando en cómo había llegado a esa situación.

Durante la reparación de las murallas de Mesenia le había llegado la inquietante noticia de que Atenas había decidido intervenir a favor de Esparta. Los atenienses convocaron a sus aliados y en muy poco tiempo lograron reunir numerosas tropas en Corinto, cerca de la entrada del Peloponeso. Él se preocupó al saber que los comandaba Ifícrates, uno de los generales atenienses más astutos, pero al final hicieron lo que había previsto: trataron de combatir contra el ejército de la confederación arcadia, sin conseguirlo porque éste ya se había disuelto y sus hombres habían regresado a las decenas de ciudades que formaban la confederación.

«Ifícrates perdió el tiempo persiguiendo en vano a los arcadios. Gracias a eso pude concluir la restauración de Mesenia.»

Después de amurallar la ciudad y hacer que comenzara su repoblación, emprendieron el regreso a Tebas y los atenienses intentaron bloquearles la salida del Peloponeso. Sin embargo, picaron el anzuelo que les había tendido y defendieron un paso de montaña mientras él conducía su ejército por otro. Cuando por fin llegó a Tebas, la campaña de aquel año se había extendido tanto que había superado en cuatro meses el tiempo asignado a su cargo anual de beotarca.

Y la ley tebana condenaba a muerte a quien se excediera en el cargo.

—¡General, es una injusticia!

¡No permitas que te juzguen esos cobardes!

Levantó las manos para pedir calma a los hombres y mujeres congregados a las puertas del tribunal. Un pasillo de soldados los mantenía alejados e impedía que entraran en el edificio, donde sólo estarían algunos magistrados y los miembros del jurado.

La acusación había afectado a los tres beotarcas que habían participado en aquella campaña militar y habían regresado a Tebas con cuatro meses de retraso. Epaminondas les dijo a los otros dos que para defenderse alegaran que la culpa era sólo suya, pues era él quien había ostentado el mando único durante la expedición. Sus compañeros declararon como les había pedido y cuando lo interrogaron a él corroboró esa versión, de modo que los demás quedaron libres de cargos y él fue el único inculpado.

—Epaminondas...

Se dio cuenta de que había llegado el momento de separarse de Pelópidas. Su amigo era uno de los dos beotarcas a los que había salvado al inculparse.

Se abrazaron en la puerta del edificio sin necesidad de palabras. Epaminondas sintió a través de su austero manto de lana la dura coraza del comandante del Batallón Sagrado. Le dedicó una última mirada y entró acompañado por dos magistrados.

Lo sentaron frente al jurado que dictaría su sentencia: medio centenar de tebanos de mirada rigurosa que aguardaron en silencio mientras el presidente del tribunal ocupaba su posición y leía los cargos.

—Todos los hechos son ciertos —declaró Epaminondas cuando terminó.

El presidente pareció desconcertado. Ordenó que se leyeran las alegaciones de los otros beotarcas y Epaminondas también las ratificó, admitiendo de ese modo su responsabilidad única.

Antes de que el presidente tomara de nuevo la palabra, Epaminondas volvió a intervenir:

—Como he dicho, soy responsable de prolongar mi mandato, y por lo tanto acepto el castigo que la ley me imponga. —Recorrió con una mirada serena los rostros expectantes de los jueces—. Lo único que le pido a este tribunal es que en la sentencia se haga constar lo siguiente: Epaminondas ha sido castigado por los tebanos con la muerte, porque los obligó a derrotar en Leuctra a los espartanos, a los cuales, antes de que él fuese general, ninguno de los beocios se atrevía a enfrentar en el campo de batalla; y no sólo ha sido condenado por haber librado a Tebas de la destrucción con una sola batalla, sino también por haber llevado la libertad a toda Grecia, y por acrecentar el poder del ejército a tal punto que los tebanos atacaron Esparta y los espartanos se dieron por satisfechos con salvar sus vidas. Asimismo, es condenado por no haber abandonado la guerra hasta que, al haber reconstruido Mesenia, dejó encerrada a Esparta en un duro asedio[1].

Se produjo un silencio cargado de estupor. Un instante después, todos los miembros del jurado rompieron a aplaudir y sin entrar en deliberaciones retiraron los cargos.

Al día siguiente, Epaminondas fue reelegido para comandar el ejército.

1. Discurso que pronunció Epaminondas para defenderse de la acusación de prorrogar su cargo, tal como lo recoge el biógrafo e historiador romano del s. I a. C. Cornelio Nepote.

Capítulo 38

Delfos, junio de 368 a. C.

Calícrates contempló las ruinas que se extendían frente a él y sintió que se le encogía el corazón.

«El terremoto ha sido devastador.»

Se encontraba al inicio de la empinada vía sacra que conducía al oráculo de Delfos. Aquel santuario dedicado a Apolo albergaba el oráculo más famoso del mundo, tanto por el prestigio de sus vaticinios como por las magníficas riquezas que acumulaba. Sin embargo, en aquel momento la mitad de sus edificios estaban destrozados.

Ascendió entre esculturas de bronce y mármol rodeado por otros hombres que iban a consultar el oráculo. Había muchas peanas vacías cuyas estatuas se habían quebrado en el temblor de tierra acaecido cinco años atrás. Un poco más adelante llegó a los primeros «tesoros»: edificios con forma de templo que se habían construido para albergar las donaciones que realizaban algunas ciudades. Contempló con pena las ruinas del tesoro de Sición y se detuvo frente al de los sifnios. Hacía veinte años, en su primer viaje a Delfos, había admirado la belleza de sus líneas y de las esculturas del friso. Ahora el edificio estaba ladeado, y aunque el mármol de Paros con el que estaba construido mantenía su resplandeciente blancura, se encontraba tan resquebrajado que parecía a punto de desmoronarse.

Miró hacia atrás para asegurarse de que se mantenía lejos de su hermano, se le revolvía el estómago cuando tenía que estar cerca de él. Leónidas aún se encontraba a las puertas del muro que circundaba el santuario, junto al rey Agesilao y el resto de la embajada espartana. Todos iban desarmados, pues las armas no estaban permitidas dentro del recinto sagrado. Habían acudido a Delfos porque un enviado del Gran Rey de Persia había convocado allí a todas las ciudades griegas para celebrar una conferencia de paz.

«Es muy difícil que se alcance un acuerdo, pero siempre merece la pena reunirse con un emisario del rey.» Si le caías en gracia, tu ciudad podía recibir una muestra de las inmensas riquezas persas. En varias ocasiones eso había sido suficiente para inclinar la balanza de una guerra.

Mientras caminaba observó el friso pintado de rojo y azul que decoraba el tesoro de los sifnios a lo largo de todo su perímetro. La intensidad dramática de las esculturas se acentuaba en el friso oriental, donde unos soldados en formación combatían mientras a sus pies un compañero herido trataba de protegerse con el escudo.

Echó otro vistazo hacia el inicio de la vía sacra, y al ver que se acercaba la figura enorme de su hermano avanzó un tramo sin detenerse. El sendero hacía un quiebro cerrado y llegó al tesoro de los atenienses, que no parecía muy dañado. Además de almacenar ofrendas en el interior del edificio, aprovechaban la pequeña explanada triangular que había frente a la entrada para exponer algunas armas tomadas a los persas.

—Son de Maratón —murmuró al leer la inscripción grabada en un escudo.

Había varias espadas y escudos, pero lo que atrapó su atención fue un yelmo colocado sobre la hierba. Le hizo pensar en el de su hijo Demarato, tirado en el suelo con la cabeza de su esposa dentro. Se quedó absorto en aquel recuerdo en el que se mezclaban el horror y el orgullo. Su esposa debía de ser la única mujer del mundo que se había puesto las armas de su hijo caído en combate y lo había vengado matando a dos soldados enemigos.

«Pocos hombres habrían conseguido lanzar la jabalina de un modo tan certero.»

En aquella ocasión lograron rechazar al ejército de Epaminondas, que se fue al sur para destruir su puerto y su arsenal y después cruzó el Taigeto y liberó Mesenia. El general tebano retornó después a su patria y en Esparta recibieron la increíble noticia de que iban a condenarlo a muerte por haber excedido su tiempo en el cargo. Aquel soplo de esperanza se desvaneció cuando lo restituyeron al frente del ejército y volvió al Peloponeso. Esta vez los atenienses habían apoyado a Esparta con mayor decisión y habían conseguido contener a Epaminondas sin que llegara a entrar en Laconia, pero aquel conflicto ya no tenía marcha atrás.

«Sólo terminará cuando uno de los bandos sea exterminado. —Calícrates sacudió la cabeza—. Parece que Atenas seguirá con nosotros hasta el final, pero eso no nos garantiza la victoria. Espero que el enviado del Gran Rey sea capaz de alcanzar al menos una tregua en la conferencia de paz.»

Alzó la vista hacia su izquierda, donde siempre se había ubicado el imponente templo de Apolo en cuyo interior se encontraba el oráculo. El rey Agesilao quería que la sacerdotisa de Apolo les hiciera un vaticinio sobre el resultado de la guerra.

Su ánimo se oscureció mientras observaba lo que quedaba del templo: unas ruinas sin techo, con unas cuantas columnas que se erguían como los dedos de una mano rota.

Altea contempló estremecida los restos del templo de Apolo, dramáticamente mutilado en lo alto del santuario al que se estaban acercando.

«Van a tardar décadas en reconstruirlo.» Las paredes que no se habían derrumbado estaban ennegrecidas por el incendio que siguió al terremoto. De momento habían retirado los escombros y reconstruido el *adyton,* el recinto sagrado donde la pitonisa entraba en contacto con el dios para desvelar con sus oráculos los secretos del destino.

—Altea, mira qué maravilla.

Se acercó a Eurímaco, que se había detenido frente a un pequeño templo con un jardín vallado cuya puerta estaba abierta. En medio del cuidado césped estaban colocando una estatua sobre una base de mármol de dos codos de altura. Altea sonrió al advertir la expresión de su hermano; observaba los trabajos con tanto interés que ni siquiera parpadeaba. También ella estaba fascinada por todo lo que veían desde que habían llegado a Delfos el día anterior. Formaban parte de la comitiva que acompañaba a Platón, que había decidido realizar una ofrenda para colaborar en la reconstrucción del santuario de Apolo. Habían organizado el viaje aprovechando la seguridad que proporcionaba viajar junto a la embajada ateniense que iba a participar en la conferencia de paz.

En el jardín del templo habían colocado una rampa de madera para arrastrar sobre ella la estatua hasta su base de piedra. Dos hombres tiraban de una cuerda mientras otros dos sujetaban la escultura para asegurarse de que no se salía de la rampa.

—Es extraordinaria —murmuró Altea embelesada.

La estatua de mármol representaba a Afrodita en el momento de quitarse la túnica, quizás para darse un baño. Los pliegues resultaban tan realistas que parecía que la tela se estaba deslizando sobre el vientre y el sexo, tapándolos pudorosamente, mientras el torso de la diosa de la belleza quedaba al descubierto.

Altea se fijó en la composición, tenía la sensación de que reconocía el estilo.

—¡Es de Praxíteles! —Al principio le había chocado la inusual desnudez de la diosa y no había prestado atención a las características generales, tan peculiares como admirables.

Eurímaco asintió sin apartar los ojos:

—Tiene el mismo estilo que la estatua de Academo que le encargó Platón. —Señaló con la mano mientras la describía—. Apoya el peso en una pierna y eso hace que curve la cadera, la espalda y el cuello de modo que parece estar en movimiento. Praxíteles no es un escultor, es un dios que da vida a la piedra.

—Tienes razón —murmuró Altea.

Su padre les había transmitido el amor por la escultura, igual que por la pintura y la cerámica, y les había hablado a menudo de los escultores de la época de Pericles: del genial Fidias, que no sólo dirigió la construcción del Partenón, sino que alcanzó la perfección en estilos de escultura muy diferentes; de Mirón, a quien nadie había igualado en su representación de atletas en bronce; también de Policleto, de rostros inexpresivos pero que con su *Doríforo* —el portador de lanza— había establecido el canon de la proporción masculina. No obstante, aquellos escultores de la niñez de su padre habían sido superados en muchos aspectos por Praxíteles, que era capaz de dotar a los cuerpos de elasticidad y suave dinamismo, y a los rostros de elegancia y calidez, de vida y de gracia.

«Es el Fidias de mi generación.» Una gran sonrisa iluminó el rostro de Altea, sentía que era una privilegiada por poder contemplar aquella maravilla. El taller de Praxíteles ya era el más importante de Atenas, y que lo hubieran contratado en Delfos era una muestra del prestigio que estaba adquiriendo en todo el mundo griego.

Su hermano se adelantó un paso más. Se estaban adentrando en el jardín sin darse cuenta.

—Altea, ese hombre... ¿no es el propio Praxíteles?

Uno de los que sujetaban la escultura vestía una túnica más cara, de lino blanco en lugar de lana cruda, y tanto sus sandalias de cuero suave como su barba y cabellos negros, que llevaba más cortos de lo usual, lo diferenciaban de los otros. Trabajaba igual que ellos, pero se notaba que estaba más tenso y no dejaba de darles instrucciones e instarlos a que fueran con cuidado.

—Sí, es él —confirmó Altea.

Durante un rato los observaron en silencio. La fabulosa escultura terminó de recorrer la rampa y llegó al borde de la base de piedra donde tenían que colocarla.

—Es extraordinario cómo ha utilizado de apoyo la túnica de la diosa —comentó Eurímaco.

Al igual que la estatua de Academo se apoyaba con el brazo izquierdo en su lanza, la Afrodita que tenían delante dejaba caer la ropa hacia el suelo, y esa ropa derramada servía de discreto soporte al conjunto.

—¡Cuidado!

La diosa de mármol se ladeaba peligrosamente y Praxíteles se abalanzó hacia ella. Altea ahogó una exclamación, espantada al advertir lo que ocurría. La estatua se había atascado y los dos hombres de la cuerda habían tirado con más fuerza, haciendo que se liberara bruscamente y se inclinase más allá del punto de equilibrio. Praxíteles se colocó debajo de su Afrodita para tratar de sujetarla mientras los otros unían sus fuerzas en vano ante el gran peso de la obra.

—¡No! —Altea chilló cuando la diosa aceleró su caída. Los brazos cedieron y el escultor se dobló bajo la piedra como un junco que se quiebra.

La estatua se detuvo de golpe. Praxíteles, con las manos contra la cintura de piedra de la diosa, alzó la cabeza con el rostro del color de la cera. Eurímaco agarraba los hombros de Afrodita con sus voluminosos músculos temblando por el esfuerzo. Levantó la estatua con un largo gruñido y la colocó cuidadosamente sobre su base.

Praxíteles se puso de pie sin que sus ojos se apartaran de Eurímaco.

—Los dioses aprecian mi estatua cuando han enviado a un coloso para salvar mi vida y la de mi obra.

Eurímaco rio con la respiración todavía agitada.

—No sé los dioses, pero yo soy un admirador de tu obra.

—Seas o no de naturaleza divina, te expreso mi más absoluto agradecimiento. —Praxíteles inclinó la cabeza en una profunda reverencia, que mantuvo durante un momento, y después le extendió la mano con solemnidad—. Soy Praxíteles, hijo de Cefisódoto, de Atenas. Y tengo el honor de saludar a Eurímaco, hijo de Perseo, ¿no es así?

—Así es.

—No nos habían presentado, pero sé que eres uno de nuestros soldados más condecorados. —Eurímaco imaginaba que, al igual que la mayoría de los atenienses, Praxíteles debía de conocer su época de borracho, y le agradó que mencionara aquello de lo que sí podía sentirse orgulloso—. Además, tu padre fue campeón olímpico, si no me equivoco.

—Tienes razón, mi padre es Perseo el *olimpiónico*. Y ella es Altea, mi hermana.

Altea se acercó y Praxíteles inclinó hacia ella la cabeza y la contempló con interés.

—Tienes los mismos ojos que tu padre, pero en tu rostro adquieren una belleza especial. —Se llevó una mano al pecho en un gesto de disculpa—. Perdona que sea tan directo, ha sido un comentario de escultor..., una apreciación estética.

Altea se limitó a sonreír, un tanto azorada ante aquel genio al que admiraba más con cada obra suya que veía. También le sorprendió su juventud, pues debía de tener un par de años menos que ella.

—¡Altea, Eurímaco, aquí estáis!

Platón entró en el jardín del templo seguido por Calipo, Espeusipo y otros discípulos. El filósofo y Praxíteles se saludaron cordialmente, se conocían de cuando le habían encargado para la Academia la estatua de Academo. Después todos contemplaron asombrados la escultura de Afrodita mientras Praxíteles aguardaba, un poco incómodo ante tanto espectador inesperado.

—¿Qué te parece? —le preguntó a Platón.

—Atrevida —respondió éste con gravedad. Las comisuras de sus labios se alzaron ligeramente—. Y muy bella.

En el semblante del joven Praxíteles apareció una sonrisa radiante de satisfacción. Le habían encargado unas esculturas fuera de Grecia y quería recrear a la diosa completamente desnuda. La reacción a la estatua de Delfos podía servirle para prever la respuesta que provocaría la desnudez total de Afrodita. A fin de cuentas, era la diosa de la belleza y el amor, y ese sentimiento era lo que quería producir en sus espectadores. No en vano utilizaba como modelo a la hetaira Friné, la mejor cortesana de Atenas, de la que estaba completamente enamorado.

—Debemos proseguir —anunció Platón a su comitiva—. Tengo que llegar al templo de Apolo antes de que sorteen los puestos para consultar el oráculo.

Calícrates ascendió varios escalones y alcanzó la terraza elevada donde se encontraban los restos del templo de Apolo. Se asomó al borde de la terraza y vio a Leónidas y al rey Agesilao cerca del tesoro de los corintios, en el último tramo de la vía sagrada.

«Si los dioses son justos, harán que mi hermano muera en la siguiente batalla que libremos contra los tebanos.»

Se dio la vuelta y caminó entre las numerosas personas que aguardaban alrededor del gran altar exterior de piedra. Un poco más allá encontró la estatua de mármol del dios Apolo, que no había sufrido desperfectos. En la zona del altar no notaba muchos cambios, pero el gran templo parecía el cadáver descarnado de un gran animal. Las únicas paredes que estaban completas eran las del *adyton,* mientras que el desplome del techo se había llevado por delante el bello artesonado, las magníficas esculturas de los frontones y los relieves del friso.

Miró entre las columnas frontales y comprobó que en el vestíbulo del templo había desaparecido la estatua de Homero, así como la famosa sentencia que habían llevado a Delfos los Siete Sabios de Grecia.

«Conócete a ti mismo.»

Cerró los ojos para examinar su interior, como había hecho la última vez que había estado delante de aquella sentencia. La tranquilidad de espíritu que percibió entonces no había resistido el paso del tiempo mejor que el arruinado templo de Apolo. Lo único que sentía ahora era el dolor lacerante por la pérdida de sus hijos y un odio intenso hacia su hermano. Además, ese último sentimiento le hacía imaginar a Deyanira mirándolo con tristeza.

«Él los mató, madre.»

Al abrir los ojos vio que Agesilao estaba llegando al altar exterior acompañado de los dos adivinos que siempre viajaban con él. El rey entregó una ofrenda en plata a los sacerdotes del templo y éstos sacrificaron un cabrito en el altar. Después se dirigieron al *adyton,* donde la sacerdotisa respondería a la pregunta de Agesilao sobre lo que sucedería en la guerra.

Mientras aguardaba a que el rey saliera, Calícrates se acercó de nuevo al borde de la terraza. Desde allí recorrió con una mirada sombría la ciudad que se extendía más allá de los muros del santuario.

Eurímaco caminaba por la abigarrada ciudad observando todo con la curiosidad de un niño. En las calles polvorientas de Delfos se disputaban el espacio los albergues que acogían a miles de peregrinos, las incontables tiendas que exhibían una mercancía variopinta y una multitud de templos consagrados a todos los dioses en los que podía creer un hombre. También eran muy numerosos los adivinos que proporcionaban respuestas sobre el futuro, ya fuera interpretando las combinaciones de los juegos de suerte o dándole un sentido revelador al comportamiento de los animales o a cualquier otro suceso natural. Cobraban una tarifa bastante más reducida que la del santuario de Apolo, lo que los hacía muy populares entre la gente de pocos recursos.

La mirada de Eurímaco tropezó con unos dados que mostraban diferentes símbolos en cada cara. Ralentizó el paso hasta que se detuvo frente a los dados. Altea se alejó de él sin percatarse y un momento después Platón y Calipo pasaron a su lado, conversando animadamente sobre algo que no llegó a oír.

Una mano huesuda metió los dados en un cubilete de madera, lo agitó y lo volcó sobre la tierra. Eurímaco se quedó clavado en el sitio. Notaba la garganta seca y era incapaz de desviar la mirada.

—¿Quieres conocer tu porvenir?

La propietaria de los dados era una anciana con una larga cabellera nívea recogida en una coleta. Sus ojos brillantes lo incitaban.

—Cada pregunta sólo te costará un óbolo.

Eurímaco siguió mirando el cubilete con la respiración cada vez más agitada. No advirtió los comentarios excitados de los transeúntes ante la inminente llegada de la embajada del rey de Esparta.

—No me interesa —consiguió responder sin que sus ojos dejaran de buscar los dados.

—Vamos, grandullón, ¿no quieres que levante el cubilete? La primera vez será gratis.

Eurímaco casi arrolló a dos hombres cuando se dio la vuelta y se alejó precipitadamente en busca de su grupo. La angustia no dejaba de crecer en su interior, como si un animal hubiera ocupado el espacio de su estómago. El animal reptó hacia su garganta y sufrió una arcada violenta.

Apenas pudo echarse a un lado de la calle para vomitar.

«Esparta llorará pronto, lágrimas sin dolor.»

Calícrates sacudió la cabeza, era incapaz de comprender lo que había querido decir el dios al proporcionarles ese oráculo a través de la pitonisa. El rey Agesilao había preguntado qué sucedería ese año en la guerra, y ahora caminaba junto a sus adivinos y especulaba con ellos sobre el significado de aquella respuesta. Las opiniones entre los miembros de la embajada estaban divididas entre quienes lo consideraban un presagio negativo y los que lo veían como un vaticinio positivo.

«Como casi todos los oráculos, sólo los hechos nos permitirán interpretarlo.»

Calícrates se adelantó a la embajada y atravesó a paso vivo la ciudad de Delfos con el único acompañamiento de su escolta. Tenía ganas de llegar a la villa en la que se alojaban, una gran mansión con un jardín descuidado que pertenecía a un acaudalado amigo del rey Agesilao.

La calle estaba flanqueada por hospedajes de diversas categorías y puestos donde se vendía lo necesario para ofrendar a los dioses: lobos de madera, águilas toscamente talladas, divinidades de marfil, de terracota, láminas de plomo con inscripciones... Pasó junto a un puesto en el que ofrecían lechones, palomas torcaces y cabras vivas para sacrificar; los clientes regateaban y los gritos se sumaban al bullicio de los animales en una mezcolanza ensordecedora que hizo que Calícrates deseara escapar.

«Hay demasiada gente.»

Se notaba cada vez más aturdido y temió desmayarse. Bajó la mirada e intentó tranquilizarse mientras respiraba por la boca entreabierta. Su rostro se cubrió de sudor que comenzó a descender en gruesas gotas. Levantó la cabeza para tratar de llenar sus pulmones con el aire fresco de la mañana.

«¡¿Qué...?! —El asombro por lo que estaba viendo paralizó su cuerpo y su mente—. Oh, dioses...» El aire se quedó retenido en su pecho; lo único que percibían sus sentidos era el rostro de la mujer que caminaba directamente hacia él.

Aquello ya le había sucedido en otra ocasión, hacía toda una vida.

La mujer seguía acercándose.
Su rostro era el de Deyanira.

Altea interrumpió su conversación con Calipo. Había un hombre detenido en medio del camino que les bloqueaba el paso. Iba a rodearlo, pero se dio cuenta de que la estaba mirando fijamente y le prestó más atención, extrañada y molesta. Se trataba de un anciano, de Esparta a juzgar por sus ropas. Pensó que estaba mal de la cabeza y se dispuso a pasar de largo.

—Espera... —reaccionó súbitamente el anciano—. ¿Eres...? ¿Tu padre es Perseo?

—Sí... ¿Quién eres? ¿Cómo lo sabes?

—Mi nombre es Calícrates, hijo de Euxeno, soy espartano. —Se dirigió también al acompañante, que se había adelantado con actitud protectora e imaginó que sería su esposo—. Disculpad que os haya abordado de este modo... —Negó con la cabeza sin dejar de mirarla—. Te pareces tanto a tu padre que es imposible no pensar que eres su hija.

Siguió contemplándola en silencio. «Son como dos gotas de agua. —Los ojos eran iguales a los de Perseo, pero era con Deyanira con quien la semejanza resultaba extraordinaria—. Es imposible no pensar que desciendes de ella.» Le resultaba extraño pensar que aquella joven, hija de su hermano Perseo, fuera su sobrina; no obstante, lo que lo mantenía maravillado era la sensación de estar enfrente de su madre, como si los dioses le hubieran permitido regresar de la muerte.

—¿De qué conoces a Perseo? —preguntó Calipo con cierta brusquedad.

Calícrates se volvió hacia él, pero miró de nuevo a Altea al responder.

—Competí contra Perseo en la final de los Juegos Olímpicos que ganó.

Altea estaba desconcertada.

—¿Cómo es posible que te acuerdes tan bien de él? Aquello fue hace casi medio siglo.

—Unos ojos así no se olvidan, y los tuyos son exactamente iguales, ¿no es verdad?

Altea asintió, incómoda como siempre que hacían alusión al color peculiar de sus ojos. Calícrates estaba sintiendo una alegría gozosa mientras la contemplaba. La imagen de Deyanira se le había difuminado con el paso de los años, pero ahora la había recuperado, la estaba viendo exactamente como era durante su infancia.

—Tu padre... —«mi hermano»— ¿está bien?

Altea frunció el ceño, no quería dar detalles de su padre a un espartano cuya única posible relación era haber competido con él cuando eran jóvenes. Aunque aquel anciano tuviera una mirada amable, casi tierna, no dejaba de ser un desconocido.

—Sigue vivo —respondió escuetamente.

Calícrates se percató de que la estaba molestando, pero quería contemplar sin cesar el rostro de su madre resucitada, quería preguntarle mil cosas a Altea... «No es posible, tengo que dejarla ir —comprendió con tristeza—, si le revelara su origen espartano, la perjudicaría a ella y también a Perseo.» Ambos perderían inmediatamente su condición de atenienses, y en Atenas, igual que en Esparta, los extranjeros tenían un estatus y unos derechos muy inferiores a los de los ciudadanos y sus familias.

La voz de Leónidas a su espalda hizo que se estremeciera.

—¿Quién es esa mujer?

Su hermano se acercaba a grandes pasos. Trató de interponerse, pero Leónidas lo apartó con tanta facilidad como si fuera un niño.

—¿Quién es esta ateniense? —insistió—. ¿Por qué es igual que nuestra madre?

Altea retrocedió intimidada por aquel gigante.

—¿Quién eres? —Leónidas dio un paso hacia ella—. ¿Cómo te llamas?

Calipo tomó a Altea de los hombros para ponerla detrás de él y se encaró con Leónidas.

—Es mi esposa. Márchate.

Leónidas resopló, casi divertido.

—Haré lo que me apetezca, no lo que me diga un miserable ateniense.

Calipo apretó los puños y contuvo el impulso de golpearlo. No podría derribar de un puñetazo a un hombre de ese tamaño y lamentó no ir armado.

Leónidas lo ignoró y se dirigió a Calícrates.

—Es igual que Deyanira... —entornó los ojos mientras escrutaba el semblante de su hermano—, y tú sabes por qué. Pero no me lo vas a decir, ¿verdad? —Sus labios se curvaron en una sonrisa burlona—. Muy bien, me lo dirá ella misma.

Se volvió de nuevo hacia Altea y Calipo se preparó para pelear. De repente Calícrates embistió con el hombro el costado de su hermano. Leónidas gimió y se encogió ligeramente, pero ni siquiera llegó a desplazarse. Estiró su mano para aferrar un brazo de Calícrates; Calipo vio su oportunidad y lo golpeó en las costillas con todas sus fuerzas.

Fue como darle un puñetazo a un árbol.

Leónidas lanzó a Calícrates contra Calipo y ambos cayeron al suelo arrollando a Altea. En ese momento Eurímaco apareció corriendo entre las personas que se habían detenido en el camino y descargó un puñetazo brutal contra el rostro de Leónidas.

El gigante de Esparta cayó de espaldas.

Altea se incorporó lentamente, con una mano apretada contra el costado. Vio que su hermano se acercaba al espartano. La gente se había apartado de la pelea y había un círculo vacío alrededor de los dos titanes.

—¡Levántate! —gritó Eurímaco.

Leónidas se giró en el suelo hasta ponerse de lado. El impacto lo había aturdido, pero la rabia despejaba su mente con rapidez. Sintió que le escocía la boca y al pasar la lengua notó un corte profundo en el labio superior, donde se le habían clavado los dientes. Escupió en la tierra y con la sangre salió uno de los incisivos.

Giró la cabeza para controlar a su atacante y vio que estaba esperando a que se levantara.

«Maldito imbécil.» En cuanto él lo tuviera en el suelo, le reventaría a patadas hasta el último hueso.

Se puso a cuatro patas sin dejar de vigilar a su enemigo. Nunca lo habían golpeado con tanta fuerza, pero el ateniense sólo había conseguido derribarlo porque lo había cogido por sorpresa. Volvió a escupir sangre y su ira se incrementó.

—Te voy a destrozar.

No llevaban armas debido a las normas del santuario, por lo que se puso de pie y tensó los brazos en posición de púgil. El ateniense era más grande que cualquier hombre que hubiese visto, con la excepción de su padre y de él mismo. Sonrió con una mueca cruel que mostró sus dientes ensangrentados. Cuanto más le durara su rival, más disfrutaría.

Altea se había arrodillado al lado de Calipo, que permanecía tumbado junto al anciano de Esparta y estaba recuperando la consciencia. Su grupo se había dividido hacía un rato y aún no había rastro de Platón y los demás discípulos. Contempló desde el suelo a su hermano y al gigante espartano, que tenía la boca y la barba empapadas de sangre. Se acechaban con los puños en alto y giraban como si disputaran un combate de pugilato en la palestra del gimnasio, pero en este combate no había árbitro ni reglas.

«Tienen la misma expresión», se dijo sobrecogida. Eurímaco parecía haberse transformado. Sus ojos, su semblante, todo su cuerpo emanaba una energía malévola, como si lo hubiera poseído el mismo espíritu que parecía animar al gigante de Esparta.

Leónidas se movió de pronto a una velocidad impensable y lanzó un gancho que rozó el mentón de Eurímaco. De inmediato se encogió para protegerse de un contraataque y se giró para descargar el siguiente golpe.

—¡General Leónidas!

El rey Agesilao se interpuso entre los combatientes como si no temiera recibir un golpe, pese a que no abultaba ni la mitad que ellos. Eurímaco bajó ligeramente la guardia y Leónidas mantuvo los brazos en alto.

—Es una cuestión privada, señor. —Una gota de sangre se desprendió de su barba—. Y este ateniense ha comenzado la pelea.

—Vete de aquí. Se acabó el combate.

Leónidas mantuvo la posición y clavó los ojos en Eurímaco, cuya mirada era como un espejo que reflejaba su propio deseo de hacer daño. Irguió el cuerpo, tragándose la rabia, y dio un paso atrás. Se volvió por última vez hacia los ojos plateados de Altea, y después se dirigió a Eurímaco con una voz contenida que tenía la resonancia de un oráculo:

—Nos volveremos a encontrar, y entonces te mataré.

Capítulo 39

Atenas, junio de 368 a. C.

Céfiro sonrió mientras contemplaba el rostro de Melisa, que dormía contra su pecho.

«Parece una niña.» La esclava tenía algunos años más que él, pero daba la impresión contraria cuando su alma viajaba al mundo de los sueños, su ceño se relajaba y la tensión se desvanecía de aquellos labios que tanto le gustaba besar.

Habían dejado abiertos los postigos de las ventanas porque las noches estaban siendo muy cálidas. La luz de la luna alcanzaba sus cuerpos desnudos y le permitía distinguir la boca entreabierta de Melisa, la curva suave de sus cejas y la sombra de su cuerpo abrazado a él.

«Melisa...»

Le acarició el borde de la nuca, donde nacían sus cortos cabellos negros. Ella respiró más profundamente y se movió en sueños. Céfiro notó la calidez mullida de los senos contra su pecho, el muslo de la mujer deslizándose sobre su pierna..., la estrechó un poco más contra su cuerpo sintiendo que se reavivaba su deseo, esa especie de hechizo que siempre le había inspirado y que ni siquiera desaparecía tras yacer dos veces con ella.

Sus dedos continuaban acariciándole el pelo cuando de pronto Melisa le aferró la mano e irguió la cabeza con los ojos completamente abiertos. Todo su cuerpo se había tensado y lo miraba como si fuese un animal acorralado.

—Melisa, soy yo. —Apareció una nota de desconcierto en la expresión alerta de la esclava—. Soy Céfiro.

Los ojos oscuros lo miraban con una especie de anhelo y Céfiro se dio cuenta de que no estaba despierta. Murmuró palabras tranquilizadoras y sintió que el cuerpo de Melisa se relajaba un poco. Siguió calmándola hasta que sus párpados se fueron cerrando y reposó de nuevo la cabeza sobre su pecho. Un momento después, parecía completamente dormida.

Céfiro le besó la frente y dejó la mano posada sobre su mejilla. El episodio lo había agitado, pero le agradaba atisbar el interior de Melisa sin la coraza con la que siempre se protegía. Durante los primeros meses lo único que sucedió entre ellos fueron las sesiones nocturnas de sexo y un trato más amable durante el día. Al principio aquello le agradó, pero acabó resultándole frustrante.

«No dejaba que me acercara más a ella para no sentirse vulnerable», comprendía ahora. Era Melisa la que lo había arrastrado a su cama, y la que había hablado de apoyarse y confiar el uno en el otro; sin embargo, cuando él trataba de llevar la conversación a un plano más personal, sólo recibía evasivas antes de que ella pasara de nuevo a asuntos de la casa y de los otros esclavos.

Una noche se negó a ir a su cama. Se había cansado de que lo usara como desahogo físico y fuente de información. Melisa soltó una risa despectiva y le dio la espalda sin decirle nada. Durante tres noches no se vieron, pero a la cuarta ella fue a buscarlo y le pidió que fuera a su cuarto. Su voz desprovista de orgullo hizo que la acompañara.

Cuando entraron en la alcoba, Melisa cerró la puerta, se sentó en el lecho y estuvo un rato con la mirada baja. Su expresión abatida transmitía una gran tristeza.

—Me has pedido varias veces que te hable de mi pasado.

Céfiro se sentó a su lado y ella continuó hablando mientras apretaba una mano dentro de la otra.

—Nací esclava. —Sus ojos eran dos brasas negras que dirigía hacia el suelo—. En el prostíbulo donde obligaban a trabajar a mi madre.

Levantó la cabeza y lo miró por primera vez.

—Mi padre no era uno de los clientes, mi madre ya estaba embarazada cuando la capturaron.

Céfiro asintió, se daba cuenta de que eso era importante para ella. Melisa cubrió con una mano el amuleto de hueso que reposaba entre sus pechos. Su expresión era dura, pero estaba temblando.

—Ella..., mi madre..., sólo la recuerdo llorando. —Sus labios dibujaron una curva triste y sus ojos se humedecieron—. Cuando cuidaba de mí también lloraba.

Céfiro le tomó las manos, que permanecieron rígidas entre las suyas. Las besó y las sostuvo mientras las presionaba con suavidad.

—Murió cuando yo tenía nueve años. —Melisa negó con la cabeza—. No recuerdo su muerte, sólo me acuerdo de que ya no estaba, de que me había quedado sola en el prostíbulo. —Su mirada se perdió de nuevo y tardó unos instantes en volver a hablar—. Como era demasiado pequeña para los clientes, el dueño me vendió. Y así llegué a esta casa.

Se quedó callada, prefería no hablarle a Céfiro del padre de Calipo. Sin embargo, quería que confiara en ella, y alguno de los esclavos de aquella época, quizás la vieja cocinera, podría decírselo si es que no lo habían hecho ya. Lo miró a los ojos, tomó aire y le contó sin titubeos que se había convertido en la amante del padre de Calipo después de que éste enviudara. Lo único que omitió fue lo que nadie más podía conocer: que durante media vida había soñado con casarse con Calipo y convertirse en la señora de la casa.

Céfiro la envolvió con sus brazos hasta que notó que la rigidez de su cuerpo cedía poco a poco. Cuando se besaron, en sus labios no había el ansia salvaje de otras veces, sino un anhelo de encontrarse. Se amaron como si fuese la primera vez, y durante la tregua que vino después ella lloró en silencio mientras él la acariciaba con ternura. Horas más tarde, desvelados en mitad de la noche, Melisa puso las manos sobre su pecho, apoyó la barbilla y le habló con una dulzura que casi le hacía parecer otra persona.

—¿Quién te puso el nombre de Céfiro? Es perfecto para ti. —Céfiro era el dios del viento del oeste, el más suave de todos, y aquel comentario hizo que ambos sonrieran.

—El hombre que me lo puso decía lo mismo. —En la mirada de Céfiro apareció una nota de melancolía, que poco a poco se apagó dejando un rescoldo de tristeza—. Mis padres me vendieron cuando tenía dos años..., o eso me dijeron cuando pregunté por primera vez por mi origen. No puedo estar seguro, pero parece que no nací esclavo y que provengo de Dacia; por eso al principio me llamaban Davo, como a todos los esclavos dacios.

Se quedó callado, con la mente en algún recuerdo lejano, y ella le besó el pecho para que volviera a la realidad.

—Hacía tiempo que no pensaba en esa época. —Acarició el cabello corto de Melisa—. Mi primer amo era un buen hombre, un comerciante de Siracusa que me adquirió para que entretuviera a su único hijo, que era un par de años mayor que yo. Tuve la suerte de recibir la misma educación que su heredero, y cuando no estaba con él ayudaba en la cocina. Eso duró hasta los diez años o así. Entonces mi amo cayó en desgracia por algún conflicto que tuvo con el tirano Dionisio y me vendieron otra vez.

Apretó los labios y Melisa notó bajo sus manos que el corazón le latía con más fuerza.

—Acabé en la cocina de un noble, también siracusano, que tenía varios hijos. El más pequeño tenía quince o dieciséis años. —Tragó saliva antes de continuar—. Desde el principio convirtió mi vida en un tormento.

—¿Quieres decir...?

—Me violaba. Me mortificaba delante de sus amigos. Me golpeaba por el puro placer de oírme gritar de dolor y de miedo.

Melisa asintió en silencio. Si te tocaba un amo cruel, las únicas opciones eran tratar de escapar, lo que a menudo terminaba en un castigo brutal, o intentar suicidarte, que si salía mal también era duramente castigado.

Céfiro continuó con sus penosos recuerdos.

—En la cocina de aquel noble había un cocinero bastante mayor, un hombre bueno y sabio que trató de protegerme. Me dijo que me esforzara cuanto pudiera en aprender a cocinar, y que él trataría de convencer al amo de que yo era valioso. —Soltó una risa carente de alegría—. El fervor de los siracusanos por los banquetes probablemente me salvó la vida. El cocinero me tomó bajo su protección y el noble obligó a su hijo a dejarme tranquilo. —Sus ojos buscaron los de Melisa—. Aquel hombre se llamaba Prometeo. Al asignarme el nombre de Céfiro dijo que era el que mejor correspondía a mi manera de ser, y que por lo tanto era así como los dioses querían que me llamara. Al anciano Prometeo le debo la vida, todo lo que sé de cocina, y también el nombre.

El canto del primer gallo sacó a Céfiro del recuerdo de aquella noche, que consideraba la primera en que realmente habían estado juntos. Melisa seguía durmiendo y él agachó la cabeza para besarle el pelo. Sólo la había visto llorar esa vez en la que habían hablado de su pasado y de su origen como esclavos, pero desde entonces se abrazaba más estrechamente a él cuando dormía.

El gallo volvió a cantar y Melisa suspiró. Desde aquella noche no se veían sólo de madrugada, sino que dormían juntos y se levantaban juntos.

Besó de nuevo su cabello, su frente, su nariz. Melisa se desperezó encima de él y abrió los ojos. Tenía una mirada cálida y una sonrisa que se expandió con rapidez, decidida y hambrienta.

Capítulo 40

Atenas, junio de 368 a. C.

Perseo se quedó observando a su hija. Ella le había pedido que hablaran dentro de la casa, donde no pudieran escucharlos los tres empleados que tenía ahora el taller.

«¿Qué será lo que le preocupa tanto?» Le había contado por encima el viaje a Delfos, y que Eurímaco se había peleado a puñetazos con un espartano enorme, más grande incluso que él. Después se había quedado ensimismada, como si hubiera cambiado de opinión respecto a lo que quería decirle.

«¿Será por algo relativo a Calipo?» A él le parecía que aquel matrimonio marchaba bien, pero también pensaba que la infertilidad de Altea era una amenaza dormida que podía causar problemas en cualquier momento.

Se acercó a Altea, que miraba en silencio la vasija de Odiseo colocada sobre una pequeña columna de piedra.

—Odiseo resistiendo el canto de las sirenas. —Perseo rozó la magnífica pintura que embellecía la cerámica. La había hecho su padre antes de que él naciera, y mostraba a Odiseo atado al mástil de su barco para no ceder al embrujo del canto de las sirenas, las mujeres con cuerpo de ave que sobrevolaban la embarcación—. Era la cerámica favorita de tu abuelo.

Ella asintió distraída y Perseo se dijo que ya le había contado varias veces la historia de aquella vasija, la misma historia que su padre le contaba a él cuando era pequeño. La cerámica de Odiseo formaba parte de un conjunto de vasijas que había hecho su padre durante el año que habían pasado en el Peloponeso, y era la única que había sobrevivido al ataque en el que había muerto su madre.

«Mi padre regresó a Atenas con esta vasija y conmigo recién nacido.»

—Ah, creo que hay algo que no has oído sobre esta cerámica —recordó de pronto. Estaba seguro de que aquello le iba a encantar a Altea, como todas las historias relativas a Casandra—. Cuando yo tenía... unos siete años, tu madre vino a esta casa por primera vez. Era una niña guapísima, y yo estaba emocionado.

Su hija lo miró con una sonrisa incipiente y él continuó, disfrutando con su propio recuerdo:

—Me hacía ilusión enseñarle un dibujo de una sirena que había hecho en una tablilla de cera. Supongo que sería bastante malo, pero mi padre lo había colocado aquí, en la base de la cerámica, y yo estaba muy orgulloso. Después de enseñárselo a Casandra, le conté que esta vasija nos servía a mi padre y a mí para recordar a mi madre, y que yo a veces cogía las asas, sabiendo que ella misma las había tocado, para sentirme en contacto y hablar con ella.

Altea asintió en silencio. A lo largo de su vida había visto a su padre hacer eso en muchas ocasiones, como si la cerámica de Odiseo fuera un altar dedicado a aquella mujer que también se llamaba Altea, y por la que ella llevaba ese nombre.

—Creo que se me saltaron las lágrimas cuando se lo contaba. —La mirada plateada de Perseo se había vuelto soñadora—. Entonces ella me abrazó, y fue en ese momento cuando pensé por primera vez que me quería casar con ella.

—Oh, papá. —La cara de Altea se había iluminado—. Te enamoraste de mamá con sólo siete años. Qué bonito, nunca me lo habías contado.

—Y ahora... —Perseo le tomó una mano y se la besó—, dime qué es lo que te inquieta.

Altea bajó la mirada, todavía dudando.

—En Delfos ocurrió algo, antes de la pelea. Calipo y yo íbamos delante del grupo, un poco apartados, y de pronto me di cuenta de que había alguien parado en medio de la calle. Era un hombre mayor, un espartano, y me estaba mirando fijamente como si yo fuera una aparición.

Perseo frunció el ceño.

—¿Qué hiciste?

—Pensé que estaba mal de la cabeza, porque no se movía y me miraba con una expresión tan intensa que parecía un perturbado. Fui a rodearlo, y entonces me habló y me di cuenta de que su voz era la de un hombre perfectamente cabal.

—¿Qué te dijo?

—Me preguntó si mi padre era Perseo. Dijo que me parecía tanto a ti que era imposible no pensar que fuese tu hija.

Perseo enarcó las cejas.

—¿Quién era? ¿Te dijo su nombre?

—Se llamaba Calícrates, y afirmó haber competido contigo en la final de los Juegos Olímpicos que ganaste.

«Calícrates...» Perseo experimentó un vértigo repentino. Algunos recuerdos de su juventud destellaron como relámpagos de una tormenta que se acerca. Durante un momento sintió que estaba de nuevo en la línea de salida del estadio de Olimpia, preparado para echar a correr en cuanto los jueces hicieran sonar la trompeta.

Habló con una voz lenta y apagada.

—A mi izquierda había un atleta de Esparta..., sí, se llamaba Calícrates... Recuerdo que los oráculos habían declarado que era el corredor más rápido.

Lo vio de nuevo, agachado junto a él en la hilera de losas de mármol blanco que formaba la línea de salida. Tenían los pies colocados en las ranuras, preparados para impulsarse. Cuarenta mil hombres los observaban desde las gradas manteniendo un silencio absoluto.

—Entonces lo que dijo era cierto. —Altea hizo una mueca, hubiera preferido que nada lo fuese—. De todos modos, lo más extraño vino luego. El espartano me dijo que no había tenido dudas de que yo era tu hija porque tenemos los ojos iguales. Eso es verdad, todo el mundo lo dice, pero entonces se acercó un espartano enorme, el que se peleó después con Eurímaco. Al parecer era el hermano de Calícrates, y nada más verme afirmó que yo era igual que la madre de ambos.

Un nuevo relámpago deslumbró la mente de Perseo. Mientras aguardaba en la línea de salida se había percatado de que el espartano lo estaba mirando y se había girado hacia él. La expresión conmocionada de su rival lo desconcertó tanto que se retrasó cuando los jueces ordenaron que comenzara la carrera.

«Me miraba como si hubiera visto un fantasma.» Había olvidado aquel episodio, pero en su juventud había pensado muchas veces en ello sin encontrar una explicación. Ahora comprendía que Calícrates lo había mirado de ese modo por el parecido que debía de guardar con su madre, hasta el punto de quedarse paralizado y retrasarse él mismo en la salida.

—Calícrates, el atleta de Esparta, se quedó mirándome en la salida de la final como si verme lo hubiera impactado.

—Pero entonces...

—Quizás tanto tú como yo nos parecemos de un modo sorprendente a su madre. No sé, tal vez esa mujer tenía unos ojos tan claros como los nuestros.

—Pero no es posible que estemos emparentados, ¿verdad?

Perseo se quedó pensando. Conocía la historia de sus abuelos sin mucho detalle, pero lo suficiente para saber que ninguno provenía del Peloponeso. En cuanto a las generaciones anteriores, no había modo de saberlo. En cualquier caso, lo importante era desde la generación anterior a él, pues había sido entonces cuando se había establecido que para tener la ciudadanía ateniense los dos padres tenían que ser de Atenas.

Se encogió de hombros.

—Quizás haya un antepasado lejano común, eso puede ocurrirle a todo el mundo.

Altea asintió sin mucho convencimiento. No podía obviar que también había un gran parecido entre Eurímaco y el gigante espartano. Sus rasgos eran diferentes individualmente, pero durante la pelea había sido como si su hermano se enfrentase consigo mismo. No sólo porque compartiera con el espartano el tamaño descomunal, sino porque su expresión salvaje era idéntica.

Sus labios se abrieron para hablarle a su padre del parecido entre Eurímaco y el gigante de Esparta, pero en el instante en que las palabras comenzaban a salir decidió no hacerlo. Desvió la mirada, azorada. Acababa de recordar que su abuelo había regresado del Peloponeso con su padre recién nacido, después de que mataran a su esposa, y se le había ocurrido que Perseo podía ser hijo de otra mujer.

«El abuelo pasó un año lejos de Atenas, pudo ocurrir cualquier cosa y no había testigos que pudieran desmentir su historia.» Aquello parecía ridículo, pero tampoco resultaba razonable que un antepasado lejano justificara el gran parecido que había entre su hermano y el espartano, ni el de su padre y ella con la madre de aquellos hombres. Además, a los dioses les complacía retorcer el destino de los mortales por mera diversión.

«Deyanira...»

Ése era el nombre que habían mencionado los espartanos, y se le ocurrió una idea que también resultaba extraña. Ella se llamaba Altea por su abuela paterna, pero si la madre de su padre fuese en realidad la mujer con la que tanto parecido le encontraban esos espartanos, su propio nombre debería haber sido Deyanira.

Mantuvo la mirada en la vasija de Odiseo, le preocupaba que su padre pudiera adivinar lo que estaba pensando. Él no había conocido a su madre, aunque con aquella vasija se sintiera en contacto con ella, pero siempre decía que su padre había sido el mejor hombre y el mejor padre que podía haber existido.

«¿Y si en realidad sus dos padres fueran espartanos?» Siguió mirando en silencio a Odiseo atado al mástil de su barco. No quería perturbar a su padre con aquellas ideas peregrinas.

De pronto se le cortó la respiración al pensar en las implicaciones que podía tener aquello con su esposo. Calipo creía que lo que habían dicho los espartanos no tenía ningún sentido y que sólo querían iniciar una pelea.

«Es mejor que siga creyendo eso. —Rozó la vasija con un dedo y bajó la mirada—. Si Calipo dudara sobre mis raíces atenienses, tendría otro motivo para repudiarme.»

Capítulo 41

Esparta, marzo de 367 a. C.

El rey Agesilao convocó a algunos de sus hombres de confianza para mantener una reunión informal. Pasado un rato, se habían puesto a debatir la estrategia para los próximos meses y decidió llamar también a los generales que no estaban presentes, uno de los cuales era Leónidas.

—Iré a buscarlo a su casa —se ofreció Calícrates.

Agesilao lo miró extrañado, conocía muy bien la animadversión que había entre ellos. Calícrates abandonó la sala sin decir nada más y se dirigió con paso vivo a la vivienda de su hermano.

Mientras atravesaba la ciudad se cruzó con una veintena de mujeres que corrían en dirección al Taigeto. Las dos últimas eran muy jóvenes e iban bromeando y riéndose, lo que le hizo recordar el oráculo que habían recibido en Delfos.

«Esparta llorará pronto, lágrimas sin dolor.»

En la conferencia de paz convocada en Delfos por el Gran Rey no se llegó a ningún acuerdo, pero los esfuerzos diplomáticos de la embajada espartana dieron sus frutos: el enviado persa decidió pagar el sueldo de dos mil mercenarios que re forzaron el ejército de Esparta. Por otra parte, los tebanos optaron por centrarse en Tesalia y no acudir al Peloponeso, pues estaban resentidos con los arcadios.

«Ha quedado claro que Epaminondas es el único que puede vencernos.»

Agesilao había aprovechado el refuerzo de los mercenarios para saquear a conciencia el territorio de Arcadia. Cuando regresaban a Esparta, el ejército arcadio trató de cortarles la retirada y se produjo un gran combate en el que murieron miles de arcadios y ni un solo soldado espartano. La noticia se recibió en Esparta con lágrimas de alegría después de tantos sinsabores, demostrando que el oráculo que habían recibido en Delfos había sido un presagio favorable.

«Las lágrimas de alegría no se derramaron sólo en Esparta.» La arrogancia de los arcadios los había hecho odiosos a sus antiguos aliados, y tanto los eleos como los tebanos se habían alegrado de su derrota.

Pasó junto al santuario de Ártemis Ortia y vio que muchas mujeres dejaban sobre el altar figuritas de plomo con la forma de la diosa, tallas de madera y pequeños pasteles.

«Rezan por sus hijos y sus maridos, saben que con el buen tiempo comenzarán de nuevo las campañas militares.»

Dejó atrás el templo y siguió pensando en el viaje a Delfos. Ver a la hija de Perseo había sido como contemplar a su madre de nuevo. Aquella joven era la nieta de Deyanira, pero se parecía tanto a ella como si fuera su hermana gemela.

«Altea», recordó que la habían llamado.

La expresión de su viejo rostro se había suavizado, pero se endureció al pensar en Leónidas. Su hermano lo había lanzado contra Altea y su esposo. Cuando estaba en el suelo tratando de incorporarse, vio que aparecía un gigante y golpeaba a Leónidas con tanta fuerza que lo hacía caer.

«Nunca había ocurrido algo similar.»

Aquello lo había impresionado, pero todavía lo asombró más que el recién llegado fuera tan parecido a Leónidas. No creía que en todo el mundo griego hubiese dos colosos de un tamaño semejante, y además ambos mostraban la misma expresión fiera en sus rostros de huesos anchos y marcados.

«Leónidas es el hijo de Aristón y Eurímaco es el nieto. —Había oído que Altea gritaba desde el suelo el nombre de su hermano—. Ninguno de ellos lo sabía, pero se estaban enfrentando tío contra sobrino.»

Llegó a la vivienda de su hermano y golpeó dos veces con el aldabón de bronce. Mientras aguardaba, recordó a Leónidas los días posteriores a aquel choque en Delfos.

«Parecía enloquecido. —Nadie se atrevía a dirigir la mirada a su rostro hinchado y amoratado, que le daba una apariencia aún más brutal—. Ahora será todavía más difícil convencerlo de que lo mejor para Esparta es mantener la alianza con Atenas.»

La puerta se desplazó y apareció una esclava muy flaca. En los bordes de su casco de piel de perro sobresalían algunos pelillos canosos.

—Avisa a tu señor, tengo que hablarle.

—No está en casa.

Calícrates esbozó una mueca de fingida contrariedad. Esa mañana había visto a Leónidas alejarse por la ribera del Eurotas mientras entrenaba en solitario, como hacía otras veces, y suponía que no regresaría hasta la tarde.

—Llama entonces a tu señora.

La esclava desapareció y al cabo de un momento Helena le abrió la puerta. Había adelgazado y las profundas ojeras hacían que sus ojos parecieran más grandes.

—¿Qué ocurre, Calícrates? —preguntó con voz trémula.

—Venía a avisar a tu marido, pero me han dicho que no está. —Dirigió una rápida mirada hacia la esclava, que permanecía en el patio.

—No te quedes en la puerta. —Helena abrió del todo para que pasara y le pidió a la esclava que se fuese—. ¿Traes un mensaje para él?

Calícrates aguardó hasta que estuvieron solos.

—El rey quiere que Leónidas acuda a una reunión, asuntos militares. —Hizo un gesto para quitar importancia—. Toma, coge esto.

Le tomó la mano y puso dentro dos piezas de plata.

—No puedo... —Helena hizo ademán de devolvérselas, pero él le cerró el puño.

—A mí no me hace falta —insistió con suavidad. La liberación de Mesenia por parte de Epaminondas le había arrebatado a Esparta un tercio de su territorio y la mayoría de los esclavos. Los espartanos que tenían sus tierras en Mesenia se habían quedado sin nada. Las de Calícrates estaban en Laconia y mantenía sus rentas, pero a Leónidas sólo le quedaba un pequeño terreno poco fértil y apenas le llegaba para hacer su aportación a la comida comunal—. Quédatelo, por favor. Para las niñas.

Helena dudó. Le aterraba que Leónidas se enterara de que aceptaba la caridad de Calícrates. No obstante, si no lo hacía, muchos días sus hijas sólo podrían comer una ración escasa de cebada.

Apretó la plata en la mano mientras vigilaba de reojo las puertas y ventanas del patio. Levantó su mirada atemorizada hacia Calícrates y durante un rato no dijo nada.

—¿Quieres ver a las niñas? —susurró finalmente.

En el rostro de Calícrates apareció una sonrisa.

Entraron en la cocina, la sala donde los días fríos pasaban la mayor parte del tiempo. Larisa contaba ya trece años y tenía el mismo aspecto de animal asustado que su madre. Junto a ella se encontraba Yocasta, de ocho, probándole un vestidito a la pequeña Fedra, que con sus tres años parecía una muñeca en manos de sus hermanas. Permanecían en silencio, apagadas, y se sobresaltaron al advertir que entraba alguien con su madre.

Sus rostros resplandecieron al ver que se trataba de su tío.

—Venid a los brazos de este viejo —les dijo al tiempo que se arrodillaba.

Yocasta y Fedra corrieron a abrazarlo. Larisa se acercó un poco avergonzada, con la dignidad de una mujercita, pero su tío la estrechó contra sus hermanas y terminó riéndose igual que ellas.

Fedra y Yocasta comenzaron a hacerle cosquillas y Calícrates fingió que se quedaba sin fuerzas y se dejó caer. Las dos pequeñas se le echaron encima mientras Larisa animaba a sus hermanas.

—¡Socorro! ¡Que alguien me ayude!

Helena se había quedado en la puerta para vigilar el patio y se estremecía cada vez que sus hijas se echaban a reír. Contempló el juego a través de las lágrimas y se dio la vuelta para seguir vigilando.

Cuando sus sobrinas le dieron una tregua, Calícrates se puso de pie y se acercó a Helena con una expresión dichosa.

—Tus hijas...

Helena lo abrazó y el asombro lo hizo enmudecer. Ella lo estrechó con fuerza y su rostro demacrado negó contra su pecho mientras lloraba.

—Vamos, vamos, Helena...

Calícrates dudó un momento, con las manos levantadas, y luego las apoyó en los hombros de la mujer de su hermano. Ella tomó aire, sin dejar de sollozar, y lo dejó escapar en un suspiro que brotaba del fondo de su alma.

Su voz llorosa vibró con una nota desesperada.

—Ojalá fueras tú el padre de mis hijas.

Capítulo 42

Atenas, marzo de 367 a. C.

Platón se apoyó en una columna del pórtico, donde sus discípulos mantenían una conversación animada, y llevó su mirada pesarosa más allá de la galería. Los edificios y estatuas de la Academia resplandecían bajo el sol del mediodía, pero soplaba una brisa que hacía susurrar las hojas de los árboles y evitaba que hiciera calor.

«¿Mis ideas sobre política nunca dejarán de ser sólo una teoría?»

Durante la mañana habían paseado por los jardines mientras debatían sobre el sistema educativo que habría que implantar para formar y seleccionar a los mejores gobernantes. Después habían entrado en el pórtico, y una vez finalizado el debate sus discípulos habían pasado a conversar sobre algo mucho más prosaico: la victoria que había obtenido el tirano Dionisio en el último concurso de tragedias del festival ateniense de las Leneas.

Espeusipo bromeó a costa del tirano y varios de los discípulos rieron. Platón apenas prestó atención, estaba pensando que, debido a la alianza entre Atenas y Esparta, ahora Dionisio de Siracusa también era su aliado.

«Un aliado muy poderoso.» Ése era el único motivo de que le hubieran concedido la victoria en el certamen, pese a que su tragedia era pueril y grosera.

Espeusipo continuó bromeando:

—Le han encargado a Praxíteles un monumento conmemorativo de la victoria de las Leneas, pero ha declinado argumentando que no hay piedra suficientemente grande para poner el nombre del ganador.

Se alzaron nuevas risas y esta vez Platón no pudo evitar una leve sonrisa ante el ingenio de su sobrino. La obra vencedora se titulaba *El rescate de Héctor,* y había quienes decían que había que dividir el premio entre todos los escritores de Siracusa, a los que Dionisio habría amenazado de muerte para que escribieran aquella tragedia. Otros afirmaban que el premio debía repartirse entre todos los ciudadanos de Atenas, que habían sufrido y aplaudido la obra para contentar a un aliado que resultaba imprescindible para contener a Epaminondas.

Espeusipo siguió disfrutando de que sus pullas contra el tirano lo convirtieran en el centro de atención. Platón observó su rostro vivo y sus ademanes vigorosos. Era el hijo de su hermana Potone, pero ésta tenía un carácter reservado y tranquilo, mientras que Espeusipo era sociable y de temperamento fogoso.

El matemático Eudoxo se había unido esa mañana al debate y ahora sonreía con las bromas, aunque sin perder el aire distraído que lo caracterizaba. Junto a él se encontraba Eurímaco, que rozaba con su cabeza el sencillo artesonado de madera de la galería. Aunque su tamaño impresionaba, su risa y su mirada eran tan francas como las de un chiquillo.

«Y sin embargo...»

Platón había llegado al lugar de la pelea en Delfos cuando el rey Agesilao ya la había detenido, pero recordaba el semblante de Eurímaco transformado por la ira. También le preocupaba la sombra que enfriaba su expresión en algunas ocasiones, como si la parte oscura de su naturaleza hubiera reaparecido al enfrentarse con aquel gigante espartano.

«Nos volveremos a encontrar —había oído que decía su rival—, y entonces te mataré.»

Negó con la cabeza mientras contemplaba a Eurímaco y a su hermana Altea. Ella estaba escuchando a Espeusipo con un brillo alegre en sus ojos de plata, que parecían estar siempre alerta. A su lado se encontraba su marido.

«Un hombre satisfecho», se dijo Platón apenado. Sin duda Calipo estaba cumpliendo su sueño: disfrutar del respeto de aquellos que valoran a los demás por su riqueza y sus relaciones. Eso no era necesariamente malo, pero le entristecía que ya apenas fuera a la Academia, y le preocupaba que aquella senda fuera la contraria a la emprendida por Altea.

—¡Viene un mensajero! —avisó alguien desde los jardines.

Por el camino que llevaba a Atenas se acercaba un caballo al trote. El jinete desmontó al llegar a la puerta de la Academia y habló con algunos discípulos. Éstos señalaron al grupo de Platón y el hombre se dirigió hacia ellos.

Platón abandonó la sombra del pórtico y bajó los escalones. El mensajero llevaba en la mano un pergamino.

—Acabo de desembarcar. Traigo un mensaje de Siracusa.

Lo depositó en la mano de Platón, que contempló un momento el sello antes de quebrarlo.

—Es de Dion —informó a sus amigos mientras lo desplegaba. Sus ojos recorrieron el contenido rápidamente y de pronto se detuvieron—. Dionisio... —Levantó la mirada—. El tirano ha muerto.

—¡Por todos los dioses! —exclamó Espeusipo con tanta fuerza que empezaron a acercarse más discípulos.

Platón continuó leyendo.

—Parece que organizó un gran banquete para festejar su victoria en las Leneas, y durante la celebración enfermó y murió en pocos días.

Ni siquiera Espeusipo tuvo ganas de bromear con aquello. Todos sabían que con el cambio de gobernante podían perder a Siracusa como aliada contra Tebas. Además, la muerte de Dionisio tenía para ellos consecuencias más directas.

Fue Altea la que puso en palabras lo que todos pensaban.

—¿Dion te pide que vayas?

Platón terminó de leer y asintió al tiempo que doblaba el pergamino.

—Dionisio el Joven ha heredado el trono y ha recibido el apoyo de toda la corte. Ya es el nuevo tirano, y su tío Dion permanece a su lado como tutor y consejero. —Sus ojos se dirigieron al pergamino—. Dion me asegura que su sobrino sigue dispuesto a esforzarse cuanto haga falta para convertirse en filósofo.

En ese momento acudieron a su mente las palabras del sacerdote al que había consultado sobre su viaje a Siracusa:

«Los signos no son propicios. Además, deberías mantenerte alerta, el peligro puede venir de una persona a la que aprecias.» Procuró que su rostro no mostrara en qué pensaba. Se estaba preguntando si aquel augurio se referiría a alguno de los amigos que lo rodeaban en ese momento o a alguien de Siracusa.

Se estaban congregando decenas de discípulos que se susurraban entre sí el contenido de la carta y aguardaban a que se pronunciara. Platón llevó la vista al cielo, pero no había ningún águila que los sobrevolara como el día en que había recibido la primera carta de Dion. Cruzó la mirada con Altea y Eurímaco, Espeusipo y Eudoxo, se giró hacia los numerosos miembros de la Academia que se habían reunido en torno a él, y en cada uno de ellos encontró el mismo anhelo. Todos habían estudiado sus obras, todos ellos habían asistido a las conferencias y a los debates donde habían profundizado y desarrollado cada punto de su filosofía política.

Todos compartían su convicción de que uniendo la filosofía a la política cesaría el sufrimiento de los pueblos.

«Jamás tendremos una oportunidad como ésta.»

Sus labios se curvaron poco a poco hasta dibujar la sonrisa más amplia que le habían visto nunca.

—Voy a ir a Siracusa.

Capítulo 43

Siracusa, abril de 367 a. C.

—¡Ahí está el barco de Platón!

La multitud que llenaba el puerto de Siracusa se estremeció con aquel grito. El consejero Filisto oteó el horizonte, pero en los últimos años había perdido vista y todavía no era capaz de divisar el barco en el que viajaba el filósofo.

Los miembros de la corte que rodeaban a Filisto, orondos y ojerosos, envueltos en ropajes tan espléndidos como si fueran sátrapas persas, se removieron y murmuraron entre sí con voces tensas. Habían medrado a lo largo de las cuatro décadas que había durado la tiranía de Dionisio el Viejo, y veían que los aires de reforma que traía su hijo suponían para ellos una terrible amenaza. El pueblo había sido hasta entonces un enorme rebaño al que ordeñar, pero ahora se hablaba de leyes que permitirían que cualquier miserable los denunciara, así como de un absurdo concepto de justicia que podía acabar con todos sus privilegios.

Uno de los cortesanos palmeó el hombro de Filisto y dejó allí la mano, como un niño que necesitara el contacto para sentirse seguro. Los partidarios más acérrimos de la tiranía, conscientes de la elocuencia de Filisto y de su adhesión a la causa, habían conseguido que regresara de su exilio para contrarrestar la influencia de Dion y Platón sobre el nuevo tirano.

Filisto dirigió la mirada al joven Dionisio, que se mantenía apartado de la multitud en el lugar donde atracaría el barco.

«Ha hecho que toda la ciudad se prepare para recibir a Platón como si fuera un dios. Su padre debe de estar retorciéndose en su tumba.»

Él había asistido a la conferencia que había impartido Platón hacía veinte años ante Dionisio el Viejo. Entonces era uno de los consejeros del tirano y se regocijó cuando éste ordenó que vendieran al filósofo en un mercado de esclavos. Ahora era uno de los principales consejeros de Dionisio el Joven, y hacía todo lo posible para quitarle de la cabeza cualquier idea de reforma.

Sin embargo, el hombre que aguardaba en esos momentos junto a Dionisio no era él sino Dion, un fanático del peligroso filósofo que estaba a punto de llegar a Siracusa.

Platón contempló la comitiva que lo esperaba mientras su barco se aproximaba lentamente al puerto. Todavía no distinguía los rostros, pero había cientos de personas en el muelle de atraque, muchas de ellas con los ropajes vistosos de la aristocracia siracusana. También divisaba los reflejos metálicos de las largas trompetas que empleaban en sus ceremonias, aunque todavía no estaban tocando y sólo se oía el chapoteo de los remos contra el mar y el perezoso flamear de las velas.

Le molestó notar su propio nerviosismo y desvió la mirada hacia el palacio del tirano, situado en el interior de una acrópolis fuertemente amurallada. Parecía más grande y amenazante que la última vez que había estado en Siracusa, una poderosa fortaleza cuyas dimensiones se acrecentaban más y más según entraban en el puerto.

«¿Habrán elevado las murallas?»

Sabía que en los últimos años Dionisio el Viejo había hecho llamar a ingenieros de todo el Mediterráneo para reforzar su artillería de asedio y contener a los cartagineses al otro lado de la isla. Cada nuevo invento era recompensado generosamente y había llegado a disponer de torres de asedio de seis pisos, así como de ingenios demoledores que combinaban la técnica de la ballesta con la de la catapulta.

«Siracusa es mucho más poderosa que cuando Atenas intentó doblegarla. —Él era sólo un niño en la época en que su ciudad había enviado cincuenta mil hombres a conquistar Sicilia. Después de ser derrotados, los atenienses habían tratado de escapar a pie por el interior de la isla—. Los masacraron como a perros, no regresó casi ninguno.» Desplazó la mirada hacia las canteras de la ciudad. Casi podía percibir el eco de los gritos y las súplicas de los siete mil atenienses que los siracusanos habían hacinado allí. Los lamentos se habían prolongado durante semanas, hasta que el calor sofocante, el hambre y la enfermedad habían acabado con el último de ellos.

Lo sobresaltó el estruendo metálico de la banda de música, que se lanzó a tocar con la ferocidad y la exaltación propias del carácter siracusano. La multitud rompió a aplaudir y él alzó la mano a modo de saludo. El barco pasó despacio frente a rostros curiosos, ávidos, inquisitivos, y se dio cuenta con cierta desazón de que no conocía a nadie. La nave se aproximó al final del puerto, donde se encontraba una carroza dorada engalanada con cintas de colores y guirnaldas de flores. Delante de ella, un poco apartados de la muchedumbre de aristócratas y cortesanos, aguardaban dos hombres.

«¡Es Dion!»

Su corazón se llenó de alegría al reconocerlo. Le resultó curioso que el rostro de su amigo reflejara los cuarenta años que tenía ahora, en lugar de los veinte del joven al que había visto la última vez. Lo había sentido madurar a lo largo de los años a través de las cartas que se habían escrito, pero había seguido evocándolo con la apariencia que tenía en su primer viaje.

El hombre que había junto a Dion, unos diez años más joven que éste, indudablemente era Dionisio, el nuevo tirano de Siracusa. Se parecía a su padre en el cabello rubio y la corpulencia, pero su rostro no estaba abotargado por los excesos y vestía con tanta sencillez como su tío Dion, lo cual era un excelente presagio.

Dionisio se acercó a él cuando pisó tierra. Los músicos dejaron de tocar y todo el mundo quedó en silencio, atento a las palabras del joven tirano.

—Estimado Platón —proclamó con fuerza—, el más grande entre los filósofos. Yo te recibo, como gobernante de Siracusa y discípulo tuyo, y te doy las gracias por concedernos el gran honor de tu presencia.

Platón respondió al saludo con la misma solemnidad y el

tirano inclinó la cabeza ante él, lo que levantó un rumor entre los miembros de su corte.

Dion se acercó a continuación.

—Platón... —Lo miraba emocionado y él le estrechó la mano, conteniendo el impulso de abrazarlo para evitar la descortesía de mostrarle públicamente más afecto que a Dionisio. En el semblante de Dion brillaba el mismo entusiasmo que mostraban sus cartas, y por un momento se sintió contagiado y se le erizó el vello de los brazos.

Subieron a la carroza e iniciaron una marcha lenta acompañados de nuevo por la música de los instrumentos. El pueblo se agolpaba a los lados del camino y los vitoreaba sin llegar a acercarse a las filas de soldados que avanzaban con ellos. Platón se inclinó a izquierda y derecha para saludar a la multitud, abrumado por aquella muestra de fervor. Al volverse hacia atrás vio que los seguían algunos miembros de la corte, mientras que otros se dirigían al palacio por la escalera que llevaba desde el puerto hasta la alta muralla de piedra.

Su expresión se enfrió al recordar que veinte años atrás él había descendido esa escalera apresuradamente, casi arrastrado por Dion, para huir del padre del joven tirano con el que ahora compartía la carroza.

El día fue una sucesión agotadora de actos y recepciones públicas. Dionisio también le pidió a Platón que diese una conferencia en un salón ante más de un centenar de miembros de la corte. Al terminar, Dion lo condujo hasta una pequeña sala del palacio, donde aguardaron a que el nuevo tirano se reuniera con ellos.

Platón se sentó en el borde de una mesa para descansar su dolorida espalda.

—Te confieso, querido Dion, que me ha sorprendido encontrarme con tantas personas interesadas en mis enseñanzas.

—Apenas respiraban mientras hablabas —respondió su amigo—. Y te alegrará saber que la sala en la que has dado la conferencia se ha convertido, desde que confirmaste que vendrías, en un aula donde a todas horas hay reuniones para hablar de filosofía y matemáticas.

Platón asintió con una sonrisa. Las paredes de aquel salón estaban recubiertas de figuras geométricas hechas con tiza. También le habían dicho que en las dos tiendas de Siracusa donde vendían libros se habían agotado todas sus obras, y que había decenas de copistas realizando duplicados de sus trabajos más demandados.

—Me ha impresionado el interés que parece haber por la filosofía, lo reconozco. No obstante —añadió sin dejar de sonreír—, no he venido a Siracusa para convertir en aprendices a muchos hombres, sino para hacer de uno de ellos un verdadero filósofo.

Dion se acercó a él.

—Dionisio está ansioso por profundizar en tus enseñanzas. Yo he procurado que mantenga las costumbres sobrias que le inculqué cuando su padre estaba vivo, y que las valore como tú me enseñaste a hacer a mí. Has podido ver que su apariencia no es ostentosa, ni come y bebe sin cesar como hacía el anterior tirano. En la corte se ha extendido un estilo de vida más moderado que sin duda cobrará fuerza gracias a tu presencia..., aunque no debemos olvidar que tenemos enemigos políticos que tratan de llevar a Dionisio, y a toda Siracusa, por la senda contraria. Pretenden mantener el anterior modo de vida desmesurado, con el que además les resultaría más fácil arrebatarnos a Dionisio y controlarlo a voluntad.

—¿Estás convencido de que su naturaleza es la adecuada? —Dion se lo había dicho varias veces por carta mientras el joven Dionisio era el hijo del tirano, pero quería volver a escucharlo.

—Estoy convencido, Platón. Su instrucción tiene lagunas, su padre lo encerró en una habitación para que no conspirara y ha vivido aislado demasiado tiempo, por eso necesita tu presencia y tus discursos, pero en su alma predomina la parte racional, el auriga que puede controlar a su parte irascible y a su parte apetitiva. Tú podrás inculcarle suficiente voluntad, ya lo estás haciendo, para que predomine la prudencia sobre los impulsos de sus emociones o instintos.

—Sabes que no es sólo una cuestión de voluntad, sino también de capacidad.

Dion asintió. Platón había escrito en *La república* que todos los ciudadanos de un Estado tenían que recibir la misma educación básica. Aquellos en los que predominara el alma apetitiva formarían el cuerpo de los artesanos, y entre ellos tenía que cultivarse la virtud de la templanza. Los demás miembros del Estado pasarían a la siguiente fase de la educación, y aquellos en los que predominara el alma irascible formarían el cuerpo de guerreros, y la virtud que entre ellos debía resaltar era el valor. En cuanto a los ciudadanos en los que predominara el alma racional, tras recibir la última fase de la educación pasarían a formar el cuerpo de los gobernantes, serían los filósofos reyes, y la virtud que debían mostrar era la prudencia.

—Dionisio tiene la aptitud necesaria, Platón. Tenemos amenazas, enemigos, pero creo que podré mantenerlos a raya mientras tú instruyes a Dionisio y lo conviertes en un verdadero filósofo rey.

Platón se puso de pie, demasiado agitado para seguir sentado. Fue hasta la estrecha ventana, apenas una hendidura en la gruesa pared de piedra, y miró hacia el puerto.

«Un filósofo rey... —Se pasó la mano por la barba mientras meditaba, sin reparar en los barcos que llegaban a Siracusa o la abandonaban. El Estado ideal que había esbozado en sus obras era una aristocracia de la virtud, el gobierno de los más capacitados para gobernar, con el fin de lograr el mayor nivel de felicidad para todos los ciudadanos. Los que gobernaran no sólo poseerían un alma racional prudente y justa, sino que no tendrían apego al poder, y eso mismo los convertiría en mejores gobernantes—. ¿Dionisio puede llegar a ser uno de ellos?»

Se volvió hacia su amigo.

—Lo primero que tenemos que lograr es que dé un paso claro en el camino de renuncia al poder absoluto de la tiranía. ¿Sigue de acuerdo con aprobar una constitución?

Dion asintió. Su sobrino siempre se había mostrado partidario de elaborar un conjunto de leyes que cediera al pueblo parte de la soberanía.

—Bien, porque es preciso que hablemos de las nuevas leyes lo antes posible. —Miró la puerta cerrada y en su frente aparecieron arrugas de inquietud—. Dijo que vendría enseguida, ¿por qué se retrasa tanto?

—Todo el mundo quiere hablar con él, lo habrán interrumpido.

Platón movió la mano en un gesto de disculpa.

—No me lo tengas en cuenta, estoy impaciente como un muchacho.

Dion sonrió a su amigo y maestro. Él mismo estaba tan excitado que le costaba mantenerse quieto. Tenía con él a Platón, cuya fama no había dejado de acrecentarse en los veinte años que habían estado separados, y era consciente de que estaban a las puertas de lograr un objetivo apenas concebible. Había seducido durante años a su sobrino con los atractivos de la filosofía, con mucha cautela para que nadie sospechara que estaba preparando al futuro gobernante. La formación había sido necesariamente lenta y superficial, pero ahora que había llegado Platón tenía la esperanza de que la tiranía diera paso con rapidez a un gobierno más justo.

La puerta se abrió enérgicamente y apareció Dionisio, joven y radiante como Apolo. Platón no pudo evitar pensar que en sus ademanes se apreciaba la seguridad y altanería propias de un tirano.

«Delante de la virtud colocaron los dioses el sudor», se dijo recordando la cita de Hesíodo. Se requeriría mucho trabajo para convertir a Dionisio en un filósofo, pero nunca había pensado que fuera a ser una tarea sencilla.

Varios soldados se apostaron en el exterior, y en la sala entraron dos hombres siguiendo a Dionisio.

—Querido Platón, todo el mundo ha quedado fascinado con tu conferencia. —El filósofo recibió con una inclinación de cabeza el halago del tirano—. Qué rabia que tenga que irme de nuevo para recibir a unos embajadores, cuando lo que quiero es quedarme contigo y conversar todo el día. —La mueca de disgusto desapareció rápidamente de su rostro—. Al menos aprovechemos este rato. ¿Por dónde empezamos?

Dion avanzó un paso.

—Dionisio, creo que nuestro invitado no conoce a tus

acompañantes. —Su tono fue neutro, pero Platón percibió que estaba muy contrariado por la presencia de aquellos hombres.

—Es cierto. —Dionisio se volvió hacia ellos—. Platón, éste es Filisto, uno de mis más fieles consejeros.

Filisto tenía unos ojos azules, fríos como el hielo, que mantuvo fijos en Platón mientras lo saludaba con una sonrisa.

—Y aquí tenemos a Aristipo —continuó el joven tirano—, un filósofo del que... Ah, disculpa, acabo de caer en la cuenta de que ya os conocéis.

—Así es. —Aristipo contempló a Platón con un brillo sarcástico en los ojos—. Aunque hace mucho que no nos vemos.

—Han pasado cerca de cuarenta años —concretó Platón—. Desde antes de la muerte de Sócrates.

Aristipo se limitó a mantener su sonrisa insolente. Ambos habían sido discípulos de Sócrates, y Platón estaba haciendo referencia a que las desavenencias habían hecho que Aristipo y Sócrates se distanciaran en vida de éste. Aristipo se había revelado como un sofista, más interesado en conseguir convencer que en conseguir la verdad. Tras marcharse de Atenas, había fundado en Cirene, su ciudad natal, una escuela que consideraba que el mayor de los bienes es el placer sensible que se obtiene a través de los sentidos.

Dionisio levantó las manos mostrando una alegría expansiva.

—Por Zeus, ambos fuisteis discípulos de Sócrates, es maravilloso. Me encantaría que un día habláramos sobre él.

Platón trató de reprimir una respuesta, pero no lo consiguió.

—En realidad sería una conversación extraña, porque en nada se parece nuestra visión sobre Sócrates..., ni sobre ningún otro aspecto de la filosofía.

Todavía estaba resentido con Aristipo porque se hubiera ausentado de Atenas durante el juicio y muerte de Sócrates. Además, no podía tener ningún acuerdo con alguien para quien la prudencia consistía en mantener cierto dominio sobre los placeres para no agotarlos y así prolongar la fuente de disfrute.

«Una lástima que no sea Antístenes el que acompaña a

Dionisio.» Antístenes también había sido discípulo de Sócrates. Tras morir éste, había fundado la escuela de los cínicos, cuyo exponente más conocido era en la actualidad el enloquecido Diógenes. Había pretendido ser el heredero intelectual de Sócrates, y Platón también había tenido algunos roces con él porque no compartía el excesivo ascetismo de la escuela cínica, que consideraba que empobrecía el legado de Sócrates. No obstante, hubiera preferido que Dionisio tuviera a su lado a alguien como Antístenes, que rechazaba el placer, antes que a alguien que lo glorificaba como Aristipo.

Dion intervino para que pasaran a tratar el asunto de las nuevas leyes. Tomaron asiento alrededor de la mesa, y en cuanto empezaron a hablar de una constitución el rostro de Filisto se crispó como si estuviera tragando brasas.

Apenas aguantó unos minutos antes de interrumpir a Platón con cierta brusquedad:

—Creo que lo relativo al modo de gobierno deberíamos tratarlo cuando estén presentes el resto de los consejeros de nuestro señor Dionisio. —Dion abrió la boca para protestar, pero Filisto se le adelantó dirigiéndose al tirano—. Además, es mi deber recordar que los embajadores están esperando, señor.

Dionisio se puso en pie.

—Es cierto, y lo lamento mucho; desearía quedarme, pero no puedo olvidarme de gobernar. Me gusta lo que estáis preparando —afirmó con mucho convencimiento—. Seguid trabajando y lo revisaremos muy pronto.

Abandonó la sala, seguido por Filisto y Aristipo, y Platón se volvió hacia Dion un tanto desconcertado.

—Supongo que acabamos de ver a nuestros principales rivales: Aristipo como filósofo y Filisto en lo político.

—Puede que Aristipo sea sólo un rival —respondió Dion con tono preocupado—, pero Filisto es nuestro enemigo más peligroso.

Capítulo 44

Atenas, mayo de 367 a. C.

Melisa abrió los ojos de golpe al oír la voz de Altea.

Estaba tumbada en su cama y la conversación de su señora le llegaba a través de la ventana cerrada que daba al patio. Escuchó un momento y cerró los párpados con una sonrisa al percatarse de que la voz de su ama no le producía la tensión de antaño.

Era mediodía, pero le dolía la cabeza y se había acostado después de hacer una ronda por la casa. Su sonrisa se volvió más amplia al pensar en Céfiro. Llevaban dos años juntos y había adquirido para ella una importancia que nunca pensó que cobraría. Además, Céfiro se había convertido en un hombre fuerte y seguro, ya no estaba bajo su control como antes. Tener necesidad de él implicaba sentirse vulnerable y al principio se había resistido a que ocurriera, pero poco a poco lo había permitido al darse cuenta de que recibía más de lo que perdía.

La inquietud en el tono de voz de Altea la alertó y abrió de nuevo los ojos. Se incorporó con una mueca de dolor y se acercó a la ventana. Al desplazar los postigos obtuvo una vista parcial del patio, donde sus amos se habían sentado a tomar un aperitivo.

—... asegura que Dionisio tiene capacidad e interés por la filosofía —estaba diciendo Altea—, pero en el conjunto de la carta apenas vuelve a mencionarlo, pese a que ya lleva más de un mes en Siracusa. Sospecho que no nos cuenta toda la verdad.

Calipo se inclinó hacia ella y apareció en el campo de visión de Melisa.

—Ten en cuenta que la carta iba destinada a todos los discípulos de la Academia. En cualquier caso, si estuviera en peligro nos lo haría saber, y no había nada en la carta que hiciera sospecharlo, ¿verdad?

—No, al menos no por ahora. Lo que parece es que Dionisio no está tan entusiasmado por las ideas políticas de Platón como daba a entender Dion en sus cartas previas.

—Platón conoce a Dion mejor que nosotros —replicó Calipo—. Si ha ido a Siracusa es porque piensa que la posibilidad de llevar a cabo su proyecto político es considerable. —Se inclinó para coger una aceituna negra. Le encantaba cómo las preparaba Céfiro, sin hueso y adobadas en una salmuera con la cantidad justa de hinojo—. Pero es difícil no tener que usar la fuerza para cambiar un régimen cuya base y legitimidad es la fuerza. El proyecto de Platón sería más fácil de llevar a cabo en una democracia.

—Pitágoras consiguió en Crotona que una aristocracia le cediera el poder —recordó Altea—. Los miembros del Consejo de los Mil permitieron que se colocara por encima de ellos el Consejo de los Trescientos, que estaba formado por iniciados de la hermandad pitagórica.

—Es cierto, y Pitágoras tuvo que ser un hombre tocado por los dioses para lograr semejante hazaña. Sin duda Platón también lo es, pero en una tiranía, aunque el más importante sea el tirano, hay por debajo una red de poderosos cortesanos acostumbrados a actuar como reyezuelos que no van a renunciar a sus privilegios de buen grado. Y en Siracusa los miembros de la corte serán especialmente determinantes para permitir o evitar que el gobierno cambie, pues se aprovecharán de que Dionisio es joven y no tiene ninguna experiencia política.

Altea apoyó una mano en el brazo de su marido con gesto preocupado.

—Dion es el tío del tirano y muchos de sus familiares forman parte de la corte. Espero que Platón tenga en él un aliado suficientemente poderoso para triunfar sobre sus adversarios... o al menos para regresar sano y salvo.

Melisa cerró los postigos de su ventana y bajó a la cocina. Entró en el cuartito aledaño que hacía las veces de despensa, cogió un pequeño bote de terracota y examinó su interior.

«Tenía que haber más», se dijo extrañada.

Allí se guardaban las hierbas anticonceptivas que tomaban en infusión las esclavas que podían quedarse embarazadas. Se preguntó si se habría formado otra pareja de esclavos sin que ella lo supiera. Más adelante lo averiguaría, pero en cualquier caso era mejor que las esclavas fueran precavidas.

«Si están preñadas trabajan peor, y los niños pequeños son un engorro.»

Regresó a la cocina con el bote, cogió una cuchara de madera y midió con cuidado la cantidad que ponía en un cuenco. Aquellas hierbas resultaban tóxicas si se ingerían en una cantidad mayor de la debida.

Se quedó contemplando el cuenco mientras recordaba las tres veces que Altea se había quedado embarazada. Ella había corrido un gran riesgo, día tras día, al ponerle en el agua esas hierbas mezcladas con silfio para que abortara. Al final del último embarazo tuvo que recurrir a una dosis más elevada que finalmente mató al niño y dejó estéril a Altea. Gracias a eso, ya no tenía que darle las hierbas y vivía mucho más tranquila.

Se acercó a una olla con agua que humeaba sobre las brasas, llenó un cazo y vertió el agua en el cuenco. Mientras esperaba a que se enfriara se masajeó las sienes. Al cabo de un momento, oyó una risa y se volvió hacia la puerta.

La esclava más joven entró en la cocina todavía riendo. Al verla dejó de hacerlo y bajó la mirada. Justo detrás de ella, apareció Céfiro.

—¿Te encuentras mejor?

Melisa buscó en su rostro algún signo de azoramiento, pero sólo encontró un interés sincero.

—Sí, algo mejor. Aunque voy a subir para descansar un poco más.

Céfiro le hizo una caricia en el hombro y se metió en la despensa. La otra esclava empezó a trasvasar agua con un cazo desde la olla humeante a otra más pequeña y Melisa la observó de reojo. Se estaba preguntando si sería la responsable de que las hierbas que evitaban la concepción se gastaran más rápido de lo habitual.

«Le gusta Céfiro, siempre le ha gustado. Igual las toma mientras intenta seducirlo.» Se preguntó si se estarían acostando, pero le pareció tan humillante planteárselo que lo apartó inmediatamente de su cabeza.

A la muchacha se le resbaló el cazo, que cayó dentro de la olla y salpicó unas gotas de agua caliente sobre la pierna de Melisa.

—¡Ay! —Saltó hacia atrás, miró enfurecida a la esclava y la tiró al suelo de un empujón. —¡Estúpida!

La pierna le escocía y avanzó hacia la muchacha, que levantó los brazos para protegerse.

—¡Melisa!

La voz de Céfiro a su espalda la detuvo.

—Esta inútil ha estado a punto de abrasarme. —Al momento se arrepintió de justificarse y se dio cuenta de que lo había hecho por el tono imperativo que había utilizado Céfiro. Se irguió hacia él, irritada porque le hubiera hablado de ese modo y además delante de la esclava, pero la firmeza que había en su mirada hizo que se contuviera.

Extendió una mano hacia la muchacha.

—Vamos, ponte en pie. —La esclava le tomó la mano y se levantó procurando mantenerse alejada—. Tienes que tener más cuidado.

—Sí... —La miró y volvió a bajar los ojos—. Lo siento mucho.

Melisa tomó el cuenco con su bebedizo y salió de la cocina con más dolor de cabeza que antes. Céfiro le había pedido varias veces que tratara mejor al resto de los esclavos; no se daba cuenta de que eso era absurdo.

«Si lo hiciera, dejarían de respetarme.»

Él era amable y tenía el aprecio y la consideración de todos, pero precisamente porque no estaba por encima de ellos, como era su caso al ser el ama de llaves.

«También estoy por encima de Céfiro», se dijo con un resto de irritación.

Entró en su alcoba, y al ver el lecho que compartían su rostro se distendió.

«Estoy por encima de él, pero a veces también me gusta estar debajo», pensó con una mueca maliciosa. Cerró la puerta y sopló para enfriar la infusión de hierbas. El olor ligeramente amargo llenó su nariz. Se acercó a mirar entre los postigos y divisó a su amo Calipo en el patio. A Altea no la veía.

Alzó el cuenco, sopló de nuevo y se quedó contemplando el líquido.

«¿Y si no me lo tomara?»

Un enjambre de nervios alborotó su estómago. Siempre había pensado en los niños como un problema, pero un niño de Céfiro...

«Me he vuelto loca.» Se llevó la bebida a los labios, asustada. Su respiración agitada produjo ondas en la superficie del líquido sin que llegara a beber. Bajó el cuenco de nuevo y sus ojos saltaron por la habitación mientras intentaba recuperar la claridad mental.

«Un hijo haría que Céfiro estuviera más ligado a mí. —Dejó el cuenco sobre la mesa y pasó las manos sobre la túnica recorriendo su vientre liso—. Pero me volvería gorda y frágil.»

Cogió el cuenco, todavía dudando, y se giró hacia la ventana para mirar a Calipo.

«Si tuviera un hijo, le demostraría que soy fértil.» Le haría pensar que tenía muy cerca a alguien que podía darle hijos, procurarle un heredero. Y si algún día se cansaba de su insípida esposa...

Aquella reflexión le hizo pensar en Céfiro con una punzada de culpabilidad. Se apartó de la ventana del patio y abrió la de la pared contraria, dejando que la luz y el viento de la calle aliviaran la sensación agobiante que la oprimía.

Poco a poco, su mirada descendió hasta la bebida que tomaba a diario desde que había empezado a acostarse con Céfiro.

Con un movimiento rápido, la arrojó a la calle.

Capítulo 45

Siracusa, julio de 367 a. C.

—¡Hay que matar a Platón!

Filisto, sin dejar que apareciera ninguna emoción en su rostro, escuchaba en silencio a los nueve hombres que lo rodeaban. Los gruesos muros de piedra de la mansión los protegían de oídos peligrosos.

Otro de los hombres fuertes del anterior tirano intervino dando un golpe en la mesa. Los candelabros temblaron y las sombras de los congregados se agitaron contra los tapices de las paredes.

—¡Acabemos con él! —Sus ojos enrojecidos por el vino brillaban a la luz de los velones de sebo—. No podemos tolerar que lo que no consiguieron los atenienses cuando nos lanzaron todo el poder de sus ejércitos lo consiga ahora uno de sus malditos sofistas.

Simo, el mayordomo de palacio que a base de robar y cobrar favores se había construido aquella mansión, abrió las manos en un ademán implorante.

—Por Poseidón, Filisto, tienes que hacer que Dionisio se dé cuenta de que Dion ha traído a Platón para distraerlo con su palabrería y la locura esa de buscar el último bien, mientras que el propio Dion conspira con sus familiares para hacerse con el poder.

Filisto asintió con gravedad. Aquéllos eran los hombres que habían maniobrado para que él regresara del exilio y contrarrestara la influencia de Platón.

«Lo cierto es que no lo estoy consiguiendo.»

Cuando comenzó a hablar, todos se callaron.

—Para Dionisio, Platón ahora mismo es un dios. Si lo matamos, estaremos cometiendo sacrilegio y Dionisio no se detendrá hasta que rueden las cabezas de todos los responsables.

—¿Qué hacemos entonces?

Filisto contempló sus rostros malhumorados. Estaban acostumbrados al poder y a la impunidad, a la vida excesiva que el anterior tirano fomentaba en el palacio, a los incesantes banquetes en los salones engalanados donde nunca faltaban el vino, la música ni las hetairas. Dion había metido en la cabeza de su sobrino Dionisio la obsesión por la austeridad y la contención, y desde que había llegado Platón el tirano se mostraba más firme en aplicar aquellas ideas a las costumbres de la corte y de toda Siracusa. La vida se había vuelto más desagradable, pero lo peor era que el propio sistema de poder absoluto, del que ellos formaban parte, se veía amenazado con las reformas que Platón proponía.

—Lo que vamos a hacer es esperar. —Tuvo que levantar la voz para acallar las protestas—. Sí, esperar hasta que encontremos la oportunidad de dar un golpe que no puedan devolvernos. Mientras tanto, tenemos que seguir socavando el apoyo que tiene Dion entre los siracusanos. La mayoría sigue creyendo que piensa en el bien de Siracusa, que quiere suavizar la tiranía, que es un hombre franco, honrado y más inteligente que cualquiera de nosotros. —Sus labios se torcieron con una mezcla de desprecio y burla—. En definitiva, ven a Dion como una especie de Pericles siciliano.

—¡Es un fantoche!

—Da igual lo que sea. Lo importante es lo que el pueblo cree que es, y el aura de hombre superior que le confiere su relación con Platón. —Los señaló con el índice mientras hablaba—. Vosotros poseéis la mitad de los burdeles de Siracusa, sois dueños de posadas y tabernas, controláis el mercado de pescado del puerto y tenéis a cientos de hombres que trabajan en vuestras granjas y negocios. Tenéis que conseguir que en todas partes se difundan los rumores que nos interesan, insistiendo sin cesar hasta que se conviertan en verdad. Los siracusanos tienen que considerar a Dion ambicioso y soberbio, tienen que creer que los desprecia, que va a eliminar las fiestas y sacrificios públicos en donde están acostumbrados a disfrutar gratuitamente de vino y de carne, y que sólo piensa en quedarse toda la riqueza y el poder de la ciudad para él y su familia. —Se inclinó hacia ellos. En sus ojos azules ardía un fuego helado—. Y tienen que oír sin cesar que todo lo malo que les ocurre, desde la subida del precio del trigo hasta pisar una mierda en la calle, es culpa de Dion y de Platón, que ahora mismo son el gobierno en la sombra.

Los hombres asintieron con determinación, la vehemencia de Filisto les daba esperanza. El que había reclamado que mataran a Platón intervino más calmado:

—¿En qué situación está la idea de elaborar una constitución, formar una Asamblea y toda esa basura democrática?

—El proyecto sigue detenido. Hemos convencido a Dionisio de que tendría que ser el último paso de cualquier reforma que quiera emprender, y que antes debería avanzar más en su formación como... —levantó las manos y las dejó caer con un suspiro—, como filósofo. En el fondo sabe que esa cesión de poder al pueblo sería un golpe irreversible a la tiranía, y todavía está lejos de renunciar a todo lo que implica ser tirano. —En realidad, Dionisio era tan voluble e impulsivo que Filisto lo creía capaz de estar convencido a la vez de una cosa y de la contraria—. Por supuesto, tenemos que seguir haciendo correr el rumor de que quien tiene parado el proyecto es Dion, porque quiere convertirse en tirano y no tiene ninguna intención de repartir su poder con el pueblo.

La reunión concluyó una hora más tarde, cuando el cielo ya era un manto negro donde las estrellas brillaban como ojos diminutos que lo vieran todo. Filisto abandonó la mansión y regresó al palacio escoltado por dos de sus soldados de confianza. Odiaban a Dion y a Platón tanto como él, y los observó mientras avanzaban.

«Tengo que sondear la posición de los oficiales del ejército. Si Dionisio decide poner en práctica las locuras de Platón, sólo nos quedará la opción del golpe militar.»

Platón contempló la columna de humo que exhalaba el volcán Etna, más allá del horizonte de casas de Siracusa.

«Dicen que podría destruir media isla.»

Habían pasado treinta años desde la última gran erupción, pero desde hacía unas semanas el sueño plácido del monstruo se había alterado y en las poblaciones más cercanas podían sentir cómo se agitaba.

«Estamos a más de quinientos estadios, Siracusa no debería correr peligro.»

En la ciudad sólo se podía atisbar la cumbre del volcán desde los puntos más altos, como la azotea de la torre del palacio en la que se encontraban Dion y él. Se volvió hacia el lado de la isla que estaba en manos de Cartago y observó el cielo. El manto rojizo de nubes parecía reflejar la sangre que tantas veces había teñido la tierra de Sicilia.

—Cartago es más peligroso que el Etna.

Las palabras de Dion hicieron que Platón sonriera, ya se había acostumbrado a que su amigo adivinara en qué estaba pensando.

—Y me temo que va a seguir siéndolo —respondió—. Dionisio me escucha con mucha atención cuando consigo hablar con él, pero sigue sin tomar ninguna decisión en cuanto a la propuesta de repoblar las ciudades devastadas por los cartagineses. Debería hacerlo y establecer con ellas una alianza para impedir el avance de Cartago.

—Ayer aseguró que estaba de acuerdo.

Platón suspiró y se asomó al borde de piedra. El mar lamía mansamente las rocas en las que se apoyaba la muralla de la acrópolis.

—Se muestra de acuerdo, sí; todo lo que digo le parece bien. Pero no hace más que escuchar, asentir y mostrarse entusiasmado. Y cuando se va con Filisto y éste le dice lo contrario que nosotros, también escucha, asiente y se muestra entusiasmado.

Dion bajó la mirada. Fue apenas un titubeo, pero suficiente para que Platón pensara que era la primera vez que lo veía flaquear. Quizás habían minado su ánimo los rumores que los culpaban de todo lo que se hacía mal en Siracusa.

Su amigo recobró el aplomo antes de volver a hablar.

—Ten paciencia, Platón, te lo ruego. Sé que ya llevas aquí

tres meses, pero gracias a ti Dionisio está aprendiendo a pensar, a ver, a comprender. Cuando avance un poco más empezará a dejar de lado a Filisto y a todos los mamarrachos que tratan de manejarlo a su antojo.

—Su interés por la filosofía es genuino —reconoció Platón—. Pero también se siente seducido cuando Aristipo le lanza como un anzuelo el lema de la escuela cirenaica: hay que dominar los placeres, no abstenerse de ellos.

Dion no respondió. No podía negar que Dionisio oscilaba entre ellos y los partidarios de que todo siguiera como en tiempos del anterior tirano. Se enjugó el sudor de la frente con una mano y la secó distraídamente en la túnica. No sólo estaba parada la idea de reconstruir las ciudades arrasadas por Cartago, sino también la promulgación de las nuevas leyes. Dionisio los animaba a trabajar en ambos proyectos, pero hasta ahora no se había involucrado lo suficiente para hacerlos avanzar.

Platón observó pensativo a su amigo. Con él sí que había mantenido largas conversaciones sobre filosofía desde que había llegado a Siracusa. Dion le había demostrado que el joven apasionado que había conocido en su primer viaje se había transformado en un hombre maduro cuyo intelecto privilegiado llevaba veinte años desarrollándose de un modo admirable.

«Él haría perfectamente el papel de filósofo rey.»

Le dio la espalda a Dion y se asomó por el otro lado de la torre, hacia el interior de la acrópolis. No era la primera vez que pensaba que su amigo sería un buen filósofo rey, pero sí la primera que se paraba a analizar los apoyos políticos que tenía y las opciones reales de que llegara a hacerse con el poder. Negó lentamente con la cabeza. Ese cambio sólo podría lograrse mediante derramamiento de sangre, y él nunca apoyaría un movimiento violento, ni siquiera para tratar de lograr un régimen político más justo.

—Ahí está Dionisio —comentó al verlo junto a las murallas.

Dion se puso a su lado y miró hacia abajo. El joven tirano iba acompañado de seis soldados de su guardia personal. Desde que se había hecho con el poder mostraba la paranoia común a todos los tiranos y nunca lo escoltaban menos de cuatro hombres.

Dionisio se detuvo y habló con un sirviente, que se giró hacia la torre y señaló hacia ellos.

—Parece que nos busca.

En la voz de Dion había una ligera inquietud que se contagió a Platón. Había poca luz y estaban demasiado lejos para distinguir la expresión de Dionisio, pero el tirano avanzaba hacia la torre con una determinación y una rigidez en sus movimientos que no eran habituales en él.

—Será mejor que bajemos —murmuró Dion.

Platón accedió a la escalera detrás de su amigo y se rezagó a causa del dolor de sus rodillas. Antes de que llegara al suelo, oyó la voz de Dionisio:

—Dion, querido tío, debes perdonarme por haberte prestado tan poca atención últimamente. Te prometo que no volverá a ocurrir. —El tirano miró un instante a Platón, que acababa de salir de la torre, e inclinó la cabeza a modo de disculpa—. Haz el favor de acompañarme, tío. Quisiera hablarte a solas.

—De acuerdo. —Dion intercambió una mirada con Platón—. ¿Dónde vamos?

—Sígueme. Vamos a dar un paseo. —Se alejaron de la torre flanqueados por los soldados. Dionisio permaneció en silencio hasta que cruzaron las murallas y empezaron a bajar la larga escalera que conducía al puerto—. He recibido una carta.

Se giró un momento para observar la reacción de su tío y continuó descendiendo.

—¿Vas a decirme quién te la ha enviado? —Dion se detuvo, intranquilo pero también molesto por la actitud de su sobrino. Los soldados se pararon justo detrás de él y Dionisio se volvió para mirarlo.

—Sigue bajando.

Tras un momento de vacilación, Dion obedeció.

—La carta la has escrito tú —le dijo su sobrino.

—¿Qué...? Yo no te he escrito ninguna carta.

—No, a mí no, pero sí a tus amigos de Cartago.

Dion bajó el último escalón y se detuvo perplejo. Dionisio se encaró con él y su rostro enrojeció cuando se puso a gritar.

—¡Te has dirigido a ellos como si fueras tú quien gobierna Siracusa! —Hacía unos minutos que Filisto le había entregado la carta—. ¡Les has pedido que no hablen conmigo si tú no estás presente!

—Dionisio, eso no...

—¡Silencio! Además sé que llevas tiempo hablando con otros conspiradores, preparando un golpe contra mí. —De eso no tenía pruebas, pero Filisto lo había averiguado a través de su red de informadores. Contempló a su tío con desprecio y desvió la vista hacia los guardias—. Hacedle avanzar.

Se dio la vuelta y recorrió el puerto seguido por Dion, al que los soldados empujaban cada vez que se demoraba.

—Dionisio, esto es una locura. Ni yo ni Platón...

—¡Que te calles! —Se acercó con una mirada de odio que Dion no le había visto nunca—. Sube a ese barco.

Junto a ellos se balanceaba un pequeño pesquero. Tres marineros contemplaban la escena desde la cubierta, atentos a las palabras del tirano.

—Dionisio...

—Haced que suba.

Los guardias esgrimieron sus lanzas y Dion se apresuró a saltar al interior. Cayó mal y se desolló las rodillas contra la cubierta.

—¿Qué vas a hacer con Platón... y con mi familia? —Le invadió una tremenda congoja al pensar en su esposa y su hijo de cinco años. Hizo ademán de saltar a tierra, pero dos de los soldados habían subido también al barco y se lo impidieron.

—Llevadlo a Italia —ordenó su sobrino—. A cualquier punto, y arrojadlo a tierra.

Dion imploró a gritos por su esposa y su hijo pequeño, pero Dionisio se alejó sin prestarle atención. El pesquero soltó amarras y se alejó despacio, vigilado desde el puerto por dos de los soldados, que habían recibido la orden de atravesar a Dion si conseguía saltar del barco y regresar a nado.

El tirano ascendió la empinada escalera sintiendo que la ira daba paso a una satisfacción intensa. No solía tomar ninguna decisión relevante, y ésta le hacía sentirse un hombre a quien todos respetarían más a partir de ese momento. Levantó la mirada mientras llegaba a la muralla y vio a Platón en la puerta que daba al mar. Debía de haberlo contemplado todo.

—Será mejor que entres, Platón. —Se volvió hacia los hombres que custodiaban la puerta—. No dejéis que cruce las murallas, bajo ningún concepto, a menos que recibáis una orden mía.

—¿Por qué haces esto, Dionisio?

El tirano le pasó un brazo por los hombros y lo condujo al interior de la acrópolis.

—Hay muchos rumores, mi querido Platón. Hablan de traidores y de conspiraciones. Yo soy tu discípulo más fiel y sé que no tienes nada que ver, pero el pueblo está soliviantado y podría tratarte de forma violenta. Lo más seguro para ti será permanecer en todo momento en el interior de las murallas. —Se detuvo para mirarlo de frente, con la sonrisa de los amigos que se reencuentran—. Ahora que siempre sabré donde estás, te prometo que nos veremos mucho más a menudo.

Se alejó con sus soldados y Platón contempló angustiado los muros de su nueva cárcel.

Capítulo 46

Atenas, septiembre de 367 a. C.

—¡Maldita sea! —Melisa mascullaba entre dientes mientras iba de una pared a otra como un animal encerrado—. ¡Maldita, maldita, maldita sea!

Ella no era como esas mujeres que necesitaban tomar crisantemo para regular su menstruación. Su cuerpo era muy puntual y la fase de la luna era la adecuada, así que las molestias en el vientre le indicaban que tampoco ese mes iba a quedarse encinta.

«Hace cuatro meses que dejé de tomar las hierbas contra el embarazo.»

Había oído que el efecto de evitar la concepción podía prolongarse hasta tres meses, por eso había albergado la esperanza de quedarse embarazada en aquella ocasión. Todavía no le había dicho a Céfiro lo que pretendía, pero no pensaba en otra cosa cada vez que se acostaba con él.

«Afrodita cruel...» Se contuvo, temerosa de que la diosa la castigara también los siguientes meses. Se sentó en el borde de la cama y hundió la cara en las manos. Había imaginado muchas veces el momento en que se lo diría a Céfiro. Él adoraba a los niños de las otras esclavas y estaba segura de que le haría feliz tener su propio hijo.

Bajó las manos y negó con la cabeza. Seguía creyendo que el embarazo sería una experiencia físicamente penosa, pero estaba convencida de que Céfiro intentaría aliviar su carga y se mostraría especialmente tierno cuando al final del día compartieran el lecho.

Llevó la mirada a su vientre. Se sentía vacía, como si la hubieran despojado de algo y su interior fuera un lugar árido que no podía albergar vida.

—Como Altea —murmuró.

Su mandíbula se tensó. Ella no era como Altea. «Yo tendré un hijo... y Calipo no podrá evitar pensar que no sirvo sólo como ama de llaves.»

Salió de la habitación, bajó las escaleras y se dirigió a la cocina. Esperaba encontrar a Céfiro, pero sólo estaba la anciana Apolonia. Miraba a la nada con sus ojos opacos, inmóvil en una silla junto al fuego del hogar.

Melisa echó un vistazo en la despensa, regresó a la cocina y observó a Apolonia. Siempre había sentido la animadversión de la anciana, y desde que estaba ciega su sigilosa presencia le resultaba inquietante, daba la impresión de que habitaba en el mundo de los muertos más que en el de los vivos.

—Apolonia, ¿sabes dónde está Céfiro?

Parecía que la anciana no la había oído, pero poco a poco las arrugas de su rostro se alteraron hasta mostrar una mueca burlona.

—Hace tiempo que no lo veo.

La sonrisa se mantuvo en sus labios sin color. Melisa contempló con una irritación creciente su semblante decrépito, que la anciana no giraba para seguir su voz como sí hacía cuando hablaba con otros esclavos.

Dio un paso hacia ella.

—¿Sabes dónde está, o no?

Apolonia asintió casi imperceptiblemente.

—Puede estar en cualquier parte, es un hombre muy solicitado.

Melisa apretó los puños y escrutó el rostro de la vieja cocinera. El tiempo transcurrió muy despacio, hasta que la anciana dejó escapar una risita y ella tuvo claro que se estaba refiriendo a que Céfiro podía estar con cualquiera de las esclavas.

—Ten cuidado, vieja.

La anciana volvió el rostro en su dirección, como si pudiera verla a través del velo blanquecino de sus ojos.

—Parece que eres tú la que tiene que tener cuidado.

Melisa contuvo la primera llamarada de ira, miró hacia atrás para comprobar que estaban solas y descargó una bofetada que dobló violentamente el cuello de Apolonia.

La anciana arrastró la silla al derrumbarse. Su cabeza golpeó el suelo y se quedó inmóvil sin emitir un sólo quejido.

—¡¿Qué has hecho?!

El grito de Céfiro heló la sangre de Melisa. El esclavo recorrió la cocina en tres zancadas, se arrodilló junto a la anciana y le tomó la cara con delicadeza.

—Apolonia, ¿me oyes?

La mujer gimió mientras un goterón de sangre salía de su nariz y pintaba una línea roja en la piel arrugada. Melisa se apretó la boca con las manos y contempló con horror a Céfiro, incapaz de pensar en algo que decir.

El esclavo acomodó a la anciana en el suelo y se volvió hacia ella.

—Eres una salvaje.

Se puso de pie y Melisa se irguió por instinto, pero estaba temblando. Céfiro la miraba con una expresión de repulsa que nunca había visto en su rostro bondadoso.

—Lo siento mucho. Yo...

—No hables. —Respiraba con fuerza por la nariz y ella sintió un miedo intenso—. No quiero volver a oír tus excusas absurdas, justificando una y otra vez tu comportamiento brutal.

—Céfiro...

Él negó con brusquedad.

—No. Se acabó, Melisa. —Se apartó de ella—. Para siempre.

Se agachó de nuevo junto a la anciana y Melisa movió los labios sin llegar a hablar, pensando confusamente en el hijo que era un proyecto común, que los uniría más. Si él supiera...

La anciana gemía con los ojos cerrados. Céfiro había humedecido un trapo y se lo estaba pasando por la cara. Melisa se alejó sin dejar de mirarlos, con una sensación de irrealidad como si estuviera en una pesadilla en la que su única esperanza fuera despertar.

Recorrió los pasillos tanteando la pared, sin ver nada más que la expresión terrible con la que Céfiro la había mirado.

«Piensa que soy un monstruo.»

Subió las escaleras y continuó hasta su habitación. Al entrar cerró la puerta y apoyó la espalda en ella.

—No es posible —murmuró con voz trémula.

En ese mismo cuarto, hacía apenas un rato, había estado pensando en ella embarazada de Céfiro, en que él la abrazaría por las noches mientras acariciaba su vientre henchido con el hijo de ambos...

Recordó las palabras resentidas que había pronunciado contra la diosa Afrodita por no haber permitido que se quedara encinta. Quizás la diosa había provocado su ruptura con Céfiro.

Sus ojos se entrecerraron.

«No, no ha sido ningún dios. Ha sido Céfiro. —Algunas noches, desde hacía tiempo, lo había sentido más frío, menos pendiente de ella—. La vieja ha insinuado que se acuesta con otras esclavas.»

Una mueca despectiva torció su boca. Ahora comprendía. Céfiro tenía otras amantes y había buscado una excusa para librarse de ella. Se acostaba con una, o quizás con varias de las muchachas que servían en la casa. Eran jóvenes, bonitas e insignificantes. Apenas útiles como mero entretenimiento, y el imbécil de Céfiro las había preferido a ella.

Respiró hondo y enderezó los hombros, pero no conseguía que su mandíbula dejara de temblar.

—No me llega ni a los tobillos.

Inclinó la cabeza. Sus músculos se quedaron sin fuerza, cayó de rodillas y su cuerpo comenzó a agitarse con sollozos que se volvían cada vez más profundos. Cruzó los brazos sobre el vientre y rompió a llorar como no lo hacía desde que su madre había muerto.

Aquel llanto amargo se prolongó durante horas sin aportarle ningún alivio.

Todavía estaba llorando cuando oyó a Céfiro. Trató de enjugarse las lágrimas de sus ojos hinchados mientras escuchaba. Sí, era Céfiro, debía de estar en el patio y en su voz había un tono alegre.

Permaneció atenta, con la expresión de su llanto desolado marcada en el rostro.

Al cabo de un momento, la risa de Céfiro penetró en su pecho como un puñal afilado.

Salió de la habitación y desde la galería se asomó al patio.

Céfiro sostenía una liebre por las patas traseras y le decía algo a Altea. Hablaban en un tono de voz que no permitía a Melisa distinguir las palabras, pero le pareció evidente lo que aquella escena revelaba.

«Me ha dejado por culpa de esa perra.»

No había nadie más en el patio y Altea sonreía abiertamente a Céfiro. Éste dijo algo al tiempo que levantaba un poco más la liebre y los dos se rieron, un sonido que hizo que Melisa clavara las uñas en la madera de la barandilla.

Altea se volvió hacia Melisa y su sonrisa se disipó al verla inclinada sobre la barandilla como si fuera a saltar, sus ojos enrojecidos contemplándola con una fijeza delirante. Murmuró algo a Céfiro y se alejó hacia la sala de trabajo de su esposo.

Melisa la siguió con la mirada mientras apretaba la madera con tanta fuerza que sus uñas comenzaron a sangrar.

«Maldita zorra, juro por todos los dioses que me las pagarás.»

El corazón de Platón dio un vuelco al oír el trueno.

«Es una tormenta aislada —se quiso tranquilizar—. Todavía faltan algunas semanas para que se cierre la temporada de navegación.»

Llevaba dos meses sin apenas salir de su habitación del palacio, pero mantenía la esperanza de que Dionisio lo dejara marchar antes de que la llegada del mal tiempo suspendiera durante casi medio año los viajes por mar.

Encendió una segunda vela y trató de concentrarse de nuevo en la lectura de *Las purificaciones,* del filósofo Empédocles. Apenas había leído algunas líneas cuando llamaron a la puerta.

—Adelante.

Dionisio entró en la habitación. Había abandonado su atuendo sobrio poco después de desterrar a Dion y en ese momento llevaba una larga túnica púrpura con ribete dorado.

—Platón, querido maestro... —Hizo una ligera reverencia, como cada día cuando acudía a visitarlo—. Me fascina verte absorto en el estudio. ¿Puedo saber qué obra estás leyendo?

—*Las purificaciones,* el poema de Empédocles. Si quieres te lo puedes llevar, es una lectura que te recomiendo.

Aquel poema trataba de las faltas que cometen los hombres y las prácticas que hay que llevar a cabo para purificarse. Dionisio se acercó para echarle un vistazo y Platón notó en su respiración un vago olor a alcohol, pese a que todavía no habían llegado al mediodía.

—Quizás en otra ocasión. —El tirano se sentó en el borde de la mesa—. Esta tarde me reuniré con algunos consejeros para decidir a qué se destina una parte de la recaudación de impuestos. He pensado que te gustaría asistir. Tus consejos pueden ayudar a que el reparto sea más acertado y se vean favorecidos más ciudadanos.

Platón dejó escapar un suspiro cansado.

—Mi respuesta es la misma que en las ocasiones anteriores. He venido aquí para guiarte en tu formación como filósofo, no para formar parte de tu gobierno. —Sabía además que si acudía a la reunión sólo sería un adorno del tirano, mientras que Filisto y su camarilla tomarían todas las decisiones finales—. Haz que regrese tu tío Dion, que nada hizo para merecer que lo enviaras al exilio y lo apartaras de su familia, y seguiremos avanzando en tu aprendizaje y colaborando contigo en todo cuanto quieras.

Dionisio apartó la mirada en un gesto de exasperación y tamborileó con los dedos en la mesa. Al cabo de un momento se puso de pie sin decir nada y salió de la habitación.

Platón pasó las siguientes horas estudiando las obras de Empédocles, pero la inquietud hacía que le costara mantener la concentración. Sabía que estaba rodeado de enemigos, incluso una parte del pueblo de Siracusa lo detestaba. A pesar de que no asistía a ninguna reunión de gobierno, Filisto había hecho correr el rumor de que él era el responsable de todas las decisiones que perjudicaban al pueblo.

Por la tarde los truenos regresaron y se apartó de los papiros, renunciando a seguir trabajando por ese día. Pensó en Altea y sintió el tirón de la añoranza. Dionisio no le permitía enviar cartas y hacía un par de meses que no escribía a nadie.

«En la Academia deben de estar muy preocupados.»

Se levantó de la silla y caminó por la habitación para desentumecer los músculos. Al pasar junto a la ventana abrió el postigo y echó un vistazo al patio. Caía una lluvia de gruesas gotas que salpicaban al golpear contra los charcos. Varios oficiales atravesaron las murallas para dirigirse apresuradamente a la entrada del palacio. Cuando los perdió de vista, regresó a la mesa y volvió a sentarse. Una de las velas estaba a punto de consumirse y contempló la llama mientras empequeñecía sobre un charquito de cera.

No había conseguido que Dionisio volviera a confiar en Dion, pero al menos la presión de sus familiares había logrado que el tirano le enviara algunos bienes a Corinto. También había ordenado que le remitieran las rentas de sus propiedades, pero no quería oír hablar de que su esposa Areté y su hijo Hiparino salieran de Siracusa para reunirse con él.

Sus pensamientos se interrumpieron cuando llamaron de nuevo a la puerta, y se levantó para abrir. Aunque Dionisio nunca acudía dos veces el mismo día, a veces recibía la visita de alguno de los allegados de Dion.

Le sorprendió ver de nuevo a Dionisio, al que acompañaba su escolta de soldados. El tirano entró sin decir nada y cerró la puerta dejando fuera a sus guardias. Tenía una expresión tensa y permaneció en silencio durante un rato.

—Tengo que irme de Siracusa —dijo finalmente—. Y probablemente esté fuera bastante tiempo.

—¿Qué ha ocurrido?

—He establecido una alianza con Tarento para combatir contra los lucanos. Partiré con mis tropas a Italia en unos días.

Platón arrugó el ceño.

—¿Y qué pretendes hacer conmigo?

—Quiero que lleguemos a un acuerdo. Te proporcionaré un barco para regresar a Atenas... si me aseguras que regresarás cuando acabe la guerra.

Platón observó la mirada nerviosa del tirano. Sabía que sus siguientes palabras podían condenarlo a un encierro permanente.

—Voy a ser sincero contigo, Dionisio, como siempre lo he

sido. Cualquier acuerdo que quieras establecer conmigo pasa por que permitas primero el regreso de tu tío Dion. Si te comprometes a anular su destierro antes de que transcurra un año, entonces tienes mi palabra de que regresaré cuando termine la guerra contra los lucanos.

En el rostro de Dionisio había habido un destello de crispación, pero cuando Platón terminó de hablar se quedó mirándolo sin mostrar ninguna emoción.

—Así sea —aceptó finalmente.

Se acercó a él y sellaron el acuerdo con un apretón de manos. El tirano le dijo que al día siguiente enviaría a un secretario para cerrar los detalles del viaje a Atenas y lo dejó a solas.

Platón regresó a la ventana. Mientras contemplaba la lluvia, se preguntó cómo reaccionaría Filisto cuando se enterara del acuerdo al que había llegado con Dionisio.

Levantó la mirada al cielo.

El manto de nubes que lo cubría era cada vez más oscuro.

Cerca de Tebas, en un campo despejado, Epaminondas observaba distraído el entrenamiento de sus tropas.

«Vamos a tener que ocuparnos de Atenas.»

Ese año habían conducido una expedición al norte del Peloponeso, a la región de Acaya, donde los gobiernos aristocráticos les habían jurado lealtad. Estaba debilitando a Esparta en todos los frentes, pero los atenienses se empeñaban en mantener su alianza con ellos.

«Si no cambian de idea, nos enfrentaremos al mismo tiempo a ellos y a Esparta.» Sus labios se fruncieron ligeramente. Aunque preferiría pactar con Atenas, estaba convencido de que ya estaban preparados para vencer a la vez a espartanos y atenienses.

Delante de él, dos cuerpos de falange se enfrentaban entre sí con las lanzas embotadas. Uno de ellos estaba armado con *sarissas,* unas lanzas más largas de lo habitual que estaba pensando en incorporar a su ejército. Las líneas avanzaron en perfecta formación y las *sarissas* alcanzaron a sus oponentes antes que las lanzas normales. Epaminondas hizo un cálculo de lo que eso podría implicar en número de bajas mientras contemplaba cómo impactaban las dos falanges. En el combate que se estableció a continuación, los que iban armados con *sarissas* tenían más dificultad en alcanzar a sus enemigos.

«Hay que utilizar otra madera, tienen que ser más livianas. —Se aproximó hasta estar tan cerca que se arriesgaba a recibir un lanzazo. Los gritos y el estruendo de los escudos eran similares a los de un combate real aunque hubiera mucha menos sangre—. Quizás también habría que desplazar el punto de agarre.»

—¡Filipo! —gritó al soldado más cercano armado con *sarissa*—. ¡Sal de la falange!

El aludido lo miró por la rendija de su yelmo, dudando.

«No quiere abandonar a sus compañeros», se dijo Epaminondas con satisfacción.

Filipo empujó una última vez a su oponente y se apartó con rapidez. Su puesto fue ocupado de inmediato por el hoplita que tenía a su espalda, como hubiera ocurrido de haber caído muerto en una batalla real. Epaminondas le cogió la *sarissa* y él se quitó el yelmo. Bajo el pelo castaño había un rostro de quince años enrojecido por el combate.

—¿Qué impresión has tenido?

Filipo miró la *sarissa* antes de responder sin vacilación.

—Pesa demasiado. Si pesara menos, podría hacerse incluso más larga. Pero hay que cambiar el punto de agarre, quizás con una contera más pesada se podría coger de más abajo.

Epaminondas asintió.

—Eso mismo pensaba yo. Aprendes rápido, algún día serás un gran rey.

Filipo era hijo del antiguo rey de Macedonia Amintas III. El año anterior había sido entregado como rehén a Tebas, en garantía de la alianza que mantenían los dos Estados, y Epaminondas se estaba encargando personalmente de su formación.

—Sólo soy el tercer hijo —respondió Filipo con cierta hosquedad—. Mi destino no es reinar.

—Yo sólo era un soldado y ahora estoy a la cabeza de Tebas. —Epaminondas dio una palmada afectuosa en la coraza de Filipo—. No finjas modestia conmigo. Todo hombre notable es consciente de su capacidad. Escucha mi vaticinio: te convertirás en Filipo II de Macedonia, y serás uno de nuestros aliados más valiosos.

Filipo desvió la mirada hacia el combate de entrenamiento. Epaminondas leía en los hombres como si fuesen libros abiertos, y él todavía no había aprendido a evitarlo.

«Tiene razón, espero ser algún día rey de Macedonia. —La batalla mantenía toda su intensidad, con las dos falanges conservando aún el orden de veinticinco líneas de fondo—. Soy mejor que mis hermanos, su formación no incluyó el aprendizaje que yo estoy recibiendo en Tebas. —Bajó la vista al yelmo dorado que sostenía en las manos—. Sin embargo, cuando Epaminondas dice *aliado,* quiere decir *vasallo.* Si yo me convierto en rey, Macedonia no será la vasalla de nadie.»

Movió el yelmo y el metal destelló al reflejar el sol.

«Macedonia será la que someta a Tebas, Esparta y Atenas.»

Altea giró sobre sí misma, con las manos extendidas hacia las estatuas de las diosas que la rodeaban.

«Oh, Musas, hijas de Zeus, inspiradoras de los hombres. A vosotras dedicó Platón este templo, protegedlo de los odios y las conspiraciones que lo acechan.»

El bello rostro de piedra de Calíope, musa de la poesía, reflejaba la danza de las llamas del fuego sagrado y pareció murmurar una respuesta.

Altea se acercó a su pedestal.

—Madre de Orfeo, primera entre las Musas, que no sean ciertos los rumores. Que Platón no haya muerto.

Habían transcurrido un par de meses desde que habían sabido que Dionisio había desterrado a Dion y había encerrado a Platón en la acrópolis de Siracusa. Desde entonces no había llegado ninguna carta suya a la Academia. Esa misma semana, unos marineros habían dicho que en Siracusa se comentaba que estaba muerto.

Altea elevó un ruego a Clío, musa de la historia; a Urania, que insinuaba a los hombres los secretos de la astronomía, y prosiguió hasta completar sus plegarias a las nueve Musas. Por último, rezó a Hestia, diosa del hogar, que completaba el círculo de estatuas a lo largo de la pared circular y tenía a sus pies el fuego sagrado que nunca se apagaba. Platón había hecho que construyeran aquel templo circular como una réplica del que había levantado Pitágoras en su comunidad de Crotona. Acudía allí a menudo en busca de paz e inspiración, y Altea podía sentir su presencia bajo la mirada atenta de las diosas de piedra.

Terminó de orar, salió al exterior y la sobrecogió un silencio de presagio.

«Han desaparecido todos.»

El sendero que llevaba a la casa de Platón, el que conducía a la plazoleta de Academo, la arboleda que quedaba a su derecha..., no veía discípulos ni sirvientes, no llegaba hasta sus oídos voz alguna.

Echó a andar hacia las aulas y el pórtico. En las ramas de los árboles las hojas colgaban lacias, sin viento que las agitara. Los pájaros habían cesado su piar como si percibieran una presencia malévola. Al cabo de un momento, le llegó un rumor que se imponía al del riachuelo que cruzaba los jardines.

«¿Qué ocurre?» Caminó más rápido y enseguida la angustia hizo que empezara a correr. Entre los árboles distinguió algunas túnicas y poco después vio que se había congregado un gran gentío junto a la puerta de la Academia. Siguió corriendo, sin apartar la mirada de aquella muchedumbre de discípulos. Buscó en vano a su padre, a Calipo o a Eurímaco, que tan sólo una hora antes estaban con ella en la Academia. No comprendía lo que sucedía y de pronto temió que hubiera llegado un mensajero con la noticia de la muerte de Platón.

—¡Altea!

Tardó un momento en localizar al hombre que la llamaba, hasta que vio que alzaba un brazo y se apartaba de los demás.

—Calipo, ¿qué ha ocurrido?

Su esposo estaba sonriendo. Antes de responder, la besó en los labios y dejó escapar una risa alegre.

—¡Platón ha regresado!

Altea ahogó una exclamación y los ojos se le llenaron de lágrimas. Calipo se acercó con ella al grupo que se arremolinaba en torno a Platón. Todos querían verlo de cerca, darle la bienvenida, estrechar sus manos.

Platón consiguió llegar al pórtico, subió los escalones y les relató la expulsión de Dion y todo lo sucedido desde la última carta que había podido enviarles.

—Dionisio no me permitió abandonar en ningún momento los muros de la acrópolis de Siracusa, aunque debo reconocer que al margen de eso me trató con amabilidad. A menudo acudía a hablar conmigo y se mostraba deseoso de que lo considerara mi amigo.

Altea escrutaba su rostro mientras lo escuchaba. Platón estaba más delgado, pero parecía gozar de buena salud. Les contó que Dionisio le había ofrecido honores y riquezas para que participara en el gobierno de Siracusa, y que él había rechazado toda intervención en los asuntos de la ciudad.

—Dionisio cree gobernar y no se da cuenta de que son otros quienes lo hacen. Los mismos que hicieron correr rumores de que yo era responsable de todo lo que sucedía en Siracusa que no resultaba grato al pueblo.

—Temíamos por tu vida, Platón. —Las palabras de Altea levantaron un murmullo de asentimientos—. Después de saber lo que Dionisio hizo con Dion, pensábamos que podría causarte algún daño.

—Al contrario, el tirano siempre ha querido dar la imagen de que entre él y yo había una relación muy buena. Sólo se irritaba conmigo cuando le hablaba de su tío Dion, aunque no por eso dejé de intentar que se reconciliaran.

El matemático Eudoxo, que durante la ausencia de Platón lo había sustituido al frente de la Academia, alzó su voz por encima de las preguntas de los demás discípulos:

—¿Cómo convenciste a Dionisio de que te dejara regresar..., o acaso lograste escapar de tu encierro?

—Siracusa ha entrado en guerra con los lucanos y Dionisio iba a partir con sus tropas a Italia. Lo cierto es que no sé si me hubiera dejado salir de otro modo. —Se quedó un momento callado, sabía que a sus discípulos no les iba a gustar lo que les iba a decir—. Llegué a un acuerdo con él antes de salir. En el transcurso de un año permitirá el retorno de Dion y le devolverá su puesto y sus posesiones..., y cuando acabe la guerra yo también regresaré.

Un torrente de protestas cayó sobre Platón, que se limitó a levantar una mano y esperar a que se apaciguaran.

—Dion mantiene muchos contactos y me irá informando de la situación en la corte y de las verdaderas intenciones de Dionisio. Sólo regresaré si realmente parece que hay posibilidades de que retomemos nuestro proyecto y lo llevemos a buen término. No estoy menos preocupado que vosotros, es mi piel la que está en juego, pero si de verdad fuera posible... —Sus rasgos se ensombrecieron, reflejando toda la frustración que había acumulado en aquella empresa—. En cualquier caso, no debemos pensar en eso ahora. Acabo de llegar y quiero ocuparme de los asuntos de la Academia. Además, la guerra entre Siracusa y los lucanos parece que va a durar bastante tiempo.

Calipo fue el primero en volver a hablar.

—Si Dionisio ha ido a combatir a Italia, no creo que vaya a seguir enviando tropas para ayudar a Esparta. Hemos perdido un aliado importante en la lucha contra los tebanos.

—Así es —confirmó Platón—. Mientras estén ocupados con los lucanos, no podremos contar con ellos para luchar contra Epaminondas. —Paseó la mirada por la Academia y su rostro se distendió—. A Dion le gustaría venir a estudiar con nosotros durante el tiempo que dure su destierro. Sabéis que es un hombre capaz y justo, y será una suerte que nos acompañe. Sin embargo, no posee residencia en Atenas, y hasta que adquiera una, un hombre como él...

—Que se quede con nosotros, Platón. —Calipo miró a Altea mientras hablaba. A ella le cogió por sorpresa y titubeó un momento antes de asentir. Su mansión era la más grande de todos los discípulos, tenían mucho espacio libre y una multitud de esclavos para atender adecuadamente a un huésped tan ilustre. Además, resultaría interesante tener de invitado a un hombre como Dion, al que Platón valoraba tanto.

—Os lo agradezco mucho —respondió Platón con una inclinación de cabeza.

Altea se distrajo pensando en los cambios que habría que hacer en la logística doméstica para acoger a Dion.

«Tengo que hablarlo con Melisa.»

De pronto tuvo un mal presagio y un escalofrío recorrió su cuerpo. Acababa de recordar a la esclava como la había visto hacía unos días, asomada a la galería que daba al patio mientras ella hablaba con Céfiro. Los ojos de Melisa parecían los de alguien que hubiera perdido la razón.

—Platón, nosotros también tenemos novedades —intervino Espeusipo—. Durante tu ausencia ha llegado a la Academia un muchacho procedente de Macedonia al que te gustará conocer. Tiene un potencial realmente extraordinario.

Era poco habitual que Espeusipo hablara de alguien en términos tan elogiosos, por lo que Platón esperó con curiosidad mientras su sobrino pedía a aquel joven que se acercara. Tenía unos diecisiete años y llevaba sobre la túnica un manto de un tono marrón dorado, propio de la aristocracia macedonia.

Espeusipo le puso una mano en el hombro y prosiguió:

—Su padre era Nicómaco, médico de la corte del rey Amintas III. Murió hace unos meses, y su tutor consideró que el mejor modo de desarrollar las dotes del muchacho era enviándolo a la Academia.

Platón contempló a aquel joven que aguardaba junto a Espeusipo, y que a su vez lo estaba observando con una mirada serena, impropia de su edad, en la que se vio reflejado.

—Lamento tu pérdida, hijo de Nicómaco. —El muchacho inclinó la cabeza, bajando por un momento sus ojos castaños—. Veo que has causado una gran impresión en mi sobrino, y es un maestro exigente, nada fácil de impresionar. Dime, ¿cómo te llamas?

El joven macedonio respondió con un tono humilde.

—Aristóteles.

SEGUNDA PARTE

—

362 - 360 a. C.

Capítulo 47

Atenas, junio de 362 a. C.

«Madre...»

Melisa sostenía entre los dedos el amuleto de hueso que llevaba atado al cuello. Lo besó sin abrir los ojos, agachó la cabeza y apoyó el amuleto en la frente.

«Me hago vieja, madre. Ya tengo treinta y cinco años, la edad que tenías tú al morir. —Soltó el aire en un suspiro triste—. Y te echo de menos como el primer día.»

Intentó imaginar cómo había sido su madre antes de que la hicieran esclava y la obligaran a prostituirse. En vano trató de poner una sonrisa en aquel rostro que debía de haber sido hermoso cuando pertenecía a una mujer libre. Alejó de su pensamiento los sollozos y las lágrimas que cada mañana terminaban de desbaratar el maquillaje excesivo, que ella tanto detestaba, y se centró en el recuerdo de la presencia cálida que se tumbaba en su cama y la abrazaba sin fuerzas.

«Ayúdame a vengarme, madre. Maté a los hijos de Altea y la dejé estéril, pero aun así me ha arrebatado a los hombres que me correspondían. —Abrió los ojos y su mirada se clavó con dureza en el suelo—. En cuanto a Céfiro...»

Un rictus de odio deformó sus labios. Céfiro era la única persona a la que había hablado de su infancia en el prostíbulo y de la tortura sexual que había padecido su madre día tras día. Aunque su relación había terminado hacía cinco años, seguía lamentando amargamente haberse abierto a él sin reservas. Cada vez que lo veía, deseaba que estuviera muerto.

«Ayúdame, madre.»

La voz de Altea a través de la ventana le hizo levantar la cabeza. Se asomó y vio que su ama se alejaba por la calle con una de las esclavas de su servicio personal. Las seguían Céfiro y un mozo de los establos que llevaba un asno de las riendas.

«Van al mercado del Pireo», se dijo con desprecio. Las mujeres de clase alta casi nunca iban al mercado, pero Altea se empeñaba en desdeñar las costumbres a las que se ceñían las demás atenienses.

De pronto surgió una idea en su mente y notó que el corazón se le aceleraba. Titubeó durante un momento, levantó una mano hasta el amuleto y lo envolvió con fuerza.

Su tacto le proporcionó la firmeza que necesitaba.

Se alejó de la ventana y salió rápidamente de la habitación.

Altea se detuvo frente a un puesto del mercado repleto de coloridas verduras. Ya había comprado allí en otras ocasiones, lo atendía una mujer con sus dos hijas y todo lo que vendían procedía de la pequeña granja en la que vivían. En ese momento estaban sirviendo a dos clientas y Altea sonrió complacida. La presencia de mujeres era mayor en el mercado del Pireo que en el del ágora de Atenas. En los barrios del Pireo residían sobre todo marineros, artesanos y mercaderes cuyas esposas también realizaban algunas tareas fuera de casa, a pesar de que casi todas las familias tenían al menos uno o dos esclavos.

—Céfiro, escoge lo que necesites para preparar alguna receta de Miteco.

—Muy bien, señora.

El esclavo observó pensativo el género mientras aguardaba su turno. Altea y su esposo habían comprado hacía un año un libro titulado *Tratado de cocina,* escrito por Miteco de Siracusa, al que se conocía como el Fidias del arte culinario. Había costado una pequeña fortuna, pero Calipo no dudó en pagarla porque valoraba mucho que los invitados a sus banquetes quedaran impresionados.

Atendió a Céfiro la más joven de las hijas, tan encantada de hablar con él que su rostro parecía resplandecer. Altea la contempló divertida; su cocinero solía provocar esa reacción en las mujeres, independientemente de su edad. No tanto por la belleza inusual de sus rasgos suaves, aunque sin duda eso contribuía, sino por su cordialidad sincera y alegre.

«Hasta Melisa se sintió atraída por él..., aunque desde que terminó su relación lo mira con tanta frialdad como a mí.»

Metieron en las alforjas del asno varias coles, unos pepinos de excelente aspecto, rábanos negros, ortigas, espárragos y acelgas. Avanzaron hasta el siguiente puesto, en el que compraron aceitunas de diferentes variedades, y continuaron a través de la multitud en dirección a los establecimientos más cercanos al puerto.

Altea caminó más despacio al pasar frente a un puesto de bisutería. Se fijó en unos pendientes dorados con forma de león, elaborados con gran habilidad, y observó con curiosidad una espiral flexible rematada por una cabeza de serpiente. La cogió para examinarla mejor. Sus ojillos negros eran dos relucientes ágatas que parecían dotar de vida al animal.

«Es para enroscarla en el muslo.» Al comprenderlo, notó que se ruborizaba y la devolvió al mostrador. Se alejó del puesto y resistió la tentación de volverse para echar un último vistazo al sugerente adorno.

«¿Cómo reaccionaría Calipo si lo llevara debajo de la túnica?» Lo pensó un momento y sonrió con melancolía. Probablemente transcurrirían varios días hasta que se diera cuenta.

Añoraba los primeros años de su matrimonio; entonces pasaban buena parte del tiempo juntos, ya fuera en casa o en la Academia. El enriquecimiento de su esposo conllevaba frecuentes reuniones y viajes de negocios, así como una vida social más intensa, y ella estaba excluida de todo aquello.

«La llegada de Dion me arrebató a Calipo un poco más.» Apreciaba a Dion, un hombre excepcionalmente íntegro con quien había mantenido interesantes conversaciones durante el año que había residido con ellos. Sin embargo, su marido y él se habían hecho muy amigos y ahora Calipo lo acompañaba en muchos de los viajes que realizaba Dion por todo el mundo griego.

Se acercaron al puerto y entrecerró los ojos al enfrentarse a los destellos de las aguas. En el paseo que discurría junto al mar se alineaban varios tenderetes que vendían todo tipo de pescado: desde las lujosas anguilas de Copais y los congrios de Sición, que alcanzaban el tamaño de un hombre, hasta las asequibles sardinas, boquerones y espadines. Algunos eran pequeños puestos especializados en servir morralla, el pescado de los pobres, y en otros se alineaban los siluros, meros y peces espada junto a lenguados, salmonetes, golondrinas de mar y rodaballos. Se detuvieron frente a uno provisto de un gran toldo de lona que protegía la mercancía del sol. El pescadero era un hombre fornido de gruesa barriga, con la túnica enrollada a la cintura para trabajar con mayor libertad, que sostenía un cuchillo de hoja ancha mientras hablaba con los clientes. Altea dejó elegir a Céfiro, que seleccionó una gruesa cola de atún de carne rosada y varios tacos de congrio en salazón.

Cuando el pescado estuvo en las alforjas, continuaron hacia los establecimientos donde se vendía el vino, que era el objetivo principal de su visita al Pireo. Calipo había hecho construir en la mansión una pequeña bodega subterránea. Céfiro había asegurado que podía encargarse de adquirir vinos que deleitaran a sus invitados, y que además sirvieran para dejarlos envejecer sin preocuparse de que se deterioraran.

El mozo se quedó en la calle con el asno mientras Altea entraba con Céfiro y la esclava en un almacén sombrío en el que no había estado nunca. El aire, fresco y húmedo, le erizó la piel de los brazos. Tardó unos instantes en distinguir al bodeguero, un hombre de pelo gris y rostro abotargado que examinaba un papiro en una pequeña mesa, y que apenas se molestó en levantar la cabeza cuando entraron. Su expresión dejó claro que no le agradaba tratar con una mujer y un par de esclavos.

Cuando se dignó a echarles un segundo vistazo, abrió de golpe sus ojos adormilados y se acercó a ellos con una sonrisa obsequiosa.

—¡Qué honor, Altea, hija de Perseo y esposa de Calipo! ¿En qué puedo ser de ayuda, mi señora?

«Me ha reconocido por los ojos.» Estaba acostumbrada a que la asociaran inmediatamente con su padre, pero en los últimos tiempos la acompañaba también el aura del dinero de su marido, que sin duda era lo que había levantado a aquel hombre de su silla.

—Eres muy amable, mercader. —Extendió una mano hacia los odres, ánforas y tinajas distribuidos a lo largo de los muros—. Mi esposo quiere adquirir algo de vino para nuestra pequeña bodega.

—Magnífico. —El bodeguero juntó las manos en una palmada cuyo eco resonó por el almacén—. Entonces, mi primer consejo sería...

—Yo sé muy poco sobre vino —lo interrumpió Altea—, de modo que el encargado de escogerlo será Céfiro, nuestro cocinero.

El hombre apoyó las manos en su prominente barriga y se esforzó por mantener la sonrisa mientras examinaba a aquel esclavo al que doblaba la edad.

—Muy bien. Tengo los mejores vinos de Lesbos, Quíos y Tasos, tintos dulces de Maronea, blancos de Mende, una gran selección de Chipre o Leucade... No obstante, para alguien tan ilustre como tu amo sin duda lo mejor será optar por los caldos históricos de Biblos, de los que poseo una amplia variedad. ¿No estás de acuerdo?

Su mezcla de arrogancia y condescendencia hizo sonreír a Céfiro.

—Estoy de acuerdo en que los tintos de Biblos son de una calidad extraordinaria, y que los vinos añejos son los que mejor sientan, pues ayudan a la digestión, dan fuerza al cuerpo, hacen roja la sangre y proporcionan un sueño sin sobresaltos. —Había replicado el tono aleccionador del mercader y éste frunció el ceño—. Sin embargo, buscamos vinos que se conserven bien, no es necesario que ya sean muy viejos, y además los de Biblos suelen ser excesivamente caros.

—Ya veo. —Los ojos acuosos del bodeguero se desviaron un momento hacia Altea, que asintió apoyando las palabras de su cocinero—. Entonces quizás estéis interesados en los vinos de Cos. Tengo algunos a buen precio, y como sabrás aguantan muy bien el paso de los años.

Céfiro negó con la cabeza.

—Añadir agua del mar al mosto es un método efectivo para hacer que un vino se conserve, pero en la isla de Cos lo hacen en exceso. —Se volvió hacia Altea—. En muchos lugares echan un poco de agua de mar para favorecer la conservación, pero sienta mal si se pone mucha, y en Cos agregan una parte de agua por cada tres de mosto.

—Entonces, nada de Cos —convino Altea—. Si no me equivoco, hay métodos para conservar el vino que no hacen que perjudique la salud, como la resina de nuestros vinos áticos.

Céfiro asintió con una sonrisa.

—Hay varias maneras de lograrlo, pero hay que tener en cuenta que la proporción y el equilibrio son tan importantes en el vino como en todo lo relacionado con la cocina. La resina es idónea para impermeabilizar las vasijas, al tiempo que preserva el vino y le proporciona un aroma agradable, pero en exceso produce mareos y dolor de cabeza. En Chipre suelen utilizar yeso como conservante, lo que además suaviza el vino; sin embargo, a veces se le añade demasiado tratando de disimular la aspereza y sienta mal. Es todo cuestión de equilibrio —repitió.

El mercader alzó las manos resignado.

—¿Qué vino quieres?

—Antes mencionaste Lesbos y Tasos, ¿podemos probar alguno de esa procedencia?

—Así que quieres probar mi vino... —El bodeguero entornó los ojos y después se dirigió al fondo del almacén masculando algo ininteligible. Una vez allí, señaló una hilera de ánforas que se mantenían verticales sobre un soporte de madera—. Los vinos más selectos de Lesbos, a vuestra disposición. —Casi todas las vasijas estaban selladas con cera. El mercader levantó la tapa de una que no tenía sello y con un cacito largo de madera extrajo un poco de vino—. Imagino que lo probarás tú.

Céfiro se acercó al borde del ánfora y tomó aire lentamente. El mercader se irritó al ver que torcía el gesto. Sin decir nada, el esclavo dio un sorbo del cazo, paladeó el vino y finalmente lo tragó.

—Harina y miel —murmuró.

Se agachó para observar el ánfora, y el bodeguero se dirigió a Altea exhibiendo de nuevo su sonrisa empalagosa:

—Es un vino excelente, endulzado con un poco de miel y

aromatizado con azafrán. Es uno de los que ha alcanzado mayor éxito entre las casas más distinguidas de Atenas.

—La vasija debe de tener algún poro. —Las palabras de Céfiro dejaron al mercader paralizado—. El vino se vuelve más ácido y áspero cuando le entra aire, por eso le han añadido miel y harina. Un retoque hecho con habilidad y disimulado con el aroma del azafrán... y de la mirra, si no me equivoco, pero no se puede ocultar que el vino se ha deteriorado.

Altea advirtió que el rostro del mercader enrojecía al tiempo que la esclava contenía una risita a su espalda.

—¿Tienes algún otro vino de Lesbos? —se apresuró a intervenir.

El hombre parpadeó aturdido antes de señalar hacia el final de la hilera de ánforas.

—Mi mejor vino de Lesbos...

Se acercó para levantar la tapa y se quedó esperando. Esta vez Céfiro asintió apreciativamente tras comprobar el aroma del vino, y volvió a asentir después de probarlo.

—Un buen vino. —Cerró los ojos e inspiró profundamente—. Un sabor intenso, muy consistente, y apenas se aprecia el mármol.

El bodeguero apretó los labios. Para aumentar el cuerpo de los vinos en ocasiones se les añadía polvo de mármol o arcilla, y él mismo había añadido un poco a ese vino al que la edad había debilitado.

Tenían cerca otra estructura de madera que sostenía una docena de ánforas. Céfiro examinó una de ellas.

—Tasos —dijo al reconocer el sello que la identificaba. Las ciudades donde se producía el mejor vino tenían leyes para proteger la calidad y marcaban sus ánforas para evitar intromisiones que comprometieran su prestigio—. ¿Podemos probarlo?

El mercader dudó. Era una partida que había comprado hacía poco y no había abierto ninguna vasija. Finalmente rompió el sello de cera de la que había junto a Céfiro y dejó que degustara el vino.

—Cardamomo... —murmuró Céfiro con los ojos cerrados—, azafrán..., un poco de canela...

El bodeguero miró extrañado las ánforas.

—Este vino no está aromatizado.

Céfiro abrió los ojos y le dedicó una sonrisa.

—Pero lo estará, si llegamos a un acuerdo sobre el precio. —Aquel vino era extraordinario y él ya conocía los gustos de Calipo; sabía la cantidad de cada especia que debía añadir para deleitar a su amo.

El mercader juntó las puntas de sus dedos gruesos. Sus ojos se dirigieron a Altea, pero ésta miró a Céfiro para indicar que la negociación la llevaría él.

—¿Cuántas ánforas vais a comprar?

—Desde ninguna hasta media docena, eso depende del precio.

El hombre contempló las vasijas mientras reflexionaba. Las había comprado por cuarenta y cinco dracmas y el mínimo que se marcaba para cerrar una operación era doblar el precio. Por supuesto, siempre intentaba obtener mucho más, y no era raro que multiplicara por cuatro o cinco cuando sus clientes eran hombres que se habían enriquecido rápidamente, como era el caso de Calipo.

«¿Sabrá también de precios este maldito esclavo?»

Suspiró con aire de sacrificio antes de dar su respuesta.

—Si os lleváis seis, y en atención a los servicios prestados a la ciudad por tu honorable padre y por tu ilustre marido, que Zeus guarde por muchos años, podría rebajar cada ánfora hasta la ridícula cantidad de doscientas...

—Por ciento veinte dracmas nos llevamos una —intervino Céfiro—. Y serán seis si las dejas a cien.

—¡Eso sería lo mismo que robarme! —exclamó el mercader con tanta indignación que parecía imposible que estuviera fingiendo.

Céfiro inclinó la cabeza hacia Altea.

—Mi señora, éste es el primer almacén que visitamos. Sugiero que vayamos a ver otros; estoy seguro de que encontraremos vinos adecuados a precios razonables.

Diez minutos más tarde, atravesaban el mercado del Pireo en dirección a los Muros Largos. El bodeguero enviaría al día siguiente seis ánforas a su residencia y recibiría como pago seiscientas dracmas.

—Céfiro, ¿dónde aprendiste a negociar de ese modo?

Altea reparó en la sombra de tristeza que veló el rostro del esclavo antes de que respondiera.

—La mayor parte de lo que sé de cocina y de regatear en los mercados me lo enseñó un anciano llamado Prometeo. Era el cocinero de un amo que tuve en Siracusa. —Céfiro bajó la mirada al recordar la muerte del anciano Prometeo. Había caído de repente en mitad de la cocina, con una mano crispada sobre el corazón. Unas semanas después, su amo se arruinó y él acabó en el mercado de esclavos donde lo había comprado Calipo.

Altea contuvo el impulso de preguntar algo más. Estaban rodeados de gente y estaba mal visto que una mujer libre conversara con un esclavo. Dejó a Céfiro con el mozo que se ocupaba del asno y se adelantó unos pasos con su doncella personal.

Poco antes de abandonar el mercado, le llamó la atención un pequeño taller de alfarería. Habían colocado en la calle dos mesas bajas de madera para exponer sus productos: en una había tejas y piezas para canales de conducción, y en la otra un par de lámparas y varias copas negras.

«Cada vez hay menos ceramistas en Atenas que hagan vasijas pintadas.»

Por fortuna, el taller de su padre seguía vendiendo bien las cerámicas de figuras rojas. Perseo ya no podía pintar y tampoco moldeaba, pero tenían contratado a un pintor a tiempo completo y ella misma acudía la mayor parte de los días.

«Paso más tiempo en casa de mi padre que en la de mi marido. —Dirigió una última mirada a los productos que exponía el alfarero y siguió avanzando—. Si tuviera hijos, sería diferente.»

Frunció el ceño. Hacía tiempo que no pensaba algo así. Pero era cierto, ¿para qué iba a quedarse en una casa en la que no tenía hijos y la mayor parte del tiempo tampoco estaba su marido?

«¿Calipo viajaría menos si tuviéramos hijos?» Reflexionó sin llegar a una respuesta. En cualquier caso, se consideraba afortunada. Calipo y ella se veían menos que antes, pero su marido era un buen hombre y se querían. También tenía la suerte de poder pasar mucho tiempo con su padre y con su hermano. La mayoría de las atenienses de clase alta permanecían encerradas en sus viviendas después de casarse y apenas tenían contacto con su familia de origen.

«Además, así veo menos a Melisa.»

El ama de llaves parecía haber perdido fuerza desde que había terminado su relación con Céfiro. Altea oía su voz en raras ocasiones, y cuando la veía por la casa apenas se apreciaba el ruido de sus pasos, como si se hubiera vuelto más liviana. Su presencia física se percibía menos, pero eso hacía que le resultara más inquietante.

Llegaron a una plaza y pasaron cerca del pórtico que ocupaba uno de los lados. En su interior había varios grupos de hombres debatiendo con gravedad, y Altea captó en un par de ocasiones el nombre de Epaminondas.

«Tebas no deja de fortalecerse —se dijo preocupada—. Ya nadie pone en duda que sea más fuerte que Esparta... o que nosotros. —Dos años antes, Tebas había destruido Orcómeno, la última de las ciudades de Beocia que se le oponía—. Mataron a todos los hombres y esclavizaron a las mujeres y los niños. —Se estremeció al recordarlo—. Si Tebas ha hecho eso en una ciudad de su propia región, ¿qué haría con nosotros si llegara a conquistar Atenas?»

Continuaron por una avenida que conducía directamente a los Muros Largos. Altea siempre había preferido ir de Atenas al Pireo paseando a través de la campiña, pero ahora formaba parte del creciente grupo de los que optaban por no abandonar innecesariamente la protección de los muros.

Su ánimo se enfrió aún más al acordarse de lo que había ocurrido en el taller el día anterior.

Estaba sentada con su padre y su hermano alrededor de la mesa del patio, a unos pasos del horno humeante. Perseo y ella contemplaban el trabajo de Eurímaco, que estaba terminando de pegar el pie de una crátera grande. Ella se giró hacia su padre y observó su rostro de anciano, los lacios cabellos blancos, los ojos plateados que sonreían igual que su boca surcada de arrugas. Pensó que los dioses les habían concedido ya unos cuantos años de felicidad sin sobresaltos, de disfrutar unos de otros, y de repente la asaltó el temor de que aquello no podía durar. Como si la rueda del destino hubiera girado demasiado tiempo en la misma dirección y tuviera que cambiar de sentido y desbaratarlo todo.

«Eso es absurdo —se dijo mientras contemplaba angustiada a su padre. Pese a la vehemencia con que se recriminó, temió que el miedo que se había instalado en su estómago fuera el síntoma de un presagio—. Yo no soy adivina —apartó los ojos de la expresión plácida de su padre—, no tengo el don de la profecía.»

En aquel momento Eurímaco puso la crátera de pie, la examinó unos instantes y después les dirigió una mirada en la que el cariño se mezclaba con la pena.

—Me he presentado voluntario para combatir contra Tebas.

El miedo dejó a Altea sin respiración. Tuvo la sensación de que su pensamiento había causado aquello y notó que se mareaba. Eurímaco había inclinado hacia ellos su cuerpo de gigante, con una sonrisa triste que asomaba entre la barba castaña cada día más salpicada de canas. Altea miró a su padre y vio que se había quedado petrificado. El único signo de vida era el temblor de la mano que apoyaba sobre la mesa.

Eurímaco alargó el brazo y la envolvió con la suya.

—Papá, es mi deber, y es lo mejor que puedo hacer para protegeros.

Perseo negó con la cabeza, apenas un pequeño espasmo, sin conseguir articular palabra. Los acontecimientos se estaban precipitando en las últimas semanas: Mantinea y Tegea, dos ciudades del Peloponeso cercanas a Esparta, habían chocado entre sí y ambas habían pedido ayuda externa. Entre los numerosos aliados que apoyaban a Tegea destacaba la poderosa Tebas, que ya se estaba preparando para acudir de nuevo al Peloponeso, mientras que una de las ciudades que ayudaría a Mantinea sería Esparta. La Asamblea ateniense había decidido que también ellos enviarían un ejército para luchar contra Tebas.

—No tienes que ir —protestó Altea. Ya se había producido la elección de los ciudadanos que tenían que partir y Eurímaco no era uno de ellos.

—Si cae Esparta, caeremos nosotros —replicó él sin soltar la mano de su padre. Los miró a ambos y continuó en un tono suave que no podía ocultar la violenta realidad—. Los espartanos se van a enfrentar a un ejército enorme cerca de su ciudad. Si pierden esta batalla, serán exterminados, y poco después Tebas y sus aliados se presentarán ante nuestras murallas.

Su padre asintió con un gemido y bajó la cabeza.

«Protege a mi hermano, Zeus poderoso. —Altea miró a los lados mientras avanzaba con sus esclavos por el pasillo de los Muros Largos. Aquellas murallas debían salvaguardarlos de sus enemigos, pero no sería la primera vez que caían—. Soberano Zeus, protégenos a todos.»

Capítulo 48

Atenas, junio de 362 a. C.

Calipo aguardó con impaciencia mientras el administrador meditaba al otro lado de la mesa de su sala de trabajo. Acababa de exponerle un proyecto de inversión en el que estaba deseando entrar.

—Yo no lo haría —respondió por fin Teógenes—. Cualquier embarcación que se interne ahora por las rutas orientales corre el peligro de acabar en manos de la flota tebana.

—¿Ni aunque me ofrezcan el doble de la rentabilidad habitual?

Teógenes negó despacio con su elegante cabeza. El cabello y la barba corta ya eran completamente blancos, y los llevaba tan arreglados que siempre daba la impresión de acabar de salir del peluquero.

—Ni aunque te ofrecieran tres o cuatro veces más. Están desesperados, y con razón. Todo lo que tienen son acuerdos comerciales que no pueden utilizar y mercancías que no pueden vender. Mi consejo es que te mantengas al margen. Es mejor tener el dinero quieto y que no te rente que convertirlo en barcos y marineros que no vas a volver a ver.

Calipo apartó la mirada y se quedó tamborileando con una mano en la mesa. Llevaba tiempo queriendo asociarse con los hombres que ahora habían acudido a él. El instinto le pedía aprovechar la oportunidad, pero los consejos de Teógenes habían demostrado ser el contrapunto adecuado a su carácter impulsivo. Observó un momento al anciano administrador, que estaba aprovechando el intervalo para comer algunas aceitunas. A pesar de su edad, Teógenes mantenía intacta la perspicacia que lo había convertido en uno de los mejores administradores de la ciudad. Se había retirado hacía un par de años y ya sólo se ocupaba de los bienes de Calipo, así como de los que Dion había adquirido en Atenas.

«Sigue conmigo porque lleva toda la vida vinculado a mi familia. —Actuar en contra de su criterio conllevaba el riesgo de que decidiera dejar de ser su administrador y retirarse definitivamente—. No me resultaría fácil encontrar otro administrador tan valioso.»

—De acuerdo, te haré caso. —Teógenes asintió satisfecho—. Y que el rayo de Zeus acabe con ese maldito Epaminondas.

Las rutas orientales se habían vuelto peligrosas a causa del general tebano, que había convencido a su Asamblea de que construyeran una flota con el fin de disputar a los atenienses el predominio de los mares. Al mando de un centenar de trirremes, el propio Epaminondas había encabezado la expedición naval que había ganado para Tebas las importantes plazas de Rodas, Quíos y Bizancio. La superioridad que el general había demostrado en tierra comenzaba a extenderse al mar.

—Hablando de Epaminondas... —Teógenes sacó un pequeño pergamino, entrecerró los ojos para distinguir su contenido y se lo alargó a Calipo—. Ya ha quedado registrado el pago de tu trierarquía.

Calipo echó un vistazo al texto del pergamino antes de dejarlo a un lado de la mesa. La trierarquía era una de las contribuciones más caras a los gastos de la ciudad que podía hacer un ciudadano rico. Consistía en hacerse cargo de los gastos necesarios para fletar un trirreme y abonar el sueldo de sus doscientos remeros. Solía designarse en función del patrimonio de cada uno, pero Calipo se había ofrecido voluntariamente.

—¿Crees que tendremos barcos suficientes?

Teógenes lo consideró un momento. El objetivo era llevar el ejército a Mantinea, en el centro del Peloponeso, donde se estaban reuniendo las fuerzas de ambos bandos. Atenas había pretendido hacerlo por tierra a través de Corinto, pero Epaminondas había movido sus tropas con rapidez y les había bloqueado el paso. Ahora la única opción para llegar al Peloponeso era hacerlo por mar.

—Se están reparando algunas embarcaciones a marchas forzadas, aunque todavía tardaremos unos días en estar preparados para transportar un ejército tan numeroso.

—Mi cuñado Eurímaco va a formar parte de la expedición. Podemos mandarlo de avanzadilla. —Calipo alzó el borde de la túnica para mirarse el hombro, donde todavía se distinguían los restos de un cardenal—. La semana pasada estuvimos entrenando con espadas de madera y golpeó mi escudo con tanta fuerza que me levantó un par de palmos del suelo.

Teógenes esbozó una sonrisa, aunque el tono ligero de Calipo no bastaba para disminuir la preocupación por la situación exterior. Permanecieron en silencio hasta que el administrador sacó a colación un viejo tema:

—¿No quieres aprovechar que estoy aquí para empezar a redactar un testamento?

—Oh, dioses. —Calipo meneó la cabeza—. Eres más persistente que el águila de Prometeo.

—No hablo de nombrar un heredero universal, pero eres uno de los hombres más acaudalados de Atenas, quizás podrías querer indicar a quién van a parar algunas de tus riquezas.

—Tengo cuarenta y siete años y me encuentro en plena forma. ¿Algún oráculo te ha revelado que vaya a morir pronto?

Teógenes levantó las manos.

—Está bien, no insisto.

El administrador se apoyó en el respaldo y observó con curiosidad el semblante de Calipo. Había conocido a algunos hombres que se negaban a hacer testamento porque les hacía pensar en la muerte, lo cual les inspiraba pavor. Estaba convencido de que en el caso de Calipo no se trataba de eso, pero había algo que le hacía rechazar aquella cuestión de un modo irracional.

«Quizás todavía no se ha resignado a no tener un heredero propio.» Por otra parte, Calipo había dejado claro en numerosas ocasiones que no iba a repudiar a Altea, pese a lo sencillo que le resultaría desde un punto de vista legal. A un hombre le bastaba con devolver la dote, mientras que a una mujer le resultaba casi imposible obtener el divorcio.

Se inclinó de nuevo hacia delante.

—Olvidémonos del testamento, pero quizás deberías designar con quién tendría que casarse Altea si enviudara.

Imaginar a Altea casada con otro hombre hizo que el estómago de Calipo se agarrotara.

—Estás empeñado en acabar conmigo —respondió procurando mostrarse desenfadado—. ¿Te parecería bien que se casara con Platón? —Teógenes abrió los ojos hasta que casi se le salieron de las órbitas y Calipo rio—. Era una broma, tranquilízate o será tu corazón el que se detenga antes de tiempo.

El administrador llevó la vista al techo y suspiró. Calipo le tomaba el pelo desde que era un niño y él administraba los bienes de su abuelo.

—De acuerdo, veo que tampoco quieres tratar ese tema. Hay otro asunto que tengo que hablar con Dion. ¿Está aquí?

—No, creo que lo encontrarás en su casa de campo. —Dion había adquirido una villa cerca de Atenas, aunque seguía durmiendo en la casa de Calipo cuando tenía que quedarse en la ciudad—. O quizás esté en la Academia, últimamente pasa bastante tiempo allí.

—Me daré un paseo hasta la Academia, me viene bien andar. Y si no encuentro a Dion, al menos saludaré a Platón, hace mucho que no lo veo. —Teógenes se metió en la boca la última aceituna del cuenco antes de levantarse—. Son deliciosas, ¿dónde las compras?

—Es una receta casera, las prepara mi cocinero. Además de hinojo, les pone comino y no sé qué ingredientes más. Haré que te envíen un tarro.

Salieron al patio y Calipo vio que Melisa estaba de pie junto al pozo. Le dio la sensación de que quería hablar con él. Acompañó a Teógenes a la puerta, y en cuanto el administrador se marchó, la esclava se apresuró a acercarse.

—Mi señor, ¿podemos hablar a solas?

Era evidente que estaba muy alterada. Calipo le indicó que fueran a la sala de trabajo y ella cerró la puerta nada más entrar.

—Oh, mi amo, no sé cómo empezar. —Se retorcía las manos y parecía a punto de echarse a llorar—. La señora Altea... Céfiro...

—Tranquilízate —le ordenó Calipo—. ¿Qué quieres decir?

Melisa se mordió varias veces el labio antes de volver a hablar.

—La señora Altea es muy amable con Céfiro, con todos los esclavos —se apresuró a añadir—, pero Céfiro ha hecho mal uso de esa amabilidad.

—Continúa.

—Se toma demasiadas confianzas, habla con ella como... como si no fuera un esclavo, y los demás sirvientes han empezado a murmurar.

—¿Qué murmuran?

El ama de llaves enrojeció y bajó la mirada.

—¡¿Qué murmuran?!

—Que no parecen un ama y un esclavo, señor. —Melisa miraba al suelo y su voz apenas resultaba audible—. Yo sé que no es cierto, pero el rumor circula también entre los esclavos de otras casas y he pensado que tenía que contarlo.

Oyeron la puerta de la calle. Calipo se acercó a la ventana seguido por Melisa y vio que en el patio aparecía Altea con algunos esclavos. Céfiro le estaba hablando y ella lo escuchaba con mucho interés.

El semblante de Calipo se endureció mientras los imaginaba con esa misma actitud en el ágora, rodeados de atenienses. Sabía que sus conciudadanos siempre habían criticado la libertad que le concedía a Altea y nunca le había importado, pero ahora se le cerró la garganta.

«Toda Atenas los habrá visto así.» Su esposa escuchaba con mucha atención las palabras de aquel esclavo, joven y atractivo, que apenas estaba situado a un paso de ella. La expresión de Céfiro era alegre y dijo algo que hizo que la risa de Altea llegara hasta la sala de trabajo.

Calipo apretó los puños.

A su espalda, Melisa sonreía.

Capítulo 49

Esparta, junio de 362 a. C.

—¿Estás seguro de que Leónidas no puede venir?

Helena tenía una expresión anhelante y Calícrates la contempló con tristeza.

«Mi hermano es un monstruo despreciable que tiene aterrorizada a su esposa.»

—No te preocupes por él. Estará fuera al menos tres días.

Ya se lo había dicho al entrar en su casa, pero, hasta que no lo repitió, ella no se atrevió a tocar lo que les había traído: un par de quesos frescos de oveja y un tarro grande de arcilla con aceite de oliva.

—Esto es un tesoro. Muchísimas gracias.

—Por favor, no me lo agradezcas. Sabes que a mí no me cuesta nada.

—Menos te costaría si no nos lo trajeras.

Calícrates se sentó en una de las sillas de la cocina mientras su cuñada llevaba el queso y el aceite a la despensa. La única luz era la de la ventana abierta al patio y se dijo que hacía años que no veía una lámpara encendida en aquella casa.

«Mañana les traeré más aceite.»

Le dolían las rodillas y se las masajeó. Se ejercitaba con dureza y mantenía una buena forma física, pero las rodillas y la cadera le fastidiaban cada día más.

—¿Dónde ha ido Leónidas? —preguntó Helena cuando regresó a la cocina. Vestía la túnica corta propia de las espartanas, y la escasez de luz no ocultaba que los bordes estaban raídos.

—Agesilao le ha pedido que vaya al norte con unos cuantos soldados para comprobar la vigilancia de los pasos de montaña.

Helena movió una silla para sentarse a su lado.

—¿Crees que esta vez podremos evitar que Epaminondas entre en Laconia?

Calícrates se quedó pensativo. Aunque los tebanos no se habían internado en el Peloponeso en los últimos años, su fuerza no había dejado de crecer. Habían destruido Orcómeno, lo que había consolidado su dominio en toda Beocia, habían construido una gran flota y habían logrado nuevas adhesiones. Pelópidas, el comandante del Batallón Sagrado, había muerto en Tesalia, pero el ejército de Tebas había conseguido someter la región y Epaminondas contaba ahora con la poderosa caballería de los tesalios.

—Es innegable que los tebanos son más fuertes que nunca —respondió—, y que nosotros hemos perdido aliados importantes. —Corinto y otros Estados, agotados después de las incesantes luchas, habían abandonado la liga del Peloponeso hacía tres años—. Pero no se trata sólo de Tebas y nosotros. Todo el mundo griego se va a enfrentar en esta contienda. Mantinea está en nuestro bando y su ejército es bastante numeroso; si además los atenienses consiguen llegar a tiempo con sus tropas, la batalla estará más igualada.

«Y si no llegan a tiempo —se dijo—, no tendremos ninguna posibilidad.» Pero no era necesario contarle eso a Helena.

Sonó un golpe seco en el exterior y ambos se volvieron hacia la ventana. Inmediatamente oyeron el grito de una muchacha.

—¡Muy bien, Fedra!

Calícrates se levantó para asomarse y vio que su sobrina Yocasta, que ya contaba trece años, estaba felicitando a la pequeña Fedra por haber acertado con su jabalina en un trozo de madera ubicado en una esquina del patio. Fedra acababa de cumplir nueve años y fue a recoger el arma dando saltitos de alegría.

Helena se situó junto a Calícrates.

—Yocasta lleva unos meses yendo a entrenar con un grupo de chicas jóvenes. Al principio lo pasó mal porque es muy exigente, creo que por eso se ha empeñado en hacer de Fedra una campeona antes de que tenga edad de unirse a ellas.

—Hace poco vi a Yocasta corriendo por la ribera del Eurotas —recordó Calícrates—. Era la más pequeña de su grupo, pero corría entre las primeras.

Helena asintió con una sonrisa de orgullo y siguieron mirando a las niñas. La única que faltaba era Larisa, que el año anterior se había casado y ahora vivía en su propia casa.

Yocasta se acercó a Fedra para explicarle cómo debía echar hacia atrás el brazo antes de lanzar. Mientras repetía el movimiento, su hermana la contemplaba extasiada.

«Demarato miraba del mismo modo a Euxeno cuando eran niños.»

Aquel pensamiento provocó en Calícrates una punzada de dolor y respiró hondo para que se disipara. Le costaba menos conseguirlo en presencia de sus sobrinas. Leónidas había hecho que sus hijos murieran, pero eso no impedía que él tuviera mucho cariño a las hijas de su hermano.

Helena señaló con la cabeza a Yocasta.

—Fíjate en ella. —La muchacha cruzaba el patio con la jabalina en la mano. Su cuerpo esbelto se movía con la fluidez de una gata—. ¿No te recuerda a Deyanira?

A Calícrates le sorprendió la pregunta y observó con más detenimiento a Yocasta. Cuando llegó al otro extremo, su sobrina se volvió con expresión concentrada. Levantó la jabalina, soltó un grito en el momento de lanzar y su arma se clavó con fuerza en el trozo de madera.

—Es cierto —reconoció Calícrates—. Sus rasgos son semejantes a los tuyos, pero en su complexión y el modo de moverse hay algo que evoca a Deyanira. —Se giró para mirar a su cuñada—. ¿Tú la conociste?

—Murió antes de que me casara con Leónidas, así que no llegué a tenerla de suegra, pero hablé con ella en una ocasión. —Helena sonrió al recordarlo—. Yo la admiraba antes de conocerla, igual que la mayoría de las espartanas, pero a partir de entonces se convirtió casi en una diosa para mí.

Calícrates se había quedado boquiabierto.

—¿Dices... que muchas espartanas la admiraban?

Las cejas de Helena descendieron como si no lo comprendiera.

—Mientras estaba viva, muchas mujeres evitaban su trato por temor a ser criticadas, pero por supuesto que la admirábamos. ¿Cómo no íbamos a hacerlo? Incluso de anciana era muy bella, con esos ojos tan claros que le daban un aire sobrenatural, y cuando era joven nadie podía vencerla corriendo ni en el lanzamiento de jabalina. —Desvió la mirada hacia su hija Yocasta y volvió a fijarla en los ojos de Calícrates—. Pero ante todo la venerábamos porque tenía un marido salvaje que la maltrataba, y ella tuvo el coraje de apuñalarlo.

Calícrates asintió despacio. Entre los hombres de Esparta hablar de Deyanira era tabú. Las autoridades le habían perdonado que acuchillara a su esposo debido a las abrumadoras pruebas sobre la conducta deshonrosa de éste, pero incluso cuando todavía estaba viva no se la mencionaba, como si no existiera.

—Siempre pensé que yo era el único que se acordaba de ella —murmuró.

—No, Calícrates. El nombre de Deyanira sigue siendo legendario entre las mujeres de Esparta.

Su sobrina estaba dando tirones a la jabalina para desclavarla y Calícrates la observó mientras pensaba en su semejanza con Deyanira.

«Se nota que Yocasta lleva su sangre..., aunque la más parecida entre sus descendientes es Altea, la hija de mi hermano Perseo.» Por un momento sintió el impulso de hablarle a Helena de Altea, pero le había jurado a su madre que no rebelaría el secreto de la sangre espartana de Perseo y sus hijos.

Fedra gimió de decepción cuando falló su lanzamiento. Las niñas cruzaron el patio para recoger el arma y Calícrates se giró hacia Helena.

—Gracias.

Ella sonrió, todavía mirando a sus hijas, y después levantó la cabeza hacia Calícrates.

—¿Por qué?

—Por lo que has dicho sobre mi madre. Para mí es muy importante.

La sonrisa de Helena se ensanchó mientras lo contemplaba con una mirada cálida. Sin decir nada, se volvió de nuevo hacia el patio.

«Qué estúpido es mi hermano —se dijo Calícrates—. La desprecia por haberle dado tres niñas en lugar de disfrutar de ellas. —Los ojos de Helena parecían sonreír mientras observaba a sus hijas—. No valora que sea una mujer buena e inteligente, ni que se haya esforzado siempre como la mejor de las espartanas.»

Helena tenía las mejillas un poco hundidas y los pómulos marcados. Resultaba obvio que escatimaba en su propia comida para que sus hijas tuvieran un plato lleno. Calícrates contempló su boca expresiva, ahora embellecida por un atisbo de sonrisa, y recorrió con la mirada la línea de la mandíbula, la curva de su cuello esbelto...

«¿Qué estoy haciendo? —Apartó la mirada desconcertado—. Soy un viejo, dentro de un año cumpliré ochenta, y ella tiene poco más de la mitad y es una mujer casada.»

Cerró los ojos y se limitó a sentir la presencia de Helena a su lado y el juego de las niñas en el patio. Había vivido una vida larga y sabía que aquello era lo más valioso que podía tener un hombre. Pensar que podría seguir acudiendo durante un par de días contribuía a que la sensación lo colmara.

Cuando Leónidas regresara, al cabo de tres días, él ya no podría entrar en esa casa. Su hermano pasaba la mayor parte del tiempo en los barracones militares, cada día más huraño, criticando con amargura la corrupción y las injusticias del sistema espartano; no obstante, aunque apenas se acercaba a su propia vivienda, Calícrates sabía que no podía arriesgarse a que lo descubriera allí.

«Si me encuentra en su casa, es capaz de matarnos a todos sin mediar palabra.»

De pronto sintió que rozaba la mano de Helena y retiró la suya, un poco avergonzado por el descuido. Poco después volvió a sentir el roce y contuvo el aliento. El dorso de la mano de Helena se movió acariciando la suya y notó que se le erizaba el vello de los brazos. Dudó un momento y envolvió su mano con una caricia tierna. Al entrelazar los dedos, fue como si el mundo se detuviera.

Helena dejó escapar un suspiro.

En el patio aleteaba la risa de las hijas de Leónidas.

Capítulo 50

Atenas, junio de 362 a. C.

«Me está ocultando algo.»

Altea observó con disimulo a su marido. Mantenía la mirada baja mientras paseaban y bajo su barba castaña se apreciaba la tensión de su mandíbula. Ya le había preguntado si le ocurría algo, y él lo había negado.

«No se trata de la guerra, me lo habría dicho. La última vez que se comportó así fue porque se había arruinado y no quería que yo lo supiera.»

Había cambiado sus planes de esa mañana porque se lo había pedido Calipo. Inicialmente tenía previsto ir a la Academia para participar en un debate que había organizado Platón con unos pocos discípulos. Estaba particularmente interesada porque la semana siguiente ella iba a impartir una conferencia pública sobre el mismo tema, y también porque asistiría Aristóteles, cuyo punto de vista, pese a tener sólo veintidós años, había aprendido a valorar. Sin embargo, Calipo había insistido bastante en que fueran a pasear a la ciudad y ella había accedido.

Hacía tiempo que no paseaban juntos, igual que no era habitual que ella se arreglara tanto. Sabía que la importancia que su marido daba a la imagen pública había crecido en sintonía con su fortuna; por eso había elegido un lujoso vestido largo de color azafrán, que se sujetaba en el hombro derecho con un broche de plata, y en cuyo borde inferior tenía cosidas pequeñas pesas que servían para conservar la elegante caída de la tela. Para calzarse había escogido unas sandalias que llevaban dentro unas cuñas de madera para levantar los talones y estilizar la figura. También se había puesto un brazalete liso de oro con unos pendientes a juego, y en el pelo una cinta larga de color tierra que hacía las veces de diadema y se entrelazaba por detrás recogiendo su peinado.

«Ni siquiera me ha mirado», pensó con una sombra de tristeza.

Levantó la mano de su esposo y la besó. Él sonrió sin que sus ojos de color miel lo hicieran y continuaron andando en silencio.

«¿Qué le ocurre?», se preguntó de nuevo.

Según se alejaban del barrio de los aristócratas, las calles se hacían más estrechas e irregulares y las casas más pequeñas. Poco a poco desaparecieron las de dos pisos y las paredes de piedra. En los barrios de los artesanos aún se veían cimientos de piedra en las viviendas, pero sus paredes eran de ladrillo de barro cocido. También se notaba un cambio en la apariencia de las personas que se cruzaban. Los tintes resultaban caros, por lo que las túnicas rojas y doradas habían dado paso a prendas más sencillas de color blanco o marrón.

Se adentraron en una calle con varios talleres de calzado. Algunos habían montado sencillos expositores con tablones de madera y Altea ojeó la mercancía mientras pasaban. En el primero había unas botas de cuero altas, otras de media caña y un par de botines cerrados de suela claveteada. En el siguiente vio unas sandalias de cuero de vaca que le llamaron la atención. La suela era gruesa, de dos o tres capas, y de la parte delantera salían varias correas que se unían en el empeine a una pieza metálica en forma de corazón.

«Otro día vendré a que me tomen medidas», se dijo tras echar un vistazo al semblante serio de su esposo. Aquellos talleres trabajaban sobre todo por encargo, y tenían que dibujar cuidadosamente la forma del pie de cada cliente en una pieza de cuero.

Al llegar a la vía Panatenaica se detuvieron para dejar pasar a una aristócrata y su séquito de esclavos. Algún motivo excepcional debía de haber hecho que saliera a la calle sin su marido u otro hombre de su familia. Una de las esclavas sostenía una sombrilla sobre su cabeza para evitar que su piel perdiera el tono blanco que en la clase alta tanto se apreciaba como símbolo de virtud, pues indicaba que una mujer permanecía recluida en el interior de su casa. Los cabellos de la mujer estaban completamente envueltos por una tela, y un manto fino de color violeta cubría sus hombros. Cuando pasó junto a ella, Altea creyó distinguir en su rostro una discreta capa de albayalde, el maquillaje blanco que algunas atenienses usaban incluso en el interior de sus viviendas.

Calipo sugirió que, en lugar de dirigirse hacia la Acrópolis, como hacían en otras ocasiones, continuaran por la calle que flanqueaba el lado sur del ágora. A Altea le extrañó, pero no dijo nada y siguieron por aquella pequeña avenida en la que se alineaban varios edificios públicos.

Al pasar junto al primero de ellos, les llegó un repiqueteo metálico proveniente del interior.

«La guerra ha multiplicado el trabajo de la Casa de la Moneda», se dijo Altea. En aquel lugar acuñaban la plata que llegaba de las minas del Laurión para convertirla en las preciadas dracmas con las que pagarían a los miles de remeros, soldados y jinetes que embarcarían en breve hacia el Peloponeso.

Se volvió hacia la estatua de bronce de Atenea que presidía la cercana Acrópolis y rogó a la diosa por su hermano Eurímaco y por todos los soldados del ejército ateniense. Desde allí se apreciaba la columna de humo de los huesos y la grasa de los animales que estaban sacrificando en el gran altar de Atenea. Los días previos a las grandes batallas el humo se elevaba de la Acrópolis más espeso que nunca, y el olor a carne asada y hierbas purificadoras se extendía por toda la ciudad.

—Por todos los... —masculló Calipo, que había estado a punto de tropezar con una esclava.

La muchacha se apartó con rapidez y a duras penas consiguió sujetar con las manos el cántaro que llevaba sobre la cabeza. Ella no había tenido ninguna culpa y se alejó refunfuñando por las escaleras que conducían a la Casa de la Fuente.

Altea se quedó mirando a su marido, extrañada por su rudeza, pero lo vio tan irritado que prefirió no reprochárselo. Calipo reanudó la marcha más rápido que antes, como si en lugar de estar paseando tuviera prisa por llegar a algún sitio. Avanzaron por detrás del pórtico sur y del gran edificio del tribunal, atravesaron un cruce y tomaron otra calle en la que apenas había gente. El ruido del ágora les llegaba cada vez más atenuado, y poco a poco distinguieron a través de los muros blanqueados de las viviendas el canto de los pájaros que a algunos atenienses les gustaba tener en jaulas.

Un poco más adelante se alzaba la cárcel, y Altea recordó que Platón nunca quería estar cerca de ella.

«Sócrates murió entre sus muros.»

Los guardias de la puerta, apoyados en sus lanzas, los observaron al pasar. Ella apartó la mirada, pensando con inquietud en la cicuta que había acabado con la vida del maestro de Platón. Al llegar a la esquina, torcieron a la izquierda y le alegró perder de vista a los guardias. Recorrieron el muro lateral de la cárcel por una callejuela vacía, oyendo también allí el trino alegre de los pájaros enjaulados.

Altea dio un respingo cuando les llegó el espantoso grito de un prisionero al que debían de estar torturando. Trató de alejarse cuanto antes de la pared de la cárcel, pero Calipo no parecía dispuesto a apresurarse. Se giró para pedirle que se marcharan y se asustó al ver su expresión tensa y la mirada que tenía clavada en ella.

Un grito más agudo y prolongado hizo que se estremeciera.

Al reconocerlo se quedó lívida.

—¡Es Céfiro!

Capítulo 51

Atenas, junio de 362 a. C.

—¿Sigue sin llegar la respuesta de mi sobrino Dionisio?

Platón asintió a la pregunta de Dion y vio que su amigo bajaba la cabeza. Su gesto de resignación no ocultaba su tristeza.

—¿Estás pensando en tu familia?

—Mi hijo tenía cinco años cuando me fui, Platón, y ahora tiene diez. Cinco años sin verlo, ni a él ni a mi esposa. —Dion movió la cabeza con los labios apretados—. Es demasiado tiempo, y lo hace todavía más duro que mi esperanza de regresar con ellos se malogre una y otra vez.

Platón apoyó una mano en el hombro de su amigo mientras continuaban por el sendero que los llevaba a la entrada de la Academia.

«Dionisio ha demostrado que sus promesas no valen nada.»

La guerra que el tirano había mantenido en Italia se había prolongado casi cinco años. Durante ese período Platón había recibido varias cartas suyas en las que se excusaba por incumplir la palabra dada, pues no había permitido el retorno de Dion, y al mismo tiempo aseguraba que lo autorizaría en cuanto acabase la contienda. La última carta había llegado hacía un par de meses, poco después de que se alcanzara la paz. En ella Dionisio le pedía a Platón que volviese a Siracusa, pero indicaba que Dion todavía debía esperar un tiempo antes de regresar del exilio.

«Supongo que a Dionisio le habrá sentado mal mi rechazo», se dijo Platón un tanto preocupado. Le había respondido al tirano que no aceptaba su invitación si ésta no incluía el regreso de Dion. Ya había transcurrido más de un mes desde que le había escrito y todavía no tenían noticias de Dionisio.

Pasaron bajo la sentencia «No entre nadie que no sepa geometría» grabada en la cornisa de piedra que sustentaba el frontón de la entrada. Desde allí tomaron el camino que atravesaba los jardines de la Academia siguiendo el curso del riachuelo. Su destino era el aula donde esa mañana debatirían con Altea, el joven Aristóteles y otros discípulos sobre uno de los temas centrales de *La república.*

La mayor parte de la senda transcurría bajo la sombra de los árboles, pero hacía calor y Dion se abrió el cuello de la túnica. Llevaba una prenda sencilla de lino blanco que no permitía adivinar que era uno de los hombres más ricos de Siracusa.

Inclinó la cabeza al pasar bajo las hojas de un árbol y se volvió hacia Platón.

—Dentro de unos días partiré hacia Corinto. —Allí era donde se había instalado en primer lugar tras ser exiliado. Tenía algunos familiares y seguía acudiendo con frecuencia—. Voy a hacer una donación para sufragar las reparaciones del templo de Apolo.

—¿Lo ha dañado algún temblor de tierra? —inquirió Platón. El templo de Corinto, con sus seis enormes columnas en los frontales y quince en los laterales, era uno de los más grandes de Grecia y uno de los principales motivos de orgullo de la ciudad.

—No, sólo está viejo y algo descuidado. Le faltan tejas, algunas piedras están rajadas y hay que sustituir media docena de esculturas. Pero se encuentra en buen estado, si tenemos en cuenta que ya han pasado dos siglos desde que sustituyó al anterior templo de adobe y madera.

—Te estás convirtiendo en uno de los mayores benefactores de la ciudad. —Platón sonrió al decirlo. Estaba tan orgulloso de la generosidad de Dion como si se tratara de un hijo suyo. Había transcurrido un cuarto de siglo desde la primera vez que habían conversado en Siracusa, cuando Dion tenía sólo veinte años. Ya entonces le había cobrado un afecto paternal, y la relación había seguido estrechándose durante los cinco años que Dion llevaba acudiendo a la Academia.

—En Corinto me acogieron con los brazos abiertos cuando Dionisio me desterró. —Dion se encogió de hombros—. Es lo menos que puedo hacer.

La mayor parte del patrimonio de Dion se encontraba en Siracusa, aunque durante su exilio había adquirido una casa de campo en Atenas y algunas granjas en Corinto. Vivía con desahogo gracias a que sus administradores le hacían llegar puntualmente las considerables rentas que generaban sus propiedades siracusanas. Por otra parte, Platón no conocía a ningún otro hombre que se desprendiera de sus riquezas con tanta largueza como él; no sólo realizaba donaciones con frecuencia, también ayudaba sin reparar en gastos a quienes le pedían ayuda. En Atenas, en las últimas fiestas Leneas, había gastado casi un millar de dracmas en el entrenamiento y el vestuario de un coro de muchachos.

«Se ha convertido en poco tiempo en un hombre muy conocido... y no creo que eso le guste a Dionisio.»

Dion viajaba con frecuencia y establecía relaciones con los ciudadanos más ilustres de muchas ciudades. Por todas partes lo invitaban a asistir a conferencias y a banquetes en los que se debatía sobre literatura y filosofía. La erudición de Dion y su carácter templado le ganaban el aprecio y la admiración de quienes trataban con él. En varias ocasiones le habían dispensado honores públicos, y los propios espartanos lo habían honrado nombrándolo ciudadano de Esparta.

Platón sabía que la influencia de Dion se extendía a Cartago, pues antes de su exilio había tratado varias veces con sus autoridades en calidad de embajador de Siracusa. Y desde luego a la propia Siracusa, en donde conservaba muchos amigos y familiares entre los miembros de la corte. Todo ello servía para que Dionisio el Joven deseara mantener una buena relación con su prestigioso tío Dion, pero también para que se despertaran la envidia y el recelo del tirano.

Tomaron un desvío y llegaron a la plazoleta de Academo. Dion la cruzó despacio, sin apartar los ojos de la estatua del héroe. La primera vez que la había visto había afirmado que era lo más bello que había contemplado en su vida. En Siracusa no tenían ningún escultor como Praxíteles, capaz de hacer que la piedra pareciera estar moviéndose, ligera y llena de vida.

—Salud, Platón. Salud, Dion. —Eurímaco llevaba un saco de grano en cada brazo y caminaba en dirección a la cocina de la Academia. La carga era pesada y el esfuerzo hinchaba los músculos de sus brazos.

—¿Se sabe ya cuándo embarca el ejército? —le preguntó Dion tras saludarlo.

—Esta mañana nos lo han confirmado. Partimos en tres días.

—Espero que nos veamos antes —respondió Dion. El hermano de Altea le había resultado intimidante al conocerlo, como un monstruo sacado de un poema de Homero, pero había aprendido que tras su aspecto temible se ocultaba un espíritu noble—. En cualquier caso, ofreceré un sacrificio a los dioses para que te protejan.

Eurímaco reanudó su camino y ellos continuaron hasta llegar al aula. Aristóteles estaba dentro conversando con otros discípulos. Todavía faltaban Espeusipo y Altea y decidieron aguardarlos en el exterior, a la sombra del edificio, para aprovechar la ligera brisa.

Dion apoyó la espalda en la pared de adobe sin blanquear. Se sumió en sus pensamientos con expresión taciturna y Platón respetó su silencio. En torno a ellos la Academia parecía desierta, pero era una impresión engañosa. Aunque el fuerte sol mantuviera vacías las zonas despejadas, se distinguían varias túnicas a través de los árboles y algunos grupos entre las sombras del pórtico, además del rumor de la lección que se estaba impartiendo en el aula contigua.

Al cabo de un rato apareció Espeusipo caminando apresuradamente desde el Templo de las Musas.

—Espero no llegar tarde. —Tenía la frente perlada de sudor y se lo enjugó con el dorso de una mano—. ¿Soy el último?

—Todavía falta Altea —le informó Platón.

—Bien. —Su sobrino miró hacia atrás y esbozó una mueca burlona—. Voy a entrar para poder decirle cuando llegue que me ha hecho esperar una hora.

Un momento después se oyeron risas en el interior del aula y Platón sonrió. Su sobrino tenía un carácter jovial que resultaba contagioso, por lo que había fomentado desde el principio su amistad con Dion con la esperanza de atenuar la severidad de éste.

Su amigo se irguió apartándose de la pared.

—Estaba pensando... a pesar de que Dionisio todavía no quiere que regrese del exilio, puede que su victoria en Italia sea una buena noticia para el proyecto de unir la filosofía y el poder político a través de él.

—¿Qué quieres decir?

—Una victoria como ésa le habrá servido para consolidar su autoridad entre las ciudades de la Magna Grecia, y también para sentirse más seguro en su propia corte. Ya lleva cinco años en el poder y acaba de obtener un gran triunfo, quizás ahora se deje influir menos por Filisto y el resto de los consejeros que conspiraron contra nosotros.

—Es posible —respondió Platón.

«Aunque también es posible lo contrario —pensó. Dionisio podía sentir que tanto su victoria como el lustro que llevaba ocupando el trono se los debía precisamente a aquellos consejeros—. En cualquier caso, hay otros motivos para el optimismo. —Arquitas de Tarento le había escrito hacía unos días informándole de que Dionisio había convocado a varios filósofos a su corte—. Arquitas parece estar seguro de que el interés del tirano por la filosofía se ha multiplicado.»

Observó el semblante de Dion. La carta de Arquitas le había hecho albergar esperanzas de que Dionisio accediese a su petición y permitiera que su amigo regresara a Siracusa.

«Es mejor que no se lo diga. No quiero que vuelva a concebir ilusiones que luego se desmoronan.»

—Viene alguien.

Platón entornó los ojos para seguir la mirada de Dion. Un par de discípulos había surgido de entre los árboles que rodeaban la plaza de Academo y acompañaba a un hombre al que no conocía. Los discípulos señalaron hacia ellos y el hombre se acercó a paso vivo.

En las manos sostenía un pergamino sellado.

—¿Eres Dion, hijo de Hiparino?

—Así es.

—Traigo para ti un mensaje de Siracusa.

Le entregó el pergamino y Dion se apresuró a quebrar el sello.

—Es de Areté, mi esposa —murmuró mientras leía rápidamente—. Me dice que ella y mi hijo están bien... —Siguió leyendo y sus dedos se crisparon sobre el pergamino—. ¡Ah, maldito Dionisio!

Platón contempló angustiado a su amigo, que continuó en silencio y al terminar aplastó la carta.

—Areté ha escrito que, si en verdad los quiero, te persuadiré para que acudas a Siracusa y no insistiré en mi regreso. —Se mordió con fuerza el labio inferior—. Es la letra de mi esposa, pero la voz de Dionisio, que me recuerda que mi familia está en sus manos. —Negó con la cabeza mientras seguía hablando con la voz llena de amargura—. Cada vez estoy más lejos de mi hijo..., de mi mujer... —De pronto alzó el mensaje hacia Platón con una mirada cargada de resentimiento—. Ésta es la respuesta de Dionisio a la carta que le enviaste.

—Le escribiré de nuevo para...

—¡¿Qué crees que vas a conseguir escribiéndole?! —Dion estaba temblando. Un momento después se encogió como un animal herido e interpuso una mano entre él y Platón—. Es mejor que me vaya. —Mantuvo la vista en el suelo y durante un rato permaneció ausente—. Sí, he de irme... Tengo que escribir varias cartas cuanto antes.

Se alejó con paso inseguro y Platón se quedó inmóvil a su espalda, abrumado por la impotencia.

Capítulo 52

Atenas, junio de 362 a. C.

«Por Apolo, ¿qué pretendías que hiciera, Dion?»

Platón siguió con la vista a su amigo sin darse cuenta de que en el aula las conversaciones de los discípulos se habían extinguido. Lamentaba enormemente que Dionisio utilizara a la familia de Dion para presionarlo, pero siempre habían estado de acuerdo en que él no iba a regresar a Siracusa si el tirano no cumplía su parte del acuerdo.

«Dionisio tenía que haber demostrado con los hechos su buena voluntad, su intención de conducirse como un gobernante justo. Forzar a la esposa de Dion a escribir esa carta no es más que otra muestra de brutalidad.»

Era evidente que en esas condiciones no tenía sentido que regresara a Siracusa. Dion no podía verlo de otro modo..., pero sentía su reproche como un puñal que se le hubiera quedado clavado en el cuerpo.

Su amigo desapareció entre los árboles de la Academia y él permaneció un rato más junto a la puerta del aula. Necesitaba serenarse y quería dar un poco más de tiempo a Altea.

Finalmente entró y vio que habían dispuesto un círculo de sillas. Ocupó una de las que estaban libres y dejó a su derecha las dos que quedaban vacías por las ausencias de Dion y Altea. A su izquierda tenía a su sobrino Espeusipo, el siguiente era Aristóteles y a continuación había tres jóvenes que habían ingresado recientemente en la Academia a cargo de Espeusipo. Su sobrino le había pedido permiso para que se unieran a ellos esa mañana, y él había accedido asumiendo que tendría lugar algo más semejante a una clase que a un debate.

—Dion ha tenido que irse. —Se aclaró la garganta y procuró apartar de su mente todo lo relacionado con Siracusa—. Y al parecer Altea no ha podido venir, así que vamos a comenzar. —Los alumnos de Espeusipo lo contemplaban como si fuera un dios, tan erguidos que parecían tener un tablón atado a la espalda—. La cuestión que vamos a tratar es la siguiente: ¿resulta más conveniente ser justo o injusto? Como podéis ver, se trata de un combate filosófico entre la justicia y la injusticia, que es sin duda uno de los más trascendentales a los que nos podemos enfrentar. Esto es un debate abierto, podéis expresar cualquier opinión, y me gustaría escucharos a todos.

Sus ojos se desviaron un momento hacia la puerta abierta antes de proseguir:

—Para empezar con el tema, os voy a contar la historia de Giges, un pastor que servía al rey de Lidia. —Se acomodó en el asiento y su voz recobró la firmeza habitual—. Un día se produjo un terremoto y la tierra se abrió en el paraje al que Giges solía llevar el ganado del rey. El pastor descendió por la grieta y encontró un caballo de bronce en cuyo interior había un cadáver desnudo, más grande que el de cualquier hombre. El cadáver tenía un anillo de oro y Giges se lo quitó antes de regresar con su ganado. Esa noche se reunió con los demás pastores del rey llevando el anillo puesto. Por casualidad le dio la vuelta mientras lo tocaba distraídamente, y en ese instante se volvió invisible, de lo que se percató con asombro al ver que otros pastores hablaban de él como si no estuviera presente. Al girar de nuevo el anillo se tornó visible y así comprendió de qué modo actuaba la portentosa joya. Para asegurarse, lo probó varias veces y el prodigio se repitió en todas las ocasiones. Lo siguiente que hizo fue ingeniárselas para formar parte del grupo de pastores que iba a ver al rey para rendirle cuentas sobre el ganado. Al llegar al palacio, Giges usó el anillo para seducir a la reina, con su ayuda mató al rey y ocupó su lugar convirtiéndose en el nuevo rey de Lidia. —Su mirada se detuvo en uno de los alumnos de Espeusipo—. El anillo de Giges confiere un gran poder, además de la posibilidad de actuar impunemente de un modo injusto. ¿Cómo crees que se comportaría cualquier otro hombre que lo encontrara?

—Bueno..., considero que casi todos los hombres evitan

actuar de un modo injusto por temor a ser castigados. Si gracias al anillo tuvieran la certeza de que eso no puede ocurrir, se comportarían del mismo modo que Giges.

Otro de sus compañeros intervino:

—Estoy de acuerdo, pero la impunidad tendría que ser no sólo para los castigos humanos, sino también para los divinos. El anillo debería volverte invisible también a ojos de los dioses.

—Para eso sirven también las riquezas —opinó el tercero—. Con ellas no sólo se agasaja a los hombres y se obtiene su favor, sino que permiten honrar a los dioses con magníficas ofrendas y sacrificios. —Reflexionó un momento—. A menudo la injusticia es el modo más efectivo de conseguir riquezas, y además con ellas se puede alejar la posibilidad de recibir castigos tanto humanos como divinos. Creo que se puede concluir que la injusticia atenta contra las leyes de los hombres y de los dioses, pero a la vez sirve para eludir los castigos que designan esas leyes.

—Aristóteles... —lo invitó Platón.

El joven macedonio asintió lentamente antes de hablar.

—Sin duda en nuestra sociedad existen demasiados anillos de Giges. En Atenas, y en casi todas las ciudades, muchos de los hombres que gobiernan los asuntos públicos tienen o creen tener uno de esos anillos. —Los fue mirando a todos mientras continuaba con el mismo tono mesurado—. Poder e impunidad forman una combinación peligrosa, y si a eso unimos que aquellos que deciden dedicarse a la política suelen destacar en cuanto a ambición de poder y falta de escrúpulos, entonces el problema se agrava. En una democracia como la de Atenas a menudo se entregan anillos de Giges a quienes más peligroso resulta que los posean: a los demagogos, a los políticos cuya laxitud de conciencia les permite medrar entre los ciudadanos de la Asamblea. Es indudable que la injusticia en los Estados se reduciría si se consiguiera retirar, a todos aquellos que ocupan cualquier cargo público, sus anillos de Giges.

Las palabras de Aristóteles trajeron como un eco el recuerdo del escándalo de corrupción más reciente: Epimeteo, el encargado del tesoro del santuario de Asclepio, había sido arrestado por desviar a su patrimonio personal una parte de las donaciones que recibía el templo. En Atenas todo el que gestionaba dinero público tenía que rendir cuentas al final de su mandato, pero aquello no era suficiente para atajar la corrupción.

—Habéis mencionado puntos muy interesantes —alabó Platón—. Sin embargo, todavía no hemos sacado a la luz otra cuestión fundamental en este duelo entre la justicia y la injusticia. En el conjunto del Estado la injusticia se produce cuando alguna de sus clases —gobernantes, guerreros o artesanos— no realiza la función que le corresponde, aquella para la cual sus miembros han sido mejor dotados por la naturaleza, y se mezcla en los asuntos de las otras clases. Por ejemplo, si un guerrero se introduce en la clase de los gobernantes sin merecerlo, ese intercambio será perjudicial para el Estado, y donde antes reinaba la justicia ahora lo hará la injusticia. ¿Estáis de acuerdo?

—Así es —respondió uno de los alumnos de Espeusipo mientras los demás asentían.

—Por otro lado, el alma de cada individuo se divide en las mismas partes que el Estado, pues éste no puede ser de otro modo que como lo sean los individuos que lo componen. —La luz que entraba por la puerta incidía en Platón y sus ojos parecían brillar—. Estas partes del alma son la racional, la irascible y la apetitiva. En todo Estado, el cuerpo de gobernantes debería estar formado por hombres en cuya alma predomine la parte racional, el de guerreros por aquellos en los que sobresalga la irascible, y el de los artesanos por hombres en quienes prevalezca la parte apetitiva del alma.

Aquella relación hizo recordar a Aristóteles el mito del carro alado que exponía Platón en el *Fedro*. Su maestro solía enriquecer sus explicaciones combinando elementos de su filosofía que recogía en diferentes obras.

—Al igual que ocurre en los Estados —continuó Platón—, en los individuos la injusticia es el resultado de la disputa entre las partes del alma, que interfieren unas en las tareas de las otras. Si esa interferencia se lleva al extremo, el conjunto del alma será gobernada por aquella parte que no le corresponde, y los impulsos irascibles o apetitivos determinarán la conducta. De esto se desprende que las acciones injustas desequilibran la unidad moderada y armónica del alma, mientras que las acciones justas la mantienen.

Se detuvo y aguardó un momento antes de recapitular.

—Cuando os pregunté sobre el anillo de Giges, afirmasteis que su posesión llevaría a la mayoría de los hombres a cometer actos injustos. La impunidad que confiere el anillo libraría a su propietario de ser castigado, y libre de ese temor no dudaría en cumplir sus deseos. —Inclinó ligeramente la cabeza y su mirada cobró intensidad—. Tenéis razón, de ese modo se conduce la mayoría de los hombres. Y, ciertamente, la mayor parte de las personas piensa que una conducta injusta puede resultar beneficiosa. Pero jamás pensaría eso un verdadero filósofo. Porque sabe que, independientemente de los castigos de los dioses o de los hombres, las acciones injustas degradan la unidad del alma, corrompen su orden, y hacen que todo individuo pase de ser dueño de sí mismo a esclavo de sí mismo.

El aula quedó en silencio. Las aparentes ventajas de la injusticia sobre la justicia habían quedado desmanteladas. Platón dejó que reflexionaran y luego se volvió hacia su sobrino para pedirle que expusiera algún ejemplo práctico.

—Pensemos en el caso de Epimeteo, el tesorero del templo de Asclepio —propuso Espeusipo—. Al apoderarse injustamente del oro del santuario permitió que la parte concupiscible, cuya característica es el apetito de placer y riqueza, arrebatara el control de su alma a la parte racional, que es donde residen la sabiduría y la prudencia. De esta manera, esclavizó lo mejor de sí mismo a lo más deleznable. —Observó a sus alumnos para asegurarse de que seguían la explicación antes de continuar—. Por otra parte, las acciones injustas corrompen el alma de los hombres en mayor grado cuanto mayor es la injusticia de la acción, y también cuanto más se repite ésta. Debido a ello, pasar inadvertido, como permite el anillo de Giges, no es una fortuna sino todo lo contrario.

Platón intervino de nuevo:

—El hombre más justo es el más feliz, mientras que el más injusto es el más desdichado. En el tirano vemos esto con claridad: esclavo de sus pasiones, se ha tiranizado a sí mismo y al Estado, vive rodeado de envidia, falto de verdaderos amigos, sometido a un temor constante. Tiene un anillo de Giges, pero...

Se interrumpió al advertir que había alguien en la puerta.

—Altea... —Frunció el ceño al ver lo agitada que estaba—. ¿Qué sucede?

—Platón..., lo siento mucho... —No había dejado de correr desde que había cruzado las murallas de Atenas y apenas le quedaba aliento—. ¿Podemos hablar a solas?

Platón titubeó un momento, pero la expresión desesperada de Altea lo decidió. Encargó a Espeusipo que continuara en su lugar y abandonó el aula.

—¿Qué ha ocurrido? —preguntó mientras se alejaban. El sudor empapaba el rostro de Altea y le pegaba al cuerpo su elegante vestido.

—Hay que hacer algo, Platón. —Altea sollozaba mientras las lágrimas inundaban sus ojos—. Van a destrozarlo, y él no ha hecho nada.

El filósofo la sujetó con firmeza de los hombros.

—Tranquilízate. ¿De quién hablas? ¿Qué está pasando?

—Calipo está haciendo que torturen a Céfiro, nuestro cocinero.

Platón asintió para animarla a continuar. Había visto a aquel esclavo varias veces en la casa de Altea. Incluso en una ocasión había pedido que lo llamaran para felicitarle y había hablado un rato con él. Le había dejado la impresión de ser un joven bastante despierto y de carácter bondadoso.

Altea le contó sin dejar de temblar que aquella mañana Calipo había insistido en que dieran un paseo. Su esposo se mostró silencioso y tenso durante el recorrido, y al pasar junto a los muros de la cárcel oyeron los gritos de un prisionero al que estaban sometiendo a tortura.

—¡Es Céfiro! —exclamó ella horrorizada.

Su espanto se incrementó al mirar a su esposo. La estaba observando con tanta frialdad que instintivamente le soltó la mano.

—¡¿Qué ocurre?! —Apenas podía pensar, pero presentía que Calipo tenía algo que ver—. ¿Por qué lo están torturando?

Un nuevo grito le puso la carne de gallina.

—Pensé que te lo había dicho. —Altea tuvo la certeza de que su marido mentía, y de que trataba de comprobar algo mientras sus ojos no se apartaban de ella—. ¿Recuerdas que a mi socio Partenio, el que posee varios barcos de carga, lo han acusado de hundir el barco de un competidor?

Al otro lado del muro sonó un golpe acompañado de otro grito de Céfiro. Altea apretó los dientes y procuró que no se reflejara su angustia.

—El juicio será dentro de unos días. —Calipo se acercó a ella. Los gritos de Céfiro hacían que su mirada se volviera más intensa—. Algunos hombres aseguran que vieron a Partenio en una pequeña barca, alejándose del navío de su competidor poco antes de que éste se hundiera con un agujero en el casco. Sin embargo, esa noche Partenio estuvo en su casa celebrando un banquete. Yo le había prestado a Céfiro para que cocinara, y ahora Partenio me ha pedido permiso para que Céfiro declare que lo vio en el banquete a la hora a la que lo acusan de sabotear el barco.

Altea entreabrió los labios pero no llegó a decir nada. En Atenas los esclavos podían declarar a favor de su amo o de otro ciudadano si su amo daba permiso. No obstante, para que el testimonio de un esclavo se considerara válido tenía que obtenerse bajo tortura. Un ciudadano poseía derechos y riquezas, y podía perder ambas cosas si se le descubría cometiendo perjurio, así que se daba por hecho que decía la verdad. En cambio, un esclavo no poseía ni podía perder nada, por lo que sólo la tortura podía equiparar su testimonio al de un ciudadano.

Calipo tomó de nuevo la mano de Altea y ella contuvo el impulso de rechazarlo.

—No podía impedir que Céfiro declarara. Partenio está en una situación apurada y su testimonio puede salvarlo. —En realidad, Partenio se había extrañado cuando le había pedido que utilizara a Céfiro de testigo. Varios ciudadanos que asistieron al banquete iban a declarar que estuvo con ellos, y también había nombrado como testigos a algunos de sus propios esclavos. No le hacía ninguna falta Céfiro, pero Calipo le había pedido como un favor que lo incluyera en la lista de testigos.

—De acuerdo, lo entiendo —consiguió mentir Altea. Sentía que le hervía la sangre y un largo aullido de Céfiro hizo que estuviera a punto de vomitar—. Pero parece que van a matarlo, podrías pedir que terminaran ya.

Los ojos de Calipo se entornaron un poco más.

—No te preocupes por él. Sólo lo están azotando, y el interrogatorio se reparte en dos días para que lo soporte mejor.

«¡Dos días!» Altea miró la pared y el siguiente impacto le hizo ver la espalda de Céfiro desgarrada. Era raro que un esclavo muriese en un interrogatorio, pero a menudo resultaban peor parados los que eran jóvenes y fuertes como él. Los torturadores se ensañaban con ellos para asegurarse de que los doblegaban y decían la verdad.

Trató de disipar la tensión de su rostro y encaró a Calipo.

—Espero que se reponga pronto. Su ayudante de cocina apenas es capaz de preparar unos cuantos platos básicos. —Un nuevo golpe le cortó la respiración, pero se limitó a esbozar una mueca de fastidio—. Vámonos ya, por Atenea, hay sonidos más agradables que los gritos de un esclavo.

Durante el camino de vuelta su mente giraba a toda velocidad en busca de un modo de socorrer a Céfiro. Enseguida decidió que tenía que acudir a Platón, pero Calipo prolongó el paseo y dieron un rodeo para bordear la colina de la Acrópolis. Los golpes y los gritos retumbaban en su cabeza y estuvo a punto de echarse a llorar antes de que llegaran a la mansión.

Nada más entrar se cruzó con Melisa en el patio, aunque no se planteó que tuviera algo que ver con la tortura de Céfiro. Sólo pensaba en llegar a la Academia lo antes posible y por primera vez en su vida no se sentía libre de salir a la calle cuando quisiera. Aguardó en su alcoba, tan alterada que sentía que se le iba a salir el corazón del pecho, y en cuanto oyó que Calipo se marchaba también lo hizo ella.

—Platón, tienes que ayudar a Céfiro —suplicó—. Estoy segura de que Calipo me ha mentido y ha hecho que lo torturen sólo para castigarlo. Además, temo que se haya ocupado de que la tortura sea más violenta de lo normal en un interrogatorio. —Cogió una mano de su amigo y maestro—. Va a matarlo, Platón. Va a matar a un hombre bueno que no ha hecho nada.

—¿Por qué quiere castigarlo? —Calipo tenía un carácter fogoso y podía llegar a ser impulsivo, pero nunca hubiera imaginado que trataría así a un esclavo—. ¿Qué cree que ha hecho?

Altea apartó los ojos sintiéndose culpable. La última vez que habían ido al mercado ella misma había pensado que el modo en que conversaban en público no estaba bien visto en la sociedad ateniense.

Sus labios se tensaron y levantó el rostro hacia Platón con un brillo de desafío en la mirada.

—Algunas veces acompaño a los esclavos a comprar al mercado, y alguien debe de haberle dicho a Calipo que Céfiro habla conmigo como una persona en lugar de limitarse a obedecer como un perro. Si ése es el delito, yo soy la principal culpable por no tratar a mis esclavos como animales, sino como seres humanos. Pero te juro por todos los dioses del Olimpo que la conducta de Céfiro ha sido siempre intachable. Por mi parte... —Titubeó al recordar la intensa frialdad de los ojos de Calipo—. Yo quiero a mi marido, y jamás he realizado hacia ningún hombre un solo gesto que pueda tacharse de inconveniente a menos que se tenga una mente retorcida.

La rabia le agarrotó la garganta y acudieron nuevas lágrimas a sus ojos. Platón la atrajo hacia sí y reflexionó mientras su mirada vagaba por la Academia.

Al cabo de un rato, apartó a Altea.

—No sé si funcionará, pero hay algo que podemos intentar.

El mito de Giges y la Ética en Platón

En su obra *La república,* Platón expone a partir del mito de Giges uno de los más elevados alegatos a favor de la justicia de toda la historia del pensamiento.

Según Platón, lo que nos debe hacer comportarnos de un modo justo es el hecho de que el comportamiento injusto nos degrada, produce en nosotros una degeneración que nos hace pasar de ser «dueños de nosotros mismos» a ser «esclavos de nosotros mismos», de nuestros propios impulsos o deseos.

La religión estaba profundamente arraigada en la sociedad griega de la época de Platón, y en ocasiones los actos considerados impíos eran castigados con la muerte. A pesar de ello, y de que el propio Platón era un hombre de firmes creencias religiosas, fue capaz de desarrollar su defensa de la justicia al margen de la religión. El motivo para mantener una conducta justa no sería la obligación hacia una deidad, ni la búsqueda o huida de premios o castigos externos, sino las consecuencias que nuestros actos tienen en nuestro interior. De este modo, se acentúa la responsabilidad individual; el foco de la responsabilidad se pone en el hombre conceptualizado como un ser que decide, no como un ser que obedece.

En *La república,* Platón reflexiona sobre el modo de alcanzar la justicia tanto a nivel individual como en el conjunto del Estado. Concibe la política como un medio para lograr el bien común, en donde los gobernantes sean los individuos mejor formados y con mayores aptitudes naturales para gobernar, carentes de ambición de poder, placeres o riquezas gracias al predominio de su alma racional sobre la irascible y la apetitiva. Esta orientación ética de su filosofía política se recoge en *La república* cuando afirma: «No fundamos el Estado con el objetivo de que una sola clase de ciudadanos sea excepcionalmente feliz, sino de que lo sea al máximo toda la sociedad.»

Su proyecto de unir filosofía y política pretendía convertir este ideal en una realidad.

Enciclopedia Universal, Socram Ofisis, 1931

Capítulo 53

Atenas, junio de 362 a. C.

Melisa palpó discretamente la tela de su túnica por encima del cordel que usaba de cinturón. Le pareció que no había nada y el miedo detuvo su respiración, pero un momento después notó la bolsita de cuero que llevaba escondida.

«Afrodita me protege. No se me va a perder.»

Apartó la mano y siguió revisando la disposición de los muebles para el banquete de esa noche. Calipo la había informado de que vendrían seis invitados y los triclinios estaban dispuestos en forma de U. Habían sacado las mesitas que se guardaban debajo de los triclinios y las habían colocado frente a ellos. En cada mesita había una cuchara, el único cubierto que se utilizaba, y una copa de cerámica procedente del taller de Perseo. Las copas contenían agua, pues el vino no se bebía durante la cena sino en el simposio, la reunión de carácter festivo que se celebraba a continuación.

Tomó uno de los cojines de un triclinio y ahuecó el relleno de plumón para que resultara más mullido. En lugar de devolverlo a su lugar, se lo llevó al pecho y estrechó la suave tela de lino contra su piel.

—Va a salir bien —murmuró—. Todo va a salir bien.

El filósofo Platón había acudido a la casa la tarde anterior. Después de pasar un rato con Calipo en la sala de trabajo, los dos se habían marchado juntos. Al regresar, Calipo reunió a todos los esclavos para comunicarles que al día siguiente celebrarían un banquete muy importante.

—¿Quién va a ser el cocinero? —preguntó Melisa.

—Céfiro —respondió Calipo sorprendiéndolos a todos—. Lo traerán dentro de un rato.

El tono de su amo no invitaba a más preguntas, así que a Melisa no le quedó otro remedio que aguardar sintiendo que la bilis le quemaba la garganta. Había creído que Calipo haría que se ensañaran con Céfiro, y había rogado a los dioses que los dos días previstos de tortura fueran suficientes para acabar con su vida.

Un carromato llevó a Céfiro hasta la puerta de la mansión y dos esclavos se encargaron de meterlo dentro con los pies arrastrando. Tenía la túnica anudada a la cintura y le habían cubierto la espalda con vendas que en aquel momento rezumaban sangre. La cabeza le colgaba, pero sus ojos estaban abiertos y el sufrimiento hacía que su rostro se estremeciera.

Calipo ordenó que lo tumbaran boca abajo en un lecho y le cambiaran el vendaje. Al retirarle las telas empapadas, vieron que tenía tantas heridas que su espalda se había convertido en una masa de carne hinchada y sanguinolenta. Antes de vendarlo de nuevo, le untaron una mezcla de miel y hierbas que evitaba las infecciones y aliviaba el dolor.

«Pensará que se ha librado. —Los dedos de Melisa apretaron con fuerza el cojín. Esa mañana Céfiro había sido capaz de levantarse; apenas se tenía en pie, pero lo habían sujetado para que llegara hasta la despensa, donde había comprobado qué ingredientes le faltaban para preparar el banquete, y había encargado que fueran a comprarlos. —Juro que, aunque seas capaz de aguantar todo el día sin desmayarte, la cena de esta noche será lo último que cocines.»

Dejó el cojín y volvió a asegurarse de que la bolsita de cuero seguía bajo su túnica.

«¿Quién lo tomará el primero?», se dijo mientras recorría con la vista los siete triclinios.

Su resolución vaciló al pensar en lo que iba a hacer. Ejecutar su plan conllevaba un gran riesgo, pero recobró el coraje en cuanto pensó de nuevo en Céfiro.

«Creerán que lo ha hecho él para vengarse, y esta vez los golpes no cesarán hasta que muera.»

Calipo salió al patio nada más oír el golpe metálico del llamador.

La puerta se abrió y el primero en entrar fue Platón, al que acompañaba un hombre risueño bastante obeso. Detrás lo hicieron Espeusipo y Jenócrates, otro de los maestros de la Academia.

—¡Salud, amigos míos! —Calipo abrió los brazos—. Sed bienvenidos a mi hogar.

Platón le presentó a su acompañante, Dámaso, que era el comerciante más rico de Corinto y además el magistrado responsable de aprobar los acuerdos de importación de su ciudad.

—Es un honor tenerte en mi casa, Dámaso.

—Oh, no, bien saben los dioses que el honor es mío. Cuando recibí ayer la visita de Platón para invitarme a un banquete filosófico, creí estar soñando. Y cuando añadió que se celebraría en la casa de Atenas donde mejor se come, no podía creerme tanta fortuna, pues las dos pasiones de mi vida son precisamente la filosofía y la gastronomía. Por ese orden —añadió volviéndose hacia Platón.

—No lo pongo en duda —respondió éste con un asentimiento cortés.

—¡Por Apolo, qué aroma tan extraordinario! —Dámaso cerró los ojos e inspiró profundamente los efluvios que llegaban de la cocina—. Ostras asadas, ajo, tomillo... El olor es el primer plato de todo buen banquete, y debo decir que éste es realmente sabroso. —Sonrió, satisfecho de su propio comentario, y sin más preámbulo se dirigieron al salón.

«Tres maestros de la Academia para entretener a un comerciante», se dijo Platón. Eso no habría ocurrido en circunstancias normales, como tampoco Dámaso se hubiera reunido nunca con Calipo, pero la petición de ayuda que le había hecho Altea había originado aquello.

El día anterior, después de hablar con ella, había ido a ver a Dámaso y le había preguntado si quería asistir a una cena con él y algunos de los principales filósofos de la Academia. El corintio asintió vigorosamente antes de recobrar la voz y declarar que nada lo complacería más. Cuando Platón añadió que el evento tendría lugar en la mansión de Calipo, que contaba con el mejor cocinero de Atenas, Dámaso asintió de nuevo sin saber si estaba dormido o despierto. Acto seguido, Platón acudió a casa de Calipo para poner en práctica la segunda parte de su plan, que tenía en cuenta que muchos atenienses que se dedicaban al comercio se habían visto gravemente perjudicados cuando la flota de Epaminondas les había cerrado las rutas comerciales orientales.

—Dámaso se marcha de Atenas dentro de dos días —le dijo a Calipo—, y le he comentado que la cena podría celebrarse en tu casa porque pensé que te interesaría ser su anfitrión.

El rostro de Calipo reflejó varias emociones contrapuestas. La oportunidad era magnífica, pero Céfiro estaba en la cárcel siendo torturado. Iba a decir que no era posible cuando recordó que le habían ofrecido una gran cantidad de mercancía a un precio ridículo. Como había dicho su administrador, no valía nada si no había nadie que quisiera comprarla, pero si conseguía que Dámaso firmara con él un acuerdo comercial y vendía la mercancía a Corinto, podía obtener la mayor ganancia de su vida. Sabía que en ese momento Dámaso no estaba buscando nuevos proveedores, conocía a algunos hombres que habían intentado hacer negocios con él y ni siquiera los había recibido; sin embargo, si acudía a su casa como invitado, influido además por la presencia de Platón...

Chasqueó la lengua, dudando de nuevo al pensar en los motivos por los que había hecho que torturaran a Céfiro.

—Hay un problema —respondió finalmente—. Mi cocinero está en la cárcel, prestando declaración como testigo para ayudar a uno de mis socios.

Platón torció el gesto.

—Entonces, quizás en otra ocasión. —Se levantó de su asiento—. Espero que tu cocinero no resulte muy maltratado.

—Aguarda. —Calipo alzó una mano para retenerlo—. Quiero decir que no sé en qué condiciones estará, pero podemos ir a la cárcel a averiguarlo. Y si es capaz de cocinar, puedo revocar el permiso que les di para interrogarlo y pedir que me lo devuelvan.

«Céfiro se encontraba en un estado lamentable. —Platón frunció el ceño al recordar el cuerpo malherido del esclavo tirado en el catre de una de las celdas—. Pero para salvar la vida dijo que podría preparar la comida y el banquete se va a celebrar.»

Se recostaron en los triclinios y varias esclavas se ocuparon de quitarles las sandalias y lavarles los pies. El fulgor amarillento de unas lámparas de aceite dispuestas a lo largo de las paredes iba sustituyendo a la luz del crepúsculo que entraba por las ventanas abiertas.

Perseo apareció un poco más tarde en compañía de Dion, que se había pasado por su casa para recogerlo. Dámaso se levantó nada más verlo y lo saludó con entusiasmo.

—¡Por Heracles, eres Perseo, el campeón olímpico! Diste tu nombre a la Olimpiada número... noventa y uno, ¿no es así?

—Sí, tanto tiempo ha pasado. —Los ojos de Perseo se llenaron de arrugas al sonreír—. Pero no lo digas en voz alta, o no podré negar que tengo setenta y cinco años.

Platón contempló desde su triclinio a su viejo amigo. Aunque Perseo bromeaba últimamente con su edad, lo cierto era que no aparentaba ni un año menos de los que tenía. En todo caso, se había acentuado el aire sobrenatural que siempre le había conferido la extraña claridad de sus ojos. Su barba y sus cabellos eran tan blancos como la túnica que llevaba, y la piel apergaminada se había aclarado hasta perder completamente el tono tostado de su juventud.

A la derecha de Platón se encontraba el magistrado corintio y a la izquierda había un triclinio vacío que ocupó Dion. No se habían visto desde el día anterior, cuando llegó la carta con la que Dionisio lo presionaba a través de la esposa de su amigo.

Dion se enrolló la túnica a la cintura, dejando como los demás el torso al descubierto, y se inclinó hacia Platón.

—Lamento profundamente mi comportamiento de ayer —susurró mientras un esclavo le lavaba los pies—. Jamás debí hablarte de ese modo.

—No pienses en ello, Dion. No tienes de qué disculparte.

—Sí, claro que sí, y te ruego que me perdones.

Platón aceptó sus disculpas para que no continuara insistiendo. Su amigo se lavó las manos en la palangana que le ofrecía una esclava, y cuando terminó de secárselas se inclinó de nuevo hacia su triclinio.

—¿Has vuelto a escribir a Dionisio?

—No, aún no. Hay que pensar muy bien cómo intentar hacerle razonar. Y me gustaría que habláramos antes para que estemos de acuerdo en la respuesta que le envíe.

Dion asintió con la mirada baja. Su atención se dirigió a la sala al oír a su anfitrión.

—¡Comienza el banquete! —exclamó alegremente Calipo. Dos esclavos acababan de entrar en el salón con bandejas humeantes y el aire se impregnó de un olor marino que les hizo la boca agua.

—Ostras asadas con erizo de mar —anunció uno de los esclavos.

—Navajas asadas —dijo el otro—, y los cuencos contienen mostaza blanca y salsa de alcaparras.

Calipo indicó que sirvieran en primer lugar a Dámaso, que como invitado de honor estaba situado entre él y Platón. El corintio dio pequeñas palmadas mientras colocaban en su mesa las viandas. Tomó una concha, se deleitó con el aroma y se metió en la boca la carne de la ostra cubierta de grasa y ajo picado.

—Mmm... —Masticó lentamente mientras disfrutaba de los sutiles matices marinos de la ostra—. Está en su punto... y el ajo también. El equilibrio es perfecto. —Levantó un dedo rechoncho hacia los otros comensales—. Eso sólo se consigue picando el ajo al tamaño adecuado.

Calipo también empezó con una ostra, pero su atención no estaba puesta en el sabor de la comida sino en su invitado de honor, que alargó el brazo para dejar la concha sobre la mesa y tomó una navaja asada. «Ha sido una gran idea. —Los gruesos labios de Dámaso, brillantes de grasa, se abrieron para que la navaja entrara en su boca—. Cuando empecemos con el vino, será el momento de plantearle el acuerdo.»

En la cocina se respiraba un ambiente de tragedia por el estado de Céfiro.

Lo habían sentado en una silla, frente a la mesa de trabajo, y parecía a punto de derrumbarse. Altea lo contempló angustiada y después se volvió hacia una de las esclavas.

—Vamos, saca esa bandeja.

La mujer cogió la fuente de almejas y pulpo asado que aguardaba en la mesa y se apresuró hacia la sala de banquetes.

«Lo siguiente es la sepia, pero todavía no está terminada.» Altea examinó rápidamente el horno donde se estaba cociendo el pan y se acercó a la extensa superficie de brasas del hogar. Junto a las parrillas de terracota borboteaban dos ollas de cerámica, una enorme y otra más pequeña. Ya casi se había hecho de noche, y la media docena de esclavos que se afanaba entre humo y nubes de vapor tenía que conformarse con las dos teas sujetas a las paredes y el resplandor rojizo de las ascuas.

Melisa permanecía de pie en el lado más oscuro de la cocina. Su presencia apenas resultaba perceptible, aunque de vez en cuando entraba en la despensa o se acercaba a revisar la elaboración de algún plato. Altea se había preguntado si tendría algo que ver con la tortura de Céfiro, con quien había mantenido una relación hacía años, pero Melisa se mostraba tan fría e inexpresiva que resultaba imposible adivinar lo que pensaba.

«La única responsable soy yo. —Altea apartó los ojos de Melisa—. Aprendí de mis padres a tratar a los esclavos como si fueran sirvientes libres, y no supe tener en cuenta que la mayoría de los atenienses no son como mis padres. Ni siquiera Calipo.»

Durante un rato sólo se oyó el borboteo del agua y el repiqueteo de la preparación de la comida. En la cocina solía haber una atmósfera ruidosa, pero ese día todos los esclavos procuraban hacer su trabajo en silencio. Era el único modo de oír la voz apagada de Céfiro.

—No pongas tantos, Neleo. —Céfiro retiró varios pétalos de flores de alazor del picadillo de hierbas que su ayudante estaba elaborando para la sepia cocida. Después volvió a sujetarse con ambas manos al borde de la mesa—. En la cocina lo importante es el equilibrio. —Sus ojos se cerraron y agachó la cabeza mientras susurraba de nuevo—. El equilibrio, no lo olvides.

El calor y la humedad hacían que todos tuvieran la piel reluciente, pero Céfiro sudaba a chorros y en el vendaje de su espalda se veían cada vez más manchas rojizas. Había sido capaz de sostenerse en pie por la mañana, cuando trajeron los ingredientes del mercado y empezaron a cocinar, pero hacía horas que no se levantaba de la silla.

«Si se desmaya ahora —pensó Altea—, la cena será un desastre y Calipo hará que lo maten.»

Céfiro levantó despacio la cabeza y recorrió con la mirada el contenido de la mesa: un gran pastel rectangular; frutas, quesos y otros ingredientes para salsas; diversos aderezos y rellenos que preparaban algunos esclavos, y varios platos a medio terminar.

—Neleo, quita las aletas a los calamares. —Una gota de sudor se desprendió de su barbilla—. Las troceas, las fríes hasta que se queden a medio hacer y luego las mezclas con estas hierbas. —El ayudante empezó a cortar las aletas y Céfiro se volvió hacia otro esclavo. Su murmullo apenas resultó audible y lo repitió con la voz temblando por el esfuerzo—: Pon a calentar una sartén con un poco de aceite. Si ves que empieza a humear, la retiras.

Él mismo se ocupó de espolvorear la sepia con el picadillo de hierbas y flores. Después pidió que sacaran el pan del horno y avivaran el fuego, y dio instrucciones para que prepararan una pasta de harina de cebada, aceite y vino.

Le pusieron delante uno de los panes y se inclinó para olerlo. Estaba hecho con harina de trigo sin salvado a la que había añadido eneldo y miel del monte Himeto, que conservaba su aroma natural gracias a que se obtenía sin ahumar los paneles.

—Bien —susurró—, está en su punto de cocción. —Giró la cabeza hacia las brasas del hogar, donde la sartén llevaba un rato chisporroteando—. Las aletas también están en su punto; sácalas, Neleo.

Su ayudante lo miró sorprendido.

—¿Cómo lo sabes?

—El olor... —sintió que se le nublaba la vista y su voz se volvió más débil—, va cambiando mientras se hacen.

El aire de la cocina estaba saturado con una veintena de olores diferentes, pero Céfiro siempre parecía capaz de distinguir el que buscaba. Neleo hizo lo que le pedía y usó los trozos de las aletas para rellenar los cuerpos de los calamares, que puso sobre la parrilla de terracota.

Céfiro se apoyó con los brazos en la mesa y dejó escapar un gemido prolongado. El dolor le resultaba insoportable. Cerró los ojos y sintió el reclamo de la oscuridad como una corriente que tirara de él.

La tentación de dejarse arrastrar se volvió irresistible.

Apoyó la cabeza en los brazos y su consciencia comenzó a disolverse.

—¡Céfiro!

La voz de Altea hizo que abriera los párpados.

«No debo mirarla. —Sabía que su ama estaba cerca de la puerta, asegurándose de que no había problemas en aquella cena pero sin acercarse a él—. Ella también lo sabe.»

En la cárcel lo habían azotado durante horas. Al principio paraban de vez en cuando para preguntarle por el banquete en la casa de Partenio, el socio de Calipo, donde él había servido de cocinero. Sin embargo, llegó un momento en que se limitaron a golpearlo sin hacerle más preguntas y pensó que lo único que querían era matarlo. Cuando se desmayó, le echaron encima un cubo de agua y siguieron golpeándolo.

Había despertado en un mar de dolor, sin saber el tiempo que llevaba inconsciente. Uno de los carceleros le estaba vendando la espalda.

—Has tenido mucha suerte —le aseguró cuando vio que estaba despierto—. Tu amo ha venido a preguntar si te encontrabas en condiciones de cocinar y si podías irte después de sólo un día de interrogatorio. Al parecer tiene un banquete importante. —Su tono de voz era animado, las monedas que había recibido de Calipo lo mantenían contento. Terminó el precario vendaje y se acercó hasta que sus labios rozaron la oreja de su prisionero—. Esta vez te has librado, pero si no mantienes la distancia con tu ama, nos volveremos a ver muy pronto.

Céfiro estaba dispuesto a seguir aquella advertencia, no volvería a mirar a la esposa de Calipo. «También acabaré en las manos del carcelero si no consigo terminar la cena.» Alzó la cabeza y estiró un brazo hacia uno de los cuencos de salsa. Advirtió que Melisa estaba junto al cuenco y al mirarla le pareció distinguir un brillo de alerta en sus ojos, aunque cuando se retiró como una sombra su rostro sólo expresaba indiferencia.

La salsa del cuenco era de queso siciliano picante y salmuera de silfio. Céfiro tenía en la boca el regusto metálico de la sangre y tuvo que probarla dos veces. Esperó mientras el sabor potente del queso se extendía por su boca en pugna con el tono salado y vegetal de la salmuera. Los aromas impregnaron su garganta y dejó que salieran poco a poco por la nariz. Cuando la sensación comenzaba a disolverse, notó que la salmuera se imponía y pidió que añadieran un poco más de queso.

Se volvió hacia su ayudante.

—Dales la vuelta a los calamares. Y vosotros, sacad el cochinillo de la olla.

El cerdo sería el plato principal del banquete. Habían lavado su carne con vino y lo habían rellenado con polluelos de codorniz, alondra, papafigo, tordo y pinzón, junto con hígado de ganso picado y amasado con yemas de huevo de ganso y pimienta. Después habían cosido cuidadosamente la tripa del animal y lo habían puesto a cocer en un caldo de huesos con laurel, silfio, apio y puerro.

—Bien, muy bien —murmuró mientras palpaba la piel blancuzca del cochinillo. Se llenó las manos con la masa de harina, vino y aceite y cubrió la mitad trasera del animal con una capa gruesa. Los demás lo contemplaban sin comprender qué pretendía con aquellos preparativos—. Llevadlo al horno.

Altea siguió con la mirada a los dos esclavos que cogieron la bandeja con el cerdo relleno y la metieron en el calor del horno, prestando mucha atención a que la espesa capa que le había puesto Céfiro no rozara contra los bordes de la entrada.

De pronto los sobresaltó el grito de una de las esclavas.

Céfiro acababa de desplomarse y yacía inconsciente en el suelo.

Capítulo 54

Atenas, junio de 362 a. C.

«Hay algo que le preocupa», se dijo Platón mientras observaba a Calipo.

Su anfitrión asentía con una sonrisa permanente al despliegue de anécdotas culinarias de Dámaso, pero apoyaba el cuerpo en los cojines de lino manteniendo una posición ligeramente forzada, como si tuviera los músculos en tensión. Sin dejar de sonreír al magistrado corintio, los ojos de Calipo se desviaron un instante hacia la entrada.

«Llevan un rato sin sacar comida», comprendió Platón. Cualquier problema en la cocina podía causar una demora excesiva entre platos y arruinar la impresión que causaba un banquete. Miró la mesita de Dámaso y advirtió que todo lo que había era un solitario trozo de calamar. Cuando se lo comiera, su mesa quedaría vacía.

La voz del corintio dominaba la sala, aunque en ese momento su único interlocutor era Calipo. Como anfitrión se había ocupado de que todos participaran, pero durante la comida solían tener lugar conversaciones ligeras. Dioniso, dios del vino, presidiría después el ambiente y sería entonces cuando profundizarían en alguna materia. Además, en la mente de todo ateniense el asunto predominante era la guerra contra los tebanos, y hubiera sido una descortesía hablar de ella cuando el invitado de honor era de Corinto, ciudad que había firmado un acuerdo con Tebas para quedar al margen de la contienda.

Espeusipo y Jenócrates estaban comentando algo entre ellos y Platón sonrió al echar una ojeada a sus mesitas, que parecían un reflejo de sus diferentes personalidades. Su sobrino había repetido de varios platos y apenas le quedaba comida, mientras que Jenócrates había pedido que le pusieran una cantidad mínima y parecía que ni siquiera eso había tocado.

Calipo hizo una seña a la esclava encargada del agua para que se acercara a su triclinio. La muchacha escuchó muy seria lo que le dijo su amo al oído y abandonó el salón.

«¿Qué ocurrirá en la cocina? —Platón se quedó mirando la puerta por la que había desaparecido la esclava—. Espero que aguante ese pobre cocinero.»

A su izquierda, Dion examinaba una copa con interés mientras Perseo le explicaba cómo se conseguían los diferentes colores en las cerámicas. Hablaba con mucha pasión de su trabajo y Dion sonreía al escucharlo.

La esclava regresó al cabo de un momento y se acercó a su amo para informarle.

—Escuchadme todos. —Calipo alzó las manos para hacer su anuncio—. Espero que hayáis disfrutado hasta ahora, pero preparaos porque está a punto de salir el plato estrella del banquete.

Se oyó un ligero traqueteo y apareció un esclavo empujando un carrito que era como una mesa baja con ruedas de madera. En él transportaba el cochinillo relleno y lo llevó por delante de los triclinios levantando expresiones de admiración.

—¿Cómo es posible? —Dámaso no pudo contenerse y se levantó para examinarlo de cerca. La mitad trasera del cerdo tenía la piel clara y elástica propia de la cocción, mientras que su mitad delantera mostraba el tono tostado y la textura crujiente que proporcionaba el asado—. Son dos animales, ¿verdad? —le preguntó a Calipo—. Los habéis cortado y después los habéis juntado para que parezcan uno solo.

Mientras lo decía tocaba el punto en el que se unían los dos tonos de piel. Calipo también se levantó y observó aquel fenómeno sin ser capaz de imaginar cómo lo habría logrado Céfiro. Por un momento supuso que habría metido la mitad del animal en una olla dejando la otra mitad fuera, y que después habría hecho lo mismo en el horno con la mitad contraria.

—No puede ser —murmuró. Aunque nunca había cocinado, intuía que haciendo aquello el resultado sería diferente.

Se volvió hacia el esclavo del carrito.

—Dile a Melisa que venga.

Regresaron a los triclinios y el ama de llaves entró en el salón con una expresión rígida.

—Estamos impresionados —le dijo Calipo—. Transmite nuestras felicitaciones al cocinero, pero antes nos gustaría que nos explicaras cómo se ha preparado el cochinillo.

—No omitas nada —añadió Dámaso entusiasmado—. Tengo que conseguir que mi cocinero sorprenda a mis invitados del mismo modo.

Melisa inclinó la cabeza hacia el corintio.

—Es muy sencillo, mi señor. —Revelar aquello le proporcionaba una oscura satisfacción; sabía que los mejores cocineros procuraban guardar sus secretos—. En primer lugar, se pone el cerdo en una olla con caldo y se deja hirviendo hasta un poco antes de que termine de cocerse. Luego se recubre la mitad con una pasta de harina y se mete en el horno. Al sacarlo, se retira la cubierta y queda así.

Dámaso comenzó a aplaudir con sus manos regordetas.

—Es maravillosamente sencillo, como toda obra genial.

Melisa volvió a inclinar la cabeza y aguardó mientras un esclavo servía el cerdo y otro depositaba en cada mesita un cuenco con la salsa de queso y salmuera. Al ver que no le preguntaban nada más, pidió permiso para retirarse y regresó a la cocina.

—Está perdiendo mucha sangre —dijo con voz trémula una de las esclavas.

Céfiro había pedido que lo levantaran y lo colocaran de nuevo en la silla. Su torso reposaba en la mesa y a través de la rendija de sus párpados se distinguía el brillo de los ojos inmóviles.

—Es un hombre fuerte, aguantará —aseguró otra de las esclavas.

Las palabras murieron en el silencio lúgubre de la cocina. En el hogar las brasas crepitaron y desde el salón les llegó una carcajada que fue secundada por las risas de otros hombres.

Melisa contempló con desprecio los semblantes preocupados de los esclavos y de su ama.

«Si no consigo que vuelvan a castigarlo, no hay duda de que aguantará. —Todos estaban pendientes de las manchas de sangre que se extendían poco a poco por el vendaje de Céfiro—. Nadie sabe como yo lo fuerte que es.»

Colocó su bolsita de cuero en el hueco de la mano y avanzó con cautela a lo largo de la pared de la cocina. Había intentado echar su contenido en la salsa de queso picante destinada al cerdo; sin embargo, cuando aguardaba su oportunidad junto al cuenco, Céfiro había levantado la cabeza y se había quedado mirándola.

«Diosa Afrodita, concédeme una sola oportunidad y no la desaprovecharé.»

El horno ya estaba apagado y en el hogar sólo quedaban dos sartenes en las que se estaban tostando bayas, legumbres y frutos secos. Continuó hasta la mesa de trabajo y examinó la fuente de frutas, con sus membrillos y nísperos maduros, manzanas rojas y ciruelas dulces. Un poco más allá había dos bandejas de cerámica con pastelitos, tartaletas y pequeños bollos de crema y queso.

«Podría echarlo por encima. —Se sintió tentada, pero un momento después lo descartó; se notaría demasiado—. ¡Por los dioses, tengo que hacerlo ya!» Notó que estaba perdiendo el control, el pánico ascendía por su cuerpo como una serpiente helada que la oprimía y la dejaba sin respiración. Su mirada se detuvo en Céfiro. El fuego de las antorchas se reflejaba en la piel mojada de su rostro, pero el tono amarillento que le prestaban las llamas no era suficiente para ocultar su palidez cadavérica.

Por el rabillo del ojo le pareció que Altea la estaba observando.

«Tengo que alejarme.»

Pero no lo hizo. Siguió junto a la mesa de trabajo y finalmente levantó el rostro hacia los esclavos.

—¿El pastel grande tiene que llevarse así o hay que hacerle algo más?

El ayudante de Céfiro observó dubitativo el pastel rectangular que había en una esquina de la mesa. En la parte superior habían moldeado pequeños montículos, como si representara un campamento de un centenar de tiendas levantadas unas junto a otras.

—Céfiro dijo que había que añadirle algo, pero yo no conozco la receta. Y así no puede presentarse.

—Terminadlo...

Melisa miró a Céfiro sin estar segura de que hubiera hablado. Las manos del cocinero se movieron lentamente y se apoyó en ellas para erguirse, aunque apenas consiguió separar la frente de la mesa.

—Neleo...

Su ayudante se acercó corriendo.

—Seis cotilas[1] de vino... de vino dulce de pasas... —Céfiro susurraba al ritmo de su respiración trabajosa—. Lo reduces a un tercio... y lo mezclas con cincuenta dracmas[2] de moras..., otras cincuenta de higos picados..., lo echas por encima y añades piñones tostados.

Apoyó la cabeza en la mesa e intentó mantener los ojos abiertos para no desvanecerse. Durante los simposios solían sacarse para picar cosas sencillas y a veces algunos pastelitos, pero nunca algo como lo que él quería preparar. Tenía la esperanza de que aquel pastel sirviera para que Calipo pensara que era un cocinero imprescindible. La masa era de harina de trigo, a la que había pedido que añadieran miel, queso, vino, aceite y avellanas tostadas machacadas. Lo habían horneado esa mañana y desde entonces reposaba en una fuente sobre una cama de hojas de laurel, impregnándose poco a poco de su fragancia.

Melisa retrocedió un par de pasos mientras el ayudante de Céfiro repartía el trabajo. Una de las esclavas fue a la despensa a por piñones, otro comenzó a picar la fruta y Neleo cogió vino dulce de pasas de Rodas y echó la cantidad indicada por Céfiro en una olla ancha para que se redujera con mayor rapidez.

1. Una cotila equivale a 0,274 litros, por lo que seis cotilas son 1,64 litros.

2. La dracma era una unidad monetaria (4,36 gramos de plata), pero también una unidad de peso, de modo que cincuenta dracmas equivalen a 218 gramos.

Al cabo de unos minutos, el vino dulce se había transformado en un arrope bastante espeso de aroma intenso. Neleo lo llevó a la mesa, lo juntó en un recipiente con los higos y las moras silvestres y comenzó a remover con una cuchara.

Melisa permanecía detrás de él completamente desesperada. Apretaba en una mano el saquito de cuero y con la otra envolvía el amuleto que colgaba de su cuello, rezando sin cesar mientras el sudor corría por su espalda. Quedaba poco por hacer en la cocina y varios esclavos ociosos contemplaban el trabajo de Neleo, resultaba imposible que ella hiciera algo sin que nadie lo advirtiese.

La salsa de arrope se volvió homogénea y Neleo probó un poco de lo que había quedado en la cuchara. Asintió varias veces y se volvió hacia Céfiro, que tenía los ojos cerrados y respiraba entrecortadamente. Tras titubear un momento, miró a Altea con la cuchara de madera todavía levantada.

—A mí me parece perfecta...

Altea se acercó para probar la salsa. Melisa, a un paso de ella, apretaba los dientes hasta hacerse daño mientras contemplaba el perfil de su ama, los labios que cataban la dulce mezcla, sus extraños ojos un instante pensativos antes de devolverle la cuchara al ayudante.

—Les va a encantar. No molestes a Céfiro y échala así.

Neleo tomó el recipiente con ambas manos y lo levantó sobre el pastel. Antes de verter su contenido, se volvió hacia la esclava que tostaba los piñones.

—Sácalos ya —apremió—, se van a quemar.

La muchacha, arrodillada junto al hogar, se inclinó rápidamente y cogió la pesada sartén. Había olvidado usar un trapo y se escuchó con claridad el siseo de su piel contra el metal ardiente. Soltó la sartén dando un grito, y cuando ésta cayó sobre las brasas varias volaron hasta su túnica y sus piernas.

Neleo dejó el recipiente y corrió hacia la esclava. Melisa avanzó al instante y volcó el polvo parduzco de su bolsita. Altea había dado un paso hacia el hogar, pero se detuvo porque ya había algunos esclavos sacudiendo las brasas de la ropa y la piel de la muchacha. Sobre el arrope de higos y moras destacaba la montañita de polvo. Melisa lo hundió con dos dedos y removió con rapidez la mezcla caliente, vigilando histérica la mirada de todos. Neleo usó un trapo para agarrar la sartén y la levantó procurando que no se cayeran más piñones. Después se volvió hacia la mesa de trabajo.

Melisa se alejaba de ella, sigilosa como un espectro, con la cabeza agachada para ocultar su mirada salvaje de triunfo.

Capítulo 55

Esparta, junio de 362 a. C.

Leónidas atravesaba la llanura en dirección a Esparta, donde nadie imaginaba que llegaría esa misma noche.

En aquel momento, en su casa, la tenue luz que se colaba entre los postigos mal encajados permitía a Calícrates adivinar el perfil suave del hombro de Helena, la línea de su costado desnudo y el inicio de la curva de la cadera, donde él tenía apoyada la mano desde que se había quedado dormida.

—Quédate esta noche —le había susurrado ella hacía unas horas.

«Si los dioses lo permitieran, me quedaría siempre contigo», pensó al tiempo que rozaba con un beso la piel de su hombro.

Llevaba años visitando a Helena y sus sobrinas cada vez que su hermano Leónidas se marchaba de Esparta, y jamás había imaginado que pudiera suceder algo entre ellos. «Hasta que todo cambió hace tres días», se dijo. Cuando sus manos se rozaron mientras contemplaban a las niñas jugando en el patio, y en lugar de retirarlas terminaron entrelazándolas, dejó de contener el anhelo de ella que había estado reprimiendo casi sin darse cuenta, y comprendió, sin que fuera capaz de explicárselo, que a Helena le ocurría lo mismo.

«Tengo casi ochenta años, y ella poco más de cuarenta.» Ésa era sólo una de las muchas razones por las que aquello escapaba a la razón, pero por primera vez en su vida era incapaz de actuar con cordura.

El día en que enlazaron las manos, expresando de ese modo lo que nunca habían puesto en palabras, permaneció en la casa hasta el anochecer y al alejarse le abrumaba una dicha en la que resonaba como un trueno lejano la sensación de pérdida. Las dos siguientes jornadas las había pasado junto a ella, buscándose con miradas y caricias que no debían ver la esclava ni las hijas de su hermano, sabiendo que el plazo se acababa. El regreso de Leónidas estaba a punto de producirse. Sin embargo, en lugar de su hermano, esa mañana había llegado un mensajero procedente de las montañas. Traía noticias urgentes sobre la guerra, y el rey Agesilao le pidió que hablara sin demora en la reunión del Consejo de Ancianos.

—El general Leónidas me envía para informar de que lo más seguro para Esparta es que permanezca con sus tropas en los pasos de montaña. —Calícrates tuvo que recurrir a toda su voluntad para que los demás miembros del Consejo no percibieran la alegría que le producía saber que su hermano no iba a regresar—. Los arcadios están acumulando numerosas fuerzas en Tegea, donde además se espera que llegue en cualquier momento Epaminondas al frente del ejército tebano.

Agesilao maldijo al oír aquellas noticias y dio un manotazo sobre el viejo mapa de cuero que ocupaba toda la mesa. Las piezas de madera que representaban las fuerzas de ambos bandos saltaron como si estuvieran vivas.

—¡Vamos a tener de nuevo a Epaminondas a las puertas de Laconia antes de que Atenas haya enviado ni uno solo de sus malditos barcos! —El rey contempló las escasas piezas situadas alrededor de Esparta mientras procuraba dominarse. Luego dirigió su mirada a los amenazantes montoncitos del otro lado de las montañas—. Leónidas ha hecho bien al quedarse en los pasos. Nuestra única opción es que consiga mantenerlos cerrados hasta que lleguen los atenienses.

Calícrates había abandonado aquella reunión dando gracias a los dioses por mantener alejado a su hermano, al tiempo que les rogaba que protegieran Esparta de sus enemigos.

Acercó el rostro a los cabellos de Helena y cerró los ojos. Le preocupaba su seguridad y la de las niñas. El general Epaminondas estaba trayendo fuerzas de toda Beocia, Tesalia e incluso de Eubea. A ellas había que sumar las tropas de los aliados que tenía en el Peloponeso y en Grecia central, que ya se estaban concentrando alrededor de Tegea. Por su parte, a

Esparta se le estaban uniendo los ejércitos de otras ciudades del Peloponeso, además del que los atenienses estaban intentando enviar por mar.

«Ninguna de las alianzas estará preparada para actuar de forma coordinada antes de dos semanas.»

Inspiró la calidez que emanaba de Helena, inhalando despacio para llenarse con su olor y no despertarla.

«Dos semanas...»

Sintió que comenzaba a dormirse y volvió a abrir los ojos, no quería que el sueño le arrebatara una parte del tiempo que les quedaba.

En la penumbra el fino manto de lana que cubría las piernas de Helena era una sombra clara, pero el resto de su cuerpo parecía tan oscuro como el de las mujeres libias. La mano que Calícrates tenía en su cadera llegaba hasta el inicio de la ingle y percibía en los dedos su latido tranquilo. Unas horas antes se habían metido en la cama desnudos y se habían besado y abrazado. Aunque la deseaba hasta quedarse sin aliento, se sentía tan viejo a su lado que su cuerpo se había negado a responder con el vigor necesario.

Helena respiró con más fuerza sin llegar a abrir los ojos. Tomó su mano y la llevó de la cadera al pecho haciendo que la abrazara. Calícrates la estrechó y ella se removió lentamente, buscando el contacto hasta que se amoldaron el uno al otro como trozos de una vasija partida.

Calícrates movió con suavidad la mano, acariciando el seno que envolvía. La sensación de intimidad con Helena era tan intensa que se le erizó la piel. Ella se agarró a su brazo y apretó para que la estrechara con más firmeza. Calícrates sentía la suavidad de la piel de Helena, la tibieza de su carne, y al cabo de un momento su cuerpo comenzó a reaccionar. Ella lo notó y bajó una mano para guiarlo a su interior, donde lo acogió la cálida humedad de su deseo.

—Calícrates... —suspiró mientras se movían despacio y se acariciaban con todo el cuerpo.

Él le rozó con los labios el lóbulo de la oreja y repitió su nombre dulcemente. Los ojos de Helena se humedecieron mientras la noche contemplaba silenciosa aquel acto adúltero y sagrado. Fuera de aquella casa, algunos soldados patrullaban los límites de la ciudad y una luna menguada derramaba sobre el mundo su resplandor divino, tan tenue que apenas servía para revelar las agrupaciones irregulares de casas que formaban Esparta, el descenso lento y sinuoso del río Eurotas y la llanura que se extendía hacia las aldeas del norte del valle, por la que avanzaba con paso furtivo y apresurado un guerrero gigantesco.

Helena y Calícrates continuaron amándose, enlazando sus almas de un modo que no se concebía en una sociedad como la espartana, de matrimonios de conveniencia y hombres y mujeres que apenas convivían. Al finalizar permanecieron inmóviles mientras sentían que la respiración del otro se apaciguaba. Finalmente Helena se dio la vuelta, tomó la cara de su amante entre las manos y lo besó con ternura.

—Estás llorando —dijo Calícrates al distinguir un brillo en la oscuridad de sus ojos.

—Soy feliz.

Un ruido repentino hizo que contuvieran el aliento.

—La puerta exterior —susurró Helena—. Han entrado en la casa.

La puerta se cerró. Durante un instante no oyeron nada más, hasta que los pasos de alguien muy pesado se dirigieron hacia ellos.

«¡Es Leónidas!» Calícrates se llevó un dedo a la boca, rodó hacia el borde del colchón y cogió la espada que había dejado junto a la cama. La desenfundó con un largo susurro de la vaina de cuero y cruzó la alcoba despacio hasta colocarse detrás de la puerta.

Helena era una sombra acurrucada entre las sábanas donde acababan de amarse. Calícrates no podía distinguir su expresión, pero no le hacía falta para saber que estaba aterrorizada.

Apretó el puño de la espada. En ese momento percibió un sonido metálico entre los pasos que se acercaban.

«Lleva la coraza», se dijo negando con la cabeza. Él estaba desnudo, la única posibilidad que le quedaba era conseguir clavar la espada en el cuello de su hermano y herirlo de muerte.

Aun así, Leónidas no caería antes de destrozarlo.

«Diosa Hera, guía mi espada y haz que Helena logre escapar.»

Leónidas se detuvo en medio del patio.

A través de la visera del yelmo observó la ventana cerrada de la alcoba de su esposa. Después contempló la puerta del dormitorio de sus hijas y finalmente se dirigió a la habitación en la que dormía las pocas noches que pasaba en la casa.

La puerta de madera cedió con un leve chirrido. Leónidas se internó en la estancia y se arrodilló frente a un pequeño cofre de madera oscura. Lo apartó y rascó el suelo de tierra hasta encontrar la llave. La hizo girar en la cerradura de bronce y abrió la tapa.

—Dios Apolo. —Levantó hacia la ventana una tosca estatuilla de madera agrietada—. Por el bien de Esparta, imploro que sigas concediéndome tu protección.

Sacó también un cuchillo que había pertenecido a su padre, cerró la tapa y devolvió el cofre a su sitio sin molestarse en cerrarlo con llave. Los dos objetos que había cogido eran lo único valioso de su contenido.

Salió de la habitación y se dirigió a la cocina en busca de agua. Dejó el yelmo sobre la mesa, junto a la estatuilla y el cuchillo de su padre, y se pasó las manos por el rostro y los cabellos sudorosos. Apenas había descansado desde el amanecer del día anterior. Después de enviar el mensaje a Esparta, informando de que sus tropas tenían que quedarse para proteger los pasos de montaña, decidió recorrer las aldeas de Laconia con el fin de reclutar más hombres. Poco a poco se fue dirigiendo al sur, y cuando recorría con algunos soldados las pequeñas aldeas cercanas a Esparta, una idea a la que llevaba tiempo dado vueltas terminó de fraguar en su mente.

—Oficial —le dijo a su segundo al mando mientras estaban acampando—, te dejo a cargo de los hombres que hemos reclutado.

El hombre no disimuló su extrañeza.

—¿Puedo preguntar...?

—Tengo una misión que llevar a cabo en Esparta —zanjó Leónidas.

Cogió un caballo y cabalgó hasta encontrar la primera patrulla al norte de la ciudad. Les encargó que cuidaran de su montura y que no informaran a nadie de su llegada, y realizó a pie el resto del trayecto hasta su casa.

«Tenía que venir», se dijo mientras contemplaba la estatuilla de Apolo.

Terminó de beber agua, encendió una lámpara de aceite y entró en la despensa en busca de algo de comida. No esperaba encontrar gran cosa, sabía que lo que podía entregar para los gastos de la casa apenas era suficiente para que su mujer y sus hijas sobrevivieran.

—¿Qué es esto? —murmuró.

Había un par de vasijas llenas de cereal, otra con aceitunas y una grande con bastante aceite. Movió la lámpara y distinguió trozos de carne en salazón, un par de quesos e incluso tacos de manteca.

—¿Cómo es posible...?

De pronto lo comprendió, y la humillación hizo que le hirviera la sangre.

«Calícrates. —Toda aquella comida le habría servido a su hermano para reírse de su pobreza—. Ha estado aquí, Helena lo ha dejado entrar.»

Sus labios se retrajeron en una mueca de odio. Abandonó la despensa, dejó la lámpara sobre la mesa de la cocina y desenvainó la espada. Salió al patio y se dirigió al cuarto de Helena. Los músculos macizos de su brazo permanecían en tensión mientras aferraba su arma.

Se detuvo al llegar al dormitorio y apoyó la mano libre en la puerta.

Capítulo 56

Atenas, junio de 362 a. C.

Calipo indicó a los esclavos que limpiaran las mesas, dando así por terminada la cena. Durante el simposio servirían algunas cosas de picar que estimularan las ganas de beber, y también sería el momento de los pasteles.

«Céfiro ha hecho hasta ahora un trabajo magnífico», pensó mientras observaba la expresión complacida de su invitado corintio.

Su ceño se arrugó al recordar lo que le había contado Melisa sobre el cocinero, el motivo por el que había hecho que lo torturaran.

«No es el momento de pensar en eso», se dijo al tiempo que hacía una seña a uno de los esclavos.

—Traed un ánfora del vino que llegó hace un par de días. —El esclavo salió y él se volvió hacia el corintio—. Es un tinto de Tasos. Mi cocinero encargó media docena de ánforas a un bodeguero del Pireo, y en cuanto lo probé di orden de que fueran a por más.

Les llevaron palanganas para que se lavaran las manos y Calipo le entregó una cinta blanca a cada uno para que se la ciñera en la frente. Era costumbre adornarse con cintas, coronas o guirnaldas al comenzar el simposio. Aquellas cintas blancas les daban un aspecto un tanto sobrio, pero Calipo consideraba que era lo más adecuado para acentuar el ambiente «filosófico» de la reunión, y de ese modo complacer a su invitado de honor.

—Ahora, Dámaso, te nombramos simposiarca, rey del simposio —declaró en tono divertido—. Tú mandas, así que di a mis esclavos en qué proporción deben mezclar el vino.

—Que sean tres partes de agua por una de vino —indicó Dámaso. Lo prefería más fuerte, con sólo dos partes de agua, pero quería mostrarse moderado ante Platón.

Los esclavos habían colocado el ánfora junto a la hidria, la vasija que contenía el agua. Con una jarra extrajeron el contenido de ambas en la proporción indicada y lo echaron en una crátera alta de boca muy ancha. Sirvieron en copas el vino rebajado y se las ofrecieron a los siete participantes del banquete.

Calipo dirigió las libaciones que hicieron a Zeus Olímpico, a los héroes y a Zeus Salvador. Terminaron de honrar a los dioses entonando un himno a Apolo, y después le preguntó a Dámaso qué tema deseaba que se tratara.

El magistrado corintio dejó su copa sobre la mesa, en donde los esclavos habían colocado algunos pasteles y cuencos con habas y garbanzos tostados, y se giró hacia Platón.

—Hace unos cuantos años leí tu obra *El banquete.* —En aquel diálogo varios hombres componían pequeños discursos de alabanza a Eros, hijo de Afrodita y dios del amor. Con aquellos discursos se iban mostrando diversas opiniones sobre el amor, hasta que al final la narración se elevaba a un nuevo nivel cuando se exponía en toda su riqueza el pensamiento de Platón sobre ese tema—. Me produjo una impresión muy profunda y su escritura me pareció exquisita..., pero debo reconocer que me perdí en las explicaciones más sutiles. Posteriormente la he leído en otras ocasiones, pero sé que sigo sin estar a la altura de su contenido. —Bajó la mirada y su voz perdió algo de firmeza—. Ahora que estamos celebrando un simposio, igual que hacen los personajes de la obra, me sentiría el más afortunado de los hombres si el propio Platón, y algunos de los grandes filósofos de la Academia que estáis aquí, quisierais exponer los diversos puntos de vista sobre el amor que se muestran en *El banquete.*

—Será un placer —respondió Platón—. ¿Quieres empezar tú mismo, si recuerdas alguno de los elogios que los personajes hacen a Eros, aunque sea con tus propias palabras?

Dámaso se irguió en su triclinio, ilusionado como un muchacho ante el ofrecimiento.

—Por Zeus, lo haré, pues de lo que dicen de Eros los dos primeros personajes creo que me acuerdo, aunque sea en parte. —Había repasado casi la mitad de la obra después de recibir la invitación para cenar con Platón—. El primer personaje que interviene es el joven Fedro, y afirma lo siguiente: que Eros es el más antiguo de los dioses y el que causa a los hombres los mayores bienes, pues no hay mayor bien para un joven que tener como amante a un hombre lleno de virtud, ni para el amante hay mayor bien que un amado virtuoso[1].

El personaje de Fedro contemplaba en primer lugar el amor entre dos hombres, que en una parte de la sociedad griega se daba con más frecuencia que el amor entre hombre y mujer. En la clase alta de algunas ciudades era especialmente frecuente considerar que sólo podía establecerse una relación amorosa entre iguales si la pareja la formaban dos hombres. Esto se debía, entre otras razones, a que la mujer no recibía la misma educación ni participaba en la mayoría de las actividades a las que asistían los hombres, y a que se creía que la mujer era inferior en intelecto y carácter.

Dámaso bebió un trago de su copa y prosiguió:

—El efecto beneficioso de Eros lo vemos en que el deseo de honor y la vergüenza ante las acciones reprobables, que es lo que debe guiar la vida de un hombre, se producen con mayor intensidad en presencia del amado que ante sus compañeros o su propio padre. Un ejército de amantes y amados, combatiendo unos al lado de otros, aun siendo pocos vencerán a muchos, porque un hombre enamorado preferiría mil veces morir antes que ser visto por su amado abandonando la formación o arrojando lejos las armas. Y no hay nadie que sea tan cobarde que Eros no pueda inspirarle el valor suficiente para no dejar atrás a su amado o ayudarlo cuando está en peligro. Pero no sólo los hombres, también las mujeres están dispuestas a morir por sus amantes. Esto podemos verlo en el caso de Alcestis, la hija de Pelias, que fue la única que se ofreció a dar

1. Debido a su exposición abierta del amor homosexual, *El banquete* estuvo incluido en el Índice de Libros Prohibidos de la Iglesia católica hasta 1966.

la vida para salvar a su esposo, cuando ni siquiera sus padres lo hicieron... En resumen, Eros es el más antiguo y venerable de los dioses, y el más capaz de hacer que los hombres adquieran virtud y felicidad.

Platón se incorporó en su triclinio y aplaudió a Dámaso, que no había olvidado ninguno de los puntos relevantes del discurso que pronunciaba Fedro en *El banquete.* El corintio inclinó la cabeza mientras los aplausos de sus compañeros de simposio se prolongaban.

—Lo has hecho muy bien —le felicitó Platón—. ¿Te animas con el segundo elogio a Eros?

—Haber completado bien el primero me acobarda más que me anima a seguir con el segundo, que además es más extenso. —Alargó el brazo para coger su copa—. Permíteme que invoque la ayuda de Dioniso y busque en el vino la temeridad que me falta.

Levantó la copa y bebió un largo trago. Hacía calor, y a la luz de las antorchas se veía que él era quien más sudaba.

—Decidido, voy a comenzar, y si me pierdo como los encerrados en el laberinto del Minotauro, sed vosotros mi Ariadna y ayudadme a encontrar la salida.

Se tomó un momento para ordenar ideas y Espeusipo le reclamó en tono alegre que no se hiciera de rogar. El sobrino de Platón estaba fascinado con el vino de Calipo y ya se había terminado la segunda copa.

—Como bien sabéis —comenzó Dámaso—, el siguiente personaje que habla maravillosamente del amor es Pausanias. En primer lugar, afirma que del mismo modo que hay dos Afroditas, una celeste y otra popular, también hay dos Eros, y los elogios deben dirigirse al Eros celeste, que hace amar las almas, y no al Eros vulgar, que nos impulsa a amar los cuerpos.

Dámaso desarrolló la argumentación de Pausanias, que como hombre mayor amante de uno joven estaba interesado en defender ese tipo de relación de las críticas que a veces recibía. En Jonia y en Asia Menor esa relación era rechazada, mientras que en Beocia y Élide era aceptada sin restricciones. Pausanias defendía la postura intermedia que predominaba en Atenas, donde la relación solía aceptarse a partir de que el muchacho tuviera cierta edad —aproximadamente cuando comenzaba a crecerle la barba—, y sólo si el hombre mayor tenía la intención de ser su mentor y hacerle prosperar económica, social y políticamente en una relación de largo plazo.

—Pausanias asegura que ése es el amor del Eros celeste —concluyó Dámaso—, de gran valor para la ciudad y para los individuos, pues obliga al amante y al amado a prestar mucha atención a la virtud. Todos los demás amores se deben a la influencia del otro dios, el Eros vulgar.

Recibió los nuevos aplausos resplandeciendo de gozo.

—He entrado y salido del laberinto, pero mis fuerzas no dan para más. —El vello blanquecino de su pecho se pegaba a la piel como si acabara de darse un baño. Se inclinó hacia la mesita y tomó la copa—. Calipo, ¿te vas a convertir tú en el siguiente personaje de *El banquete*?

Su anfitrión acababa de meterse un par de uvas en la boca y alzó la mano para pedir tiempo mientras masticaba.

—Como el siguiente personaje es un médico —intervino Platón—, quizás sería más apropiado que fuera Jenócrates quien expusiera su pensamiento.

Jenócrates estaba escribiendo un tratado titulado *Sobre la naturaleza,* pero el verdadero motivo de la propuesta de Platón era sacar a Calipo de una situación comprometida. Aunque le había dicho a Dámaso que Calipo era su discípulo, la realidad era que en los últimos años apenas había acudido a la Academia y no lo creía capaz de exponer uno de los pasajes de *El banquete.*

Jenócrates se incorporó para hablar mientras en el triclinio adyacente Espeusipo se llenaba la boca con un pastelito. El cabello tupido y sin canas de Jenócrates desmentía el aire envejecido que le confería su temperamento severo y reservado. Aunque daba la impresión de ser mayor que el sobrino de Platón, en realidad era doce años más joven.

—El personaje del médico acepta la idea del discurso anterior de que Eros es doble. —Jenócrates era parco en palabras y siempre se ahorraba las introducciones. No obstante, afirma que Eros no existe sólo en las almas de los hombres como impulso hacia la belleza de otros, sino que se da en todo cuanto existe. En la medicina se ve con claridad que existen dos Eros: uno es el amor que reside en lo que está sano y el otro el que reside en aquello que está enfermo. El médico debe favorecer los elementos buenos y combatir los elementos enfermos en el temperamento de cada hombre. Además, es preciso que sepa introducir el amor entre aquellos elementos que son enemigos entre sí: lo frío y lo caliente, lo seco y lo húmedo, lo amargo y lo dulce, y otros similares. Por cierto, quien descubrió el modo de introducir amor y concordia entre estos elementos contrarios fue Asclepio, el hijo de Apolo, y por eso es considerado el padre de la medicina.

Dámaso frunció el ceño mientras escuchaba. Sentía que los conceptos se le escapaban cuando dejaban de referirse a algo concreto y se volvían más abstractos, pero se esforzó intuyendo que ahí radicaba la grandeza de la filosofía.

Jenócrates prosiguió la argumentación del médico de *El banquete,* que aseguraba que, al igual que la medicina estaba gobernada por Eros, también lo estaban la gimnasia, la agricultura y la música. En esta última sólo Eros podía constituir la armonía y el ritmo, que asimismo resultaban fundamentales en la educación de los hombres. Todas estas actividades debían ser presididas por el Eros celeste, mientras que el Eros vulgar se debía aceptar con cautela para cosechar su placer sin provocar excesos. El médico veía también la acción de los dos Eros en las estaciones del año, del Eros ordenado cuando el año resultaba fértil y favorable, y del desordenado cuando predominaba un tiempo destructivo, la peste y toda clase de enfermedades.

—El discurso del médico concluye declarando a ambos Eros omnipotentes, siendo el Eros celeste la fuente de toda felicidad, así como de la amistad entre los hombres y de éstos con los dioses.

Jenócrates se permitió una ligera sonrisa al recibir los aplausos y volvió a apoyarse en los cojines.

—Es mi turno. —Espeusipo se incorporó y se sacudió las migas de la barba—. En *El banquete* habla a continuación Aristófanes, el escritor de comedias, e imagino que estaréis de acuerdo en que sea yo el que ponga voz a sus palabras.

—Por Heracles, ahora viene el mito de los hombres dobles —se regocijó Dámaso—. Es un pasaje fascinante. —Desplazó hasta el borde de su mesita un cuenco de nueces de Persia con miel para picar cómodamente mientras escuchaba.

—Si queremos saber qué es el amor —empezó Espeusipo—, primero es preciso conocer cuál era la naturaleza original de los seres humanos y entender qué nos sucedió. —Miró a su audiencia con un brillo alegre en los ojos—. En tiempos pretéritos las personas tenían cuatro brazos y cuatro piernas, una única cabeza con dos rostros que miraban en direcciones opuestas, y dos órganos sexuales orientados igual que los rostros, uno a cada lado. Estas personas podían ser de tres sexos: masculino, cuando descendían originariamente del sol; femenino, si su origen era la tierra, y un tercero, que participaba de estos dos, llamado *andrógino*. El andrógino descendía de la luna, igual que ésta participa de la tierra y del sol.

Calipo observó satisfecho que Dámaso escuchaba con la boca abierta. Hizo un gesto discreto a un esclavo para que le mantuviera la copa llena y después echó un vistazo a las mesitas. Estaban bien surtidas y los pastelitos eran excelentes; no obstante, esa mañana Céfiro le había dicho que para el simposio prepararía un pastel especial, la última sorpresa culinaria con la que impresionar al magistrado de Corinto.

«Haré que lo saquen cuando Espeusipo termine su discurso.»

—Estas personas poseían una fuerza extraordinaria —estaba diciendo el sobrino de Platón—, y su orgullo era tan inmenso que decidieron subir al cielo y atacar a los dioses. Zeus y el resto de las divinidades se reunieron para deliberar qué hacían, pero se encontraban ante un dilema: aunque no podían tolerar esa actitud insolente, tampoco podían exterminarlos con el rayo, como habían hecho con los gigantes, porque entonces perderían los honores y los sacrificios que siempre habían recibido de los seres humanos. Finalmente, Zeus resolvió cortarlos por la mitad para debilitarlos. Se puso a ello, y según los iba cortando ordenaba al dios Apolo que les girara el rostro hacia el lado del corte, para que al verlo se volvieran más moderados. Apolo también se ocupó de juntarles la piel de los bordes del corte, formando lo que ahora llamamos *vientre,* y después ató esa piel en el centro, como una bolsa que se cerrara con un cordel, dejando en el medio el pequeño agujero que desde entonces conocemos como *ombligo* y que sirve para recordarnos nuestro antiguo estado. El resultado del plan de Zeus, sin embargo, se reveló trágico. Las dos mitades de cada persona, añorándose, se abrazaban y se quedaban inmóviles, deseando en vano volver a unirse, y permanecían así hasta que morían de hambre.

Espeusipo hizo una pausa, un tanto efectista, para beber de su copa.

—Entonces Zeus se compadeció —afirmó tras dejarla en la mesa—. Colocó los genitales de cada mitad en el mismo lado que el rostro, para que al menos pudieran saciarse al estar juntos y después volvieran a ocuparse de sus trabajos. Éste es nuestro origen, y desde aquel tiempo el amor es innato a nosotros y trata de reestablecer la anterior naturaleza intentando hacer uno a partir de dos. Los hombres y las mujeres que sienten atracción por el sexo contrario proceden del andrógino. Las mujeres que son la mitad de una antigua mujer están inclinadas a las mujeres, y de ahí proceden las lesbianas, mientras que los hombres que son la mitad de un antiguo hombre aman a los varones y se alegran de abrazar lo que es similar a ellos. —La voz de Espeusipo cobró mayor énfasis al acercarse a su pasaje favorito—. En el caso de cualquiera de ellos, si gracias a Eros se produce el encuentro con aquella auténtica mitad de sí mismo, quedarán impresionados de un modo tan maravilloso por amistad, afinidad y amor que permanecerán unidos a lo largo de toda la vida. No serán capaces de decir qué desean el uno del otro, aunque sabrán que no se trata del contacto sexual. El alma de cada uno deseará otra cosa que no puede expresar, aunque la adivina y la da a entender de un modo misterioso. El amor es, por lo tanto, el deseo y la búsqueda de la integridad original, mediante esa mitad con la que volveríamos a estar completos.

Dámaso aplaudió con vigor y después alzó su copa.

—Bebamos tres veces: por el poder de Eros, por la elocuencia de Espeusipo y por las Musas que inspiran a Platón.

Todos lo obedecieron y los esclavos se apresuraron a rellenar las copas. Dámaso se notaba animado por una ligera embriaguez que lo incitaba a pedir que bebieran de nuevo. Lo habían nombrado rey del simposio y tenían que seguir sus indicaciones, pero al momento se avergonzó de pensar en forzar a Platón a beber.

—Si no recuerdo mal —dijo al tiempo que se volvía hacia Calipo—, queda un último elogio a Eros antes de que intervenga Platón. ¿Éste lo vas a hacer tú?

Calipo estaba pidiendo en voz baja a uno de los esclavos que sacaran ya el pastel especial de Céfiro. Se giró hacia el magistrado corintio pensando en una excusa, pero Dion se le adelantó:

—Pensaba que tendría la oportunidad de hacerlo yo. —Simuló estar decepcionado. A lo largo de sus cinco años de amistad, Calipo lo había acompañado en muchos de sus viajes por toda Grecia y lo consideraba muy hábil en cuestiones militares, de negocios e incluso diplomáticas; sin embargo, resultaba evidente que la filosofía no era una de sus prioridades. Aunque era un hombre brillante, no tenía la misma inquietud intelectual ni la capacidad para las sutilezas filosóficas que su esposa Altea.

—Eres mi invitado, Dion —repuso Calipo mientras su esclavo se dirigía a la cocina—. Yo haré de público y te escucharé con placer.

Dion le expresó su agradecimiento y comenzó el elogio que en *El banquete* realizaba Agatón, un joven y exitoso poeta. Al igual que ocurría con los demás personajes de la obra, el elogio se adecuaba al personaje que lo pronunciaba y en este caso resultaba tan bello en su forma como excesivamente formal y pobre de contenido.

A la izquierda de Dion, Perseo hacía esfuerzos por mantener los ojos abiertos. Desde hacía tiempo apenas asistía a banquetes, prefería una cena sencilla con su hijo Eurímaco en la tranquilidad del hogar e irse pronto a dormir. El resto de los asistentes seguía atentamente la enumeración de virtudes de Eros que estaba haciendo Dion, quien aseguraba que Eros era sin duda el mejor y más feliz de los dioses; el más hermoso y el más joven, pues huía de la vejez y siempre estaba en compañía de la juventud; el más justo y ajeno a la violencia, ya que todo lo hacía con delicadeza y todos le servían de buen grado; el más valiente, como se veía en que había dominado al valeroso Ares haciendo que se enamorara de Afrodita; poeta tan hábil que incluso a otros los hacía poetas, aunque antes fueran extraños a las Musas; y si en el tiempo anterior a Eros se habían producido entre los dioses numerosas y violentas querellas, tan pronto como él nació se difundió el amor a las cosas bellas y eso había originado toda clase de bienes para dioses y hombres.

Se oyó el suave traqueteo del carrito de comida y un esclavo entró en el salón con un gran pastel cubierto de salsa de arrope y piñones tostados. El esclavo miró a su amo y éste le hizo una seña para que no lo sirviera mientras Dion estaba hablando.

—El dios Eros otorga la amistad a los hombres y hace que se celebren reuniones como la presente. —Dion abarcó la sala con un movimiento de la mano—. Preside las fiestas, los coros y los sacrificios. Nos proporciona cordialidad y nos quita rudeza, nos hace benévolos y evita el odio. Es codiciado por los que no lo tienen y un preciado tesoro para quienes lo poseen; padre del bienestar, de las delicias y la voluptuosidad, de los dulces encantos, los tiernos deseos y el placer. En definitiva, es la gloria de los dioses y los hombres, el mejor y más hermoso maestro, y todo mortal debe seguirlo, cantando en su honor los himnos que el mismo Eros entona para derramar la dulzura entre los dioses y entre los hombres.

Calipo se unió a los aplausos de los demás, y cuando cesaron le dijo al esclavo que se acercara.

—Como podéis ver, os reservaba una última sorpresa que espero que sea de vuestro agrado.

—Tiene un aspecto magnífico. —Dámaso se frotó el vientre como si comprobara si le cabía más comida—. ¿Qué lleva por encima?

El esclavo observó la salsa tratando de recordar cómo la habían hecho.

—Es una mezcla de vino dulce de pasas, reducido al fuego, con higos y moras. Y lo de arriba son piñones tostados.

—Los postres elaborados con vino de pasas son mi debilidad —aseguró Dámaso mientras el esclavo cortaba una porción.

Calipo indicó que se la sirviera al invitado de honor y Dámaso se relamió al verla en su mesita.

—Todos los platos, Calipo, han sido dignos de un banquete de los dioses. Te aseguro que no he disfrutado tanto comiendo en ninguna otra ocasión, y sé que este postre colmará el placer que mi viejo cuerpo aún puede proporcionarme. —En sus labios apareció una sonrisa traviesa—. No obstante, prefiero esperar a que hable Platón, y decreto, como rey del simposio, que esta primera ración sea como los frutos primeros que ofrecemos a los dioses, y se entregue en premio al que los demás consideren que ha hablado mejor.

—No sería justo que yo participara en esa contienda —repuso Platón—, pues casi todos los jueces son discípulos míos. Por otra parte, tú has expuesto, y con gran acierto, dos de los discursos de *El banquete,* así que hay que asignarte el doble de votos.

—Ya decidiré cómo se asignan los votos —rebatió Dámaso riendo—, para eso me habéis nombrado simposiarca.

—Está bien —concedió Platón—, resolveremos este desacuerdo cuando llegue el momento.

Se irguió en su triclinio y apoyó un hombro en la pared que había tras él para poder mirar a Dámaso con mayor comodidad. Al escribir *El banquete* había utilizado a los cinco primeros personajes para recoger sus tesis sobre el amor ya reflejadas en obras anteriores, desarrollarlas y complementarlas con otras nuevas. Una vez establecida esa base, hacía que el personaje de Sócrates tomara la palabra y, mediante un supuesto diálogo con una filósofa llamada Diotima, exponía la doctrina rica y compleja sobre el amor que constituía la esencia de la obra[2].

—Al hablar de enamoramiento y de amantes, en general

2. En *El banquete,* Platón expuso su doctrina sobre el amor con gran belleza poética y profundidad filosófica. En esta obra nacen conceptos como el del amor platónico o la relación platónica, cuya riqueza extraordinaria se pierde en gran medida en el uso que se les da popularmente.

se hace refiriéndose a un tipo particular de amor, pero los hombres aman todo lo que es bueno, aquello que los haría felices. ¿O crees, Dámaso, que aman otra cosa?

El corintio tardó un momento en responder.

—No puede ser de otro modo, Platón, nadie quiere ser infeliz.

—Aquel que ama algo, ¿a qué aspira respecto a lo que ama?

—A que llegue a ser suyo.

—¿Y no sólo a que lo sea, sino a que lo sea para siempre?

—Así es.

—Por lo tanto, podemos decir que el amor es el deseo de poseer siempre el bien.

Todos permanecían absortos, sin acordarse del vino y los postres que tenían en las mesitas. Dámaso incorporó el tronco hasta quedar sentado en el triclinio y continuó escuchando al maestro de filósofos.

—Contesta ahora a la siguiente pregunta: ¿a qué acción con la que los hombres persiguen el bien podemos llamar *amor*?

Al ver que Dámaso arrugaba el ceño sin responder, el propio Platón lo hizo.

—Esta acción es la creación en la belleza, ya sea mediante el cuerpo o mediante el alma. Todos los hombres tienen capacidad creadora, tanto de cuerpo como de alma, y a cierta edad se despierta el deseo de crear. No obstante, sólo se puede crear en lo bello, pues esto es lo que vuelve propicio el impulso creador, mientras que lo feo y triste lo retrae. Lo que posee impulso creador sufre penosamente cuando está fecundado y necesita producir; de ahí viene el fuerte arrebato por lo bello, que libera al que lo posee de ese sufrimiento. Por lo tanto, Dámaso, el amor no es amor de lo bello, sino de la creación y procreación en lo bello.

El corintio habló despacio, con el ceño todavía fruncido:

—Creo que entiendo a qué te refieres cuando mencionas el deseo de crear; pero explícame, te lo ruego, por qué razón el objetivo del amor es también la procreación.

—Porque la capacidad de engendrar es lo que existe de inmortal en los seres mortales. Si realmente deseamos la perpetua posesión del bien, necesariamente desearemos la inmortalidad junto con el bien. Y ahora piensa: ¿de dónde procede este deseo y este amor? Si te das cuenta, todos los animales están agitados cuando desean engendrar, primero durante el emparejamiento y luego en relación con el cuidado de su prole. Dispuestos no sólo a luchar, incluso los más débiles contra los más fuertes, sino también a morir. Podría creerse que los hombres hacen esto por razonamiento; sin embargo, ¿de dónde les vienen a los animales semejantes disposiciones amorosas?

—No puedo responder, Platón.

—Se debe, querido Dámaso, a que la naturaleza mortal busca, en la medida de lo posible, perpetuarse y ser inmortal. Y el único medio es la procreación, que sustituye lo viejo por lo nuevo. Fíjate que incluso en un individuo del que se dice que es el mismo a lo largo de su vida, todo muere y renace en él continuamente: su pelo, su carne, sus huesos, su sangre... Y no sólo en el cuerpo, sino también en su alma: sus hábitos, caracteres, opiniones, deseos, penas o temores no permanecen, sino que nacen y mueren continuamente. De esta manera se conserva todo lo mortal, no por ser siempre lo mismo, como lo divino, sino porque lo que se marcha deja en su lugar otra cosa nueva semejante a lo que era.

Dámaso cerró los ojos, haciendo un esfuerzo por poner en palabras lo que creía haber entendido.

—Entonces..., ¿todos los animales quieren procrear, y cuidan de sus vástagos, porque en la naturaleza habita siempre una sed de inmortalidad?

—Exactamente —aprobó Platón—. Pero considera que además de aquellos fecundos con relación al cuerpo, que se inclinan a las mujeres y buscan mediante la procreación de hijos la inmortalidad y el recuerdo de su nombre, hay también hombres que son fecundos con relación al alma. A quienes conciben en las almas les corresponde dar a luz conocimiento y las demás virtudes que han nacido de los poetas y de todos los artistas dotados del genio de la invención. Y de todos los conocimientos, el más alto y más bello es aquel que sirve para regular lo concerniente a las familias y los Estados. Es decir, la prudencia y la justicia.

Dámaso asintió lentamente.

—Los hombres que destacan por la fecundidad de su alma —continuó Platón— buscan la belleza en la que poder engendrar. Al encontrar un alma bella y noble tratarán de educarla con elocuentes razonamientos sobre la virtud, que estaban como germen en su interior, pero que darán a luz gracias al contacto con lo bello. Los frutos de su unión serán alimentados en común, y entre ellos se desarrollará una amistad más fuerte que los lazos familiares, porque los hijos de la inteligencia son más bellos y perdurables. Tales hijos son preferibles a cualquier otra posteridad, como es evidente si consideramos las creaciones de Homero, Hesíodo y los demás grandes poetas; o las centenarias leyes e instituciones de Licurgo, a las que Esparta debe su fama imperecedera; o la obra de Solón, al que admiramos por ser el padre de las leyes de Atenas.

Se quedó mirando a Dámaso mientras el eco de sus palabras se disipaba en el silencio de la sala.

—Presta toda tu atención —le dijo finalmente—, pues lo que viene ahora es lo más importante que yo pueda enseñarte.

A la izquierda del filósofo, Dion sintió una agradable excitación recorriendo su cuerpo. Había leído varias veces *El banquete* y sabía que se estaban adentrando en el pasaje más sublime de toda la obra de Platón.

—Aquel que aspire a elevarse hasta el último grado de iniciación en los misterios del amor, alcanzando así la suprema revelación, en su primera juventud buscará la belleza en los cuerpos, y si es guiado correctamente amará uno solo y en él engendrará bellos razonamientos. Enseguida ascenderá otro grado y comprenderá que la belleza que se encuentra en un cuerpo es afín a la que hay en cualquier otro, pues sería una gran necedad no considerar que la belleza que se encuentra en todos los cuerpos es una y la misma. Cuando alcance este pensamiento, nuestro hombre debe despojarse de toda pasión que se concentre en un solo cuerpo, extendiendo su amor a toda belleza material, y después considerar la belleza del alma más valiosa que la de los cuerpos. Si llega a este punto, un alma bella, aunque resida en un cuerpo carente de esplendor, bastará para atraer su amor y sus cuidados, y engendrará los discursos y razonamientos más apropiados para mejorarla. Para ascender un nuevo grado se verá conducido a contemplar la belleza de las normas y las leyes, reconocerá que toda esta belleza es idéntica entre sí y, por consiguiente, considerará la belleza corporal como algo insignificante. De las normas y leyes deberá pasar a las ciencias, y al contemplar en ellas su belleza, adquirirá una idea más amplia de lo bello que lo liberará de las cadenas del estrecho amor a la belleza de un solo ser. Vuelto hacia la belleza del saber, en su contemplación engendrará maravillosos discursos y pensamientos en ilimitado amor por la sabiduría; hasta que, fortalecido y engrandecido, se eleve sobre todas las ciencias y adquiera el conocimiento de una que es superior a las demás: la ciencia de la belleza en sí.

Dámaso apenas se atrevía a respirar, sobrecogido por un temor reverente como si un dios le estuviera revelando secretos reservados a los seres inmortales. Los demás también permanecían absortos y la sala quedó en un silencio absoluto. Platón aguardó un momento antes de pasar a describir las características de la belleza en sí. En *El banquete* había expuesto por primera vez de un modo exhaustivo su teoría de las Ideas, y las propiedades de éstas las había recogido en la descripción de la Idea de Belleza que estaba a punto de hacer.

—Quien haya sido instruido correctamente en los misterios del amor —prosiguió—, después de haber contemplado las cosas bellas en una sucesión ordenada y correcta, llegará al término de su iniciación y entonces percibirá, como un relámpago, una belleza eterna. Una belleza que no ha sido creada ni puede perecer, ni aumentar o disminuir; una belleza que no lo es sólo en un aspecto y fea en otro, ni unas veces sí y otras no, ni respecto a una cosa pero no respecto a otra, ni aquí bella y allí fea como si pudiera ser bella para unos y no para otros. Una belleza que no tiene la forma de un rostro, ni de unas manos ni de nada relativo a los cuerpos; que tampoco consiste en un razonamiento o en una ciencia; que no reside en ningún ser que no sea ella, sino que existe siempre por sí misma y en sí misma. Todas las demás cosas bellas, en cambio, lo son porque participan de ella, pero lo hacen de tal manera que ni su nacimiento ni su destrucción pueden afectarla en modo alguno.

Hizo una pausa para aliviar con vino la sequedad de su garganta. Le alegraba percibir un cambio sutil en la expresión de Dámaso. El esfuerzo había llenado de arrugas su rostro, pero en el fondo de sus ojos parecía adivinarse, como un tímido rayo de sol que se filtrara entre nubes, el placer de la comprensión.

—Querido amigo, la contemplación de la belleza absoluta, de la belleza en sí, es lo que hace por encima de ninguna otra cosa que merezca la pena vivir. Si algún día llegas a verla, ¿qué crees que te parecerán, comparados con ella, el oro o la belleza de la juventud? ¿Qué pensaremos de un mortal a quien le sea dado contemplar la belleza pura, simple y sin mezcla, no revestida de carne mortal ni de otras vanidades perecibles, sino siendo la divina belleza misma? ¿Crees que es vana la vida de quien tiene la mirada puesta en ella y goza de su contemplación y su compañía? ¿O más bien que cuando este hombre percibe la belleza, mediante la facultad de entendimiento de su alma, es capaz de engendrar no imágenes de virtud, pues no está en contacto con una imagen, sino virtudes verdaderas al estar en contacto con la verdad? Finalmente, aquel que engendre y alimente la verdadera virtud, ¿no será amado por los dioses y alcanzará la inmortalidad?

Todos aplaudieron menos Dámaso, que alzó las manos como si honrara a uno de los dioses celestiales.

—Oh, Platón —proclamó cuando los aplausos se extinguieron—, todos dicen que eres el más grande de los filósofos, y así lo creía yo también. Sin embargo, ahora sé que los dioses te han concedido escuchar su voz divina y comprender sus misterios, escogiéndote entre todos los hombres para hacerte sacerdote de su sabiduría.

—Contén tu ardor, Dámaso. Me alegra que la filosofía haya despertado en ti tanto entusiasmo, pero te aseguro que en mí no hay nada de sacerdote, sino tan sólo de filósofo.

—Tal vez tu cuerpo sea mortal, pero las palabras que he

escuchado no lo eran. —Se inclinó con dificultad sobre su voluminoso vientre y cogió la bandeja que contenía el trozo de pastel con el arrope de higos y moras—. Igual que ofrecemos a Deméter las primicias de las cosechas, te honramos a ti, Platón, y te pedimos que seas el primero en disfrutar de este pastel.

—De ningún modo, Dámaso. Yo sólo he hablado sobre temas de los que he escrito; tu exposición ha tenido, sin duda, un mérito mucho mayor.

—Platón, pedirme que te arrebate esta ofrenda es como pedirme que lo haga con las que se depositan en los altares de los dioses.

Dámaso se levantó torpemente de su triclinio, realizó una reverencia y dejó la bandeja en la mesita de Platón. El filósofo miró a los demás hombres del simposio sin saber qué hacer. Parecían estar divirtiéndose, pero Dámaso había insistido tanto en su naturaleza divina que le parecía un acto de impiedad aceptar su ofrenda.

«Si no atiendo su solicitud —reflexionó—, es capaz de pedir que traigan animales para sacrificarlos en mi honor.»

—Acepto tu ofrecimiento, Dámaso; pero, por favor, reclínate sobre tus cojines y come conmigo. —Hizo un gesto al esclavo para que sirviera a los demás—. Acompañadme todos, y agradezcamos a nuestro anfitrión este banquete digno de los salones del Olimpo.

Bebieron en honor de Calipo mientras dos esclavos repartían porciones del pastel. Dámaso cogió un pedazo con los dedos, pero estaba atento a Platón y aguardó hasta que el filósofo se metió un trozo en la boca.

Cuando él iba a hacer lo mismo, lo sobresaltó una sacudida brusca en el triclinio de Platón.

—¡Por los dioses, ¿qué te ocurre?! —gritó al ver el rostro del filósofo.

La boca de Platón estaba abierta hasta casi desencajarse. Su piel enrojecía rápidamente y por su barba resbalaba una espuma oscura de saliva y trozos de pastel. El salón se llenó de gritos. Varios de los asistentes saltaron de sus triclinios, quebrando copas y bandejas contra las baldosas de piedra mientras Platón intentaba en vano que el aire entrara en sus pulmones.

Su cuerpo se inclinó hacia delante, y cayó al suelo antes de que los brazos que trataban de auxiliarlo lo alcanzaran.

Capítulo 57

Esparta, junio de 362 a. C.

Calícrates sintió que Leónidas detenía su enorme cuerpo al otro lado de la puerta.

«Va a entrar.»

Aferró la empuñadura de su espada con ambas manos y la levantó. Notaba a su espalda la presencia de Helena, que se había quedado en la cama y se abrazaba las rodillas aterrorizada. El dormitorio estaba a oscuras y no se distinguía luz a través de los bordes de la puerta, lo que revelaba que su hermano no llevaba consigo una lámpara.

«La oscuridad es mayor en el interior, tardará un momento en vislumbrarme.»

El corazón le latía con tanta fuerza que le dolía el pecho. Él tampoco vería bien a Leónidas, pero esperaba distinguir la silueta de su cabeza, que tendría que agachar para cruzar el marco de la puerta.

«Debo acertarle en el cuello», se dijo una vez más. La probabilidad de conseguirlo era muy reducida, y si tenía el yelmo puesto sería imposible.

Oyó un roce en la puerta, como si su hermano moviera la mano sobre ella. Se giró un poco para preparar el ataque. Tendría que esperar a que Leónidas irguiera la cabeza tras cruzar el marco; si se precipitaba, la hoja podría chocar con su barbilla o detenerse en la coraza.

«Sólo tendré una oportunidad.» A Leónidas le daría tiempo a agarrarlo y aplastarlo, pero si lograba que muriera rápidamente, evitaría que matara también a Helena.

Leónidas parecía haberse quedado inmóvil. Calícrates permaneció en vilo, respirando a través de la boca abierta.

Temía que el golpeteo de sus latidos desbocados le impidiera oír a su hermano y anticiparse a sus movimientos.

«Sabe que estoy aquí», pensó al ver que aquella quietud se prolongaba. Percibió un nuevo roce y se imaginó a Leónidas preparándose para reventar la puerta de una patada.

Su hermano se alejó un paso, quizás para tomar impulso. Calícrates era consciente de que su cuerpo desnudo estaba completamente desprotegido mientras que el de Leónidas estaría cubierto de bronce y cuero. De pronto el ruido de las sandalias se desplazó por el lateral del patio y se detuvo frente a la ventana del dormitorio.

Helena y Calícrates habían girado el rostro siguiendo el movimiento. Oyeron una respiración áspera como un gruñido al otro lado de los postigos. Leónidas bloqueaba la claridad nocturna que incidía sobre la ventana y la oscuridad del dormitorio se había vuelto más profunda.

«Por Ártemis, que no rompa la ventana.» Calícrates avanzó con mucho sigilo sobre la tierra del dormitorio para acercarse a los postigos. Cuando estaba a un paso, su tobillo produjo un chasquido y se quedó paralizado.

Mantuvo la mirada clavada en la ventana mientras el tiempo seguía transcurriendo. La oscuridad se mitigó y los pasos de Leónidas se desplazaron de nuevo hacia la cocina. Poco después sonaron con fuerza en el patio, oyeron la puerta exterior y todo quedó en silencio.

Ninguno de los dos se atrevió a moverse.

Pasado un rato, Helena se deslizó de la cama y se acercó a Calícrates.

—Creo que se ha ido —le susurró al oído.

—Tal vez sea una trampa. —Su hermano podía haber fingido su marcha y estar aguardando en el patio.

Helena negó.

—Si hubiera sospechado que tú estabas aquí, ya nos habría matado. —Le puso una mano en el hombro—. Voy a salir.

—No —susurró Calícrates.

Ella buscó su mirada entre las sombras.

—Si está en la casa, o si regresa, no le extrañará encontrarme levantada y podría evitar que entrara aquí y te descubriera.

—Se puso de puntillas para besarlo—. Es mejor que salga, es lo más seguro para los dos.

Calícrates cedió. Se pusieron las túnicas, atentos a cualquier ruido que revelara la presencia de Leónidas, y Helena se dirigió a la puerta.

Al salir cerró tras ella. Calícrates percibió el roce ligero de sus pies por la casa: en el patio, más amortiguados al entrar en la cocina, de nuevo cruzando el patio...

El ruido se extinguió y temió que hubiera caído en manos de Leónidas. Cuando iba a salir del dormitorio, oyó pasos y la puerta se abrió.

—Se ha ido.

El tono de Helena era de sorpresa.

—¿Quieres decir...?

—Creo que no piensa regresar. He entrado en su cuarto y me he dado cuenta de que había movido un cofre en el que guarda sus objetos más valorados. Siempre está cerrado con llave, pero esta vez no. Y lo que ha cogido me hace pensar..., no, me hace estar segura de que no va a volver.

—¿Qué se ha llevado? —Calícrates intuyó la respuesta nada más preguntarlo.

—Lo más relevante es una estatuilla de Apolo. Perteneció a su padre y es el dios tutelar de su familia desde hace muchas generaciones. Esa figura presidía todas las ceremonias de ofrenda que realizaba Leónidas a los dioses familiares.

Las estatuas se utilizaban para invocar a los dioses y presentarles ofrendas y sacrificios. Pero los dioses eran volubles: si alguien se hacía con la estatua del dios de un enemigo, podía conseguir mediante alabanzas y presentes que el apoyo del dios cambiara de bando. Por ese motivo las familias y las ciudades protegían con tanto celo las estatuas de sus dioses.

Helena habló de nuevo:

—Además de la estatua de Apolo, se ha llevado otro objeto con el que veneraba a su padre. —Calícrates le dirigió una mirada inquisitiva—. Se trata de un cuchillo. La primera vez que me lo enseñó, me dijo que su padre había atravesado con él a su esposa porque ella se había atrevido a rebelarse. Al decirlo me miraba de tal modo que comprendí que lo usaría contra mí si consideraba que lo merecía.

—El cuchillo que Aristón le clavó a mi madre —murmuró Calícrates. Aristón era su padrastro y el padre de Leónidas. El hecho de que su hermano usara como objeto sagrado el cuchillo que había atravesado la carne de Deyanira, la madre de ambos, le revolvía el estómago.

—Esos objetos siempre han permanecido en esta casa, como corresponde a su función de evocar a los dioses familiares. —La expresión de Helena era de perplejidad—. Si Leónidas se los ha llevado es porque considera que ya no están aquí las raíces que lo unen a sus antepasados.

Calícrates se mantuvo en silencio mientras trataba de entender.

—Ha abandonado Esparta —dijo finalmente. Miró hacia la puerta exterior y sus ojos se entornaron—. Se ha exiliado él mismo.

—¿Exiliado? —Helena frunció el ceño—. ¿Por qué? ¿Dónde va a ir?

—Odia a los atenienses, igual que los odiaba su padre, y no soporta que nos hayamos aliado con ellos. Además, cada día era más crítico con el gobierno de Esparta, sobre todo desde que perdimos Mesenia y él se quedó sin la mayor parte de sus rentas.

—Entonces..., ¿qué piensas que va a hacer?

Calícrates suspiró. Aquella era otra mala noticia para el futuro de Esparta.

—Va a intentar unirse a Epaminondas.

Capítulo 58

Atenas, junio de 362 a. C.

Los corazones ardientes de las brasas se apagaban poco a poco en el hogar, dejando al morir un manto liviano de cenizas blanquecinas.

«Hestia, diosa del hogar, que podamos olvidar pronto esta pesadilla.»

Altea se dejó caer en una silla junto a la mesa de trabajo de la cocina. Sentía su cuerpo tan pesado como si fuera de plomo. Al otro lado de la mesa, una esclava sostenía la cabeza de Céfiro y le hacía beber a sorbos un preparado de hierbas que aliviaba el dolor.

«Tranquilo, ya ha terminado todo», quiso decirle Altea. Pero temía que un simple gesto de humanidad por su parte pudiera perjudicarlo y se quedó mirándolo en silencio.

Por el rabillo del ojo intuía la presencia de Melisa al otro lado del hogar. Era la única esclava que no parecía estar pendiente del estado de Céfiro. Se desentendió de ella, apoyó la cara en las manos y dejó que el aire escapara de sus pulmones arrastrando la tensión acumulada. Todos los platos habían salido bien y daba la impresión de que Céfiro estaba sufriendo un poco menos.

«Podría quedarme dormida», se dijo mientras su cuerpo se hundía un poco más.

Oyó un grito y levantó la cabeza de golpe. Todos los esclavos de la cocina permanecían alertas. Un instante después los gritos se multiplicaron y les llegó un estrépito de piezas de cerámica quebrándose contra el suelo, como si en el salón de banquetes hubiera estallado una violenta pelea.

«¡¿Qué está ocurriendo?!»

Se levantó y echó a correr, pero nada más salir al pasillo se detuvo. Una esposa no debía entrar en un banquete de hombres, y menos aún si estaban en una situación bochornosa como una disputa que hubiera llegado a las manos. En su casa nunca habían sido estrictos con ese tipo de normas para las mujeres, pero aquella cena era diferente. Calipo no quería que nada pudiera molestar a su invitado de honor, un magistrado corintio con el que pretendía firmar importantes acuerdos comerciales.

Distinguió la voz de su esposo bramando órdenes a los esclavos del salón.

—Está asustado —musitó.

Entonces se dio cuenta de que todos lo estaban. En aquel griterío no había ira, sino miedo.

—Averigua qué sucede —le ordenó a uno de los esclavos—, y vuelve de inmediato.

El hombre desapareció por el pasillo. Poco después Altea lo vio de nuevo, pero en lugar de regresar, el esclavo cruzó el patio a la carrera y salió a la calle. Ella se quedó indecisa, hasta que de pronto surgió de sus labios una exclamación ahogada.

«¡Mi padre!»

Su corazón pareció detenerse. Echó a correr hacia el salón de banquetes, y cuando iba a entrar salió su marido y estuvieron a punto de chocar.

—Calipo, ¿qué ha pasado? ¿Mi padre está bien?

Él asintió, con los dientes tan apretados que parecía que iban a reventar.

—Sí, tu padre está bien. —Al respirar resoplaba como un toro enfurecido—. Pero ese maldito cocinero ha envenenado a Platón.

—¡No!

Altea retrocedió como si la hubieran golpeado. Calipo continuó hacia la cocina y ella entró corriendo en el salón.

—¡Papá! —Perseo estaba de pie junto a otros invitados. Dos de ellos sujetaban por los hombros a Platón, que estaba sentado en el borde de un triclinio con los codos en las rodillas y escupía en el suelo—. ¿Cómo está?

Su padre se apartó del grupo para que Platón no lo oyera.

—Sigue vivo porque ha conseguido vomitar, pero no sabemos cuánto veneno habrá absorbido. Calipo ha ordenado a varios esclavos que salgan en busca de los mejores médicos de Atenas. —Sus ojos plateados miraron a su hija con tristeza—. Altea, tu marido ha ido a matar al cocinero.

Ella regresó al patio y oyó los gritos de Calipo mezclados con las súplicas de los esclavos. Fue a la cocina tan rápido como pudo, estremeciéndose con los gritos y los sonidos de los golpes. Al entrar vio a Céfiro en el suelo con el rostro cubierto de sangre. Calipo le estaba dando patadas mientras los demás esclavos se mantenían apartados sin atreverse a tocar a su amo.

Altea agarró a su esposo de un brazo y tiró de él.

—Para, te lo suplico. ¡Para!

—¡Suéltame! —El empujón hizo que Altea cayera de espaldas. Se quedó tendida sin respiración, pero Calipo ni siquiera se percató—. Ha envenenado la comida, tiene que morir como un perro. —Miró alrededor con unos ojos que parecían arder y cogió de la mesa un cuchillo largo de hoja gruesa.

Altea seguía intentando que el aire entrara en sus pulmones. Vio que Calipo se sentaba a horcajadas sobre el pecho de Céfiro. El esclavo movía la cara de un lado a otro mientras sus labios ensangrentados balbucían algo.

—Ningún dios va a perdonarte. —Calipo empuñó el cuchillo con ambas manos—. Y tampoco voy a hacerlo yo.

Su garganta dejó escapar un gruñido al alzar el cuchillo para descargarlo sobre el pecho de Céfiro.

—¡No ha sido él!

Calipo contuvo el golpe. En el latido de silencio que siguió al grito permaneció inmóvil, como si lo detuviese un sortilegio que pudiera desvanecerse en cualquier momento. Giró la cabeza hacia la esclava que había gritado, todavía con el cuchillo en alto y la boca crispada en una mueca feroz.

—¿Qué has dicho?

—Lo juro, señor, no ha sido Céfiro. —Era una de las esclavas más jóvenes. Estaba tan asustada que su mano temblaba de forma incontrolada cuando la alzó para señalar—. Ha sido ella, Melisa.

—¡¿Qué dices, desgraciada?! —Melisa contuvo a duras penas el impulso de abalanzarse sobre la muchacha y se volvió hacia Calipo—. El cocinero es muy hábil seduciendo a las mujeres y esta esclava está enamorada de él, por eso intenta salvarle la vida inventándose esa patraña.

El pecho de Calipo subía y bajaba como un fuelle. Dejó las manos apoyadas en las piernas y miró alternativamente a la muchacha y a su ama de llaves.

—¿Por qué voy a creerte? —le preguntó a la muchacha.

—No he dicho nada antes porque le tengo miedo a Melisa, pero me pareció que escondía algo en la túnica después de estar junto a la comida. —Bajó la cabeza y comenzó a sollozar—. No pensé que fuera importante hasta que he oído que la comida estaba envenenada.

—¡Mentirosa! —Melisa se arrojó contra ella, pero dos de los esclavos la agarraron de los brazos antes de que la alcanzara—. Soltadme, estúpidos. ¡Soltadme!

Calipo se puso en pie.

—Sujetadla. —Se acercó a Melisa con el cuchillo en la mano—. Espero que no sea cierto, y que mate al cocinero en lugar de a ti.

—Mi señor —la voz de Melisa había enronquecido—, juro por todos los dioses que jamás haría nada...

—¡Cállate!

Calipo metió la punta del cuchillo bajo el cordel de su cintura. Lo cortó de un tirón y abrió la túnica despacio, muy atento a cada pliegue de la tela.

Algo cayó al suelo.

—¿Qué es esto? —Se agachó y cogió un saquito de cuero.

—No es nada, señor. —Melisa consiguió sonreír como si no estuviera medio desnuda y con un cuchillo a un palmo de su tripa—. Tan sólo unas hierbas para el estómago.

Calipo lo agitó. Parecía que estaba vacío. Lo abrió y encontró restos de polvo que olfateó con cautela.

«Este olor...»

Su memoria le trajo el recuerdo que buscaba. Justo cuando Platón había comenzado a ahogarse, él se estaba llevando a la boca un trozo de pastel; su aroma a vino dulce enmascaraba otro olor que era el mismo que ahora percibía en el interior del saquito.

—¡Has sido tú! —La golpeó con el dorso de la mano y la sangre comenzó a manar de la boca de Melisa—. ¡Esto estaba en el pastel! —La agarró del cuello y la levantó hasta que apenas rozaba el suelo con los pies—. ¿Qué veneno es? ¡Contesta! —Existían antídotos para algunos venenos; si se trataba de uno de ellos, quizás los médicos podrían salvar a Platón.

El rostro de Melisa se hinchó con rapidez. Trató de hablar y Calipo redujo la presión.

—Es ajenjo. —La sangre le empapaba la boca y la barbilla—. Sólo es ajenjo.

Neleo, el ayudante de cocina, dio un paso hacia Calipo.

—Mi señor, creo que podría confirmarlo por el olor.

Calipo le entregó el saquito y el esclavo se lo acercó a la nariz.

—Es cierto, es ajenjo. Debe de haberlo puesto en la salsa del pastel cuando nadie la miraba.

Calipo frunció el ceño.

—¿Es venenoso? —Tenía varios conocidos que habían encargado brebajes para provocar el aborto a sus esclavas cuando se quedaban embarazadas de ellos. Le sonaba que el ajenjo era uno de los ingredientes.

El ayudante miró el saquito y ladeó la cabeza.

—Un hombre sano no se envenenaría con un poco de ajenjo. Además, si lo ha echado en el pastel, nadie habrá podido tragar una cantidad grande porque es extremadamente amargo.

La voz de Altea hizo que Calipo se girara hacia atrás.

—Hace años estuvieron juntos y Céfiro debió de rechazarla. —Altea avanzó hacia ellos sin apartar los ojos de Melisa—. Ha hecho esto para vengarse, quería que lo mataras. —Se detuvo junto a su esposo—. Espero que la castigues como merece.

—Bien saben los dioses que voy a hacerlo. —Calipo liberó el cuello de Melisa, que se inclinó hacia delante tosiendo. Ordenó a los esclavos que la soltaran y el ama de llaves cayó al suelo—. Llevadla a los establos y esperadme. Voy a atender a Platón, pero en cuanto pueda iré a ocuparme de ella.

Salieron de la cocina y Altea se arrodilló junto a Céfiro. Algunas de las esclavas ya lo estaban atendiendo. Hesperia, una tejedora de pelo gris claro, le palpaba el costado mientras una joven de grandes ojos asustados limpiaba la sangre de su rostro con un paño húmedo.

—¿Tiene algo roto?

Hesperia suspiró antes de responder.

—Una o dos costillas, pero no se han hundido. Y también la nariz parece rota.

Altea negó con la cabeza mientras contemplaba el rostro maltratado de Céfiro, sus párpados crispados por el dolor, los labios partidos de su boca entreabierta...

Cerró los ojos y las lágrimas se deslizaron por sus mejillas.

La garganta magullada de Melisa le impedía tragar y cada poco rato tenía que escupir la mezcla de saliva y sangre que se acumulaba en su boca. Desde que había entrado en el establo mantenía la cabeza inclinada hacia el suelo de tierra, no quería cruzar la mirada con los esclavos que la custodiaban.

«¿Cómo he sido tan estúpida?», se repitió una vez más. Si se hubiera dado cuenta de que aquella maldita muchacha la había visto ocultando el saquito, podría haberse acercado de nuevo al pastel y haber hecho que cayera al suelo como si fuera un accidente.

Se llevó la mano al cuello y rozó la carne dolorida.

«Parecía que me quería matar», pensó con un estremecimiento. Había sentido pánico al ver la rabia ciega en el rostro de Calipo mientras la ahogaba. En su mirada no había ni un resquicio de misericordia, le parecía imposible que perteneciera al joven que la había tratado con tanto cariño cuando era una niña; al hombre amable que había cuidado de ella y le había dado siempre un trato de privilegio, casi como si perteneciera a la familia.

«No va a tener piedad. —Envolvió con una mano su amuleto de hueso—. Madre, protégeme. Te necesito más que nunca.»

La espera se prolongó de un modo desesperante mientras la noche seguía su curso. Melisa se sobresaltaba cada vez que las monturas se movían o resoplaban entre sueños. Los médicos llegaron a la casa y se esforzó en distinguir el significado de sus voces amortiguadas, pero no lo consiguió, ni tampoco cuando se marcharon.

«Madre, que no le ocurra nada a Platón. Es lo único que puede salvarme la vida... si es que hay algo que pueda hacerlo.»

La temperatura había bajado y Melisa estaba tiritando cuando oyó unos pasos que se acercaban. Las sombras del establo retrocedieron y su amo apareció en el umbral con una lámpara de bronce. En su mirada latía una cólera fría que asustó a Melisa más que la furia abierta que había mostrado anteriormente.

—Colgad esto. —Calipo entregó la lámpara a los esclavos, miró alrededor y se agachó para coger una vara larga mientras ellos enganchaban la lámpara en una viga.

—Señor, ¿podemos irnos?

Calipo los miró pensativo. Su padre siempre decía que un esclavo tenía que ser castigado en presencia de los demás para que el castigo les sirviera a todos. Pero tampoco era bueno que lo vieran golpeando a dos de ellos el mismo día.

Accedió con un gesto y Melisa vio que salían del establo sin volver la vista atrás.

—Señor... —Dio un paso hacia Calipo y su mirada hizo que volviera a retroceder—. Señor, yo sólo pretendía lo mejor para esta casa, como he hecho siempre.

—Lo mejor —repitió Calipo. Cogió el extremo de la vara e hizo fuerza para curvarla. Era bastante firme.

—Sí..., sí, señor. Lo mejor es que Céfiro no esté aquí porque...

—La espalda desnuda —ordenó Calipo a la vez que la señalaba con la vara.

—Pero, señor...

—¡Ahora! —Apretó la vara con tanta fuerza que los nudillos se le pusieron blancos.

Melisa iba a darse la vuelta para desnudarse, pero se quedó de frente. Sacó un hombro de la túnica, después el otro, y la prenda se sostuvo brevemente en sus senos antes de resbalar hacia el suelo.

Calipo se quedó mirándola en silencio. Nunca la había visto sin ropa, pero cuando era más joven la había imaginado así cientos de veces. El cuerpo de Melisa se había desarrollado con extraordinaria sensualidad al dejar atrás la niñez y su padre la había escogido para animar sus años de viudedad. El placer que ella había sabido proporcionar al viejo patriarca había sido evidente por los gemidos y jadeos que habían llegado noche tras noche hasta el dormitorio de Calipo.

Melisa se giró despacio, dejando que la luz de la lámpara recorriera cada curva de su cuerpo. Se inclinó para apoyarse en un poste de madera y arqueó la espalda.

Aguardó el primer golpe con los ojos apretados. Sintió que Calipo se movía detrás de ella, cambiando de posición, demorando el comienzo del castigo. Abrió los ojos, respirando entre dientes mientras sus manos agarraban con fuerza el poste, y curvó la espalda un poco más.

La vara surcó el aire con un silbido breve y arrancó la primera tira de piel de sus nalgas.

Capítulo 59

Tegea, junio de 362 a. C.

—¡Alto!

—¡¿Quién eres?!

Los cuatro soldados de la patrulla tebana apuntaron sus lanzas hacia el hoplita de Esparta que avanzaba hacia ellos con aire tranquilo, como si no le importara atravesar en solitario aquel territorio en pie de guerra. El sol le daba de frente y arrancaba destellos de su coraza de bronce. Cuanto más cerca estaba, más se inquietaban al advertir que le sacaba dos cabezas a cualquiera de ellos.

El hoplita se detuvo. Hacía calor y llevaba el yelmo colgando del cinto de la espada.

—Soy Leónidas, hijo de Aristón, general de Esparta. He venido a parlamentar con Epaminondas.

—¿A parlamentar? —El tebano que encabezaba la patrulla movió la lanza hacia él—. ¿Y por qué no te acompaña una escolta?

—No viene en nombre de Esparta —afirmó con desdén otro de los soldados—. Es un desertor, un traidor a su patria.

Leónidas lo contempló en silencio antes de responder.

—Si vuelves a llamarme traidor, te mataré.

El soldado retrocedió un paso con tanta rapidez que sus sandalias resbalaron en la tierra del camino.

—Tranquilo. —El jefe de la patrulla levantó una mano y giró la cabeza hacia sus hombres—. A partir de ahora, el único que habla soy yo. —Los soldados asintieron y él se dirigió de nuevo a Leónidas—. Te llevaré hasta la guardia personal de nuestro general, pero tienes que entregarnos tus armas.

—De acuerdo. —Leónidas depositó en el suelo el escudo,

el yelmo y la lanza, se desabrochó el cinto de la espada y lo dejó sobre el escudo. Luego retrocedió unos pasos—. Ocúpate de que no se extravíen, les tengo aprecio.

El tebano hizo una señal y dos de sus hombres recogieron las armas. Después se colocaron alrededor de Leónidas, sin dejar de apuntarle con sus lanzas, e iniciaron la marcha hacia el campamento del general Epaminondas.

Los hombres del Batallón Sagrado saludaban con respeto a su comandante según pasaba frente a sus tiendas.

«Si todo mi ejército fuera como ellos, podríamos conquistar Persia», se dijo Epaminondas. Les estaba agradecido por aceptar sin reservas que los pusiera directamente bajo su mando tras la muerte de Pelópidas. Eran su mejor unidad, los únicos soldados de los que estaba seguro de que morirían antes de retroceder.

«¿Considerarán que el amor a su compañero es más importante que el honor?»

Su ceño se frunció ligeramente sin que dejara de devolver los saludos. Al cabo de un momento, desechó la idea.

«El planteamiento no tiene sentido. —Su maestro, el filósofo pitagórico Lisis de Tarento, utilizaba la misma expresión para desechar las cuestiones que no podían resolverse porque contenían un error de lógica—. Para ellos el amor y el honor están unidos, y eso es lo que los hace tan valiosos.»

Entró en su tienda de lona, abierta por ambos lados para que la brisa la atravesara y no se acumulara el calor. El gobierno de Tegea le había ofrecido la mansión más lujosa de la ciudad, pero siempre acampaba con sus hombres. Un asistente se acercó y le sirvió agua sin que él lo solicitara; la prefería al vino siempre que hubiera disponible agua potable, lo que a menudo no resultaba posible en campaña.

«Otra de las ventajas de acampar dentro de la ciudad.»

Los víveres eran abundantes y recibían lo que necesitaban nada más pedirlo. Por otra parte, las murallas de Tegea les proporcionaban una seguridad adicional frente a posibles ataques, y además ocultaban sus movimientos. Esto ponía de su parte el factor sorpresa, que era una de las claves de su historial inmaculado de éxitos militares.

Dejó que su asistente lo ayudara a desprenderse de las grebas y la coraza, se quitó la túnica corta que llevaba debajo y frotó su cuerpo con un paño húmedo para eliminar el sudor de la larga mañana de combates de entrenamiento. Se ejercitaba más horas que cualquiera de sus hombres y seguía siendo capaz de vencerlos a todos, pese a que doblaba la edad a muchos de los soldados más jóvenes.

«Filipo nunca dejaba de entrenar antes de que yo parara», se dijo mientras recordaba con cierta añoranza al joven príncipe macedonio. Se había ocupado de su formación militar durante la temporada que había pasado como rehén en Tebas, desde que tenía catorce años hasta los diecisiete.

«Ya hace tres años que regresó a Macedonia.» Le sorprendió un poco que fuera tanto tiempo. Habían permitido que Filipo retornara a su país cuando murió su hermano mayor, el rey Alejandro II, y le sucedió su otro hermano, Pérdicas III. La vida de los reyes macedonios resultaba tan efímera, ya fuera por morir asesinados o por caer en combate en una de sus incesantes guerras, que Epaminondas no dudaba de que Filipo subiría pronto al trono.

«Tal vez su reinado se prolongue más de lo habitual. Sus dotes militares son excepcionales, es ambicioso pero también reflexivo..., y su encanto natural le vendrá muy bien para la diplomacia.»

El príncipe Filipo poseía un carácter expansivo que atraía por igual a hombres y mujeres, pese a que la rudeza propia de su pueblo no había llegado a desaparecer del todo con la refinada educación que le habían proporcionado los mejores maestros de Tebas. Incluso había demostrado cierto interés por la filosofía, pero Epaminondas intuía que lo que le atraía de ella era sobre todo la valoración y el respeto que otorgaba.

«Puede que en Macedonia le venga bien mantener algo de tosquedad; al fin y al cabo, son un pueblo de pastores, guerreros salvajes y reyes sangrientos.»

Echó el paño dentro de la jofaina y el asistente se la llevó. En el respaldo de una silla le había dejado una túnica limpia y esperó a que el viento evaporara la humedad de su piel antes de ponérsela. Después sacó un pequeño rollo de papiro y lo desplegó sobre los mapas que cubrían la mesa. Se trataba de los *Versos áureos* de Pitágoras. El propio Lisis le había regalado aquella copia hacía más de treinta años.

Apoyó un dedo en la superficie agrietada del papiro y lo recorrió hasta que llegó al punto donde había interrumpido la lectura la noche anterior:

> No cometas nunca
> una acción vergonzosa,
> ni con alguien ni a solas.
> Ante todo,
> respétate a ti mismo.

—Ante todo, respétate a ti mismo —murmuró en el aire caliente de la tienda.

Los *Versos áureos* tan sólo constaban de setenta y una líneas que recogían pautas de comportamiento básicas de la doctrina pitagórica. Lisis de Tarento le recomendaba leerlos todos al despertar y al ir a acostarse, aunque también resultaba provechoso detenerse a reflexionar sobre cada uno de ellos. Eso era lo que pretendía hacer en aquel momento, pero su meditación se vio interrumpida cuando el capitán de su guardia personal entró en la tienda.

—Mi general, acaban de traer a un espartano que se acercaba a Tegea. Dice que viene a parlamentar, pero no lo acompañaba nadie, probablemente haya desertado. Afirma ser el general Leónidas..., y desde luego por el tamaño podría serlo.

Epaminondas levantó una ceja. Había visto a Leónidas en la conferencia de paz celebrada en Esparta hacía nueve años. Si se trataba de él, lo reconocería al momento.

—Traedlo.

Mientras aguardaba descartó el impulso de ponerse la coraza y el cinto de la espada. Se decía que Leónidas era un coloso al que nadie podía vencer; si lo atacaba dentro de la tienda, no lo salvaría una coraza, sino la rapidez con la que pudiera alejarse de él.

Varios soldados de su guardia personal entraron con las espadas desenvainadas. El capitán de la guardia le pidió que se apartara de la entrada y se mantuviera alejado del espartano. Epaminondas retrocedió unos pasos, aunque consideraba que con tantos soldados presentes aquello era un tanto exagerado.

Cambió de opinión en cuanto llegó Leónidas.

«Por Heracles, es mucho más grande de lo que me pareció en Esparta.» Él aventajaba a casi todos los hombres en altura y corpulencia, pero aquel espartano lo superaba en más de un palmo a lo largo y a lo ancho. Aunque le habían despojado de la coraza y sólo vestía una túnica corta, los siete soldados de élite que lo rodeaban no conseguirían acabar con él a tiempo si caía en sus manos.

—General Leónidas —saludó con una ligera inclinación de cabeza.

—General Epaminondas —respondió él con el mismo gesto.

—Siéntate, por favor. —Le señaló una silla al otro lado de la mesa, que serviría de barrera si intentaba atacarlo.

Leónidas hizo lo que le pedía y observó el interior de la tienda: un lecho sencillo, alfombras sobrias y desgastadas, algunas copas de metal baratas... No parecía haber nada de oro o plata ni adornos superfluos, y se sintió satisfecho. Pese a las incesantes victorias y conquistas de Epaminondas, se afirmaba que jamás había aceptado un soborno y que seguía siendo tan pobre como cuando sólo era un aprendiz de filósofo en Tebas.

Le sirvieron agua y apuró la copa antes de hablar.

—Vengo a unirme a tu ejército. —El rostro del general tebano no se alteró. Su mirada era penetrante y poseía una extraña seguridad, como la de algunos sacerdotes. Leónidas se recordó que la inteligencia de aquel hombre era lo que había convertido a Tebas en la ciudad más poderosa del mundo griego. Si intentaba engañarlo, lo descubriría al momento—. La alianza con Atenas es una infamia para Esparta, mi deber como espartano es luchar contra los atenienses.

Epaminondas se encogió de hombros.

—Detuve a las tropas de Atenas en Nemea y regresaron a su ciudad. No hay ningún ejército ateniense con el que luchar.

Leónidas recibió sus palabras con una sonrisa fría.

—Puede que no haya estudiado filosofía como tú, pero no me tomes por estúpido. Sabes igual que yo que están a punto de embarcar a sus hombres, si es que no han zarpado ya. Dentro de pocos días estarán en Mantinea, donde se está congregando la mayor parte del ejército que va a combatir contra el tuyo, y tus propios aliados todavía están demasiado dispersos. Cuando tenga lugar la batalla, tendrás que enfrentarte también a los atenienses.

Epaminondas no hizo ningún comentario, aunque el general Leónidas tenía razón en todo. No sólo faltaban por llegar algunos de sus aliados más importantes, sino que después necesitaría varios días para organizar un ejército tan heterogéneo.

—Me resulta extraño —dijo finalmente— que un general espartano esté dispuesto a luchar contra sus propios hombres.

—¡Jamás lucharé contra soldados de Esparta! —Las espadas de los tebanos se acercaron y Leónidas reprimió el impulso de arrancar una de las gruesas patas de la mesa y utilizarla como arma—. Mi patria..., mi patria lleva décadas corrompiéndose, y el poco honor que les quedaba a sus gobernantes lo perdieron al aliarse con Atenas. Pero en la sangre de los soldados de Esparta, de mis hombres —proclamó como si todavía estuvieran bajo su mando—, se mantiene la herencia de Licurgo y del propio Heracles. El gobierno de Esparta, con su corrupción y su deshonor, con ese pacto infame con los atenienses, me ha obligado a exiliarme, pero nunca me enfrentaré a un espartano que lucha por nuestra patria.

Epaminondas lo observó con curiosidad. Le parecía intuir lo que aquellas palabras implicaban.

—Salid todos —les pidió a sus soldados.

El jefe de su guardia personal dio un paso al frente.

—Señor, no..., no puedo obedecer esa orden, es demasiado peligroso.

—Dejad las puertas abiertas y vigilad desde el exterior. No

me acercaré demasiado, y él se quedará sentado. —Leónidas accedió con un breve asentimiento.

Epaminondas aguardó a que la tienda se vaciara y se acercó hasta el borde de la mesa. Sus soldados se pondrían nerviosos, pero era el único modo de asegurarse de que nadie los oía.

—Creo que adivino lo que pretendes conseguir de mí.

—He venido a ofrecerte mi lanza y mi espada para luchar contra los atenienses. Si te parece bien, eso es lo que haré, sin necesidad de condiciones.

—Pero... —lo animó Epaminondas.

Leónidas frunció el ceño.

—Pero creo que podríamos ponernos de acuerdo en algo más que resultaría beneficioso para Esparta y para Tebas.

Epaminondas sostuvo la mirada dura de Leónidas. El gigante espartano sabía que había adivinado su propósito pero se resistía a ponerlo en palabras, así que lo hizo él.

—Quieres que te haga rey de Esparta.

Sus palabras se quedaron suspendidas en el aire por un momento.

—Sí.

—Lo primero que se me ocurre es que en Esparta te verán como un general renegado y serías el último al que admitirían como rey. —Epaminondas esbozó una sonrisa—. Pero como seguro que ya has pensado en eso, cuéntame qué tienes en mente.

—No soy un enemigo de mi patria, sino de sus enemigos, entre los que se cuentan varios de los gobernantes actuales. Hay muchos espartanos que piensan como yo, y me verán como alguien que lucha por Esparta, por devolverle la posición y el prestigio que nos otorgaron los dioses y nuestros antepasados. Además, mi pretensión de ocupar el trono es legítima según nuestras leyes.

—¿Quieres decir que tienes sangre real?

—Así es. —Su propio padre solía recordárselo con el tono melancólico de quien ha renunciado a un sueño y espera que otros lo cumplan en su lugar—. Desciendo directamente del rey Leotíquidas II, igual que nuestro actual rey Agesilao. El padre de mi padre era primo del rey Arquidamo II, el padre de Agesilao. Y precisamente los hijos de Arquidamo, los reyes Agis y Agesilao, son los principales responsables de la corrupción de Esparta. Si extirpamos esa rama podrida, el heredero legítimo del trono soy yo. —En realidad, sería su hermano Calícrates, pero ya se ocuparía de eso llegado el momento. También hubieran estado por delante sus dos sobrinos; al haber hecho que murieran en Leuctra, se había librado de ese problema.

—Heredero legítimo —dijo Epaminondas pensativo—. De todos modos, en Esparta gobiernan dos reyes, ¿no tendrías problemas con el otro monarca?

—El rey Cleómenes es demasiado joven e indeciso, y además siempre me ha respetado. No me resultaría difícil controlarlo.

—De acuerdo, supongamos por un momento que llevas las riendas de Esparta. ¿Qué harías?

—Atacar Atenas —respondió de inmediato—. Han reconstruido su imperio marítimo y volverán a someternos a todos a menos que acabemos con ellos. Eso es lo que ocurrirá si Tebas pierde la gran batalla que tendrá lugar en los próximos días, pero también ocurrirá si Tebas vence y permite que Atenas sobreviva. Como rey de Esparta, firmaría en nuestro nombre y en el de nuestros aliados un tratado de no agresión con Tebas que reconociera que os pertenecen todos los territorios que ahora controláis. Pero después habría que organizar una gran expedición que tuviera como fin exterminar a todos los atenienses, vender cómo esclavos a sus mujeres y niños y no dejar en pie ni una sola piedra de Atenas. Exactamente lo que la propia Tebas quiso hacer tras la guerra del Peloponeso —le recordó.

Epaminondas se quedó reflexionando. Lo último que había esperado era tener de su parte a un candidato legítimo al trono de Esparta.

«Negarse a luchar contra los espartanos y hacerlo sólo contra los atenienses puede ser favorable para sus aspiraciones al trono. —Observó un momento a Leónidas. Aunque se mantuviera sentado con una túnica corta como un estudiante, irradiaba poder y orgullo—. No creo que Ares, dios de la guerra, tenga un aspecto más temible. Eso también es valioso para alguien que aspira a reinar. Sólo falta saber si lo de su sangre real es cierto.»

—Espérame aquí, volveré enseguida.

Epaminondas abandonó la tienda y Leónidas echó una ojeada a los guardias, que seguían vigilándolo desde el exterior. Se inclinó sobre la mesa y paseó la mirada sobre los mapas. Eran de la región, pero no contenían indicaciones sobre movimientos o disposición de tropas.

—*Versos... áureos* —leyó en la etiqueta de un rollo de papiro.

Estiró la espalda y pasó la lengua distraídamente por el hueco de su dentadura.

«Eurímaco...»

Se acordaba a menudo del gigante que le había arrancado el diente de un puñetazo hacía varios años, en Delfos. También recordaba que la hermana se llamaba Altea. Le había parecido idéntica a Deyanira, su madre, aunque había pasado mucho tiempo y empezaba a dudar de sus recuerdos. De todos modos, no olvidaría nunca el rostro del ateniense, el único hombre de su mismo tamaño y el único que había sido capaz de derribarlo.

«Le dije que lo mataría si volvía a verlo. Tal vez ese día esté a punto de llegar.»

Vengar aquel agravio resultaría muy placentero, pero el odio que sentía hacia los atenienses tenía raíces que iban más allá de su propia vida. No sólo eran los enemigos naturales de Esparta, también habían convertido a su abuelo paterno en un tullido que se arrastraba penosamente por Esparta en sus últimos años de vida. Tiempo después, su propio padre había perdido la vida a manos de algún ateniense.

Estiró el brazo para coger una jarra de una mesita, llenó su copa de agua y bebió mientras los guardias vigilaban cada uno de sus movimientos.

«Si los dioses quieren que sea rey, los primeros a los que ejecutaré serán Agesilao y su apreciado consejero, mi hermano Calícrates.»

Los músculos de su mandíbula se tensaron al evocar la última vez que había estado en su casa, hacía dos días. La despensa se encontraba repleta de provisiones que sin duda había llevado su hermano. Al descubrir aquello estuvo a punto de irrumpir en el dormitorio de su esposa, pero decidió marcharse porque despertar a Helena habría puesto en peligro su proyecto de unirse a Epaminondas.

Mientras se alejaba de Esparta, lo había asaltado la sospecha de que Calícrates podía estar acostándose con Helena.

«No importa si se acuestan o no. Calícrates ha estado visitándola y seguro que lo han visto entrando y saliendo de la casa. —Los rumores sobre la infidelidad de su esposa debían de estar corriendo por toda la ciudad—. Si algún día regreso...»

Epaminondas entró en la tienda. Había hablado con un par de ilotas que habían servido varios años en Esparta y confirmaban que lo que decía Leónidas sobre sus orígenes era verdad. Sin embargo, uno de ellos también había mencionado a Calícrates.

—Acabo de corroborar tu versión. Es cierta pero incompleta, ya que tienes un hermano mayor que te precedería en el derecho al trono, y que al parecer es un hombre bastante respetado.

—Mi hermano es el hombre de confianza del rey Agesilao, y por lo tanto igualmente culpable del deshonor de Esparta. Cuando caiga el rey, Calícrates tiene que caer con él.

Epaminondas asintió. Aquello podía facilitar las cosas.

—De acuerdo, formarás parte de mi ejército y te ubicaré en una posición en la que no tendrás que enfrentarte a las tropas de Esparta. —Sus labios bosquejaron una sonrisa—. Pero soy un hombre prudente, así que algunos de los hombres que tendrás a tu espalda estarán pendientes de ti en todo momento.

—Y si vencemos..., ¿qué ocurrirá después de la batalla?

Epaminondas sostuvo la mirada de Leónidas.

«Sería un gobernante implacable, pero también un hombre de honor.»

—Si vencemos, serás rey de Esparta.

Capítulo 60

Atenas, junio de 362 a. C.

Altea no conseguía contener las lágrimas.

Se había prometido que no lloraría para evitar apenar a Eurímaco en el momento de su partida, pero la emoción acumulada en el ambiente, con innumerables familias en el puerto del Pireo despidiéndose de los hombres que iban a la guerra, le hacía imposible contenerse.

Hacía un par de horas, cuando todavía titilaban en el cielo las últimas estrellas, habían bajado desde Atenas por la explanada de los Muros Largos. Su pequeño grupo formaba parte de una marea de atenienses tan extensa que parecía que estaban desalojando la ciudad. En el aire fresco del crepúsculo las conversaciones sonaban forzadas y las ocasionales risas morían demasiado pronto, pero al menos servían para disimular el temor de perder a miles de hombres y la inquietud por el futuro de Atenas. Se iban a enfrentar con el invencible Epaminondas; aunque nadie lo decía, todos sabían que el general tebano había derrotado en inferioridad de condiciones a los espartanos, y que ahora su infantería sería la más numerosa del campo de batalla. A eso se añadía que, gracias a sus últimas alianzas, había sumado a sus fuerzas la caballería tesalia, la más nutrida y poderosa del mundo griego.

Alguien tocó el hombro de Altea. Se giró y encontró el rostro afable de Espeusipo.

—Deberías llorar por quienes van a enfrentarse a él. —El sobrino de Platón señaló a Eurímaco, que se había hecho cargo de una mula que se resistía a subir a su barco y se la había colocado sobre los hombros como si se tratara de una oveja. En ese momento terminó de cruzar la pasarela, depositó la mula en la cubierta y los marineros le dedicaron una salva de aplausos y exclamaciones de admiración.

—Tienes razón. —Altea agradeció las palabras de Espeusipo con una sonrisa y se enjugó las lágrimas.

Su hermano descendió del barco para ayudar a cargar los últimos pertrechos. Desde que había dejado la bebida hacía varios años pasaba la mitad de su tiempo en la Academia, donde llevaba un disciplinado régimen de alimentación y ejercicio que lo mantenía en una gran forma física. En los últimos meses había añadido varias horas diarias de entrenamiento en el combate armado.

«Decía que era para protegernos si Atenas era atacada, pero desde el principio debía de estar pensando en presentarse voluntario para luchar contra los tebanos.»

Altea había presenciado el entrenamiento de su hermano en varias ocasiones. Siempre combatía contra dos o tres hombres, a veces incluso contra cuatro, y nunca le había visto perder.

Recorrió con la mirada el centenar de embarcaciones que se balanceaba suavemente en las aguas del puerto. Un enjambre de trabajadores había estado día y noche reparando muchas de ellas en los grandes cobertizos que rodeaban el muelle. Aproximadamente la mitad de la flota se componía de barcos mercantes y el resto eran trirremes, las afiladas naves de guerra con un gran espolón de proa y tres filas de remeros que tan efectivas resultaban en el combate naval, aunque en esta ocasión sólo estaba previsto utilizarlas para el transporte de soldados.

«Si hubiéramos tenido más barcos, habríamos podido enviar también la caballería.»

Con la flota y las riquezas disponibles en la época de Pericles, antes de los grandes desastres de la guerra del Peloponeso, habría sido posible trasladar por mar el millar de jinetes y caballos que tenían intención de llevar a Mantinea. Se trataba de la práctica totalidad de su caballería y su pérdida resultaría irreparable, pero no tenían otra opción que jugárselo todo en una batalla, ya que Epaminondas contaba con dos mil de los temibles caballos tesalios.

«Espero que al menos nuestros jinetes lleguen a tiempo.» El mando militar ateniense había enviado exploradores en busca de una vía despejada, con la esperanza de que la caballería hiciera valer su velocidad y accediese por tierra al Peloponeso antes de que les bloquearan el paso.

Suspiró con un nudo de congoja en la garganta y Calipo le rodeó los hombros con un brazo. Ella vaciló un momento antes de apoyar la cabeza en el hombro de su esposo. No le sería fácil olvidar lo ocurrido en los últimos días.

La noche del banquete, después de que se llevaran a Melisa al establo, pidió que trasladaran a Céfiro hasta la cama del cuarto del ama de llaves, donde podrían atenderlo mejor que en las habitaciones compartidas. Hesperia, la tejedora de pelo canoso, preparó un ungüento y se lo extendió por las heridas de la cara, que se habían hinchado hasta deformar el rostro del cocinero. Después le retiraron el vendaje de la espalda y utilizaron el mismo ungüento para cubrir con mucho cuidado la carne lacerada.

—¡Alto! —exigió alguien desde la puerta cuando ya estaban terminando—. ¿Qué le estáis poniendo?

Altea reconoció inmediatamente a Marsias, el médico más prestigioso y mejor pagado de Atenas. Lo acompañaba otro hombre vestido con una túnica igual de elegante y ella supuso que se trataba de uno de sus colegas.

—Lamento la brusquedad. —Marsias se llevó la mano al pecho e inclinó la cabeza al identificar a Altea—. Calipo nos pidió que, después de ocuparnos de Platón, atendiéramos al cocinero.

—Oh, muchas gracias; pasad, por favor. —Altea se echó rápidamente a un lado—. ¿Platón está bien?

—No corre ningún peligro, tan sólo tiene la garganta irritada y probablemente sufrirá de afonía durante unos días.

Los médicos se inclinaron sobre Céfiro y examinaron sus heridas. Le hicieron algunas preguntas a Hesperia, la esclava que lo había estado cuidando, y se mostraron satisfechos al saber que había limpiado las heridas con vino puro. También les pareció bien la mezcla de miel y hierbas que le estaba aplicando. Marsias se acercó al rostro de Céfiro y escuchó atentamente su respiración. Le pidió a su colega que hiciera lo mismo y luego hablaron un momento antes de ponerse de acuerdo.

—Lo más importante ahora es que descanse para que su cuerpo vaya reparando los daños. Le vamos a suministrar una bebida narcótica y así reposará más profundamente.

Se marcharon a la cocina con un par de esclavos y al cabo de un rato regresaron. Uno de los médicos levantó con mucho cuidado la cabeza de Céfiro mientras el otro vertía entre sus labios el contenido de una copa y esperaba con paciencia a que tragara. Altea se percató de que Hesperia contenía la respiración cada vez que Céfiro se atragantaba.

—Bien, ya es suficiente. —Marsias le entregó la copa a la esclava—. Guarda esto, probablemente mañana necesitará un poco más, pero se lo daremos nosotros cuando regresemos por la mañana.

Altea les dio las gracias y los acompañó hasta la puerta de la calle. Al volver a la alcoba se quedó de pie en la entrada mientras dos esclavas velaban junto a la cama el descanso de Céfiro. La expresión del cocinero se fue relajando poco a poco y su resuello rápido se convirtió en una respiración tranquila.

Abandonó la habitación evitando cruzar la mirada con las esclavas. Se dirigió al patio y se apoyó en una de las columnas mientras respiraba con avidez el aire fresco de la madrugada. La casa parecía tranquila, indiferente a la angustia en la que ella se ahogaba desde el día anterior, cuando Calipo la había llevado a la cárcel para que oyera cómo torturaban a Céfiro.

De pronto oyó un golpe y un quejido agudo.

—Melisa —murmuró.

Tardó un momento en recordar que Calipo iba a castigarla. «Yo misma se lo pedí...» Se dirigió a los establos, de donde había provenido el ruido, y lo primero que distinguió fue a su marido con el brazo levantado y una vara en la mano. Su mirada siguió el movimiento descendente y vio a Melisa en el momento en que recibía un nuevo golpe.

«La está matando.»

Se acercó sin apartar la vista del cuerpo desnudo de Melisa, que temblaba encogida en el suelo. La lámpara colgada de una viga hacía brillar la sangre que cubría su piel.

Su esposo contempló un momento a la esclava antes de alzar de nuevo la vara.

—Calipo. —Él se detuvo sin volverse. Melisa gemía a sus pies como lo haría un perro que temiera por su vida. Altea pensó por un instante que tenían sobre ella el poder de un dios, y la vergüenza que le provocó aquella idea le hizo sentir náuseas—. Calipo, no sigas. Por favor.

Calipo bajó el brazo y la vara resbaló de sus dedos. Su respiración agitada se oyó una vez, y otra, y una tercera antes de que se diera la vuelta con una mirada crispada de angustia.

Se miraron sin que ninguno de los dos llegara a hablar. Altea avanzó un paso hacia él y volvió a detenerse. Finalmente se acercó y dejó que la abrazara.

En el suelo del establo, Melisa seguía gimiendo.

«No va a vender a Melisa», se dijo Altea.

El día después del banquete le había sugerido a Calipo que se deshicieran de ella, pero su esposo se había mostrado reacio.

—Lo que hizo merece cada uno de los golpes que le di ayer, y a partir de ahora no será ama de llaves, sino tan sólo la ayudante de las demás esclavas. —Su semblante perdió algo de dureza, igual que su tono—. Sin embargo, venderla sería condenarla a un prostíbulo el resto de sus días, y sabes que le prometí a mi padre que cuidaría de ella.

—Echó el ajenjo en la comida para que mataras a Céfiro —replicó Altea. Pero sabía que él seguiría mostrándose clemente. Platón se encontraba bien, y el magistrado corintio le había manifestado a Calipo que, a pesar del sobresalto, había sido la mejor velada filosófica de su vida y se lo iba a agradecer firmando el acuerdo comercial que tanto deseaba.

—Melisa ha jurado por los dioses que no volverá a intentar nada contra Céfiro. Sabe que si vuelve a cometer una falta, por pequeña que sea, esta vez su castigo será la muerte. Ha cometido un error, un error estúpido e imperdonable, pero tenemos que tener en cuenta que su intención era perjudicar al cocinero, no a nosotros. Nunca haría nada contra nosotros, y menos ahora que sabe lo indulgentes que estamos siendo con ella.

Altea suspiró. Habría preferido que Melisa saliera de la casa, pero no tenía ánimo para insistir después de haberla visto como un animal ensangrentado a sus pies, con la carne hinchada y abierta en incontables heridas. Suspiró de nuevo; deseaba que aquellos días de locura se desvanecieran en la niebla del tiempo, y no volver a sentir que Calipo era diferente al hombre bueno y cariñoso del que llevaba tantos años enamorada.

El Pireo se estaba tiñendo con el ámbar del amanecer. El viento había arreciado y zarandeaba las túnicas de la muchedumbre que contemplaba los últimos preparativos de la flota. Eurímaco terminó de supervisar la carga de la embarcación en la que él era el oficial de mayor grado y se acercó a sus allegados.

—Platón, si decides cometer la locura de volver a Siracusa, al menos espérame para que te acompañe y sea tu guardia personal.

El filósofo sonrió al imaginar la expresión que pondría el tirano Dionisio si apareciera con un protector de casi ocho pies de altura.

—Es una buena idea —respondió con la voz todavía un poco ronca—, aunque ya sabes que las circunstancias son cada vez menos propicias para que regrese. De todos modos, ayer envié una carta a Dionisio y su respuesta tardará varias semanas. Espero que para entonces hayas vuelto de dar una paliza a Epaminondas y sus tebanos y puedas acompañarme... si es que regreso.

Eurímaco asintió como si cerraran un acuerdo. Se acercó a Altea, se agachó para abrazarla y se irguió con ella en vilo.

—Vamos —susurró—; no llores, hermanita.

Altea lo besó por encima de la línea de la barba.

—Ten mucho cuidado y vuelve con nosotros, ¿de acuerdo?

Eurímaco la estrechó con más fuerza y durante un momento permanecieron abrazados, ajenos a todo lo que los rodeaba.

—No te preocupes por mí —volvió a susurrar—. Y cuida de papá.

La dejó en el suelo y se volvió hacia Perseo, que le acarició el hombro en un gesto torpe.

—Que Atenea te proteja, hijo mío.

Eurímaco lo envolvió entre sus brazos sin decir nada. Antes de que sus ojos se humedecieran como los de su anciano padre, se dio la vuelta y se alejó para embarcarse hacia la gran batalla que decidiría el destino de todos ellos.

Capítulo 61

Atenas, junio de 362 a. C.

La esclava se acercó al triclinio de Calipo y se inclinó para llenar su copa de agua. Era joven y bonita, con el pelo corto muy negro y sin cicatrices visibles que afearan su piel cobriza. Sostenía la jarra con las dos manos al verter el agua, sin preocuparse de que el escote de su túnica ligera se abriera exponiendo sus senos a la mirada del invitado.

Calipo alargó el brazo para coger una almeja cruda de su mesita y sus ojos se detuvieron en la desnudez de la joven. Fue tan sólo un momento, pero la esclava atrapó su mirada y le ofreció una sonrisa amplia y luminosa sin llegar a erguirse.

—Ya es suficiente —dijo Calipo señalando la copa. La esclava se retiró y él volvió la cabeza hacia el triclinio de su anfitrión—. Arneo, ¿tanto te divierte verme rechazar a tus esclavas?

Arneo rio sujetándose la voluminosa barriga, una masa de carne blancuzca tan hirsuta como la de un jabalí.

—Me divierte y no renuncio a que Calipo el Casto acepte algún día uno de mis dulces presentes, sobre todo ahora que te debemos tanto. —El acuerdo que Calipo había firmado con Dámaso para exportar bienes a Corinto beneficiaba también a varios de sus socios. Habían visto cómo las pérdidas esperadas de una gran cantidad de mercancía que no podían vender se convertían de repente en enormes beneficios.

En las esquinas del salón había pequeñas columnas de mármol rematadas con capiteles jónicos, al estilo del Partenón. Encima de ellas, unos candelabros de bronce sostenían gruesos velones cuyo fulgor iluminaba la estancia. Los esclavos pusieron más comida en las mesitas y Calipo se fijó en que varios de los platos eran afrodisíacos: huevos escalfados de faisán y pato, ostras a la brasa, estrella de mar cocida... Tomó la cáscara sin espinas de un erizo de mar, condimentado con una olorosa salsa de vinagre y menta, y vertió el contenido en su boca. Mientras paladeaba el intenso sabor contempló a sus compañeros de banquete: los torsos y los vientres, cubiertos tan sólo por guirnaldas de hiedra, eran invariablemente rollizos y de carne fofa.

«Más vale que se sigan dedicando a los negocios y no se acerquen a un campo de batalla.»

Solía decirse que los ricos no servían para la guerra, y desde luego aquella reunión no contradecía el dicho. En los once triclinios sólo había dos ancianos y los demás hombres tenían una edad similar a la suya, pero él era el único que procuraba mantenerse en forma y se ejercitaba regularmente con las armas.

Los platos se sucedían en un ambiente de euforia. Arneo les había entregado coronas de olivo, pues afirmaba que el éxito que estaban celebrando no era menor que una victoria en los juegos de Olimpia. Algunos de los presentes llevaban también cintas de colores atadas en la frente y en los brazos.

«¿Las mujeres de la casa estarán festejándolo?», se preguntó Calipo. Arneo tenía esposa y dos hijas, y también una de sus hermanas vivía con ellos. Durante los banquetes solían llevarse algunos platos a la parte de la casa restringida a las mujeres, aunque tanto ellas como los hijos pequeños comían sentados en sillas y no celebraban un simposio después de la cena.

Se giró al oír la voz herrumbrosa de Hipólito, el hombre de mayor edad del banquete.

—¿Estuviste esta mañana en el Pireo?

—Sí, mi cuñado Eurímaco forma parte de la expedición. ¿También estabas tú?

Hipólito negó con expresión apenada. Los ralos cabellos blancos se le enredaban en las hojas de olivo de su corona de campeón olímpico.

—Mis viejos huesos no me permiten bajar al Pireo. Tuve que despedirme de Talasio en la puerta de casa. Es mi hijo pequeño, ¿te acuerdas de él? —El anciano alzó las cejas, y al ver que Calipo titubeaba se encogió de hombros—. Bueno, es normal que no lo recuerdes, has tenido muchos soldados bajo tu mando y han pasado varios años. Él sirvió a tus órdenes en Corinto, y siempre ha dicho que eres el oficial más competente que ha conocido.

—Me alegra haberle causado esa impresión —respondió Calipo con una inclinación de cabeza.

—Espero que los oficiales que hemos enviado al Peloponeso estén a la altura de las circunstancias. —La garganta del anciano dejó escapar una risa seca—. Porque no creo que los tebanos acepten que la batalla se decida mediante un duelo singular entre Epaminondas y tu cuñado Eurímaco.

—Me temo que no. Dicen que Epaminondas es invencible, pero no que sea tonto.

Un esclavo se les acercó con una fuente de esturión asado con aceite y sal. Arneo les había anunciado que la parte principal del banquete consistiría en una variedad de platos de pescado. Hipólito cogió un trozo humeante. Cuando terminó de masticar, continuó en un tono apagado que contrastaba con el bullicio de las demás conversaciones.

—Dime, Calipo, si perdiéramos esta batalla, y rezo a los dioses para que eso no ocurra, ¿tú eres de los que piensa que tendríamos que imitar a Pericles, o crees que deberíamos enfrentarnos a los tebanos en campo abierto?

Calipo suspiró. No podía entender que siguiese habiendo atenienses que pensaran que ambas opciones eran viables.

—Quienes afirman que la mejor estrategia es la que siguió Pericles en la guerra del Peloponeso no tienen en cuenta que nuestras circunstancias son muy diferentes a las de entonces. Pericles propuso que nos encerráramos tras las murallas porque nuestra flota no tenía rival. Podíamos utilizarla para enviar tropas y atacar en cualquier lugar, así como para asegurar el suministro de comida a través del Pireo y los Muros Largos. Ahora no podríamos defender el Pireo ni tres meses. Si el ejército que hemos enviado para luchar contra los tebanos es derrotado y Epaminondas decide atacar Atenas, todos y cada uno de los atenienses tendríamos que coger nuestras armas y hacerle frente.

A su izquierda, Arneo soltó una exclamación.

—¡Por Zeus, Calipo e Hipólito! ¿Ése es el ánimo que os inspira esta celebración? La guerra, la guerra, mañana hablaremos de la guerra, y pasado mañana, y todos los días. Parece que en Atenas no se habla de otra cosa, como si las palabras nos fueran a dar la victoria. —Hizo un gesto a uno de los esclavos para que se acercara—. ¿Habéis probado el zorro de mar? ¿No? ¿Tampoco la raya? Sírveles, esclavo, que la buena comida les haga olvidar los malos pensamientos.

Le pusieron a Calipo un trozo de raya, muy jugosa y acompañada de una vinagreta de hierbas picadas, y pidió también una porción del tiburón conocido como *zorro de mar*. Lo habían asado en gruesos filetes y lo presentaban sin su piel áspera y cubierto de una salsa de moras. Cogió con las manos un pedazo de tiburón y lo llevó a la boca procurando no gotear.

—Te felicito, Arneo. —Se chupó la salsa que le había resbalado por los dedos—. Está todo exquisito.

—Debo reconocer que mi cocinero se ha esmerado más que nunca. Tal vez haya corrido la voz de que torturaste al tuyo para que cocinara sus mejores platos.

Arneo soltó una risotada y Calipo sonrió de medio lado. Atenas era una ciudad chismosa en donde los rumores se propagaban como fuego azotado por el viento. Sin que él lo dijera, en aquel banquete todos sabían que había ofrecido a su cocinero para que le tomaran testimonio bajo tortura, y que luego había pedido que lo liberaran para que cocinara para el corintio Dámaso. También sabían que una esclava había puesto ajenjo en un pastel haciendo que Platón se atragantara y vomitara. En cualquier caso, lo que realmente les importaba era que Dámaso había firmado el acuerdo que los enriquecía a todos, gracias a que le había fascinado el simposio dedicado a la filosofía y la habilidad culinaria de Céfiro.

«En los banquetes de Arneo la comida es exquisita, pero no cabe duda de que el mejor cocinero de Atenas es Céfiro.»

El propio Dámaso le había ofrecido tres mil dracmas por él. Por supuesto, se había negado a venderlo. El cerdo a los dos estilos que había preparado Céfiro le había parecido un prodigio, y aunque a él no le interesaba demasiado la comida, la fascinación del magistrado corintio le había hecho darse cuenta de que su cocinero era mucho más valioso de lo que había considerado hasta entonces.

«Espero que se reponga sin problemas.»

Céfiro llevaba tres días en la cama y los médicos habían dicho que pronto podría levantarse. Él no había ido a verlo, sería como disculparse por haber hecho que lo azotaran; no obstante, ya no estaba tan seguro como antes de que el castigo hubiera sido justo. Había sido Melisa la que le había hecho notar que el cocinero trataba a Altea con demasiada familiaridad, y después se había revelado que Melisa deseaba que le ocurriera algo a Céfiro porque éste había roto la relación que mantenían.

«Melisa quería que lo castigara..., pero lo cierto es que los vi con mis propios ojos.» Frunció el ceño al recordar a Altea y Céfiro en el patio, hablando y riéndose. Aunque aquello era inadecuado, se preguntaba hasta qué punto le había influido Melisa para que le diera demasiada importancia.

Después de reflexionar un rato decidió no darle más vueltas. Tal vez hubiera sido un poco expeditivo, pero era mejor cortar de raíz ese tipo de comportamientos. Céfiro no olvidaría nunca el aviso que había recibido.

Los esclavos trajeron más fuentes de comida y en el salón se intensificó el aroma a mar y especias.

—Los dos platos son de atún, preparado de modos diferentes —respondió uno de los esclavos cuando Calipo le preguntó—. El de la derecha es ventresca asada con aceite y sal y cubierta con hojas de acelga; el otro está cortado en tacos, envuelto en hojas de higuera con orégano y cocinado entre las brasas.

Pidió que le pusieran de ambos con las salsas que los acompañaban: la de los tacos era dulce, elaborada con dátiles, zanahoria y comino, mientras que la salsa de la ventresca resultaba algo picante y consistía en una mezcla de aceite y huevos con ajos machacados, puerros, un poco de miel y queso.

Después de probar los platos cogió la copa para beber agua, y antes de dejarla ya se había acercado la esclava encargada de rellenársela. En esta ocasión evitó mirarla, aunque la observó de reojo mientras regresaba a su esquina del salón.

«Se parece un poco a Melisa.» Era más joven y tenía un rostro más agraciado, pero el tono de piel era similar y se movía con la misma seguridad.

Sus labios se tensaron al pensar en su antigua ama de llaves.

«Tendría que haberse quedado en la cama más días.» Esa mañana la había visto sacando agua del pozo. Mientras tiraba de la cuerda, él se había percatado de que le bajaba una gota de sangre por el muslo. Melisa se había alejado después en silencio, con el rostro crispado de dolor y la mirada hundida en el suelo.

«Maldita sea, ella se lo ha buscado.»

Negó con la cabeza mientras la recordaba de niña, tan delgada y con aquellos ojos grandes y asustados. Su madre se había encariñado de ella como si fuera una hija y él mismo la había tratado de un modo especial. El castigo había sido apropiado, pero no podía evitar sentirse como si se lo hubiera infligido a alguien de su familia.

«He sido clemente, otros la habrían vendido, o la habrían matado.»

Sus padres habrían aprobado la decisión de no deshacerse de Melisa. Además, pese a lo ocurrido seguía teniendo una confianza plena en su lealtad y era muy valioso contar con alguien así. Unos ojos y unos oídos fieles dentro de la casa podían prevenir el mal comportamiento de algún esclavo, e incluso abortar una fuga en la que podrían perder a varios de ellos.

Siguió enfrascado en sus pensamientos, sin percatarse de que los últimos trozos de atún se enfriaban en su mesita. Lo peor de todo lo sucedido era la mirada que descubría a veces en los ojos de Altea, como si no lo reconociera. Se le retorcía el estómago cuando ella lo miraba de ese modo.

Arneo dio varias palmadas para que le prestaran atención.

—Antes de comenzar el simposio van a traer a mis perritos. —Su rostro resplandecía. Hizo un gesto a uno de los esclavos y éste asintió y salió del salón . Ya sabéis que les tenéis que echar el pan sólo cuando obedezcan.

Los invitados que habían terminado de comer estaban

utilizando miga de pan para limpiarse los restos de grasa y salsa de las manos. Desde el exterior llegó una algarabía de ladridos agudos y aparecieron tres perritos de Malta, pequeños como liebres y con el pelaje blanco tan limpio que relucía. Cruzaron el salón a toda velocidad, se subieron al triclinio de su amo y le lamieron el rostro mientras Arneo no dejaba de reír.

—Parad, mis pequeños, parad. —Los animales daban vueltas sobre su tripa, saltaban al suelo y subían de nuevo—. Tenéis que enseñar a mis invitados lo inteligentes que sois. Vamos, ¡al suelo!

Los perritos saltaron del triclinio y se le quedaron mirando, firmes y alineados como hoplitas en la falange.

—Mi amigo Calipo os va a dar un poco de pan. —Los perros giraron la cabeza hacia él cuando Arneo lo señaló—. Pero primero tenéis que dar unas vueltas.

Les dio la orden al tiempo que dibujaba un círculo en el aire y los tres animales rodaron sobre su espalda, primero hacia un lado y luego hacia el otro. Calipo les arrojó su miga de pan y se unió al coro de aplausos mientras contemplaba a su anfitrión.

«No los querría más ni aunque fueran sus hijos.»

Arneo miraba orgulloso a sus invitados. Daba por hecho que aquello le parecería a todo el mundo tan admirable como a él. El espectáculo continuó y los perritos saltaron, corrieron en círculos y dieron volteretas para atiborrarse de miga de pan. Cuando Calipo pensaba que iban a reventar, el pan se acabó y Arneo los llamó de nuevo para que le lamieran la cara antes de que un esclavo se los llevara.

Les ofrecieron jofainas con agua perfumada y se lavaron las manos antes de hacer una libación a Dioniso, dios del vino. Entonaron un himno en su honor, y después Calipo comenzó a corear el nombre de su anfitrión.

Al momento se le unieron otros hombres:

—¡Arneo, Arneo, Arneo simposiarca!

—¡Votemos a mano alzada! —gritó Calipo ignorando las protestas de Arneo.

Suponía que su anfitrión había pensado proponerlo a él

como muestra de gratitud por el acuerdo comercial con Corinto, pero no era una buena idea. El presidente del simposio no sólo decidía la proporción de vino y agua, también tenía que plantear juegos y pruebas y establecer los premios o castigos para los participantes. Calipo era consciente de que él resultaba mucho más aburrido como simposiarca, y sabía que la mayoría de los presentes prefería al dueño de la casa y sólo lo hubiera elegido a él por compromiso.

La elección fue unánime y Arneo aceptó sin poder disimular su satisfacción.

—Bien, en esta ocasión vamos a disfrutar de un vino de Quíos, he de deciros que bastante fuerte, y mezclaremos tres partes de agua... ¡con dos de vino!

Arneo recibió su primera ovación; aquella mezcla dejaba clara la voluntad de que el simposio se convirtiera en una gran borrachera, que por otra parte era lo habitual en buena parte de los que celebraban los griegos de clase alta.

«Dion nunca asistiría a un simposio como el que va a tener lugar aquí», se dijo Calipo. Los banquetes a los que acudía su amigo terminaban en reuniones de carácter intelectual en las que no tenían cabida la embriaguez ni los juegos. En cualquier caso, Dion se había marchado hacía un par de días a Corinto, donde contactaría con algunos conocidos de Dionisio para intentar que el tirano le permitiera regresar a Siracusa con su esposa y su hijo.

Mientras los esclavos de Arneo preparaban el vino, su amo dio un par de palmadas y aparecieron dos muchachos desnudos, esbeltos y bellos como jóvenes Apolos. Uno de ellos tañía una cítara y el otro lo acompañaba con un aulós, la flauta doble cuyo sonido animaba hasta los espíritus más adormecidos. Avanzaron hacia el centro de los triclinios y tras ellos entraron dos bailarinas libias, de piel oscura como el ébano y tan parecidas que Calipo supuso que eran hermanas. Cubrían sus cuerpos con unos velos muy livianos, casi transparentes. En las manos llevaban unos aros grandes que comenzaron a lanzarse mientras bailaban sobre el mosaico de delfines que cubría el suelo del salón.

La esclava que había servido agua a Calipo le llenó el *kilix,* la copa ancha y baja propia de los simposios. Él lo tomó de ambas asas y bebió un largo trago. El vino estaba fuerte y su nariz se llenó con los vapores del alcohol, pero tenía un sabor agradable. Al seguir bebiendo quedó a la vista la imagen que decoraba el amplio fondo del *kilix:* un hombre y una mujer copulando sobre un triclinio. Ambos se hallaban completamente desnudos y la frente del hombre estaba ceñida por una corona, igual que la que lucían en ese momento todos los hombres del banquete.

«Muy propio de Arneo.»

—Un bello espectáculo, ¿verdad?

Se volvió al oír la voz de su anfitrión, pensando que se refería a la imagen que estaba contemplando en el *kilix,* pero Arneo miraba al frente. Los velos que cubrían los cuerpos de las bailarinas se levantaban cada vez que giraban; no obstante, lo que atrapaba la atención de su socio eran los músicos.

—Se los he alquilado a su dueño —comentó Arneo—, un siracusano que los exhibía en el ágora del Pireo. Me ha asegurado que su habilidad no se restringe a la música y el baile.

Se humedeció los labios y siguió contemplando a los músicos mientras bebía. A la tercera copa le hizo un gesto al joven citarista para que se acercara y Calipo supuso que lo iba a sentar con él en el triclinio. Arneo, sin embargo, le pidió que tocara la melodía de un poema de Safo, la gran poetisa de Lesbos. Después cogió una rama de laurel que había a los pies de su triclinio y la agitó en alto.

—¡Escuchad a vuestro simposiarca, es hora de cantar! —La música se atenuó y se oyeron algunos abucheos mezclados con risas—. Entre todos decidiremos los dos que peor lo hagan, cuyo castigo será beber de golpe una copa de vino. En cuanto a los dos vencedores..., ¡podrán dar un beso a la persona que elijan de este salón!

Sus invitados lo celebraron ruidosamente. Arneo agitó de nuevo la rama de laurel mientras declaraba que cantaría en primer lugar y los músicos iniciaron la melodía. Con el primer verso se vio que había escogido la versión obscena que solía cantarse en las tabernas. Lo aplaudieron a lo largo de todo el poema y cuando acabó le pasaron la rama a Calipo, que no puso mucho empeño en entonar bien porque prefería que le hicieran beber a tener que besar a alguien..., y también esperaba que ninguno de los ganadores quisiera besarlo a él.

Los cantos prosiguieron mientras unos esclavos pasaban bandejas con queso picante, higos secos y otras golosinas que incrementaban las ganas de beber. Al terminar el concurso, Arneo incitó a sus invitados para que eligieran a Calipo como uno de los perdedores. Le rellenaron el *kilix* y apuró hasta la última gota sin rechistar. Después su anfitrión se propuso como ganador, y en cuanto los demás aceptaron estampó un sonoro beso en la boca del citarista.

Arneo dejó libre a su presa, pero el segundo vencedor, que había escogido a una de las bailarinas libias, decidió que un simple beso no era suficiente premio y la sentó con él en el triclinio. La joven le rodeó el cuello con los brazos y lo besó largamente mientras las manos ávidas del hombre desaparecían entre sus velos.

Calipo los señaló con una mueca burlona al tiempo que se inclinaba hacia Arneo.

—Dentro de poco le contará su victoria en las Panateneas.

Arneo rio con ganas al oír aquello. El hombre que manoseaba a la bailarina se llamaba Acrisio y estaba convencido de que conservaba el atractivo de su juventud, cuando había ganado el certamen de belleza en las fiestas Panateneas. Había ocupado un puesto de honor en la procesión de ese año y había portado una rama de olivo con los demás vencedores, pero aquello había ocurrido hacía tres décadas. Ahora estaba grotescamente gordo, le faltaba casi todo el pelo y sudaba en exceso.

Mientras bebía la siguiente copa, Calipo sintió que lo envolvía la cálida placidez del vino. Sus labios se distendieron en una sonrisa, tomó un puñadito de pistachos pelados y se recostó en los almohadones de suave lino relleno de plumón. Poco después, en la puerta del salón apareció Téstor, un sobrino de Arneo que había heredado el talento para los negocios de su tío y su afición a las fiestas.

Llegas a tiempo, sobrino. No quedan triclinios libres, pero ven a compartir el mío.

—No vengo solo. —Téstor se sentó para que una esclava le lavara los pies y se volvió hacia la puerta con expresión divertida—. Vamos, entra y sé nuestro invitado.

En el salón apareció un hombre andrajoso y las conversaciones se interrumpieron.

—¡Es Diógenes! —exclamó alguien.

—Diógenes el Perro —se burló otro de los invitados.

El filósofo cínico avanzó sobre las teselas del mosaico con sus pies sucios. Una de las esclavas se apresuró hacia él con una palangana, pero Diógenes arrugó el ceño y la rechazó agitando la mano.

«Debería ofrecerle compartir mi triclinio», se dijo Calipo. La escuela cínica había distorsionado las enseñanzas de Sócrates al llevar al extremo la austeridad característica del viejo maestro ateniense, pero a fin de cuentas la filosofía cínica tenía su origen en Sócrates, igual que la filosofía de Platón, y él era el único de los presentes que era, o había sido, discípulo de la Academia platónica.

Llevado por aquel impulso de camaradería filosófica, levantó una mano hacia Diógenes. Sin embargo, antes de que hablara intervino Acrisio, el hombre que acababa de vencer en el concurso de canto y que todavía mantenía a la bailarina en su triclinio.

—¡Diógenes en un banquete! —Acrisio soltó una risa estruendosa. Por su calva y su grueso rostro enrojecido bajaban gotas de sudor—. Qué divertido, nunca lo habría imaginado. —Se secó una lágrima mientras el filósofo lo miraba con indiferencia—. No nos tengas en vilo; dinos, por Zeus, a qué has venido.

Diógenes se encogió de hombros.

—Ojalá la necesidad de alimentarse fuera tan sencilla de satisfacer como la necesidad sexual, pero por mucho que me frote la barriga —se la restregó con una mano— no se me quita el hambre.

Todos rieron al oírlo, pues más de una vez se había masturbado a pleno sol en el ágora.

—Come entonces. —Acrisio se inclinó hacia delante sin dejar de estrechar a la bailarina contra su cuerpo sudoroso.

Cogió a puñados los pasteles, higos y frutos secos que había en su mesita y los arrojó a los pies del filósofo—. Pero danos una de tus lecciones y come del suelo, como los perros que tanto alabas.

Calipo no se unió a las risas y permaneció atento a la reacción de Diógenes. El filósofo se sentó con las piernas cruzadas en medio del mosaico y comenzó a recolectar los alimentos desparramados a su alrededor. Ofrecía un aspecto miserable con su túnica raída y su pelo largo y enmarañado. Algunos hombres le tiraron más comida y bromearon a su costa, pero él siguió comiendo tranquilamente y el interés se fue apagando.

Acrisio apenas lo miró cuando Diógenes terminó de comer y se puso en pie. El filósofo cínico se acercó, levantó una pierna para apoyarla en su triclinio y comenzó a orinar con una expresión de alivio.

—¿Qué haces? —Acrisio retrajo el cuerpo tratando de alejarse de las salpicaduras y la bailarina libia salió corriendo—. ¡¿Qué haces, maldito cerdo?!

Diógenes alzó las cejas.

—Mear. —Se giró y la orina dio directamente en las piernas de Acrisio—. ¿Qué esperabas de un perro?

Acrisio soltó un grito agudo al sentir el chorro caliente. Pataleó intentando retroceder, pero su espalda había chocado con la pared y Diógenes continuó meándolo. Cuando terminó, se dio la vuelta y abandonó el salón seguido por las miradas perplejas de todos.

La música había cesado y durante un momento sólo se oyeron los sollozos de Acrisio, que había levantado las manos y contemplaba con repugnancia sus piernas y su túnica empapada. Al instante siguiente estalló una carcajada general.

—¡Acrisio el Meado! —exclamó alguien haciendo que las risas se redoblaran.

El anfitrión ordenó a los esclavos que limpiaran a su invitado. Le trajeron otra túnica y también ropa nueva para su triclinio, pues los demás invitados habían proclamado a gritos que no estaban dispuestos a compartir el suyo con Acrisio el Meado.

—Es el momento de hacer un nuevo juego —decidió Arneo—. Vamos a hacer una ronda sin respirar. El que falle, recibirá un castigo.

Aquél era uno de los juegos más populares en los simposios, y la diversión residía sobre todo en las sanciones que se imponían a los perdedores.

—¿Cuál será el castigo? —inquirió Calipo.

La sonrisa de Arneo se volvió maliciosa.

—Lo diré cuando alguien falle.

El aulós y la cítara entonaron una suave melodía mientras las esclavas encargadas del vino rellenaban los *kilix.* Los concursantes se dividieron en dos grupos para vigilarse entre sí, y a Calipo le correspondió supervisar al anciano Hipólito, que bebió despacio pero sin detenerse hasta que terminó su copa. Todos los concursantes del primer grupo lo consiguieron y dieron paso a la siguiente tanda de bebedores.

Calipo tomó su *kilix,* vigilado por Hipólito, y lo levantó poco a poco. El dibujo con la pareja de amantes fue apareciendo según descendía el vino.

Al dar el último trago, lo sobresaltó un grito.

—¡Te has parado a respirar, has perdido!

Iba a protestar cuando se dio cuenta de que la voz era de Arneo, que acusaba a su sobrino Téstor.

—¿Alguien más ha perdido? —preguntó Arneo después de que su sobrino aceptara con una amplia sonrisa que merecía el castigo. No hubo más acusaciones y se dirigió a uno de los esclavos—: Trae una fusta.

—Tío, no irás a azotarme... —se inquietó Téstor.

Los ojillos de Arneo se entornaron con una expresión enigmática y no respondió hasta que le entregaron la fusta.

—Bájate del triclinio —le pidió a su sobrino—. Y ponte en el suelo a cuatro patas.

Téstor arrugó el ceño pero hizo lo que le pedía. El citarista punteaba sus cuerdas con una cadencia acelerada que elevaba la expectación.

Arneo se puso de pie junto a su sobrino y agitó la fusta.

—Esclava, ven aquí. —La joven que a Calipo le recordaba a Melisa se acercó dando saltitos sobre la punta de sus pies desnudos. La túnica corta se le abría revelando su pubis depilado para el placer—. Éste es tu caballo y tiene que llevarte dando tres vueltas por delante de los triclinios. —Le entregó la fusta—. Dale de vez en cuando, sobre todo si se detiene.

La esclava subió a lomos de su montura entre los comentarios obscenos de algunos invitados. Téstor se puso en marcha de inmediato, pero la joven lo azotó igualmente, y al ver cómo la jaleaban fustigó de nuevo el trasero del sobrino de su amo.

«Parece que le gusta», se dijo Calipo.

La esclava miraba a uno y otro lado con los ojos brillantes y los labios entreabiertos. Cada vez que usaba la fusta se reía mostrando sus dientes blancos. La música seguía sonando, pero los jóvenes músicos estaban sentados en unos triclinios y las caricias de sus ocupantes hacían que el sonido de los instrumentos fuera cada vez más irregular. Las bailarinas hacía tiempo que no bailaban, acaparadas por dos socios de Calipo que estaban recorriendo hasta el último rincón de su piel aceitada.

«Dentro de poco acabarán como la pintura de mi *kilix*. —Aquel pensamiento le dio sed y volvió a beber—. Por Dioniso, tendría que haber venido en litera», se dijo cuando bajó la copa. A casi todos los invitados los aguardaban sus esclavos porteadores, encargados de llevarlos en litera cuando no les apetecía andar o no estaban en condiciones de hacerlo. Él siempre se había burlado de esa costumbre, pero empezaba a estar suficientemente borracho como para cambiar de idea.

El sobrino de Arneo completó la segunda vuelta. Al pasar por delante de Calipo, la esclava se inclinó hacia él.

—¿Quieres que te monte?

Calipo entreabrió los labios. No llegó a responder nada, pero se sintió súbitamente irritado y giró la cabeza con desdén. Cuando la esclava se alejó, tomó su *kilix* y lo apuró de un trago sin comprender por qué estaba tan alterado.

Otra esclava apareció con una jarra y le sirvió más vino.

—Por Apolo, veo que este juego os encanta —proclamó Arneo al concluirse la tercera vuelta. El único que no parecía de acuerdo era su sobrino, que se levantó frotándose las nalgas con una mueca de dolor—. Vamos a repetirlo..., ¡y el que pierda tendrá que dar cinco vueltas!

Nuevos gritos excitados, dispuestos a todo lo que propusiera Arneo. La única baja fue la del anciano Hipólito, que alegó su edad como excusa y se lo permitieron a regañadientes. Esta vez a Calipo le tocó vigilar al sobrino de Arneo. El joven puso mucho cuidado en no volver a perder y después vigiló a Calipo, que agarró las asas de su *kilix* y bebió a grandes tragos intentando aplacar su desazón.

Al terminar vio que Acrisio el Meado se había derramado el vino sin conseguir acabarlo. La esclava se acercó solícita y Arneo le entregó de nuevo la fusta.

De pronto los sobresaltó el grito perentorio de uno de los invitados:

—¡Palangana!

Un esclavo echó a correr y llegó al triclinio de Acrisio justo a tiempo de sostener una palangana delante de él. El hombre vomitó con tanta violencia que salpicó los brazos del esclavo y la túnica que le había dejado Arneo.

—¡Acrisio el Meado y Vomitado!

Las arcadas prosiguieron en medio de la hilaridad general. Cuando el esclavo se retiró con la palangana, Acrisio utilizó la túnica para limpiarse el vómito de la barba y a continuación pidió más vino, lo que desató nuevas risas.

—Luego podrás seguir bebiendo —replicó Arneo—. Ahora tienes que hacer frente a tu castigo y convertirte en la montura de esta bella y cruel esclava.

Acrisio se levantó de su triclinio con un gruñido y se acercó tambaleándose. Llevaba la corona de olivo torcida y la guirnalda de hiedra se le pegaba al vientre empapado de vino y sudor. Su boca estaba abierta como si le costara respirar, pero al acercarse a la esclava su mirada se animó con un destello de lujuria.

—Me voy a quitar la túnica —masculló—, así te sentiré mejor.

Tiró de la lujosa tela que llevaba enrollada en la cadera y su enorme cuerpo quedó completamente desnudo. Tras recibir los aplausos de sus compañeros, se puso a cuatro patas y resopló cuando la esclava se subió encima de él.

—No me des muy... ¡Ay!

Arrancó con el ímpetu de un potro, aunque su aspecto era el de un enorme cerdo. En la piel blancuzca de su nalga apareció una franja roja y la esclava siguió golpeándolo. Antes de que terminara la primera vuelta, el sudor que caía de su barbilla se había convertido en un goteo incesante.

«No va a completar las cinco», se dijo Calipo.

Cuando iban a pasar delante de él, alzó su *kilix* y bebió un largo trago. Al bajarlo se estaban alejando y su mirada ebria siguió a la joven: el pelo corto de su nuca, la piel brillante y oscura, su posición erguida de amazona...

«Es igual que Melisa.»

—Debería irme a casa —murmuró apartando la mirada.

Cerró los párpados y respiró hondo. A su mente acudieron imágenes de esa mañana en el Pireo y vio de nuevo la extraña mezcolanza de barcos que componían la flota; contempló a su cuñado Eurímaco despidiéndose de Platón; sintió a Altea apoyada en su hombro con un aura de tristeza.

El mundo pareció girar y abrió los ojos con una intensa sensación de náusea. A su alrededor algunos invitados se entretenían con los músicos y las bailarinas mientras otros reían o hablaban dando voces, al parecer organizando un nuevo juego en el falso Olimpo del salón de banquetes.

«Como si fuéramos dioses, indiferentes a los asuntos de los hombres.»

Pero no lo eran. Más allá de aquellas paredes la ciudad rezaba a los dioses inmortales para que no permitieran que Epaminondas los derrotara en la batalla decisiva que estaba a punto de producirse.

Sacó las piernas para sentarse en el triclinio y luego se puso en pie despacio.

—¿Dónde vas? —le preguntó Arneo.

—Tengo que vaciar la vejiga.

Era descortés marcharse de ese modo, pero lo último que quería era enzarzarse en una discusión de borrachos que no dejan que se vaya otro borracho. Cruzó el salón pisando las teselas azules de los delfines y al cruzar la puerta se subió la túnica a los hombros.

Un silbido suave le hizo volverse. La esclava de piel cobriza le sonreía desde el umbral, todavía con la fusta en la mano.

—¿Seguro que quieres irte?

Calipo dio un paso hacia ella y le arrebató la fusta. Iba a tirarla al suelo, pero al ver la expresión amedrentada de la esclava se dejó llevar por un nuevo impulso.

—Llévame a un cuarto.

La joven asintió mientras trataba en vano de leer su rostro. Lo condujo a una de las habitaciones de invitados y Calipo cerró la puerta al entrar. Desde un soporte de la pared, una lámpara iluminaba la cama pegada a un lateral y la mesa del fondo.

La esclava se dio la vuelta, buscó la mirada de Calipo y su boca se expandió en una sonrisa titubeante. Fue a avanzar, pero él la detuvo con una orden:

—Quítate la túnica.

La joven se puso una mano en un hombro y la deslizó lentamente para retirar la tela. Descubrió el otro hombro del mismo modo y la prenda resbaló hasta el suelo.

Calipo contempló su cuerpo desnudo con una expresión aturdida. Se desplazó un poco para que la luz incidiera sobre la esclava y le pidió que se diera la vuelta.

—Despacio —exigió con voz ronca.

La joven se movía con toda la sensualidad de que era capaz. Ya no sonreía, y al darle la espalda se le erizó la piel de los brazos.

Calipo apartó la vista y se volvió hacia la puerta jadeando. Al sentir entre sus dedos el mango de la fusta, se giró de nuevo hacia la esclava.

—Pon las manos en la mesa.

La joven dio un par de pasos y dobló el cuerpo para apoyar las manos.

—Arquea la espalda.

Ella hizo lo que le pedía y Calipo notó que se le secaba la garganta. Se acercó con una mirada febril, levantó la fusta y golpeó con fuerza sus nalgas. La esclava soltó un gemido ahogado. Él volvió a azotarla, una y otra vez, con una rabia que no dejaba de crecer.

De repente dejó de golpearla y soltó la fusta. Una dolorosa erección presionaba contra la tela de su túnica, igual que le había ocurrido con Melisa en el establo.

Esta vez se abrió la ropa y entró en el cuerpo de la esclava.

Capítulo 62

Peloponeso, junio de 362 a. C.

«Que los dioses sean clementes —se dijo Calícrates con el corazón en un puño—, hemos dejado Esparta desprotegida.»

No dejaba de pensar en Helena y las niñas mientras contemplaba el avance del ejército. Había detenido su caballo a un lado del camino y los hoplitas pasaban delante de él formando una columna con una anchura de seis hombres. Las corazas de bronce pulido y aceitado resplandecían al sol del atardecer mientras marchaban en silencio.

—He aquí los muros de Esparta —murmuró. Con esas palabras, y señalando a los soldados espartanos, había respondido el rey Agesilao a un invitado extranjero que le había preguntado por qué Esparta era la única gran ciudad griega que no tenía murallas defensivas. Al recordar aquella respuesta, Calícrates frunció el ceño y siguió observando el paso de los hoplitas.

«He aquí nuestros muros, abandonando la ciudad.»

Por primera vez en su vida, todos los espartanos en edad de combatir partían a la guerra. Agesilao se encontraba junto a él y examinaba con gesto adusto las filas de soldados. Calícrates lo observó de reojo y se preguntó si también estaría pensando en las mujeres y niños que dejaban en la ciudad. El contingente que tenían frente a ellos sumaba nueve de las doce compañías que integraban el ejército. Las otras tres compañías ya se encontraban en Arcadia, al igual que toda su caballería y las tropas auxiliares formadas por mercenarios. El rey había decidido que esa noche acamparían cerca de Pelene, sin llegar a cruzar los pasos de montaña, y al día siguiente marcharían a través del Peloponeso hasta llegar a la ciudad de los mantineos. Cuando eso ocurriera, todas las fuerzas de Esparta estarían reunidas en el mismo lugar.

«Quizás sea eso lo que quiere Epaminondas, para poder exterminarnos en una sola batalla.»

Afortunadamente no luchaban solos. La alianza que comandaba el rey Agesilao contaba con más de veinte mil soldados. Incluso la infantería ateniense estaba ya acampada en las afueras de Mantinea, tras haber logrado cruzar por mar hasta el Peloponeso. El problema era que la alianza enemiga tenía un ejército todavía más numeroso, y que muchos pensaban que Epaminondas era un protegido de los dioses y no podía ser derrotado.

«Tampoco nos ayuda que Leónidas vaya a luchar contra nosotros», se dijo Calícrates. La mitad de los hoplitas de Esparta había sentido la fuerza sobrehumana de sus golpes en algún combate de entrenamiento. Tener que enfrentarse a él en un campo de batalla era una pesadilla que de repente se había vuelto real.

El rey Agesilao se había quedado lívido al recibir la noticia de que Leónidas había desertado. Un momento después, su rostro se había congestionado hasta adquirir el color de la grana.

—Asqueroso traidor —había mascullado—. Tanto hablar de honor y de honradez, como si fuese el único espartano digno de ese nombre, ¡y ahora va a luchar contra su patria!

Calícrates no había hablado sobre Leónidas con el rey, ni con ningún otro espartano. Al tratarse de su hermano todos evitaban tratar el tema con él. Sabía que no lo culpaban por el comportamiento de Leónidas, pero aun así sentía que la mancha de su hermano mancillaba su propio honor.

Pasaron los últimos soldados y cabalgó tras el rey de nuevo hacia la cabeza. Allí estaba la mayor parte de los *hómoioi,* los ciudadanos de pleno derecho de Esparta, y ni siquiera llegaban a setecientos. Resultaba descorazonador.

Cerca del camino que estaban recorriendo se deslizaban las aguas del Eurotas. Calícrates se había estado fijando en el río desde que habían abandonado la ciudad, y ahora negó en silencio al examinar su cauce. El Eurotas era una de las barreras naturales que defendían Esparta, pero desde hacía varias semanas apenas llovía y en ese momento podía vadearse a pie casi por cualquier punto.

Pensó de nuevo en Helena y giró el cuerpo sobre el caballo para mirar por encima de los hoplitas.

Las ondulaciones del terreno ya no le permitían ver Esparta.

Epaminondas acababa de cenar con algunos hombres del Batallón Sagrado.

Las noches eran muy cortas en aquella época del año y la luz del ocaso todavía permitía distinguir su campamento, que ocupaba una amplia extensión junto a la cara interna de las murallas de Tegea. El aire caliente arrastraba una miríada de conversaciones y Epaminondas torció el gesto al percibir aquel bullicio, más propio del gentío que acampaba alrededor de Olimpia durante la celebración de los Juegos que de un campamento militar.

«Llevamos aquí demasiado tiempo.»

Uno de los capitanes del Batallón se acercó para ofrecerle agua. Tras llenarle la copa, tomó asiento a su lado.

—Mi general... —Tomó aire antes de continuar. Era un hombre joven, de mirada viva, con una barba negra y rizada bien recortada—. ¿El Consejo de Tegea ha tomado alguna decisión?

Epaminondas esbozó una sonrisa. Agradecía que el capitán le transmitiera lo que sin duda era una inquietud compartida por todos los soldados. Habían acudido al Peloponeso porque los tegeatas les habían pedido ayuda en su conflicto con Mantinea, pero ya llevaban casi tres semanas acampados dentro de Tegea y ninguno de los bandos parecía dispuesto a tomar la iniciativa.

—¿Ya se empieza a comentar que me he vuelto un pusilánime?

El capitán abrió los ojos de par en par, pero se tranquilizó al ver la expresión de Epaminondas.

—La lealtad del Batallón Sagrado es absoluta —aseguró—,

y estoy seguro de que ningún soldado de nuestro ejército cuestionaría la autoridad de su general.

—¿Pero...?

El capitán bajó la mirada, aunque la alzó de nuevo antes de responder.

—Me han llegado algunos rumores. Parece que entre los aliados de Tegea hay cierta incomodidad por tener que permanecer tanto tiempo alejados de sus ciudades. Algunos de ellos llevan más de un mes en Tegea y les gustaría regresar para ayudar en las cosechas.

Epaminondas asintió. Aunque el capitán no lo dijera, sabía que ese disgusto se extendía también entre las tropas tebanas. Sobre todo en las de infantería ligera, que estaban formadas por los ciudadanos más humildes. Muchos de sus integrantes eran campesinos que la mayor parte del año se ganaban la vida cultivando la tierra, y en esta ocasión se estaban perdiendo cosechas tan importantes como la del trigo o la cebada.

«El tiempo era nuestro aliado, y ahora es nuestro enemigo.»

Era consciente de que había cometido dos errores al llegar a Tegea. El primero había sido tener la deferencia de delegar en los tegeatas parte de la autoridad al pensar que se mostrarían resueltos. El segundo, esperar que algunas ciudades enemigas cambiaran de bando al ver que habían acudido con un ejército tan poderoso. Ninguna de las dos cosas había sucedido.

—Habla con los demás capitanes. Ordenad a todos vuestros hombres que cuando oigan decir que no vamos a combatir, o que esta situación de inactividad puede prolongarse todavía muchos días, aseguren que no nos iremos de aquí sin luchar. Y que la batalla se producirá en poco tiempo.

—Gracias, mi general. Espero no haber...

Epaminondas lo atajó con un gesto.

—No te preocupes. Te estoy agradecido. No se puede comandar un ejército sin saber lo que piensan los soldados.

El capitán se retiró y Epaminondas contempló pensativo su copa de bronce sin llegar a beber.

«No se dan cuenta de que la opción de la retirada se desvaneció hace tiempo.»

Habían acudido al Peloponeso cuando los tegeatas habían solicitado su ayuda, pero el interés principal para Tebas era reforzar su peso político en el Peloponeso y, de ser posible, asestar un nuevo golpe a Esparta. Si se marchaban ahora, Tegea sería arrasada por sus poderosos vecinos de Mantinea y la posición tebana quedaría muy debilitada.

«En cuanto pisara Tebas, me desposeerían de todos mis cargos. —Dejó la copa en la mesa—. Además, marcharnos sería la alternativa más peligrosa. —Para regresar a Tebas había que pasar cerca de Mantinea. Tras la llegada de los atenienses, se apostaban en los alrededores de la ciudad cerca de veinte mil soldados—. Nuestros aliados del Peloponeso nos volverían la espalda en cuanto iniciáramos la retirada. Tendríamos que combatir solos y en inferioridad numérica.»

La opción más segura era formar un único ejército con todos sus aliados y presentar batalla lo antes posible.

Percibió un movimiento rápido y levantó la cabeza. Uno de los hombres de su guardia personal se acercaba a paso ligero. Al llegar a su altura, se inclinó para hablarle al oído:

—General, un mensajero acaba de informar de que el rey Agesilao ha salido de Esparta con todas sus tropas en dirección a Mantinea.

Epaminondas alzó las cejas sorprendido.

—¿Sabemos dónde pueden encontrarse en este momento?

—Parece que tenían la intención de acampar cerca de Pelene para cruzar los pasos antes del amanecer.

«Pelene...» La mente de Epaminondas se disparó ante las posibilidades que le brindaba aquella información. Recordaba al detalle los mapas del Peloponeso y repasó las rutas por las que podía llegar a Pelene desde Tegea.

«En cuanto se cierre la noche puedo sacar tropas de Tegea sin que se enteren en Mantinea. —Si sólo llevaba caballería y tropas de infantería seleccionadas, recorrería en pocas horas los ciento cincuenta estadios que los separaban de Pelene—. Agesilao tendrá unos setecientos hoplitas. Puedo atacarlo con una fuerza cinco veces superior.»

La idea resultaba sumamente atractiva, pero se obligó a considerar fríamente los riesgos. Aunque no se esperaran el ataque, los espartanos reaccionarían con rapidez y formarían la falange antes de que los alcanzasen. También existía el riesgo de que se refugiaran en Pelene. En ese caso el combate se prolongaría y los espartanos recibirían refuerzos, además de que Tegea podría ser atacada si se sabía que él se había alejado tanto de la ciudad.

Los riesgos siempre existían, y decidió que en aquella ocasión merecía la pena correrlos.

Se levantó mientras pensaba de nuevo en la ruta que les permitiría llegar a Pelene, pero de pronto se le ocurrió otra posibilidad.

—¿Has dicho que Agesilao no ha dejado ni una compañía en Esparta? —preguntó en un susurro.

—Así es, mi general.

Los ojos de Epaminondas se entornaron mientras trazaba un nuevo plan. Había rutas de montaña que discurrían lo suficientemente lejos de Pelene, se podía pasar a la altura de las tropas de Agesilao y continuar hacia Esparta sin que los detectaran.

«Una ciudad sin soldados ni murallas...»

Dio gracias a los dioses y se apresuró hacia su tienda.

Capítulo 63

Peloponeso, junio de 362 a. C.

Calícrates desistió de intentar dormir, aunque sabía que el amanecer todavía era una promesa lejana.

Salió de la tienda cojeando, con la cadera tan dolorida como si le hubieran clavado una lanza. En el este, por encima de las cumbres del macizo del Parnón, las estrellas punteaban la negrura del cielo.

Suspiró resignado y echó a andar para intentar desentumecer el cuerpo. Entrenaba varias horas al día y su fuerza y reflejos eran bastante buenos para su edad, pero sus huesos le decían que el trayecto hasta Mantinea iba a resultarle muy duro.

Al alcanzar el extremo del campamento saludó con un gesto al soldado de guardia y oteó la oscuridad. El único sonido que llegaba a través del aire inmóvil era el cántico débil y monótono de las aguas del Eurotas.

De pronto, sin que él hubiera visto nada, el soldado gritó.

—¡Alto! ¡¿Quién va?!

Calícrates tardó un momento en divisar al hombre que corría hacia ellos.

—Soy Eutino..., pastor de Selasia. —El hombre levantó las manos sin dejar de avanzar—. Tengo que hablar con vuestro rey.

—Soy Calícrates —declaró al tiempo que se adelantaba—, miembro del Consejo de Ancianos y consejero del rey. ¿Qué noticias traes?

El pastor se detuvo frente a él con una expresión angustiada.

—Miles de tebanos... —inclinó el cuerpo para tratar de

recuperar el resuello— están atacando a través de las montañas. —Calícrates levantó la vista hacia el Parnón y el pastor negó con la cabeza—. No os atacan a vosotros.

Alzó una mano para señalar hacia el sur.

—Atacan Esparta.

Helena abrió los ojos y contuvo la respiración al oír los primeros golpes.

La casa estaba en silencio y pensó que se había tratado de un sueño. Cuando soltó el aire retenido, los golpes se reanudaron con fuerza.

—¡Helena, abre! —Otro golpe, seguido de un grito casi histérico—: ¡Abre!

«Es Timandra», se dijo al reconocer la voz de una de sus vecinas. Saltó del lecho y cruzó corriendo el patio. En la penumbra distinguió a su esclava Quilonis paralizada de miedo junto a la puerta cerrada.

—¿Qué ocurre? —preguntó al abrir.

—Los tebanos han avanzado a través de las montañas y están a punto de caer sobre nosotros. —Timandra llevaba dos jabalinas y la acompañaba una de sus esclavas—. Agesilao ha enviado un mensajero para avisarnos. Nuestros soldados vienen a socorrernos, pero tardarán bastante en llegar.

—¿Qué tenemos que hacer?

—Nos está organizando Céfalo. —Se trataba de uno de los Ancianos, un general retirado que dedicaba su tiempo a la instrucción de los más jóvenes—. Ha dicho que todo aquel capaz de usar un arma acuda de inmediato al templo de Ártemis Ortia.

Timandra se alejó hacia la siguiente casa y Helena se dio la vuelta. Sus hijas habían salido al patio y la miraban asustadas.

—No es momento de tener miedo, sino de defender Esparta. —Las niñas asintieron y Helena sintió que se le encogía el corazón. Yocasta tenía trece años y Fedra acababa de cumplir nueve—. Yocasta, coge tu jabalina y ven conmigo. Fedra, tú te quedarás en casa con Quilonis.

—Quiero ir contigo —suplicó Fedra—. Yo también sé lanzar, tengo mucha puntería.

Helena se arrodilló y la abrazó. El cuerpo de su hija temblaba.

—Ya lo sé, mi pequeña, pero necesitamos que los dioses estén de nuestra parte. Quilonis y tú os encargaréis de rezarles con toda la devoción de que seáis capaces.

Fedra asintió, incapaz de decir nada más sin echarse a llorar. Helena la besó, cogió las dos jabalinas que le tendía la esclava y salió a la calle acompañada de Yocasta.

El aire nocturno se estremecía con los gritos apremiantes que llegaban de todas partes. Dos muchachos con lanzas y petos de cuero endurecido pasaron corriendo y ellas los siguieron por las calles irregulares hasta llegar al templo de Ártemis Ortia, el santuario más importante de Esparta. En la explanada que había frente al templo ya se había congregado medio millar de personas.

«Mujeres, viejos y niños», se dijo Helena al contemplarlos. Los muchachos mayores y algunos ancianos tenían corazas de bronce. El resto vestía petos de cuero o una simple túnica, como ella y su hija.

El Anciano Céfalo se encontraba junto al altar de Ártemis. Llevaba el equipamiento completo de hoplita, incluidas las grebas de bronce, que un esclavo arrodillado tras él estaba terminando de abrochar.

—El rey Agesilao está en camino —aseguró—, pero no sabemos si llegará antes que los tebanos. Nuestros enemigos vienen a través del Parnón, así que la mejor opción que tenemos es bloquear los principales vados del Eurotas y contenerlos al otro lado hasta que aparezca nuestro ejército. ¡Los dioses nos protegen, seguidme!

Dejaron atrás las últimas casas de Esparta y continuaron hacia el río. Sobre las cumbres del macizo del Parnón se apreciaba un halo de claridad como el de un incendio lejano, pero el cielo seguía muy oscuro y las montañas sólo eran una masa negra y amenazante.

«Si los tebanos estuvieran descendiendo en este momento, no los veríamos», pensó Helena

Obedeció las instrucciones de Céfalo y se colocó detrás de una línea de muchachos y ancianos con coraza. Se estaban extendiendo a lo largo de la ribera, frente a la zona menos profunda, y en primera fila situaban a los espartanos que tenían más aspecto de soldados. Yocasta estaba a su izquierda y escudriñaba la oscuridad con sus grandes ojos impregnados de miedo. Había crecido hasta tener casi su misma altura, pero era tan espigada que parecía que un solo golpe bastaría para quebrarla.

Desde la ciudad seguían incorporándose mujeres y niños, algunos de la edad de Fedra. Helena calculó que ya eran más de un millar, pero sabía que la carga de un solo escuadrón de caballería sería suficiente para barrerlos.

«Espero que nuestra apariencia sea más temible desde el otro lado del río», se dijo mientras miraba alrededor. Los únicos que tenían experiencia en combate real eran los ancianos, y muchos de ellos tenían que apoyarse en sus lanzas como si fueran bastones.

El relieve de las montañas se recortó contra el cielo mientras la espera se prolongaba de un modo insoportable. Todos miraban al otro lado del Eurotas, escrutando sin cesar la falda de las montañas y los seis o siete estadios de terreno llano que había entre las laderas y el río. En el silencio del amanecer sólo se distinguían las respiraciones tensas y el crujido de la tierra bajo las sandalias.

Helena se pasó la lengua por los labios resecos. Advirtió un temblor en la jabalina de Yocasta y envolvió con su mano el frágil puño que aferraba el arma. Su hija giró la cabeza hacia ella. Las lágrimas hacían brillar sus ojos, pero asintió con firmeza y el temblor se redujo.

—¡Ahí vienen!

La montaña que había enfrente de ellos tenía un pliegue pronunciado que casi llegaba hasta la base. Algunos jinetes estaban apareciendo por ese punto.

«Que se detengan al vernos.»

Helena apretó con fuerza la mano de su hija. Le pareció que los caballos aminoraban la marcha, aunque continuaban descendiendo y tras ellos surgían nuevos jinetes.

—Están dudando —afirmó con voz exaltada un muchacho que había junto a Yocasta—. No se esperaban que estuviéramos preparados.

Helena deseó con toda su alma que aquello fuera cierto.

—No están dudando, se están reagrupando —aseguró un anciano que llevaba coraza y yelmo—. Para marchar por los senderos han tenido que estirar las filas y ahora deben ordenar la formación antes de atacar.

«Por Ártemis, tiene razón.» Helena sintió que su esperanza se desplomaba. El incesante flujo de jinetes estaba concentrándose en una masa compacta en la base de la montaña. También habían empezado a aparecer soldados de infantería.

Se puso de puntillas para mirar hacia la llanura del norte. Estaba segura de que Calícrates estaría haciendo todo lo posible para regresar a tiempo, pero no vio ningún rastro del ejército espartano.

—¡Aguantad! —gritó Céfalo—. Tienen que cruzar el río para llegar hasta nosotros. Tenemos una posición ventajosa y ellos lo saben.

Helena se fijó en el Eurotas y negó con la cabeza. La luz estaba aumentando y ya se percibía su lecho de arena y piedras. «Cubre muy poco, apenas servirá para disminuir la velocidad de una carga de caballería.»

Los susurros inquietos aumentaron según se extendía el frente enemigo. La caballería tebana era más numerosa de lo que la mayoría de los presentes hubiera visto nunca y los soldados de infantería se contaban por miles.

—Son muchos —murmuró Yocasta.

«Sí, son muchos. —Helena observó de reojo a Céfalo, que contemplaba a los tebanos en silencio—. Son tantos que ni siquiera el rey Agesilao con todo el ejército podría contenerlos.»

—Epaminondas está al frente —dijo uno de los ancianos. Su intención había sido informar a Céfalo, pero la mayoría de los muchachos y mujeres de Esparta consideraba al general tebano invencible, y al oír su nombre se alzaron exclamaciones y gritos ahogados de pánico.

Céfalo se volvió hacia las mujeres y niños de su improvisado ejército, consciente de que probablemente aquél era el fin de Esparta. Observó por última vez a los tebanos y se giró hacia su pueblo.

—¡Volvemos a la ciudad! ¡Rápido, corred hacia el templo de Ártemis Ortia!

Sus últimas palabras se mezclaron con las trompetas de guerra que anunciaban el ataque enemigo. Helena se dio la vuelta y echó a correr junto a Yocasta en medio de la desbandada espartana. De pronto sintió una extraña vibración, como un trueno prolongado, y al girar la cabeza vio a toda la caballería galopando hacia ellos.

—¡Más rápido, Yocasta! —El miedo convirtió su voz en un chillido. Todavía las separaba un estadio de la ciudad y los caballos estaban a sólo tres o cuatro estadios. Ella podía avanzar a mayor velocidad, pero se refrenaba para mantener el ritmo de su hija.

Las primeras casas se encontraban a cien pasos cuando Yocasta tropezó.

Helena paró en seco y retrocedió para ayudarla. Su hija sangraba por la boca y parecía aturdida. Ella se agachó y la agarró de un brazo, oyó un chapoteo furioso y alzó la vista.

Las aguas del Eurotas parecían hervir bajo las patas del millar de caballos que lo cruzaban.

—¡Vamos!

Consiguió levantar a su hija y echó a correr casi arrastrándola. Las jabalinas habían quedado abandonadas en el suelo.

«¡Ártemis, salva a mi hija!»

El ataque de la caballería se había convertido en una tormenta furiosa que se abatía sobre ellas. Miró hacia atrás, sin dejar de tirar con todas sus fuerzas de Yocasta, y comprendió que estaban a punto de morir.

Capítulo 64

Peloponeso, junio de 362 a. C.

Calícrates estaba aterrado.

Intentaba no pensar en lo que les sucedería a Helena y las niñas si llegaban más tarde que los tebanos, pero no podía evitarlo.

«Vamos demasiado despacio.»

En realidad, aquella era probablemente la marcha militar más rápida de la historia espartana. Casi todos los hoplitas tenían en la ciudad madre, esposa o hijos, y antes del amanecer habían recorrido a paso ligero dos tercios de la distancia que los separaba de Esparta.

Hizo que su caballo se adelantara y luego lo detuvo para esperar a la infantería. Sólo tenían media docena de caballos y algunas mulas de carga, sabía que los tebanos ni siquiera se inmutarían hasta que no llegaran los hoplitas.

Al cabo de un rato se aproximaron al recodo del camino a partir del cual se veía Esparta. Espoleó su montura, y cuando llegó al otro lado sintió que se le helaba la sangre.

—¡Los tebanos han llegado! —Clavó las espuelas y se lanzó al galope, desoyendo la orden del rey de que se detuviera. El ejército enemigo constaba de miles de hombres de caballería e infantería que se habían congregado en la base del Parnón. Frente a ellos, al otro lado del Eurotas, aguardaba un grupo de espartanos formado en su mayoría por mujeres y niños.

«¡Salid de ahí! —La intención de quien los había conducido a ese punto debía de ser contener a los tebanos, pero el Eurotas apenas tenía agua y la superioridad enemiga era aplastante—. ¡Por Apolo, salid de ahí!»

Alguien gritó una orden y el grupo de espartanos comenzó a deshacerse; al mismo tiempo se oyó el sonido vibrante de las trompetas de guerra y el ejército tebano se lanzó al ataque. Los espartanos huyeron hacia las casas más cercanas mientras la caballería enemiga los perseguía. Calícrates no era capaz de distinguir a Helena entre las mujeres que corrían y rezó por que ya estuviera en la ciudad.

La caballería tebana siguió avanzando como un alud que cayera sobre Esparta. Calícrates mantuvo su montura al galope, sin atender al dolor rabioso de su cadera mientras se acercaba cada vez más al frente de ataque.

De pronto las vio.

Yocasta acababa de tropezar y su cabeza había golpeado contra el suelo. Helena retrocedió para ayudarla y se convirtieron en las más rezagadas de todos los que huían. Los caballos tebanos atravesaron el Eurotas como si se tratara de un charco; ya se encontraban a un centenar de pasos de Helena y su hija, que se habían puesto en pie y de nuevo corrían para tratar de alcanzar las primeras casas.

«¡No van a llegar!»

Calícrates espoleó frenéticamente su montura mientras la marea de caballos avanzaba para arrollar a sus presas.

La distancia se redujo a cincuenta pasos.

Helena miró hacia atrás y se dio cuenta de que no había esperanza.

Treinta pasos.

Calícrates siguió cabalgando sin apartar los ojos de la mujer que amaba.

—¡Helena! —El estruendo de mil caballos impedía que lo oyera—. ¡Helena!

Diez pasos.

Ella giró la cabeza y lo vio, medio descolgado del caballo. Tiró del brazo de su hija y la abrazó con fuerza. Un instante después, sintió un fuerte impacto y perdió contacto con el suelo.

—Os tengo.

Calícrates se aferraba con una mano a la brida y con el otro brazo sujetaba a Helena, que a su vez estrechaba a Yocasta con firmeza. El esfuerzo de sostener a ambas era excesivo y estaban a punto de caer. Aguantó como pudo, notando que se deslizaba poco a poco, hasta que de pronto el caballo cedió ante la tensión de la brida, dobló bruscamente el cuello y se desplomó.

El dolor atravesó a Calícrates cuando golpeó contra el suelo reseco. Rodó como un muñeco roto, desenvainó la espada y se incorporó sobre una rodilla con el arma levantada hacia la caballería tebana.

Habían caído dentro de Esparta. Un muchacho se acercó corriendo para ayudarlo a ponerse en pie y vio que también estaban auxiliando a Helena y Yocasta. Los jinetes tebanos se habían desviado al llegar a las casas; si se metían entre ellas, tendrían que disgregarse y apenas podrían embestir ni maniobrar para repeler los ataques. Además, Epaminondas estaba reorganizando sus tropas al ver que la falange espartana bajaba por la llanura y se dirigía a toda velocidad contra su flanco.

Helena se había golpeado las costillas y apenas podía respirar, pero consiguió levantarse con la ayuda de una mujer y se pasó por los hombros un brazo de Yocasta, que había perdido la consciencia. La infantería tebana estaba cada vez más cerca y se oían gritos por todas partes. Su mirada encontró la de Calícrates, que le hizo un gesto para que se refugiara en una de las casas. Asintió con los dientes apretados y se alejó con su hija hacia la vivienda más cercana.

—Ayúdame. —Calícrates se apoyó en el hombro del muchacho. La rodilla derecha se le estaba inflamando y no podía doblarla. Entre los gritos de puro miedo había otros que daban órdenes contradictorias y la gente corría en todas direcciones.

—¡Venid conmigo! —gritó tratando de imponerse . ¡Tenemos que evitar que entren!

Avanzó cojeando hacia las casas que marcaban el límite norte de la ciudad, gritando sin cesar y haciendo gestos con la espada para que lo siguieran. Unos pocos lo acompañaron y se unieron a otro grupo que se había reunido entre los muros de dos viviendas. Se situó en primera línea, junto a varios muchachos mayores ataviados con el equipamiento de hoplita que usaban para entrenar. Algunos llevaban yelmo, al contrario que él, pero a ninguno le había crecido todavía la barba.

—Señor...

Se volvió al oír aquella voz delicada. Un chiquillo moreno de pelo rizado, con expresión muy seria, le estaba ofreciendo una lanza y un escudo.

—Yo no puedo luchar contra un adulto —insistió el niño al ver que dudaba.

—Muchas gracias, es una decisión sabia y valiente. —Calícrates envainó la espada y tomó las armas. El escudo no tenía revestimiento de bronce; eso lo hacía más frágil, pero también mucho más ligero—. Ve a refugiarte al templo de Ártemis Ortia, la diosa te protegerá. —Probablemente allí salvaría la vida, aunque si los derrotaban nada evitaría que lo hicieran esclavo.

El niño se alejó corriendo y Calícrates miró hacia la llanura. Desde aquella posición no era posible saber qué había ocurrido con el ejército del rey Agesilao, pero vio que la infantería de Epaminondas comenzaba a rodear la ciudad.

«Van a atacarnos por varios puntos a la vez.»

En ese momento, un grupo de unos cincuenta soldados enemigos se apartó del grueso de las tropas y se lanzó contra ellos.

—¡Retroceded cinco pasos! —ordenó Calícrates.

Se internaron entre los muros lo suficiente para que los tebanos tuvieran que estrechar su frente de ataque a sólo una decena de hombres. Calícrates contaba únicamente con una treintena de muchachos, pero atacaron con sus lanzas con toda la fiereza y disciplina propias de los soldados espartanos y lograron contener a sus enemigos.

—¡Resistid, por Heracles, por Esparta!

Aunque los muros impedían que los rodearan, en la siguiente acometida cedieron un par de pasos. Calícrates consiguió herir a un tebano en el hombro y lo atacó de nuevo tratando de alcanzar su cuello. El hombre fue más rápido que él, levantó su escudo y la punta de la lanza se quebró contra el bronce.

—¡Valor, espartanos! —exclamó al tiempo que sacaba la espada.

—¡Sólo son niños! —gritó uno de los tebanos—. ¡Matadlos!

Dos hombres concentraron sus ataques en Calícrates. Detuvo algunos golpes con el escudo, recibió otros en la coraza y atajó con la espada una lanza que estaba a punto de clavarse en su cara. Los ataques continuaron y notó que sus reacciones perdían velocidad. Una lanza le arañó un hombro, otra le rozó la cabeza. Se echó hacia atrás para obtener un respiro, pero los dos soldados se adelantaron de inmediato.

Una punta de metal golpeó con fuerza a la altura de su clavícula. El bronce de la coraza evitó que lo hirieran, y el muchacho que tenía a la derecha hundió su lanza en el muslo del tebano. Al momento, el otro atacante clavó su arma en el brazo del muchacho, que dio un grito de dolor y soltó la lanza.

Retrocedieron otro paso. El joven herido estaba sangrando mucho, pero recogió su arma con la otra mano y siguió acometiendo a los tebanos. Poco después volvieron a herirlo, cayó de rodillas y se desplomó.

El retroceso se hizo más rápido. No tenían efectivos con los que reponer a los caídos y algunos de sus soldados sólo tenían doce o trece años. Un tebano muy corpulento atacó a Calícrates con tanto ímpetu que la punta de su lanza atravesó la madera del escudo y se le incrustó en el antebrazo. Calícrates gruñó de dolor al tiempo que partía con su espada el arma del tebano. En el escudo se quedó un palmo de lanza y la punta siguió clavada en su carne.

El tebano sacó la espada y la descargó sobre Calícrates, que paró el golpe a duras penas y trató de herir a su enemigo. Éste lo esquivó sin problemas y atacó de nuevo. Calícrates levantó su espada y consiguió detener el arma, pero el tebano le dio una patada en la pierna herida.

La rodilla se le dobló y cayó frente a su adversario. Se impulsó de inmediato hacia atrás, pero tenía experiencia en suficientes batallas como para saber que el tebano no desaprovecharía la oportunidad. Alzó la mirada y vio su rostro tensado por el furor del combate, la espada levantada que comenzaba a descender hacia él.

La cabeza del tebano se ladeó bruscamente y el hombre se desplomó. En la tierra, frente a Calícrates, estaba el objeto que lo había derribado.

«Una copa de bronce...»

Se incorporó justo a tiempo de detener otra espada, y vio a Helena en la azotea de la casa que quedaba a su izquierda. Ella lanzó otra copa y en las demás azoteas aparecieron más mujeres que se pusieron a arrojar piedras y otros objetos pesados. Varios enemigos resultaron heridos y el avance se detuvo; sin embargo, algunos tebanos respondieron lanzándoles piedras y la ofensiva de las mujeres se volvió menos efectiva.

Volvieron a perder terreno y Calícrates advirtió que estaban llegando al final del espacio delimitado por las casas. Si perdían la protección de los muros, tendrían que salir corriendo o los rodearían y los masacrarían.

Los tebanos acometieron con mayor violencia y lograron un nuevo avance. En el siguiente paso habrían alcanzado la esquina. Calícrates echó una rápida mirada a sus compañeros de armas y se preparó para dar la orden de retirada. En cuanto la diera, se abalanzaría sobre los tebanos. Tenía la pierna tan lastimada que apenas podía mantenerse en pie, no tenía sentido que intentara escapar y podría ganar algo de tiempo para los demás.

—¡Atentos, por Heracles!

Apuntaló el cuerpo, y a su espalda se oyó otro grito:

—¡Resistid!

Un grupo numeroso de hoplitas espartanos se unió a ellos y arremetió contra sus enemigos. Los comandaba Arquidamo, el hijo del rey Agesilao, y los tebanos apenas ofrecieron resistencia antes de darse la vuelta y escapar.

Arquidamo se volvió hacia Calícrates y sus jóvenes soldados. Los ojos le brillaban y tenía los brazos empapados de sangre enemiga.

—Se está luchando por toda la ciudad. —Su voz vibraba con el ardor propio de un elegido o un demente—. Vuestra misión es defender esta posición, con vuestras vidas si es necesario.

La mirada de Calícrates se dirigió hacia los muertos que salpicaban la tierra en la que habían combatido. Entre ellos había media docena de muchachos.

El hijo del rey se giró hacia los hoplitas que lo acompañaban:

—¡Al templo de Licurgo, rápido!

Se alejaron tan raudos como habían llegado y Calícrates empezó a cojear para desandar el terreno que habían cedido. Los muchachos avanzaron con él. Algunos recogían piedras y se las echaban a las mujeres de las azoteas para que las usaran de proyectiles en el siguiente ataque. Otros utilizaban sus espadas para rematar a los tebanos que yacían heridos sobre la tierra.

Calícrates buscó a Helena donde la había visto por última vez, pero no la encontró y supuso que estaría en el interior de la casa cuidando de Yocasta. Llegaron al final del muro y un fuerte escozor le recordó que tenía una punta de lanza clavada en el antebrazo. La abrazadera central le impedía sacarse el escudo sin incrementar los daños. Pidió ayuda a uno de los jóvenes, que agarró el trozo de lanza que sobresalía y lo arrancó de un tirón seco. Se quitó el escudo y vio que tenía un agujero bastante feo, pero al menos no había huesos rotos. El resto del brazo estaba cubierto de sangre y echó un vistazo a la herida que tenía en el hombro. No era demasiado profunda, aunque todavía sangraba. Advirtió que también tenía la barba pegajosa y al palpar descubrió un corte encima de la oreja. Apenas le prestó atención, el dolor que le transmitía la rodilla era tan intenso que se imponía a los demás y amenazaba con hacerle perder la consciencia.

Se apoyó en la pared e intentó mantener la mente despejada. El sol había asomado por completo sobre el macizo del Parnón y continuó su lento ascenso. La temperatura se fue elevando mientras permanecían atentos a los gritos de lucha y agonía que les llegaban desde el interior de la ciudad. No tenían modo de saber si estaban manteniendo a raya a los tebanos o si éstos los estaban aniquilando. Varios escuadrones de caballería cruzaron la llanura, cada vez en una dirección distinta. Algunos pasaron tan cerca que pudieron distinguir los ojos de los caballos desorbitados por el galope, pero ninguno los escogió a ellos como objetivo.

«Epaminondas estará intentando que nuestro ejército combata en terreno abierto, pero Agesilao no es tan incauto.» El rey no necesitaba su consejo para mantener la lucha en el espacio cerrado que dejaban los edificios, por muy duro que resultara ver a los tebanos profanar con su presencia la explanada del santuario de Ártemis Ortia o la del templo de Atenea Chalkíoikos, donde se celebraban las Asambleas de Esparta.

De pronto los gritos aumentaron de intensidad en algún lugar cercano. Poco a poco se aproximaron a la posición de Calícrates como una inmensa jauría de bestias que se devoraran entre sí. Calícrates observó de reojo a los muchachos que lo acompañaban; muchos estaban heridos, pero parecían dispuestos a seguir luchando.

El ruido se convirtió en un clamor feroz de júbilo y gritos de victoria, y un momento después Calícrates vio a cientos de soldados tebanos pasar corriendo frente a ellos. Trataban de alcanzar el río Eurotas mientras los perseguía un grupo numeroso de hoplitas de Esparta.

—No os alejéis —murmuró.

Algunos hoplitas consiguieron clavar sus lanzas en la espalda de los tebanos y los remataron en el suelo, sin percatarse de que la caballería enemiga se abalanzaba sobre ellos. Los cascos de los caballos arrollaron a los que se habían alejado más, pero la mayoría consiguió regresar a las casas y formaron de nuevo.

—¿Van a volver a atacar? —preguntó un muchacho con la cara cubierta de sangre seca.

Calícrates contempló a los jinetes tebanos, que regresaron al otro lado del Eurotas y se unieron al resto de las fuerzas de Epaminondas. Aunque no resultaba fácil de apreciar, su ejército parecía tener un tamaño similar al de antes de lanzarse sobre Esparta.

—Depende de cuántos hombres hayamos perdido nosotros —respondió finalmente—. Si no son muchos, no creo que ataquen. Y si deciden hacerlo, será enseguida y enviando todas sus fuerzas.

Se quedaron en silencio mientras las tropas de Epaminondas se agrupaban ordenadamente en la llanura que se extendía desde el Eurotas a las montañas del Parnón.

—Están formando, van a atacarnos —dijo el muchacho con voz tensa.

Calícrates observó el movimiento de tropas.

—Están dudando, y Epaminondas sabe medir los riesgos o no habría logrado ni la mitad de lo que ha conseguido. Ayudadme a sentarme.

Dos de los jóvenes lo sujetaron de los brazos mientras bajaba hasta el suelo con la pierna estirada y apoyaba la espalda en la pared.

—Tiene muchos hombres —dijo otro muchacho—, también podría asediarnos.

Calícrates negó con la cabeza. Cada vez estaba más mareado.

—Epaminondas dará por hecho que el rey Agesilao ha enviado mensajes a nuestros aliados para solicitar ayuda, como así ha sido. No le interesa esperar. Además, la gran batalla va a producirse en el norte, no puede ausentarse mucho tiempo o los ejércitos de Mantinea atacarán con ventaja a las fuerzas y aliados que tiene en Tegea.

«Claro que también puede probar con un nuevo ataque antes de marcharse. —Puso una mano encima de la rodilla, que parecía arder—. Y yo ni siquiera podría mantenerme en pie para hacerles frente.»

Miró hacia las mujeres que ocupaban las azoteas. Localizó a Helena y trató de sonreír, pero sus labios apenas respondieron.

A ras del suelo soplaba un viento caliente que se mezclaba con su dolor, como si una neblina procedente del Hades lo envolviera y lo quemara. Cerró los ojos y sintió que aquella bruma lo arrastraba mientras el silencio y la espera se expandían, se hacían eternos...

Las trompetas de guerra lo sacaron bruscamente de su letargo.

«Nos atacan.»

Los muchachos gritaron, igual que las mujeres en las azoteas, pero todavía tardó un momento en comprender que Epaminondas había ordenado la retirada.

Dejó que sus párpados se cerraran de nuevo mientras le dirigían palabras exaltadas y palmeaban su hombro sano y su coraza.

—Calícrates...

Abrió los ojos al oír la voz de Helena. Su palma en la mejilla disipaba la niebla.

—Hola... —Apenas fue un susurro. La boca de Helena temblaba y en sus ojos brillaban unas lágrimas—. ¿Estáis bien?

Ella asintió y las lágrimas se desprendieron.

—Sí..., gracias a ti, sí.

Calícrates sintió su beso mientras la oscuridad lo envolvía.

Capítulo 65

Peloponeso, julio de 362 a. C.

«Ha llegado la hora de la verdad.»

Epaminondas apartó la vista del mapa de la batalla y se volvió hacia los guardias.

—Traed a Leónidas, el general espartano.

Los guardias salieron en su búsqueda y Epaminondas se giró de nuevo hacia la mesa de los mapas. Estaba cubierta en su mayor parte por una representación de la llanura que separaba Tegea y Mantinea. Sobre las líneas trazadas en el mapa de cuero se repartía una gran cantidad de piezas de madera, con formas diferentes según correspondieran a tropas de infantería o caballería.

«Se acabaron las escaramuzas.»

Cuatro días atrás había intentado tomar Esparta por sorpresa y su objetivo se le había escapado como agua entre los dedos. Si el rey Agesilao se hubiera presentado un poco más tarde, le habría bloqueado la entrada a la ciudad mientras aplastaba toda resistencia en el interior. Sin embargo, Agesilao llegó justo a tiempo de hacerle abortar el primer ataque, y tras entrar en Esparta dispuso a sus hoplitas de modo que los obligaron a luchar en terreno desfavorable, donde la superioridad numérica dejaba de tener importancia.

Cuando regresó a Tegea concibió un nuevo ataque sorpresa, en esta ocasión lanzando su caballería sobre Mantinea. Sus jinetes cogieron desprevenidos a los mantineos, pero la fortuna estaba otra vez de parte de sus enemigos. La caballería ateniense había llegado a la ciudad poco antes del ataque y su inesperada presencia impidió que asestaran un duro golpe a los mantineos.

Deslizó por el mapa una pieza de caballería hasta situarla sobre una colina. En la madera estaba grabado el nombre de Eubea, uno de sus aliados más importantes. Otras piezas llevaban los nombres de Tegea, Mantinea, Argos, Elis, Sición, Malis..., también las había que representaban a tropas de los tesalios, locros, aqueos y beocios; aquí y allá se veían fuerzas mercenarias y, por supuesto, en el mapa se encontraban los ejércitos de las tres ciudades más importantes del mundo griego.

«Tebas, Esparta y Atenas.»

Aquella batalla podía decidir quién dominaría al resto de los griegos durante generaciones.

Los guardias regresaron con Leónidas. Llevaba puesta su enorme coraza de hoplita y bajo el brazo sostenía el yelmo con el penacho rojo clásico de los espartanos. Saludó con un gesto seco de la cabeza y se quedó mirando el mapa.

—Las tropas están dispuestas en orden de batalla —comentó.

Epaminondas le dirigió una mirada enigmática y señaló el grupo de piezas que se extendía al otro lado del mapa.

—Espartanos, mantineos y otros arcadios, eleos, aqueos, algunos cuerpos de infantería ligera y, por último, los atenienses. Nuestros enemigos cuentan con más de veinte mil soldados. —Su mano sobrevoló el ejército más cercano—. Nosotros tenemos más de treinta mil. —Contempló el mapa en silencio durante un momento—. Los dioses deben de estar observándonos, ¿no te parece?

Leónidas gruñó incómodo. No le gustaba sentir la mirada de los dioses, pero era cierto que nunca se habían enfrentado entre sí tantos soldados griegos. Sin duda los dioses estaban muy pendientes de ellos.

—¿Para qué querías verme?

La brusquedad de sus palabras hizo sonreír a Epaminondas. Leónidas era incapaz de fingir, eso sería una ventaja si finalmente lo colocaba en el trono de Esparta.

—Ya he decidido dónde vas a combatir. —El gigante espartano arrugó el ceño mientras él apoyaba el dedo en una de las piezas—. Te unirás a la falange de hoplitas de Tegea y lucharás en primera fila. Ya he hablado con sus generales y han manifestado que será un honor contar contigo.

Leónidas observó con más atención el mapa. Las tropas enemigas se repartían a lo largo de un frente completamente recto, como si formaran una muralla entre las dos colinas que estrechaban la llanura. Las fuerzas aliadas de Epaminondas estaban colocadas en diagonal respecto a sus enemigos, de modo que su flanco izquierdo chocaría con el flanco derecho de sus adversarios antes de que llegaran las demás tropas.

—El Batallón Sagrado de Tebas —murmuró al leer el nombre grabado en la pieza de infantería que se situaba a la cabeza de su flanco izquierdo. Junto al Batallón se encontraban las demás tropas de Tebas, y a continuación las fuerzas de Tegea, que era donde Epaminondas decía que tenía que combatir. Siguió la trayectoria que las llevaría hasta el ejército enemigo—. Mantinea —masculló—. Por Heracles, quieres que combata contra los mantineos en lugar de hacerlo contra los atenienses.

Epaminondas asintió.

—Prefiero que estés presente entre las ciudades de Arcadia. Por otra parte, te recuerdo que Tebas ofreció una alianza a Atenas, y que en lugar de aceptarla han enviado su ejército contra nosotros. Soy el primero que quiere dar una lección a los atenienses. —Contempló las unidades de caballería mientras tamborileaba con los dedos en el borde de la mesa—. Como puedes ver, esta batalla se decidirá en el flanco contrario al de los atenienses, pero te garantizo que lo van a pasar realmente mal.

—¿Y después de la batalla?

—Primero tenemos que obtener la victoria. —«Y después decidiré lo mejor para Tebas.» Pero no era eso lo que Leónidas quería oír—. Si vencemos, podrás comandar las fuerzas espartanas del ejército que enviaré para someter Atenas.

Leónidas gruñó complacido.

—Muy bien, lucharé contra los mantineos.

—Tan sólo falta un detalle —repuso Epaminondas—. Me parece bien que uses ese yelmo, pero quiero que lleves este escudo.

Sobre una silla aguardaba un escudo propio de un hoplita: cuerpo de madera por debajo de la pesada cubierta de bronce, interior forrado de piel de buey, abrazadera central...; sin embargo, en la superficie no mostraba la gran letra lambda de los escudos espartanos, sino la maza de Heracles propia de los tebanos.

Leónidas lo miró con el mismo aprecio que mostraría a una serpiente.

—Quieres que me vean con el yelmo de Esparta y el escudo de Tebas... —Combatiendo de ese modo estaría proclamando públicamente su sometimiento a Epaminondas. Resultaba un bocado difícil de tragar.

—Acudiste a mí porque querías acabar con el gobierno actual de Esparta, y de paso convertirte en el rey de los espartanos. Es muy poco lo que te pido a cambio.

Leónidas dejó su yelmo en un borde del mapa y pensó en Agesilao, el rey traidor que pactaba con Atenas y había llevado la ruina a Esparta. También pensó en su hermano Calícrates, en su esposa Helena...

«Tiene razón, es un sacrificio pequeño para el fruto que pretendo cosechar.»

—¿Cuándo será la batalla?

Epaminondas cogió de la silla el escudo tebano y se lo entregó.

—Está a punto de comenzar.

Eurímaco observó al jugador lanzar los dados.

Antes de que se detuvieran, apartó la mirada. Su mandíbula se tensó cuando se alzaron los gritos y las maldiciones de los soldados, pero enseguida consiguió recobrar la calma.

Se había sentado con la espalda apoyada en un árbol y había dejado junto a él, sobre la tierra salpicada de hierbajos, el yelmo, el escudo y la lanza. La reluciente cabeza de Medusa pintada en la superficie del escudo le arrancó una sonrisa.

—Perseo, hijo de Zeus, cortó la cabeza de Medusa y con ella convirtió en piedra a sus enemigos —le había dicho su padre mientras realizaba el dibujo—. Ahora otro Perseo, esta vez mortal y ya muy viejo, te pinta esta Medusa para que su mirada petrifique a tus enemigos y no te alcancen sus armas.

«Quién sabe —se dijo Eurímaco todavía sonriendo—, quizás mi padre haya conferido a esta Medusa las mismas propiedades que tenía el monstruo original. —Alzó la cabeza y entornó los ojos para mirar más allá de sus compañeros, al otro lado de la llanura—. Al menos parece que hoy no voy a tener que comprobarlo.»

Esa mañana el ejército había adoptado la formación de combate al ver que Epaminondas avanzaba con sus tropas. Sin embargo, los tebanos se habían limitado a recorrer unos cuantos estadios, probablemente ensayando alguna maniobra, y después se habían detenido. Desde la posición de Eurímaco sólo se distinguía una multitud de soldados a una veintena de estadios, pero los vigías habían informado de que los tebanos habían dejado las armas y estaban preparando un campamento. El ambiente se había relajado al saber que ese día no combatirían.

—¡Vamos, Eurímaco, juega un par de dracmas! ¡Imagina que te salen los tres seises!

Declinó con un gesto el ofrecimiento de Branco, un joven y robusto hoplita que también vivía en el barrio del Cerámico. Al igual que él, lucharía en la primera fila de la falange.

—Los tres seises —murmuró con el ceño fruncido.

Los músculos del abdomen se le tensaron bajo la coraza. Cerró los ojos, pero los recuerdos que intentaba alejar llenaron la oscuridad: los dados rodaron en la mesa de El Remero Alegre y la boca cortada del tabernero rio de nuevo; su anciano padre cayó al suelo, sangrando con la cabeza abierta; Altea lo odiaba, Platón arriesgaba la vida para salvar la suya..., y le enseñaba a aceptar el dolor y la culpa, a controlar sus impulsos y a convivir con el monstruo que nunca dejaría de acechar en su interior.

Evocó la música sosegada y cadenciosa con la que Platón le hacía practicar y la angustia remitió poco a poco.

Se estaban incorporando más soldados a la partida, ansiosos por jugarse la dracma diaria que les pagaban por servir en el ejército. Eurímaco esbozó un gesto triste y pasó la mano por el penacho de su yelmo mientras rememoraba una vez más la conversación que había oído en el barco que los transportaba al Peloponeso.

Habían tenido problemas al llegar a su destino y habían pasado tres días fondeados en espera de que les garantizaran un lugar seguro para desembarcar. La última noche él estaba tumbado en el suelo de la bodega, tratando de dormir sin conseguirlo, cuando una carcajada atrajo su atención sobre dos hombres que charlaban en la cubierta.

—¿Estás seguro de que ocurrió así? —La voz alegre y un poco arrastrada a causa del vino sonaba justo encima de él. Le pareció que se trataba de uno de los marineros, aunque no estaba seguro.

—Mi primo era uno de los invitados al banquete y se encontraba justo al lado. —El que hablaba ahora también había bebido; era el capitán de otro barco que había salido de Atenas dos días más tarde y acababa de unirse a su flota. Eurímaco lo reconoció porque había hablado con él aquella tarde—. Me ha jurado que Diógenes levantó la pierna como si fuera un perro ¡y meó encima de Acrisio!

Los dos hombres prorrumpieron en carcajadas mientras Eurímaco sonreía en la oscuridad de la bodega.

—¡Por los dioses, me hubiera encantado ver la cara de Acrisio! ¿Qué hizo después de semejante humillación, se fue a su casa?

—¡Qué dices! Ese gordo no se marcha de un banquete antes de que acabe ni aunque le arranques una pierna. Siguió bebiendo, ¡y al cabo de un rato se vomitó encima!

Eurímaco sonrió de nuevo, aunque hubiera preferido que se marcharan a conversar a otro lado.

—¿Y después qué ocurrió... —el hombre no podía parar de reír—, se cagó encima?

El capitán soltó otra carcajada y Eurímaco oyó que algún soldado se removía y maldecía cerca de él.

—No, tal vez eso lo dejara para otro día. Mi primo me contó que se pusieron a jugar a hacer de monturas para las esclavas, y que Acrisio completó cinco vueltas a la sala del banquete mientras una que estaba bastante bien lo fustigaba sin cesar.

El otro hombre preguntó algo que Eurímaco no consiguió oír.

—No —respondió el capitán—. Por lo visto, el que se fue con la esclava a una habitación fue Calipo, el socio de Arneo. Mi primo dice que lo llamaban Calipo el Casto, pero que van a tener que cambiarle el nombre.

«Calipo...»

Eurímaco apartó la mano del penacho y cerró el puño. Muchos maridos se acostaban con esclavas o prostitutas, y la mayoría de las mujeres se resignaba de mejor o peor grado. Pero sabía que aquello no tenía cabida en la relación de Altea con Calipo.

«O eso creía ella.»

Existía la posibilidad de que aquella historia no fuera verdad. Lo sabría cuando fuera a ver a Calipo y se lo preguntara. Si era cierto, tendría que contárselo a su hermana.

«Pobrecilla. —Altea confiaba ciegamente en Calipo, siempre lo había hecho—. Esto va a destrozarla.»

Sintió una oleada de rabia hacia su cuñado y golpeó el suelo con fuerza.

Un instante después, las trompetas anunciaron que Epaminondas los atacaba.

Capítulo 66

Peloponeso, julio de 362 a. C.

Calícrates se quedó inmóvil al oír las trompetas.

Había llegado a Mantinea la tarde anterior, después de haber pasado tres días recuperándose en Esparta y de un tortuoso viaje a caballo que parecía que no iba a terminar nunca. Para aguantar el dolor de sus heridas tomaba una potente mezcla de vino y hierbas que lo dejaba aturdido.

A su lado, el rey Agesilao se giró bruscamente hacia el sonido vibrante que llegaba desde el otro lado de la llanura.

—¡¿Están atacando?!

Agesilao se había preparado esa mañana para la batalla, pero al ver que Epaminondas se limitaba a llevar sus tropas a los pies de un monte cercano a Tegea, había decidido dedicar las siguientes horas a recorrer el frente. En su calidad de comandante supremo de los ejércitos aliados había estado revisando la disposición de las tropas de las distintas ciudades. En ese momento se encontraba en el extremo contrario al de Esparta, donde se ubicaban los soldados de Atenas.

—Que vuestros hombres vuelvan a formar —ordenó a los estrategos atenienses—. Después esperad mis órdenes.

La comitiva del rey partió de inmediato hacia el otro flanco. Calícrates no consiguió subir a su caballo hasta el tercer intento, y cuando se puso en marcha se había quedado rezagado. Alrededor de él todo era desconcierto: los soldados atenienses corrían hacia sus puestos, embridaban de nuevo las monturas o se ponían precipitadamente las corazas. Un hombre chocó contra su caballo, soltó una maldición y se alejó corriendo.

«Epaminondas ya nos ha dado el primer golpe», pensó al contemplar el ambiente generalizado de desánimo.

Tiró de las riendas para no atropellar a un grupo de hoplitas. Uno de ellos lo miró al pasar mientras gritaba algo a sus compañeros. Era tan grande que sus ojos quedaron a la misma altura.

«¡Leónidas!»

Un momento después se dio cuenta de que no se trataba de su hermano, sino de Eurímaco, el hijo de su hermano Perseo. Los ojos de Eurímaco pasaron sobre él sin reconocerlo y se alejó con los otros hoplitas.

Calícrates siguió cabalgando, y al cabo de un momento se volvió hacia atrás. Eurímaco se estaba colocando en la primera fila de la falange ateniense. Rezó una plegaria por él y continuó a través de la retaguardia de los aqueos y los eleos. Las filas se estaban volviendo más compactas y aceleró la marcha. Ni siquiera veía a Agesilao, debía de haber llegado ya al otro extremo del frente.

«No estoy siendo de mucha ayuda como consejero. —Helena había insistido en que se quedara en Esparta, pero él se había negado diciendo que la mejor manera de protegerlas era cumplir su función de consejero del rey—. Por Heracles, ni siquiera se me ha pasado por la cabeza que Epaminondas estuviera preparando una estratagema. —Clavó los talones en el vientre de su montura—. Y debo de ser el único espartano que todavía no está en su puesto.»

Cuando llegó junto a Agesilao, el rey no había desmontado. En la defensa de Esparta había resultado herido y esta vez no iba a combatir con la infantería. Además, desde la altura del caballo se divisaban con mayor facilidad los estandartes de las distintas unidades del ejército, lo que permitía valorar mejor la situación y tomar decisiones durante la batalla.

Calícrates echó un vistazo a los estandartes y entornó los ojos para mirar a través de la llanura. El ejército comandado por Epaminondas se estaba desplazando en un movimiento diagonal que al principio le impidió distinguir bien lo que estaban haciendo sus diferentes tropas.

—Por Zeus, ¿qué...?

Las palabras murieron en sus labios cuando comprendió lo que estaba sucediendo.

Eurímaco observaba el avance enemigo a través de la visera del yelmo.

Había ocupado su posición en la primera línea de la falange ateniense, que sumaba un total de seis mil hoplitas distribuidos en un frente de quinientos hombres y doce líneas de fondo. Ninguno de ellos se había enfrentado jamás a un ejército tan numeroso como el que se estaba acercando. No obstante, lo que más los inquietaba era el modo en que sus enemigos se estaban desplegando sobre la llanura.

—Epaminondas hizo algo parecido en Leuctra —murmuró.

La batalla de Leuctra había sido básicamente un enfrentamiento entre Esparta y Tebas; Atenas no había participado, pero había oído varias veces lo que había sucedido y todo indicaba que Epaminondas estaba recurriendo ahora a una estrategia similar. Había dividido su ejército en varias secciones y cada una de ellas se estaba desplazando a distinta velocidad. Su ala izquierda, donde se encontraban las tropas de élite tebanas con el temible Batallón Sagrado a la cabeza, cada vez se adelantaba más al resto e iba a ser la primera en entrar en combate.

—¡Van a machacar a los espartanos! —exclamó a su derecha Branco, el joven que lo había incitado a que jugara a los dados.

Eurímaco asintió en silencio. La falange de Esparta estaba formada con una profundidad de doce filas, como era habitual en los ejércitos griegos. La falange tebana que marchaba hacia ellos tenía una profundidad cuatro veces mayor.

Epaminondas había aplastado en Leuctra a los espartanos gracias a la diferencia de profundidad entre sus falanges, a pesar de que el resto del ejército que extendió por todo el frente era muy inferior. La clave de su victoria estuvo en que las demás tropas se fueran rezagando y apenas entraran en combate antes de que los soldados de élite de su insólita falange superaran y envolvieran el flanco espartano.

«Aquella vez los tebanos vencieron pese a que su ejército sólo tenía seis soldados por cada diez enemigos. Ahora, por cada diez de los nuestros, ellos tienen quince.»

El enfrentamiento también estaba desequilibrado en la caballería. En el flanco que ocupaban los atenienses, su caballería formaba una muralla compacta unos pasos por delante de los hoplitas. Se habían dispuesto en seis filas de fondo, como si los caballos formaran una falange, y los acompañaba una unidad de infantería ligera armada con jabalinas. La caballería tebana que cabalgaba hacia ellos era mucho más numerosa, como también lo era la unidad de infantería ligera que corría a su lado.

El yelmo no permitía a Eurímaco ver bien lo que sucedía a su alrededor y giró la cabeza a la derecha. En el otro extremo del frente, a una distancia de seis estadios, la caballería de sus aliados también estaba a punto de recibir la carga de una fuerza muy superior.

—¡Por Atenas! —comenzaron a gritar algunos hoplitas para enardecer a sus jinetes.

—¡Por Atenas! —rugió Eurímaco.

El clamor se incrementó mientras la caballería enemiga se acercaba, a un ritmo que permitía a la infantería ligera que los acompañaba mantenerse a su altura. Los oficiales enemigos hicieron que sonaran sus trompetas de guerra y sus soldados echaron a correr por delante de los caballos.

Cuando estaban a cincuenta pasos de la caballería ateniense, empezaron a lanzar proyectiles.

La infantería ligera ateniense también se adelantó a su caballería, pero se enfrentaban al triple de soldados y sólo contaban con lanzadores de jabalina. Sus enemigos disponían además de honderos enviados de las regiones de Tesalia, donde se ejercitaban desde la infancia con ese tipo de arma de gran alcance. Sus piedras y bolas de plomo comenzaron a impactar en los caballos y soldados atenienses antes de que éstos hubieran lanzado la primera jabalina.

Los oficiales de la caballería ateniense dieron la orden de cargar. Los gritos de guerra se mezclaron con los de los hombres heridos, el retumbar de los cascos con los impactos que rompían huesos de hombres y caballos. Los jinetes tebanos aguardaron mientras los atenienses cabalgaban hacia ellos entre una granizada de proyectiles, y en el último momento respondieron al ataque.

Eurímaco y sus compañeros aferraban sus lanzas y escudos mientras escrutaban la confusa batalla de caballería que se desarrollaba frente a ellos. Podían ver que habían caído muchos de sus caballos y querían pensar que en el bando contrario ocurría lo mismo. De pronto Eurímaco recibió un impacto en el yelmo y su cabeza se desplazó hacia atrás. Por un instante su visión se volvió borrosa y se agazapó hasta que sólo asomaban sus ojos por encima del escudo. A unos ciento cincuenta pasos divisó a algunos honderos que estaban disparando hacia la falange.

«Malditos sean, ellos y sus armas de cobardes.»

En un combate cuerpo a cuerpo podía acabar con varios hombres a la vez, pero contra un hondero su tamaño sólo servía para convertirlo en un objetivo más fácil de acertar.

Se volvió hacia el flanco derecho y vio que la caballería de Esparta y Mantinea perdía terreno frente a la avalancha de jinetes tebanos y tesalios. En su propio flanco el resultado de la batalla seguía siendo difícil de apreciar, pero cada vez había más honderos que se apartaban del combate de caballería y lanzaban sus proyectiles contra ellos.

—Tenemos que estar atentos a esos buitres. —Branco señaló la colina de la izquierda. Un escuadrón de caballería de Eubea y un centenar de hoplitas mercenarios habían ascendido hasta la mitad de la ladera. Desde allí los contemplaban inmóviles.

—Tienes razón, pueden lanzarse sobre nuestro flanco en cualquier momento. —Eurímaco se giró hacia el otro extremo; la caballería de sus aliados comenzaba a desbandarse y la poderosa falange tebana se acercaba con rapidez al frente, donde iba a chocar contra los soldados de Esparta—. Deberíamos enviar tropas para ayudar a los espartanos, pero si lo hacemos, la caballería de Eubea nos atacaría por detrás.

Un impacto seco hizo que el escudo le golpeara el hombro.

—Son esos miserables —le dijo Branco.

Varios honderos se habían aproximado hasta quedar a ochenta pasos. Uno de ellos estaba haciendo girar su honda por encima de la cabeza, soltó uno de los extremos y el proyectil salió despedido a tanta velocidad que no lo vieron. Un instante después, Eurímaco oyó un zumbido breve junto a su cabeza y un grito a su espalda.

Otros dos tesalios cargaron sus hondas y las hicieron girar. Sus miradas permanecían en Eurímaco. En ese momento, un jinete ateniense se abalanzó sobre los honderos y éstos echaron a correr. El jinete persiguió a uno de ellos, le clavó la lanza en la espalda y el hombre se desplomó.

—¡Detrás de ti! —gritó Eurímaco.

Dos jinetes tebanos estaban cargando contra el jinete ateniense, que trató de eludir el ataque. Su caballo resultó herido por una lanza y él cayó al suelo. Las lanzas tebanas tardaron poco en atravesar su carne y lo dejaron desangrándose sobre la llanura.

Los oficiales de caballería de Atenas dieron la orden de retirada. Eurímaco vio que sus jinetes intentaban abandonar la batalla. Poco después, toda la caballería cabalgaba directamente hacia la falange.

«¡Nuestra propia caballería va a aplastarnos!»

Los jefes de escuadrón consiguieron que la mermada caballería ateniense girara hacia la colina antes de chocar con ellos. La caballería tebana, en lugar de perseguirlos, continuó cargando contra la falange de Atenas.

—¡No cedáis! —gritaron los jefes de fila.

Todos sabían que, si la formación se rompía, los aniquilarían. Eurímaco apoyó el hombro contra el interior cóncavo del escudo. Un millar de caballos se abalanzaba sobre ellos. Apretó con más fuerza el asta de su lanza, que sostenía sobre el hombro derecho, y aguardó mientras uno de los jinetes se acercaba a galope de carga con la lanza enfilada hacia él.

La hoja le arañó el yelmo mientras se agachaba; desvió con el escudo el empuje del caballo y clavó su lanza entre las piernas del jinete. La punta de hierro desgarró la carne y se incrustó en un hueso antes de que el arma se quebrara.

El caballo cayó detrás de Eurímaco hiriendo a algunos hoplitas. Él dio la vuelta a su lanza para usar la contera de bronce como punta y se preparó para la siguiente carga.

Los honderos continuaban arrojándoles proyectiles sin que nadie se lo impidiera. Algunos de los hoplitas atenienses más jóvenes estaban entrenados para correr con su pesado armamento y dar alcance a los soldados de infantería ligera; sin embargo, la caballería enemiga era tan numerosa que acabarían con ellos en cuanto se apartaran de la falange para atacar a los honderos.

«¡Por los dioses, la falange se está rompiendo!»

Muchos hombres estaban rehaciendo las filas después del primer ataque, pero los tebanos se estaban concentrando allí donde las brechas eran más profundas. Las órdenes que gritaban los jefes de fila cada vez resultaban más difíciles de obedecer. Cerca de Eurímaco se abrió un hueco tan amplio que los jinetes cabalgaron a través de él para hostigar a los soldados que trataban de reagruparse. El hueco se amplió y los hoplitas situados a la izquierda de Eurímaco empezaron a retroceder.

En la siguiente carga, varios hombres recularon y perdió contacto con el hoplita de su izquierda. Algunos jinetes cargaron contra su posición. Detuvo una lanza con el escudo, otra le golpeó con fuerza en el yelmo y una tercera se incrustó en su hombro izquierdo. Gritó de rabia y arrojó su lanza partida contra los jinetes sin conseguir alcanzarlos.

«Me voy a desangrar», pensó al mirarse el hombro. Había visto muchas heridas de guerra y sabía que perdiendo sangre a ese ritmo se desvanecería en cuestión de minutos.

Cogió otra lanza del suelo y mantuvo la posición. El hombro apenas le dolía y podía sostener el peso del escudo. Vio que las cargas de caballería se estaban concentrando en otros puntos, dudó un momento y se volvió hacia el hoplita que tenía detrás.

—Necesito que me cosan, ocupa mi posición.

Los soldados se apartaron lo justo para que pasara a través de la falange. Detrás de la última fila de hoplitas, varios médicos se ocupaban de recolocar huesos rotos y contener las hemorragias de los heridos que les iban llegando. Uno de los médicos le echó un vistazo a la herida y le pidió que se sentara.

—Es un corte muy profundo. —Llevaba una bolsa de cuero colgada del hombro. Metió la mano y extrajo una aguja curva y una tira larga y fina de tendón de animal—. Te lo coseré bien apretado, pero al moverte va a seguir sangrando.

—Entonces me tumbaré a descansar y a comer aceitunas hasta que se cure.

El médico sonrió mientras pellizcaba el corte y hacía pasar el tendón a través de su carne. Eurímaco observó las primeras puntadas y después levantó la cabeza para ver lo que ocurría en derredor. Había unos cuantos hoplitas heridos a los que estaban atendiendo y otros a los que habían arrastrado más lejos y yacían sin moverse. Supuso que la mayoría de ésos estaban muertos, pero el número todavía no era muy elevado. La verdadera matanza se producía cuando las filas se rompían y los hombres huían en desbandada, sobre todo si el enemigo, como en esa ocasión, contaba con una caballería numerosa para perseguirlos.

«No aguantaremos mucho más. —Las últimas filas de la falange se estaban combando como una rama antes de partirse. Un par de estadios por detrás, más allá del terreno ocupado por los médicos y los heridos, varios escuadrones de caballería de sus aliados de Elis contemplaban lo que sucedía sin intervenir—. Por Apolo, ¿a qué esperan para ayudarnos?»

El médico terminó la costura, hizo un nudo en el hilo de tendón y le envolvió el hombro con una banda de tela apretada.

—Que Atenea te proteja.

Eurímaco dirigió una última mirada a los jinetes de Elis y volvió a la falange. Algunos hombres lo jalearon con alivio al ver que regresaba. Cuando llegó a la primera fila, el vendaje de su hombro ya estaba ensangrentado.

Se dio cuenta de que habían retrocedido varios pasos. Los jefes de fila hacían todo lo posible por recomponer la falange y ofrecer un frente compacto, pero la caballería y la infantería ligera los atacaban sin descanso y mantenían las filas abiertas. En los lugares donde se rompía la muralla de escudos, los jinetes se lanzaban como un enjambre de avispas sobre el flanco desprotegido de los hoplitas.

—¡Dime que Esparta está venciendo! —le gritó Branco.

Eurímaco miró por encima del mar agitado de penachos y lanzas. La falange de Tebas había embestido a los espartanos como si fuera un trirreme, con el Batallón Sagrado a la cabeza a modo de espolón.

—¡No lo están pasando mejor que nosotros!

Caminaron hacia atrás para no perder contacto con los compañeros de los lados. La caballería tebana estaba tratando de envolver el flanco de su falange y los hoplitas de esas posiciones retrocedían casi a la carrera para evitarlo.

«Estamos al borde de la desbandada.»

Un escuadrón de caballería se situó enfrente de ellos. Iban acompañados por una veintena de honderos, que se adelantaron a los caballos y lanzaron una andanada con la que pretendían alcanzar las piernas de los hoplitas. La mayoría de los proyectiles impactó contra la parte baja de los escudos o las grebas de bronce, pero algunos se colaron en el pequeño espacio que había entre ellos.

Branco cayó al suelo gritando cuando una bola de plomo le destrozó el fémur.

Un instante después, la caballería enemiga se lanzó a la carga.

—¡No retrocedáis!

El grito de Eurímaco fue en vano. La falange se había resquebrajado y los hombres que no tenían al lado un compañero cuyo escudo los protegiera se echaron hacia atrás. Los demás soldados los siguieron en un intento desesperado de que las filas no se rompieran. Eurímaco agarró un brazo de Branco y lo arrastró dejando un reguero de sangre. Dos jinetes cargaron contra ellos y tuvo que soltar a su compañero para levantar el escudo y la lanza. Amagó con ella hacia uno de los jinetes y el otro lo golpeó con su arma en el escudo antes de alejarse para preparar el siguiente ataque.

—¡Rápido, que lo atienda un médico!

El soldado que tenía detrás se llevó a rastras a Branco. La cabeza le colgaba y en su lugar quedó un charco de sangre.

«Está muerto», comprendió Eurímaco mientras otro hoplita pisaba la sangre al ocupar su posición.

Una piedra impactó contra su escudo y el dolor se multiplicó en su hombro herido. Uno de los honderos se había acercado hasta quedar a cincuenta pasos y vio cómo sacaba otra piedra de su zurrón y la colocaba en la honda. Cuando el hombre hizo girar su arma sobre la cabeza, él se echó hacia delante y arrojó la lanza con todas sus fuerzas.

El arma atravesó el pecho del hondero, que se desplomó hacia atrás y quedó inmóvil.

Eurímaco recogió del suelo la lanza de Branco y se colocó entre sus compañeros, que seguían retrocediendo. Algunos escuadrones de la caballería enemiga se agruparon para concentrar su ataque en otro punto de la falange. El frente ateniense se partió en dos, y Eurímaco vio con horror que los jinetes tebanos pasaban a través de la fractura y atacaban su retaguardia.

La ola de pánico se extendió con rapidez por toda la falange. Varios hombres de las últimas filas dejaron caer sus escudos y trataron de escapar mientras los jinetes tebanos les daban caza.

El combate había dado paso a la masacre.

Capítulo 67

Atenas, julio de 362 a. C.

«Que Eurímaco regrese con vida, diosa Atenea.»

El viento diseminaba por toda la Acrópolis el humo denso de la grasa que se quemaba en el gran altar. A Altea le lloraban los ojos mientras alzaba el rostro hacia la estatua de bronce de la diosa dispuesta para el combate.

«Acepta nuestras ofrendas, Atenea, y cuida de mi hermano.»

Calipo advirtió su angustia, le pasó un brazo por los hombros y besó su frente con suavidad. Ella enlazó su cintura y esperaron en silencio a que la fila siguiera avanzando.

Miles de atenienses formaban la procesión que ascendía desde la ciudad por la larga escalinata de la Acrópolis, cruzaba los Propíleos y atravesaba el recinto sagrado hasta llegar al gran altar de la diosa. Las conversaciones tenían un tono apagado mientras aguardaban su turno para entregar las víctimas para el sacrificio o las ofrendas para el tesoro de la ciudad. Esos días Atenas no era la bulliciosa ciudad que solía ser, y en los mercados los precios se multiplicaban porque todo el mundo hacía acopio de víveres por temor a que los tebanos invadieran el Ática y los pusieran bajo asedio.

Altea prestó atención a lo que decían los campesinos que tenían delante. Estaban debatiendo sobre si se produciría una batalla en Mantinea o Epaminondas se retiraría sin combatir. Después de escucharlos un rato, movió la cabeza exasperada.

«Epaminondas cuenta con un ejército más poderoso, ¿por qué iba a retirarse?» Lo último que habían sabido era que la caballería de Atenas había conseguido llegar a Mantinea, y que aun así las tropas enemigas eran considerablemente más numerosas en caballería e infantería.

Avanzaron hasta quedar junto al Partenón, el gran templo de Atenea Partenos, y volvió a rogar a la diosa que interviniese en el destino de los hombres, que salvara a la ciudad, que salvara a Eurímaco.

Le había preguntado a su padre si quería acompañarlos a la Acrópolis, pero él había preferido no hacerlo. La preocupación lo estaba consumiendo poco a poco y apenas salía de casa. Altea sabía que estaría rezando en el pequeño altar familiar, y que dirigiría la mayoría de sus plegarias al hombre que tanto había querido.

«Eurímaco el Viejo.»

Ella no había llegado a conocer a su abuelo paterno, y desde que se había casado le correspondían sólo los dioses familiares de su esposo, pero quizás por no poder tener hijos seguía sintiéndose vinculada a los dioses de su padre. Cerró los ojos y rezó a Eurímaco el Viejo. Su padre decía que había sido un hombre excepcionalmente bueno, así que debía de contar con el aprecio de los dioses.

Al cabo de un rato llegaron a la altura del pórtico de las Cariátides. Contempló la serenidad de sus rostros de piedra y después se volvió hacia su esposo. Calipo estaba mirando hacia delante y parecía ensimismado.

«¿Qué pasará por su cabeza?», se preguntó mientras observaba su expresión ausente. A veces le parecía que lo que había ocurrido con Céfiro y Melisa había quedado definitivamente atrás, pero en otras ocasiones sentía que todo aquello había abierto entre Calipo y ella una brecha que tardaría mucho tiempo en cerrarse. Tampoco ayudaba que últimamente él pasara la mayor parte del día fuera de casa, ni quc muchas noches cenase fuera y regresara al amanecer.

Se volvió hacia las cariátides y siguió rogando por su hermano.

Capítulo 68

Peloponeso, julio de 362 a. C.

—¡Aguantad! —rugió Eurímaco a sus compatriotas.

Los jinetes tebanos habían rodeado una gran parte de su ejército, la muralla de escudos y lanzas de la falange cada vez estaba rota por más sitios.

—¡Aguantad!

Los atacaban por todas partes y la falange se convulsionaba herida de muerte. A veces empujaban a Eurímaco hacia delante y otras sentía a su espalda el vacío y se apresuraba a retroceder para juntar las filas. En torno a él la formación mantenía cierta cohesión y los jinetes enemigos pasaban de largo en busca de un objetivo más fácil, pero los honderos los atacaban sin descanso. Algunos habían arrojado ya todos los proyectiles que llevaban en el zurrón y buscaban por el suelo piedras del tamaño adecuado.

—Eurímaco —la voz sonaba temblorosa detrás de él—, si corremos todos a la vez, tal vez podamos reagruparnos con los aqueos.

—¡Como alguien intente escapar, lo atravieso yo mismo! —Alrededor de ellos cabalgaban cientos de tebanos; si echaban a correr, la mayoría habría muerto en cuestión de minutos y contribuirían a que todo el ejército se desmoronara. Probablemente iban a morir de todos modos, pero mientras luchaban mantenían allí a la caballería tebana y quizás eso sirviera para que los espartanos acabaran con Epaminondas. No era una opción muy probable, pero era la única que tenían para salvar Atenas.

Un grupo de siete u ocho hoplitas se apartó de la retaguardia, dejó caer los pesados escudos y corrió hacia la ciudad de

Mantinea. Los caballos tebanos parecieron volar hacia ellos y los arrollaron antes de que dieran cuarenta pasos.

«Cobardes y estúpidos.»

Eurímaco amagó con su lanza para alejar a unos jinetes que pasaron junto a ellos y miró de nuevo hacia atrás.

«¡Nos ataca otro ejército!»

Sintió que su corazón dejaba de latir. Un instante después, se dio cuenta de que los escuadrones de caballería que se acercaban eran los de sus aliados de Elis, los mismos que había visto mientras el médico le cosía el hombro.

—¡No dejéis que retrocedan! —Su voz se había convertido en un bramido furioso—. ¡Acorraladlos!

Los jinetes tebanos que se encontraban en la retaguardia trataron de ponerse a salvo rodeando la falange o atravesándola, pero los hoplitas se lo impidieron y se vieron atrapados entre dos fuegos. La caballería elea los acometió con el ardor impetuoso de los guerreros que acaban de entrar en combate mientras los hoplitas atenienses los alanceaban.

Uno de los escuadrones de Elis cabalgó alrededor de la falange de Atenas y se lanzó sobre la caballería tebana que hostigaba las posiciones de vanguardia.

—¡Atacad! —Eurímaco unió sus gritos a los de los jefes de fila y acometieron al mismo tiempo que los eleos.

Los tebanos trataron de defenderse, pero los ataques les llegaban desde todas direcciones. Eurímaco atravesó con su lanza a media docena de jinetes. Los que consiguieron escapar se alejaron abandonando a su suerte a los honderos, que con sus túnicas de lana como única protección cayeron uno tras otro bajo las armas de los jinetes eleos.

Cuando la matanza concluyó, hoplitas y jinetes regresaron a sus posiciones y la falange de Atenas se recompuso.

«Hemos perdido uno de cada diez hombres, tal vez algo más», se dijo Eurímaco tras examinar el frente ateniense. Eso sumaba unos seiscientos hoplitas de los seis mil iniciales, probablemente la mitad de ellos muertos y la mitad heridos.

Levantó la mirada hacia la colina a la que se había dirigido la caballería de Atenas al batirse en retirada. Sus jinetes se habían enfrentado al escuadrón de Eubea y los hoplitas mercenarios que Epaminondas había situado allí al principio de la batalla. El combate había concluido con una victoria aplastante de los jinetes atenienses, que en ese momento bajaban la ladera para regresar al frente.

«Han sobrevivido tres cuartas partes de nuestra caballería.» En conjunto las pérdidas eran abultadas, pero no podía hablarse de catástrofe, sobre todo si se tenía en cuenta que habían acabado con la caballería y la infantería ligera de una de las alas del frente enemigo.

La esperanza de Eurímaco se había reavivado, pero su ánimo se hundió cuando miró hacia el otro extremo del campo de batalla. Los espartanos habían seguido perdiendo terreno frente a las cincuenta líneas de hoplitas de la falange de Epaminondas. Los tebanos se mantenían como un bloque sólido que arrollaba poco a poco a la falange de Esparta, que ya sólo parecía un grupo desordenado de soldados a punto de romperse definitivamente.

«No hemos hecho más que seguir el plan de Epaminondas», se dijo mientras su mirada recorría la llanura y examinaba la disposición del ejército enemigo. Los hoplitas con los que ellos tendrían que luchar —los de la ciudad de Argos— estaban aún muy lejos y apenas avanzaban. Los ataques de la caballería tebana habían tenido como misión principal evitar que ellos enviaran tropas para ayudar a los espartanos. La estrategia de Epaminondas seguía siendo romper el frente por el lado espartano y entonces envolverlos y acabar con todos ellos.

Miró una vez más hacia el flanco opuesto, se dio la vuelta y empezó a pasar a través de la falange.

—¡¿Dónde vas?! —Ignoró la voz de su jefe de filas y siguió retrocediendo. Sabía que lo que estaba haciendo se consideraba traición—. ¡Eurímaco, regresa a tu posición de inmediato!

Pasó entre los soldados de la última fila y echó a correr.

Leónidas estaba deseando entrar en combate.

Formaba parte de la primera fila de la falange de Tegea y le exasperaba tener que avanzar al ritmo lento que marcaban las flautas. En las filas de atrás algún joven tegeata vomitó y oyó que algunos de sus compañeros le daban palabras de ánimo.

Él sintió desprecio.

«No saben lo que es el valor ni la disciplina. —Los penachos tegeatas que lo rodeaban a la altura de los hombros se distribuían en filas irregulares—. Su destino es estar bajo el mando de Esparta, y así será cuando yo sea rey.»

A su izquierda, mucho más adelantada, se encontraba la falange de los tebanos. Epaminondas los había formado con una profundidad descomunal y desde hacía un rato estaban luchando y haciendo retroceder a la falange de Esparta. El general tebano había ordenado que los demás cuerpos de su ejército se mantuvieran retrasados, sin entrar en combate, hasta que él venciera a los espartanos y envolviera el flanco enemigo.

«Esparta necesita esta derrota. —Aunque aquello era cierto, la sensación de formar parte del ejército contrario dejaba un regusto amargo en la garganta de Leónidas—. Es el único modo de retornar a nuestras raíces, a la senda del honor que nos llevará de nuevo a ocupar el primer puesto entre los griegos.»

Su rostro se endureció. Con aquella derrota, Esparta recobraría el honor y él recuperaría su patria. «Hasta entonces sólo soy un soldado errante.» Su única posesión eran sus armas, aparte del cuchillo y la estatuilla de Apolo que había heredado de su padre, y que había enterrado en un lugar seguro a la espera de regresar a su ciudad.

Los hoplitas espartanos defendían cada paso de terreno con una bravura encomiable, pero era imposible resistir el empuje de la falange tebana y retrocedían a una velocidad creciente. Leónidas estaba cada vez más cerca de los mantineos y amenazó con su lanza a los que tenía enfrente. Ya sólo se encontraban a cincuenta pasos, y aunque no podía ver sus expresiones bajo los yelmos, sabía que los hombres que iban a chocar contra él siempre estaban atemorizados.

De pronto algo captó su atención más allá de la falange de Mantinea. A través de la maraña de lanzas levantadas divisó a un hombre corriendo, tan alto que su yelmo y sus hombros sobresalían por encima de los demás hoplitas.

«¡Es el ateniense de Delfos!»

El ateniense se alejó por detrás del ejército enemigo, en dirección a la posición de los espartanos, y Leónidas comenzó a empujar hacia atrás.

—¡Dejadme pasar! —Los hoplitas de Tegea protestaban mientras trataban de apartarse y los escudos entrechocaban—. ¡Dejadme pasar!

Consiguió salir de la falange y echó a correr por detrás de la retaguardia de los tegeatas. A continuación pasó por detrás del ejército tebano, giró a la derecha y recorrió sin detenerse el flanco de las cincuenta filas de la falange de Epaminondas, cada vez más cerca del fragor del combate.

La falange de Esparta reventó en el momento en que Eurímaco alcanzaba su retaguardia.

«¡Diosa Atenea!»

Sintió en su espalda el aliento helado de la derrota al ver que se iniciaba la desbandada. Sus pasos se detuvieron, pero un momento después siguió avanzando en dirección contraria a los soldados que huían.

La caballería de Epaminondas comenzó a penetrar entre las líneas rotas. Un jinete tesalio ensartó a un soldado espartano delante de Eurímaco, desclavó su lanza y lo escogió a él como siguiente objetivo. Eurímaco no cambió de dirección y continuó hacia el caballo como si ambos fueran a embestirse. En el último momento hizo un quiebro y saltó hacia el jinete con el escudo por delante.

El golpe desgarró la costura de su hombro. Gritó de dolor mientras caían al suelo, se incorporó con rapidez y vio que el tesalio no se movía.

—Dioses...

El hombro le dolía a rabiar, pero podía sostener el escudo y echó a correr de nuevo. Con cada zancada le daba la impresión de que la herida se agrandaba y el vendaje apenas contenía la hemorragia.

—¡Dad la vuelta! —Agitó la lanza hacia los espartanos que huían—. ¡El Batallón Sagrado se ha adelantado demasiado, atacad conmigo!

El Batallón Sagrado de Tebas, con Epaminondas a la cabeza, se había entregado a la caza de los espartanos con tanto ardor que el resto de su ejército se había rezagado. Algunos espartanos dieron media vuelta para unirse a Eurímaco, y al ver que se organizaba una ofensiva otros muchos siguieron su ejemplo.

Los hombres del Batallón Sagrado adoptaron de inmediato una formación cerrada. Se protegieron con los escudos de la primera andanada de proyectiles y después se defendieron sin dificultad de los hoplitas que llegaban hasta ellos. Eran los mejores soldados de élite y su ánimo estaba inflamado por la victoria, mientras que los espartanos se sabían derrotados y muchos de ellos estaban heridos, por más que sus capas escarlatas sirvieran para disimular la sangre.

El resto de los hoplitas de Tebas había tardado algo más en romper el frente y todavía no había llegado, pero algunos soldados tebanos de infantería ligera ya estaban causando estragos entre los hombres que trataban de enfrentarse al Batallón Sagrado. Eurímaco se encontraba a cincuenta pasos del Batallón cuando una jabalina golpeó su yelmo, a un dedo de la abertura de los ojos. La visión se le nubló y sacudió la cabeza sin dejar de correr. Cuando miró de nuevo al frente, distinguió a Epaminondas a través de los espartanos que atacaban en vano al Batallón Sagrado. El general tebano paró con su espada la de un hoplita, dio un paso adelante y clavó la hoja bajo la barbilla de su adversario. Antes de que éste cayera, ya había herido a otro de sus enemigos.

Eurímaco dejó de correr. La tormenta que azotaba su mente pareció disiparse mientras echaba hacia atrás el brazo de la lanza. Acto seguido, la arrojó con todo el ímpetu de que era capaz.

El arma atravesó el aire, a punto de rozar a varios soldados, e impactó contra la coraza de bronce de Epaminondas. La punta hendió el metal y penetró unos dedos en el pecho del general tebano antes de que el asta se quebrara.

Algunos soldados se interpusieron y Eurímaco dejó de verlo.

Un momento después, advirtió que lo había derribado.

Sacó la espada de su vaina de cuero y continuó hacia el Batallón Sagrado. Epaminondas alzó una mano y uno de sus hombres se la cogió para ayudarlo a levantarse. Eurímaco siguió corriendo y advirtió que el general tebano sólo conseguía incorporar el tronco; el dolor le crispaba el rostro y su cabeza estaba inclinada hacia atrás mientras le sujetaban las manos.

Eurímaco clavó la mirada en su cuello desprotegido.

Alzó la espada mientras daba los últimos pasos.

De repente, algo lo arrolló.

Leónidas contempló al gigante ateniense que acababa de derribar.

«En Delfos me atacó por sorpresa, esta vez me tocaba a mí.»

El ateniense estaba encogido en el suelo. Movía lentamente el brazo de la espada por delante de la cabeza, como si tratara de resguardarse de algo que no veía. Por la ranura de la boca que había en su yelmo salía sangre.

Leónidas se acercó y levantó la lanza por encima del cuello de su enemigo.

—Te dije que cuando nos volviéramos a encontrar, te mataría.

Impulsó el arma hacia abajo. Eurímaco se protegió en el último momento y la hoja afilada le desgarró el antebrazo antes de clavarse en la tierra. Leónidas levantó de nuevo la lanza, pero un soldado espartano arremetió contra él y tuvo que usar el escudo para detener el ataque.

—¡Traidor! —El hoplita tenía poco más de veinte años. Leónidas lo reconoció porque había luchado con él en algunos combates de entrenamiento.

«Una pena, un chico valiente.»

Empuñó la lanza a la altura de la cadera, como hacía el otro espartano, y se acercó cubriéndose con el escudo. El joven giró alrededor de él tratando de mantener la distancia. Leónidas amagó un ataque corto, igual a los que usaban en los entrenamientos para medir las reacciones del adversario. Cuando el hoplita inició un movimiento similar, él aprovechó su mayor envergadura para estirar el brazo y descargar su arma contra el yelmo.

La punta entró por debajo de la protección de la nariz con un crujido y el chico se desmoronó.

Leónidas miró alrededor. Muchos de los espartanos que no habían huido estaban atacando al Batallón Sagrado al advertir que Epaminondas había sido herido. Hacerse con él podía servir para darle la vuelta a la batalla. Sin embargo, los hombres del Batallón acababan rápidamente con todo el que intentaba acercarse a su comandante.

Eurímaco se estaba poniendo en pie mientras le caían hilos de sangre del antebrazo herido. Por debajo del yelmo se veía su barba ensangrentada. Contempló aturdido al hombre que lo había arrollado y giró la cabeza para mirar hacia el Batallón Sagrado.

—¿Quieres matar a Epaminondas? —Leónidas dejó escapar una risa seca—. Primero tendrás que acabar conmigo.

Eurímaco bajó la espada y su sangre se deslizó por la hoja. Mantenía el escudo demasiado separado del cuerpo. Leónidas amagó con la lanza hacia su yelmo, lo que hizo que abriera más el escudo, y acto seguido impulsó el arma contra su muslo.

Su adversario reaccionó como había previsto, pero cuando la lanza iba a alcanzarlo se movió con una rapidez inesperada y la hoja sólo le rozó la piel. Antes de que pudiera retirar la lanza, el gigante ateniense soltó la mano del asidero lateral del escudo y agarró el asta de su arma. Después tiró con fuerza al tiempo que descargaba la espada contra su brazo.

Leónidas soltó la lanza y se echó hacia atrás. Eurímaco se abalanzó contra él y descargó la espada con fuerza. El escudo detuvo el arma y los ataques se repitieron, rápidos y potentes. Leónidas siguió parando los golpes con el escudo mientras reculaba, hasta que consiguió desenvainar la espada y devolvió un golpe.

Eurímaco lo empujó con el escudo y retrocedió unos pasos jadeando. Con los yelmos no se veían los rostros, pero era evidente que aquel coloso era el espartano al que se había enfrentado en Delfos.

Lo que no sabía es que además era el hermano de su padre.

—Estás sangrando mucho, ateniense.

Eurímaco se miró la sangre que le caía del brazo. Un momento después, se inclinó hacia delante y apoyó la mano de la espada en una rodilla.

«Acabará desvaneciéndose —se dijo Leónidas—, pero no voy a quedarme esperando a que ocurra.»

Se cubrió con el escudo y arremetió de nuevo. El filo de la hoja silbó al atravesar el aire caliente en dirección al cuello de Eurímaco. Éste agachó el cuerpo al tiempo que impulsaba hacia arriba el escudo y el borde de bronce golpeó la muñeca de su atacante.

Leónidas retrocedió con un gruñido de dolor. Se le había entumecido la mano y no fue capaz de sujetar la espada cuando su adversario la golpeó con su arma. Sin embargo, el gigante ateniense se desequilibró al atacarlo y él aprovechó para darle una patada en la rodilla.

La greba metálica hizo crujir la articulación de Eurímaco. La pierna se le dobló y tuvo que apoyar la espada en el suelo para no caer del todo. Leónidas le dio otra patada, esta vez en el antebrazo herido, y la espada salió despedida. A continuación lo embistió con el escudo y los dos cayeron al suelo.

Eurímaco terminó tumbado de espaldas con Leónidas encima, escudo contra escudo. El espartano levantó la cabeza y descargó su yelmo contra él. Pese a la protección del yelmo, notó que la nariz se le partía y se revolvió tratando de quitarse de encima a su enemigo, pero sólo tenía libre el brazo de la espada y le resultó imposible.

Leónidas disfrutaba con la desesperación que reflejaban los ojos de Eurímaco. Alzó la cabeza y volvió a golpearlo. Eurímaco se revolvió de nuevo y consiguió meter su brazo libre entre ambos. Aferró la garganta de Leónidas y apretó cuanto pudo. Leónidas le cogió la muñeca, pero su mano seguía entumecida y apenas podía hacer fuerza. Eurímaco continuó oprimiéndole el cuello y vio que la carne de su enemigo se hinchaba y oscurecía mientras manoteaba contra su brazo.

De pronto, Leónidas introdujo los dedos en la raja de su antebrazo y logró que lo soltara.

Eurímaco trató de alcanzar de nuevo su garganta, pero Leónidas apoyó el peso sobre su brazo para inmovilizarle la mano contra la tierra, gruñó como un animal salvaje y volvió a golpearlo con el yelmo.

—¡Muere! —El brutal cabezazo hizo que la nariz volviera a crujirle—. ¡Perro ateniense! —Un fogonazo de dolor estalló en su cráneo—. ¡Muere!

Los golpes continuaron y los movimientos de Eurímaco se hicieron cada vez más débiles. El yelmo se le deformó y su boca se llenó de dientes arrancados. Apenas se dio cuenta de que conseguía sacar el brazo izquierdo de la abrazadera del escudo y pasarlo bajo el borde. Su mano se movió por el suelo, y cuando creyó encontrar una piedra cerró los dedos. Notó que se cortaba la carne y pensó vagamente que parecía la punta de una jabalina rota. La agarró con más fuerza, la levantó por encima del hombre que lo estaba matando e intentó golpear en el hueco entre el yelmo y la coraza.

Leónidas sintió un corte en la nuca, removió la cabeza y descargó el yelmo con mayor fuerza. Lo que veía de la cara del ateniense era una masa de carne ensangrentada, pero sus ojos lo miraban fijamente. Lo golpeó de nuevo, y al sentir que algo volvía a cortarlo trató de incorporarse.

Apenas se había alzado medio palmo cuando la punta de metal se le clavó en la base del cráneo.

Eurímaco vio que se tensaban todos los músculos del gigante espartano. Se había quedado paralizado, con una mueca de rabia deformando su boca y los ojos llenos de odio.

Y de miedo.

—Te ha matado un perro ateniense —masculló salpicando sangre.

El miedo y el odio se volvieron más intensos en el rostro de Leónidas. Eurímaco sostuvo su mirada y apretó con todas sus fuerzas para incrustar la punta.

El cuerpo sin vida de Leónidas cayó encima de él.

Capítulo 69

Peloponeso, julio de 362 a. C.

El ejército comandado por Epaminondas obtuvo la victoria en la batalla de Mantinea.

Los soldados de Esparta se dieron definitivamente a la fuga, aunque los tebanos los persiguieron durante poco tiempo. Querían recuperar los cuerpos de sus muertos y el ánimo de su ejército había decaído al saber que el invencible Epaminondas había sido malherido.

—Los espartanos... —Epaminondas apretó los dientes mientras intentaba incorporarse en el lecho de su tienda. Al cabo de un momento, desistió—. ¿Han enviado ya a su heraldo?

—Sí, mi general. —El comandante de su guardia personal se adelantó entre los hombres que rodeaban el lecho—. Su embajador acaba de llegar y solicita permiso para retirar a sus muertos del campo de batalla.

—Bien, bien. —Epaminondas asintió varias veces con los ojos cerrados. Seguía llevando la coraza y la punta de metal sobresalía de su pecho como el diente de un animal monstruoso—. Concedédselo; pero que el embajador no entre, es mejor que no me vea así.

En la tienda había varios médicos que hablaban entre sí en voz baja. Se volvió hacia ellos.

—Siempre he buscado la verdad, y no voy a empezar ahora a tenerle miedo. Decidme lo que pensáis.

—Creemos... —La mirada del médico se dirigió por un momento a los oficiales congregados en la tienda—. Creemos que cuando extraigamos la punta... —titubeó de nuevo— morirás.

La conmoción los sacudió a todos. Algunos hombres suplicaron a gritos a los dioses mientras otros los injuriaban por llevarse al más valioso de los griegos.

—Dejad en paz a los dioses. —Los ojos cansados de Epaminondas contemplaron al médico—. Es lo que yo pensaba desde que me golpeó la lanza.

—Existe una pequeña posibilidad de que al quitar la punta y la coraza podamos atajar la hemorragia.

Epaminondas sonrió débilmente y el hombre bajó la mirada.

—Os agradezco vuestro trabajo. Intentadlo, si queréis, pero prefiero despedirme ahora. Además...

Se atragantó y tosió varias veces, lo que hizo que se atragantara más. Todos aguardaron conteniendo la respiración. Cuando consiguió recuperarse, uno de los capitanes del Batallón Sagrado se arrodilló junto a la cama y le tomó la mano.

—No puedes morir. —Movió la cabeza desesperado—. Eres Epaminondas, tú no puedes morir.

El general ladeó la cabeza hacia su capitán. Dos regueros de sangre bajaban por las comisuras de su boca.

—Sé que me han criticado en varias ocasiones por no haber tenido hijos... Sin embargo, tengo dos que han acabado con el poder tiránico de Esparta. —Se interrumpió y tomó aire trabajosamente—. La victoria de Leuctra y la de ahora de Mantinea son mis hijas, y vivirán para siempre.

Levantó la mirada hacia los médicos y asintió con expresión serena. Unos sirvientes desabrocharon con mucho cuidado los cierres laterales de su coraza. Dos de los médicos la sujetaron desde ambos lados de la cama y otro agarró con una tenaza la punta metálica clavada en su pecho.

El médico arrancó la punta y sus colegas alzaron de inmediato la parte delantera de la coraza.

Antes de que apartaran la túnica ensangrentada, Epaminondas había muerto.

Los párpados de Eurímaco se abrieron ligeramente.

«¿Dónde estoy?»

Se sentía como si flotara bajo el agua; las imágenes eran borrosas y los sonidos amortiguados, apenas notaba el cuerpo. Advirtió que un hombre le sujetaba el brazo de la espada. Se lo estaba vendando.

Trató de hablar, pero de su boca no salió ningún sonido.

—Creo que ha despertado.

Alguien se inclinó sobre él. Tenía la barba y los cabellos blancos manchados de sangre, los ojos amables, la expresión preocupada. Le resultaba vagamente familiar, pero no lo reconoció.

«¿Quién eres?»

El hombre de la barba blanca miró hacia atrás y se incorporó para acercarse a la entrada de la tienda. Acababan de aparecer tres militares atenienses.

—Soy el oficial a cargo de este hombre. —La voz del recién llegado era dura, cortante. Nada más oírla, Eurímaco supo que se trataba de Hipómenes, su jefe de filas.

—Me llamo Calícrates, soy consejero del rey Agesilao. —El espartano de la barba blanca señaló hacia él—. Aquí lo tenéis. —Se volvió hacia los atenienses y añadió algo en voz baja.

—¡Abandonó su puesto durante el combate! —replicó Hipómenes.

—¡Por Zeus, si lo hizo fue porque interpretó la batalla mejor que todos nosotros! —El tono del espartano era imperativo e Hipómenes no replicó—. Yo estaba en la retaguardia y lo vi lanzarse contra el Batallón Sagrado cuando las filas ya se habían roto y la mayoría de los hombres huía. Él y otros pocos como él contuvieron al Batallón e hirieron a Epaminondas. De no ser por ellos, todos estaríamos muertos o hechos prisioneros.

«¿Cómo ha terminado la batalla? —preguntó Eurímaco en silencio—. ¿Atenas está a salvo?»

Su jefe de filas lo miró desde la entrada y dijo algo que no oyó.

—No os he llamado para que lo detengáis —respondió Calícrates—, sino para que esté acompañado por sus compatriotas.

Hipómenes y los otros dos hoplitas se acercaron a su lecho. Uno de ellos era Eolo, a quien conocía desde la infancia.

Eurímaco intentó esbozar una sonrisa, pero su amigo continuó mirándolo con aprensión. Movió la lengua por las encías y notó que apenas le quedaban dientes. Quizás tampoco tuviera labios con los que sonreír.

—Hemos levantado un trofeo —le dijo su jefe de filas manteniendo el ceño adusto—. Por la victoria en nuestro flanco contra la caballería tebana.

Eurímaco cerró los ojos. Se notaba terriblemente cansado, y no era eso lo que le importaba. Ya suponía que ambos ejércitos se apresurarían a erigir trofeos con las armas de sus adversarios caídos, era lo que solía hacerse después de una victoria, aunque ésta fuera parcial. Lo que quería saber era si la victoria de los tebanos implicaba que su hermana y su padre corrían peligro en Atenas.

La voz de Calícrates hizo que abriese de nuevo los ojos.

—Ambos bandos hemos levantado trofeos, pero no podemos negar que hemos ofrecido un gesto de derrota al ser los primeros en pedir que nos dejaran recoger los cadáveres de nuestros soldados. —Alzó una mano para contener a Hipómenes y continuó hablando—. No obstante, gracias a que se han retirado tras caer Epaminondas, no nos han infligido demasiados daños.

Los ojos de Eurímaco no se apartaban de Calícrates, que se sentó en el borde de la cama.

—El rey Agesilao ha mantenido ya algunos contactos. Las ciudades están cansadas, y con Epaminondas herido de gravedad los tebanos se inclinan también hacia la firma de un acuerdo. —Era una conclusión muy prematura, pero era lo que Eurímaco necesitaba oír—. Lo más probable es que los ejércitos vuelvan a casa y firmemos un tratado de paz.

Eurímaco movió la cabeza, un asentimiento apenas perceptible, y su rostro maltratado se distendió. Al cabo de un momento Calícrates le puso los dedos en el cuello, consciente de que el hombre que yacía en aquel lecho era el hijo de su hermano Perseo.

Levantó la mano y le cerró los párpados.

—Ha muerto.

Capítulo 70

Atenas, julio de 362 a. C.

«Eurímaco...»

Altea llevaba toda la mañana delante de *El político,* la última obra que había publicado Platón, pero sus pensamientos se iban una y otra vez hacia su hermano.

«La batalla fue hace seis días, ya deberíamos saber algo.»

Los primeros heraldos enviados por los estrategos desde Mantinea habían llegado hacía dos días. En cuanto informaron de la victoria tebana, la ciudad se volcó en los preparativos para defenderse de una invasión. El temor a que Epaminondas se presentara con su ejército a las puertas de Atenas hizo que Calipo, al igual que otros muchos atenienses, se pusiera sus armas y pasara la noche como soldado voluntario, escrutando la campiña oscura mientras patrullaba desde lo alto de las murallas de la ciudad.

Un día más tarde, recibieron más noticias y se enteraron de que Epaminondas había muerto. También empezaron a llegar rumores contradictorios a través de comerciantes y viajeros: se decía que los tebanos estaban atacando Esparta, y que habían acordado una tregua; que en la batalla apenas había habido bajas, y que habían exterminado a todo el ejército; que los soldados ya habían zarpado de regreso, que los tebanos habían quemado los barcos...

Esa mañana había arribado al Pireo un emisario que había acabado con los rumores: se estaba negociando un acuerdo de paz, la flota estaba intacta y el ejército regresaría en pocos días. Pero todavía no había un listado con los nombres de los muertos, y Atenas permanecía en vilo. El único dato que había podido proporcionar el mensajero era que los atenienses caídos en combate sumaban cerca de medio millar.

«Medio millar, oh, diosa Atenea... —Podría haber sido mucho peor, pero a Altea medio millar le parecía una cantidad aterradora—. Además, Eurímaco combate en primera fila.» Lo único tranquilizador era que su padre había conseguido hablar con el emisario y éste no tenía noticia de que Eurímaco hubiera muerto.

—Es un buen indicio —había asegurado Perseo—. Su tamaño hace que todo el mundo lo conozca en el ejército; si hubiese muerto, probablemente el emisario lo sabría.

Altea comenzó a enrollar el pergamino de Platón. Sería mejor que lo retomara en otro momento, en el estado en que se encontraba era incapaz de concentrarse y quería ir a casa de su padre.

Guardó *El político* en su estuche de cuero y salió de la estancia. Al bajar las escaleras, distinguió la voz animada de Céfiro proveniente de la cocina.

—Que no te vuelvan a engañar —estaba diciendo cuando ella entró. La piel de la espalda que asomaba por el borde de la túnica estaba surcada de gruesas cicatrices encarnadas—. Los de Corintia son más grandes, más vistosos, pero son los peores. Los más dulces son los de Beocia, que son más pequeños y redondeados. Los de Tracia se parecen, pero tienen la hoja más rizada, por lo que también tienes que fijarte en que la hoja sea lisa.

Estaba instruyendo a uno de los esclavos más jóvenes y no se percató de la llegada de Altea. Sobre la mesa había un manojo de rábanos negros que el muchacho había traído del mercado. Hesperia, la nueva ama de llaves, también estaba en la cocina y contemplaba la explicación de Céfiro con una sonrisa cálida. Hasta hacía un mes la función principal de aquella mujer había sido tejer, pero tenía una mente despierta y los demás esclavos la respetaban. Altea había estado de acuerdo con Calipo en que tenía que ser ella quien sustituyera a Melisa.

—Ahora tenemos que comernos éstos —continuó Céfiro. El rábano era un alimento barato y poco apreciado que sólo comían los pobres y los esclavos—. Pero recuerda para la próxima vez que vayas al mercado: los rábanos que sean pequeños, redondos y de hoja lisa.

Altea intervino:

—¿Con qué se pueden preparar unos rábanos como éstos para que el resultado sea sabroso?

Céfiro se dio la vuelta y a Altea le entristeció ver cómo se enfriaba su expresión.

—Hay varias maneras, mi señora. Una de ellas es machacarlos y mezclarlos con higos o con dátiles.

—Ah, pues precisamente ayer tomé de postre unos dátiles de Babilonia. Si no me equivoco, sobraron bastantes. Tenéis mi permiso para comerlos con los rábanos. —Céfiro se había referido a los dátiles griegos, de calidad inferior y propios de esclavos. Los de Babilonia, más grandes y dulces, eran mucho más caros.

—Muchas gracias, mi señora. —Bajó la cabeza y dejó la mirada en el suelo.

Altea lo contempló un momento y luego se volvió hacia Hesperia.

—Si viene mi esposo, dile que estoy en casa de mi padre.

—Muy bien, señora.

Altea le pidió también que avisara a los esclavos que debían acompañarla y salió al patio. Mientras aguardaba a los esclavos, apareció Melisa cargada con una alfombra enrollada. La esclava se detuvo nada más verla y luego continuó con la cabeza agachada hasta desaparecer en el interior de la vivienda.

«Todos los esclavos la aborrecen por lo que le hizo a Céfiro. —Se había fijado en que ni los mozos de los establos le dirigían la palabra a menos que fuera para darle una orden—. De todos modos, tiene suerte. No hay sirviente que no sepa que Melisa era más que una esclava para la familia de Calipo. Y deben de interpretar como una muestra de privilegio el hecho de que Calipo no se haya deshecho de ella.» Melisa ocupaba ahora la última posición en la jerarquía de un grupo de sirvientes que la despreciaba, pero la sombra de Calipo evitaba que se ensañaran con ella.

Cuando los esclavos llegaron, Altea salió a la calle y se sorprendió al encontrar a su padre.

—Vengo del Pórtico del Rey. —El rostro de Perseo estaba casi tan blanco como sus cabellos—. Han publicado el listado de bajas.

Altea sintió que el mundo se detenía.

—¿Eurímaco...?

Perseo intentó hablar, pero la voz se le quebró y Altea rompió a llorar.

Capítulo 71

Esparta, abril de 361 a. C.

—¿Cuándo saldrás de viaje?

El tono de Helena era tranquilo, pero Calícrates percibió la preocupación que ocultaban sus palabras.

—Todavía falta un mes. —Le cogió una mano y se la besó—. Voy a seguir cumpliendo mi función de consejero del rey hasta que Agesilao se vaya a Egipto.

Helena asintió en silencio y contuvo el impulso de pedirle que no se fuera, ni cuando Agesilao se marchara a Egipto ni nunca. Comprendía que el viaje que quería hacer Calícrates era muy importante para él, así que cambió de tema.

—¿El rey no se ha enfadado porque hayas decidido no acompañarlo?

—Agesilao sabe que con ochenta años sólo él es capaz de recorrer medio mundo en una nueva expedición militar.

«Además, sus últimas decisiones nos han distanciado», pensó mientras desviaba la vista hacia las nubes que amenazaban lluvia. Esparta era la única ciudad que no había firmado el acuerdo de paz al que se había llegado después de la batalla de Mantinea. Agesilao se había negado a refrendarlo porque el tratado implicaba el reconocimiento de Mesenia como Estado independiente. Aunque hacía una década que Epaminondas había liberado Mesenia, Agesilao no quería aceptar que Esparta renunciara definitivamente a que los mesenios fueran sus esclavos y cultivaran para ellos sus fértiles tierras. A fin de cuentas, durante siglos eso había constituido la base de la economía de Esparta y de su sistema social.

«Agesilao es incapaz de mirar hacia delante, cree que puede reconstruir el pasado con sangre.»

Poco después de negarse a la firma del tratado, Agesilao había tomado otra decisión que muchos consideraban una terrible afrenta al honor y a la historia de Esparta. El rey de Egipto pretendía aprovechar una serie de revueltas en el imperio persa para hacerle la guerra al Gran Rey, y para ello solicitó a Agesilao que se uniera a él y se pusiera al frente de un ejército de mercenarios. Agesilao aceptó argumentando ante la Asamblea espartana que Persia había apoyado la independencia de Mesenia, y que con el dinero que le daría el rey de Egipto se podría pagar a los mercenarios que necesitaban para volver a someter a los mesenios. Pese a sus argumentos, Calícrates era de los que consideraban un oprobio que el rey de Esparta se vendiera de ese modo.

—Ayúdame a ponerme de pie.

Cogió el brazo de Helena y se levantó despacio del banco de piedra. Estaban en el patio de su casa, donde vivían desde que se habían casado tres meses después de la batalla de Mantinea. Era habitual contraer matrimonio con la viuda de tu hermano, y además Helena tenía ya cuarenta y cinco años. Si hubiese sido más joven, se habría ocupado de ella un hombre de la edad adecuada para hacer que cumpliera su función como espartana de parir guerreros.

Fedra se acercó corriendo y le acercó su bastón.

—Muchas gracias, pequeña.

—Tengo casi diez años —replicó ella frunciendo el ceño—, ya no soy pequeña.

—Es verdad, por Heracles. Entonces, ¿eres demasiado mayor para darme un beso? —Se inclinó hacia Fedra, que trató de mantener su expresión digna, pero al final se echó a reír y lo besó en la mejilla.

Calícrates se apoyó en el cayado para erguir la espalda y cruzó el patio cojeando. Al salir a la calle se ajustó al cuello la túnica de lana y pensó que cada vez soportaba peor el frío.

—Cuando te vayas... —Helena titubeó desde la puerta—, ¿harás el viaje por tierra o por mar?

—Iré en barco. —Calícrates miró su cayado y se encogió de hombros—. En mis circunstancias actuales, creo que es la manera más sensata de viajar a Atenas.

Capítulo 72

Atenas, abril de 361 a. C.

Platón oyó los gritos y no pudo contener un suspiro de impaciencia.

—¡Ha llegado otra carta! —El aprendiz corría a través de los jardines de la Academia con un pergamino en la mano. Cuando llegó a su altura, Platón le echó un vistazo sin llegar a cogerlo.

«Proviene de Sicilia, cómo no.» En este caso se trataba de Catania, una localidad al norte de Siracusa donde tenía algunos amigos. Quedaban ya pocos conocidos o familiares a los que el tirano Dionisio no hubiera convencido para que le pidiesen que acudiera de nuevo a Siracusa.

«Por Apolo, la respuesta sigue siendo no.»

—Guárdala, la abriré después del debate. —Imaginaba el contenido de la carta. Leerla en ese momento sólo serviría para ofuscarlo y quería mantenerse sereno para la reunión que iba a tener con algunos de sus principales discípulos.

Dirigió una última mirada a la carta y entró en el aula.

—Salud, amigos míos. —Nueve discípulos se sentaban alrededor de una mesa en la que habían dispuesto copas con agua. La puerta y los postigos de la ventana permanecían abiertos y entraba luz suficiente para que no hubiera que encender lámparas o velas—. Espeusipo, comienza tú.

Ocupó un asiento y procuró atender a su sobrino, aunque poco después estaba pensando de nuevo en todas las cartas que estaba recibiendo. Había pasado unos meses tranquilos mientras el tiempo no permitía que los barcos se hicieran a la mar, pero en cuanto se había abierto la nueva temporada de navegación los mensajes habían comenzado a llegar como un torrente que se hubiera desbordado.

Espeusipo concluyó su bosquejo del *Timeo,* una obra publicada recientemente en la que Platón exponía el origen del mundo y del ser humano. En ella también reflexionaba sobre el estado político acorde a la naturaleza humana. Se trataba de la obra más compleja de entender por lectores ajenos a la Academia.

Mientras sus discípulos debatían sobre el contenido del *Timeo,* Platón mantuvo la mirada en la mesa.

«Dionisio quiere que acuda a Siracusa por vanidad y orgullo. —Su frente permanecía tan arrugada como la concha a la que se había referido el poeta Anfis hacía años—. No quiso seguir mis lecciones en mi anterior visita, pero habrá hecho creer que aprendió toda mi doctrina y habrá muchos que quieran discutir de filosofía con él. —Podía imaginar al tirano pavoneándose como un chiquillo presumido—. Le gustará que crean que conmigo se convirtió en filósofo, y le dará vergüenza que descubran que no aprendió nada durante mi estancia en su corte. Sabiendo lo vanidoso que es, estará desesperado por aprender de verdad antes de que se ponga en evidencia su ignorancia.»

Algunos discípulos hicieron preguntas a Platón y sus respuestas fueron superficiales. No podía dejar de pensar en Siracusa. Había recibido tantos mensajes de allegados que parecían convencidos de que ésta era la gran oportunidad para el sueño de unir filosofía y política, que tenía la sensación de que tiraban de él desde Sicilia a la vez que lo empujaban desde Atenas para que partiera.

Jenócrates, gran apasionado del *Timeo,* lo relevó para responder las cuestiones que planteaban los maestros menos familiarizados con la obra. Altea expuso a continuación la parte de la doctrina con más influencia pitagórica, y explicó que el fuego, el aire, el agua y la tierra componen todos los cuerpos que nos rodean. En última instancia, toda la materia estaría compuesta por diminutos triángulos que se unen entre sí para generar cuatro sólidos regulares —pirámide, octaedro, icosaedro y cubo—, que a su vez se combinan para engendrar el fuego, el aire, el agua y la tierra.

La mirada de Platón se dirigió a la puerta.

«Dionisio debe de haber dicho que el año pasado no me dio tiempo a ir a Siracusa porque se cerró la temporada de navegación. —Aquella mentira ya no le serviría en el presente año, y a Platón le preocupaba que el excesivo amor propio del tirano resultara herido de un modo que resultara peligroso—. Temerá que los demás piensen que no acepto su invitación porque, después de haberlo conocido bien en mi anterior visita, desprecio su carácter y su modo de vida.»

Aristóteles alzó una mano pidiendo permiso para intervenir y eso captó la atención de Platón. El joven macedonio sólo tenía veintitrés años, y aunque la mayor parte del tiempo escuchaba en silencio, las pocas veces que hablaba demostraba una capacidad de penetración extraordinaria que hacía que Platón lo considerara uno de sus discípulos con mayor potencial.

—Disculpadme el atrevimiento, pero me gustaría plantear una cuestión. Consideramos conocimiento aquello que captamos del mundo inteligible mediante el entendimiento. Y lo que percibimos del mundo sensible mediante los sentidos juzgamos que no puede ser más que creencia u opinión. Por otra parte, el mundo sensible es sólo un reflejo del inteligible y está en continuo cambio. —Aristóteles juntó las palmas de las manos y sus cejas se arrugaron ligeramente—. No obstante..., ¿no podemos considerar que en ocasiones los objetos sensibles presentan la suficiente estabilidad como para deducir reglas generales que pueden sernos muy provechosas?

Platón sonrió ante la prudente vehemencia de Aristóteles.

—Te estás refiriendo a la medicina. —El padre de Aristóteles había sido médico en la corte de Macedonia y había transmitido parte de su saber a su hijo antes de fallecer cuando éste tenía diecisiete años.

—Así es. —Aristóteles inclinó la cabeza hacia Platón. Siempre se dirigía a su maestro con un profundo respeto—. Pero no sólo a la ciencia relativa a la salud de los hombres, sino también al estudio de los demás seres vivos. —Algunos filósofos de la Academia dedicaban parte de su tiempo a observar animales y plantas, y tomaban notas sistemáticas de aquellas observaciones. Aristóteles mostraba una afinidad creciente por ese tipo de actividades.

—Es lógico que al estudiar la naturaleza apreciemos ciertas regularidades, que nos pueden llevar a conclusiones que tengan alguna aplicación práctica en el mundo sensible. —Platón no se hubiera expresado así en su juventud, pero con el paso de los años había mejorado su disposición hacia el estudio de la realidad aparente—. Sin embargo, no olvides que, al igual que los seres del mundo sensible son sólo un reflejo imperfecto de los seres del mundo inteligible, las regularidades que observes en el mundo sensible son un reflejo imperfecto de las que se dan en el mundo inteligible. Por lo tanto, sólo mediante el estudio de éstas podrás llegar al verdadero conocimiento.

Aristóteles inclinó de nuevo la cabeza y no dijo nada más. En su mirada ligeramente abstraída Platón percibía que su mente trabajaba sin descanso.

«No conozco a nadie con tanta capacidad para penetrar en el detalle y al mismo tiempo mantener una visión general.» El joven Aristóteles representaba para él un enigma, y se preguntó adónde lo conducirían en el futuro sus reflexiones.

Jenócrates tomó de nuevo la palabra. En ese momento se oyó movimiento de personas en el exterior y Platón giró la cabeza. El aprendiz que le había llevado la carta aguardaba cerca de la puerta; detrás de él había varios hombres cuyas túnicas revelaban que no eran atenienses.

«¡Arquedemo!»

A Platón le sorprendió enormemente verlo allí. Arquedemo era el tarentino con quien había trabado mayor amistad, y a la vez la mano derecha del filósofo y gobernante pitagórico Arquitas de Tarento. Lo último que había sabido de él era que estaba en Siracusa como embajador de su ciudad.

—Disculpadme. —Se puso en pie—. Seguid sin mí.

Al salir del aula su sorpresa fue aún mayor. Además de Arquedemo, había otros discípulos de Arquitas, así como algunos de los amigos que tenía en Sicilia.

«Son una embajada de Dionisio —comprendió mientras los saludaba—. El tirano los ha enviado para convencerme de que vaya.»

Arquedemo abordó directamente la cuestión que los había llevado a Atenas:

—Platón, Dionisio ha puesto a nuestra disposición uno de sus trirremes para que acudamos a ti en su nombre, pero también venimos en nombre de Arquitas, y te pido que leas las palabras de quien tanto te aprecia.

—Muy bien, lo haré ahora mismo si así lo deseas.

Arquedemo cogió un pergamino que llevaba uno de sus sirvientes y se lo entregó. Platón rompió el sello, un poco incómodo en aquel ambiente de expectación, y comenzó a leer la carta de Arquitas.

«Me asegura que Dionisio ha hecho grandes progresos en los últimos años... y que el tirano realmente está inflamado de amor a la filosofía...»

Todo aquello ya lo había leído en las últimas semanas en mensajes del propio Arquitas y de otras muchas personas. Lo que lo sorprendió fue el último punto de la carta.

—¡Dice que Dionisio romperá relaciones diplomáticas con Tarento si yo no voy a Siracusa!

—Así es —corroboró Arquedemo—. Tú fuiste quien estableció la amistad entre Arquitas y Dionisio, y el tirano afirma que, si tú rompes con él, él hará lo mismo con Arquitas, y por lo tanto con Tarento.

—¡Por Zeus, no tiene sentido! La alianza con Tarento también es importante para Siracusa, no puede romperla por algo así.

—Cree lo que venimos a decirte, Platón. —Arquedemo extendió las manos para abarcar a todo su grupo—. Lo más importante ahora mismo para Dionisio es la filosofía. Lamenta enormemente haber desaprovechado tu anterior estancia con él. Y créeme también si te digo que los hombres que lo rodeaban, y que tanta influencia ejercían sobre él, ya no tienen el mismo peso. Dionisio ya no es un joven que acaba de llegar al poder. Es un hombre más maduro, experimentado tras varios años de gobierno y de una guerra en la que ha derrotado a sus enemigos. Es la gran oportunidad de hacer realidad el sueño que tu filosofía nos ha inculcado a tantos de tus seguidores. El sueño de mostrar a los hombres el modo de lograr un gobierno justo, el más beneficioso y justo de todos los posibles.

«Una gran oportunidad para la filosofía.» Platón se giró

hacia los jardines con el ceño fruncido. Arquedemo estaba usando prácticamente las mismas palabras que Dion cuando lo había convencido para que realizara el anterior viaje.

Se volvió hacia el grupo. «El poder de un tirano», pensó mientras los contemplaba. Le parecía increíble tener delante de él, en medio de la Academia, a aquellos hombres que había conocido en Tarento, Siracusa, Catania...

Los discípulos que habían participado en el debate sobre el *Timeo* habían salido del aula al percatarse de que estaban hablando del viaje a Siracusa. Altea parecía pedirle con la mirada que no fuera, pero él sabía que los demás estaban a favor de una nueva tentativa. Incluso Aristóteles se había mostrado de acuerdo en una ocasión en que Espeusipo había dicho que la importancia de un proyecto tan grande hacía que mereciese la pena el riesgo y el esfuerzo aun si la probabilidad de éxito era reducida.

«Espeusipo es impulsivo y Aristóteles muy joven, casi le triplico la edad. Esto debe de parecerles una aventura.»

—Traemos muchas cartas. —Arquedemo señaló a un sirviente que sostenía en las manos una pila de documentos—. Casi todas te dirán lo mismo, pero hay al menos una a la que deberías prestar atención. —Metió una mano entre los pliegues de su túnica y sacó con cuidado un pergamino con un grueso sello de color amarillo—. Me la ha entregado personalmente Dionisio. Desconozco su contenido, pero me ha asegurado que te convencerá.

Platón tomó la carta con aprensión. Rompió el sello de cera y desdobló el pergamino.

«Dionisio a Platón... —Pasó rápidamente por las fórmulas habituales de cumplido. Un poco más abajo, el tirano exponía su pensamiento sin rodeos—: *En el caso de que te dejes convencer por mí y vengas ahora a Sicilia, los asuntos de Dion se resolverán de la forma que tú desees.* —Platón apretó los labios al leer aquello. Dion había pasado el invierno en Corinto y hacía meses que no lo veía, pero en cada carta que recibía de él se apreciaba el dolor que le producía vivir apartado de su hijo y de su esposa Areté—. *Estoy seguro de que tus deseos serán razonables y yo estaré de acuerdo con ellos. Pero, si decides no acudir, ninguna de las cosas re-*

ferentes a Dion, a sus bienes y a su propia persona se resolverá a tu gusto.»

La carta se prolongaba insistiendo en la amenaza antes de adentrarse en vehementes manifestaciones de interés por la filosofía. Cuando llegó al final, Platón bajó el pergamino y su mirada deambuló por el suelo.

Arquedemo habló de nuevo. Parecía avergonzado.

—Dionisio me pidió que te dijera que escojas a los acompañantes que desees, y que él costeará todo lo que consideres que necesitas para el viaje. También... que quiere que embarques cuanto antes en el trirreme en el que hemos venido nosotros.

Platón asintió sin decir nada. Dionisio le pedía lo mismo en la carta.

—¡Jenócrates y yo iremos contigo! —exclamó su sobrino.

Platón le dirigió una mirada reprobatoria.

—De momento, ocúpate de atender a nuestros amigos. —Se volvió hacia ellos—. Ya he manifestado en varias ocasiones que no tengo edad para embarcarme en una aventura semejante, pero os daré una respuesta definitiva antes de que acabe el día. Ahora, disculpad que no os acompañe, tengo que retirarme a meditar.

«¡Es una locura!»

Altea cruzó la entrada de la Academia y recorrió a paso vivo los jardines siguiendo el curso del riachuelo. Al pasar cerca de la plaza de Academo preguntó a unos discípulos y le indicaron que Platón seguía en el Templo de las Musas, donde había entrado por la mañana después de hablar con Arquedemo.

«Todos los vaticinios son desfavorables, Platón no puede ignorar las señales de los dioses.»

Hacía una hora había acudido a uno de los adivinos que tenían un puesto fijo en Atenas. La ciudad examinaba a aquellos que pretendían establecerse, y sólo concedía el permiso a los que verdaderamente tenían el don de la profecía o la capacidad suficiente para interpretar las señales que enviaban los dioses.

Tras abonar cinco dracmas, hizo su pregunta:

—Quisiera saber si los dioses están a favor de que Platón acuda a Siracusa.

El adivino estaba sentado en el suelo con las piernas cruzadas. Un manto de intenso color naranja lo cubría desde el cuello hasta los tobillos. Esparció hierbas purificadoras sobre un brasero y después un ayudante le entregó una paloma.

Altea permaneció muy atenta al rostro del adivino mientras éste colocaba el ave sobre un pequeño altar de madera. Le hizo un corte en el cuello y la sangre manó poco a poco sobre el altar. Cuando el animal dejó de moverse, le abrió el vientre y extrajo el hígado.

—Los dioses han mostrado su voluntad —afirmó tras examinarlo—. Ese viaje no debería tener lugar. La señal es muy clara.

—¿Eso significa... —la voz de Altea se convirtió en un susurro—, significa que morirá si va?

El adivino le mostró el hígado. El órgano estaba arrugado y tenía un lóbulo ennegrecido, como si hubiera estado entre las brasas.

—La piel ha perdido toda su lisura, lo que demuestra que la empresa está llena de riesgos. Y esta parte oscura y contraída... —El ceño del adivino se frunció—. ¿Tu pregunta es sobre Platón, el filósofo?

Altea asintió y el adivino se quedó en silencio con los labios apretados.

—Yo sólo transmito lo que veo —dijo con recelo—. Y esta señal significa traición... y también muerte.

«Traición y muerte.» Altea entró casi jadeando en el Templo de las Musas. El contraste con la luz exterior hizo que se detuviera. Cuando sus ojos se acostumbraron, distinguió a Platón frente a la estatua de Calíope, la primera de las nueve Musas.

—Platón...

La entrada de Altea había agitado el aire del templo y las llamas del fuego sagrado dibujaron sombras sinuosas en la pared circular. Ni siquiera se oía la respiración del filósofo. Estaba tan inmóvil como si se hubiera enfrentado a la mirada de Medusa y se hubiese convertido en una estatua de sí mismo.

—Mi querida Altea —el murmullo grave de la voz de Platón resonó en el interior del templo—, eres la única que se opone a que vaya.

Siguió de espaldas a ella y su voz se desvaneció como si no hubiera existido. El grueso muro de piedra mantenía el aire fresco y se percibía un suave olor a mirto y enebro.

—Los dioses también se oponen. —Altea se adelantó hasta quedar a la altura de Platón, que mantenía la mirada en el rostro de la musa Calíope—. Hoy mismo he consultado a un adivino y las señales...

—No —atajó Platón—. No quiero escucharlo. Sé que ha habido oráculos desfavorables, pero los dioses suelen enviarnos señales que sólo sabemos interpretar cuando los hechos ya han ocurrido.

Así había sucedido con el oráculo del rey Creso de Lidia, el del dramaturgo Esquilo e incluso con el del propio Sócrates. Él mismo había encargado sacrificios para obtener augurios antes de su último viaje a Siracusa, y las palabras de los sacerdotes sólo sirvieron para aumentar su inquietud y su confusión.

«Deberías mantenerte alerta, el peligro puede venir de una persona a la que aprecias», le dijeron. Aquello estaba sujeto a tantas interpretaciones que había decidido no consultar a los adivinos en esta ocasión. De ese modo, decidiera lo que decidiese, no lo haría en contra de una señal que le hubieran enviado los dioses.

«Las Musas tampoco parece que vayan a inspirarme.» Apolo era el dios profético por excelencia y el patrono de las Musas. Quizás su rechazo a prestar atención a las profecías hacía que las Musas le negaran a su vez el resplandor de la inspiración.

Contempló a Clío y después a Urania. Llevaba horas intentando que su alma se elevara hasta ellas y le proporcionaran la claridad de ideas que necesitaba, o al menos una intuición sobre lo que debía hacer.

Suspiró resignado y se volvió hacia Altea.

—Sé que me quieres como lo haría una hija. —Ella asintió con un brillo de desesperación en la mirada—. Por eso mismo debes entender que la decisión no debo tomarla pensando en mí, sino en algo mucho más grande que yo y que cualquiera de nosotros.

—¿Acaso no lo has intentado ya dos veces, y en las dos tu vida corrió peligro?

—¿Y no le decimos incluso a un niño que falla dos veces que lo intente una tercera?

Altea movió la cabeza exasperada.

—¿No creerás que la conversión de Dionisio a la filosofía, que todo el mundo proclama, sea otra cosa que la repetición de las palabras del tirano?

—Creo que en la mayoría de los casos es así, pero no al menos en el de Arquitas y Arquedemo de Tarento.

—¡Ellos son precisamente los más interesados! Dionisio afirma que romperá relaciones con su ciudad si no vas a Siracusa.

Platón negó lentamente.

—No debemos obcecarnos, ni en un sentido ni en otro. Me unen lazos muy profundos con la comunidad pitagórica de Tarento. Sé que las palabras de mis amigos tarentinos son sinceras.

—No quiero poner en duda la palabra de tus amigos, pero la afirmación de que Dionisio se ha convertido de repente en un ferviente filósofo no cuadra con ninguno de sus actos. El propio hecho de amenazar con romper relaciones con Tarento como medio de presión para que vayas es un acto propio de un tirano, no de un filósofo.

—Dionisio es un tirano, por supuesto, y ése es su rasgo más destacado en este momento. Pero si realmente estuviera interesado en convertirse en un filósofo..., si estuviese dispuesto a recorrer el arduo camino que convierte a un hombre en un filósofo, y eso se uniera al enorme poder que ostenta...

—¿Crees de verdad que eso es posible?

—Creo que no es imposible. Y con que fuese cierta una parte de los rumores que llegan sobre su interés por la filosofía, no acudir sería una gran ofensa a Dionisio; también a Dion, cuyo destino depende de que acepte la invitación del tirano, e igualmente para mis seguidores de Tarento. Pero, sobre todo, sería desentenderme del destino de miles y miles de siracusanos, que viven en la miseria y el miedo a causa de la tiranía, y del porvenir de la humanidad en general, que se vería favorecida si Siracusa se erigiese como un ejemplo para las demás ciudades de que el gobierno de la filosofía, el gobierno de la razón y el conocimiento, es lo único que puede proporcionar paz y bienestar a toda la raza humana.

Altea juntó las manos como si rezara una plegaria.

—Estoy de acuerdo, Platón, ésa sería la decisión que habría que tomar si fueran ciertos los rumores, pero ¿cómo saber...? —El filósofo la contemplaba con una mirada triste y Altea se detuvo—. Ya has tomado la decisión —dijo con un hilo de voz.

Platón asintió con expresión grave.

—Voy a regresar a Siracusa.

Capítulo 73

Atenas, mayo de 361 a. C.

«Melisa era mucho más excitante que Hesperia.»

Calipo se llevó la mano a la boca y ahogó un bostezo mientras la nueva ama de llaves le explicaba algo a Altea. Aunque Hesperia carecía del atractivo de Melisa y era más aburrida, se alegraba de haber hecho el cambio. Prefería ver a Melisa lo menos posible, y desde que la había azotado y destituido se había convertido en una sombra apenas perceptible.

Frunció el ceño al recordar algo que había ocurrido el día anterior. Desde su sala de trabajo oyó el ruido de algo que caía al suelo, se acercó a la ventana y echó un vistazo a través de la estrecha abertura que dejaba un postigo mal cerrado. Melisa estaba arrodillada enfrente de la ventana, recogiendo unos cuencos de madera que se le habían caído. La túnica corta se le había subido y él movió la cabeza para contemplarla sin que ella lo advirtiera. De repente la esclava levantó la mirada hacia un punto que quedaba fuera de su vista y tensó el rostro como si la hubieran quemado. Un instante después agachó la cabeza, terminó de recoger los cuencos y se fue a la vez que aparecía Altea en el patio.

«Está claro que nunca van a tenerse aprecio.»

La relación entre Melisa y su esposa no había sido buena en ningún momento, pero se dijo que aquello ya no tenía importancia ahora que tenían otra ama de llaves.

—Es más barato hilar la lana en casa —estaba diciendo Hesperia—, pero este año se pueden encontrar madejas en el mercado a muy buen precio. Si dos esclavas se dedican...

«Doy gracias a los dioses por no tener que ocuparme de

esas cosas.» Calipo disimuló otro bostezo y miró de reojo a Altea. Al menos ella seguía con atención las explicaciones.

Esa mañana Platón había zarpado para Siracusa, y Altea se había quedado tan preocupada que él había decidido pasar el día en casa con ella. En aquel momento se encontraban en la habitación de las tejedoras. Disponían de dos telares verticales, en los que la urdimbre colgaba de un travesaño alto y se mantenía tirante mediante pesas atadas en su parte inferior. Uno de los telares estaba vacío y el otro lo manejaba con destreza una esclava que estaba tejiendo un tapiz de lana sin teñir.

—También hay que hacer túnicas nuevas para algunos esclavos —indicó Altea—. ¿Será suficiente con dos tejedoras?

Hesperia asintió con seguridad. Había sido tejedora durante casi cuarenta años, desde que era una niña hasta que la habían nombrado ama de llaves el año anterior.

—Los días son cada vez más largos, una jornada puede dar mucho de sí. Y si es necesario, se puede tejer con una lámpara que dé buena luz a cada lado del telar.

Calipo contempló a la esclava tejedora, que pasó el hilo a través de la trama y después lo apretó contra el resto del tapiz. Él había pensado sustituir algunos tapices del salón de banquetes, y Altea le había pedido que cambiaran también los de varias habitaciones por otros más gruesos. Sus estancias siempre estaban caldeadas gracias a los braseros que los esclavos se encargaban de mantener calientes, pero el invierno había sido riguroso y en el resto de la casa la temperatura había bajado mucho por las noches. Cuando aceptó la petición de Altea, ella añadió que cubrieran también las paredes de las habitaciones de los esclavos.

«Entre los tapices y las alfombras, ya sólo nos queda recubrir los techos para tener toda la casa forrada de lana.» Semejante despliegue rayaba la excentricidad, pero no le importaba. Apreciaba a sus esclavos y quería tratarlos bien. Además, aquello no dejaba de ser un signo de prosperidad y hacía tiempo que había aprendido que el dinero atrae al dinero. Nadie quería hacer negocios con alguien que viviera en una choza.

—Mira, Calipo. —Altea se había acercado al telar y estaba comprobando el grosor del tapiz ya tejido. La luz de la ventana incidía lateralmente sobre ella y sus ojeras resaltaban más—. ¿Qué te parece?

Calipo pellizcó con dos dedos el borde del tejido.

—Es muy tupido. —Dirigió una sonrisa a su esposa—. Me parece muy bien.

Los tapices que había encargado Altea costarían el doble de lo normal, pero estaba dispuesto a aceptar todo lo que ella le pidiera. «La muerte de Eurímaco le hizo pasar unos meses muy duros, y ahora se está dando cuenta de que su padre se apaga poco a poco. —La preocupación le hizo fruncir los labios. Su esposa se estaba quedando cada día más delgada—. Tampoco le va a venir bien que Platón se haya ido de nuevo a la corte del tirano Dionisio.»

Hesperia cogió una madeja del suelo y se puso a hablar de las características de aquella lana. Tenía un rostro agradable, aunque el cabello blanquecino y las arrugas que surcaban su piel fina hacían que pareciera una anciana.

«No es tan mayor —se dijo Calipo—, debe de tener poco más de cincuenta.»

Mientras la observaba pensó de nuevo en Melisa, y eso trajo a su mente a la esclava de Arneo que tanto se parecía a su antigua ama de llaves.

Se dio la vuelta, incómodo por evocarla en presencia de Altea, y se acercó a la ventana.

«Le prometí que no me acostaría con prostitutas ni esclavas.»

Altea había insistido antes de casarse en que sólo aceptaría un matrimonio basado en la igualdad y el respeto, como había sido el de sus padres. Calipo había aceptado que tuviera libertad de movimientos, no negarse nunca a hablar de un asunto porque fuera «tema de hombres», y no acostarse jamás con ninguna otra mujer.

«Ella cree que su padre cumplía esos requisitos, pero a saber lo que hacía Perseo por las noches.» Su suegro había dado nombre a una Olimpiada al ganar la carrera del estadio. Durante muchos años todo el mundo quería que estuviera en sus banquetes, y en muchos casos lo agasajarían con las mejores bailarinas, cortesanas y esclavas destinadas al placer.

Su frente se llenó de arrugas mientras contemplaba un carromato que se había quedado atascado en la calle. Sabía que a Altea le haría mucho daño enterarse de su engaño, y pensarlo le hacía sentir una desagradable decepción de sí mismo.

«Todo el mundo lo hace, y nadie se siente mal por ello. —Unos muchachos empezaron a empujar el carromato sin conseguir moverlo—. O al menos no parece que tengan remordimientos. —En muchos banquetes aquello era un elemento más que transcurría de modo natural, y que en todo caso provocaba risas y comentarios jocosos en el resto de los invitados—. Debería considerarlo del mismo modo que ellos, como un mero goce de los sentidos igual que la comida o el vino.» Sin embargo, por mucho que tratara de justificarse, tenía que reconocer que él no lo veía del mismo modo que los demás. Por eso nunca se acostaba con la esclava de Arneo delante de otros invitados.

Los muchachos gritaron al lograr que el carromato echara a andar. Calipo dejó de prestar atención mientras recordaba la última vez que había estado con la esclava, hacía un par de noches: el temblor de su cuerpo cuando estaba desnuda de espaldas a él, el ardor con que la acometía después de azotarla...

—Mi amo, pido permiso para hablar.

La voz de Céfiro hizo que se diera la vuelta con un ramalazo de culpabilidad. El cocinero se había quedado en la puerta y en su rostro había una expresión de angustia.

—Habla.

—Señor... —Céfiro dio un paso hacia delante y agachó la cabeza. El ama de llaves se acercó a él. Cuando le apoyó una mano en el brazo, Calipo comprendió que había algo entre ellos—. Sé que lo que voy a pedir no es propio de un esclavo —alzó la mirada hacia su amo—, pero no lo haría si no creyera que es imprescindible.

—¿Qué ocurre, Céfiro? —preguntó Altea.

El esclavo respondió sin apartar los ojos de Calipo.

—Mi ayudante, Neleo, lleva varios días con fiebre y vómitos. Esta mañana no he conseguido que despierte, sólo delira y su fiebre ha subido todavía más. Creo que si no lo trata un médico, un verdadero médico, morirá hoy mismo.

Calipo reflexionó un momento. A los esclavos solían atenderlos los sirvientes de los médicos, que aprendían algo del oficio a fuerza de escuchar a sus señores mientras los acompañaban. Cobraban muy poco y no solían dar explicaciones a sus pacientes, tanto por desinterés hacia ellos como por desconocimiento. En cambio, un buen médico podía cobrar una fortuna, pero Calipo no quería que Céfiro estuviera resentido con él por la muerte de su ayudante. La fama de sus banquetes se había acrecentado gracias a su cocinero hasta el punto de que en toda Atenas se consideraba que los platos que se servían en su casa eran los más exclusivos de la ciudad.

—Ordena que llamen a Marsias. —La mirada del cocinero reflejó su alivio—. Que venga ahora mismo y que haga todo lo que esté en su mano para sanar a tu ayudante.

«Gracias, Apolo; gracias, Asclepio.»

Altea apoyó los codos en la mesa y se masajeó las sienes. La preocupación por Platón hacía que apenas durmiera por las noches y le dolía la cabeza, pero al menos Marsias había afirmado que Neleo recuperaría la salud.

Movió la lámpara para iluminar mejor *Electra,* la obra de su abuelo Eurípides que tenía sobre la mesa. No se trataba de un rollo de papiro, sino de una pila irregular de láminas de papiro de distintos tamaños. Le tenía un cariño especial a esa obra porque era la única de la que conservaba el borrador, con las tachaduras y correcciones que había hecho su abuelo mientras la escribía.

Ojeó algunos papiros y sonrió al ver un nombre escrito en el reverso de uno de ellos.

«Casandra.»

Rozó las letras trazadas con caligrafía infantil. No sabía si su madre había puesto ahí su nombre antes o después de que Eurípides utilizara el papiro para escribir *Electra.* Había descubierto aquella anotación después de que Casandra muriera y ya no había modo de averiguarlo, pero le gustaba imaginarse a su madre de niña, sintiéndose importante al mojar la pluma en tinta negra y trazar su nombre con mucho esmero.

En ese momento oyó ruido de sillas y voces en la sala de trabajo de Calipo, que estaba situada justo debajo de su habitación de estudio.

«Está con Marsias», se dijo al reconocer la segunda voz. Le extrañó un poco que el médico siguiera en la casa, pero supuso que no tenía ninguna urgencia que atender y trataba de ser amable con su esposo, que sin duda era uno de sus mejores clientes.

«Pocos atenienses llaman a uno de los médicos más caros para que atienda a sus esclavos», pensó con orgullo.

Distinguió el nombre de Neleo y escuchó con más atención, temiendo que Marsias fuera a darle a Calipo un pronóstico menos halagüeño que el que le había transmitido a ella. Dos de las tablas del suelo estaban un poco separadas y a través de la rendija le llegaban las voces con claridad.

—... habría muerto si no me hubieses llamado —aseguró el médico. Calipo dijo algo en voz baja que Altea no entendió, pero sí oyó la respuesta de Marsias—: Déjame que te examine otra vez.

«¡Calipo está enfermo!»

El corazón de Altea se desbocó y sintió que un miedo helado le oprimía el pecho. Se arrodilló en el suelo sin hacer ruido y acercó una oreja a la rendija. El silencio se prolongó mientras rogaba y pedía perdón por las impiedades que hubiera podido cometer. Debía de haber hecho algo terrible para que los dioses decidieran castigarla arrebatándole a todas las personas que amaba.

Le pareció que pasaba una eternidad antes de que el médico hablara de nuevo.

—No te preocupes, no es gonorrea. Con el ungüento que te he traído, en unos días dejará de escocerte al orinar. Tienes que untártelo por la mañana y por la noche, y lo mejor sería que durante un tiempo no te acostaras con más esclavas.

El impacto dejó a Altea sin respiración.

—La esclava de Arneo es la única con la que me he acostado —respondió su esposo—. Y le pedí a Arneo que la reservara para mí precisamente para evitar enfermedades.

—Para eso ya es tarde, pero has tenido suerte. Esto se te pasará en unos días.

—¿Puedes examinar a la esclava? —Calipo sonaba avergonzado—. Me gustaría..., en fin, no quisiera renunciar a ella por mucho tiempo.

El vómito acudió a la garganta de Altea mientras el médico reía.

Capítulo 74

Mar Jónico, mayo de 361 a. C.

«¿Esto es otro presagio?»

Platón contempló la bruma densa que rodeaba el trirreme. El mar estaba en calma y el chapoteo lento de los remos sonaba apagado.

«Es como si Poseidón y Hades se hubieran unido para hacernos perder el rumbo.»

Levantó la cabeza al oír el graznido de una gaviota, pero lo único que vio fueron las velas colgando del mástil como un animal muerto.

«Hasta el tiempo parece haberse detenido.»

Los demás pasajeros miraban alrededor en silencio o hablaban en voz baja por temor a llamar la atención de alguna de las criaturas que podía esconder la bruma; quizás las sirenas, o las monstruosas serpientes de los relatos de los marineros. En el barco viajaban también Espeusipo, Jenócrates y otros dos maestros de la Academia, así como Arquedemo y los demás amigos de Tarento y Sicilia que habían acudido a Atenas para convencerlo de que fuera a Siracusa.

—Platón, no estés tan preocupado. —La voz alegre del capitán hizo que se volviera—. Se ve a mayor distancia de lo que parece, y de todos modos vamos a acercarnos un poco más a la costa para mantener la referencia.

El capitán estaba casado con la hija de un primo lejano de Dionisio, lo que le había permitido prosperar hasta comandar el trirreme personal del tirano. Era un hombre grueso pero vigoroso, todavía joven, con una pequeña argolla de oro en cada oreja y anillos en todos los dedos.

—Me gustaría que comieras conmigo y con el escultor.

—Las mejillas del capitán estaban enrojecidas y Platón distinguió en su aliento el habitual olor a vino—. ¿Me harás ese honor?

El escultor al que se refería era un artista ateniense poco conocido llamado Teucro, que viajaba en el trirreme con su ayudante. Dionisio quería demostrar que era un amante de las artes y las letras, y le había pedido al capitán que le consiguiera al mejor escultor disponible en Atenas. El tirano hubiera preferido a Praxíteles, Timoteo o Escopas, pero el sátrapa Mausolo de Caria se le había adelantado al contratar a los principales escultores griegos para embellecer su satrapía, y especialmente para trabajar en el descomunal monumento funerario que se estaba construyendo en la capital.

Platón aceptó la invitación y acompañó al capitán a la popa del barco, donde habían dispuesto una mesa y sillas para que comieran como si estuviesen en tierra. El trirreme tenía algunas modificaciones para que el tirano navegara en él con cierta comodidad, incluyendo un confortable camarote que en aquel viaje ocupaba Platón.

El capitán monopolizó la conversación durante la comida sin que eso le impidiera beber una copa tras otra. Enlazaba sin cesar anécdotas navales mientras Platón asentía con resignación y Teucro escuchaba con el mismo gesto huraño que tenía desde que había subido al barco.

«No le agrada mi presencia», se dijo Platón mientras lo observaba discretamente. El escultor estaba tan delgado que se le marcaban los huesos de la cara. No llegaba a los cuarenta, pero sus cabellos lacios ya sólo brotaban en una franja alrededor del cráneo despejado. Atendía al capitán cuando éste se dirigía a él y el resto del tiempo mantenía su mirada sombría en la comida.

El capitán dejó la copa sobre la mesa, chasqueó los labios con agrado y se dirigió a Platón.

—A mí también me gusta la filosofía, como a mi tío Dionisio. —Solía llamarlo así, aunque su parentesco fuera menos cercano de lo que sugería . Me han hablado con mucho interés de una de tus últimas obras, creo que se llama *El político.* —Platón se dio cuenta de que aquello reclamaba la atención de Teucro—. Y me han dicho que en ella afirmas que el gobernante perfecto es como el piloto de un barco —añadió satisfecho.

Platón meditó su respuesta mientras el capitán se apoyaba en el respaldo con una expresión de ebria placidez. Era difícil imaginar un interlocutor menos apropiado para hablar de filosofía.

—En esa obra reflexiono sobre el verdadero político —dijo finalmente—, que sería aquel que posee el arte de gobernar. —Semejante político tendría que ser un filósofo que conociera lo Bello, lo Justo y lo Bueno, que guiarían sus decisiones de gobierno. Sin embargo, para entender aquello era preciso conocer su teoría de las Ideas y estaba seguro de que no era el caso del capitán—. Comparo a ese político con un piloto o un médico porque, cuando conocen su arte, son quienes deben tomar las mejores decisiones para quienes dependen de ellos.

—He leído la obra —declaró con brusquedad Teucro, que por primera vez lo miraba a los ojos—. En ella criticas nuestra democracia sin cesar. Tu médico no es más que un tirano disfrazado que tratas de poner por encima de la Asamblea.

Platón se irguió ligeramente, un tanto sorprendido por la vehemencia del escultor.

—Lo que afirmo es que lo más razonable no es que decida la Asamblea el tratamiento al que hay que someter a un enfermo, sino dejarlo en manos de los mejores médicos. Creo que todo el mundo está de acuerdo en eso. —El escultor se limitó a mantener un silencio hostil—. Del mismo modo, los mejores expertos en el arte de gobernar tomarán mejores decisiones para el gobierno del Estado que la multitud de ciudadanos reunida en Asamblea.

—¿Y por qué va a residir ese arte de gobernar en unos pocos, y no en toda la Asamblea?

—La ciencia de mandar a los hombres es probablemente la más compleja, además de la más preciosa, de todas las que pueden adquirirse. Si en una multitud todos pudieran aprenderla, sería la más fácil, pero lo cierto es que sólo uno o dos hombres como mucho serán capaces de lograrlo. —Levantó una mano para que Teucro le permitiera terminar—. Es muy difícil encontrar verdaderos políticos, hombres perfectamente aptos por su naturaleza y su formación para ejercer el gobierno. Y cuando no contemos con esos hombres, entonces el poder supremo ha de reposar en las leyes, y a ellas deben someterse los gobernantes, ya sean uno, varios o todos los ciudadanos como en una democracia.

El capitán asintió con entusiasmo.

—Por Zeus que tienes razón, y en Siracusa somos afortunados al tener a Dionisio, que es justo como tú has descrito. ¡A mi tío le va a encantar cuando le digas que es un «verdadero político»!

Platón separó los labios, pero tardó un momento en responder.

—En realidad, un verdadero político tiene que ser antes un verdadero filósofo, alguien que haya dedicado la vida al estudio, que lleve una vida moderada, que anteponga el beneficio de sus gobernados...

El capitán extendió las manos, todavía más sonriente.

—¡Así es Dionisio!

«Por los dioses, tiene que ser alguien que desprecie las riquezas, que no le interese el poder..., ¿cómo no te das cuenta de lo lejos que está Dionisio de ser así?» Sería peligroso pronunciar aquellas palabras, así que Platón se limitó a devolverle la sonrisa al capitán. Dionisio podía esforzarse en aprender filosofía, y con ello se convertiría en un gobernante más justo y estaría dispuesto a someterse a las leyes, que era la gran esperanza con la que él hacía ese viaje. Sin embargo, aquello distaba mucho de que llegara a ser un verdadero filósofo —y de ese modo un verdadero político—, para lo cual tendría que producirse un cambio en su naturaleza realmente prodigioso.

Tomó su copa de bronce y bebió un sorbo de vino.

«¿Cómo podía imaginar que me refería a Dionisio?» Lo invadió una profunda desazón al pensar que otros pudieran ser tan obtusos como aquel capitán. Quizás, los dioses no lo quisieran, hasta era posible que algunos leyeran sus obras y después afirmaran que él mismo apoyaba con sus ideas que el poder se concentrara en manos de hombres tan poco adecuados como era Dionisio en la actualidad.

El capitán alzó las cejas y miró a babor y estribor.

—La bruma se levanta. —Se puso de pie y dirigió su mirada hacia la costa. La neblina se estaba volviendo más tenue y brillante—. ¡Ahí está, Siracusa!

Entre los pasajeros se oyeron voces de alivio. El relieve de la costa se había hecho más nítido y ya se distinguían las almenas del palacio fortificado de Dionisio.

Desde su asiento, Platón contempló aquella fortaleza que años atrás había sido su cárcel.

Capítulo 75

Siracusa, mayo de 361 a. C.

Tres días después de llegar a Siracusa, Platón recorría los pasillos del palacio detrás de dos sirvientes. Todo lo que le habían dicho era que el tirano quería mantener una reunión con él.

«¿Hablaremos al fin de filosofía?»

Lo habían recibido como si fuese un campeón de los Juegos Olímpicos que hubiera proporcionado la gloria a Siracusa. Desde que habían desembarcado se habían sucedido los sacrificios multitudinarios, los banquetes y los discursos en los que le hacían elogios exagerados. La tarde anterior lo habían conducido al balcón más alto del palacio, y en la gran plaza que había a sus pies miles de siracusanos habían gritado entusiasmados al verlo aparecer.

«Gritaban mi nombre y el de Dionisio, pero también se oía el de Dion.»

Los sirvientes se detuvieron ante una puerta doble y abrieron ambas hojas. Platón esperaba reunirse a solas con Dionisio en una sala de trabajo, pero descubrió que aquello era un salón amplio en el que había muchas personas. Media docena de camareros rodeaba una de las largas mesas del salón, a la que estaban sentados Espeusipo y los otros tres filósofos de la Academia que habían viajado a Siracusa. Junto a ellos se encontraban varios consejeros de Dionisio, entre ellos el que seguía siendo su mano derecha.

«Si está presente Filisto, no creo que el objeto de la reunión vaya a ser la filosofía.»

Los hombres se habían puesto en pie al verlo aparecer, y se acercó a saludar en primer lugar a los siracusanos.

—Platón, es un honor asistir a tus lecciones. —Filisto rondaba los setenta años y su expresión era tan beatífica que hacía pensar en un abuelo que ya sólo se dedica a sus nietos.

«Inocente como un cordero. —Platón le devolvió la sonrisa—. Veremos cuánto tardan en asomar los dientes de lobo.»

—Los sirvientes sólo han sabido decirme que Dionisio quería hablar conmigo —respondió—; en realidad, desconozco el propósito de esta reunión.

Las cejas canosas de Filisto se alzaron sobre sus ojos azules.

—¿Cuál va a ser, sino escuchar tus lecciones?

—Siendo así, estoy deseoso de comenzar.

No se creía ni por un instante que Filisto quisiera aprender filosofía. Aunque era un hombre muy capaz, que en sus años de exilio había escrito una historia de Sicilia en trece libros, su mayor interés había sido siempre proteger la tiranía. No sólo encabezaba el cortejo de consejeros de Dionisio el Joven, sino que en la última guerra había ejercido como almirante de su flota.

Se acercó a los filósofos de la Academia, a quienes apenas había visto desde que habían llegado a Siracusa. El protocolo que les marcaba el mayordomo de palacio los había mantenido separados en la mayor parte de los actos. Además, a sus compañeros les habían asignado habitaciones en la zona del palacio destinada a invitados, pero el tirano había dispuesto que él se alojara en una casita del jardín principal. Aquel reparto reflejaba la intención de que estuviera más disponible para Dionisio mientras que sus acompañantes impartirían sus lecciones a los demás miembros de la corte.

—¿Están cuidando bien de ti? —le preguntó Jenócrates.

Platón se encogió de hombros.

—Me atienden al modo desmesurado de Siracusa: tengo cuatro criados a mi disposición, una cama con varios colchones, cantidades excesivas de comida y bebida...

Espeusipo se rio al oírlo.

—Ten cuidado, hemos venido a mostrar los beneficios de la moderación, no a corrompernos.

Platón se inclinó hacia ellos y procuró que no lo oyeran los hombres de Dionisio.

—No os he visto en los últimos actos, ¿habéis tenido ocasión de dar alguna clase?

Su sobrino dirigió la mirada hacia Filisto antes de responder.

—Esta mañana hemos tenido una sesión bastante interesante con siete u ocho miembros de la corte. —Miró de nuevo a los siracusanos y bajó la voz—. Por cierto, la mayoría partidarios de Dion.

—¿Qué impresión...?

Se interrumpió cuando las puertas se abrieron para dar paso a Dionisio. El tirano vestía una larga túnica blanca de lino satinado a la que las antorchas arrancaban reflejos ambarinos. La lujosa calidad de la tela y un ribete dorado eran lo único que distinguía su atuendo del que llevaban los miembros de la Academia.

Detrás de Dionisio entró un numeroso grupo de maestros.

«Por las Musas, esto parece una asamblea de filósofos.» Platón los había visto a todos en uno u otro momento durante las celebraciones de los últimos días. En total eran diez filósofos, algunos de ellos siracusanos y los demás extranjeros de diferentes escuelas.

Dionisio había engordado en los últimos años y su rostro ya no parecía el de un muchacho jugando a ser hombre. Era grande y rubio como Dionisio el Viejo, y su presencia atraía la atención y provocaba que todos se callaran igual que sucedía con el anterior tirano.

«Tiene una gran semejanza física con su padre..., aunque él nunca hubiera vestido una túnica de filósofo.»

—Platón, maestro de maestros, me inclino ante ti. —Dionisio realizó una profunda reverencia. Le había hecho varias en los diversos actos de los últimos días—. Qué placer me causa, después de tantos años, que podamos hablar de nuevo de filosofía. —Hizo un breve gesto, y los camareros se desplegaron para llenar las copas y colocar cuencos con tacos de queso y aceitunas adobadas—. Pero no nos quedemos de pie, compartamos la mesa como corresponde a una reunión privada de amigos.

«Tenemos un concepto diferente de lo que es una reunión privada. —Platón ocupó una de las sillas y Dionisio tomó asiento frente a él. En total había veinte personas alrededor de aquella mesa—. Veamos adónde nos lleva esto.»

—Creo recordar, Dionisio, que conoces el mito de la caverna que expongo en *La república.*

—Por supuesto, bien lo sabes. —El tirano enderezó el cuerpo y extendió las manos hacia los filósofos que habían entrado con él—. Solemos comentarlo en nuestros debates de filosofía.

Platón alzó las cejas y asintió con aire apreciativo.

—Bien, muy bien. En ese caso, con más motivo vamos a utilizarlo como introducción para hablar de lo que es la obra filosófica en su conjunto, y del trabajo y la dedicación que exige.

—No creo que haya un pasaje más a propósito.

Platón sonrió levemente y asintió de nuevo.

—Como sabes, los hombres encerrados en la caverna, que sólo pueden ver las sombras de los objetos reales, representan a los hombres que sólo prestan atención a sus sentidos y creen que el mundo sensible es todo cuanto existe.

—Así es —respondió Dionisio.

—Por otra parte, el filósofo está representado por el hombre que sale de la caverna y asciende el escarpado camino que lo lleva al mundo exterior. Allí quedará cegado, pues sus ojos no están acostumbrados a la luz. Sólo tras penosos esfuerzos conseguirá distinguir los objetos reales a la pálida luz nocturna, y posteriormente a plena luz del día.

—El mundo exterior es el mundo de las Ideas —afirmó el tirano volviéndose hacia sus consejeros.

—El mundo inteligible, eso es —convino Platón—; el cual podemos percibir mediante el órgano del entendimiento, y el seguimiento minucioso de un proceso dialéctico cuyo aprendizaje requiere muchos años de duro estudio y trabajo interior, pues también es imprescindible lograr el dominio de nuestras inclinaciones y nuestros hábitos.

En esta ocasión Dionisio no añadió nada.

—El camino que lleva a un hombre de la mera apariencia a la realidad —continuó Platón—, de la confusión al conocimiento, tiene varias etapas y es preciso recorrerlas todas. En las primeras hay que estudiar la ciencia de los números y las figuras geométricas, insistiendo hasta adquirir, por medio del entendimiento, un conocimiento pleno de la esencia de estos objetos.

No le pasó inadvertido que Dionisio entrelazaba las manos mientras lo escuchaba. Su carácter impulsivo no se avenía bien con el estudio pausado y minucioso que exigían las matemáticas.

A continuación mencionó la necesidad de estudiar música y astronomía, y Dionisio se volvió hacia el grupo de filósofos que había traído para afirmar con mucho convencimiento que Pitágoras había demostrado la relación entre ellas. Platón habló finalmente de la dialéctica como ciencia con la que elevarse al mundo inteligible mediante el uso exclusivo de la razón, y cuando los filósofos de Dionisio le hicieron algunas preguntas comprendió que no habían tratado con nadie que conociera bien su doctrina. Confundían algunos conceptos y otros directamente los desconocían. Dionisio se anticipó en la contestación de algunas preguntas, y aunque no carecía de ingenio, sus respuestas tenían la superficialidad de un sofista y estaba atiborrado de ideas mal entendidas.

Dionisio volvió a escuchar en silencio cuando Platón se centró en la importancia de un régimen de vida moderado:

—No es preciso dejar de lado las actividades ordinarias de cada uno, pero ateniéndose siempre a un sistema de vida que proporcione, gracias a la sobriedad, una inteligencia despierta, memoria y capacidad de reflexión.

Filisto, sentado a la izquierda de Dionisio, alzó las manos en un gesto de disculpa antes de hablar.

—Estimado Platón, perdona mi atrevimiento. —Se humedeció los labios y sus ojos azules se entrecerraron mientras buscaba las palabras más adecuadas—. Me preguntaba si un hombre que quisiera convertirse en un verdadero filósofo, pero que al mismo tiempo gobernase sobre una ciudad acostumbrada a disfrutar de los placeres que los dioses permiten a los hombres..., me preguntaba si ese gobernante no podría recorrer el arduo camino de trabajo y estudio que has mencionado, y a la vez situar su modo de vida en un punto intermedio entre la moderación severa y las costumbres de su ciudad.

—La sobriedad, querido Filisto, no ha de ser extrema.

Además, la moderación requiere esfuerzo hasta que el cuerpo y la mente se habitúan, después se experimenta más como una fuente de satisfacción que como un sacrificio. Por otra parte, nuestras antiguas y sagradas creencias nos revelan que el alma inmortal estará sometida a jueces y puede sufrir terribles castigos cuando se separe del cuerpo. El hombre ansioso de riquezas y pobre de espíritu no escucha estos razonamientos y se lanza sin pudor, como un animal salvaje, sobre todo lo que sea capaz de comer o de beber, o sobre lo que pueda proporcionarle ese placer burdo indigno de ser llamado *amor*. No ve que sus actos violentos son impiedades, y que una ley ineludible condena al alma injusta a no escapar jamás de la vergüenza ni de la miseria.

Filisto murmuró algo que sonó a disculpa mientras Dionisio asentía lentamente con los ojos entornados. Los demás permanecieron callados y muy pronto el silencio se volvió incómodo. Platón decidió romperlo sacando a colación otro asunto fundamental. Hubiera preferido tratarlo a solas con el tirano, pero no sabía cuándo iba a ocurrir eso y no quería demorarlo más.

—Dionisio, en tu carta afirmabas que los asuntos de Dion se resolverían si...

—No, por favor. —La sonrisa del tirano se abrió mostrando sus dientes amarillentos—. Hablaremos de eso más adelante, ahora es el momento de la filosofía.

Platón observó los ojos brillantes de Dionisio, que lo miraban a su vez con la sombra de un ruego.

—De acuerdo, sigamos.

Capítulo 76

Atenas, junio de 361 a. C.

Perseo sostenía el pincel con la mirada perdida, sin advertir que el tinte se había secado.

Llevaba varias horas delante de una vasija a medio pintar. Trataba de complacer a Altea, que insistía en que tenía que mantenerse ocupado; sin embargo, sus ojos no veían la oronda cerámica, la mesa manchada por un millar de pinturas, el patio y el horno iluminados por el sol de la tarde...

Veía a Eurímaco con el cuerpo lleno de horribles heridas, tirado como un perro en la llanura de Mantinea.

Contemplaba atónito el rostro cubierto de sangre de su hijo, los ojos reflejando el espanto de la muerte, los labios boqueando para intentar respirar una vez más.

Eurímaco había muerto y el universo había proseguido su incesante marcha dejando atrás a su hijo, pero también a él. Se había quedado anclado como un barco olvidado en aquel hecho definitivo. El mundo que lo rodeaba se volvía cada día menos real, un espectro de sensaciones inciertas frente a la insuperable verdad de la muerte de su hijo.

Su mente seguía perdida en la agonía de Eurímaco cuando se oyeron los golpes del llamador de bronce. Volvieron a llamar, y uno de los trabajadores del taller salió al patio. Suspiró al verlo inmóvil con el pincel en la mano y se acercó a abrir.

Perseo no se percató de lo que ocurría hasta que el empleado se detuvo a su lado.

—Ha llegado un viajero, señor. —Perseo alzó la vista desconcertado. Advirtió que la puerta estaba abierta; en la calle aguardaba un anciano—. Es un espartano, dice que viene por algo relacionado con tu hijo.

Los pensamientos se agolparon en la mente de Perseo. Por un instante imaginó que Eurímaco sólo había quedado malherido y después de un año iba a regresar a casa..., pero aquel deseo se apagó tan rápido como la llama de una vela bajo la lluvia. A su hijo lo habían enterrado en Mantinea, se lo habían confirmado varios oficiales atenienses. La muerte de Eurímaco era una certeza, lo que resultaba más confuso eran sus momentos finales. No le habían aclarado por qué se encontraba en el flanco espartano cuando el ejército de Atenas había combatido al otro extremo del frente aliado. Nadie sabía nada, o no querían hablar con él, pero había pasado muchos años en el ejército y sabía leer en los silencios de los militares: Eurímaco había abandonado su puesto en las filas, lo que en sí era un acto de traición, aunque finalmente había muerto combatiendo y eso evitaba la condena pública, pero no la sombra del deshonor.

Se levantó del asiento, todavía con el pincel en la mano, y avanzó cojeando hasta la puerta.

—¿Quién eres? —preguntó al extranjero.

Calícrates lo contempló desde la calle. Estaban a sólo un paso de distancia y se le erizó el vello de los brazos.

«Soy tu hermano mayor.»

—Soy Calícrates —dijo—, hijo de Euxeno, de Esparta. Traigo algo que perteneció a tu hijo. —Se dio la vuelta y un sirviente le entregó un objeto grande y redondo envuelto en tela—. Es su escudo, lo recogí del campo de batalla.

Perseo notó que el corazón se le aceleraba. Tomó el escudo, todavía enfundado en la tela, y levantó el rostro hacia el espartano.

—Pasa, por favor.

Calícrates entró en la casa apoyándose en un bastón. Observó el voluminoso horno, que ocupaba una esquina del patio, y la cerámica a medio pintar sobre una mesa.

«Los dioses han convertido a un hijo de Esparta en fabricante de cerámicas. —Esbozó una sonrisa y se acercó a su hermano, que se había sentado en un banco de piedra. Tenía sobre las piernas el paquete con el escudo como si no se decidiera a desenvolverlo—. No me ha reconocido, y yo a él sólo lo habría identificado por los ojos.» La única vez que habían estado frente a frente había sido en la carrera que habían disputado en Olimpia, hacía cincuenta y cinco años. Entonces Perseo guardaba un tremendo parecido con Deyanira, su madre común, pero ahora era un anciano encorvado, de rostro enjuto y lleno de arrugas.

«Tiene cuatro años menos que yo, pero parece mayor», pensó mientras su hermano retiraba el envoltorio con manos temblorosas.

Perseo ahogó un sollozo y recorrió con los dedos la superficie deteriorada del escudo.

—Le pinté a Medusa para que lo protegiese. —Cada melladura hacía que se estremeciera al sentir el choque de las armas contra el bronce—. Detuvo muchos golpes, pero no fue suficiente.

Calícrates tomó asiento frente a su hermano y apoyó ambas manos en el puño de su bastón.

—Perseo... —Aguardó hasta que su mirada plateada se apartó del escudo—. Supongo que habrás oído cómo se resolvió la batalla de Mantinea.

El ceño de Perseo se arrugó ligeramente al responder.

—El ejército tebano rompió el flanco de Esparta, pero gracias a Antícrates, uno de vuestros hoplitas, Tebas se retiró antes de que se produjera una masacre.

Calícrates asintió.

—Esparta se muestra orgullosa de que Antícrates hiriera a Epaminondas, eso es cierto; a fin de cuentas, la muerte de su general hizo que las tropas de Tebas se retiraran. Lo que quiero decirte es que yo estaba allí, y vi que Antícrates alcanzaba con su arma a Epaminondas. —Se inclinó hacia su hermano sin apartar la mirada—. Y porque estaba allí, pude ver que la herida de Antícrates fue superficial. Quien clavó la lanza mortal en el pecho de Epaminondas fue tu hijo Eurímaco.

—¿Cómo...? —Perseo parpadeó un par de veces—. Nadie... —Sus labios se abrieron y cerraron sin que consiguiera decir nada más. Durante un año las circunstancias de la muerte de Eurímaco habían resultado dudosas, y al mencionar su nombre aún veía que algunas miradas se apartaban para ocultar la vergüenza.

—Tu hijo había estado combatiendo con el ejército de Atenas, en el otro extremo del frente. Tras vencer a sus adversarios, todo el ejército de Atenas se quedó esperando a las siguientes tropas que marchaban hacia ellos, excepto Eurímaco. Tu hijo corrió por detrás del frente hasta llegar a nuestro flanco. Se había dado cuenta de que Epaminondas había ordenado a sus aliados que ralentizaran su avance mientras él concentraba el ataque en el ala tebana, que comandaba al frente del Batallón Sagrado. Si Epaminondas rompía las filas de Esparta, podía envolver el frente con su inmenso ejército y aniquilar a todas las tropas de las ciudades que nos oponíamos a él. Eurímaco llegó cuando nuestra falange acababa de ceder y los hoplitas se retiraban en desbandada. Yo iba montado a caballo, y al igual que otros soldados decidí lanzarme contra las tropas de Epaminondas, que había avanzado muy rápido sin esperar al resto de su ejército. En ese momento es cuando vi a tu hijo.

Los ojos grises de Perseo se habían humedecido y se mordía con fuerza el labio. Calícrates tuvo que respirar hondo para poder continuar.

—Tu hijo atravesaba el campo de batalla como si fuese Heracles, derribando a cualquiera que se le opusiera mientras avanzaba directamente contra el Batallón Sagrado. Cuando se encontraba a unos cuarenta pasos, se detuvo y arrojó su lanza con tanta fuerza que la punta se incrustó en la coraza de bronce de Epaminondas. Ésa fue la herida que lo mató. Epaminondas cayó al suelo y ya no fue capaz de levantarse.

—¿Por qué nadie lo sabe? —susurró Perseo.

—Yo cabalgaba detrás de Eurímaco y pude verlo, pero tu hijo se encontraba demasiado lejos para que otros se dieran cuenta. Antícrates estaba más cerca cuando alcanzó a Epaminondas, aunque su arma apenas lo hiriera. Además, era el ejército de Esparta el que combatía contra los tebanos, resultaba inevitable que la noticia de que un espartano había acabado con el gran Epaminondas se difundiera con rapidez. —Bajó la mirada—. Si yo hubiese intentado convencerlos de lo contrario, no me habrían hecho caso; y si hubiera insistido, probablemente habría acabado en el exilio. —Hizo una pausa—. Lo cierto, en cualquier caso, es que no lo intenté.

—Lo entiendo —murmuró Perseo. Sus ojos volvieron al escudo, apoyó una mano en el rostro frío de Medusa y se quedó un momento abstraído. Después alzó la vista—. ¿Cómo murió mi hijo?

Calícrates sostuvo su mirada.

«Lo mató Leónidas, nuestro otro hermano.»

—Tu hijo recibió varias heridas a lo largo de la batalla y perdió mucha sangre. —Lo había visto combatiendo con Leónidas mientras él se enfrentaba desde su caballo a algunos tebanos. En el momento que consiguió llegar hasta ellos, Leónidas estaba muerto y Eurímaco inconsciente—. Cuando los tebanos retrocedieron, lo cargué en mi montura con la ayuda de otros hombres y lo llevé a mi tienda. Había perdido el conocimiento en el campo de batalla y despertó mientras lo vendábamos para intentar contener las hemorragias, pero ya era tarde para eso. Yo había enviado un mensajero al ejército ateniense y vino el jefe de filas de tu hijo junto a otros dos hoplitas. —Omitió que la intención de aquellos hombres era detenerlo—. Eurímaco murió rodeado por sus compañeros.

Perseo tomó aire en un sollozo entrecortado y se apretó los ojos con una mano.

—Hablé con tu hijo antes de que falleciera —continuó Calícrates. Aunque Eurímaco no era capaz de hablar, él había comprendido lo que expresaba su mirada—. No se quejaba y mostraba una serenidad admirable. Su única inquietud era conocer el resultado de la batalla para saber si Atenas estaba a salvo, si las personas que quería estabais a salvo. Le dije que así era, y después de saberlo su rostro se relajó y dejó que su alma abandonara su cuerpo. —Estiró una mano y la apoyó en el brazo de Perseo—. Estoy convencido de que tu hijo murió en paz.

Perseo puso su mano sobre la de Calícrates. Las lágrimas humedecían su rostro de anciano y los ojos brillantes expresaban su agradecimiento.

Al cabo de un rato, Calícrates retiró la mano.

—Lo que has hecho hoy... —Perseo apretó los labios—, y lo que hiciste por mi hijo..., jamás podré compensártelo; pero si hubiera algo que estuviera en mi mano, por favor, pídemelo.

Calícrates sonrió al tiempo que negaba.

—Sólo he hecho lo que tenía que hacer.

—Pero... ¿por qué?

«Porque eres mi hermano, y tu hijo era mi sobrino. Y porque mató a Leónidas, que había hecho que mis hijos murieran en la batalla de Leuctra.»

Escogió otra parte de la verdad.

—Porque Eurímaco nos salvó a todos con la lanza que clavó en el pecho de Epaminondas. No habíamos dejado en Esparta ningún soldado que la protegiera, y tras la batalla los tebanos habrían caído sobre nuestra ciudad como zorros en un gallinero. —«Y habrían violado y vendido como esclavas a Helena y a las niñas»—. Probablemente Epaminondas habría atacado después Atenas y ya no habría quedado nadie que pudiera hacerle frente en el mundo griego. Tu hijo es un héroe, y para mí fue un honor atenderlo en sus últimos momentos. Lo menos que podía hacer era traerte su escudo y contarte lo que ocurrió.

Perseo asintió en silencio. Llenó los pulmones y dejó escapar el aire. Sus ojos de plata contemplaron el escudo y su espalda se enderezó. Luego miró al hombre que tenía frente a él y las arrugas de su ceño se acentuaron.

—Calícrates... —Observó con más atención el rostro de piel curtida; los ojos marrones y bondadosos que la edad había cargado de sabiduría; la expresión cordial y ligeramente reservada—. Eres el corredor que compitió conmigo en Olimpia, ¿no es cierto?

—Así es.

Perseo creyó detectar un atisbo de cautela en su respuesta tranquila.

—Hace unos años hablaste con mi hija en Delfos. Le preguntaste si yo era su padre y le dijiste que la habías reconocido por los ojos. —Calícrates lo escuchaba sin alterar la expresión—. Lo que más sorprendió a mi hija fue que después apareciera tu hermano y afirmara que ella era igual que vuestra madre. Cuando regresó a Atenas, me preguntó si podíamos tener un antepasado común con vosotros.

Los labios de Calícrates dibujaron una sonrisa.

—Mi madre..., Deyanira —no pudo contener el deseo de que Perseo oyera su nombre—, tenía unos ojos de color gris claro muy llamativos. Nunca vi otros iguales hasta que coincidimos en aquella carrera de Olimpia, y la siguiente vez fue cuando me encontré con tu hija en Delfos. Por eso le pregunté si era tu hija. En cuanto a... mi hermano, al verla dijo que se parecía a nuestra madre por el mismo motivo. Tú y tu hija compartís con nuestra madre ese rasgo tan peculiar, pero de ahí a pensar que tenemos un antepasado común... —su sonrisa se acentuó—; aunque, quién sabe, quizás en el pasado nuestras ramas se unan a un mismo tronco.

Por un momento se preguntó si su tono ligero no habría dado a Perseo la sensación de que ocultaba algo.

«Puede sospechar, pero no puede saber nada si no se lo digo, y no voy a hacerlo. —Deyanira sabía que desvelar el origen espartano de Perseo podía perjudicarlo, así como a sus descendientes, y Calícrates le había prometido a su madre que guardaría el secreto—. Mi tiempo se acaba, dentro de poco no quedará nadie que lo sepa.» Mientras miraba a su hermano, recordó el que había sido su primer encuentro, mucho antes de que coincidieran en Olimpia. Él era un niño y se había metido debajo de una mesa para ocultarse de Aristón, su padrastro. La sala se llenó de hombres, entró una mujer con un bulto de tela en los brazos y lo dejó sobre la mesa. En ese bulto estaba su hermano Perseo recién nacido, y él oyó los movimientos débiles que hacía justo encima de su cabeza.

«Aristón decretó que fuera abandonado en el monte Taigeto.»

En aquel recuerdo él tenía cuatro años y Perseo era un bebé recién nacido. Un parpadeo después, eran dos viejos sentados el uno frente al otro.

—Por los dioses —dijo Perseo—, sólo las moiras que tejen el tapiz del destino saben en qué punto se entrecruzan los hilos de los hombres. —Se apresuró a abandonar aquel tema que parecía incomodar a Calícrates—. Disculpa mi descortesía, has hecho un largo viaje para traerme el escudo de mi hijo, has aliviado mi dolor de un modo inimaginable, y ni siquiera te he ofrecido algo de beber.

Antes de que llamara a un sirviente, Calícrates hizo un gesto para detenerlo.

—Te lo agradezco, pero he de irme. —Se apoyó en el bastón para levantarse—. Me alojo en una posada del Pireo y quisiera llegar antes de que anochezca.

—Puedes quedarte en mi casa, si lo deseas.

—Gracias, pero tengo que dormir en el puerto. Al amanecer sale un barco hacia Esparta y quiero regresar con mi esposa.

Perseo asintió. Se alegraba de que aquel espartano que tanto consuelo le había proporcionado tuviera una esposa junto a la que regresar. Cruzó el patio, cojeando a su lado, y al llegar a la puerta se detuvieron.

—Gracias —susurró. Lo miró un momento sin decir nada, se acercó a él y lo abrazó.

Calícrates cerró los ojos y devolvió el abrazo a su hermano.

Capítulo 77

Siracusa, julio de 361 a. C.

Platón contempló la túnica con disgusto.

—Llévatela.

El sirviente dio tal respingo que la lujosa prenda casi se le cae de las manos.

—Es..., es un regalo personal de nuestro señor Dionisio. —La extendió para que Platón la viera mejor. Era idéntica a la que llevaba el tirano cuando se vestía de filósofo, con un ribete de hilo de oro auténtico que hacía que costara tanto como un buen esclavo.

—Dile que se lo agradezco, pero devuélvesela. —Dionisio debía de considerar que le dispensaba un gran honor con aquel obsequio, pero lo que no le concedía era lo que le había pedido una y otra vez desde que había llegado a Siracusa: que cumpliera lo prometido, se reconciliara con Dion y permitiera su regreso—. Y dile a tu señor que no me haga más regalos, no los aceptaré.

El sirviente se quedó mirándolo con la boca abierta. Nadie se atrevía a rechazar un presente de Dionisio. Cuando consiguió reaccionar y se alejó, las manos le temblaban tanto que apenas conseguía sostener la túnica.

Platón salió poco después al jardín y caminó por un sendero flanqueado de setos. Los habían recortado esa mañana y despedían un agradable olor vegetal que se mezclaba con la brisa templada que subía desde el mar.

Se volvió al oír unos pasos apresurados. Una mujer atractiva, ataviada con un elegante vestido color marfil, se acercaba casi corriendo. Llevaba el pelo castaño claro recogido con una cinta de tela que dejaba algunos rizos sueltos.

«Es Areté», se dijo al reconocer a la esposa de Dion. La seguía su hijo de once años, un niño flaco y asustadizo que se parecía bastante a su padre. Habían pasado seis años sin ver a Dion, por lo que el chico apenas debía de acordarse de él.

—Areté, ¿qué sucede?

—¡Oh, Platón, tienes que ayudarme!

—Haré cuanto esté en mi mano, bien lo sabes. —Echó un vistazo alrededor y le pareció que estaban solos en el jardín. Las otras veces que habían hablado siempre había alguien más con ellos—. ¿Qué ha pasado?

—He sabido que uno de los amigos de Dionisio pretende casarse conmigo. Se ha confabulado con Filisto para convencer a Dionisio de que mi marido y yo no nos queremos. —Además de ser la esposa de Dion, Areté era hermana de Dionisio, de modo que el tirano podía decidir lo que considerara más adecuado para ella.

—Hablaré con Dionisio, no te preocupes.

Areté se enjugó las lágrimas.

—Habla con Dionisio, pero te ruego que hables también con Dion cuando vuelvas a verlo. Dile que, si oye rumores, no les haga caso; que lo quiero igual que cuando estábamos juntos, y que lo esperaré el tiempo que haga falta.

—Por supuesto, Areté. —Le puso las manos en los hombros—. Él sabe que lo quieres, y os echa mucho de menos.

—Gracias, Platón. —Miró a su espalda; su hijo aguardaba tras ella cabizbajo y desde el otro lado del jardín se acercaban dos criadas a paso vivo—. No sé si podremos volver a hablar. Se supone que soy una mujer libre, pero las sirvientas que me pone Dionisio son sus ojos y sus oídos.

—Transmitiré tus mensajes. —Las criadas estaban llegando y bajó la voz—. Ten ánimo, Dion hace lo posible para reunirse con vosotros cuanto antes.

Se separó de Areté afligido por la dramática situación de aquella familia. Entró en el palacio y procuró calmarse mientras se dirigía a la sala que le habían indicado. Esa mañana estaba previsto celebrar un debate sobre el placer en el que tendría como oponente al filósofo Aristipo de Cirene.

Dos soldados de la guardia personal de Dionisio estaban

apostados en la entrada, con la lanza apoyada en el suelo y la espada colgada al cinto. Al verlo se inclinaron respetuosamente y le abrieron la puerta.

En el salón había tres mesas largas colocadas en forma de U, con sillas tan sólo en el borde exterior para que todos los presentes pudieran verse. En la mesa central se encontraban Espeusipo y Jenócrates en un lado, y en el otro Aristipo con dos de los acólitos que solían acompañarlo. Por las mesas laterales se distribuía una veintena de hombres, de los que unos pocos eran filósofos y el resto miembros de la corte.

«Una vez más, no está Dionisio», se dijo Platón. La única conversación centrada en la filosofía que había mantenido con el tirano era la que habían celebrado a los pocos días de llegar a Siracusa. En ella había preferido hablar claro con él sobre el esfuerzo que se requería para seguir avanzando, pero desde entonces sólo se habían vuelto a ver en actos oficiales. Tal como había dicho Arquedemo, Dionisio parecía más seguro de sí mismo y menos dependiente de los cortesanos que lo rodeaban, pero eso hacía que se ocupara personalmente de más asuntos y que apenas se vieran.

—Bienvenido, Platón. —Aristipo se puso de pie, igual que el resto de la sala. Llevaba una túnica azul cielo que armonizaba con el aire feliz de su rostro rechoncho de piel rosada—. Por indicación de nuestro gran Dionisio, te hemos reservado un puesto preferente como príncipe de los filósofos. —Señaló con ademán teatral un trono de madera ubicado en la mesa central, entre la silla que ocupaba él y la de Espeusipo.

—Prefiero una silla normal —respondió Platón—. Pero úsalo tú, por favor, creo que es más acorde con tu doctrina.

—No, no. —Aristipo sonrió divertido—. Es cierto que mi doctrina permite disfrutar más que tu filosofía severa, pero nunca me sentaría en un trono que Dionisio te ha ofrecido a ti. Si lo rechazas, prefiero que la ofensa sólo lleve tu nombre.

Platón bordeó la sala hasta situarse detrás del trono. Era consciente de que al menos la mitad de los presentes se apresuraría a contarle al tirano cualquier cosa que dijera o hiciera.

—En la filosofía no hay príncipes. —Retiró el trono y lo

sustituyó por una de las sillas normales—. En todo caso, maestros y alumnos, pero el único soberano es el conocimiento.

—Muy platónico —ironizó Aristipo.

Algunos de los aristócratas sonrieron ante el comentario. Los sirvientes mantenían llenas las copas de vino y las mesas estaban repletas de platos con exquisitos aperitivos. Dos citaristas situadas al otro extremo del salón tañían sus instrumentos y Platón reprimió el impulso de sugerir que conversaran sin música.

«Aristipo es un viejo astuto», se recordó. Sin duda el filósofo de Cirene había traído a las citaristas para que él pidiera que se marchasen, y mostrara con ese gesto que el modo de vida asociado a su filosofía era excesivamente sobrio.

Aristipo cogió un rollo de papiro y lo extendió frente a él.

—Como introducción, me gustaría leer un pequeño diálogo que escribí hace varios años. —Se volvió hacia Platón y Espeusipo—. Si no tenéis inconveniente. —Ambos asintieron y continuó—. Se titula *A los que le reprochaban su afición al vino añejo y las hetairas.*

Se oyeron algunas risas mientras Aristipo acercaba un candelabro y entornaba los ojos para distinguir el texto. Platón apoyó la espalda en el respaldo, resignado a aquel ambiente más propio de un simposio siracusano.

«¿Se abrirá la puerta y entrarán prostitutas cuando termine de leer?»

En el diálogo, Aristipo defendía que el placer más intenso es el que pueden proporcionar los sentidos, y por lo tanto ése es el que hay que perseguir. Afirmaba que en eso consiste el mayor bien al que puede aspirar un hombre, y también que se debe mantener cierto dominio para que el placer no se extinga, sino que se prolongue todo lo posible. En aquella obra recogía una anécdota que Platón ya conocía. En cierta ocasión había acudido a un prostíbulo con un joven discípulo, y cuando éste se había mostrado avergonzado, Aristipo le había dicho:

—Lo pernicioso no es el entrar, sino el no poder salir.

—¡Bien dicho! —exclamó uno de los oyentes.

Aristipo continuó leyendo y Platón advirtió que su sobrino quería decirle algo. Se inclinó discretamente hacia él.

—Hemos estado hablando con Heraclides y otros amigos de Dion. —Platón hizo un leve gesto de asentimiento. Sabía que Espeusipo y Jenócrates pasaban mucho tiempo con los partidarios de Dion y les había aconsejado cautela—. Quieren saber tu opinión sobre la idea de formar un comité para pedirle a Dionisio algunas reformas.

—No es el momento —susurró Platón—. Dionisio ahora mismo no aceptaría ninguna idea contraria a las suyas.

Espeusipo se quedó pensativo. La presencia de Platón y las conferencias que estaban impartiendo habían conseguido que algunos hombres que antes se mostraban dubitativos ahora estuviesen a favor de cambios políticos que suavizaran la tiranía. Sin embargo, la esperanza entre los partidarios de Dion de que éste fuera a regresar de su exilio gracias a Platón se enfriaba con el paso del tiempo, y eso hacía que quisieran pasar a la acción.

—Se lo diré, pero no sé si se van a conformar. Además, no se trata sólo de algunos familiares y miembros de la corte. Heraclides me ha dicho..., y yo también lo he visto, que hay bastante descontento en una parte relevante del pueblo, y también de los soldados.

Platón se giró un poco más hacia su sobrino.

—Recuerda que no hemos venido para formar parte de una revuelta. Y que Dionisio no dudará en cortarle la cabeza a cualquiera que considere su enemigo.

—No te preocupes —susurró Espeusipo—, le tengo aprecio a mi cabeza.

Su tono ligero inquietó a Platón. Iba a añadir algo más, pero Aristipo se volvió hacia él.

—En definitiva, querido Platón, es elogiable contenerse y no dejarse arrastrar por los placeres, pero no el privarse de ellos de forma absoluta. —Se dirigió al resto del auditorio—. No obstante, como soy un hombre razonable, admito que algunos puedan no apetecer el deleite... porque tengan trastornado el juicio.

Algunos hombres rieron, aunque la mayoría aguardó en silencio la réplica de Platón.

—Querido Aristipo, me temo que me confundes con nuestro antiguo compañero Antístenes, el fundador de la escuela de los cínicos. Ellos sí rechazan todos los placeres, horrorizados por las necesidades y consecuencias que llevan asociados, lo que convierte su doctrina en una filosofía de renuncia. Me consuela, al menos, que Sócrates sí distinguiera entre el pensamiento de nosotros tres.

El rostro de Aristipo se crispó visiblemente. Tanto él como Antístenes y Platón habían coincidido durante varios años como discípulos de Sócrates. Antístenes y Platón habían permanecido con su maestro hasta que había muerto; sin embargo, Aristipo y Sócrates se habían separado previamente por discrepancias entre el pensamiento de ambos. Aquello suponía una mancha en la reputación de Aristipo que resultaba difícil de olvidar debido al prestigio que había cobrado Sócrates después de muerto.

—No obstante —prosiguió Platón—, estoy de acuerdo con Antístenes, y no con lo que acabas de afirmar en esta sala, cuando nuestro viejo amigo afirma que los placeres más vivos no son los mejores, pues conllevan la angustia de una gran necesidad, y un deseo violento que nos domina y nos enloquece.

Dirigió su mirada hacia las mesas laterales, donde filósofos y cortesanos permanecían atentos a sus palabras.

—El bosquejo equivocado que ha hecho Aristipo sobre mi pensamiento con relación al placer tal vez resida en haber efectuado una lectura..., un tanto apresurada, de mi obra *Fedón.* En ella describo lo que sería el bien sólo para el alma, libre del cuerpo, de sus pasiones, apetencias y necesidades. En otra obra más reciente, *Filebo,* trato sobre la felicidad del ser humano, cuerpo y alma, y la conclusión es que la felicidad consiste en una vida superior a aquella dedicada al placer, y también a aquella dedicada a la sabiduría. La felicidad consiste en un tipo de vida en donde se mezclan la sabiduría y el placer, pues sin el placer la vida no es deseable, ni suficiente, ni completa para un ser humano.

Tenía la garganta seca y tuvo que parar para tomar un trago de agua. Nadie se movió mientras bebía. Lo que acababan de oír les resultaba sorprendente; estaban acostumbrados a que se dijera que Platón rechazaba de plano los placeres del cuerpo, y que exigía una renuncia insoportable para poder seguir sus enseñanzas.

Platón añadió que la moderación no debía aplicarse sólo a los placeres corporales, sino también a la actividad intelectual, pues no sería justo hacer filósofos débiles o enfermizos. Teniendo en cuenta lo heterogénea que era su audiencia, resumió del modo más sencillo posible el pasaje del *Filebo* en el que mostraba que los placeres del intelecto son superiores a los corporales, y que por lo tanto la sabiduría debía tener un peso superior al placer físico en la vida mixta que propugnaba.

A continuación, pasó a refutar los cimientos de la doctrina de Aristipo:

—Nuestro querido Aristipo prescinde del bien, o afirma que éste consiste únicamente en el placer, y es evidente que con ello elimina toda posibilidad de justicia o virtud. Por otra parte, su hombre entregado al placer en realidad está renunciando a la mayor parte de éste, y a la parte más elevada. Esto es así porque el hombre virtuoso obtiene placer de obrar bien. En cambio, el comportamiento virtuoso le resulta absurdo a aquel que desconoce el bien. Un hombre así, si llegara a moderarse, sólo sentiría las molestias del esfuerzo.

La mayoría de los presentes asentía, aunque algunos se mantenían ceñudos. Platón se giró para mirar a Aristipo.

—Sócrates solía citar a Hesíodo, ¿recuerdas? «Delante de la virtud colocaron los dioses el sudor», era una de las sentencias que más utilizaba. Encierra una gran verdad, y nos recuerda que los hombres tenemos deseos contrarios que entran en conflicto. El hombre bueno se esfuerza en obrar venciendo al deseo contrario al bien, y ello le procura una elevada satisfacción. —Juntó las manos sobre la mesa y concluyó—: En definitiva, es innegable que la virtud requiere esfuerzo, pero sus frutos son los más dulces.

Aristipo dio por perdido aquel asalto y se mantuvo en un silencio resignado cuando la mayor parte de las preguntas se dirigieron a Platón y los filósofos de la Academia. Muchos de los cortesanos habían quedado intrigados por las promesas de elevados placeres asociados a la virtud, así como por la mención de una moral que no rechazaba de plano los placeres a los que ellos estaban acostumbrados.

—Espeusipo, tenemos que hablar —le dijo Platón cuando abandonaron la sala. Le preocupaba que su sobrino no se tomara en serio los peligros de que llegara a sospecharse que estaba participando en una conspiración.

—Cuidado —susurró Espeusipo.

Por el otro extremo del pasillo acababan de aparecer Dionisio y Filisto acompañados por varios guardias. La mano derecha de Dionisio también era el hombre encargado de vigilar a todos los que se oponían a la tiranía, para lo cual contaba con una gran cantidad de soldados y confidentes.

Al llegar a su altura, Dionisio extendió las manos hacia Platón.

—¿No has recibido mi túnica? Creí que te la entregarían esta mañana.

—La recibí, y pedí que la devolvieran. No me hagas más regalos suntuosos, te lo ruego, seguro que hay un destino mucho más útil para tanta riqueza. Si quieres satisfacerme, hay modos más sencillos, como mantener conmigo una reunión en la que hablemos de filosofía.

—Oh, Platón, de todos mis invitados eres al que dedico más tiempo; son innumerables las quejas que oigo de los que están celosos de ti.

Platón suspiró. Dionisio solía colocarlo junto a él en banquetes y espectáculos, pero en esas situaciones se convertía básicamente en un ornamento del tirano.

—Hay otro asunto del que me he enterado esta mañana y quería hablarte. —Platón observó un momento a Filisto. El consejero tenía la atención puesta en Espeusipo y mostraba una expresión pétrea—. Hay quien afirma que el matrimonio de Dion no era del agrado de su esposa Areté, y que lo más razonable sería buscarle otro marido. —Filisto era el principal instigador de aquello y clavó la mirada en Platón—. Sé que ambos se quieren, y ella misma me ha rogado que te transmita que no quiere otro esposo que Dion.

—Bien, ya me has hecho llegar el mensaje. —La sonrisa de

Dionisio se había convertido en una mueca de irritación—. Ahora disculpadnos, tenemos que ocuparnos de otros asuntos.

—Dion tendría que estar ya con su esposa —replicó Platón—. En tu carta me asegurabas...

—¡Maldito seas, Platón; sé muy bien lo que puse en mi carta!

La ira en el rostro del tirano se transformó rápidamente en una expresión cordial. Platón oyó unos pasos que se acercaban y algunos aristócratas pasaron junto a ellos. Dionisio los saludó sin dejar de sonreír, y cuando se fueron se dirigió a Platón:

—Deberías pensar menos en Dion y valorar más mi amistad. —El tirano apoyó una mano en su hombro y lo miró en silencio—. Deberías hacerlo, Platón.

Capítulo 78

Atenas, agosto de 361 a. C.

Altea no podía soportar vivir dentro de una mentira.

Llevaba tres meses fingiendo que no sabía que Calipo la engañaba, pese a que el dolor era tan intenso que apenas la dejaba respirar. Tres meses disimulando la rabia cuando estaban juntos, rehuyendo con cautela sus miradas, sus caricias, conteniendo las lágrimas cada vez que la besaba.

Aquella mañana tenía pensado ir a la Academia, pero antes de salir a la calle se dirigió a la cocina en busca de un poco de agua. El esclavo Neleo estaba cortando en trozos muy pequeños la asadura de un cordero mientras Céfiro y Hesperia preparaban el condimento. No se percataron de que había llegado Altea y ella se detuvo en la puerta.

—... vinagre, queso asado, silfio, comino —el ama de llaves contaba con los dedos mientras enumeraba los ingredientes—, tomillo, ajedrea, puerro, pasas, granada ácida... ¿y cilantro?

Alzó las cejas con expresión divertida y se mordió el labio inferior. Céfiro la tomó de los hombros al tiempo que reía.

—Sí, cilantro también, pero te ha faltado la cebolla tostada.

—¡Ah, no entiendo cómo puedes acordarte de todo!

Altea se adentró en la cocina.

—Sin una buena memoria no se puede ser un buen cocinero. —El ambiente alegre había atenuado un poco la oscuridad de su ánimo—. Me lo enseñó Céfiro hace tiempo.

El esclavo cocinero se volvió hacia ella manteniendo la sonrisa.

—Y es cierto —aseguró—, porque no sólo hay que aprenderse las recetas, también tienes que acordarte de todo aquello que ha hecho que salgan mejor o peor cada vez que las has cocinado.

La sonrisa de Céfiro empezaba a contagiarse a los labios de Altea, cuando ella advirtió que Hesperia los estaba mirando con el semblante crispado. Se sintió turbada y apartó la vista. Era evidente que Céfiro y Hesperia mantenían una relación, y la esclava debía de pensar que la cercanía de trato que ella había tenido con Céfiro había sido la causa de que éste hubiera sido azotado.

—Tengo que irme, sólo venía a por agua.

El ama de llaves llenó una copa y se la entregó.

—Gracias —murmuró Altea.

Bebió el contenido y salió de la cocina. Se detuvo en la sombra del pasillo al ver que su esposo estaba en el patio hablando con el esclavo que se ocupaba del establo. Detrás de ellos se encontraba Melisa y Altea la observó con recelo. Desde que había oído a Calipo decirle al médico que se acostaba con alguna esclava, se preguntaba si sólo lo haría fuera de casa o también con Melisa.

«Sigue siendo muy atractiva, aunque haya perdido su pose orgullosa.»

Calipo terminó de hablar con el esclavo y éste se alejó seguido por Melisa, que mantenía sus ojos apagados en el suelo. Altea vigiló la mirada de su esposo, pero Calipo entró en la sala de trabajo sin dirigir un solo vistazo a la antigua ama de llaves.

Se quedó en el pasillo cuestionándose su intención original de acudir a la Academia. De pronto le llegó la risa de Céfiro y Hesperia y la congoja de su pecho se volvió más intensa.

Se dirigió a la sala de trabajo, entró sin llamar y se acercó hasta la mesa de Calipo con una expresión rígida.

—¿Ocurre algo? —preguntó su esposo—. ¿Se ha sabido algo nuevo de Platón? —Las últimas noticias indicaban que la relación con el tirano Dionisio se había tensado.

—No hay novedades. En la Academia hay un ambiente un poco raro; se habla con ilusión de lo que ocurriría si Platón consiguiera avanzar con Dionisio, pero también se nota algo de preocupación.

—Vas a tener que ponerte tú a hacer bromas para que no echen de menos a Espeusipo.

Los labios de Altea apenas mostraron un atisbo de sonrisa y se produjo un silencio tirante.

—Dion me ha escrito desde Corinto —dijo Calipo, que mantenía con él una correspondencia frecuente—. Ha recibido una carta de Dionisio y parece que el tirano no muestra ninguna intención de permitirle regresar con su familia, ni de que ellos salgan de Siracusa.

Su esposa no reaccionó y Calipo empezó a inquietarse.

—Altea, ¿qué te ocurre? —Los ojos de plata fundida no se apartaban de él—. ¿Qué quieres?

«Que me digas la verdad.» Necesitaba desesperadamente que Calipo fuera sincero con ella y que le pidiera que lo perdonara. En aquellos momentos aborrecía a su esposo a la vez que lo amaba. No dejaba de ser el compañero junto al que había superado experiencias terribles, el marido que no la había repudiado a pesar de que se había quedado estéril; pero también era el hombre que le había prometido que nunca se acostaría con otras mujeres, y lo había hecho. Quizás cada noche que salía de casa.

Calipo seguía esperando una respuesta, pero Altea callaba sin terminar de decidirse. Sentía que se estaba acercando a un abismo sin fondo y todo su ser le gritaba que se alejara.

—¿Te has acostado con alguna esclava?

Calipo arrugó el ceño. Se levantó del asiento y se quedó en silencio mientras sostenía la mirada de súplica de Altea.

—Te dije que nunca me acostaría con esclavas. —Se detuvo un momento. Sus ojos color miel transmitían ternura y confianza—. Y nunca lo he hecho.

Alzó las cejas en ademán interrogativo y Altea asintió sin palabras. Calipo la besó y la estrechó entre sus brazos mientras ella no dejaba de temblar.

Capítulo 79

Siracusa, agosto de 361 a. C.

El castillo Euríalo era una fortaleza imponente. Estaba ubicado a treinta estadios de Siracusa, en un lugar donde el terreno se estrechaba, lo que permitía que bloqueara el acceso a la llanura adyacente a la ciudad. Dionisio el Viejo lo había hecho construir para defender Siracusa de ataques provenientes del interior de Sicilia, y ahora su hijo se estaba encargando de reforzar sus defensas.

—Van mucho más despacio de lo que pensaba —se lamentó Dionisio. Hacía tres meses había pedido que elevaran la muralla principal y construyeran dos nuevas torres. La muralla sólo había crecido por uno de los lados y de las torres no había ni rastro.

—Por eso pensé que era mejor que lo vieras en persona —contestó Filisto—. Cartago puede creer que la guerra con los lucanos nos ha debilitado, y al demorarnos tanto en las obras del castillo estamos enviando un mensaje peligroso. —La realidad era que había pensado ir a ver las obras él solo, pero esa mañana había oído a Dionisio decir que tenía intención de pasar algo de tiempo con Platón, y debía evitar a toda costa que eso ocurriera. Hacía unos días se había reunido con el tirano en sus aposentos y había visto que tenía una copia de *La república* desplegada en su mesa.

—¿Por qué van tan despacio?

Filisto levantó las manos como si no supiera por dónde empezar.

—Nos faltan canteros, carpinteros, constructores de caminos, carreteros... En definitiva, necesitamos más dinero.

Dionisio contempló disgustado a unos hombres que alineaban piedras frente a la muralla. Iban tan despacio que parecía que no acabarían nunca. Pensó que el mayor gasto para las arcas de la ciudad era el ejército de mercenarios, pero ese ejército le había dado la victoria contra los lucanos y le aseguraba el sometimiento del pueblo.

—¿Podemos subir más los impuestos?

Filisto había oído esa pregunta tantas veces a lo largo de su vida que no pudo evitar una sonrisa.

—Ha sido un año de buenas cosechas, pero si subimos aún más los impuestos morirán de hambre cientos de siracusanos, quizás miles.

—¿Y qué podemos hacer? —El tirano miró con aprensión hacia el terreno que se extendía frente al castillo, como si pudieran aparecer tropas enemigas en cualquier momento—. Tal vez podríamos rebajar algo la paga a los mercenarios, ahorraríamos cada mes muchos miles de dracmas.

Filisto reflexionó antes de responder. Con Dionisio el Viejo había sido capitán de la guardia durante varios años y sabía que bajar el sueldo a los mercenarios provocaría una reacción inmediata. Guardó en su memoria el hecho de que Dionisio estuviera dispuesto a llevarla a cabo y procuró no ser muy categórico en la argumentación en contra de la bajada.

—Acaban de ganar una guerra y han perdido a muchos compañeros, no creo que sea un buen momento para plantearlo.

—¿Qué propones entonces? —preguntó el tirano con cierta irritación.

Filisto desvió la mirada hacia las obras de la muralla.

—Quizás no deberíamos exigir un mayor sacrificio a los que sirven a la patria, sino a los traidores a la patria.

—¿A qué te refieres?

—Hay muchos hombres en el exilio que siguen teniendo propiedades en Siracusa y disponen de ellas a través de administradores. Algunos de ellos son hombres muy ricos.

Dionisio echó a andar frente al castillo seguido por su consejero y la docena de mercenarios que formaba su escolta. «El más rico de los exiliados es mi tío Dion», se dijo con el ceño fruncido. Tenía una fortuna inmensa que alcanzaba los cien talentos, pero prefería no disgustar más a Platón y se puso a pensar en otras opciones.

—También habría que tener en cuenta el motivo por el que fueron exiliados. —Filisto había percibido sus dudas—. No es lo mismo haber sido desterrado por un asunto de mujeres, como me ocurrió a mí cuando gobernaba tu padre, que haber pretendido pactar con Cartago para arrebatarte el trono, como hizo tu tío Dion. Un traidor, por cierto, que sigue contando con el apoyo de muchos miembros de la corte y al que el pueblo considera una especie de benefactor. Ya has oído que en todas las celebraciones se oye el nombre de Dion entre los gritos de la multitud.

Dionisio continuó andando sin decir nada.

—Aunque entiendo que no quieras hacer algo que lo perjudique mientras Platón sea nuestro invitado —añadió Filisto con aire comprensivo—. A fin de cuentas, Dion es el discípulo más querido de Platón, y al que más valora de entre todos los siracusanos. —El rostro de Dionisio se había crispado—. Sería una descortesía actuar en contra del discípulo favorito de Platón.

El tirano se volvió hacia los caballos.

—Regresemos.

Platón tenía previsto dedicar la tarde a escribir unas cartas, pero hacía un calor sofocante y a las pocas líneas tuvo que salir al jardín. En uno de los extremos de la muralla había una puerta por la que se descendía al puerto y vio que Dionisio desaparecía por ella.

«Me alegro de no habérmelo cruzado», pensó mientras se dirigía a la parte del jardín que quedaba en sombra.

El verano había avanzado sin que Dionisio y él se hubieran vuelto a reunir para hablar de filosofía. El tirano había tratado de agasajarlo en más ocasiones con regalos u honores, pero él seguía rechazándolos. Con el paso del tiempo también había dejado de asistir a algunos de los actos a los que lo convocaba, pues sentía que su presencia contribuía a legitimar el destierro de Dion.

El calor hacía que se sintiera un poco mareado y se sentó en un banco de piedra. Pasado un rato vio en el jardín a Areté acompañada por su hijo y dos criadas. Cuando se acercó a saludarla, advirtió su expresión abatida y temió que hubiera habido avances en el proyecto de casarla con otro hombre.

—No se trata de eso, sino de la situación de Dion. —Areté sonrió con tristeza—. Veo que no sabes de qué te hablo. Dionisio ha ordenado a los administradores de mi esposo que dejen de enviarle las rentas de sus propiedades.

La sorpresa se reflejó en el rostro de Platón.

—Por Apolo, ¿cómo puede ser tan mezquino? —Estaba tan ofuscado que apenas se dio cuenta de que las criadas lo estaban escuchando. Recordó que el tirano había bajado al puerto y se fue inmediatamente a buscarlo.

Su irritación no dejó de crecer mientras bajaba a pleno sol las escaleras. No sólo contra Dionisio, sino también contra sí mismo y contra los que lo habían convencido de que viajara a Siracusa por tercera vez.

«Altea es la única que siempre se opuso a que viniera. Es la más sensata de toda la Academia.»

Dionisio estaba en la cubierta de su trirreme con algunos hombres. Platón lo llamó desde el muelle y el tirano bajó por la plancha de desembarque seguido por un par de soldados.

—¿A qué viene tanta urgencia, Platón?

—Bien lo sabes. —El largo descenso había cubierto su rostro de sudor y le faltaba el aliento, pero continuó sin detenerse—. Has prohibido a los administradores de Dion que le envíen sus rentas. ¿Eso es lo que valen tus promesas? Me dijiste que si venía a Siracusa serías benévolo en los asuntos de Dion. Me dijiste que los arreglarías como yo te pidiera. ¿Y en vez de repatriarlo te apoderas de lo que es suyo?

La expresión de Dionisio no se alteró.

—¡Filisto! —El tirano giró ligeramente la cabeza hacia el trirreme sin que sus ojos se apartaran de Platón—. ¿A quién pertenecen los bienes de Dion el exiliado?

Filisto respondió desde el barco:

—A su heredero, señor.

—A su hijo, eso es. —Dionisio esbozó una sonrisa—. Y

como su hijo es mi sobrino, por ley me corresponde su tutoría, así que es perfectamente legal que yo decida sobre sus bienes.

—¡Por los dioses, ¿crees que las palabras bastan para justificar cualquier acto?! —Decir que los bienes pertenecían a su sobrino implicaba que haría lo que quisiera con aquellas riquezas—. Lo que le has hecho a Dion es un ultraje. En estas circunstancias no prolongaré mi estancia en Siracusa ni un día más.

Le dio la espalda al tirano y se alejó mientras notaba los golpes del corazón en el pecho. Poco después, oyó que alguien corría tras él.

—Detente.

Dio unos pasos más y aguardó. Dionisio lo alcanzó y titubeó un momento antes de hablar.

—No quiero que te vayas tan enfadado. Piénsalo durante unos días y luego nos reuniremos para tratarlo con más calma.

—No. Mi presencia aquí no tiene sentido. Nunca lo ha tenido, aunque al principio quisiera engañarme, pues nunca has estado dispuesto a cumplir tus promesas.

—No debes verlo de ese modo. —Dionisio miró hacia atrás e hizo una seña a sus guardias para que no los siguieran—. Subamos juntos al palacio mientras lo hablamos.

Durante el trayecto trató de convencerlo de que aquello era lo más justo, argumentando que él no se quedaba las rentas, sino que pasaban a ser propiedad del hijo de Dion, y que si se daban las circunstancias adecuadas para que regresara del exilio —no precisó cuáles serían esas circunstancias—, Dion volvería a ser el tutor de su hijo y por lo tanto recuperaría las rentas. Platón escuchó sus explicaciones, pero daba por hecho que se trataba de palabrería y que lo que el tirano quería evitar era que se marchara enojado y diera una mala imagen de él al regresar a Atenas.

Cuando pasaron entre los guardias que custodiaban la puerta del jardín, Platón se había negado por cuarta vez.

—Está bien, márchate si quieres —aceptó Dionisio, aunque las arrugas de su frente reflejaban su contrariedad—. Lo único que te pido es que lo hagas en mi trirreme. Daré orden de que preparen todo lo necesario para el viaje y podréis partir en un par de días.

Platón se mostró de acuerdo, pero en su fuero interno estaba contemplando la posibilidad de pagar al capitán de cualquier barco mercante para que se hicieran a la mar esa misma noche.

Se despidió de Dionisio y entró en su casa del jardín. Le parecía que la habitación giraba alrededor de él y tuvo que tumbarse en el lecho. Poco a poco consiguió sosegarse, y decidió que esperaría hasta el día siguiente.

«Si para entonces Dionisio no ha puesto en marcha los preparativos del viaje, me encargaré yo de organizarlo», se dijo antes de que el sopor cerrara sus ojos.

—Mi señor. —Platón separó los párpados. Uno de sus sirvientes le había apoyado una mano en el hombro para despertarlo—. Ha venido Dionisio. Está esperando en el jardín.

Miró aturdido alrededor y advirtió que el sol del amanecer entraba por la ventana. Trató de incorporarse y se detuvo con una mueca de dolor. Las sienes le palpitaban y tuvo que moverse despacio hasta que consiguió sentarse en la cama.

—Dile que entre, no estoy en condiciones de salir ahora.

Un momento después, Dionisio estaba frente a él.

—¿Te encuentras bien? No tienes buen aspecto.

Platón se limitó a asentir. Se temía que el tirano hubiera acudido con alguna treta para retenerlo.

—Eres libre de partir, Platón, pero escucha lo que he venido a decirte. —Dionisio se sentó a su lado—. Desde que viniste, los intereses de Dion han sido un motivo de discordia permanente entre tú y yo. Me gustaría que eso acabara, y en atención a ti he pensado en una propuesta para Dion.

Platón levantó la cabeza con los ojos entrecerrados. La luz que incidía en las paredes le resultaba tan hiriente como si mirara directamente al sol.

—¿Qué propuesta?

—Le devolveré a Dion las rentas de sus bienes, y entre sus familiares y tú decidiréis adónde deben enviarse. Dion permanecerá en el exterior, pero no como un exiliado, sino con la facultad de volver aquí cuando lo acordemos entre él, yo y vosotros. Esto podrá ocurrir con la condición de que no conspire contra mí, y de eso responderéis sus allegados. En cuanto a las propiedades, no podrá venderlas sin vuestro consentimiento. A cambio de esta oferta, lo que pido es que te quedes este año. —Platón bajó la mirada al suelo y suspiró—. Si lo aceptas, estoy seguro de que Dion te quedará muy agradecido.

Platón tomó aire y suspiró de nuevo. Se sentía muy cansado.

—Necesito pensarlo con detenimiento, mañana te daré una respuesta. Hasta entonces, te pido que continúes los preparativos de nuestro viaje por si decidimos marcharnos.

Dionisio aseguró que lo haría. Cuando lo dejó a solas, Platón pidió que le prepararan un caldo y puso unos cojines en la cama para reposar mientras reflexionaba. Tenía poca confianza en que Dionisio fuese a cumplir las condiciones que acababa de proponer. No obstante, si se marchaba ahora, el tirano podía escribir a Dion, y también hacer que le escribieran otras muchas personas contándole lo mismo.

«Le expondrían los detalles de la propuesta y le dirían que yo la he rechazado. Dion creería que me he desentendido de sus asuntos. —Por otra parte, si el tirano hacía saber que no quería que se fuera, no habría un capitán en toda Sicilia que lo aceptara a bordo de su barco—. Y para llegar al puerto, primero tendrían que dejarme salir los guardias que custodian la muralla.»

Quedaba algo más de un mes para que empezara el mal tiempo y se cerrase la temporada de navegación. Una vez que eso ocurriera, transcurrirían cinco o seis meses hasta que volviera a ser factible abandonar la isla. Con la llegada de la nueva temporada de navegación, ya podría marcharse habiendo cumplido la condición que le pedía Dionisio.

«Si el tirano cumple sus promesas, habrá merecido la pena.» Tenía que tener en cuenta que las riquezas de Dion que estaban en juego eran inmensas. Además, si de verdad le devolvía las rentas, Dionisio estaría mostrando un cambio de actitud notable que tal vez fuera un indicio de que estaba dispuesto a iniciar su formación.

Pasó el resto del día en la cama, alternando períodos de reflexión con otros en los que se notaba febril y se quedaba adormecido. A la mañana siguiente, fue a ver a Dionisio y le comunicó su decisión.

—Voy a quedarme, pero no debes considerarme el representante de Dion. Te pido que le escribamos conjuntamente para comunicarle lo que hemos acordado y preguntarle si desea proponer algún cambio. Hasta que llegue su respuesta, no debes tomar ninguna medida que lo perjudique.

Dionisio se acercó a él y le estrechó la mano.

—Estoy de acuerdo, Platón, así lo haremos. —Su mano carnosa lo apretaba con firmeza—. Me haces muy feliz quedándote, y te aseguro que no te arrepentirás.

Las primeras tormentas llegaron antes de lo previsto.

Todavía hacía calor la mañana en que el cielo se volvió tan oscuro que parecía cubierto de plomo. Se levantó un viento fuerte que sacudía las túnicas como si quisiera arrancarlas y la masa de nubes comenzó a descargar un aguacero que en pocos minutos convirtió las calles de Siracusa en un barrizal.

Platón y Espeusipo habían estado paseando por el jardín del palacio mientras comentaban la situación política de la ciudad. Aún no había llegado la respuesta de Dion a la carta que le habían enviado Dionisio y Platón; no obstante, sus partidarios confiaban en que el tirano permitiría el regreso de Dion y en que eso abriría una etapa de reformas con las que se suavizaría la tiranía.

La tromba de agua hizo que se refugiaran bajo el arco de piedra de la puerta exterior del jardín. Desde allí contemplaron el puerto en silencio; los guardias de la puerta estaban junto a ellos y no resultaba prudente hablar de política. El muelle se encontraba prácticamente desierto porque el día anterior se habían apresurado a zarpar los últimos barcos. Todos los capitanes sabían que, una vez que comenzara el mal tiempo, pasarían meses antes de poder viajar de nuevo por mar.

Platón se volvió al oír su nombre y vio a un sirviente del palacio en la puerta de la casa del jardín. Lo llamó para que viera dónde se encontraba y el hombre corrió hacia ellos sosteniendo una sombrilla abierta.

—Nuestro señor Dionisio reclama la presencia de Platón.

El sirviente colocó la sombrilla sobre su cabeza para tratar de protegerlo de la lluvia, pero la siguiente racha de viento rompió las varillas y Platón cruzó el jardín a la carrera. Cuando llegó a los aposentos de Dionisio, tenía el rostro empapado y la barba le goteaba.

La puerta se abrió y se encontró cara a cara con Filisto, que esquivó su mirada y se alejó por el pasillo. Al entrar en la habitación encontró al tirano sentado frente a una gran mesa de roble en la que había varios documentos.

—Platón, lamento que te hayas mojado. Traed unos paños para que se seque —pidió a unos sirvientes—. Siéntate, por favor.

Platón se pasó los paños por la cara y los brazos mientras Dionisio terminaba de revisar un papiro. De vez en cuando hacía alguna marca con una pluma entintada. Finalmente dejó la pluma en un soporte y cruzó las manos sobre la mesa.

—Te he hecho llamar para decirte que llevo varios días estudiando la situación de Dion, sus rentas, sus propiedades... —El tirano señaló con un gesto los documentos de la mesa—. Y he tomado una decisión que considero la más equilibrada.

Platón frunció el ceño.

—Acordamos que no se haría nada que variara su situación sin tratarlo antes con él.

Dionisio parpadeó, inexpresivo, y continuó como si Platón no hubiera hablado.

—La mitad de los bienes deben considerarse de Dion y la otra mitad de su hijo, pienso que eso es lo más justo. Voy a vender los bienes y cuando partas podrás llevarle su mitad a Dion. La otra mitad la reservaré para su hijo.

Platón se quedó mirándolo. La lluvia azotaba las ventanas como una criatura monstruosa que quisiera entrar.

«Maldito Dionisio, has esperado hasta el momento en que estamos encerrados en la isla.»

Un relámpago hizo que las paredes resplandecieran con una luz azulada. Al instante siguiente estaban de nuevo en la penumbra apenas mitigada por las dos velas que ardían en la mesa del tirano.

—Dionisio, si quieres cambiar las condiciones, debes escribir a Dion.

—Tan sólo quería informarte. —El tirano se apoyó en el respaldo. Su mirada transmitía una calma frágil—. Eso es todo.

Capítulo 80

Siracusa, marzo de 360 a. C.

El invierno transcurrió con una lentitud desesperante, y cuando parecía que la pesadilla de Siracusa iba a terminar, empeoró bruscamente.

Platón se había acostumbrado a pasear por el puerto por las mañanas. Los días eran más templados y algunos barcos de pesca se aventuraban a faenar las aguas cercanas. Le gustaba verlos navegar cuando regresaban, producían la impresión de que ya se podía viajar por mar, aunque todavía nadie se arriesgaba a alejarse demasiado del puerto.

«Atenas está un poco menos lejos», se dijo con la mirada puesta en el horizonte. Debajo de un cielo pálido y sin nubes el mar estaba encrespado. El viento convertía en espuma las crestas de las olas como si miles de ovejas corretearan sobre las aguas oscuras, pero los marineros le habían dicho que en pocos días la superficie se aquietaría y comenzarían los viajes.

Siguió caminando y poco después se detuvo para observar una galera de treinta remos a la que estaban colocando unas velas que tenían tantos remiendos como la carne de un soldado mercenario. Como siempre que abandonaba el palacio, lo seguían dos soldados de Dionisio, tan silenciosos como su propia sombra.

«El tirano tiene miedo de que escape, pero ahora mismo sólo podría hacerlo nadando.»

De no ser por la imposibilidad física de irse, lo habría hecho hacía tiempo. Bien sabían los dioses que Dionisio no le había dado motivos para quedarse. A lo largo del invierno había vendido los bienes de Dion del modo que había querido, sin consultarle a él ni a nadie, y no parecía tener voluntad alguna de que Dion recibiera parte del dinero.

Esbozó una sonrisa cansada al recordar la conversación sobre los bienes de Dion que había mantenido con Filisto. La mano derecha de Dionisio había ido a verlo a la casa del jardín unas semanas después de que el tirano le hubiera dicho que pensaba vender los bienes. Llevaba sobre la túnica un grueso manto púrpura que no se quitó al sentarse. Era un día muy frío y el fuego encendido en el hogar apenas caldeaba la estancia.

—¿Podéis dejarnos a solas? —Los sirvientes de la casa se apresuraron a obedecer a Filisto sin ni siquiera mirar a Platón—. Parece que necesitas más leña. Encargaré que te la traigan, no queremos que enfermes.

Platón asintió brevemente. Filisto estaba tan satisfecho que sus ojos azules parecían destellar.

—Supongo que tu sobrino Espeusipo, o alguno de tus amigos, te habrá informado de que se están vendiendo los bienes de Dion.

No se molestó en responder.

—Tomaré eso por un sí. —Filisto se inclinó hacia él y dejó de sonreír—. He venido a prevenirte, Platón. No sería bueno para nadie que trataras de evitar, directamente o a través de tus amigos, que se venda alguno de esos bienes. Y tampoco intentes que el producto de la venta lo reciba alguien que no sea Dionisio.

Platón se encogió de hombros.

—Dionisio hizo una promesa. Hizo varias, en realidad. No obstante, puedes irte tranquilo, no intentaré forzar aquello que es tan evidente que no quiere cumplir por sí mismo.

—Excelente. —El consejero lo observó con los ojos ligeramente entornados—. Te dejo con tu filosofía.

Platón no había vuelto a hablar sobre Dion ni con Filisto ni con Dionisio, aunque el tirano seguía convocándolo a numerosos eventos y había decidido que lo más prudente era asistir a algunos. Esa misma semana, Dionisio había designado que se sentara junto a él en un banquete celebrado para agasajar a una embajada de Crotona. A lo largo de la velada había asegurado una docena de veces a los embajadores que Platón era el más grande de los filósofos que había conocido y el hombre que más admiraba. Su entusiasmo al decir aquello era tan sincero que a Platón se le había puesto la carne de gallina.

Se alejó de la galera y caminó hacia la escalinata que llevaba al palacio. Le gustaba estar en el puerto, con la ciudad detrás como si ya se estuviera yendo, pero había quedado con Espeusipo y Jenócrates y debía regresar. Comenzó el ascenso y a media altura se detuvo para contemplar el mar una última vez.

«La temporada de navegación está a punto de abrirse.»

Aquello debería servirle de consuelo, pero lo único que le produjo fue congoja. Cada día tenía más dudas de que Dionisio fuera a dejar que se marchara.

Simo, el mayordomo principal del palacio, recibió a Filisto en su mansión particular. Ansiaba saber lo que iba a ocurrir con Platón, pero consiguió contener su lengua hasta que entraron en uno de los salones y cerraron la puerta. Sobre una mesa ardía una lámpara de tres mechas y las llamas se reflejaron en sus ojos inquietos.

—¿Dionisio ha tomado una decisión?

—Sí, se la debe de estar comunicando a Platón en este momento. —Filisto examinó el rostro orondo y la barba descuidada del mayordomo; últimamente parecía estar siempre algo bebido—. No va a permitir que Platón abandone Siracusa.

—¡Maldita sea! —Simo se alejó unos pasos soltando exabruptos, regresó junto a Filisto y cogió una jarra de vino de la mesa. Llenó dos copas y le dio una a su visitante antes de apurar la suya de un trago—. ¿Y ahora qué hacemos? ¿Existe el peligro de que Platón consiga que Dionisio y Dion se reconcilien?

—No, la ruptura con Dion ya es completa. De hecho, la presencia de Platón en Siracusa nos favorece en ese sentido. Dionisio daría lo que fuera para que Platón lo alabara a él tanto como a Dion y le hierve la sangre cada vez que el filósofo pronuncia su nombre. Eso supone para Dionisio otro motivo para cortar todos los lazos de Dion con Siracusa.

—¿Y qué ocurre con los demás partidarios de Dion? En la corte las protestas de sus familiares por la venta de sus bienes han sido tan cautelosas que ni siquiera se han oído, pero los rumores dicen que fuera del palacio el ambiente está más revuelto.

Filisto se sentó en el borde de una mesa. Le dolía la espalda.

—El más peligroso sigue siendo Heraclides. —Aquel hombre había demostrado ser buen militar bajo el mando de los dos Dionisios. Sin embargo, era amigo de Dion y su carácter fogoso seducía a todos los que lo oían cuando se lanzaba a criticar el comportamiento que el tirano estaba teniendo con su amigo—. En cuanto a los filósofos que han venido con Platón desde Atenas, con el que hay que tener más cuidado es con Espeusipo.

—El sobrino de Platón —mascullo el mayordomo con desprecio.

—Mis guardias lo mantienen vigilado cuando se mueve por la ciudad. A menudo se reúne con los amigos de Dion, sobre todo con Heraclides. Además, organiza conferencias de filosofía en las que ensalza las peligrosas ideas políticas de Platón; conferencias a las que asisten muchos hombres notables de Siracusa, y no sólo los que ya son partidarios de Dion. —Se giró para coger su copa y dio un sorbo—. Hemos conseguido que Dionisio no se convierta en discípulo de Platón, al menos de momento, pero mientras siga mostrándole su favor seguirá habiendo muchos estúpidos que escuchen fascinados sus ideas. Y esos estúpidos son hombres poderosos que podrían convertirse en una facción que presionara a Dionisio.

El mayordomo dio con un puño en la mesa.

—La tiranía exige mano de hierro. No podemos permitirnos que Dionisio lleve a cabo ni una sola de las reformas que propugna Platón. Si el pueblo deja de temernos, correremos peligro. —Agitó en el aire un dedo rechoncho—. Si nos ven como iguales, nos apedrearán por las calles.

«Haces bien en temerlos», pensó Filisto. El mayordomo

hacía de intermediario cada vez que un siracusano quería presentar una solicitud en la corte. Las retribuciones que exigía para que la petición no muriera en el olvido eran escandalosas.

Dio otro trago y dejó sobre la mesa la pesada copa de plata.

—No debes preocuparte más por Platón y sus filósofos —aseguró—. Se va a producir un levantamiento de tropas, y la culpa va a recaer en los partidarios de Dion, en Espeusipo y en el resto de los discípulos de Platón.

Platón y su sobrino oyeron los primeros gritos cuando estaban repasando un pasaje de *El político* en la casa del jardín.

—¡Nos atacan!

—¡Cerrad las puertas!

Un momento después les llegó el inquietante sonido de muchos hombres a la carrera. Se apresuraron a la ventana y vieron a los guardias de Dionisio cerrando el acceso al puerto. Espeusipo salió al jardín y preguntó qué sucedía, pero los soldados pasaban corriendo sin prestarle atención. Platón salió también, y en ese momento el aire vibró con el cántico de guerra del ejército que los atacaba.

—¿Cómo es posible? —Platón contempló las murallas que rodeaban el jardín. Las tropas enemigas parecían estar muy cerca de ellos, justo al otro lado de los muros. Por su experiencia militar sabía que ese ruido sólo podía proceder de un ejército muy numeroso—. ¿Nuestros compañeros están en Siracusa o en el palacio?

Espeusipo estaba atento al griterío del exterior y tardó un momento en responder.

—El único que puede que esté en el palacio es Jenócrates.

—Vamos a buscarlo. Es mejor que permanezcamos juntos.

Atravesaron el jardín en dirección al edificio principal. Antes de que entraran, surgió Jenócrates con el rostro sudoroso.

—Vengo del torreón, el ejército ha rodeado completamente el palacio.

¿Quién nos ataca? —preguntó Espeusipo.

—¿No lo sabéis? Esta mañana Dionisio ha comunicado a

los oficiales de su ejército mercenario que disminuía con efecto inmediato la paga de todos los soldados. Los oficiales han celebrado después una asamblea con sus tropas, y ésta es la respuesta que han decidido. —Levantó una mano hacia lo alto de las murallas. El canto de guerra, salpicado de insultos a Dionisio, subía y bajaba como un oleaje que retrocede para acometer con más fuerza.

—Son diez mil soldados veteranos. —Platón movió la cabeza para negar—. ¿Dionisio pretende contenerlos cerrando las murallas, y sin tener otro ejército para hacerles frente?

—Ha sido una decisión estúpida —dijo Espeusipo, más asustado que irritado.

—Esperemos que no se esté derramando sangre en la ciudad. —Platón tuvo que gritar cuando se alzó el estruendo de miles de mercenarios golpeando sus escudos con las lanzas—: ¡Vamos, lo más seguro será que nos resguardemos en alguna sala del segundo piso!

Antes de que se pusiera el sol, Dionisio cedió a todas las reclamaciones de las tropas. Incrementó la paga de los mercenarios por encima de su nivel anterior, se la subió a otros cuerpos del ejército que habían formado parte del levantamiento y accedió a más demandas que le exigieron sobre la marcha. Sus consejeros le aseguraron de forma unánime que tenía que haber un grupo de instigadores detrás de la revuelta, y encargó a Filisto que se ocupara de la investigación.

Al cabo de un par de días, Platón estaba caminando por el jardín cuando divisó a Dionisio hablando con Teodotes, el tío de Heraclides. Se detuvo y pensó en irse de allí; la última vez que había hablado con Dionisio le había pedido que los dejara marchar, y el tirano había respondido que esperase unas semanas para que no pareciera que quería salir corriendo nada más abrirse la temporada de navegación.

Finalmente decidió acercarse. Corría el rumor de que Heraclides había alentado a los mercenarios a que se levantaran contra el tirano y Dionisio había dado la orden de capturarlo. Platón estaba convencido de que la acusación era falsa, pero temía que acabara implicando también a Espeusipo debido a que su sobrino frecuentaba el trato con Heraclides.

El tono de Dionisio era perentorio y estaba cargado de ira. Sus soldados no conseguían atrapar a Heraclides, y había llamado a su tío Teodotes para exigirle que Heraclides se entregara.

Teodotes advirtió la presencia de Platón y se volvió hacia él.

—Ah, Platón, los dioses te han enviado en ayuda de una causa justa. —Dionisio forzó una sonrisa al verlo, como siempre que se encontraban en público—. Mi sobrino se ha ocultado al saber que hay contra él una acusación infundada y que hay soldados tratando de darle caza. Estoy rogando a Dionisio que, en caso de que no quiera que mi sobrino permanezca en Sicilia, le permita trasladarse al Peloponeso llevándose sus bienes, a su mujer y su hijo. —Se volvió hacia el tirano—. Te suplico, Dionisio, que si tus hombres encuentran a Heraclides, no sufra otro daño que el de ser desterrado. ¿Estás de acuerdo en que sea así?

El tirano miró a Platón antes de responder. Sus labios consiguieron mantener la sonrisa.

—Estoy de acuerdo. Tu sobrino Heraclides no sufrirá otro daño que el que acabas de mencionar.

Teodotes se deshizo en agradecimientos. No tenía descendencia propia y quería a Heraclides como si fuera un hijo. Cuando abandonó el jardín, estaba convencido de que la vida de Heraclides se encontraba a salvo.

A la tarde siguiente, sin embargo, se presentó en casa de Platón con los ojos rojos y unas ojeras pronunciadas.

—Platón, los guardias están buscando a Heraclides para matarlo. Te lo imploro, acompáñame a pedir a Dionisio que cumpla lo que dijo ayer.

Entraron en el palacio y buscaron al tirano. Platón todavía tenía la potestad de verse con él sin necesidad de solicitar audiencia, de modo que accedió a la sala en la que se encontraba seguido por Teodotes, que se mantuvo un paso por detrás. También estaban presentes algunos sirvientes y varios miembros de la corte. Decidió hablar con ellos delante para que el tirano se inclinara más a cumplir su palabra.

Dionisio, Teodotes teme que actúes en contra de lo convenido ayer, pues parece que tus soldados están buscando a Heraclides con la intención de acabar con él.

La sonrisa se borró de los labios del tirano y la ira enrojeció su rostro. Teodotes se lanzó a sus pies y le tomó la mano rogando por la vida de su sobrino.

—Tranquilízate, Teodotes. —Platón sostuvo la mirada del tirano—. Estoy seguro de que Dionisio no va a quebrantar sus promesas de ayer.

Dionisio irguió la cabeza, consciente de que todos los presentes permanecían tan atentos que ni siquiera respiraban.

—No te he prometido nada en absoluto.

—Sí, por los dioses. —Platón notaba el silencio espeso, las miradas clavadas en ellos—. Prometiste lo que este hombre te está pidiendo: que respetarías la vida de Heraclides.

El tirano no le respondió, pero a la rabia que ardía en sus ojos se le sumó el rencor.

Cuando Platón abandonó la sala, tenía la certeza de que entre Dionisio y él acababa de romperse algo que no podía repararse.

«El tiempo de las apariencias ha quedado atrás.»

Dionisio envió cientos de soldados a peinar Siracusa en busca de Heraclides. Sin embargo, el amigo de Dion había conseguido escapar y se había refugiado en la parte de la isla controlada por Cartago. Durante los siguientes días Platón procuró no entrar en el palacio y se mantuvo informado de lo que sucedía mediante las visitas que le hacía su sobrino.

Una mañana, Espeusipo no acudió a la cita que habían concertado y decidió ir a buscarlo. Recorrió los pasillos del palacio y se cruzó con algunos sirvientes y cortesanos que apartaron la mirada al pasar a su lado. Llegó a la habitación de su sobrino, pensando que podría estar indispuesto, y al no encontrarlo preguntó a un sirviente.

—Se los han llevado al amanecer.

Platón palideció.

—¿Cómo que se los han llevado? ¿Quién? ¿Adónde?

—No lo sé. Han venido varios soldados y los han detenido.

—¡¿Dónde está Dionisio?!

El sirviente se encogió de hombros y Platón lo agarró de la túnica.

—¡Dime dónde está!

En cuanto lo supo echó a correr, subió las escaleras y llegó al segundo piso casi sin aliento. Intentó entrar en la sala que le había indicado el sirviente, pero los soldados de la puerta cruzaron las lanzas frente a él.

—¡Dionisio, soy Platón! —gritó—. ¡Déjame entrar!

Lo intentó de nuevo y los soldados lo empujaron haciendo que se tambaleara hacia atrás. Poco después, la puerta se abrió y apareció el rostro sonriente de Filisto.

—Puedes entrar, Dionisio tiene un momento para recibirte.

Platón pasó junto a Filisto y recorrió la sala con la mirada. Había otros dos consejeros sentados a una mesa y el tirano estaba de pie, junto a una ventana abierta.

—¿Dónde está mi sobrino? —Avanzó a grandes pasos hacia Dionisio—. ¿Qué has hecho con mis discípulos?

—¿Ahora vienes con exigencias, Platón? ¿Después de que desde que llegaste a Siracusa sólo te has interesado por Dion? ¿De que has defendido por todos los medios a hombres del partido de Dion, como Heraclides, cuya implicación en las más graves conspiraciones estaba probada?

—Por favor, Dionisio.

—¿Quieres saber dónde están? —Su tono de voz era malévolo, se estaba recreando en su sufrimiento.

—Te lo ruego.

El tirano hizo un gesto hacia la ventana.

—Asómate. Tú mismo podrás verlos.

Platón sintió que se le revolvía el estómago. Aquella ventana daba al «patio de las ejecuciones». Sacó la cabeza y dirigió la mirada a la estructura de madera en la que ahorcaban a los condenados.

Estaba vacía.

—Más lejos, Platón. —Dionisio se puso a su lado y señaló hacia delante—. Ahí los tienes.

—¿Están... en ese barco?

Una galera se alejaba hacia el horizonte a golpe de remo. El tirano se acercó más a él y le habló susurrando:

—Están vivos, Platón. A pesar de que he sabido que conspiraban contra mí, tus filósofos viajan a Atenas y no al Hades gracias al aprecio que te tengo. —El susurro se quebró y pareció que iba a echarse a llorar—. Piensa en todo lo que yo he hecho por vosotros, y en cómo me lo has pagado.

Platón cerró un momento los ojos, lamentando que la mente retorcida del tirano no hubiera decidido que él también tenía que abandonar la isla.

«Supongo que éste es mi castigo. —La galera se alejaba poco a poco hacia su añorada Atenas—. Dejarme solo en Siracusa.»

Sin embargo, muy pronto descubriría que sus castigos no habían hecho más que empezar.

Capítulo 81

Atenas, abril de 360 a. C.

«Diosa Atenea, protege la vida de Platón.»

Perseo avanzaba por la vía Panatenaica apoyándose en su bastón, con la mirada puesta en la estatua de bronce de Atenea que se alzaba en lo alto de la Acrópolis. Imaginó que la diosa se bajaba de su pedestal, y con sus armas y sus cincuenta pies de altura se presentaba en Siracusa para liberar a Platón.

«Sólo los dioses podrían rescatarlo de las garras del tirano.»

Espeusipo y los demás filósofos que habían viajado con Platón habían regresado a Atenas la semana anterior. Nada más enterarse de su llegada, Perseo había ido cojeando hasta la Academia.

—Pedimos que nos dejaran ver a Platón antes de partir —relató Espeusipo—, pero los soldados de Dionisio prácticamente nos arrastraron por el puerto y nos arrojaron a un barco que zarpó de inmediato.

—¿Por qué Dionisio no ha dejado que Platón se vaya? —Aristóteles se había quedado lívido—. ¿Qué crees que va a ocurrir con él?

Las cejas negras de Espeusipo se arrugaron mientras negaba.

—Está en una situación muy complicada, no sé lo que va a ocurrir.

«Dionisio está obsesionado con ofrecer una imagen de hombre culto —se dijo Perseo—. Sabe que matar a Platón sería el mayor atentado que podría cometer contra la filosofía, y por lo tanto contra la imagen que pretende dar.» Quizás en la vanidad del tirano radicaba la mayor esperanza de que Platón no corriera peligro en Siracusa.

Perseo siguió acercándose a la Acrópolis y la escarpada pared de la colina ocultó la estatua de Atenea. Altea caminaba junto a él completamente abstraída, y reprimió el impulso de preguntarle a su hija qué le ocurría. Sabía que las últimas noticias sobre Platón no eran lo único que la preocupaba porque ya hacía varios meses que se mostraba retraída. Sospechaba que tenía problemas con Calipo, pero ella había respondido con evasivas cuando le había preguntado.

—Apóyate en mí —le dijo Altea cuando llegaron a la base de la escalinata de la Acrópolis.

Perseo tomó el brazo que le ofrecía y subió el primer peldaño. Hacía tiempo que no iba a la Acrópolis y le sorprendió lo altos que le parecían los escalones.

Miró a su hija sonriendo:

—Ya queda menos.

Altea le devolvió la sonrisa, pero se daba cuenta de que su padre bromeaba para disimular el esfuerzo que le suponía el ascenso. Perseo apoyó el bastón en el siguiente peldaño y ella lo sujetó con fuerza para que le costara menos superarlo.

—Vamos mejor por la rampa. —Su padre señaló con el bastón hacia el centro. La anchura total de la escalinata era de treinta pasos y en el medio contaba con una rampa para que pudieran subir los jinetes y los carros. Tenía una inclinación considerable, pero al menos se ahorrarían los peldaños.

Mientras ascendían, Altea notó con rabia que se le humedecían los ojos. Miró hacia otro lado para que su padre no se diera cuenta e inspiró hondo tratando de contener las lágrimas.

«Maldito seas, Calipo. —Su esposo la había condenado a una vida de fingimiento y temor—. Maldito, maldito seas.»

A menudo revivía el momento en que él la había mirado a los ojos y le había mentido con la misma tranquilidad que si le estuviera diciendo la verdad. El impacto había sido devastador. Su realidad se había resquebrajado como una cerámica que cae al suelo, y lo mismo había ocurrido con sus recuerdos.

No sabía cuándo había empezado a cambiar Calipo. A veces pensaba que había sido cuando ella se había quedado estéril, y otras se decía que la causa había sido el éxito económico de su esposo, cuya ambición no había dejado de crecer según se enriquecía. Pero daba igual cuándo hubiera ocurrido, lo importante era que la confianza que tenía en Calipo había desaparecido, y ahora lo único que sentía era la repugnancia de saber que por las noches se acostaba con esclavas, y de tener que soportar con una sonrisa sus besos y sus mentiras. Si mostraba lo que de verdad sentía, su esposo podía encerrarla en la casa como si fuera una esclava más. Dependía de la voluntad de Calipo para mantener su condición de maestra de la Academia, de mujer libre, de persona.

«Esta mañana me ha dicho que me quería. —Lo había hecho con la misma mirada afectuosa que cuando había negado que se acostaba con esclavas. Sólo de pensarlo sintió náuseas—. Lo que siente no es amor. Sólo me quiere como se quiere a una propiedad.»

Algunos hombres salieron de la Acrópolis y los saludaron al cruzarse con ellos en la escalinata. Altea forzó una sonrisa y Perseo aprovechó para detenerse a recuperar el aliento, pese a que sólo les quedaban diez pasos para llegar. Tenía que tomar aire a través de la boca entreabierta y las comisuras de sus ojos se habían llenado de arrugas. Se dio la vuelta y su mirada recorrió los tenderetes y los edificios públicos del ágora, pasó al recinto para las Asambleas de la colina Pnix y después sobrevoló la aglomeración de viviendas y pequeños templos que constituían su querida Atenas.

«Me está costando mucho subir —se dijo todavía con la respiración agitada—. Quizás sea la última vez que contemplo la ciudad desde aquí.»

Buscó su casa y la localizó gracias al humo que salía del horno. Sus ayudantes lo habían encendido a primera hora de la mañana. La crispación de su rostro se disipó mientras observaba la estela de humo y pensaba en la magia que estaba teniendo lugar entre las paredes de su viejo horno.

Se volvió hacia el monumental acceso de la Acrópolis. Los Propíleos semejaban la entrada de un gran templo, con seis gruesas columnas y un frontón construidos con el valioso mármol del monte Pentélico. Aunque carecían de decoración escultórica en el friso y el frontón, su apariencia era similar a la fachada principal del Partenón y eso incrementaba la sensación de armonía que transmitía el conjunto de la Acrópolis.

—Ya podemos seguir. —Sonrió al advertir la mirada preocupada de su hija—. Estoy bien, vamos a ver la pinacoteca.

Pasaron entre las columnas centrales y accedieron a un gran vestíbulo. Al fondo había una pared de mármol en la que se abrían cinco puertas, la de en medio con una anchura de cuatro pasos para facilitar la entrada a la Acrópolis de grandes carretas. A cada lado de la estructura de los Propíleos, antes de acceder a la Acrópolis, una prolongación perpendicular daba acceso a una edificación más pequeña. Se dirigieron a la situada en el ala izquierda. El edificio de ese lateral se utilizaba ocasionalmente como sala de banquetes oficiales, pero se había hecho popular por las pinturas sobre tabla que adornaban sus muros.

Perseo soltó el brazo de su hija después de cruzar el umbral. Una fina cornisa sobresalía a lo largo de las paredes y sobre ella estaban colocados los cuadros.

—Han pasado más de setenta años desde que vi esta pintura por primera vez. —Perseo se acercó al primer cuadro de la pared de la izquierda—. Polígnoto siempre ha sido mi pintor favorito, y mi pobre padre a veces aguardaba durante horas sin que yo me apartara de esta pintura. —Señaló con el bastón a la ninfa Dafne, que miraba hacia atrás mientras Apolo la perseguía—. Fíjate en sus labios entreabiertos y el rubor de sus mejillas. Polígnoto fue el primer pintor capaz de expresar el estado de ánimo de los personajes.

Altea tomó la mano de su padre mientras contemplaban el cuadro. La técnica de Polígnoto era sencilla pero muy efectiva. Aunque las figuras tenían el mismo tamaño, lograba transmitir sensación de profundidad con sólo trazar unas líneas para dividir los distintos planos. También era capaz de recrear las transparencias y hacer que el cuerpo de Dafne se vislumbrara a través del vestido.

—¿Polígnoto fue el responsable de que quisieras ser pintor de tabla cuando eras pequeño?

Su padre lo pensó un momento.

—Puede que sí. Su técnica era más sencilla que la de Agatarco, que juega con la perspectiva —dijo al tiempo que señalaba el siguiente cuadro—. Por eso mi padre y otros pintores de vasijas se fijaban más en Polígnoto y trataban de asimilar su técnica. —Sonrió al recordar la vehemencia con la que le decía a su padre que iba a ser pintor—. Aunque supongo que lo que más me atraía de él era el enorme prestigio que consiguió: fue el primer pintor que logró que no lo consideraran un mero artesano.

—¿Y por qué desististe? Habrías sido un gran pintor.

Perseo esbozó una mueca dubitativa.

—Quizás en la época de Polígnoto habría tenido alguna posibilidad, pero ten en cuenta lo que han logrado algunos pintores posteriores. —Se dio la vuelta y se dirigieron a la pared contraria—. Por ejemplo, Apolodoro. Fíjate en la degradación de los colores hasta crear una sombra, el realismo que consigue otorgar a la luz, el efecto de relieve... Jamás hubiera sido capaz de acercarme a sus logros.

—Pero pintaste algunos cuadros, y la ciudad te ofreció colocar uno de ellos en la pinacoteca.

Perseo desdeñó aquello con un gesto.

—Eso fue poco después de ganar los Juegos Olímpicos. Todo el mundo me adulaba y me creí mejor pintor de lo que era..., hasta que me ofrecieron un hueco aquí, entre los grandes genios de la pintura. Era completamente absurdo. Aquello me abrió los ojos; regalé los cuadros y me dediqué a la pintura de cerámicas, que era donde tenía algo que decir. —No añadió que su padre había muerto en la guerra con Esparta y él había sentido que su deber era continuar la tradición familiar como ceramista. Altea heredaría el taller, probablemente dentro de menos de un año, y quería que se sintiera libre de cerrarlo o hacer lo que quisiera con él.

El bastón de Perseo golpeó con parsimonia el suelo de piedra cuando se desplazaron hacia los siguientes cuadros. Altea pensó de nuevo en Calipo, pero lo expulsó con rabia de su mente. No iba a permitir que le arruinara también el tiempo que pasaba con su padre.

—Zeuxis y Parrasio. —El semblante de Altea se relajó mientras contemplaba las obras de aquellos pintores—. Me acuerdo de cuando me contaste la historia de estos cuadros.

Zeuxis y Parrasio habían coincidido en Atenas durante varios años. Ambos eran conocidos por su vanidad y ostentación, y ambos afirmaban ser el mejor pintor de la historia. Parrasio decía sin rubor que era el «príncipe de las artes», mientras que Zeuxis se paseaba con una túnica con su nombre tejido en letras de oro. En una ocasión se habían retado a demostrar con una pintura quién era el mejor, y el resultado eran los dos cuadros allí expuestos. El de Zeuxis mostraba unas uvas pintadas con tanto realismo que unos pájaros se habían acercado al estrado donde debía decidirse quién era el vencedor y habían intentado picotearlas. Zeuxis, envanecido después de aquello, se acercó al cuadro de Parrasio y trató de apartar la tela que lo cubría para mostrar la pintura de su rival. Sin embargo, no había tal tela, sino que el cuadro consistía precisamente en la pintura de una tela. Al darse cuenta, Zeuxis reconoció su derrota declarando que él había engañado a los pájaros, pero que Parrasio lo había engañado a él.

—Zeuxis formó parte del entorno de Sócrates durante sus primeros años en Atenas —recordó Perseo—. Sócrates decía que era su pintor favorito, y también afirmaba que, a pesar de su orgullo, era un hombre muy atento y razonable. Yo era muy pequeño entonces, apenas recuerdo hablar con él, pero cuando empezó a destacar como pintor, sus cuadros me parecían obras de los dioses.

—Eurímaco y yo pensábamos lo mismo de los dibujos que hacías en las vasijas más grandes.

Aquello hizo sonreír a Perseo, que besó la mejilla de su hija sin decir nada.

Salieron de la pinacoteca y cruzaron el vestíbulo de los Propíleos. Tomaron la rampa central para evitar los escalones y atravesaron la puerta que daba acceso a la Acrópolis.

Perseo se detuvo y contempló ensimismado el entorno. Frente a ellos se encontraba la gran estatua de bronce de Atenea, con un grupo numeroso de atenienses congregado a sus pies. Un poco más lejos, a su derecha, se alzaba majestuoso el Partenón.

—Cuando no tenía edad para entrar en el área sagrada, me acercaba a las puertas de la Acrópolis y mi padre me daba desde aquí algunas explicaciones. —Altea asintió en silencio.

Se lo había contado más veces, pero parecía no darse cuenta—. Mi padre se había hecho amigo de Fidias tras venderle una vasija, y el escultor le reveló los secretos de construcción que esconde el Partenón.

Fidias había dirigido la construcción del templo y había demostrado que su magistral dominio de la escultura se extendía también a la arquitectura. El Partenón era un edificio extraordinariamente grande, con una planta de casi noventa pasos de largo y cuarenta de ancho, pero la sensación que producía era de ligereza y armonía.

—Aunque las columnas parecen rectas, todas están ligeramente inclinadas hacia dentro. Fidias le explicó a mi padre, a tu abuelo —añadió volviéndose hacia Altea—, que de ese modo el conjunto transmite una menor pesadez.

Avanzaron hacia la fachada posterior del templo, la más cercana a la entrada de la Acrópolis. Sus ocho grandes columnas acanaladas estaban realizadas con mármol del Pentélico, lo que las dotaba de una blancura uniforme y un ligero brillo dorado cuando recibían directamente la luz del sol, como ocurría en ese momento.

Perseo levantó su bastón hacia el templo.

—Las columnas de los extremos, a diferencia de las interiores, se recortan contra el cielo y eso hace que parezcan más estrechas. Fidias compensó este efecto tallándolas un poco más gruesas, lo justo para que las percibamos todas iguales. —Tuvo la sensación de que estaba usando las mismas palabras que su padre y sonrió con melancolía—. Algo similar ocurre con la base del templo, nos da la impresión de que es recta gracias a que se construyó ligeramente abombada. Si la hubieran hecho perfectamente horizontal, la veríamos curvada hacia abajo, nos parecería que está hundida.

Altea no poseía un conocimiento del Partenón tan exhaustivo como su padre, pero sabía que la impresión de equilibrio y regularidad que transmitía el edificio se debía a numerosas alteraciones sutiles en sus proporciones y simetrías. La distancia entre las columnas se iba estrechando desde el centro hacia los extremos, y también se iba modificando el espacio entre las diferentes partes del friso. En realidad, casi ningún elemento del Partenón era completamente horizontal ni formaba ángulos rectos con los adyacentes. Eso hacía que unos repercutieran en las formas y medidas de los otros, lo cual había requerido un prodigioso diseño y había supuesto un trabajo extraordinario para canteros y constructores. Sólo un genio como Fidias podría haber conseguido que cada detalle se llevara a cabo debidamente, y el resultado era un templo hecho para contemplarse. Más que un edificio, el Partenón era una enorme escultura.

—Vamos a acercarnos un poco más, quiero ver bien a nuestra patrona.

Altea creyó percibir en las palabras de su padre un tono de despedida que le oprimió el corazón. Avanzaron lentamente hasta situarse a los pies del templo y desde allí contemplaron la escena que se desarrollaba en el frontón. Sobre un fondo azul intenso, Atenea y Poseidón se enfrentaban entre sí para ver a quién elegirían los atenienses como patrono y protector de la ciudad. El dios de los mares hundía en el suelo su tridente y hacía que brotara un manantial de agua salada. Atenea, por su parte, golpeaba la tierra con su lanza y hacía surgir el olivo que regalaría a la ciudad y le daría la victoria.

La disputa de los dioses transmitía una intensa sensación de fuerza y violencia. Las demás figuras del frontón asistían sobrecogidas al enfrentamiento. Mientras las observaba, Altea pensó en la batalla en la que había muerto su hermano.

«Eurímaco...»

La sensación de añoranza fue tan dolorosa que le cortó el aliento. Al menos había tenido una muerte digna, y además supo antes de morir que al abatir a Epaminondas los había salvado a ellos.

Miró a su padre, que se apoyaba en el bastón y alzaba su viejo rostro hacia la patrona de Atenas. La muerte de Eurímaco lo había hundido, pero unos meses más tarde la extraña visita de aquel espartano había devuelto la paz a su espíritu.

«Era el mismo hombre que en Delfos supo nada más verme que yo era hija de Perseo. —A menudo recordaba aquel encuentro, con el que incluso había llegado a soñar—. Luego apareció su hermano y afirmó que yo era igual que su madre..., Deyanira.»

Hasta ahí todo podía deberse a que ella guardara una gran semejanza con la madre de esos hombres, pero a lo que no encontraba explicación era a que Eurímaco y el hermano del espartano fuesen tan extraordinariamente parecidos.

No había compartido aquel interrogante con su padre, ni tampoco que le resultaba extraño que fuera precisamente ese hombre quien le había llevado el escudo de Eurímaco. El espartano le había dicho a su padre que lo hacía en agradecimiento porque Eurímaco, al acabar con Epaminondas, había salvado Esparta. Sin embargo, Altea veía en todo aquello un cúmulo excesivo de coincidencias, y Platón la había acostumbrado a buscar las respuestas mediante la razón.

«Es una lástima que yo no me encontrara en aquel momento en el taller. Me hubiera gustado hacerle unas cuantas preguntas.»

En cualquier caso, sentía un enorme agradecimiento hacia el hombre que había traído el escudo de Eurímaco y que con sus palabras había sido capaz de aliviar el sufrimiento de su padre.

Acarició con ternura sus cabellos blancos. Su padre sonrió sin dejar de mirar la escena del frontón y ella levantó la vista hacia la diosa patrona de Atenas.

Frunció el ceño mientras trataba de recordar el nombre del espartano.

Un momento después, sus labios se abrieron para murmurar:

—Calícrates.

Capítulo 82

Esparta, abril de 360 a. C.

«¡Altea!»

La mirada de Calícrates saltó por la penumbra del dormitorio, todavía agitado por el reciente sueño. No recordaba los detalles, pero conservaba una imagen muy vívida de la mujer que le había estado hablando, vestida con una túnica tan brillante que apenas podía mirarla.

Cerró los ojos e intentó que su mente se adentrara de nuevo en la niebla del sueño. Volvió a contemplar el rostro de la mujer, su expresión serena y complacida, y mientras la imagen se desvanecía comprendió que no era la hija de su hermano, sino su madre con la apariencia que tenía de joven.

Aquello le hizo pensar en Perseo y a sus labios asomó una sonrisa. Al abrazar a su hermano en Atenas había sentido que se cerraba algo que quedaba pendiente en el tapiz del destino. Su madre debía de haber sentido algo parecido en el otro mundo, tal vez por eso parecía satisfecha cuando se le había aparecido en sueños.

Esbozó una mueca de dolor y durante un momento permaneció inmóvil. Ladeó el cuerpo en la cama y se quedó mirando a su esposa. Helena dormía con tanta placidez que no oía su respiración. Al casarse habían preferido vivir en la casa de él; Helena había dejado la vivienda de Leónidas y se había trasladado allí con sus hijas.

«Heredará las dos casas y las rentas de mis tierras. —Las arrugas que quedaban en su ceño desaparecieron cuando pensó en Yocasta y la pequeña Fedra—. Ahora son mis hijas y no volverán a pasar hambre.»

El peligro de que un enemigo consiguiera entrar en su ciudad también se había reducido en gran medida. Al igual que Esparta, ni Atenas ni Tebas contaban con la fuerza suficiente para pensar en ejercer un poder hegemónico sobre los demás Estados griegos. Por otra parte, el belicoso rey Agesilao había muerto cuando regresaba de Egipto, tras actuar como mercenario y recibir por su victoria doscientos treinta talentos que habían servido para aliviar algo la escasez de recursos de Esparta.

«No queda ningún líder fuerte en el mundo griego.» Un enemigo externo podría invadirlos con más facilidad que nunca, pero al menos Persia, su tradicional enemigo, atravesaba un largo período de revueltas internas que la mantenían ocupada.

—Helena... —El susurro fue demasiado débil para que lo oyera.

La ventana estaba abierta y el resplandor de la luna le permitía ver los labios entreabiertos de su esposa. La había podido besar cada día durante los dos últimos años. Era un hombre afortunado.

—Helena... —volvió a susurrar.

Ella se humedeció los labios y se giró perezosamente hacia él.

—Calícrates —murmuró mientras entreabría los ojos. Movió una mano y acarició el rostro de su esposo—. Hola.

—Helena... —Esperó a la siguiente respiración para volver a susurrar—. Gracias.

Ella sonrió sin dejar de acariciarlo.

—¿Por qué?

—Me has hecho muy feliz.

La sonrisa de Helena titubeó.

—¿Qué...? —Sus ojos se abrieron del todo—. ¿Qué ocurre?

—Tranquila... —Los párpados de Calícrates se entornaron—. Ha llegado la hora de despedirnos.

—No. —Helena se incorporó. Calícrates llevaba unos días muy débil y decía que su tiempo se acababa, pero los dioses no podían permitir que muriera un hombre tan bueno—. Aguanta, voy a buscar un médico.

—No, por favor... —Su voz era cada vez más tenue—. Quédate a mi lado.

Helena se tumbó de nuevo y buscó en la penumbra la mirada de su esposo.

—¿Qué puedo hacer? —sollozó.

—Ya lo has hecho todo... —La sonrisa de Calícrates se debilitó. Sus párpados terminaron de cerrarse—. Te quiero, Helena.

Ella volvió a acariciarlo y besó sus labios con infinita ternura.

—Te quiero.

Lo abrazó y sus lágrimas se deslizaron por el rostro de Calícrates.

Capítulo 83

Siracusa, abril de 360 a. C.

Platón se asomó entre dos almenas y contempló el ajetreo del puerto. Desde que Dionisio le había prohibido salir de Siracusa no había vuelto a bajar al muelle, prefería no acercarse a los barcos.

Alzó la cabeza y su vista se perdió en el horizonte.

«¿Habrán llegado ya a Atenas?» Espeusipo le remitiría una carta nada más desembarcar, pero seguramente Dionisio no dejaría que se la entregaran, igual que tampoco le permitía enviar mensajes.

Cruzó la azotea de la torre para mirar por el otro lado. Siracusa era una urbe de más de cien mil habitantes que se extendía por una superficie enorme.

«Da igual el tamaño de la cárcel. Sin libertad de regresar a casa, sólo eres un prisionero.»

Se fijó en la cumbre del Etna y recordó otro momento, hacía siete años, en el que había contemplado el volcán desde esa misma azotea.

«Dion estaba conmigo y vimos que Dionisio se acercaba a la torre. Cuando bajamos, el tirano lo desterró de Siracusa. —Sonrió con tristeza al pensar en su amigo—. Ahora los dos estamos desterrados.»

El Etna no despedía humo en aquel momento, como una fragua de gigantes que estuviera apagada. Se recortaba contra un cielo tan limpio que parecía que algún dios se había ocupado de que no hubiera nubes.

—Me ha costado encontrarte. —Platón se volvió al oír la voz de Filisto. El consejero llevaba una capa roja sobre su túnica color tierra. La sonrisa que exhibía le hizo suponer que le traía alguna noticia desagradable—. Quería informarte de que se va a celebrar la fiesta anual de la diosa Perséfone. Los próximos diez días las mujeres celebrarán sus ceremonias y dormirán en el jardín donde se encuentra tu casita. —Levantó las palmas como si lamentara lo que iba a decir—. Así que durante ese tiempo tendrás que residir en otro lugar.

—¿Habéis pensado dónde? Yo sugiero Atenas.

Los ojos de Filisto se entornaron como los de un gato satisfecho.

—Permanecerás en Siracusa. Vas a vivir en casa de uno de tus viejos conocidos: Arquedemo de Tarento.

Platón ocultó que aquello lo agradaba para no incitar a Filisto a pensar en un nuevo destino. Si le hubieran dado a escoger dentro de Siracusa, él mismo habría elegido la casa de Arquedemo.

El consejero le tenía reservada otra sorpresa:

—Con el fin de hacer tu estancia más llevadera, vamos a proporcionarte un sirviente que te acompañará en todo momento.

«Un espía», se dijo Platón resignado.

Bajó de la torre y encontró al sirviente en la puerta. Resultó ser un esclavo muy joven, casi un muchacho. Le sacaba media cabeza, pero era tan delgado que se sorprendió al ver que cargaba su equipaje en la mula sin aparente esfuerzo. Mostraba en todo momento un gesto adusto, y mientras cruzaban Siracusa hacia su nuevo destino sólo consiguió que le respondiera con monosílabos.

«No debo olvidar que no me sirve a mí, sino a Filisto.»

La estancia en la casa de Arquedemo casi le hizo olvidar que el tirano no le permitía abandonar la isla. Su anfitrión era un excelente conversador, recibió la visita de algunos amigos e incluso organizaron un par de conferencias a las que asistieron varios filósofos.

El décimo y último día de las fiestas de Perséfone, un mensajero oficial se presentó en la vivienda.

—Platón, me envía nuestro señor Dionisio para preguntarte si es cierto que has visitado recientemente a Teodotes, tío carnal del traidor Heraclides.

Platón arrugó el entrecejo. Había dado por hecho que el mensajero acudía para informarle de que iba a regresar a la casa del jardín.

—Es cierto. —Dirigió una mirada resentida a su esclavo, que lo acompañaba cada vez que salía a la calle—. Teodotes me llamó a su casa y yo acudí para conversar con él. —En realidad, más que conversar se había limitado a escuchar las quejas de Teodotes. El siracusano estaba muy disgustado porque Dionisio había confiscado todos los bienes de su sobrino Heraclides. También se había estado quejando de que el tirano había vendido todas las propiedades de Dion y se había quedado con la enorme suma resultante.

—En ese caso —prosiguió el mensajero—, nuestro señor Dionisio me ha encargado que te diga que has cometido un grave error concediendo de nuevo más importancia a Dion y sus amigos que a él.

Sin añadir nada más, dio media vuelta y abandonó la estancia. Platón se quedó mirando la puerta desconcertado.

—¿Qué ha querido decir con eso? —le preguntó Arquedemo.

Antes de que respondiera, seis soldados de la guardia de Dionisio irrumpieron en la sala. Sus corazas pulidas despedían reflejos dorados e iban armados con lanzas cortas y espadas que les colgaban de la cintura.

—Platón, tienes que venir con nosotros. —El oficial al mando era un hombre alto y corpulento al que la barba le cubría el rostro casi hasta los pómulos.

—¿Adónde lo lleváis? —inquirió Arquedemo acercándose a ellos.

El oficial lo contempló con desdén.

—Lo sabrá cuando llegue.

El esclavo y algunos soldados hicieron unos fardos con el equipaje de Platón, se los cargaron a los hombros y recorrieron Siracusa en dirección al palacio. Al llegar a las murallas fortificadas, las rodearon y continuaron hasta los barracones destinados al ejército mercenario.

Cruzaron entre los soldados, y Platón advirtió con inquietud que muchas de las miradas que lo seguían eran abiertamente hostiles.

—Aquí es —gruñó el oficial.

Se habían detenido frente a un largo edificio de adobe que no era más que una hilera de pequeñas habitaciones adosadas. Los soldados que llevaban su equipaje entraron en una de ellas y lo dejaron en el suelo de tierra.

—De ahora en adelante, ésta será tu residencia.

Platón ignoró la sonrisa burlona del oficial.

—¿Puedo entregarte una nota para Dionisio?

El hombre accedió con un gesto seco y Platón se metió en la habitación. La única luz disponible era la que entraba por la puerta abierta y por un hueco en lo alto de la pared del tamaño de un ladrillo. Rebuscó entre los fardos, temiendo que el oficial cambiara de idea, hasta que encontró un papiro, tinta y una pluma que se había partido durante el traslado. No había mesa ni sillas, por lo que se sentó en el estrecho jergón de paja, cogió una tablilla de cera y usó el reverso de madera para apoyar el papiro.

«Dionisio probablemente sólo quiera darme un escarmiento —se dijo mientras mojaba la pluma y escogía con cuidado las palabras—. Pero no se da cuenta de que corro verdadero peligro entre los militares. Saben que aconsejé a Dionisio que uno de los primeros pasos para suavizar la tiranía debía ser reducir el ejército de mercenarios.»

Dobló el papiro al terminar y se lo entregó al oficial, que lo miró como si quisiera romperlo. Finalmente lo conservó en la mano y se alejó con sus soldados.

Platón decidió que no saldría en ningún momento de su habitación; sin embargo, cuando llevaba un par de semanas viviendo en los barracones, se vio obligado a atravesar el campamento para ir a uno de los comedores donde se servía el rancho. Siempre enviaba a su esclavo, pero esta vez se habían negado a dárselo si no acudía él en persona.

Pasó junto a un grupo de militares y uno de ellos se quedó

mirándolo. Se llamaba Euribio y era uno de los soldados de infantería ligera de Dionisio, a los que se conocía como *peltastas* debido a que usaban un escudo ovalado de cuero llamado *pelta.* Estaba sentado en el suelo con algunos compañeros, bebiendo un licor fuerte y dulzón que elaboraba uno de ellos con fruta que dejaba fermentar.

—Mirad, ahí está ese fantoche. —Euribio lo señaló con un gesto de la cabeza. Tenía los ojos inyectados de sangre; llevaba toda la mañana bebiendo para tratar de olvidar que la noche anterior había perdido a los dados la paga de todo un mes.

—Alguien debería darle una lección —masculló otro de los peltastas.

Platón desapareció en el edificio del comedor. Poco después, salió y volvió a pasar junto a ellos.

—Seguidme —dijo Euribio. Se tambaleó al ponerse de pie y echó a andar detrás del filósofo. Los demás miembros del grupo se miraron entre sí y se levantaron para acompañarlo.

Platón caminaba junto a su esclavo, cada uno con un cuenco humeante de gachas con carne. Su cuerpo se tensó cuando oyó un grito detrás de él.

—¡Platón es nuestro enemigo! —El peltasta agitaba un puño en el aire mientras se volvía hacia uno y otro lado—. ¡Vamos a darle un escarmiento!

Sus palabras funcionaron como un sortilegio. Decenas de soldados dejaron lo que estaban haciendo y se dirigieron hacia Platón, que resistió la tentación de echar a correr y siguió andando hasta que un grupo de hombres le cortó el paso.

—¿Dónde vas, ateniense? —El mercenario, grueso y de aspecto zafio, se acercó hasta que sus rostros casi se tocaron—. ¿No quieres comer con nosotros?

Antes de que pudiera responder, el hombre le tiró el cuenco de un manotazo y los soldados que los rodeaban soltaron una risotada.

Euribio estaba a unos pasos de Platón con su grupo de peltastas. Se llevó la mano al cinto, desenvainó un cuchillo largo y se abrió camino entre los hombres que rodeaban al filósofo. Apretaba con fuerza la empuñadura, no quería que se le resbalara si tropezaba con un hueso. Apartó a un soldado con el brazo libre y se quedó a sólo un paso de su objetivo. Su intención era clavar el cuchillo en la parte baja de la espalda, debajo de las costillas, y atravesar el hígado de Platón. Después giraría la hoja en el interior de su cuerpo para que se desangrara con rapidez.

Se movió hasta situarse en la posición adecuada y echó el brazo hacia atrás.

«Púdrete en el Hades.»

Impulsó el cuchillo con fuerza. La punta afilada tocó la túnica de Platón y el arma se detuvo cuando otro de los peltastas aferró el brazo de Euribio.

—¡¿Estás loco?!

—¡Suéltame! —Euribio forcejeó sin conseguir liberarse—. ¡Tenemos que matarlo!

—Sí, pero no a plena luz del día. —El peltasta consiguió alejarlo con la ayuda de otros soldados—. Si Dionisio se entera de que lo han matado unos peltastas, es capaz de ejecutarnos a todos.

Platón oyó los gritos a su espalda, pero estaba muy atento a los hombres que tenía delante y no se volvió. El esclavo había huido dejándolo solo. Los soldados que lo rodeaban se burlaban de él y lo insultaban, pero parecía que no se decidían a herirlo a la vista de todos. El ejército estaba compuesto por diferentes cuerpos de soldados y posiblemente ellos mismos no confiaban en que fueran a encubrirse entre sí.

Los mercenarios se aburrieron de los insultos al cabo de un rato y lo dejaron en paz. Se agachó para recoger su cuenco, que había quedado boca abajo, y vio que en el fondo había algunos restos de gachas mezclados con tierra.

«Los insultos no matan, y tampoco va a pasarme nada por estar un día sin comer.»

Reanudó el camino hacia su habitación. Un poco más adelante, volvió a detenerse al ver que se acercaban a él dos hombres muy corpulentos. No llevaban coraza ni armas a la vista, y por los marcados músculos de sus brazos supuso que eran remeros.

—Platón, no deberías salir a la calle. —Reconoció con alivio el acento de los barrios populares del Pireo. Aquellos hombres eran atenienses—. Filisto ha hecho correr el rumor de que tú eres el responsable de que se rebajara la paga a los mercenarios. También se dice que ahora estás aquí para estudiar a los peltastas antes de proponer a Dionisio una reducción de su salario.

—Por todos los dioses... —Aquella mezquindad lo ponía en un peligro mucho mayor de lo que había imaginado—. Supongo que no podréis convencerlos de lo contrario.

El remero negó con aire nervioso.

—Ya nos miran con recelo por ser atenienses, y nos estamos jugando la vida al hablar contigo. —Se acercó un poco más y metió una mano dentro de su túnica—. Te puedo dar un cuchillo.

—No lo saques. Te lo agradezco, pero de nada me serviría contra todo el ejército de Siracusa.

—Puede servirte para ganar tiempo si te atacan por la noche en tu habitación.

—No. Prefiero morir con una palabra en la boca que con un arma en la mano.

El hombre asintió con los labios apretados. Parecía que iba a decir algo más, pero volvió a asentir y se alejó con su compañero.

Platón llegó a la habitación y vio que el esclavo no estaba. No lo veía desde que los soldados lo habían rodeado.

«Habrá ido a informar a Filisto.»

Se sentó en el jergón de paja y apoyó la espalda en la pared. La cicatriz de su muslo quedó a la vista y pasó los dedos por encima. El vello de la pierna se le erizó al recordar la sensación del metal desgarrando su carne.

«Ocurrió hace décadas, en la guerra de Corinto. —Entonces tenía poco más de treinta años, y a los sesenta cesaba la obligación de los atenienses de servir en el ejército—. Ya no debería exponer la vida en una acción militar y aquí estoy, con sesenta y siete años en medio de un ejército que desea mi muerte.»

Contempló la puerta cerrada.

«¿Dionisio me sacaría de aquí si se enterara de lo que ha ocurrido hoy? —Lo pensó un momento y negó con la cabeza—. Tengo que ser realista, nadie se lo va a decir.»

Hacía tres días había vuelto a ver al oficial al que había entregado el mensaje para el tirano, y le había preguntado si podía hacerle llegar otro.

—No vuelvas a escribirle —fue su contestación—, Dionisio no va a recibir tus mensajes.

—Comprendo. Y en cuanto a mi mensaje anterior, ¿acabó en las manos de Dionisio o en las de Filisto?

El silencio del oficial fue suficiente respuesta.

Cuando regresó el esclavo, una hora más tarde, Platón le dijo que él no volvería a salir a la calle.

—Tú te encargarás de ir a por la comida, y más te vale conseguir suficiente. Sé que obedeces órdenes de Filisto, pero si muero de hambre tendrás que responder ante Dionisio.

A partir de ese día esperó en la habitación mientras el esclavo iba a por el rancho. El hueco que había en la pared estaba demasiado alto para mirar a través de él, pero a veces abría la puerta una rendija y se quedaba observando. En una ocasión vio al remero ateniense que le había ofrecido el cuchillo. Estaba con otros soldados, la mayoría de ellos mercenarios veteranos de Dionisio. Abrió la puerta del todo y salió.

El hombre se puso alerta al advertir que se acercaba.

—Ateniense, permíteme que te salude. —Platón le estrechó la mano y la expresión del remero se petrificó—. Hacía tiempo que no veía a alguien de mi ciudad.

—No lo toques —le espetó uno de los mercenarios—. Este hombre forma parte del ejército de Siracusa, así que no es tu amigo, sino tu enemigo.

Platón retuvo la mano del remero, que seguía paralizado.

—Espero no haberos molestado, tan sólo... —El empujón de un peltasta hizo que retrocediera varios pasos a punto de caer. Alzó las manos en ademán conciliador y se apresuró a regresar a su habitación.

El esclavo volvió poco después con dos raciones de rancho. Platón volcó ambas en el mismo cuenco, como hacía últimamente, removió el contenido y volvió a repartirlo. Después esperó a que el esclavo terminara su comida antes de empezar él.

«Al menos no moriré envenenado.»

—¡Abre, Platón!

El grito fue seguido por varios golpes en la puerta. Platón se incorporó en la cama con el corazón desbocado y el esclavo se alejó a gatas hacia el fondo de la habitación.

—¡Abre!

Volvieron a golpear y Platón permaneció inmóvil. La luz que entraba por el agujero de la pared revelaba que ya había amanecido. Tal vez sus atacantes no quisieran llamar demasiado la atención y terminaran marchándose.

Se hizo el silencio y Platón contuvo la respiración con los ojos fijos en la tabla que atrancaba la puerta.

Un momento después, saltó en pedazos.

Tres militares irrumpieron a través de la puerta rota, en el exterior había varios más. El oficial que los encabezaba se detuvo en medio del cuarto y echó un vistazo alrededor.

—Recoged todo lo que haya y lleváoslo. —Contempló a Platón con una mirada fría—. Levántate y sal a la calle.

Obedeció sin oponer ninguna resistencia. Si no lo amordazaban ni lo dejaban inconsciente, quizás tendría la oportunidad de dar la voz de alarma para que avisaran a Dionisio.

«Aunque no sé si serviría de algo.»

Varios soldados lo flanquearon e iniciaron la marcha con el oficial al frente. Miró hacia su habitación y vio que en la puerta se había congregado un grupo numeroso de mercenarios. Uno de ellos le dirigió una sonrisa siniestra al tiempo que se pasaba el pulgar por el cuello.

Enseguida llegaron a las murallas del palacio, las cruzaron y recorrieron el «patio de las ejecuciones».

«Parece que ha llegado la hora de reunirme con Sócrates», se dijo Platón. De una de las horcas colgaba un cadáver que parecía burlarse de todos con la lengua negra e hinchada que salía de su boca abierta. Un cuervo enorme se había posado en uno de sus hombros y le estaba picoteando la cara.

Entraron en el edificio y se dirigieron al salón en donde había debatido con Aristipo sobre el placer. Tenía la sensación de que aquel recuerdo pertenecía a otra vida. Las puertas se abrieron y lo primero que vio fue a Filisto y la mirada helada de sus ojos azules. A su lado estaba Dionisio, que extendió los brazos y avanzó hacia él.

—Mi maestro y amigo Platón, he estado muy ocupado y hace demasiado que no nos vemos. —Lo abrazó como si fuera su familiar más querido—. Cuánto lo lamento, he sabido que por un malentendido has pasado un tiempo en una residencia que no era digna de ti.

En ese momento Platón reparó en las otras personas que había en la sala. Comprendió lo que había sucedido y su alivio fue tan intenso que las piernas le flaquearon. Hacía unas semanas, cuando había estrechado la mano al remero ateniense, le había colocado en la palma un trozo de papiro con un mensaje para Arquitas pidiendo ayuda. La presencia de aquellos hombres revelaba que el mensaje había llegado a su destino.

—Han venido unos amigos desde Tarento. —Dionisio alargó una mano hacia ellos y Platón se acercó a saludarlos. Nada más recibir su mensaje, Arquitas había enviado un barco como si fuera una embajada oficial—. Celebraremos un banquete, podréis poneros al día y hablaremos de filosofía.

El hombre más relevante de los recién llegados era Lamisco, discípulo de Arquitas y a su vez uno de los tarentinos más influyentes. Estrechó la mano de Platón y observó con preocupación el rostro demacrado del filósofo, pero no dijo nada que alterara el ambiente de fingida cordialidad.

Platón saludó a los demás miembros del grupo y Dionisio retomó la palabra. Aunque su tono era alegre, Platón lo conocía bien y notaba la tirantez con la que pronunciaba cada frase.

—Platón, sabes cuánto me complace tu presencia, pero temo que mi pasión me haya llevado a acapararte de un modo injusto para las demás ciudades que quieren disfrutar de ti. —Los embajadores habían entregado a Dionisio una carta personal de Arquitas. En ella le recordaba al tirano que el año anterior les había pedido a él y a otros tarentinos que incitaran a Platón a viajar a Siracusa, y que, confiando en Dionisio, ellos le habían asegurado al filósofo que sería atendido con la mayor consideración y se le permitiría irse cuando quisiera—. La embajada de Tarento solicita que vayas con ellos, mi querido Platón. Si ése es tu deseo, parte cuando quieras y yo cubriré los gastos del viaje.

Platón asintió lentamente y respondió con voz cansada.

—Ése es mi deseo.

Se retiró a reposar hasta la hora del banquete a la habitación a la que habían llevado su maltrecho equipaje. Notaba que la tensión abandonaba poco a poco su cuerpo, pero sabía que debía permanecer alerta. Cualquier motivo de irritación podía hacer que Dionisio cambiara de idea incluso con la embajada de Tarento delante.

El tirano lo sentó a su diestra durante la cena, como había hecho en tantas ocasiones, y Platón se limitó a responder con cautela cada vez que le dirigía la palabra. También estaban presentes el filósofo Aristipo, con el que no llegó a hablar, y el inevitable Filisto.

«Sabe que ha vencido, pero no me cabe duda de que preferiría cobrar la presa.»

Cuando consideró que podía retirarse, regresó a su alcoba y arrastró un arcón para bloquear el acceso. Se sentó en la cama y pasó la noche con los ojos abiertos hacia la puerta. La primera claridad del alba hizo que saliera de la cama y se puso a caminar de un lado a otro de la habitación hasta que oyó que los tarentinos se levantaban. Bajó con ellos al puerto y lo cruzó con una sensación de irrealidad que se multiplicó cuando subió al barco. Su mirada no dejaba de recorrer el muelle y la empinada escalera que llevaba hasta el palacio, temiendo la aparición de un grupo de soldados que lo apresarían y le dirían que todo había sido una broma cruel.

Iniciaron el proceso de desatraque y se retiró a la cubierta de popa. Poco después, el oleaje hizo oscilar la nave al alejarse de Siracusa, de sus barracones militares y de la fortaleza del tirano Dionisio.

Su semblante se mantuvo sombrío mientras contemplaba la ciudad en la que había pasado el último año. La ciudad en la que había intentado convertir en realidad su sueño de un gobierno justo.

Había sobrevivido, y había fracasado.

Capítulo 84

Olimpia, julio de 360 a. C.

Una semana más tarde, Platón se acercaba a una gran tienda de lona sobrecogido por lo que sus palabras estaban a punto de desencadenar.

Había decidido pasar por Olimpia antes de regresar a Atenas porque se había enterado de que Dion se encontraba allí durante la celebración de los Juegos Olímpicos. Aquella competición congregaba a las principales personalidades de la filosofía, el arte y la política, y convertía Olimpia en el lugar más adecuado para establecer toda clase de alianzas, que era el motivo por el que había acudido Dion.

La puerta de tela estaba abierta para que no se acumulara demasiado calor y Platón distinguió el sonido de una conversación animada. Uno de los guardias que custodiaban la entrada lo reconoció y lo acompañó al interior.

—¡Platón!

Dion se levantó de la mesa y fue hacia él mientras los gritos de alegría se multiplicaban. Lo abrazó con tanto entusiasmo que casi no le dejaba respirar. Estaba cenando con media docena de amigos de confianza, entre ellos Calipo y Espeusipo, que se arrodilló a los pies de su tío y comenzó a derramar lágrimas. Las noticias que les habían llegado sobre su estancia en Siracusa tenían más de un mes de retraso y mezclaban datos de su encierro en los barracones con rumores de que había sido asesinado.

Cuando el ambiente se calmó un poco, les contó lo que había sucedido en las últimas semanas.

—Lamento comunicarte —le dijo a Dion al terminar el relato— que cuando me fui de Siracusa, Dionisio ya había vendido todas tus propiedades. Y aunque había asegurado que a mi partida me entregaría la mitad del dinero, no me dio nada.

Dion había estado escuchando en silencio. Miró uno a uno a todos los presentes y alzó su voz:

—Platón, juro por Zeus y por todos los dioses del Olimpo que voy a vengar los ultrajes que Dionisio ha cometido contigo. —El odio alteraba su semblante y a Platón se le encogió el corazón—. Juro igualmente que no voy a resignarme a perder mis bienes, mi patria, a mi mujer y a mi hijo. Y que tampoco voy a resignarme a ver a mis compatriotas oprimidos sin cesar por el yugo de la tiranía.

—¡Acaba con Dionisio! ¡Tienes que derrocarlo! —gritaron exaltados algunos hombres.

—Dion —intervino Espeusipo—, sabes que he pasado mucho tiempo hablando con tu gente, y te aseguro que el pueblo de Siracusa se levantará contra el tirano en cuanto pongas un pie en la isla.

Calipo dio un paso hacia Dion.

—Cuenta con mi apoyo económico. Y con mi experiencia militar, si quieres darme el mando de una parte de las fuerzas que lleves a Sicilia.

Platón alzó una mano para que le permitieran hablar. Una gran tristeza drenaba su energía.

—Dion, la última vez que acudí a Siracusa fue más forzado por las presiones de muchos de vosotros que por voluntad propia, y no iré de nuevo. No obstante, pondré todo mi esfuerzo en ayudaros a ti y a Dionisio siempre que deseéis haceros el bien y reanudar vuestra antigua amistad. En cambio, mientras vuestro afán sea haceros daño, tendréis que buscar otros aliados.

Su amigo agachó la cabeza y él salió de la tienda.

En el aire caliente de Olimpia flotaba el rumor bullicioso de las decenas de miles de peregrinos que acampaban en torno a la ciudad. Ese día se había celebrado la tercera jornada de los Juegos, con carreras de cuadrigas en el hipódromo por la mañana y las pruebas del pentatlón a lo largo de la tarde.

El templo de Zeus atrajo la mirada de Platón. Estaba ubicado en medio del Altis, el recinto sagrado del santuario de

Olimpia. Alrededor de él había grandes hogueras que lo mantenían iluminado toda la noche. Su altura duplicaba la de cualquier otro edificio del santuario, y resultaba aún más impresionante al haber sido construido sobre una plataforma elevada.

Sintió la presencia de Dion a su lado. Contemplaron los templos en silencio y después Platón le transmitió lo que sólo estaba destinado a sus oídos.

—Tu esposa me pidió que te diera un mensaje. —Su amigo se volvió hacia él con la mirada llena de congoja—. Quiere que sepas que te quiere como cuando estabais juntos. Y que siempre te esperará.

Dion agachó la cabeza con un gemido.

—Gracias —susurró al cabo de un rato. Sus ojos enrojecidos se dirigieron al santuario, dio media vuelta y regresó a la tienda.

Platón titubeó antes de seguirlo, como si al quedarse en el exterior pudiera mantenerse al margen de los acontecimientos que acababan de ponerse en marcha. Entró en la tienda y vio que Dion ya estaba discutiendo con Calipo sobre número de tropas, barcos para trasladarlas y aliados con los que podrían contar. En lo que no discrepaban era en la necesidad de ser extremadamente cautelosos para que Dionisio no descubriera sus intenciones, pues un plan como el que estaban debatiendo requeriría de años de preparativos. Hablaban sobre aquella idea como si todavía no hubieran tomado la decisión, pero Platón se dio cuenta de que ya lo habían hecho.

Irían a Siracusa y encabezarían un levantamiento del pueblo contra la tiranía.

La carta de Calipo dejó a Altea sin aliento.

«Oh, dioses, estará aquí dentro de dos días.»

Su esposo se había marchado a Olimpia hacía medio mes para asistir a los Juegos y le había dicho que se quedaría después unas semanas con Dion en el Peloponeso. Ahora le informaba de que, en lugar de quedarse con Dion, sería éste el que iría a Atenas con él.

Había abierto la carta nada más recibirla y seguía en medio del patio con ella en las manos. Dirigió la mirada a la puerta, retrocedió unos pasos y se apoyó en el brocal del pozo. En el tiempo que había pasado sin Calipo había conseguido arrinconarlo en su mente. De ese modo se habían mitigado la angustia y el horror cotidiano de fingir que quería a un hombre al que detestaba cada día más.

«Dos días...»

Tenía la sensación de que se estaba ahogando. Alzó la carta y la leyó otra vez con los dientes apretados. Al terminar se dio cuenta de que el esclavo de la puerta la estaba mirando y se alejó hacia el interior de la vivienda. Quería subir a sus habitaciones, pero nada más entrar vio a Melisa de rodillas en medio de la escalera, ocupada en limpiar la madera de los peldaños.

Salió de nuevo al patio, sin saber dónde ir. Cruzó la puerta que daba al establo; estaba completamente vacío, Calipo se había llevado las monturas y también a los esclavos que se encargaban de ellas. Lo recorrió de un extremo a otro mientras negaba con la cabeza. De pronto gritó con toda su rabia y estrelló el puño contra una columna de madera. Chilló de dolor, pero volvió a golpear una vez, y otra, y otra... «¡No soy más que una propiedad de Calipo! —Si lo rechazaba, él podía condenarla a una vida de encierro—. ¡Sólo soy un objeto que le pertenece!»

Se detuvo con los nudillos desollados, sintiéndose tan impotente como una hoja a la que la corriente arrastra.

—Mi señora, ¿ocurre algo?

La voz de Céfiro a su espalda le hizo erguir la cabeza. Inspiró hondo y se dio la vuelta para salir del establo.

—Altea...

Se detuvo a un paso de Céfiro. Al levantar el rostro la conmovió la preocupación y la amabilidad en la mirada del esclavo.

«Hesperia es una mujer afortunada.»

—Estoy bien. —Alzó la carta y esbozó una mueca triste—. Una mala noticia, no tiene importancia.

—Estás sangrando.

Céfiro le tomó la mano para examinar sus nudillos y Altea se quedó paralizada. Nunca la había tocado, y no debería hacerlo después de que Calipo hubiera ordenado que lo torturaran por menos que eso.

—Hay que curarla para que no se infecte.

El esclavo le sacaba media cabeza, pero su expresión conservaba el candor y la franqueza de cuando era un adolescente. Seguía sosteniéndole la mano y ella se limitó a asentir mientras se miraban.

Céfiro se inclinó ligeramente y Altea sintió un vacío en el pecho. La mirada del esclavo descendió a sus labios y se acercó un poco más. Altea experimentó una necesidad abrumadora de besarlo, pero se detuvo después de alzar un poco la cabeza.

—¿Hesperia? —murmuró.

—Somos como hermanos, nada más. —Hesperia había tenido la idea de que fingieran una relación para protegerlo de Calipo; en realidad, al ama de llaves no le atraían los hombres.

Altea asintió sin apartar la mirada de los labios del esclavo.

—No debemos... —murmuró antes de besarlo.

Céfiro concentró en aquel instante lo que llevaba años sintiendo por Altea. Acarició su cuello con delicadeza y después subió los dedos por su nuca haciendo que se estremeciera. El beso se volvió más ávido, sus lenguas se encontraron y las manos de ella recorrieron los brazos del esclavo.

—¡No! —Altea se apartó bruscamente. Si Calipo se enteraba de aquello mataría a Céfiro, los mataría a los dos.

El esclavo la contemplaba en silencio, con la respiración tan agitada como la de ella. Altea lo deseaba con tanta intensidad que estuvo a punto de besarlo de nuevo.

Desvió la vista y se dirigió apresuradamente hacia la salida del establo. Antes de llegar al patio, se detuvo y cerró los ojos.

«Tengo que irme», pensó mientras notaba a su espalda la mirada anhelante de Céfiro.

Dio media vuelta y regresó con él.

TERCERA PARTE

—

357 - 352 a. C.

Capítulo 85
Atenas, agosto de 357 a. C.

Melisa se arrodilló en el suelo para repartir de manera homogénea la paja de su jergón. Las demás mujeres estaban trabajando y no había nadie más en el cuarto de las esclavas. Calipo le había ordenado que se encerrase allí cada vez que Platón fuera a la casa, y esa noche el filósofo acudiría para cenar con sus amos.

Un dolor agudo hizo que se llevara la mano a los riñones.

—Maldita perra —masculló mientras estiraba la espalda. Había pasado casi todo el día limpiando el suelo de los establos. Cada vez que tenía que hacer algo impropio de su antigua condición de ama de llaves, se avivaba el rencor que sentía por Altea.

El dolor apenas remitió cuando se tumbó sobre el jergón. Echaba de menos la cama de su anterior cuarto, con la estructura de madera que la aislaba del suelo y el colchón relleno de lana. Desde hacía cinco años quien dormía allí era Hesperia, una mujer insulsa que supuestamente había iniciado una relación con Céfiro más o menos en la época en que la había sustituido como ama de llaves.

«Esa relación sólo es una fachada para proteger a Céfiro de nuestro amo. —El cocinero era un hombre muy atractivo y ella sabía bien lo placentero que resultaba acostarse con él; sin embargo, Hesperia siempre lo trataba más como a un hermano que como a alguien que le despertara pasión—. No van a engañarme, a Céfiro siempre le ha gustado Altea y eso no ha cambiado.»

Desde que había hecho que Calipo castigara a Céfiro, éste era mucho más cauteloso en su comportamiento con

Altea. No obstante, ella siempre los vigilaba y en algunas ocasiones había captado miradas furtivas de Céfiro hacia su ama.

«El muy imbécil la mira como si fuese una diosa.»

La lámpara que había dejado junto al jergón se estaba quedando sin aceite y la llama comenzó a empequeñecer. Dobló las piernas y el dolor de sus riñones se alivió un poco. Por culpa de Céfiro y Altea se veía reducida a la condición de animal de carga, pero no se había derrumbado porque mantenía la esperanza de convertirse un día en la esposa o al menos en la concubina de Calipo, como lo había sido de su padre cuando era una muchacha. Sabía que en el establo, al ofrecerle el cuerpo antes de que la azotase, había conseguido que se alterara hasta casi perder el control. La fiereza con la que le había asestado cada uno de los golpes había sido una confirmación tácita del influjo que había ejercido sobre él.

«Pensé que después de aquello me buscaría en algún momento, pero no fue así. —Estaba segura de que Calipo había seguido pensando en ella. El hecho de que no la hubiera tocado después de lo sucedido en el establo le hacía pensar que había buscado desahogo en otras mujeres—. Desde luego, no en la zorra fría y estéril de su esposa», se dijo con un rictus de desprecio. Altea tendría que venerar a Calipo, y sin embargo su trato con él era distante. No comprendía por qué él aún no la había repudiado.

«Yo sigo en la casa gracias a Calipo. —Cubrió con una mano su amuleto de hueso—. Si fuera por Altea, ahora estaría llevando la misma vida que llevaste tú, madre.» La estarían usando quince o veinte hombres cada día, y su única esperanza sería obtener pronto la misericordia de la muerte.

La oscuridad la envolvió cuando se apagó la lámpara, pero siguió con los ojos abiertos hacia el techo. Estaba convencida de que antes o después llegaría su oportunidad.

«Todo lo que tengo que hacer es aguantar... y seguir vigilando a Altea.»

«Puedes hacerlo. —Altea sostenía su propia mirada en la superficie pulida del espejo. En sus ojos veía con claridad el miedo que sentía—. Vamos, tienes que hacerlo.»

Las figuras de Afrodita y Eros coronaban el marco de metal y danzaban ajenas a su angustia. Las contempló y murmuró una súplica en la que incluyó a Céfiro, con quien hacía tres años había roto la barrera que debía separar a un ama y un esclavo.

La plegaria se cortó de golpe cuando llamaron a la puerta.

—Mi señora, han llegado Dion y Platón.

—Iré en un momento. —Sus manos se habían crispado sobre la mesa. Su reflejo, pálido y ojeroso, la miraba con una expresión tensa.

Se levantó y salió al pasillo oscuro. Lo recorrió hasta llegar a las escaleras, descendió los peldaños y se detuvo al ver que se acercaba Céfiro.

Era peligroso que se encontraran allí. La puerta de la cocina estaba a pocos pasos y se distinguían varias voces en el interior. Siguió andando despacio mientras su mirada se fundía con la del esclavo. Cuando pasó a su lado, Céfiro le tomó la mano y ella se quedó inmóvil.

—Altea... —murmuró Céfiro con una nota de desesperación.

Le apretaba la mano como un náufrago que se aferra a una tabla. Ella continuó avanzando en la penumbra sin decir nada y sus dedos se rozaron al desenlazarse, dejando en ambos una estela de impotencia y amargura.

Entró en el salón de banquetes y encontró a su esposo conversando con Platón y Dion. Calipo partiría dos días más tarde con Dion hacia la isla de Zacinto, desde donde zarparían con un pequeño ejército rumbo a Sicilia. Habían tardado tres años en organizar la expedición con la que pretendían iniciar un levantamiento contra el tirano Dionisio. Todos los preparativos se habían llevado a cabo con la máxima discreción, lo que les había permitido contratar cerca de un millar de mercenarios sin que Dionisio se enterase..., o al menos eso era lo que ellos esperaban.

Los esclavos habían dispuesto una mesa con media docena

de velas que esparcían una luz amarillenta sobre el aperitivo de aceitunas y huevos de codorniz. Platón se percató de la congoja de Altea, pero ella evitó su pregunta con un gesto discreto y la conversación se centró rápidamente en la expedición a Siracusa.

—¿Cómo podéis estar seguros de que Dionisio no se va a lanzar sobre vosotros en cuanto zarpéis de Zacinto? —quiso saber Platón—. Sólo llevaréis cinco barcos y él tiene más de doscientos trirremes. Si os ataca en el mar, os derrotará con facilidad.

Calipo refrenó el entusiasmo que sentía por aquel proyecto, del que esperaba obtener un gran provecho, y dejó que fuera Dion quien respondiese. Habían elaborado entre los dos cada paso del plan, pero él sólo sería un general mientras que Dion comandaría la expedición y, si todo salía bien, se convertiría en el nuevo gobernante de Siracusa.

Dion bebió un poco de agua para aclararse la garganta antes de hablar. Su cabello había cobrado el tono grisáceo de las nubes de tormenta y las bolsas de sus ojos habían engrosado, pero su mirada transmitía más vigor que nunca.

—Desde que comenzó la temporada de navegación hemos enviado un barco mercante a hacer una y otra vez la ruta de Zacinto a Siracusa. Gracias a eso sabemos en todo momento si la ruta está despejada, y además sabemos que Filisto se encuentra en el Adriático con medio centenar de naves. Tendremos que realizar una parte del trayecto por alta mar para que no nos detecten, pero el hecho de que la flota que comanda Filisto se encuentre lejos de Siracusa no deja de ser una buena noticia.

—No bastará con que esquivéis a Filisto —repuso Platón en un tono más sombrío de lo que pretendía—, en Siracusa seguiréis siendo menos de mil soldados contra más de diez mil.

Dion colocó una mano en el antebrazo de su amigo. Sabía que estaba muy preocupado y le dirigió una mirada cargada de afecto.

—Platón, sabes mejor que nadie que no se trata de Dionisio y yo, sino de libertad y justicia frente a tiranía. El pueblo lleva una vida miserable por culpa de Dionisio en muchas ciudades de Sicilia, no sólo en Siracusa. Estoy convencido de que cuando sepan que hemos desembarcado para liberarlos, se unirán a nosotros a miles.

Altea vio que Platón contenía una respuesta y ella bajó la mirada. La tiranía oprimía Sicilia desde hacía medio siglo, le parecía muy optimista creer que el pueblo se iba a levantar en masa. Y aunque así fuera, se trataría de campesinos frente a mercenarios experimentados.

«Dion iría aunque tuviese la certeza de que no se le iba a unir nadie», pensó. El año anterior habían recibido la noticia de que Dionisio había casado a Areté, la esposa de Dion, con un hombre llamado Timócrates. Su hijo, que ya tenía quince años y llevaba una década sin verlo, ahora tenía que llamar padre a ese hombre como si él hubiera muerto.

La llegada del plato principal interrumpió la conversación. Dion sonrió al ver que se trataba de tacos de anguila adobados, envueltos en hojas de acelga y asados a la brasa. Era la receta de Céfiro que más le agradaba, y Altea y Calipo solían ofrecérsela cuando iba a cenar a su casa.

Calipo sabía que Platón estaba disgustado con él por haber apoyado con vehemencia una intervención militar en Siracusa, por lo que aprovechó aquella interrupción para cambiar de tema.

—¿Cuál crees que será el siguiente paso del rey Filipo? —le preguntó a Platón.

Hacía un par de años que Filipo había asumido el trono de Macedonia, después de que su hermano Pérdicas III muriese en una batalla. Todo el mundo se había equivocado al esperar que el reinado de Filipo resultara breve por el hecho de que hubiera otros candidatos al trono y Macedonia estuviese siendo saqueada por sus vecinos ilirios y peonios.

Platón meditó su respuesta.

—Me temo que seguirá demostrando que aprovechó muy bien los años de instrucción que pasó junto a Epaminondas. —El rey Filipo había reforzado la caballería de Macedonia y había creado un disciplinado cuerpo de falange de gran velocidad y eficacia. También había proporcionado a sus hoplitas un arma novedosa que había tomado directamente de Epaminondas: la *sarissa*, la larga lanza de madera de cornejo que él había prolongado todavía más, lo cual permitía que las cinco primeras filas de la falange pudieran alcanzar con ella a sus enemigos durante el combate.

—¿Quieres decir que Filipo continuará su política expansiva? —preguntó Dion.

Platón se encogió de hombros como si aquélla fuera la única conclusión posible.

—Filipo ha demostrado una y otra vez que su habilidad diplomática no es menor que la militar. Primero selló una paz temporal con peonios e ilirios y la aprovechó para derrotar a las tropas que enviamos para apoyar a nuestro candidato al trono; después firmó la paz con Atenas y se centró en atacar a los peonios; cuando los sometió, hizo lo mismo con los ilirios, y ahora acaba de arrebatarnos Anfípolis, lo que implica que cuenta con el oro del monte Pangeo para costear sus siguientes objetivos. Viendo su ambición y su capacidad, creo que antes de un año nos habrá sorprendido con una nueva conquista para Macedonia. La única duda es a quién atacará en esta ocasión.

Altea se removió en el asiento.

«Deberíamos unirnos para detener a Filipo o dentro de pocos años nos arrepentiremos.» No dijo nada porque lo último que quería era que la atención se centrase en ella, pero le parecía evidente que Esparta, Tebas y Atenas tenían que aliarse para contener a Macedonia. El problema era que, después de que Epaminondas muriera, Tebas había regresado a su tradicional política defensiva, Esparta seguía muy debilitada y el imperio marítimo de Atenas había sufrido un duro golpe ese mismo año con la rebelión de varios miembros de su alianza.

Calipo había ordenado que la cena fuese comedida siguiendo las preferencias de Dion y Platón, por lo que después del plato principal sirvieron el postre: dátiles, higos y queso suave.

—Me gustaría que viniera vuestro cocinero. —La petición de Dion hizo que Altea se quedara paralizada—. Supongo que ésta ha sido la última vez en mucho tiempo que pruebo su anguila y quisiera felicitarlo.

Calipo hizo que lo llamaran y Altea clavó la mirada en la mesa. Poco después, Céfiro cruzó el salón y se detuvo a un paso de ella.

«No debo mirarlo —se dijo sin levantar la vista—. Céfiro sería incapaz de disimular y Calipo se daría cuenta de que ocurre algo.»

Se metió un dátil en la boca para intentar ocultar su agitación, pero la tenía tan seca que no pudo masticarlo. Sintió que se mareaba y no distinguió lo que decía Dion ni la respuesta de Céfiro. «Diosa Atenea, que se marche cuanto antes.» Agachó la cabeza un poco más y se mordió el labio para contener las ganas de llorar.

Céfiro abandonó el salón y ella siguió evitando la mirada de los demás. Tenía la sensación de que se habían dado cuenta de lo angustiada que estaba. Al cabo de un rato, los invitados indicaron que se retiraban y ella se puso de pie para acompañarlos con Calipo hasta la puerta de la calle. Cuando se quedaban solos solían darse las buenas noches y cada uno se retiraba a su alcoba, pero esta vez tomó la mano de su esposo antes de que se apartara.

Calipo la miró sorprendido. Aunque la culpabilidad por acostarse con esclavas se había disipado hasta ser sólo una corriente subterránea de la que apenas percibía el rumor, era suficiente para no exigir momentos de intimidad si éstos no surgían de un modo natural. Y hacía mucho que no surgían.

—Sólo nos quedan dos noches. —Altea esbozó una sonrisa sin que su semblante perdiera la gravedad—. Te vas a ir durante mucho tiempo... y tengo miedo de que te ocurra algo.

Calipo rozó la piel cálida del brazo de su esposa y notó que el vello se erizaba. Advirtió que tenía lágrimas en los ojos y se inclinó para besarla. El contacto con los labios de Altea hizo que su cuerpo reaccionara de inmediato. Casi nunca besaba a las esclavas y no experimentaba afecto hacia ellas; en cambio, la mezcla de excitación física y cariño que sentía hacia su esposa le hizo gemir mientras se besaban.

—Ven —murmuró con voz ronca.

Caminaron hasta su dormitorio con las manos enlazadas. Cerró la puerta, besó de nuevo a su esposa y retiró los broches que le sujetaban la túnica a los hombros.

La prenda se deslizó hasta el suelo con un susurro.

—Eres bellísima. —El cuerpo de Altea ya no tenía la firmeza de las esclavas a las que doblaba la edad, pero seguía siendo esbelta y era la mujer que amaba.

La besó en la parte alta del cuello, sorprendido por la intensidad de su propio deseo, y continuó bajando por la piel tersa y suave hasta el hueco de la clavícula. Colocó una mano en su espalda, acogió un seno en la otra y lo acarició con los labios y la lengua lentamente, como siempre le había gustado a ella. La llevó a la cama y prolongó las caricias y los besos por todo el cuerpo.

—Altea —murmuró casi jadeando. Se situó encima de su esposa y volvió a besarla mientras la penetraba con suavidad, entrando y saliendo de ella muy despacio, deteniéndose cada vez que la cercanía del clímax amenazaba con extinguir su deseo.

—Altea... —gimió, incapaz de contenerse por más tiempo. La cama crujió mientras el ritmo de su cuerpo se aceleraba. Estrechó a Altea con fuerza y terminó dentro de ella con un largo gruñido de placer.

Permaneció un rato inmóvil, disfrutando del contacto de su esposa debajo de su cuerpo, y lo invadió una paz que lo adormeció con rapidez. Cuando ella le apoyó una mano en el pecho, rodó a un lado saliendo de su interior. Altea se puso de lado y él la abrazó pegándose a su espalda.

—Te quiero. —Calipo le besó el borde de la oreja y dejó escapar un suspiro profundo al tiempo que reposaba la cabeza en la almohada.

Altea sintió que su esposo se quedaba dormido. Mientras su semilla le bajaba por los muslos, abrió la boca y tomó aire despacio para que él no percibiera su llanto. Cogió con cuidado un borde de la sábana y se lo pasó por la lengua para intentar eliminar el sabor de la boca de Calipo, pero resultó inútil. Hasta que no pudiera bañarse no podría librarse de la sensación de estar cubierta por el sudor, la saliva y el semen de un hombre al que aborrecía.

Acostarse con él había resultado una tortura, pero había sabido que tenía que hacerlo desde que se había dado cuenta de que estaba embarazada de Céfiro.

Capítulo 86

Zacinto, septiembre de 357 a. C.

Dion celebró un gran sacrificio en el altar del templo principal de Zacinto, la isla desde la que iban a partir a Sicilia. Con la carne de los animales sacrificados organizó en el anfiteatro de los zacintios un banquete para los ochocientos mercenarios que formaban su pequeño ejército. Mientras estaban realizando las libaciones y las plegarias a los dioses, la luna empezó a desaparecer en medio del cielo despejado.

—¡Es una señal clarísima! —proclamó desde el escenario un adivino que formaba parte de la expedición. La sombra estaba a punto de engullir el disco lunar y levantó un brazo para señalarla—. Los dioses nos anuncian el oscurecimiento de algo muy brillante, y entre los hombres no hay nada que resplandezca más que la tiranía de Dionisio. ¡Nuestra llegada a Sicilia marcará el final de su esplendor!

El vaticinio fue recibido con aclamaciones y gritos nerviosos de los soldados, que se quedaron mirando hacia el lugar donde la luna acababa de desvanecerse. Los gritos se volvieron mucho más confiados cuando su brillo resurgió y el adivino aseguró que aquello representaba el nuevo gobierno que Dion haría brillar en Siracusa.

«Un buen golpe de efecto», se dijo Calipo mientras observaba la exaltación de los mercenarios. No había hablado de aquello con Dion, pero su amigo sabía calcular los períodos de los eclipses y daba por hecho que estaba detrás de la interpretación que había hecho el adivino.

La disposición favorable de los dioses pareció confirmarse tres semanas más tarde, cuando consiguieron llegar a Sicilia sin haber tenido noticias de la flota que comandaba Filisto. La necesidad de mantenerse alejados de la costa y el capricho de los vientos habían hecho que la travesía se prolongara más de lo previsto y que tocaran tierra casi al otro lado de la isla. En la población más cercana los proveyeron de víveres y les dieron la gran noticia de que el tirano no se encontraba en Siracusa, sino que había partido a Italia con ochenta de sus naves.

Dion dio gracias a los dioses y se puso en marcha de inmediato con su ejército de mercenarios.

El rumor de que había regresado para derrocar la tiranía se difundió con rapidez y sus fuerzas crecieron de forma incesante con grupos numerosos de campesinos procedentes de toda Sicilia. De vez en cuando recibían información de lo que ocurría en Siracusa: el pueblo estaba excitado con la llegada de Dion a la isla, pero tenía miedo y no se enfrentaba a las tropas de Dionisio. El tirano había dejado al mando de la ciudad a Timócrates, el hombre al que había casado con la mujer de Dion. Los soldados de Timócrates sofocaban con dureza cualquier conato de rebelión y vigilaban los caminos que se dirigían a la ciudad. Dion no hizo ningún comentario al enterarse de que el comandante de las fuerzas que defendían Siracusa era el hombre que pasaba las noches con su esposa, pero Calipo lo observaba mientras avanzaban y leía en su rostro que aquello lo atormentaba.

Se encontraban a sólo una jornada de marcha cuando los avisaron de que se acercaban varios siracusanos a caballo. Dion ordenó a su ejército que se detuviera y esperó a que llegaran.

—Timócrates ya no puede contar con las tropas de sus aliados —anunció exultante uno de los jinetes—. Todos han abandonado Siracusa porque ha corrido el rumor de que vas a atacar sus ciudades para instaurar en ellas gobiernos democráticos. Acude cuanto antes y el pueblo de Siracusa se levantará como un solo hombre.

Dion echó un vistazo al sol rojizo que se hundía en el horizonte.

—Regresad a Siracusa y que todos nuestros ciudadanos se preparen para luchar por la libertad. Hacedles saber que marcharemos sin descanso y que mañana por la mañana estaremos en la ciudad.

La luna los ayudó a avanzar con rapidez a lo largo de la noche. De vez en cuando llegaban enviados de Siracusa con noticias que incrementaban su optimismo: Timócrates había intentado ir desde el castillo Euríalo hasta el palacio fortificado de Dionisio y el pueblo le había impedido atravesar la ciudad. Finalmente, cuando se había enterado de que Dion estaba a punto de aparecer, había escapado hacia el interior de Sicilia. En el palacio del tirano se había quedado al mando Apolócrates, el primogénito de Dionisio, que aún no había cumplido veinte años. Su primera orden había sido atrancar las puertas de la acrópolis y cerrar todo acceso a la isla de Ortigia.

El cielo comenzaba a clarear por el este cuando la vanguardia del ejército llegó al río Anapo, a tan sólo diez estadios de la muralla sur de Siracusa. Dion hizo que se detuvieran para ofrecer un sacrificio al sol naciente mientras las tropas se reagrupaban. Una vez examinadas las vísceras, los adivinos predijeron la victoria y ordenó que continuaran hacia las murallas.

«Vamos a conquistar una ciudad más grande que Atenas», se dijo Calipo mientras contemplaba Siracusa impresionado. No contaba con una acrópolis en lo alto de una colina donde se concentraran magníficos templos, como ocurría en Atenas, pero la ciudad ocupaba una extensión mayor y las murallas se prolongaban más allá de lo que alcanzaba la vista.

El ejército alcanzó los muros de Siracusa y miles de ciudadanos aclamaron a Dion en un griterío ensordecedor. Traspasaron la puerta de la muralla y Calipo se conmovió al ver a muchos hombres mayores llorando porque obtenían la libertad después de medio siglo de opresión. Cruzaron el barrio de Acradina en dirección a la acrópolis por una avenida amplia, rodeados de hombres, mujeres y niños que arrojaban flores, ofrecían a los soldados fruta y vino y le dirigían a Dion plegarias como si fuese un dios. Calipo avanzaba a su lado y llevaba como él la corona del sacrificio que habían realizado al amanecer. Se notaba aturdido y a la vez lleno de energía; el sabor de la gloria resultaba más embriagador que el mejor vino de Biblos.

Cerca de los muros del palacio había un reloj de sol y Dion

se subió a él para dirigirse al pueblo. Tenía el rostro encendido y los ojos le brillaban como si estuviera en contacto con los dioses.

—¡Siracusanos; ciudadanos y hermanos míos!

Lo vitorearon de tal modo que durante un rato no pudo continuar. Calipo se había situado al pie del reloj y contemplaba fascinado lo que ocurría. Advirtió que los adivinos señalaban a Dion mientras hablaban entre sí en voz baja, y se acercó a ellos para tratar de oír lo que estaban diciendo.

Dion reanudó su discurso exhortando a los siracusanos a no desfallecer hasta que se hubieran librado definitivamente de la tiranía. La multitud aclamaba cada una de sus frases, pero la expresión de Calipo se había ensombrecido. Los adivinos se habían puesto de acuerdo en el significado que podía tener que Dion se encontrara encima de un reloj mientras lo proclamaban libertador.

«Están convencidos de que su buena fortuna va a sufrir un cambio repentino.»

Una semana después de que entraran en Siracusa, Dionisio regresó de Italia con sus ochenta naves. Saltó a tierra antes de que el barco se detuviera y se acercó a su hijo Apolócrates, que estaba a la cabeza de la recepción militar formada por sus consejeros y los generales del ejército mercenario.

—¿Cuál es la situación? —Lo último que había sabido era que Dion había tomado la ciudad apoyado por el pueblo. Desde el barco le había dado la impresión de que lo único que su tío no controlaba era la isla de Ortigia.

—No ha habido ninguna batalla —respondió Apolócrates con un aplomo impropio de su juventud—. Saben que no pueden tomar Ortigia y lo que quieren es aislarnos.

—Supongo que Dion habrá empezado a levantar un muro a la entrada de la isla. Tenemos que impedir que lo termine.

El ceño de Apolócrates se frunció y bajó los ojos, del mismo color avellana que sus cabellos y la barba fina que comenzaba a cubrirle las mejillas.

—Lo siento, padre. Ya han acabado de construirlo.

Dionisio lanzó una mirada furibunda a sus consejeros. El único realmente válido era Filisto, pero seguía en el Adriático con una parte de la flota.

—¿Se sabe algo de Timócrates?

—Desde que huyó al interior nadie ha oído hablar de él —respondió su hijo—. Es como si la tierra se lo hubiera tragado.

Un rictus de desdén tensó la boca de Dionisio. «Se ha escondido como una rata cuando tendría que haber dado por mí hasta la última gota de su sangre.» Había otorgado a Timócrates todo lo que deseaba: lo había casado con la esposa de Dion, lo había convertido en un hombre mucho más rico de lo que ya era, le había concedido el mando del ejército durante su ausencia...

Sus labios se retrajeron aún más e imaginó a aquel cobarde colgando de una horca, su cuerpo girando lentamente con el rostro amoratado.

—Vamos. Quiero ver el muro de Dion.

Salieron del puerto mientras continuaba el desembarco de miles de hombres de las ochenta naves que había traído. Le pidió a su hijo que se situara a su lado e iniciaron el ascenso de la escalera que llevaba al palacio.

—¿Sabemos cómo se están organizando en la ciudad? —Se quitó el sudor de la frente con una mano—. ¿Hay algún cabecilla descontento al que podamos recurrir?

Apolócrates titubeó. Sabía que a su padre no le iba a gustar la respuesta.

—El pueblo le ha concedido a Dion la máxima autoridad sobre todas las fuerzas y sobre los demás asuntos de la ciudad.

Dionisio soltó una risa amarga.

—Han nombrado un nuevo tirano.

En ese momento recordó cuando se asomaba con Platón a las terrazas del palacio y entre la multitud se oía gritar el nombre de Dion. «El pueblo ya lo aclamaba, y ahora se ha arrojado a sus pies.» En cuanto retomara el control de la ciudad les iba a hacer pagar muy cara la falta de lealtad a su legítimo gobernante.

—Dion está a la cabeza —prosiguió su hijo—, pero no ha

querido concentrar todo el poder. Ha pedido que nombren veinte magistrados para que lo acompañen en el gobierno: la mitad elegidos entre los exiliados que han regresado con él y la otra mitad entre los ciudadanos que han luchado contra nosotros.

Dionisio negó con un suspiro exasperado. Aquello se parecía a las medidas que tanto Platón como el propio Dion le habían propuesto para que la tiranía diera paso a lo que ellos consideraban un gobierno más justo.

«Sólo falta que Dion empiece a promulgar leyes.»

Continuaron en silencio y cruzaron la puerta de la muralla. En el jardín interior del palacio se había congregado buena parte de sus familiares y cortesanos. Nada más verlo, comenzaron a aplaudir y a aclamarlo con gran entusiasmo.

Dionisio observó sus rostros mientras pasaba entre ellos en dirección al edificio principal.

«Algunos están más emparentados con Dion que conmigo. Debería encerrarlos hasta que todo esto acabe.»

Se detuvo al ver a Areté, su hermana y esposa de Dion, que lo contemplaba con los ojos hinchados y enrojecidos.

«Lleva años suplicando que la deje reunirse con mi peor enemigo. Y ahora que lo tiene tan cerca, no puede contener el llanto.»

—Querida Areté, lamento que hayas tenido tan mala suerte en tus matrimonios. He sabido que Timócrates, tu segundo esposo, ha abandonado la ciudad como un cobarde. En cuanto a Dion, ya se ha quitado la máscara y nadie puede negar que sea el mayor de los traidores.

Los labios de Areté se curvaron como si fuera a llorar, pero levantó la barbilla y consiguió responder sin que su voz se quebrara.

—Yo nunca he tenido más que un esposo, igual que mi hijo sólo tiene un padre.

Dionisio observó al muchacho, que se mantenía cabizbajo junto a su madre. Tenía dos o tres años menos que Apolócrates y recordaba un poco a Dion, aunque era evidente que no poseía su firmeza de carácter ni una inteligencia tan brillante.

Se volvió de nuevo hacia Areté.

—Parece que ansías el reencuentro con Dion. Puede que tú no estuvieras muy deseosa de cumplir tu deber conyugal con Timócrates, pero todo el mundo sabe la pasión que le despertabas y lo fogoso que era contigo. ¿Crees que Dion te va a recibir con los brazos abiertos después de eso?

Areté soltó un gemido. Sus ojos se habían llenado de lágrimas y los bajó.

Dionisio se alejó de ella y subió con Apolócrates y sus consejeros a la torre más alta del palacio. Apoyó una mano en la piedra de una almena y evaluó la situación. Habían cerrado los accesos a Ortigia, con lo que la ciudad antigua y los barracones militares quedaban controlados por ellos y aislados del resto de Siracusa. Sin embargo, resultaba evidente que la intención de Dion no era asaltar Ortigia, sino establecer un asedio. El muro que había levantado era una construcción sólida que cortaba de lado a lado el istmo que unía Ortigia con la otra parte de la ciudad.

Apolócrates se situó junto a él.

—Sabemos que a Dion lo acompaña un ateniense llamado Calipo. Es el hombre en el que más confía y le ha dado el mando de una parte de sus tropas. Además..., hemos sabido que se conocieron a través de Platón, creemos que Calipo es uno de los miembros de su Academia.

Dionisio asintió sin decir nada y siguió mirando hacia el muro.

«Debes de estar satisfecho, Platón. Mi tío Dion siempre ha sido tu discípulo favorito, el hombre al que te hubiera gustado ver ocupando mi trono. —Apretó los dientes; la última vez que Platón había estado en Siracusa no había parado de hablar de Dion, Dion, Dion...—. Ahora debe de estar rogando a los dioses que Dion consiga derrocarme y haga realidad su maldito sueño del filósofo rey.»

—¿Qué vamos a hacer? —le preguntó su hijo.

—¿Qué se hace con una alimaña que te muerde?

Apolócrates dudó un momento.

—¿Matarla?

—Eso es, así se resuelve el problema. —«Y es lo que debería haber hecho yo con Dion, en lugar de enviarlo al exilio»—.

Sin embargo, a veces la alimaña es demasiado grande y es mejor recurrir a la astucia para minimizar daños. —Su hijo asintió, sin entender a qué se refería, y él se volvió de nuevo hacia el muro—. Voy a enviar a Dion unos mensajeros con una propuesta.

—Los siracusanos son hombres libres —respondió Dion cuando los emisarios le dijeron que querían tratar con él en privado—. Por ello debéis hablarnos a todos en una Asamblea general, igual que entre todos decidiremos sobre las propuestas de Dionisio.

Dos horas más tarde, diez mil ciudadanos llenaban hasta el último rincón del recinto amurallado del foro. Calipo y Dion se situaron en primera línea y desde allí escucharon a los mensajeros del tirano, que aseguraron que Dionisio estaba dispuesto a llevar a cabo una importante rebaja de los tributos, así como a no obligar a los siracusanos a luchar en guerras que no hubieran aprobado ellos mismos.

El pueblo respondió con un prolongado griterío de rechazo y burla que resonó entre las paredes de piedra.

—Como veis, la respuesta de nuestros compatriotas está clara. —Dion se acercó a los emisarios, que acababan de bajar del estrado y parecían intimidados—. No tiene sentido continuar con las negociaciones a menos que Dionisio esté dispuesto a renunciar a la autoridad.

Los mensajeros regresaron a la isla de Ortigia, y al día siguiente el tirano envió a Dion nuevos interlocutores.

—Nuestro señor Dionisio solicita que algunos siracusanos de tu confianza vayan a la acrópolis a negociar. Está convencido de que, cediendo ambas partes, es posible lograr algún acuerdo que resulte positivo para el conjunto de los ciudadanos.

Dion accedió y envió a tres de los magistrados que había seleccionado el pueblo. Las conversaciones se prolongaron, y al llegar al segundo día los siracusanos se llenaron de esperanza. En las calles había ambiente de fiesta y todos aseguraban que el tirano estaba a punto de abdicar.

Dionisio aprovechó aquel ambiente de confianza para atacar.

Las puertas de la acrópolis se abrieron antes del amanecer del tercer día y los mercenarios de Dionisio surgieron como un torrente. Los ciudadanos que custodiaban el muro de Ortigia escaparon aterrorizados. Poco después de iniciarse el ataque, Dion y Calipo salieron con sus armas desde el campamento militar que habían levantado junto al foro, a quinientos pasos de la acrópolis. Se encontraron con cientos de siracusanos que huían en sentido contrario y el avance resultó penoso, pero lograron llegar al muro y Dion se lanzó directamente contra los soldados que comenzaban a rebasarlo.

Los mercenarios del tirano reconocieron a Dion y centraron sus esfuerzos en acabar con él. Calipo y sus hombres trataron de protegerlo, pero Dion acometía con tanto ímpetu que no podían mantenerse a su altura. Lanzas, flechas y espadas golpeaban contra su escudo y su coraza de bronce mientras él hería a un enemigo tras otro. Consiguió resistir la marea de mercenarios como si tuviera la fuerza de diez hombres, hasta que le clavaron una lanza en la mano y su espada cayó al suelo.

«¡Dion...!» Calipo empujó a los hombres que tenía delante sin lograr acercarse. Su amigo trataba de protegerse con el escudo, pero la lluvia de golpes lo estaba quebrando y las armas empezaban a atravesarlo.

Una lanza alcanzó su muslo y cayó de rodillas con el escudo en alto.

—¡Areté! —rugió mientras las armas impactaban contra su coraza y lo herían en brazos y piernas.

Calipo consiguió llegar a su posición en el momento en que se derrumbaba de espaldas.

—¡Aguanta! —gritó mientras tiraba de él hacia atrás.

Sus hombres contuvieron momentáneamente al enemigo y arrastró a Dion dejando en la tierra un rastro de sangre.

Capítulo 87

Atenas, marzo de 356 a. C.

Altea notó un calambre doloroso y colocó las manos sobre su vientre abultado.

«Cálmate. —Estaba recostada en la cama, con la espalda apoyada en varios cojines. Cerró los ojos y respiró despacio—. Vamos, pequeño, tienes que aguantar un poco más.»

Se había quedado embarazada de Céfiro hacía casi nueve meses, pero no se había acostado con Calipo hasta un mes y medio más tarde. Su esposo había partido después hacia Siracusa y al cabo de un par de meses ella había anunciado su embarazo, por lo que todo el mundo pensaba que estaba encinta de siete meses y medio.

«Espero que el parto se retrase dos o tres semanas para que nadie sospeche.»

Inclinó el cuerpo hacia el arcón que había junto a la cama. Tomó un cuenco de madera y bebió un trago de la infusión relajante que le había preparado Hesperia. Le había asegurado que podía retrasar el parto.

«Al principio intentó convencer a Céfiro de que no mantuviera una relación conmigo», recordó mientras volvía a recostarse. El ama de llaves quería al esclavo como a un hermano pequeño, y sabía que, si Calipo llegaba a sospechar algo, esta vez no se limitaría a torturarlo. Sin embargo, había visto que Céfiro no estaba dispuesto a renunciar a Altea y había decidido ayudarlo.

«Nos ayuda, pero no me perdona que ponga en riesgo la vida de Céfiro. —La mirada de Hesperia siempre tenía un matiz severo. Céfiro aseguraba que le tenía aprecio y que sólo estaba resentida con Calipo, pero ella no estaba muy segura.

—Me aprecie o me odie, yo sólo puedo estarle agradecida. Sin ella sería casi imposible que estuviéramos a solas.» Hesperia y Céfiro seguían fingiendo que mantenían una relación y por ello se consideraba normal que él durmiera en el cuarto del ama de llaves. De ese modo se encontraba a sólo dos puertas de su dormitorio, y a veces Hesperia se quedaba vigilando en el pasillo mientras él acudía a su cuarto y pasaban algo de tiempo juntos.

Cogió el cuenco y bebió el resto del líquido caliente. Se notaba calmada, la tensión en el vientre casi había desaparecido.

Desde que Calipo se había marchado de Atenas sólo había recibido una carta suya, hacía ya cinco meses. En ella le decía que su llegada a Sicilia había hecho que los siracusanos se levantaran contra la tiranía, y que habían elegido por unanimidad a Dion para que los encabezara. También le contaba que se había producido una batalla en la que Dion había resultado herido.

«*Pensé que era nuestro final* —le había escrito Calipo—, *pero los mercenarios que hemos traído de Zacinto vinieron a ayudarnos desde todos los puntos de la ciudad, y también convencieron a los siracusanos que estaban escapando de que se unieran al ataque. Los soldados de Dionisio no se esperaban una ofensiva tan contundente y huyeron hacia las murallas de la acrópolis. Antes de que cerraran las puertas, conseguimos acabar con cientos de ellos.*»

A lo largo de la carta se percibía cierto tono de euforia, pero hacia el final se volvía más sombría. Dion había resultado herido de gravedad y Calipo era consciente de que habían estado a punto de perderlo todo en la primera batalla. También sabía que en cualquier momento se presentaría en Siracusa la flota que Filisto mantenía en el Adriático.

«*Lo que va a ocurrir es impredecible* —habían sido las últimas palabras de Calipo—, *pero ya hemos alcanzado la gloria.*»

—La gloria —murmuró Altea.

Ella le había respondido con una carta en la que le comunicaba que estaba embarazada, aunque no estaba segura de que le hubiera llegado porque cuando la envió estaba a punto de cerrarse la temporada de navegación. Quizás la noticia de su embarazo se había quedado a medio camino y no le llegaría hasta que los barcos volvieran a surcar el mar Jónico.

«Ni siquiera sé si Calipo sigue en Siracusa.»

Acarició la curva de su vientre y se quedó esperando. No había sentido a su hijo en todo el día.

«Debe de estar dormido», se dijo sin querer preocuparse. Tras su último embarazo la partera había afirmado que no podría volver a concebir, por eso Céfiro y ella no habían adoptado ninguna precaución. Al quedarse embarazada había pensado que era un regalo de los dioses, pero en otras ocasiones temía que los dioses hubieran decidido castigarla con otro niño muerto.

—Será un bebé igual de sano y precioso que su madre —le había dicho Céfiro la noche anterior. Después había besado su vientre con ternura y la había mirado con una sonrisa radiante—. Y cuando crezca será un niño tan valiente y listo como tú, y yo protegeré su vida con la mía.

—No digas eso —había respondido ella asustada. Aquellas palabras le habían sonado a presagio, y al recordarlas volvió a estremecerse.

«Te lo ruego, papá, protege a mi hijo y protege a Céfiro. Aunque sea un esclavo, sabes que tu nieto no podría tener como padre un hombre más bondadoso.»

Cerró los ojos y viajó con la mente hasta la tumba de Perseo, que había fallecido hacía dos años. Se sentía culpable porque hacía casi un mes que no la visitaba, pero caminar hasta el cementerio del Cerámico, más allá de la puerta de Dipilón, podía hacer que el parto se iniciara.

«Las últimas flores que llevé estarán completamente secas.»

En los márgenes de la calle de las tumbas se alternaban lápidas sencillas con monumentos funerarios tan ostentosos que se hablaba de establecer un límite de gasto para ellos. Los relieves de mármol y las estatuas solían destacar lo más relevante de los personajes allí enterrados. En el caso de Perseo, él mismo había encargado la escultura que servía para recordarlo. Al tratarse de un vencedor olímpico lo habitual hubiera sido representarlo practicando la disciplina deportiva que le había dado la gloria; sin embargo, el conjunto escultórico lo mostraba de la mano de su esposa Casandra y de sus hijos Eurímaco y Altea cuando éstos eran niños. Los cuatro parecían caminar hacia la persona que los observaba y componían una escena sencilla. El único elemento que recordaba que Perseo había proporcionado la gloria olímpica a Atenas era la corona de olivo que ceñía su cabeza.

Altea evocó la felicidad que reflejaban los rostros de mármol de sus padres y eso la hizo sonreír.

Un instante después, el dolor estalló en su interior.

Todos los músculos de su cuerpo se contrajeron y trató de gritar, pero ni siquiera era capaz de respirar. Creyó que iba a ahogarse mientras el dolor seguía creciendo, mucho más intenso que en cualquiera de sus anteriores embarazos. Abrió la boca hasta casi desencajarla en un grito mudo. El miedo inundó su mente y se convirtió en pánico.

Un hilo de aire comenzó a entrar en su pecho y evitó que se desvaneciera, pero su vista se había nublado y no podía pensar. Rodó sobre el borde de la cama y cayó al suelo.

El golpe fue como si la atravesaran cien espadas.

«¡Hesperia!»

Se arrastró clavando las uñas en la madera del suelo. Consiguió llegar a la puerta, estiró el brazo hasta el pomo y la abrió. El cuarto de las tejedoras quedaba enfrente de ella y en ese momento estaba saliendo una esclava.

Era Melisa.

—A... yuda... —gruñó Altea entre los dientes apretados.

Melisa llevaba una tela doblada sobre un brazo. Miró a Altea sin moverse, dio un paso hacia ella y volvió a detenerse. Tenía una expresión tensa y no apartaba los ojos de su ama.

Se abrió otra puerta y Melisa se giró hacia el sonido.

—Ayuda a nuestra ama —apremió a la joven esclava que acababa de aparecer. Acto seguido desapareció escaleras abajo llamando a Hesperia.

La joven se arrodilló junto a Altea sin saber qué hacer.

—Mi señora...

El dolor deshizo la consciencia de Altea y dejó de oír a la esclava. Notó que la movían, gritos, líquido caliente entre las piernas. El mundo se desvanecía y regresaba como una marea en la que el dolor siempre estaba presente. El rostro lívido de Hesperia apareció de repente encima de ella, hablando sin que entendiera sus palabras.

«Salva a nuestro hijo», le rogó.

Hesperia seguía hablando a gritos, pero su voz se disgregaba en sonidos incoherentes antes de llegar a ella.

«Céfiro...» Lo buscó anhelante por toda la habitación. Sólo estaban el ama de llaves y otras dos esclavas que parecían aterradas. Cerró los ojos y puso toda su voluntad en respirar; el dolor agarrotaba sus pulmones, apenas conseguía que se movieran...

...

Sintió que caía desde una gran altura y abrió los ojos de golpe. Seguía en su cama. Vio que las esclavas se volvían hacia la puerta y aparecieron dos mujeres. La mayor tenía la edad de Hesperia y comprendió que era la comadrona, aunque no la conocía. Se dirigió a los pies de la cama, le separó las piernas y meneó la cabeza. Después cogió un trapo, presionó un momento y lo entregó ensangrentado a su ayudante antes de untarse las manos de grasa.

Cuando metió los dedos en su interior, el dolor hizo que se desvaneciera.

...

—¡Altea! —Oyó muy lejana la voz de Hesperia. El mundo sólo era negrura y dolor—. ¡Tienes que empujar, Altea!

Tomó aire sumida en la oscuridad e intentó hacer fuerza con un vientre que parecía haberse convertido en piedra. La partera movió los dedos dentro de ella y sintió que su bebé avanzaba a través de su cuerpo desgarrado.

Le pusieron un paño húmedo en la frente, reposó la cabeza y la oscuridad se derritió como la nieve. Distinguió el rostro de Hesperia, le estaba agarrando la mano. Las sábanas estaban tan mojadas de sudor y sangre que era como si yaciera en un charco.

—Tienes que empujar una última vez —apremió la partera.

Altea obedeció y sintió que le arrancaban las entrañas. La

presión disminuyó, pero no el dolor ni la sensación de que la vida se le escapaba.

Trató de levantar la cabeza y vio que la partera tenía un cuerpo en las manos.

—Es un niño —anunció mientras lo movía con gestos nerviosos.

«Está muerto.» Altea recordó entre lágrimas las palabras que había pronunciado la comadrona en su primer parto. La mujer se puso de pie y se oyó un gemido agudo.

—Aquí tienes a tu hijo. Está sano.

Lo dejó sobre el pecho de Altea y volvió a colocarse rápidamente entre sus piernas.

—Mi hijo... —El bebé gimió de nuevo y apoyó la cabeza contra su piel. Tenía el pelo negro y los ojos eran de un gris tan claro como los suyos—. Mi pequeño —sollozó mientras le besaba la frente y envolvía con las manos su cuerpecito desnudo.

«Nuestro pequeño.» Sus labios se abrieron en una sonrisa al pensar en la primera vez que Céfiro pudiera coger a su hijo.

—¿Cómo se va a llamar? —le preguntó Hesperia con voz suave.

—Prometeo. —Tendrían que ocultar quién era el verdadero padre, pero al menos el nombre lo habían escogido los dos juntos.

Hesperia se acercó a la partera y ésta le susurró algo y negó con gesto preocupado. Altea no quiso pensar en cómo se encontraba ella y siguió besando a Prometeo, que pestañeaba con sus grandes ojos y movía las manos sobre su piel como si la acariciara.

Una de las esclavas jóvenes se acercó a ella.

—Es muy hermoso para haber nacido con menos de ocho meses.

El comentario de la esclava había sido inocente, pero Altea se puso alerta y vio que la comadrona levantaba la cabeza hacia su hijo.

—¿Menos de ocho meses?

La partera iba a continuar cuando se encontró con la mirada de súplica de Altea. Apretó los labios con expresión adusta y agachó la cabeza para seguir ocupándose de la incesante hemorragia.

Capítulo 88

Atenas, agosto de 356 a. C.

Platón humedeció la punta de la pluma en el tintero y se dispuso a iniciar la carta, pero se detuvo antes de rozar el papiro.

«Tengo que serenarme.»

La mezcla de preocupación y esperanza por lo que estaba ocurriendo en Siracusa era demasiado intensa para que pudiera escoger las palabras adecuadas. Se acercó a la puerta abierta y contempló el templo circular de las Musas. Esa mañana había estado meditando rodeado por las nueve diosas de la inspiración. Al salir del templo, se había quedado paralizado al ver un águila posada junto a la puerta de su casa, como si el propio Zeus hubiera descendido para enviarle una señal. El ave había ladeado la cabeza para mirarlo y después había emprendido el vuelo con un fuerte aleteo.

—Se dirigió hacia el oeste —murmuró sobrecogido—. Hacia Siracusa.

Regresó a la mesa, mojó de nuevo la pluma en la espesa tinta negra y comenzó a escribir.

«Platón desea salud y prudencia a Dion de Siracusa...» Su querido Dion se había recuperado de las heridas sufridas en la primera batalla, o al menos le había escrito afirmando que la única secuela que le quedaba era una pequeña cojera. El tirano Dionisio seguía confinado en Ortigia con todo su ejército, pero la situación para Dion había empeorado con la llegada de Heraclides. Aquel hombre no había querido formar parte de la expedición inicial pese a ser un antiguo amigo de Dion y llevar cinco años exiliado en el Peloponeso. Sin embargo, tras ver los éxitos iniciales, había viajado con diez barcos a Siracusa.

«Su carácter es más adecuado que el de Dion para ganarse al pueblo», se dijo Platón preocupado. Heraclides había logrado que lo nombraran almirante de la flota en una Asamblea que había convocado al margen de los magistrados y del propio Dion. Éste se había presentado en mitad de la Asamblea y había hecho ver a los siracusanos que aquello era incompatible con el mando de todo el ejército que le habían conferido a él para vencer a Dionisio. Avergonzado, el pueblo se había apresurado a revocar el nombramiento de Heraclides y la Asamblea se había disuelto.

«Heraclides es un demagogo, un seductor de muchedumbres», pensó mientras le escribía a Dion que se mantuviera alerta.

Dion había hecho ver a Heraclides que estaban en una situación muy delicada en la que con un mínimo error lo podían perder todo. Su antiguo amigo había reconocido que tenía razón y se había disculpado, y entonces Dion había convocado una nueva Asamblea para concederle oficialmente el mando de la flota. Con ello esperaba lograr la adhesión de Heraclides y sus partidarios; sin embargo, al cabo de un tiempo empezaron a circular por Siracusa rumores malintencionados que sin duda procedían de Heraclides. Unos afirmaban que si el tirano Dionisio salía de la acrópolis en virtud de una capitulación sería porque Dion estaba siendo demasiado considerado con él, mientras que otros aseguraban que Dion estaba prolongando el asedio para mantener por más tiempo el poder que le habían concedido.

«Dion es un hombre justo y un filósofo al que no le interesa el poder más que como medio para mejorar las condiciones de su pueblo. Pero Heraclides ha demostrado ser un excelente demagogo y puede lograr que los siracusanos vean justo lo contrario.»

En las últimas semanas habían sabido además que Filisto había conducido sus cincuenta naves desde el mar Adriático hasta el mar Jónico. De momento se limitaba a desplazarse entre distintas ciudades de Italia próximas a Sicilia sin que supieran sus intenciones. Quizás estaba preparando un eventual destierro de Dionisio, pero también podía estar reclutando tropas adicionales para atacar Siracusa.

Platón dejó la pluma en su soporte, estiró la espalda con una mueca de dolor y se quedó pensativo. Al cabo de un rato, su rostro se distendió al evocar la carita de Prometeo, el hijo de Altea.

«Es igual que ella cuando era bebé.»

Después del juicio y la muerte de Sócrates, Perseo y él se habían ido de Atenas y habían pasado un tiempo en Megara. La esposa de Perseo, Casandra, también se encontraba con ellos y estaba embarazada, y durante su estancia en Megara nació Altea. Platón la recordaba con la misma carita redonda de expresión plácida que tenía ahora Prometeo, y desde luego los ojos de ambos eran iguales, de un tono tan claro que daban la impresión de ser transparentes.

«Prometeo ha estado a punto de quedarse sin madre.» Su ceño se arrugó al recordarlo. Altea había permanecido lívida como un muerto durante los dos primeros meses de vida del bebé, sin fuerzas para levantarse de la cama y con una hemorragia que parecía que no iba a detenerse hasta acabar con su vida. Aun así se empeñó en dar el pecho a su hijo y lo tuvo con ella en todo momento. Platón entendía que después de varios abortos y del niño que nació muerto no quisiera despegarse de su bebé, pero veía a Altea tan débil que intentó en varias ocasiones que contratase a una nodriza para que pudiera descansar.

«No me hizo ningún caso, menos mal que pese a todo se recuperó.»

Hacía ya un mes que Altea había vuelto a la Academia. Durante las horas que acudía para dar clases dejaba a su bebé con Hesperia, el ama de llaves, y luego regresaba rápidamente a Atenas.

«Tienes una hija muy cabezota, Perseo..., y un nieto muy simpático que se pone a reír en cuanto me ve.» Esbozó una sonrisa triste. Echaba de menos a Perseo, con quien había compartido medio siglo de amistad.

Cogió la pluma para concluir la carta y su ánimo volvió a oscurecerse al pensar en la situación de Siracusa.

«Si Filisto consigue unir sus fuerzas a las del tirano, Dion no tendrá ninguna posibilidad.»

Altea caminaba ensimismada junto al riachuelo de la Academia, tan despacio que apenas avanzaba.

«La partera estuvo a punto de revelar la verdad.»

Se había quedado aterrada cuando la esclava había dicho que Prometeo era muy hermoso para no haber llegado al octavo mes de embarazo. Gracias a los dioses, la comadrona se había percatado de su angustia y se había callado en lugar de contradecir a la esclava.

Durante las primeras semanas había tenido todo el tiempo a su bebé en brazos, completamente envuelto para que nadie se fijara en su tamaño, aunque la hemorragia la mantenía tan débil que apenas podía mantenerse despierta. Había ordenado que llevaran a su habitación lo necesario para limpiar al niño y le había dicho a Hesperia que se ocupara ella para que fuese la única que lo viera desnudo.

—Sobre todo que no lo vea Melisa —le había suplicado—. No dejes que se acerque a mi hijo.

«Ahora nadie puede darse cuenta», se dijo para tranquilizarse. Prometeo había cumplido cinco meses y ya no resultaba evidente por su tamaño que había nacido al final del embarazo en lugar de sietemesino.

Llegó a la plaza de Academo y reconoció a la persona que contemplaba de espaldas a ella la estatua del héroe. Aunque llevaba una túnica masculina, sabía que se trataba de una mujer.

—Salud, Axiotea.

La mujer se volvió.

—Salud, Altea. —Axiotea era morena y llevaba el pelo recogido en una coleta corta, lo que hacía destacar su rostro tosco de rasgos marcados—. ¿Qué tal te encuentras?

—Estoy bien, gracias. Hoy no tengo ninguna clase, pero los médicos siguen empeñados en que dé un paseo todos los días y he decidido venir a la Academia. —Torció el gesto para indicar lo que le costaba separarse de su hijo. Después señaló la túnica de Axiotea—. Veo que continúas llevando ropa de hombre.

—He decidido dar clase vestida siempre así. Como tú dijiste, funciona muy bien como metáfora para hablar de la realidad aparente y la realidad verdadera..., y para hacer de escudo frente a los recelos de algunos estudiantes por tener de maestra a una mujer. —Oprimió afectuosamente el brazo de Altea—. Me diste un consejo excelente, no me cansaré de agradecértelo.

Axiotea procedía de Fliunte, en el Peloponeso, donde había pasado varios años enseñando retórica y filosofía. Tras leer *La república* había decidido viajar a Atenas para conocer a Platón, quien, después de comprobar que sus conocimientos sobre algunas materias eran bastante sólidos, le había pedido que impartiera lecciones a los estudiantes más jóvenes.

—Soy yo quien te está agradecida por venir desde Fliunte. Hasta ahora yo era la única mujer en la Academia, que a su vez es la única escuela de Atenas con mujeres. ¡Ahora tú te llevas la mitad de la atención que antes se concentraba en mí! —exclamó Altea riendo.

En los labios de Axiotea apareció una mueca de resignación.

—Platón dice en *La república* que a las mujeres debe ofrecérseles la enseñanza de la música, la gimnasia y las artes que conciernen a la guerra, y también que debe tratárselas del mismo modo que a los hombres. Sin embargo, Atenas dista mucho de la ciudad ideal en la que eso podría ocurrir.

Altea sólo podía darle la razón.

—Me temo que el poder de la tradición y de las costumbres es superior al de la filosofía. Si exceptúas a los seguidores de Platón, la mitad de los atenienses se llevaría las manos a la cabeza y la otra mitad se echaría a reír si supieran que Platón afirma que las dotes naturales están distribuidas de forma similar entre ambos sexos, y que por ello la mujer podría participar en las mismas ocupaciones que el hombre.

—El otro día estuve en una conferencia que daba él para el público general. Vinieron muchos hombres de Atenas a los que no había visto antes en la Academia. —El tono de Axiotea se cargó de ironía—. Se quedaron tan callados como si la sala estuviera vacía cuando Platón afirmó que, aunque la mujer es más débil que el hombre, la educación debería ser la misma para ambos.

—Conozco esa reacción. —Altea la había visto en algunas conferencias de su maestro y en otras que ella misma había impartido—. También serán sordos a esas ideas cuando Platón publique *Las leyes*, la gran obra en la que lleva años trabajando. He leído algunos pasajes de los borradores y afirma que es el colmo de la insensatez la costumbre actual de que varones y mujeres no practiquen las mismas actividades. Y llega a decir que, con esa forma de actuar, las ciudades sólo consiguen la mitad de los recursos que obtendrían si ambos sexos contribuyesen con su esfuerzo.

Su compañera asintió pensativa ante aquella idea y Altea se preguntó si la posición de la mujer se acercaría alguna vez a la del hombre, o si aquello sólo tendría lugar en los Estados imaginarios que construía Platón.

Axiotea se giró hacia la estatua de Academo que había estado contemplando.

—Lo que no se puede negar es que en Atenas sois afortunados al disponer de tantas maravillas de Praxíteles. En Fliunte no tenemos ninguna obra de los grandes escultores.

Altea observó el rostro sereno del héroe, delicadamente pintado para acentuar su expresividad y realismo, aunque el paso del tiempo había desvaído algunos matices.

—Los más afortunados son los habitantes de Cnido, todo el mundo dice que su Afrodita es la mejor obra de Praxíteles.

La *Afrodita* de Cnido representaba a la diosa en el momento de darse un baño y era la primera escultura que mostraba el cuerpo femenino completamente desnudo. Combinaba la dignidad del rito del baño con una sensualidad cargada de erotismo por el hecho de que la diosa no intentaba taparse, pero se cubría distraídamente al pasar la mano por delante del pubis. Al igual que Policleto había establecido con su *Doríforo* el canon de la proporción masculina, Praxíteles había fijado con su *Afrodita* el de las proporciones ideales del cuerpo femenino. Muchos viajeros acudían a Cnido sólo para contemplar a la diosa desnuda, y se decía que algunos hombres habían enloquecido de amor por ella.

«La escultura que vimos Eurímaco y yo en Delfos estaba casi desnuda y era bellísima, quizás se pareciera un poco a la que hizo después en Cnido. —Altea esbozó una sonrisa melancólica al recordar que la estatua se había caído mientras la colocaban en su base y su hermano la había sujetado justo a tiempo de evitar que aplastara al propio Praxíteles—. Si no fuera por Eurímaco, Praxíteles podría haber muerto y la *Afrodita* de Cnido no existiría.»

—Por lo que cuentan del juicio a Friné —comentó Axiotea divertida—, muchos hombres de Atenas han disfrutado contemplando la misma belleza que los de Cnido.

Altea se rio. Friné había sido durante varios años la hetaira de Praxíteles y la modelo que había utilizado para muchas de sus *Afroditas.* Hacía unos meses, había cometido la osadía de compararse en belleza con la propia diosa y la habían acusado de impiedad. Durante el juicio los argumentos de su defensor no habían conseguido convencer a los miembros del jurado; sin embargo, cuando estaban a punto de condenarla, Friné había dejado caer la túnica para mostrar su cuerpo desnudo y la habían absuelto.

Axiotea propuso que se resguardaran del calor a la sombra del pórtico. Altea dudó, seguía dándole miedo pasar mucho tiempo alejada de su hijo, como si por no estar ella alguien fuera a descubrir la verdad. Finalmente aceptó, y cuando se acercaron vieron que Platón estaba allí con un grupo de discípulos al que se unieron.

—... que tengamos tantos trirremes parados —estaba diciendo Espeusipo. El pórtico se encontraba bastante concurrido y las demás conversaciones les llegaban como un rumor constante—. Lo que tendríamos que hacer es usar la flota para recuperar Potidea.

Altea frunció el ceño. El rey Filipo de Macedonia les había arrebatado recientemente Potidea, la última ciudad importante que les quedaba en aquella región. Después, como si se disculpara, había tratado con mucha consideración a la guarnición ateniense y se había ocupado de que regresara sin contratiempos a Atenas.

—Tomar Potidea requeriría un largo asedio. —Platón movió la cabeza negando—. Y estaríamos en medio de un territorio hostil en el que ya no nos quedan aliados.

—Más vale que no lo intentemos —intervino Jenócrates—, nos enfrentaríamos directamente a Filipo y parece que tiene a los dioses de su parte. —Se volvió hacia Aristóteles, que asistía a aquella conversación en silencio—. Tú eres macedonio, ¿cuáles crees que serán los siguientes pasos del rey Filipo?

Aristóteles lo meditó unos instantes. Tenía dos años más que el rey, y de niños habían hablado alguna vez cuando él era el hijo del médico principal de la corte y Filipo el vástago menor del entonces rey Amintas III.

—Llevo once años viviendo en Atenas, y el país del que me hablan mis parientes por carta es muy diferente al que conocí, así que mi opinión es muy especulativa. Al igual que vosotros, sé que Filipo ha reestructurado el ejército y ha sometido a los vecinos que invadían Macedonia regularmente. Además se ha ganado el apoyo de los tesalios al ayudarlos a librarse de los tiranos de Feras, y el apoyo de la caballería tesalia lo hace mucho más poderoso. —Bajó la mirada mientras reflexionaba—. Filipo es un hombre muy astuto; muchos de sus logros los ha obtenido sin usar la fuerza y me da la sensación de que va a seguir por esa línea.

—¿Qué quieres decir? —preguntó Espeusipo.

—Ha conseguido el control de varias minas importantes de oro y se dice que con él conquista más ciudades que con las armas. También es muy hábil estableciendo alianzas, pero a la vez sabe que es un problema que en muchas ciudades a los macedonios se nos considere más bárbaros que griegos.

Espeusipo asintió un poco incómodo. Nadie llamaría bárbaro a Aristóteles, pero se solía decir que los macedonios eran un pueblo violento y atrasado de pastores. A veces se los llamaba desdeñosamente *bebedores de leche,* pues en general los griegos usaban la leche de los animales para hacer queso o cocinar, pero no la bebían directamente.

—El rey Filipo ha hecho un gran esfuerzo para vencer en los Juegos Olímpicos —continuó Aristóteles. El mes anterior se habían celebrado los Juegos y los caballos de Filipo habían obtenido la victoria en la carrera de carros—. Es consciente de que eso otorga entre los griegos un gran prestigio, y que éste es fundamental para que muchas ciudades estén dispuestas a cerrar acuerdos con Macedonia. Además, como ya sabéis, acaba de tener un hijo, y eso también refuerza la posición de un rey.

«Alejandro», recordó Altea que se llamaba el heredero de Filipo. Se decía que el rey había soñado que sellaba el vientre de su esposa con la imagen de un león, y que por ello los adivinos afirmaban que Alejandro tendría la naturaleza de ese animal y sería un gran conquistador. La leyenda sobre el recién nacido se acrecentaba aún más con otro rumor: se afirmaba que la esposa de Filipo había sentido que le caía un rayo en el vientre la noche anterior a yacer con el rey en el tálamo nupcial. Aquello sugería inequívocamente que Alejandro en realidad no era hijo de Filipo, sino del mismísimo Zeus.

«No sé lo que logrará Alejandro —se dijo Altea mientras observaba en silencio a Aristóteles—, pero Filipo ha heredado un reino moribundo y lo ha convertido a una velocidad increíble en uno de los Estados más poderosos del mundo griego. Y sólo tiene veintiséis años. Es a Filipo a quien debemos temer, no a su hijo recién nacido.»

Platón se apartó del grupo y bajó los escalones del pórtico para atender a un mensajero que le traía una carta. Regresó con ellos mientras quebraba el sello.

—Me escribe Arquitas, desde Tarento. —Entornó los ojos para distinguir mejor las palabras de su amigo y su expresión se fue ensombreciendo. Al terminar de leer, bajó el pergamino—. Son noticias sobre Sicilia. —Todos pensaron en Dion y en Calipo, y el silencio se espesó—. Cuando Arquitas me escribió esta carta, el almirante Filisto estaba a punto de zarpar con una gran flota para unirse a Dionisio en Siracusa.

Capítulo 89

Siracusa, agosto de 356 a. C.

—Mi señor... —El sirviente apoyó una mano en el brazo de Calipo para que despertara del todo—. Dion pide que acudas urgentemente a su tienda.

—¿Qué sucede? —Calipo parpadeó aturdido. Del exterior no llegaba ningún ruido y se dio cuenta de que estaban en mitad de la noche.

—No me lo han dicho, pero sé que Dion ha llamado a más generales. —El temor hizo que la voz del sirviente se debilitara—. También he oído que la flota de Filisto va a llegar hoy a Siracusa.

Calipo gruñó una maldición. Se sentó en la cama y apoyó la frente en las manos. Tenía el cuerpo cubierto de sudor y le dolía la cabeza como si se la oprimieran con una enorme tenaza.

—Trae mis armas.

Al cabo de unos minutos entró en la tienda de Dion mientras apretaba el último cierre de su coraza y vio que la reunión ya había comenzado. Los hombres se agrupaban alrededor de una mesa en la que varias lámparas de aceite iluminaban un gran mapa de cuero. Dion estaba hablando y los demás escuchaban taciturnos.

—Heraclides, tienes que cortar el acceso a Filisto en este punto. —Dion golpeó el mapa con un dedo para señalar una zona al norte del puerto pequeño de Siracusa—. Hay que hacerles creer que pueden llegar hasta el puerto, y cuando se acerquen a la costa lanzar un ataque para obligarlos a llevar sus naves a tierra, donde tendremos fuerzas de infantería esperándolos.

—Nada más lejos de mi ánimo que ofenderte, Dion —la sonrisa arrogante de Heraclides contradecía la cortesía de sus palabras—, pero debo decir que Filisto es un perro viejo y no va a caer en una trampa tan evidente. —Hizo un gesto vago hacia el mapa—. Debemos controlar las aguas del puerto, eso es obvio, y evitaremos por todos los medios que su flota desembarque en Ortigia y se una a Dionisio. Sin embargo, en aguas abiertas no puedes pretender que los haga desembarcar aquí o allá. Tendréis que recorrer la costa siguiendo la batalla que se producirá en el mar.

Dion lo miró en silencio por un momento.

—Eso es lo que haremos, pero tú sitúa la flota en esta posición y no persigas a Filisto si ves que decide alejarse. —Se volvió hacia los demás oficiales—. Dividiremos la infantería en las cuatro unidades habituales, que estarán preparadas para desplazarse rápidamente de un punto a otro. Calipo, te situarás aquí, junto a la Acradina. Si algunas naves acaban en tierra, ésta es la zona más probable.

Calipo asintió. En las maniobras de entrenamiento solían dividir sus fuerzas en cuatro unidades donde se mezclaban los mercenarios con los civiles de Siracusa. La coordinación era aceptable, aunque había recelos entre ambos grupos y apenas se relacionaban al margen de las prácticas militares.

—Los demás tenemos que estar preparados por si Dionisio aprovecha la llegada de Filisto para atacarnos desde la acrópolis. —Dion apoyó las manos en el mapa y los miró a todos—. Si alguien tiene alguna duda, es el momento de plantearla.

Calipo observó a los demás oficiales, que intercambiaron miradas sin decir nada. Sabían que Dionisio no había vuelto a atacarlos porque estaba esperando a que sus fuerzas se incrementaran con la llegada de Filisto. Los informes que habían recibido aseguraban que en las naves viajaban cientos de jinetes con sus monturas y millares de soldados.

La flota de Filisto apareció a media mañana.

Al principio pareció que iba a intentar rodear a los barcos

de Heraclides, pero después se lanzó directamente contra ellos. Calipo se encontraba en la costa, a una distancia de cuatro o cinco estadios de las primeras naves. Entrecerró los ojos y se hizo sombra con una mano para que el sol no lo cegara.

«Filisto no quiere un combate naval —comprendió—, quiere atravesar nuestra formación para llegar a Ortigia.»

Las dos flotas se entremezclaron y desde su posición le resultó imposible saber lo que estaba ocurriendo. Caminó unos pasos por la arena blanda de la playa y se detuvo de nuevo mirando al mar. Detrás de él formaban disciplinadamente los trescientos mercenarios que estaban a sus órdenes desde el principio de la expedición, así como tres mil siracusanos que Dion había puesto ese día bajo su mando.

«No se oye nada.» Varias de las naves habían chocado; debían de estar muriendo muchos hombres en ese mismo instante, pero el viento soplaba en dirección norte y arrastraba los gritos de agonía como si fueran hojas caídas.

Poco a poco la batalla se acercó a la costa y Calipo sintió un cosquilleo en la mano de la espada. Algunas naves se habían hundido y una docena flotaba de medio lado, aunque no estaba seguro de quién había sufrido más pérdidas. Se dio la vuelta y escrutó las filas de soldados. Igual que confiaba en sus mercenarios, tenía la certeza de que la mayoría de los siracusanos echaría a correr si la situación se complicaba, como habían hecho en la batalla en la que Dion había resultado herido.

Un trirreme embistió con su espolón la galera más cercana y les llegó con claridad el crujido de la madera.

—¡Es el trirreme de Filisto! —gritó alguien a su espalda.

Varios hombres trataron de saltar desde la galera al trirreme, pero los soldados de Filisto los acribillaron con sus lanzas y cayeron al mar. Calipo apretó los dientes al ver que uno de sus trirremes se dirigía contra el de Filisto, que maniobró a su vez para evitar el espolón. Las dos naves se rozaron al cruzarse y los soldados se alancearon desde la borda sin apenas causar heridos.

Acto seguido, el trirreme de Filisto se lanzó en pos de su adversario.

—Maldito sea —mascullo Calipo. La nave de su flota se dirigía hacia la playa intentando escapar, pero la de Filisto era más rápida—. ¡Vamos —gritó hacia sus hombres—, tenemos que acercarnos!

Se metieron en el agua hasta que les llegó por las rodillas. Su barco se encontraba a tan sólo cien pasos, pero en ese momento el de Filisto le dio alcance, lanzaron garfios de abordaje y juntaron los cascos. Los soldados enemigos eran más numerosos y doblegaron con rapidez la resistencia que les oponían desde la borda. Después saltaron a la cubierta y comenzaron a masacrar a los siracusanos.

—¡Hay que ayudarlos! —gritaron algunos soldados adelantándose hacia las naves.

—¡Alto! —ordenó Calipo—. Cubre demasiado, no podemos hacer nada.

Enfrente de ellos continuó la matanza. Algunos siracusanos saltaban de la nave y llegaban hasta la playa nadando, otros caían al agua heridos y se debatían unos instantes antes de que el mar se los tragara.

Calipo oyó que lo llamaban. Un soldado joven entró en el agua desde la playa y se acercó a él chapoteando.

—¡Señor, el tirano está atacando desde la acrópolis! ¡Dion pide que envíes todas las tropas que sea posible!

Calipo observó con el rostro crispado los muros de la fortaleza de Ortigia y se volvió de nuevo hacia la batalla naval. Parecía que la flota de Heraclides estaba siendo vencida y el combate se desarrollaba cada vez más cerca de la costa. Quizás sus enemigos habían conseguido comunicarse de algún modo y su plan había sido desde el principio lanzar un ataque simultáneo en dos frentes. Si vencían en uno de ellos, atacarían en el otro por la espalda.

—Sólo puedo prescindir de un tercio de mis hombres. Tenemos que evitar que Filisto desembarque.

Envió a Ortigia las tropas indicadas y siguió aguardando. Las naves que tenían frente a ellos combatían sueltas o en pequeños grupos, maniobrando sin cesar para intentar embestirse. El mar estaba salpicado de hombres que trataban de alcanzar la costa y cadáveres de los que se habían ahogado antes de conseguirlo.

Miró hacia la acrópolis sin lograr distinguir si Dion estaba venciendo o siendo derrotado. Se giró un poco más y contempló la playa que tenían detrás.

«Si nos ataca Dionisio, no tendremos escapatoria», se dijo mientras las olas le golpeaban las piernas.

Sus hombres comenzaron a gritar y se volvió hacia los barcos a tiempo de ver que el trirreme de Filisto recibía el impacto de una de las naves de Heraclides, que después retrocedió dejando un gran boquete en el casco. El barco de Filisto comenzó a llenarse de agua y viró para intentar llegar a la playa.

—¡Preparaos, por Ares!

Sus soldados respondieron al grito y él se desplazó siguiendo la trayectoria del trirreme. Varios capitanes de las naves enemigas se dieron cuenta de la situación de su almirante y giraron también hacia la playa. El trirreme de Filisto se escoró cada vez más hasta que finalmente se paró. Calipo se adentró en el mar, pero llevaba la coraza de bronce y cuando el agua le llegó al pecho tuvo que detenerse. A sus mercenarios les ocurría lo mismo; sin embargo, muchos de los siracusanos sólo llevaban coseletes de cuero y continuaron a nado hacia el barco.

«Diosa Atenea, que atrapemos a Filisto.»

Retrocedió para que la corriente no lo arrastrara. Los hombres de Filisto se estaban tirando al agua y los primeros siracusanos se abalanzaron sobre ellos armados con cuchillos.

—¡Necesitamos a Filisto vivo! —Colocó las manos a ambos lados de la boca y gritó con todas sus fuerzas—. ¡No matéis a Filisto!

Algunas naves de la flota enemiga se habían acercado al trirreme de su almirante, pero los barcos de Heraclides se estaban aproximando y tuvieron que virar para no convertirse en una presa demasiado fácil. El combate en el agua alrededor del trirreme de Filisto duró poco y los siracusanos regresaron con algunos prisioneros. Cuando llegaron a la playa, Calipo tuvo que abrirse paso a codazos entre el círculo de hombres que rodeaba a los enemigos capturados.

«Es Filisto», se dijo al ver a un anciano arrodillado en la arena.

En aquel momento recordó que ése era el hombre que había contrarrestado la influencia de Platón sobre Dionisio.

«Consiguió enemistarlos, y estuvo a punto de hacer que mataran a Platón.»

Filisto tenía la cabeza inclinada hacia el suelo. El pelo blanco le cubría el rostro y goteaba agua ensangrentada. Los siracusanos lo insultaban y le escupían; algunos se adelantaban y le daban patadas o puñetazos mientras otros trataban de que se hiciera un espacio alrededor de él.

—¡Hemos atrapado al perro del tirano! —Aquel grito fue coreado por el clamor exaltado de cientos de gargantas. Filisto representaba a la tiranía casi tanto como el propio tirano. El odio de los siracusanos hacia él no era inferior al que sentían por Dionisio.

—¡Tenemos que utilizarlo para negociar! —Calipo trató de adelantarse y varios hombres se interpusieron—. ¡Es el consejero principal de Dionisio, el hombre que más influencia tiene sobre él!

Filisto alzó la cabeza hacia Calipo. Los golpes habían deformado su rostro de un modo grotesco, pero en sus ojos brilló un atisbo de esperanza.

—A los perros rabiosos se les mata. —El hombre que había hablado levantó su espada y la descargó sobre el cuello de Filisto.

El anciano cayó sobre la arena y su verdugo golpeó de nuevo para terminar de decapitarlo. Después agarró la cabeza por el pelo y la mostró en alto provocando el delirio de los siracusanos.

Calipo contempló en silencio el rostro de Filisto, que tenía la boca abierta como si quisiera decir algo. Los ojos azul hielo del consejero le devolvían la mirada mientras su cabeza soltaba una lluvia de sangre.

Capítulo 90

Siracusa, agosto de 356 a. C.

La muerte de Filisto hizo que la flota enemiga se retirara. Cuando Dionisio vio lo que sucedía, ordenó que sus soldados regresaran a la acrópolis y envió un mensajero a Dion.

—Dionisio te ofrece su renuncia a la tiranía y que toda Ortigia quede bajo tu mando. También está dispuesto a entregarte su ejército de mercenarios con la paga completa de cinco meses. Lo único que pide a cambio es que se le permita retirarse con sus bienes, sus allegados y su guardia personal a los campos de Giata, en Italia, donde se le permitirá vivir en paz.

Dion sabía que Filisto era el consejero en quien más confiaba el tirano y que con su muerte le habían asestado un duro golpe. Pese a todo, hasta que no oyó la propuesta de Dionisio no se dio cuenta de lo desesperado que estaba.

—No soy yo quien tiene que tomar la decisión, sino el pueblo de Siracusa —respondió.

Convocó la Asamblea y el foro se llenó de ciudadanos entusiasmados. El mensajero de Dionisio comenzó a exponer lo que proponía el tirano, pero tuvo que detenerse varias veces porque los gritos y abucheos no permitían que se le oyera.

En cuanto bajó del estrado, Heraclides ocupó su posición.

—¡Pueblo libre de Siracusa, ciudadanos victoriosos! —Los siracusanos lo jalearon enfervorizados—. Hemos vencido en el mar al hombre más peligroso de Dionisio, ¡y le hemos dado el final que merecía!

Dion contempló preocupado el griterío enloquecido con que sus ciudadanos acogieron las palabras de Heraclides. Después de decapitar a Filisto, le habían atado una cuerda a una pierna y habían hecho que un caballo arrastrara su cuerpo por toda la Acradina. Finalmente lo habían arrojado a una cantera y lo habían dejado insepulto, con lo que condenaban a su alma a vagar sin poder entrar en el Hades.

—Dionisio nos suplica clemencia —prosiguió Heraclides—, ¡y vamos a responderle con la misma clemencia que su padre y él nos han mostrado a nosotros durante medio siglo!

La Asamblea rugió como un solo hombre.

«No se dan cuenta de que hemos tenido suerte en una batalla —se dijo Dion—, pero podemos perderlo todo si en la siguiente no nos sonríe la fortuna.»

Además de ser lo más prudente, aceptar el acuerdo era sin duda lo más ventajoso para la ciudad, que podría empezar a construir su futuro sobre la base de una paz estable. Sin embargo, al observar los rostros congestionados de los siracusanos comprendió que no sería capaz de hacer que razonaran. Heraclides estaba apelando a sus instintos y emociones más básicas, no había argumento que pudiera enfrentarse a eso.

«Platón afirma que el deseo de venganza es el mayor enemigo de la paz», se dijo desalentado. Los hombres que lo rodeaban sólo pensaban en despedazar a Dionisio con sus propias manos. Lo habían elegido a él para que encabezara el gobierno y su propósito era dotar a Siracusa de leyes que trajeran bienestar y seguridad a todos los habitantes. Si subía al estrado para oponerse ahora a Heraclides, podían llegar a destituirlo y aquel objetivo se malograría.

La Asamblea concluyó con una negativa a cualquier acuerdo. Dion acompañó al mensajero hasta el muro que habían levantado para aislar Ortigia, y desde allí contempló cómo se alejaba hacia la acrópolis.

«¿Qué hará mi sobrino cuando reciba nuestra respuesta?»

Recorrió con la mirada el palacio mientras pensaba en Areté y en su hijo, que ya apenas lo recordaría. Saber que estaban tan cerca pero todavía fuera de su alcance le producía un dolor constante. Forzó la vista para intentar distinguirlos en alguna ventana.

Al único que vio, entre las almenas de una torre, fue a Dionisio.

Se miraron el uno al otro en silencio. El viento sacudía la túnica y los cabellos de su sobrino, que apoyaba una mano en el borde de piedra y se encorvaba visiblemente.

Cuando el mensajero entró en el palacio, Dionisio se apartó de las almenas y desapareció.

«*... Nuestro hijo Prometeo ya tendrá cinco meses. Hace poco soñé que regresaba a Atenas y tú me lo traías en brazos para que lo conociera. Sus ojos eran grises, tan bonitos como los tuyos...*»

Calipo releyó lo que había escrito y dejó el papiro sobre la mesa. Le pareció demasiado sentimental y torció el gesto, pero supuso que a Altea le gustaría leerlo.

Cogió una copa de bronce y bebió un trago de vino aguado. Era el mejor remedio para la resaca, y tenía una de las grandes. La noche anterior había celebrado la victoria con algunos de los capitanes mercenarios con los que tenía más confianza. Los había invitado a un espléndido banquete un siracusano llamado Timoteo, propietario de una fábrica de cuchillos en la que trabajaban doscientos esclavos. Era un hombre muy rico que siempre había mantenido buenas relaciones con la tiranía y que ahora buscaba por todos los medios congraciarse con el poder emergente.

Sus labios dibujaron una sonrisa satisfecha. Dion no había acudido al banquete y tanto Timoteo como sus capitanes eran hombres discretos. Eso le había permitido llevarse a una habitación a una bailarina de piel oscura con la que había disfrutado casi tanto como con la esclava de su socio Arneo.

Su ceño se frunció ligeramente mientras repasaba los nombres de todos los que estaban presentes en el banquete. Dion era un hombre tan puritano que en los once años que llevaba separado de su esposa no se había acostado con ninguna otra mujer.

«Además, le tiene mucho aprecio a Altea. Si se entera de que me he acostado con una esclava, puedo tener problemas.» Ahora él era la mano derecha de Dion. Si conseguían librarse del tirano y su amigo se convertía en la cabeza del gobierno de Siracusa, obtendría un gran rendimiento en dinero y poder, que era el objetivo al que aspiraba desde que se había ofrecido a ayudar a Dion en aquella expedición.

Volvió a recordar a la bailarina de la noche anterior y sintió su erección contra la túnica. Colocó la tela de modo que no lo molestara y se planteó la posibilidad de pedir que le enviaran a Melisa. Nunca se había acostado con ella en Atenas, hubiera supuesto demasiado riesgo, pero en Siracusa y sin Altea podría disfrutar a diario de su antigua ama de llaves.

Evocó el momento en que Melisa había curvado la espalda para ofrecerle el cuerpo como una gata. Miró el papiro y se sintió tentado de decirle a Altea que la metiera en el siguiente barco que partiese hacia Siracusa.

«Si le pido otros tres o cuatro esclavos, no tendría por qué llamarle la atención.» Además, estaba seguro de que Altea se alegraría de perderla de vista.

Bebió otro trago de vino, lo pensó de nuevo y decidió olvidarse de Melisa por el momento.

«*Mi querida Altea, tengo la esperanza de que la tiranía desaparezca en cuestión de meses, quizás de semanas. Si eso sucede, probablemente ocupe un cargo importante en el gobierno de Dion.* —Su sonrisa se acentuó mientras escribía—. *Y en el caso de que esto se haga realidad, vendrías con nuestro hijo a vivir a Siracusa.*»

Capítulo 91

Atenas, abril de 355 a. C.

La carta en la que Calipo hablaba de que fuera a Siracusa le produjo a Altea una enorme conmoción. El invierno se echó rápidamente encima y durante unos meses casi pudo olvidarse de la amenaza que representaba su esposo, pero finalmente recibió una segunda carta que hizo que pasara la noche en vela.

«*Las circunstancias se vuelven cada vez más favorables para que volvamos a estar juntos* —decía Calipo—. *Dionisio ha escapado de Ortigia con unos cuantos barcos y ha dejado al mando de la acrópolis a su hijo Apolócrates, que sólo tiene veinte años. Dile a Prometeo, mi pequeño heredero, que dentro de poco estará con su padre.*»

—Su padre... —murmuró Altea en el silencio de la alcoba.

Se había hecho de día sin que apenas se hubiera dado cuenta. Salió de la cama y fue a la habitación de al lado, donde se encontraba la cuna de Prometeo.

—Hola, mi pequeño.

Prometeo se mantenía de pie agarrado al borde de la cuna mientras una esclava lo entretenía con un sonajero de terracota lleno de piedrecitas. Al ver a su madre levantó los brazos hacia ella con una sonrisa radiante, perdió el equilibrio y cayó de culo.

Altea lo cogió y lo abrazó sin dejar de pensar en la carta de Calipo. El pequeño protestó y se sentó con él en una silla.

—¿Quieres comer?

Prometeo se rio y dijo algo parecido a *mamá*. Altea lo besó y se bajó la túnica para darle el pecho.

—Dile a Hesperia que necesitaré una papilla —le pidió a la esclava. Prometeo ya había cumplido un año y era un niño muy glotón, nunca tenía suficiente con su leche.

La muchacha salió y ella se quedó a solas con su hijo. Le acarició la mejilla y contempló embelesada sus grandes ojos plateados, con los que la miraba fijamente mientras mamaba.

—Te quiero mucho y siempre cuidaré de ti. —Prometeo la abrazaba con sus manitas y ella tenía la sensación de que estaban tan unidos como cuando lo llevaba en su interior. Cada vez que le daba el pecho experimentaba una paz y un bienestar indescriptibles, y podía notar que a su hijo le ocurría algo similar.

Besó la piel suave de su frente, cerró los ojos e inspiró el olor dulce y cálido que desprendía.

«Voy a decirle a Calipo que Prometeo es demasiado pequeño para viajar. Y que todavía necesita estar con su madre. —En su ceño aparecieron unas arrugas; Calipo no se conformaría con esa excusa—. Si se empeña en que vaya, iré yo sola.»

Su hijo protestó porque ya no salía leche. Se subió la túnica y en ese momento llamaron a la puerta.

—Mi señora, vengo con Céfiro —oyó que decía Hesperia—. Traemos la papilla.

—Pasad.

Céfiro entró detrás del ama de llaves y su rostro se iluminó al ver a Prometeo. Altea se lo entregó y él lo besó en el cuello haciendo que se riera antes de sentarse para darle de comer.

El pequeño terminó la papilla y lo metieron en la cuna. Hesperia salió al pasillo y ellos se quedaron de pie contemplando a su hijo.

—Basta un momento como éste para que la vida merezca la pena. —Céfiro enlazó la cintura de Altea—. Soy muy afortunado.

Se miraron y Altea sintió deseos de besarlo, pero Prometeo estaba creciendo y debían empezar a tener cuidado delante de él. Pensó de nuevo en la carta de Calipo. Todavía no le había hablado de ella a Céfiro, pero decidió no estropear el momento.

—Cada día doy gracias a los dioses —dijo Céfiro—. Estuviste tan mal después de dar a luz que temí que fueran a llevarte con ellos.

—Yo no pensaba en eso. —Altea se volvió hacia el pequeño—. Mi única preocupación era que alguien se diese cuenta de que Prometeo era demasiado grande para ser sietemesino. Cuando la partera estuvo a punto de desvelar la verdad, creí que me iba a morir. Calipo sabe que me acosté con él justo antes de que se fuera a Siracusa, y que eso ocurrió siete meses antes del parto. Durante mucho tiempo tuve pesadillas en las que la comadrona revelaba que Prometeo había nacido con nueve meses y se descubría que era hijo tuyo.

—Ya no tienes que preocuparte, nadie podría notar la diferencia.

Altea apoyó la cabeza en su hombro y suspiró mientras miraba a su hijo. Cuando Hesperia regresó, salieron para que Prometeo durmiera.

Al cabo de un rato se oyó un sonido débil. En una de las esquinas había un arcón en el que guardaban colchas. La tapa se abrió hasta mostrar una rendija; después se levantó muy despacio y del interior salió Melisa.

Cerró el arcón y caminó sigilosamente hasta la cuna.

Prometeo todavía estaba despierto. Sus grandes ojos se abrieron al sentir que Melisa se inclinaba sobre él. La esclava se acercó hasta quedar a un palmo y la carita del pequeño se llenó de alegría al pensar que iba a cogerlo.

Melisa susurró con una mezcla de euforia y odio:

—Sabía que eras bastardo.

Capítulo 92

Siracusa, mayo de 355 a. C.

Calipo se dirigía hacia el foro de Siracusa con la opresiva sensación de que algo iba a salir mal. Hacía un mes había escrito a Altea informándola de que Dionisio había escapado. En la carta se había mostrado optimista en cuanto a que se dieran pronto las circunstancias para que su esposa y su hijo viajaran a Siracusa; sin embargo, intuía que en la Asamblea de ese día, en la que se depurarían responsabilidades por la fuga de Dionisio, iba a haber problemas.

El tirano había abandonado Ortigia sin que la flota de Heraclides se diera cuenta. Había zarpado de noche, con cinco naves que transportaban a sus allegados y una cantidad incalculable de riquezas. Ahora residía libremente en Locros, la patria de su madre. El pueblo se había enfurecido al enterarse y las culpas habían recaído desde el principio en el almirante de la flota: Heraclides.

«Hoy deberían apartarlo del mando. —Había sondeado a varios ciudadanos influyentes y sabía que la mayoría del pueblo quería votar a favor de destituirlo—. Pero no me creeré que nos hemos librado de él hasta que lo vea con mis propios ojos.»

Entró en el recinto del foro y se dirigió a las primeras filas, donde estaba Dion acompañado por algunos oficiales. Según avanzaba hacia él, indicó por señas a varios de sus hombres que se mantuvieran cerca.

—Deberíamos permanecer agrupados —le dijo a Dion.

Su amigo asintió, pero Calipo se dio cuenta de que no compartía su recelo.

«Conoce a Heraclides desde que eran niños y tienen lazos familiares. Eso le impide ser objetivo.»

El foro siguió llenándose con un flujo incesante de ciudadanos que iban entrando por las distintas puertas. Calipo pensó en la respuesta que había recibido de Altea el día anterior y sus cejas se hundieron un poco más. Le daba la sensación de que su esposa se centraba demasiado en los inconvenientes de trasladarse a Siracusa y demasiado poco en el hecho de reunirse con él.

«Es normal que le inquiete trasladarse a otra ciudad», se dijo sin que su expresión perdiera la rigidez.

El rumor excitado de las conversaciones se disipó cuando el secretario de la Asamblea se acercó al estrado. Era un hombre mayor y para subir los escalones tuvo que ayudarse apoyando las manos en las rodillas. Al llegar a lo alto, realizó la fórmula de invocación a los dioses y pasó a exponer el orden del día.

—Ciudadanos de Siracusa, el primer punto de la Asamblea de hoy es la votación para destituir a Heraclides como almirante de la armada. Todos los...

—¡Hay otro punto que debemos votar antes que ése! —lo interrumpió una voz potente.

Calipo se giró en busca de quien había hablado. Se trataba de Hipón, un siracusano corpulento de unos treinta años, de rasgos tan agraciados como su tono de voz. Era uno de los demagogos más destacados de la ciudad.

Hipón avanzó hasta situarse al pie del estrado y el secretario no ocultó su desagrado al dirigirse a él:

—No me sorprende que seas tú quien interrumpe la Asamblea, pero sabes que hay que respetar el orden y el primer punto es la votación sobre Heraclides.

—¡No debe ser así si hay otro punto prioritario! —Hipón se dio la vuelta para encarar al auditorio y alzó las manos. Ocupaba el espacio despejado frente al estrado y parecía un actor en medio de un escenario—. La Asamblea sois vosotros, pueblo de Siracusa, y por lo tanto vosotros tenéis la potestad de decidir qué se vota y en qué orden se hace. —El secretario intentó hablar, pero el demagogo se impuso con su voz bien entrenada—. ¡¿Y no os parece, ciudadanos de Siracusa, que tenemos que votar de una vez sobre el reparto de tierras, que sin ningún motivo lleva demorándose demasiado tiempo?! ¡¿No os parece que la distribución actual, con una mayoría de ciudadanos empobrecidos y un puñado de terratenientes, no es sino una vergüenza fruto del imperio de la tiranía, una injusticia sangrante que tiene que ser remediada de inmediato?!

—¡Sí!

—¡Votemos un nuevo reparto!

—¡Exigimos justicia!

Calipo se dio cuenta de que los gritos provenían sobre todo de seguidores de Hipón colocados estratégicamente para exaltar al pueblo, como era habitual en las maniobras de los demagogos.

«Maldita sea, llevan tiempo preparándolo y ni nos hemos enterado.» Buscó a Heraclides y lo encontró entre los hombres de la primera fila. Su mirada era tan tensa como la de un depredador al acecho.

El secretario intentó en vano acallar los gritos y Dion se adelantó con una mano en alto para imponer calma.

—Este tema ya lo hemos tratado, y sabéis que se está estudiando una redistribución de tierras que repare los abusos cometidos durante la tiranía.

Hipón alzó la voz de nuevo sin ni siquiera mirar a Dion.

—¡Sabemos bien en qué va a quedar esa redistribución orquestada por los magistrados! ¡Pero no queremos limosna, queremos justicia!

—Justicia es lo que va a haber, pues se van a repartir todas las tierras que el tirano...

—¡Se tienen que repartir todas las propiedades de todos los terratenientes! —La Asamblea se estremeció ante aquella idea. Los gritos en contra que profirieron algunos hombres fueron arrollados por el clamor de la mayoría—. ¡Queremos libertad, y sin igualdad no puede haber libertad! —Cada frase de Hipón hacía aullar a la muchedumbre como si fuera un animal inmenso—. ¡La pobreza no es más que otro modo de esclavitud ante los ricos!

—¡Libertad!

—¡Igualdad!

—¡Justicia!

Dion levantó las manos hacia la multitud.

—Con las nuevas leyes vamos a reparar todas las injusticias. —Su estilo era más comedido que el de su rival y su voz no era tan potente—. Pero no debemos atentar contra la justicia arrebatando tierras a sus legítimos propietarios.

Le respondió una oleada de abucheos. En ese momento, Heraclides apareció junto a Hipón.

—¡Dion es un privilegiado de la tiranía! —Lo señaló con un dedo acusador—. No nos representa, como tampoco lo hacen los mercenarios que se trajo del Peloponeso. ¡No los necesitamos, porque somos nosotros quienes hemos conquistado la libertad! ¡Somos nosotros los que nos alzamos contra la tiranía antes de que Dion llegara a la ciudad! ¡Y somos nosotros los que derrotamos a la flota de Filisto, igual que derrotamos hace sesenta años a la flota de los atenienses!

El griterío estruendoso hizo comprender a Calipo que Heraclides iba a conseguir de sus compatriotas todo lo que quisiera. Era él quien había encabezado la flota que había vencido a Filisto, por lo que acababa de compararse con los grandes héroes de Siracusa que habían evitado la invasión de Atenas en los años de la guerra del Peloponeso. El fiasco de que escapara Dionisio acababa de ser sustituido en la mente voluble del pueblo por la victoria contra Filisto, y además Hipón y Heraclides habían conseguido mezclarlo con el asunto del reparto de tierras, que excitaba la codicia de la mayoría de los ciudadanos con pocos recursos.

—¡Compatriotas —prosiguió Heraclides con los brazos levantados—, no toleréis seguir sufriendo una pobreza injusta! —Dion también estaba hablando, pero la mayoría del pueblo escuchaba a Heraclides y respondía con gritos entusiasmados a sus proclamas—. ¡Tampoco toleréis seguir pagando los salarios del ejército de mercenarios de Dion, que para nada necesitamos!

Calipo se volvió hacia sus oficiales. El tesoro de la ciudad se encargaba de su sueldo desde que habían llegado a Siracusa. Algunos cruzaron la mirada con él y les pidió en silencio que mantuvieran la calma. Todos iban armados con espadas, igual que él, pero los siracusanos que abarrotaban el recinto del foro los superaban en una proporción de quince a uno.

—¡Ya es hora de que nos gobernemos nosotros mismos, y no hombres enriquecidos gracias a la tiranía ni extranjeros! —Heraclides apuntó hacia Calipo con un dedo que vibraba de fingida indignación—. ¡Prescindamos del ejército de mercenarios! ¡Nombremos un cuerpo de magistrados que represente de verdad nuestros intereses, y nuevos hombres que encabecen nuestro ejército!

Calipo indicó con un gesto a los oficiales mercenarios que salieran. Rodeó con algunos soldados a Dion y abandonaron el foro seguidos por el rugido enfervorizado de la multitud.

El cielo de Siracusa se cubrió de nubes y durante dos semanas pareció que Zeus protestaba con una tormenta de truenos incesantes y rayos que amenazaban con resquebrajar el firmamento. Heraclides y su camarilla de demagogos no se atrevieron a desafiar las señales del cielo y se mantuvieron inactivos; no obstante, en cuanto se calmó el tiempo convocaron la Asamblea y eligieron veinticinco nuevos magistrados, entre los que se encontraba Heraclides. Una de sus primeras medidas fue ocuparse de que Dion no tuviera ninguna influencia en las decisiones de la ciudad. Su proyecto de elaborar un conjunto de leyes quedaba cancelado, y serían ellos los que se encargarían de decir lo que debía hacerse y lo que no. También decretaron varios días de festejos y otras disposiciones que contrastaban con el régimen de sobriedad y disciplina que había impuesto Dion.

—¡Ni siquiera han establecido un sistema regular de guardias en el muro de Ortigia! —Dion caminaba de un lado a otro de su tienda mientras Calipo lo observaba desde una silla con expresión ceñuda. Llevaban varios días esperando a que los nuevos magistrados respondieran a su petición de reunirse con ellos.

—No se dan cuenta de que Dionisio no está derrotado —le respondió Calipo—, ni de que sigue siendo peligroso aunque ya no esté en Siracusa. Su hijo Apolócrates podría atacarnos con el ejército que mantiene en Ortigia, y el propio Dionisio podría venir por mar o por tierra con sus aliados... o con un ejército pagado con su oro. Cuando escapó delante de las narices de Heraclides llevaba cinco barcos, y en cinco barcos se puede transportar mucho oro.

La lona de la entrada se apartó bruscamente y entró jadeando uno de los generales mercenarios.

—Acabo de hablar con Heraclides. Ha venido con otros magistrados cuando estábamos reunidos varios oficiales y nos ha ofrecido unirnos a ellos a cambio de igualarnos en derechos a los siracusanos. Quería que te traicionáramos, Dion. Nos hemos negado y han dicho que volverían a hablar con nosotros, pero estamos seguros de que se disponen a atacarnos.

Antes de que Dion respondiera, se oyeron gritos en el exterior. Salieron de la tienda y vieron que un gran número de hombres se aproximaba al campamento desde distintas direcciones.

—Podemos defender la posición —dijo Calipo—, pero habría muchas bajas en ambos bandos.

—No quiero ni un muerto, en ningún bando. —Dion se volvió a uno y otro lado para examinar la muchedumbre que se acercaba—. Ordenad la retirada de inmediato, saldremos de la ciudad por la puerta sur.

El ejército de mercenarios abandonó el campamento y avanzó en columna cerrada por la avenida que conducía a las murallas. Los siracusanos seguían acudiendo en masa y comenzaron a arrojar piedras y algunas jabalinas.

Dion salió de las filas y se adelantó unos pasos.

—¡Compatriotas, no tenéis enfrente a vuestros enemigos, sino allí, en la fortaleza del tirano! —Señaló hacia los muros del palacio, donde muchos hombres se asomaban para ver lo que ocurría en la ciudad—. Mirad cómo observan este enfrentamiento entre hermanos mientras aguardan una oportunidad para volver a establecer la tiranía.

—¡No engañas a nadie! —gritó uno de los nuevos magistrados—. ¡Querías cambiar la tiranía de Dionisio por la tuya!

—¡Traidor!

Una piedra golpeó la coraza de Dion. Calipo se apresuró a cubrirlo con el escudo y lo reintegró a la columna de mercenarios.

—¡Dion es quien os ha liberado, perros ingratos!

El grito de Calipo fue recibido por una sarta de insultos y nuevas piedras. Los demagogos dieron instrucciones y los siracusanos se apresuraron a formar una muralla de hombres que bloqueó la puerta sur de la ciudad. De las calles adyacentes seguía llegando una marea humana que amenazaba con sepultarlos.

Dion ordenó atacar y sus mercenarios se lanzaron sobre la muchedumbre dando gritos de guerra. Al ver la carga de soldados armados con lanzas, escudos y corazas se desató el pánico y se produjeron avalanchas en todas direcciones. El río humano que avanzaba hacia el ejército de Dion se revirtió y los siracusanos huyeron por las calles atropellándose unos a otros.

Tardaron bastante en darse cuenta de que el ataque había cesado. Para entonces, Dion y sus hombres habían conseguido cruzar la muralla y se alejaban de la ciudad a través de la campiña.

Capítulo 93

Sicilia, junio de 355 a. C.

Dion encabezó el ejército de mercenarios hasta llegar a Leontinos, una ciudad situada en el interior de Sicilia en donde tenía varios conocidos influyentes. Las autoridades de la ciudad lo recibieron con grandes muestras de honor y manifestaron su respeto también a los mercenarios, a los que se ofrecieron a pagar el sueldo como agradecimiento por todo lo que habían hecho para combatir la tiranía de Dionisio.

Al cabo de una semana, Dion y Calipo fueron convocados a casa de uno de los magistrados para que oyeran las noticias que acababan de llegar. Las traía un vendedor de redes de caza que viajaba habitualmente entre Leontinos y Siracusa.

—Hace unos días, el tirano Dionisio envió a la isla de Ortigia varias galeras cargadas de víveres —relató el comerciante—. Al mando de ellas iba Nipsio de Nápoles, que pretendía llegar a su destino sin ser detectado. Sin embargo, se produjo una batalla en la que los siracusanos apresaron cuatro de las naves y hundieron otras.

—¿Atraparon a Nipsio? —quiso saber Dion.

—No. El general Nipsio consiguió desembarcar en Ortigia con algunas galeras. Eso ha servido para aliviar el hambre que ya estaba haciendo mella entre los que están encerrados allí. En cualquier caso, la victoria ha sido contundente y los magistrados de Siracusa han decretado que se celebren grandes sacrificios y varios días de festejos.

Dion negó en silencio.

—¿Conoces a Nipsio? —le preguntó Calipo.

—Es un general brillante y con mucha experiencia —respondió Dion con tono sombrío—. Sin duda asumirá el mando de Ortigia, y eso es muy mala noticia.

Recibieron más novedades al atardecer del día siguiente. Se estaban entrenando en el campamento que habían levantado a las afueras de Leontinos, cuando vieron que se acercaban varios caballos levantando una polvareda. El jinete que iba en cabeza saltó de su montura en cuanto ésta se detuvo y se arrojó a los pies de Dion.

—Mi señor, no sé si me recuerdas; soy Helanico, de Siracusa. Sé que la ciudad ha cometido contigo una terrible injusticia, pero debes saber que estamos pagándolo con la sangre de nuestros hombres, mujeres y niños.

Los demás jinetes también desmontaron y se unieron a los lamentos. Los mercenarios y muchos leontinos se acercaron al ver lo que ocurría, y para que todos pudieran oír a los recién llegados se trasladaron al teatro donde se celebraban las Asambleas de la ciudad.

Helanico se situó en el escenario, ubicado al mismo nivel que la primera fila del graderío circular, y se dirigió a Dion y sus mercenarios. Era un hombre joven, de rasgos nobles y cabello negro que el polvo de la larga cabalgada había vuelto gris.

—Hace dos días la ciudad se convirtió en una gran fiesta para celebrar la victoria que habíamos obtenido contra los barcos de Nipsio. —Helanico agachó la cabeza, sus labios estaban temblando—. Sin duda descuidamos la vigilancia del muro de Ortigia, pues anoche el general Nipsio consiguió tomarlo sin que nos enteráramos en el resto de Siracusa..., donde todo el mundo se había entregado a la música y las celebraciones. Utilizaron escaleras de mano, mataron a los guardias y abrieron las puertas para que todo su ejército se lanzara contra la ciudad.

Dion contuvo el aliento. El tirano Dionisio había dejado en Ortigia a la mayor parte de los diez mil veteranos de su ejército mercenario y Nipsio habría aportado un buen número de soldados.

—¿Qué ha ocurrido? —exigió saber.

Helanico dio un paso hacia él. Sus ojos enrojecidos brillaban a la luz de las antorchas que ardían en el borde del escenario.

—Los soldados cayeron sobre la multitud indefensa en el ágora y allí se produjo la primera masacre. Después el horror se propagó por toda la ciudad. Tratamos de defender cada calle, cada vivienda, pero luchábamos casi a oscuras contra hombres mejor armados. —Movió la cabeza como si estuviera viendo lo que contaba—. La situación era caótica, la ciudad se llenó de gritos; nuestros enemigos avanzaban casa por casa robando cuanto encontraban... —Se mordió el labio y trató de reprimir un sollozo—. También se llevaban a las mujeres y a los niños para hacerlos esclavos.

—¡No...! —El gemido de Dion contenía tanto dolor que hizo que Calipo se estremeciera. El teatro quedó en silencio hasta que se elevó de nuevo la voz suplicante de Helanico.

—No merecemos tu perdón ni tu ayuda, Dion, pero mientras nuestra ciudad era saqueada la mayoría pensábamos en ti. La vergüenza por el trato que os dimos era tan grande que ni siquiera nos atrevíamos a pronunciar tu nombre, a pesar de que sabíamos que necesitábamos tu valor y tu capacidad para organizarnos y llenarnos de ánimo en el combate. Sin embargo, cuando los enemigos avanzaron más y comenzaron a devastar la Acradina, toda la ciudad suplicó desesperada que nos echáramos a tus pies. —Recorrió con la mirada las primeras filas del teatro, donde se congregaban los mercenarios—. El trato injusto que os ha dado Siracusa merece un castigo, pero ¿qué mayor castigo que el horror y la muerte que se ha abatido sobre nuestros habitantes? Vosotros salvasteis la ciudad en una ocasión, y os rogamos que acudáis otra vez en nuestra ayuda. —Se giró hacia Dion—. Y si nadie más quiere hacerlo, acude tú al menos. Los siracusanos que quedemos en pie nos pondremos a tus órdenes y entregaremos hasta el último aliento para tratar de salvar nuestra patria.

Helanico se arrodilló con la cabeza humillada y los hombres que lo acompañaban hicieron lo mismo. Dion entró en el escenario, se volvió hacia las gradas y todos vieron que estaba llorando.

—Soldados, hermanos fieles en la batalla que durante el

último año habéis combatido con honor a mi lado: deliberad vosotros sobre lo que os piden estos hombres, porque yo no tengo duda sobre lo que he de hacer estando en peligro Siracusa. Si no puedo salvarla, voy al menos a enterrarme entre las ruinas de mi patria. En cuanto a vosotros, convertisteis la ciudad de los siracusanos en un lugar libre y podéis luchar ahora para mantenerla en pie; pero, si decidís no hacerlo, los dioses os premiarán igualmente por el valor y la lealtad que me habéis mostrado hasta este momento.

—¡Iremos contigo, Dion! —gritó con voz potente uno de sus generales.

—¡Con Dion! —clamaron al unísono cientos de mercenarios.

Los siracusanos manifestaron con lágrimas su agradecimiento. Dion les pidió que se pusieran de pie y ordenó a los mercenarios que tomaran sus armas y se dirigieran cuanto antes a la entrada de la ciudad.

«Veremos si queda algo que salvar en Siracusa», pensó Calipo mientras iba a por su escudo.

Divisaron las columnas de humo mucho antes de que la ciudad quedara a la vista.

—Nipsio ha ordenado que incendien Siracusa. —Dion contempló espantado la densa humareda—. No quiere conquistarla, quiere destruirla.

Poco después empezaron a cruzarse con mujeres, niños y ancianos que huían dejando atrás todo lo que tenían. Al verlos llegar, se arrojaban al suelo y les rogaban que salvaran a los que quedaban vivos en la ciudad.

El olor a quemado se volvió más intenso cuando se acercaron a las murallas. La gente que trataba de escapar se convirtió en una riada humana. Franquearon la muralla norte y accedieron a la llanura contigua a Siracusa, todavía lejos del núcleo urbano. Dion ordenó a la infantería ligera que se adelantara para que los habitantes cobraran ánimos al verlos llegar. Mientras avanzaban hacia las casas, el viento los envolvió en un humo espeso. Los soldados de Nipsio se habían provisto de antorchas y flechas incendiarias y toda la ciudad parecía estar ardiendo.

Dion era consciente de que el ejército enemigo era mucho más numeroso, por lo que pedía a todos los siracusanos que se unieran a ellos y se situaran detrás de los mercenarios, incluso si no tenían ningún arma. Los hombres se apresuraban a obedecer mientras declaraban a gritos que Dion era el salvador de la ciudad.

«Muchos de ellos estaban dispuestos a matarnos hace unas semanas», pensó Calipo con gesto hosco.

Dion decidió que se separaran en varias unidades para atacar desde distintos puntos. Se puso a la cabeza de una de las divisiones y se dirigió hacia el centro de la ciudad. Calipo dio un rodeo para entrar por el oeste. Al cabo de un rato, llegó con sus soldados a una plazoleta en la que había una treintena de cadáveres apilados, muchos de ellos mujeres y niños.

«Por todos los dioses...»

Pasaron en silencio junto al montón de cadáveres y salieron de la plaza por una calle estrecha. Se oían gritos provenientes de todas direcciones y el avance se volvió más difícil. Varias casas se habían derrumbado y el suelo estaba cubierto de cascotes y maderos incandescentes. Algunas viviendas ardían con tanta virulencia que el calor les chamuscaba el pelo.

«¡Tenemos que salir de aquí o moriremos abrasados!»

Calipo intentó avivar el ritmo. El humo le irritaba los ojos y no dejaban de llorarle, por lo que apenas vio a los soldados que se abalanzaron sobre él.

—¡Por Ares! —gritó mientras empujaba a uno con el escudo. Detuvo un ataque con la espada y se la clavó a otro en el hombro. De repente, el techo del edificio que ardía a su derecha se derrumbó y por la ventana salió una llamarada que le quemó el brazo.

Gritó de dolor al tiempo que uno de los soldados arremetía contra él. No había soltado su arma y consiguió desviar la hoja de bronce lo suficiente para que le golpeara la coraza en lugar del cuello. Su enemigo lanzó otro ataque y de nuevo logró pararlo, pero vio con horror que la espada se le escapaba de la mano y caía al suelo.

El soldado se adelantó y Calipo alzó el brazo quemado para detener la estocada. Desde detrás de él surgió una lanza y se incrustó en el rostro de su enemigo.

—¡Tenemos que salir de aquí! —El grito del hombre que lo había salvado se mezcló con el fragor de la lucha y el crepitar furioso de las llamas. Calipo se agachó para recoger la espada. En su brazo el vello se había convertido en restos de ceniza y la piel había adquirido un rojo intenso.

Sus enemigos cedieron en la siguiente acometida y ellos continuaron avanzando por la calle, ahogándose con el humo y tropezando con escombros y cadáveres. Cuando llegaron al edificio del foro, vieron que otra división de mercenarios estaba combatiendo con un contingente de Nipsio. Se lanzaron contra su retaguardia y mataron a medio centenar de soldados antes de que los demás consiguieran huir.

—¡Hacia Ortigia! —gritó Calipo con la voz enronquecida.

Cruzó la plaza del ágora seguido por dos mil hombres, la gran mayoría siracusanos que ni siquiera tenían un chaleco de cuero para protegerse. El brazo le dolía tanto como si todavía estuviese en medio de las llamas. Apretó la empuñadura de la espada y no consiguió saber si aún podría sujetarla con firmeza.

Al acercarse a los restos de lo que había sido el muro de Ortigia, comprendió que el combate definitivo se produciría en aquel lugar. Nipsio había situado miles de soldados entre las ruinas del muro y el palacio del tirano. Frente a ellos, a un centenar de pasos, se encontraba Dion. Calipo se alegró de que hubiera conseguido atravesar la ciudad, pero desde su posición se apreciaba que sólo contaba con algunas filas de mercenarios. El resto de sus hombres era la masa de siracusanos desesperados que se le habían ido uniendo.

—¡Hay que atacar antes de que decidan avanzar! —gritó Dion cuando lo vio llegar. Tenía la coraza y el cuerpo manchados de negro como si hubiera caído dentro de una fogata. Uno de sus brazos goteaba sangre que también parecía negra—. ¡Encárgate del flanco derecho y haz lo que sea para que no lo superen!

Formaron la falange, cada uno en un extremo, y cargaron

contra sus enemigos. Los mercenarios constituían un frente compacto de cinco filas y la muchedumbre que los seguía profería un griterío ensordecedor. Los restos del muro dificultaban los movimientos y el frente se disgregó nada más comenzar la batalla, que se convirtió en una multitud de luchas entre pequeños grupos.

Los muertos se acumularon con rapidez en ambos ejércitos. Los hombres de Nipsio estaban agotados y tenían a su espalda la acrópolis con las puertas abiertas. Cuando los primeros soldados cedieron a la tentación de refugiarse en ella, se produjo una desbandada. El empuje del ejército de Dion aplastó a los que intentaron resistir, y a muchos de los que echaron a correr los abatieron por la espalda.

Calipo se quedó junto a los restos del muro para bloquear Ortigia, y Dion encabezó con el resto de los mercenarios una batida que recorrió las calles en busca de soldados enemigos. Sorprendieron a varios grupos que todavía estaban entregados al pillaje y atraparon a otros que trataban de salir de Siracusa.

Cuando el sol se ocultó, habían matado a más de tres mil hombres.

Dion pasó toda la noche organizando a militares y civiles para que sofocaran los incendios. En algunas calles resultó imposible evitar que el fuego consumiera todas las casas, pero lograron salvar la mayor parte de la ciudad. Al amanecer, mientras examinaba los restos del muro de Ortigia, Heraclides se presentó ante él. Era el único de los demagogos que no había huido.

—Vengo a ponerme en tus manos. —Heraclides tenía que apoyarse en un bastón y la sangre reseca apelmazaba su cabello. Los hombres que acompañaban a Dion le dirigieron miradas cargadas de desprecio—. La victoria ante Filisto nos hizo arrogantes y nos llevó a pensar que el ejército de extranjeros que trajiste a la ciudad era una amenaza antes que una seguridad para nosotros. Sin embargo, la ciudad ha estado a punto de perderse y eres tú quien la ha salvado. —Inclinó la cabeza y Calipo advirtió que la mano que apoyaba en el bastón estaba temblando—. Reconozco mi grave error, y te ruego que me trates mejor de lo que yo lo hice contigo.

Dion lo miró mientras reflexionaba con una expresión serena. Calipo no pudo contenerse:

—¡Entrégalo a los mercenarios! No muestres clemencia por un hombre que nunca ha querido otra cosa que perjudicarte. Tiene que morir para librar a Siracusa de la peste de la demagogia, que no es menos dañina que la tiranía.

Dion todavía tardó un momento en contestar.

—La mayor parte de mi vida he estado formándome con Platón y sus obras, y en los últimos años he pasado la mitad de mi tiempo en la Academia. Gracias a Platón he aprendido a controlar mi ira y las demás pasiones que impiden que un hombre se gobierne mediante la razón. —Su voz poseía una calma que Calipo estaba muy lejos de sentir—. Mostrarse benévolo con los amigos y vengativo con los que nos agravian es una conducta instintiva, no el comportamiento al que debemos aspirar. —Esbozó una sonrisa cansada—. ¿Acaso porque Heraclides haya sido desleal y ambicioso tengo que corromperme yo con la ira? La ley considera más justa la venganza que la ofensa, pero ambas provienen de la misma debilidad. Y si bien reconozco que no es sencillo borrar la maldad del alma de un hombre —concluyó dirigiéndose a Heraclides—, creo que es posible que ese hombre mejore por la influencia del perdón que se le ofrece.

Calipo se tragó la rabia mientras Heraclides se deshacía en agradecimientos y se marchaba libre.

Capítulo 94

Atenas, septiembre de 355 a. C.

Mi amo y señor Calipo:

Soy tu fiel esclava Melisa. Te escribo para que conozcas la infame verdad: el niño que consideras tuyo en realidad es hijo de Céfiro.

Yo misma oí a Altea y Céfiro hablando de ello. Altea también dijo que se acostó contigo justo antes de que fueras a Siracusa. Debió de hacerlo en el momento de saber que estaba embarazada de Céfiro para que el hijo pareciera tuyo. Además, la comadrona que se ocupó del parto se dio cuenta de que no nació con siete meses de embarazo, como Altea ha hecho creer a todo el mundo, sino con nueve meses. La partera se llama Salia y puede corroborar mis palabras.

Por otra parte, Hesperia ayuda a Altea y Céfiro a ocultar su relación, y gracias a ella pueden pasar las noches juntos.

Melisa releyó nerviosa lo que había escrito. Sonaron unos pasos cercanos y se apresuró a ocultar el papiro bajo el jergón. Clavó la mirada en la puerta del dormitorio de esclavas y aguardó. Le había llevado mucho tiempo preparar aquel mensaje. El trozo de papiro lo había cogido hacía semanas de la mesa de Altea, las pajitas que había utilizado para escribir procedían del establo, y la tinta era una mezcla de miel y hollín que hasta la cuarta intentona sólo sirvió para mancharle los dedos y dejárselos pegajosos.

Se imaginó que los padres de Calipo la estaban contemplando. Estarían satisfechos de que hubiera podido escribir el mensaje gracias a que ellos le proporcionaron una buena educación cuando era una niña.

«Ahora tenéis que ayudarme a enviarlo.»

Tocó su amuleto de hueso pulido y pidió ayuda también a su madre. Estaba a punto de culminar un plan en el que llevaba meses trabajando. Después de enterarse de que Prometeo era hijo de Céfiro, le había pedido a Hesperia que la incluyera entre las esclavas que salían de casa para traer agua. La del pozo del patio se volvía demasiado salada para beber cuando escaseaban las lluvias, por lo que había que acudir a diario a la Casa de la Fuente para llenar tres o cuatro cántaros. Al principio iba con otra esclava, pues lo usual era que fuesen en parejas, pero su comportamiento huraño consiguió que las demás pusieran excusas para no acompañarla y había empezado a salir a la calle sola.

Miró de nuevo hacia la puerta, sacó el papiro del jergón y lo ocultó en la túnica. Después cogió un cántaro de la despensa, salió al patio y vio que Céfiro estaba hablando con el esclavo portero. Dudó un momento, agachó la cabeza y pasó junto a él.

De pronto notó que la estaba mirando.

«¡Se ha dado cuenta de que oculto algo!»

La garganta se le cerró y sintió que le costaba respirar. Abrió la puerta, cruzó el umbral y rozó el cántaro con el quicio de piedra. El chirrido le erizó la piel y presintió la mano fuerte de Céfiro agarrándola de un brazo y tirando de ella.

Dio un par de pasos inseguros sin que nadie le impidiera alejarse. Siguió avanzando descalza por el suelo de tierra y llegó a la esquina. Cuando se desvió por la calle que cruzaba, la invadió una alegría tan intensa que le dieron ganas de gritar.

Se puso a correr y no paró hasta que desembocó en el ágora, frente a la Casa de la Fuente. El edificio albergaba en su interior dos pilones y varios caños que vertían el agua que se canalizaba desde un manantial del monte Licabeto. En la calle había varias esclavas charlando, algunas con los cántaros rebosantes y otras haciendo cola para entrar a llenarlos. La Casa de la Fuente era el principal lugar de reunión de las esclavas en Atenas y todas aprovechaban para quedarse un rato.

Melisa pasó de largo, se adentró en el mercado del ágora y se detuvo en un puesto que ofrecía verduras bajo la sombra de un plátano.

—Buenos días, Pandora —saludó con una sonrisa radiante.

—¡Hola, Melisa! —La tendera era una mujer gruesa, con una larga melena gris que llevaba suelta y enmarcaba su expresión bonachona. Señaló el cántaro con un gesto alegre—. ¿Quieres que te lo guarde otra vez?

—Ay, cuánto te lo agradezco. —Se le daba bien imitar el tono simplón de algunas esclavas—. Eres muy buena.

—Nada, nada, déjate de tonterías. Y vete ya, no pierdas más tiempo conmigo.

Melisa se lo agradeció de nuevo y se alejó del tenderete. Había hecho creer a la mujer que se había enamorado de un esclavo que vivía en el Pireo, y ella le guardaba el cántaro mientras supuestamente se veía con su amante. Aquélla era la tercera vez que se lo pedía, aunque en las dos ocasiones anteriores aún no había escrito el mensaje para Calipo y sólo estaba dando forma a su plan.

Ese día esperaba enviar su carta en un barco que se dirigiera a Siracusa.

La túnica corta y el pelo rapado revelaban su condición de esclava, por lo que tuvo que reprimir las ganas de correr. Pasó junto al murete que rodeaba el altar de los doce dioses olímpicos y después frente a uno de los pórticos columnados del ágora, repleto de atenienses que debatían con vehemencia. Se metió en una calle que la llevó hasta el gran edificio circular de la Asamblea, lo rodeó y llegó a la muralla sur de la ciudad. Retuvo el aliento mientras pasaba entre los guardias que custodiaban una de las puertas, y por fin se encontró en el pasillo que dejaban entre sí los Muros Largos.

Entonces echó a correr a toda velocidad.

Tenía que recorrer más de treinta estadios y lo mismo ocurriría a la vuelta. Sabía que debía reservar energías, pero estaba tan excitada que le resultaba imposible contenerse y sintió que volaba mientras se cruzaba con viajeros y comerciantes. No dejaba de imaginar a Calipo leyendo la carta y descargando toda su ira sobre Altea y Céfiro. Desaparecerían de su vida para siempre y ella acabaría junto a Calipo, le daba igual si en Atenas o en Siracusa.

Al final de los Muros Largos había otra muralla que daba acceso al Pireo. La cruzó y bajó por la gran avenida que llevaba al puerto civil. Llegó al muelle, dejó atrás las pequeñas embarcaciones de pesca y se acercó a los mercantes. Cada vez estaba más nerviosa, era consciente de que la presencia de una esclava sola llamaba la atención en el puerto. Además, no podía demorarse mucho o tendría problemas con Hesperia.

La sobresaltaron los graznidos estridentes de unas gaviotas que se disputaban unos restos de pescado y algunos marineros se fijaron en ella. Siguió andando con el corazón golpeándole con fuerza en el pecho. Si sospechaban que era una esclava que quería fugarse, la detendrían.

«Y si me registran y mi carta acaba en manos de Altea y Céfiro, me matarán.»

Se acercó a un muchacho delgado que hacía rodar un tonel hacia un almacén.

—¿Puedes decirme si hay algún barco que se dirija a Siracusa?

El chico señaló con la cabeza un mercante de gran tamaño y continuó su camino. El barco que había indicado estaba llenando sus bodegas, y Melisa se dirigió hacia el hombre que supervisaba la operación de carga. Aparentaba unos cincuenta años, llevaba la túnica enrollada a la cintura y las venas se marcaban en su cuerpo fibroso.

—Me han informado de que esta nave se dirige a Siracusa.

Su tono formal pretendía mostrar que su amo era alguien importante. El marinero se volvió hacia ella y en su barba enmarañada se abrió una sonrisa.

—Así es. —La recorrió con la mirada sin ningún disimulo—. Pero transportamos mercancía, no esclavas que quieran escapar de sus amos.

Los ojos se detuvieron en el pecho de Melisa, que irguió un poco más el cuerpo.

—No soy una fugitiva. Tan sólo busco a alguien que lleve un mensaje a mi amo. Se trata de Calipo, el ateniense que ha ayudado a Dion a expulsar al tirano Dionisio.

—Sí, sé muy bien quién es. —La voz del marinero se tiñó

con un tono burlón—. Intuyo que se trata de una carta personal, ¿no es así?

—Es un mensaje que tiene que recibir lo antes posible. ¿Podrías hacérselo llegar?

—Podría. Pero ¿qué obtendría con ello, aparte de molestias?

—Calipo te pagaría cuando...

El hombre agitó una mano para detenerla.

—Promesas de una esclava. Vete y no me hagas perder más tiempo.

Melisa apretó los labios. Ya había imaginado que no aceptaría.

—Te puedo pagar de otro modo.

La sonrisa regresó, hambrienta, aunque la mirada seguía siendo calculadora.

—¿Cómo puede pagarme una esclava?

—Tengo que regresar a Atenas, pero podría quedarme hasta el mediodía y hasta entonces te daría más placer del que has sentido en toda tu vida. —El hombre acogió sus palabras con un gruñido de satisfacción—. Y cuando vuelvas y me confirmes que has entregado el mensaje, me quedaré contigo durante otra mañana entera.

—Espérame aquí. —El marinero se alejó para hablar con uno de sus hombres y regresó al cabo de un momento—. Sígueme.

Entraron en una de las posadas del puerto, un tugurio maloliente donde la escasa luz no impedía apreciar la mugre de las paredes. Subieron al segundo piso y avanzaron por un pasillo en el que había un hombre tumbado. Melisa pasó a su lado sin poder distinguir si estaba borracho o muerto. Al llegar al fondo, el marinero sacó una llave y abrió la puerta de una habitación.

—Pasa.

Melisa se quedó inmóvil en el pasillo. De pronto se sentía como si fuera su madre, a punto de ser usada por un cliente en el prostíbulo. Se había jurado que nunca se encontraría en la misma situación que ella.

«Sólo será un rato, y es necesario para que Calipo se libre de Altea y me lleve con él.»

—¿Qué te ocurre? —El tono irritado hizo que Melisa se apresurara a entrar. El marinero cerró la puerta tras ella y echó la llave—. Me has prometido más placer que en toda mi vida. —Se acercó hasta que su aliento agrio envolvió a Melisa—. He estado con muchas putas, vas a tener que esforzarte.

Melisa sonrió mientras trataba de mantener la calma. Aquel hombre era mucho más fuerte que ella y llevaba al cinto un cuchillo de hoja larga. Se abrió la túnica y la dejó caer al suelo de forma que la carta para Calipo quedara entre las telas.

—Es un buen comienzo —gruñó el marinero. Alargó una mano y le apretó un pecho con brusquedad. Melisa contuvo una mueca de dolor, se estiró para besarlo y él la miró sorprendido—. Vaya, las putas no suelen ser tan cariñosas.

—No soy una puta —le contestó.

El hombre la besó con ansia y su barba dura le arañó los labios y la cara. Sintió náuseas al notar la lengua del marinero removiéndose dentro de su boca, pero se imaginó que era Calipo y respondió con ardor. Él bajó por su cuello hasta llegar a su pecho, mordiéndole y raspándole la piel con la barba mientras le manoseaba todo el cuerpo.

Metió una mano en la túnica del marinero y agarró su erección. Él le apartó los dedos de un manotazo.

—No tengas tanta prisa. —Sus ojos recorrieron el cuerpo de Melisa con avidez—. A mi edad sólo puedo correrme una vez, y esto hay que aprovecharlo.

Continuó besándola y sobando su cuerpo durante largo rato. Apretaba con tanta fuerza que Melisa sentía que la estaba magullando.

—Ponte contra la ventana —susurró el marinero con voz ronca. Tenía la respiración muy agitada y el sudor le resbalaba por la cara.

Melisa apoyó las manos en el marco de madera y notó que intentaba penetrarla sin conseguirlo. Curvó la espalda y movió el cuerpo para incitarlo, pero la situación parecía empeorar y oyó que resoplaba irritado.

—Déjame que te ayude. —Se arrodilló frente a él y utilizó la boca para estimularlo. El marinero cerró los ojos y suspiró, dejándola hacer. Al padre de Calipo también le gustaba mucho aquello y ella sabía bien cómo complacer a un hombre de ese modo.

—Para ya. —El marinero se retiró; su cuerpo estaba preparado, pero esta vez se tumbó boca arriba sobre el jergón de paja—. Ponte encima de mí, rápido.

Melisa se sentó a horcajadas y descendió sobre él haciendo que la penetrara. El amuleto de hueso le colgaba del cuello y de pronto sintió que su madre la estaba viendo. Apretó los ojos para contener las lágrimas, echó el amuleto hacia atrás y empezó a moverse. El hombre la agarró de las caderas y luego le manoseó los pechos mientras su rostro volvía a cubrirse de sudor. Tenía una expresión crispada, y al cabo de un rato se había congestionado tanto que Melisa temió que fuera a fallarle el corazón.

Poco después llegó al final con una sucesión de gemidos.

Melisa esperó hasta que relajó el cuerpo y dejó de aferrarle el pecho. Se apartó de él, fue hasta su túnica y sacó el mensaje para Calipo.

—Ésta es la carta que tienes que llevar.

El marinero se sentó pesadamente en el jergón.

—No tengo que llevar nada.

Melisa se quedó paralizada.

—Dijiste... —Se acercó a él con el papiro—. Dijiste que lo llevarías a cambio de acostarte conmigo. —El hombre no la estaba mirando—. Y cuando regreses, volveré a acostarme contigo.

—Aparta. —El marinero dio un manotazo al papiro y lo tiró al suelo.

Melisa se apresuró a recogerlo y se acercó de nuevo.

—Dijiste...

El bofetón la pilló por sorpresa. Su cabeza giró violentamente y trastabilló hacia atrás. Un instante después sintió una oleada de ira y encaró al marinero, que se había puesto de pie con el miembro colgando brillante y flácido entre las piernas.

—¡Hijo de perra! —Se lanzó hacia su cara, quería destrozársela con las uñas, quería sacarle los ojos...

El puñetazo impactó de lleno en su boca y el mundo se

volvió borroso mientras caía hacia atrás. Su cuerpo desnudo golpeó contra el suelo como si fuera un fardo.

—No eres más que una puta sin burdel. —En la mejilla del hombre había un arañazo por el que empezó a bajar un hilo de sangre. Lanzó una patada contra la cara de Melisa y ella consiguió mitigar el golpe con los brazos—. Una puta miserable sin nadie que la proteja.

La siguiente patada hizo que sus costillas crujieran. Ya sólo pensaba en escapar, pero recordó aterrada que la puerta estaba cerrada con llave. El marinero se inclinó sobre su ropa y cogió el cuchillo. Ella trató de sobreponerse al dolor y abrió la boca para gritar.

Una patada en el estómago la dejó sin respiración.

—Maldita esclava, debería abrirte en canal. —El hombre aferraba el cuchillo como si fuera a clavárselo. Palpó su mejilla ensangrentada, se acercó a la puerta y la abrió con la llave—. Lárgate y no vuelvas a acercarte a mí en tu vida.

Melisa consiguió ponerse a cuatro patas y se arrastró hacia el pasillo. Cruzó el umbral y el marinero le arrojó encima la túnica y el papiro. Después la puerta se cerró y se oyó el ruido de la llave.

Le costó mucho ponerse de pie, y más aún colocarse la túnica. Al respirar le dolía el costado y sus labios hinchados goteaban sangre. Recogió el papiro y avanzó por el pasillo oscuro apoyándose en la pared.

El sol hizo que las manchas de sangre resaltaran más en su túnica de lana cruda. Estaba mareada y tardó un momento en recordar en qué dirección se encontraban los Muros Largos.

«Tengo que llegar a Atenas cuanto antes.»

Pero apenas podía mantenerse en pie. Se alejó de la posada tambaleándose y trató de acelerar el paso. El dolor del costado se volvió más agudo y la desesperación la hizo sollozar. Si Hesperia no dejaba que siguiera yendo a por agua, no tendría modo de enviar la carta a Calipo.

Cruzó las murallas del Pireo, accedió al pasillo de los Muros Largos y se sintió desfallecer. Los muros se prolongaban en línea recta hacia una Atenas que parecía inalcanzable. Siguió andando con una mano crispada sobre el costado; cada vez le costaba más respirar y temía que alguna costilla se le hubiera clavado en el pulmón.

El sol avanzó implacable por el cielo mientras recorría los Muros Largos. Cuando llegó al ágora, vio que habían cerrado todos los puestos; sin embargo, la tendera que le guardaba el cántaro se había quedado a esperarla. Tenía cara de pocos amigos, pero su expresión cambió al ver el estado en el que se encontraba.

—¡Por Atenea, ¿qué te han hecho?! Ha sido tu novio, ¿verdad? —Melisa bajó la mirada y asintió—. Malditos hombres, se creen que pueden hacerle lo que quieran a una mujer, y más si es una esclava. —Agachó la cabeza para examinar mejor su rostro—. Tienes los labios destrozados. Y apenas te tienes en pie. Esto no puede quedar así, por Hera. ¿Quieres que te acompañe a hablar con tus amos para denunciar a ese salvaje?

Melisa negó sin levantar la cabeza.

—Te lo agradezco, Pandora; pero no quiero denunciarlo, sólo volver a casa.

—No se te ocurrirá verlo de nuevo, ¿verdad? Si te ha pegado una vez, lo volverá a hacer, eso seguro.

Melisa no pudo evitar una sonrisa amarga.

—Te aseguro que no tengo intención de volver a verlo.

Se despidió de la tendera y pensó en deshacerse de la carta, pero decidió no hacerlo. No creía que fueran a registrarla y le había costado mucho escribirla.

Nada más entrar en la mansión, avisaron a Hesperia. Melisa le contó la historia que había inventado por el camino: aquella mañana, mientras iba a la Casa de la Fuente, dos extranjeros la habían obligado a meterse en una casa vacía. Allí la habían violado y después la habían golpeado hasta dejarla inconsciente.

—Cuando me he despertado, ya se habían ido. —La sangre de los labios volvía su voz pastosa—. He recogido el cántaro del suelo y he regresado.

Dio una descripción vaga de los hombres, sin ningún rasgo característico que animara a una investigación, que en cualquier caso era improbable, y dejó que Hesperia la examinara. Al quitarse la túnica, tuvo mucho cuidado para que el papiro quedara oculto entre los pliegues de la ropa.

—Parece que tienes dos costillas rotas, pero no están hundidas. —El ama de llaves contempló su cuerpo con una expresión tensa. Además del costado inflamado, tenía hematomas en el vientre y los brazos—. Te han dado una buena paliza. Quédate en la cama hasta que te recuperes. Y será mejor que no salgas más a la calle, al menos durante un tiempo. Encargaré a otra esclava que vaya a por agua en tu lugar.

—Gracias, Hesperia.

Bajó los ojos con actitud humilde. «Maldita alcahueta, si los dioses me escuchan, Calipo acabará también contigo.»

El ama de llaves cerró la puerta y ella se tumbó sobre el jergón. Sentía la sangre hirviéndole de rencor e impotencia. Aguardó un rato y después se dirigió a la cocina con el papiro. Únicamente había un par de esclavos que revisaban algo en la despensa. Se sirvió agua para disimular mientras les daba la espalda, escogió un cuchillo del tamaño de un pequeño puñal y lo escondió en la túnica.

Salió de nuevo al pasillo y se encontró con Altea. Su ama caminaba inclinada para dar la mano a su hijo, que andaba con pasitos torpes mientras se agarraba a los dedos de su madre.

«La zorra y su bastardo.»

Se acercó a ellos sin que repararan en su presencia. Sentía el peso del cuchillo en el interior de la túnica. El pequeño la miró y balbuceó algo incomprensible. Altea levantó la cabeza y su expresión se congeló al verla.

—Hesperia me ha dicho lo que te ha ocurrido. Lo siento mucho.

La frente de Altea se había arrugado como si se preocupara de verdad por ella, pero Melisa podía percibir en su voz y en su mirada un fondo frío que reflejaba lo que sentía realmente. Respondió con una inclinación de cabeza y pasó de largo hacia su dormitorio.

Aguardó en su jergón hasta que se hizo de noche y los únicos que quedaban despiertos eran los esclavos que custodiaban la casa. Entonces se levantó, se dirigió sigilosamente al establo y arañó el suelo en una de las esquinas, ignorando el dolor de sus costillas hasta que consideró que el agujero tenía la profundidad suficiente.

Colocó dentro el papiro, puso encima el cuchillo y los cubrió con tierra.

«La próxima vez que vaya al Pireo, conseguiré que le lleven la carta a Calipo. —Sus dientes aparecieron entre los labios hinchados—. Y si alguien trata de engañarme, lo mataré.»

Capítulo 95

Siracusa, octubre de 355 a. C.

Calipo avanzó por el puerto pequeño de Siracusa mirando con avidez los barcos fondeados. Llevaba mucho tiempo esperando una carta de Atenas. Vio que el oficial del puerto se bajaba de una nave y se acercó a él rápidamente.

—¿Ha llegado algún barco de Atenas?

—Hace varios días que no viene ninguno. —El oficial, un hombre mayor con el rostro surcado de arrugas, recorrió el horizonte con los párpados tan entornados que apenas se le veían los ojos—. Todavía se podrá navegar durante unos días. Quizás aún llegue alguno.

La boca de Calipo se contrajo en una mueca de disgusto. Si Altea le hubiera respondido poco después de recibir su última carta, la respuesta tendría que haberle llegado hacía dos o tres semanas.

«No ha habido grandes tormentas que justifiquen tanto retraso.»

El puerto pequeño estaba dividido en dos por el muro que había levantado Dion para aislar Ortigia. Calipo observó la parte que controlaban ellos y después la que seguía bajo el control de Apolócrates, el hijo de Dionisio. Sobre aquella zona del puerto se cernía el palacio fortificado del tirano, y pensó que allí seguían encerrados el hijo y la esposa de Dion.

«Al menos yo sé que mi familia está a salvo.»

Se volvió de nuevo hacia el oficial.

—Si llega alguna carta para mí, envíamela lo antes posible.

—Así lo haré, mi general.

Abandonó el puerto seguido por una escolta de seis mercenarios. Tenía intención de dedicar el día a inspeccionar los puestos de guardia de la gran muralla de Siracusa. Cubría un perímetro enorme, de ciento ochenta estadios, que abarcaba todos los barrios de la ciudad y además envolvía la meseta adyacente conocida como Epípolas.

«Ninguna muralla evita los estragos de una guerra civil», se dijo al entrar en una calle que había sido reducida a escombros en el gran incendio de hacía cuatro meses. Los habitantes de aquellas casas habían renunciado a reconstruirlas y habían sido acogidos por familiares o se habían marchado de la ciudad..., cuando no seguían enterrados bajo los restos de sus viviendas.

Se detuvo al ver que un soldado corría hacia ellos por el pasillo abierto entre los escombros.

—Dion te pide que acudas de inmediato. El hijo de Dionisio ha enviado emisarios para parlamentar.

El corazón de Calipo empezó a latir más rápido.

«Se quieren rendir, por Atenea.»

Procuró moderar sus expectativas mientras se dirigía al campamento militar. Ya había aprendido que en Siracusa siempre había algo que se podía torcer. Después de su última victoria, el pueblo había nombrado a Dion general con plenos poderes, le habían concedido honores de héroe y la Asamblea había proclamado que era el salvador de la patria. En la siguiente reunión de la Asamblea, no obstante, los marineros y los artesanos solicitaron que el cargo de almirante lo ocupara de nuevo Heraclides, argumentando que era él quien había vencido a las flotas de Filisto y de Nipsio.

«No lo querían por su habilidad militar, sino porque es mucho más popular y manejable que Dion.»

Su amigo cedió a las presiones y devolvió el almirantazgo a Heraclides. Aquello agradó a los siracusanos, pero Dion tomó una segunda medida que afectó muy negativamente a su popularidad: anuló la resolución aprobada por los demagogos de arrebatar las tierras a los ricos para repartirlas entre el resto del pueblo.

Las siguientes semanas los ánimos se caldearon cada vez más y Heraclides se erigió como cabecilla de los disconformes. Mientras estaba acantonado en Mesana con la flota, sedujo a los marineros y a los soldados que estaban con él y los indispuso contra Dion, asegurando que aspiraba a una tiranía con una camarilla de privilegiados que en nada se diferenciaba de la dictadura de Dionisio. Las disensiones se extendieron, la actividad y el comercio se redujeron y el fantasma del hambre comenzó a sobrevolar la ciudad. Las maquinaciones de Heraclides continuaron agravando la situación, hasta que la propia Asamblea se mostró de acuerdo con Dion en apartarlo del mando y desmovilizar la mayor parte de la escuadra.

«Ahora Heraclides tiene que presentarse ante el Consejo de la ciudad. Veremos si lo hace.»

Llegó a la tienda de Dion y uno de los guardias de la entrada retiró la lona para que pasara.

—Calipo, siéntate con nosotros. —Dion estaba con varios generales y Calipo se alegró de que aquella reunión se tratara como una cuestión militar.

También se encontraban allí los emisarios del hijo de Dionisio: dos hombres con anillos de oro y túnicas de colores vivos que contrastaban con su piel grisácea y su mirada apagada.

«Los rumores son ciertos —pensó al observar sus rostros demacrados—, se les han acabado los víveres.»

Los emisarios acababan de exponer la propuesta que traían y Dion se la resumió a Calipo:

—El hijo de Dionisio pide que lo dejemos marchar con cinco naves y llevarse a su madre y sus hermanas. Quiere reunirse con su padre en Locros. A cambio de que le garanticemos eso, nos ofrece Ortigia y la acrópolis.

«Hay que aceptar, por Zeus.» Calipo contuvo la lengua y se quedó esperando. Si Dion decidía una vez más pedir la aprobación de la Asamblea, podían alzarse nuevos demagogos que rechazaran cualquier alternativa que no fuera la rendición total y el ajusticiamiento del hijo de Dionisio. Aquello sería un error gravísimo. Sabían que el ejército mercenario del tirano estaba al borde del amotinamiento; sin embargo, si no les dejaban otra alternativa que luchar o morir de hambre, tendrían que enfrentarse a miles de soldados que combatirían hasta su última gota de sangre.

Dion sabía lo que estaba pensando. Le puso una mano en el hombro y sonrió.

—He aceptado.

Tres días más tarde, las cinco naves de Apolócrates partieron desde la isla de Ortigia. La población de Siracusa al completo se había congregado en la costa para contemplar el fin de la tiranía. Cantaban y bailaban al son de un millar de instrumentos, sacrificaban a todos los dioses y se abrazaban llenos de júbilo mientras los barcos se alejaban lentamente por el mar. Eran conscientes de que con muy pocos medios habían derrocado una de las dictaduras más poderosas y firmes que habían existido jamás.

Dion permanecía junto al muro de Ortigia ajeno a la gran fiesta de su pueblo, tan tenso que apenas conseguía respirar. Estaba esperando a que los guardias de la acrópolis cumplieran lo convenido y abrieran las puertas del palacio. Sus ojos no se apartaban de la fortaleza en la que tenían que estar su hermana Aristómaca, su hijo Hiparino y su esposa Areté.

«Hace doce años que no los veo. —Una lágrima solitaria bordeó su nariz y la retiró con los dedos—. Diosa Hera, que todo salga bien.»

Había garantizado inmunidad a los hombres de la corte que se quedaran en Siracusa, pero temía que alguno de ellos quisiera garantías adicionales y para conseguirlas tomara como rehenes a su esposa y su hijo. Aunque había dado orden a sus soldados de tratar con el máximo cuidado todo conato de violencia, en una situación como aquélla cualquier chispa podía convertirse en un enfrentamiento que acabara con varios muertos.

Las hojas de la puerta se abrieron y echó a andar hacia el palacio. Lo seguían Calipo y un centenar de mercenarios en completo silencio. Desde la ciudad llegaba el griterío festivo de las celebraciones como una tempestad lejana.

Cuando se encontraban a cincuenta pasos, salió una mujer llevando a un muchacho de la mano.

—Aristómaca... —murmuró Dion al reconocer a su hermana.

Echó a correr y la acogió entre los brazos.

—¡Oh, Dion...! —Aristómaca se apartó y le mostró al muchacho, que era tan alto como él, pero delgado como un junco—. Aquí tienes a tu hijo Hiparino.

—Hola, hijo mío. —Era un extraño prodigio que aquel joven fuese el pequeño que había llevado sobre los hombros la última vez que lo había visto.

—Hola..., padre.

El chico lo miraba con aire confundido. Tenía el rostro anguloso y una pelusilla de barba, pero los ojos eran iguales a como Dion los recordaba.

Lo abrazó sintiéndose torpe y muy feliz.

—Hemos sido desgraciados durante tu destierro —le dijo Aristómaca—, hasta que con tu victoria nos has librado de la angustia y de la opresión. —Su hermana se volvió hacia una mujer que permanecía en el umbral del palacio y se tapaba el rostro con un pañuelo—. Pero ella, la desdichada a la que han casado con otro estando tú vivo, sigue sufriendo sin saber aún cómo debe dirigirse a ti.

Dion se acercó a Areté, retiró el pañuelo y contempló el rostro lloroso de su esposa.

—Mi bella y valiente Areté...

Besó sus labios con mucha ternura y la estrechó entre los brazos.

Una semana más tarde, Calipo entró en el salón de una de las mejores residencias de Ortigia y avanzó despacio mientras lo examinaba.

«Es justo lo que estoy buscando.»

Terminó de inspeccionar las diferentes estancias de aquella mansión, casi tan amplia como la que tenía en Atenas, y salió al patio. Lo acompañaba el dueño de la vivienda, un anciano de mirada temerosa que había formado parte de la corte del tirano, pero que no había tenido la suerte de que Dionisio o su hijo lo llevaran con ellos.

—Me la quedo —le dijo Calipo. Aunque la vivienda tenía un siglo de antigüedad, se conservaba en buen estado. Contaba con establo, un salón muy espacioso y habitaciones para acoger al menos una veintena de esclavos. Se encontraba en el corazón de Ortigia, junto al templo de Atenea, pero lo más importante era que estaba muy cerca de la residencia de Dion—. Te daré cuatro mil dracmas.

La mansión valía al menos el triple y por un instante el rostro del anciano se crispó con un destello de odio. Dion había decretado que el palacio y el resto de la acrópolis pertenecían ahora al pueblo, pero también había dado orden de que se respetaran las vidas y las propiedades de todos los habitantes de Ortigia. No obstante, muchos de los afines al tirano temían ser objeto de venganzas y preferían salir de Siracusa lo antes posible.

—Si consideras que ésa es una cantidad justa...

Calipo lo miró con desdén. Entendía que se ofreciera una amnistía como herramienta de negociación, pero no cuando ya tenían el control total de la ciudad. «Perdonar la vida a hombres que siguen siendo tus enemigos es como llenar tu casa de serpientes.» En cualquier caso, aquella política de reconciliación era lo que quería Dion, que ahora tenía un poder casi absoluto en Siracusa.

—Es una cantidad muy generosa, y lo sabes.

El anciano bajó la mirada y asintió en silencio. No era tan estúpido como para no comprender que el dinero sólo sirve de algo si se está vivo.

Calipo sonrió satisfecho y paseó la mirada por su mansión siracusana. Le agradaba la robustez de las columnas del patio, propia de las casas antiguas. Se imaginó sentado a la sombra del pórtico con Altea, viendo cómo jugaba su hijo en el suelo cubierto de baldosas, y su sonrisa se volvió más amplia. Había enviado otra carta a su esposa contándole que habían obtenido una victoria total y que Siracusa ahora era una ciudad en paz. También le había pedido que se preparara para viajar con Prometeo.

«En cuanto se abra la temporada de navegación, se trasladarán a Siracusa.»

Capítulo 96

Atenas, marzo de 354 a. C.

Altea separó los párpados y sintió que el corazón se le encogía. «La noche se acaba.»

Levantó la cabeza de la almohada. Ya distinguía las paredes de su dormitorio..., los volúmenes difusos de los arcones y la mesa de tocador..., el cabello corto de Céfiro y el perfil sereno de su rostro mientras yacía de espaldas a ella.

Tenía los brazos alrededor de él. Rozó su espalda con la nariz y besó el músculo compacto que iba del hombro al cuello. Al hacerlo acarició su piel con la punta de la lengua. Le encantaba su sabor, salado y dulce al mismo tiempo.

Céfiro tomó aire y su pecho se expandió entre los brazos de Altea.

—¿No duermes? —susurró ella.

—No desperdiciaría de ese modo una noche contigo. —Céfiro recorrió su brazo con las yemas de los dedos haciendo que se le erizara la piel—. Pero debo irme ya.

Ella lo abrazó con más fuerza. Sabía que habían vivido en una burbuja de felicidad que estaba a punto de romperse. Ya habían transcurrido cinco meses desde que había llegado la carta de Calipo que la instaba a prepararse para viajar a Siracusa en cuanto el tiempo lo permitiese.

«Cinco meses. —Pegó sus piernas desnudas a las de Céfiro—. El invierno nos concedió una prórroga de cinco meses..., pero ya ha terminado.» Cerró de nuevo los ojos e intentó sentir que la noche acababa de comenzar; que Céfiro era su verdadero esposo; que no estaban haciendo algo que podía acabar con la vida de ambos...

Céfiro le tomó la mano.

—Altea... —Se la besó y después se apartó dejándole en la piel una sensación de frío y añoranza—. Tenemos que separarnos antes de que los demás empiecen a despertar. —Recogió del suelo su túnica corta de esclavo y comenzó a ponérsela. En la penumbra su cuerpo parecía muy oscuro, cálido, lleno de fuerza.

Altea salió de la cama y lo retuvo en un nuevo abrazo.

—Céfiro...

Estaba temblando y él le tomó el rostro con suavidad. Sus labios sonrieron y ella se agarró con desesperación a la firmeza de aquella sonrisa.

«No puedo volver con Calipo. —Su esposo se había marchado de Atenas hacía casi tres años y ella sentía que su familia eran Céfiro y el hijo que había tenido con él. Resultaba enloquecedor que la arrancaran de aquello para reunirse con Calipo—. Diosa Ártemis, haz que Calipo se quede en Siracusa, que se quede con sus banquetes y sus esclavas y nos deje ser felices juntos.»

A pesar de sus ruegos, presentía que la tormenta se acercaba.

«No entre nadie que no sepa geometría.»

Altea respiró hondo y pasó debajo de las palabras grabadas en la piedra. La desazón seguía atenazándole el estómago, pero se había comprometido con Platón a dar una conferencia esa mañana y tenía que dejar de pensar en Calipo.

Inspiró despacio y recordó la primera vez que había acudido a la Academia para impartir una conferencia.

«Iba a exponer el mito de la caverna y estaba aterrada.»

Hacía más de quince años de aquello, y se dijo que envejecer al menos le había servido para ganar seguridad como profesora. Al otro lado de la Academia, junto al aula principal, había un grupo muy numeroso de hombres que iban a asistir a su conferencia. En esta ocasión lo que sentía no era miedo, sino la certeza de que era una privilegiada por poder transmitir la doctrina del más grande de los filósofos.

Avanzó a lo largo del pórtico y advirtió que Platón estaba

hablando con dos hombres de mediana edad ataviados con túnicas sobrias. Los demás presentes centraban su atención en ellos con mayor o menor disimulo.

«Al final ha venido Foción con su invitado espartano.» Acababa de reconocer a los hombres que acompañaban a su maestro. Foción era el general de mayor prestigio en Atenas. Había sido alumno de Platón, y por su habilidad militar y su fama de incorruptible los atenienses lo habían nombrado estratego en una veintena de ocasiones. En cuanto al general espartano que había acudido con él, se encontraba en Atenas en representación de su rey, Arquidamo III, para tratar sobre algunos puntos comunes de política exterior. El espartano se alojaba en la residencia de Foción, y éste lo había llevado a la Academia porque incluso los visitantes de la austera y pragmática Esparta sentían mucho interés por conocer al legendario Platón y su famosa escuela.

Altea había preparado para ese día una disertación sencilla. En las conferencias abiertas al público muchos de los asistentes carecían de formación filosófica y se perderían si se adentraba en complejas explicaciones.

«Lo que más les va a interesar es el mito de la Atlántida. —Platón había creado ese mito en el *Timeo* y lo desarrollaba en el *Critias,* un diálogo que todavía existía sólo en borrador, pero que ella ya había leído—. A los hombres les fascinan las leyendas sobre naciones antiguas y poderosas, sobre todo si ya han desaparecido como la Atlántida.»

Entraron en la sala, el público ocupó sus asientos y Platón subió a la tarima para pronunciar unas palabras de bienvenida. Hizo una mención especial al general espartano y los demás asistentes le dedicaron un aplauso en honor a la alianza que mantenían desde hacía varios años. Finalmente dio paso a Altea, que aguardó a que la sala quedara en silencio antes de comenzar:

—Imagino que algunos de vosotros no habéis leído *La república.* —Su tono era algo más firme de lo habitual; había varios visitantes nuevos que tampoco habrían visto nunca a una mujer ejerciendo de profesora—. No es necesario haber leído la obra para comprender lo que vamos a contar, pero hay que tener en cuenta que en *La república* Platón nos muestra cómo sería un Estado perfecto. En ese Estado ideal, cada individuo tendría como ocupación aquella para la que mejor le hubiera dotado la naturaleza. Del mismo modo, todo individuo sería educado en la gimnasia, en la música y en todos los conocimientos que fuesen más apropiados para el papel que tuviera que desempeñar en la ciudad.

Altea continuó describiendo el Estado ideal y se alzaron los rumores habituales cuando dijo que las mujeres llevarían a cabo las mismas ocupaciones que los hombres, puesto que sus naturalezas no diferían. Estaba siguiendo el desarrollo del *Timeo,* donde el personaje de Sócrates resumía las características del Estado ideal y luego pedía a sus interlocutores que lo ayudaran a describir cómo se desempeñaría ese Estado en caso de guerra. En ese momento de la obra tomaba la palabra Critias. Este personaje decía que le había llegado el relato sobre unos hechos admirables ocurridos hacía muchísimos años en Atenas, que los atenienses habían olvidado, pero que los sacerdotes egipcios todavía recordaban al tenerlos recogidos por escrito en sus templos.

—Según Critias —prosiguió Altea—, los sacerdotes revelaron que, en el reparto de la tierra que hicieron los dioses, Atenas fue asignada a Atenea y Hefesto. Ambos dioses se consagraron a hacer de sus habitantes hombres de bien y colocaron en sus corazones el amor al orden político. De ese modo, los atenienses de aquella época se convirtieron en la mejor y más perfecta raza de hombres, y la ciudad sobresalía por su habilidad para la guerra, la magnificencia de sus obras, la sabiduría de sus leyes y la excelencia de sus instituciones.

En el aula no se escuchaba ni siquiera el habitual ruido de toses o carraspeos. Todo griego se quedaba fascinado ante el relato de la grandeza de sus antepasados, y en aquel pasaje del *Timeo* se relataba un pasado en el que Atenas aventajaba a cualquier otro pueblo de cualquier época. Altea continuó estableciendo el paralelismo entre aquella Atenas de la antigüedad y el Estado ideal descrito por Platón en *La república.* Según Critias, los ciudadanos y la ciudad de *La república* guardaban una semejanza absoluta con los antiguos atenienses, por lo que examinando cómo se habían desempeñado éstos se podía saber qué ocurriría en el Estado ideal, si alguna vez llegaba a cobrar cuerpo.

—Los sacerdotes egipcios conservan todavía el registro de la mayor hazaña que llevaron a cabo nuestros antepasados, la más grandiosa que se haya realizado jamás, cuando se enfrentaron a la fuerza militar más poderosa que ha existido nunca: el ejército de la Atlántida. —Altea se desplazó hacia el otro lado de la tarima y el crujido de la madera bajo sus sandalias resonó en el silencio del aula—. En el reparto de la tierra que hicieron los dioses, aquel en el que Atenea y Hefesto recibieron Atenas, a Poseidón le asignaron una isla situada frente a las columnas de Heracles[1]. Esa isla, hoy desaparecida, tenía una extensión mayor que la Libia y el Asia juntas. El dios Poseidón hizo brotar en ella dos manantiales, uno frío y otro caliente, y que sus campos fueran fértiles en extremo. Además, se enamoró de una mortal que habitaba la isla, llamada Clito, y con ella tuvo cinco parejas de mellizos varones. El dios decidió entonces dividir el territorio en diez partes y las repartió entre sus hijos. La más vasta y rica le correspondió al mayor, a quien nombró rey de sus hermanos, que a su vez gobernaban como reyes en su propio territorio. El primogénito de Poseidón, de quien la isla y el mar que la rodeaba tomaron su nombre por haber sido el primero de sus reyes, se llamaba Atlante.

—¿Fue un rey digno de su origen divino? —preguntó el general espartano.

—La Atlántida prosperó mucho con su gobierno —afirmó Altea—, y también lo hizo con sus descendientes, que sometieron muchas islas y extendieron su dominio hasta Egipto y la Tirrenia. Era tal la inmensidad de sus riquezas que ninguna familia real ha poseído nada comparable. La isla producía todos los metales necesarios, incluido el oricalco, del que sólo conocemos el nombre pero que era el metal más precioso después del oro. Aprovechando ese estado de riqueza y abundancia, se dotaron de unos puertos colosales, de magníficos pala-

1. Estrecho de Gibraltar.

cios y de templos de un tamaño y un esplendor que no se ha vuelto a ver. —Varios hombres asintieron con la boca entreabierta mientras escuchaban a Altea—. Poseidón había creado una serie de muros y fosos circulares de algunos estadios de ancho que protegían la colina central donde había vivido con la mortal Clito, formando así una isla interior en la que se situó la metrópoli del rey Atlante. Las siguientes generaciones construyeron puentes sobre los fosos circulares, así como canales transversales tan amplios que permitían a los barcos más grandes entrar directamente desde el mar como si estuvieran accediendo a un puerto. En el centro de todo se encontraba su acrópolis, cuyo muro estaba cubierto de oricalco que relumbraba como el fuego. En medio de aquella acrópolis levantaron un templo de un estadio de longitud consagrado a Clito y a Poseidón, lo revistieron de plata y circundaron su perímetro con un muro de oro. La bóveda del templo era altísima, toda de marfil con remates de plata y oricalco, y hasta ella llegaba la estatua de oro de Poseidón. El dios se encontraba de pie sobre un carro tirado por seis corceles alados, que también eran de oro, al igual que las cien nereidas que lo rodeaban montadas sobre cien delfines.

—Sin duda sus riquezas superaban en mucho a las de Persia. —Foción parecía impresionado, algo poco habitual en él—. ¿Tenemos alguna referencia sobre el tamaño de su ejército?

—Así es, pues también esto lo revelaron los sacerdotes egipcios. Atlántida mantuvo su división en diez provincias gobernadas por los descendientes de los diez hijos de Poseidón. Cada una de las provincias tenía que aportar su propio ejército si se declaraba la guerra. Para no extenderme mucho os diré que, en el caso de la provincia central, donde residían los reyes del linaje de Atlante, el ejército constaba de diez mil carros de guerra, ciento veinte mil caballos con sus jinetes, sesenta mil hoplitas y otros tantos arqueros y honderos, ciento ochenta mil soldados de infantería ligera, y un total de mil doscientas naves de guerra con doscientos remeros cada una.

Altea vio que muchos hombres se perdían al tratar de imaginar un ejército de semejante tamaño, al que había que sumar el de las otras nueve provincias de la Atlántida.

—El inmenso ejército de los atlantes, cuya magnitud resulta casi inconcebible, partió de su isla hace nueve mil años para someter a todos los pueblos situados en este lado de las columnas de Heracles, incluidos Egipto y Atenas. Hasta entonces eran un pueblo generoso, lleno de moderación y sabiduría, que obedecía las leyes que había recibido directamente de Poseidón y se conservaban grabadas en una gran columna de oricalco. Sin embargo, cuando la esencia divina se fue aminorando en los atlantes por la mezcla continua con la naturaleza mortal, desdeñaron la virtud y los dominó la loca pasión de incrementar aún más sus riquezas y su poder. Se lanzaron contra los demás pueblos y arrollaron uno tras otro a cuantos ejércitos se les oponían. Habrían conquistado el Asia y la Europa entera, pero Atenas, primero a la cabeza de los griegos y después sola por la defección de sus aliados, se opuso a los invasores con tanto coraje y destreza que consiguió vencerlos y devolvió la libertad a todas las naciones conquistadas.

Algunos hombres profirieron exclamaciones entusiastas que hicieron sonreír a Altea.

—¿Qué ocurrió con los atlantes? —preguntaron.

—Poco después de su derrota hubo grandes temblores de tierra que dieron lugar a terribles inundaciones. En una sola noche la isla Atlántida desapareció entre las aguas y por esta razón hoy no se puede aún recorrer este mar, pues se opone a su navegación una enorme cantidad de fango que la isla originó en el momento de hundirse en el abismo.

Cuando la conferencia finalizó, comenzaron a hacerle preguntas sobre la Atlántida como si fuese una historia real, y no una fabulación literaria creada para reflexionar sobre las bondades del Estado ideal que exponía Platón en *La república.* Al principio del *Timeo* se establecía una identificación perfecta entre el Estado ideal y la Atenas primigenia que vencía a la todopoderosa y corrupta Atlántida. De ese modo, Platón mostraba la superioridad material —y por ende moral— del Estado que había descrito en *La república.* Sin embargo, al ser una conferencia abierta al público general, había muchos visitantes que no conocían la obra de Platón y no sabían que mitos como el de la caverna, el anillo de Giges o la Atlántida no recogían hechos reales, sino que eran alegorías o relatos con una finalidad ilustrativa.

Altea salió del aula con la intención de regresar a su casa cuanto antes, pero se encontró a Platón esperándola junto a Foción y el general espartano.

—Ha sido muy interesante —le dijo Foción—. Lamento que la Asamblea se empeñe en nombrarme estratego una y otra vez y eso me impida venir con más frecuencia a escucharte.

Altea agradeció aquellas palabras sabiendo que eran sinceras. Foción era un hombre de una franqueza tan inusual como lo era su desinterés por el poder. En la última elección de estrategos, en la que muchos hombres habían tratado de ser escogidos con elocuentes discursos, Foción ni siquiera se había presentado en la Asamblea. Sus compatriotas habían tenido que ir después a su casa para informarle de que habían vuelto a elegirlo para el cargo.

Se dirigieron hacia la plazoleta de Academo para enseñarle al espartano la estatua del héroe. Soplaba un viento fresco y se ciñeron las túnicas mientras caminaban por los jardines de la Academia.

—La Atenas actual —reflexionó Foción— es muy diferente al Estado perfecto de *La república.* Sin embargo, Platón, en estos momentos en Siracusa gobierna Dion, uno de tus discípulos más cercanos y sin duda más aventajados. En *La república* afirmas que la manera de acercarse lo máximo posible al Estado ideal es que coincidan en una misma persona el poder político y la filosofía. Y eso es lo que ocurre ahora mismo en la persona de Dion. ¿Crees, por lo tanto, que Siracusa se dirige hacia el «fin de los males para los Estados», como dices que ocurrirá al unir política y filosofía?

Platón pasó la mano por su larga barba blanca antes de responder.

—Bien sabes, Foción, que en la dirección de los Estados nada se logra con tanta facilidad ni rapidez como nos gustaría. Dion ha liberado al pueblo de la tiranía y los siracusanos han depositado su confianza en él para que los lidere en la nueva etapa; no obstante, los vicios y las malas costumbres de la época tiránica siguen muy arraigados en Siracusa. A eso se suma la avidez excesiva de libertad y de no ceñirse a otra norma que su deseo, que los demagogos alimentan con facilidad en un pueblo que acaba de salir de un gobierno despótico. No es una situación fácil de gestionar, pero Dion ha obtenido grandes avances. —Su tono mesurado no impedía que se apreciara el orgullo que sentía—. Está promulgando un conjunto de leyes para asegurar la justicia dentro de la ciudad, está escogiendo a hombres capaces y honrados como consejeros y magistrados que lo ayuden en el gobierno, y trabaja sin descanso en la educación y las costumbres de los siracusanos para volverlos más sobrios y esforzados.

Todo aquello era cierto y Dion era el primero en dar ejemplo; sin embargo, Platón sabía que podía resultar severo en el trato y excesivamente grave y austero para una sociedad acostumbrada a entregarse al disfrute de los bienes materiales. En varias de las cartas que había dirigido a su querido Dion le había insistido en que pusiera cuidado en no excederse en terquedad y rigor.

Altea caminaba junto a Platón y evitaba cruzar la mirada con él. Al mencionar Siracusa, en lo único que podía pensar era en la pesadilla de volver con Calipo y perder la vida feliz que había llevado junto a Céfiro.

Foción se detuvo.

—Ése es Aristóteles, ¿no es cierto? ¿Qué está haciendo?

Aristóteles se había tumbado en la base de un árbol y escarbaba la tierra cuidadosamente con una pequeña espátula de metal. De vez en cuando le decía algo a un ayudante que estaba sentado a su lado y apuntaba sus comentarios en una tablilla de cera.

—Creo que está estudiando el comportamiento de los gusanos —respondió Platón sin mostrar mucho interés—. Lleva un tiempo examinando animales pequeños y tomando notas sin parar.

Foción lo observó con extrañeza y al cabo de un momento reanudaron la marcha. Altea había hablado con Aristóteles y sabía que quería encontrar un orden en la infinita variedad de los seres vivos. Ella no comprendía aquel afán, pero sabía que si alguien podía obtener algún conocimiento sólido con aquel estudio ése era Aristóteles. Su capacidad para retener y analizar datos parecía ilimitada y tenía una mente sumamente ordenada y meticulosa. Sin embargo, Platón consideraba que dedicarse a eso era desaprovechar las capacidades de Aristóteles, que también estaba excepcionalmente dotado para la filosofía política o las reflexiones sobre ética.

El general espartano se volvió para echar otro vistazo a Aristóteles.

—He oído que es macedonio. ¿Eso no le causa problemas en Atenas, teniendo en cuenta todo lo que os ha hecho Filipo?

—La alianza marítima de Atenas se había disuelto y habían perdido numerosos aliados en el Egeo. Aquello era consecuencia directa de la intervención del rey Filipo.

—Aristóteles reside en Atenas desde que es un muchacho —respondió Platón—. Y aunque en la Academia se puede respaldar cualquier postura siempre que se haga de forma razonada, nadie le ha oído defender los intereses de Macedonia frente a los de Atenas.

«Eso es cierto —pensó Altea—, pero tampoco lo haríamos público si no fuera así.» Aristóteles era muy apreciado en la Academia y ellos sabían que el recelo contra los macedonios crecía a la par que el poder del rey Filipo, por lo que siempre se mostraban cautelosos cuando hablaban de Aristóteles.

Bordearon el pequeño templo de Academo y entraron en la plazoleta en la que se alzaba la estatua del héroe. La capa de pintura se había deteriorado con el paso de los años y habían encargado que la restauraran.

—La está pintando Nicias —comentó Foción mientras se acercaban. Habían montado un andamio junto a la estatua y un hombre subido a él estaba retocando el rostro de Academo. Pasaba el pincel con mucha suavidad y después se echaba hacia atrás para examinar el resultado.

—Nicias es uno de nuestros mejores pintores —le dijo Platón al general espartano—. El escultor Praxíteles afirma que, de todas sus obras, las que más le gustan son las que han pasado por la mano del joven Nicias.

—Nunca había visto algo tan realista —admitió el espartano. Su tono era sobrio, pero le impresionaba la expresividad del rostro de Academo y el delicado acabado pictórico. Por otra parte, la flexión del cuerpo resultaba tan natural que le daba la impresión de que el héroe había cobrado vida.

Altea se apartó de los demás y caminó alrededor de la estatua de Academo. Tenía una sensación extraña. El sol incidía sobre las capas nuevas de pintura y otorgaba a la obra el mismo aspecto que cuando la habían mostrado al público por primera vez, en la ceremonia con la que habían celebrado el decimoquinto aniversario de la Academia.

«Ya han pasado casi veinte años. —Sintió que revivía aquel momento y la invadió una profunda tristeza—. Papá estaba vivo, igual que Eurímaco. —Un velo de lágrimas emborronó los detalles de la estatua—. Y yo estaba embarazada del bebé que nacería muerto.»

Al pensar en el hijo que había perdido sintió que el mundo se enfriaba como si el sol se hubiera ocultado. La sensación se acentuó y de pronto comprendió que aquello era un presagio.

«Prometeo... —Se volvió hacia la entrada de la Academia—. Tengo que regresar con él cuanto antes.»

Capítulo 97

Atenas, marzo de 354 a. C.

Altea salió de la Academia y recorrió la vía Panatenaica sin que la abandonara el presentimiento de que estaba a punto de ocurrir algo malo.

«¿Habrá llegado otra carta de Calipo diciendo que partamos ya?»

En ese momento decidió que no iba a ir a Siracusa. Le daría largas a Calipo, buscaría las excusas que hicieran falta...

«Le escribiré diciendo que estoy enferma. —Tenía que ser algo creíble; Calipo podía escribir a otras personas en Atenas y preguntar por ella—. Me fingiré enferma. Me meteré en la cama, no saldré nunca de mi habitación...»

Se adentró en la calle de las tumbas, el tramo de la vía Panatenaica más cercano a las murallas de Atenas, y poco después pasó junto al monumento funerario de Eurímaco.

«Mi querido hermano, ojalá estuvieras aquí.»

La estatua de Eurímaco sonreía mientras abrazaba desde atrás a su esposa Alesia, que a su vez sostenía un bebé. Junto a ellos se encontraba el conjunto escultórico que rememoraba a sus padres y les rogó que mantuvieran a Calipo alejado de su vida.

Atravesó las murallas por la entrada de Dipilón y no disminuyó el paso hasta que cruzó la puerta de su mansión casi sin resuello.

—Mi señora... —Altea se quedó lívida. El hombre que tenía frente a ella era muy grande, con el pelo castaño revuelto y la barba más larga de lo habitual en Atenas. No lo conocía, ni a los otros tres hombres que había en el patio, pero por sus botas y petos de cuero, sus espadas y cuchillos, era evidente que se trataba de mercenarios—. Nos envía tu esposo para que os acompañemos a ti y a tu hijo durante el viaje a Siracusa.

El mercenario le entregó una carta. Era de Calipo, y en ella le pedía que acudiera a su lado escoltada por aquellos hombres.

—No... —Se quedó callada, el miedo deshacía sus pensamientos—. Debo..., debo hacer preparativos, no puedo irme de repente.

El mercenario arrugó el ceño.

—Si no me equivoco, Calipo te avisó por carta antes del invierno. —Altea iba a replicar, pero él se adelantó—. Tenemos un barco preparado para partir mañana por la mañana. —Alzó una mano en la que llevaba varios pergaminos—. Aquí traigo las instrucciones necesarias para el ama de llaves y para el administrador de las propiedades de Calipo. También pueden venir dos o tres esclavas que os ayuden durante el viaje —añadió con una sonrisa que mostraba sus dientes marrones.

Altea advirtió que había varios esclavos observando la escena. Melisa se encontraba al otro lado del pozo y parecía muy inquieta. Un poco más allá estaban Hesperia y Céfiro. La tensión marcaba los músculos del esclavo como si estuviera a punto de abalanzarse sobre los soldados.

«No», le rogó Altea en silencio.

Se volvió hacia el mercenario.

—De acuerdo, partiré mañana con vosotros. Pero mi hijo es muy pequeño y está enfermo. —Vio por el rabillo del ojo que Hesperia se escabullía en el interior de la casa—. No soportaría una travesía hasta Siracusa.

El hombre le dirigió una mirada fría y sus ojos se entornaron. «Calipo debe de estar receloso», comprendió Altea. En las cartas a su esposo no había querido mostrar interés en ir a Siracusa para no alentarlo, pero quizás eso lo había vuelto suspicaz y les había transmitido esa actitud a sus hombres.

—Enséñame al niño —dijo el mercenario.

Altea los llevó hasta el cuarto de Prometeo. Lo encontraron llorando en brazos de Hesperia.

—Parece que vuelve a dolerle la tripa —se lamentó el ama de llaves.

El mercenario le puso una mano en la frente.

—No tiene fiebre.

Prometeo interrumpió su llanto. Sus ojos plateados se abrieron mucho y comenzó a hacer ruidos como si se ahogara. Altea sintió que se le paraba el corazón; se adelantó para arrebatárselo a Hesperia y en ese momento su hijo vomitó.

—Tiene una enfermedad de la tripa. —El ama de llaves meneó la cabeza mientras Prometeo lloraba con más fuerza que antes—. Necesita infusiones de hierbas y mucho reposo.

El mercenario intercambió una mirada dubitativa con sus compañeros. Antes de que hablaran, lo hizo Altea:

—Calipo se disgustará si no va su hijo, pero, si le pasa algo durante el viaje, os aseguro que me encargaré de que lo paguéis caro. —Había hablado con mucha dureza y suavizó el tono—. Prometeo lleva tiempo enfermo, pero quizás en dos o tres semanas mejore y podamos ir los dos.

—No podemos esperar tres semanas. —Los lloros incomodaban al mercenario. Hizo un gesto a sus hombres y salieron de la habitación—. Si pasa buena noche y mañana está bien, vendrá con nosotros. Si no, lo dejaremos en Atenas, pero las órdenes de Calipo han sido muy claras y tú tendrás que venir en cualquier caso.

Altea sostuvo la mirada del mercenario.

Finalmente asintió.

En la carta que acababa de recibir, Calipo le pedía también que alojara a sus hombres en las habitaciones de invitados. Los mercenarios metieron en ellas su escaso equipaje, regresaron al patio y se quedaron allí charlando.

«Mi casa se ha convertido en una cárcel y ellos son los guardianes», se dijo Altea.

Abandonó el patio y se reunió con Hesperia y Céfiro en la cocina.

—Le he dado a Prometeo un poco de ajenjo con otras hierbas —le explicó el ama de llaves—. Le dolerá la tripa durante unos días, pero no corre peligro.

—¿Estás segura?

—Sí, no te preocupes. Pero mañana tendré que darle un poco más para que vean que no puede viajar. —Le puso una mano en el brazo—. Lo siento mucho, Altea. Ahora deberíais despediros, con los mercenarios en la casa sería demasiado peligroso que Céfiro saliera esta noche del cuarto de los esclavos.

Hesperia se fue al pasillo para vigilar que no se acercara nadie a la cocina. Altea abrazó a Céfiro y rompió a llorar.

—Tranquila, tranquila... —La serenidad de la voz de Céfiro consiguió calmarla un poco—. Nuestro hijo necesita que seas fuerte, y yo estaré pensando en ti en todo momento.

Los ojos de Céfiro estaban húmedos, pero su sonrisa se mantenía firme. Altea lo besó sintiendo que se le partía el corazón.

—Cuida de nuestro hijo.

—Con mi vida si es necesario.

Altea sollozó y volvió a abrazarlo.

Melisa rodeó el pozo y se acercó al hombre que comandaba el grupo de mercenarios.

«Prometeo no es hijo de Calipo, sino del esclavo Céfiro.»

Ardía en deseos de decírselo, pero el hombre la miraría extrañado, se pondría a hacerle preguntas, se armaría un revuelo...

«Altea lo negaría y Hesperia también. Les dirían que no es la primera vez que miento, que intenté que Calipo matara a Céfiro... No me creerían a mí, sino a ellas.»

Se había detenido a un par de pasos y el hombre la observó con curiosidad. Ella separó los labios, titubeó y finalmente se dirigió al establo.

«Maldita sea, esta vez no se van a librar.»

Se aseguró de que estaba sola, escarbó en la tierra y desenterró el cuchillo y la carta que había escrito para Calipo. Los guardó en la túnica y regresó al patio.

«Cuando Calipo lea la carta, sabrá que lo que digo es cierto.»

Quería ir al Pireo, pero necesitaba el cántaro para tener una excusa con la que salir de casa. Iba a dirigirse a la cocina y vio que Hesperia estaba de pie junto a la puerta. El ama de llaves le había vuelto a dar permiso para ir a la Casa de la Fuente, pero imaginaba que ese día no le dejaría abandonar la mansión. Aguardó en el patio y los nervios hicieron que comenzara a sentirse mareada. Cada vez que la miraba uno de los mercenarios estaba segura de que iba a darse cuenta de que llevaba un cuchillo escondido. Se metió en el establo, esperó un rato, y cuando salió vio que ya no estaba Hesperia.

Entró en la cocina y cogió un cántaro de la despensa. Atravesó el patio delante de los mercenarios y llegó a la calle sin que el esclavo portero le pusiera ninguna objeción. A esa hora estaban cerrados los puestos del ágora, no podía recurrir a la tendera para que le guardara el cántaro, así que fue a la Casa de la Fuente y lo dejó al lado de uno de los pilones que recibían el agua de los caños. Mientras salía echó un vistazo a las demás esclavas. Esperaba que su cántaro siguiera ahí cuando regresara, pero en cuanto empezó a correr se olvidó de todo lo que no fuera enviar la carta.

Al llegar al Pireo, habló con unos pescadores y le dijeron que uno de los grandes barcos amarrados al otro lado del puerto tenía como destino Siracusa.

—Hemos oído que partirá mañana —añadieron, y ella comprendió que se trataba del barco en el que iban a viajar los mercenarios de su amo con Altea.

Recorrió el puerto con una mezcla de excitación y miedo, vigilando el entorno porque temía que apareciera el marinero que le había dado una paliza la vez anterior. Cerca del barco había una pila de fardos y se ocultó detrás para observar. Apenas había actividad, no debía de quedar nada pendiente de meter o sacar de las bodegas. Vio a un par de marineros que bajaron juntos y se alejaron hacia las tabernas del puerto, y al cabo de un rato a otro que regresaba solo. Estuvo a punto de abordarlo, pero cuando estaba más cerca advirtió que era bastante mayor y tenía una expresión amargada.

«Alguien así sólo querría usar mi cuerpo y engañarme», se dijo mientras el hombre ascendía con paso lento la pasarela de desembarque.

Un marinero joven se asomó poco después por la borda, escupió al mar y desapareció. Melisa le había visto hacer lo mismo hacía un rato, pero no le había prestado atención porque le había parecido sólo un muchacho. Esta vez le dio la impresión de que tenía alrededor de veinte años.

Se acercó al barco y chistó un par de veces. Aguardó un poco sin que apareciera nadie y volvió a chistar con más fuerza.

El joven se asomó y la miró extrañado. Llevaba el pelo negro recogido en una cinta, y habría sido apuesto si sus ojos castaños hubieran estado un poco más separados.

—¿Has sido tú?

—Sí. Necesito que alguien lleve a Siracusa una carta para mi amo.

Él se encogió de hombros.

—Y a mí qué me cuentas, yo soy marinero, no mensajero. —Después de decirlo, volvió a pensárselo—. ¿Te envía tu ama? ¿Cuánto pagaríais?

Melisa se había planteado robar dinero o alguna joya de Altea, pero habría sido demasiado arriesgado. Algo así siempre se investigaba.

—No tengo dinero, pero mi amo te pagaría bien y te quedaría muy agradecido. Se trata de Calipo, el amigo de Dion.

El joven frunció los labios y asintió despacio.

—Calipo de Atenas, el general de los mercenarios... —Melisa había esperado que le agradara congraciarse con alguien poderoso, pero más bien parecía que le inquietara tratar con Calipo—. No voy a pedirle dinero para entregarle una carta. Si no puedes pagarme tú, olvídalo.

Se irguió para darse la vuelta y Melisa se apresuró a hablar:

—Espera, puedo pagarte de otra manera.

El joven se apoyó otra vez en la borda con una sonrisa nerviosa. Hasta ese momento había sido discreto al mirar a Melisa, pero ahora aprovechó la perspectiva que le otorgaba la altura del barco para contemplar su cuerpo.

Poco después entraban en un antro del puerto que alquilaba habitaciones por tan sólo un óbolo.

El marinero le había dicho al bajar del barco que se llamaba Clinias. Mientras se dirigían a la habitación, rodeó sus hombros y le acarició un brazo como si fuera su pareja, pero a ella le inquietaba que fuese casi tan alto y fuerte como Céfiro.

Al entrar en el cuarto palpó discretamente el cuchillo por encima de la túnica.

«Si intenta hacerme daño, le meteré medio palmo de hierro en las entrañas.»

Clinias cerró la puerta y se volvió hacia ella.

—Tengo poca experiencia con prostitutas y...

—No soy una prostituta.

—Está bien. —Frunció el ceño—. Lo que quiero decir es que para... prepararme, me vendría bien que usaras la boca.

Melisa esbozó una sonrisa tensa, se acercó a él y lo besó. Clinias dudó un instante antes de devolverle el beso. Ella lo acarició con los labios y la lengua, bajó por su cuello y le retiró poco a poco la túnica mientras seguía por el resto de su cuerpo.

La primera vez Clinias tardó muy poco en terminar. Melisa lo ayudó para que se recuperara con rapidez, y en la segunda ocasión estuvieron mucho más tiempo. Ella recurrió a todo lo que le había enseñado el padre de Calipo e hicieron algunas cosas que Clinias ni siquiera había probado las pocas veces que había entrado en un burdel.

Cuando acabaron, estaba exhausta. Se levantó con la piel brillante de sudor y cogió su ropa.

—Aquí tienes la carta. —Regresó al catre llevando el papiro en una mano. Con la otra sujetaba el cuchillo por debajo de la tela—. Cuando vuelvas y me confirmes que la has entregado, haremos otra vez todo lo que hemos hecho hoy.

Clinias miró el papiro sin cogerlo y luego levantó la vista hasta el rostro de Melisa. Su intención original había sido acostarse con aquella esclava, aceptar la carta y tirarla al mar.

—Llevaré la carta, pero me tienes que dar tu palabra de que esto se repetirá tres veces más.

Melisa se quedó callada. Sus dedos se crisparon sobre la empuñadura del cuchillo.

—De acuerdo —respondió finalmente. Que le pusiera condiciones significaba que estaba dispuesto a entregar su mensaje. Tres veces más.

El rostro de Clinias se iluminó.

—Hago la ruta entre Atenas y Siracusa varias veces al año.

Si quieres que lleve más cartas, puedes pagarme del mismo modo.

Melisa forzó una sonrisa.

—De momento lleva este mensaje y disfruta del pago. —El marinero tomó el papiro de sus manos y le echó un vistazo—. Si Calipo te da una respuesta para que me la traigas, él mismo te pagará por ello.

Clinias la miró pensativo y señaló con un dedo hacia su cuello.

—Tienes que darme también ese amuleto.

—¡¿Qué?! —Melisa lo envolvió con la mano—. ¡No! —Era lo único que le quedaba de su madre, lo que la hacía sentir que seguían en contacto, que ella la protegía—. ¿Por qué quieres mi amuleto? Sólo es un trozo de hueso, no tiene ningún valor.

—Para ti sí lo tiene, es evidente. —En los labios del joven se dibujó una sonrisa complacida—. Así me aseguro de que me sigues pagando después de que entregue la carta. No te preocupes, te lo devolveré en cuanto la deuda quede saldada.

Melisa miró el papiro y pensó en arrebatárselo. Su pecho subía y bajaba al ritmo acelerado de su respiración.

—No, por favor. Te juro por mi madre y por todos los...

Clinias levantó una mano para que se callara.

—Cuanto más insistes, más convencido estoy. Ése es el trato; lo tomas o lo dejas.

Melisa inclinó la cabeza y cerró los ojos.

«Madre...»

Se agachó para dejar en el suelo la túnica con el cuchillo oculto y usó las dos manos para sacarse el amuleto.

—Tienes razón, es muy importante para mí. —Se lo entregó y el marinero se lo colgó del cuello—. Cuídalo como si fuera tu propia vida.

Clinias no captó la amenaza implícita y se limitó a asentir satisfecho.

Media hora después, Melisa corría por los Muros Largos en dirección a Atenas. En el barco, el joven marinero pensaba en ella mientras sostenía la carta que iba a entregar a Calipo.

Capítulo 98

Siracusa, abril de 354 a. C.

Calipo abrió el postigo de madera y se asomó por la ventana de lo que iba a ser la habitación de su hijo. Desde allí se divisaban las torres de la fortaleza palaciega de Dionisio.

«Es un edificio perfecto para utilizarlo como cárcel.»

Se lo había sugerido a Dion, pero éste se había negado. No quería encerrar allí a ningún siracusano, igual que no quería vivir en el palacio para que no lo identificaran con el poder de la tiranía. Ahora el edificio permanecía vacío y cualquier ciudadano podía recorrerlo a su antojo. Dion se había limitado a colocar soldados en los accesos y a vender todos los objetos de valor para repartir el dinero entre las familias que habían perdido a alguno de sus miembros durante la lucha contra el tirano.

Abandonó el cuarto de Prometeo y terminó de recorrer la casa. Un carpintero acababa de traer la cama de su hijo y un par de arcones, que era lo último que faltaba para tener los muebles más necesarios. Salió al patio y llamó al ama de llaves que había contratado para su mansión siracusana, una tracia más o menos de su edad, delgada como un palo, que hasta ese momento se había mostrado bastante eficiente.

—Estaré en casa de Dion. Si viene alguien a buscarme, envíalo allí. —Ya había poca luz y era improbable que llegaran más barcos ese día, pero a veces alguno que había tenido un problema de navegación atracaba de noche. Si se trataba del que transportaba a su familia, un soldado saldría corriendo desde el puerto para avisarlo.

La residencia de Dion quedaba a poco más de un estadio. Calipo pasó frente al templo de Atenea, con su fachada de seis recias columnas que parecía que iban a durar para siempre. Un poco más adelante, le llegó el repiqueteo metálico de los entrenamientos que tenían lugar en el cuartel militar de Ortigia.

«Platón estuvo mucho tiempo encerrado en los barracones», se dijo mientras observaba los muros que rodeaban el cuartel. El principal culpable de aquello había sido Filisto, el consejero de Dionisio, y esbozó una sonrisa fría al recordar que después de derrotar a su flota le habían cortado la cabeza.

«Un enemigo muerto no vuelve a atacarte. —Solía decirlo el sargento instructor que le enseñó a manejar la espada durante el servicio militar—. Una lección sencilla pero muy útil.»

Llegó a su destino y dejó la espada a uno de los soldados de la puerta, pues nadie podía entrar armado en la casa de Dion. En el patio lo esperaba su amigo con una copa de vino. Llevaba una túnica tan austera que parecía un filósofo de la Academia en lugar del hombre más poderoso de Siracusa. Su servidumbre también era la propia de un hombre pobre, y Calipo torció el gesto al pensar en el contraste que había con los hombres a los que gobernaba.

«A los mercenarios tampoco les agrada la sobriedad excesiva.» Estaban acostumbrados a vivir miserablemente y a arriesgar la vida una y otra vez durante las campañas, pero en tiempo de paz lo que querían era disfrutar de los placeres para desquitarse.

En la mesa del patio habían dispuesto una cena sencilla. Dion levantó una mano hacia el cielo con una sonrisa.

—El mejor olor del mundo es el aroma de Sicilia, y para apreciarlo bien hay que estar al aire libre.

Calipo tomó su copa y se acercaron a un pequeño altar de piedra. Derramaron un poco de vino para ofrecérselo a los dioses, y después brindaron y bebieron por el futuro de Siracusa.

—Precisamente de eso quería hablarte. —Calipo dejó la copa en la mesa y tomaron asiento—. Heraclides sigue sin presentarse ante el Consejo. ¿Hasta cuándo vas a permitirlo?

—Ya sabes en qué se escuda —le respondió Dion—. Dice que como ciudadano particular...

—... tiene que ser juzgado por la Asamblea, lo he oído demasiadas veces. —Calipo movió la cabeza exasperado—. Al actuar así niega la legitimidad del Consejo, como si fuera un poder que se opusiera al de la Asamblea. Sigue intentando dividir a la población, por Zeus. Está alentando una guerra civil.

Heraclides había conseguido que muchos ciudadanos reclamaran que se derribara el palacio y se les permitiera profanar el sepulcro de Dionisio el Viejo para arrojar su cuerpo al mar. Dion se había opuesto, y Heraclides había respondido con una intervención incendiaria en la Asamblea en la que lo acusaba una vez más de proteger la tiranía.

—Yo no creo que sea tan peligroso ahora que no ocupa ningún cargo. —Calipo iba a hablar y Dion lo contuvo con un gesto—. No digo que sus acciones sean inocuas, pero no puedo actuar contra él sólo porque se muestre crítico con mis decisiones. Lo propio de la tiranía es precisamente no tolerar las críticas y aplastar cualquier oposición. No me comportaré como un tirano.

—No se trata sólo de las críticas —insistió Calipo—. Heraclides socava todo tu sistema de gobierno cuando te acusa de desdeñar a tus propios ciudadanos para el Consejo y las principales magistraturas.

«En eso tiene algo de razón.» Dion apartó la mirada y las arrugas de su frente se hicieron más profundas. Al igual que Platón, él no creía que la democracia pura fuera lo mejor para el conjunto de los ciudadanos, sino el mejor caldo de cultivo para los demagogos, que no eran sino otro tipo de tiranos. Su intención era implantar un gobierno que combinara lo mejor de la democracia, la monarquía y la aristocracia, al estilo de gobiernos de Creta y de Esparta, que habían aportado a sus pueblos paz civil y prosperidad durante siglos.

«En Siracusa nadie tiene experiencia en ese tipo de gobierno mixto, por eso es imprescindible que recurra a ayuda externa. —Sus principales contactos estaban en Corinto, que además de ser la metrópoli de Siracusa tenía una larga historia de gobiernos aristocráticos en los que algunos asuntos se decidían sólo entre un grupo reducido de hombres notables—. Aquí tendrán que aceptar, al menos durante los primeros años, que algunos miembros del Consejo procedan de Corinto.»

Levantó la cabeza hacia Calipo.

—No quiero que actúes contra Heraclides. Mientras todo lo que haga sea criticar, considéralo intocable.

Calipo asintió en silencio, dio un trago a su copa y se quedó mirando la vela que ardía en el centro de la mesa. Un momento después, la puerta de la calle se abrió y se pusieron de pie al ver que entraban el hijo y la esposa de Dion. Areté se había quedado encinta al poco de reunirse con su marido y ya se encontraba a mitad del embarazo.

—Calipo, me alegro de verte. —Areté le dedicó una sonrisa radiante. Dion le había dicho que su ayuda había resultado fundamental para derrocar la tiranía y que en una ocasión le había salvado la vida. Desde entonces, ella lo trataba como a un miembro de la familia—. ¿Han llegado ya tu esposa y tu hijo?

—Aún no, pero deben de estar a punto de hacerlo. Calculo que en dos o tres días a lo sumo.

—Tengo muchas ganas de conocer a Altea. Haré que se sienta tan bien en Siracusa que ni siquiera se acordará de Atenas. —La sonrisa de Areté se torció un poco—. Aunque me temo que le resultaré aburrida siendo ella una maestra de la Academia de Platón.

Calipo se rio.

—Estoy seguro de que estará encantada de tenerte como amiga.

Areté se acercó a Dion, que había rodeado los hombros de su hijo y ahora hizo lo mismo con su esposa. Calipo sabía cuánto había sufrido durante los años de separación forzosa y se alegró por él, aunque seguía molesto por su reticencia a ocuparse de Heraclides.

Llamaron a la puerta, tres golpes secos, y Dion se acercó a abrir. En la calle había un soldado joven que se cuadró nada más verlo.

—Señor, han atacado la casa de uno de los magistrados.

Calipo se acercó a ellos y Areté se retiró con su hijo al interior de la vivienda.

—¿De quién se trata? —preguntó Dion—. ¿Qué ha ocurrido?

—Ha sido en la casa de Selino, el corintio que vino hace una semana para formar parte del Consejo, aunque él no estaba en la mansión en el momento del ataque. Varios hombres han entrado en su establo y han dejado inconscientes a los mozos de cuadra.

—¿Cómo están?

El soldado arrugó el ceño.

—No lo sé, señor. Creo que uno de los esclavos está grave. Pero parece que el objetivo eran los caballos.

A Dion no le extrañó. Selino había llevado a Siracusa dos sementales persas valorados en miles de dracmas. Hablaba de ellos como si se tratara de dos hijos que hubieran vencido en los Juegos Olímpicos.

—¿Los han robado?

—No, señor. Los han abierto en canal, han esparcido sus tripas por el establo y en una pared han escrito con su sangre: «Siracusa es de los siracusanos».

El estómago de Dion se volvió duro como una piedra.

—¿Tenemos alguna pista de los responsables?

—Todavía no, señor.

—Bien, regresa con tu unidad y que sigan las investigaciones.

Cerró la puerta, pasó junto a Calipo y ocupó una silla frente a la cena que todavía no habían tocado. Calipo se quedó de pie al otro lado de la mesa.

—Sabes que el responsable es Heraclides.

Dion permaneció inmóvil. Estaba pensando en los cambios legislativos de los que tantas veces había hablado con Platón, cuya finalidad era aumentar la justicia en el Estado y beneficiar a la gran mayoría de los ciudadanos. Cambios que habían intentado en vano introducir a través de Dionisio y que ahora él estaba convirtiendo en realidad.

Una realidad que se veía amenazada por atentados como aquél.

Calipo habló de nuevo.

—Sé que Heraclides y tú erais amigos, y que tenéis lazos

familiares, pero ahora es tu enemigo y el enemigo de todo por lo que llevas la vida luchando. Si dejas que siga actuando, la inestabilidad aumentará, y sabes que Dionisio está al acecho en Locros y aprovechará cualquier oportunidad para recobrar Siracusa.

Dion respondió con un hilo de voz.

—Tienes razón... —Su pecho subió y después se hundió de nuevo—. Hazlo.

Calipo asintió con firmeza y abandonó la vivienda.

Heraclides recibió en su casa al hombre que le informó de que el ataque había sido un éxito.

—¿Estás seguro de que nadie les ha visto la cara?

—Totalmente. Iban con capuchas y además teníamos la calle vigilada.

—Magnífico. —Heraclides le dio una palmada en el hombro. Él no conocía a los atacantes, siempre actuaba por medio de personas interpuestas para que no pudieran incriminarlo—. En cualquier caso, esos hombres no deberían volver a Siracusa durante bastante tiempo.

—Viven en Catania y han venido sólo para hacer este trabajo. Puedes olvidarte de ellos.

—Muy bien. Ahora hay que hacer que corra la voz para que todo el mundo esté enterado de lo sucedido antes de que comience la Asamblea de mañana.

—Dalo por hecho, tenemos a mucha gente trabajando en ello.

Se despidieron con un apretón de manos y Heraclides entró en su sala de trabajo. Debía preparar un buen discurso, la Asamblea del día siguiente podía resultar decisiva para sus objetivos.

Tomó un papiro para anotar algunas ideas que tenía en la cabeza. Era importante que presentara aquella acción como algo ajeno a él, y a la vez como una muestra del descontento del pueblo con Dion. Por supuesto, Dion querría mostrarla como un acto criminal que perjudicaba a la ciudad, pero él no le dejaría terminar. Con la ayuda de algunos hombres se impondrían a base de gritos, presentaría su versión y soliviantaría a la multitud antes de que Dion consiguiera acabar su intervención.

«Es un buen orador si se le deja hablar, pero se convierte en un inútil cuando te dedicas a interrumpirlo.» Dion era siempre tan correcto que resultaba sorprendente que siguiera vivo; seguro que en las batallas pedía disculpas antes de herir a sus enemigos.

Se rio de su propia ocurrencia mientras humedecía la punta de una caña en el tintero. Se inclinó sobre el papiro y empezó a escribir.

«El pueblo de Siracusa quiere la democracia, gobernarse a sí mismo, no ser menospreciado en favor de extranjeros que...»

Se quedó mirando la frase.

—Demasiado larga. —Volvió a leerla—. Y demasiado indirecta.

La tachó y escribió de nuevo.

«El pueblo de Siracusa ha recobrado la democracia con sangre y fuego, pero Dion está entregando el gobierno a una oligarquía de extranjeros...»

—Esto está mejor —murmuró.

«... una oligarquía de extranjeros de la que él es el cabecilla», completó.

Había que imponer la idea de que el ataque de esa noche era una acción espontánea y a la vez inevitable por el menosprecio de Dion hacia el pueblo. También tenía que señalar que la violencia iría en aumento. Era importante jugar con el miedo del pueblo.

«Esta vez han sido animales, pero las decisiones de Dion están tensando el ambiente de la ciudad, y si no hacemos algo empezarán a perderse vidas humanas.»

Aquella frase no lo convencía. Dejó la caña en el soporte y la leyó mientras se mordía un pellejo del labio.

«Tengo que tener cuidado con lo de que esta vez han sido animales. —Había gente muy compasiva con los esclavos. Tendría que preguntar antes de la Asamblea por el estado de los que habían dejado inconscientes—. Si alguno de ellos ha muerto, debería mencionarlo.»

«Esta vez han sido animales y esclavos...»

Dieron unos golpes suaves en la puerta de la sala.

—Adelante.

«... la siguiente vez podríamos ser nosotros o nuestras familias.»

Un esclavo se había acercado a la mesa con una bandeja y Heraclides apartó unos rollos de papiro para que la colocara. Había pedido que le trajeran un poco de su queso favorito: picante, con mucho romero y sumergido en una salsa espesa de miel y aceite. Durante sus años de exilio lo había echado de menos porque no se exportaba y únicamente lo preparaban de ese modo en Sicilia.

Cogió un cuchillo de la bandeja, pinchó un trozo de queso y lo sacó goteando de la salsa. Lo llevó a la boca con cuidado de no manchar los papiros y masticó despacio mientras disfrutaba del aroma y el intenso sabor. Antes de que desapareciera la sensación, tomó una copa de cerámica de la bandeja y dio un trago del vino que contenía, fuerte y muy oscuro.

—Ah... —Chasqueó la lengua—. Esto es Siracusa.

El vino lo hacía un tío suyo, ya octogenario, con uvas de sus propios viñedos. Recordó que cuando tenía dieciséis o diecisiete años se había colado en su bodega acompañado por Dion, y sus labios se curvaron en una sonrisa desdeñosa.

«Entonces no era tan puritano. —Dion había disfrutado en los banquetes, se había emborrachado y se había acostado con bailarinas y prostitutas como cualquier joven siracusano de buena familia. Sin embargo, a los veinte años había conocido a Platón y se había transformado en alguien completamente diferente—. Platón lo convenció de que renunciara al placer. —Negó con la cabeza—. No puede haber una estupidez mayor.»

Pinchó otro trozo de queso mientras pensaba en Dion. Habían seguido siendo amigos a pesar de que se había vuelto muy pesado.

«Se pasaba todo el día hablando de la justicia y la injusticia, y de si merecemos esto o lo otro... —Frunció el ceño mientras recordaba con mayor detalle. Dion insistía en que había que trabajar en uno mismo para merecer aquello que se quiere obtener—. No tiene ningún sentido, es justamente lo contrario: hay que trabajar en obtener, no en merecer. Uno merece todo lo que obtiene.»

Soltó una risita.

—Qué pérdida de tiempo. Me parezco a uno de esos ridículos filósofos.

Bebió otro trago y leyó la última idea anotada en el papiro. Mojó la caña en el tintero, y se sobresaltó al oír unas pisadas rápidas en el patio, el ruido de un forcejeo, un golpe fuerte.

Dejó caer la caña, cogió el cuchillo del queso y lo ocultó debajo de la mesa.

La puerta se abrió con brusquedad y apareció Calipo. Llevaba la coraza puesta y lo seguían dos mercenarios.

—Vienes a detenerme. —Heraclides se puso de pie con el cuchillo detrás de la espalda—. Sabes que si me encarceláis, habrá una revuelta.

Calipo avanzó con determinación a la vez que desenvainaba la espada.

—Lo sé. —Hundió la hoja en su tripa con un golpe violento. Heraclides soltó el cuchillo y Calipo tiró con fuerza hacia arriba, cortando sus entrañas hasta chocar con las costillas.

La boca de Heraclides se abrió grotescamente. Miró a Calipo con los ojos anegados de terror e intentó agarrarse a su brazo, pero las manos no le respondieron. Sus piernas se doblaron y cayó al suelo.

El cuerpo tembló violentamente antes de quedarse inmóvil. Calipo se arrodilló junto al cadáver. Cogió el borde de la fina túnica de lana y lo utilizó para limpiar la sangre de su espada.

«Siracusa es más segura sin Heraclides», se dijo pensando en Altea y Prometeo.

En su rostro emergió una sonrisa mientras usaba la túnica para quitarse la sangre de las manos.

Capítulo 99

Mar Jónico, abril de 354 a. C.

«Dentro de unas horas le daré la carta a Calipo.»

Clinias había estado arriando las velas y ahora se dedicaba a mirar por la borda, libre de ocupaciones hasta que comenzara la maniobra de atraque en el puerto de Siracusa. Guardaba el papiro en una bolsa de cuero que llevaba atada a la cintura, por debajo de la túnica, y que con cada palada de los remeros parecía aumentar de peso. Siempre le habían dado miedo los mercenarios y ahora tendría que mezclarse con ellos para buscar a uno de sus generales, pedir que lo recibiera y entregarle aquel mensaje.

Se volvió hacia el interior del barco. A pocos pasos de él se encontraba Altea, la bella esposa de Calipo, sentada en la cubierta con su expresión triste y unas ojeras que casi eran negras enmarcando sus ojos claros. Había subido al barco en Atenas, al día siguiente de que Melisa le entregara el papiro, y en las tres semanas de navegación parecía haber envejecido diez años.

«Le podría dar a ella la carta.» Llevó la mano hasta la bolsa de cuero. Había pensado en ello más veces, y al igual que en las otras ocasiones volvió a descartarlo. Siempre había cerca de Altea cuatro mercenarios de aspecto hosco a los que prefería evitar. Además, tenía que haber alguna razón para que Melisa no le hubiera confiado la carta a su ama.

Su expresión tensa se relajó un poco al recordar a la esclava. Desvió la mirada hacia el mar y la evocó desnuda en la habitación de aquella posada, con una sensualidad y un aire salvaje que hacían que se le acelerara la respiración.

Cogió el amuleto de hueso que llevaba colgado al cuello

y lo contempló mientras rememoraba todo lo que habían hecho.

Se le secó la garganta al pensar que aquello se repetiría tres veces más.

Altea se puso de pie, se acercó a la borda y contempló la ciudad en la que Calipo estaba esperándola. La perspectiva de vivir alejada de Céfiro y su hijo resultaba desoladora.

El perfil de la costa se disolvió de pronto en una nube oscura y agachó la cabeza para recuperar la visión.

«Desvanecerse y morir. —La negrura se hizo más profunda y se apoyó en el borde de madera con ambas manos—. Qué final tan sencillo resultaría.»

Hinchó sus pulmones en un arrebato de coraje y se irguió de nuevo. El barco cortó una ola y algunas gotas le refrescaron la cara.

«Poseidón quiere animarme», se dijo con una mueca triste.

Enfrente de ella se alzaba la isla de Ortigia, con el macizo palacio de los tiranos resaltando en la acrópolis. Sabía que Ortigia era el núcleo de Siracusa, el asentamiento original de los primeros colonos, y que las familias más antiguas y relevantes de la ciudad tenían allí al menos una residencia.

«Ahí es donde viviré con Calipo», se dijo mientras contemplaba las murallas de la acrópolis, los templos, las mansiones...

Un par de gaviotas planearon junto al barco, escrutando el mar en busca de peces. Altea siguió su vuelo con la mirada y reparó en un marinero joven que también estaba en la borda, cerca de la proa. Era bastante corpulento y observaba ensimismado un objeto que llevaba atado al cuello con un cordón de cuero.

«Parece... —El marinero lo movió y Altea se quedó helada—. ¡Es el amuleto de Melisa!» Estaba casi segura de que se trataba del mismo: tenía una peculiar forma triangular y una fisura longitudinal que desde donde estaba podía distinguir perfectamente. Melisa lo había llevado al cuello desde que la conocía, y Céfiro le había contado que para ella era muy importante porque se lo había dado su madre antes de morir.

No sabía qué podía significar que aquel marinero tuviera el amuleto, pero el miedo se le había clavado como un cuchillo y una corazonada le decía a gritos que tenía que hacer algo antes de que llegaran a Siracusa.

Dirigió una mirada cautelosa a los mercenarios que la escoltaban y se acercó al joven.

—Llevas el amuleto de mi esclava Melisa.

El marinero la miró sobresaltado y se apresuró a ocultarlo.

—No sé de quién me hablas. Este colgante es mío.

Sus ojos se desplazaron hacia los mercenarios y Altea comprendió que les tenía miedo.

—Es mejor que te dejes de juegos. Melisa es mi esclava, y te ha pedido que le lleves un mensaje a Calipo. —Ni siquiera tenía la certeza de que el amuleto fuera de ella, pero debía arriesgarse y tratar de acertar—. Sabes que soy la mujer de Calipo, y que él es un hombre poderoso. —El marinero apretó los labios y asintió—. Ahora decide si prefieres disgustar a la esclava de Calipo o a su esposa.

Clinias echó otro vistazo a los mercenarios, que de momento no parecían atentos a ellos, y luego miró hacia el puerto.

—Ya estamos llegando. —Se apartó de la borda—. Debo irme, tengo cosas que hacer durante el atraque.

Altea habló mientras él le daba la espalda.

—El mensaje que quieres entregar podría poner en peligro tu vida. —Aquello hizo que el marinero se detuviera. Altea estaba improvisando mientras su mente giraba a toda velocidad: quizás se tratara sólo de una petición de Melisa para que Calipo la llevara con él a Siracusa, pero también podía ser una nueva acusación relacionada con Céfiro y ella—. No sería la primera vez que Melisa lanza una calumnia sin ningún fundamento. Si eso es lo que contiene el mensaje, mi esposo sabrá que se trata de una nueva mentira, pero no le agradará saber que tú conoces esa falsa acusación. Pensará que puedes creértela, o hablar de ella, y no querrá dejarte marchar.

Clinias palideció.

—Eso no tiene sentido; yo no he abierto la carta, no sé qué dice.

El corazón de Altea dio un vuelco cuando él reconoció que llevaba una carta de Melisa, pero se limitó a asentir con aire comprensivo.

—Calipo no sabrá si lo que dices es verdad o si Melisa te ha revelado su contenido. No merece la pena que te arriesgues. Entrégame a mí la carta y yo se la daré a mi esposo.

Clinias vaciló. Tenía miedo a Calipo, también a Altea y sus mercenarios, pero no quería renunciar a Melisa.

Altea se percató de que el barco comenzaba a maniobrar para enfilar el puerto. Los demás marineros se estaban moviendo de un lado a otro.

—Dame la carta o serán mis mercenarios los que te la pidan. —Clinias miró otra vez a sus soldados y luego a ella sin llegar a decidirse. Altea estaba tan tensa que tuvo que contenerse para no gritar—. ¿Melisa te ha dicho que te pagará cuando la entregues? ¿Por eso tienes su amuleto? —Se quitó un grueso anillo de oro con una gema engastada—. Si me la das a mí, podrás quedarte este anillo. Vale más de cien dracmas.

Clinias contempló con avidez la joya que brillaba en la palma de Altea. Metió la mano en su túnica, abrió la bolsa de cuero y sacó la carta.

—Que no te vean —dijo Altea. Le dio el anillo y cogió el mensaje de Melisa: un papiro doblado y atado con un cordel. Oyó un ruido a su espalda y se apresuró a guardarlo mientras el marinero se alejaba.

—¿Todo va bien? —le preguntó el jefe de los mercenarios.

—Sí. —Se aproximó a la borda y miró hacia el puerto procurando ocultar la mano en la que ya no llevaba el anillo. El hombre se mantuvo a su lado y no le quedó más remedio que reprimir el imperioso deseo de saber qué decía la carta.

Nada más atracar, uno de los mercenarios fue a buscar al oficial del puerto para avisar de que había llegado la esposa de Calipo. Los otros se quedaron escoltándola como si fuera una prisionera. Al cabo de un rato, el mercenario regresó con el oficial y la condujeron hasta un llamativo carruaje cerrado tirado por dos caballos.

«Debió de pertenecer al tirano», pensó Altea. La carroza estaba pintada en color dorado y unos mullidos cojines cubrían los asientos de madera. Cerraron la puerta después de que entrara y se pusieron en marcha. Los mercenarios se situaron a los lados del carruaje y ella advirtió que muchos siracusanos se detenían a su paso y miraban con curiosidad tratando de verla a través de las ventanillas.

Sacó el papiro de la túnica, lo puso entre las piernas y se volvió a ambos lados. Uno de los mercenarios caminaba junto al carruaje con la mano apoyada en el borde de la ventana, pero en ese momento estaba mirando hacia delante.

Trató de partir el cordel y se le clavó en los dedos sin que se llegara a romper. Tiró para ensancharlo al tiempo que vigilaba a los mercenarios y consiguió sacar el papiro. Lo desdobló con dedos temblorosos. Estaba manchado de tierra y la tinta era de muy mala calidad, pero se podían distinguir las letras en la sombra del carruaje y comenzó a leer.

«Mi amo y señor Calipo:

Soy tu fiel esclava Melisa...»

Un intenso escalofrío le recorrió la espalda. De pronto una de las ruedas de la carroza pasó por encima de una piedra y se le cayó la carta.

—¿Estás bien? —La cara del mercenario se asomaba por la ventanilla, la estaba mirando. Ella asintió con un movimiento rígido—. Ya estamos llegando a la mansión de tu esposo.

Esperó a que el mercenario se apartara de la ventana y se apresuró a recoger el papiro de Melisa.

«Te escribo para que conozcas la infame verdad: el niño que consideras tuyo en realidad es hijo de Céfiro.»

El pánico aplastó a Altea como una ola gigante.

Capítulo 100

Siracusa, abril de 354 a. C.

Calipo subió la escalera de su mansión y se dirigió al cuarto de Altea. Sus botas de cuero hicieron retumbar el suelo de madera mientras avanzaba por el pasillo oscuro. Se detuvo frente a la puerta, llamó con los nudillos y abrió cuando creyó oír la voz de su esposa.

Altea contuvo la respiración. Estaba sentada en una silla y observó a Calipo detenido en el umbral, con su coraza corta de jinete y su espada. Llevaba tres días en Siracusa y cada vez que veía a su marido temía que acabara de recibir la noticia de que Prometeo no era hijo suyo.

—¿Te encuentras bien? —le preguntó Calipo.

Altea esbozó un asentimiento.

«No lo sabe. —No conseguía leer su expresión, pero si se hubiera enterado estaría gritando, golpeándola...—. No, por Atenea, todavía no lo sabe..., aunque sólo es cuestión de tiempo.»

Trató de sonreír y sus labios apenas se movieron. También podía ser que él hubiera recibido otra carta de Melisa y estuviese fingiendo, quizás porque aún no había decidido el modo de castigarlos.

«A mí me encerrará y me azotará, aunque puede que me mantenga con vida. A Céfiro en cambio lo despedazará; y a Prometeo...»

Ni siquiera se atrevía a pensar en ello.

—Tengo que salir. —Calipo procuraba ser amable, pero su voz y sus ojos habían adquirido una dureza nueva en los tres años que llevaba en Siracusa—. Creo que regresaré a media tarde.

Altea volvió a asentir. Agradecía estar unas horas alejada de él, pero eso no le serviría para enviar a Atenas la carta que había escrito, y que en ese momento llevaba oculta bajo la túnica y le quemaba la carne igual que un hierro al rojo.

«Si la descubre, será como si tuviera una confesión mía.»

Sostuvo la mirada de su esposo. La carta que escondía estaba dirigida a Hesperia, le decía que Melisa lo sabía todo y le indicaba que tenía que acudir al administrador de Calipo para decirle que la había sorprendido robando. Teógenes, el antiguo administrador, había muerto y lo había sustituido otro que no conocía bien el pasado de Melisa. Para él no era la esclava favorita de la familia que había sido amante del padre de Calipo, sino una esclava problemática que hacía años había lanzado una falsa acusación por despecho hacia el esclavo cocinero para intentar que lo mataran. Aquello no era fácil de olvidar, en Atenas todavía circulaba la anécdota de que Platón había estado a punto de ahogarse en un banquete por culpa de una esclava resentida.

Hesperia le pediría al administrador que Melisa fuera entregada a un mercader de esclavos que la revendiese lejos de Atenas. Por supuesto, Melisa intentaría impedirlo a toda costa y declararía a gritos todo lo que había puesto en su carta, pero las acusaciones de una relación entre Céfiro y su ama eran demasiado parecidas a las que había hecho la primera vez. El administrador tomaría la decisión más sencilla y se desharía de ella sin consultar a Calipo..., o al menos eso era lo que anhelaba Altea. En cualquier caso, sólo tendrían alguna posibilidad si conseguía hacerle llegar la carta a Hesperia antes de que Melisa volviera a escribir a Calipo. El problema era que su esposo le había asignado una escolta de mercenarios que la seguían como una sombra cada vez que salía a la calle. Tenía algunos conocidos en Siracusa y podía hablar con ellos a solas en sus casas o pedir que la visitaran, pero no podía entregarles la carta. No confiaba en ellos tanto como para pretender que actuaran a espaldas de Calipo, que además se había convertido en un hombre muy poderoso.

Calipo parecía incómodo. Bajó la mirada como si fuera a retirarse y luego volvió a levantarla.

—¿Hoy vas a ver a Areté?

—Supongo que sí —respondió Altea—. Ha insistido en que vaya a su casa, es una mujer muy amable.

—Bien, me alegra que salgas. —Calipo se decidió a entrar en el dormitorio y besó a su esposa.

La primera vez que la había visto en Siracusa, bajando del carruaje que la había traído desde el puerto, se había sorprendido de lo demacrada que estaba. Le preguntó si estaba enferma y ella aseguró que sólo se encontraba agotada por el viaje, pero ya habían pasado tres días y su aspecto no había mejorado.

«Tengo que darle tiempo, es un viaje muy largo. Y debe adaptarse a una nueva vida.» Rozó la mejilla de Altea, salió de la habitación y su expresión se ensombreció. Había imaginado un reencuentro apasionado, como la última noche que habían pasado juntos en Atenas. Sin embargo, ella estaba extenuada y aún no habían tenido ni un momento de intimidad.

Al pasar junto al cuarto que había preparado para su hijo su ceño se arrugó aún más. Altea había llegado sin Prometeo y eso le producía una ira sorda que procuraba disimular para no perjudicar a su esposa, pero no pensaba resignarse.

«Es mi heredero, tiene que estar conmigo en Siracusa.»

En el establo tenían preparado su caballo y lo montó a pelo, lo prefería al uso de una manta. Salió a la calle y se dirigió hacia el norte por una de las avenidas principales. Ortigia no había sido afectada por el gran incendio del año anterior, las viejas mansiones que tapizaban la isla seguían reflejando la concentración de poder y riqueza que la convertía en el corazón de Siracusa.

Contempló el entorno y la rigidez de su semblante se suavizó. Las calles estaban bastante concurridas y muchos hombres lo saludaban con respeto. Devolvió los saludos sin detenerse y pasó frente al santuario de Apolo, que con sus dos siglos de antigüedad era el templo de piedra más antiguo de toda Sicilia. Su fachada le proporcionaba un aire al mismo tiempo elegante y pesado, con un friso y un arquitrabe inusualmente anchos para ganar altura. Las seis columnas frontales eran muy gruesas y no se habían construido mediante tambores independientes, como era lo habitual, sino que se habían tallado en una sola pieza con enormes bloques de piedra procedentes de las canteras de la ciudad.

Poco después llegó al palacio de los tiranos. Una de las ventajas de haber matado a Heraclides era que ya nadie reclamaba que lo destruyeran.

«Sería absurdo, es uno de los principales símbolos del poder de Siracusa.» Se giró sobre su montura para contemplarlo mientras avanzaba. Su construcción debía de haber costado una verdadera fortuna, pero los arquitectos habían hecho un trabajo magnífico y era un edificio muy bello además de una gran fortaleza.

Más adelante se encontraba el muro que habían levantado para aislar Ortigia durante la campaña de conquista. Después de que alcanzaran su objetivo, Dion se había planteado derribarlo y él lo había convencido para que lo conservaran. Desde entonces habían reforzado sus partes más débiles y lo habían dotado de dos accesos amplios que facilitaban el tránsito de personas y carros, pero que se podían cerrar con gruesas puertas de madera si era necesario. De ese modo tendrían una sólida línea de defensa si los atacaban desde el interior de Sicilia y el resto de Siracusa caía.

Cruzó el muro, bordeó el recinto del foro y continuó al paso por el barrio de Acradina. Allí notaba más miradas recelosas que en Ortigia.

«El pueblo llano aclama a los mercenarios en tiempo de guerra y los desprecia en tiempo de paz», se dijo con desdén. Él no era un mercenario, no había acudido a Siracusa para combatir a cambio de un salario, pero seguía ocupando el cargo de general de los mercenarios y los siracusanos lo veían como si fuera uno de ellos.

El desdén de su rostro se transformó en satisfacción según avanzaba por las largas calles de Siracusa, que era una ciudad considerablemente más grande y populosa que Atenas. Espoleó su montura al dejar atrás las últimas casas, subió por una pendiente y llegó a la llanura elevada de las Epípolas. El terreno, árido y pedregoso, permitía que la vista alcanzara una gran distancia y podía divisar las torres de la muralla norte.

Más allá, dominando el horizonte como un gigante que los vigilara a todos, se alzaba el volcán Etna.

Puso el caballo al trote y volvió a pensar en Altea mientras atravesaba las Epípolas. Le disgustaba ver a su esposa tan apagada y se preguntó si estaría así por haber tenido que dejar a Prometeo en Atenas.

«Otro motivo para traerlo a Siracusa cuanto antes.»

No le dio más vueltas a aquello, el encuentro que estaba a punto de mantener entrañaba un gran riesgo y exigía toda su atención.

Cerca de la muralla norte lo aguardaban dos oficiales de caballería subidos a sus monturas. Uno de ellos tenía su misma edad y el otro era bastante más joven, apenas llegaría a los treinta años.

Se dirigió al que tenía su edad:

—¿Te fías completamente de él? —Señaló al otro con un gesto.

—Es Teopompo, el hijo de mi hermana. Piensa lo mismo que nosotros y está al mando de cien hombres.

Calipo observó a Teopompo, que le sostuvo la mirada.

—De acuerdo. Pero me dijiste que vendrías también con Peles. —Se trataba de un sargento de caballería muy respetado entre sus hombres—. ¿Qué ha ocurrido?

—Se ha echado atrás en el último momento. Dice que su lealtad está con Dion.

—Igual que la mía, y que la vuestra —respondió Calipo con tono irritado—. Pero yo no he venido a Siracusa para seguir a un hombre, sino para liberar a un pueblo. Ambos objetivos coincidían hasta hace poco; ahora es evidente que ya no es así y que quizás haya que intervenir para evitar un desastre.

Los dos oficiales asintieron con gravedad. El caballo de Teopompo resopló y su dueño miró hacia la torre más cercana antes de hablar.

—¿Es cierto que Dion está en tratos con Dionisio para establecer un gobierno conjunto?

Calipo respondió con más calma.

—Ha habido algunos contactos. Sobre todo concernientes al hijo de Dionisio, a quien Dion cree que podría controlar mejor. Todavía hay muchas alternativas abiertas, pero, si me enterara de que se ha acordado el regreso del antiguo tirano o de su hijo, habría llegado el momento de actuar y os lo haría saber de inmediato.

—Puedes contar conmigo. —Teopompo golpeó el pecho de su coraza con el puño—. Siracusa necesita que sus tropas tengan un líder firme para mantener a raya las amenazas. Dion no es ese líder, y menos aún cuando se plantea traicionar a nuestra patria y entregársela de nuevo a Dionisio. Tú eres sin duda el hombre más idóneo para encabezar nuestro ejército. Me pondré con mis hombres bajo tu mando en cuanto lo ordenes.

Calipo agradeció sus palabras con una inclinación de cabeza.

—Es un honor contar con tu confianza, Teopompo. Mantendremos el contacto a través de tu tío, pero recuerda que hasta que os dé la orden de actuar, y es posible que ese momento no llegue, nos estamos jugando la vida y tenemos que ser sumamente discretos.

Dion recibió a Calipo en su sala de trabajo. En la mesa había algunos rollos de papiro desplegados y una carta a medio escribir. Pegada a la pared, una recia estantería de madera acogía todas las obras que Platón había escrito hasta ese momento.

—Me recuerda la sala que tenía Altea en Atenas. —Calipo echó un vistazo a algunos de los títulos y después se volvió hacia Dion—. Cuando estaba en casa se pasaba la mayor parte del tiempo en esa sala. Creo que había noches en que no era capaz de despegarse de los papiros y se quedaba allí sin dormir.

Dion se rio.

—La comprendo perfectamente. —Su mirada se dirigió a *El político,* que tenía desenrollado junto a la carta que le estaba escribiendo a Platón—. Esta noche he estado trabajando aquí hasta que me he dado cuenta de que había amanecido.

Calipo negó con la cabeza. El cabello alborotado de Dion denotaba que esa mañana ni siquiera se había peinado.

—Tienes el aspecto de haber estado haciendo eso precisamente.

Dion bajó la mirada para echarse un vistazo: llevaba una túnica de lino sencilla, bastante arrugada, y estaba descalzo.

—Tienes razón..., antes de salir de casa me cambiaré de túnica.

—¡Por Zeus, Dion, pareces Diógenes, el filósofo cínico! Sólo falta que convoques al Consejo de la ciudad y hagas tus necesidades en medio de los magistrados.

Dion esbozó una sonrisa a la vez que su ceño se fruncía. Sólo Calipo le hablaba con esa franqueza..., y Platón, que en sus cartas le recomendaba no mostrarse demasiado rígido en la austeridad de sus costumbres para no chocar con sus conciudadanos.

—A los siracusanos no les atrae la moderación, ya lo sé. —Su tono de voz se había vuelto más agrio—. ¿Debo inquietarme por las críticas que me hacen?

Calipo se sentó en el borde de la mesa.

—No creo que haya que preocuparse ahora mismo por el pueblo. Está mucho más calmado desde la muerte de Heraclides.

El rostro de Dion se tensó y su mirada se dirigió a la carta que le estaba escribiendo a Platón. Desde que a la edad de veinte años se había convertido en su discípulo, había sentido que su conducta se adecuaba a las enseñanzas de su maestro con la única salvedad de la campaña militar para derrocar a Dionisio, que había considerado inevitable. La muerte de Heraclides, sin embargo, era una espina clavada en su corazón de filósofo. Sentía que Platón y todos los miembros de la Academia censuraban ese acto y estaban pendientes de sus siguientes pasos.

—¿Hay alguna novedad en el ejército?

—De eso quería hablarte. Hoy me he reunido con otros dos oficiales de caballería que están dispuestos a traicionarte. La lista es amplia, pero también lo es la de los que se mantienen fieles.

—La corte siempre ha sido un nido de víboras. —Dion dejó escapar un suspiro cansado—. Ahora toda la ciudad lo es.

—Los militares quieren un comandante que muestre firmeza. Deberían verte más con la coraza y menos con la túnica de filósofo.

—No estoy a la cabeza de un ejército, sino de una ciudad. Y una ciudad debe ser gobernada con la razón, no con la fuerza.

Calipo iba a replicar cuando se abrió la puerta e irrumpieron la esposa y la hermana de Dion.

—Calipo, te has atrevido a venir... —La voz de Areté era fría, sin ningún atisbo de su dulzura habitual—. Tienes que hacerlo arrestar, Dion, está conspirando contra ti.

—¿A qué viene esto? —Dion se apresuró a cerrar la puerta—. Ya sabéis que está trabajando para identificar a los enemigos del gobierno.

—Nosotras también lo creíamos, pero nos acabamos de enterar de que ha hecho correr el rumor de que estás en tratos con Dionisio para establecer una tiranía conjunta.

—No sólo eso —intervino Aristómaca—, además se propone a sí mismo para ser el cabecilla del golpe que te derroque.

Calipo respondió en tono airado.

—Lo que pretendo es evitar que surjan otros cabecillas que no podamos controlar. Mientras me vean a mí como la alternativa a Dion, no buscarán otra, y toda la información sobre la oposición a Dion me llegará a mí. —Su tono se suavizó—. ¿Habéis hablado con Peles o algún otro oficial de caballería?

Areté titubeó y sus ojos se apartaron de Calipo. Al ver que se quedaba callada, Aristómaca dio un paso hacia su hermano.

—Dion, sabemos todo lo que ha hecho Calipo por ti, pero no pongas tu vida en sus manos de ese modo. No deberías fiarte hasta ese punto de nadie.

—¿Quieres que haga como Dionisio y su padre, que no confiaban en nadie y basaron su gobierno en la violencia y el miedo? —Dion negó con la cabeza. La guerra había acabado con muchos de sus amigos y se negaba a vivir con la precaución de no confiar en los pocos que le quedaban.

—Escuchadme —pidió Calipo—. Comprendo vuestros recelos, pero os aseguro que no hay nada de lo que debáis preocuparos. Lo único que hago es tratar de identificar a los oficiales descontentos, reunirme con ellos y mostrarme de acuerdo con algunos rumores para ver cómo reaccionan. Pero mi lealtad es la misma que cuando partimos desde Zacinto hace tres años con un puñado de hombres.

Aristómaca miró a Areté y ésta asintió casi imperceptiblemente.

—Si lo que dices es verdad, no te importará hacer el gran juramento ante las dos diosas.

Las palabras de Aristómaca se quedaron flotando en el aire de la sala.

—Está bien —aceptó Calipo—. Si eso es lo que queréis, prestaré el juramento ahora mismo.

Media hora más tarde, llegaron a la parte occidental de Siracusa y entraron en el santuario dedicado a Perséfone y a su madre Deméter, diosa de los cultivos. Perséfone había sido raptada en una ocasión por Hades, dios del inframundo, que pretendía quedarse con ella para siempre. Su madre consiguió que Zeus interviniera, y el rey de los dioses decidió que Perséfone repartiría su tiempo cada año entre la tierra y el reino de Hades. Desde entonces la tierra era estéril durante el invierno, que era el período que la diosa Perséfone pasaba alejada de su madre.

Como muchos atenienses, Calipo estaba iniciado en los misterios de Eleusis. En ellos se desvelaban algunos de los conocimientos esotéricos relacionados con las dos diosas, por lo que las sacerdotisas del templo accedieron a que realizara el gran juramento. Lo envolvieron en una túnica púrpura con bordados de hilo de oro en forma de espiga, símbolo de Deméter. También le entregaron una antorcha encendida que representaba la que había llevado la diosa para buscar a su hija cuando Hades la había raptado. Con ella en la mano, Calipo descendió unos escalones que se internaban en la tierra igual que la entrada al inframundo por la que cada año desaparecía Perséfone. Invocó a las dos diosas usando las fórmulas sagradas, y juró solemnemente que no estaba conspirando contra Dion, sino tratando de conocer y anular las amenazas que había contra su gobierno.

Cuando terminó, subió los escalones y regresó un poco

aturdido al nivel del suelo. Una de las sacerdotisas se acercó a él para coger la antorcha. Las llamas se reflejaron en su mirada como en un espejo y Calipo se quedó paralizado al sentir que estaba ante los ojos de Altea.

La ilusión se deshizo cuando la sacerdotisa tomó la antorcha de sus manos e inclinó la cabeza.

—Calipo de Atenas, las diosas te han escuchado.

Capítulo 101

Siracusa, abril de 354 a. C.

«Areté es mi única opción —se dijo Altea mientras cruzaba Ortigia con su escolta de mercenarios—. Tengo que conseguir que acepte la carta.»

Entró en la mansión de Dion y los soldados se quedaron a esperarla en la calle. Un esclavo le dijo que iba a avisar a Areté y desapareció en el interior de la vivienda. Al cabo de un momento, regresó y pidió que lo siguiera.

Recorrieron un pasillo y distinguió al otro lado de la pared la voz grave de Dion. En Atenas habían llegado a estar bastante unidos, pero Dion tenía ahora una relación tan estrecha con Calipo que no podía pedirle que enviara una carta sin que se enterara su esposo.

«Debo hacerlo cuanto antes. Melisa se dará cuenta de que su carta no le ha llegado a Calipo y encontrará el modo de enviar otra.»

Areté se levantó para recibirla y la besó en la mejilla. Aunque tenía la misma expresión amable de siempre, Altea se dio cuenta de que estaba muy cansada.

—¿Cómo llevas el embarazo? Tienes cara de haber dormido poco.

—He pasado mala noche, pero la culpa no es del niño. Creo que ha sido sólo que estaba nerviosa. —Cambió de tema, a Altea le pareció que con cierta precipitación—. Tú sigues demasiado delgada, tienes que comer más. —Señaló una fuente con tacos de pescado rebozado que había en una mesa. Se sentaron y Altea cogió un trozo de pescado, pese a que los nervios le agarrotaban el estómago.

Intercambiaron algunos comentarios intrascendentes y

luego se quedaron en silencio, manteniendo una sonrisa cortés mientras se miraban a los ojos. Altea pensaba sin cesar en entregarle la carta, pero no sabía si Areté aceptaría arriesgarse por ella o la denunciaría.

La esposa de Dion fue la primera en hablar.

—Las dos hemos pasado por una situación similar. —Altea asintió para que continuara, sin saber muy bien a qué se refería—. Yo estuve doce años separada de mi marido y tú acabas de reunirte con el tuyo después de tres años.

Altea captó en su voz una nota interrogativa y comprendió que la estaba tanteando.

—Es cierto, aunque reconozco que se me hace duro estar lejos de Atenas. Sobre todo habiendo tenido que dejar allí a mi hijo. —Lo recordó en brazos de Céfiro y sus ojos se humedecieron—. El mes pasado cumplió dos años. —La pena malogró su sonrisa—. Es muy pequeño..., tendría que estar con él para cuidarlo y protegerlo.

Areté alargó una mano y cogió la de Altea.

—Espero que estéis juntos muy pronto.

—Gracias —susurró Altea a la vez que rogaba a los dioses que su hijo no fuera nunca a Siracusa. Si Calipo descubría la verdad estando el niño cerca, podía ocurrir cualquier cosa.

—¿Eres feliz con tu esposo?

A Altea le sorprendió una pregunta tan directa. Escrutó la mirada de Areté, el matiz expectante de sus labios entreabiertos, y creyó detectar una sombra de recelo hacia Calipo.

Desoyó la voz interior que le advertía que tuviera cuidado, soltó la mano de Areté y sacó la carta que había escrito para Hesperia.

—Tengo que pedirte un favor. —Dejó la carta sobre la mesa—. Un favor enorme.

Calipo se presentó en la mansión de Dion sin saber que media hora antes había llegado Altea. Encontró en la calle a los mercenarios que había designado para escoltarla, y cuando le dijeron que su esposa estaba dentro se quedó pensativo.

—Muy bien, quedaos aquí hasta que salga. —Entregó la

espada a los soldados de la puerta y se volvió hacia sus acompañantes, siete mercenarios jóvenes de llamativa corpulencia—. Vamos, Dion está deseando felicitaros.

Un sirviente les pidió que esperaran en el patio mientras anunciaba su presencia a Dion, que en ese momento estaba reunido.

—Dile que he venido con los campeones de los juegos militares. —Habían celebrado unas competiciones de atletismo para entretener a los soldados en tiempo de paz, y de paso favorecer la integración entre las milicias de Siracusa y los mercenarios. Para dar más realce a las victorias, Calipo le había pedido a Dion que agasajara a los vencedores con una pequeña recepción.

El sirviente entró en la vivienda y llamó con suavidad a la puerta de una sala. Las voces del interior le revelaron que no lo habían oído y volvió a llamar.

Dion interrumpió su explicación para indicarle que pasara. Estaba acompañado por un filósofo pitagórico de Metaponte y algunos allegados interesados por la filosofía.

—Ha venido el general Calipo con varios mercenarios, señor. Dice que son los campeones de los juegos militares.

—¿Tan pronto? —Dion reparó en el ángulo con que entraba la luz del sol por la ventana—. Por Apolo, no es tan pronto. La filosofía tiene muchas ventajas, pero una de ellas no es la de estirar el tiempo, más bien al contrario. —Sus acompañantes rieron—. Ofréceles un vaso de vino y hazlos pasar cuando lo hayan tomado.

El sirviente cerró la puerta y Dion se volvió hacia el filósofo pitagórico, un hombre pequeño y enjuto al que los cabellos grises le llegaban por los hombros.

—Me temo que he perdido el hilo...

—Nos estabas hablando sobre la riqueza y las leyes —le recordó el filósofo.

—Eso es. —Habían empezado comentando algunas leyes específicas que quería aprobar, y de ahí habían pasado a reflexionar sobre las ideas que sirven de base a las leyes, centrándose en aquellas relativas a la riqueza—. Platón nos enseña que perseguir la riqueza como un bien en sí mismo, considerarla como un objetivo o destino final de nuestros actos, es tan pernicioso y nos corrompe del mismo modo que poner el placer por delante de todos los demás bienes. Debemos recordar que ambos apetitos, el del placer y el de la riqueza, pertenecen al alma concupiscible, que tiene que estar gobernada por el alma racional, como vemos en el mito del carro alado del *Fedro.*

Casi todos los asistentes habían leído el diálogo *Fedro* y asintieron.

—Estas enseñanzas sobre la riqueza —continuó Dion—, como todas las relativas al ser humano, no deben considerarse sólo como algo relativo al individuo, sino como algo especialmente importante para las comunidades, y para los hombres que las gobiernan. Al mismo tiempo, debemos tener en cuenta que la herramienta principal de un gobernante justo es una ley justa, y ésta lo es cuando conduce a los ciudadanos a actuar con justicia, cada uno consigo mismo y todos entre sí.

Uno de los magistrados que había venido desde Corinto levantó la mano para intervenir.

—¿Cómo saber si una ley es justa antes de haber comprobado sus efectos? La promulgación de una ley siempre supone un riesgo, ¿no es cierto?

—Sin duda es así —convino Dion—, y además una ley que produce efectos positivos en una ciudad puede no producirlos en otra. Por eso un gobernante debe saber de leyes, haber estudiado la naturaleza del ser humano y conocer bien a su propio pueblo. Pero más importante aún es la intención del legislador cuando concibe una ley y le da forma. Platón dice que entre el alma, el cuerpo y las riquezas tenemos que estimar y honrar ante todo el alma, en segundo lugar el cuerpo, cuya salud fortalece al alma, y en tercer lugar las riquezas, que siempre deben estar al servicio del alma y del cuerpo. Una ley así establecida aportaría felicidad a los hombres regidos por ella, mientras que una ley que persiguiera en primer lugar la consecución de la riqueza, sin importarle el perjuicio que ocasionara en el alma de los hombres, sólo puede ser deseada por los insensatos.

Llamaron de nuevo a la puerta y Calipo entró acompañado por los siete mercenarios.

—¿Éstos son nuestros campeones? —Dion se puso de pie para recibirlos con el honor que merecían. Parecían nerviosos y eso le hizo sonreír.

Calipo tardó un momento en responderle. Se había distraído observando a las demás personas de la sala.

—Sí..., éstos son nuestros hombres. Vamos, contadle a Dion en qué prueba habéis sido campeones.

Los jóvenes mercenarios se acercaron uno a uno. Decían su nombre y la prueba en la que habían vencido y después daban un paso atrás. Mientras los atendía, Dion se dio cuenta de que Calipo se alejaba para asomarse por la ventana de la sala.

«¿Qué está haciendo?», se preguntó molesto. Le parecía una falta de respeto hacia aquellos soldados estar paseándose por la sala mientras ellos tenían su momento de gloria.

Vio que se ponía a hacer gestos hacia el exterior y tuvo un mal presentimiento.

—¡Calipo! —Todos se quedaron callados y miraron hacia la ventana—. ¿Qué ocurre?

Calipo recorrió la estancia con la mirada. Durante un instante pareció titubear, y de pronto lanzó un grito:

—¡Ahora!

Dos de los mercenarios se precipitaron a la puerta para cerrarla por fuera mientras los demás se abalanzaban sobre Dion. La sala se llenó de voces atemorizadas. Los allegados de Dion intentaron alejarse y él se defendió a puñetazos de los hombres que querían agarrarlo. El filósofo pitagórico saltó de su triclinio y se echó encima de Calipo.

—¡Traidor!

Calipo le dio un puñetazo en el rostro y el filósofo se desplomó.

—¡Soltadme! —Dion cayó al suelo con varios mercenarios encima—. ¡Calipo! —Le aplastaron la cara contra las baldosas y apenas pudo girarla hacia él—. ¿Qué... pretendes?

Altea permanecía en vilo esperando la reacción de Areté. La carta sobre Melisa seguía en la mesa como una barrera invisible que las separara.

—Quieres que la envíe a Atenas —Areté repitió sus palabras sin tocar la carta—, sin que se entere tu marido..., ni el mío.

Altea se inclinó hacia ella desesperada. Su vida y la de las personas que más amaba dependían de lo que decidiera la esposa de Dion en ese momento.

—Te lo ruego, Areté. Te lo suplico de madre a madre. Apenas nos conocemos, pero te juro por todos los dioses que si me ayudas estarás haciendo algo bueno. —Miró la carta que Areté no quería coger y negó con la cabeza con una abrumadora sensación de impotencia—. Eres mi única esperanza. Si esta carta acaba en manos de Calipo, o no llega a Atenas a tiempo, un castigo injusto y horrible va a caer sobre personas que no merecen nada malo.

Areté contempló el pequeño cuadrado de papiro sellado con cera. Después levantó la mirada hasta los ojos de Altea, anegados de lágrimas.

Decidió seguir su instinto.

—Dentro de dos o tres días partirá un barco hacia Atenas. Me ocuparé de que tu carta viaje en él.

Altea le cogió la mano y lloró con la cabeza agachada, incapaz de pronunciar una sola palabra.

—Tranquila. —Areté le acarició la mano—. Voy a ayudarte y seguro que todo va... —De repente se oyó un grito, un portazo y más gritos que se extendían por el piso inferior.

Areté soltó la mano de Altea y se puso de pie con los ojos llenos de miedo.

—¡¿Qué está ocurriendo?!

«Me van a ahogar...»

Tres de los mercenarios estaban encima de Dion y su peso no le dejaba respirar. Uno de ellos tenía la mano sobre su cabeza y se la apretaba contra las baldosas con tanta fuerza que parecía que iba a quebrarle el pómulo.

«¿Dónde están mis guardias? —Oía voces en el pasillo, alguien debía de querer entrar y los mercenarios que habían cerrado la puerta se lo impedían. Se acordó de que Calipo había estado mirando por la ventana antes del ataque—. Habrán rodeado la casa, estarán combatiendo en la calle...»

De pronto recordó que Areté se encontraba en el piso de arriba y su miedo se multiplicó. Su hijo había ido a pasar el día con su hermana pero ella se había quedado en la casa. Intentó hablar, pero tenía la mandíbula aplastada contra el suelo y apenas consiguió mascullar.

—Ca... lipo... —Una mano le rodeó el cuello y tiró de él como si quisiera levantarlo; los demás mercenarios seguían encima de él y la mano lo soltó.

Calipo corrió hacia la ventana, se asomó y se acercó de nuevo.

—¡Vamos! ¡Daos prisa!

—Cali... —El cuello de Dion se dobló violentamente cuando tiraron de su pelo y su voz se convirtió en un ronquido ahogado. Notó que unos dedos buscaban su garganta y logró interponer la mano.

«¡Quieren estrangularme!» Se revolvió con todas sus fuerzas sin conseguir soltarse. Los mercenarios estaban cada vez más nerviosos y se entorpecían entre sí. Uno de ellos intentó rodearle el cuello con un brazo; él le clavó las uñas y se defendió a mordiscos hasta desgarrarle la carne.

—¡Acabad de una vez! —gritó Calipo completamente fuera de sí.

El mercenario logró ceñirle el cuello y apretó con saña. Dion oía sus jadeos junto a la oreja. El hombre presionó tanto como era capaz y el jadeo se convirtió en un gruñido prolongado.

«Tengo que... aguantar. —Estaba tensando el cuello al límite de sus fuerzas. Su vista se oscureció y los gritos se hicieron más lejanos . No están armados... —su consciencia comenzó a disolverse—; si mis guardias entran..., los reducirán...»

El mercenario intentó mejorar el agarre y él logró proteger su cuello con la mano. Su vista volvió a aclararse, pero la presión regresó, más brutal que antes, y su propia mano le aplastó la garganta impidiéndole tomar aire. Clavó la mirada en Calipo, que lo contemplaba con los ojos desorbitados como si estuviera a punto de enloquecer.

Notó un chasquido en la mano y la presión aumentó todavía más.

Calipo se llevó las manos a la cabeza y se giró hacia la puerta. Luego corrió hasta la ventana.

—¡Un arma! ¡Necesitamos un arma!

Se asomó con medio cuerpo fuera.

Cuando volvió a entrar, llevaba una espada en las manos.

«¡No! —Dion suplicó en silencio. Si Calipo lo mataba, a continuación acabaría con su hijo y su esposa embarazada—. Dioses, no lo permitáis.»

Siguió a Calipo con la mirada mientras se acercaba. Su gran amigo ateniense, general de los mercenarios, alargó el arma a alguien que estaba encima de él.

—Mátalo.

Dion trató de sacudirse a los hombres que lo sujetaban, pero apenas le quedaban fuerzas. Sus ojos congestionados miraron hacia la puerta cerrada y después a Calipo, que se alejó varios pasos de él.

Lo agarraron del pelo y tiraron hacia atrás para exponer el cuello. Se oyeron varios gritos, pero él no apartó la mirada del hombre en quien había confiado como si fuera un hermano.

Sintió que la hoja afilada se apoyaba en la carne blanda de su cuello. Y después cómo se deslizaba con rapidez, apretando con fuerza hacia dentro.

Lo último que vio fue la expresión horrorizada de Calipo.

Capítulo 102

Atenas, mayo de 354 a. C.

Platón contempló desde la tarima a los discípulos que abarrotaban la sala.

«Todos están pensando en Dion», se dijo con una sonrisa inusual en su rostro sobrio.

Aunque sus articulaciones se empeñaban en recordarle que tenía setenta y tres años, en aquel momento era ante todo un hombre satisfecho. Iba a hablar de filosofía y política, como en otras muchas conferencias, pero nunca lo había hecho en un ambiente de expectación semejante.

«Saben que estamos en un momento decisivo.»

Desde que era joven tenía la convicción de que el conocimiento filosófico podía conducir al bien común. Ése había sido el principal motivo para fundar la Academia, y la aspiración máxima era unir la política y la filosofía para que en el gobierno de los Estados prevalecieran la razón y la justicia. Todos en aquella sala compartían ese sueño que él mismo había intentado materializar a través del tirano Dionisio, y que ahora Dion parecía a punto de conseguir.

Cuando la sala quedó en silencio, inició la conferencia.

—Al examinar las leyes de una ciudad, lo que debemos tener en cuenta no es que favorezcan la mera conservación de los habitantes, sino la virtud cívica; es decir, que los ciudadanos lleguen a ser lo mejor posible y sigan siéndolo mientras vivan. —Recorrió con la mirada a los maestros de la primera fila y se detuvo en Jenócrates—. Para que una ciudad llegue a tener semejantes leyes, debe contar con un legislador que se guíe por la verdad.

Jenócrates asintió sin que se detectara un atisbo de orgullo en su expresión seria. Tenía familiares en el Consejo de la pequeña ciudad de Nestane, cerca de Mantinea, y en su calidad de maestro de la Academia habían solicitado su parecer para realizar algunos cambios en las leyes. De ese modo, Jenócrates se había convertido en uno de los primeros miembros de la Academia que ejercía de legislador.

Platón continuó con la exposición de los principios que desarrollaba en su diálogo *Las leyes,* una obra de gran extensión cuyo borrador todavía no había completado:

—El mejor modo de lograr un sistema de gobierno que haga a la ciudad lo más dichosa posible es con la colaboración entre un buen legislador y un tirano moderado[1]. Éste deberá ser magnánimo, valiente, de gran inteligencia y mesurado en sus placeres. Gracias a esas características, y al hecho de concentrar el poder de la ciudad en sus manos, su trabajo con el legislador dará lugar al mejor sistema de gobierno y a las leyes correspondientes.

Dion se adecuaba a las características del tirano moderado descrito en *Las leyes,* y el legislador que colaboraba con él era el mismo Platón. No tanto por su intervención directa sobre el nuevo sistema legislativo de Siracusa —la distancia con Atenas lo hubiera hecho harto difícil—, sino por el hecho de que Dion conocía en profundidad toda la filosofía platónica.

«Dion es el más capaz de mis discípulos para ejercer a la vez de gobernante y legislador.» Con Dionisio había pretendido que un gobernante se convirtiera en filósofo. En el caso de Dion, era un filósofo el que se había convertido en gobernante.

La sonrisa de Platón volvió a iluminar su rostro de anciano. La satisfacción como filósofo no era superior al deleite personal que le producía el destino de Dion. En muchos aspectos era para él como el hijo que no había tenido. Había sufrido durante sus años de destierro y separación familiar

1. En aquella época el término *tirano* implicaba un acceso violento al poder (o haberlo heredado de otro tirano), pero no necesariamente ejercerlo de un modo violento o injusto. En los pasajes de *Las Leyes* que recoge esta escena, Platón usa el término según la acepción de entonces.

tanto como se alegraba ahora de que estuviera de nuevo con su hijo y su mujer. En la última carta que había recibido de él, Dion mencionaba en media docena de ocasiones a su esposa Areté. Se notaba que era un hombre feliz, y desde luego lo merecía.

Aristóteles intervino en tono reflexivo:

—Comprendo que el gobierno de un tirano moderado sea el más adecuado para que a partir de él se origine la mejor ciudad. ¿Cuál sería, en cambio, el sistema de gobierno menos adecuado? ¿Quizás la oligarquía?

—Efectivamente, Aristóteles, se trata de la oligarquía. En ella se da el mayor número de poderosos y resulta más difícil que todos ellos posean las características que hemos mencionado como necesarias en un tirano moderado, y por lo tanto que no haya alguno que se niegue a ceder parte de su poder. —Platón se desplazó por la tarima. Era consciente de que en aquella sala se concentraba la mayor parte de los maestros de su Academia—. Por otro lado, si un tirano quiere cambiar las costumbres de la ciudad, bastará con que él mismo inicie el camino...

La puerta se abrió bruscamente y todos se volvieron hacia el hombre que acababa de aparecer. Se trataba de Espeusipo, que se detuvo en el umbral con el rostro lívido antes de avanzar hacia Platón.

—¿Qué ocurre? —le preguntó su tío.

Espeusipo lo miró con los labios apretados.

—Han asesinado a Dion.

Se alzó un estruendo de exclamaciones de incredulidad y horror, pero las voces murieron con rapidez cuando la atención de los discípulos se centró en Platón, que se había quedado paralizado en medio de la tarima. Los últimos murmullos desaparecieron y el aula se sumió en un silencio tan denso que costaba respirar.

El filósofo abrió la boca sin llegar a decir nada. Asintió despacio con expresión de desconcierto, murmuró algo y volvió a asentir.

—Dion muerto... —susurró finalmente con una voz tan tenue que sólo lo oyó Espeusipo.

Su mirada vagó por la tarima. Intentó dar un paso hacia la salida, sus piernas se doblaron y cayó de rodillas.

—¡Platón!

Aristóteles saltó de su asiento y ayudó a Espeusipo a sostener a su anciano maestro.

Platón dejó caer la cabeza y empezó a llorar.

Capítulo 103

Siracusa, junio de 354 a. C.

—Vengo a ver a la esposa de Dion.

El obeso carcelero se tomó su tiempo para mirar a Altea de arriba abajo. Tenía los brazos gruesos como muslos, despedía un intenso olor a vino y su rostro de carne fofa mostraba un permanente rictus de desagrado.

—Sabes que no se puede dar comida a los prisioneros.

—No llevo nada —mintió Altea. La túnica se le abultaba a la altura de la tripa, pero el carcelero no iba a registrar a la esposa del nuevo tirano de Siracusa.

El hombre se rascó la piel hirsuta del pecho y abandonó su taburete con un suspiro que al incorporarse finalizó en un gruñido. Sacó un manojo de llaves, entornó los ojos para escoger la adecuada y abrió una pesada puerta de madera y bronce. Antes de cruzarla, hizo un gesto con la cabeza a un ayudante para que los siguiera con una lámpara.

Altea bajó un tramo de escalera detrás del carcelero y se adentró en una humedad caliente que apestaba a orina y heces. Distinguió el correteo y los chillidos agudos de las ratas. Los prisioneros tenían que hacer sus necesidades en un cubo que solía rebosar antes de que se lo cambiaran y apenas recibían alimento suficiente para mantenerlos vivos. Aun así, allí estaban los más afortunados de aquellos a los que Calipo había considerado sus enemigos tras matar a Dion.

«La mayoría de los que enviaron a las canteras ya ha muerto», se dijo Altea.

Las canteras de Siracusa se habían utilizado a lo largo del tiempo para confinar a miles de prisioneros y Calipo había vuelto a darles ese uso por el que eran tristemente famosas.

Sus mercenarios habían sofocado con dureza las revueltas que se habían producido en la ciudad después de la muerte de Dion, y todos los que habían participado en ellas habían terminado en las canteras.

«Sólo les dieron algo de comida y agua los primeros días. Habría sido más misericordioso proporcionarles una muerte rápida.»

Calipo no hablaba con Altea de esos temas; no obstante, ella siempre estaba atenta a las conversaciones que pudiera captar por los pasillos del palacio, donde residían desde la muerte de Dion junto a una multitud de sirvientes y algunos miembros de la nueva corte que había reunido su esposo. Poco a poco había sabido que muchos aristócratas fieles a Dion habían acabado también en las canteras. Los que habían podido escapar, se habían unido a los ciudadanos que habían buscado refugio en Leontinos.

Calipo también había depurado el ejército. En los dos primeros días había ejecutado a todos los oficiales cuya fidelidad a Dion sabía inquebrantable. Tenía una lista muy completa gracias a la labor que había llevado a cabo los meses previos, cuando se suponía que trabajaba para Dion identificando a los más proclives a una conspiración, y al mismo tiempo apuntaba los nombres de los que no lo traicionarían bajo ninguna circunstancia. Lo que entonces era un listado de hombres fieles acabó convirtiéndose en una lista negra de la que tachaba nombres según le comunicaban sus muertes.

Pasaron junto a una celda cerrada y alguien gritó desde el interior. El carcelero no dijo nada, pero se sacó del cinturón una barra de hierro y siguió andando. Al llegar a la última puerta, la golpeó con la barra y un eco metálico resonó a lo largo del calabozo.

—¡Alejaos de la puerta!

Se cambió la barra de mano, metió una llave en la cerradura y la giró.

—Tenéis visita.

Empujó la puerta mientras mantenía la barra en alto. Unas sombras se apretujaron en la oscuridad del fondo de la celda y Altea se volvió hacia el ayudante.

—Déjame la lámpara.

El hombre miró a su jefe, que se limitó a encogerse de hombros. Le entregó la lámpara a Altea y cerraron la puerta a su espalda.

En el interior de la celda el hedor era más intenso. El resplandor de la lámpara mostró las paredes de piedra sin ventanas, un suelo de tierra oscura con restos de paja y a los tres prisioneros que se envolvían en túnicas mugrientas.

—Altea, gracias por venir. —Areté se acercó a ella entornando los ojos como si la exigua luz la cegara. Su rostro estaba tan sucio como la túnica y tenía el cabello apelmazado—. ¿Tu marido ha atendido nuestras súplicas? ¿Dejará que nos vayamos a Leontinos? —Entrelazó las manos y se mordió el labio con tanta fuerza que parecía que se lo iba a partir—. ¿Permitirá al menos que se vaya mi hijo?

La voz se le quebró y Altea dejó la lámpara en el suelo para cogerle las manos. Aristómaca, la hermana de Dion, se mantenía en el fondo de la celda junto al hijo de Areté, que aunque era más alto que ella se agarraba a su brazo como si todavía fuese un crío.

—Le he dicho muchas veces que os deje marchar, pero aún no me ha dado una respuesta. —Altea sabía que Calipo había tenido la intención de matarlos. Seguían vivos porque la reacción a la muerte de Dion, tanto en Siracusa como en otras ciudades que eran aliadas de Dion, había sido mucho más intensa de lo que había previsto. Matar también a su familia podía desencadenar una respuesta que no fuera capaz de controlar—. Hoy se lo pediré de nuevo. Haré cuanto esté en mis manos para que os deje salir de la ciudad, te lo juro. —«Pero no creo que consiga nada. —Un escalofrío le recorrió la espalda—. Y puede que dentro de poco esté encerrada en este mismo calabozo.»

Areté susurró un agradecimiento que terminó convertido en sollozo. Se pasaba el día llorando por su marido y las lágrimas habían trazado surcos en la suciedad de su cara.

—He traído algo de comida. —Altea se abrió la túnica y sacó dos paquetes hechos con telas. Desenvolvió uno de ellos y apareció un queso de buen tamaño—. Tienes que comer para que el bebé siga creciendo en tu interior. —La mujer de Dion asintió sin dejar de sollozar—. ¿Cuándo lo has notado por última vez?

—Hace un rato. —Areté rodeó con las manos su vientre henchido por el embarazo de siete meses. La luz que llegaba desde el suelo llenaba su rostro de sombras que hacían que pareciera un cadáver—. Pero se mueve cada vez más despacio, sin apenas fuerza.

—Con estos quesos se volverá más fuerte, ya lo verás. Y en cuanto pueda os traeré más comida.

El queso era blando y Altea lo partió con las manos. Entregó una mitad a Areté, llevó la otra a Aristómaca y después regresó con la esposa de Dion, que permanecía de pie junto a la lámpara con la mirada perdida.

«Atenea, Afrodita, Hera, salvad al niño de Areté. —Su embarazo le hacía pensar en los hijos que ella había perdido—. Mantened viva a esta criatura inocente, os lo ruego. Y ante todo, protegedla de la locura asesina de Calipo.»

Las puertas de la sala de audiencias se abrieron y salieron tres hombres vestidos con ropas suntuosas. Al advertir la presencia de Altea, la saludaron con mucho respeto y después se alejaron por los pasillos del palacio manteniendo una conversación animada.

Un guardia le indicó a Altea que podía entrar. La sala tenía una longitud de treinta pasos y Calipo se encontraba en el otro extremo, sentado en una gran silla de madera y marfil con aspecto de trono. Se levantó al ver a su esposa y caminó hacia ella. Llevaba al cinto la espada con la que habían matado a Dion, como si fuera un símbolo de su derecho a gobernar Siracusa.

Altea escrutó la expresión de Calipo sin atreverse a respirar. Antes o después llegaría otra carta de Melisa, ella ya no podía hacer nada por evitarlo. El papiro que había intentado entregar a Areté había sido su última oportunidad. Tras el asesinato de Dion, lo había escondido y había terminado por quemarlo. También se había planteado tratar de escapar, pero resultaba imposible. Ni siquiera podía salir del palacio sin que Calipo lo supiese, y todo el que hubiera estado dispuesto a actuar al margen de su esposo ahora estaba en el exilio, encarcelado o muerto.

—¿Has visto a los hombres que han salido? —le preguntó Calipo.

Ella asintió e intentó corresponder a su sonrisa.

—Son algunos de los principales comerciantes de Siracusa —continuó él—. Telas, aceite, madera, vino... Venden todo lo que produce la isla y compran todo lo que necesitamos. Dicen que soy yo quien gobierna, pero no hay duda de que ellos son los hombres más importantes de la ciudad.

Altea se mantuvo en silencio mientras él le explicaba el acuerdo al que había llegado con los comerciantes. El resumen era que iba a subirles los impuestos porque necesitaba dinero para pagar a los mercenarios, y a cambio les dejaría usar algunos de los barcos de la flota siracusana.

Al cabo de un rato, Calipo se interrumpió.

—Perdona, te estoy aburriendo, y has venido para decirme algo.

Altea se apartó de su lado y se adentró unos pasos en la sala. Le tenía tanto miedo que le costaba hablar cuando estaba en su presencia.

—Quería pedirte otra vez que tuvieras compasión de Areté, de su hijo y de la hermana de Dion. —Su esposo mantenía la sonrisa, pero los músculos de su mandíbula se habían tensado—. Areté está embarazada y los tienen encerrados a oscuras en una celda sucia y llena de ratas, sin apenas agua ni comida. Te lo ruego, deja que salgan de la ciudad. Son dos mujeres y un muchacho, no pueden hacerte ningún daño.

Calipo miró al suelo al tiempo que negaba.

—Ojalá pudiera hacerlo, pero no puedo. En Leontinos se han reunido miles de partidarios de Dion, por no hablar de los que hay en otras ciudades, y mientras retenga a su familia dudarán antes de atacarnos. —Se acercó a ella—. No te dejes engañar por la calma que reina en Siracusa, tenemos muchos enemigos en el exterior. No solo los antiguos seguidores de Dion, debemos preocuparnos igualmente por Dionisio y por sus hermanos Hiparino y Niseo. Dionisio es el más peligroso, pero se dice que sus hermanos también tienen ejércitos a su disposición, y me llegan rumores tanto de una ofensiva conjunta como de ataques por separado. Nuestro ejército es poderoso, no van a intentar nada mientras nos vean preparados; sin embargo, si nos atacaran desde Leontinos los partidarios de Dion, probablemente Dionisio se apresuraría a caer también sobre nosotros. No puedo liberarlos, Altea. Además, aunque el hijo de Areté es sólo un muchacho, si llegara a Leontinos lo convertirían en un símbolo, en un nuevo Dion, y lo utilizarían para aglutinar las fuerzas contrarias a nosotros.

Calipo desvió la vista al terminar de hablar y se quedó pensativo. En sus ojos apareció la frialdad que tanto temía Altea e intuyó que su esposo estaba sopesando la idea de matar al hijo de Areté.

—Está bien, no dejes que se vayan, pero al menos mejora sus condiciones. —Calipo volvió a mirarla—. Tú mismo has dicho que los exiliados de Leontinos no van a atacar mientras la familia de Dion esté en tus manos, pero si mueren ya no habrá nada que los contenga. Además, probablemente aparecería otro allegado de Dion que los uniría y se pondría a la cabeza de todos ellos.

Calipo levantó las cejas.

—Tienes razón, como siempre. Ningún líder entre ellos tendrá la fuerza suficiente mientras el hijo de Dion esté vivo. —Levantó las palmas—. De acuerdo, pediré que los traten mejor.

Se quedó mirándola y poco a poco su sonrisa se disipó.

—Altea, quiero decirte algo que ya te he dicho más veces, pero para mí es muy importante que lo entiendas. —Le puso las manos en los hombros y a ella se le erizó la piel—. Yo quería a Dion, y ordenar su muerte es lo más duro que he hecho en mi vida. Pero no tenía alternativa. Le advertí una y otra vez que estaba perdiendo el control del ejército y que se estaba creando enemigos poderosos en la ciudad, y nunca me hizo caso. Le faltaba firmeza en el mando, estaba formando un Consejo con demasiados extranjeros, y además se empeñaba en comportarse de un modo completamente ajeno a las costumbres de Siracusa y pretendía que los demás se comportaran igual. Él ya estaba condenado, pero, si no me hubiera adelantado, otros habrían hecho lo mismo que hice yo y entonces estaríamos bajo tierra acompañando a Dion. Sé que los dioses me castigarán por haber ordenado que lo mataran; sin embargo, no me arrepiento de haberlo hecho porque al menos te salvé a ti.

Altea sintió una oleada de asco que se sumó al miedo. «Por todos los dioses, ¿pretende que crea que salvarme a mí influyó en su decisión?» La mirada de Calipo irradiaba sinceridad, igual que cuando le había mentido al decirle que no se había acostado con ninguna esclava. También ahora debía de pensar que ella se creía sus repugnantes mentiras, pese a que era evidente que el único motivo para matar a Dion había sido la ambición de convertirse en tirano de Siracusa. Estaba segura de que Calipo había empezado a tramar el asesinato al ver que en tiempo de paz su posición como general de los mercenarios ya no era tan influyente, y que Dion ni siquiera iba a darle un puesto en el Consejo de magistrados que estaba formando.

«Se le debieron de revolver las tripas al ver que Dion repartía el poder con la Asamblea y el Consejo, y que aprobaba leyes que reducían el poder de los gobernantes en lugar de reforzarlo.»

No podía soportar la mirada de Calipo por más tiempo y bajó la cabeza. Su esposo había acudido regularmente a la Academia en su juventud, pero había terminado por convertirse en el hombre que había destruido el sueño platónico de unir la filosofía al poder. No sólo había asesinado a uno de los discípulos más queridos de Platón y el más preparado para gobernar, sino también la esperanza de que se hiciera realidad un gobierno libre de corrupción y necedad; un gobierno que diera lugar a un Estado en el que imperaran los principios de justicia, virtud y razón.

Calipo oprimió su hombro con suavidad.

—No estés tan seria. —Se agachó para buscar la mirada de Altea. La sonrisa de sus labios parecía que escondía algo—. Ven, quiero que veas una cosa.

Deslizó la mano hasta la nuca de su esposa y la dejó allí

mientras caminaban hasta la ventana. Debajo de ellos había un pequeño patio y al otro lado de la muralla, después de una larga escalera, se encontraba el puerto.

—Mira allí. —Calipo extendió el brazo. El cielo estaba despejado y el sol destellaba en las ondulaciones del mar, donde navegaban algunos barcos.

Altea preguntó con un hilo de voz:

—¿Te refieres al trirreme que se aleja hacia el este?

—Se dirige a Atenas. —Aquello fue como una sentencia. Los ojos de Altea se llenaron de lágrimas y se esforzó por no llorar mientras la mano de su esposo le acariciaba la nuca—. En ese trirreme viaja una embajada que hablará ante la Asamblea ateniense para establecer relaciones entre nuestros gobiernos. —Calipo se giró sin soltarla y le rozó con un beso el borde de la oreja—. También he enviado a algunas esclavas y mercenarios, que se encargarán de traer a nuestro hijo a Siracusa.

Capítulo 104

Atenas, julio de 354 a. C.

Melisa yacía desnuda encima de Clinias, que dormía con las manos sobre sus nalgas. Hacía mucho calor y el aire de la habitación estaba cargado de olor a sudor y sexo. Después de acostarse, él le había pedido que se quedara un rato y ella había accedido para no irritarlo.

Tenía la cabeza apoyada en el amplio pecho del marinero. El amuleto de hueso se encontraba delante de sus ojos, sobre la piel tersa y lampiña del joven Clinias.

«Madre... —Pasó la yema de un dedo sobre la superficie pulida, como si la estuviera acariciando a ella—. Madre, te he echado de menos.»

Su amuleto seguía anudado al cuello de Clinias. Hacía ya tres meses que se lo había dado para que le entregara su carta a Calipo. En ese tiempo se había sentido más huérfana que nunca, incapaz de notar la presencia de su madre como cuando lo llevaba con ella.

Colocó una mano sobre el amuleto sin que el marinero reaccionara. Observó el cordón de cuero y pensó que quizás podría arrancarlo de un tirón.

«No serviría de nada. Clinias es mucho más fuerte que yo y me lo volvería a quitar.»

Tenía que conseguir que se lo devolviera él. De hecho, eso era lo que debería hacer, porque ya se habían acostado las tres veces convenidas.

«En cuanto su barco regresó de Siracusa, se apresuró a cobrar las dos primeras», recordó con asco. Aquello había ocurrido un mes después de que le diera la carta. Ella bajaba al Pireo la mayoría de los días, y cuando vio que Clinias se encontraba en el puerto echó a correr hacia él sin preocuparse por no llamar la atención.

—¿Qué ha dicho Calipo? —le preguntó nada más llegar a su altura.

Clinias la miró como si no la comprendiera.

—No he hablado con él, ni siquiera lo he visto. Cuando fui a buscarlo me dijeron que estaba de maniobras y tardaría unos días en regresar, así que le entregué la carta a uno de sus oficiales.

—Pero... —Melisa se quedó desconcertada, no había contemplado esa posibilidad—. ¿Crees que se la ha hecho llegar?

—El oficial me dijo que lo haría y Calipo es su superior, así que doy por hecho que sí.

En aquel momento se creyó lo que le decía y dejó que Clinias la llevara a la miserable posada de la primera vez. El joven mostró tanto ardor que la poseyó dos veces casi seguidas mientras jadeaba en su oído como un perro y le aseguraba que había soñado con ella cada día.

«He pasado dos meses esperando en vano a que Céfiro reciba su castigo.» No soportaba ver a su antiguo amante pasearse por la mansión igual que un gallo en un gallinero, con los demás esclavos mostrándole tanto respeto como si fuera el amo de todos ellos. A veces incluso tenía el descaro de coger en brazos al bastardo que había tenido con Altea y ponerse a jugar con él. En esos momentos sus risas eran como clavos que se incrustaban en los oídos de Melisa.

Después de que Clinias le dijera que había entregado la carta, ella se sobresaltaba cada vez que llamaban a la puerta de la mansión. Tenía la esperanza de que aparecieran los soldados de Calipo y apresaran a Céfiro; o mejor aún, que lo mataran como un perro allí mismo y después la llevaran a ella a Siracusa. Poco a poco esa esperanza se había ido apagando. Comprendió que no ocurría nada en Atenas porque el marinero no había entregado su carta, y que la odiosa Altea estaría llevando una vida tranquila en Siracusa pensando que su secreto estaba a salvo.

«Se estará riendo de Calipo a la vez que disfruta del honor de ser la esposa de un poderoso gobernante.»

Envolvió con los dedos el amuleto y su vista se desplazó hacia la túnica que había dejado en el suelo, junto al colchón de lana en el que yacía con Clinias. Se había arriesgado a robar otro pergamino y había escrito una segunda carta, pero desde entonces no había encontrado a nadie en el Pireo que le inspirara confianza para entregársela. Su experiencia hasta ese momento era desastrosa: el primer marinero le había dado una paliza, y ya tenía claro que Clinias se había limitado a acostarse con ella, quitarle el amuleto y engañarla.

«Es un cobarde. Debió de leer la carta y no se atrevió a dársela a Calipo. —Clinias no era más que un joven inseguro y apocado. Si le había dado miedo Calipo cuando era general de los mercenarios, mucho más ahora que se había convertido en tirano y había llevado a cabo una represión sangrienta—. También es posible que ni siquiera se planteara nunca entregar mi carta.»

Sintió un golpeteo rítmico que llegaba desde algún punto de la posada. Lo acompañaban los gemidos agudos de una mujer que parecía gritar de dolor más que de placer. Pensó que debía de tratarse de una prostituta con otro marinero, y eso le hizo recordar a su madre en el prostíbulo. Cerró los ojos y la vio como si la tuviera delante, quitándose el amuleto para entregárselo cuando ella tenía sólo cinco años.

«Te protegerá a lo largo de tu vida —le había dicho—. Y mientras lo lleves, será como si yo estuviera contigo.»

Apartó la mano y contempló el amuleto sobre el pecho de Clinias. Su madre estaba embarazada cuando su ciudad había sido derrotada y la habían capturado, por lo que ella había nacido ya con la condición de esclava. Sin embargo, ese amuleto le recordaba que formaba parte de un linaje de mujeres libres, pues había pertenecido a su madre desde antes de que la redujeran a la esclavitud.

Una voz furiosa y cercana hizo que se sobresaltara. Miró hacia la ventana: estaba cerrada, pero el marco no encajaba bien y había un hueco entre la madera y la pared. Al otro lado estaba gritando una prostituta borracha y entre sus gritos se oían las risas de algunos hombres. Un perro unió sus ladridos a los insultos de la mujer. En ese momento, Clinias emitió un gemido de protesta y abrió los ojos.

—Me han despertado. —Mostró una sonrisa bobalicona y le apretó las nalgas—. Con lo a gusto que estaba. —Trató de besarla. Ella retiró la cara, titubeó un momento y le dio un beso rápido.

—Nuestro acuerdo ha concluido. Ahora te agradecería que me devolvieras el amuleto.

El marinero se quedó inmóvil, con el ceño ligeramente fruncido. Luego sonrió y volvió a apretarle el culo.

—Después hablaremos de eso. —Siguió amasándole la carne y Melisa notó que comenzaba a tener una erección—. Vamos a aprovechar que estamos así.

—Para, por favor. —Apoyó las manos en el torso de Clinias para incorporarse. Él la agarró con más fuerza y se apretó contra ella—. ¡Te he dicho que pares!

Se revolvió clavándole las rodillas y trató de saltar de la cama. Clinias la agarró de las muñecas y tiró hacia él, le llevó los brazos a la espalda y se los dobló hacia arriba produciéndole un dolor intenso. Después le sujetó las muñecas con una sola mano, metió la otra entre sus cuerpos y le apretó un pecho con un ardor violento.

—Si te diera el amuleto, no volvería a verte, ¿verdad? —Le lamió el cuello, le arañó la piel con los dientes y después la levantó para chuparle y morderle la carne del pecho. Tenía tanta fuerza que era como si ella no pesara—. Tenemos que llegar a otro acuerdo. —Aflojó la presa de los brazos y la miró a la cara jadeando—. Lo hacemos ahora..., tres veces más, y te devuelvo el amuleto.

Melisa temblaba de rabia mientras contemplaba la mirada ávida de sus ojos demasiado juntos, su rostro congestionado y sudoroso, los labios retraídos en una mueca animal...

—Júralo por los dioses y por todos tus antepasados.

—Lo juro por los dioses y por todos mis antepasados —repitió Clinias con un susurro ronco, anhelante.

—De acuerdo. —«Maldito hijo de perra, ni siquiera traerá el amuleto la próxima vez.» Se tragó la bilis que le quemaba la garganta, esbozó una sonrisa y adoptó un tono juguetón—. Suéltame las manos para que pueda moverme como a ti te gusta.

Clinias asintió y le bajó los brazos. Con la otra mano seguía aferrándole el pecho. Melisa se tumbó sobre él y comprobó que mantenía la erección. Dejó que entrase en su cuerpo y comenzó a balancear la cadera para que lograra una penetración profunda y acabase en menos tiempo.

El marinero resoplaba en su oreja como un toro furioso mientras la manoseaba. Melisa mantuvo el ritmo y estiró poco a poco el brazo, alcanzó su túnica y tiró para acercarla. Al meter la mano entre la tela se topó con la segunda carta que había escrito para Calipo. Siguió moviendo la cadera, sin dejar de buscar, hasta que sus dedos se cerraron en torno a la empuñadura de su cuchillo.

Sacó el arma y la sujetó de modo que la hoja quedara apoyada contra su antebrazo. Permaneció atenta a los jadeos de Clinias, y al sentir que se aceleraban se incorporó para sentarse a horcajadas. Él la agarró de las caderas y clavó los dedos en sus nalgas al tiempo que la embestía con mayor ímpetu. Cuando estaba a punto de terminar, ella apretó con los músculos internos para multiplicar su placer.

Clinias rugió y se estremeció con los ojos apretados y la boca casi desencajada. Melisa sacudió una vez más la cadera, levantó el cuchillo con las dos manos... y vaciló sin saber dónde tenía que clavarlo. Vio que el amuleto de hueso se había situado entre el esternón y el pezón izquierdo y golpeó justo debajo con todas sus fuerzas.

Los ojos de Clinias se abrieron de golpe y su grito se interrumpió. El cuchillo había entrado hasta la empuñadura y Melisa apoyó todo su peso en él. Clinias mantenía la boca abierta y el rostro crispado en una expresión intensa donde el placer se había transformado en horror.

De pronto levantó un puño y Melisa se protegió la cara con un brazo.

Cuando vio que el golpe no llegaba, se volvió de nuevo hacia Clinias. La estaba mirando con unos ojos que ya no podían verla y mantenía la boca abierta en un grito silencioso. Ella soltó el cuchillo, cogió el cordón de su amuleto y lo pasó por la cabeza del marinero.

Se estremeció al notar que el miembro todavía erecto de Clinias salía de su cuerpo.

Las manos le temblaban tanto que apenas fue capaz de ponerse la túnica. Recogió del suelo la carta para Calipo y se quedó mirando el cadáver, titubeando. Finalmente se inclinó sobre él, agarró la empuñadura del cuchillo y lo extrajo de un tirón. La hoja estaba manchada de sangre y la restregó contra el colchón de lana.

Sintió pasos que se acercaban y se quedó paralizada. Había matado a un hombre libre; si la atrapaban, podía darse por muerta.

Quien fuese que avanzaba por el pasillo llegó hasta su habitación y continuó más allá. Esperó hasta que dejó de oír los pasos, terminó de limpiar la sangre y se acercó a la puerta. Mientras escuchaba, sus ojos se detuvieron en la túnica que Clinias había dejado junto a la cama al desnudarse.

Cruzó de nuevo la habitación, cogió la ropa del marinero y de inmediato notó que había algo pesado. En un bolsillo interior encontró un saquito de cuero.

—Por la diosa Atenea... —murmuró al ver que estaba lleno de monedas de plata. No podía saberlo, pero procedían de la venta del anillo que Altea le había entregado a Clinias para que le diera su primera carta.

Contempló pensativa las monedas.

Al cabo de un momento, sus labios se abrieron en una sonrisa fiera.

Capítulo 105

Atenas, julio de 354 a. C.

—Estoy inquieta por Melisa. —Hesperia se sentó en el suelo de tierra de la cocina junto a Céfiro y el pequeño Prometeo—. Esta mañana salió a por agua y todavía no ha regresado.

—Ya es mediodía... —se extrañó Céfiro—. ¿Crees que le ha ocurrido algo? —Prometeo dio un tirón a su túnica y él le puso delante algunas nueces para que las contara. Era el esclavo que había recibido una educación más completa, por lo que en la casa se había aceptado de un modo natural que se encargara de enseñar al niño los rudimentos de los números y las letras.

Hesperia torció el gesto.

—Me preocupa más bien que esté tramando algo. Supongo que aparecerá con una buena excusa, pero no voy a permitir que vuelva a salir a la calle durante un tiempo.

Céfiro asintió sin decir nada. Desde que Melisa había sido degradada de ama de llaves a esclava del rango más bajo, había perdido toda su arrogancia y se había convertido en un ser retraído que a veces lo miraba de soslayo sin que él fuese capaz de adivinar lo que pensaba.

Prometeo volvió a tirarle de la túnica.

—*¡Tés!* —exclamó a la vez que abría mucho sus grandes ojos plateados.

—¡Tres, muy bien! —Dejó otra nuez en el suelo y su hijo empezó a contar muy despacio. Cuando iba por el dos, alzó la cabeza con los labios formando un círculo al oír los golpes del llamador de bronce de la puerta exterior.

—Voy a ver quién es. —Hesperia pasó una mano por los cabellos negros de Prometeo, que seguían siendo muy finos pero comenzaban a rizarse—. Quédate contando con Céfiro y luego me enseñas hasta qué número has llegado.

Salió de la cocina y Prometeo colocó su dedito rechoncho sobre una de las nueces para reiniciar la cuenta. Céfiro observó su expresión concentrada y esbozó una sonrisa que se convirtió en un gesto de preocupación al pensar en Altea. El temor que sentía por ella se había multiplicado desde que Calipo había asesinado a Dion para convertirse en tirano de Siracusa.

«Debe de vivir aterrorizada», se dijo mientras negaba con la cabeza. Su espalda cubierta de cicatrices demostraba que Calipo era un hombre violento, pero la ambición de hacerse con el poder parecía haberlo enloquecido. Los rumores aseguraban que había aplastado a todos los que se le oponían acabando con la vida de miles de personas.

Oyó una voz brusca de hombre y se quedó inmóvil. Aunque el ruido del patio llegaba muy amortiguado, parecía que habían entrado varias personas. Prometeo lo miró al darse cuenta de que ocurría algo y él se llevó un dedo a los labios.

—Tienes que estar muy callado —le dijo susurrando—. No salgas de la cocina ni hagas ruido hasta que yo regrese.

Prometeo asintió tímidamente y él se acercó a la puerta para escuchar.

—He comprobado los sellos. —Reconoció aquella voz, se trataba del administrador de Calipo—. Está todo en regla, tú misma puedes comprobarlo.

Miró a su hijo, que parecía asustado, y le insistió con un gesto en que se quedara en la cocina. Después se internó en la penumbra del pasillo y se dirigió al patio. El sol estaba en su cénit y la luz resultaba hiriente. Cerca del pozo, junto a la puerta de entrada, el administrador estaba hablando con Hesperia acompañado por varios hombres.

«¡Son mercenarios de Calipo!»

Siguió acercándose y Hesperia se giró hacia él. Tenía una expresión rígida y un brillo de alerta en la mirada.

—Vienen a llevarse a Prometeo. —Céfiro sintió que aquellas palabras se le clavaban en el pecho como un puñal helado. Hesperia señaló con un ademán los pergaminos que el administrador sostenía en una mano—. Nuestro amo ha ordenado que se lo entreguemos a estos hombres.

El administrador se movió para cambiar el peso de una pierna a otra. Era un hombre de alrededor de cincuenta años, con los hombros caídos y una barriga que abultaba como si estuviera embarazado. Tenía un carácter agradable y solía conversar con Céfiro y Hesperia cada vez que iba a la casa, aunque desde que Calipo se había convertido en tirano sus visitas se habían acortado y se mostraba más reservado.

—Vuestro amo también ha enviado algunas esclavas —dijo como si se estuviera disculpando—. Tienen mucha experiencia en cuidar niños y se encargarán de Prometeo durante el viaje.

—¿Quién es este esclavo? —intervino con rudeza un mercenario enorme con la barba desaliñada. Al igual que sus tres compañeros, de su cadera pendía una espada corta envainada en una funda de cuero.

—Es el cocinero —le respondió Hesperia—. Es un hombre instruido y le hemos encomendado que empiece a enseñar a Prometeo.

El mercenario soltó un bufido de desdén.

—Las mujeres son las que tienen que ocuparse de un niño de esa edad. —Contempló a Céfiro con una mueca burlona. Le parecía un hombre fuerte, pero sin duda era un afeminado si le encargaban que se ocupara de un niño tan pequeño—. En cualquier caso, ya puedes despedirte del crío. Se viene con nosotros.

Céfiro le sostuvo la mirada.

—No puede viajar. Es demasiado pequeño y su salud es delicada, por eso nuestra señora no lo llevó con ella cuando se fue a Siracusa.

Su tono había sonado autoritario y los ojos del mercenario se entornaron. Desvió la mirada hacia Hesperia, que había utilizado el mismo argumento hacía un momento, y miró de nuevo a Céfiro.

—Vuestro amo ha hecho que venga con nosotros un médico. Él examinará al niño y se ocupará de su salud en el viaje si es necesario. Por otra parte, tú no eres nadie para opinar. —Hizo un gesto seco hacia el interior de la vivienda—. Limítate a hacer lo que se te dice y trae al niño.

El corazón de Céfiro latía como si fuera a reventarle. Los demás soldados lo observaban con aire divertido y uno de ellos apoyó la mano en la empuñadura de su espada.

—Está bien —Apartó la mirada con una desgarradora sensación de impotencia—. Voy a por él.

Empezó a darse la vuelta y el mercenario lo retuvo con una mano en el hombro.

—Espera. Iré contigo.

Mientras cruzaban el patio, Céfiro advirtió que algunos esclavos los observaban en actitud sumisa. El mercenario se mantuvo detrás de él al entrar en la vivienda y recorrieron el pasillo en silencio hasta llegar a la cocina. Prometeo seguía sentado en la misma posición, con las nueces delante y una mirada seria en sus ojos grises que se llenó de inquietud al ver al soldado.

Céfiro se quedó en la puerta, sintiendo que la angustia lo ahogaba mientras el mercenario se acercaba a su hijo.

—Muchacho, te vienes de viaje. Tu padre es un hombre muy importante y ya es hora de que vayas con él. —Se agachó para cogerlo y Prometeo retrocedió dando un grito. El hombre dio otro paso y Céfiro vio que la cara de su hijo se crispaba en una expresión de terror.

Cruzó la cocina en dos zancadas y se lanzó sobre la espalda del mercenario.

Cayeron al suelo y el soldado se revolvió intentando apartarse, pero Céfiro le había rodeado el cuello con un brazo y presionaba con todas sus fuerzas. El mercenario agarró su muñeca con ambas manos y tiró frenéticamente sin conseguir liberarse. De repente lanzó la cabeza hacia atrás e impactó de lleno en su rostro.

Céfiro sintió un estallido de dolor junto a un fogonazo de luz que dio paso a la oscuridad. Apartó la cabeza para protegerse y siguió apretando a ciegas. La sangre manaba de su ceja partida y le había cubierto un ojo, pero consiguió abrir el otro y vio que Prometeo se había alejado y lloraba aterrado junto a las piedras del hogar.

—No hagas ruido —susurró desesperado.

El soldado pataleó contra la tierra y Céfiro enroscó las piernas en su cuerpo. Tenía la espalda en el suelo y a su enemigo encima. El mercenario soltó una mano, desenvainó un cuchillo que llevaba junto a la espada y se lo clavó en el costado.

«¡Dioses!»

La punta metálica se había incrustado en el hueso de su cadera. Siguió apretando el cuello del mercenario y trató de girar el cuerpo; antes de que lo lograra, el hombre extrajo el cuchillo y volvió a clavarlo.

Céfiro se estremeció cuando la hoja afilada le atravesó el vientre, y de nuevo cuando el cuchillo salió de su carne. Su enemigo volvió a atacar, aunque esta vez con tan poca fuerza que apenas le hizo un rasguño.

El cuchillo cayó de sus manos y se quedó inmóvil.

—Prometeo... —Céfiro soltó el cuello del soldado y lo empujó para quitárselo de encima. Trató de incorporarse, pero sólo consiguió ponerse a cuatro patas—. Prometeo... —Su hijo gemía sin dejar de mirar la sangre que le bajaba por la cara y le empapaba la túnica—. Tienes que hacer lo que yo te diga, ¿de acuerdo?

—Sí —sollozó el pequeño.

—Muy bien. —Apretó los dientes, se apoyó en una rodilla y gruñó de dolor mientras se ponía de pie—. Ven conmigo.

Prometeo se acercó temblando y lo levantó con un gemido.

«Diosa Hera... —Avanzó un paso y fue como si volvieran a clavarle el cuchillo—. Diosa madre, protege a mi hijo.»

Continuó andando y notó cómo descendía la sangre por su pierna. Cuando llegó a la puerta, se giró para mirar al mercenario.

Seguía inmóvil, no sabía si inconsciente o muerto.

Recorrió el pasillo dejando un rastro de huellas rojizas. Iba pegado a la pared para que no los vieran los hombres que aguardaban en el patio. Antes de abandonar la sombra protectora besó la frente de su hijo, que se aferraba con las manitas a su túnica.

Tomó aire, salió del pasillo y avanzó con tanta rapidez como fue capaz.

—¡Esclavo, ven aquí! —rugió uno de los mercenarios.

Céfiro ignoró la orden y se metió por la puerta del establo. Oyó que los soldados proferían juramentos y echaban a correr. Dejó a Prometeo en el suelo, cerró la puerta y consiguió encajar el madero que la atrancaba justo antes de que uno de los mercenarios se lanzara contra ella. La puerta se combó y crujió como si fuera a romperse. El soldado volvió a embestir y Prometeo gritó aterrorizado mientras él soltaba la única montura que tenían, una mula muy vieja que usaban para ir al mercado. Colocó a su hijo a lomos del animal y se apresuró hacia la puerta exterior.

Nada más abrir oyó gritos que se acercaban. Los mercenarios habían salido a la calle y estaban rodeando la mansión. Se subió a la mula, clavó los talones y se echó hacia delante para resguardar a su hijo.

Apenas percibió el destello de la espada.

El filo metálico lo golpeó debajo del omóplato y el dolor llegó un instante después. El mercenario había vacilado al ver a Prometeo y la hoja le había cortado la carne sin llegar a atravesar las costillas. Hincó de nuevo los talones y la mula se precipitó calle abajo, pero sabía que el animal no sería capaz de aguantar mucho tiempo llevando su peso.

La calle era estrecha y los hombres que los veían acercarse se apretaban contra las paredes de las casas y los cubrían de insultos. Desembocaron en la Casa de la Fuente, giraron a la derecha y bordearon el ágora por la vía Panatenaica. Había otras monturas y algunos carromatos, pero ellos eran los únicos que no iban al paso y todo el mundo levantaba los puños hacia ellos y los increpaba.

Al ver que Céfiro era un esclavo, los gritos se redoblaban.

—¡Está intentando fugarse!

—¡Ese esclavo ha robado un niño!

—¡Detenedlo! ¡Soldados, atrapadlo!

Céfiro sentía que el golpeteo de la cabalgada lo estaba destrozando por dentro, pero no dejaba de espolear al animal, que apenas era más veloz que un hombre. No podía sostenerse erguido y se mantenía echado hacia delante, con una mano apoyada en la mula y el otro brazo alrededor de su hijo.

Al mirar hacia atrás, vio que los mercenarios corrían detrás de ellos.

—¡Más rápido! —Clavó los talones en el vientre del animal y notó que casi no podía hacer fuerza. Pasaron junto al altar de los doce dioses, la vía Panatenaica describió una curva y continuaron en línea recta hacia las murallas de Atenas. La gran puerta doble de Dipilón estaba a sólo dos estadios, pero la distancia le pareció insalvable.

Los hombres con los que se cruzaban hacían aspavientos para tratar de asustar a la mula o intentaban agarrarlo de la túnica. Uno de ellos consiguió enganchar la tela y el tirón lo desequilibró. Notó aterrado que comenzaba a caer, pero consiguió sujetarse a las crines a la vez que sostenía a su hijo. Se encogió sobre el animal y procuró esquivar las manos que se abalanzaban sobre él. A través del único ojo que podía abrir advirtió que uno de los soldados de la muralla señalaba en su dirección y avisaba a los demás. Su desesperación se multiplicó al ver que se dirigían a las puertas y empujaban sus enormes hojas de madera hasta cerrarlas.

Los soldados les apuntaron con las lanzas y ellos continuaron sin disminuir la velocidad. Se encontraban a treinta pasos que rápidamente se convirtieron en veinte, en diez... De pronto Céfiro hizo que la mula girara a la izquierda, recorrieron el corto espacio que separaba la puerta Dipilón de la puerta Sacra y se abalanzaron sobre ésta.

A los guardias no les dio tiempo a cerrarla y uno de ellos se interpuso con la lanza levantada.

—¡Tiene un niño! —gritó otro soldado.

El guardia apartó la lanza en el último instante y la mula atravesó la puerta.

Se alejaron de las murallas de Atenas y al cabo de un rato Céfiro se volvió. Los mercenarios también habían salido de la ciudad y continuaban persiguiéndolos.

«Saben que la mula no aguantará mucho más.»

La vista se le nubló y estrechó con fuerza a su hijo. Avanzaban paralelos a la calle de las tumbas por un camino menos transitado, pero seguía habiendo hombres que trataban de detenerlo. Notó un golpe en un hombro y poco después un objeto contundente hizo crujir su rodilla. Gimió sin levantar la cabeza e intentó espolear a su montura.

Ya ni siquiera estaba seguro de que sus piernas se movieran.

—Tranquilo, Prometeo —murmuró al notar que su hijo temblaba contra su pecho—. Tranquilo, mi pequeño...

Advirtió que la mula perdía velocidad, alzó la cabeza y vio que se estaban acercando al recinto de la Academia.

—Vamos —le susurró al animal—. Un poco más.

La mula cruzó extenuada bajo la inscripción «No entre nadie que no sepa geometría». Continuó al paso por uno de los senderos y se alzaron las primeras voces de alerta entre los discípulos. Céfiro notó que algunos hombres se acercaban. Oyó voces que se dirigían a él, pero toda su voluntad estaba puesta en mantenerse sobre el animal y siguió envolviendo a Prometeo con su cuerpo cubierto de sangre.

Aristóteles se puso delante de la mula e hizo que se detuviera.

—Bajadlo con cuidado. —Algunos miembros de la Academia se ocuparon del esclavo herido mientras él cogía al niño. Las manos del esclavo lo sujetaban con firmeza; al tratar de quitárselo, lo agarró con más fuerza y levantó el rostro ensangrentado.

—Tranquilo —le dijo Aristóteles—, no voy a hacerle nada. —Uno de los ojos del esclavo era una masa de carne hinchada y el otro lo miraba con una intensidad desesperada. Un momento después, las fuerzas lo abandonaron.

—Platón... —murmuró mientras soltaba al niño.

Aristóteles miró preocupado al pequeño, que tenía la ropa manchada de sangre.

—¡Es el hijo de Altea! —exclamó sorprendido. Sólo lo había visto en una ocasión, pero tenía los ojos inconfundibles de su madre.

Se sentó en el suelo y lo examinó sin encontrar ninguna herida.

—No tengas miedo, soy amigo de tu madre. ¿Te duele algo?

Prometeo negó sin apartar sus ojos brillantes de Céfiro. Aristóteles se dio cuenta de que se acercaba Platón y se puso de pie con el niño en brazos. Su maestro se apoyaba en un bastón largo y cojeaba mientras trataba de apresurarse. Había pasado varias semanas postrado en la cama tras recibir la noticia de la muerte de Dion. Cuando por fin se había levantado, parecía haber perdido la mitad de su vigor.

Platón reconoció a Prometeo nada más verlo. En cuanto Aristóteles le dijo que estaba bien, se acercó al esclavo que yacía en el suelo. Le habían quitado la túnica y uno de los discípulos le presionaba con ella el costado para tratar de detener una fuerte hemorragia.

—Tiene varias heridas, pero ésta es la peor. —El discípulo negó con los labios apretados—. No tiene buena pinta, es una cuchillada muy profunda.

Platón encargó a otro de sus discípulos que fuera a Atenas a por un médico y se arrodilló junto al herido.

—¿Puedes oírme? —El esclavo giró el rostro lentamente y Platón frunció el ceño—. Eres Céfiro, el cocinero de Altea y Calipo. ¿Qué ha ocurrido?

—Platón... —La respiración de Céfiro era trabajosa. Alzó la cabeza para mirar alrededor y vio que a lo lejos, en la entrada de la Academia, aparecía uno de los mercenarios—. Platón, tengo que decirte algo.

—Habla.

La mirada de Céfiro se dirigió al discípulo que apretaba la túnica contra su costado. Luego miró a Platón al tiempo que negaba.

—Está bien. —Platón pidió a sus discípulos que se alejaran y él mismo se ocupó de presionar la herida. En ese momento Aristóteles le avisó de que se acercaban unos mercenarios—. Habla, rápido.

—Son hombres de Calipo... —El rostro de Céfiro se crispó al tomar aire—. Los ha enviado... para llevarse a Prometeo.

Platón movió la cabeza sin comprender.

—Tiene derecho a llevárselo, es su hijo.

—Prometeo no..., no debe ir..., ni Altea tendría que estar allí.

—Altea es su esposa, ¿por qué no...?

Céfiro gimió de dolor cuando movió la cabeza para negar.

—Altea descubrió que Calipo... se acostaba con esclavas... y lo odia.

Platón arrugó el ceño. Por un momento se preguntó cómo era posible que Céfiro supiera que Calipo había hecho algo así, pero la omnipresencia de los esclavos en la vida de los atenienses hacía que estuvieran al tanto de esas cosas.

«Y si la relación estaba deteriorada, los esclavos pueden haber oído discusiones entre Calipo y Altea.»

Una sensación amarga de culpabilidad se extendió por su interior. Descubrir que Calipo la engañaba tenía que haberle causado a Altea un enorme dolor, y él ni siquiera se había enterado.

—Aun así, Prometeo es su hijo —declaró con voz triste—. No hay razón para que no se lo lleve.

Céfiro volvió a negar y lo miró con una intensidad desesperada.

—Prometeo es mi hijo.

El rostro de Platón reflejó su desconcierto.

«No es posible..., no en una mujer como Altea...» Los pensamientos se atropellaron en su mente: el alma de Calipo se había ido llenando de mezquindad... mientras que él siempre había apreciado en aquel esclavo una naturaleza noble..., si la relación entre Altea y Calipo se había quebrado debido a sus engaños...

—Lo siento. —Lo único que tenía era la palabra de un esclavo, no podía estar seguro de que aquello fuera cierto. Vio que los mercenarios estaban a punto de llegar y miró a Céfiro negando.

—Altea me dijo que acudiera a ti... —jadeó Céfiro con la voz cada vez más débil— si era necesario para proteger a su hijo... Dijo que la ayudarías... como cuando murió su madre.

Platón se quedó callado. Altea sólo era una muchacha cuando falleció su madre, y su muerte la afectó tan profundamente que perdió las ganas de vivir. «Es cierto que yo la traje a la Academia y conseguí que se recuperara..., pero ella nunca le hubiera contado eso a un simple esclavo.»

El rostro deformado de Céfiro era una grotesca máscara de angustia. Mientras lo contemplaba, Platón se dijo que Calipo había demostrado al asesinar a Dion que era capaz del crimen más atroz. «Si descubriese que Prometeo no es su hijo, podría llegar a matarlo.»

Le pidió a un discípulo que mantuviera la presión en la herida de Céfiro y se apoyó en su bastón para levantarse.

En ese momento se oyó el grito de uno de los mercenarios.

—¡Entregadnos al niño!

En el sendero se había congregado un centenar de discípulos. Platón pasó junto a Aristóteles, que seguía llevando en brazos a Prometeo, y continuó hasta quedar frente a los hombres de Calipo. Aunque sólo eran tres, llevaban espadas que sin duda manejaban con destreza, mientras que ellos tenían las manos desnudas.

—Veo que lleváis armas, pero no sois soldados de Atenas. —Su tono era firme y tranquilo, sin ningún atisbo de la preocupación que sentía—. Por lo tanto, nuestras leyes no os conceden aquí ninguna autoridad.

El mercenario sonrió con una mueca feroz.

—Ésta es mi autoridad. —Desenvainó su espada y la hoja resplandeció al sol—. Ahora, apártate.

Los otros mercenarios sacaron sus armas. Platón notó la tensión de sus discípulos y retuvo con un gesto a los que querían situarse frente a él para protegerlo.

—Estoy seguro de que habéis venido hasta aquí con mejores argumentos que la fuerza. —Advirtió que entraban unos jinetes en la Academia y los señaló con una mano—. Además, parece que vais a tener ocasión de exponerlos delante de algunos de nuestros soldados.

Por el sendero se acercaban al trote cuatro caballos y Platón distinguió a dos soldados y un capitán de la caballería de Atenas. Su ánimo decayó al ver que en la última montura cabalgaba otro mercenario, que llevaba con él al administrador de Calipo.

—¡Envainad las espadas! —ordenó el capitán ateniense.

Los mercenarios no obedecieron hasta que su compañero desmontó del caballo y les indicó con un gesto que lo hicieran. Después se unió a ellos seguido por el administrador y se volvió hacia los jinetes atenienses, que seguían sobre sus monturas y se habían colocado a ambos lados dispuestos a intervenir.

—Soldados de Atenas —su voz era muy ronca y tenía la piel del cuello enrojecida—, ahí está el esclavo que ha intentado estrangularme y ha raptado al hijo de Calipo.

El capitán le echó un vistazo a Céfiro y luego dirigió una mirada interrogativa a Platón. Aquellos mercenarios parecían peligrosos, no quería enfrentarse a ellos por un simple esclavo que además parecía a punto de morir.

Platón levantó una mano en ademán conciliador.

—Acabo de hablar con el esclavo. Si se escuchan sus motivos, se ve que de lo único que se le puede acusar es de tratar de proteger al hijo de sus amos. Ha visto que quería llevárselo un grupo de mercenarios, y sin comprender si realmente actuaban en nombre de su amo, ha hecho lo que creía mejor para el niño. —Señaló con el bastón a Prometeo, que seguía en brazos de Aristóteles y miraba con los ojos muy abiertos al jefe de los mercenarios—. Como se puede comprobar, el esclavo no ha intentado raptarlo ni hacerle ningún mal, sino que lo ha traído a la Academia pensando que aquí nos encargaríamos de que se tomara la decisión más adecuada para el niño, pues sabe que su madre es una de las maestras de nuestra escuela.

El rostro del mercenario se puso tan rojo como su cuello.

—¡Estás defendiendo a un esclavo que ha intentado matarme!

Platón se volvió hacia Céfiro, que yacía ensangrentado en medio del sendero como un cadáver. Los responsables de aquella barbaridad eran esos hombres, que además trabajaban para el asesino de Dion. Tuvo que hacer un enorme esfuerzo para contener la indignación que sentía.

—No sé qué ha ocurrido exactamente, pero está claro que él se ha llevado la peor parte. Lo cual no es de extrañar, teniendo en cuenta que hablamos de un simple esclavo enfrentándose a un mercenario veterano. Un acto que, si consideramos su motivación, no veo que pueda calificarse de otra manera que de valiente y noble.

—¡Es un maldito esclavo...! —La voz ronca del mercenario se quebró en una tos violenta. Se agarró la garganta y dirigió a Platón una mirada de rabia—. Un esclavo que ha intentado... asesinar a un hombre libre.

—Lo único que estoy diciendo es que no debemos juzgar un comportamiento sólo por sus consecuencias, sino también por la intención que subyace, que en este caso ha sido poner a salvo al hijo de sus amos. Y con relación a tu insistencia sobre su condición de esclavo, en efecto, se trata de un esclavo; un esclavo que pertenece a una familia ateniense y ha intentado salvar a un niño ateniense. Un esclavo ateniense que ha resultado malherido a manos de extranjeros. —Alzó la voz para contener las protestas airadas de los mercenarios—. No es necesario que lleguemos ahora a ninguna conclusión sobre el esclavo, así que sugiero que decidamos en primer lugar lo que debemos hacer con el hijo de Altea y Calipo.

El jefe de los mercenarios se quedó mirando a Platón en silencio. Observó de reojo a los soldados atenienses y finalmente se dirigió al administrador.

—Enséñale los papeles y que nos entreguen el niño de una vez.

El administrador sacó dos pergaminos de una bolsa de cuero y se los llevó a Platón, que le puso una mano en el hombro para mantenerlo a su lado mientras examinaba los documentos.

—En efecto, parecen los sellos de Calipo. —Le dio los pergaminos a un discípulo para que se los acercara al capitán ateniense—. Sin embargo, hay otra cuestión que deberíamos plantearnos. Calipo es ahora mismo tirano de Siracusa, y habría que preguntarse de qué modo puede ejercer sus derechos como ciudadano ateniense. Imagino que él dará preponderancia a su posición en Siracusa y que no querrá viajar a Atenas, máxime cuando es el responsable de la muerte de Dion, uno de los huéspedes más apreciados e ilustres que ha tenido nuestra ciudad. Supongo que tendrá presente que podría tener que responder ante los tribunales atenienses por ese crimen.

El mercenario esbozó una sonrisa de triunfo.

—Tratas de confundirnos con tus palabras enrevesadas,

pero tú mismo te has puesto el lazo. ¿Preguntas cómo puede ejercer Calipo sus derechos en Atenas? Ahí tienes la respuesta. —Señaló con un dedo al administrador—. Este hombre es el representante de Calipo en Atenas, nadie puede discutir eso. Y él dice que nos entreguéis el niño.

Platón se volvió hacia el administrador.

—Veamos si llegamos a una conclusión. —El hombre asintió con evidente inquietud—. Teniendo en cuenta las circunstancias excepcionales de este caso, ¿tienes la certeza de que entregar el niño a estos mercenarios es un acto en todo acorde a tus facultades de representación, y a nuestro sistema legal, y tomas por lo tanto la decisión de que se les entregue?

El administrador miró de soslayo a los mercenarios y pareció empequeñecer.

—Tengo... algunas dudas.

—¡¿Qué?! —El jefe de los mercenarios avanzó hacia el administrador, pero se lo pensó mejor y se dirigió al capitán de los atenienses—. En esos documentos está la voluntad de Calipo y este hombre está obligado a obedecerla.

El capitán miró los pergaminos que tenía en la mano y se removió incómodo sobre su montura.

—Platón, ¿qué tienes que decir?

—¡Tú eres oficial del ejército de Atenas! —rugió la voz rota del mercenario—. ¡No tienes que preguntarle a él!

Sus quejas murieron en el aire y Platón respondió.

—El caso no está claro, pero, como tenemos que encontrar al menos una solución temporal, voy a hacer una propuesta que espero que resulte satisfactoria. —Era consciente de que estaba rodeado por sus discípulos y rogó a los dioses que sus palabras no desencadenaran una matanza—. Teniendo en cuenta la antigua amistad familiar que me une a Altea, que además es mi discípula y maestra de la Academia, y considerando también que hubo una época en la que Calipo asistía regularmente a nuestra escuela..., me propongo como tutor temporal de Prometeo, siempre y cuando su administrador lo acepte, y en ese caso me haría cargo de él hasta que se decidiera lo contrario mediante un procedimiento legal.

El administrador se apresuró a contestar:

—Acepto que seas el tutor de Prometeo. —La última palabra murió en sus labios cuando vio que los mercenarios desenvainaban sus espadas. Los soldados de Atenas hicieron lo mismo y se quedaron todos expectantes, vigilándose unos a otros como si el tiempo se hubiera congelado en los jardines de la Academia.

El jefe de los mercenarios dio un paso hacia Platón.

—El esclavo es propiedad de Calipo —susurró con su voz ronca—, ¿también pretendes ser su tutor?

La hoja de la espada se interponía entre ellos, pero Platón no apartó la mirada de los ojos de su adversario.

—En los documentos que habéis traído no pone que os tengáis que llevar al esclavo, así que es potestad del administrador decidir qué se hace con él. Y viendo sus dudas respecto al niño, no creo que esté de acuerdo en entregaros al esclavo.

El mercenario no se molestó en mirar al administrador.

—¿Crees que has ganado? —Apretó la empuñadura de la espada. De su garganta magullada surgía una respiración áspera mientras mantenía los ojos clavados en Platón y apuntaba con el arma hacia su pecho. Tomó aire y lo soltó varias veces antes de que bajara la espada—. Vamos a informar a Calipo de lo que ha ocurrido, y te aseguro que no va a permitir que esto quede así.

Capítulo 106

Siracusa, agosto de 354 a. C.

Altea llegó con la comadrona a la muralla del palacio.

«Espero que no sea demasiado tarde.»

Su escolta se quedó al otro lado de los muros y ellas atravesaron el patio. Cuando alcanzaron el edificio principal, un sirviente les abrió la puerta e inclinó la cabeza mientras pasaban. Altea se dio cuenta de que sus ojos se desviaban para mirarla y se le cortó la respiración.

«¿Sabe algo? ¿Habrán regresado los mercenarios de Atenas? —Daba por hecho que Melisa habría conseguido hablar con los hombres que su esposo había enviado para recoger a Prometeo, y que éstos llevarían a la esclava a Siracusa cuando regresaran—. Los mercenarios también traerán a Prometeo y a Céfiro para que Calipo decida qué hacer con ellos...»

—Dioses —gimió en voz baja.

La partera la miró de reojo y continuaron hacia los calabozos en silencio. Su destino estaba en manos de los dioses, pero al menos podía ayudar a Areté. Calipo se había ausentado de la ciudad durante tres días y en ese tiempo el carcelero no había dejado que la visitara, pese a que la esposa de Dion estaba a punto de salir de cuentas. El hombre se había limitado a decir que no podía permitir visitas mientras su señor no estuviera en la ciudad. Altea había protestado y él la había escuchado con la misma atención que le habría prestado a una de las ratas que infestaban las celdas.

—Eso es el grito de una parturienta —dijo de pronto la comadrona.

Altea también lo había oído y echó a correr. Era un llanto

desgarrador, cargado de dolor y miedo. Lo acompañaban otras voces que gritaban desesperadas pidiendo ayuda.

Llegó a la entrada del calabozo y encontró al carcelero dormitando en una silla.

—¡Abre la puerta! —Los párpados del hombre se separaron una rendija y en su rostro orondo apareció una expresión irritada—. ¡Vamos, abre ahora mismo!

El carcelero estaba más ebrio de lo habitual y ni siquiera descruzó los brazos.

—¿Quién es ésa? —Su papada tembló al mover la cabeza hacia la partera—. ¿Qué lleva en la bolsa?

La mujer la abrió y se acercó para mostrarle lo que contenía.

—Son cosas para el parto: aguja e hilo, grasa, telas limpias...

El carcelero se echó hacia delante con un resoplido. Metió en la bolsa una de sus gruesas manos y empezó a remover el contenido. Los gritos que llegaban a través de las paredes de piedra se volvieron más agudos y Altea se estremeció.

El hombre sacó un pequeño cuchillo y lo dejó en una mesita.

—Esto no puede entrar.

—Es para el cordón umbilical —repuso desconcertada la partera—. Necesito algo para cortarlo.

El carcelero soltó un suspiro cansado y la miró con unos ojos tan rojos como dos tajos a punto de sangrar.

—Muy bien... —Devolvió el cuchillo a la bolsa y se levantó—. Más te vale que no se te olvide en la celda.

Cogió el manojo de llaves y empezó a buscar la adecuada con una lentitud desesperante. Cuando por fin abrió la puerta, los gritos se oyeron con más fuerza. Altea tomó la lámpara de aceite que había sobre la mesita y entró detrás del carcelero.

—Por todos los... —La partera se dobló con una arcada violenta en mitad de la escalera. Estaban en los días más calurosos del verano y el olor nauseabundo era más intenso que nunca. Consiguió contener el vómito, escupió en el suelo y siguió bajando con los labios apretados.

El obeso carcelero sacó su barra de hierro al llegar a la celda y dio varios golpes.

—¡Alejaos de la puerta!

Los gritos se atenuaron mientras giraba la llave en la cerradura. Altea vio que la celda estaba completamente a oscuras y entró sin molestarse en protestar. Desde que había pedido a Calipo que mejorara las condiciones de su encierro, algunos días los encontraba con una vela, un pedazo de carne y agua fresca, pero eran una excepción.

La pálida luz de la lámpara le permitió ver a Areté tumbada en el suelo mugriento. Su hijo se encontraba de pie junto a ella y Aristómaca estaba arrodillada a su lado y le cogía la mano.

—Empezó ayer con los dolores de parto y hace horas que rompió aguas. —Aristómaca se estiró para mirar entre las piernas de Areté cuando Altea se acercó con la luz—. Creo que el niño está a punto de salir..., pero no sé...

—La otra vez tardé mucho menos —gimió Areté—. Es como si el niño no pudiera avanzar.

La comadrona se había arrodillado frente a ella. Untó sus manos de grasa y comprobó la evolución del parto. Altea sostenía la lámpara a su lado y vio que torcía el gesto.

—Viene de nalgas —mascculló la mujer.

—No... —Areté dejó caer la cabeza—. No, por favor...

—No te preocupes. He atendido más partos así. —Le palpó la zona baja del vientre—. ¿Cuántas veces has dado a luz?

—Sólo una vez —susurró Areté girándose hacia su hijo.

—¿Recuerdas si al nacer fue grande o pequeño?

Areté negó con la cabeza y Aristómaca respondió por ella.

—No fue un bebé pequeño.

La partera asintió con una expresión rígida.

—En cualquier caso, lo único que tienes que hacer es empujar con todas tus fuerzas cuando te lo diga.

Los párpados de Areté se habían cerrado y no respondió. Durante la siguiente hora las contracciones hicieron que su cuerpo empapado de sudor se estremeciera una y otra vez, pero siguió sin abrir los ojos y gemía cada vez más débilmente.

—Ya queda poco —aseguró la partera—. Echadle agua en la cara, necesito que haga fuerza o no podré sacar la cabeza.

En ese momento se abrió la puerta de la celda y entró el carcelero con su barra de hierro en la mano.

—Tu esposo requiere tu presencia.

La lámpara tembló en la mano de Altea.

—Dile dónde estoy, y que iré en cuanto nazca el niño.

El carcelero movió la cabeza para negar y el enorme brazo que sostenía la barra osciló adelante y atrás.

—No me has entendido. Calipo ordena que vayas, inmediatamente.

En la entrada del calabozo había un soldado esperando a Altea. Inclinó la cabeza al verla y echó a andar en silencio.

—¿Sabes si ha regresado la embajada que enviamos a Atenas? —preguntó ella mientras lo seguía.

El hombre respondió sin volverse.

—Sí, señora. El barco ha atracado esta misma mañana.

Altea sintió que el suelo se movía bajo sus pies. Trató de recordar los argumentos que llevaba semanas preparando para intentar que Calipo mostrara algo de clemencia, pero su mente parecía haberse detenido.

Llegaron a una puerta cerrada frente a la que había dos mercenarios apostados. El soldado la abrió para anunciar su llegada y ella entró después. La sala no era muy grande y su mirada aterrada la recorrió pensando que encontraría allí a la maldita Melisa con Prometeo y Céfiro...

Lo único que vio fue a su esposo sentado en el borde de una mesa con un pergamino en la mano.

—Altea... —Calipo dejó caer el documento en la mesa y se acercó a ella con una expresión de rabia contenida—. ¿Te has enterado de que el barco que envié a Atenas ha regresado?

—Acaban de decírmelo —respondió en voz baja.

—¿Y sabes cuál ha sido el resultado del viaje? —Las arrugas de sus ojos se hicieron más profundas.

—N... No.

—¡Traición! —Los labios de Calipo se retrajeron hasta casi desaparecer—. Una traición tras otra, a cual más repugnante. —Había cerrado los puños y Altea temió que la golpeara—. Algunos de mis hombres fueron a nuestra casa para recoger a Prometeo, y el cocinero..., Céfiro —escupió con odio—, en lugar de entregárselo, huyó con el niño y lo llevó a la Academia.

«Oh, dioses, que estén a salvo...»

Calipo dejó escapar una risa amarga que le puso la carne de gallina.

—A la Academia... ¿Te das cuenta de lo que eso significa? —Los rasgos de Calipo se crisparon nuevamente—. Que Platón me aborrece por lo de Dion y éste es su modo de vengarse. Debió de convencer al esclavo de que le llevara a Prometeo si yo lo reclamaba, y además ha conseguido que lo nombren su tutor. Siempre hablando de justicia, y ha sido tan mezquino como para arrebatarme a mi heredero.

«¡Todavía cree que Prometeo es su hijo!»

Altea sintió que el alivio le permitía volver a respirar. Sin embargo, cuando Calipo se alejó hacia la ventana y volvió a hablar, sus palabras la llenaron de espanto.

—Platón debió de prometerle a Céfiro que él lo protegería —dijo con desprecio—. Al menos eso no le ha salido bien. Consiguió que mi propio administrador dijera que mis mercenarios no se podían llevar a Céfiro, y también había unos soldados atenienses a los que puso de su parte, pero mis hombres ya habían atravesado a ese maldito esclavo y lo dejaron desangrándose como un perro.

«¡No! —El llanto atenazó la garganta de Altea. Sintió a Céfiro como una parte de su alma que le intentaran arrancar y el dolor se volvió tan intenso que creyó enloquecer—. No es posible..., no puede ser... —Agachó la cabeza para ocultar el rostro y unas lágrimas silenciosas cayeron al suelo—. Debo aguantar por Prometeo..., por nuestro hijo.»

—Platón me ha humillado. —Calipo seguía junto a la ventana, contemplando el horizonte en dirección a Atenas—. Se atrevió a sugerir que un tribunal ateniense podría juzgarme por haber matado a Dion. No se da cuenta de que tuve que hacerlo, de que gracias a eso Siracusa es una ciudad en la que vuelven a reinar la paz y el orden. —Se quedó un momento en silencio—. Pero no es el único que me ha humillado. La Asamblea de Atenas ha dado largas a mis embajadores, como si yo fuera un gobernante menor y no el soberano de la ciudad griega más poderosa de Occidente. Son un puñado de arrogantes que se creen que mi gobierno será efímero, pero son ellos los que están amenazados por el poder creciente de Filipo de Macedonia. —Se acercó a una crátera ateniense de gran tamaño que reposaba sobre un pedestal y apoyó una mano en ella. Representaba la procesión de las Panateneas con figuras rojas sobre fondo negro—. Yo estoy negociando con varias ciudades de Sicilia, llegando a acuerdos para que Siracusa sea más poderosa que nunca. —Sus dedos se tensaron sobre la cerámica. De pronto la agarró por las asas y la levantó sobre su cabeza—. ¡Deberían rendirme honores, no morder la mano que les ofrezco!

Reventó la crátera contra el suelo y contempló los trozos con la respiración agitada. Al cabo de un momento, se volvió hacia Altea y su expresión se apaciguó de inmediato.

—Perdóname. —Se acercó a ella y le alzó la cara con suavidad—. He sido un egoísta y no he pensado en lo triste que te quedarías. —Besó sus labios húmedos de lágrimas—. Sé que hace mucho tiempo que no ves a Prometeo. —La atrajo hacia su pecho y le besó el pelo—. Tranquila, te garantizo que ya no tendrás que esperar mucho.

Altea cerró los ojos sin dejar de llorar.

—¿Qué vas a hacer? —susurró.

—Platón no habría podido conseguir nada de no haber sido porque mi administrador se puso de su parte. Yo ya sabía que el administrador acudía con frecuencia a la Academia, pero no imaginé que tomaría partido por Platón antes que por mí. —Volvió a besarle el pelo—. No te preocupes, he pedido consejo y parece que se puede solucionar fácilmente. Están preparando la documentación necesaria para nombrar otro administrador que pueda poner fin a esta locura. Te prometo que en pocas semanas Prometeo estará con nosotros.

Calipo hinchó el pecho y Altea le oyó murmurar unas últimas palabras con aire ensimismado:

—Y si Céfiro sigue vivo, también me lo traerán.

Capítulo 107

Atenas, agosto de 354 a. C.

Melisa vio que el esclavo al que le tocaba hacer guardia esa noche ya había ocupado su taburete junto a la puerta.

«Dioses inmortales, concededme una oportunidad», rogó mientras avanzaba hacia él.

Hacía un mes que había matado al marinero y había recuperado su amuleto. Al regresar a la mansión, se había enterado de que acababan de marcharse unos mercenarios de Calipo.

«Por culpa de Hesperia no he pisado la calle desde entonces.»

Mantuvo la cabeza agachada mientras pasaba junto al esclavo, que se entretenía en afilar un trozo de madera con un cuchillo. Lo miró de soslayo y advirtió que la jarra de terracota que tenía al lado del taburete estaba vacía.

—Voy a sacar agua del pozo. —Señaló la jarra con aire indiferente—. ¿Quieres que la rellene?

El esclavo se lo pensó. A nadie le gustaba tratar con Melisa si no era imprescindible, pero el bochorno apenas se había mitigado con la caída del sol y tenía sed.

—Sí..., gracias.

Melisa llevó la jarra al pozo, la dejó sobre el brocal y comenzó a bajar el cubo. Vigiló al esclavo mientras soltaba la cuerda y se aseguró de que nadie la observaba desde alguna ventana. El cubo se hundió en el agua y ella se inclinó hacia delante como si estuviera mirando en el pozo. Metió la mano en un hueco que había entre algunas piedras de la pared interior y sacó una *pyxís,* una vasija diminuta destinada a contener ungüentos. La había colocado allí hacía una semana, tras rellenarla con el resultado de cocer una gran cantidad de adormidera y otras plantas relajantes y dejar que se redujera hasta que sólo quedaba una pequeña cantidad de líquido concentrado.

Se incorporó manteniendo la mano dentro del pozo y se cercioró de que nadie la veía. El sudor le corría por la cara y apenas se atrevía a respirar. Quitó la tapa a la *pyxís,* lanzó un último vistazo al esclavo y volcó el contenido en la jarra de terracota. Seguidamente devolvió la vasija al hueco y tiró de la cuerda. El cubo llegó rebosante de agua; lo cogió con ambas manos y lo inclinó con cuidado para llenar la jarra. En verano el agua del pozo tenía un regusto más arenoso, esperaba que eso disimulara el sabor de la adormidera.

Le entregó la jarra al esclavo y éste se apresuró a dar un largo trago. Arrugó la nariz, pero no dijo nada y ella se alejó con el cubo hacia el interior de la vivienda.

Cuando terminó el resto de sus tareas, entró en el dormitorio de las esclavas y se tumbó en su lecho. Las respiraciones de las demás mujeres se fueron haciendo más lentas y algunas empezaron a roncar. Ella no dejaba de sudar, tan nerviosa que no habría podido dormir aunque hubiese querido.

«¿Habrá muerto ya Céfiro?»

Recibían a diario noticias de la Academia y en la casa todos vivían pendientes de su evolución. En los primeros días creyeron que podría recuperarse gracias a los cuidados de los médicos, pero luego había empeorado y ella había oído decir a algunos sirvientes que esperaban que muriera esa noche.

Incorporó el cuerpo y observó las sombras oscuras de las esclavas.

«Ha pasado poco tiempo, no debo precipitarme.»

Palpó el cuchillo por encima de la túnica y comprobó que también tenía la bolsa de monedas que le había cogido al marinero. Intentó relajarse y volvió a pensar en Céfiro. Al principio le había sorprendido que llevara a Prometeo a la Academia, pero luego había reparado en que Platón siempre había tratado a Altea como a una hija. Había llegado a la conclusión de que el filósofo estaba al tanto de que Prometeo era en realidad hijo de Céfiro.

«Platón es un hombre poderoso, pero ahora Calipo lo es mucho más. Lo castigará por haberlo traicionado de ese modo. —Sonrió en la penumbra del dormitorio; Calipo sabría todo aquello gracias a ella—. Me mostrará su agradecimiento haciéndome una mujer libre, y se dará cuenta de que yo soy la mujer en la que siempre debió confiar.»

Su sonrisa se hizo más amplia. Lo primero que haría Calipo sería repudiar a Altea, o quizás matarla, y entonces...

«Ya basta de soñar como una niña. Nada de eso ocurrirá si no consigo llegar hasta él.»

Esperó hasta que había transcurrido la mitad de la noche, abandonó su jergón y pasó entre las esclavas sin que sus pies desnudos hicieran ruido en el suelo de tierra. Salió del dormitorio y avanzó sigilosa por el pasillo. Cuando se asomó al patio, el esclavo de la puerta no estaba tumbado como ella había esperado, sino que seguía sentado en el taburete.

Se sintió tan abatida como si un gigante la aplastara contra el suelo.

Retrocedió por el pasillo a punto de sollozar de rabia. Pensó que no tenía más alternativa que regresar al dormitorio, pero en lugar de hacerlo sacó el cuchillo, lo ocultó tras la espalda y se dirigió de nuevo al exterior.

La luna casi llena prestaba al entorno un aire fantasmagórico. El pozo y las columnas del patio parecían resplandecer con luz propia, pero el esclavo se mantenía bajo la penumbra oscura que proporcionaba el muro. Melisa avanzó hacia él tratando de adivinar su expresión. Era un hombre corpulento que le sacaba más de un palmo de altura, tenía que actuar antes de que se levantase. Intentaría clavarle el cuchillo en el pecho y que muriera sin hacer ruido, como había ocurrido con el marinero, aunque se daba cuenta de que era casi imposible que lo lograra.

El esclavo tenía la espalda apoyada en la pared. Melisa se acercó más y vio que sus ojos estaban cerrados. Lo contempló sin moverse, con el cuchillo apretado en la mano que ocultaba. Se apartó de él, fue hasta la puerta y levantó muy despacio el madero que servía para atrancarla.

En el último momento, se produjo un pequeño chasquido.

Clavó la mirada en el rostro del esclavo. Al ver que no reaccionaba, abrió la puerta y salió a la calle.

Se alejó unos pasos, casi de puntillas, y luego echó a correr. En cuanto el esclavo despertase o alguien saliera al patio, se darían cuenta de que el madero estaba quitado y tardarían muy poco en descubrir que se había escapado. «Hesperia enviará esclavos a buscarme, me denunciarán a los soldados...» Atenas era un laberinto de calles y para no encontrarse con patrullas escogió las más estrechas y evitó el ágora y los grandes templos. También temía a los salteadores, que hacían que por la noche la ciudad resultara peligrosa sin una buena escolta.

Cerca de la colina Pnix advirtió que se acercaba una luz y se detuvo. Corrió hasta la puerta más cercana, se agazapó en el quicio y vio que por el siguiente cruce pasaba una procesión de esclavos. Cargaban con grandes literas en las que dormitaban algunos atenienses que regresaban de un banquete y estaban demasiado borrachos para caminar.

Antes de levantarse miró alrededor. Sólo consiguió distinguir penumbra y silencio, y alzó la vista hasta los templos de mármol de la Acrópolis. Parecían flotar sobre la ciudad, como un Olimpo en donde la presencia de los dioses se percibía con intensidad.

«Atenea protectora, guía mis pasos hasta Calipo, el más destacado de los atenienses.»

Llegó al otro extremo de la ciudad y ante ella apareció la muralla que debía cruzar para acceder a los Muros Largos. Un par de soldados custodiaban la puerta. Se acercó a ellos sabiendo lo sospechoso que resultaba que una esclava pretendiera salir de Atenas sola y en mitad de la noche.

—¿Dónde crees que vas? —preguntó el más alto con aire aburrido.

—En nuestra casa hay varios sirvientes enfermos. —Para ser convincente tenía que sonar atemorizada, lo que resultaba sencillo porque estaba muerta de miedo—. Tienen mucha fiebre y les han salido llagas, por eso mis amos me han enviado a por un médico del Pireo especializado en enfermos de peste.

Los soldados casi saltaron para alejarse de ella. Aunque

hacía años que no había ningún brote, las epidemias de peste eran el mayor temor de los atenienses. Todos recordaban que durante la guerra del Peloponeso se había producido una plaga que había exterminado a un tercio de la población.

—Pasa. —El soldado agitó su lanza y retrocedió otro paso—. ¡Rápido!

Melisa obedeció y se alejó a la carrera por el pasillo de los Muros Largos. Cuando llevaba la mitad de su longitud, se detuvo y miró jadeando hacia la ciudad. No parecía que nadie la siguiera. Sacó de la túnica la bolsa de monedas y reanudó la marcha; cogió una pesada tetradracma del tamaño de una avellana aplastada, se la metió en la boca y se la tragó.

La moneda de plata le rascó la garganta y se quedó atascada, pero que fuera tan pesada ayudó a que continuara hacia su estómago. Sacó otra tetradracma de la bolsa y repitió la operación. Le costó aún más que la anterior, pero se obligó a seguir tragando monedas mientras terminaba de recorrer los Muros Largos.

En el Pireo se dirigió al puerto civil de Cántaro y avanzó rápidamente por el muelle escrutando los barcos. En unos no había nadie, en otros demasiados hombres. Procuraba mantenerse a una distancia prudente para que no se fijaran en ella, pero tuvo que acercarse a algunas naves para decidir si lo intentaba... sólo para alejarse de nuevo con una inquietud cada vez mayor.

Alcanzó el final del puerto y advirtió angustiada que en el horizonte ya habían desaparecido algunas estrellas. Dio media vuelta e inició el camino en sentido inverso con lágrimas en los ojos. Un poco más adelante vio que descendía alguien de un pequeño mercante que antes le había parecido vacío: un hombre de unos sesenta años, no más alto que ella y algo grueso, que apoyó las manos en los riñones mientras contemplaba la incipiente claridad del cielo.

Se percató de que se acercaba Melisa y la miró con curiosidad.

—¿Podrías decirme adónde se dirige este barco? —preguntó ella.

—Regreso hoy mismo a mi querida Corcira. —El hombre le dirigió una sonrisa—. ¿Es ahí adonde quieres fugarte?

Las palabras contenían una burla, pero el tono había sido casi amable. Melisa echó un vistazo rápido a la embarcación, una nave sin ningún adorno que se notaba vieja incluso a la débil claridad de la luna. Aunque no tuviera como destino Sicilia, Corcira era una isla que estaba a mitad de camino.

«Y tengo que conseguir salir de Atenas como sea.»

—¿Eres el capitán del barco?

—¿Es que te han nombrado inspectora del puerto? —El hombre sonrió de nuevo y después asintió—. ¿Qué quieres?

—Comprar un pasaje. Puedo pagarte. —Oyó unas voces al otro lado del puerto. Estaba demasiado oscuro y no consiguió ver nada, pero estaba segura de que se trataba de soldados.

—Veo que tenía razón, quieres fugarte. —Negó con un movimiento de cabeza—. Lo siento, eres una mujer muy atractiva, pero tendrás que buscar a alguien más joven. Mi época de jugarme el cuello por lujuria quedó atrás hace años.

—Estoy hablando de dinero. —Melisa abrió su bolsa y el capitán estiró el cuello para mirar dentro—. Aquí hay veinte dracmas. Te las daré en el momento en que suba al barco. Y otras treinta durante la travesía. Cincuenta dracmas en total.

—¿Puedo ver las treinta que faltan?

—No. Me he tragado las monedas. Habría que esperar a que... salgan, y te las daría en uno o dos días.

El capitán alzó las cejas.

—Una decisión muy prudente, no cabe duda. —Miró alrededor e hizo un gesto de lamentarlo—. Pero sigue siendo evidente que eres una esclava que se ha escapado, ¿qué iba a decirle a mi tripulación?

—Diles que me has comprado.

—No se lo creerían. No he tenido un mal año, pero si te fijas en mi barco comprenderás que nunca podría comprar una mujer como tú. —Su mirada descendió a la bolsa de monedas que Melisa sostenía en la mano y chasqueó la lengua mientras la contemplaba—. Además, tendría que repartir el dinero...

Levantó la cabeza para observar el entorno y miró de nuevo la bolsa.

—Sube —dijo de pronto—. Date prisa, ya veré a qué acuerdo llego con mis hombres.

Melisa se quedó tan sorprendida que tardó en reaccionar. El capitán le ofreció la mano para que cruzara la pasarela y luego levantó una trampilla que había en la cubierta.

—Te ocultarás en la bodega hasta que zarpemos. Si alguien inspecciona el barco y te descubre, diré que no sabía que te habías escondido ahí, y tú dirás lo mismo.

—De acuerdo.

El capitán señaló su bolsa.

—Ahora, las veinte dracmas...

Melisa se las entregó y descendió por la escalerilla que llevaba a la bodega. El hombre cerró la trampilla y la envolvió una oscuridad casi absoluta. Se alejó palpando el entorno, pero chocó enseguida contra una pila de fardos de tela.

Se llevó la mano al pecho para buscar la protección de su amuleto y empuñó el cuchillo sin apartar la vista de la trampilla.

Al cabo de un rato, unas pisadas retumbaron sobre su cabeza. Permaneció muy atenta mientras los pasos se desplazaban por la cubierta, primero los de un hombre solo, después los de varios.

«Son los marineros», se dijo mientras aferraba el cuchillo.

El sol se levantó poco a poco y las rendijas de la trampilla se convirtieron en líneas de luz. De repente notó que el barco se movía. Cuando oyó el chapoteo de los remos, comprendió con un estremecimiento que habían zarpado y se alejaban de Atenas.

Cayó de rodillas y dio gracias a los dioses.

Capítulo 108

Sicilia, abril de 353 a. C.

Altea subía la pendiente que conducía al oráculo de Delfos en medio de la multitud. El camino estaba flanqueado por cientos de estatuas de Praxíteles. Al fijarse en ellas, se dio cuenta de que en realidad todas eran iguales y la representaban a ella desnuda.

Se detuvo desconcertada y de pronto la multitud se desvaneció. Tan sólo quedaron ella y dos espartanos que estaban en mitad del camino y le cortaban el paso.

—Llevamos mucho tiempo esperándote —dijo uno de ellos. Nada más oír su voz amable supo, sin saber cómo, que su nombre era Calícrates.

—Eres nuestra madre Deyanira —afirmó el otro con brusquedad.

Altea lo miró sin comprender lo que decía.

«Se llama Leónidas», pensó mientras lo observaba desconcertada. Se trataba de un hombre gigantesco, de rasgos muy marcados que acentuaban su expresión fiera. Se miraron a los ojos y el semblante del gigante se suavizó hasta que finalmente sonrió. En ese momento Altea se dio cuenta de que en realidad era su hermano.

—¡Eurímaco! —Se arrojó a sus brazos sintiendo una enorme alegría. Sabía que estaba muerto, pero aquel conocimiento era menos real que el hecho de tenerlo delante, de poder tocarlo.

Su hermano la sostuvo en vilo mientras la abrazaba y de pronto su cuerpo sufrió una convulsión. Cayó de rodillas y empezó a sangrar por la boca. Calipo había aparecido junto a ellos y tenía en las manos una espada ensangrentada.

—¡Lo has matado!

Notó una sacudida y abrió los ojos.

—Eurímaco —murmuró. Estaba sola en un carruaje cerrado, unas telas cubrían las ventanillas y mantenían el interior en una penumbra rojiza. Enderezó el cuerpo con una profunda sensación de pena y de resentimiento hacia Calipo por haber matado a su hermano.

«No... Eurímaco murió en la batalla de Mantinea.»

Abrió la cortina para disipar la confusión del sueño y la luz del sol le dio en la cara. Hacía tiempo que no soñaba con su hermano. Deseó que se hubiera reunido con su joven esposa, como en la escultura de su monumento funerario, y que su alma fuera feliz en el reino de los muertos.

Sacó la cabeza por la ventanilla y contempló el Etna. En Siracusa se había acostumbrado a la presencia constante del volcán en el horizonte, pero ahora que estaban más cerca le parecía monstruosamente grande.

«Hefesto está trabajando en su fragua», pensó mientras observaba la columna de humo oscuro que ascendía hacia el cielo.

Recorrió con la mirada la distancia que les quedaba para llegar a Catania, una ciudad situada cerca de la base del Etna. El suelo volcánico hacía que la llanura resultara muy fértil y el camino que la cruzaba era recto como el tajo de una espada. Por él marchaba el enorme ejército de mercenarios de su esposo, al que seguía la columna de aprovisionamiento y personal civil del que ella formaba parte.

«Calipo viaja con su corte como si fuera el Gran Rey de Persia.»

Su esposo había sobornado a algunos hombres clave de Catania, y para resultar más convincente había insinuado que arrasaría la ciudad si no cedían a sus pretensiones de que Catania quedara subordinada a Siracusa. Ya se habían firmado los tratados y la entrega de la ciudad iba a ser pacífica, pero quería hacer una demostración de poder. Estaba convencido de que así establecería su dominio con mayor firmeza.

Le estaba entrando polvo en los ojos. Metió la cabeza y corrió la cortinilla de tela.

«¿Qué habrá ocurrido con Melisa?» Se lo había preguntado en un millar de ocasiones, pero seguía sin respuesta. Ya había transcurrido un año desde que ella había llegado a Siracusa, y ni había aparecido una segunda carta ni la esclava había contactado con los hombres que su esposo había enviado a Atenas. A veces se decía que tal vez hubiera muerto, pero al momento siguiente se echaba a temblar por el temor de que encontrara el modo de comunicarse con Calipo.

El carruaje continuó bamboleándose con las irregularidades del terreno, y en sus labios asomó una sonrisa débil al acordarse de Areté. Pese a que la esposa de Dion había tenido un parto muy complicado, habían sobrevivido tanto ella como su bebé, que ya tenía ocho meses.

«El carcelero pretendía mantenerlos en aquella celda inmunda.»

Ella había renunciado a discutir de nuevo con aquel hombre y se había ido a ver directamente a su esposo.

—Si no los trasladas a una habitación —le dijo—, olvídate de que vuelva a asistir a ningún acto oficial.

A Calipo le molestó que lo presionara, pero para él era importante que fuese a las recepciones de embajadas o altos dignatarios, a los que impresionaba cuando la presentaba como su «esposa y maestra en filosofía». Al final accedió, y desde entonces Areté, sus dos hijos y la hermana de Dion estaban confinados en una de las torres del palacio, donde recibían un trato digno.

Notó que se detenían y volvió a abrir la cortinilla. La vanguardia del ejército había llegado a la muralla de Catania, las tropas se estaban colocando en formación delante de las puertas.

«Ahora el gobierno de la ciudad rendirá pleitesía a mi esposo y lo hará el hombre más feliz de la tierra. —Miró una vez más hacia el volcán humeante antes de correr la cortina y apoyar la espalda en la pared de madera—. Al menos esto sirve para que se olvide por un tiempo de Céfiro y Prometeo.»

El nuevo administrador que su esposo había enviado a Atenas había reemplazado al anterior y se había enterado de que Céfiro estaba recuperándose de sus heridas gracias a los cuidados de los médicos. De inmediato acudió a la Academia y ordenó que el esclavo cocinero fuera al puerto para embarcar hacia Siracusa. Sin embargo, se encontró con una gran sorpresa: Platón había cerrado un acuerdo con el antiguo administrador y había comprado a Céfiro.

«Ahora Céfiro es propiedad de Platón. Y el administrador tampoco tuvo más éxito con Prometeo. —Platón defendió que el nuevo administrador no podía despojarle de su cargo de tutor, y los magistrados le dieron la razón cuando el hombre presentó una denuncia—. No va a ser fácil que en Atenas apoyen al representante del asesino de Dion antes que a Platón.»

Su expresión se enterneció al pensar en Céfiro y Prometeo. Agradecía inmensamente que Platón los mantuviera bajo su protección en Atenas. Era un sacrificio muy duro no poder verlos y tener que vivir con Calipo en Siracusa, pero lo aceptaría indefinidamente si eso sirviese para garantizar su seguridad.

«Pero nada puede garantizarla. —La sonrisa murió en sus labios como una vela que se apaga—. Ninguno de nosotros estará seguro mientras exista el peligro de que Calipo llegue a conocer la verdad.»

El carruaje dio una sacudida y continuaron avanzando.

Una semana más tarde, Altea asistía en Catania a su séptima cena oficial consecutiva. Se habían instalado en un pequeño palacio cuya decoración era tan lujosa como excesiva, con los suelos recargados de mosaicos y gruesas alfombras, y las paredes cubiertas de pinturas y tapices de vistosos colores. Su propietario era uno de los aristócratas con los que Calipo había pactado la entrega de la ciudad. Además de cederles el palacio, cada noche se encargaba de organizar grandes cenas por las que iban desfilando los personajes más relevantes de Catania.

—¿Un poco más de vino? —le preguntó un acaudalado fabricante de armas que estaba sentado a su derecha.

Altea colocó los dedos sobre la copa y declinó el ofrecimiento.

—Discúlpame —dijo el hombre con una sonrisa—. Olvidaba que eres discípula de Platón.

—Platón no está en contra del vino. —Tenía ganas de irse a dormir, pero se esforzó por cumplir con lo que se esperaba de ella—. Al contrario, considera que el vino tiene un papel importante en los banquetes, en las comidas en común e incluso en la educación de los jóvenes. Y también le parece bien tomarse una copa simplemente por placer.

El hombre le hizo algunas preguntas sobre las costumbres de la Academia a las que respondió sin profundizar. Tenía a Calipo sentado justo enfrente y se fijó en que la mayoría de los asistentes a aquel banquete se orientaban hacia su esposo como plantas que buscan el sol.

«Nadie lo apoya por aprecio o lealtad, como ocurría con Dion. Quienes se mantienen al lado de Calipo lo hacen por corrupción o por miedo..., como yo.»

Su interlocutor adoptó un aire más serio y le preguntó sobre la justicia.

—Tengo entendido que es un tema central en la filosofía platónica —declaró con gravedad.

Altea estuvo tentada de responder lo que pasaba por su cabeza: «Precisamente en mi esposo Calipo tenemos un ejemplo perfecto para hablar de ello, ya que uno de los principales argumentos de Platón para defender la justicia frente a la injusticia es que los actos injustos corrompen las almas de quienes los llevan a cabo, a la larga de un modo irreversible y espantoso.»

Pero sonrió y se limitó a un ejemplo de ironía socrática que divirtió al hombre, que evidentemente estaba más interesado en su atractivo personal que en el de los argumentos platónicos.

Al otro lado de la mesa, Calipo llevaba un rato observando la atención que le prestaban a su esposa varios de los comensales. Ella era la única mujer del banquete, aparte de las esclavas, y los hombres se sentían tan fascinados por la belleza exótica que le proporcionaban sus ojos plateados como por el hecho de que fuera una brillante filósofa.

«Platón me desprecia desde Atenas, pero me basta con Altea para que el prestigio de la filosofía alcance a mi gobierno... Tal vez debería hacer correr la voz de que la he nombrado consejera», se le ocurrió de pronto.

El propietario del palacio estaba sentado a su lado y carraspeó varias veces antes de decidirse a hablar.

—Calipo, ¿qué opinas de los rumores de que Dionisio y su hermano Hiparino pueden llegar a aliarse contra ti?

—Que son sólo eso, rumores. —Tomó la copa y bebió un poco de vino. Tenía un hermoso color rojo sangre, pero era un poco ácido para su gusto—. Creo que es más probable que los dos hermanos combatan entre sí a que se unan. Ten en cuenta que ambos son hijos de Dionisio el Viejo, pero Hiparino nació de la otra esposa, de Aristómaca, la hermana de Dion. En cualquier caso, tengo a Dionisio vigilado en todo momento. Si decide salir de Locros, lo sabré antes de que haya puesto un pie fuera.

Esbozó una sonrisa al ver que el hombre se apoyaba pensativo en su respaldo.

«Sabe que también los vigilaré a ellos cuando me haya ido de Catania.»

Levantó la copa hacia uno de los comensales, un simple gesto amable, pero todos los hombres del salón se apresuraron a coger sus copas y las alzaron hacia él.

«Como perros bien entrenados», se dijo divertido.

—¡Por los dioses! —exclamó—. ¡Por Catania! ¡Por Siracusa!

Los hombres repitieron a coro sus palabras, bebieron y levantaron de nuevo las copas.

—¡Por Calipo! —gritaron, y volvieron a beber.

«Acuerdos de vino y hierro... —Calipo inclinó la cabeza a uno y otro lado para agradecer el brindis. Podía ver en los rostros de sus comensales que estaban pensando en el ejército de mercenarios que tenía acampado frente a sus murallas—. Ninguna de las ciudades que incorpore a la liga de Siracusa olvidará los tratados que selle conmigo.»

Continuó bebiendo y participando en algunas conversaciones, hasta que al advertir que había más hombres pendientes de su esposa se dedicó a contemplarla él mismo.

«Sigue siendo una mujer muy hermosa», se dijo con una repentina punzada de deseo. Altea se había recogido la melena negra en un peinado que dejaba al aire su cuello esbelto. Las velas que tenía frente a ella proporcionaban un brillo especial a sus ojos y cada vez que sonreía había varios hombres que se echaban a reír como si fuesen muchachos.

La mirada de Calipo descendió por el cuello de Altea. Atisbó en el borde de la túnica el nacimiento de sus senos y de pronto recordó con viveza cómo era su cuerpo desnudo.

«Ha pasado demasiado tiempo...» El hecho de que hubiera matado a Dion todavía se alzaba como una barrera entre ellos, pese a que Altea le hubiera asegurado que comprendía que había sido necesario para evitar males mayores. No rechazaba sus caricias ni sus besos, pero cuando había intentado acostarse con ella se había mostrado retraída y le había puesto tantas excusas que había dejado de intentarlo.

«Ya hace un año de la muerte de Dion, y haber salido de Siracusa seguramente le venga bien. —El rostro de su esposa se iluminó con una nueva sonrisa y sintió que su deseo se incrementaba—. Sí, por Apolo, esta noche iré a su alcoba.»

Volvió a plantearse la posibilidad de que lo rechazara, frunció el ceño y apartó la vista. Dio un trago a su vino y paseó la mirada por las esclavas que atendían el banquete. Echaba de menos la intimidad con Altea, pero tampoco tenía por qué pasar la noche solo si ella se negaba a acostarse con él.

No encontró a ninguna que le llamara la atención y poco después descubrió que estaba pensando en Melisa. Nunca había hecho nada con ella, pero era la mujer más voluptuosa que había conocido. Cuando estaba con otras esclavas casi siempre imaginaba que eran Melisa.

«Ninguna ha sido capaz de excitarme tanto.» Todavía revivía en sueños el momento en que Melisa había dejado caer la túnica en el establo, se había dado la vuelta con una sensualidad felina y había arqueado la espalda mientras apoyaba las manos en un poste.

«Ya no sirve de nada pensar en ella.» El nuevo administrador le había informado de que Melisa se había fugado. Se sentía un poco culpable porque prometió a su padre que cuidaría de ella y quizás los demás esclavos la habían tratado mal cuando él no estaba.

Se llevó la copa a los labios y bebió lentamente mientras rememoraba a Melisa con la ropa a sus pies, la mirada tentadora, su cuerpo desnudo girando muy despacio...

De pronto apareció en el salón uno de sus mercenarios; lo buscó con la mirada y se dirigió hacia él mientras todo el mundo se quedaba en silencio.

—¿Qué ocurre? —preguntó irritado.

—Hiparino, el hermano de Dionisio, mi señor...

—¿Está atacándonos?

—No, señor. —El mercenario negó con la cabeza—. Hiparino ha tomado Siracusa.

Capítulo 109

Regio, marzo de 352 a. C.

En los siguientes meses, Calipo comprendió que había perdido el favor de los dioses.

Las desgracias se sucedieron una tras otra, como si hubiera caído sobre él una maldición cuyo primer y espantoso golpe fue la pérdida de Siracusa.

«Garanticé a sus ciudadanos seguridad y prosperidad, les prometí que toda Sicilia quedaría bajo el dominio de Siracusa, y aun así me traicionaron.» Tenía la boca contraída en un rictus de amargura mientras avanzaba por el puerto de Regio y los recuerdos lo torturaban. Tras recibir la noticia de que Hiparino estaba en Siracusa, había hecho que todo su ejército de mercenarios se dirigiera a la ciudad a una velocidad frenética. Pretendía encontrar una brecha en las murallas antes de que Hiparino las guarneciera por completo, y después unirse a las fuerzas que estuviesen tratando de resistir en el interior.

«Los siracusanos no ofrecieron ninguna resistencia. —Mientras se acercaba con los mercenarios a Siracusa, había recibido más información que había aclarado lo sucedido—. Recibieron a Hiparino con los brazos abiertos, ¡como si fuera un libertador!» Sólo con imaginarlo sentía un rencor tan intenso que parecía que iba a reventarle el corazón.

Después de aquello no le había quedado más remedio que renunciar a una victoria rápida y regresar a Catania. Su intención era sumar a su ejército de mercenarios las fuerzas de la ciudad y lanzar un ataque conjunto sobre Siracusa, pero encontró las murallas de Catania cerradas.

—Otra traición —murmuró con la mirada vidriosa. Unas profundas ojeras violáceas cercaban sus ojos y empezó a mover la cabeza en un asentimiento inconsciente. Estaba repasando los rostros de aquellos hombres con los que había compartido la mesa y unos días después le apuntaban con sus arcos y lanzas desde las almenas de las murallas.

Apretó los dientes y la garganta se le llenó de bilis.

«Juro por todos los dioses que os arrepentiréis.»

Cuando vio las puertas de Catania cerradas, se planteó asediarla. Sin embargo, existía el riesgo de que Hiparino acudiera desde Siracusa y se vieran atrapados entre dos fuegos, de modo que continuaron hacia el norte. En la retaguardia de aquel ejército a la deriva viajaba Altea, protegida por una muralla de mercenarios junto a otros miembros de la corte que habían quedado atrapados en la misma situación.

Durante aquella travesía por Sicilia, Calipo envió mensajeros a todas las ciudades con las que había firmado acuerdos cuando gobernaba Siracusa. Una tras otra rechazaron acogerlos, y finalmente decidió atacar Mesana.

«Allí perdí la mitad de mis hombres», recordó abatido. Él mismo había resultado herido, y habrían muerto todos de no ser porque consiguieron llegar al mar y hacerse con unas cuantas embarcaciones. Se apresuraron a cruzar el estrecho, desembarcaron en Italia y se dirigieron a Regio, la población más cercana. Estaba sometida a Dionisio desde hacía años, pero no contaba con una guarnición numerosa y no les resultó muy difícil apoderarse de ella. Además, la población colaboró pensando que sus condiciones de vida iban a mejorar con el cambio de gobernante, algo de lo que pronto se arrepentirían.

Calipo se detuvo en medio del puerto y miró alrededor como si en ese momento se diera cuenta de dónde se encontraba. A su espalda aguardaban veinte mercenarios de su guardia personal y en el agua flotaban varios barcos.

«Habrá que reparar algunos, pero son suficientes para que volvamos a cruzar.»

Alzó la mirada y contempló la costa de Sicilia, al otro lado de una franja verdosa de mar de apenas sesenta estadios. Esa mañana no había bruma y a la izquierda se podía ver el Etna. Más hacia el sur, fuera del alcance de la vista, se encontraba Siracusa.

«Este año volverá a mis manos. —Se imaginó a Hiparino celebrando audiencias en su palacio y la ira que bullía en su pecho creció hasta cortarle la respiración—. Haré que lo cuelguen de las murallas, a él y a todos los que me han traicionado. Correrán ríos de sangre si hace falta, pero nadie me volverá a arrebatar Siracusa.»

Por supuesto, sabía que él no era el único que quería derrocar a Hiparino. Dionisio aguardaba desde Locros como un animal agazapado. Si no los había atacado a ellos para retomar el control de Regio probablemente era porque estaba reservando sus fuerzas para Siracusa.

«Tampoco debo olvidarme de los partidarios de Dion. En Leontinos hay miles de ellos.»

Para empeorar las cosas, Hiparino había liberado a Aristómaca y a Areté, que ahora residía en Leontinos con sus dos hijos. Sin duda, muchos de los partidarios de Dion soñaban con colocar a su primogénito en el trono de Siracusa.

Una racha de viento le hizo entornar los ojos mientras observaba la costa.

«No puedo vencer yo solo a Hiparino, necesito aliados. —Los allegados de Dion jamás pactarían con él, así que no tenía sentido enviar mensajeros a Leontinos—. Debo hablar con Dionisio. Los dos queremos acabar con Hiparino, y quizás encontremos un modo de repartirnos el control de algunas ciudades que nos satisfaga a ambos.»

Se giró hacia sus mercenarios.

—Regresemos.

El viento comenzó a soplar con más fuerza, frío y cargado de humedad, y el cielo se cubrió de nubes oscuras que corrían como si un dios las espoleara. Calipo inclinó la cabeza y apartó irritado el cabello que le azotaba la cara. Su destino era el edificio del Consejo de Regio, donde había instalado su cuartel general y vivían muchos de sus oficiales, aunque él disponía también de una pequeña mansión con algunas esclavas para atender a su esposa.

Notó las primeras gotas en la cara y aceleró el paso mientras pensaba en Altea. Algunas veces, cuando estaba con ella, era como si sintiera el eco de una vida que no había sido la suya, o que pertenecía a otra época que intuía feliz, pero tan remota que no conseguía recordarla.

Sacudió la cabeza para alejar los fantasmas del pasado.

«Estaremos mejor que nunca cuando recobre Siracusa.»

Entraron en el edificio del Consejo y un soldado se acercó para avisarle de que había alguien esperándolo.

—¿Dónde está?

El soldado señaló una de las sillas que había junto a la pared. Calipo frunció el ceño y luego alzó las cejas sorprendido.

—¡Melisa!

Altea llevaba un rato en la despensa, revisando lo que les quedaba de comida, cuando los primeros truenos la sobresaltaron.

«Espero que no sea una tormenta tan fuerte como la de hace unos días.»

Permaneció atenta mientras sentía la vibración de un nuevo trueno en el interior de su cuerpo. El viento había arrancado varias tejas en la anterior tempestad y había goteras en la mayoría de las habitaciones.

Cuando el sonido se disipó, levantó la tapa del último frasco y vio que estaba casi vacío.

«También se está acabando la cebada. —Colocó la tapa y observó las vasijas que se alineaban en la despensa mientras calculaba—. Tengo que recortar las raciones. Otra vez.»

Regresó a la cocina, se dejó caer en una silla y miró a la esclava que dormitaba sentada en el suelo con la cabeza entre las piernas.

«Ni siquiera tiene fuerzas para mantenerse despierta.»

Apartó la mirada sintiéndose culpable. Cuando se veía en el espejo de su alcoba se daba cuenta de que tenía las mejillas hundidas y los pómulos cada vez más marcados, pero a lo largo del invierno sus esclavas se habían ido consumiendo hasta ser poco más que piel y huesos. Calipo les había asignado una ración tan exigua que no habrían sobrevivido de no ser porque ella les daba también la mitad de su comida.

«Toda la ciudad se muere de hambre», se dijo con impotencia. El ejército de Calipo había tomado Regio poco antes del invierno y una de las primeras decisiones de su esposo había sido confiscar los depósitos de grano. A estas alturas del año los únicos que conservaban las fuerzas eran los mercenarios, e incluso ellos habían tenido que empezar a racionar las provisiones.

Su mirada vagó por las frías paredes de piedra, recorrió el suelo de tierra y se detuvo en las cenizas del hogar. Aquella cocina era más pequeña que la de Atenas, pero sobre todo más triste, porque en ella no estaban Céfiro ni Prometeo.

«Mi pequeño Prometeo, mi hijo... —Cerró los ojos y consiguió verlo, y oírlo, y sentirlo, aunque sabía que seguía rodeada de silencio y vacío. Hacía casi dos años que se había separado de él, y a pesar de eso tenía la certeza de que se encontraba bien—. Está con su padre, y con Platón; ellos se estarán ocupando de que no le falte de nada.»

Intentó imaginar cómo sería su hijo en ese momento, con cuatro años recién cumplidos.

Al cabo de un rato desistió con una punzada de angustia.

Una ráfaga de viento aulló en el patio con tono lastimero y la lluvia repiqueteó contra la ventana. Altea levantó la cabeza y se quedó escuchando. Aunque estaban en mitad del día, había oscurecido tanto que apenas podía ver a la esclava.

Sus ojos se dirigieron a la lámpara de aceite que colgaba de la pared, pero en lugar de encenderla siguió pensando en su hijo envuelta en una oscuridad cada vez más fría. Antes de que comenzara el invierno, al poco de llegar a Regio, le había pedido a Calipo que la dejara regresar a Atenas. Él le había dirigido una mirada cargada de resentimiento y le había dicho que no podía permitirlo porque estaría enviando un mensaje de debilidad a sus enemigos.

«Tengo que encontrar un modo de convencerlo.»

Pero para eso necesitaba saber lo que pasaba por su cabeza, y cada día era más difícil. Calipo podía pasarse horas sentado con la mirada perdida, murmurando un diálogo en el que discutía consigo mismo mientras asentía nervioso y ella sólo distinguía algunas palabras que se repetían, como *Siracusa* y *Platón*. En otras ocasiones, su expresión lúgubre se transformaba en una euforia similar a la de cuando gobernaba Siracusa, y se ponía a hablar con la mirada extraviada de sus planes para cuando volviera a conquistarla. Mientras se encontraba en ese estado, toda la aspereza con que la trataba en los últimos meses se convertía en un tono amable y cercano que le producía escalofríos.

Oyó un golpe repentino y miró hacia la ventana.

—Habrá sido el aire —murmuró.

Por el rabillo del ojo percibió que algo se movía y ahogó una exclamación al ver que en la puerta de la cocina había aparecido un mercenario.

—El general Calipo quiere que vayas.

La voz hosca del soldado despertó a la esclava, que se incorporó tan rápido como si la hubieran quemado. Altea frunció el ceño; Calipo pasaba la mayor parte del tiempo en el cuartel general y había pedido en otras ocasiones que acudiera, pero se encontraban en mitad de una tormenta.

«No se habrá dado cuenta de que llueve tanto..., o se trata de algo muy urgente.»

Su esclava le llevó un manto grueso para que se lo pusiera sobre la túnica y después apareció con una sombrilla de tela, dispuesta a acompañarla. Ella le pidió que se quedara en la casa y salió al patio tratando de protegerse con la sombrilla. El viento formaba remolinos con la lluvia y antes de que llegara a la calle se le había roto y tenía la cara empapada.

La tormenta era tan violenta que no parecía que fuera a durar mucho, pero estaba en su peor momento. Un relámpago llenó el mundo de luz y Altea distinguió con claridad los rostros de los seis mercenarios que iban a escoltarla. Aunque la oscuridad regresó al siguiente latido, en su mente quedó grabada la mirada de aquellos hombres.

«Sus ojos son tan fríos como los de los muertos», se dijo con los labios apretados.

Echó a andar detrás del soldado que había ido a buscarla y los demás la flanquearon. Mientras atravesaban las calles embarradas de Regio, la lluvia los azotaba con tanta furia que apenas podía separar los párpados. Avanzaba con la cabeza agachada y los brazos cruzados sobre el pecho, notando que el agua atravesaba el manto y le pegaba la túnica al cuerpo.

Al cabo de un rato vislumbró la entrada del cuartel general. Accedió al edificio con un nudo en el estómago y siguió al mercenario sin dejar de tiritar. El hombre golpeó con los nudillos en una puerta, intercambió unas palabras con otro soldado que abrió desde dentro y después le hizo un gesto para que pasara.

La sala era rectangular y a ambos lados ardían velones de sebo dispuestos en hileras. Altea vio a su esposo frente a ella; se apoyaba en una mesa y sus manos aferraban el borde como si quisiera incrustar los dedos.

—Calipo...

Advirtió la presencia de una mujer junto a la ventana. Llevaba una túnica muy sucia y raída; su pelo negro apenas era más largo que el de un muchacho.

—¿Quién...?

En ese instante la reconoció, y comprendió horrorizada que todo había terminado.

Capítulo 110

Atenas, marzo de 352 a. C.

Un grito agudo sobresaltó a Platón. Apoyó ambas manos en la mesa para levantarse, caminó renqueando hasta la ventana y se asomó al patio.

—Prometeo, ¿estás bien?

El hijo de Altea se apretaba una mano y miraba lloroso al cachorro que tenía delante.

—Me ha hecho sangre. —Levantó la mano sin que Platón llegara a distinguir ninguna herida. Ya tenía cuatro años y al crecer se había estilizado tanto que no se parecía en nada al niño con redondeces de bebé que su madre había dejado en Atenas. Céfiro se encontraba a los pies del pequeño, regañando al perro, y se giró hacia la ventana para indicar con una sonrisa que apenas había sido un rasguño.

«Afortunadamente no se parecen entre sí», se dijo Platón mientras contemplaba los rostros de padre e hijo. Desplazó la vista hasta los dos guardias que había apostados junto a la puerta y su semblante se ensombreció. Los había contratado después de que Céfiro acudiera malherido a la Academia y se produjese el enfrentamiento con los mercenarios de Calipo.

Una ráfaga de viento hizo que se estremeciera y cerró los postigos de la ventana. Había pasado varios días en la cama por un resfriado que lo había dejado sin fuerzas y más delgado que nunca. Ahora tenía que permanecer en su casa de Atenas hasta que los médicos le permitieran acudir de nuevo a la Academia.

Regresó a la mesa y tomó asiento en una silla de respaldo alto. Se oyó otro grito de Prometeo, esta vez de júbilo. Esbozó una sonrisa débil y se preguntó cómo se encontraría Altea. El invierno había detenido el goteo de noticias que llegaban de Sicilia e Italia, aunque antes habían sabido que Calipo había recalado en Regio tras perder la mitad de sus hombres tratando de tomar Mesana. La última carta que habían recibido era de un miembro de la comunidad pitagórica de Crotona que aseguraba que Altea seguía viva y estaba con Calipo en Regio.

«Habrán pasado allí todo el invierno.» Negó con la cabeza mientras imaginaba lo dura que sería para Altea aquella situación. Rezaba todos los días para que Calipo permitiera que su esposa regresara a Atenas. Hasta entonces, lo único que podía hacer por ella era cuidar de Prometeo y Céfiro.

Cogió una de las tablillas que tenía en la mesa y leyó lo último que había escrito. Seguía trabajando en *Las leyes,* la obra a la que dedicaba la mayor parte de su tiempo desde hacía varios años.

«En las luchas por el poder, a menudo los que vencen se apropian de todo en la ciudad. No dejan participar en nada a los vencidos, sino que los vigilan para que no lleguen al gobierno y se venguen de ellos. Promulgan leyes que favorezcan sólo a su facción y afirman que eso es lo justo, equiparando así la justicia a lo que resulta útil al más fuerte.»

Cogió el punzón de madera que reposaba sobre la mesa y escribió cuidadosamente en la capa de cera que recubría la tablilla.

—Sin embargo —murmuró mientras trazaba las letras—, nosotros afirmamos que lo que en ese caso se llama *justicia* no es más que una palabra vacía, que semejantes gobiernos son indignos de ese nombre, y que no hay más leyes verdaderas que las que se promulgan para favorecer a toda la ciudad.

Dejó la tablilla junto a varias ya escritas, cogió otra con la superficie lisa y deslizó los dedos por la cera. Su pulso temblaba y se fijó en las arrugas y manchas de la piel de sus manos.

«*Las leyes* va a ser mi última obra.»

Tomó el punzón y apoyó la punta en la cera, pero se quedó ensimismado sin llegar a escribir. En *La república* había mostrado cómo sería un Estado ideal que se rigiera por la razón y el conocimiento; un Estado en el que los gobernantes hubiesen recibido la formación más elevada y gobernaran sin ambición de poder, pensando siempre en el bien general. Sin embargo, era consciente de la enorme dificultad de lograr algo así; por eso en la misma obra afirmaba que aquel Estado ideal debía considerarse un paradigma, una referencia, y que el modo de acercarse a los niveles de bienestar y justicia del Estado ideal era logrando que quienes gobernaran fuesen verdaderos filósofos.

«Llegué a creer que eso se haría realidad en Siracusa gracias a Dion..., pero Calipo acabó con aquel sueño.»

En *Las leyes* hacía un planteamiento de Estado que tenía el mismo objetivo que la mayor parte de sus obras: alcanzar el bien común. La diferencia con las propuestas de *La república* era que ya no se requería la presencia de hombres en los que se aunaran la filosofía y el poder político, por lo que se trataba de un planteamiento más factible.

El punzón comenzó a surcar la cera.

«No hay que conceder los cargos públicos en función de la riqueza, el poder o el linaje, sino que debemos designar como magistrados a los que destaquen en la obediencia a las leyes. Si los escogemos de este modo, los magistrados serán servidores de las leyes, y debe ser así porque la conservación de la ciudad depende de esto más que de ninguna otra cosa. Donde la ley esté sometida a los que gobiernan, se encuentra cercana la ruina del Estado. En cambio, la ciudad recibirá todos los bienes que conceden los dioses si la ley es el ama de los gobernantes, y los gobernantes esclavos de las leyes.»

—Los gobernantes esclavos de las leyes —susurró antes de dejar el punzón—. Éste es el principio fundamental.

Se notaba algo mareado. Apoyó los brazos en la mesa y agachó la cabeza.

Mientras se recuperaba, pensó de nuevo en el Estado ideal al que había dado forma en *La república.* Uno de los elementos que hacía más improbable que aquella propuesta viese la luz era el sacrificio que exigía a su clase gobernante, formada por hombres y mujeres que hubieran completado todas las etapas de la formación filosófica. Para que ningún interés personal interfiriese con el único propósito que debían tener —el bien de la ciudad—, los gobernantes no tendrían propiedades privadas —el Estado los proveería de lo que necesitaran—, entre ellos las relaciones de pareja no serían exclusivas como en los matrimonios, y sus hijos serían cuidados en común. En cambio, en la propuesta de Estado que hacía en *Las leyes* nadie debía hacer ese sacrificio, pero desgraciadamente eso implicaba renunciar también a la capacidad que tenían muchas mujeres para formar parte del cuerpo de los gobernantes. Si en una sociedad como la griega no se hacían las excepciones que proponía en *La república,* entonces a las mujeres les correspondía dedicar todo su tiempo a su esposo, a la administración de la casa y a los hijos.

Oyó la puerta de la calle y alzó la mirada. Le llegó la voz de sus guardias seguida de otra que conocía muy bien. Se trataba de su secretario, Filipo de Opunte, que un momento después abrió la puerta de la sala.

—¡Salud, Platón! —Era un hombre pequeño y vivaracho, de cabello azabache con vetas plateadas que ceñía con un cordel de cuero. Platón utilizaba sus servicios desde hacía tiempo para dictarle y para que pasara a rollos de papiro las notas que él iba tomando en tablillas.

El secretario se acercó a la mesa cargado con una bolsa de tela y frunció el ceño.

—Por los dioses que no tienes buen aspecto. ¿Prefieres que regrese otro día?

—Te lo agradezco, pero no. —Platón señaló la silla que había frente a él—. El invierno ha quedado atrás, ya no debería demorarme más. Ahora que se puede volver a navegar, quiero que mi respuesta parta cuanto antes.

Su secretario dudó un momento.

—Está bien, como quieras.

Tomó asiento, dejó la bolsa en el suelo y sacó varios papiros y material de escritura. Antes de que se cerrara la temporada de navegación, los partidarios de Dion que se encontraban en Leontinos le habían pedido a Platón que colaborara con ellos en su intento de recobrar Siracusa. El filósofo había trabajado en la respuesta a lo largo del invierno de forma intermitente, pues había enfermado en tres ocasiones, pero la carta ya estaba muy avanzada. Mientras trabajaba en su contenido, tenía en cuenta que sería leída por muchas personas y seguramente copiada y enviada a distintos lugares.

—Léeme lo último que te dicté.

—Vamos a ver... —Filipo de Opunte rebuscó entre los papiros que constituían la carta de respuesta—. Aquí está: *El asesino de Dion ha causado un daño inmenso a la humanidad entera, y lo mismo puede decirse de Dionisio. El primero hizo perecer a un hombre que quería practicar la justicia, y el segundo se negó a utilizarla durante todo su gobierno. Dionisio tenía el poder absoluto, y si hubiera unido a ello la filosofía, habría implantado entre griegos y bárbaros la recta opinión de que no hay ciudad ni individuo que pueda ser feliz si para gobernarse no tiene por guías la sabiduría y la justicia.*

Platón cerró los ojos mientras el secretario mojaba su cálamo en el tintero. Habían transcurrido casi dos años desde la muerte de Dion, pero todavía se le hacía un nudo en la garganta al hablar de ello.

—El asesino de Dion —siguió dictando— ha hecho el mismo daño que hizo Dionisio, pues tengo la certeza de que Dion, que había liberado Siracusa de la esclavitud, la habría mantenido libre, habría proporcionado a sus ciudadanos las mejores leyes, y se habría dedicado a repoblar Sicilia entera y a librarla de los bárbaros. Y si él, un hombre justo, filósofo, valiente y moderado, hubiera podido ejecutar estos proyectos, se habría extendido entre todos los hombres la misma opinión sobre la virtud que Dionisio habría obtenido si se hubiese dejado guiar por nuestros consejos. Pero en ambos casos lo han impedido la injusticia, la impiedad, la osadía y la ignorancia, que es la raíz de todos los males.

—... la ignorancia..., que es la raíz de todos los males. —El secretario terminó de escribir y vio que Platón tenía la frente perlada de sudor.

«Siempre le afecta hablar de la muerte de Dion», se dijo preocupado. Aunque el gran filósofo conservaba sus facultades mentales intactas, en aquel momento parecía tan frágil como cualquier anciano enfermo. Pensó en sugerir que continuaran otro día, pero sabía que no serviría de nada y se quedó callado.

La respiración de Platón seguía alterada y susurró mientras trataba de recobrar el resuello:

—Esto último habrá que revisarlo cuando terminemos. —Tomó aire y le hizo un gesto al secretario para que continuara escribiendo su respuesta—. Tenéis que daros cuenta de que los males de las guerras civiles no terminarán hasta que los vencedores dejen de vengarse. Ni hasta que éstos establezcan leyes imparciales, tan favorables para ellos como para los vencidos. El bienestar y la felicidad de la ciudad dependen del establecimiento de estas leyes, y de que los vencedores no se muestren menos sometidos a ellas que los vencidos. Si vuestra intención no es ésa, no pidáis mi colaboración.

Platón se pasó una mano por el rostro sudoroso. No había acudido al peluquero desde la primera vez que había enfermado ese invierno y tenía la barba y los cabellos blancos bastante más largos de lo habitual. Parpadeó como si no distinguiera bien lo que tenía delante y bebió un trago de agua antes de proseguir:

—Si vuestra intención no es ésa, no pidáis mi colaboración... Pero, si realmente queréis imitar a Dion, entonces escuchad mis consejos, que espero que os resulten útiles a vosotros, a todos los siracusanos y también a vuestros adversarios y enemigos. Unos pretenden recobrar el poder, otros eliminar definitivamente la tiranía, pero ninguno puede vencer a los demás con facilidad y por ello se corre el peligro de que la lengua griega desaparezca de toda Sicilia, si queda bajo el dominio de los cartagineses. Para tratar de evitarlo, en primer lugar aportaré mi consejo de siempre y recomendaré a cualquier tirano que transforme su poder en reino. Debe hacer como el sabio y virtuoso Licurgo, que instituyó en Esparta el Consejo de Ancianos y la magistratura de los éforos para poner freno al poder de la monarquía, la cual de ese modo se conservó durante muchas generaciones hasta la actualidad, gracias a que la ley llegó a ser reina soberana de los hombres, y no los hombres tiranos de las leyes.

El secretario impregnó de tinta la punta del cálamo y escribió las últimas palabras.

—Y no los hombres tiranos de las leyes... Ya está.

De repente la puerta de la sala se abrió y los dos se giraron hacia ella. Prometeo entró corriendo y un momento después apareció Céfiro, pero el pequeño ya había llegado a la silla de Platón y se subió a sus rodillas.

—Lo siento mucho... —empezó a disculparse Céfiro.

—No te preocupes. —Platón retiró el pelo de la frente de Prometeo. El pequeño lo miró con el rostro radiante y le hizo recordar cuando Altea era una niña que también se sentaba en sus rodillas—. ¿Quieres trabajar un poco con nosotros? Estamos escribiendo una carta.

Prometeo abrió mucho los ojos.

—¿Una carta a mamá?

—No. —Platón sonrió con tristeza y miró de reojo a Céfiro, que se mantenía junto a la puerta—. Es una carta para ayudar a unos amigos que me han pedido consejo.

Retiró otro mechón de la cara de Prometeo.

«Desgraciadamente, a tu madre no puedo ayudarla.»

Capítulo 111

Regio, marzo de 352 a. C.

Altea se había quedado paralizada.

Calipo la contemplaba sin decir nada mientras apretaba el borde de la mesa con tanta fuerza que los brazos le temblaban. Melisa permanecía junto a la ventana, con sus fieros ojos negros clavados en ella.

Su esposo fue el primero en romper el silencio:

—¿No vas a saludar a Melisa? —La tensión hacía que su voz fuera casi un gruñido—. Parece que no te agrada que nos haya visitado.

Calipo torció los labios en una sonrisa grotesca. Tenía muy abiertos los ojos, que parecían flotar en los pozos oscuros de sus ojeras. Altea trató de decir algo, pero las palabras se le atravesaron en la garganta mientras el agua escurría de su ropa empapada y formaba un charco en torno a sus pies.

—¿Qué hace aquí? —consiguió preguntar.

«¡Oh, dioses, le habrá contado todo lo que ponía en la carta!» Miró a la esclava de reojo: su cabello rapado se había convertido en una maraña sucia que le llegaba casi a los hombros. Debía de haberse escapado hacía más de un año y ella ni siquiera se había enterado.

Un trueno muy cercano hizo que el suelo temblara. Calipo giró la cabeza hacia Melisa, que se mantenía rígida como una estatua entre la hilera de grandes velas que recorría la pared.

—Melisa ha venido porque es una esclava leal. —Asintió varias veces mientras la contemplaba—. De hecho, creo que es la persona más fiel de todas las que me rodean. —Miró de nuevo a su esposa y su voz se tornó tan fría como el hielo—. No como tú, que no eres más que una sucia adúltera.

—¡Por Zeus, ¿cómo te atreves?! —Altea se esforzó con toda su alma por parecer indignada—. ¿No irás a creer los desvaríos...?

—¡CÁLLATE! —El rugido de Calipo sobresaltó a las dos mujeres. El semblante de Melisa se iluminó de gozo y Altea sintió que el terror la dominaba—. ¡Llevo años oyendo tus mentiras, muestra una mínima decencia y no sigas con tu farsa ahora que lo sé todo!

—Calipo, escúchame, por favor. No soy ninguna adúltera, y Melisa no es la primera vez que miente. Recuerda cuando...

Calipo se apartó bruscamente de la mesa y avanzó hacia ella.

—Por supuesto que recuerdo —se detuvo a menos de un paso—; recuerdo cuando Melisa me advirtió de que Céfiro se mostraba demasiado cercano contigo. Yo mismo lo vi, y te vi a ti riéndote con él como una muchacha que disfruta mientras la cortejan. Entonces hice que lo torturaran y tenía intención de matarlo, pero Platón intervino, imagino que porque tú se lo pediste, y cometí el error de perdonarlo. Melisa lo único que hizo fue tratar de enmendar ese terrible error e intentar que acabara con Céfiro; sin embargo, yo no lo hice..., y el resultado es ese hijo bastardo que has hecho pasar por mío.

—¡No! —El miedo quebró la voz de Altea—. Eso no es verdad, Calipo. Prometeo...

—¡Ya basta! Llevabas años sin acostarte conmigo y de repente viniste a mi cama porque sabías que el esclavo te había dejado preñada. —La miró de arriba abajo con una mueca de asco—. Y luego dijiste que el niño era sietemesino para que las fechas encajaran y yo me lo creí como un imbécil. —Señaló a Melisa sin apartar la mirada de Altea—. Afortunadamente, ella te oyó cuando le decías a tu amante que la partera se había dado cuenta de que ese bebé había nacido tras un embarazo de nueve meses y no de siete.

—Calipo, te aseguro...

El golpe de revés le partió los labios contra los dientes y cayó de espaldas.

—¡No sigas mintiéndome, maldita seas! Me han traicionado en Siracusa, en Catania, me han traicionado todas las ciudades que habían firmado acuerdos conmigo, pero la tuya ha sido la mayor de las traiciones. Tenía que haberme dado cuenta cuando envié a mis hombres a por el niño y Céfiro se lo llevó a la Academia. Ese miserable esclavo es el padre de Prometeo... y Platón lo protegió de mis mercenarios e hizo cuanto pudo para que se quedaran en Atenas porque sabía la verdad.

—No... —Altea gimió mientras se ponía de lado con la boca llena de sangre—. Nada de eso es cierto.

—Y tu comportamiento... —Calipo continuó como si no la hubiera oído—. No quisiste volver a acostarte conmigo, siempre con excusas. —Apretó los puños con rabia—. Incluso tuviste la desfachatez de pedirme hace unos meses que te dejara regresar a Atenas. —Sus labios se retrajeron sobre los dientes como un perro antes de atacar—. Querías regresar con tu amante y tu bastardo.

—Te lo suplico...

—¡Guardias! —La puerta se abrió detrás de Altea—. Buscad al sargento Euríbates, que venga inmediatamente.

El sargento entró en la sala y echó un breve vistazo a Altea antes de cuadrarse. Calipo sacó una bolsa que llevaba oculta bajo la coraza.

—Euríbates, te voy a encomendar una misión con la que sé que disfrutarás. —Sopesó la bolsa, que contenía monedas de oro y anillos por un valor equivalente a dos mil dracmas de plata—. Escoge veinte hombres, requisa un barco en el puerto y zarpa lo antes posible hacia Atenas. Una vez allí, busca a Céfiro, el esclavo que era mi cocinero y la otra vez se te escapó. —La boca del mercenario se torció en una mueca cruel. Aquel esclavo había estado a punto de ahogarlo y lo había dejado en ridículo delante de sus hombres—. En esta ocasión no falles, y mátalo.

—No lo hagas, Calipo... —sollozó Altea tratando de incorporarse.

—Y a Prometeo, el niño que Céfiro te arrebató, mátalo igualmente.

El mercenario frunció el ceño y habló sin prestar atención a los gritos desesperados de Altea.

—Mi general..., ¿Prometeo no es tu hijo?

—No. —Calipo miró con odio a Altea, que no dejaba de gritar—. Sólo es un bastardo que ha tenido ese esclavo con mi mujer.

Alargó la bolsa con el oro hacia el mercenario y le sostuvo la mirada.

—Si cumplís la misión, tendréis otras cien dracmas cada uno. —Dejó caer la bolsa en sus manos—. Pero tenéis que matar también a Platón.

A Melisa se le puso la carne de gallina cuando Calipo ordenó que encerraran a Altea y los guardias se la llevaron a rastras.

«Parece una loca», se dijo con los labios temblándole por la excitación. Altea pataleaba y aullaba como un animal al que estuvieran despedazando. Su cabeza se agitaba de un lado a otro y por un instante sus miradas se cruzaron. El sobrenatural tono plateado de aquellos ojos siempre la había inquietado, pero ahora sólo se fijó en el rojo vivo de la sangre que cubría el mentón y el cuello de Altea.

«Mi señora... —En su boca apareció una sonrisa retorcida que mostraba lo que sentía por ella—. Me libré de los hijos que ibas a tener con Calipo, y ahora he conseguido librarme de ti.»

Los guardias cerraron la puerta y los gritos de Altea se fueron apagando hasta que la sala quedó sumida en un silencio extraño. Calipo continuó mirando la puerta durante un rato y luego se dio la vuelta. Tomó asiento en una de las sillas, apoyó la espalda en el respaldo y cerró los ojos con una expresión crispada.

Melisa se acercó a una mesita con una jarra y copas de bronce que había junto a un tapiz desgastado. Su túnica corta permitía ver que estaba más delgada que cuando vivía en Atenas, pero también más fuerte. Sirvió vino y se lo llevó a Calipo.

—Te vendrá bien, mi señor.

—¿Qué...?, gracias. —Calipo cogió la copa y movió la cabeza hacia la esclava sin llegar a mirarla—. Sírvete tú también.

Melisa estaba tan feliz que tuvo que hacer un esfuerzo para no echarse a reír mientras llenaba su copa y después ocupaba una silla junto a Calipo. Había pasado un año en la isla de Corcira, sirviendo a cambio de comida y un lecho de paja en la casa del capitán del barco que la había sacado de Atenas. «Parecía imposible encontrar el modo de continuar hasta Sicilia. —Sin embargo, cuando se enteró de que su amo estaba en Regio, consiguió que un amigo del capitán la llevara hasta Italia a cambio de las últimas dracmas que conservaba. Tras desembarcar, había tenido que recorrer cientos de estadios a pie, evitando poblaciones y caminos y durmiendo en cuevas como si fuese un animal—. Los dioses querían que me reuniera con Calipo, ellos me han protegido.»

Tomó un poco de vino. Era fuerte y bajó por su garganta extendiendo una agradable sensación de calor.

—Me gustaría pedir algo, mi señor.

Su amo tardó un momento en reaccionar.

—Por supuesto. —Giró la cabeza hacia ella—. Pídeme lo que quieras.

—Me gustaría seguir a tu servicio..., pero no como esclava, sino como mujer libre.

Calipo apenas arrugó el ceño antes de responder.

—No hay duda de que lo mereces. Haré que preparen el documento que lo certifique, pero ya puedes considerarte libre. Te pagaré un sueldo y residirás en mi casa mientras quieras.

Melisa experimentó una sensación de gratitud tan intensa que se le humedecieron los ojos. Tomó aire de forma entrecortada y se mordió el labio para no llorar.

—Gracias —musitó.

Calipo esbozó una sonrisa distraída. Se inclinó hacia delante, apoyó los codos en las rodillas y agachó la cabeza. Melisa lo observó mientras bebía su vino a pequeños sorbos. Su señor tenía algunas cicatrices que ella no recordaba y el cabello castaño estaba veteado de canas que se multiplicaban en la barba, pero seguía siendo el hombre atractivo y poderoso al que idolatraba desde que era una niña.

«Está pensando en Altea.» Calipo había entrelazado las manos y movía los dedos despacio, apretándolos mientras se cocía en su propio rencor.

—Mi señor, siento mucho no haber podido hacer nada antes. —Dejó su copa en la mesa y puso una mano en el antebrazo tenso de Calipo—. He sufrido cada día durante años viendo a Céfiro comportarse como si fuera el patriarca de la familia...; su insolencia al tratar a Prometeo como a un hijo delante de todos los esclavos... —Calipo asintió sin dejar de retorcerse las manos—; su desprecio por las leyes de los hombres y de los dioses cuando todos los días fingía que iba a la habitación de Hesperia, y en realidad acudía al dormitorio de su señora para pasar la noche juntos.

Melisa notó que el brazo de Calipo se volvía más rígido. Se levantó de la silla disimulando una sonrisa, caminó hasta la ventana y apartó el postigo. Todavía llovía, pero el manto de nubes presentaba algunos desgarrones por los que empezaba a colarse el sol.

«Los mercenarios partirán hacia Atenas en cuanto cese la tormenta.» Acabar con Céfiro era un sueño largamente anhelado, pero su victoria todavía no era completa. Dejó que pasara un rato y volvió a acercarse a Calipo.

—Permíteme decir, mi señor, que estoy convencida de que has hecho bien al ordenar que maten al filósofo Platón, pues ha protegido a quienes te han traicionado y ha ocultado su secreto. —Apoyó despacio la mano en el hombro de Calipo. Podía sentir su corazón retumbando como un tambor, su mente debatiéndose—. Gobiernas una ciudad y comandas un ejército. Tu poder se basa en el respeto y el temor de tus soldados y tus súbditos. —Los dedos de Calipo ya no se movían, su mirada se había quedado fija—. No puedes tolerar que alguien que te traicione quede sin castigo. —Hizo una pausa—. Sea quien sea.

Calipo entornó los párpados hasta convertirlos en dos rendijas que parecían contener un fuego. Melisa llevó una mano a su amuleto y aguardó mientras transcurría un minuto y después otro sin que su señor se moviera.

Finalmente, Calipo alzó la mirada.

—¡Guardias! —La puerta se abrió y entraron dos mercenarios—. ¡Traed a mi esposa!

Se puso de pie y Melisa lo imitó. No se atrevía a decir nada más y se dedicó a rezar a los dioses mientras su señor caminaba por la sala haciendo oscilar las llamas de las velas.

—¡Guardias! —volvió a gritar Calipo al ver que se demoraban.

En ese momento entraron los dos soldados agarrando de los brazos a Altea, que tenía la boca hinchada y la cara y el cuello cubiertos de sangre oscura. Cerraron la puerta y se quedaron detrás de la prisionera.

Calipo contempló a su esposa con la respiración agitada.

—No puedo dejar que vivas.

Melisa había esperado que Altea se derrumbara al oír aquello; sin embargo, la mujer que tanto odiaba respondió con firmeza.

—Mi vida está en tus manos, igual que mi alma en la de los dioses. Pero piensa que, si estás equivocado, estarás matando a tu propio hijo.

—Déjate de patrañas. —Los músculos de Calipo se tensaron y dio la impresión de que iba a volver a golpearla—. Sé muy bien que no estoy equivocado.

—Crees que no lo estás, pero creer no es lo mismo que saber. Nos lo enseñó Platón a ambos hace muchos años.

Su esposo soltó una risa amarga y cargada de desprecio.

—Platón..., tu segundo padre, como lo llamaste alguna vez. Siempre fuiste su favorita, y a mí en cambio nunca me valoró. No supo ver que, de todos los que acudían a la Academia, yo sería el único que se convertiría en un gran gobernante.

Altea inclinó la cabeza para escupir sangre en el suelo.

—Dion lo fue, hasta que lo asesinaste.

Aquello hizo que la voz de Calipo temblara de rabia.

—Dion no tenía la firmeza ni la visión necesarias para gobernar una gran ciudad como Siracusa. Tuve que reemplazarlo para evitar que el ejército y el pueblo se rebelaran y se iniciara una guerra civil.

Altea movió la cabeza para negar y su tono se volvió más duro.

—Ves traiciones por todas partes, pero fuiste tú el que traicionó a Dion, igual que me traicionaste a mí.

—Yo nunca te he traicionado —respondió Calipo con una mueca desdeñosa.

—Mientes. —Las heridas de sus labios hacían que hablar le resultara una tortura. Se los humedeció con la lengua para evitar que se pegaran con la sangre—. Cuando nos casamos me diste tu palabra de que jamás te acostarías con otra mujer, aunque fuera una esclava. Sin embargo, hace años oí que le pedías al médico Marsias un remedio para alguna molestia venérea que tenías y así poder seguir acostándote con esclavas.

Calipo negó sin abandonar su gesto de desdén.

—Eso no tiene ninguna importancia. Es sólo un disfrute físico, tan intrascendente como beber vino.

Altea insistió en que había roto una promesa fundamental en su matrimonio, y Calipo volvió a negarlo. Melisa los escuchaba cada vez más inquieta.

«¿Qué pretende con esta cháchara?» Resultaba evidente que Calipo no iba a dar marcha atrás, y además acusarlo de infidelidad de algún modo suponía reconocer la culpa por parte de Altea. Era como decir que había engañado a Calipo porque él había hecho lo mismo antes.

Su agitación continuó aumentando. Calipo parecía empeñado en desmontar los argumentos con los que se defendía su esposa antes de ordenar que la mataran, pero Melisa sabía que lo más peligroso de Altea era precisamente su inteligencia.

«Tengo que cortar esto como sea.»

Altea repitió que todas las acusaciones se basaban en el testimonio de una esclava, y ella se apresuró a intervenir:

—No soy una esclava —dijo al tiempo que avanzaba hacia su enemiga—, sino una mujer libre que sirve con lealtad a uno de los principales gobernantes del mundo griego. —Altea comenzó a hablar y ella alzó la voz aún más—. ¡Y por esa lealtad he recorrido medio mundo para desvelar la despreciable traición que llevas años cometiendo, y se me revuelve el estómago con cada palabra que utilizas para justificar tu infamia y ensuciar en público el nombre de Calipo!

—Eres tú quien...

—¡Silencio! —El grito de Calipo cortó la respuesta de Altea—. Melisa tiene razón, ya has hablado demasiado, y el mero hecho de que sigas viva después de lo que has hecho es una afrenta. —Se volvió hacia uno de los soldados—. Evandro..., mátala.

El mercenario, un hombre fornido de aspecto arisco, sacó un cuchillo y avanzó hacia Altea. Ella intentó correr hacia la puerta, pero el otro soldado la agarró y la inmovilizó contra su pecho con brazos que parecían de hierro. Evandro se acercó empuñando el arma y dirigió la mirada al vientre de Altea. Se detuvo frente a ella y apretó los labios en un destello de humanidad que apenas duró un instante.

—Te lo ruego —suplicó Altea.

Pero sabía que no tenía ninguna posibilidad. Una hora antes había intentado en vano convencer a esos mismos mercenarios de que la liberaran mientras la arrastraban hacia una celda.

—Tenéis que detener a Calipo —había rogado entre sollozos—. Se ha vuelto loco y también va a hacer que muráis todos vosotros. —Aunque los hombres ni siquiera la miraban, continuó hablando, salpicando sangre con cada palabra—: Está obsesionado con Siracusa y no se da cuenta de que es imposible recuperarla. Os va a sacrificar a todos por perseguir un espejismo. —Se internaron en un pasillo en penumbra sin que los mercenarios dijeran nada—. Lo más seguro es que ni siquiera lleguéis a Siracusa —prosiguió desesperada—. Dionisio intentará recuperar Regio en cualquier momento, sabe que todos los habitantes lucharán de su lado porque Calipo les arrebató sus provisiones antes del invierno y en casi todas las casas ha muerto alguien a causa del hambre. —Se detuvieron frente a una puerta y uno de los hombres accionó un grueso cerrojo metálico para abrirla—. Y si entráis en Sicilia os atacarán desde Leontinos los partidarios de Dion, que tienen un ejército más numeroso. Eso es inevitable mientras el hombre que os encabece sea el asesino de Dion.

Evandro la arrojó al interior de una celda oscura. Cayó encima de alguien que no se movió y se volvió rápidamente hacia la puerta.

—Calipo va a hacer que os maten y hace tiempo que ni siquiera puede pagaros. —La oscuridad se hizo completa cuando cerraron y gritó mientras echaban el cerrojo—. ¡Yo puedo hablar con Areté, la esposa de Dion, y conseguir que os contraten como soldados en Leontinos!

Había golpeado la puerta con los puños mientras seguía gritando, pero los mercenarios no habían vuelto a aparecer hasta que Calipo les había ordenado que la llevaran.

Y ahora uno de ellos estaba a punto de apuñalarla.

Se revolvió con todas sus fuerzas, pero no consiguió liberarse de la presa del soldado, que la sujetó con mayor firmeza. A unos pasos de ella, Calipo y Melisa contemplaban en tensión lo que ocurría. Evandro apretó con fuerza la empuñadura del cuchillo con el que iba a matarla, echó el brazo hacia atrás...

... y se detuvo al advertir que se abría la puerta.

Un oficial de los mercenarios entró en la sala e hizo un gesto de asentimiento hacia Evandro, que respondió del mismo modo y se apartó de Altea.

—¡General Leptines —gritó Calipo—, ¿qué ocurre?!

—Ocurre que tu esposa es muy convincente. —El general desenfundó la espada—. Y que estamos hartos de tus sueños de grandeza y de vivir en la miseria.

El otro soldado soltó a Altea. Le temblaban tanto las rodillas que estuvo a punto de caer.

«Han aceptado», se dijo mientras se apoyaba con una mano en la pared. Al recogerla en la celda para llevarla de nuevo con Calipo, Evandro le había avisado de que varios oficiales se habían reunido para debatir su propuesta de hablar con Areté para que los contrataran en Leontinos.

—Pero necesitamos que ganes tiempo —había susurrado el mercenario—. Aunque muchos hombres están descontentos, no va a ser fácil lograr un acuerdo rápido. Y si Calipo me pide que acabe contigo antes de que se haya alcanzado un acuerdo, tendré que matarte.

Calipo retrocedió unos pasos al tiempo que desenvainaba su espada.

—¡Traidores! —En la sala habían entrado seis mercenarios más—. ¡Detened a Leptines! —gritó mientras señalaba al general con su arma—. Os pagaré el triple. ¡Os daré cien dracmas a cada uno!

Leptines se abalanzó sobre él seguido por los demás mercenarios. Su golpe iba dirigido a la cabeza y Calipo consiguió detenerlo, pero un instante después le clavaron una espada en el brazo. Gritó de dolor y de rabia, lanzó una estocada que se detuvo en la coraza de un enemigo y otro soldado le incrustó medio palmo de hierro en el muslo. La pierna se le dobló y cayó de rodillas sintiendo la mordedura del pánico.

Levantó la espada en un intento desesperado de protegerse, pero un golpe fuerte se la arrancó de la mano.

—¡Quietos! —La orden de Leptines contuvo a los demás mercenarios. Se agachó para recoger el arma de Calipo y la mostró en alto—. Ésta es la espada con la que mataron a Dion. Calipo la ha llevado consigo desde entonces como si eso lo hiciera superior, pero lo único que nos ha demostrado es que vale cien veces menos de lo que valía Dion. —Envainó su propia espada y empuñó la de Calipo—. Tumbadlo y sujetadle los brazos.

—¡No...!

Una patada en la espalda interrumpió el grito de Calipo y lo hizo caer de bruces. Dos hombres lo inmovilizaron y él sacudió la cabeza profiriendo un alarido frenético. Mientras se retorcía, sus ojos se encontraron con los de Altea, que negaba con la cabeza y estaba llorando.

El rostro de su esposa fue lo último que vio.

El general Leptines alzó la espada y volvió a golpear el cuello de Calipo hasta casi decapitarlo. Altea contemplaba la escena horrorizada y no se percató de que Melisa corría hacia ella con un cuchillo en la mano. En el último instante vislumbró el arma descendiendo hacia su cara. Trató de protegerse y la hoja afilada atravesó la carne de su antebrazo como si fuera mantequilla antes de chocar contra el hueso.

—¡Muere!

Melisa levantó de nuevo el cuchillo. Su rostro se había convertido en una máscara de odio. Altea se echó hacia delante, logró sujetarle el brazo y la golpeó en la cara. Melisa dio un tirón y liberó el brazo. Antes de que volviera a atacar, Altea le pegó un puñetazo con todas sus fuerzas que le rompió la nariz.

Melisa soltó un grito y reculó un par de pasos. Esgrimió el cuchillo y se acercó de nuevo, temblando de ira. Altea trató de golpearla, pero esta vez su rival reaccionó con rapidez y la punta del cuchillo le rajó el dorso de la mano.

El dolor le atravesó el brazo como una llamarada. Intentó alejarse y chocó contra la pared.

—¡Maldita perra! —Melisa avanzó blandiendo el cuchillo—. ¡Maté a tus tres hijos dentro de tu tripa, y ahora voy a matarte a ti!

«Mis hijos...» Altea comprendió que aquello era cierto y un destello de cólera cruzó su rostro. Melisa se abalanzó sobre ella y la detuvo con una patada en la rodilla. La hoja del cuchillo voló hacia su pierna, pero sólo consiguió arañarle la piel. Su antigua esclava aulló de rabia, bajó el cuchillo para cubrirse mejor y atacó de nuevo.

En ese momento, Evandro le hundió la espada en el costado.

Melisa profirió un chillido que no parecía humano y sus ojos se abrieron como si fueran a salirse de las órbitas.

—No... —Tosió salpicando sangre sobre la túnica de Altea y el cuchillo resbaló de su mano. El mercenario extrajo la espada y su cuerpo se estremeció. No apartaba los ojos de Altea, pero todo su odio se había transformado en espanto.

Tosió otra vez y se volvió hacia el cadáver de Calipo, que yacía en medio de un charco de sangre. Dio un paso hacia él y sintió que el mundo se oscurecía.

—Calipo... —gimió sin que nadie la oyera.

Intentó dar otro paso y se desplomó.

El mercenario envainó su arma y examinó las heridas de Altea.

—Hay que coserte, pero no son graves.

—Los asesinos... —La angustia apenas permitía hablar a Altea—. El sargento Euríbates y los otros que iban a matar a mi hijo, y a Céfiro y a Platón. ¡Tenéis que detenerlos!

Le respondió el general Leptines, que se estaba acercando mientras se quitaba de las manos la sangre de Calipo.

—Ahora de lo que tienes que preocuparte es de convencer a Areté y a quien haga falta para que nos contraten en Leontinos. —Echó un vistazo a las heridas de Altea sin decir nada—. En cuanto al sargento Euríbates y sus hombres, se opusieron a que nos libráramos de Calipo y trataron de avisarlo, así que tuvimos que acabar con ellos. Ya no tienes que preocuparte por eso.

El alivio dejó a Altea sin aliento.

Su mirada se dirigió a los cuerpos sin vida de Melisa y Calipo, y se deshizo en un llanto que surgía del fondo de su alma.

Epílogo
Esparta, abril de 347 a.C.

Helena y su hija dejaron atrás las últimas casas de Esparta.

Ascendieron por el valle mientras oían a su derecha el canto de las aguas del Eurotas. Al cabo de un rato, se desviaron y se alejaron del río en dirección al monte Taigeto. Ese año el calor había comenzado pronto y Helena estaba sudando, pese a que sólo llevaba una túnica ligera.

—Ya hemos llegado.

El cementerio era pequeño y su perímetro estaba delimitado únicamente por una hilera de piedras blancas. Tomó la mano de su hija pequeña, avanzaron entre las sepulturas y se arrodillaron frente a una de ellas.

—Hola, Calícrates. —Helena se inclinó hacia delante y entrelazó los dedos con la hierba. Soplaba una brisa suave y algunas briznas se movieron como si mostraran alegría por su presencia—. Sé que no quieres que vengamos mucho, pero hoy hace trece años que te fuiste.

«Y te sigo queriendo igual que entonces. —Presionó con la mano en el suelo y evocó con los ojos cerrados la última noche que habían pasado juntos. Calícrates se había dado cuenta de que la llama de su vida se apagaba y la había despertado para que se despidieran—. Sabías que te estabas muriendo, pero tu única preocupación era tranquilizarme.»

Inspiró hondo para contener las lágrimas. Logró controlarse y se volvió hacia su hija.

—Vamos —susurró. La muchacha asintió, muy seria, y colocó una mano junto a la suya—. Calícrates, aquí tienes a tu hija Penélope. —La sonrisa de Helena tembló—. Cuando te fuiste ni siquiera sabía que me había quedado embarazada, pero mira cómo ha crecido ya. Es una jovencita espartana valiente y buena como tú, y tan bella y decidida como lo fue tu madre.

Penélope bajó la cabeza un poco avergonzada y apoyó la otra mano sobre la hierba que cubría la sepultura adyacente, que pertenecía a su abuela Deyanira. Aunque no la había conocido, estaba muy orgullosa de descender de ella.

«Ojalá algún día consiga parecerme a ti, abuela.» Deyanira había fallecido hacía cuatro décadas, pero su historia se mantenía viva y las espartanas la veneraban como si fuese una deidad.

Helena contempló con orgullo a su hija. Aunque sólo tenía doce años, su carácter reflexivo hacía que aparentara más. Penélope se giró al darse cuenta de que la estaba mirando y a Helena le impresionó la gravedad que transmitían sus preciosos ojos plateados.

«Son iguales a los de Deyanira.» Sólo había hablado en una ocasión con la legendaria espartana, cuando ella era una niña de la edad de Penélope y Deyanira una anciana, pero nunca podría olvidar aquellos ojos extraordinarios ni la sabiduría que había en ellos.

Al pensar en Deyanira se acordó de Perseo, el hijo de Deyanira que había crecido y vivido en Atenas sin conocer su verdadero origen. Calícrates había viajado a la ciudad de los atenienses un año antes de morir y había hablado con él.

«No le reveló a Perseo que eran hermanos, pero aquel viaje le proporcionó una gran serenidad. Desde que volvió de Atenas parecía más feliz.»

Calícrates le había dicho que Perseo tenía una hija que era la viva imagen de Deyanira. «Se llamaba Altea», recordó. Aquella ateniense tenía que parecerse mucho a su hija Penélope, que no sólo había heredado los ojos de Deyanira, sino que guardaba una gran semejanza física con ella.

Apartó la mirada para que su hija no averiguara en qué estaba pensando.

«Perseo habrá muerto hace años, ya no queda vivo ninguno de los hijos de Deyanira.»

Se planteó hablarle a Penélope de Perseo y de Altea. Calícrates y su madre no habían querido que nadie conociera el origen espartano de Perseo porque esa información podía perjudicarlo en Atenas, pero todos los implicados directos habían muerto ya.

«Se trata de una historia tan antigua que nadie puede comprobarla. —Su vista se dirigió a la piedra lisa colocada sobre la hierba a modo de lápida—. Calícrates, para ti fue muy importante saber que tenías un hermano en Atenas, ¿no querrías que tu hija compartiera ese secreto?»

Deslizó la mano sobre la hierba calentada por el sol, y al hacerlo sintió que era Calícrates quien acariciaba su piel.

Sus labios se abrieron en una sonrisa.

«Cuando Penélope crezca un poco más, le hablaré de su familia ateniense.»

Prometeo se metió dentro del horno de cerámica y cerró con cuidado la puerta.

—Por fin —murmuró.

Irguió su cuerpo de nueve años y se quedó muy quieto en medio de la penumbra silenciosa. El horno llevaba un día apagado, pero en su interior siempre hacía más calor que al aire libre.

Giró despacio sobre sí mismo, abriendo mucho sus ojos plateados. Cada vez que se metía allí tenía la sensación de acceder a un lugar sagrado y misterioso. En el espacio que ahora ocupaba él se llegaba a acumular tanto calor como en un volcán; entonces tenía lugar el prodigio que convertía las piezas de arcilla en cerámicas, cambiaba los colores y transformaba la capa de pintura en un esmalte brillante de extraordinaria dureza.

«Los dioses entran aquí cuando se enciende el horno.»

Aristóteles le había dicho que todo ocurría por acción del calor, pero no había sabido explicarle bien cómo y no había terminado de convencerlo.

Oyó su nombre, muy amortiguado por las gruesas paredes de ladrillo. No le prestó atención y levantó la vista al techo en forma de cúpula. Vio que la tapa superior, con la que se modificaba la circulación del aire, estaba medio cerrada.

—Por eso está tan oscuro —dijo en voz baja.

Se acuclilló y recorrió con la mirada el suelo del horno.

—¡Ahí está!

Cogió una figura, un poco más larga que uno de sus dedos, y la acercó a la luz que entraba desde lo alto. Se trataba de una representación que había hecho él mismo de Cerbero, el perro de tres cabezas que custodiaba el acceso al inframundo. Las tres fauces estaban abiertas y unos puntos blancos en los ojos eran lo único que no había cubierto de pintura negra.

Acercó un dedo a una de las bocas de Cerbero y lo retiró con rapidez. Desde hacía tiempo le gustaba ocultar en el horno figuritas de arcilla para que se volvieran duras y brillantes cuando lo encendían para cocer vasijas. Su madre le había dicho que a su tío Eurímaco le gustaba hacer lo mismo y le había hecho ilusión, pero no se engañaba respecto a su habilidad como alfarero. A su edad, tanto su tío como su abuelo Perseo sabían moldear piezas de cierta dificultad y él era incapaz de hacer un vaso que no estuviese torcido. Tampoco se le daba bien el dibujo, y sabía que su abuelo había realizado algunas pinturas excepcionales en grandes vasijas siendo aún más pequeño que él, en la época de las grandes epidemias de peste que habían diezmado Atenas.

«No seré ceramista, pero sí campeón olímpico como él», se dijo con una gran sonrisa.

Cuando era más pequeño solían comentar que se parecía mucho a su madre, pero ahora aseguraban que era igual que su abuelo Perseo. Le gustaba que dijeran eso, siempre había oído hablar de su abuelo con admiración.

—¡Prometeo!

Notó la tensión en la voz de su madre y se apresuró a abrir la puerta del horno.

—¡Por Hermes, ¿otra vez en el horno?! —exclamó Altea. Pero estaba sonriendo, y Prometeo también lo hizo. Su madre estaba más guapa que nunca con aquel vestido plisado tan blanco que parecía destellar, el cabello recogido en un peinado alto, pendientes largos de plata y una corona de violetas ciñendo su frente—. ¿Dónde has dejado tu corona?

Prometeo miró alrededor, recogió del suelo su corona de

hiedra y Altea lo ayudó a ponérsela. El patio de la casa taller estaba decorado con ramas de olivo y laurel. Había una docena de personas, todos ellos vestidos con sus mejores galas y adornados con coronas o guirnaldas para la ceremonia que iba a tener lugar. Después de varios días de cielo cubierto, había surgido una mañana luminosa y soplaba una brisa apacible, como si los dioses quisieran mostrar de ese modo que daban su bendición a la boda de Altea y Céfiro.

Madre e hijo cruzaron entre los invitados hasta llegar al pequeño altar de piedra cubierto de brasas. Prometeo se colocó a un lado, junto a Hesperia, y Altea tomó la mano de Céfiro, que se había dejado crecer el cabello y llevaba una elegante túnica de color azafrán. Su futuro esposo la envolvió en una mirada cálida y ella se sintió tan feliz que le dieron ganas de reír. Llevaba todo el día dando gracias a los dioses por haber permitido que llegara ese momento. Platón le había otorgado la libertad a Céfiro cuando ella había regresado de Sicilia, y desde entonces vivían juntos. Sin embargo, para casarse habían tenido que esperar hasta que la influencia de Platón había permitido que Céfiro no sólo se convirtiera en un hombre libre, sino que también le concediesen la ciudadanía ateniense, algo que sucedía en raras ocasiones. Ahora que era un ciudadano de pleno derecho, podía casarse con ella y además adoptar a Prometeo, convirtiéndose oficialmente en su padre.

Se arrodillaron frente al altar y Platón se situó al otro lado, apoyado en su bastón y con una corona de laurel rodeando su cabeza. Él iba a dirigir la ceremonia, que por tratarse de la segunda boda de Altea resultaría mucho más sencilla. Contempló a los novios con una sonrisa, cogió de un cuenco que sostenía Hesperia unas briznas de romero, mirto y enebro, y las esparció sobre las brasas. El aroma purificador se extendió por el patio mientras pronunciaba las fórmulas rituales para invocar a los dioses protectores de la ciudad, a los dioses familiares y a los antepasados. Como Céfiro no procedía de una familia ateniense, quedarían bajo el amparo de los dioses familiares de Altea, que con esa ceremonia se desvinculaba de los de Calipo. Era el último lazo que le quedaba por romper con su primer marido, pues al regresar a Atenas no quiso residir en su mansión y se trasladó con Céfiro y Prometeo a la sencilla casa taller en la que había vivido antes de casarse.

Altea cerró los ojos. Inspiró la fragancia de las hierbas purificadoras y dirigió una plegaria a sus añorados padres, Perseo y Casandra; a Eurípides, su abuelo materno; a Eurímaco, su abuelo paterno, de quien su hermano había tomado el nombre; a Altea, su abuela paterna, de quien lo había tomado ella...

Su rezo quedó en el aire al recordar el encuentro con los espartanos de Delfos.

«Deyanira —concluyó—, si formas parte de mis antepasados, cuida de mi familia. Protege a mi hijo Prometeo si realmente lleva tu sangre. Y también a Céfiro, su padre, que estuvo a punto de dar la vida para ponerlo a salvo.»

Platón les tendió una copa de oro con vino puro. Primero bebió Altea, después lo hizo Céfiro, y luego sujetaron la copa entre los dos para volcar sobre el altar el vino restante, que al contacto con las brasas produjo una pequeña llamarada.

—Oh, Zeus protector —invocó Platón—, Apolo paterno, Atenea protectora de la ciudad y todos los dioses a los que honramos y a los que nos encomendamos en Atenas. Este hombre y esta mujer, que ruegan que consagréis su matrimonio, os ofrendan ahora los frutos de la tierra.

Les acercaron una canastilla de mimbre con granos de trigo, tomaron un puñado y lo espolvorearon sobre las brasas. Siguiendo la costumbre pitagórica, no harían sacrificios cruentos en la ceremonia. Después cogieron una vasija con aceite de oliva para verter un poco sobre el altar. Al levantarla quedó a la vista la cicatriz del antebrazo de Altea, y recordó el momento en que Melisa le había clavado el cuchillo. Todavía había noches que soñaba con ello, y cuando despertaba veía en la oscuridad del dormitorio los cadáveres ensangrentados de Calipo y Melisa.

«Son sólo sueños, ya no pueden hacernos daño.»

Inspiró profundamente, y al soltar el aire su sonrisa volvió a expandirse.

Platón rodeó el altar y colocó sobre los hombros de Altea y Céfiro una banda de lana que los unía. La ceremonia había concluido y los invitados se acercaron para derramar sobre ellos higos secos y nueces, símbolo de prosperidad. Agacharon la cabeza, se dieron la mano y se miraron mientras los envolvían las voces animadas de sus invitados, las felicitaciones y el sonido de una cítara que comenzó a tocar una música alegre.

Céfiro se inclinó hacia Altea.

—Mi esposa... —susurró como si no consiguiera creérselo.

—Mi esposo —respondió ella antes de besarlo.

Platón rechazó con una sonrisa la copa de vino que le ofrecían, se apoyó en su bastón y caminó con la espalda encorvada hacia Aristóteles, que se encontraba junto al horno y observaba pensativo a los demás invitados de la boda.

—¿Te estás despidiendo?

—Hoy no es día de despedidas..., pero sí. —Una sombra de melancolía cruzó el rostro de Aristóteles—. Partiré dentro de tres días.

—Tres días... —Las cejas de Platón descendieron—. Pensaba que quedaba más tiempo. —Su discípulo había aceptado la invitación de Hermias, gobernante de Atarneo, para trasladarse a aquella ciudad de Asia Menor y abrir allí su propia escuela.

—He conseguido pasaje en otro barco que va más directo y zarpa antes.

—Vaya... —Platón le puso una mano en el brazo y se quedó en silencio. El mes anterior había anunciado que dejaba la dirección de la Academia y había nombrado sucesor a su sobrino Espeusipo. Sin duda eso había influido en la decisión de Aristóteles de abandonar Atenas.

«Por mucho que me entristezca que se vaya, es lo mejor para él. —Quizás Aristóteles todavía no se había dado cuenta, pero su asombrosa capacidad para la filosofía lo impulsaba a trazar sus propios caminos. Además, algunos de los enfoques que estaban germinando en su interior entraban en contradicción con la doctrina de la Academia; necesitaba un marco nuevo en el que sus propias ideas se desplegaran sin ningún tipo de condicionamiento—. Cuando se sienta libre para volar, lo hará más alto de lo que lo haya hecho ningún otro hombre.»

Aristóteles colocó una mano sobre la suya. El sonido de la cítara revoloteaba en torno a ellos.

—Debo darte las gracias, Platón. Vine a Atenas siendo sólo un muchacho, y lo que más valoro de lo que soy ahora te lo debo a ti.

Platón pensó en Sócrates antes de responder y experimentó un momento de vértigo.

—Tus palabras te ennoblecen, Aristóteles. Pero nunca olvides que, aunque un maestro quiere enseñar a sus discípulos lo que ha aprendido, ante todo quiere enseñarles a pensar. Que tu agradecimiento y tu respeto hacia mí nunca supongan un freno para tus ideas, sino que les sirvan de estímulo.

Altea se acercó a ellos y besó la mejilla de Platón. Con el vestido brillante, la corona de violetas y los ojos tan claros parecía una dríade, una ninfa del bosque.

—Todavía no te había dado las gracias estando casada. —Un nuevo beso hizo que el anciano filósofo se ruborizara—. Gracias.

Platón agachó la cabeza al tiempo que negaba y Aristóteles se dirigió a Altea.

—¿Te has librado definitivamente de los problemas con la herencia?

Un primo de Calipo había reclamado su derecho a casarse con Altea para quedarse con todo lo que había pertenecido a su esposo. La situación patrimonial de Calipo era tan compleja que el proceso se había alargado casi cinco años, pese a que Altea declaró desde el principio que estaba dispuesta a renunciar a todo. Lo único que pidió a cambio de no casarse con aquel hombre fue conservar la casa taller y quedarse con Hesperia, a la que después había concedido la libertad.

—El patrimonio de Calipo ya no tiene nada que ver con nosotros. Ahora le pertenece todo a su primo, que se está dando cuenta de que hay más deudas y reclamaciones que derechos y propiedades. Incluso algunos mercenarios de Calipo le están reclamando la soldada que no recibieron.

—No hay duda de que habéis ganado en tranquilidad. —Aristóteles dio una palmada en la pared del horno—. Y con el taller tendréis suficiente, vuestras cerámicas siguen siendo las mejores de Atenas.

Altea inclinó la cabeza para agradecerle el cumplido y contempló el horno con cariño.

—El taller va bien, pero yo lo mantendría en marcha aunque perdiera dinero. En cualquier caso, Céfiro está tan solicitado como cocinero para banquetes que con eso tendríamos suficiente.

Espeusipo se incorporó al grupo y la conversación se centró en Sicilia. Tras la muerte de Calipo, Altea había conseguido que se cerrara un acuerdo entre los antiguos mercenarios de su esposo y la ciudad de Leontinos. Aquello finalmente no sirvió de nada porque al año siguiente Hiparino perdió el trono de Siracusa a manos de su hermano Niseo, que lo ejecutó y estableció una férrea tiranía que ya duraba cuatro años.

—Eso está a punto de cambiar —aseguró Espeusipo—. Me han llegado rumores de que Dionisio está contratando mercenarios para reconquistar Siracusa.

Platón hizo un gesto de disculpa y se alejó de sus amigos. Estaba muy cansado y se dirigió a un banco de piedra situado en la otra esquina del patio. Se apoyó en el bastón para sentarse y agradeció que hubieran cubierto el asiento con un mullido cojín de lana. En el grupo más cercano a él se encontraba Axiotea, y sonrió por lo extraño que resultaba que no fuese vestida de hombre, como siempre que acudía a la Academia. Junto a Axiotea estaban las esposas de Jenócrates y Espeusipo, y también Lastenia de Mantinea, la última de las mujeres que se habían incorporado a la Academia. En total, contando a Altea, eran tres las filósofas que daban clase en su escuela, algo de lo que se sentía orgulloso.

Prometeo cruzó corriendo el patio y se detuvo junto a Aristóteles, que se agachó para hablar con él. «Siempre se han llevado muy bien», reflexionó Platón. Prometeo se echó a reír por algo que le estaba diciendo Aristóteles y él trató de distinguir sus palabras, pero entre el rumor de las conversaciones y la música de la cítara le resultó imposible.

Dejó el bastón en el suelo y descansó la espalda en una columna que tenía detrás. Solía sentarse en ese mismo sitio cuando Altea aún no había nacido y él acudía con Sócrates a visitar a Perseo. Sonrió al recordar a su maestro sentado frente a ellos, haciéndoles preguntas a las que no sabían contestar y guiándoles hasta que alcanzaban por sí mismos las respuestas. De vez en cuando Perseo se acercaba al horno, destapaba la abertura que le permitía comprobar la cocción de las vasijas y regresaba con una expresión satisfecha.

«Sócrates me parecía un hombre mayor... —Podía verlo como si lo tuviera delante, con sus ojos saltones, la nariz chata y en medio de la barba blanca unos labios gruesos que siempre parecían dispuestos a sonreír—. Ahora yo soy mucho más viejo de lo que era él cuando murió.»

Se movió para acomodar mejor la espalda en la columna y apoyó también la cabeza. Después de la muerte de Sócrates se había entregado en cuerpo y alma a transmitir el legado intelectual de su maestro. Durante varios años había volcado en sus obras todo lo que había aprendido de Sócrates, pero poco a poco había seguido avanzando en solitario: había creado la teoría de las Ideas, había desarrollado su filosofía política, había fundado la Academia...

«Y también viajé a Siracusa con la esperanza de convertir a Dionisio en un gobernante justo. —Imaginó que Sócrates asentía mientras lo escuchaba—. En eso fracasé; sin embargo, luego llegué a creer que el sueño de aunar la filosofía y el poder político, el sueño al que he dedicado mi vida, se haría realidad con Dion.»

—Pero Calipo asesinó a Dion, y con él mis sueños y mis esperanzas —murmuró sin que sus labios apenas se movieran—. Fue como si me asesinara a mí.

Oyó un ruido por encima de su cabeza y vio un águila que se alejaba planeando. Sus párpados comenzaron a descender. Se quitó la corona de laurel y la dejó sobre las piernas. Él ya no vería cumplido su sueño, pero quedarían sus obras, sus ideas, que podrían guiar e inspirar a otros después de que él hubiese muerto. Estaba convencido de que siempre habría hombres y mujeres que no se resignarían a vivir sometidos a los más poderosos.

«Tampoco querrán ser gobernados por los más capacitados para convencer, sino por los más capacitados para gobernar.»

Abrió los ojos al oír la risa cristalina de Altea. Céfiro la había cogido de las manos y la incitaba a bailar mientras Prometeo aplaudía entusiasmado a sus padres. Otros invitados se unieron al baile y las risas se extendieron.

Platón sonrió mientras sus ojos se cerraban.

Su labor había concluido.

Carta a mis lectores

Los ojos de Platón se cerraron por última vez durante el transcurso de una boda en el año 347 a. C., según afirma el historiador griego Diógenes Laercio. Sus restos fueron enterrados en la Academia, en un funeral en el que se le rindieron honores públicos.

Su labor había concluido, pero sus palabras siguen vivas para inspirarnos.

En *El asesinato de Platón* he seguido un planteamiento similar al de mis anteriores «asesinatos» —*El asesinato de Pitágoras* y *El asesinato de Sócrates*—. Los tres filósofos cuya vida y pensamiento he recogido en estas novelas son quizás los mayores gigantes intelectuales y morales que ha dado la humanidad; genios cuya elevada y revolucionaria visión moral, además de poner en peligro sus vidas, los convirtió en grandes maestros cuyas enseñanzas nunca debemos olvidar. Por este motivo escogí a cada uno de ellos, y por eso mismo mi propósito con estas novelas no ha sido sólo recrear un entorno histórico que resultara ameno. Transmitir con rigor los acontecimientos y personajes reales, y sobre todo el pensamiento de estos maestros, ha sido desde el inicio un objetivo tan importante como el de que las novelas resultaran entretenidas.

Escribir *El asesinato de Sócrates* fue la mejor preparación posible para escribir a continuación sobre Platón, que de hecho ya aparece en la novela de Sócrates durante sus años de juventud. A pesar de ello, antes de empezar a elaborar la trama de *El asesinato de Platón* tuve que dedicar otro año largo a profundizar en los acontecimientos históricos y en el pensamiento del filósofo. Sólo después comencé a desarrollar la trama de ficción, con la premisa de respetar de un modo riguroso cada detalle de lo real, y a la vez unir todos los elementos históricos en un tapiz de tramas enlazadas entre sí. Como ya he comentado, pretendo que mis novelas sirvan para aprender lo que realmente sucedió, pero esto sólo ocurre si el lector tiene claro dónde se sitúa el límite entre la realidad y la ficción. Veamos algunos comentarios al respecto.

Platón es el filósofo más importante de la historia. Esto lo expresó con claridad el filósofo inglés Alfred North Whitehead cuando afirmó que toda la filosofía occidental se puede considerar como una serie de notas a pie de página de la obra de Platón. A pesar de los dos mil cuatrocientos años que nos separan, han llegado a nuestras manos alrededor de treinta diálogos platónicos completos, además de una serie de cartas escritas por él en las que narra con bastante detalle sus azarosos viajes a Siracusa. Gracias a esa abundante información directa he podido reflejar en la novela sus principales ideas tal como él las expuso, especialmente en lo relativo al gran proyecto de su vida: hacer realidad un gobierno orientado al bien común, un gobierno de razón y conocimiento, libre de ambición y demagogos, que trajese el bienestar a sus ciudadanos y se convirtiera en un ejemplo que las demás ciudades siguieran. Desgraciadamente para él, y para todos nosotros, sus tentativas sólo sirvieron para que estuviera a punto de perder la vida.

Son numerosas las fuentes históricas que hablan de Platón en Siracusa. Gracias a ello, sabemos que en su primer viaje Dionisio el Viejo le pidió que hablara en su corte, se ofendió por sus ideas y ordenó que lo vendieran como esclavo. La intervención providencial de su amigo Anicérides de Cirene, e incluso el precio de veinte minas que pagó por Platón en el mercado de esclavos, son detalles que conocemos gracias a la obra de Diógenes Laercio. Del segundo viaje a Siracusa que realizó Platón veinte años después, convencido por Dion de la capacidad e interés de Dionisio el Joven por la filosofía, la principal fuente es el mismo Platón, y muy especialmente su *Carta VII.* En ella nos relata los vaivenes del tirano, las maquinaciones de Filisto, el destierro de Dion y el encierro del mismo

Platón en la acrópolis. Con esos antecedentes no parecía razonable embarcarse en un tercer viaje, y además Platón nos dice en su *Carta VII* que los oráculos eran desfavorables, pero también declara que los testimonios que le llegaban de que Dionisio estaba realmente «inflamado por la filosofía» le hicieron creer que el proyecto de unir política y filosofía todavía tenía una oportunidad. Sin embargo, tal como hemos visto en la novela, el tirano incumplió todas sus promesas y Platón terminó en los barracones de los mercenarios, entre los que se le había difamado hasta el punto de que algunos quisieran acabar con su vida.

En los tres viajes de Platón a Siracusa su vida estuvo en peligro y no logró avances en su proyecto del filósofo rey. Al regresar del último ya era un hombre mayor y había perdido la esperanza de ver cumplido su sueño, pero esas esperanzas brotaron de nuevo cuando su querido Dion consiguió, contra todo pronóstico, derrocar a Dionisio y colocarse a la cabeza de Siracusa.

Cuando Calipo asesinó a Dion, el sueño se vio definitivamente truncado.

La vida de Platón corre peligro en varias ocasiones a lo largo de la novela, pero la palabra *asesinato* que figura en el título se refiere a algo mucho más profundo que lo que habría sido su muerte física. Un hombre como él sin duda hubiera preferido morir antes que contemplar la destrucción del elevado proyecto al que había consagrado su vida. El asesinato de Dion no sólo le produjo a Platón una enorme aflicción, sino el impacto desolador de ver deshecho el sueño de que sus ideas guiaran a los hombres y sirvieran para hacer un mundo mejor, como nos repite con amargura a lo largo de las cartas que nos han llegado, en las que casi podemos escuchar su propia voz, su propio dolor.

El tirano Dionisio el Joven, el hombre que en dos ocasiones tuvo en sus manos hacer realidad el proyecto de Platón, está recreado en la novela tal como lo recogen las fuentes históricas. Era un hombre inteligente, pero también inseguro, vanidoso e inconstante. Su empeño en que Platón acudiera a su corte y en no dejarlo marchar, sus numerosos cambios de conducta y su obsesiva pretensión de que el filósofo lo estimara más que a Dion lo reflejan tanto Platón en sus cartas como el historiador Plutarco en sus *Vidas paralelas.* Por otra parte, en la Antigüedad solía hablarse de Dionisio como paradigma de la caída de un hombre poderoso, pues perdió ante Dion de forma sorprendente la férrea tiranía que había heredado de su padre y acabó su vida de un modo miserable. Poco después de los hechos que hemos visto en la novela, Dionisio salió de su refugio de Locros y consiguió recuperar el trono de Siracusa —se lo arrebató a su hermano Niseo, al que expulsó de la isla—. Su esposa e hijas se quedaron en Locros, donde había estado gobernando con crueldad, y los ciudadanos se vengaron violándolas repetidamente y asesinándolas. Cuando Dionisio llevaba un año en Siracusa, los siracusanos volvieron a alzarse contra él, con la colaboración de varias ciudades de Sicilia, y tuvo que refugiarse de nuevo en la acrópolis de Ortigia. Allí permaneció asediado hasta que el corintio Timoleón conquistó Siracusa y le permitió retirarse a Corinto, donde tuvo que pasar el resto de su vida trabajando como profesor para poder alimentarse. En Siracusa, Timoleón permitió que los ciudadanos arrasaran el palacio fortificado que había sido el símbolo del poder de la tiranía, y pusieron en ello tanto empeño que no dejaron ni las piedras de los cimientos.

Filisto, el consejero principal de Dionisio, también es un personaje histórico. Los cortesanos que veían amenazado su poder lo escogieron para que contrarrestara la influencia de Platón sobre el tirano, y es innegable que cumplió con la labor que le habían encomendado. En cuanto a su final, algunos historiadores sostienen que tras la derrota de la flota que comandaba se suicidó, y otros afirman que lo atraparon vivo, lo decapitaron y se ensañaron con su cadáver, que es la versión que he expuesto en la novela.

Acerca de Dion, disponemos tanto de las referencias de los grandes historiadores como del testimonio directo de Platón en sus cartas. En ambos casos se alaban reiteradamente las grandes virtudes intelectuales y personales de Dion. Todos los hechos sobre él narrados en la novela provienen de la abundante documentación existente, y lo mismo ocurre con las vicisitudes de su desdichada esposa: Areté, efectivamente, sufrió durante doce años el destierro de Dion y en ese período Dionisio la casó a la fuerza con otro hombre; cuando por fin se reunió con Dion, Calipo lo asesinó y a ella la encerró en un calabozo, donde dio a luz a su segundo hijo. Un año más tarde, Hiparino arrebató Siracusa a Calipo y permitió que Areté y Aristómaca se reunieran en Leontinos con los familiares de Dion que residían en esa ciudad. Esto es lo último que hemos sabido sobre ellas en la novela, pero por desgracia sus penalidades no terminaron ahí. Un hombre llamado Hicetas, que había sido amigo de Dion, pero había cambiado de bando, las envió al cabo de unos años al Peloponeso y ordenó que durante la travesía las mataran a ellas y al hijo pequeño de Dion. Un acto atroz que fue respondido con otro, pues cuando Hicetas fue derrotado, los siracusanos se reunieron en Asamblea y condenaron a muerte a su esposa y a sus hijas.

Otro de los personajes históricos es Calipo. Las fuentes señalan que acogió a Dion en su casa de Atenas cuando éste fue desterrado, lo asistió en su intento de derrocar a Dionisio, y cuando Dion ya estaba gobernando decidió acabar con su vida para convertirse él mismo en el tirano de Siracusa. Gracias a los relatos de los diferentes historiadores podemos evocar el dramático momento en que los mercenarios desarmados trataron de ahogar a Dion con sus propias manos, en una situación que se prolongó de un modo angustioso hasta que les pasaron una espada a través de la ventana y lo degollaron. Aquella atrocidad hizo que Calipo se convirtiera en tirano de Siracusa, pero su mandato fue breve y acabó arrastrándose miserablemente por toda Sicilia sin que ninguna ciudad quisiera acogerlo. Plutarco nos cuenta en detalle su última etapa, y cómo al final sus propios hombres lo asesinaron en Regio con la misma espada que había segado la vida de Dion.

Considero que la evolución de Calipo lo convierte en uno de los personajes más interesantes de la novela. No tenemos referencias históricas de su vida personal, pero los hechos que sí conocemos sobre él me han permitido mostrarlo como una alegoría o «ejemplo vivo» de los conceptos platónicos de *justicia* y *corrupción*. Platón desarrolla estos conceptos de un modo sublime a partir del mito del anillo de Giges, en el que un pastor llega a ser rey gracias a un anillo que le confiere invisibilidad. Como vemos en el mito, y en el personaje de Calipo, la sensación de impunidad hace más probable que nos dejemos llevar por la tentación —que permitamos que las partes irascible y apetitiva de nuestra alma arrebaten el control a la parte racional, diría Platón—. Pero las consecuencias de nuestra conducta van más allá de las recompensas y castigos, humanos o divinos. Ceder a la tentación, dejarnos llevar por los impulsos, desordena nuestro equilibrio interno y aumenta la probabilidad de desarrollar de nuevo una conducta inmoderada. Platón resalta que actuar de un modo injusto nos degenera y nos vuelve más injustos —lo que además a la larga nos convierte en seres desdichados—, y esto es precisamente lo que ocurre con Calipo. En la novela vemos que no es un hombre malo cuya máscara se va retirando, sino un hombre bueno que se va encontrando en disyuntivas ante las que decide libremente, como podemos hacerlo cualquiera de nosotros, y las decisiones que va tomando son lo que lo va corrompiendo de un modo progresivo y cada vez más difícil de revertir. En la primera parte se va dejando llevar por su deseo de riquezas y eso comienza a distanciarlo de su esposa y de la Academia. Unos años más tarde será el deseo carnal lo que profundice su proceso de degeneración y lo que rompa su matrimonio. En la última parte, la ambición de poder lo corrompe aún más y lo lleva finalmente a ordenar la muerte de su amigo Dion. Platón construyó a partir del mito de Giges uno de los más elevados alegatos a favor de la justicia que se hayan escrito nunca, evitando la apelación a obligaciones externas y poniendo el foco en la responsabilidad individual y en las consecuencias internas de nuestros actos. Calipo muestra a través de la novela lo certeras que eran las palabras del filósofo.

El hilo de ficción de *El asesinato de Platón* está configurado principalmente por los descendientes de Deyanira, tanto de la rama ateniense como de la espartana. No obstante, estos personajes están elaborados con elementos reales, de manera que reflejan el modo de vida cotidiano, creencias y otros aspectos de aquella época tal como eran. En el caso de Altea, su condición de discípula de Platón y maestra de la Academia está basada en los testimonios históricos sobre Axiotea de Fliunte y Lastenia de Mantinea, dos filósofas que asistieron a la Academia en esos años. Se sabe que una de ellas daba clases, y que al menos Axiotea acudía vestida de hombre. En la sociedad de entonces la mujer no tenía la categoría de ciudadano y estaba siempre bajo la tutela de su padre, su hijo o su esposo. La libertad de Altea para acudir a la Academia sería algo muy poco frecuente, y su temor de que Calipo la encerrara en casa está fundamentado en lo que era la realidad para una gran parte de las mujeres atenienses.

La visión de Platón sobre la mujer era muy diferente a la que tenía la sociedad griega de su época. Hemos visto que admitió mujeres en su escuela y que alguna llegó a maestra, lo cual ya resulta excepcional, pero además todas las menciones específicas a su punto de vista sobre las mujeres que vemos en la novela están tomadas directamente de las obras que conservamos de él. Platón creía que los hombres y las mujeres pueden llevar a cabo las mismas actividades si se les proporciona la misma educación, que las mujeres deberían gobernar igual que los hombres, y que dejarlas al margen de la educación y de la mayoría de las actividades del Estado suponía renunciar a la mitad de los recursos que podían obtenerse. El Estado ideal que define en *La república* implica una notable equiparación entre hombres y mujeres, pero ésa fue otra parte del sueño de Platón que Calipo desbarató al matar a Dion y aplastar el germen del primer gobierno basado en las ideas platónicas.

En la novela hemos visto, además de a Platón, al último de los grandes filósofos de la Antigüedad. Me refiero, por supuesto, a Aristóteles. El pensamiento de ambos filósofos se fue distanciando, y hay quien piensa que debieron de producirse enconados debates entre ellos dentro de la Academia. En realidad, en las obras de Aristóteles se percibe siempre un gran respeto hacia su maestro, y sus críticas a algunos aspectos de la filosofía platónica no se produjeron hasta después de que Platón falleciera y Aristóteles abandonase Atenas. Lo que sí podemos intuir por sus trabajos posteriores, y por algunas referencias indirectas o fragmentarias, es que el joven Aristóteles prestaría una atención mucho mayor que Platón a los fenómenos naturales y a la información que recogemos a través de los sentidos. Sin duda, su interés por el estudio de los seres vivos, que hace que hoy lo consideremos el padre de la biología, se inició en los jardines de la Academia. Aristóteles fue el más grande de los discípulos de Platón y en algunos aspectos superó a su maestro, pero en el período que recreo en esta novela sólo podemos ver en fase embrionaria su enorme capacidad, el pragmatismo y meticulosidad de su pensamiento y algunas discrepancias de enfoque con su maestro. Para mostrar su eclosión posterior y sus grandes logros, necesitaría otra novela similar a ésta.

El personaje más extravagante de la novela es el filósofo cínico Diógenes, a quien hemos visto defecar en público, comer en el suelo la comida que le habían tirado, y también orinar encima de un invitado en un banquete. Cada uno de estos comportamientos está descrito en las fuentes históricas. La escuela de los cínicos criticaba las convenciones sociales porque consideraba que limitan la naturaleza del hombre. Según ellos, debemos imitar la conducta autosuficiente y libre de los animales, y el hombre sabio satisfará el deseo y las necesidades físicas lo antes posible para que no perturben su sosiego. El modo de vida de los cínicos era también su manera de transmitir su filosofía, y no hay duda de que Diógenes conseguía captar la atención de sus contemporáneos.

A lo largo de la novela hemos asistido a importantes cambios en el equilibrio entre las principales ciudades griegas. Esparta había sido la potencia hegemónica desde su victoria en la guerra del Peloponeso, pero Atenas consiguió reconstruir la flota y los Muros Largos y establecer una nueva alianza marítima, y Tebas cobró una enorme fuerza gracias al general Epaminondas. Hoy en día Epaminondas no es tan recordado como Pericles o Alejandro Magno, pero sus asombrosos logros militares y sus virtudes personales le proporcionaron un enorme prestigio en la Antigüedad, hasta el punto de que el filósofo y escritor romano Cicerón consideraba que Epaminondas había sido «el primer hombre de Grecia». Los testimonios que nos han llegado reflejan la conmoción que produjo en el mundo griego la derrota que infligió a los espartanos en la batalla de Leuctra, disponiendo además de un ejército más reducido. Sus acciones posteriores en el Peloponeso —alianzas, fundación de ciudades, liberación de esclavos mesenios...— deterioraron de tal modo la situación política y económica de Esparta que nunca pudo recuperarse. Al menos consiguió sobrevivir, pues estuvo a punto de desaparecer. Calícrates y Helena son personajes de ficción, pero a través de sus ojos vemos el momento real en que Epaminondas atacó Esparta —una ciudad sin murallas que en ese momento tampoco tenía soldados que la protegieran—. Faltó muy poco para que la arrasara, pero lo impidió la llegada *in extremis* del rey Agesilao y sus hoplitas, así como la resistencia heroica que tuvo lugar en las calles —es histórico el hecho de que las mujeres se subieron a las azoteas para arrojar todo tipo de objetos pesados a sus enemigos.

Epaminondas era consciente del golpe definitivo que había asestado a los espartanos, como muestra que en su lecho de muerte dijera que las dos hijas que dejaba eran la victoria de Leuctra y la de Mantinea, según recoge el historiador Diodoro de Sicilia. Los sucesores de Epaminondas, no obstante, se mostraron muy inferiores a él y adoptaron una política defensiva que hizo que Tebas perdiera rápidamente la influencia que había logrado. Ya no hubo enfrentamientos relevantes entre las tres grandes potencias, que se limitaron a ser testigos de la rapidísima transformación de Macedonia, la cual pasó de ser un reino menor, atrasado y gravemente amenazado por sus vecinos, a someterlos a todos y expandirse a una velocidad asombrosa. El rey Filipo II, que en su adolescencia había estado en Tebas de rehén y había aprendido con Epaminondas, demostró un genio militar a la altura de su maestro y una habilidad política aún mayor. El año de la muerte de Platón ya había convertido Macedonia en el más poderoso de los Estados griegos y tenía planes muy ambiciosos para continuar expandiéndose. Junto a él se encontraba su hijo Alejandro, de nueve años, que al llegar a adolescente tendría como mentor nada menos que a Aristóteles.

Unos años después, empezaría a ser conocido como Alejandro Magno, el dios de la guerra, el conquistador del mundo.

Los lectores que iban leyendo los borradores de *El asesinato de Platón* me preguntaban si era producto de mi imaginación el Batallón Sagrado, la fuerza de élite de Tebas formada por ciento cincuenta parejas de amantes. No lo es. Plutarco nos describe en detalle su composición, y dice que los hombres de la misma tribu no se preocupan mucho los unos de los otros en una situación de peligro, mientras que si la unión se basa en una relación amorosa es indisoluble y los amantes afrontan cualquier riesgo antes que la vergüenza de no ser dignos a ojos de sus amados. El propio Platón afirma en *El banquete:* «Un ejército de amantes y amados, combatiendo unos al lado de otros, aun siendo pocos vencerán a muchos, porque un hombre enamorado preferiría mil veces morir antes que ser visto por su amado abandonando la formación o arrojando lejos las armas».

El Batallón Sagrado resultó clave en las victorias de Leuctra y Mantinea, y nunca se retiró de una batalla. Todas sus intervenciones se contaron por victorias hasta que, nueve años después del período que abarca la novela, fueron vencidos por el rey Filipo. Tras aquella batalla, los trescientos hombres del Batallón Sagrado aparecieron muertos los unos junto a los otros. Ninguno de ellos había retrocedido.

Los griegos de la Época Clásica, y en particular los atenienses, eran muy devotos de los banquetes que se prolongaban en simposios en los que podían estar bebiendo vino hasta el amanecer. El mejor ejemplo de celebración moderada, en la que primaba la conversación de un elevado tono intelectual, está recogido en *El banquete* de Platón. Lo más frecuente, no obstante, serían los simposios en los que los asistentes se emborrachaban y se entregaban al placer. Tenemos abundantes referencias sobre ellos en las obras literarias de aquella época, así como numerosas imágenes que podemos observar en las cerámicas que nos han llegado perfectamente conservadas. Los concursos de canto, las competiciones de bebida o servir de montura a una joven sirvienta eran prácticas habituales, tal como vemos en el banquete en el que Calipo se acuesta con una esclava por primera vez.

Las referencias al vino y a la gastronomía proceden en su totalidad de fuentes de la época. Como en otros muchos campos, los antiguos griegos alcanzaron en éste un nivel de refinamiento exquisito, y he querido que Céfiro fuese cocinero para poder reflejarlo. Se conocen unos veinticinco autores de libros de cocina, y en sus tratados se recogían recetas como la del cerdo a los dos estilos que reproduzco en la novela. También tenemos referencias sobre el uso del ajenjo, no sólo como condimento sino también para preparar infusiones abortivas, como vemos que hace Melisa para matar a los hijos de Altea.

He preparado una selección comentada de imágenes de objetos y escenarios que forman parte de la novela, y te animo a complementar con ella la lectura de *El asesinato de Platón*. La puedes encontrar en mi página web (www.marcoschicot.com), en el apartado de la novela. Hay cosas que se han perdido para siempre, como los cuadros de la pinacoteca de la Acrópolis, pero podemos contemplar *kilix* con imágenes eróticas iguales al que usa Calipo en el banquete de su socio, esculturas del genial Praxíteles, monedas de plata como las que apuesta Eurímaco a los dados en la taberna del Pireo, imágenes de la Acrópolis y del Partenón tal como eran entonces... También he incluido los bustos de Sócrates, Platón y Aristóteles más cercanos a ellos en el tiempo, y por tanto los que tienen más probabilidad de representar cómo eran realmente sus rostros. Estas imágenes de los tres grandes filósofos son las mismas que me acompañan desde hace años en la pared de mi despacho, observándome con severidad mientras trabajo para recrear su pensamiento y el mundo en el que vivieron. Mientras escribo estas últimas líneas, los contemplo y quiero pensar que sus ceños están un poco menos fruncidos (incluso el de Aristóteles, pese a que sólo he mostrado sus comienzos como filósofo).

Volvamos de nuevo a Platón para concluir. Sus intentos de unir la política y la filosofía resultaron infructuosos, pero su gran obra de los últimos años, *Las leyes*, es de alguna manera la superación de aquel desastre, y con ello la última muestra de su genialidad. En esta obra expone el Estado legal, en el que los gobernantes deben estar sometidos como si fueran esclavos a leyes promulgadas en beneficio de todo el pueblo. Conceptos como el imperio de la ley y el equilibrio de poderes, tan relevantes en nuestros actuales sistemas de gobierno, ya están recogidos en *Las leyes.*

Las enseñanzas de Platón son indispensables hoy en día, entre otros motivos porque tenemos sistemas políticos —y problemas asociados a ellos— similares a los suyos. En la novela vemos al demagogo Heraclides —otro personaje histórico— exaltar a la Asamblea de Siracusa y hacer que expulse a Dion, pese a que éste acababa de librar a la ciudad de la tiranía, trataba de establecer un gobierno justo y quería repartir el poder que los propios siracusanos habían depositado en sus manos. Como se ve después, la consecuencia fue que la ciudad resultó atacada e incendiada, murieron miles de habitantes y tuvieron que llamar a Dion para que regresara y los socorriera. Los demagogos —la versión política de los sofistas— también causaban grandes perjuicios en la democracia ateniense, igual que lo hacen en nuestras actuales democracias. La especialidad de un demagogo es hacer que triunfe el argumento falso sobre la verdad, y su método consiste en exaltar a sus oyentes para anular su razonamiento. De este modo, en lugar de reflexionar y detectar sus artimañas retóricas, su público reacciona a las cuerdas emocionales de las que ellos tiran. Es muy fácil —y muy natural— caer en las trampas que nos tienden. Gracias a Internet y al bombardeo constante de información al que estamos sometidos, cada día resulta más difícil seguir siendo una persona que decide, en lugar de convertirnos en un mero títere que reacciona. Nuestro escudo para evitarlo es el pensamiento crítico, no olvidarnos de pensar, de cuestionarnos lo que oímos y de llegar mediante el razonamiento a nuestras propias conclusiones. Ésta es la enseñanza primordial que nos transmitieron Sócrates y Platón, cuyas voces, aunque cada vez más debilitadas en nuestra sociedad, todavía podemos escuchar.

No dejemos de hacerlo.

Un saludo afectuoso,
Marcos Chicot

P. D.: Si entras en mi web, verás un área de contacto donde estaré encantado de atender tus preguntas, críticas o sugerencias. También puedes seguirme en Twitter o Facebook, donde mantengo el contacto con los lectores e informo sobre publicaciones y otras acciones en las que participo.

En el encabezado de mi página web (www.marcoschicot.com) puedes encontrar un artículo que he escrito titulado *8 cosas que deberías saber sobre el síndrome de Down*. Mi hija Lucía tiene SD. Es una niña maravillosa que nos hace muy felices y nos da todos los días lecciones de esfuerzo y actitud positiva —es, sin duda, la sabia de la familia—. No obstante, el desconocimiento y los prejuicios sobre el SD son un obstáculo para su integración en la sociedad. Si dedicas un momento a leer el artículo, le estarás echando una mano a mi hija y a miles de personas como ella.

Por último, me gustaría recordar que el 10% de lo que obtengo con mis novelas va destinado a fundaciones de ayuda a personas con discapacidad. Esa aportación no sería posible sin mis lectores; por ello, en mi nombre y en el de todas las personas a las que ayudamos, te transmito nuestro profundo agradecimiento.

Agradecimientos

A Lara, porque el sobreesfuerzo familiar que recayó sobre tus hombros durante el proceso de escritura de Sócrates se ha triplicado en el caso de Platón. Han sido cuatro años demasiado duros, y nadie más habría sido capaz de ser a la vez una paciente esposa, una excepcional madre trabajadora y, desde que cerraron los colegios por la pandemia, la mejor profesora que nuestros hijos habrían podido tener. Incluyo en este agradecimiento a Lucía y Daniel, que habéis soportado mis ausencias y me habéis dado la energía para llegar hasta el final. A partir de ahora estaré mucho más presente. Es una promesa, y no hay nada que desee más.

A mi editora, Raquel Gisbert, que afronta siempre con una sonrisa que mi perfeccionismo obsesivo me lleve a demorar los plazos una y otra vez. Y a Emilio Albi, que forma con ella un gran equipo a la hora de revisar mi novela y tratarla con todo el mimo que un escritor podría desear.

A Belén López, por apoyar desde Planeta mi empeño en divulgar a través de novelas las enseñanzas de los grandes maestros de la humanidad. Y a todos los que desde la editorial lucháis para que estas novelas acaben en manos de los lectores.

Una mención especial a Ferrán López, Sabrina Rinaldi y el equipo de Coverkitchen, por ser los autores de la portada de *El asesinato de Platón*. Me gusta tanto como la de *El asesinato de Sócrates* (también obra suya), de la que me enamoré nada más verla.

A Paco Barrera, que desde que llegué a Planeta ha sido una de esas personas que al ver que aparece su nombre en la pantalla del teléfono ya empiezas a sonreír. Muchas gracias por todo tu apoyo durante la larga promoción de Sócrates. Te echaré de menos con Platón, pero me alegra saber que nos seguiremos viendo.

A los libreros, que hasta que el mundo recupere la normalidad estáis luchando en circunstancias épicas. Nunca podré agradecer lo suficiente vuestro esfuerzo, y desde aquí pido a los lectores que sigan adquiriendo los libros en las librerías de siempre mientras las circunstancias lo permitan.

A todos los lectores que me habéis escrito diciendo que habéis disfrutado con alguna de mis novelas. Cada uno de vuestros mensajes ha sido una inyección de ánimo, y he necesitado todo el del mundo para sobreponerme a las dudas y el agotamiento y completar este libro tal como quería ofrecéroslo.

A Luigi Spagnol, *in memorian,* porque fuiste un puntal básico para que los lectores empezaran a conocerme en España y en Italia. Y, sobre todo, porque cada vez que nos vimos fue un placer disfrutar de tu sabiduría, tu serenidad y tu bondad.

Finalmente, a las personas que han revisado y comentado el borrador de la novela derrochando perspicacia y generosidad: Milagros Álvarez, José Manuel Chicot, Tatiana Zaragoza, Lara Díaz, Julián Lirio, Antonio Martín, Máximo Garrido, Francisco González, Cynthia Torres, Arturo Esteban y Natalia García de Soto.

Índice